U0663590

启真馆 出品

EUROPÄISCHE
LITERATUR UND
LATEINISCHES
MITTELALTER

欧洲文学与拉丁中世纪

［德］恩斯特·R. 库尔提乌斯 著
林振华 译

ZHEJIANG UNIVERSITY PRESS
浙江大学出版社

谨以此书纪念

格勒贝尔（1844—1911）

与

瓦尔堡（1866—1929）

目录

中译本序言 1

中译本说明 2

中译本导读 6

指导原则 31

第一章　欧洲文学 1

第二章　拉丁中世纪 16

一、但丁与古代诗人 16
二、古代世界与近代世界 19
三、中世纪 20
四、拉丁中世纪 24
五、罗马尼阿 31

第三章　文学与教育 38

一、自由艺术 39
二、中世纪的“艺术”概念 42
三、语法 45
四、盎格鲁-撒克逊研究与加洛林研究 50
五、课程作家 54
六、大学 61
七、名言警句与典型形象 64

第四章　修辞 70

一、修辞的地位 70
二、古代修辞 72
三、古代修辞体系 78
四、古罗马晚期 81
五、哲罗姆 83
六、奥古斯丁 84
七、卡西奥多鲁斯与伊西多尔 86
八、文书写作术 87
九、科维的维巴尔与索尔兹伯里的约翰 88
十、修辞、绘画、音乐 89

第五章　主题学 91
一、劝慰词的主题 92
二、历史的主题 96
三、故作谦虚 97
四、开篇的主题 100
五、结尾的主题 107
六、祈求自然 111
七、颠倒的世界 116
八、男孩与老翁 123
九、老妪与女孩 127

第六章　自然女神 132
一、从奥维德到克劳狄安 132
二、伯纳德·西尔维斯特里斯 135
三、断袖之恋 141
四、里尔的阿兰 147
五、厄洛斯与道德 152
六、《玫瑰传奇》 156

第七章　隐喻学 162
一、航海隐喻 162
二、人物隐喻 167
三、食物隐喻 174
四、身体隐喻 176
五、剧场隐喻 178

第八章　诗歌与修辞 187
一、古代诗学 187
二、诗歌与散文 190
三、中世纪风格系统 191
四、中世纪诗歌中的法律演说、政治演说与颂赞演说 199
五、难以言表的主题 206
六、超越 209
七、同辈颂 214

第九章　英雄与君主 217
一、英雄主义 217
二、荷马的英雄 221
三、维吉尔 224
四、古代晚期与中世纪 227
五、赞美君主 229

六、文功与武功 232
七、灵魂高尚 234
八、美 236

第十章 理想风景 **239**
一、异域动植物 239
二、希腊诗歌 241
三、维吉尔 250
四、描绘自然的修辞学需要 254
五、树丛 255
六、乐土 256
七、史诗风景 263

第十一章 诗歌与哲学 **267**
一、荷马与寓意 267
二、诗歌与哲学 272
三、古代晚期异教的哲学 275
四、哲学与基督教 277

第十二章 诗歌与神学 **281**
一、但丁与乔瓦尼·德尔·维吉利奥 281
二、穆萨托 282
三、但丁的自我阐释 290
四、彼得拉克与薄伽丘 295

第十三章 缪斯女神 **299**

第十四章 古典主义 **325**
一、体裁与作者名录 325
二、“古人”与“今人” 329
三、基督教正典之形成 335
四、中世纪正典 340
五、近代正典之形成 346

第十五章 风格主义 **357**
一、古典主义与风格主义 357
二、修辞与风格主义 359
三、形式风格主义 376
四、要点回顾 394
五、讽刺短诗与讥诮风格 395
六、巴尔塔萨·葛拉西安 397

第十六章　书籍的象征意义 **409**
一、歌德论转义 409
二、希腊 411
三、罗马 417
四、《圣经》 420
五、中世纪早期 421
六、中世纪盛期 426
七、自然之书 432
八、但丁 441
九、莎士比亚 453
十、西方与东方 470

第十七章　但丁 **479**
一、一流作家但丁 479
二、但丁与拉丁文学 483
三、《神曲》与文学体裁 491
四、《神曲》的典型人物 497
五、《神曲》的全体角色 501
六、神话与预言 510
七、但丁与中世纪 517

第十八章　后记 **520**
一、全书回顾 520
二、民族文学的发端 524
三、思想与形式 530
四、连续性 535
五、模仿与创造 542

文献说明与缩写提示 **549**

附录一　西方思想的中世纪基础 **555**

附录二　《拉丁中世纪与欧洲文学论著》序 **570**

附录三　德文版初版序言 **574**

附录四　德文版第二版序言 **575**

附录五　英译本作者序言 **578**

附录六　2013版英译本导读　582

附录七　语文学与思辨——拉丁语、中世纪与欧洲传统　591

附录八　库尔提乌斯的思想与《欧洲文学与拉丁中世纪》的诞生　597

附录九　库尔提乌斯与中世纪拉丁研究　659

附录十　库尔提乌斯著作一览　683

译后记　684

索引　688

中译本序言

我很高兴为这部西方文学批评经典的中译本作序。

库尔提乌斯的巨著视野宽广却不失细致，使读者能以很多著作难以望其项背的视角，洞悉中世纪乃至文艺复兴时期的西方文学传统。读这本书，便是理解从罗马衰亡到（但丁的佛罗伦萨）古典学术文艺复兴的西方文学的发展与绵延脉络。作者明察秋毫，思想活跃。全书的核心在于阐明，即便在有时被贬为“黑暗时代”的那段时期，学术仍没有消失；纵观整个中世纪，不断有学者和作家延续一个丰富的传统。时至今日，世人仍未充分关注这段漫长时期浩如烟海的诗歌与散文，欣赏其独出心裁的创意，即便在西欧，情况也是如此。

林振华君将此书译成中文，无疑为中国的西方文学学者做了件好事。库尔提乌斯论述主旨不仅仅是口口相传、代代相传的观念与母题。同时，他也关注超越地点、超越时间的知识与思想的原型（如“自然”等形象，“世界如书”等观念）。如此看来，他的著作不仅对西方文学学生具有极大的价值，而且对各个时代、各个地方的文学爱好者也大有裨益。库尔提乌斯学识渊博，但他并不了解东方语言，对东方文学也知之甚少。不过，我希望此书中译本能激发东方学者从自己的文学中寻找类似的连续性，反思西欧与中国这两大文学传统之异同。

是为序。

柯林 · 巴罗
2014 年 1 月于牛津大学万灵学院

中译本说明

一、中译者最先得到《欧洲文学与拉丁中世纪》（以下简称《欧拉》）英译本，随即以此为底本翻译。译稿杀青后有幸相继得到德文原版、法译本、西译本、意译本和日译本，便将这几个本子在校对时做参考之用。英译本于 1953 年问世，是《欧拉》的第一个外语译本。更难得的是，作者亲自为该译本作序；其分量可见一斑。英译本是以德文初版（1948 年）为底本翻译的，成书后一直翻印，译者未再做修订[1]。然而，作者在德文第二版（1954 年）中又改动了近两百处内容。[2]因此，那些改动的部分在英译本中就无法体现。西译本（1955 年）虽以第一版为底本翻译，但出版之前，译者得到了出版社寄来的第二版清样，故适时增加了第一版所没有的一些内容。法译本（1956 年）则译自德文第二版。因而，三个译本中，法译本的内容最全。为此，中译者根据德文第二版校对，同时参考德文第一版、法译本、西译本、意译本和日译本，补译了德文第二版增加或改动的内容（以“【】”形式标出）。各位读者不妨加以比较，寻找作者思想变化的可能原因，甚至出版背后的故事。[3]

二、《欧拉》中，库尔提乌斯援引了大量著作，语种涉及英语、法语、德语、意大利语、西班牙语、希腊语和拉丁语。这无疑给不熟悉这些语言的读者带来了巨大的阅读困难。几个译本中，英译本只翻译了其中近七成的引文（多为前半部的引文）；西译本翻译了大部分引文，但仍有部分拉丁引文未译；而法译本和意译本翻译了所有非拉丁引文。尽管如此，由于欧洲读者大多经过古典语言训练，熟悉相关原典，故并不影响阅读。考虑到中国读者的语言背景，同时也为了扩大读者范围，中译者将所有引文均翻译出来，同时附上原文。有中译本的，则选用直接从原文翻译

---

1 西译本和法译本的出版情况亦然。

2 见《德文本第二版序言》。1956 年库尔提乌斯逝世，第二版也就成了《欧拉》的定版。

3 这里不妨举最典型的一个例子。《欧拉》最初是在瑞士伯尔尼出版的。在德文本第一版序言的最后一段文字中，库尔提乌斯提到第二次世界大战给波恩大学图书馆带来了不可挽回的损失，而这也影响到本书的写作。值得玩味的是，《欧拉》在德国再版时，编辑有意将这段话删掉了。莫非库翁的话戳到了德国人的痛处？

的译文，如罗念生的《伊里亚特》、黄国彬的《神曲》；没有的，则尽量寻找其英译本、法译本或意译本再转译，转译的版本以 The Loeb Classical Library 版为主。对于无译本参考而自己又无力胜任的引文，译者请教了相关专家。

三、虽然中译本转译自英译本，但对于文中重要的概念、词语等，中译者均写出其德文原文和英译文供读者参考。

四、本书引文大部分为原文引用，少数则转引自相关译本（如第十五章涉及葛拉西安著作的部分）。对于引自其他译本的文字，英译本的处理方法是直接从德文转译。为避免多次转译（外译德，德译英，英译汉）可能导致的语义流失或偏差，中译者参考德文原版以及法译本、西译本和意译本，将这部文字的原文找出附注；同时，也希望各位读者评点和指正中译文。

五、中译本共有三类注释。第一类是作者原注，以普通脚注的形式标出；第二类是再版补注，即德文第二版和其他译本有，而英译本没有的注释，以“【】”的形式标出；第三类是中译者注，“【中译者注：】”的形式标出。

六、书中正文和脚注所谓“见本书某某页”，均指英译本页码，即中译本页边码。

七、为了让读者更好地了解《欧拉》，译者将 1991 年版英译本学术后记“库尔提乌斯的思想与《欧洲文学与拉丁中世纪》的诞生”（建议读完后再读正文）、2013 版英译本导读，以及 1986 版法译本导读《语文学与思辨——拉丁语、中世纪与欧洲传统》一并译出，收入附录。

八、书中所有圣经引文，除特别说明外，均摘自和合本。

九、中译者比较了《欧拉》部分译本与此中译本，附表于后，供读者参考。

《欧拉》部分译本与此中译本之比较

译　本	初版时间	翻译底本	特　点	遗憾之处
英译本	1953 年，后来版本均据此翻印	德文第一版（1948）	● 根据德文第一版翻译，最大程度反映出《欧拉》问世之初的面貌 ● 作者亲自作序 ● 收录了作者的演讲稿《西方思想的中世纪基础》 ● 索引详尽	● 正文部分的外语引文翻译了七成左右；学术附录部分的均未翻译； ● 部分引文出处有误； ● 因所据底本为德文第一版，故没有第二版中新增的内容。

续 表

译 本	初版时间	翻译底本	特 点	遗憾之处
西译本	1955 年，后来版本均据此翻印	德文第一版（1948）；德文第二版（1954）的清样	• 译者为墨西哥著名作家、语文学家、翻译家 Antonio Alatorre 及其夫人 Margit Frenk Alatorre • 据德文第二版，也就是《欧拉》定本翻译；参考了英译本 • 作者通读了前半部译稿，提出了修改意见 • 收录了德文第一版和第二版的作者序 • 收录了作者的演讲稿《西方思想的中世纪基础》 • 增加了勘误表 • 索引详尽	• 正文部分的外语引文翻译了九成左右；学术附录部分的翻译了一些； • 部分单词拼写有误
法译本	1956 年，后来版本均据此翻印	德文第二版（1954）	• 据德文第二版，也就是《欧拉》定本翻译 • 收录了德文第一版和第二版的作者序 • 所有外语引文均翻译出来，包括学术附录中拉丁文以外的引文 • 作者引用的转译文字，大都附上或采用了原文	• 索引不及德文原版和英译本、西译本、意译本详细； • 部分单词拼写有误
意译本	1992 年，后来版本均据此翻印	德文第二版（1954）	• 据德文第二版，也就是《欧拉》定本翻译 • 收录了德文第一版和第二版的作者序 • 所有外语引文均翻译出来，包括学术附录的引文（含拉丁引文） • 索引详尽	• 部分页码出现排版错误
日译本	1971 年，后来版本均据此翻印	德文第二版（1954）	• 据德文第二版，也就是《欧拉》定本翻译 • 收录了德文第一版和第二版的作者序 • 所有外语引文均翻译出来，包括学术附录的引文（含拉丁引文） • 索引详尽 • 增加了译者注	• 暂无

续 表

译 本	初版时间	翻译底本	特 点	遗憾之处
此中译本	2016 年	英译本	• 参考了德文第一、第二、第十一版以及英译本、法译本； • 补充了德文第二版中新增内容，并清楚地标示出来； • 尽力订正了英、法、西译本中的错误； • 收录了德文第一版和第二版的作者序； • 收录了作者演讲《西方思想的中世纪基础》； • 增加了导读、介绍等有助于理解原著的文字； • 作者引用的转译文字，均附上或采用了原文	• 未从德文版翻译； • 外语引文很多为转译

中译本导读

文化废墟上的罗马象征
——《欧洲文学与拉丁中世纪》论略

胡继华

引言：经典及其命运

库尔提乌斯的《欧洲文学与拉丁中世纪》无疑是一部经典之作。经典之作，自然有经典之作的共同命运。有言戏谑：所谓“经典之作”，就是人人都说重要却无人真正阅读的作品。诗人 T. S. 艾略特与其作者交往密切，且有深刻的思想互动。可是，当他同这部“鸿篇巨制”第一次亲密接触时，却担心没有时间通读它一遍。艾略特语气夸张，意蕴反讽，但他对于《欧拉》所呈现的古典象征秩序及其神圣同一性却早有措思，知会颇深。在《传统与个人才能》中，艾略特将欧洲文学与文化传统理解为一种“过去性”与“现在性”共时存在的历史意识。怀藏着这么一种历史意识，人们就能感觉到：“从荷马开始的全部欧洲文学，以及在这个大范围中的他自己国家的全部文学，构成一个同时存在的整体，组成一个同时存在的体系。”[1]库尔提乌斯霸才笔健，《欧拉》行气如虹，巨笔建构出伟美的罗马象征，将上起荷马下至但丁的欧洲文学把握为一个拉丁中世纪的神圣秩序，并且执着地传承欧洲古典文化精神，在传承中创造和散播新人文主义，以期拯救陷于危险的“德国精神”，甚至拯救衰微没落的“统一的欧洲”。

《欧拉》全书聚焦于“纯粹的文学性”，以形式自律为立论之本。这一论述逻辑和叙述策略激怒了古典语文学家列奥·施皮策。一气之下，施皮策不仅于 1933 年放

---

1 艾略特：《传统与个人才能》，《艾略特文学论文集》，李赋宁译，南昌：百花洲文艺出版社，1994 年，第 2 页。

弃科隆大学的教职，还严厉批评《欧拉》的作者在“教育野蛮化”的极权势力兵临城下的危境下出此逃避之策。退缩到文学地窖，将历史墓地作为避难所，不是明哲保身，而是助纣为虐。[1]可是，施皮策有所不知，《欧拉》的作者也像他一样，都是衰败的欧洲文化家园里的“内在流亡者”，对自己的祖邦怀有一种与日俱增、难以名状的厌恶感。不无象征意味着的是，《欧拉》与奥尔巴赫的《摹仿论》并不是在德国出版的，而是在瑞士伯尔尼一家出版社印行的。在纳粹政权时代，库尔提乌斯、奥尔巴赫、施皮策还先后流亡到土耳其。流亡者没有家园，唯有长歌当哭，远望当归。在远离欧洲的异邦土地上，一方面以记忆深描文化，以整体观照欧洲，从破碎之中重构文化秩序；另一方面以流亡寻求统一，以比较展示差异，“比较文学”学科于焉形成，所以“比较文学始于比较流亡”。[2]

《欧拉》诞生后半个多世纪，毁誉随之如潮：誉者誉之过度，说其作者乃博学鸿儒，其书乃欧洲文化原创性的百科全书，推进了欧洲思想的统一进程，建构了西方文化的神圣秩序；毁者毁之无情，说其作者是自诩精英的中产阶级之代言人，与法西斯主义意识形态暗通款曲，其书夸夸其谈，思维保守僵化，蔽于陈规陋俗，扼杀个体自由，有碍文学创新。

然而，“乾坤一台戏”，“天地一卷书”，书卷决定了灵魂在永生之中的命运（《启

---

1 Leo Spitzer, “Review of *Europäische Literatur und Lateinisches Mittelalter* by Ernst Robert Curtius,” *American Journal of Philology* (1949), pp. 425-431.

2 参见莫亚萍：《当西方遇见东方——比较文学与全球翻译的范式在伊斯坦布尔的呈现》，王柯平主编《古典诗学与浪漫灵见——2012 年十月学术论坛文萃》，北京：中国大百科全书出版社，2013 年，第 251—265 页。又见：Emily Apter, “Global Translatio: The ‘Invention’ of Comparative Literature, Istanbul, 1933,” 胡继华编著《比较文学经典导读》，北京：北京师范大学出版社，2015 年，第 115—153 页。关于这批流亡者对“比较文学和世界文学”的贡献，《比较文学经典导读》作出了这样的概括：“1933 年，纳粹攫取政权，对犹太知识分子展开大举迫害和无情放逐。欧洲一些大学的知识精英、专家学者背井离乡，流亡异邦。这些从纳粹欧洲流亡异邦的人，其中就有斯皮策、奥尔巴赫、库尔提乌斯这样一些往昔日耳曼罗曼语传统学者，以及沐浴高古学华彩的古典学家。可恰恰就是这么一批回首来路欲归无计的流亡者，用客居异国的疏离感凝成了今天所谓的‘比较文学’。‘比较文学’开始于流亡。那些丧失了图书馆、研究所、学术同道以及学术氛围的欧洲知识分子，那些疏离在欧洲‘真实文化场’之外的专家学者，身处欧亚两洲之间的‘飞地’——伊斯坦布尔，在极端绝望的心境下，通过自己艰辛的学术研究，延续着欧洲人文主义，默默地把欧洲的良心升华在离乱与苦难的世界上。所以，那些惨遭放逐的欧洲人成为一些远离理智、民族和文化氛围的‘孤魂野鬼’，他们不仅发明了‘比较文学’，而且还缔造了‘全球人文主义’。”（第 150 页）

示录》20:12)。不仅如此，书卷自身的命运也是文化兴衰节奏的隐喻，因为一卷书自然就是一个独一无二的世界。从狭义的文学学科而言，《欧拉》、奥尔巴赫的《摹仿论》和柯默德的《结局的意义》，都展现了各自独一无二的世界，构成了文学批评领域激动人心的景观，演示了从文本碎片重构文化整体、由个人经验通达历史意识的批评方法。它们的启示，让专家受益，更让“文学之爱者”蒙福。它们启发读者，放眼古今，超越国界，涵濡自我与他者，叩显而开隐，烛照微言大义，把蕴含在文学之中的文化理解为生生不息的精神，把古典传统理解为自我保存和自我传播的整体秩序。然而，在《欧拉》的写作环境中，生生不息的精神几近枯竭，整体的文化秩序已经支离破碎，德国和欧洲精神陷于危境中。危境自然引发普遍的危情，更有忧郁的悲情。

一、“赏析之作，忧患之书”

“《谈艺录》一卷，虽赏析之作，而实忧患之书。”恰在《欧拉》问世的同年(1948 年，民国三十七年)，钱钟书自序其书，夫子自道。对于《欧拉》，亦可作如是观：寓忧患于赏析，含政治于学术，融义理于辞章，于个体修身养德，于群体经济治平。“盖取资异国，岂徒色乐器用；流布四方，可征气泽芳臭。”[1]正声微茫之世，存亡续绝之时，钱钟书和库尔提乌斯不约而同地为“文学之爱者”奉献一部赏析之作，自然不只是好事“帮闲”，无聊“帮忙”。“文运”正变兴衰，牵扯着“世运”起落沉浮。作为个体而存在，文学研究者兴趣的转向同文运、世运休戚相关。[2]

库尔提乌斯是古典语文学家格勒贝尔（Gustav Gröber，1844—1911）的亲传弟子，

1 钱钟书：《谈艺录》，北京：商务印书馆，2011 年，第 3 页。

2 在《管锥编》(北京：中华书局，2007 年）第一册，钱钟书就两次引用《欧拉》：(1)“耶稣悲世悯人，其荣常戚戚，终身不开笑口”(第 158 页)，这里指涉《欧拉》德文版第 492 页；(2)“盖信事鬼神之不可信、不足恃，微悟之见强则迁、唯力是附，而又不敢扬言其聪明正直则一、凭依在德，此敬鬼神者衷肠之冰炭也”(第 309 页)，这里指涉《欧拉》德文版第 180 页。超越字面引用或者提及，钱钟书“管窥锥指”、“大题小做”的治学思路也颇暗合库尔提乌斯的“洞察幽微”(specification) 与“综观全局”(universalism) 辩证合一的研究方法，洞察幽微是古典语文学的方法，综观全局是历史整体和文化类型学的方法。这种暗合表明，从文本碎片重构文化整体、由个人经验通达历史意识，不仅是一种文学批评方法，而且也是应对文化危机、挽救文化整体的历史意识之呈现。

是拉丁学家埃伯特（Adolf Ebert，1820—1890）的再传弟子。以语文学方式治学，库尔提乌斯严守古典学家法，研治新版古法语《列王记》，探讨法国批评家布吕内蒂埃（Ferdinand Brunetière, 1849—1906）的文学思想。以柏格森、罗兰、佩吉、纪德、克洛岱尔、巴雷斯、巴尔扎克、普鲁斯特、瓦雷里等文学巨星为媒介，法国文化和思想悄然进入库尔提乌斯的血脉，一个崭新的法兰西世界在他的心空冉冉上升，朗然而且瑰丽。通过这部借文学为媒介呈现的法国文化史，神圣不朽的欧洲文化统一秩序得以传承——一条“伟大的存在之链”贯穿古今，从未断裂。一旦神圣秩序破裂，存在之链断裂，欧洲文化的精神就陷于可堪忧患的危境之中。本着柏格森式的直觉，库尔提乌斯敏锐觉察到这种危境，义无返回地告别法国，掉背孤行，意欲“回到更古老的意识层面，首先便是罗曼中世纪”。在冥冥之中，他寻找一条通往罗马的道路，重构“罗马象征秩序”。初访罗马，他就感到罗马是一座圣城，祖先的故土，朝觐的目标，慕悦的对象。帕拉蒂诺山上帝王宫殿的遗址，无言地向他诉说着罗马帝国的永恒荣耀。一种强烈的归属感油然而生：自己属于“永恒的罗马”。这份忧郁的乡愁，这份神秘的归属关系，蕴含着充满多种象征意义的奥秘。罗马象征秩序，为千年万载的欧洲提供了经天纬地的永恒尺度。“成为罗马公民”，“获得帝国公民身份”，便成为库尔提乌斯灵魂深处书写《欧拉》之最隐秘的动机。

1932 年，库尔提乌斯发表《岌岌可危的德国精神》，描述德国偏离罗马象征体系，欧洲精神的野蛮化，理智主宰地位的去势，种族怨恨的涌动，以及传统人文教育的衰败。所有这一切征兆，均为欧洲败落的表征，纳粹政制的特征。于是，他果敢切断通往法兰西之路，而转身朝着拉丁中世纪漫游，呼吁一种新人文主义，一种贯穿了从奥古斯丁到但丁的整个中世纪的经典古代（classical antiquity）。为经典古代招魂，乃是迫于德国进退两难的现实——背叛罗马帝国的志业，又徘徊在欧洲之外。焦虑与怨恨交织，绝望与妄念并存，库尔提乌斯及其同时代的人对德国精神的复兴深信不疑，同时面对最为深重的历史危机束手无策。库尔提乌斯在 1932 年这个德国历史的转折点上，对自己所处身其中而日渐荒芜的现代性感到万分茫然。他不断地提及查理曼帝国的历史个案，苦苦地追寻中世纪的经典古代模式与近代德国政治之间的微妙关联。现代性作为中世纪神圣秩序的世俗化，因而现代政治同基督教的神学绝对主义之间存在着模拟关系。洛维特、施米特以及布鲁门伯格对于现代与中世纪关系的描述，也镜像式地映射在库尔提乌斯对于欧洲历史的整体性反思之中。[1]在他的构想中，羸弱的德意志帝国对于伟大的查理曼帝国，永远怀有一种怨恨而又羡慕的矛盾情感，这种情感构成了近代历史的张力。德国精神在当下陷于危境，乃是因为德意志背叛了查理曼的事业，决裂了罗马象征体系，种族怨恨甚嚣尘上，教育野蛮化畅行无阻，破坏性的文化无时不在，虚无主义长驱直入湮灭了人文化成之道（paideia）。反抗邪恶的种族主义，拒绝狭隘的爱国主义，库尔提乌斯祈望从古典人文主义之中提炼出超民族的人文主义，借以挽救在现代进程中濒临灭顶之灾德国精神，借以矫正欧洲在现代世界上的偏航。

欧洲一旦偏离了罗马象征体系，经天纬地的人文主义尺度就被绝望地废黜了。一旦废黜了这一永恒的尺度，欧洲思想活生生的统一制序就开始土崩瓦解。“因为蛮夷今天到来。皇帝在静候，恭迎蛮夷的首领。”[2]20世纪希腊诗人卡瓦菲斯（Contantine Cavafy, 1863—1933）的诗句，夸张地呈现了现代欧洲的野蛮化灾难。罗马皇帝膜拜蛮夷，甚至礼拜金色怪兽，意味着虚无主义一统欧洲，人文主义病入膏肓，一场末日学的灾难自空而降。蛮夷长驱直入，宣告“精约之世”（era of concentration）寿终正寝，而“博放之世”（era of expansion）如期而至。早在1908

---

1 洛维特认为，现代性历史意识乃是基督教救恩史观念（尤其是天道神恩和末世学有限性观念）世俗化的产物：“现代人通过把进步意义上的各种神学原则世俗化为一种现实，并运用于不仅对于世界历史的统一，而且也对它的进步提出质疑的日益增长的经验认识，构造出一种历史哲学。”（《世界历史与救赎历史》，李秋零译，北京：生活·读书·新知三联书店，2002年，第25页）施米特断言，“现代国家理论中的所有重要概念都是世俗化了的神学概念。”（《政治的概念》，刘宗坤等译，上海：上海人民出版社，2003年，第31页）在现代历史哲学和政治哲学的论述脉络、叙述架构之中，中世纪与现代性之间的关联通过“世俗化”、“进步”、“模拟”等概念得到了呈现和把握。然而，布鲁门伯格却认为，“世俗化”概念是一个显示现代性时代错乱的概念，“进步”概念被纳入了一种乌托邦主义的知识社会学，因而它们并不具有合法的解释权限和透视力量。与洛维特针锋相对，布鲁门伯格认定，世俗化和进步观念所许诺的“未来”维度乃是一种内在发展过程的产物，而不是一种类似于救世主降临、世界末日等类似的超越性干预；所谓“世俗化”，所谓“进步”，说到底只不过是秩序的颠转，以观念代替观念的方式重新占有某种优势位置（Umbeseitzung）。现代之合法性，不在于将基督教末世论观念世俗化，而在于“人的自我伸张”（Selbstbehauptung）。对施米特的论点有谨慎的保留，布鲁门伯格又断言，“政治神学”或许只不过是一系列隐喻的汇聚，现代合法性作为一个历史范畴的要义并不是神学概念的世俗化，“这个时代的合理性才被理解为自我伸张”。参见 Hans Blumenberg, *Die Legitimität der Neuzet*, Frankfurt am Main: Suhrkamp, 1978, 35ff., 99ff。

2 参见斯潘诺斯：《现代人文教育中阿波罗的威权》，胡继华译，《中国文化》2014年秋季号，第40期，第136页。卡瓦菲斯这首诗题为《等待蛮夷》（又译《等待野蛮人》），译文还可参见《卡瓦菲斯诗集》，黄灿然译，重庆：重庆大学出版社，2014年，第39页。

年，美国新人文主义者欧文·白璧德（Irving Babbitt, 1865—1933）发表《文学与美国的大学》，哀叹大雅不作，世衰道微，将现代精神的危境追溯到意大利文艺复兴时代。今世延续文艺复兴所开启的“博放之世”，解放思想笼罩一切，“官觉之解放”、“理智之解放”，以及“良心之解放”，构成了近代最基本的特征——“专重智识及同情之开拓”。“而文艺复兴时代之人，正具爱玛生所谓智识饕餮，若辈急求脱去中古传说之羁勒，又深幸自然与人性今得合一而息争，狂喜之余，遂谓礼文与选择毫无需要。如拉伯雷盖礼文与选择二者皆非所具，虽有伟大天才而不得谓为合于人文。自古人观之，乃为未开化之野人也。若此专务开放个人之才智机能，无轨范，无训练，舍节制而乐自由，遂生博放时代所特有之恶果，漫无标准，凌傲自是，放纵自恣，于以加甚，或竟足危及社会之生存，于是社会起而反抗个人，而精约之时期继之。”[1]“博放之世”废黜了“礼文与选择”，拒绝了“轨范与节制”，可谓斯文扫地，礼乐沉沦，没有温柔敦厚的美德，却有目无纲纪的张狂，没有中正节制的虔诚，唯有自我伸张的虚妄。卢梭张扬感情自然主义，将古典人文主义湮灭在异教神的狂欢盛典。“魔鬼被认为是始终否定的力量”，使理性获得驱动力的唯一方式是将美德转变成一种更专横更骄奢淫逸的激情：“眩晕就是国王，它赶走了宙斯。”[2]由狄奥尼索斯为主角的浪漫主义“新神话”以统一的名义发起了一场“系统的生命叛乱”，分裂了古典理性主义的透彻澄明的制序。

“系统的生命叛乱”（Systematische Triebrevolt）是舍勒（Max Scheler, 1874—1928）对现代人的理念的描述。舍勒所见，与白璧德新人文主义颇为契合：现代人放弃了富有意义的象征制序，而放任情感生命。“人的生命驱动力在新世纪里对片面升华的一种系统反叛……在欧洲已成了时尚”，“生命女神”取代了“精神女神”。这种貌似“后大战现象”，却是一种深深根植于欧洲历史之中的黑暗“集体无意识”。在这种集体无意识的驱动下，人的反叛，黑暗的反叛，任性的反叛，本能的反叛，都将出演世界剧场的启示录戏景。于是有必要建立新的均衡，实现人的“谐调”——种族的谐调、人性内在的谐调、男性原则与女性原则的谐调、欧洲与东方的谐调、人类生命与其生命范本的谐调。现代人进入谐调时代，“就必须再一次学会把握那种伟大的、

1 徐震堮译：《白璧德释人文主义》，《学衡》，1924 年 10 月第 34 期。这段话的现代汉语译文见白璧德：《文学与美国的大学》，张沛，张源译，北京：北京大学出版社，2004 年，第 10—11 页。

2 白璧德：《卢梭与浪漫主义》，孙宜学译，石家庄：河北教育出版社，2003 年，第 107—108 页。

无形的、共同的、存在于生活中的人性的一致性，存在于永恒精神领域中的一切精神的同契性，同时还有世界进程与其第一推动力演变之间的同契性，以及这个第一推动力和世界进程的同契性”。[1]一望便知，舍勒的“谐调时代”愿景及其普遍的“同契性”，乃是库尔提乌斯“普世的人文主义大同境界”的基本元素。舍勒对库尔提乌斯的影响，见于《欧拉》全书。《欧拉》开篇，他就引用了舍勒的话来描述“时代精神的危境”：“曾几何时，自由的学术研究与思想体系联合起来，反抗至高无上的教会对头脑的禁锢。然而，作为两者的联合体，民主扩张却悄然成为思想自由的最大威胁。在西方和（可能的）北美，苏格拉底与阿那克萨戈拉的那种民主正死灰复燃。”[2]在舍勒和库尔提乌斯看来，民主的扩张乃是过度的自我伸张，不仅不利于道德和社会的进步，而且成了思想自由的敌人，从而加速了教育的野蛮化，恶化了现时代精神的危境。雅斯贝尔斯（Karl Theodor Jaspers，1883—1969）将这种现时代精神的危境称为“世界危机”：“构成人类世界几千年的东西正面临着崩溃”，“历史的文明和文化脱离了它们的根，沉浸在技术经济的世界中，沉浸在空洞的理智活动中”[3]。斯宾格勒（Oswald Arnold Gottfried Spengler，1880—1936）长歌当哭，哀叹“德意志精神的终结”和“西方的没落”。在第一次世界大战前后，斯宾格勒用玄学的诗学的方式把握到了现代世界所遭遇的三大挑战：“文化”丧失生命而蜕化为“文明”，生活的技术层面与生存的道德层面永无止境的悲剧冲突，以及自由主义对意义的剥夺、对文明的破坏、对宗教的摧毁和驱使国家走上毁灭的不归路。所有这一切，都是欧洲偏离罗马象征秩序的危险征兆。象征着现代生活方式的国际大都市，已经耗尽了古代城邦的田园诗意，湮灭了罗马帝都的神圣灵韵，“金钱和智力”为它们最后的胜利而弹冠相庆，人与自然之间原本惬意的纽带无法修复地断裂了。[4]

《欧拉》成书于1932年至1948年间。这是一个被斯洛戴蒂克（Peter Sloterdijk，1947—）称之为“后历史的时代”：“构成历史的欧洲扩张载体的潜在能力已经灭绝”，

---

1 舍勒：《资本主义的未来》，罗悌伦等译，北京：生活·读书·新知三联书店，1997年，第231页。

2 Ernst Robert Curtius, *European Literature and Latin Middle Ages*, trans. Willard R. Trask, New Jersey: Princeton University Press, 1990, p. 3.

3 雅斯贝尔斯：《现时代的人》，周晓亮，宋祖良译，北京：社会科学文献出版社，1992年，第36、38页。

4 赫尔曼：《文明衰落论——西方文化悲观主义的形成与演变》，张爱平等译，上海：上海人民出版社，2007年，第243—245页。

“旧世界已经在对星球本身的开发当中将初始的潜能消耗殆尽，它剩余的能量也在两次世界大战中被挥霍一空”。[1]在这种严峻的精神危境当中，库尔提乌斯采取了双重“以退为进”的策略：退回到“文学的地窖”，打开通往人类思想共同遗产的大门；退回到拉丁中世纪，在孕育了全部生命的源头活水之中沐浴疗伤，在野蛮人和异教者的掌控下拯救查理曼帝国遗产，在信仰缘光的烛照下从人的谐调之中获取新的精神能量。以退为进，便为欧洲以至于普世的人文主义发掘出“一种令人惬意的理智不在场之证据”(a welcome intellectual alibi)。[2]为完成这一使命，库尔提乌斯怀着千禧年主义的梦想，在冥冥之中走上了一条通往罗马的道路。

二、罗马象征体系

在战争的阴霾笼罩欧洲的时刻，库尔提乌斯忧心于陷于危境的德国精神，从当代法国文学研究中抽身而出。因为他感到，尽管法兰西传承了统一的欧洲精神，但它仅仅是为彷徨歧路的德意志和败落下行的欧洲展开自我认同提供了一个有限的视角而已。重访古典人文主义，为欧洲人提供安身立命之道，仅有现代性和法兰西是不够的。现代性和法兰西，在历史进程之中“内在性”有余，而“超越性”不够。所以，库尔提乌斯必须切断法兰西之路，而转身通往罗马。“树立一座比青铜更长久的丰碑”，唯有借着罗马象征体系及其中世纪的传承。对于心系“欧洲意识与文化传统”的库尔提乌斯来说，罗马之重要性在于：罗马帝国及其超越的象征体系，为欧洲精神提供了统一的架构，赋予了欧洲历史化图景的灵魂，呈现了人文主义的原始母体。罗马象征体系是历史秩序的写照。“历史的秩序来自秩序的历史”，“历史进程仍可被理解为一场为实现真正秩序的斗争”。[3]库尔提乌斯以文学为媒介来观照欧洲文化及其传统，也是将欧洲图景历史化，为实现真正秩序而斗争，为救治欧洲的现代偏差而奋斗。“历史被理解为一个日益疏离的对于存在秩序的洞察过程，而人类以其

---

1 斯洛特戴克：《资本的内部》，常晅译，北京：社会科学文献出版社，2014 年，第 257 页。

2 Peter Godman, “Epilogue”, in Ernst Robert Curtius, *European Literature and Latin Middle Ages*, trans. Willard R. Trask, New Jersey: Princeton University Press, 1990, p. 629.

3 Eric Voegelin, *Israel and Revelation*, ed. Maurice Hogan, Columbia and London: University of Missouri Press, 2001, p. 19.

存在参与到了这个过程之中。只要可能从这个包括日益疏离活动的偏离和回溯的过程之中得以辨别，这么一种秩序也会出现，条件是人类社会的主要存在类型及其对应的象征秩序也呈现在连续不断的历史之中。”[1]作为帝国的存在形式，罗马社会及其象征体系显然也呈现在连续不断的历史之中，赋予欧洲文化以统一的认同形式。库尔提乌斯在这个古老的意识层面上沉思和默示，力求向野蛮人统治的欧洲索回查理曼帝国的遗产，还人类以思想的自由，成全人类对存在秩序的深刻洞察。

在 15 世纪的一首西班牙诗歌中，库尔提乌斯偶然发现了罗马象征体系的遗韵。罗马帝国的观念提供了后世论衡天地人神的永恒尺度，而且也为陷于危境的当代人提供了疗治顽疾的秘方。他称这一永恒尺度和秘方为“新人文主义”，其渊源不在于古代，也不在于文艺复兴，而在于作为罗马象征体系之嫡传的中世纪。从历史的连续性看去，日耳曼和阿拉伯入侵欧洲，将欧洲渐次带向中世纪，日耳曼民族心甘情愿地让罗马大公教涵化，而阿拉伯人抵制涵化的同时缔造了另一种普世宗教。追本溯源，莱茵河混合着台伯河之水，现代欧洲文学也与地中海文学涵濡互动。自认为是罗马象征体系的后裔之日耳曼诗人，前有歌德，后有格奥尔格。法兰克裔诗人歌德写过《罗马哀歌》，常常表白对于罗马的挚爱，在他眼里所有同罗马有关的东西都散发着迷人的魅力。罗马象征体系富于理性，秩序井然，与歌德的古典心灵契合无间，而希腊的东西与他格格不入。《意大利游记》和《法兰西征战》，乃是歌德对于罗马象征秩序的追忆。法兰克裔的最后一位诗人格奥尔格的诗性智慧之中依然残存着罗马日耳曼尼亚的记忆，同时瞩望“百年沉睡之后必将觉醒而雄霸莱茵河”的帝国未来。现代两位德国诗人为库尔提乌斯提供了富有启示意义的个案，这些个案记录了曾经地处罗马帝国版图之内的德国与罗马之间难以割舍的血脉关联。这种联系不是情感上的依恋，而是他们共享罗马象征体系这一坚固的事实。[2]“西方是查理曼大帝的帝国”，罗马象征体系不仅赋予了欧洲中世纪象征秩序建构的框架，而且为理解欧洲传统提供了坚如磐石的知识结构，更是保证了伟大的存在之链以金刚不败的连续性。

---

1 Eric Voegelin, *The Ecumenic Age*, ed. Michael Franz, Columbia and London: University of Missouri Press, 2001, p. 45.

2 Ernst Robert Curtius, *European Literature and Latin Middle Ages*, trans. Willard R. Trask, New Jersey: Princeton University Press, 1990, pp. 10-11.

在这种象征体系共享的关系之中，历史进入了当下，当下承载了历史。库尔提乌斯以古鉴今，借今观古，顿然觉悟到共享罗马象征体系，这就是欧洲。欧洲的历史传承着罗马象征体系，欧洲的今天却偏离甚至决裂了罗马象征体系。欧洲文学成为被背叛的遗嘱。追回和重新执行这份遗嘱，就必须重访罗马象征体系。呈现在连续历史之中，其最忠实的保存者、传输者以及创造者，乃是中世纪的欧洲。在罗马象征体系之中，不仅可以发现欧洲人共享的思想方式和表达方式，而且还可以发现全人类共用的思想资源和表达策略。这就是“一种惬意的理智不在场的证据”，以及具有救世意义的“普世人文主义”。于是，库尔提乌斯用他的巨著《欧拉》奋力实现当代思想的四大目标：在共时性维度上，考察当今思想文化与民族国家、与欧洲和世界的语境关联；在历时性维度上，考察当今思想文化与中世纪的断裂而又连续的关系；在学科范畴内，以文学现代性为媒介反思拉丁文化的主导地位；在历史维度上，反思现代性与拉丁中世纪的关联。总之，在整体化和连续性的欧洲历史化图景中，库尔提乌斯反思经典古代、拉丁中世纪和现代性的复杂关系，为现代性提供合理合法的依据，为普世的人文主义奠定历史的基础。

在库尔提乌斯及其同时代人的眼前，一条碎石斑斑的罗马之路，从古代经由拉丁中世纪通往了现代世界。[1]而现代世界宛若一片废墟，种族怨恨将罗马象征体系弄得四分五裂，教育野蛮化将古典人文主义弄得伤痕累累，虚无主义废黜了一切超越于感性世界之上的意义世界。在库尔提乌斯 1932 年之后的著作中，罗马象征体系的宏大轮廓屡屡闪现。15 世纪西班牙诗人曼里克（Jorge Manrique, 1440—1479）写给亡父的悼诗，让他穿越历史的间距，抓取了拉丁人文主义的吉光片羽。在西班牙一流文豪的哀歌中，他感受到诗人对罗马象征体系的魂牵梦系，对罗马帝国观念的笃情不二，对中世纪人文化成境界的追思怀想。“文艺与音乐中自存帝国气象”，从 15 世纪悄悄萌芽，在 18 世纪舒缓呈现，在歌德的《浮士德》中赋情成体，在 19 世纪浪漫主义对于黄金时代的虚构之中登峰造极，甚至借着浪漫主义“新神话”的流布而绵延不息，余韵悠长。库尔提乌斯深情地劝勉德意志同胞：“德意志人应该记住，自己的民族历经千年，却一直牢记罗马的帝国观念，其中涵盖了曼里克、但丁和歌

1 Ernst Robert Curtius, *European Literature and Latin Middle Ages*, trans. Willard R. Trask, New Jersey: Princeton University Press, 1990, p. 19.

德的祖邦故国。”[1]唯其如此，库尔提乌斯坚信，德意志、意大利、西班牙、法兰西通过古典传统铸就了一条坚固而且巨大的存在之链，传输、选择、复兴和再造罗马象征体系，以及蕴含在这一体系之中的人文主义和历史内在迁移的充实性原则。唯其如此，我们才可以有理有据地像赫伊津哈那样质疑文艺复兴：或许，文艺复兴只不过是“中世纪的秋天”，“在中世纪思想的园地里，陈旧杂草仍然欣欣向荣，古典主义就是在杂草从中逐渐生长起来的……我们一向认为陈旧的中世纪精神和思想表达方式，并没有在枯藤上死亡”。[2]

罗马象征体系及其古典主义蕴涵仅仅是一种诗性智慧的产物，一种想象的形式要素，一个政治与文化的隐喻表达。然而，这么一种象征体系通过欧洲文学和整体历史图景的欧洲化而得到了一个符号编码的实体形式——拉丁中世纪视角下的欧洲文学。通过这一符号编码的实体形式，罗马象征体系成为赋予心灵伟大启示力量的源头活水。于是，《欧拉》就是一部文化政治著作，一部历史哲学著作，但它是通过缜密的文学研究和细致的修辞鉴赏而建构的文化政治与历史哲学。在这个背景下，我们就可以理解《欧拉》的文学志业、文化抱负、历史意识和信仰根基。

《欧拉》的文学志业是建构一统欧洲的象征制序。库尔提乌斯开篇命意，对欧洲文学作出了一个操作性界说。在这个界说之中，他融合了柏格森的“虚构功能”(fonction fabulatrice）概念和汤因比的历史阐释方法。首先，柏格森断言“虚构功能”乃是人类借着直觉而创造幻象的能力。借着“虚构功能”，人类铸就了神话、传说、隐喻和象征，从而补偿了人类天然的贫瘠与匮乏。“虚构功能”概念不仅厘清了诗歌、哲学、宗教之间的复杂关系，而且融入了整体科学的宇宙图景。“虚构功能”不仅是生物学意义上自我持存的手段，不仅是心理学上自我感知的必然，而且是人类精神自我超越的灵魂能量。“虚构功能也从创造性幻想的生物学目的论上升到创造神祇与神话的层面，并最终完全摆脱宗教世界的束缚，成为自由自在的游戏。”[3]于是，借着“虚构功能”，人类创造一个自己向自己讲述故事的象征世界，如古巴比伦《吉

---

1 Peter Godman, “Epilogue,” in Ernst Robert Curtius, *European Literature and Latin Middle Ages*, trans. Willard R. Trask, New Jersey: Princeton University Press, 1990, p. 631.

2 赫伊津哈：《中世纪的秋天》，何道宽译，桂林：广西师范大学出版社，2008 年，第 348 页。

3 Ernst Robert Curtius, *European Literature and Latin Middle Ages*, trans. Willard R. Trask, New Jersey: Princeton University Press, 1990, p. 9.

尔伽美什》史诗、《圣经·创世记》、《伊利亚特》、俄狄浦斯王的传奇、但丁的《神曲》、歌德的《浮士德》和巴尔扎克的《人间喜剧》。其次，汤因比将历史展示为各不相同的多民族文明的生命圈有节奏的运行，而非从狭隘的民族政治观点看待历史。完整的历史实体不是国家、不是民族而是“社会”，汤因比的“社会”就是库尔提乌斯的“文化”。文化乃是不同历史实体涵濡互动的整体图景，在“挑战”和“应战”之中经历萌芽、生长、成熟和衰落。[1]罗马帝国在异族侵入之后进入空位期，拉丁中世纪便作为西方新生的文化实体传承了希腊罗马的文化实体，把人文化成之道升华到普世信仰的高度。传承古典文化，升华人文化成之道，文学志业便以教育为媒介进入到历史的传承之中。《欧拉》第三章，专论文学与教育，将文学视为罗马象征体系的历史传承形式。文学是人文化成的一部分，而人文化成分享了绵延不断的传统。将文学志业融入人文化成，库尔提乌斯进而要求通过中世纪教育体系来理解中世纪文学，于是“博雅七艺”和“自由教育”之中的“辞章”（修辞及其他文学形式）对中世纪和现代文学产生了不可磨灭的持久影响。质言之，“虚构”、“历史阐释”和“文学教育”建构、统一和传承了罗马象征体系，这就构成了《欧拉》的文学志业。

《欧拉》的文化抱负是成为“罗马公民”，传承人文主义。罗马象征体系在拉丁中世纪之所以能维持其核心地位，就在于它蕴含着千年万载不变的人文主义。人文主义不是僵化的教义结构，而是鲜活的感性动力。因着人文主义，异教徒和流浪者也获得了亲切的家园感。在这个家园里诗意地栖居，同时又不受尘世的牵绊，凭靠自由意志自我超越，秉持一种无时间的永恒断制来论衡天地人神。于是，库尔提乌斯摒弃地理界限，颠覆编年史序列，从精神和信仰的维度上来把握欧洲文化及其实体承载物，将“历史图景欧洲化”融于对文学的考量之中。欧洲是构成古代地中海文化和近代西方文化的实体。将两种文化统而观之，欧洲文学就被视为一个整体——一个在罗马象征体系涵盖下随着欧洲文化而发展的整体。一段常常被引用的经典论述道出了《欧拉》的文化政治抱负：“当我们能自由出入从荷马到歌德的每个时期，才能真正俯瞰欧洲文学。这种能力无法从教材中获得，即便有类似教材也不行。如果欧洲文学是个国家，那么我们只有在各个省份长期居住，并到处参访熟悉

1 Ernst Robert Curtius, *European Literature and Latin Middle Ages*, trans. Willard R. Trask, New Jersey: Princeton University Press, 1990, pp. 4-5.

后，才能获得畅行无阻的公民权利。一旦我们成了罗马公民，也便成了欧洲公民。”[1]这段论述回荡着青年黑格尔关于古典研究的信念。当年，黑格尔迷恋于古希腊文化，探究基督教原始意义，深信要理解古典就“必须尽可能靠近古代文化，以至于同他们共同呼吸，浸润他们的理想，感受他们的行动，甚至能犯他们的偏见与谬误，在这一古老的世界里安家落户”。[2]在黑格尔和库尔提乌斯的整体文化意识之中，古典之所以是古典，是因为它们铭刻着神圣永恒的人文尺度。古典不古，功在千秋，福泽当今，绵延久远。

《欧拉》的历史意识是文化的连续性。库尔提乌斯抱怨，很少有人把中世纪早期和中期拉丁文学视为欧洲文学史的延伸。然而，历史图景的欧洲化表明，历史的延伸，文化的连续性至关重要，因为拉丁中世纪连接了日渐式微的古代和逐渐成形的西方。欧洲文学必须视为整体，所以欧洲文学也只能从文化连续性得以展开。文学的本质特征就在于“永恒的现在时”，所以过去的文学往往也是活跃在当下的文学。从中世纪看经典古代，便有了中世纪与古代的连续性，“中世纪的古代”应运而生。中世纪的古代担负着传承与转换的双重使命。转换的形式多种多样，可以是贫瘠、退化、腐烂和误解，也可以是甄别、抄写、对形式的描摹、文化价值的涵濡以及积极的应答。[3]在文化的连续性中，一切编年史的机械分割都百无一用，一切文学范畴都只有相对的参考价值。“现在的时间和过去的时间也许都存在于未来的时间，而未来的时间又包容于过去的时间。”艾略特《四个四重奏》开篇的诗句，吟诵出了《欧拉》的历史意识。库尔提乌斯的文化连续性构想，直接脱胎于特洛尔奇的历史哲学。[4]特洛尔奇的历史就是基于精神生命的文化史。在文化精神这一视角下，欧洲世界的诞生绝非与古代和中世纪分离，而是将古代、中古和现代合而为一，从原始文化之创生到文明之衰落的所有阶段都息息相关，血脉相连，欧洲世界因此而变得深邃、丰盈、丰富、复杂，人们也学会了以史为鉴，自我认知进而自我超越。

---

1 Ernst Robert Curtius, *European Literature and Latin Middle Ages*, trans. Willard R. Trask, New Jersey: Princeton University Press, 1990, p.12.

2 Hegel, “On Classical Studies,” cited by Lionel Gossman, “Philhellenism and Antisemitism: Matthew Arnold and His German Models,” in *Comparative Literature*, Vol. 46, No. 1 (Winter, 1994), pp. 1-39.

3 Ernst Robert Curtius, *European Literature and Latin Middle Ages*, trans. Willard R. Trask, New Jersey: Princeton University Press, 1990, p.19.

4 Ernst Robert Curtius, *European Literature and Latin Middle Ages*, trans. Willard R. Trask, New Jersey: Princeton University Press, 1990, pp. 19-20.

《欧拉》的信仰根基是古代和基督教。库尔提乌斯思考的重心是欧洲意识的统一性和文化传统的连续性，其媒介乃是作为文化实体的拉丁中世纪。首先，何为中世纪？汤因比将古代文化的衰落确定在公元 373 年（东晋宁康元年），在公元 381 年（东晋太元六年）狄奥西多皇帝将基督教提升为国教。而从狄奥西多到查理曼大帝时代，是欧洲传统的关键时期，中世纪便孕育在查理曼帝国所隐喻的罗马象征体系之中。这一罗马象征体系一直延伸到近代民族创生和技术主导的时代，据说到 18 世纪才由工业时代取而代之。中世纪这么漫长，但悖论正在于，“中世纪文化仍在等候出场时机”，拉丁文学还是一片未开垦的处女地，在文艺复兴和近代人文主义者眼中，中世纪暗无天日。“我们必须从最黑暗的角落开始，以历史的眼光看待欧洲文学。”[1]于是，库尔提乌斯一册《欧拉》将我们诱惑到思想史的无意识底层。在日耳曼、阿拉伯对欧洲的交替入侵中，中世纪特征渐渐成型，拉丁语贯穿其中，延续着罗马象征体系，“罗马—日耳曼文化”成为新生文化。即便经过人文主义、文艺复兴、宗教改革、反宗教改革、启蒙和革命，拉丁中世纪文学的流风余韵还是脉脉传递。所谓“拉丁中世纪”，便是查理曼大帝所建构的西方文化实体，它指涉中世纪体系之中，“与罗马有关，与罗马的国家观念有关，与罗马教会有关，与罗马文化有关的一切，即比单纯的拉丁语言与文学的复兴更有包容性的现象”。[2]在这种绵延传输和创化的罗马象征体系之中，世界就是罗马，罗马就是世界。在这个象征体系之中，基督教被提升为普世宗教，基督教天道神恩和末日期待进入帝国文化，尘世主权受到了上帝之国的庇护。在库尔提乌斯看来，罗马象征体系浸润于一种作为信仰原型的、超越帝国的人文主义，它贯穿了从奥古斯丁到但丁的整个中世纪。而整个中世纪构成了欧洲思想坚于磐石的基础。“西方思想的中世纪基础是什么？西方思想的基础是古典的古代与基督教。中世纪的作用是接受这笔财富，然后将其传播，将其脱胎换骨。在我看来，中世纪最珍贵的遗产，是它在完成这项使命的过程中创造的精神。”[3]这就是《欧拉》所夯实和建构的信仰根基。

---

1 Ernst Robert Curtius, *European Literature and Latin Middle Ages*, trans. Willard R. Trask, New Jersey: Princeton University Press, 1990, p. 13.

2 *Ibid.*, p. 27.

3 Ernst Robert Curtius, “The Medieval Bases of Western Thought,” in *European Literature and Latin Middle Ages*, trans. Willard R. Trask, New Jersey: Princeton University Press, 1990, pp. 596-597.

这个坚于磐石的信仰根基，支撑其《欧拉》的文学志业、文化抱负和历史意识。为了深入理解这一信仰根据，我们必须和库尔提乌斯一起回味奥古斯丁和但丁对于中世纪的贡献。在动荡的晚古和令人沮丧的历史危机中，奥古斯丁从非洲走来，抵制摩尼教对灵魂的诱惑，疗治灵知二元论带给灵魂的创伤，写下一部《上帝之城》反驳侵蚀信仰的异端邪说。他引入上帝专属的“自由意志”，来系统地回答关于人类命运的一个根本问题，一个沉沦的晚古未来得及解答的问题：人世间为何有恶？在所有关于信仰的论战背后，在捍卫基督教信仰的虔敬言辞的深层，隐含着奥古斯丁的一种信仰的茫然与焦虑：罗马象征体系风雨飘摇，古代宇宙论象征体系也无声坍塌，他必须探求人类命运问题，为这个问题给出答案。这种探求和回答，让奥古斯丁获得了世界历史的意义。“他的本质不再是古典希腊罗马文化性质，给出的答案中条陈丰富，使蕴含于神学中的基督教中心内涵直面正在形成中的完整的西方世界，却没有割断与几百年中古典文化精析出的思想财富的联系，甚至拯救了这些思想财富，使之成为西方世界的基石……”[1]《欧拉》断言，奥古斯丁的历史哲学，乃是“把中世纪视为罗马延续的观点”之另一源头。奥古斯丁还依据《但以理书》的讽喻预表，将罗马描述为第四帝国。[2]一个整合了东方和西方、古代和中古的庞大象征体系，便是奥古斯丁对于欧洲历史的贡献。在《欧拉》第二章，但丁的幽域之旅及其同一流诗人的聚会，便是拉丁中世纪文化宏大戏景的开场。[3]《欧拉》主体部分的最后一章（其后是“后记”）但丁被奉上了拉丁中世纪文学和思想的顶峰。在第二章中，库尔提乌斯将但丁与奥古斯丁对立起来：“他把维吉尔和奥古斯都的罗马，同彼得及其后裔的罗马联系起来。德国人的帝国和罗马的帝国，异教徒与基督徒、奥古斯丁与但丁的历史思想，这些不过是罗马观念中少数的对立面。然而，他们的起源和发展都离不开罗马的语言，而该语言同时也是圣经、教父、教会、经典化的罗马作家以及中世纪学术的语言。凡此种种完善了‘拉丁中世纪形象’。”[4]在论说但丁的专章里，

1 阿尔弗雷德·韦伯：《文化社会学视域中的文化史》，姚燕译，上海：上海世纪出版集团，2006 年，第 171 页。

2 Ernst Robert Curtius, *European Literature and Latin Middle Ages*, trans. Willard R. Trask, New Jersey: Princeton University Press, 1990, pp. 27-28.

3 *Ibid*., pp. 17-19.

4 Ernst Robert Curtius, *European Literature and Latin Middle Ages*, trans. Willard R. Trask, New Jersey: Princeton University Press, 1990, p.30.

但丁和席勒都被视为各自民族最伟大的思想家之代表，同时也是基督教中世纪最伟大的诗人。“但丁进入了19世纪普世古典主义的先贤祠，而不受任何古典主义陈规陋俗的羁绊。”[1]而且在乾坤颠倒之际，但丁担负起匡扶正义、平定天下的使命，将物理宇宙学和形而上的价值领域联系起来，建构出整个历史的象征体系，以形而上之境涵盖天地人神、怪力乱神九界，而拉丁中世纪的宇宙剧在《神曲》中最后一次上演。但丁建构的中世纪象征体系，蕴含着让“十个沉默的世纪”显形的力量，他单枪匹马，孑然一身，面对整个千年，并改变那个历史的世界，爱、秩序、拯救构成他内心幻象的焦点。[2]在《西方思想的中世纪基础》这篇讲词中，库尔提乌斯断言，1320年前后，当但丁发表自己的诗歌后，没有文学评论，没有批评家，没有高雅之士，也没有人翘首企盼、冉冉上升的天才和杰作。“从但丁时代起，世界走向灭亡。”但丁让库尔提乌斯深信，人事终变，天道好还，一位普世的君主或者弥赛亚可以找回往昔帝国的荣耀与尊严。而这种荣耀与尊严，就在于中世纪处身其中并不断重述的传统精神，这种精神就是“信”与“乐”。[3]

然而，库尔提乌斯念念不忘和《欧拉》浓情重彩书写的，总归是通过中世纪传承的罗马象征体系。罗马象征体系乃是拉丁中世纪文学与思想传统流布的空间，构成了“拉丁中世纪”概念的独特含义。所谓“拉丁中世纪”，可谓罗马帝国到中世纪的文化贡献的总体，其中罗曼语国家或“罗马尼阿”所代表的罗马文化占有不可摇夺的主导地位。“拉丁”与“罗曼”共同继承了罗马帝国的遗产。从十字军到法国大革命，各个罗曼民族的文学在西方相继独领风骚。唯有从“罗马尼阿”，才能俯瞰近代文学的全貌。英语是经过罗曼语和拉丁语改造的日耳曼方言，而通过罗马尼阿及其影响，西方真正开始了拉丁中世纪的人文化成。[4]这就是西方人文主义的真正渊源。由于它的缘光烛照，西方中世纪就不是暗无天日的一千年。又由于这种人文主义传承了古代文化，融合了异教文化，诸神的复活也不必等待14、15世纪的意大利文艺复兴。海德格尔看得不错，“人文”首次被思虑和被追求，乃是罗马共和时

1 Ernst Robert Curtius, *European Literature and Latin Middle Ages*, trans. Willard R. Trask, New Jersey: Princeton University Press, 1990, p. 350.

2 *Ibid*., pp. 378-379.

3 Ernst Robert Curtius, "The Medieval Bases of Western Thought," in *European Literature and Latin Middle Ages*, trans. Willard R. Trask, New Jersey: Princeton University Press, 1990, p. 598.

4 *Ibid*., pp. 34-35.

代的事。“人文之人”对立于“野蛮之人”，而“人文之人”的典范则是罗马人。罗马人通过体证从古希腊传承而来的“人文化成”之道，以提升和荣耀罗马的伟力威权。他们系指希腊化时代的希腊人，在智慧学苑里修习了古人的文化，经典古代由此确立范型。“人文化成”，人文之道亦然，其宗旨千年不变，万年如常，乃是“学宗博雅，行止至善”(ruditio et institutio in bonas artes)。经过这么一道被库尔提乌斯称之为“转换”(transition)的阐释程序，“人文化成”就变成了“导人入仁”之道(humanitas)。一个典范的罗马人身上特有的“罗马之道”，恰恰就在于这么一种“属人之道”。“在罗马，我们遇到了第一种人文主义；因而在本质上它是一种为罗马所特有的现象，因为它的出现，源于罗马文明与晚期希腊人文化成的因缘际会。所谓14、15世纪的‘文艺复兴’，乃是一场‘罗马之道’的复兴。”[1]海德格尔的思想也是库尔提乌斯思想酵素之一，《欧拉》的文化整体观和文学传承意识将海德格尔的罗马人文观具体化了，赋予其生生不息的创化能量。不错，罗马象征体系不仅内在，而且超越，不仅在时间维度上无形，而且在空间维度上显形——“罗马就是世界”。施米特在考证“罗马”与“空间”的词源及其读音，得出结论说：维吉尔视“罗马”与“空间”为同一个词语，正如希特勒把“空间”和“帝国”看作是一回事：“开辟出来的原始森林中的林间空地是一片由人类居住和塑造的空间，它的四周交替着无穷无尽的‘未塑造’和‘尚－未－塑造’。周围的原始森林在这里指那些看不到的汪洋大海、包围着人类居住的土地，就像……古希腊罗马时代人们对世界的想象。”[2]收到《欧拉》而担心无时间阅读的诗人艾略特，也从帝国诗人维吉尔的诗中读出了罗马在世界空间的中心地位，而认为“罗马帝国与拉丁语言不是任何一个帝国、任何一种语言，而是事关其自身之独一无二命运的一个帝国、一种语言”。[3]中世纪借着拉丁语传承了这个帝国的宏大气象，及其象征体系。因而，哲学家吉尔松说，“中世纪借着自己的历史哲学而认定了自己的地位，正处在自世界创造以来的戏剧里一个决定性的时刻。它绝不会以为学术会一直保持着查理曼大帝时期的模样，也不会以为

1 海德格尔：《论人文主义书简》，转引自斯潘诺斯《现代人文教育中阿波罗的威权》，胡继华译，载《中国文化》2014年秋季号，第40期，第132页。

2 转引自法贝儿：《罗马人施米特》，谷裕译，刘小枫选编《施米特与政治法学》，上海：三联书店，2002年，第204页。

3 艾略特：《什么是古典？》转引自斯潘诺斯《现代人文教育中阿波罗的威权》，胡继华译，载《中国文化》2014年秋季号，第40期，第133页。

进一步的进展是不可能的。不过，它也不会相信世界虽已进步至13世纪那种地步，但仍会任凭纯粹自然的力量或后天学得的力量，而无限制地进展下去。依照它的看法，人类自降生以来便不断改变，并且会一直改变下去，只不过这一改变已经达到一伟大变化之前夕。”[1]欧洲文学和拉丁中世纪也遵循这么一种无限进展的精神，生生不息地传承和创造欧洲人文主义的伟大传统。那么，究竟如何去捕捉、去把握这一生生不息的欧洲传统呢？如何用长时段的眼光去笼罩罗马象征体系兴衰沉浮的节奏？如何用当代人的直觉去感受欧洲千年历史上造物的叹息？

三、“远观其势”，“近观其质”

“乾坤千里眼，时序百年心。”（杜甫《春日江村五首》）库尔提乌斯借以把握欧洲文学总体和拉丁中世纪文化传统的方法，乃是一种“综观全局”和“细察入微”的辩证史观，一种“远观其势”和“近观其质”的文学现象学（或诗学），一种“远距阅读”和“文本细读”的阐释学。[2]在《欧拉》德文第二版序言和英译本序言中，库尔提乌斯用“航拍照片”设喻，隐喻地论说他的史观、诗学和阐释学方法：

> 借助高海拔的航拍照片，当代考古学取得了令人吃惊的发现。例如人们依靠该技术，在北非首次发现罗马晚期的防御工程。置身废墟之上的人，是不可能看到航拍照片所展现的一切。不过接着，人们会放大航拍照片，将其与详细的地图比对。本书运用的文学考察技巧，便与此有着异曲同工之妙。如果我们放眼两千或两千五百年来的西方文学，就不能发现管中窥豹所不能见的宏大景象。不过，俯瞰的前提是各领域专家已经进行了细察入微的研究，而这确实人们常常忽略的。只有综观全局，才知这样的劳动，于人于己，受益无穷。既综

---

1 吉尔松：《中世纪哲学精神》，沈清松译，上海：上海世纪出版社集团，2008年，第316页。

2 关于“文本细读”（Close reading）和“远距阅读”（distant reading），参见F. Moretti, “Conjectures on World Literature,” in *New Left Review* 1, January-February 2000。莫莱蒂一反“新批评”的精读研究法（close reading），而提出全球视野下的远读研究法（distant reading）。“近观其质，远观其势”，精读研究法适合于用来把握个别的作品，而远读研究法则可以把握全球时代文化与文本的复杂流通。（又见胡继华编著：《比较文学经典导读》，北京：北京师范大学出版社，2015年，第94—114页。）

观全局，又细察入微，唯其如此，史学方可取得进步。如今两种方法相辅相成，缺一不可。仅仅细察入微而不知综观全局，便是无的放矢；仅仅综观全局而不知细察入微，便是华而不实。然而，对于文学领域综观全局的普世主义，桑兹伯里的话可谓深得个中三昧："没有现代，古代就是一块横在路上的绊脚石；没有古代，现代就是一桩不可救赎的荒唐事。"[1]

这就是库尔提乌斯的方法论纲领，所以他把这段话原封不动地照搬到了英译本序言中。[2]综观全局（universalism），是指一种文学总体观，借着它即可观照欧洲文学和拉丁中世纪的全景，并且从中发现一种普世大同的人文主义。细察入微（specification），是指一种语文学的研究方法，借着它处理文本，叩显开隐，烛照幽微，与古圣先贤对话，想象地返回到文化的源头，发掘经典文本之下的微言大义。

航拍照片隐喻着文学总体观和文化普世主义。库尔提乌斯的史观，融合了特洛尔奇的历史主义、汤因比的文化生命观和斯宾格勒的文化形态学。特洛尔奇把欧洲世界看作是古代与现代的连续体，认为古代世界涵盖了从原始文明到衰落文明的各个阶段，而后者涵盖了从罗马帝国直到 19 世纪的各个环节。这种整体史观，乃是库尔提乌斯以今观古、借古察今的方法论支持。汤因比认为，不同生命圈内各不相同的文明实体都在环境的挑战下不断的应战，在其内在发展之中永远在经受着考验，在永恒的考验之中领受自己的命运，成功或者失败，走向辉煌或者无奈凋零。斯宾格勒以植物来隐喻文化，认为任何一种文明都有其萌芽、生长、开花、结果和枯萎的命运，文化的生命曲线都按照命中注定的轨迹演示出"生"、"住"、"异"、"灭"的节奏。[3]这三种流行的历史主义激励库尔提乌斯在《欧拉》中从文化和意义出发、而不是从地理和民族出发来理解"历史图景"的欧洲化。库尔提乌斯断言，汤因比的《历史研究》中关于文明单元及其命运的宏大叙事乃是一种"文化比较的形态学"。这种方法的本质，是"远观其势"，以综观全局的视角，破除我执以及狭隘的

---

1 Ernst Robert Curtius, *Europäische Literatur und Lateinisches Mittelalter*,Elfte Auflage, Francke Verlag Tubingen und Basel, 1993, 10.

2 Ernst Robert Curtius, *European Literature and Latin Middle Ages*, trans. Willard R. Trask, New Jersey: Princeton University Press, 1990, ix.

3 参见梁启超：《清代学术概论》，北京：人民出版社，2008 年，第 2 页。

民族主义，破除四分五裂的民族神话和意识形态，在幽魂墟墓里拯救出真正的欧洲意识和文化传统。《欧拉》开篇就表示，描述统一的欧洲不仅是文学研究的使命，而且更是文化政治的使命。因而，在书中反映了他对文化苦境和历史浩劫的反思。《欧拉》恰如一张航拍照片，让人一目千里，看到从荷马到奥古斯丁到但丁再到歌德、莎士比亚的整个欧洲历史上，古典学术、修辞智术、隐喻体系、文学风格都保持了传承性，在传承之中有所创新。《欧拉》将人文主义溯源到罗马帝国，从而解构了文艺复兴人文主义的神话——经过黑暗千年，古典文化冲破重重禁锢，在15世纪灿然复活。《欧拉》所描绘的中世纪，绝非暗无天日。相反，拉丁中世纪传承着与罗马相关的一切，颂歌堂皇，情歌艳炽，游吟诗人多情而又挚爱，普罗旺斯诗兴流溢，宗教论辩修辞机巧百变。这是一个盈盈丰满、栩栩如生的中世纪，一如但丁的文学世界表明，中世纪的人何等醉心于优美的宇宙结构、壮美的自然景观河绚丽多姿的人类生活。拉丁中世纪十分漫长，而罗马象征体系借着这个实体在历史之中绵延不朽，一直延续到了18世纪。远观这张航拍照片，库尔提乌斯不禁悲从中来：18世纪以后，启蒙与革命往复出现，动荡不安，毁冠裂裳，“真正的黑暗时代”才开始，然后便是无尽的黄昏笼罩着没落的欧洲。

库尔提乌斯像诺瓦利斯《奥夫特丁根》里那个追梦少年，以蓝花为图腾，四处寻找失落的家园。这个家园就是“中世纪”。追梦少年随着矿工下降到幽深的洞穴，遭遇到无年龄的神秘隐士，阅读到一本用神秘文字写出的圣书，而领纳了自己的命运。但丁的幽域之旅，呈现在诺瓦利斯的诗化传奇之中，现在又呈现在库尔提乌斯的学术视野之中。库尔提乌斯的另一个隐喻是“探矿”，而“探矿”就必须“细察入微”。要真正做到“细察入微”，那就必须仰赖“语文学”。《欧拉》“后记”（第18章）严谨细腻，运用“探矿”喻说了“细察入微”、“近观其质”的“语文学”方法：

> 当我们隔离并命名一种文学现象，我们也就建立了一个事实。在此基础上，我们深入文学事件的具体结构，加以分析。如果我们得到几十或者几百个类似的事实，就能建立一系列点集。这些点可以用线连接起来，于是就构成了图案。如果我们研究并联系这些图案，就能看到整幅图画。……我们不妨这样理解：分析走向综合，或者说，综合自分析而来；只有这样得到的综合才是合情合理的。柏格森把分析定义为“深入了解一桩我们推测其有意义的事实的能

> 力”。“深入”也是兰克的历史方法的基本概念。不过，什么样的事实是“有意义的”呢？我们必须推测，柏格森如是说。……让我们做个类比吧。探矿者用杆子探到金矿脉。这个“有意义的事实”，就是岩石中的矿藏。他们藏匿于物体之中，然后被寻觅者的探杆“推测”——或者更确切地说，“搜寻”出来。这里面包含了一种心理作用：对于有意义的事物作出“反应”的灵活分辨的感受能力。如果该能力是潜在的，就可以将其挖掘出来。它可以被唤醒、利用和指导，却无法传授或转移。根据处理的对象，分析的方法也是多种多样。如果分析对象是文学，那么这就叫“语文学”。我们只能靠它进入文学事件的核心。探究文学，别无他法。[1]

“语文学”（philology）源自希腊文“对文辞（言）的挚爱”，这种挚爱与“对智慧之爱”和“对命运之爱”休戚相关。“语文学”挚爱“文辞”，却不止于“文辞”。库尔提乌斯坚定地认为，“语文学”乃是所有历史研究的方法论基础。在文学研究之中，它是“文学现象学”分析的手段，借着它深入文学事件的核心，其目的在于勘探、推测和发掘“有意义的事实”。“我们研究的是文学，是语言外壳下西方文学的思想与精神传统。其中蕴含着美、崇高、信仰等永不磨灭的财富。”[2]以文学为媒介，怀着对言辞和智慧的爱，从识文断字开始，发掘古圣先贤的微言大义，从而烛照幽微，获取文化精神，这就是语文学家的天职，当然也是库尔提乌斯的使命，以及《欧拉》的持久魅力之所在。

1800年以来，语文学在欧洲各地繁盛起来，促进了梵语、古波斯语、古法语、古英语、中古高地德语、斯堪的纳维亚语、凯尔特语的研究和阅读。曾经被视为各个时代的蛮夷文献都从手稿之中抽取出来，被赋予与希腊、罗马、拉丁文献以同等的价值。德国浪漫主义对印度的想象、对东方之风的仰慕、对中世纪和希腊的迷恋，都建立在语文学基础之上。语文学家力求从琐碎的文字处理开始，将茫然无稽的史诗、神话的财富据为己有，追认文化的原始归属，确立身份认同的坐标。格林兄弟的《德语语法》和《德国神话》，在浪漫主义诗性智慧之光及其新神话的烛照下，发

1 Ernst Robert Curtius, *European Literature and Latin Middle Ages*, trans. Willard R. Trask, New Jersey: Princeton University Press, 1990, pp. 382-383.

2 *Ibid.*, x.

明了德国性，并通过文化政治手段将这种民族精神视为普世主义的遗产。语文学通过习俗的搜集、文本的编辑、俗语方言的研究，而确立了文化永恒意识，以今观古，而把过去变成了“当下的过去”。语文学在技术层面上说文解字，在思想层面上解析义理，在文化层面上努力身份认同。所以，小施莱格尔一言以蔽之，“爱言辞”就是“爱智慧”，“语文学”就是“哲学”。[1]“语文学”看似专研琐碎，拘泥细枝末节，但它由点到面，由面到图，由图到景，终归会呈现一幅立体的宏大景观。其中，词语的变化，就是文化的变化，灵魂的变化。[2]施皮策尽管对库尔提乌斯严词厉责，但他的这个从词语到灵魂、从文学到文化的研究理路在《欧拉》中得到了最大限度的弘扬。在《欧拉》中，文学的形式要素占有主导地位，修辞被赋予了一种实施人文化成和传输文化传统的权力。“思想只有在词语中，才能使用自己的语言；只有在创造性的词语中，它才能获得完美的自由——超乎概念、超乎教义、超乎清规戒律的自由。”[3]然而，在大化流演，沧桑波澜，寓残酷于悠然之中，任何壮美与优美的事物都是惊鸿一瞥的插曲。然而，通过语文学，借着文学媒介，文化传统成为一种自愿而无意识的记忆代代相传。文化记忆决定了个体对自身永恒身份的意识。文学传统是一种媒介，借着它，欧洲以至全人类各民族的思想经历劫毁无数而保持着自己端庄美丽的身份。

自 19 世纪以来，德意志语文学绵延出了一脉引人入胜的传统，其魅力在于跨越言辞之爱而上达智慧之爱和神性之爱，接通了古希腊、罗马和中世纪不断传承的人文主义，且涵泳着诗意的智慧，对文艺复兴以来节节攀升荣登王位的科学理性主义构成一种补充、对话和解构的关系。在这个传统脉络中来理解《欧拉》的阐释学实践，就必须大跨度地拓展语文学的范围。20 世纪 30 年代，语文学，尤其是德国罗曼语文学的重大进展在于，它再也不只是呈现在文本绎读、语言研究、意义探寻、修辞转换、风格分类和经典翻译之中的“言辞之爱”，而是成为一项通过文本研究而完成人文化成的志业。淑世易俗，莫善于诗，诗性智慧通过语文学实践而传播“人文

---

1 刘皓明：《荷尔德林后期诗歌》（评注卷上），上海：华东师范大学出版社，2009 年，第 164 页。

2 参见刘皓明：《荷尔德林后期诗歌》（评注卷上），上海：华东师范大学出版社，2009 年，第 166 页。

3 Ernst Robert Curtius, *European Literature and Latin Middle Ages*, trans. Willard R. Trask, New Jersey: Princeton University Press, 1990, p. 393.

之爱”。从维柯、赫尔德和黑格尔的历史哲学获得灵感，奥尔巴赫指出，“语文学范域如此扩大，以至于它涵盖了一切事关历史的人文学科，当然也包括法律和经济的历史，它几乎完全等同于德意志的精神史概念”，“唯有在历史之中才存在真理，唯有理解历史的整体进程才能获得真理”，“所以哲学正在寻求的真理相关于语文学，而语文学探讨特殊的确定性，及其连续性与关联性”。[1]库尔提乌斯将语文学阐释实践的成果形容为“美的房屋”，其中安置着长存的思想王国，寄寓着千百年来的经典作家，并持久地运用美的观念来遴选正典，形式不断变化，不断更新。经典的建构，正典的确立，永远在于“示物法象，惟新其制”。[2]故而，“美的房屋从不会竣工，从不会关闭。它一直在修建，时刻敞开。”[3]

《欧拉》启动文化记忆，纵观文化历史流变，横看民族文学丛林。远观之景，犹如航拍照片，近观之境，宛若深山矿脉。综观全局而又细察入微，于是立地更能顶天，上达而又下行。综观全局是以大观小，而细察入微是以小观大。细察入微，研究者获得了丰厚的经验基础。综观全局，研究者又将经验积累提升为文学和文化的通则。那么，在远观与近观之间，远距阅读和文本细绎之间，在经验分析和通则建构之间，在特殊文本实践和普世大同的人文主义之间，究竟存在着什么样的“中间物”，让库尔提乌斯上下舒展、往返自如、进退合宜？

四、“万物归一”——主题学的启示

正是“主题学”居于经验型的语文学实践与思辨型的文化史观之间。作为学术研究的中间物，且作为库尔提乌斯独门治学功夫，“主题学”完成了语文学实践向文化通则的提升，实现了文化史观向文本经验分析的渗透。“主题学”让远观真见其势，而不至于茫然无着，让近观确获其质，而不流于细枝末节。

“主题学”（topology），源自希腊语“Topoi”加“logos”，是指对文学中已经

---

1 Eric Auerbach, “Vico and Literary Criticism,” in *Time, History, and Literature*, ed. And with an introduction by James I. Porter, Princeton and London: Princeton University Press, 2014, pp. 9-10.

2 参见宗白华：《形上学——中西哲学之比较》，《宗白华全集》，第 1 卷，合肥：安徽教育出版社，1996 年，第 622 页。

3 Ernst Robert Curtius, *European Literature and Latin Middle Ages*, trans. Willard R. Trask, New Jersey: Princeton University Press, 1990, p. 397.

成为套式和恒定修辞的话题进行系统研究。话题一旦成为“主题”，就落入俗套(commonplace)，供人模仿或者戏仿，墨守或者颠覆，沿用或者创新。库尔提乌斯的主题研究聚焦在古代和拉丁中世纪的修辞及其主题体系。其核心论点在于，古典传统通过修辞研究来自我散播，自我保存，同时古典传统展示其连续性的方式乃是“主题”的重复再现。不过，在库尔提乌斯那里，与其说“主题学”是一种研究文学形式转换与生成的手段，不如说是一种可能“证成”精神实在之终极神话的不可还原基质的文化纲领。“文学批评可能从世世代代全体诗人身上抽绎出这么一种神话体系的元素，将它们放置在一起，让它们一起完成巴别塔被摧毁之后就落在人类肩头的伟大使命——重构万物一体。”[1]可见，主题学研究，与库尔提乌斯的文学志业、文化抱负、历史意识和信仰基础紧密相关。然而，在文学流变和文化传统中，“主题”乃是匿名之物，难以为它找到最初的作者，无法为它确定合法的身份。如果说文化就是记忆的启蒙，那么“主题”就是记忆的线索。主题犹如荣格的“原型”和“集体无意识”，自古至今，代代相传，流入作者的笔端，就像雕塑艺术的主题遍布于时空之中，反射出不同世代人类心灵的节奏。“主题学”探索主题的成因，于是“文学生物学”适时出现，演示出词语在历史之中的进化、优选和保存。“主题学”也研究历史之中反复出现的暗示，于是文学形式的遗传密码得到了破解，欧洲人的心理状态得到了有限的揭示。主题学便是一部无名的文学形式史，一部具体的精神现象学。从主题学研究中，可得出一套修辞意象，一套隐喻体系，一套非个体化的风格样式。[2]在这些非个人化的表述方式和风格元素之中，我们读者可能触摸到更深层面的无意识生命，可能倾听更遥远的鸿蒙之歌。比如“老妪”与“少女”、“老翁”与“少年”这么一些既成套式的主题，都根植于灵魂深处，作为古老的原始意象寓于集体无意识深处。“自然女神”也一样，它用永恒的梦境语言道说宇宙的秘密，回答那些在原则上绝对不可回答的难题，从而散播幻象，衍生诗性的智慧，对宇宙的沉思与对生育的赞美便在“自然女神”意象之中合而为一。“主题”永恒轮回在历史之中，提示有一脉绵延不绝的传统自古至今一以贯之，虽经历千劫万难，却宛如日月，

---

1 转引自 Alexander Gelley, “Ernst Robert Curtius: Topology and Critcal Method,” in *MLN*, Vol. 5, General Issue (Dec. 1966), pp. 579-594。

2 Ernst Robert Curtius, *European Literature and Latin Middle Ages*, trans. Willard R. Trask, New Jersey: Princeton University Press, 1990, pp. 82-83.

光景常新。[1]

“主题学”研究显示跨文化和超历史的同一性，因而它指向了作为神秘原则的“万物归一学说”(All-Einheit-Lehre)。[2]奥古斯丁的《上帝之城》、但丁的《神曲》与《新生》、歌德的《浮士德》、巴尔扎克《人间喜剧》、普鲁斯特的《追忆逝水年华》，其中蕴含的主题和神话，都表明“万物一体”是一种神秘的呼吁，一条绝对原则，一则终极神话。在库尔提乌斯的法国文学研究中，“万物归一”主宰着他对巴尔扎克的观照。在他看来，万物归一，就是永恒的哲学，其踪迹普遍存在于巴尔扎克所利用的灵智体系和巫术信仰之中。这种永恒哲学将现实把握为一个无限多维的“大全”，一个生生不息的整体，一个单一而充满活力的存在连续体。人类置身于一个宏大的自然秩序之中，个体必须与永恒合一，生命必须与宇宙同流，这是德国浪漫主义的基本信念。[3]“独自进入存在，就是忘我地转向自然万物之中”，荷尔德林《许佩里翁》中所表述的浪漫情怀，也浸润着库尔提乌斯及其同时代人为破碎世界而万分憔悴的灵魂。在他看来，“万物一体”的学说，赋予了巴尔扎克、爱默生和普鲁斯特以同质的文学能量。

“主题学”指向“万物归一”，库尔提乌斯就自我塑造成一个地道的莱布尼茨主义者。他的志业是以零打碎敲的方式重构一个和谐整一的世界，在碎片的世界上发现隐秘的和谐，在游魂墟墓、断垣残壁之间想象地建构罗马象征体系。于是，他是一个带着悲观面目而怀着乐观心灵的学者，深信前定和谐，渴慕人的完整，并以此为基础确立了元气淋漓而又安谧文雅的学术风格。借着主题学，怀着万物归一的信念，库尔提乌斯将语文学文本实践上升到了文化历史的通则，从文学形式和文学经验之中提纯了一种经纬天地、绵延不朽的人文主义。

---

1 Ernst Robert Curtius, *European Literature and Latin Middle Ages*, trans. Willard R. Trask, New Jersey: Princeton University Press, 1990, pp. 104-105.

2 Alexander Gelley, “Ernst Robert Curtius: Topology and Critcal Method,” in *MLN*, Vol. 5, General Issue (Dec. 1966), pp. 579-594.

3 参见泰勒：《自我的根源：现代认同的形成》，韩震等译，南京：译林出版社，2001 年，第 570—571 页。

指导原则

一、过去，我们的父祖们已经十分贤明地告诉了我们，哪些是应当做的，哪些是不应当做的。[1]

——希罗多德，《历史》

πάλαι δὲ τὰ καλὰ ἀνθρώποισι ἐξεύρηται, ἐκ τῶν μανθάνειν δεῖ.

Herodotus, I, ch. 8

二、传承父辈的优良传统。

——波利比乌斯，《通史》

πατέρων εὖ κείμενα ἔργα.

Polybius, XV, 4, 11

三、……思想不可能开花结果，除非它经过文学洪流的洗礼。

——佩特罗尼乌斯

… neque concipere aut edere partum mens potest nisi ingenti flumine literarum inundata.

Petronius, ch. 118.

四、不为他人把事做，只为实现心中愿。

——拉丁谚语

Ne tu aliis faciendam trade, factam si quam rem cupis.

Proverb

---

1 【中译者注：译文见希罗多德：《历史》（上册）（王以铸译），北京：商务印书馆，1997 年，第 5 页。】

五、威廉对自己的追随者说道：

“各位，善行广为人知；

我们也要像那些行善者一样做事。”

——《骑士阿梅里之歌》

Guillames dist a ceus qui o lui erent:

“Seignor,” fet il, “les bones uevres perent;

Fesom aussi con cil qui bien ovrerent.”

Les Narbonnais [1]

六、或许，我们马上深信不疑：本没有什么“父邦母国”的艺术与学问。艺术也好，学问亦然，全体幸运地归属于整个世界，通过普遍自由的文化涵濡，而同样只能为全体活着的人所拥占。有鉴于此，遥远泰古之遗迹，以及名满人间之辉煌，都将在传唤复活之列。

——歌德，《德国历史艺术一瞥》

Vielleicht überzeugt man sich bald, dass es keine patriotische Kunst und patriotische Wissenschaft gebe. Beide gehören, wie alles Gute, der ganzen Welt an und können nur durch allgemeine freie Wechselwirkung aller zugleich Lebenden, in steter Rücksicht auf das, was uns vom Vergangenen übrig und bekannt ist, gefordert werden.

Goethe, *Flüchtige Übersicht über die Kunst in Deutschland* (1801)

七、即便世衰道微，人心不古，但低迷时代亦有领受吾人恻隐之心的神圣权利。

——布克哈特，《全集》

---

1 【中译者注：这一条原则出现于德文第一版、英译本和法译本，德文第二版中并未出现，取而代之的是 Schuchhardt (1915) 的一段话——“微观世界与宏观世界之间没有大小之分，却有平等权利的关联，科学研究的理想图景就此展开”（Die paritätische Verbindung von Mikroskopie und Makroskopie bildet das Ideal der wissenschaftlichen Arbeit）。据 Earl Jeffrey Richards 教授分析，“好书已不存在于世”的说法，有违库尔提乌斯的文学连续性主张，而 Schuchhardt 的话则非常契合库氏对文学研究之精确性的要求。】

Auch die Zeiten des Verfalls und Untergangs haben ihr heiliges Recht auf unser Mitgefühl.

Jacob Burckhart, *Werke*, XIV, 57

八、漫不经心的觉察，毫不招人耳目的苗头，无不关乎目的明确的探究，无不关乎对于认知对象的领悟。大步跳跃空间，随即直逼愿景。虽然是带着一种先入之见对类似认知对象进行并不完美的观照，但他却可能把握全局，高贵的宇宙及其细枝末节也被尽揽入怀。仓促之意导致迷妄之见，决断总是姗姗来迟，只能小心翼翼，步步为营地趋近认知对象，细察枝节，心境不宁，直到确信对象只能如此而不可以其他方式把握。

——格勒贝尔，《罗曼语文学概论》[1]

Abischtlose Wahrnehmung, unscheinbare Anfänge gehen dem zielbewussten Suchen, dem allseitigen Erfassen des Gegenstandes voraus. Im sprungweisen Durchmessen des Raumes hascht dann der Suchende nach dem Ziel. Mit einem Schema unfertiger Ansichten über ähnliche Gegenstände scheint er das Ganze erfassen zu können, ehe Natur und Teile gekannt sind. Der vorschnellen Meinung folgt die Einsicht des Irrtums, nur langsam der Entschluss, dem Gegenstand in kleinen und kleinsten Schritten nahe zu kommen, Teil und Teilchen zu beschauen und nicht zu ruhen, bis die Überzeugung gewonnen ist, dass sie nur so und nicht anders aufgefasst warden dürfen.

Gustav Gröber, *Grundriss der romanischen Philologie*, I (1888), 3

九、有人不希望见到技法。写文章时，若作者为读者省去所有清晰的细节，那就只剩下泛泛而谈，没有一点论证。

——梅耶，《拉丁语言史概要》

On aurait souhaité de n’être pas technique. À l’essai, il est apparu que, si l’on voulait épargner au lecteur les détails précis, il ne restait que des généralités vagues, et que toute démonstration manquait.

Antoine Meillet, *Esquisse d’une histoire de la langue latine* (1928)

---

1 【中译者注：第六至第八条指导原则的中译文出自我的导师胡继华教授之手，特此致谢！】

十、科学书应该讲科学，但也应该有书的样子。

——奥尔特加，《作品集》

Un libro de ciencia tiene que ser de ciencia; pero también tiene que ser un libro.

José Ortega y Gasset, *Obras* (1932), 963.

第一章　欧洲文学

19 世纪以来，人类对自然的认识达到了前所未有的高度。的确，与之相比，早 3
年的进步实在是小巫见大巫。新知识改变了存在的形式，引发了难以估量的种种可
能。不过，囿于史学知识的进步难于察觉，故知之者甚少。史学发展改变的不是生
命形态，而是与之休戚相关者的思想形态，其结果是意识的扩大和显明。而这一过
程对解决人类的实际问题至关重要。道德进步与社会进步的最大敌人是心胸狭窄、
麻木不仁，形形色色的反社会情绪和思想的惰性，同样是它们的得力帮凶，这便是
智力消耗最小化原则（das Prinzip des kleinsten geistigen Kraftaufwandes）（所谓“惰
性”[vis inertiae] 是也）。我们在自然知识上的进步有据可证。没有人质疑化学元素
周期性。但史学知识的进步只能靠世人自愿研究，自得其乐。它带不来可观的经济
效益，也带不来可预计的社会效益。因此，唯利是图的当权者对这些知识常常不闻
不问，甚至拒之千里。[1]史学认知过程的主角往往是孤立的个人，他们在战争、革命
等历史剧变的引导下提出新问题。修昔底德[2]受前所未有的伯罗奔尼撒战争之震撼， 4
作《伯罗奔尼撒战争史》。奥古斯丁受阿拉里克攻占罗马事件之影响，撰《上帝之
城》。马基雅维利的政治和史学著作，与法国远征意大利密不可分。1789 年大革命与
拿破仑征战，促成黑格尔历史哲学的诞生。丹纳修订法国史后的 1871 年，德国获得
普法战争的胜利，随后霍亨索伦帝国崛起。受这些事件影响，尼采发表了“不合时
宜的”论文《历史对生活的好与坏》（该文掀起了现代人讨论“历史主义”的序幕）。

---

1 在此，我们可以引用 1926 年舍勒（Max Scheler）的一段警示文字。“曾几何时，自由的学术研究与思想体系联合起来，反抗至高无上的教会对头脑的禁锢。然而，作为两者的联合体，民主扩张却悄然成为思想自由的最大威胁。在西方和（可能）北美，苏格拉底与阿那克萨戈拉所抨击的那种民主正死灰复燃。事实已经表明，唯有‘小部分精英团体’几经抗争获得的绝对自由的民主，才是科学与哲学的联合体。如今盛行并最终扩大到妇女和部分儿童的民主，并非理性与科学的伙伴，而是它们的敌人。”（Max Scheler, *Die Wissensformen und die Gesellschaft* [1926], 89）

2 【中译者注：本书中出现的希腊、拉丁人名，除已经约定俗成的外，均按照罗念生编排的《古希腊、拉丁、中文译音表》译出。】

为了反思第一次世界大战，施宾格勒撰写了《西方的没落》。长期浸淫于德国哲学、神学、史学的恩斯特·特勒尔奇写出了《历史主义及其问题》(1922)（尽管未完成）。这里，近代史学意识的演变及其当前问题，仍然以无出其右的方式向前推进。相比其他国家，德国国内传统价值的历史化进展得更为深入。在兰克那里，该进程与审美观照的快感（Mitwissenschaft des Alls）联系起来。此外，它还见诸布克哈特，只是色彩更为浓重。凭着敏锐的直觉，布氏警告世人不要滥用无所不能的国家，而他的警语也在20世纪得到证实。

随着各种资料的刊布以及19、20世纪考古发掘，史学积累了大量的材料。人们从佩里戈尔（Périgord）洞穴中发现了旧石器时期文化，从埃及的沙漠中发现了纸莎草文献。地中海盆地的克里特（Minoan）与赫梯的历史，埃及与美索不达米亚最原始的时代，甚至玛雅或古印度的异域文化也变得触手可及。作为“通俗易懂的单元”(Sinneinheit, intelligible unit)，欧洲文化也矗立于众文化当中。特勒尔奇对历史主义的论述便是“欧洲主义”（Europäismus）本质的注脚。历史主义在众多方面，已然是垂垂老矣的相对主义，不禁让人扼腕叹息或半信半疑，可特勒尔奇却委以其泽被后世的重任：“创建原则就是以史学超越史学，为新的创造扫清道路。”

第一次世界大战给欧洲文化带来的危机有目共睹。那么，文化及其媒介——历史实体（Geschichtskörper, historical entities）是如何产生、发展直至衰亡的呢？要回答这些问题，我们就必须借助比较文化形态学。汤因比从事的就是这项工作。[1]对于所有史学学科，他的史学方法不但修改了基础，而且扩大了视野（类似改变亦见于原子物理学）。就涉及面和经验主义（英人最擅长）而言，它不同于之前的历史哲
5 学。汤氏的方法不必从定律按部就班地推断种种假设。什么样的终极单元，才能帮助历史学家达到“清晰的研究领域”？终极单元不是国家，而是更完整的历史实体，汤因比称之为“社会”，而我们称之为文化。历史实体有多少种？答案是21种，不多不少。数量虽少，却利于比较。每一种实体都要通过其物质和历史环境，其内在发展，面对诸多问题的考验。不成功便成仁。至于如何作答就得看它的运气了。在

1 【A. J. Toynbee, *A Study of history*, vol. I-III, 1934; vol. IV-VI, 1939（四到六卷待出）——简化版：*History. A study of history by A. J. Toynbee*, vol. I-VI. 1946年由D. C. Somervell缩为单卷本。——参见我论述Toynbee的文章（*Kritische Essays zur Europäischen Literatur,* Berne, 1950, pp. 347-379）。】

欧洲，我们可以以公元前约725—325年间古希腊城邦为例，看看同一历史实体的不同成员，如何应对相同的局势。那时，它们共同的问题是人口增长，食物短缺。有些城邦，如哥林多和卡尔基斯（Chalcis），选择海外殖民。斯巴达则通过占领邻邦麦西纳（Messene）来缓解饥饿。结果，斯巴达不得不采取全民皆兵的生活方式，其文化从此一蹶不振。雅典专事农业和产品出口业（陶器），政治上也作出调整，将权力分配给新经济体系下产生的阶层。那么，罗马面对的挑战如何呢？首当其冲的便是与迦太基长达百年之久的纷争。第一次布匿战争后，迦太基占领了西班牙，并意图用当地的自然资源弥补自己的战时损失。罗马不肯同意，由此爆发了第二次布匿战争。经过浴血奋战，罗马最终取胜，将西班牙据为己有，但同时必须维持当地交通，这也导致了恺撒后来占领高卢。为何罗马人到了莱茵河就止步不前，而未向维斯瓦河或第聂伯河继续推进？这是因为在奥古斯都时代，两个世纪的战争和革命已经把罗马人弄得精疲力竭。第二次布匿战争后的经济与社会革命，迫使罗马从东方引进大量奴隶。这些奴隶构成了“内部无产阶级”（inneres Proletariat）。他们还带来东方宗教，并为基督教以普世教派的形式渗入普世城邦（universalen Kirche, universal state）罗马打下了基础。异族迁徙的“空位期”（interregnum）后，新的西方历史实体取代了希腊罗马的历史实体（日耳曼民族构成了其“外部无产阶级”[äuβeres Proletariat]），并沿着恺撒开辟的罗马—北高卢线路逐渐明晰起来。然而，身为“异族”的日耳曼民族向教会（教会拯救了古代文化终末的普世国家）臣服。这也预示着他们有机会为新历史实体贡献自己的聪明才智。北部移民进入巴尔干半岛，并战胜克里特—迈锡尼文化，可日耳曼人并未大获全胜。尽管“亚该亚人”失去了自己的领地，但他们坚持使用希腊语，让日耳曼人学习拉丁语。更准确地说，法兰克人在罗马化的高卢放弃了自己的语言。

上述内容不禁让人觉得汤因比观点的丰富性。从中我们可以看出汤氏的一些基 6
本概念。兹举其核心部分，以作管窥之用。汤因比认为，文化的生命曲线并不像施宾格勒所说的那样，按照命中注定的轨迹行进。尽管这些轨迹大同小异，但由于文化可以自由选择自己的表现方式，故每种文化都是独一无二的。文化运动之间可能相互独立（如玛雅文化和克里特文化），但它们很可能在谱系学上有所关联，换言之，甲文化可能是乙文化的血亲。古代（antiquity）与西方的关系如此，古叙利亚文化与阿拉伯文化的关系亦如此。类似的例子还有许多。单个的文化运动其实是某普遍运动的一部分，而该普遍运动在世人眼中并非进步，而是提升。文化实体及其组成部分就好比悬崖峭壁上的攀登者，有的仍然落后，有的越爬越高。这种从亚人（subman）和静止的原始人层面的提升，就是宇宙中生命律动的节奏。每种文化都有少数领导者，凭借自身的魅力和号召力，集结广大民众与自己同行。如果他们的创造活力消失殆尽，那么他们的魔力也随之消失，再也无法吸引没有创造力的民众。有创造力的少数人必将成为屈指可数的统治阶级。这一情况会导致平民分裂（secessio plebis），即内、外部无产阶级的崛起，进而打破社会统一性。

这里选取的只言片语，并不能充分展现汤因比著作的精深雄辩之处，我们也很难从中体会汤氏如何一丝不苟地谋篇布局，恰到好处地运用材料。当然，有人会对此提出异议。但我只能说，汤氏之作是当今史学领域最伟大的思想成果，即便我们无法全盘呈现，也好过沉默不语。面对科学发现，这样的沉默意味着向科学思维的惰性妥协。当机械却悠然的学术工作遇到不合时宜的“挑战”时，这样的沉默就是逃避行为。汤氏之作便代表了对我们当代史学方法的类似挑战。

不过，我引述汤因比还有另一个原因：我们论述是以欧洲的历史概念为预设的。在我们的头脑中，如果欧洲不是历史实体，那它就仅仅是个名字，一个“地理学术语”（梅特涅 [Metternich] 如此谈论意大利）。然而，教科书中过气的历史不可能如此。欧洲通史也不是以这样的形式存在；通常，那都是没有联系的民族史和国家史的汇编。按照民族神话和意识形态的观点，教授今日或昨日“强国”的历史时，要人为地割裂开来。因此，欧洲便分割成大大小小的地理碎片。如今世人划分的古代、中世纪和近代，同样是按照年代顺序分割的碎片。从教学法角度看，这样的分割在一定程度上（实际操作常常超过此限度）确有必要。但教学过程中，同样有必
7 要用整体观来弥补。这话也不难理解，我们只需看看学校的课程就能略知一二。学校的历史课总能完完全全地反映历史的教学。不过，从 1864 年起，德国的历史就受到俾斯麦和霍亨索伦帝国的影响。人们必须尽心尽力地了解勃兰登堡的所有选民。魏玛共和国放弃他们了吗？我不清楚。但通过该国的课程，我能知道十一年级学生如何学习中世纪历史（919—1517）。首先是十六学时的帝国史（四学时的撒克逊 [Saxons] 史，五学时的萨利安 [Salians] 史，七学时的霍亨施陶芬 [Hohenstaufen] 史），然后是四学时的十字军东征和“德国国内发展与思想生活”（innere Entwicklung und Geistesleben Deutschlands）。晚期中世纪（1254—1517）德国史共十一学时。德国之

外的中世纪史共九学时：一学时的法国史（987—1515），一学时的英格兰史（871—1485），一学时的西班牙史（711—1516），两学时的地理大发现，四学时的意大利文艺复兴。毫无疑问，英格兰和法国的学时比例也都一致。但德国经历过战败与革命，它本可以吸取教训，改革历史的教学……今天的情况如何？历史图景的欧洲化已成为政治需要，而且不光德国如此。

20 世纪新的自然知识与史学知识，已非像宇宙机械论时代所认为的，彼此相互龃龉。“自由”概念进入了自然科学之中，而科学也再次接受宗教的质询（马克斯·普朗克语）。史学把自己的目光转向了文化崛起的问题，并延伸至史前文化。它估算人类有据可查的历史，然后推断人类可能的文化数量。通过文化的比较，史学触及了人类有史以来的神话类型学，并将其阐释为宇宙时间的象征。此外，它还放眼自然与宗教。

自然知识与历史知识为我们共同描绘了崭新而“开放”的宇宙图景，两者融合构成我们时代的科学之维。在《历史主义及其问题》结尾，特勒尔奇指出，西方历史已经为我们赋予了思想文化内涵，而这一内涵必将从历史主义的熔炉中，以完整而连贯的面貌出现，我们的任务就是把它集中起来，化繁为简，逐步深入。“最有效的，将是伟大的艺术符号，如之前的《神曲》和后来的《浮士德》……”令人惊奇的是，汤因比（尽管以完全不同的意思）也提出，诗歌形式是历史主义的终极概念。他的理路是：经过近六千年的历史发展，人类现今掌握的知识已经由比较方法（该方法通过归纳来设定种种法则）透彻地研究。设若我们把历史跨度扩展十倍或百倍，那么科学技巧就无用武之地了。如此一来，历史必须借助诗歌 8
的表现形式：“显然，除了‘虚构’，最终它将不适合任何技巧。”

在我们探究近代史学方法时，会自然而然地触及诗的概念，即诗是由想象（“幻象”）产生的叙事。这个公式灵活多变，可以涵盖古代史诗、戏剧、古代与近代的小说。连希腊神话也不例外。正如希罗多德所言，荷马与赫西俄德为希腊人创造了自己的神祇。铸就神话、传说、诗歌的创造性想象乃是人类的一个主要功能。我们的分析是就此为止还是继续下去？或者说，我们能否用哲学思维研究想象，并将其融入我们对世界的认识之中？就德国当今唯我独尊（autarchic）的各类哲学派别来看，没有一个可以胜任这项工作。它们太执着于自身，执着于“存在”问题，故而对反思历史者无所裨益。唯有亨利·柏格森（1859—1941）指出了这个问题。1907 年（见

《创造的进化》[*L'Évolution créatrice*]），柏氏用“生命冲动”（élan vital）的意象阐释了宇宙进程。自然试图在物质中繁衍获得意识的生命。生命经由不同的道路（其中许多还是死胡同）达到更高的形式。在昆虫界，生命冲动促使蚂蚁和蜜蜂演化出社会形式。它们受直觉的指引，各司其职地协作。不过，出于同样原因，它们的生活一成不变，没有任何发展。唯有对人类，意识才发挥作用。想象力在生物界通过创造新物种来证实自己，但它只在人类身上，才找到借天赋异禀之才来自我延续的方法（一同延续的还有首创精神、自决力和自由）。人类创造了与物质打交道的工具。因此，人的理智（intellect）适于固体世界，而在力学方面尤为成功。有直觉保驾护航，生命安全无恙，可理智领域却是危机四伏。[1]若没有丝毫反抗，理智会危及个体与社会的存在。它只屈从于事实，即知觉（Wahrnehmungen, perceptions）。如果“自然”想防范理智的危险，就必须产生虚幻的知觉和事实。这些东西可以致幻，换言之，头脑会以为它们是真实的存在，进而改变先前的行为。如此一来，我们就能解释智慧与迷信何以同时存在。“唯有有智慧的存在者才会迷信”（Seuls les êtres intelligents sont superstitieux）。对生命而言，虚构幻象的功能（fonction fabulatrice）已然必不可少。它靠直觉（直觉像光晕一样笼罩着理智）的残余赖以为生。直觉无法直接出面保护生命。由于理智只能对感知到的意象做出反应，直觉便创造了
9 “想象的”知觉。[2]这些知觉首先表现为对“运作的在场”（wirksamen Gegenwart, operative presence）（罗马人的**守护神**）的无限制意识，然后表现为鬼怪（spirits），直至最后成为神祇。神话学是后来的产物，多神论的出现乃是文化的进步。想象（亦即幻象与神话的创造者）具有“虚构”鬼怪神祇的功能。

在此，我们的任务不是考察柏格森的宗教形而上学如何在与神秘主义的交锋中占得上风。我们只需记住一点：汤因比（普朗克亦如此）曾坦言自己是基督徒。自然与历史知识同哲学知识一样，最终的发展结果都是肯定基督教。

柏格森发现的“虚构功能” 对本研究至关重要。为此，诗与宗教之间众说纷纭的关系不但首次有了明晰的概念，而且融入了全面而科学的宇宙图景。谁要反对柏格森的理论，就必须先找出更好的替代品。不过，有一点需要特别强调，柏格森是

---

1 以下内容见 *Les Deux Sources de la morale et de la religion*, 1933。

2 柏格森已举例说明（第 125 页），时至今日，这样的机械论仍会不时出现。

从生物学角度推衍理智与虚构功能。两者都取自“生命”、“自然”或作为自身基础的“创造冲动”。但普遍看来，“随着人类的进化，人性当中最初用于种族延续的机制，也服务于繁衍之外或繁衍之上的目的”(daβ Einrichtungen der menschlichen Natur, die ursprünglich im Dienste biologischen Zielen gebraucht werden)（舍勒语）。眼、耳最初的作用是保护生存斗争中的个体。在视觉艺术和音乐中，它们成了理想的无目的创造器官。锻造工具的技艺者（homo faber）的理智已达到认知宇宙的水平。虚构功能也从创造幻想的生物学目的，上升到创造神祇与神话的层面，并最终完全摆脱宗教世界的束缚，成为自由自在的游戏。它是“我们创造人物的能力，而我们对着自己讲述这些人物的故事”（le pouvoir de créer des personages, dont nous nous racontons à nous-mêmes l’histoire）。

有了虚构功能，便有了吉尔伽美什史诗、伊甸园之蛇的神话、《伊里亚特》、俄狄浦斯传奇、但丁的《神曲》以及巴尔扎克的《人间喜剧》。它是所有伟大文学的基础和取之不尽的源泉。对于历经数百上千年而不朽的诗作，其伟大之处正在于此。唯有这些诗作才是欧洲文学复合体最遥远的地平线和背影。

说到本书主旨，我们应从史学意义而不是地理意义出发来理解欧洲。如今所推行的“历史图景欧洲化”（Europäisierung des Geschichtsbildes）也必须用于文学。如果说欧洲是构成古代地中海文化与近代西方文化的实体，那么欧洲文化同样如此。不过，只有当我们把这两种文化统一看待，欧洲文学才能被视为整体。目前，文学史把近代欧洲的起始时间定为 1500 年。这种自作聪明的做法就好比某人要描绘莱茵 10
河，结果只给出了从美因茨到科隆的一段。当然，肯定也有“中世纪”文学史。其起始时间约为 1000 年，（套用刚才的比喻）这就相当于莱茵河下游的斯特拉斯堡。可 400—1000 年这段时间哪去了？恐怕要追溯至巴塞尔了……没有人质疑这样的延伸。原因很简单：除了极少数情况，上述几个世纪的文学都是用拉丁语创作。为什么会这样？我们之前说过，日耳曼民族心甘情愿地让罗马人用罗马天主教同化自己。这里，我们必须继续追本溯源。正如莱茵河中混合着台伯河之水，“近代”欧洲文学也与地中海文学交织在一起。作为莱茵—法兰克裔最后一位伟大诗人，斯特凡·格奥尔格认为，自己冥冥之中属于罗马日耳曼尼亚（Roman Germania），属于法兰克前身的洛林公国（kingdom of Lotharingia）（格氏祖籍在此）。在六首以莱茵河为主题的神秘格言诗（cryptic gnomic poems）中，格氏抚今追昔，幻想洛林公国的未来。终有一天，公国将摆脱东方与西方、德国与法国的统治：

诸侯国中有一对王子兄弟，
他们执掌着王国中心。
百年沉睡之后，第三位公子
必将觉醒，从此雄霸莱茵。

Ein fürstlich paar geschwister hielt in frone
Bisher des weiten Innenreiches mitte.
Bald wacht aus dem jahrhundertschlaf das dritte
Auch echte Kind und hebt im Rhein die Krone.

读了诗人的神话，与莱茵河息息相关的读者很可能产生共鸣。我们前后提到了四个城市："打头之城"巴塞尔、"银色之城"阿根图拉特（亦即斯特拉斯堡）、"金色之城"美因茨、"神圣之城"科隆。[1]汩汩的莱茵河如此说道：

土红、白垩、沥青混成的垢霾，
我都统统啐入涤荡一切的大海。

Den eklen schutt von rötel kalk und teer
Spei ich hinaus ins reinigende meer.

有读者向诗人指出，"土红、白垩、沥青"对应着日耳曼帝国的国家颜色。诗人愉快地接受了他的解释。最后一首格言诗（Spruch）如此写道：

畅谈未来的王国，畅谈未来的节日——
畅谈前所未有的美酒：
只是待到我的热血、我的罗曼气息

1 【后两个城市的官印分别写作"Aurea Magonita"和"Sancta Colonia"。】

感染你木然的灵魂，我们再畅谈依旧。

Sprecht von des Festes von des Reiches nähe—
Sprecht erst vom neuen wein in neuen schlauch:
Wenn ganz durch eure seelen dumpf und zähe
Mein feurig blut sich regt, mein römischer hauch.

以上诗句选自《第七个环》(*Der Siebente Ring*, 1907)。除此之外，我还可以 11
举莱茵－法兰克裔的歌德为证。在 1815 年 8 月 11 日的日记中，博伊塞雷（Sulpiz Boisserée）写道：“可以看出，歌德喜欢罗马的事物。他说，自己上辈子肯定生活在哈德良时代。在他眼里，所有与罗马有关的东西都自然而然地散发着魅力。一切都富于理性，井井有条，与他的气质契合无间，而希腊的东西显然与他格格不入。”我举这些例子，是因为它们记录了曾地处罗马帝国版图的德国，与罗马之间存在难以割舍的联系。这种联系不是情感的反映，而是千真万确的事实。在如此意识中，历史进入了当下。我们豁然明白，这就是欧洲。

以上便是德国历史课程中欧洲的两次分裂。如果我们回到文学史，面对的就不是分裂问题，而是相关内容的彻底缺失。学生在历史课上要先学习马拉松战役和坎尼（Cannae）战役，了解伯利克里和恺撒，然后才是查理曼大帝到当代历史。可他们从欧洲文学中又学到了什么？让我们抛开学校这样来问吧：目前有没有研究欧洲文学的学科？这样的学科是否在大学开设了？半个世纪以来，倒一直有“文学研究”(Literaturwissenschaft)。[1]不过，它的内容与我们谈论的有所不同，而且要好于文学史（艺术研究［Kunstwissenschaft］与艺术史的关系也大同小异）。文学研究缺乏语文学基础，因此只能求助于其他学科：哲学（狄尔泰、柏格森）、社会学、精神分

1　据我所知，比较权威的介绍有德国文学专家 Ernst Elster, *Prinzipien der Literaturwissenschaft*, 1897。目前尚未有人阐述文学研究与比较文学的关系。1885 年，Max Koch （1855—1931）创办了 *Zeitschrift für Vergleichende Literaturgeschichte*。另外，读者还可参考如下文献：H. M. Posnett, *Comparative Literature*, New York, 1886; W. Wetz, *Shakespeare vom Standpunkt der vergleichenden Literaturgeschichte*, 1890; L. P. Betz, *La Littérature comparée*, 1900。文学批评著作：Gröber, *Grundriss der romanischen Philologie*, Vol. 1, 2nd ed., 1904—1906, 181）；F. Baldensperger, “Littérature comparée. Le mot et la chose,” *Revue de littérature comparée*, I [1921], 1-29。

析，当然还有艺术史（韦尔夫林）。哲学化的文学研究旨在通过文学探讨形而上学问题与伦理问题（如“死”与“爱”）。其更倾向于思想史（Geistesgeschichte）。若假借艺术史，则文学研究赖以为据的原则——“艺术之间相互阐明”（wechselseitigen Erhellung der Künst, mutual illumination of the arts）又很成问题，结果在事实方面纠缠不清。这样，它便用连续不断的风格，把周而复始的艺术史体系转移到文学上来。由此，我们把文学的罗马风格（Romanesque）、哥特风格、文艺复兴风格、巴洛克风格等，统统划归成印象主义与表现主义。接着，再经过“本质直观”（essence-intuition）的过程，每个风格时期都给赋予了某种“本质”，定居着某个特殊的“人”。“哥特人”（赫伊津哈给他还加了一位“前哥特”同伴）最受欢迎，但“巴洛克人”的欢迎程度也“不相上下”。[1]考虑到哥特、巴洛克等时期的“本质”，有些洞见偶尔
12 势必相互矛盾。莎士比亚该划到文艺复兴时期还是巴洛克时期？波德莱尔是否是印象主义者？格奥尔格是否是表现主义者？为了弄清这些问题，人们可谓殚精竭虑。除了风格时期，还有韦尔夫林所谓的艺术史“基本概念”，比如“开放”形式与“封闭”形式。按照最新的分析，歌德的《浮士德》是开放的吗？瓦莱里的诗是封闭的吗？多让人纠结的问题！若埃尔（Karl Joël）以其敏锐的目光和丰富的史学知识指出，“束缚的”（binding）的世纪与“松散的”世纪（每一种都有其“世俗精神”）通常交替出现。[2]事实是否果真如此？从近代看，偶数世纪（14、16、18 世纪，当然还有 20 世纪）为松散的世纪，而奇数世纪（13、15、17、19 世纪）为束缚的世纪，未来的情况以此类推。若埃尔是哲学家。而致力于文学研究的学者，往往是德国文学专家。一切所谓的民族文学中，德国文学是最不适合作为欧洲文学的研究切入点和观察地（原因见后文）。究其原因，或许正如德国文学研究表明的那样，德国文学亟须外部的支持。不过，它与其他近代文学研究的趋势一样，最早发源于 1100 年，因为罗马式建筑风格自那时起便蓬勃发展起来。可艺术史并非地理学或社会学这样的超级学科（superdiscipline）。特勒尔奇不就嘲讽了“无所不知的艺术史家”吗？[3]现代文学研

1 René Wellek, “The Concept of Baroque in Literary Scholarship,” in *Journal of Aesthetics and Art Criticism*, V (1946), 77 ff.

2 Karl Joël, *Wandlungen der Weltanschauung. Eine Philosophiegeschichte als Geschichtsphilosophie* (1928).

3 *Der Historismus*, p. 734.——参见本章的最后一个注释。

究（即过去 50 年来的文学研究）基本上是幽灵。作为学科，它并不胜任研究欧洲文学的工作。原因有二：第一，它刻意缩小研究领域；第二，它未能认清文学的自主结构（autonomen Struktur）。

从时间上讲，欧洲文学是随着欧洲文化的发展而发展的，因此其时间跨度可达 26 个世纪（从荷马到歌德）。只钻研其中六七个世纪，试图借各类手册和参考书来补充其余世纪的内容，这就好比旅行者只走完了从阿尔卑斯山到亚诺河的意大利，其他部分让旅行指南代劳。同理，只知中世纪与近代的人其实并不了解这两个时期。由于研究领域狭小，他所遇到的种种现象（如“史诗”、“古典主义”、“巴洛克”[即风格主义]），若要寻根究底，阐明真意，就必须从更早的欧洲文学时期入手。当我们能自由出入从荷马到歌德的每个时期，才能真正俯瞰欧洲文学。这种能力无法从教材获得，即便有类似教材也不行。如果欧洲文学是个国家，那么我们只有在其各个省份长期居住，并到处参访熟悉后，才能获得畅通无阻的公民权利。一旦我们成了罗马公民（civis Romanus），也便成了欧洲公民。然而，众多彼此无关的语文学把欧洲文学弄得四分五裂，要实现上述愿望几无可能。虽然“古典”语文学在研究过程中，超越了奥古斯都时代文学，但在教学 13
过程中却与此背道而驰。“近代”语文学致力于研究近代“民族文学”。当年，拿破仑超级帝国的压迫唤醒了民族性（nationalities），进而有人提出了“民族文学”。这个概念很受特定时间的限制，更不适合欧洲文学整体观。幸运的是，过去四五代语文学家的工作已经为我们提供了诸多帮助。正是他们被错误批判的细化方法（specialization），使我们有机会借助语言学手段，寻找适合每一种主流欧洲文学的研究方法。因此，细化为新的整体化打开了门路，但实施过程仍不得而知，使用的人也便少之又少。

我们已经指出，很少有人把中世纪早期与中期拉丁文学视为欧洲文学史的延伸。欧洲的历史观清楚地表明，这种延伸的地位至关重要，因为它连接了日渐式微的古代与逐步成形的西方世界。可仅有屈指可数的专家从事相关研究（即所谓的“中世纪拉丁语文学”）。在欧洲，可能有十余人。至于其余部分，中世纪被天主教哲学家（即天主教神学院中的教义史代表）和大学中的中世纪史代表分割开来。两派团体都要接触手稿和文本，当然也会接触文学。然而，中世纪拉丁语学者、经院哲学的史家、政治史学者，彼此几乎不相联系。近代语文学家之间亦如此。这些人也研究中世纪，但他们常常对中世纪拉丁语文学不闻不问，文学史、政治史、文化史知识他们也是束之高阁。结果，中世纪给分割成毫无关联的专业。我们没有全面考察中世纪的学科，而这无疑会阻碍欧洲文学的研究。特勒尔奇在1922年的书中说得对："中世纪文化仍在等候出场时机。"（*Der Historismus*, 767）时至今日，它还在等候时机。中世纪文化不可能出场，因为它的拉丁文学尚待全面研究。如此说来，我们时代的中世纪跟意大利人文主义者眼中的中世纪一样，都是暗无天日。所以，我们必须从最黑暗的角落开始，以历史的眼光看待欧洲文学。这就是为何本书要取名《欧洲文学与拉丁中世纪》，而我也希望借助书中丰富多彩的例子，表明题目名副其实。

我们的计划真是遥不可及吗？提出质疑的肯定是"锡安卫士"（Zionswächter）（瓦尔堡如此称呼捍卫自己领域的专家和权威）。保护"利益链条"（*Los Intereses creados*）（这里借用1922年诺贝尔获奖者哈辛托·贝纳文特的一部喜剧之名）乃是他们代代相传的权力，也是攸关利益的大事。不过，他们的反对无济于事。扩大我们
14 人文学科的问题迫在眉睫，而且行之有效。汤因比已经证实了这点。柏格森在探讨这一问题时，举形而上学为例：

> 这是哲学问题。我们并没有选择它，而是遇到了它。它挡住了我们的去路。要么把它搬走，要么停下哲学化的脚步。我们必须迎难而上，从细微处分析问题。我们的目标在哪？没人知晓。甚至没人能说出哪种学科可以解决这个新问题。它可能是尚未开垦的全新学科。我的意思是什么？我们不能光了解或者精通它。我们有时必须修改程序，改变习惯，调整理论，以应对新问题产生的现象和环境。非常好！我们将学习陌生的知识，深入研究，而且如有必要，作出修改。要是这样的过程花上几个月甚至几年怎么办？那就顺其自然。要是穷其一生仍不足以完成怎么办？那就依靠几代人的努力；毕竟没有哪个哲学家非得一下子创立全部的哲学体系。因此，让我们不妨与哲学家对话。以上就是我们向他建议的方法。不过，有一个条件：活到老，学到老。[1]

---

1 Henri Bergson, *La Pensée et le mouvant* (1934), 84 f.

相比柏格森笔下的哲学家，欧洲文学研究者所承担的任务要轻一些：只需熟知古典与中世纪拉丁语文学以及近代语文学的方法与主题。他可以“顺其自然”，这样就能有足够时间从不同角度审视近代民族文学。

他将了解到，欧洲文学是“明晰的单元”，可一旦分割开来，就消失得无影无踪。另外，他也将看到，欧洲文学有着与视觉艺术截然不同的自主结构。[1]究其原因，文学是观念的载体，艺术则不是。不过，文学的运动、成长、延续的方式也不同于艺术。它拥有艺术所拒斥的自由。对于文学，过去就是当下，或者可以成为当下。经过翻译的荷马已经焕然一新，施罗德（Rudolf Alexander Schröder）的译本与弗斯（Voss）的译本就迥然不同。我可以随时拿起荷马或柏拉图，然后“掌握”他们，进而“据为己有”。他们存在于不计其数的译本中。巴特农神庙与圣彼得教堂只能存在一次，我只能靠照片使它们部分且不甚清晰地呈现于眼前。可照片不能给我们截取两者的材质，我无法像对待《奥德赛》或《神曲》那样，触碰它们，并到其中游览一番。在书中，诗是确确实实存在的。不管借助照相还是逼真的复制手段，我都无法“拥有”提香（虽然我只需几块钱就能将其复制下来）。我可以真切地接触古往今来的各民族文学，并与它们保持令人羡慕的关系，但跟艺术却不行。要欣赏艺术作品，我只能去博物馆。直至现在，书本仍然比图画真实。在书本中，我们保持了真正的本体关系（ontological relationship），并身临其境地进入思想实体（intellectual entity）之中。不过，归根结底，书是“文本”。人们可能理解它，也可能不理解。或 15
许，它还包含“难懂的”段落。如此一来，就需要某种能揭示它们的技巧，而这就是语文学。文学研究要与文本打交道，可没有语文学相助，它将寸步难行。即便直觉、“本质直观”也不能代替它的作用。“艺术研究”[2]的情况还好些，毕竟它的研究对象是图画和胶片。可书中一切都不甚明了。我们需要绞尽脑汁才能理解品达的诗，了解巴特农神庙的檐壁则简单得多。但丁与天主教堂的关系也可以此类推。了解图画比了解书本容易。如果我们从天主教堂就能掌握“哥特时期的精髓”，就不必再阅读但丁了。可事实恰恰相反！文学史（还有让人反感的语文学！）需要向艺术史学习！不过，人们忽略了一点：正如我们之前所说，书与画有着本质之别。荷马、维

1　早在1766年，莱辛（Lessing）就探讨了“诗画之间的界限”（Über die Grenzen der Malerei und Poesie）。

2　这里的艺术研究（Kunstwissenschaft）不同于艺术史的历史原则。

吉尔、但丁、莎士比亚、歌德这样的人物总能应运而生，这“充分”表明，文学有着不同于艺术的存在方式。不过，这也决定了文学创作遵从不同于艺术创作的法则。文学的本质特征是“永恒的当下”（zeitlose Gegenwart, timeless present），这就意味着过去的文学，往往也是活跃于当下的文学。因此，维吉尔中有荷马，但丁中有维吉尔，莎士比亚中有普鲁塔克和塞内加，歌德的《格茨·冯·贝利欣根》中有莎士比亚，拉辛与歌德的《伊菲格涅》中有欧里庇得斯。我们时代的文学同样如此：霍夫曼斯塔尔中有《一千零一夜》和卡尔德隆，乔伊斯中有《奥德赛》，艾略特中有埃斯库罗斯、佩特罗尼乌斯、但丁、特里斯坦·柯比埃尔以及西班牙神秘主义。这些相互交织的关系乃是我们取之不竭的财富。另外，还有文学形式的花园——比如体裁（在克罗齐的哲学体系中，体裁是虚而不实的！）或韵律、诗节的形式，比如固定套路（geprägte Formeln, set formulas）、叙述主题或语言手法。这是个无边无际的领域。最后，还有世代相传的文学形象：阿喀琉斯、俄狄浦斯、塞米拉米斯、浮士德、唐璜等等。纪德的最后一部作品（亦是其登峰造极之作）便是《特修斯》（*Theseus*, 1946）。

欧洲文学必须视为整体，故欧洲文学研究也只能从历史角度出发。当然，不是以文学史形式！流水账式的历史除了为我们提供分门别类的史实条目，别无他用。这样的历史只是把材料原封不动地摆在那里。然而，历史研究就是要揭示材料，深入材料。它必须形成某些分析方法，以此“分解”材料（类似用化学试剂分解），呈现其结构。重要观点只能通过文学之间的精读和比较才能获得，也就是靠观察和实验来发现。唯有以史学与语文学为方法的文学研究，才能胜任这项工作。

16 在我们讲求分门别类的大学中，是不可能有这样的“欧洲文学研究”。在1850年，语文学与文学研究的学术机构还符合思想潮流。可自1950年起，这种局面已经像1850年的铁路一样过时。我们按现代标准改造了铁路，却没有改造我们传统的运输体系。至于改造方法，不是本书论点。但有一点可以肯定：没有现代化的欧洲文学研究，就不可能考察欧洲传统。

欧洲文学的开拓先锋（heros ktistes）是荷马。其最后一位通才作家是歌德。霍夫曼斯塔尔这样论述歌德对德国的意义：“作为教育的基石，歌德能取代整个文化”；“我们没有现代文学，只有歌德和原始文学”。歌德去世后，这是对德国文学相当有分量的评价。不过，瓦莱里也尖锐地指出：“现代人对一切都不满。”（Le moderne se contente de peu.）19、20 世纪欧洲文化尚待甄别，我们还要取其生机，去其腐朽。这其中大有文章可作。但最后下定论的不是文学史，而是文学批评。在德国，这方面的代表是小施莱格尔（Friedrich Schlegel）和诸位先贤。[1]

1 本章内容于 1947 年先期发表在杂志上。有人从艺术史角度提出质疑，也有人肯定地指出，文学是观念的载体，而艺术不是。因此，我要澄清一点：如果柏拉图的著作散佚，我们是不可能从希腊的造型艺术中重现柏拉图的。逻各斯只能用词语才表达自己。【我认为，必须把艺术史放到正确的位置上，使其能在思想学科中回归自身。此外，自满的专家们也应该如此；有一位优秀学者最近也表达了同样的观点："在原文中研习品味品达颂歌，埃斯库罗斯、欧里庇得斯、索福克勒斯的悲剧，或者狄奥克里图斯的田园诗不难，而参透雅典卫城的少女像、奥林匹斯的岩壁背后的深意更易如反掌，即便欣赏者不知道 Peonios、Lysippe、Praxitele 等希腊化时期雕塑家的更'现代的'作品。毫无疑问，读者可以借助译本来阅读上述作品，但较好的外语译本只会让读者感觉原文真实价值微不足道。相反，通过仿制优秀的希腊雕塑，欣赏者无须知道其原作品（如 Praxitele 的《赫尔墨斯》）就可以了解伟大雕塑家的作品。"（Bernard Berenson, *Aesthetik und Geschichte in der bildenden. Kunst*, Zurich, 1950, p. 43）】

第二章　拉丁中世纪

一、但丁与古代诗人；二、古代世界与近代世界；

三、中世纪；四、拉丁中世纪；五、罗马尼阿

、但丁与古代诗人

17　但丁随着维吉尔的脚步，开始了他的幽域（Limbo）[1]之旅。在漆黑的幽域中，有一块光亮之地，其中居住着古代世界的诗人与哲人。四个高贵的身影前来与维吉尔寒暄：

致敬啊，向地位崇高的诗灵。
他一度离开了我们的魂魄。

Onorate l'altissimo poeta;
L'ombra sua torna, ch'era dipartita.

维吉尔向他的学生一一介绍诸位来客：

你看，持剑在手的那位幽魂
如君王领先，三人随后跟着他。
他就是荷马，诗人当中的至尊。
跟着后面的，是讽刺诗人贺拉斯，
是奥维德和卢卡努斯等群伦。

---

1 【中译者注：这里采用的是黄国彬的译法。有关“Limbo”的种种译法见《但丁笔下“limbo”中译刍议》（见林国华著：《在灵泊深处》，北京：北京大学出版社，2014 年。）。本书有关《神曲》的译文，如未特别标示，均采用黄国彬的译文。】

Mira colui con quella spada in mano,
Che vien dinanzi ai tre sì come sire.
Quelli è Omero poeta sovrano;
L'altro è Orazio satiro che viene;
Ovidio è il terzo, e l'ultimo Lucano.

古代诗人转过来向我们的近代诗人致意：

之后，他们使我更感荣幸：
因为他们竟邀我加入其行列。
于是我位居第六，和众哲齐名。

E più d'onore ancor assai mi fenno,
Ch'ei sì mi fecer de la loro schiera,
Sì ch'io fui sesto tra cotanto senno. [1]

到了《炼狱篇》，晚期罗马诗人斯塔提乌斯[2]又加入了维吉尔和但丁的队伍。在 18
结束此次旅程、步入下一阶段之前，但丁的最后一位向导和庇护人是明谷的伯纳德（Bernard of Clairvaux）。伯氏致圣母玛利亚的祷告词，让但丁感受到上帝的真容，以此铸就了《天堂篇》的尾声。然而，在他的序曲奏响前，他亟须与诸位古代诗人会面，获得他们的接纳。他们必须使但丁的诗人使命变得名正言顺。六位诗人（包括斯塔提乌斯）组成了一个理想的团体：为世代人景仰、没有高下之分的“卓尔不群派”（la bella scuola）。荷马是其中最德高望重者（primus inter pares）。六位作家乃是

1 *Inferno*, IV, 78 ff.

2 【如今，斯塔提乌斯受尊重的程度已大不如前。然而，歌德却对他有着另一番评价：“很多人都刻苦地研究斯塔提乌斯，而他也确实是值得我们称颂与表扬的诗人。精力过剩所导致的一切丝毫没有让我不快。他的确是优秀的诗人，我羡慕他的创作艺术，他能抓住事物背后的深意，然后精确地将其表达出来。看哪！他小心翼翼地描述图密善的戎马，分毫不差地描绘赫拉克勒斯的雕塑，准确无误地指出村镇的位置，沐浴的惬意！他用语言所描述的一切栩栩如生。显然，他的技艺足以把握事物并将其灵活地呈现出来。”（Biedermann, II, 262）】

从帕那索斯山精挑细选而来。但丁把他们聚集起来组成“派别”，这无疑代表了中世纪的古代观念。对中世纪而言，光芒四射的荷马只是伟大的名字。在中世纪，所谓古代特指拉丁化古代（Latin Antiquity）。不过，我们终究躲不开荷马。没有荷马，就不可能有《埃涅阿斯纪》；没有奥德修斯赶赴冥界，维吉尔就不可能到另一世界旅行；没有维吉尔的这趟旅行，就不可能有《神曲》。纵观整个晚期古代以及整个中世纪，维吉尔就是但丁所谓“地位崇高的诗灵”（l’altissimo poeta）。与维吉尔并肩而立的是罗马讽刺文学的代表贺拉斯。中世纪的人认为，这种文学可以时时提醒世人注意自己的德行。12 世纪以后，其模仿者陆续出现。但丁的《神曲》归根结底也是一部针砭时弊的作品。然而，奥维德笔下的中世纪却是另一番面貌。我们在《变形记》的开篇看到，12 世纪的人们创立了与当时柏拉图主义契合无间的宇宙起源论和宇宙论（见本书第 106 页）。但该书同样汇集了像小说一样引人入胜的各种神话。法厄同是谁？吕卡翁是谁？普洛克涅是谁？阿拉克涅是谁？诸如此类的问题都可以在奥维德那里找到答案。《变形记》是不可不知的作品，否则就无法理解拉丁诗歌。另外，书中的所有神话故事都有寓意。因此，奥维德堪称道德的宝库。但丁润色《地狱篇》时化用了《变形记》，但他的手法更胜一筹（正如他超越了卢卡努斯的“惊怖”[*terribilità*]）。卢卡努斯是悬念迭出的恐怖大师，擅长描写阴曹地府、魔法巫术。此外，他还给精通罗马内战、为人刚直不阿的加图（Cato of Utica）写过颂词。但丁到炼狱山脚下便请他作护卫。斯塔提乌斯写过有关手足相残的底比斯战争的诗歌，全诗以致敬《埃涅阿斯纪》作结。《底比斯战纪》同亚瑟王传奇一样，都是中世纪为人津津乐道的书。其中既有扣人心弦的段落，又有性格鲜明的人物。俄狄浦斯、安菲阿刺俄斯、卡帕纽斯、许普西皮勒以及儿时的阿耳刻摩洛斯——《底比斯战纪》中的这些人物无时无刻不在呼应《神曲》。

但丁与“卓尔不群派”诸君会面以后，拉丁史诗便被置于基督教宇宙论诗歌。
19 这其中保留了一块理想的空间，其中不但存放荷马的牌位，而且西方所有伟大人物都占据一席之地：帝王（奥古斯都、图拉真、查士丁尼）、教父、七艺（seven liberal arts）大师、哲学巨擘、本笃令（monastic orders）的制定者、神秘主义者。不过，上述这些奠基者、组织者、导师、圣人，同样只见于欧洲文化的一个历史时期——拉丁中世纪。《神曲》便孕育其中。拉丁中世纪乃是由中世纪通往近代世界的一条碎石斑驳的罗马之路。

二、古代世界与近代世界

我们所谓的古代世界并非“古典的”古代，而是指从荷马到部落大迁徙期间的整个古代。“古典”古代的说法源于 18 世纪；作为艺术理论的产物，它的阐释必须从历史角度出发。多年来，史学研究（historiography）早已摆脱古典主义概念的狭隘。可文学史仍然落后。罗马晚期保留下来的非古典古代元素（nonclassical Antiquity），都得到中世纪的传承与转变。我们至今还可以看到奥内古（Villard de Honnecourt）古代青铜器临摹图（这些器物现存卢浮宫）。从其作品中，我们能体会哥特时期人们对造型的感觉。只有一笔一画地比较画作与原作，我们才会发现这些都是复制品。[1]艺术家创作了“中世纪的古代”，亦即中世纪人眼中的古代。视觉艺术的这个概念同样适用于文学。在中世纪，古代有着双重生命——传承与转变。转变的形式多种多样，可以是贫瘠、退化、腐朽、误解[2]，也可以是甄别（伊西多尔与莫尔 [Raban Maur] 的百科全书）、抄写、对形式图案的描摹、文化价值的同化、积极的共鸣。所有已完成的阶段和形式都得到再现。12 世纪末，仿效之作臻于成熟，完全可以同伟大的原作媲美。

如今，古代世界与近代世界的关系，已经无法用“幸存”、“延续”或“遗产”等字眼来描述。我们不妨引用特洛尔奇的普遍历史观。特氏认为[3]，欧洲世界的产生

> 并非以传承古代，或与之分离为基础，而是靠彻底并有意识地与之合而为一。欧洲世界由古代世界与近代世界组成。前者涵盖从原始文明到以衰落而终结的高级文明的所有阶段；后者始自查理曼大帝时代的罗马—日耳曼民族，而且也经历了自身的各个阶段。

然而， 20

1　Jean Adhémar, *Influences antiques dans l'art du moyen âge français* (London: The Warburg Institute, 1939).

2　这里的“误解”（misunderstanding）属于形式变化的范畴。见本书学术附录一。

3　*Der Historismus*, 716 f.

> 这两个世界的思想状态与历史发展截然不同，历史记忆与传承却又紧密相连。如此一来，尽管近代世界具有属于自己的崭新精神，可古代的文学、传统、政治与法律形式、语言、哲学、艺术等在方方面面都渗透其中，决定其发展。正是这种息息相关的血缘关系，使欧洲世界变得深邃、丰饶、复杂，学会了以史为鉴来反思，来自我分析……

查理曼大帝是近代世界的第一位代表人物。但他的功绩只是把约始于650年的法兰克王国推向顶峰。687年，奥斯特拉西亚的宫相（mayor of the palace）丕平二世通过特垂战役独揽大权。这就为丕平家族或加洛林王朝奠定了基础。“近代”世界始于675年左右。它与古代世界“截然不同”，但“历史记忆与传承”又与之“紧密相连”。这里的传承（即同质且活跃的联系）其实蕴含着深深的鸿沟。那么，我们该如何理解这种关系？汤因比的比较史学法为我们提供了解决之道。在汤氏看来，罗马帝国是希腊文明最后的普世国家阶段。在“西方文明”到来以前，欧洲一直处于“空位期”(375—675)。希腊文明与西方文明有着母子般的“亲缘”关系。如此，特勒尔奇提出的事实，就可以用更准确的年表和术语来界定。依附的“亲缘”关系也就是特氏所谓的“紧密相连”和“传承”(continuity)。至于将这一过程中的“复兴”(renaissances）特殊对待，则是不得已而为之。我们必须对其逐一考察。不过，最重要的是，古代文化的实质从未遭到破坏。425—775年这段衰落期仅仅影响了法兰克王国，随后又趋于好转。新的衰落期始于19世纪，并在20世纪演变为大灾难。至于其意义如何，还是待日后再表。

三、中世纪

古代、中世纪、近代分别指欧洲历史的三个时期。尽管这三个名词从理论上讲“毫无意义”(多弗 [Alfred Dove] 语)，但相互理解时，却必不可少。三者当中最无意义的是中世纪概念，此乃意大利人文主义者的发明，而且只能从他们的立场来理解。考虑到上述时期的种种局限以及一般周期化（Periodisierung überhaupt）的问题，势必会有不少自相矛盾之处。[1]不过，现有与此有关的讨论值得肯定，因为它帮助我们进一步了解了那些尚未充分研究的时代。

对于中世纪的起始时间（当然，还有古代的终止时间），可谓众说纷纭，从 3 世 21
纪到 7 世纪等等不一而足。迈克尔·罗斯托夫采夫在其《古代世界史》中追溯到君士坦丁大帝时期。科恩曼（Ernst Kornemann）把罗马帝国分为三个阶段：元首制时期（Principate，前 27—305）、君士坦丁大帝统治下的帝国复兴期（306—337）和专制时期（Dominate，337—641）。不过，这种划分已经涉及拜占庭历史。其实，早在 5 世纪，西罗马帝国就几近分崩离析。尽管查士丁尼皇帝（527—565）再次征服非洲、意大利、西西里以及西班牙部分沿海地区，但也为此付出了巨大代价：一方面使帝国财政彻底枯竭，另一方面未能注意斯拉夫人与保加尔人涌入东部。“结果，帝国腹地遭人践踏，可拜占庭军队还在遥远的西部为胜利庆功。”[2]查士丁尼皇帝的复兴之功由此毁于一旦。西罗马帝国最终灭亡，而东罗马帝国到了赫拉克利乌斯（610—641）（高乃依与卡尔德隆都曾歌颂过这位君主）时代也变得危机四伏。正是从他开始了拜占庭历史，亦即中世纪希腊帝国的历史。对外，赫拉克利乌斯要调兵遣将，防范萨珊王朝（226—641）的新波斯帝国。虽然他战功显赫，可在其有生之年，阿拉伯人的入侵已经开始。穆罕默德去世后（632 年），阿拉伯人先是占领了波斯、叙利亚、埃及（636—641），然后拿下罗马帝国的非洲部分，最后又将西班牙据为己有（711 年）。此后，阿拉伯人成了地中海霸主。这也代表了一场经济革命。过去东物西送的海上贸易自 650 年起日渐式微（曾几何时，海上贸易为墨洛温王朝送来滚滚财富，所有海关所得均收归国库）。受此影响最大的，是拥有众多贸易城市的纽斯特利亚。政治重心转向了奥斯特里西亚，话语权也从国王转向了大地主。后来，出自地主阶层的丕平王朝粉墨登场，建立了不再以伊斯兰统治的地中海为基础的新政权。皮雷纳指出，

---

1 【目前围绕此话题论述深刻周详的文献可见 Hübinger 的 “Spätantike und frühes Mittelalter” (*D. Vijft.*, 26, 1952, pp. 1-48)，这里强烈推荐。】

2 Georg Ostrogorsky, *Geschichte des byzantinischen Staates* (1940), 44. ——Ostrogorsky 把拜占庭历史分为三个时期：早期拜占庭（324—610）、中期拜占庭（610—1025）、晚期拜占庭（1025—1453）(*HZ*, CLXI [1941], 229 ff.)。

> 到了加洛林王朝，欧洲终于走上了新路。直到那时，它仍然在古代生活中延口残喘。可伊斯兰摒弃了这种依赖关系。加洛林王朝发现自己处于已然存在的新形势之下，于是他们假借时利，开启了新的时代。要了解加洛林王朝的作用，我们就必须首先清楚，伊斯兰已经移动了世界的重心。[1]

皮氏在阿拉伯人侵产生的经济与政治影响中，看到了古代与近代的分界线，这
22 与汤因比将675年作为两个时代分割点的做法不谋而合。

汤氏认为，古代最后阶段的解体约始于375年。另外，还有人有理有据地把狄奥多西（Theodosius）皇帝的驾崩年份（395年）作为分界点。[2]狄奥多西皇帝统治时期，不列颠、高卢以及西班牙仍属于欧洲。在他去世二十年后，日耳曼王国在这三个国家的土地上诞生了。另一方面，狄奥多西皇帝把基督教提升为国教（381年），由此完善了君士坦丁大帝的宗教政策。自此，崇信异教（Heidentum, paganism）就成了触犯政治的行为。384年，人们把胜利女神的祭坛（即罗马旧传统的避难所）移出元老院。与此同时，在东罗马帝国，有人开始打砸神殿。修士们到处游荡，砸毁废弃的圣殿，破坏艺术作品。他们身后跟着成群结队的流浪汉，专门抢掠有亵渎之嫌的村庄，以获取战利品为乐。[3]不过，这段时期诞生了西方最伟大的教父作家奥古斯丁（Augustine, 354—430）。北非、埃及、叙利亚和小亚细亚都是基督教的堡垒。利奥一世（Leo I）（卒于461年）代表了古代罗马世界（orbis Romanus）教父历史的终结。

从狄奥多西到查理曼大帝的这段时期，是欧洲传统最关键的时期。其间的诸位作家都被美国学者E. K. 兰德称为“中世纪奠基人”。[4]除了哲罗姆和奥古斯丁，第一位伟大的基督教诗人普鲁登提乌斯，以及第一位基督教历史学家奥罗西乌斯也都生活在5世纪。400年前后，马克罗比乌斯与塞尔维乌斯共同奠定了中世纪的维吉尔阐释学，乌尔提亚努斯·卡佩拉撰写了被中世纪奉为圭臬的七艺教材。450—480年，对

---

1 H. Pirenne, *Mahomet et Charlemagne* (1937). ——对皮氏观点的批判见R. S. Lopez in Speculum (1943), pp. 14-38, and D. C. Dennett in *Speculum* (1948), pp. 165-190。

2 H. St. L. B. Moss, *The Birth of the Middle Ages* (Oxford, 1935).

3 Otto Seeck, *Geschichte des Untergangs der antiken Welt*, V, 220. ——Oration of Libanius (314-ca. 393) *pro templis* (ed. Fröster, III, *or.* 30; translated by R. van Looy in *Byzantion*, VIII [1933], 7 ff.).

4 E. K. Rand, *Founders of the Middle Ages* (1928).

中世纪影响深远的西多尼乌斯（Gaul Sidonius）创作了大量的散文、诗歌作品。克尔
（W. P. Ker）如此评价6世纪：“中世纪常见的几乎所有事物（许多甚至持续到文艺复
兴以后），都能在6世纪作家那里寻得踪迹。”[1]波伊提乌便属于6世纪（卒于524年）。
通过翻译亚里士多德的逻辑学著作，波氏为西方的经院哲学提供了思维训练的材料。
他在狱中撰写的《哲学的慰藉》，让不计其数的人振奋不已，时至今日，其影响仍清
晰可见（此书是20世纪唯一被翻译成德文的古代罗马晚期著作）。在6世纪，圣本 23
笃创立了隐修制度（monasticism）。随后是卡西奥多鲁斯（490—583）的文学创作丰
产期（其主要著作在中世纪传统中起着承上启下的作用）。到了6世纪末7世纪初，
又相继出现了被誉为罗马最后一位诗人的福尔图纳图斯（Venantius Fortunatus），以训
导与伦理著作闻名于世的教宗大额我略（Pope Gregory the Great），编纂了整个中世
纪人人必读的百科全书的伊西多尔（Isidore of Serville）。正像福尔图纳图斯庄严而华
丽的颂诗和圣徒史诗（hagiographic epic）为后人树立了榜样，伊氏把古代晚期知识
汇编起来的工作也可谓泽被后世。当时，能够把这三项功绩集于一身的是法兰克史
专家都尔主教额我略（Gregory of Tours）。纵观整个7世纪，欧洲大陆的思想活动日
渐衰落，但爱尔兰（从未被纳入罗马帝国的版图）却兴起了原始的隐修文化，后来
该文化经由科伦班（卒于615年）传播至欧洲大陆。博比奥和圣加尔（Bobbio and St.
Gall）是爱尔兰人的大本营。597年，教宗大额我略的特使奥古斯丁到达肯特，开始
皈依英格兰。惠特比会议（664）以后，罗马基督教的影响超过了凯尔特基督教，并
经奥尔德赫姆（卒于709年）和比德（卒于735年），成长为宗教与思想的奇葩，不
但为欧洲大陆送去使徒（卜尼法斯，卒于754年），而且还引发了教育改革（阿尔昆，
卒于804年）。

以上我们提到了“黑暗时代”最重要的几个伟人（在随后几章，我们还会经常提到他们）。从查理曼大帝时代起，我们就进入了更广为人知的历史领域。如果我们回到取消历史时期划分的问题，那么首先要回答的是：中世纪何时结束？近代何时开始？答案取决于以强国史为基础，还是以思想史为基础。1492年以后，近代民族国家作为新兴的历史实体在欧洲纷纷出现。意大利建于近代之初的文艺复兴时期，

1　Ker, *The Dark Ages* (1904), 101 f. ——有关6世纪的著作还可参见 Eleanor Shipley Duckett, *The Gateway to the Middle Ages* (New York, 1938)。

德国建于宗教改革时期。两者均在19世纪才实现民族统一。不过，近代究竟起始于1500年之前还是之后，要看是否承认，近代（至1914年）是启蒙与民主（英国、法国）以及民族国家（德国、意大利）的实现过程。这一逐步发展的信念以及与之相关的天真的欧洲主义，却在20世纪的两次世界大战中遇到前所未有的挑战。“近代”（Neuzeit, Modern Period）概念之所以过时还有另一个原因。在19、20世纪，引发世界巨变的，是工业和技术——两者起先都获得“进步”之美誉，可如今都成了大搞破坏的骨干。未来的史学家想必要把我们这个时代视为“技术时代”。其起始时间可以上溯至18世纪。当时，肯定从某个时代就已经开始。这一看法由英国历史学家特
24 里维廉（G. M. Trevelyan）率先提出。在他看来[1]，中世纪到18世纪方告结束；取而代之的是“工业革命”，它对人类生活的改变，乃是文艺复兴与宗教改革所不及的。我们可以看到，在1750年前后，长达千年的欧洲文学传统在英国也发生了断裂。那么，我们能否就此可以名正言顺地把400年至1750年这段时间称为“中世纪”呢？显然不能。另外，我们的目的也不是归纳出某些术语。如果人类历史可以持续成千甚至上万年，历史学家就会发现，自己不得不像考古学家研究古代克里特时那样，用数字来表示各个时代（克里特I期、II期、III期，每一期又包含三个阶段）。汤因比早已如此身体力行，把西方文化分为四个时代：1. 约675—1075年；2. 约1075—1475年；3. 约1475—1875年；4. 约1875年到现在（*A Study of History*,I, 171）。

四、拉丁中世纪

日耳曼民族的入侵过程[2]与阿拉伯人进入古代晚期世界的过程基本相同，但两者有个本质的区别：日耳曼民族受到同化，而阿拉伯人没有。阿拉伯人的侵袭远比日耳曼民族入侵更有影响。两者之间可资比较的只有领袖：匈奴人的是阿提拉（Attila），蒙古人的是成吉思汗与帖木儿。不过，他们各自的统治时间都不长，与伊斯兰的相差无几。

---

1 见汤因比的著作 *English Social History* (1944), 96。

2 见 Pierre Courcelle, *Histoire littéraire des grandes invasions germaniques* (1948)。【以及 M. L. W. Laistner 在 *Speculum*, 24, 1949, p. 257 中的批评文字。】

> 看看阿拉伯人的侵袭，再看看日耳曼人：长期受到抵抗，而且缺兵少将；几百年来，他们只打入罗马的皮毛之地！……面对罗马帝国基督教，日耳曼民族没有任何反对的资本，但阿拉伯人却用新信仰的火把将其付之一炬。这，而且正是这一点，使后者免受同化。[1]相比于日耳曼民族，阿拉伯人对被征服民族的文化没有太多偏见；相反，他们还以相当惊人的速度去吸收。他们到希腊人那里学习科学知识，到希腊人和波斯人那里学习艺术。他们没有（至少最初没有）失去理智，陷入狂热，而且也没有试图皈依自己的臣民。但阿拉伯人希望迫使这些人归顺唯一的圣主安拉，归顺圣主的先知穆罕默德；穆罕默德是阿拉伯人，那么归顺他就是归顺阿拉伯。阿拉伯人的世界宗教也是他们的民族宗教。他们为圣主服务……日耳曼入侵者打入罗马帝国后便入乡随俗。然而，当阿拉伯攻占罗马后，罗马也成了阿拉伯。[2]

日耳曼民族非但没有向罗马引入新思想，而且 25

> 还允许（盎格鲁－撒克逊人除外）保留拉丁语，并使之成为他们所到之处的唯一交流语言。同其他领域一样，他们在语言上也入乡随俗了……当他们的君主站稳脚跟，他们便靠修辞学家、法理学家、诗人来征服罗马人。[3]

日耳曼人有自己的法律、官员更迭记录与文献，甚至书信往来也用拉丁语。民族迁徙并未改变地中海西部地区精神生活的实质。[4]直至 8 世纪盎格鲁－撒克逊人到来，影响才初见成效，但也未出现新的特征。日耳曼王国仍沿用以前的任免惯例，即统治者从平民中选拔大臣和官员。这表明，8 世纪仍保留着学而优则仕（educated laymen）的传统。日常拉丁语已近衰败，即便如此，它还是拉丁语。“我们找不出什么资料能告诉我们，教堂里的民众已经听不懂神父的讲话（9 世纪也没有这样的资料）。拉丁语仍然活着，凭借拉丁语，罗马统一一直维系到 8 世纪”。

---

1 我们不能从经济与统治史的角度批评皮雷纳的观点。

2 Pirenne, *op. cit.*, 143-146.

3 *Ibid.*, 112.

4 *Ibid.*, 116.

后来，伊斯兰把地中海西部围困起来，加洛林文化也因此回到农耕时代。平民也不会阅读和写作了。加洛林人只能从教士当中找到有学养者，结果他们不得不与教会合作。“中世纪的新特征由此出现：能左右国家的教士阶层。”至此，拉丁语成了学者的语言，并贯穿了整个中世纪。“加洛林文艺复兴”一举恢复了古代传统，摆脱了奄奄一息的罗马文化。新文化成了罗马—日耳曼文化；“当然，它的诞生要归功于基督教会”。从现有观点看，日耳曼民族的贡献主要在封建主义方面，即中世纪世界的法律与政治结构。[1]当然，这是土地占有与买卖交换体制下大势所趋的结果。在此过程中，为了保存皇族或帝国的权力（即“行政国家”[Amtsstaat, administrative state]）（阿尔弗雷德·韦伯语），为了把封建体系纳入行政国家，各个阶层展开了载入史册的斗争。所有习俗，所有人际关系都打上了封建主义的烙印。北部城市同样是日耳曼民族的贡献。不过，我们必须记住，这里所谓的“日耳曼”是一个复杂而不同质的概念。查理曼大帝的帝国混居了凯尔特人、罗马人、法兰克人和撒克逊人。日耳曼色彩最鲜明的，是定居法国并在 10 世纪步入文明的维京人。正是他们的兼收并蓄最终构成了法兰西民族。早在 11 世纪，他们便远赴英格兰与西西里。他
26 们带着法兰西文化漂洋过海。不过，他们没有到达德国。日耳曼民族受罗马的语言和宗教同化，这就使古代为中世纪提供了“可以用来自我定位的可靠的传统标杆”（autoritäres Vorgut, an dem man sich orientierte）（韦伯语）。

12、13 世纪以后，通俗文学的蓬勃发展，标志着拉丁文学的一蹶不振或节节败退。诚然，12、13 世纪正是拉丁诗歌与学术如日中天之际。当时，拉丁语言与文学“从中欧、南欧以及北部地区波及至冰岛、斯堪的纳维亚、芬兰，同时由西南方进入巴勒斯坦”。[2]不管是凡夫俗子，还是饱学之士都知道有两种语言——平民语言与学者语言（clerici, litterati）。作为学者语言，拉丁语又名语法语言（grammatica）。在但丁及其前辈罗马人瓦罗看来，拉丁语是由诸圣贤创设的艺术语言，不可改动。[3]甚

---

1 与此相反的观点参见 J. Calmette, *Le Monde féodal* (1934), 197。

2 P. Lehmann in *Corona quernea*, 307.

3 【Roger Bacon 反对这种看法。从哲学角度看，它在但丁时代就已经过时了。见 G. Wallerand, *Les oeuvres de Siger de Courtrai*, 1913, p. 43。】

至有人把通俗文章也译成拉丁语。[1]几个世纪以来，拉丁语一直作为教育、科学、政府、法律、外交等领域的语言不断延续。在法国，拉丁语直到1539年才在弗朗索瓦一世（Francis I）的干预下，不再作为法律用语。不过，作为文学语言，拉丁语却一直存活到中世纪末期。布克哈特在其著作《文艺复兴文化》中，用了数章节探讨文化的普遍拉丁化（allgemeinen Latinisierung der Bildung）。其中一章论述了15、16世纪拉丁诗歌，作者旨在说明“拉丁诗歌的最终胜利可谓咫尺之遥”（wie nahe ihr der entschiedene Sieg stand）。在16、17世纪的法国、英国、荷兰、德国，拉丁诗歌都有流芳百世的代表作。1817年，歌德于《艺术与古代》中写道：

> 如果有聪明的青年学者想考察过去三个世纪以来，用拉丁语写作的德国诗人在诗歌方面取得的成就，那么从更自由的世界观出发将大有裨益。不过眼下，德国人与这条路子正渐行渐远……与此同时，他还能注意到，在拉丁语仍然充当通用语言的时期，其他拥有文化传统的国家是如何用拉丁语写作，并以现已失传的方式相互理解。

这些人文主义作品属于“新拉丁语”，与中世纪拉丁语存在天壤之别。[2]不过，在14、15世纪，这种差别还没有产生。彼得拉克和薄伽丘仍深受拉丁中世纪的影响。

1　为了照顾“拉丁语读者”（qui grammaticam legunt），意大利法理学家Guido delle Colonne把法语的特洛伊故事译成了拉丁文（见Griffin’s edition of Guido’s *Historia destructionis Troiae* [1936], 4）。其他通俗作品的拉丁语译本有：Wolfram’s *Willehalm*（韵译节选本；Lachmann, pp. cliii f.）；*Herzog Ernst*（两个译本；见Pall Lehmann, *Gesta ducis Ernesti* [1927]）；Hartmann的*Gregor*的两个改编本（Ehrismann, LG, II, 2, 1, 187）。1330年左右，Franco of Meschede改编了Conrad of Würzburg, *Goldene Schmiede*（*Aurea fabrica*）。13世纪的*Carmen de prodicione Guenonis*是*Chanson de Roland*的精编本（*ZRPh* [1942], 492-509）；*Historia septem sapientum*（约1330年）是*Roman des sept sages*的散体改编本。Benedeit的*Voyage of St. Brendan*有两个拉丁译本，一个是散体译本，一个是韵译本。Nicole Bozon的*Contes moralisés*（14世纪）也被译为拉丁文。即便到了16世纪中叶，Jorge Manrique（卒于1479年）仍写诗纪念亡父。此外，歌德很喜欢阅读拉丁版的*Hermann und Dorothea*（to Eckermann, Jan. 18, 1825）。

2　Georg Ellinger, *Geschichte der neulateinischen Literature Deutschlands im 16. Jahrhundert* (1929—1933). 该书第一卷主要探讨“新拉丁诗歌中的意大利与德国人文主义”。早期文选包括布克哈特经常引用的*Delicae poetarum Italorum* (Frankfort, 1608, 2 vols.)。此后，亦有*Delicae poetarum Gallorum* (ibid., 1609, 3 vols.), *Germanorum* (ibid., 1612, 6 vols.) , *Belgicorum* (ibid., 1614, 4 vols)。论述新拉丁艺术散文，见O. Kluge in *Glotta* (1935), 18 ff。

1551 年，一位意大利人文主义者认为，自己必须警惕 12 世纪的“坏诗人”。[1]因此，这些诗人的作品仍然有人阅读！我们可以用 15、16 世纪的教学实践，以及印刷术的发明来解释这一现象。当时，摆在该学者眼前的，是中世纪学习与阅读课程已不涉及的《八作者》[2]（*Auctores octo*）。但新版本层出不穷，这说明 16、17 世纪仍然有读者渴望阅读 12 世纪伟大的拉丁作家作品。[3]此外，在近代几场轰轰烈烈的运动（人文主义、文艺复兴、宗教改革、反宗教改革）中，中世纪拉丁文学的影响仍持续不断，这一情况尤其见诸未受宗教改革波及，同时也未被人文主义和文艺复兴改头换面的西班牙。霍夫曼斯塔尔把巴洛克描述为“古代世界（也就是所谓的中世纪）”返老还童的形式，鼎盛时期的西班牙文学亦如此。

以上我们大略回顾了一段很长的时期。我们在国家之间、时代之间不停地穿梭，此乃任务使然。严谨的年代学是我们的工具，但不是我们的向导。

让我们再回到中世纪早期。在查理曼大帝的推动下，我所谓“拉丁中世纪”（lateinisches Mittelalter）的历史实体第一次完整地出现。这个概念在史学中并不常见，但对我们的研究必不可少。这里，“拉丁中世纪”指在通常意义上的中世纪中，与罗马有关，与罗马的国家观念有关，与罗马教会有关，与罗马文化有关的一切，即比单纯的拉丁语言与文学的复兴更有包容力的现象。几个世纪以前，罗马人就学会把自己国家的政治存在（staatliches Dasein）视为普世的任务。维吉尔早已在《埃
28 涅阿斯纪》广为人知的段落中表述了这一思想。自奥维德时代起（Ars. am., I, 174），“世界（orbis）即罗马（urbs）”的观念就发展并普及开来；到了君士坦丁时代，它甚至刻到了钱币上（此乃官方的宣传）；[4]时至今日，罗马教宗法庭的议事规范中，仍然能见到“世界与罗马”（urbi et orbi）。随着基督教提升为国家宗教，罗马的普世主义（universalism）需要两个层面。除了国家的普世诉求外，还有教会的普世诉求。

1 Cinthius Gregorius Gyraldus (= G. B. Giraldi Cinthio), *De poetis nostrorum temporum*, ed. K. Wotke (1894), 47.

2 有关该书 1500 年以前的印刷传播情况，见 *Gesamtkatalog der Wiegendrucke* (1925 ff.)。1490—1500 年间，《八作者》的版本多达 25 种，但德国一本未见。拉伯雷曾嘲讽该书以及类似的教科书（Rabelais, *Gargantua*, ch. 14）。

3 1600 年以前刊印的书籍中，晚期古代与中世纪拉丁文学占了相当大的比例。参见 Jean Seznec, *The Survival of the Pagan Gods* (Bollingen Series XXXVIII; New York, 1953), p. 225。另见 P. Goldschmidt, *Medieval Texts and Their First Appearance in Print* (London, 1943)。

4 见 J. Vogt, *Orbis Romanus* (1929), 17。

把中世纪视为罗马延续的观点另有其源，即奥古斯丁的历史哲学。在奥氏的思想中，三种观念合而为一。人类历史与六日创世、人类生命六时期完美地融合起来（*PL*, XXXIV, 190 ff.; XXXVII, 1182; XL, 43 ff.）。除此之外，奥氏还根据四帝国的记载（源于对《但以理书》中预言的讽喻阐释 [2:31 ff. and 7:3 ff.;[1] *De Civitate Dei*, XX. 23 and XVIII. 2]）做了划分。四帝国中最后一个是罗马帝国。它不但对应“老年”时代，而且会一直持续，直至时间不复存在，并为天国安息日（heavenly sabbath）所取代。耶稣门徒确信世界末日即将来临（nos, in quos finis saeculorum devenit）（《哥林多前书》10:11[2]）。早期基督徒对末世的企盼就是这样融入中世纪的思想当中。中世纪作者经常引用或提及这段话（不注明出处，几乎所有中世纪引用都如此）。然而，近代文化史学家往往对此一无所知，还误以为是中世纪的自我表述。如果我们在 17 世纪的史书中读到“世界正处于耄耋之年”（The world is in gray old age），[3]千万不能从心理学角度解读为当时人“有时代优越感”，而是要明白，这是指奥古斯丁把世界历史的末期（罗马）比作人类的老年。[4]在《神曲 · 天堂篇》（*Par.*, XXX, 131）中，我们看到，但丁得知天堂的玫瑰仅剩少数尚无归属。因此，他也企盼末日来临（另见 *Conv.*, II, 14, 13）。

《圣经》为中世纪史学思想提供了帝国更迭的另一个神学明证：“不义、狂放和诓骗致富会导致国家倾覆，而后，其他国家则会兴起，并取而代之”（《次经 · 西拉书》10:8）。这里，由“transfertur”产生了中世纪史学理论基础的“translatio”（转移） 29
概念。查理曼大帝开创的帝国复兴之举，可以视为罗马帝国转移至其他民族。“帝国

---

1 《但以理书》的第一份希腊文注疏约在 204 年，作者是罗马主教 Hippolytus；哲罗姆的《但以理书》评注采用了该文献，并使之流传。

2 这段话引自奥古斯丁（*PL*, XL, 43）。武加大译本（Vulgate）的引文为：“…ad correptionem nostrum, in quos fines saeculorum devenerunt.”【中译者注：中文和合本的译文为“他们遭遇这些事都要作为鉴戒，并且写在经上，正是警戒我们这末世的人。”】

3 Fredegar (ed. Krusch) in *MGH, Scriptores rer. Merov.*, II, 123. Fredegar 抱怨“（结果）这个时代人人都自以为自己是以前的演说家转世”（ne quisquam potest huius tempore nec presumit oratoribus precedents esse consimilis）（*ibid*），这段话可以与 Gregory of Tours (见本书 149 页) 的相应段落参照理解。

4 【卢克莱修曾抱怨世界的衰老（II, 1150 及其后）；在 3 世纪，教父圣 Cyprien 也发出同样的怨言（*Ad Demetrianum*, c. 3）。参见 Toynbee, IV, 7 以后。】

转移”（translatio imperii）发生后，“学习重心转移”（translatio studii）[1]（从向雅典或罗马学习，转移至向巴黎学习）随之而来。中世纪帝国从罗马承袭了世界帝国的思想；因此，它具有普世的而非民族的品格。罗马教会的要求仍然是普世的。“教廷”与“政府”（sacerdotium and imperium）是世上最高的统治机构。在11世纪，凡事都要经过两者的协作。即便后来双方到了剑拔弩张的地步，协作仍然顺利地进行。14世纪初期，这种关系仍然是但丁思考的核心。“转移”观念深入巴尔巴罗萨[2]（他有意向查理曼大帝靠拢）宣扬内容的字里行间。在查理曼大帝时代后的几个世纪，德国历史便与罗马复兴的观念联系到一起。[3]不过，霍亨施陶芬时代，德国的政治诗和朝代诗大多用拉丁文写成。描写巴尔巴罗萨的最精彩的诗歌，用的不是德文，而是拉丁文（科隆“大诗人”[4]的作品）。获取西西里的王权，让霍亨施陶芬王朝与拉丁诗歌的关系更进一步。戈弗雷（Godfrey of Viterbo）的作品乃是献给亨利四世的。在腓特烈二世的西西里王国诞生了第一批意大利诗人，但此时的腓特烈二世，不但钟情其法学家撰写的戏剧，而且还收到了英国人写的拉丁颂诗。[5]

与此同时，我们不要忘了，“拉丁中世纪”绝不仅限于弘扬罗马或复兴罗马的观念。“转移”概念表明，帝国统治权的更迭，是出于恶念而滥用统治权所致。4世纪，基督教罗马已经发展出“忏悔罗马”（büβenden Rom）的观念。“罗马仿佛恶贯满盈
30 的罪人，但为救世主付诸鲜血的行动自责，并刻苦修行，信奉基督以后，他就获准重返拯救的人群”。[6]哲罗姆、安布罗修、普鲁登提乌斯便笃信这种观念。后来，奥古

---

1 “模型概念”由是贺拉斯提出的（*Epi.*, II, 1, 156）：“希腊……为粗俗的拉丁姆带来了艺术。”（Graecia...artes/ Intulit agresti Latio.）我在海力克（Heiric）致秃头查理（Charles the Bald）的书简（*Poetae*, III, 429,23）中首次发现“translatio studii”概念。参见 E. Gilson, *Les Idées et les letters*, 183 ff。

2 Otto of Freising 持该观点。从1186—1187年问世的史诗 *Ligurinus*（作者不详）中，我们得知，查理曼解放了罗马帝国，并将其转移至自己名下。如今，莱茵河成了台伯河的主人（I, 249 ff.; III, 543 ff. and 565 ff.）。

3 围绕这一概念出现了截然不同的假设。见 P. E. Schramm, *Kaiser, Rom und Renovatio* (1929); E. Kantorowicz, *Kaiser Friedrich II., Ergänzungsband* (1931), 176。关于加洛林和奥托的帝国观念，见 Carl Erdmann in *Et. Arch.*, VI (1943), 412 ff。Fedor Schneider 的大作 *Rom und Romgedanke im Mittelalter* (1926) 探讨了“文艺复兴的思想基础”。

4 【此人的名字仍不得而知。但此人曾为科隆大主教 Reinhart von Dassel (1162—1165) 效劳。因用意大利语歌颂腓特烈一世的丰功伟绩，并出版其忏悔录（字里行间充满讽刺）而闻名。】

5 Ernst Kantorowicz, *op. cit.*, 132. 这部分内容详细描述了当时宫廷的拉丁文学。

6 F. Klingner, *Römische Geisteswelt* (1943), 449.

斯丁惊世骇俗地提出异议。举世闻名的罗马品格，从基督教角度看，却是一个个过错。基督徒的眼光必须从罪恶的国度——世俗罗马（其历史涉及“世俗之城”[civitas terrena]）转向尘世之上的上帝国度——“神明之城”（civitas Dei）。但丁暗中反对奥古斯丁的观点。他把维吉尔与奥古斯都的罗马，同彼得及其继任者的罗马联系起来。德国人的“Kaisertum”与罗马人的“imperium”、异教徒与基督徒、奥古斯丁与但丁的历史思想，这些不过是罗马观念中少数的对立面。然而，它们的起源和发展都离不开罗马的语言，而该语言同时也是圣经、教父、教会、经典化的罗马作家以及中世纪学术的语言。凡此种种完善了“拉丁中世纪”形象，使其栩栩如生，丰盈有度。

五、罗马尼阿

在当今学界，“罗马尼阿”（Romania）用以指使用罗曼语族诸语言的所有国家。这些语言都是在罗马帝国（从黑海到大西洋）的境内一步步演化。如果我们自东向西说起，那么它们依次是罗马尼亚语、意大利语、法语、普罗旺斯语、加泰罗尼亚语、西班牙语以及葡萄牙语。早在中世纪，人们就已经发现，伊比利亚半岛、法国与意大利的各自语言之间存在同源关系。但丁的《论俗语》便是这方面的经典之作。16 和 18 世纪学者（帕基耶、伏尔泰、马蒙泰尔）认为，普罗旺斯语（“罗曼语或式微的罗马尼阿语”[le langage roman ou roumain corrompu]）是其他语言的源头，并称其为“roman rustique”（粗俗罗曼语）。下面我们将看到，该说法可以追溯至拉丁文的“lingua romana rustica”。雷努阿尔（François Raynouard, 1761—1836）便持这种观点。身为普罗旺斯人的雷氏提出，从 6 世纪到 9 世纪期间，全法国都是普罗旺斯语（他称之为“罗曼语”）的天下，罗曼语族的其他语言均源出于此。他的同辈人法国考古学家科蒙（Arcisse de Caumont）把该观点及“罗曼”一词（roman, Romance, Romanesque）引入艺术领域，意指古代晚期到 12 世纪盛行的艺术风格。雷氏的成果大大推动了行吟诗歌（troubadour poetry）的研究，但他的语文学假说却不堪一击。罗曼语文学之父迪兹（Friedrich Diez, 1794—1876）就反对雷氏的普罗旺斯语源头说；他指出，罗曼语族的所有语言都是由拉丁语独立演化而来。

不过，“Romance”和“Romania”两词的历史有些久远，知之者寥寥可数，因 31
此在我们继续探讨前，有必要作以简要回顾。“romania”是“romanus”的派生词，正如后者从“Roma”，“latinus”（“Latin”）从“Latium”派生而来。“latinus”与“romanus”共同继承了罗马的遗产。拉提姆地区诸语言中，罗马人使用的是“拉丁”方言，这就使其处于鹤立鸡群的地位。长久以来，在罗马帝国，“Romans”（Romani）特指统治阶层。被占领的民族仍然保留自己的民族名称（高卢人、伊比利亚人、希腊人等等）。直到212年，罗马皇帝卡拉卡拉颁布圣谕，允许帝国所有自由居住者获得罗马公民权。自此，罗马帝国的所有公民都可以称之为“罗马人”（Romani）。从该罗马政体，只需一步便可创造一个新名词，用以指代“罗马人”居住的整片领地。随着越来越多的外族定居罗马境内，政府迫切需要一个简洁而直观的新词，来代替“Imperium Romanum”或“orbis Romanus”。眼看危机迫近，没想到君士坦丁大帝统治时期，拉丁和希腊文本中首次出现了“Romania”（罗马尼阿）。[1]该词一直沿用至墨洛温时代，甚至更晚。在一首称颂国王查理贝尔的诗中，福尔图纳图斯写道：

他是外族与罗马尼阿齐声颂赞之人，
颂赞者的母语各异，颂词却彼此相同。

Hinc cui Barbaries, illinc Romania plaudit:
Diversis linguis laus sonat una viri.

到了奥托时代，“罗马尼阿”的意思有所改变，指帝国的罗马部分——意大利。最终，它仅限于指意大利的罗马涅（Romagna）省，亦即过去的拉文纳总督辖省（Exarchate of Ravenna）。

7、8世纪后，“罗马尼阿”最初的古代晚期的意义为新历史实体所取代，但关联词“romanus”与“romanicus”仍在使用。当日常交际的拉丁语（大众拉丁语、通俗拉丁语）与文学拉丁语逐渐分化后，需要一个属于自己的名词，于是过去的罗马—拉提姆，又以新的形式再次披挂上阵。随后，拉丁语（lingua latina）和罗马语

---

1 见 Gaston Paris in *Romania*, 1 (1872), 1 ff。新近的文献可以见 Pirenne, *op cit*., 289, n. 1. 330—432年间，“Romania”出现在九部拉丁文本中（Zeiller in *Revue des etudes latines* [1929], 196）。不过，阿塔纳修斯（Athanasius）（*Historia Arianorum*）把罗马称为“μητρόπολης τῆς ‘ρωμανίας”。

(lingua romana)（当然，这里指“粗俗”[rustica] 罗马语）之间有了差别。如此一来，出现了第三个术语——“lingua barbara”，即德语。大约 600 年，伊西多尔在彻底罗马化的西班牙写作时，并没有意识到这三种语言是共存的。不过，当时人普遍如此。

“Romance”是中世纪早期专指有别于学术拉丁语的新拉丁方言（neulateinischen Volkssprachen)。“romanicus”的派生词以及（法语、普罗旺斯语、西班牙语、意大利语、里托罗曼斯语 [Rhaeto-Romanic 中的]）副词“romanice”从未用作民族名称（民族名称有其他词来表示），而是作为这些民族的语言名称，也就是意大 32
利语的“volgare”。古法语的“romanz”、西班牙语的“romance”以及意大利语的“romanzo”便是该系列派生词。这些词由拉丁学者所造，意指罗曼语族的**所有**语言，并被视为与拉丁语相对的统一整体。“enromancier”、“romançar”、“romanzo”的意思是用本国语言来翻译或撰写书籍。这样的书就可称作“romanz”、“romant”、“romance”、“romanzo”（都是“romanice”的派生词）。在古法语中，“romant”、“roman”的意思是“用韵文写成的宫廷爱情故事”(höfischen Versroman)，直译过来就是“大众书”(Volksbuch)。如果再回译成拉丁文，那么这种书就可称作“romanticus”(再加上“liber”)。[1]由此，“romance”与“romantic”[2]便紧密地联系起来。在 18 世纪的英语和德语中，“romantic”仍然指“可能出现在爱情故事中的事情”(something“that could happen in a romance”)。[3]意大利语中对应古法语“roman”的词是“romanzo”(“the romance”)。但丁已经在这个意义上使用该词【*Purg*., 26, 118】。

因此，在法语和意大利语中，“romanice”就成了文学体裁的名称。类似情况还见于西班牙。在那里，“romance”最初表示“民族的”，后来也同样指文章，但一开始并不限于某种体裁。有时，我们会看到，“romançar libros”的意思是“翻译”(Garcilaso, Juan de Valdés)，但也会遇到类似“los romancistas o vulgares”(Marqués de Santillana) 的说法。到了 15 世纪初，“romance”就跟今天的情况一样，指诗歌体

1　因此，在格林辞典引用的一个 15 世纪的范例中，如此写道：“在读过的传奇中，这本用法文撰写的战纪诗里最精彩的部分都是虚构而成。”

2　这里要感谢卢梭专家 Alexis François 对“romantic”一词的考证，见 *Annales Jean-Jacques Rousseau*, V (1909), 237 ff。以及 *Mélanges Baldensperger*, I (1930), 321。

3　法语对应的词是“romanesque”。

裁；从 16 世纪起，“romance”的汇编就成了“romanceros”。西班牙语中“传奇”或“小说”一词乃借用自意大利语“novella”（英语的情况亦然）。

在中世纪，罗马尼阿有着超越语言藩篱的文化共同体。许多意大利人用普罗旺斯语写诗（但丁在《神曲》中，就让一位伟大的普罗旺斯人讲自己的母语）。但丁的恩师拉蒂尼（Brunetto Latini）的巨著乃是用法语写成。行吟诗人兰博（Raimbaut of Vaqueiras）的一首诗（约作于 1200 年）可以充分表明这种关系：诗中的五段诗节分别用到了普罗旺斯语、意大利语、北部法语、加斯科尼语和葡萄牙语。[1]当时罗曼抒情诗所用的语言有些仍保留至今。它们可以相互替换，这就表明，人们有意维持统一的罗马尼阿。在西班牙，我们可以偶尔看到，洛普（Lope）与贡戈拉将这种替换作为艺术手法，用于十四行诗的创作之中。大约自 1300 年起，罗马尼阿出现越来越多的语言和文化差异。不过，罗曼诸民族仍然通过它们的历史演变，以及同拉丁语
33 持续不断的联系，保持密切的关联。从比较宽泛的意义看，我们仍然可以谈论罗马尼阿，只是要将其作为跟日耳曼民族与文学相对的统一体。

最古老的罗曼语范本是 842 年发表的《斯特拉斯堡宣言》，但它只是文献，并非文学作品。法国文学的发端，恐怕要到 11 世纪。[2]西班牙文学发祥于 12 世纪末。[3]意大利文学则要追溯至 1220 年，当时出现了圣方济各的《日颂》（*Hymn to the Sun*）和西西里艺术抒情诗。西班牙与意大利文学起始较晚，是由于法国文学一直独领风骚；而日耳曼文学作品很早出现（英国的约见于 700 年，德国的约见于 750 年），则是因为“日耳曼”民族相比罗曼民族，少了几分亲密感。《斯特拉斯堡宣言》便是明证。它的罗曼语译本开篇是：“Pro deo amor et christian poblo et nostro comun salvament...”[4]从文字到词序与拉丁语相差无几。再看看相应的古高地德语译本：“In godes minna ind in thes christianes folches ind unser bedhero gehaltnissi...”显而易见，文字已经与拉丁语有了天壤之别。在很长一段时间里，罗马尼阿人仍然可以接触多少有些通俗化的拉丁语，并从中获得正确的拉丁语。日耳曼人不得不从头学起，但他们学得很好。

---

1 类似作品搜集于 V. Crescini, *Románica, Fragmenta* (1932), 523。

2 9 世纪末的 *The Song of St. Eulalia* 乃是独一无二、后继无人的作品。

3 见本书第 386 页注释 14a，即中译本第 528 页注释 1。【1140 年左右，Menéndez Pidal 发表了 *Poema del Cid*。我相信，能指出它在 1190 年以前所无法看到的内容。见第十八章。】

4 “为了上帝之爱，为了基督国与我们共同的拯救……”

大约 700 年，当法语语法已出现词语变体，英国出现了相当纯正的拉丁文作品。然而，即便是某些学富五车的意大利人，仍然会犯一些语法错误，惹得德国修士冷嘲热讽。这事就发生在诺瓦拉的甘佐（Gunzo of Novara）身上。965 年，此君作为奥托一世的随行人员到访德国。与圣加尔的修士交谈时，他用错了一个格。后来，他写信为自己辩护，称别人不该指责他无视语法，毕竟“我们的母语跟拉丁语太像了，弄得我常常不知所从”（obwohl ich manchmal durch den Gebrauch unserer Volkssprache behindert werde, die dem Latein nahesteht）。

纵观整个罗曼史，各民族俗语与拉丁语的相似关系贯穿始终。其表现在很多方面。各罗曼语言不断从拉丁语借用词汇。古法语作品《罗兰之歌》（约 1100 年）的开篇如下：

国王查理，我们伟大的皇帝。

Carles li reis, nostre emperere magnes.

晚期拉丁语中，“magnus”已经为“grandis”所取代，而诸罗曼语里，只有它
保留了下来（唯一例外的是“Charlemagne”）。[1]为此，语文学家解释道，引文中的
“magnes”是“拉丁用法”（Latinism）。然而，他们忘了，罗曼诸民族的所有伟大文
学作品中，随处可见拉丁用法，而且其作者还有意把这种用法当作修辞手段来使用。
这方面的典范便是但丁的《神曲》。例如，但丁把拉丁语的“vir”（人）写作“viro”，
以配合韵脚“-iro”。又如，20 世纪的法国人需要一个词来指代“飞行的机器”，于 34
是他们创造了“avion”（源于拉丁语“avis”[鸟]）。在一般人看来，罗曼语言中的
拉丁词乃是理所当然的借词，但德语中的拉丁词却是内外有别的“外来词”。时至今
日，拉丁语仍然是所有罗曼语言取之不竭的共同财富。

从十字军东征到法国大革命，各罗曼民族的文学在西方相继独领风骚。唯有从罗马尼阿这里，我们才能俯瞰近代文学的全貌。1100 至 1275 年间，亦即自《罗兰之歌》到《玫瑰传奇》，法国文学及思想文化一直是其他国家的榜样。中古高地德语文

1 西班牙语的“tamaño”没有同类词。

学采用了法国诗歌几乎所有主题；根据潘策尔（Friedrich Panzer）的研究，[1]甚至《尼伯龙根之歌》也汲取了部分法国元素。法国的宫廷文化还远播挪威，横跨比利牛斯山区。早在但丁时代，意大利人就已经改编了《玫瑰传奇》，后来该作品又由英国的乔叟改编。法国的史诗与传奇文学（romance literature）完完全全地涌入意大利，并经博亚尔多（Boiardo）和阿里奥斯托（Ariosto）改头换面，成为文艺复兴时期光芒四射的艺术形式。不过，自 1300 年起，由于但丁、彼得拉克以及文艺复兴鼎盛期的出现，文学霸主的头衔转至意大利。这种领先优势作为“意大利精神”（Italianism）影响了法国、英国和西班牙。[2]16 世纪伊始，西班牙进入了“黄金时代”，此后独领欧洲文学百年有余。研究艺术史，就必须了解西班牙绘画；同样，研究“欧洲”文学史，也必须了解西班牙及其文学。到了 17 世纪初，法国文学才最终冲破意大利与西班牙文学的统治，逐步确立不可撼动的霸主地位，直至 1780 年前后。与此同时，从 1590 年起，英国也发展出自己伟大的文学传统，可它的影响微乎其微，直到 18 世纪才引起欧洲大陆的关注。德国从未与罗马尼阿的文学强国平起平坐。这种局面至歌德时代方才打破。此前，德国文学光受外界影响，而自己对外界则没有丝毫影响。

英国与罗马尼阿的关系比较特殊。英国成为罗马帝国的领地不到四百年。410 年，罗马军队就已撤离这片土地，但奥古斯丁传道（自 597 年起）标志着第二次罗马化，或者（用某位英国史学家的话讲），“不列颠再次回到欧洲及其历史的怀抱”（the return of Britain to Europe and to her past）。[3]日耳曼民族迁徙后，罗马古迹仍然保留下来。它们不但激发了 7 世纪诺森伯兰人的雕塑欲，而且后者对其引以为豪。[4]经过诺
35 曼人的入侵和几位安茹君王的统治，英国在几个世纪以来始终臣服于法国文化。法语是文学语言和官方语言，而拉丁语则是高等教育的语言。巴黎是英国的文学首府。12 世纪拉丁文艺复兴期间，英国人和威尔士人大放异彩。不过，法国与撒克逊血统的英国人直到 1340 年才获得平等的法律地位。[5]而到了 14 世纪，两个民族及其语言

1 *Studien zum Nibelungenliede* (Frankfurt a. M., 1945).

2 有人认为西班牙、法国、德国等国家并未经历“文艺复兴”。但不可否认的是，这些国家也受过“意大利精神”（即意大利文艺复兴在本土以外的形式）的余波。

3 C. Dawson, *The Making of Europe* (1929), 209.

4 F. Saxl in *Journal of the Warburg and Courtauld Institutes*, VI (1943), 18 and n. 4. 关于 7 世纪英国与意大利的文化关系，参见 W. Levison, *England and the Continent in the Eighth Century* (1946), 142。

5 J. J. Jusserand, *A Literary History of the English People*, I (1895), 236.

才合而为一。当时是英国第一位代表诗人杰弗里·乔叟的时代。法国与意大利都是他作诗的素材。1400 年，乔叟与世长辞。就在此前一年，某位国王[1]首次在国会使用英语（1350 年起成为授课语言,1362 年起成为法律用语）。中世纪的英国属于罗马尼阿。然而，“在宗教改革时期，羽翼丰满的英国人撇开了自己的拉丁导师，从此与斯堪的纳维亚和条顿世界形同陌路。不列颠凭一己之力，成就了一片天地”。[2]

英语是经罗曼语和拉丁语改造的日耳曼方言。英国人的民族特征与生活方式既非罗曼式，也非日耳曼式，它们就属于英国人。它们象征着社会统一性与个体多样性的欣然融合，世界各地，独此一处。在欧洲传统中，英国与罗马尼阿的关系仍然是英国文学里反复出现的问题。18 世纪（蒲柏、吉本），影响英国的是拉丁文化，19 世纪则是德国文化。到了 20 世纪，罗马传统的所有阶段再次成为焦点。这的确是个有趣的现象，可惜我们只能点到为止。切斯特顿（G. K. Chesterton）与贝洛克（Hilaire Belloc）激动地吹响战斗的号角。不过，我们更要注意艾略特于 1920 年提出的文学批评方法与文学策略：“《战争与和平》的确是名垂千古的小说，可三四位伟大的小说家无法构成文学。如果我们抹去带有罗马痕迹的一切，抹去我们袭自诺曼—法国社会、基督教、人文主义以及直接或间接的收获，那还能剩什么？条顿的根须和外皮而已。英国是‘拉丁’国家，我们不必到法国去寻找我们的拉丁特征”。[3]

通过罗马尼阿及其影响，西方接受了自己的拉丁教育。接下来，我们就将探讨这种教育的形式与成果。换言之，我们要从普遍性过渡到历史实体的具体财富。我们必须做到细致入微。不过，正如瓦尔堡对学生所言，“上帝本身就是细致入微的”(der liebe Gott steckt im Detail)。

1　可能是理查二世或亨利四世，前者于 1377—1399 年在位，后者于 1399—1413 年在位。

2　G. M. Trevelyan, *History of England* (1947), xxi.

3　*The Criterion* (Oct., 1923), 104.

第三章　文学与教育

一、自由艺术；二、中世纪的“艺术”概念；

三、语法；四、盎格鲁－撒克逊研究与加洛林研究；

五、课程作家；六、大学；七、名言警句与典型形象

36 文学是“教育”的一部分。为何这么讲？这一说法源于何时？因为希腊人在某位诗人那里发现了自己的历史，自己的本性以及朝思暮想的诸神世界。希腊人没有教会书籍，也没有教士阶层。对他们而言，荷马就是“传统”。自前6世纪起，他就是人手一册的教科书。由此，文学成为一门学科，而欧洲文学的连续性也与学校密不可分。教育成了文学传统的媒介：这在欧洲已司空见惯，但不一定是理所当然的现象。诗歌能获得尊严、独立和教育功能，荷马的贡献居功至伟。当然，也存在另一种情况。在犹太教中，教徒学习“律法”；摩西五书也并非诗歌。不过，罗马人因袭了希腊人的成果。罗马诗歌肇始于李维乌斯·安德罗尼库斯（前3世纪下半叶）。他翻译了《奥德赛》，供学校之用。其同辈人奈维乌斯与恩尼乌斯创作了可以与《伊里亚特》相媲美的民族史诗。然而，维吉尔才是第一个创作出为世人喜闻乐见的罗马民族史诗的作家。无论内容还是形式，他的史诗都以荷马为榜样。后来，这部史诗也成了教科书。总而言之，中世纪从古代承袭了史诗与学校的传统关系。它使《埃涅阿斯纪》保留下来；虽然圣经史诗有意模仿维吉尔，但却始终无法取而代之。阅读圣经史诗简直就是活受罪。维吉尔保留了拉丁研究的主干。近代民族国家的经典可能不像莎士比亚或歌德的《浮士德》那样适合学生，但后来也都成为学校的阅读材料。为此，文学研究（Literaturwissenschaft）必须涵盖欧洲教育的基本知识。[1]

1 【有关古代教育的内容见 H. I. Marrou, *Histoire de l’éducation dans l’antiquité* (1948)。】

一、自由艺术

中世纪教育体系的主要部分可以追溯至古希腊。在古代人看来，苏格拉底的同辈人智术师希庇亚斯（the sophist Hippias of Elis），乃是以自由艺术（liberal arts）为基础的教育体系的创始人。在希腊，这种体系称为“ἐγκύκλιος παιδεία”，意思是 37
“一般的、日常的教育”（culture ordinaire, quotidienne）。[1]众所周知，柏拉图期望仅仅把哲学作为教育手段。他不仅抵制荷马，主张把众诗人逐出城邦，而且反对“通识教育”（allgemeine Bildung, general education）。没有谁像这位希腊最伟大的思想家一样，以如此饱满的热情，直截了当地提出每种哲学都固有的独断主张。然而，柏拉图的教育学同其政治学一样遭受失败。其同辈人演说家伊索克拉底也谈到了哲学与通识教育之争。伊氏认为，这两种教育手段都有其合理之处，它们有着等级关系：通识教育的目的乃是为学习哲学打基础（propaedutics）。尽管偶有不同意见，伊氏的理念在整个古代的教学实践中始终处于权威地位。塞内加的第八十八封书信就是该体系的明证（locus classicus）。这封书信探讨了“自由艺术”（artes liberales）与“自由研习”（studia liberalia）。两者均不是以赚钱为本。之所以称作“自由”，是由于它们针对自由的人（freien Mannes）。[2]因此，绘画、雕塑以及其他手工艺术（“机械艺术”[artes mechanicae]）不列其中，[3]而作为一门数学学科，音乐长期稳居自由艺术之列。在古代晚期，“自由艺术为哲学之基础学科”的观点已经不再牢不可破。哲学不再是系统学科和教育力量。这就意味着，到了古代晚期，自由艺术成了学术中仅存的硕果。与此同时，自由艺术的科目也限定为七门，其先后顺序在整个中世纪始终如一：语法、修辞、辩证法、算术、几何、音乐和天文。在中世纪后期，人们把这些科目的功用编成朗朗上口的韵文，自由艺术的顺序也便取决于押韵的方式：

---

1 【Norden 在其 *Kunstprosa*, 670 也持同样观点。——Will Richter 也指出（*Lucius Annaeus Seneca*, Dissert., Munich, 1939, 16 A），“ἐγκύκλιος”指“兼容并包的”，“十全十美的”。】

2 【Isidore de Sérville, *Et.*, IV (Loeb, I, 26) 认为，“liberatis”一词源于“liber”。】

3 在 15 世纪的佛罗伦萨，艺术家的自我意识开始觉醒。他们不再希望别人将自己与工匠（artisans）混为一谈。由此，产生了延续至 17 世纪的广泛的艺术史文学（art-historical literature）。见本书学术附录十三。意大利语“meccanico”的意思是“未开化的，粗俗的”；“la turba meccanica”就是“平民百姓”。

语法教言谈，辩证授真理；
修辞遣文辞，音乐歌咏矣。
算术数字排，几何权衡比，
若知天文学，便可观星体。

Gram. loquitur; Dia. vera docet;
Rhe. verba ministrat;
Mus. canit; Ar. numerat;
Geo. ponderat; As. Colit astra.

后四种（与数学有关的）艺术被波伊提乌统称为“四道”（quadruvium），前三种自 9 世纪以后，也得名“三道”（trivium）。[1]这里，我们必须严格区分“ars”概念
38 与近代意义上的“art”。“ars”意为“某类学科”，相当于“神学”等名称中的统一后缀“某某学”。古代词源学认为，“ars”与“artus”（水道）之间存在关联；因此，“artes”就包括一切符合“水道”规则的事物。[2]

整个中世纪，对自由艺术最权威的表述出自卡佩拉（Martianus Capella）（他的创作时间在 410 年至 439 年之间）。拉贝奥（Notker Labeo）（卒于 1022 年）将其表述译为古高地德语；后来，小格劳休斯（Hugo Grotius）的新译本（1599 年）声名鹊起；甚至莱布尼茨生前也曾筹划另一版本。[3]直至 16 世纪后期，皇家典礼上仍可见卡佩拉的痕迹。[4]卡佩拉把自己的著作弄得好似小说，其标题便可见一斑——《菲洛罗吉亚与墨丘利的婚礼》（*De nuptiis Philologiae et Mercurii*）。从形式上看，此书混合了散文与韵文，不过以散文为主。这本厚达五百页的巨著恐怕会让近代读者觉得枯燥无味。但我们必须一探究竟。全书前两册主要是小说的故事情节。[5]书中人物与主

---

1 Pio Rajna in *Studi medievali*, I (1928), 4-36.“quadrivium”乃是“quadruvium”在后来比较普遍的形式。

2 Servius in Keil, IV, 405, 3 f. 类似的文献还有 Cassiodorus (ed. Mynors), 91, 12, and Isidore *Et*., I, 1, 2。

3 1670 年，后任 Avranches 主教的 Pierre Daniel Huet （1630—1721）受命出任法国皇太子导师 Bossuet 的助理。他的职责之一就是遴选拉丁经典，以供太子使用（ad usum Delphini）。他把卡佩拉的版本委托给希望“为其重振声威”的莱布尼茨（G. Hess, *Leibniz korrespondiert mit Paris* [1940], 22）。1499—1599 年间，有八个版本出现了卡佩拉。

4 A. Warburg, *Gesammelte Schriften* (1932), I, 264, n. 3.

5 卡佩拉模仿的是 Apuleius, *Met*., VI, 23 ff.（丘比特与普塞克的联姻获得众神大会的批准等等）。

题在中世纪经常出现，尤其见于12世纪的哲理史诗。作品以一首献给婚姻之神许门（Hymen）的诗歌开篇。之所以献给许门，是因为他不仅帮助自然之神调配元素，抚慰两性，而且还为诸神牵线搭桥。恰好墨丘利尚未婚配。维尔图斯（Virtus）建议他找阿波罗。于是，阿波罗推荐了学识渊博的少女菲洛罗吉亚（Philologia）。从帕那索斯山的事务，到天堂、地狱的一切，菲氏无所不知。在缪斯女神的护送下，维尔图斯、墨丘利与阿波罗穿过层层星云，来到朱庇特的殿堂。诸神（包括所有寓言的人物）大会批准了墨丘利的请求，并允许本固有一死的菲洛罗吉亚位列神祇（ed. Dick, 40, 20 ff.）。[1]菲氏在母亲普罗尼西斯（Phronesis）（47, 21）的帮助下，梳妆打扮了一番，随后受到美德四神（four Cardinal Virtues）与美慧三女神的欢迎。按照要求，为获得永生，她不得不吐出一部分书籍（59, 5）。接着，她坐上少男神雷柏（Labor）、阿莫（Amor）与少女神艾皮梅丽亚（Epimelia）（应用）、阿格吕普尼亚（Agrypnia）（脑力工作者废寝忘食的状态）抬着的轿子，升入天堂。到了那里，婚姻守护神朱诺面见了菲洛罗吉亚，向她介绍奥林普斯山的各位居民（他们全然不同于希腊奥林普斯山的居民）。其中不仅有魔鬼和半神，而且还有古代诗人与哲学家（78, 9 ff.）。婚
礼上，新娘接受了七门自由艺术。卡佩拉分别用七册篇幅描写这七艺。为契合当时 39
的口味，作者把七艺化身为女性，并给她们配上不同的服饰、工具和发型，以示区分。于是，语法成了头发花白的老妇人，自诩为埃及王奥西里斯（Osiris）的后代。她在阿提卡住了很久，可现在身着罗马服饰。她带着一个乌木匣子，里面装着手术用的刀和锉，专门帮助纠正儿童的语法错误。修辞是身材高挑的美女，她身着有各种修辞格装饰的长裙，手持御敌的武器。这些性格各异的寓言人物在中世纪艺术与诗歌中反复提及。[2]她们出现在沙特尔大教堂和拉昂（Laon）大教堂的正面墙壁上，出现在欧塞尔（Auxerre）的圣艾蒂安教堂以及巴黎圣母院的内部，甚至还保留到文艺复兴时期，出现在波提切利的作品中。[3]中世纪读者喜欢该书，不光是因为它内容丰富，而且还因其中运用了大量寓言人物。例如，时人普鲁登提乌斯就从基督教立

---

1 普绪克也是如此获得永生的，Apul., *Met.* (ed. Helm), 146, 9 ff。

2 以“artes”为主题的诗歌参见 *Nuptiae*: *Poetae*, I, 408-410; *ibid.*, 544 and 629 ff.; *Poetae*, III, 247, 149 ff.; IV, 399 ff。另见 *Carmina Cant.*, pp. 113 f.; Godfrey of Breteuil, *Fons philosophiae*; Sephen of Tournai’s *rhythmus*; Walter of Châtillon (1929), 41 ff.; Neckham, *De naturis rerum* (ed. Wright), 498, etc。

3 E. Mâle, *L’Art religieux du 13e siècle en France*, 76 ff. 波提切利的作品莱米城壁画现存卢浮宫。后来情况参见 *Journal of the Warburg Institute*, II (1938—1939), 82。

场出发，把它们引入自己的《灵魂之战》（*Psychomachia*）以及魂归天国的主题。[1]

二、中世纪的“艺术”概念[2]

中世纪教育学中，有两种艺术（artes）的理论：一种出自教父，一种出自世俗学者。[3]两者自然会经常联系到一起，不过它们的起源却截然不同。亚历山大的犹太教（最有影响的代表人物是菲洛 [Philo，可能卒于克劳狄乌斯统治时期]）早已吸收希腊的学术与哲学，当然，它也把希腊圣贤变为摩西的学徒。2 世纪的基督教护教者，尤其是查士丁承袭了“艺术”概念，并将其传给亚历山大学派的伟大神学家。亚历山大的克莱蒙（Clement of Alexandria，约 150—215）认为，希腊学术是由上帝创立的：基督教教师必须掌握希腊学术，才能理解《圣经》。我们可以根据这一说法把拉丁教父分门别类。米兰的安布罗修（Ambrose of Milan, 333—397）熟知但反对希腊哲学。另一方面，有“基督教的阿里斯塔胡斯”（christliche Aristarch）之称（特劳贝 [Ludwig Traube] 语）的哲罗姆（约 340—420）（后来的伊拉斯莫是其狂热崇拜者），
40 集人文主义者、语文学家和圣师（Doctor of the Church）于一身。身为罗马学子，他近水楼台，有机会受语法学家兼泰伦斯评注家多纳图斯（Aelius Donatus）的教诲。哲罗姆熟稔普劳图斯、泰伦斯、卢克莱修、西塞罗、萨鲁斯特（Sallust）、维吉尔、贺拉斯、珀修斯（Persius）、卢卡努斯等人的作品。到了晚年，他仍清楚记得自己摸清“昆体良的明察秋毫、西塞罗的滔滔不绝（Ciceronis fluvios）、弗龙托（Fronto）的庄严肃穆、普林尼的自然流畅”（*Epistulae* [ed. Hilberg], III, 131, 13 f.）之后，又克服重重困难，学习希伯来语。在其《耶利米书》笺注中，哲罗姆引用卢克莱修与珀修斯的作品，谈及赛壬女妖、斯库拉海妖、勒耳那九头蛇（Lernean Hydra），还

---

1 【Cf. Voyage au ciel et Voyage d'outre-tombe dans F. Cumont, *Lux Perpetua*, 1949, p. 185; Bousset, Himmelsreise, dans *Archiv für Religionswissenschaft*, 1901, p. 234; E. Cerulli,*Il libro della Scala e la questione delle fonit arabo-spagnole, della D. C.* (=*Studi e Testi*, 150), 1949 (critique faite par E. Littmann dans *Orientalia*, 20, Rome, 1951, pp. 508-512).】

2 另见 R. W. Hunt, *The Introduction of the" Artes" in the Twelfth Century* (in *Studi Mediaevalia* [Bruges, 1948], 85 f.)。

3 【M. L. W. Laistner 区分了四种理论（Pagan school and Christian teachers dans *le Liber Floridus*, publication en l' honneur de Paul Lehmann, 1950, p.49）。】

比较了先知书中的修辞格与维吉尔的夸张、省略等手法。其著名的致诺拉的保利努斯（Paulinus of Nola）书，探讨了“神圣与教育”的话题。文章短小，但发人深思。没有渊博的学识，怎么可能理解《圣经》？相比之下，哲罗姆的第七十封书信《致马格努斯书》更加重要。马格努斯问哲罗姆为何引用世俗文献的范例。哲罗姆旁征博引，回答了提问者的问题；他的论据不仅反复出现在中世纪，而且还出现在意大利人文主义时期：所罗门（Prov. 1: 1 ff.）提倡学习哲学；保罗征引埃庇米尼得斯（Epimenides）、米南德、亚拉图（Aratus）的诗句。另外，中世纪人用古代知识为基督教服务，而哲罗姆提出的寓意解经法为他们提供了时常护身的挡箭牌。《申命记》21章12节写道，耶和华命令：若希伯来人想娶异族奴隶为妻，就得给她剃发、修甲。同理，热衷世俗知识的基督徒必须涤除其中的所有错误，然后才能将其用来服侍上帝。[1]我们在哲罗姆的作品中找不到“艺术”的哲学依据。

不过，奥古斯丁的情况有所不同。奥氏曾深入研究知识（scientia）与智慧（sapientia），尽管两者关系从未在其著作中写明，但他的很多想法，很多创举却一直被中世纪奉为圭臬。例如，他对《出埃及记》3章22节与12章35节的寓意阐释。以色列人离开埃及时，身上带着金器银器；因此，基督徒必须去除异教知识中浮夸而有害的部分，然后才能用其寻找真理。对中世纪早期的人而言，比奥古斯丁的思想更为重要的，是其《论基督教教义》（*De doctrina christiana*）中探讨圣经研究的内容。这里有必要引用其中的核心论述：“要让那些精于文辞的人知道，语法学家用希腊文‘tropi’指称的修辞格，我们的作者（即圣经作者）统统都用过”（III, 29）。后来（IV, 6, 9-7, 21），奥古斯丁解释道，《圣经》在文学技法上绝不逊于异教文学作品。《圣经》的文字，“乃是神圣的头脑用智慧和口才铸就的。如果我们在智慧创造者的作品中发现这些精彩之处，会是怎样的奇迹？”（7, 21）上述观点可视为对古代艺术 41
的合理解释。此外，这其中还暗示了艺术源于上帝。

卡西奥多鲁斯（Cassiodorus）对艺术的评述更加重要。在《神圣文学与世俗文学大全》（*Institutiones divinarum et saecularium litterarum*）中，卡氏撰写了第一部有关教会知识与世俗艺术的基督教手册。其中可见希腊修道院传统与基督教—

1 【有关这则寓言以及异族奴隶的内容，见 J. De Ghellinck, *Le mouvement théologique du XIIe siècle*, 1948, p. 94。】

东正教大学（Christian-Oriental universities）或“慕道者学校”（Katechetenschulen, catechumencial schools）（亚历山大里亚、艾德萨 [Edessa]、尼西比斯 [Nisibis]）传统的影响。这种影响还见于卡氏的“艺术”概念（它出自克莱蒙、查士丁和亚历山大的犹太教）。卡西奥多鲁斯指出，自创世以来，艺术的种子就播撒在上帝的智慧及《圣经》之中；世俗学科的教师接受了艺术，并把它们化为自己的法则体系，这一点反映在他对《诗篇》的阐述中（ed. Mynors, 6, 18 ff.）。事实上，卡氏认为，诗篇作者运用了古代学校通行的大量语法手段和修辞格。他预感有人会反驳说，《圣经》中从未提及“三段论、修辞名称（schemata）以及学科术语”。于是，他回答道，正如葡萄酒隐于葡萄，大树隐于种子，这些内容也都在《诗篇》里隐而未露。因此，必须通过对圣经文本的修辞分析，才能指明这一情况。然而，众所周知，神的律法已经传遍世界。我们又如何去了解它呢？《诗篇》中有这样的话：“in omnem terram exivit sonus eorum”（武加大译本，《诗篇》18: 5）（“他的声音传遍尘世”）。钦定版《圣经》的《诗篇》第十九首写道：“The heavens declare the glory of God...There is no speech nor language, where their voice is not heard.”（“诸天述说神的荣耀……无言无语，也无声音可听。”）接着，第四节说道：“...their words are gone out to the end of the world.”（“……他的言语传到地极。”）这些诗句指的是向全人类述说上帝荣耀的天界之辞。但卡西奥多鲁斯采用寓意解经法，把它们解读为世上所有民族都知晓《旧约》。如此一来，异教徒就能学习一切修辞艺术，并可将其化为体系（*PL*, LXX, 19-21）。

除了教父的艺术理论，中世纪还有世俗的艺术理论。尽管后者的本质并不相同，却与前者有许多相通之处。对于艺术的起源，有人认为出自朱庇特之手，[1]有人认为出自埃及，因为摩西是埃及人的学徒（《使徒行传》7: 22），还有人认为出自迦勒底（Chaldea）。[2]不过，人们也常常把艺术同智慧七柱等而视之。[3]12 世纪的一位重要思想家提出，一切艺术源于大自然。[4]亚里士多德主义盛行其道前，最重要的艺术论著是梯利（Thierry of Chartres）（卒于 1148—1153 年之间）未刊行的《论七艺》

1 【有关“创造者”主题，见本书学术附录二十二。】

2 Jupiter: e.g., Godfrey of Viterbo, *Speculum regum* (ed. Waitz), p. 38, 19 ff. “Aegyptus parturit artes,” Bernard Silvestris (ed. Barach), p. 16; Neckham (ed. Wright), pp. 308-311; Henri d’Andeli, *La bataille des set ars*, I, 407.

3 Seven pillars: *Poetae*, III, 439, 26 and 552, 74. Christ as bestower of the arts: *Poetae*, III, 738, 8 f.

4 John of Salisbury, *Metalogicon* (ed. Webb), 27, 29 ff.

(*Heptateuchon*)。[1]梯利希望它成为一切哲学的提纲挈领之作——“一切哲学的独一无二的工具”(totius philosophiae unicum ac singulare instrumentum)。 42

在12世纪之前的中世纪，艺术是思维的基本科律。唯有拯救史的核心事件——道成肉身才能且必须推翻它，超越它。一旦创世主成为创造物（factor factus est factura),[2]所有艺术便不会再发挥作用：“(于是)，人们惊异于创世主与创造物之间的言语规则。”(in hac verbi copula stupet omnis regula.)[3]玛利亚既是母亲又是贞女。“这样，通常相互冲突的两个身份在她身上实现了……在此，自然陷入沉寂，逻各斯获得胜利，修辞与理性陡然失效。玛利亚，上帝之女，孕育了圣父，并把他作为自己的圣子生了下来”：

女儿像母亲一样孕育了父与子……

Nata patrem natumque parens concepit...[4]

在《神曲·天堂篇》(XXXIII, 1）末尾，但丁借圣伯纳德之口，讲述了道成肉身的矛盾：

童贞之母哇，你儿子也是你父亲。

Vergine madre, figlia del tuo figlio.

三、语法

位列七艺之首的是语法——“第一艺术”(la prima arte)(Dante, *Par*., 12. 138)。“语法”一词源于希腊语“gramma”，意为“文字”。即便到了柏拉图、亚里士多

1　Clerval, *L'enseignement des arts libéraux à Chartres et à Paris dans la première moitié dy 12ᵉ siècle d'après l'Heptateuchon de Thierry de Chartres* (*Congrès scientifique international des catholiques tenu à Paris du 8 au 13 avril 1888*, Paris [1889], II, 277 ff.) Adolf Hofmeister, NA, XXXVII (1912), 666 ff.

2　Walter of Châtillon (1925), p. 7, st. 4.

3　摘自 *A. h*., XX, 42。同一观点见 *ibid*., 43 f. in No. 11 and p. 106, No. 124。

4　Alan, *Anticlaudianus, SP*, II, 362.

德时代，这种“文字技巧”仍仅限于阅读与写作。在希腊化时代，语法又增加了诗人的注释。昆体良（I, 4, 2）将其分为两部分：“言语纠正之学与诗人阐释之道”（recte loquendi scientiam et poetarum enarrationem）。作为“grammatice”的译法之一，“litteratura”也得以使用（正如“grammar”派生自“gramma”，该词派生自“littera”）。由此看来，“litteratura”最初并不是现代意义的文学；“litteratus”即指通晓语法与诗歌的人（法语词“lettré”仍保留这个意思），而不一定是作家。德语词“Literat”（雇用文人）是贬义词，但它的原始意义还是很积极的。语法概念的扩大，使该词轻而易举地模糊或跨越语法与修辞的界限，这一点昆体良早已批评指出。

七艺当中，“三道”之艺比“四道”之艺获得更全面的发展，而语法则是精品中
43 的精品。显而易见，它是其他艺术的根基。七艺分量不一的主张很早就见于伊西多尔的百科全书。该书用了 58 页篇幅阐述语法，而修辞只有 20 页；另外，辩证法有 21 页，算术 10 页，几何 8 页，音乐 6 页，天文 17 页。[1]

中世纪的拉丁语学员不仅要学会阅读罗马的语言，而且还得会说会写。因此，语法入门比 19 世纪德国小学生的入门课程还要详尽。拉丁语初学者必须背诵多纳图斯的《小艺术》（*ars minor*）。该书共 10 页，以问答的形式介绍了 8 种词性。此后，学员还可继续阅读多氏的《大艺术》（*ars maior*）和普里西安（Priscian）的《语法大全》（*Institutio gramatica*）。[2]这部 6 世纪初创作于拜占庭的作品是最详尽的语法著作。书中不仅征引许多古代作家的作品为范例，而且还为文学创作打下了基础。自成体系的新语法书直至 1200 年左右方出现——韦尔迪乌的亚历山大的《语法概要》（*Doctrinale* of Alexander of Villedieu, 1199），以及贝蒂纳的艾伯哈德（卒于 1212

---

1 页数根据 W. M, Lindsay 的版本（Oxford, 1911）。

2 太阳天里受祝福的人当中（*Par.*, XII, 137 f.），有“屈尊研究第一艺术的多纳图斯”（quel Donato ch'alla prim'arte degnò por la mano）。而普里西安则因鸡奸被打入地狱（*Inf.*, XV, 109）。其中缘由乃源于中世纪有关普里西安的一个未详加考证的故事。阿兰（Alan）（*SP*, II, 309）曾指责普里西安是背教者，还说他的著作错误百出，整个人跟醉鬼或疯子毫无两样。Hugh of Trimberg（*Registrum multorum auctorum* [ed. Langosch], 1, 195）提到了阿兰，但认为普里西安是最伟大的学者（1, 244）。Marie de France 在其《八音节叙事诗·序言》（*Lais*）中引述了普里西安的著作。莎士比亚的《爱的徒劳》（*Love's Labour's Lost*, V, 1）也提到了他。有关普里西安背教的最早记载，是他把自己的《语法大全》献给罗马贵族尤里安努斯（patricius Julianus）。Conrad of Hirsau 还能正确看待此事（ed. Shepss, 48, 25）。可后来的作家把普里西安的题献人错当成背教者朱利安（Julian the Apostate）。

年）的《希腊语语法》（*Grecismus* of Eberhard of Béthune）。语法的新气象与思想变化（见后文）息息相关。除了多纳图斯与普里西安，昆体良《演说原理》（*Institutio oratoria*）的语法部分当然也是阅读材料。这里，我们要感谢索尔兹伯里的约翰（John of Salisbury）。为我们描述了 12 世纪沙特尔地方的语法教学情况（*Metalogicon* [ed. Webb], 53-59）。[1]

中世纪语法里，有许多创自古代但现已不用的概念。早期罗马语法是根据希腊斯多葛语文学编订的。像类比、词源、非规范语言现象（barbarism）、句法错误（solecism）、词形变异（metaplasm）等概念，甚至整个表达方式（从字母、音节到词性），都来自希腊语。这些内容连同范例，都被下至多纳图斯和普里西安的罗马语法学家保留下来。在此，我姑且摘用伊西多尔《词源学》第一卷，简述这一情况。伊氏认为，词源学也属于语法。“若你清楚一个词的来源，就能更加迅速地把握它的力量。知道了词源，一切就变得更好理解。”然而，并非所有事物都是按照其“本质”命名的，有些词甚至是随心所欲地命名而来，因此，我们不可能找出 44
每个词语的来源。在考察词源时，需要遵循三个原则：“探理据”（ex causa）（“rex”[国王] 来源于“regere”[统治] 和“recte agere”[正确地领导]）；“究本源”（ex origine）（把“人”命名为“homo”，因为人是“humus”[大地] 创造的）；“抓矛盾”（ex contrariis）[2]，这里就有我们熟悉的“lucus a non lucendo”（草木业生，谓之‘光风’，以其蒙密不通光漏风也[3]）（伊西多尔的表述更委婉些：“树荫多处天亦凉”[quia umbra opacus parum luceat]）。另外，从语法中，我们还能学习同义词（即拉丁语的“de differentiis”）。伊西多尔为此另撰写了专著（*PL*, LXXXIII, 9 ff.）。

非规范语言现象指外族人犯的词汇与发音错误。句法错误（“solecism”的出现

---

1 【关于 12、13 世纪的语法史，参见 G. Wallerand, *Les oeuvres de Siger de Courtrai*, 1913, p. 34。】

2 这一原则同样可以通过瓦罗追溯至斯多亚学派。

3 【中译者注：此处借用钱钟书译文，见《管锥编 · 周易正义 · 革》。此话为 4 世纪末期语法学家 Honoratus Maurus 嘲讽普里西安之语。这里用到了双关语，“lucus”（黑暗的丛林）与“lucere”（闪耀）形似，Maurus 意在表明，前者派生自后者，因为丛林少光。后来，这句话常作为词源学不切实际的例证。】

实拜西里西亚的索洛伊 [Soloi] 人所赐，后英语和法语 [solécisme] 保留了该词[1]），指句法结构的错误，例如把“inter nos”说成“inter nobis”。词形变异指诗人为了韵律考虑而偏离语法规范——“诗人的专利”（licentia poetarum）（Isidore, *Et*., I, 35, 1），此乃古代作家时常探讨的“诗歌自由”的特例之一。最后，所谓“修辞格”（figures of speech）也被视为语法的一部分。

上述概念在中世纪至关重要，可如今世人已遗忘无几，因此我们还需对其进行更全面的探讨。例如，“不少”（而不说“多”）是间接肯定的说法（litotes）。“赢得桂冠”（而不说“名声”）是借代（metonymy）。如果我说“入场券一元每人头”（而不说“每人”），那我就用了提喻（synecdoche）的手法。在希腊语中，这些表达方式统称“schemata”“态度”，拉丁语称之为“figurae”。昆体良（II, 13, 9）如此解释道：若一个人身体僵直，手臂悬垂，双眼直视，那么他毫无优雅可言。然而，生活与艺术却用最千变万化的姿势创造了美感（Myron's *Discobolus*）。话语也通过修辞达到同样的效果。一般来说，修辞可分为语言的修辞（figures of language）与思想的修辞（figures of thought）。语言的修辞可举回指（anaphora）为例。所谓回指，即相邻分句重复句首的同一个或几个词。例如席勒的《漫步》（*Spaziergang*）里有这样一段话：[2]

> 你好，我的雄山，你的尖顶明光闪耀，红气氤氲！
> 你好，我的太阳，你的笑容甜美灿烂，可爱温存！
>
> Sei mir gegrüsst, mein Berg mit dem rötlich strahlenden Gipfel!

---

1 如布瓦洛说道（*Art poétique*, I, 20）：

“我的头脑容不得文辞华而不实，不合套路； 也容不得句法附庸风雅，错误百出。”	Mon esprit n'admet point un pompeux barbarisme, Ni d'un vers ampoulé l'orgueilleux solécisme.

2 【中译者注：在西译本中，作者引用的是 Garcilaso 的 *Egloga* 中的诗句：

“看这儿，绿草如茵的牧场； 看这儿，枝繁叶茂的丛林； 看这儿，清澈见底的河水。”	Ves aquí un prado lleno de verdura, Ves aquí una espesura, Ves aquí un agua clara.】

Sei mir, Sonne, gegrüsst, die ihn so lieblich bescheint! [1]

另一种语言的修辞是尾词套用（homoioteleuton）（例如西塞罗论加提林 [Catiline] 的名句：“他败退节节，逃之夭夭，心神惴惴，怒气冲冲。”[Abiit, abscessit, evasit,
erupit.]）思想的修辞包括间接肯定、借代、隐喻等等。一直以来，修辞研究从未形成 45
令人满意的体系。除了语言的修辞与思想的修辞，语法的修辞（grammatical figures）（常见于诗歌阐释）也不同于修辞学的修辞（rhetorical figures）。另外，古代及后来的教科书常常把很多修辞格称作“tropoi”、“tropi”（转义）。从历史上看，这种缺乏固定术语（或者换言之，在探讨和定义各种修辞时众说纷纭）的现象，主要是由于各个学派之间存在关联。中世纪的语法还包括韵律学；这很容易理解，因为阐释诗歌是语法学家的任务。图尔奈的司提反（Stephen of Tournai）（卒于 1203 年）有一首描述儿童教育的诗，是从语法开始的（ll. 113 ff.）：

语法长见识，缪斯赋诗艺。
兼而有之者，身边诗歌至。
诗歌何所劝？诗歌谁相随？
语法耳边劝，缪斯身相随。

Venit ad Grammaticae Poesis hortatum
Ut, quem primum fecerat illa litteratum,
Hec, novem Pyeridum trahens comitatum
Prosa, rithmo, versibus faciat ornatum.

沙蒂永的瓦尔特（Walter of Châtillon）也认为诗歌属于语法：

1　类似的还有华兹华斯的《1806 年 11 月》：

“又是一年！又是一次毁灭的打击！	Another year! Another deadly blow!
又一个强大帝国土崩瓦解！”	Another mighty Empire overthrown!

七艺当中有三道，
其中语法打头炮。
诗人纷纷把她绕。[1]

Inter artes igitur, que dicuntur trivium,
Fundatrix grammatica vendicat principium.
Sub hac chorus militat metrice scribentium.

四、盎格鲁 – 撒克逊研究与加洛林研究

语法知识能在整个“黑暗时代”保留下来实属不易。墨洛温王朝期间，修辞和语法在 600 年以后急剧衰退。到了加洛林时期，拉丁 – 盎格鲁 – 撒克逊文化使两者逐渐恢复元气。该文化又在伊西多尔和爱尔兰人奠定的基础上，继续发展起来，但意大利与高卢对它的影响同样不可小觑。[2]拉丁 – 盎格鲁 – 撒克逊文化的创始人是奥尔德赫姆（Aldhelm, 639—709）。在他中年时期，英国国教已经触及凯尔特人基督教生活的文化层面，并且反对凯尔特教会的“为罗马服务”的政治主张（Synod of Whitby, 664）。爱尔兰走了自己的文学和宗教之路，她以艺术化的自足方式（self-complacency），形成一套玄妙的拉丁语用法。奥尔德赫姆研究了这些有意为之且经常莫名其妙的俚语，并不时地运用；不过，此举只是为了表明，爱尔兰和苏格兰学者常常把英格兰视为对手，甚至在他们引以为傲、自吹自擂的领域也是如此。[3]在另一
46 封书信中（Ehwald，479），他提出要提防爱尔兰的学术研究，因为爱尔兰学者贬低古代（哲学与神话）。奥尔德赫姆极力反对此类研究。其基于古典学研究的立场是显而易见的：古典学研究必须作为正式学科（语法、韵律学）；该学科必不可少，理由只有一个——《圣经》的语言是“近乎”受语法（这里当然包括诗学）支配的艺术语言。类似“‘艺术’乃释经之必要”的理论古已有之（我们熟悉的还有哲罗

1 【自古代晚期起，“χορός”用以指“une classe”。法文“apprendre par coeur”（per chorum）便由此而来。】

2 Wilhelm Leivson 的《8 世纪的英格兰与欧洲大陆》（*England and the Continent in the Eighth Century*, Oxford, 1946）是这方面的扛鼎之作。详见第六章。

3 Aldhelm (ed. Ehwald), p. 478 (Epistle to Ehfried).

姆、奥古斯丁、卡西奥多鲁斯以及伊西多尔），但奥氏理论的不同之处在于，他把八作者（auctores）也打入冷宫，换言之，他反对单纯的古代文化研究。他鼓励原汁原味的古典教育，因此可视为教会严格主义（kirchlichen Rigorismus）的代言人。爱尔兰人对古典拉丁语的感情已经丧失殆尽，他们的学徒奥尔德赫姆对这种感情自然也不甚了了。不过，奥氏在《圣经》武加大译本中发现了风格与写作的新标杆。诚然，哲罗姆、奥古斯丁、卡西奥多鲁斯和伊西多尔，已经让人注意到《圣经》与异教著作之间的用语相似之处。然而，由于他们对古代用语习惯太习以为常，结果很难意识到古代文学标准与拉丁《圣经》语言之间的鸿沟。[1]在其《普通编年史》序言中，哲罗姆写道："《圣经》就像披着破衣烂衫的婀娜胴体。《诗篇》跟品达和贺拉斯的诗歌一样优美动听。所罗门的著作典雅庄重（gravitas），《约伯书》完美无瑕。这些作品在希伯来原文中本是用五音步和六音步写成【(这是他从约瑟夫斯那里发现的说法)】。可我们读到的却是散体译文！不妨想想，要是把荷马译成散文会丧失多少东西！"（*PL*, 27, 223-24）。在致保利努斯的书信中，哲罗姆解释了《圣经》"简单有时甚至粗犷的表达方式"（simplicitas et quaedam vilitas verborum）。卡西奥多鲁斯（*Inst.*, I, 15）列出了《圣经》中语言粗鲁的地方。【《圣塞泽尔传》（*La vie de saint Césaire*）中称，"圣经语言更切近渔夫的而非修辞学家的语言"（liber eloquio piscatorum concordare quam rhetorum）。】[2]伊西多尔毫不犹豫地批评"愿流便存活不至死亡"（Vivat Ruben et non moriatur）（《申命记》33: 6），说这话说得啰唆（perissologia）；他还称赞《便西拉智训》（*Ecclesiasticus* 33: 15）[3]中运用了对偶，不过他很少引用《圣经》文本来探讨修辞。伊西多尔（*Sent.*, 3, 16）认为，《圣经》"语言未经雕琢"，"风格低俗"，这倒与哲罗姆对《圣经》拉丁译本的评价不谋而合。这种对《圣经》语言的贬低仍可见于西哥特与罗马的西班牙（Visigothic-Roman Spain），这样的评价原本可能在"异族"国家（它们从不属于罗马帝国，而且最先从教会那里学习拉丁语）影响甚微。爱尔兰的情况便是如此，传播至不列颠的爱尔兰－苏格兰文化亦如此。同样情况也出现

1　W. Süss, "Das Problem der Bibelsprache" (*Historische Vierteljahrsschrift* [1932], 1 ff).

2　【*S. Caesarii Opera*, Morin, II, 297, 16.】

3　【中译者注："Good is set against evil, and life against death: so also is the sinner against just man. And so look upon all the works of the most High. Two and two, and one against another." 英译文见杜埃（Douay-Rheims）版《圣经》。】

在以奥尔德赫姆为代表的盎格鲁－撒克逊基督教文化。

奥尔德赫姆是先驱人物，可很快就被世人遗忘了。倒是可敬者圣比德（Venerable Bede, 672—735）的大量著作保留了下来。比德是诺森伯兰地方的修士，毕生献身学术，凭借《盎格鲁－撒克逊教会史》而流芳百世。不过，他对本书论题更为重要，
47 因为他合理地解释了古代修辞到《圣经》文本的转变（如前所见，奥古斯丁和卡西奥多鲁斯对此已经做了开拓研究）。比德之所以有能力担当这一工作，是由于他认为（对奥尔德赫姆亦如此），从语法和美学角度反对《圣经》拉丁译本难以服众。如此说来，比德的小册子《论修辞格与转义》（*De schematis et tropibus*）堪称该领域几百年来登峰造极之作。他指出，《圣经》胜于其他作品，它不仅更权威，更实用，年代更久远，而且修辞艺术也是首屈一指（praeeminet positione dicendi）。[1] 所有语言的修辞与思想的修辞都可以在《圣经》中找到，比德就从中列举了十七个辞格和十三个转义（tropi）。[2]希伯来语的平行结构（parallelism）不过是希腊语的"ὑπόζευξις"，自维吉尔时代起就已经有这方面的范例。"Caro verbum factum est"（道成肉身）是提喻。当然，《旧约》中有许多"ἀστεϊσμός"（委婉语）的例子，如"egredietur virga de radice Jesse"[3]。什么是"ἀστεϊός"？比德从狄奥墨德斯（Diomedes）的语法中得到如下答案："（'ἀστεϊός' 就是）对于乡下人简单露骨而表达的内容，城里人用亲切顺耳的语言装点出来"（Quidquid simplicitate rustica caret et faceta satis urbanitate expolitum est）（Keil, I, 463, 1；其中有引自西塞罗和维吉尔的范例）。狄奥墨德斯的说法无疑出自昆体良，后者引用希腊语"ἀστεϊσμός"来表示"城里人"或"文明"的智慧。比德不遗余力地在《以赛亚书》中寻找古代世界大城市的绝妙反讽，这一点值得称道。尽管他的热情过于高涨，但其修辞学辞格理论与圣经研究的协调原则仍

---

1 Theodulf 认为，"stilus acardicus"（阿卡迪亚式的文风）和"eloquium comptum"（典雅的文辞）出自背教者保罗，类似观点对后世的影响可见一斑（*Poetae*, I, 470, 10 and 42）。

2 Garet 的比较表明，卡西奥多鲁斯在《诗篇》中发现了超过一百二十种修辞格。比德肯定知道卡西奥多鲁斯的《诗篇》评注；不过，我们并不能就此说比德的研究基于卡氏。他的范例是从整部《圣经》里挑选的；即便是跟卡氏相同的段落，他也经常使用不同的辞格名称。卡氏的知识思辨论（speculative theory of the sciences），比德是一无所知的。另见 M. L. W. Laistner, "Bede as a Classical and a Patristic Scholar," in *Transactions of the Royal Historical Society*, 4th series, XVI (1933), 69 ff., and especially 90。

3 【中译者注：语出《以赛亚书》11: 1。和合本译文为："从耶西的本必发一条，从他根生的枝子必结果实。"】

保留至今，并且开花结果。

所谓的加洛林“复兴”[1]，将法兰克教会改革推向了顶峰（这次改革由卡洛曼 [Carloman] 与丕平发起，后委托给盎格鲁 – 撒克逊的卜尼法斯 [Anglo-Saxon Boniface]）。查理曼大帝掌权不久即意识到自己任务重重。法兰克的教士阶层碌碌无为，要从中找出传道士简直难于登天。《圣经》文本错误百出，而发音错误更让这种情况雪上加霜。很多教堂破败不堪，有的甚至成了谷仓。[2]彻底的教育改革和传抄工作（scriptoria）改革已迫在眉睫。然而，法国却找不出能担当此重任者。于是，年轻的查理曼大帝从意大利找了一批语法学家（比萨的彼得、阿奎莱亚的保利努斯 [Paulinus of Aquileia]、助祭保罗）。后来在帕尔马，他又结识了盎格鲁 – 撒克逊学 48
者阿尔昆，并劝说后者于 782 年前往自己的宫廷。后来，阿尔昆[3]（卒于 804 年，去世前位至图尔的圣马丁修道院院长）组织了加洛林教育改革以及同样重要的书写改革。自 782 年起，他开始执掌宫廷书院。正是阿氏把比德的遗产引入了加洛林的人文主义。有关查理曼大帝时期学术改革的最重要的文献之一，是撰于 780 至 800 年的致富尔达修道院院长鲍古尔夫（Abbot Baugulf of Fulda）敕令。其中的关键句如此写道：“《圣经》之中，修辞随处可见。若民众能假以文学，尽早多多习得相关知识，便可尽快洞悉《圣经》之奥义。”（Cum autem in sacris paginis schemata, tropi et cetera his similia inserta inveniantur, nulli dubium est quod ea unusquisque legens tanto citius spiritualiter intellegit, quanto prius in litteratum magisterio plenius instructus fuerit.）查理曼大帝把修辞视为圣经研究的必备知识，而他的敕令也为文学教育（litterarum magisterium）打下了基础。于是，这位伟大的统治者在自己的政治与思想的新敕令中，加入了教父对艺术的评价。我们正处于新旧时代的交界处。迄今为止，地处欧洲西部边陲的国家（西班牙、爱尔兰、英格兰）已经接受了罗马的文学传统。这些源流纷纷汇入法兰克人的国家，并在那里与法兰克人复兴之帝国的积极力量联合起来，流到新的方向。查理曼大帝的政策给思想训练委以塑造文化的重任；与此同时，他的臣民还开辟了诗歌活动的新阵地。

不过，这里我们又看到不少新问题。查理曼大帝的学术改革让整个拉丁中世纪

---

1 【Cf. E. Ganshof in *Speculum*, 24, 1949, p. 522.】

2 A. Kleinclausz, *Charlemagne* (1934), 253.

3 【A. Kleinclausz, *Alcuin*, 1942.】

受益匪浅。后加洛林时代的教学箴言，记录了人类求知渐深的过程。身为中世纪拉丁文学领域最广为人知的一位学者，盖兰（J. De Ghellinck）指出，修辞研究由盎格鲁－撒克逊人倡导，又在查理曼大帝致鲍古尔夫的敕令中，得到继续推行；后来，修辞研究不但丰富了诗歌的表达方式，而且产生了我们在 11 世纪后半叶的拉丁诗歌中见到的隐喻："如此一来，就能解释伟大的作品如何产生；如此一来，就建立了这些作品与那些时代思潮的关系。在人类文学的初产品中，有糟粕，也有精华。通过阅读这些伟大作品，世人可以看到人类灵魂怎样使杰作取得最终胜利。"[1]

五、课程作家[2]

49 如上所述，语法入门包括语言和文学。中世纪学校讲授的既有异教作家，也有基督教作家。中世纪并不区分拉丁语使用的"黄金时期"与"白银时期"。当时，"经典"（classical）概念尚不为人知。所有作者似乎都受到一视同仁的待遇。下面让我们梳理几份有关课程作家的文献。施佩尔的瓦尔特（Walter of Speyer）上学时（大约 975 年），阅读的作家有"荷马"（亦即公元 1 世纪缩写成 1070 行六音步诗的拉丁版《伊里亚特》[*Ilias latina*]）、卡佩拉、贺拉斯、珀修斯、尤文纳里斯（Juvenal）、波伊提乌、斯塔提乌斯、泰伦斯以及卢卡努斯。这些作家并非任意挑选，而是依据严格的标准。后人在遴选时便以此为基础。若按照近代看法，"荷马"（Homerus）、卡佩拉、波伊提乌、斯塔提乌斯、卢卡努斯、珀修斯和尤文纳里斯就不会入选。即便到了 13 世纪，这份名单始仍在不断扩充。

希尔绍的康拉德（Conrad of Hirsau）（12 世纪上半叶）提到了 21 位作家，其顺序如下：1. 语法学家多纳图斯；2. 训导诗人加图（用源于罗马帝国时期的对句和单行诗写成的名言警句集）；3. 伊索（Aesop）（4 或 5 世纪用散文写成的寓言集，其中部分内容取自伊索，在导言中亦称其为"罗慕路斯"[Romulus]）；4. 阿维阿努斯（Avianus）（改写成对句的四十二篇伊索寓言，创作时间约为 400 年）；5. 塞杜里乌斯（Sedulius）（约 450 年创作了韵文弥赛亚 [Messiad]）；6. 尤文库斯（Juvencus）（约

---

1 J. de Ghellinck, *Littérature latine au moyen âge* (1939), II, 186.

2 M. L. W. Laistner publishes rectifications affecting the following in *Speculum*, XXIV (1949), 260 ff.

330 年创作了韵文福音书）；7. 普罗斯佩耳（Prosper of Aquitaine）（在 5 世纪上半叶把奥古斯丁的格言改写为韵文）；8. 提奥杜鲁斯（Theodulus）（或者是 10 世纪在牧歌 [Eclogue] 中对比异教与基督教的匿名作家）；9. 阿拉特（Arator）（6 世纪圣经诗人）；10. 普鲁登提乌斯（约 400 年时最重要、最具艺术特点、最有普世精神的早期基督教诗人）；11. 西塞罗；12. 萨鲁斯特；13. 波伊提乌；14. 卢卡努斯；15. 贺拉斯；16. 奥维德；17. 尤文纳里斯；18. “荷马”；19. 珀修斯；20. 斯塔提乌斯；21. 维吉尔。不难看出，这份并不考虑时间顺序的名单中既有基督教作家，也有异教作家（主要是古代晚期的）；至于“古典作家”，只有西塞罗、萨鲁斯特、贺拉斯、维吉尔 4 位，但由于他们跟其他 15 位并列起来，因此失去了鹤立鸡群的地位，而其伦理影响也难以显现。当然，西塞罗（“图里乌斯”[Tullius]）享有“独领风骚”（nobilissimus auctor）的美誉，可他的作品中，只有《论友谊》（*Laelius* or *De amicitia*）和《论老年》（*Cato maior* or *De senectute*）脍炙人口；贺拉斯的作品里，只有《诗艺》（*Ars poetica*）才为人津津乐道。至于奥维德，《论罗马历法》（*Fasti*）和《黑海信札》（*Ex Ponto*）还算“差强人意”，但艳情诗和《变形记》就让人拒之千里了。尤文纳里斯与珀修斯因抨击罗马人的恶行而广受赞誉。康拉德是严格主义者，因此他把中世纪经常诵读的泰伦斯剔除在外也就不足为奇了。[1]不过，长久以来，这份作者名单一直是课业材料的不二之选。后来，学者们以此为框架，又补充了许多内容。哈斯金斯（Haskins）刊布了一份 12 世纪末以来课程作家的文集，他认为其作者是尼克汉姆（Alexander Neckham, 1157—1227）。[2]这份文献收入了贺拉斯的全部作品，甚至 50
包括很少阅读的颂诗和抒情诗（epodes）[3]（即便在但丁笔下，贺拉斯也只是讽刺作家）。奥维德的作品中，《变形记》被排除在外，《爱经》（*Remedia amoris*）则作为爱情疗伤药而榜上有名。西塞罗的作品增加了《论演说》（*De oratore*）、《图斯库卢姆论辩》（*Tusculanae*）、《斯多葛学派的矛盾》（*Paradoxa Stoicorum*）、《论职责》（*De officiis*）。另外，我们还能看到西马库斯（Symmachus）[4]、索利努斯（Solinus）的世

1　不过，有两处引用了他的句子。

2　*Harvard Studies in Classical Philology*, XX (1909), 75 ff.

3　1280 年，Hugh of Trimberg 区分了三种“主要书籍”（libri principales）（*Ars poetica, Epistulae, Sermones*）和两种“次要体裁”（minus usuales）（颂诗与抒情诗）。

4　因为他认为，“精炼的言辞让人钦佩”（breve dicendi genus admiracionem parit）。

界时序图（3 世纪描摹自老普林尼的《自然史》）、马提雅尔（Martialis）与佩特罗尼乌斯（“他们的作品大多实用，但也有一些不值得一听的东西”）、西多尼乌斯、苏埃托尼乌斯、塞内加、李维、昆体良等等。这样的选择要自由得多。此处没有列出早期基督教诗人，而把重点放在了古代与古代晚期异教作家。当然，我们只能一笔带过，因此很多结论是难以看到的。更为系统的作家名单，见于德国人埃伯哈德的修辞指导诗《迷宫》（*Laborintus*）。[1]其中，我们又可以看到：1. 加图（《道德律令》[*regula morum*]）；2. 提奥杜鲁斯；3. 阿维阿努斯；4. 伊索。在这些道德作家之后，是罗马晚期哀歌诗人马科斯米阿努斯（Maximianus）（6 世纪上半叶作家）（第 5 位）。从现代人的角度看，这 选择有些奇怪，“因为他把淫秽视为自己艺术的顶峰”（da der Dichter in der Obszönität den Gipfel seiner Kunst erblickt）。[2]不过，跟近代读者相比，中世纪读者（除了少数严格主义者）没有那么一本正经，他们如饥似渴地阅读马科斯米阿努斯，特别注意他的修辞技法。[3]接下来（第 6、第 7 位）是戏剧《潘菲鲁斯》（*Pamphilus*）（无名氏作于 12 世纪末）和《吉塔》（*Geta*）（维塔里斯 [Vitalis of Blois] 作于 12 世纪中期）；8. 斯塔提乌斯；9. 奥维德；10. 贺拉斯（只含讽刺作品）；11. 尤文纳里斯；12. 珀修斯；13. 汉维尔的约翰（John of Hanville）的拉丁讽刺史诗《阿尔基特来尼乌斯》（*Architrenius*）（12 世纪末）；14. 维吉尔；15. 卢卡努斯；16. 瓦尔特（Walter of Châtillon）的《亚历山大列传》（*Alexandreis*）（约 1180 年）；17. 克劳狄安（Claudian）；18. 弗里吉亚的达雷斯（Dares）[4]；19. 拉丁版《伊里亚特》；20. 西多尼乌斯；21. 十字军史诗《索里玛利乌斯》（*Solimarius*）；22. 据称为阿埃米里乌斯（Aemilius Macer）所作的识草诗；23. 马博德（Marbod of Rennes）的论

---

1 Faral, 358 ff.

2 Schanz, IV, 2 (1920), 77.

3 参见 Baehrens, *Poetae Latini minores*, III, 313; Duckett, *op. cit.*, 271 ff.; Schanz 自己（同上述转引段落）承认：“我们基本上可以随心所欲地阅读这些作品。” 马科斯米阿努斯堪称刻画古代的专家：“他描写了那些让老人难堪的巨大不便，/ 这些主题都是马克西米阿奴斯自己搜集的”（Faral, 358, 612）。关于这一主题在 13、14 世纪英格兰的保存情况见 G. R. Coffman, *Speculum*, IX (1934), 249 ff。

4 *Ephemeris belli Troiani* 被认为是 Dictys 所作，而 *De excidio Troiae Historia* 被认定为达理斯所作。后者是一部罗马帝国晚期的拉丁语特洛伊故事。这两部作品都是根据希腊故事原型改编而成。两者都声称参照了荷马依据的史实。达理斯支持特洛伊，反对希腊。由于法兰克人与布利顿人跟罗马人一样，都称自己是特洛伊的后裔，因此达理斯在中世纪享有很高的声誉。

宝石诗；24. 里加（Riga）的寓意解经诗《晨曦》（*Aurora*）；25. 塞杜里乌斯；26. 阿拉特；27. 普鲁登提乌斯；28. 阿兰（Alan）的《反克劳狄安》（*Anticlaudianus*）；29. 旺多姆的马修（Matthew of Vendôme）的《托拜西》（*Tobias*）（作于约 1185 年）；30. 韦尔迪乌的亚历山大（Alexander of Villedieu）的《教义论》（*Doctrinale*）；31. 韦恩索夫的杰弗里（Geoffrey of Vinsauf）的《新诗艺》（*Poetria nova*）（作于 1208—1213 年间）；32. 贝蒂纳的埃伯哈德（Eberhard of Béthune）（卒于 1212 年）的《希腊语语法》（*Grecismus*）；33. 普罗斯佩耳；34. 旺多姆的马修的《作诗的艺术》（*Ars versificatoria*）；35. 卡佩拉；36. 波伊提乌；37. 西尔维斯特里斯（Bernard Silvestris）（约 1150 年）的《宇宙论》（*De universitate mundi*）。以前的课程作家加图、伊索、阿维阿努斯、提奥杜鲁斯、早期基督教诸诗人、罗马诗歌中的翘楚之作（也包括像拉丁版《伊里亚特》这样的粗糙作品），仍然保留着各自地位。可以看出，其中的重点放在了罗马讽刺作家（亦包括训导诗人）。值得一提的是，名单中收录了西多尼乌斯（跟尼克汉姆的名单一样）和克劳狄安。在 12 世纪新诗学领域，两位都是典范人物。埃伯哈德更囊括了该派诗歌巨擘的一系列作品：12 世纪拉丁文艺复兴的扛鼎之作。尤为重要的是，在语法学家多纳图斯与普里西安之外，又补充了韦尔迪乌的亚历山大（第 30 位）“思辨”的诗化语法以及埃伯哈德。编者并不是按时间而是按主题排定顺序的。[1]所有课程作家全都具有相同价值，全都永垂不朽。这个评价在整个中世纪始终如此。奥古斯都时代的文学与古代晚期文学，或提奥杜鲁斯与早期基督教诗人也未作区分。随着时间的推移，课程作家的名单越列越长。在特林贝格的休（Hugh of Trimberg）（1280）的《课程作家名录》（*Registrum multorum auctorum*）里，榜上有名的作家有 80 位之多。另外，休没有收录散文作家。[2]除了课程作家的作品，当时还有各种文选；这些书籍收录了一些很少有人阅读的作家作品选段，如弗拉库斯（Valerius Flaccus）、提布鲁斯（Tibullus）、《埃特纳》（*Aetna*）、《皮索的颂赞》（*Laus Pisonis*）、卡尔普尼乌斯（Calpurnius）、奈墨西亚努斯（Nemesianus）、马克罗 51

1　第 1 到第 4 篇是初级读物。这些文章比较简单。儿童会对提奥杜鲁斯的诸神故事产生兴趣，进而尽情阅读动物寓言。加图的文章充满了随处可用的智慧。可现在，初学者接触的不是文本，而是毫无益处的造句练习（Filia agricolae amat columbas［农夫的女儿喜欢鸽子］）。他们最先读到的是恺撒，而且还是用拉丁文改写得让 12 岁孩子反感不已的恺撒。如今，学生们几乎学不到卢卡努斯、斯塔提乌斯、克劳狄安的作品，尤其是在大学期间。

2　把“auctor”仅限于诗人的做法并不罕见。见 Thurot in *Notices et extraits*, XXII, Part 2, p. 112, n. 2。

比乌斯（Macrobius）、老塞内加的《论辩》（*Controversiae*）、格里乌斯（Gellius）、恺撒等等。[1]

关于课程作家，我们不妨到此为止。中世纪中期的大学者肯定也知晓其他作者。索尔兹伯里的约翰便是其中之一。[2]他极为推崇弗朗托（Fronto）和阿普雷乌斯（Apuleius）；另外，也熟知希吉努斯（Hyginus）、老塞内加、马克西姆斯（Valerius Maximus）、老普林尼、军旅作家弗朗提乌斯（Frontius）（1 世纪末）、弗洛鲁斯（Florus）、格里乌斯、欧特罗比乌斯（Eutropius）、奥索尼乌斯（Ausonius）、军旅作家维吉提乌斯（Vegetius）（4 世纪）、查士丁所撰写的特罗古斯（Pompeius Trogus）
52 《腓力史》的摘要、第一位基督教历史学家奥罗西乌斯（Orosius）（5 世纪）、马克罗比乌斯（约 400 年）等等。不过，索氏亦提到某些身世不可考且作品佚失的作家，如尼可玛库斯（Virius Nicomachus Flavianus）的《哲学的演变与要义》（*De vestigiis et dogmatibus philosophorum*）。[3]柏拉图对水手提问不知所措的故事源出于此。临终前，柏拉图对这个问题仍念念不忘（*Policraticus* [ed. Webb], I, 141, 1 ff.）。中世纪人对课程作家顶礼膜拜，认为所有出处都是白璧无瑕的。因此，他们缺少历史感与批判意识。如此一来，古代作家就成了口口相传的对象，其中最广为人知便是维吉尔的中世纪史诗。在中世纪，斯塔提乌斯的名字出现时，常常带着苏尔苏鲁斯或苏尔库鲁斯（Sursulus or Surculus）这个姓氏，并被视为图卢兹（Toulouse）人。[4]其实，人们把他误以为是哲罗姆曾经提到的高卢修辞学家斯塔提乌斯 · 乌尔苏鲁斯（Statius Ursulus）。[5]众所周知，但丁还以为斯塔提乌斯是基督徒。另外，中世纪还可以见到一封哲学家塞内加与保罗的书信，只不过此乃他人伪作。再者，中世纪人把“阿 · 格里乌斯”（A. Gellius）摇身一变，成了“阿格里乌斯”（Agellius）。诸如此类的错误层出不穷。[6]

在后文我们将看到，中世纪人往往用类似圣经寓意解经法来阐释世俗作家，并

---

1 有关这方面内容，参见 Paré-Brunet-Tremblay, 153 中 B. L. Ullman 的研究。

2 有关这方面内容，参见 Webb 版 *Policraticus*, pp. xxi ff 中的序言。

3 有兴趣的读者可见 Paul Lehmann, *Pseudoantike Literatur*, 25 ff。

4 见 Manitius, II, 314, 783。

5 Forcellini, *Onomasticon*, under Statius, 4.

6 欲知有多少此类错误保留至 14 世纪的读者，请参见 Walter of Burleigh（Burlaeus, d. 1343）的 *De vita et moribus philosophorum*。

且把他们视为圣徒或“哲学家”。当然，但丁作品中保留了这种做法。然而，语法与修辞的教学已经把这些人抬到了至高无上的“权威”地位。[1]但丁（*Conv.*, IV, 6, 1 ff.）仍认为，自己应通过不遗余力地详细阐释“auctor”的词源，来证明皇帝与哲学的“权威”。但丁之后，中世纪援引课程作家的做法又持续了数百年。1456 年，某个像维庸一样让近代读者爱不释手的诗人提出，诗歌开篇应该引用……“罗马智者、伟大导师”——维吉提乌斯，因为他的著作一开始推荐了“严谨而忠实的作品”。[2]他读的是维氏原作，还是默恩（Jean de Meun）的法文译本，这并不重要。他从索尔兹伯里的约翰的《论政府原理》（*Policraticus*）中，借用了海盗狄奥尼德斯（Dionides）（亦 53
即维庸所谓的“狄奥墨德斯”[Diomedes]）与亚历山大的故事。在艺术大师（magister artium）维庸那里，向课程作家致敬仍然是他孜孜以求的目标。

不过，到了 12 世纪，随着辩证法（现在叫逻辑学）步步取胜，青年人揭竿而起，反对传统的学校课程，课程作家的圭臬开始摇摇欲坠。索尔兹伯里的约翰（约 1115—1180）已不得不在其《逻辑之辩》（*Metalogicon*）[3]和《恩塞提库斯》（*Entheticus*）中抵制新趋势。他抱怨道，这种趋势贬低了课程作家、语法和修辞。[4]如果有谁流露对课程作家的敬佩之情，就马上会有人叫嚣：“那个傻老头想干吗？他干

1　关于《玫瑰传奇》及经院哲学中 aucteur、auctorité、authentique 的内容，参见 G. Paré, *Les Idées et les letters au XIIIe siècle. Le Roman de Rose* (Montreal, 1947), 15-18。

2　Salimbene (ed. Holder-Egger, 389, 15 ff.) 曾写道，自己通读了维吉提乌斯，因为此人“对战斗艺术有许多真知灼见”（multas sagacitates de arte pugnandi）。他推荐《马卡比书》（the Books of Maccabees）也出于同样的理由。维特鲁维乌斯（Vitruvius）与维吉提乌斯均堪称中世纪筑城方面的权威（Alwin Schultz, *Das höfische Leben zur Zeit der Minnesinger*, I [1889], 11）。造诣精深的语文学家鲁肯（David Ruhnken, 1723—1798）还是了不起的猎手。据阿利安（Arrian）的说法，此人追捕猎物只凭一网一弓，箭矢数把。

3　Ed. C. C. J. Webb (Oxford, 1929). 按照 Webb 的说法，本书书名的意思可能是“与逻辑学家相伴”或“致逻辑学家”。约翰对希腊文一无所知，但他的书用的都是希腊文标题，类似做法的还有 11 世纪的安瑟伦（*Monologion* 和 *Proslogion*）以及 12 世纪的西尔维斯特里斯与 William of Conches。参见 Webb 版的 *Policraticus* 的编者序言（Webb 解释为“城邦管理之书”[liber in usum civitates regentium]）。关于约翰的第三本大作《恩塞提库斯》的书名，Webb 曾说（*ibid*, xxii），自己“对作者所言一窍不通”（quid dicere velit, quidem nescio）。马克罗比乌斯（Sat., V, 17, 19）已经指出，维吉尔给自己的书起名用的就是希腊文。

4　相关内容参见 Norden, Kunstprosa, 713 ff. 不过，对于 Norden 认为约翰为“古典学术”辩解的观点，我们很难同意。沙特尔的柏拉图主义（约翰无疑是其中的佼佼者）是人文主义的，但这只是 12 世纪的人文主义，而绝不是古典主义。其权威人物包括上文提到的课程作家，以及阿普雷乌斯、伪阿普雷乌斯、卡佩拉，总而言之，都是被 Norden 打入青楼（lupanar）的作家。

吗要向我们讲述古人的言行？我们的知识要靠自己学；我们是年轻人，我们才不管什么古人。”[1]这话听起来如此似曾相识！不错，我们在《浮士德》（第二部）的学校场景以及 20 世纪青年运动中也听到过类似的豪言壮语。这样的话在 12 世纪听起来确实不落窠臼。当时，随着阿贝拉尔（Abélard）把辩证法用于哲学与神学当中，辩证法重获生机。然而，许多 12 世纪逻辑学家自足于纯粹的辩证法，而这样做到头来只会引来有害无益的争吵。直到“新亚里士多德”出现后，才开辟了知识新领域。从概念上研究这些新内容的任务，就落到了当时仍以形式为主的辩证法。[2]

以上我们关注的是“12 世纪文艺复兴”时期。[3]当时的中世纪教育情况如何？12 世纪伊始，教会学校如雨后春笋般发展起来。它们来势汹汹，超过了中世纪早
54 期传统的修道院学校。教会学校坐落于城镇，受教士（Kanoniker, canon）（亦称作“scholasticus”[scholaster, écolâtre]）管辖。教会学校成功与否，全看自身的魅力。因此，各个学校轮流坐庄，各领风骚。除了教授七艺，这些学校还教授哲学（哲学的复兴可追溯至安瑟伦 [卒于 1109 年]），以及《神圣教义》（*doctrina sacra*），也就是后来熟知的神学。不过，广泛的课程使教师和校长能根据喜好和目的，灵活安排。12 世纪初，在昂热（Angers）、蒙恩（Meung）与图尔，学生尤其要研习诗歌；在奥尔良，研习内容还包括语法与修辞。然而，巴黎正吸引着越来越多的学生，那里不仅有巴黎圣母院的教会学校，还有圣洁那维耶山（Mont Ste-Geneviéve）学校（阿贝拉尔一度在该校任教），更有圣维克托的奥古斯丁经典（Augustinian canons of St. Victor）的根基（神学与哲学交汇于此）。意大利人隆巴尔德（Peter Lombard）（可能卒于 1160 年，时为巴黎主教）曾在此求学。1150—1152 年间，伦氏撰写了《教理四书》（*Libri quattuor sententiarum*）。该书阐述了一个不受教父与近代人“教理”

---

1 这些年轻人往往把逻辑学家 Adam du Petit-Pont (Parvipontanus) 奉为圭臬。见 Gilson, *La Philosophie au moyen âge* (1944), 278。

2 【有关辩证法的内容，见 J. de Ghellinck, *Le movement théologique du XIIe siècle*, 1948, pp. 14-16 et 66-72。】

3 C. H. Haskins. 他的 *The Renaissance of the Twelfth Century* (Cambridge [Mass.], 1928) 是很有分量的书。除了 Haskins 对文艺复兴的描述（从 11 世纪 70 年代到 13 世纪 20 年代中期），我们还必须联系到 Jean Adhémar 所研究的古代的艺术文艺复兴：“这场在 1140 年达到顶峰的文艺复兴影响深远，使罗马艺术得以保存下来，而本身也在初期哥特艺术中有所表现。它与之前的艺术形式截然不同，甚至水火不容。如果考虑到 12 世纪伟大的人文主义者，如苏日尔（Suger）、索尔兹伯里的约翰，他们用自己的实际行动支持古代运动。”（p. 263）

(sententiae）所限的神学体系。不久，它就入选学校课本（见 Dante, *Par.*, X, 107)。巴黎日后能成为神学研究中心，《教理四书》功不可没。

六、大学

随着巴黎学校的学生人数与日俱增，新的需求迫在眉睫，于是巴黎大学应运而生。大学出现后，中世纪教育便翻开了崭新的一页。不过，大学绝非像通常所说的那样，是古代高等教育学校的延续或复兴。所谓的古代大学，乃是罗马帝国晚期的奠基石。它们的主要任务是讲授语法与修辞。与之相比，哲学（呈论其他学科）简直微不足道。[1]我们的大学其实是中世纪的创举。无论是组织形式，还是其享有的特权，抑或设置的课程与层次分明的学位制（学士学位、教师资格学位 [licentiate]、硕士学位、博士学位)。"university"一词的意思并非通常所理解的"学科总和"(universitas litterarum)，而是学生与教师的团体。早在 13 世纪初，有人就将其解释为"学生与教师的群体"(societas magistrorum et discipulorum)。作为学术机构，大学又称为"通识学堂"(studium generale)。世界上最古老的大学是博洛尼亚大学，早在 1158 年腓特烈一世就颁布了针对该校的条例。不过，在那时的博洛尼亚大学，法律一统天下，而神学系直到 1352 年才设立。巴黎大学[2]发展缓慢。不过，在 12 世 55
纪，维克多修道派（Victorines）诸位教师以及阿贝拉尔已经点燃了思想风暴的火焰。自 12 世纪末，当地就陆陆续续出现了各类学校。日耳曼人前去求学，英国人也如此。那个时候，巴黎大学已经存在，只是到 1208 年或 1209 年，教宗英诺森三世(Innocent III）一纸下令，才使它成为名副其实的大学（universitas)。其实，在 1200 年，国王菲利普·奥古斯都（Philip Augustus）就正式承认巴黎大学，并赋予其特权，

1　约 425 年，罗马和君士坦丁堡的大学里只有 31 张座席。其中，研修语法的有 20 张，研修修辞的有 8 张，两张是研修法理学，而哲学只有 1 张（M. Lechner, *Erziehung und Bildung in der griechisch-römischen Antike* [1933], 222)。

2　研究中世纪大学的著作主要有：H. Rashdall, *The Universities of Europe in the Middle Ages* (1895); to be used in the second edition, revised by F. M. Powicke and A. B. Emden (1936); St. d'Irsay, *Les Universités françaises et étrangères* (1933—1936); H. Denifle, *Die Universitäten des Mittelalters* (1885; Only Vol. I published); *idem*, *Chartularium Universitatis Parisensis* (4 vol. 1889—1897)。另见 Gilson, *op. cit.*, 390 ff。

让学校教师不受世俗管辖（当时，市政当局与学生之间存在严重冲突）。1231年，教宗额我略四世（Gregory IV）在类似情况下，又赋予该校教宗特权；至此，学校的组织终于完成。[1]1233年，额我略四世将宗教裁判所的职位赋予多明我会信徒。[2]对于在伟大的英诺森三世（Innocent III, 1198—1216）领导下权极一时的基督教会，宗教裁判所似乎是遏制12世纪异教运动的撒手锏。不过，到了12世纪末，基督教会察觉出世俗文化中强大的古代影响正危及自己，不得不将教育也纳入监管范围。因此，教宗设立宗教裁判所乃是为了时时刻刻掌控大学的一举一动。在12世纪，“新”亚里士多德（换言之，这位希腊思想家的自然史、形而上学、伦理学、政治学思想）涌现了来。当时，西班牙与西西里几乎同时发现译自阿拉伯文和希腊文的亚氏作品，西方人由此开始接触他的思想。这些译本中，阿拉伯文译本乃是根据由希腊文翻译而来的叙利亚文译本。犹太与阿拉伯学者和注疏家不可忽视。最伟大的阿拉伯亚氏专家是阿威罗伊（Averroes, 1126—1198）。然而，他的观点及其相关研究与基督教义水火不容。1215年，教宗明令禁止集体和个人从事“新”亚里士多德研究。后来，禁令遭到破坏；1228年，教会重申禁令，但无济于事。多明我会做出了重要改变。由于他们在反异教斗争中变得异常坚韧，同时又能从论辩中总结经验，不断学习，多明我会决心找出一个折中办法，来调和信仰的真理与某种令他们自叹弗如的哲学体
56 系。于是，就产生了大雅博（Albert the Great）不朽的经院派著作；当然，还有他更伟大的学生托马斯·阿奎那。大雅博曾求学于巴黎，并在那里任教多年。通过多明我会士在巴黎大学的努力，岌岌可危的亚里士多德思想终于得以纯净如初，返璞归真，权威重铸。更重要的是，他的学说与基督教哲学、神学融为一体，并以这种方式获得一言九鼎的地位。[3]当然，这个过程也并非一帆风顺。1252—1257年间，巴黎大学就曾坚决抵制托钵僧的命令与教宗的监督，但抵制失败。方济各会士的哲学主张（Franciscans）与多明我会士的格格不入。奥古斯丁派反对阿奎那派，1277年，巴黎主教唐皮耶（Étienne Tempier）对后者宣布禁令。到最后，一种“基督教阿威罗伊主义”（Christian Averroism）保留了下来，其最重要的代表人物是让但丁称赞不已的西

1 巴黎大学的别名“索邦”，其实源于1250年索邦（Robert de Sorbonne）创建的一所学院。从14世纪起，“索邦”用以指神学院，而专指整个大学则要到19世纪初。

2 关于此事件前因后果详见 Karl Hampe, *Das Hochmittelalter* (1932), 282。

3 【Cf. Van Steenberghen, *Aristote en Occident. Les origins de l’aristotélisme parisien*, 1946, 64.】

格（Siger of Brabant）。

尽管法国在 11 世纪末和整个 12 世纪是欧洲教育中心，但这种头脑优势直至 13 世纪通过巴黎大学，才达到如日中天的程度。教宗的政策已将其打造成基督教会的工具。教士阶层（sacerdotium）掌控了学术界（studium），但后者仍以哲学和神学为主要研究对象。如此一来，大学里的语法研究与文学研究被打入冷宫，成了食之无味、弃之可惜的鸡肋。人们竭尽全力在课程中，为百废俱兴的哲学与方兴未艾的自然史寻找容身之地。语法成了“词语逻辑”（verbal logic）。[1]一位旧文学传统的拥趸——身居巴黎的英国人加兰的约翰（John of Garland），[2]在其《学术道德》（*Morale scolarium*, 1241）中抱怨，人们不重视课程作家（荷马、克劳狄安、普里西安、珀修斯、多纳图斯等）；持同样观点的，还有法国诗人丹德利（Henri d’Andeli）。在其《七艺之战》（*Bataille des sept ars*）中，丹氏把课程作家拉入语法的阵营，以共同对抗逻辑及其信徒（包括柏拉图与亚里士多德）。[3]尽管有这样那样的抱怨，课程作家研究仍然在 13 世纪继续开展。[4]12 世纪人文主义研究重镇之一，是以柏拉图主义见长的沙特尔学校。论水平，那里的英国人与法国人不相上下。索尔兹伯里的约翰去世时身为沙特尔主教。在 13 世纪的英国教育中，人们把沙特尔传统同阿拉伯的自然科学，“光的形而上学”（Lichtmetaphysik）同奥古斯丁的调色法两两结合起来。这种氛围盛行于约 1200 年起开始繁荣的牛津大学。教宗在那里的监督有名无实，学校通过名 57
誉校长（chancellors）实行自我管理。13 世纪牛津的伟大思想家格罗斯泰特（Robert Grosseteste）与培根（Roger Bacon）就另辟蹊径，与巴黎的经院派针锋相对。牛津大学的学术重心是语文学研究。[5]

然而，艺术（沙特尔的梯利仍将其视为哲学的集大成者）如今却不得不屈从于一切哲学主张。艺术的范畴过于狭窄，无法容纳扩充后的世俗学科。阿奎那

---

1 M. Grabmann, *Mittelalterliches Geistesleben*, I (1926), 104-146. Grabmann 提醒我们，胡塞尔与海德格尔能够抓住词语逻辑的线索。——*Idem, Thomas von Erfurt und die Sprachlogik des Mittelalterlichen Aristotelismus* (*SB München*, 1943).

2 L. J. Paetow, *The Morale Scolarium of John of Garlande* (Berkeley: University of California Press, 1927).

3 L. J. Paetow, *The Battle of the Seven Arts* (Berkeley: University of California Press, 1914). ——Norden, 728.

4 E. K. Rand in *Speculum*, IV (1929), 249-269.

5【古代晚期的语法学家始终遵循法则的传统，对其有效性毫不怀疑，然而从 14 世纪起，这一点逐渐成了研究的焦点。读者不妨以古典文学引文为例。新的哲学语法已经可以不再固守该传统，因为它千方百计要建立一套独立于“权威”的逻辑体系。】

有言："七艺不足以划分理论哲学"（septem artes liberales non sufficienter dividunt philosophiam theoricam）[1]，这话为世人指明了一条新路。它提醒人们注意，1150—1152 年间在法国发生的哲学巨变。

德国情况如何？由于德国较早实现了政治的安定有序，因此在 10 世纪及 11 世纪上半叶，她的文化与教育活动便先于西欧和南欧国家开展起来。可她后来又失去了这一领先优势。从后续发展看，"德国虽为查理曼大帝的疆域之一，却是最后一个被基督教化的地方；另外，在查理曼大帝的文化政策里，德国也不过是与世隔绝的教会教育中心"。[2]在 12、13、14 世纪，德国学生若想求学，必须到巴黎、博洛尼亚、帕多瓦（Padua）。霍亨施陶芬时期唯一一处大学阵地在那不勒斯（1224 年），而该城又臣服于西西里王权。罗马帝国境内的第一所大学是布拉格大学（1347 年）。后来，又陆续出现维也纳大学（1365 年）、海德堡大学（1386 年）、科隆大学（1388 年）、埃尔福特大学（Erfurt）（1389 年）、莱比锡大学（1409 年）等。这些大学当然无法与法国、英国、意大利的最早大学相提并论。虽然德国脱离了 12、13 世纪的伟大思想运动，可她仍然保持了自己的本色。她没能分享 12 世纪文艺复兴以及 13 世纪科学的果实。这既有其原因，也有其结果。直到宗教改革，德国大学才迎来自己第一个生机勃发的春天。[3]

七、名言警句与典型形象

中世纪想从课程作家那里得到什么？我们必须先回答这个问题，才能理解下面的内容。

第一，对于整个中世纪甚至 16 世纪，课程作家都是技术权威。当时，近代科学尚未兴起。医学知识得自盖伦，世界历史知识得自奥罗西乌斯。我们不妨举例
58 说明。众所周知，拉伯雷在其小说中批评了中世纪晚期教育，这种教育要求学生

1 M. Grabmann, *Mittelalterliches Geistesleben*, II (1936), 190. Grabmann 补充道："不过，阿奎那的一位学生 Fra Remigio de' Girolami（此人主要讲授但丁）用传统的三道与四道形式撰写了《知识名类》（*divisio scientie*）。"

2 Gerhard Ritter, *Die Heidelberger Universität*, I (1936), 11 f.

3 Herbert Schöffler, *Die Reformation* (1936).

凡事先求教而后行。庞大固埃吃饱后，人们就开始讨论食物的种种特性，并时时不忘引经据典，征引对象包括普林尼、阿塔纳奥斯[1]（Athenaeus）、狄奥斯科里德斯（Dioscorides）、普鲁克斯（Julius Pollux）、波菲里（Porphyry）、奥比安（Oppian）、波利比乌斯（Polybius）、西里奥多鲁斯（Heliodorus）、亚里士多德“等等”。当庞大固埃散步时，人们又征引狄奥弗拉斯图斯（Theophrastus）、马利努斯（Marinus）、尼坎德（Nicander）、阿埃米利乌斯（Aemilius Macer）的著作，讨论各种植物。闲暇之余，他们便坐在草地上，背诵维吉尔的《农事诗》、赫西俄德的作品以及波利齐亚诺（Poliziano）的《农民》（*Rusticus*）。

然而，课程作家不仅是世人获取技艺知识的源泉，更是世俗智慧与通俗哲学的宝库。古代诗人的作品里，有成百上千的诗行，是用最简洁的形式描写自己的所思所感或生活准则。亚里士多德就在其《修辞学》（*Rhetoric*, II, 21）中探讨了这类名言警句（γνῶμαι）。昆体良称之为“sententiae”（直译过来就是“评判”），因为它们很像公共团体做出的决定（VIII, 5, 3）。这样的诗行有“记忆诗”（mnemonic verses）之称。人们一心一意地学习它们，搜集它们，还把它们按字母顺序编排起来，方便查阅。由此便产生了语文学团体游戏（philologische Gesellschaftsspiele, philological parlor games），如早在古希腊便流行的节庆聚会。智术师阿塔纳奥斯（约 220 年）编纂的有趣文献《学者会饮录》（*Deipnosophistai*）曾如此写道（X 457）[2]：“亚里士多德学派门徒——索罗伊的克里阿库斯（Clearchus of Soloi）也向我们讲述了古人如何组织这种聚会。如果有人背诵了某段诗歌，那么另一个人就必须继续背诵。如果有人引用某句话，那么其他人也必须引用表达类似内容的句子。另外，前后吟诵的诗歌必须体裁相同，音节相同，否则就得列举希腊和特洛伊的将领，或者轮流说出首字母相同的亚洲和欧洲城市。人们必须牢记荷马史诗中以同一字母开头、结尾的诗行，否则就得说出名称中含有首尾音节的人名、工具或食物。获胜者会得到一个花环，而失误者就得倒一杯盐水，并一饮而尽。”

在中世纪宴会上，花环、美酒、纵论荷马史诗等景象已经一去不返了。不过，

---

1 【Goethe, *Tagebücher*, 13 September 1797：“开始阅读阿塔纳奥斯。”1827 年，歌德与 Meyer 一起读到描写 Ptolémée Philometor 的雄壮队列的文字（Athénée, V, 34）。《浮士德》第二部里的马队中驮着少女的大象，便源于此。】

2 【见 L. Schadewaldt, *Legende von Homer, dem fahrenden Sänger*, 1943, 66。】

人们还能接受拉丁教育，寓教于诗的传统也一直保留着。奥维德广受称赞，因为他的“诗句花团锦簇”（sententiarum floribus repletus）。[1]这个例子说明，即便是无足轻重的诗人也会给出符合道德律令的金玉良言。奥维德说道：

习惯能让爱情前来，也能使她离开。

Intrat amor mentes usu, dediscitur usu.（*Rem.*, 503）

美丽与腼腆不共戴天。

Lis est cum forma magna pudicitiae（*Her.*, XVI, 290）

这样的爱真是战战兢兢，不得安宁。

59 Res est solliciti plena timoris amor.（*Her.*, I, 12）

总有些东西愈禁愈不止，愈拒愈渴求。

Nitimur in vetitum semper cupimusque negata.（*Am.*, III, 4, 87）

贺拉斯也写道（*Epi.*, I, 16, 52）：

美德之爱让善者始终为善。

Oderunt peccare boni virtutis amore.

这样的名言举不胜举。漫长的中世纪为我们留下了许多混合着古代与中世纪精华并按照字母顺序编排的“警句”。近代读者可以阅读维尔纳（Jakob Werner）的《中世纪拉丁谚语、俗语辞典》（*Lateinische Sprichwörter und Sinnsprüche des*

---

1 Hugh of Trimberg, *Registrum* (ed. Langosch), I. 125; 同书第 612 条称赞马科斯米阿努斯有“许多脍炙人口的诗句”（multi notabiles versus）。“sentences”又称为“proverbia”（II. 17, 614, 705）。

Mittelalters）[1]（2500 多个例子）来了解它们。这些警句集堪称当时智力竞赛的宝库。这种古老的希腊游戏让中世纪学生以及德国宗教改革的语文学家的闲暇生活又焕发了生机。梅兰希顿（Melanchthon）在自己的教学中，使用了《顺次制诗贴》（*versificatio secundum alphabetum*）。学生需轮流按照字母顺序从头背诵一条警句。1539 年，路德与梅兰希顿前往莱比锡的途中，也曾用这个游戏消遣娱乐。[2]的确，18 世纪末以前，神学与语文学一直是博学的清教德国的主干学科。在让·保罗（Jean Paul, 1763—1825）的小说里，我们仍然可以从形形色色的人物身上看出这一点。例如，学校郊游之前，法贝尔（Fälbel）校长在一份拉丁复活节计划中向大家表明，“就连最古老的民族、最久远的人类，尤其是主教和古典作家，都外出旅游”。神学与语文学间德国清教式的关联，为 1800 年以后德国蓬勃发展的近代“思想科学”（Geisteswissenschaften）奠定了基础。1807 年，沃尔夫（Friedrich August Wolf, 1759—1824）发表其名著《古典研究概览》（*Darstellung der Altertumswissenschaft*）。该书澄清了以往众说纷纭的“人文科学”（humaniora）概念，并指出“人文学科”并不从属于神学研究。

同名言警句一样，中世纪在古代作品中找到的描写人类伟大与脆弱的例证，也是开导启蒙的材料。“典型（exemplum）”（paradeigma）是亚里士多德以降的古代修辞学术语，意为“用于举例而插叙的故事”。后来（约公元 100 年），人们又为修辞学上的“exemplum”，补充了另一种至今影响深远的形式：“典型形象（exemplary
figure）”（eikon, imago），也就是“某种品行的化身”——“加图就是活生生的美德形 60
象”（Cato ille virtutum viva imago）。[3]西塞罗（*De or.*, I, 18）和昆体良（XII, 4）提醒

1　Heidelberg, 1912 = *Sammlung mittellateinischer Texte* (ed. Alfons Hilka), No. 3.

2　O. Clemen in *ZfKG* (1940), 422f. 1590 年，梅兰希顿的学生 Moritz Heling 出版了《希罗作品同题顺次制诗贴》（*Libellus versificatorius ex graecis et latinis scriptoribus collectus et secundum alphabeti seriem in locos communes digestus*）。在英国，这种游戏称为“capping verses”（诗歌接龙）（Fielding, *Joseph Andrews*, Bk. II, ch. 11）。

3　F. Dornseiff 在 *Vorträge der Bibliothek Warbrug 1924—1925* (Leipzig, 1927), 218——Hildegard Kornhardt (*Exemplum. Eine bedeutungsgeschichtliche Studie*. Göttingen dissertation [1936], p. 14) 中写道：“它们是各种言行和成就的简要说明，是与众不同的表述，其中清清楚楚地记载了某些人物的品质或特点……‘exemplum’一词不仅用于行为本身，而且也用于对行为的解说。”John of Garland 提到了中世纪的观点：“‘exemplum’是某人身上值得仿效的言语或举止”（Exemplum est dictum vel factum alicuius autentice persone dignum imitatione）（*RF, XIII* [1902], 888）。

演说家，在征引范例时，不仅要取自历史人物，而且还要放眼神话故事与英雄传说。提比略（Tiberius）在位期间，修辞学家马克西姆斯为学校撰写了《丰功伟业与金玉良言九卷书》（*Factorum ac dictorum memorabilium libri IX*），后来拉杜尔夫（Radulf of La Tourte, 1063—1108）将其写成韵文。在中世纪，创作学术诗（scholarly poetry）必须深谙至关重要的典型形象。我们应该从 12 世纪带有柏拉图色彩的诗歌里，为这些形象找到某种现成的经典。在那里，它们俨然神性智慧（göttliche Weisheit, Divine Wisdom）有意引入历史长河的原型。

然而有时，某些不属于古代范畴的人物也被列入典型形象。普鲁塔克的《希腊罗马人物比较列传》（*Parallel Lives*）（作于 105—115 年间）中，描写了恺撒受庞培大军围困伊庇鲁斯之际，为请求援军，如何不顾一切乘小舟返回布隆杜修姆（Brundusium）。风暴将至。惊恐不已的舵手想返航，可恺撒抓住他的手说道："勇敢点，伙计，不必害怕！你承载着恺撒与他的财富！"此前，卢卡努斯也曾在其史诗的一个名段中写过这个故事（V, 505-677），只不过舵手角色换成了船夫阿米科拉斯（Amyclas）。正当内战硝烟四起，恺撒为自己的胜利提心吊胆之时，阿米科拉斯的陋室却成了平复心灵波涛的避风港。卢卡努斯乃"古代激情的承载者"（Mittler des antiken Pathos），"身为罗马诗歌的代表，他的作品广为传颂，其巨大影响力虽在 19 世纪教育破败之时一度消失，但近代以来，影响复现，至少德国如此"。[1]这里，卢卡努斯通过阿米科拉斯，创造了一个不属于古代经典的安贫乐道的典型形象。不过，它可能引发的哀婉情绪，反倒使 12 世纪人对其爱不释手。[2]据但丁记载，阿奎那在其
61 为阿西西的方济各所作的颂词中，就把阿米科拉斯作为贫贱不能移的榜样来引用；另外，普鲁塔克也曾提到过此人（第八首牧歌）。从 12 世纪的拉丁诗歌可以看出，我们不能像布尔达赫（Konrad Burdach）那样，仅仅根据但丁与普鲁塔克的说法，就

---

1 Eduard Fraenkel, *Lucan als Mittler des antiken Pathos* (Vorträge der Bibliothek Warburg 1924—1925 [Leipzig 1927], 229 ff.).

2 Abélard: "Securus quia pauper erat vivebat Amyclas"（阿米科拉斯的生活悠闲自得，因为他家徒四壁）(*Notices et Extraits 34*, II, p. 168, 5); *Architrenius* (*SP*, I, 340): "Julius orbem/ Sorbuit et somnum vacui laudavit Amyclae."（恺撒吞并世界，却称赞阿米科拉斯能悠闲地打盹。）旺多姆的马修在一首题献诗中称自己为"您的阿米科拉斯"（vester Amyclas）（*PL*, CCV, 934 B）。许多抄写人都误解了这一称呼，并将其改换为"amiclus"或"amicus"（类似情况出现在 Minitius, III, 739）。在 *Metamorphosis Goliae* 211 中，应该读写作"Amyclae"。另见 A. Neckham, *De laudibus divinae sapientiae* (ed. Wright), p. 360, 163。Anonymous in *Stud. med.* (1936), 109, 15.

推断出“早期文艺复兴时期的阿米科拉斯崇拜”（Amyclaskult der Frührenaissance）。[1]那样就相当于为他们颁发属于拉丁中世纪的奖杯。实际情况是，但丁借用了 12 世纪的典型形象，并经常将它们系统地雕琢加工。他甚至把特洛伊人里菲乌斯（Ripheus）安到了朱庇特的天宫（*Par.*, XX, 68）。这一形象实源于维吉尔的想象（*Aeneid*, II, 426 f.），而它之所以出现在《神曲 · 天堂篇》，仅仅出于但丁对维吉尔的敬意。只有在但丁那里，里菲乌斯才成为“道德化身”（imago virtutis），而这也只是由于维吉尔曾证实此人刚直不阿。[2]

1　*Kommentar zum Ackermann*, 274; *Der Dichter des Ackermann*, 294.

2　在中世纪，“exemplum”也可以指“用以证明神学要义的”（Klapper in Merker Stammler's *Realexikon der deutschen Literaturgeschichte*, I, 332）证道故事。因此，便出现了广为流传却常常可笑的“布道者寓言”，但丁曾对此批判不断（*Par.*, XXIX, 94 ff.）。另见 J. T. Welter, *L'exemplum dans la literature... du moyen âge,* Paris thesis (1927)。

第四章　修辞

一、修辞的地位；二、古代修辞；

三、古代修辞体系；四、古罗马晚期；

五、哲罗姆；六、奥古斯丁；七、卡西奥多鲁斯与伊西多尔；

八、文书写作术；九、科维的维巴尔与索尔兹伯里的约翰；

十、修辞、绘画、音乐

一、修辞的地位

62 修辞在七艺当中位列次席。与语法相比，修辞可以使我们更深入地了解中世纪文化。对我们而言，修辞早已变得不甚熟悉。作为独立学科，修辞从课程中消失已久。在19世纪德国的语法学校，学生接触德国主题的内容以前，仍然要学习零星半点的修辞知识。学校希望为学生制定一个大体“框架”，其中包括引言、主体和结论。引言部分必须提纲挈领。学生必须经过合适的“过渡”，不得以任何理由直奔主题。不过，这些过渡枯燥乏味。就连拉·布吕耶尔（La Bruyère）也遭到布瓦洛（Boileau）的指责，因为他把大量时间花在“过渡工作”（le travail des transitions）上，而“过渡工作却是思想作品中最困难的部分”（qui sont ce qu'il ya de plus difficile dans les ouvrages d'esprit）。布瓦洛必然对此心知肚明。拉氏的“过渡”素以滞涩闻名。学习拉丁诗歌（以及席勒的诗歌）时，语法学校学生发现，自己又遇到了修辞——隐喻、换喻、夸张等等比比皆是。

在我们当今的文化里，修辞毫无地位。德国人似乎生来就不相信修辞。[1]歌德就

1 【康德在《判断力批判》（*Kritik der Urteilskraft*, §53）中宣称：“我必须承认，一首美丽的诗总是使我产生一种纯粹的快乐，阅读以为罗马公民大会演说家或现在的议会演说家或是布道者的最好的演说辞，却总是混有对某种阴险技巧的反感这种不快感，这种技巧懂得把人当作机器， 在那些重要的事情上推动人作出某种在他们平静思考时必然会失去任何重要性的判断。口才（转下页）

借浮士德与瓦格纳的对话，阐明了这种态度：

只要你有聪明诚恳，
无须乎用巧智媚人，
有什么便说什么，
更何须咬文嚼字？
你的言辩不怕是光彩陆离，
涂抹了许多水粉胭脂，
但总如秋风之扫败叶，
一样地干燥聒耳。[1]

Es trägt Verstand und rechter Sinn
Mit wenig Kunst sich selber vor;
Und wenn's euch ernst ist, was zu sagen,
Ist's nötig, Worten nachzujagen?
Ja, eure Reden, die so blinkend sind,
In denen ihr der Menschheit Schnitzel kräuselt,
Sind unerquicklich wie der Nebelwind,
Der herbstlich durch die dürren Blätter säuselt!

这段文字乃浮士德心理状态的真实写照，因为学校所授课程非但没有解其惑，反而令他大惑不解，于是他试图从魔法中寻找答案。不过，这些并未反映歌德的观点。身居莱比锡时，歌德发现“事事充满诗学与修辞的快感与满足感”(alles Poetische und Rhetorische angenehm und erfreulich)。身居斯特拉斯堡时，他的“星历

（接上页）和善于辞令（合起来就是修辞学）属于美的艺术；但演说家的艺术作为利用人类的弱点达到自己的意图的艺术（不论这些意图可能被认为多么好，乃至如它们所愿望的那样现实地好），却是根本不值得敬重的。何况它无论是在雅典还是在罗马，都只是当国家奔赴它的腐败，而真正的爱国主义的思维方式已经熄灭时，才提升到了一个时代的最高点。”】

1 【中译者注：见歌德：《浮士德》（第一部），郭沫若译，北京：人民文学出版社，1954年，第29页。】

表”（Ephemerides）写满了昆体良语录。到了花甲之年（1815 年），歌德坚信修辞“只有实现了史学与辩证之学的要求”，才“值得称赞且不可或缺”（mit allen ihren historischen und dialektischen Erfordernissen höchst schätzenswert und unentbehrlich）；同时他还将修辞视为“人类最迫切的需要”（höchsten Erfordernissen der Manschheit）。在歌德那里，整个欧洲传统都鲜活起来。罗曼民族把天生的才能与罗马的遗产相互结合，这样修辞就变得习以为常了。像博须埃（Bossuet）这样的演说家属于法国古典派。在英国，自 18 世纪起，雄辩的口才就成了表现政治力量、考虑国家安危的方式。不过，德国缺少这些基本条件。对于穆勒（Adam Müller）的名作《论雄辩的口才及其在德国的衰落》（*Reden über die Beredsamkeit und deren Verfall in Deutschland*, 1816），响应者寥寥无几。即便是最近几年，德国学术界仍然认为，古代修辞是旁门左道。[1]如此，我们就不难理解布克哈特带有普世历史（universal-historical）色彩的论述：

> 古代人岂不是高估精习演说与写作之道？让古代儿童和青少年多学点实用而基本实例岂不更好？我的回答是，除非我们跟古代人一样饱受演说、写作毫无章法可循之苦，除非我们身边找不出深谙遣词造句之术的学者，否则我们不能做如此种种推测。对古代人而言，修辞（及其姊妹学科）是他们亦美亦自由的生活、他们的艺术、他们的诗歌中，最不可或缺的部分。虽然我们当下的存在具有更高原则，更高目的，但它的品质不一，且不够和谐；至美、至柔中仍不乏粗鄙、野蛮；我们终日忙于各种事物，分身乏术，甚至连对此惊讶的时间都没有。[2]

二、古代修辞

64 修辞[3]本身意指“演说之术”；据此本意，修辞旨在教授人们如何以艺术的方式遣词造句。随着时间的推移，这一重要思想逐渐成为一门科学，一门艺术，一种生

---

1 【有关这个话题，我列举了几个例子，有兴趣的读者可参见 *ZRPh*, 63, 1943, 231 et suiv。】

2 Jacob Burckhardt, *Die Zeit Constantins des Grossen* (1852), Kröner ed., 304.

3 Wihelm Kroll 的《论修辞》（*Rhetorik*）（1937; reprint from *RE*）探讨了基督教时代以前的古代修辞。补充内容见 *RE Suppl.*, VII, 1039 ff。

活理想，乃至古代文化的支柱。九个世纪以来，各种形式的修辞铸就了希腊人与罗马人的精神生活。它的起源显而易见，时间——波斯战争以后，地点——阿提卡。

修辞的起源融入了多种因素。希腊人热衷谈话技巧，对话语的艺术化表达方式孜孜以求，这种热情实乃天赐之礼。荷马笔下的英雄早已把雄辩的口才视为最高的一项品德，是神祇赐予的礼物：“……众神当然没有把所有精致的礼物赐予每一个人，不管是婀娜多姿的身材，颖悟绝人的智慧，还是条理分明的口才，都不可能集于一身。某人体魄可能不及他人，但众神会使他的用词美妙绝伦，让他成为世所敬仰的对象，同时令他的谈吐文雅谦逊。如此一来，他便卓尔不群，所到之处，众人有如观之神明。”[1]不过，口才训练也是教育的目标之一。菲尼克斯就被派到年轻的阿喀琉斯身边，“传授这些知识，以便他成为演说家和实践者”。后来的作家经常引用这段话，来证明荷马是修辞之父。《伊里亚特》的近半篇幅以及《奥德赛》超过三分之二的部分都是人物讲话，而且往往是长篇大论。《罗兰之歌》与《尼伯龙根的指环》中，我们就很难见到如此大段的演说。不过，修辞真正在希腊人心目中根深蒂固，则要等到雅典人接手爱奥尼亚的遗产，且自己的全盛时期开始以后。自那时起，演说与演说艺术已经在公众生活里占得一席之地。波斯战争后，雅典人似乎已经开始为阵亡士兵发布葬礼悼词。伯利克里执政期间民主的推行，以及始于公元前 4 世纪中期的“希腊启蒙运动”，都为政治、法律演说提供了最广阔的舞台。每个公民都被纳入公共生活之中。演说能力成了职业成败的决定因素。云游四方的哲学家（“智术师”[2]）便靠演说指导谋生。经过演说训练及逻辑、辩证法指导的学员，讲起话来
极富感染力，有时甚至能“以弱胜强”[3]（Aristotle, *Rhetoric*, II, 24, 11）。因此，修辞 65
也可成为辩护之术。然而，智术师也想做人类的塑造师，国家的教育者。只不过，他们是借助言辞的力量来施行教育（peideia）。427 年，以使节身份到访雅典的西西里人高尔吉亚为演说术带来重大变革：以押韵的方式取得亦乐亦诗的效果（musico-poetic effect）。于是，修辞研究就成了风格研究，一种文学技巧。“平行结构之间两两对称，用元韵（assonance）、押韵来增强对偶气势，大量运用比喻，以及投读者、听

1　*Odyssey*, VIII, 167 ff. [Butcher and Lang translation, replacing R. A. Schröder's]. Cf. Hesiod, *Theogony*, 81 ff.

2　“智术师”（sophists）最初的意思跟“σοφὸς”一样，均指“思维能力超乎常人者”（Kroll）。

3　修辞亦出于同样原因而遭人非难。参见昆体良的相关论述：Quintilian, II, 16, 3 ff。

众所好的做法都达到了以前唯有诗歌才能产生的效果。”演说逐渐成为诗歌的竞争对手。“当时，几乎没有人不受新文风的影响，新的作文法通行于整个古代”（温德兰德 [Paul Wendland] 语）。高尔吉亚是第一位以辞藻华丽著称的演说大师。其后几个世纪，演说逐渐演化出多种多样的风格形式。不清楚演说史，[1]就不可能了解古代文学。

希腊修辞是随着智术师而出现并发展起来的。考虑到修辞与智术师对哲学和教育的不良影响，柏拉图强烈反对这两者（他对诗歌的反对亦如此）。然而，希腊不可能也不会为了哲学，而牺牲演说艺术的魔力（此乃智术师之发现）。后来，哲学本身也可以理解为人类精神的合理产物（亦即柏拉图反对的艺术形式）。这一转变要归功于亚里士多德。亚氏把诗歌与修辞都纳入自己对艺术的哲学探讨中。他的做法无可厚非，毕竟他希望扭转柏拉图的片面观点。他的情感理论（见其《诗学》）、人物类型学、风格详析丰富了修辞内容，是不可多得的贡献。在柏拉图看来，辩证法位列一切科学之首，而亚里士多德要表明，修辞完全可与辩证法平起平坐。

纵观修辞史，亚里士多德的《诗学》（读者寥寥可数）[2] 论地位，却远不及约公元前 340 年阿纳克西米尼（Anaximenes）以降的众多修辞教科书。[3] 在阿提卡，政治演说的地位和影响，至狄摩西尼（Demosthenes）（雅典反马其顿的领袖）时代（前 384—前 322）达到顶峰。然而，失去自由后，政治演说也变得毫无意义。同时，法庭辩论也日渐式微，因为城邦审判的机会也大不如前。希腊修辞只得在学校寻找避难所，同病相怜的还有模拟法律案件。

2 世纪伊始，希腊修辞学家开始涌入罗马，从事教学活动。罗马紧凑的政治生活无疑为演说艺术发展注入一针强心剂。不过，罗马的情况与希腊的截然不同，修辞教学几乎都以实用为目的。直到 1 世纪，希腊化东部的修辞艺术风格才传入罗
66 马。最古老的拉丁文修辞教程是《海伦尼乌修辞学》（*Rhetorica ad Herennium*）（约公元前 85 年），作者佚名，不过过去认为它出自西塞罗或某个名为柯尼斐希乌斯（Cornificius）的人。这部文献以及西塞罗的年轻之作《论谋篇》（*De inventione*）（两者似乎有相通之处），对 4 世纪的希腊教科书教学并无创新之功，但它们之所以如此重要，是因为两者将希腊式教学转化为罗马式教学。在中世纪与文艺复兴时期，《海

1 Eduard Norden, *Die antike Kunstprosa* (1898).

2 Wendland-Pohlenz, *Die griechische Prosa* (1924), 115.

3 希腊文“τέχναι”。其作者称之为“technographers”。

伦尼乌修辞学》是权威之作。中世纪也有人阅读西塞罗的修辞作品，很少去读他的演说词。人文主义者认为，西塞罗并不是值得效仿的作家。他的风格不符合古代晚期和中世纪的风格主义（Mannerism）。而他的政治、法律演说对中世纪毫无用处。

正如马其顿人（后来罗马人）的占领影响了希腊的演说之风，共和政体的衰落也影响了罗马的演说之风。奥古斯都及其继任者执政期间，政治演说一蹶不振。修辞成了学校的专利，其中夹杂着以虚构的法律案例为基础的练习（declamationes）。塔西佗在其《演说家对话录》（*Dialogus de oratoribus*）中，考察了演说的衰落史。不过很早以前，修辞就已经借罗马诗歌，进入全新的活动领域。这主要是奥维德的功劳。[1]他“给自己定个主题，然后设法去扩展，这就好比演说术中向假想对手慷慨陈词”（克劳斯 [Walther Kraus] 语）。他的诗歌喜用对偶和讽刺（Pointen, conceits），且十分讲究音韵和选词。在奥维德那里，修辞的目的是让诗歌引人入胜，妙语连珠，并借助自身的讽刺效果，使读者对诗歌爱不释手。不过，修辞也可以通过渲染恐怖气氛，运用悬念、高潮、夸张等手法，把悲剧材料的效果发挥得淋漓尽致。结果，就产生了以尼禄时代塞内加的悲剧，以及卢卡努斯的史诗为代表的“悲怆”体（“pathetic” style）。在后来的斯塔提乌斯（约 40—96）作品中，我们发现有些诗歌的修辞借鉴了红白喜事的演说方法，以及艺术品和建筑物的描写方法。如此看来，罗马帝国的 1 世纪期间，修辞的领地随处可见。1 世纪末，出现了现今最全面最具影响的修辞巨著，即昆体良的《演说术原理》（*Institutio oratoria*）（约 95 年问世），此书堪称“古代罗马留给我们的最优秀的一部著作”（莫姆森［Mommsen］语）。

昆体良的大作并非几个世纪以来通行希腊、罗马的那类教科书，而是一部饶有趣味的教育论著。在昆氏看来，宇宙的至高神及创造者[2]（II, 16, 12）把演说本领单 67
单赐予了人类，因而最理想的人非演说家莫属。如此一来，演说的地位远远高于天文、数学等学科（XII, 11, 10）。不过，即便最无懈可击的演说家，也必须是谦谦君子（I, *pr*. 9）。所以，演说家（加图亦如此定义）就是“擅长辞令的君子”（vir bonus

---

1　在致修辞教师 Salanus 的一封书信中，奥氏阐明了自己的诗作与修辞的关系（*Ex Ponto*, II, 5,69 ff.）。W. Kroll（*Studien zum Verständnis der römischen Literatur* [1924], 109）正确指出，修辞训练让奥古斯都时代的诗人写起诗来文笔犀利。“世界文学中的罗马诗人作品（尤其为英国人所熟知）如今能广为引用，正得益于诗人当时的书院制度。”

2　参见本书学术附录二十一。

dicendi peritus）（XII, 1, 1）。进一步而言，演说家必须是智者，“必须足智多谋，不仅品德出众，而且学富五车，精通演说”（I, *pr.* 18）。因此，昆体良认为，哲学与通识教育能满足的需要，修辞本身同样能满足。[1]智慧乃演说之母（“ex intimis sapientiae fontibus”, XII, 2, 6）。昆体良把未来演说家当作自己的孩子一样，从襁褓、童年、入学到接受高等教育，他始终不离左右。他的书探讨了所有科目及课程作家。全书第十卷谈到，全部修辞课程结束后，学生将开始学习文学，内容包括自荷马到塞内加之间最优秀的作家作品。在昆体良的论著中，我们可以随处看到，修辞学科以不同以往的面貌出现，即文学研究的人文主义视角——修辞是生活中的至善。“喜好文学，诵读诗歌，不应仅限于求学期间，而是要将其视为终其一生的兴趣”（I, 8, 12）。“文学之爱唯有摆脱各种琐事烦扰，才能臻于至纯至净，才能在自我观照中怡然自乐”（II, 18, 4）。类似表述无疑预示了西方世界典型的文化体验（Bildungserlebnisse）。

与此同时，希腊修辞继续蓬勃发展，不过地点不是阿提卡，而是小亚细亚。在那儿，希腊修辞演化出一种全新而奇特的风格，全然不同于古典阿提卡演说家（Demosthenes, Lysias）的。难道这要怪虚构的法律案件（那些假想的法律演说便基于此）不够自然？难道这种“华而不实的表达方式”（Cicero, *Orator*, 25）就是所谓的东方品味？或许，两种猜测都只知其一不知其二，真正原因其实源于某种内在规律。这种规律出自拉斐尔之后的意大利绘画，并且见于多个时期，多个艺术史领域。新方法被称为亚细亚主义（Asianism），其反对者被称为阿提卡主义者。根据西塞罗的范例（*Brutus*, 325），人们习惯把亚细亚主义分为两种风格——箴言隽语（witzelnd-sentenziöse）和豪言壮语（schwülstig-pathetische）。不过，两者间并没有绝对的界限。两种风格中，都常见语不惊人死不休的范例。我们大可不必执着于它们的特别之处、差异之处。不过，这个现象本身对理解欧洲文学至关重要。它堪称后来我们所说的文学风格主义（literary Mannerism）的先声。亚细亚主义是欧洲风格主义的最初形式，而阿提卡主义则是欧洲古典主义的前身。

68 阿提卡主义演化出一种始于公元前1世纪上半叶的古典主义文学美学（classicistic literary aesthetics）。在希腊人的艺术与生活理想复兴时代（从公元2世纪

1 甚至伊索克拉底（Isocrates）也早已视自己的修辞为“哲学”（φιλοσοφία）。

到 4 世纪中期流行于西方世界），这种美学便一统天下。[1]这场运动的领袖最终败在修辞脚下，因为代表古希腊思想价值的不是诗歌或哲学，而是修辞。它把自己称之为新的或第二智术思潮（Second Sophistic）。弗拉维安（Flavian）的教育改革以及哈德良的亲希腊主义（phil-Hellenism），都为其发展起了推波助澜的作用。这场思潮影响深远，受过教育者（包括罗马皇帝）都以讲希腊语为荣，结果罗马文学一下子给打入冷宫。自此，罗马在思想领域第二次败给希腊。后来，祭祀语言以及基督教文学语言都是希腊语。[2]4 世纪伟大的布道师巴西勒（Basil）、纳西昂的额我略（Gregory of Nazianzus）、圣金口若望（John Chrysostom）都曾师从智术师。我们该如何看待这些智术师呢？尼采的概括让我们拍案叫绝：

> 他们把古代伟人像英雄一般顶礼膜拜，结果自己成了转世的大师；他们的灵魂回望着早期希腊主义的景象（尽管它并非独领风骚）……当然，这其中他们最看重形式，而拜他们所赐，史上对形式最挑剔的听众由此诞生……这些人大多心智早熟，生活坎坷，为君主服务，而且钦佩者、爱慕者、死对头甚众。他们通常家财万贯，虽不是学者，却是演说术的行家里手。如此看来，他们不同于 15 世纪穷困潦倒、度日如年的意大利人文主义者。[3]除了经济上的差异，两者在其他方面还是非常相像的。[4]

最先评价第二智术思潮（其评语仍影响至今）的是尼采青年时的朋友埃尔文·罗德（Erwin Rohde）。[5]

显然，古代修辞的历史源远流长，变化不定。

---

1 【W. Schmid, *Über den kulturgeschichtlichen Zusammenhang und die Bedeutung der griechischen Renaissance in der Römerzeit*, 1898, 4.】

2 Theodor Klauser 最近表明，从 360—382 年间起，罗马官方才正式将礼拜用语从希腊语改为拉丁语（*Miscellanea Giovanni Mercati* [1946], I, p. 3）。

3 【Cf. J. Burckhart, *Die Kultur der Renaissance* (ed. Kröner), p. 252.】

4 见尼采 1872—1873 年的系列讲座 *Geschichte der griechischen Beredsamkeit* (Werke, XVIII [1912], 232)。

5 见罗氏的 *Der griechische Roman und seine Vorläufer* (1876). Chapter 3 (288-360) treats of “Greek Sophistic of the Imperial Age”。

三、古代修辞体系

以上我们简要回顾了古代修辞的流变，接下来有必要介绍古代修辞教学的体系。几百年来，这一体系的框架一直没有什么变动。在后来的创新中，我们依然能见其身影。

作为一门艺术（ars），修辞可以分为五个部分：谋篇（inventio, εὕρεσις）、布局（dispositio, τάξις）、遣词（elocutio, λέξις）、记忆（memoria, μνήμη）、演讲（actio, ὑπόκρισις）。修辞艺术（materia artis）的主题以三类演说为主，即法律演说（genus
69 iudiciale, γένος δικανικόν）、商议演说（genus deliberativum, γένος συμβουλευτικόν）、颂赞（panegyrical）或炫技（epideictic）演说（genus demonstrativum, γένος ἐπιδεικτικόν or πανηγυρικόν）。[1]

自从希腊人和罗马人的自由不复存在后，法律演说几乎变得一文不值。不过，许多展开话题的技巧（Prozeßtechnik, procedural technique）当时已发展到相当高的水准，如果它就此作古，其掌握者实在心有不甘。法律演说“往往统摄理论；很多详细的规则乃是专为其设计的”（hat immer die Theorie beherrscht, nur für sie sind ausreichende und erschöpfende Regeln aufgestellt worden）（克罗尔 [Kroll] 语）。正因如此，人们才会在虚拟的法律案件中不断去操练它，并将它作为一种套路代代相传。阿尔昆的修辞论著曾提到，查理曼大帝便是这样的演说家。然而，只有在知晓罗马法的国家（即便这样的国家，也要等到法律研究复兴以后，如 11 世纪末以后的意大利），法律修辞才有用武之地。[2]商议演说最初是在公共集会或元老院进行的政治演说。罗马帝国时期，它也是在校学生操练的科目。如今，它又称为“suasoria”或“deliberativa”。学生设想自己置身于过去某些名人所处的场景，然后思考自己该如何表现。譬如，把自己想成阿伽门农，斟酌是否该牺牲伊菲格涅；把自己想成汉尼拔，定夺坎尼（Cannae）战役后，是否该率部前往罗马；把自己想成苏拉（Sulla），思考自己是否该归园田居。

然而，在希腊化时代，炫技演说远比法律演说和商议演说重要。其主题无外乎

---

1 术语“ἐπίδειξις”（ostentiatio）取其“展现”之意，“πανηγυρικός”取“外部庆典”（outward occasion）（类似奥运会或其他运动会的节日聚会 [πανήγυρις]）之意。

2 关于罗马法学与修辞的关系，见 F. Schulz, *History of Roman Legal Science* (1946), 259 and 269。

一个——赞美，[1]尤其是“对神职，对人类的赞美”（Quintilian, III, 7, 6）。到了罗马帝国时期，炫技演说具有重要的政治意义。智术师的一个主要任务就是用拉丁、希腊文创作统治者赞美诗。如今，统治者赞美诗（βασιλικὸς λόγος）已成为独立的体裁。其他体裁还有：葬礼演说、生日演说、慰藉演说、喝彩演说、庆祝演说等等。直到古代晚期，炫技或颂赞修辞才渐成体系，并成为学校的讲授对象。修辞的“预备练习”（προγυμνάσματα）中，就包括“赞美诗”格言。赫谟根尼（Hermogenes）（公元2世纪）便是一例。他的短篇作品曾由著名语法学家普里西安译为拉丁文（6世纪初），随后收入拉丁课程之中。以下我们将看到，炫技演说对中世纪文学影响相对深远。新智术运动的另一种风格技巧是以精细的笔法“描绘”[2]（ἔκφρασις, descriptio, description）人物、场所、建筑以及艺术品。这种技巧在古代晚期与中世纪诗歌中俯拾皆是。[3]

以上，我们考察了修辞的三种门类及五个部分。其中，第四部分“记忆”与第 70
五部分“演讲”是古代理论文献探讨最少的。这两部分以演说技巧的实际运用为主，因此其价值仅限于真正的演讲。“谋篇”乃重中之重。按照法律演说五部分，我们可以将其分为：1. 开场（exordium 或 prooemium）；2. “陈述”（narratio），亦即讲述事实；3. 论据（argumentatio 或 probatio）；4. 反方观点的辩驳（refutatio）；5. 收尾（peroratio 或 epilogus）。这种分类法同样适用或可用于另外两种演说。“开场”旨在激发听众的兴趣，抓住听众的注意力，让听众心悦诚服地（benivolum, attentum, docilem[4]）跟着演讲者的思路。在收尾部分，演讲者使自己的情绪与听众的合而为一，以便把听众引入预期的方向。至于“论据”，古代理论的阐述过于精细，我们难入其中。从本质上讲，不管哪种演说（包括颂赞演说）必须能自圆其说。所引例证必须能深入人心。目前，已经有一系列这样的例证可供各种场合使用。这些都是智力题，演讲者可根据自己的喜好来发挥和完善。在希腊文中，这样的主题叫作“κοινοὶ τόποι”；在拉丁文中，则称为“loci communes”；在早期德文中，又

1　甚至连最早的教科书都提到“赞美与责备”。见本书第182页注释37，即中译本第238页注释1。

2　【Paul Friedländer, *Johannes von Gaza und Paulus Silentiarus*（1912）是很重要的文献。】

3　【Konrad Burdach 最先阐述这种技法同新智术师派的关系，后来 Hennig Brinckmann, *Zu Wesen und Form mittelalterlichter Dichtung*（1928）将其发扬光大。】

4　也就是所谓的“以理服人”（captatio benevolentiae）（Cicero, *De invention*, I, 16, 21）。

称作“Gemeinörter”。莱辛与康德那时仍在使用。1770 年左右，有人仿照英文词“commonplace”创造了“Gemeinplatz”，但我们无法使用该词，因为它已经失去了原初的用法。为此，我们应该保留希腊词“topos”（主题）。这里，我们不妨解释一下。广义上的“topos”“强调的是没有能力去充分发挥论题”；而颂赞的“topos”是“赞扬先辈及其伟业”。在古代，人们收集了许多这样的主题。某些文献提出了研究主题的学科，即“topics”。

一开始，主题的作用是帮助创作演说稿的。正如昆体良所言（V, 10, 20），它们是“思想脉络的宝库”（argumentorum sedes），因此可以指导写作实践。然而，我们看到，随着希腊城邦和罗马共和国的灭亡，最重要的两种演说——法律演说与政治演说也跟着从政治现实中消失，转而到修辞学校里苟延残喘；颂词（eulogy）成了所有主题都可套用的赞美技巧；诗歌也成为修辞改造的对象。这正意味着修辞失去了其原初的意义和目的。由此，修辞深入到所有文学体裁之中。几代人煞费苦心建立的修辞体系也成为文学的普遍特征。而这乃是古代修辞史上最有影响的发展。有了修辞的帮助，主题也获得一项新作用：它们成了可以用于所有文学形式的万金油（clichés），从此遍及文学所能接触和化用的生活的方方面面。在古代晚期，我们看
71 到，新的道德风尚产生了新的主题。考察这种发展也将是我们的任务之一。

同修辞的其他部分相比，“布局”并未受到古代修辞学家的足够重视。只是到了比较晚的时期，人们才将其与“谋篇”区别开来，但那时两者的界限并不分明。演说稿的五段或五部分写作法本来就是一定程度的“布局”，可以为“谋篇”指明方向。如今，我们所谓的“结构安排”（composition）在古代或中世纪文学理论中并没有对应词。[1]古代人对这个词的认识极为严格，仅限于史诗与悲剧（亚里士多德规定两者的活动很有限）。古代没有散文创作的理论，而且也不可能有，因为古代修辞的研究对象是普遍的文学理论。结果，近代批评家就经常为古代文学缺乏结构安排而悲叹不已。[2]不过，据我们所见，古代和中世纪文学中的结构要素大多承袭自演说五

---

1 【从字面上说，“composition”源于“compositio”（希腊语“συνθήκη”），但后来遭到误解或曲解。“composition”属于“遣词”（λέξις），而非“布局”（τάξις），指词组中的词语按照谐音规则组合安排的一套理论。所谓词组，“演说是文字的组合，那文字需连贯成句，且能表达完整独立的思想”（Oratio est compositio dictionum consummans sententiam remque perfectam significans）（Keil, I, 300, 18）。】

2 【Diels (*GGN*, 1894, 306) et Norden (112 et 115).】

段论。我们偶尔也会看到四段或六段的结构，这种差别因学校而异。有时，写在诗歌周围空白处的注释，会提醒读者注意诗歌的修辞结构。[1]“narratio”可用于每一种叙述形式。[2]而“陈述”当中很可能出现偏题（παρέκβασις, egressus, excessus）。[3]这样的例子在中世纪俯拾皆是。至于“开场”与“收尾”，乃是任何写作中不可或缺的部分。

修辞的第三部分“遣词”（λέξις, elocutio）是最为近代读者熟知的。它涵盖了文学创作中所有类别的各种风格规则。这部分旨在研究词语的选择与搭配、三种风格体裁理论[4]以及修辞格。我们经常可见专门讲授这一内容的教科书。其万变不离其宗的要点是，话语必须要经过“修饰”。“藻饰”（ornatus）（Quintilian, VIII, 3）乃人之所向，这一点至18世纪仍然如此。贝缇丽彩维吉尔助但丁一臂之力，因为维吉尔是“装点词句”（parola ornata）（*Inf.*, II, 76）的大师。但丁在其短歌（canzoni）中写道：“美见于辞藻的修饰”（La bellezza è nell' ornament delle parole）（*Conv.*, II, 11, 4）。马蒙泰尔在其《文学要素》（*Eléments de littérature*, 1787）（该书当时曾被广泛使用）中也指出：“演说家与诗人的风格需要修饰”（Le style de l'orateur et celui du poète a besoin d'être orné）。

我之所以谈到以上内容，是为了让近代读者了解古代修辞的一些主要情况和基本概念。关于这门庞大而复杂的学科，我详细考察的只是其中最为重要的方面：读者知之甚少但在思考本书中的问题时又必须具备的知识。以下章节将继续深入考察这些内容。

四、古罗马晚期

同语法一样，修辞也是跟七艺一起走进中世纪的。作为“权威的传统基石”（autoritäres Vorgut, authoritative traditional stock），修辞在校园里得到了保护。从那以

1　Cf. Dracontius (*Romulea*, 5); also Buecheler-Riese, *Anthologia latina*, I, 1, No. 2. Also in the Middle Ages.

2　“叙述”的概念大有文章可谈。哲罗姆（Epistle 65）曾如此评价《诗篇》44:3：“序言之后，便是叙述。”（finito prooemio, hic narrationis exordium est）

3　【Cassiodorus, Variae, II, 40 经常满怀敬意地运用“令人愉快的偏题”（voluptuosa disgressio）。】

4　【参见我的文章 Die Lehre von den drei Stilen in Altertum und Mittelalter, *RF*, 64, 1952, p. 57。】

72 后，修辞的发展便止步不前，并呈现暮年之势：麻木不仁，萎靡不振，佝偻龙钟。因此，在中世纪最初几个世纪，我们很难看清它的面貌。到了改朝换代、风云莫测的时期，各种各样的风格与价值又粉墨登场了。后文我们将对这些加以简要介绍。[1]

3 世纪罗马帝国爆发的政治、社会、经济危机，使罗马文化摇摇欲坠。4 世纪第二次繁荣所能保留下来的，只是盘剥无几的首都。过去的罗马传统在罗马元老院的贵族身上找到了避难之处。西马库斯（Symmachus）等人希望重振帝国雄风，但在此之前，他们不仅要征服已成为国教的基督教，而且要打败拜占庭。罗马人不再阅读希腊文献。马克罗比乌斯认为，西塞罗的《斯奇皮奥之梦》（*Somnium Scipionis*）与维吉尔的《埃涅阿斯纪》充满寓意，不管从科学、哲学、神学角度看，还是修辞学角度看，都是十全十美的权威之作。西马库斯重新挖掘了小普林尼针对散文书信创作的修辞著作，[2]还在深具风格主义的高卢人西多尼乌斯（Sidonius Apollinaris, 430-86）那里，发现了一位追随者。[3]在 12 世纪的文艺复兴当中，西马库斯与西多尼乌斯都是典范作家。这里，我们会发现，有些古代晚期文化的典范在我们自己文化

1 【Baudri de Bourgueil 把七艺喻为皇家寝宫的雕像。他如此描述修辞（Abrahams 225）：

它知道如何靠自己的口舌，	Commotis pacem, pacatis seditionem,
化干戈为玉帛，化玉帛为干戈；	Ad motum linguae noverat efficere.
它能让快乐者悲痛，让悲痛者快乐，	Laetos in lacrymas, tristes in laeta ciebat,
所以它能借无所不能的誓言，为所欲为。	Omnia nam voto compote sic poterat.
不久，它就可以劝说他人为自己效劳。	Denique mox poterat quicquid suadere volebat.
很快，它又能让已经打定主意的人犹豫不决。	Dissuadere cito suasa prius poterat.

紧接着是西塞罗与德摩斯梯尼的盛赞，然后是关于修辞五部分的论述。这些内容均出自卡佩拉的第五卷书（*Dick*, 211）。通过上述诗句，Baudri 想要说明，修辞可以彻底改变主旨的安排。此前，他曾说过，“它就像无所不能的女王，既可以让人为自己的目的尽心尽力，又可以让阻碍的人就此远离；既可以让人痛哭流涕，又可以让人愤怒不已，甚至连面孔和情绪都能改换”（veluti potens rerum omnium regina et impellere quo vellet et unde vellet deducere, et in lacrimas flectere et in rabiem concitare, et in alios etiam vultus sensusque convertere… poterat）。但丁在 *vulgare illustre* (DVE, 17, 4) 中的表述可能源出于此：“让别人不情不愿地做想做之事，心甘情愿地做不想做之事，还有什么能比这蛊惑人心的力量更大呢？”（quid maioris potestatis est quam quod humana corda versare potest, ita ut nolentem volentem et volentem nolentem faciat.）根据里尔的阿兰对修辞的描述，昆体良、西马库斯、西多尼乌斯似乎与西塞罗平起平坐，都是他的代表人物（*PL*, 210, 513）。】

2 【参见 J. Stroux 在 *Corona quernea*, 65 et suiv. 的分析。】

3 很遗憾，我没有找到 E. Faral, *Sidoine Apollinaire et la technique littéraire du moyen âge* (in Miscellanea Giovanni Mercati [1946], II)。

主体中消失已久，却在中世纪繁荣时期一度影响巨深。[1]

五、哲罗姆

哲罗姆的书信起止时间为365—402年。在这段时期，古代世界与基督教势不两立（这里，我们不能不提哲罗姆与奥古斯丁的名字），它们之间的争斗对世界历史产生了巨大影响。从本质上看，古代世界与基督教截然不同，而且也难以相互理解。哲罗姆从小就受到最好的拉丁教育，长大后，他远赴叙利亚的沙漠，以躲避尘世诱惑。不过，他在那只待了三年，这期间他跟一位犹太学者学习希伯来语。接着，他又去了君士坦丁堡，继续学习希腊文。后来教宗达玛苏斯（Pope Damasus）召他回罗马。在那儿，哲罗姆经常与贵妇来往，跟她们研习《圣经》。他这段时间的书信大多讽刺罗马社会，包括教会阶层。另外，这位学富五车的语文学家还热衷辩论，如此气质让文艺复兴时期的人文学者找到了共鸣，进而对他爱戴有加。达马苏斯派他修订《圣经》的拉丁文译本。达氏去世后，哲罗姆带着自己的女资助人和学生前往伯利恒进修希伯来文，以便可以检查《旧约》（*Septuaginta*，即七十子译本）的希腊文译本。可以说，哲罗姆是近代圣经批评的先驱。随后，他着手从原文翻译几乎整部《圣经》。这样做也使他招致教会保守派（如西班牙国王菲利普二世 [Philip II] 在位期
间路易·德·莱昂 [Luis de León] 的遭遇一样）攻击，罪名是褒犹太之学而贬基督教。 73
这些指责让哲罗姆十分恼火，他决定奋起反击，其间他的风度与学识相得益彰。直到1546年4月8日，特伦特会议（Council of Trent）发布教令宣布，哲罗姆“深思熟虑而成的”译本（武加大译本）是唯一的权威译本。经官方批准且仍沿用至今的修订本出现于1592年。只要是罗马天主教书店，就能见到这个版本。如今，购买武加大译本的读者不仅能读到拉丁版圣经，而且还能读到哲罗姆的全书总序和各章节分序（从这25页序言中，我们可以看出，哲罗姆如何把《圣经》理解为基督教人文主义作品），其主导思想是异教与基督教传统两相对应。《民数记》暗藏“所有算数的秘密”，《约伯记》包含“辩证法的所有规则”。《诗篇》作者是“我们的西蒙尼德斯、品达、阿尔凯奥斯 [Alcaeus]、贺拉斯和卡图卢斯”。因此，哲罗姆认为，《圣经》不仅是拯救过

---

1 【具体内容见 Fr. Klingner, *Römische Geisteswelt*, 1943, 338。】

程的见闻录，而且是文学的大熔炉，不必忌讳与异教（gentilitas）的文学宝库相比。在哲罗姆笔下，异教与基督教的对应体系并未贯穿始终，但我们将清楚地看到（见本书第十七章第四节），它在中世纪得到进一步发展。

兰德把人文主义者哲罗姆与神秘主义者安布罗修做了对比："人文主义者，即泛爱天下之人……面对枯燥的理性之光或神秘主义者对未知世界的探索，人文主义者更关注艺术和文学，尤其是希腊、罗马的艺术与文学。他们不相信寓言（allegory），喜欢各种各样的批评版本和注家集解。他们对手稿情有独钟，这使他们会发掘、乞求、借阅甚至盗窃心仪的目标。他们经常练习演说，以使自己做到滔滔不绝。他们个个伶牙俐齿，有时仅靠一段名言警句就能摆脱恶言恶语或反戈一击。"[1]这些特点几乎都能在文学家哲罗姆身上看到，同样也能在15世纪的波焦（Poggio）、菲莱尔福（Filelfo），以及16世纪的比代（Budé）、卡索邦（Casaubon）、伊拉斯谟等人身上看到。他们的性格很像人间喜剧中我们所谓的"满怀激情的语文学家"（Philologen aus Leidenschaft, impassioned philologist）。

六、奥古斯丁

语文学与隐修制度、文学人文主义与研究热情，这些都在哲罗姆那里集于一身，可在奥古斯丁身上却难觅其一。不过，奥古斯丁也有哲罗姆所欠缺的：最细腻的感情生活，炽热的灵魂，以及对所有真实知识（Tatsachenwissen, factual science）之本质的渴求。奥古斯丁不是学者，而是思想家。他并不希求调和希腊传统与希伯来传统；他认为，这两个世界差别之大，就像世俗城邦与上帝之城间那样遥不可及。由于成长过程中，一直受古代晚期人类理想的影响，奥古斯丁后来成了修辞教师和柏拉图主义信徒。他的皈依经历使他坚信，一切教育的努力必须服务于信仰（Faith）。
74 他注意到，《圣经》有自己的修辞体系，可研读时，他又坚持采用尚古解经法和寓意解经法（antiquarianizing and allegorizing method）（即马克罗比乌斯解读西塞罗和维吉尔时采用的方法）。[2]《圣经》中各种隐晦的说法随处可见，但保罗告诉世人："圣经

1 E. K. Rand, *Founders of the Middle Ages* (1928), 102.

2 Henri Irénée Marrou, *Saint Augustin et la fin de la culture antique* (1938).

都是神所默示的”（omnis scriptura divinitus inspirata）（《提摩太后书》3: 16）。奥古斯丁由此认为：经文中所有与信仰和道德没有直接关联的内容都隐藏着奥义。在这方面，他不仅沿袭了古代晚期的荷马、维吉尔作品的寓意解读法，而且也采用了奥利金（Origen）以后所接受的圣经寓意解读法。他的观点是，破解微言大义乃是有益身心、其乐无穷的头脑活动。不消说，这其中要考虑到文学美学的要素，也自然而然地吸引了古代晚期的文人，并再次成为圣经研究的一部分。如今，神学家批评奥古斯丁阐释《圣经》时，误用了寓意解经法。[1]不过，他的理论却在中世纪长盛不衰。

话说回来，我们还必须从另一个角度考察奥古斯丁与修辞的关系。奥古斯丁不仅是明察秋毫的思想家，而且还是文笔一流的作家。他的《忏悔录》一直被西方奉为经典名著。该书风格为古代艺术散文（antique artistic prose）。古代修辞方法旨在表现基督教全新的精神世界。这些方法中，奥古斯丁运用了西塞罗推崇的三种（*De oratore*, III, 173-198; *Orator*, 164-236）：等长分句对偶（isokolon）、矛盾语义并置（antitheton）、尾词套用（homoioteleuton）。《忏悔录》的结尾是一篇祈祷文，文章最后几句的英译文是：“Thou art ever quiet because thou thyself art thy quiet. And comprehension of this, what man shall give it to any man? What angel to any angel? What angel to man? Of thee must it be asked, in thee sought, at thy gate knocked for; thus, thus will it be received, thus found, thus will the gate be opened.”（你的本体即你的安息。此奥义有哪个人能向其他人点明？有哪个天使能向其他天使点明？哪个天使能向世人点明？唯有向你询问，从你身上寻求，到你那里叩门；唯有如此，才能获致，才能找到，才能为我洞开户牖。）其拉丁原文是：“Semper quietus es quoniam tua quies tu ipse es. Et hoc intellegere quis hominum dabit homini? Quis angelus angelo? Quis angelus homini? A te petatur, in te quaeratur, ad te pulsetur: sic, sic accipietur, sic invenietur, sic aperietur.”没有那种现代散文能再现原文中这些庄重的排比和叠韵。在这里，修辞成了诗歌——正如我们在罗马祈祷书中所见。

1　“Des abus incontestables du sense mystique… Allégorisme exagéré” (E. Portalité in *Dictionnaire de théologie catholique*, s. v. Augustin, cols. 2343 f.)

七、卡西奥多鲁斯与伊西多尔

6世纪上半叶，古代修辞与政治生活的联系再次恢复，而恢复者就是卡西奥多鲁斯。他为东哥特（Ostrogothic）国王狄奥多里克（Theodoric）和阿塔拉里克（Athalaric）效力期间所撰写的公文，仍然散发着古代的气息。阿塔拉里克在位时，
75 卡西奥多鲁斯致信（*Variae*, VIII, 12; ed. Mommsen, p. 242, in MGH, *auct. ant*., XI）律师、外交官兼诗人阿拉特（Arator），劝说他用自己精湛的修辞才能（“morbius armata facundia”）为国效力。身为使馆领导，他讲起话来“并没有习以为常的词语，而是充满滔滔不绝的气势”（“non communibus verbis, sed torrenti eloquentiae flumine”）。在一封致罗马元老院的书信中（*Variae*, IX, 21; Mommsen, p. 286），我们看到，阿塔拉里克转而注重教育；他借卡斯奥多鲁斯之口指出，语法、古代作家研究以及雄辩的口才对国家而言必不可少。“蛮族君主不会运用口才；口才与合法的统治者同在。其他民族有武器等等，可口才却只听命于罗马的统治者。”东哥特王国灭亡后，这古罗马精神的流风余韵也随之烟消云散。卡西奥多鲁斯隐退家乡卡拉布里亚（Calabria），并在那里创建了维瓦利乌姆修道院（monastery of Vivarium）。他的后半生都致力于研究基督教文化。“这样一来意味着他准备把古典文化塞入中世纪的小房子”（leitete mit diesem Schritt symbolisch den Eintritt der klassischen Kultur in die enge Zelle des Mittelalters ein）（施耐德 [Fedor Schneider] 语）。《修辞大全》中收录了卡西奥多鲁斯简述修辞的内容。值得注意的是，古代人背诵和演讲时使用的名言警句，在这里却成了修士祷告的利器（II, 16）。

伊西多尔的修辞概述（*Et*., II, 1-21）表明，代代相传的丰富材料令他困苦不已，因为这些材料根本就无法完全理解（“comprehendere impossibile”）。不过，支持派马提阿努斯（Martianus）倒是一再表示，自己对此了如指掌。西哥特主教只能编纂一系列选段。为了减轻自己的负担，他删减并极大简化了很多内容。他沿袭卡西奥多鲁斯的做法，把修辞仅限于法律演说：“修辞是探讨如何在阐述民事问题时把组织语言好的一门学问”（Rhetorica est bene dicendi scientia in civilibus quaestionibus）。不过，接下来他又仔细地论述修辞格，并从诗歌中引用了许多例证。因此，这本节选又可以当作文体汇编来使用。

八、文书写作术

11 世纪以前的新发展乏善可陈。眼下，训导诗中的风格艺术被某些人视为修饰理论（the theory of the ornatus），如德国的艾克哈特四世（Ekkehart IV）（*De lege dictamen ornandi*, *Poetae*, V, 532）、法国的马尔博（Marbod of Rennes，约 1035—1123）（*De ornamentis verborum*, PL, CLXXI, 1678；与之紧密相关的还有 *Rhetorica ad Herennium*, IV, 13-30; *De apto genere scribendi*, *PL*, CLXXI, 1793 一书具有强烈的个人色彩）。不过，影响最为深远的，是当时新修辞体系——文书写作术（ars dictaminis or dictandi）的发展。文书写作术的壮大实出于行政管理之需，其主要是为公函和公文写作提供范例。当然，早在墨洛温和加洛林时代，范文（通常所说的“formulae”）就已经出现，并且以文集的形式流传。皇室与教会的高官确实需要这些范文。可到 76
了 11 世纪末，写作理论开始转向写作实践。范文之前加上了导论和规则。

修辞成为文书写作艺术，这确实不足为奇。因为这一变化出现前，不仅有普林尼、西马库斯、西多尼乌斯等人的书信集，而且还有卡西奥多鲁斯的公函作为基础。恩诺迪乌斯（Ennodius）所谓的“epistolaris sermo”就是指“艺术散文”。在古代晚期的希腊，也有书信写作指导、修辞使用模板，以及描绘各社会工种（渔夫、佃农、门客、风尘女子）的书信集。而这乃是阿提卡喜剧的流风余韵。拉丁书信的修辞可没有这么趣味十足。

不过，11 世纪的创新之处在于，有人尝试让**所有**修辞统摄于书信风格的艺术。这样做既是为了满足那个时代的需要，也是有意脱离传统的修辞课程。为了表明新的艺术不同以往，人们必须为它起个新名字。可即便是新名，其实也取自旧的传统。“dictare”本意是“口授”。即便在古代，书信，尤其是文风典雅的文章都采用口授的方式。因此，从奥古斯丁时代，“dictare”就有“书写、撰写”的意思，特指“诗歌写作”。[1]德语词“dichten”、“Dichter”、“Gedicht”就是源于拉丁语中的这一变化。“dictare”的用法跟希腊语词“ποίησις”一样，都是历史环境的产物。“Dichter”与“dictator”都取自相同的语言材料。但丁就把行吟诗人称为“dictatores illustres”（*De vulgari eloquio*, II, 6, 5）。

我们应该从另一个角度更充分地考察文书写作术，同时还要考察 1170 年前后以

---

1 【A. Ernout 在 *Revue des etudes latines*, 29, 1951, pp. 155-161 中援引了相关材料。】

来，法国人与英国人创作的拉丁诗艺。这些诗作（poetriae）也代表了对古代修辞的新改编，但丁的诗学与修辞便基于此。

九、科维的维巴尔与索尔兹伯里的约翰

12 世纪，有关修辞理论与修辞实践之差别的专业意见，见于著名政治家科维的维巴尔（Wibald of Corvey）（又名斯塔维洛 [Stavelot] 的维巴尔）的一封书信。在其命运多舛的一生，维氏试图了解意大利；后来，他在去往拜占庭宫廷的途中，卒于小亚细亚（1158 年）。他写道，讲话艺术不可能在修道院里掌握，因为在那根本没有机会将其用于实践。演说术是失传的艺术。不管教会法，还是世俗法中，都没有它的用武之地。世俗的辩护律师往往靠天赋，但他们没有文学修养，德国尤其如此："德国人基本不懂辩论之道"（in populo Germaniae rara declamandi consuetudo）（*PL*, CLXXXIX, 1254B）。

77 在 12 世纪，有一个古老的理想，与文书写作术比翼双飞且超乎其上：让修辞成为整合一切教育的万灵药。这一观念在西塞罗、昆体良、奥古斯丁那里屡见不鲜；此后，卡佩拉提出要墨丘利与少女菲乐罗吉联姻，该观念也随之传承下来。12 世纪上半叶，它为沙特尔学堂（School of Chartres）的人文主义，提供了源源不断的养分。索尔兹伯里的约翰的著作中，弥漫着这种气息。身为普通人和作家，约翰堪称 12 世纪最受瞩目的人物。我们可以透过他来了解教育理想的变化。他所拒斥的"时髦辩证法大杂烩"（fashionable influx of dialectics）之说，就是针对某个叫科尔尼菲其乌斯（Cornificius）（全名已不可考）的人的观点。此君不但认为修辞华而不实，而且还试图抛开修辞来研究哲学。约翰指出，修辞乃理性与表达间美好而成功的结合。通过和谐，它使人类社会相互联系起来。谁要撇开上帝为人类福祉所降的恩赐，谁就是全民公敌（hostis publicus）。把墨丘利从菲乐罗吉身边拉走，修辞理论从哲学研究中剔除，会破坏整个高等教育（omnia liberalia studia）（*Metalogicon* [ed. Webb], p. 7, 13ff.）。这里，约翰重申了西塞罗的观点（*De officiis*, I, 50），并将其追溯至波西多尼乌斯（Posidonius）和伊索克拉底。依此观点，理性与演说（ratio and oratio）[1]一同构成了礼仪与社会的基础。此外，约翰还用韵文表述了这一思想（*Entheticus*, p. 250, 363 ff.）：

---

1 【Cf. Cicéron, *De invenione*, I, 1, 2.】

如果有人深谙雄辩之术，
只要你不讲究规矩，他就可以驾轻就熟。
忙碌的年轻人最终从这些学问中走出，
然后以各种方式踏上追寻哲学的道路，
到最后他们全都回到同一条道上来，
因为哲学只长了一个脑袋。

Eloquii si quis perfecte noverit artem,
Quodlibet apponas dogma, peritus erit.
Transit ab his tandem studiis operosa juventus
Pergit et in varias philosophando vias,
Quae tamen ad finem tendunt concorditer unum,
Unum namque caput Philosophia gerit.

13 世纪经院哲学的欣欣向荣，让这一人文主义理想在阿尔卑斯山北部显得不合时宜。不过，14 世纪意大利人文主义又使其获得新的发展。索尔兹伯里的约翰的世界与彼得拉克的世界之间，存在思想上的传承关系。

十、修辞、绘画、音乐

修辞不仅仅在文学传统和文学创作上烙下自己的印记。在 15 世纪的佛罗伦萨，阿尔贝蒂（L. B. Alberti）建议画家多了解“诗人和修辞学家”，因为这些人能激发他们的探求欲（inventio!），确定绘画的主题。事实上，波提切利（Botticelli）经常向学识渊博的波利齐亚诺（Poliziano）求教。瓦尔堡（A. Warburg）指出，波提切利的《维纳斯的诞生》（*Nascita di Venere*）与《春》（*Primavera*）的人物形象，只能根据画家熟知的古代作家的诗歌以及知识体系来阐释。[1]

与此同时，修辞和音乐的关系也很紧密。[2]我们对这方面的认识，主要源于舍林 78

1 A. Warburg, *Gesammelte Schriften*, I (1932), 27 ff.
2 W. Gurlitt, in the journal *Helicon*, V (1944), 67 ff.

（Arnold Shering, 1877—1941）的研究。[1]音乐教学体系是从修辞教学体系改编而来，其中也包括音乐的“创造艺术”（ars inveniendi）（参见《巴赫的“创意曲”》[Bach's “Inventions”]）、音乐主题等等。古利特（Gurlitt）写道：“在一段旋律或节奏中，在一段动机或赋格中，在一个优美或和谐的乐章中，有谁找不出现代诗学所谓的发现或灵感？而这发现或灵感再现的，正是如何在传统主题宝库中选择，即复奏、变换，或对典型主题、式样和结构的再加工。”这段话所讲的内容正是我们在文学领域中需要做的。两者之间竟如此相似，让我们不得不承认：在西方中世纪结束后的很长一段时间里，古代修辞的接受都是艺术自我表现的决定因素之一。

在17、18世纪，修辞仍是学科体系里世所公认、不可或缺的分支。1635年创立的法兰西科学院，不仅负责编纂一部字典和一本语法书（已完成），而且还要撰写一本修辞论著和一本诗学论著（未完成）。部分作者负责填补编纂空白，例如罗兰（Charles Rollin）的《教育、哲学论著集》（*Traité des Études*, 1726—1731）、伏尔泰《哲学辞典》（*Dictionnaire philosophique*）（第一个全本见于“科尔版”[edition of Kehl, 1784—1790]）中的相关章节，以及马蒙泰尔的《文学要素》（*Éléments de littérature*, 1787；直到1867年才再版）。在英国，苏格兰牧师兼教授布莱尔（Hugh Blair）的《修辞与文学讲座》（*Lectures on Rhetoric and Belles Lettres*）（1783年第一版）大获成功。[2]如今，这本书早就给丢进了故纸堆。不过，我们由此可以看出，1830年工业革命前欧洲人仍深信，修辞应该跟上同时代文学创作的步伐，若没有修辞的与时俱进，他们将一事无成。穆勒（Adam Müller）的著作（见前文）给这片荒地带来了骄傲和孤寂。尽管它至今尚无读者，[3]却隐藏着浓缩的德国思想史。[4]

---

1 见Gurlitt为舍林遗作《音乐中的象征》（*Das Symbol in der Musik*, 1941）而撰写的后记。

2 该书于1797、1808、1821、1825年，分别由Cantwell、P. Prévost、Guénot、S.-P.-H. (Harlode) 等人译成法文。

3 尽管Arthur Salz的新版本于1920年问世（Munich: Drei Masken Verlag），但我们还是在第71页读到了布莱尔独树一帜的反对意见。穆勒告诉读者：“当你觉得我的话切中肯綮，其实我的言外之意远不止于此。我最大的优点是熟知本世纪最伟大的演说家，熟知伯克（Burke）。”

4 耶稣会（Jesuit Order）为修辞保留一块安全之地。1847年，Joseph Kleutgen (1811—1883) 的《文书写作术》（*Ars dicendi*）问世，截止1928年，一共出现了21个版本。

第五章　主题学

一、劝慰词的主题；二、历史的主题；
三、故作谦虚；四、开篇的主题；
五、结尾的主题；六、祈求自然；
七、颠倒的世界；八、男孩与老翁；
九、老妪与女孩

古代修辞是令人望而生畏的学科。现在哪还能找到像青年歌德那样，对“与诗歌和修辞有关的一切都心驰神往、乐在其中”（alles Poetische und Rhetorische angenehm und erfreulich）的读者？还有哪个读者会觉得《文学奇葩》（*Curiosities of Literature*）和《文学的惬意》（*Amenities of Literature*）趣味无穷？[1]如果修辞给现代人的印象就是面目狰狞的妖怪，那谁还敢饶有兴致地研究**主题**（topics）（只凭字面意思，恐怕连“文学专家”都说不出个所以然，因为他们有意绕开了欧洲文学的基础！）？这位自问的作者想必焦虑不已：

我在干什么？惊恐万状的我该把我的怀疑之舟驶向何方？

Nunc quid ago et dubiam trepidus quo dirigo proram?

歌德曾说：“教材应该引人入胜；要做的这一点，只需它们展现出学问与知识的最绚烂夺目、最平易近人的一面即可。”（如果做不到绚烂夺目），那就让我们以平易近人的方式来探讨主题吧。须知，主题当中亦隐藏着人与神的秘密。

古代的修辞主题体系犹如宝库，在那里，人们可以找到最常见的观念（不管哪

1　两书作者均为伊萨克·迪斯雷利（Isaac Disraeli, 1766—1848），此人乃英国前首相本杰明·迪斯雷利（Benjamin Disraeli）的父亲。《文学奇葩》出版于1791—1793年间，《文学的惬意》于1841年。

种演说和写作都会采用)。例如，每个作家都会想方设法激发读者兴趣。为此，18 世纪文学革命以前，作家常采用不愠不火的第一人称叙事。作者要引领读者靠近主旨(subject)。因此，开篇部分（exordium）总有一个特定主题，结尾部分亦然。谦辞(Bescheidenheitsformeln, formula of modesty)、开篇语、结束语处处需要。其他主题只能用于某些特定种类的演说，如法律演说或炫技演说。举个例子。

一、劝慰词的主题

80 炫技演说有个分支，名为劝慰词（λόγος παραμυθητικός, consolatio）或劝慰演说，也就是所谓的吊唁。我们可以通过这一体裁看到何为主题。

阿喀琉斯知道，自己注定会英年早逝。他接受命运的安排，并安慰自己（*Iliad*, XVIII, 117f.)：“强大的赫拉克勒斯也未能躲过死亡，尽管克罗诺斯之子宙斯对他很怜悯。”[1]贺拉斯站在阿吉塔斯（Archytas）墓前，也思索同样的话题——人必有一死。甚至英雄（*Odes*, I, 28, 7ff.)：

珀罗普斯之父、诸神的宾客也已离去，
提托诺斯亦随风而逝，
还有知晓朱诺秘密的米诺斯；是啊，塔塔罗斯地狱
抓住了潘图斯之子……

Occidit et Pelopis genitor, conviva deorum,
Tithonusque remotus in auras,
Et Jovis arcanis Minos admissus; habentque
Tartara Panthoiden...

在一首讲述提布鲁斯（Tibullus）之死的哀歌中，奥维德指出，历史上最伟大的诗人也难逃一死（*Amores*, III, 9, 21ff.)。罗马帝国哲学家马可·奥勒留认为，治愈百

1 【中译者注：这里采用罗念生译文。】

病的希波克拉底感受到疾病的侵袭，并最终溘然长逝。还有亚历山大、庞培、恺撒等“常常摧城拔寨的将领”，到后来也与世长辞。这些都是古代诗人和圣贤的劝慰依据。

那么，基督教时代的人肯定还有其他论据吧？当然，像奥古斯丁这样的伟大基督徒就找到了更深刻的劝慰语。他如此回忆起年轻时的朋友尼布里丢斯（Nebridius）（*Conf.*, IX, 3, 6）：

> ……如今他的双耳再也听不到我的声音，但他的灵魂却一直畅饮永恒的甘泉……他无时无刻不受到祝福。我相信，他不会就此沉醉其间，把我忘却。因为您，他所畅饮的主，始终记得我们。
>
> ... Jam non ponti aurem ad os meum, sed spirituale os ad fontem tuum et bibit, quantum potest, sapientiam pro aviditate sua, sine fine felix. Nec enim, sic arbitror, inebriari ex ea, ut obliviscatur mei, cum tu, Domine, quem potat ille, nostri sis memor.

不过，基督教时代的文人喜欢用异教修辞中效果满意的劝慰语。只是如今他们列举的，不是过世的英雄或诗人，而是先祖（patriarch）。这些人当然极其长寿，但……福尔图纳图斯（ed. B. Leo, p. 205f.）却提到了亚当、塞特（Seth）、诺亚、麦基洗德（Melchizedek）等人物以证明：

> 谁生于人子，死亡就等待着谁。
>
> Qui satus ex homine est, et moriturus erit.

876年，阿吉乌斯（Agius of Corvey）为逝者哈图穆德（Abbess Hathumod, 卒于874
年）创作了一首诗，诗中他强调了这一具有圣经意味的“劝慰”。他指出，不仅先祖， 81
连他们的妻子也都必有一死；众使徒亦然。类似的内容他写了一百行之多（*Poetae*, III, 377, 229ff.）。此等做法，着实可嘉！但即便如此，也算不上“感人至深的悼词”。

公元前9年，提比略的兄弟，同时也是利维亚（Livia）之子兼奥古斯都养子德鲁苏斯（Drusus），在易北河附近坠马身亡，时年尚不满三十。当某个青年像德鲁苏斯一样英年早逝，生者对其哀悼必然是言有穷而悲不可终。不过，《悼利维亚》

（*Consolatio ad Liviam*）的佚名作者认为，生命光荣与否不该仅以寿命长短为据：

你为何计算我的年龄？那可看不出我的实力。
功勋才是老人的资本；请以此数计。

Quid numeras annos? vixi maturior annis:
Acta senem faciunt: haec numeranda tibi.

该作者恳请他的缪斯女神，为花甲之年而逝的麦西纳斯（Maecenas）歌唱。要是麦翁活到涅斯托耳的岁数该多好；涅斯托耳生前四世同堂，可他却过早离世，让全家人以泪洗面（*In Maecenatis obitum*, I, 138）！

因此，从劝慰诗的主旨（theme）中演化出对年龄的思索。让我们回到前文的诗句。当贺拉斯自众英雄中拈出提托诺斯时，他已经涉及了这一主旨："即便最年长者也必有一死。"异教中的长寿者代表是提托诺斯与涅斯托耳，而《圣经》里的则是先祖。那么提托诺斯是谁？此人乃英雄时代玉树临风的美少年（普里阿摩斯的兄弟），黎明女神艾俄斯（Eos）看中了他，将其掠走（"年迈的提托诺斯，对妃子宠爱有加"［"la concubine di Titone antico"：*Purgatorio*, IX, 1]）。女神祈求宙斯让提托诺斯长生，却忘了祈求他不老，结果提托诺斯还是垂垂老矣。他的妻子唯恐避之不及，最后在他的要求下，宙斯将其变成了蝉。提托诺斯的结局如何？贺拉斯（*Odes*, II, 16, 30）知道：

长生使提托诺斯变得日渐矮小。

Longa Tithonum minuit senectus.

不过，在上述引文中，贺拉斯还是令他寿终正寝。没关系，希腊神话里的人物没有哪个凡人比提托诺斯更长寿了。那么，有没有哪个人物是夭亡者的代表呢？有，他就是阿基莫鲁斯（Archemorus）（希腊语意为"刚出世便夭亡"[1]）。他的保姆许普

1 阿基莫鲁斯是"其意自现的名字"。引自 Statius, *Thebais*, V, 738 and Lactantius Placidus on the passage。

西皮勒（Hypsipyle）（但丁把她和其他女主人公都打入了幽域，见 *Purg*., XXII, 112）将其丢到森林里，后来他被蛇咬伤身亡。这个故事收入了中世纪传诵的斯塔提乌斯的底比斯故事中。

现在，我们已了解劝慰词的几位作者。可以看出，逝者年轻还是年迈区别并不 82
大，重要的是，我们必须能自然地把长寿者与夭亡者的典型代表对立起来，如提托诺斯与阿基莫鲁斯。我们在近代最负盛名的劝慰词中，可以找到这种手法。马莱伯（François Malherbe）劝他的朋友杜·佩里耶（Du Périer）节哀顺变，因为他的女儿也英年早逝：

> 我的杜·佩里耶，莫伤悲，莫伤悲；
> 当命运女神把身体的灵魂抽走，
> 生命便从冥舟中烟灭灰飞，
> 从此不再随逝者同游。
>
> 变成知了的提托诺斯寿终正寝；
> 冥王普路同
> 不看生前只看如今，
> 阿基莫鲁斯与提氏的功绩其实相同。
>
> Non, non, mon Du Périer; aussitôt que la Parque
> Ôte l'âme du corps,
> L'âge s'évanouit au deçà de la barque,
> Et ne suit point les morts.
>
> Tithon n'a plus les ans qui le firent cigale,
> Et Pluton aujourd'hui,
> Sans égard du passé, les mérites égale
> D'Archémore et de lui.

在冥界判官的性命天平上，最长寿者的重量与婴儿的相差无几。

二、历史的主题

并非所有主题都可由修辞体裁演化而来。很多主题先源于诗歌，后转入修辞。古代以来，诗歌与散文之间就有着持续不断的交流。最广义的自然之美一直是诗歌的主题，因此如画的风景便成了诗歌的典型内容（见本书第十章）。另外，完美之地与完美年代也是诗歌经常描写的对象，如极乐世界（Elysium）（四季常春，气候恒定）、天上人间、黄金时代。当然也少不了生活里的积极因素——爱、友谊、转瞬即逝。这些主题探讨生存的基本关系，亘古不变，只不过有的谈得多，有的谈得少。谈得少的包括友谊和爱。这两者能反映出不同时代，人类心理的变化趋势。然而，在所有诗歌主题中，表述风格却是由历史决定的。从古代到奥古斯丁时代，有些主题始终未出现。它们在古代晚期伊始刚一冒头，便一下子遍地开花。其中就包括我们后文将探讨的“老态龙钟的男孩”与“鹤发童颜的老妪”。这些主题有两个作用：第一，从文学生物学（literary biology）角度看，我们可以通过它们，考察**新主题的成因**（genesis of new topoi），进而增加我们对文学形式要素遗传学（genetics of formal elements of literature）的认识。第二，这些主题也暗示着一种变化的心理状态，而这种暗示也是独一无二的。因此，我们还可以更加深入地理解西方心理学史，逐渐涉及荣格心理学开创的领域。相关内容我们在本章仅作提纲挈领的论述。我们将继续使用古代的主题概念，毕竟它是我们的起点和试探准
83 则。古代主题是教理学院（didascalium）讲授的内容之一，系统而规范，因此我们不妨试着为历史主题打造根基。这个根基用途良多，且必将在文本分析中证明自身。

让我们先来考察运用最广泛的主题。

三、故作谦虚

演说一开始，演说者最好能调动听众的兴趣，抓住听众的注意力，让听众顺着自己的思路。有什么方法么？首先，态度谦和。演说者要注意，谦虚得自然，不宜矫揉造作。西塞罗认为（*De inv.*, I, 16, 22），演说者在听众面前应该顺从而谦逊（“prece et obsecratione humili ac supplici utemur”）。值得注意的是，这里的“谦逊”

是前基督教（pre-Christian）术语。演说者有意暴露自己的弱点（“excusatio propter infirmitatem”），不做充分准备（“si nos infirmos, imparatos... dixerimus”：Quintilian, IV, 1, 8）等做法源于法律演说，其本意是为了巧妙避开法官。不过，它们很早就被运用到其他体裁上了。我们可以举西塞罗致布鲁图斯的《演说家》开篇为例。西塞罗难以驾驭这个主题；为此，他生怕学者的批评，不敢奢望自己能提出有益的看法，甚至还预感布鲁图斯会发觉自己不知所措。他主动请辞，只是因为布鲁图斯的要求合情合理。这样的“谦虚套路”（modesty formulas）产生了广泛的影响，其范围首先是异教与基督教古代晚期，接着是中世纪的拉丁与民族文学。有时，作者会埋怨自己准备不足；有时，会为自己毫无修养、土里土气（rusticitas）言辞后悔不迭。就连塔西佗这样对文风精益求精的作者，也不禁让我们觉得，他的《阿格里科拉传》（*Agricola*）“语言拙劣，一点也不讲究”。[1]格里乌斯（Gellius）把这些谦辞放到了自己的《阿提卡之夜》（*Attic Nights*）（*praef.*, 10）开头。恩诺迪乌斯（Ennodius）“对自己的才思枯竭吃惊不已”（*Ep.*, I, 8）。福尔图纳图斯为求得神来之笔煞费苦心（ed. Leo, 157, 15; 162, 58）：

1. 你有哪些美德？如果可以，我愿一一说来；
   可头脑空空，又怎能把英勇事迹说开。

Quae tibi sit virtus, si possem, prodere vellem;
Sed parvo ingenio magna referre vetor.

2. 麻烦就在眼前，我的舌头却不听使唤。

Materia vincor et quia lingua minor.

瓦拉弗里德（Walafrid）靠“小聪明”（tenui ingenio）写作。另外，还有不少作

---

1 【Incondita ac rudi voce (chap. III)——Gracilaso de la Vega 谈到他的抒情诗时也提到，文字粗糙（ruda），其文笔不忍卒读情有可原（aquesta inculta parte de mi estilo）。有关 incultus 的内容，参见本书第八章第三节“中世纪风格系统”。】

者就词语未推敲、音韵有错误、语言过于简练且缺乏美感等等深表歉意。[1]

“故作谦虚”（affektierten Bescheidenheit, affected modesty）有种特别的形式，即作者宣称写作时“如履薄冰”，“诚惶诚恐”，“惴惴不安”。为此，哲罗姆写道（*PL*,
84 XXV, 369C）：“你的祷告打消了我的恐惧和不安”（“trepidationem meam”）。佩里格的保利努斯（Paulinus of Périgueux）在其诗歌《都尔主教圣马丁传》（II, 6）中，亦发出这样的疑问：

> 我在干什么？惊恐万状的我该把我的怀疑之舟驶向何方？

这句话我在本章开头已引用，它表达了每个作者都心怀的困惑。不管哪本书，都有一些“无从下笔的”段落，让作者不得不绞尽脑汁。9、10世纪诗人把他们的窘境用韵文写了出来，并冠以标题——《困难面前胆如鼠》（“materiei futurae trepidatio”[2]）。

以上我们看到，谦虚主题可追溯至西塞罗。在文书学（diplomatics）中，人们有时会将谦虚主题与所谓的“立誓套语”（devotional formula）（如“天主之恩典，天主众仆之仆”[Dei gratia, servus servorum Dei]）混为一谈。[3]圣经权威告诉我们，这一古代主题（topos）往往同《旧约》演化而来的自贬语一起使用。大卫宣称，跟扫罗比起来，自己不过是一条死狗，一只蛇蚤（《撒母耳记上》24:15，26:20）。哲罗姆也如此写道：“我只是蛇蚤和微不足道的基督徒。”（Ego pulex et Christianorum minimus.）不过，有的作家也会自贬为虱子（“pedunculus iste”：*Poetae* IV, 1053, 26.）。这里，我们有必要引用《所罗门智训》（Wisdom of Solomon）第九章。这是一篇祈求智慧的祷文，或者按武加大译本更确切的说法，是一篇“智者自愧头脑不济而向神祈求智慧的祷文”（oratio sapientis cum agnitione propriae imbecillitatis, ad impetrandam a Domino sapientiam）。其中第五段写道：“因为，我是你的仆人，是你婢女的儿子，是病弱短命，对正义与法律绝少认识的人。”[4]（Quoniam servus tuus ego, et filius ancillae tuae;

---

1 *Poetae*, II, 359, No. XII, 2; *ibid*., 627, 63; *Poetae*, III, 5, 32 ff.: *ibid*., 305, 1.

2 Heiric (*Poetae*, III, 505, 151 ff. 及页边注释); Dudo of St. Quentin (*PL*, CXLI, 613)。

3 本书学术附录三。

4 【中译者注：译文引自天主教思高版圣经。】

homo infirmus et exigui temporis, et minor ad intellectum judicii et legum.）这里，作者既表示甘愿顺从，又坦言脑力不济。

在帝国时期的罗马，顺从套语（formulas of submission）逐渐演化为受提拔者对皇帝的赞美。贺拉斯早已用“威严的您”（maiestas tua）来称呼奥古斯都（*Epi.*, II, 1, 258）。小普林尼（*Ep.*, X, 1）则用“虔诚的您”（tua pietas）取而代之。像这样称颂皇帝时，称颂者必须同时贬低自己。因此，在其编纂的《九卷书》序言里，马克西姆斯向皇帝提比略（Tiberius）致献词时，自称“卑微的我”（mea parvitas）。后来，这一说法经常有人使用；时至今日，德语中仍保留着“meine Wenigkeit”。同样，“平庸的我”（mediocritas mea）也常用来指作者本人（可见 Velleius Paterculus, II, 111, 3; Gellius, XIV, 2, 5）。[1]到了罗马异教徒时代，自贬语（formulas of self-disparagement）成了基督徒亦能接受的流行趋势。例如，阿诺比乌斯（Arnobius）、拉克坦提乌斯 85
（Lactantius）、哲罗姆等人，都是在这个意义上使用“平庸”。像“微不足道、不足挂齿、不值一提的我”（mea exigutas, pusillitas, parvitas）这样的自贬语出现于加洛林时代。故这里，我们看到自贬语由异教徒语境向基督徒语境的转变。

自贬语常常与这样的声明有关，即作者敢于下笔，只因为受朋友或赞助人或上级之邀、之愿、之命。西塞罗在上文的《演说家·序》（prooemium）中便如此写明：该文应布鲁图斯之邀撰写。维吉尔（*Georgics*, III, 41）则是奉麦西纳斯之命（iussa）。小普林尼接受他人建议，将自己的书信辑录起来。西多尼乌斯更是夸张地表示：“长久以来，主命难违”（diu praecipis summa suadendi auctoritate）。托莱多的尤吉尼乌斯（Eugenius of Toledo）在致国王的一首诗末尾如此写道：

> 尊贵的陛下，敝人非唯命是听之徒，此次作诗，
> 实乃天命难违，不得已而为之。
>
> Haec tibi, rex summe, jusssu compulsus herili
> Servulus Eugenius devota mente dicavi.

---

1 【中译者注：实际上，“maiestas tua”、“mea parvitas”、“mediocritas mea”、“mea exigutas, pusillitas, parvitas”可分别对应于汉语的“圣上”、“卑职”、“不才”、“不佞、不贤、不肖”。但若这样处理，就会抹消两种文化的差异，故采取直译。】

在中世纪，不计其数的作者宣称自己写作是受人之命，而文学史家也往往信以为真。其实，这只是传统主题（topos）而已。

谦虚主题中，还有一种说法，即作者希望自己的作品能给读者消消食或解解闷（fastidium, taedium）。不过，昆体良（V, 14, 30）反对“消食”的说法。中世纪的例子随处可见。有时，甚至会张冠李戴！编纂者莫尔（Raban Maur）沮丧地认为，既然“双重风格……有助消食解闷”（*Poetae*, III, n. 5），何不干脆把自己写十字架的诗用散文再解释一遍，然后拿出来炫耀炫耀。但丁在《帝制论》（*Monarchia*, I, 1, 4）中，也使用了“消食解闷”的说法。不过，对读者胃口的关注，也可放在一部作品或一个段落的结尾。于是，我们便在马克罗比乌斯（*Sat.*, V, 22, 15）、普鲁登提乌斯（*Contra Symmachum*, I）、弥尔顿（*Hymn on the Morning of Christ's Nativity*）的作品中看到这样的话：

> 时间是我们单调的歌，原本就应到此为止。
>
> Time is our tedious song should here have ending.[1]

四、开篇的主题

这部分主题旨在说明写作原因，篇幅也比较长。以下举几个例子。

86 1）“我的内容乃前人所未发”，类似主题早在古希腊就已出现，当时的说法是“摒弃过时的史诗材料”。[2]克里鲁斯（Choerilus）（5世纪末）试图借历史材料让史诗重现辉煌；他认为，以前的英雄故事已经过时，那些在“草地尚无人踏足”之时服侍缪斯女神的人真是福乐无边。[3]维吉尔感叹（*Georg.*, III, 4）：

---

1 其他例子还有：*Carm. cant.* (ed. Strecker), p. 31, st. 15; *Walter of Châtillon* 1929, p. 52, ch. 37; Archpoet, ed. Manitius, p. 22, st. 43; *Poetae*, IV, 171, 68.——在一首著名的颂歌中，安布罗修似乎认为，上帝划分时辰是为了给人类解闷：“永恒造世主，昼夜皆从汝；划分时与辰，解人烦闷苦”（Aeterne rerum conditor,/ Noctem diemque qui regis/ Et temporum das tempora,/ Ut alleves fastidium）。

2 阿里斯托芬批评了没有新意的悲剧效果；参见 W. Schmid, *Geschichte der griechischen Literatur*, I, 2 (1934), 535, n.1。

3 【*AP*, XI, 195, trad. de O. Weinreich, *Epigrammstudien*, I, 1948, p. 11.】

一切都枯燥无味：欧律斯透斯谁人不识？
布里西斯臭名昭著的祭坛谁人不知？

Omnia iam vulgata: quis non Eurysthea durum
Aut inlaudati nescit Busiridis aras?

这段话指的是赫拉克勒斯的十二伟业，古今作家早已把这个主题用烂了。贺拉斯许诺创作“闻所未闻的歌”（*Carm.*, III, 1, 2）。马尼里乌斯（Manilius）（II, 53）试图寻找从未放过牧的草场（“integra prata”），并反对使用旧的传奇材料（III, 5 ff.）。诗歌《埃特纳》（*Aetna*, l, 23）的作者也是如此。斯塔提乌斯赞扬卢卡努斯不走千篇一律的老路（“trita vatibus orbita”：*Silvae*, II, 7, 51）。但丁在《帝制论》中表示，希望能以前所未有的方式揭示真理（“intemptatas ab aliis ostendere veritates”：I, 1, 3）。《神曲 · 天堂篇》（*Paradiso*, II, 7）写道：

我前往的海域从不曾有人去过。

L’acqua ch’io prendo già mai non si corse.

薄伽丘也说过（*Teseida*, 12, 84）：

在你眼前的波涛中乘风破浪，
那里还没有哪个天才涉足。

Seghi queste onde, non solcate mai
Davanti a te da nessun altro ingegno.

阿里奥斯托（Ariosto）答应要写（*Orlando Furioso*, I, 2）：

散文和诗歌中不曾有过的内容。

Cosa non detta mai in prosa nè in rima.

弥尔顿转引了这句话（*Paradise Lost*, I, 16）：

（要尝试）散文与诗歌中从未有过的内容。

Things unattempted yet in Prose or Rhime.

2）在序言部分，献词主题同样是作者喜欢的。为祝贺友人鲁提里乌斯（Rutilius Gallicus）病愈，斯塔提乌斯写了首诗，还把诗比作献给诸神的礼物（*Silvae*, I, 4, 31 ff.）。罗马诗人常常把自己的致辞称作“献祭”（dicare, dedicare, consecrare, vovere）。基督教作家喜欢将自己的作品献给上帝。其原因可以在《圣经》当中找到许多例证。中世纪作家经常宣称，把自己的作品作为祭品献给上帝；这一说法可追溯至哲罗姆（他从《圣经》角度阐述了其原因）。在其《全副武装的序言》（*prologus galeatus*）[1]
87 中，哲罗姆写道：“上帝的圣殿里，大家都尽其所能献上自己的祭品：有人献金、银、宝石；有人献细麻、朱红色线、风信子。如果我们要献山羊的皮和毛，就必须先满足我们”（仿《出埃及记》25: 3）。此外，“寡妇的小钱”（“aera minuta”；《路加福音》21: 2）这种说法也可追溯至哲罗姆；后来，它逐渐流行起来。[2]

还有人用另一则圣经箴言，从寓言角度来表达这个意思。上帝让摩西告诉以色列人：“你们到了我赐给你们的地，收割庄稼的时候，要将初熟的庄稼一捆（“manipulos spicarum, primitias messis vestrae”）带给祭司”（《利未记》23: 10）。施派尔的瓦尔特（Walter of Speyer）在其《学校年鉴》（*Scholasticus*）（*Poetae*, V, 11）序言中，提到了《旧约》（*the Old Covenant*）中的这一戒。他将播种者的寓言故事融入《年鉴》之中，还把自己的诗歌作为其“初熟的庄稼”，献给恩师——施派尔主教鲍德里希（Balderich）（970—986 年间任职）。[3]

---

1 据说哲罗姆之所以称该序“全副武装”，是因为他希望借此为圣经的权威辩护。【中译者注：这篇序言是哲罗姆为其《撒母耳记》和《列王纪》译本所撰写的译序。】【“全副武装”的其他两个例子见 A. Souter, *A glossary of later latin*, 1949。】

2 *Poetae*, I, 209, 15 and 236, No. XI, 23; III, 37, 505; IV, 172, 79 and 917, 9; V, 245, 334. ——Rahewin's *Theophilus*, 1. 6. ——Archpoet, ed. Manitius, p. 38, to Frederick I: “Vidua pauperior tibi do minutum.” ——Dante, *Par.*, X, 106 ff.

3 On the interpretation, cf. *RF*, LIV (1940), 135.

3）还有一个很受欢迎的主题："授业解惑乃得智者之已任"。在古代早期，这一主题可见于狄奥格尼斯（Theognis）（769 ff.）与塞内加（*Ep.*, 6, 4）的著作。训导诗人加图说过这样的道德箴言：

向有知者学习，向无知者授业；
因为善的知识，应该广泛传播。

Disce, sed a doctis, indoctos ipse doceto:
Propaganda etenim est rerum doctrina bonarum.

《圣经》中也有许多类似的例子："隐藏的智慧和埋藏的宝贝，二者究竟有什么用？"（《德训篇》20 : 32）。[1]"你的泉源岂可涨溢在外？你的河水岂可流在街上？"（《箴言》5 : 16）。[2]至于"银不该深藏地下"、"灯不该置于斗底"的寓言（《马太福音》25 : 18；5 : 15）道理亦然。这还只是一小部分例子！中世纪的无名氏大诗人（the Archpoet）（Manitius, 16, st. 3）有诗云：

我把明灯藏于斗罗，
以免自己受辱犯错；
我虔诚地希望述说，
我已知的人类功过。

Ne sim reus et dignus odio,
Si lucernam ponam sub modio,

1 【中译者注：译文引自天主教思高版圣经。】

2 【中译者注：译文引自中文和合本圣经。思高版圣经译文为："你的泉水岂可外溢，成为街头的流水？"其文意与其他圣经版本有所出入，如吕振中版为："你的泉源岂可涨溢于外，而你的水沟流于街上呢？"外文版中，武加大译本为："deriventur fontes tui foras et in plateis aquas tuas divide." 钦定版为："Let thy fountains be dispersed abroad, and rivers of waters in the streets." 新国际版（New International Version）为："Should your springs overflow in the streets, your streams of water in the public squares?" 路德版为："Sollen deine Quellen herausfließen auf die Straße und deine Wasserbäche auf die Gassen?" 显然，大部分译本都将"泉水"和"河水"分别处理，故选用和合本译文。】

Quod de rebus humanis sentio,
Pia loqui iubet intentio.

88 阿兰（*PL*, CCX, 586 B）亦有诗云：

藏宝于土者和智而不语者
一样罪大恶极。

Non minus hic peccat qui censum condit in agro
Quam qui doctrinam claudit in ore suam.

《青年毛格里传》（*Maugis d'Aigremont*, ed. Castets, 891 8）中写道：

但圣贤说，“请像我的作者一样，
如有需要，打起精神说出自己所想。”

Mes li sages le dit, sel trueve on en l'autor,
C'on doit mostrer son sen au besoin sanz trestor.

特鲁瓦的克雷蒂安（Chrétien de Troyes）的《埃雷克》（*Erec*, 6 ff.）：

谁若片刻不学习，
赏心乐事难再即。

Car qui son estuide entrelet,
Tost i puet tel chose teisir, Qui mout vandroit puis a pleisir.

1899 年，勒特（Roethe）（*Die Reimvorreden des Sachsenspiegels*, 9）注意到，艾克（Eike）意味深长地把知识比作“他不愿埋藏地下……的财富”。古老的西班牙史诗《亚历山大大帝传》（*Libro de Alixandre*）开头是这样的：

就他所知，人应该乐施好善，不然
会猛然坠入罪恶和错误的深渊。

Deue de lo que sabe omne largo seer,
Sy non podria en culpa e en yerro caher.

但丁的《帝制论》(*Monarchia*, I, 1, 3)：

……免得别人说我埋没自己的才能。

... ne de infossi talenti culpa redarguar

4）作家喜用的开篇主题还有一个：“业精于勤”。在贺拉斯的作品中，我们可以看到作者正基于此而提倡写诗（*Sat.*, II, 3, 15)：

……远离邪恶的女妖
——懒惰。

...Vitanda est improba Siren
Desidia.

奥维德劝告他的继女（*Tr.*, III, 7, 31)： 89

摒弃懒惰，做个博学的姑娘；
回到高贵之学的神圣地方。

Ergo desidiae remove, doctissima, causas,
Inque bonas artes et tua sacra redi.

与此同时，奥维德（*Rem. am.*, 161）也认识到懒惰的害处：

很多人问，埃吉斯图为何通奸；
答案近在咫尺：他整日游手好闲。

Quaeritur Aegisthus quare sit factus adulter;
Causa est in promptu: desidiosus erat.

马提雅尔（VIII, 3, 12）与塞内加也反对好逸恶劳。人们经常引用塞内加的名句："只玩不学无异于自寻死路。"（Otium sine litteris mors est et hominis vivi sepultura.）训导诗人加图把这句话改成了韵文（III, *praef.* 6）。莫里哀也曾引用（*Le bourgeois gentilhomme*, II, 6）。在曼特尼亚（Mantegna）的名画《美德战胜恶德》（*Triumph of Wisdom over the Vices*）（现藏卢浮宫）中，作者把懒惰画成了面目丑陋、没有双臂的女人，而这乃是借用了奥维德的故事（Ovid, *Rem. am.*, 139）：

如果你不再游手好闲，
丘比特的箭便会射偏。

Otia si tollas,
periere Cupidinis arcus.

这样，懒惰主题便鼓励大家创作诗歌，以此为治疗懒惰和恶习的良药。[1]

五、结尾的主题

中世纪诗歌的开篇主题与修辞密切相关，但结尾却不尽然。演说的结尾应该总结主要观点，并唤起听众的情绪，也就是说使之激动或感动。这些金科玉律却无法用于诗歌和非演说类文章。因此，我们常常看到许多文章缺少结尾（如《埃涅阿斯纪》）或匆匆作结。为此，奥维德在《爱经》（*Ars amandi*, III, 809）的结尾说道："游

---

1 例如，*Ecbasis captivi*, 12 ff. ——Lehmann, *Pseudoantike Literatur*, 53, 74 ff. and 52, 1 ff. ——*Speculum* (1931), 116. ——in the vernacular in Alberic's *Alexander*, l. 6.

戏结束”。匆匆作结的例子有（*Poetae*, III, 25, 732）：

……就让本书到此为止，
新的一本即可开始。[1]

...nunc libri terminus adsit
Huius, et alterius demum repetatur origo.

民族文学中，有诺曼诗人瓦丝（Wace，约 1115—约 1183）（《圣玛格丽特传》[*Vie* 90
de sainte Marguerite]）的：

诗人瓦丝如此说：
上为伊人生平事。
试问瓦丝何许人？
巧把提氏拉丁文，
化作传奇罗曼史。

Ci faut sa vie, ce dit Wace,
Qui de latin en romans mist
Ce que Theodimus escrist.

《罗兰之歌》的结尾段落也有类似的“匆匆作结”：

杜鲁都讲的故事，就到这里为止。[2]

---

1 其他例子如：Fortunatus, *Vita s. Martini*, IV, 621; *Walter of Châtillon* 1929, p. 30, 30. ——Conclusions of letters in Pliny, *Ep.*, III, 9, 37; VI, 16, 21.

2 【R. S. Loomis, *Romania*, 72, 1951 汇集了其他例子。——Wieland 喜欢以反讽的方式，运用自己熟知的史诗形式。他的 *Idirs und Zenide* 最后如此写道：

画笔从我的手中滑落；	Der Pinsel fällt mir willig aus den Händen;
这幅图景便是它的渴望——以及这本著作。	Wer Lust hat mag das Bild und — dieses Werk vollenden.】

Ci falt la geste que Turoldus declinet.

在中世纪，出现这些结尾套语，尤其是“匆匆作结”的模式确实情有可原：它们告诉读者文章已经结束，阅读到此为止。在那个只知传抄，不知复制技术为何物（这个过程也并不确定）的时代，知道这样的模式足以让人满意。由于经生很可能另有任务，外出旅行或者生老病死，我们今天读到的中世纪诗歌有许多只剩残篇断句，许多都缺少结尾。不过，简短的结尾套语仍足以让作者写出自己的名字，如瓦丝和《罗兰之歌》的作者。

中世纪诗歌最合情理的结尾原因，就是作者心生厌倦。说实话，写诗的确是个辛苦活。

诗人往往以“精力不济，就此止笔”作结，或者很高兴能再次休息。当诗人放下手中笔时，我们能感到他长舒一口气。有时，诗人明言缪斯女神已经疲倦；有时，则慨叹自己的双脚疲惫不堪。这也情有可原：某个人已经按多纳图斯的方法，把八种修辞格写成韵文，接着有人把某个圣徒的生平写成诗歌，到后来甚至有人把文学史也写得节奏分明。[1]

然而，只有一种结尾主题保留至中世纪：“夜色渐浓，只得到此”。当然，这只适合户外交谈中使用。西塞罗的《论演说》便虚构了这样的场景，其结束（III, §209）的原因，是夕阳催促大家长话短说。不过，牧歌诗人会使用这样的结尾主题：
91 狄奥克里托斯（Theocritus）的第一、第五、第十八首牧歌（idyl），维吉尔的第一、第二、第六、第九、第十首田园对话（eclogue），以及卡尔珀尼乌斯（Calpurnius）的

---

1 例如：Smaragdus (*Poetae*, I, 615, No. XV, 17): “Carminis hic statuo finem defigere nostri /Ut teneam requiem iam tribuente deo”（我引用自己诗歌的结尾，这样就能享受安宁，称颂上帝）。——Purchard (*Poetae*, V, 227, 492): “Carminis hic finem dat clausula fertque quietem / Cure scribentis, quia labilis est labor omnis, / Premia sed simper stabunt sine fine potenter.”（用这样的收尾方式，为诗歌作结，让作者紧张的心绪放松下来，因为一切努力终将消失，但回报却永垂不朽。）——Anonymous (*NA*, II, 396, 215): “Haec ubi complevit, iam lassa Thalia quevit”（当塔莉亚完成手头的任务，就会安详地休息）。——Passio s. Catharinae (ed. Varnhagen), 698: “Pennam pono fruor operisque fine; quieti/ Mentem reddo, manum subtraho, metra sino”（我放下手中的羽毛笔，眼前的灵感之作就此终结；我让自己的心情放松下来，把手缩回——我放弃了诗歌）。——Hugh of Trimberg at the end of the *Registrum multorum auctorum*: “Nunc in hoc opusculo lassum pedem sisto/ Rogans et in domino nostro Jesu Christo”（此刻，在这本小书中，我停下自己疲惫的双脚，向我主耶稣祷告）。

第五首，都是以“夕阳西下”结尾的。[1]加西拉索（Garcilaso de la Vega）在其第一首田园对话中，描写了两位牧羊人一天的歌唱。日出时是萨里西奥（Salicio），日落时是涅莫罗索（Nemoroso）。对此，赫雷拉（Herrera）颇有微词，但也有人支持牧羊人从早到晚的抱怨。弥尔顿的《利西达斯》结尾处就这样写道：

于是，粗犷的牧羊人对着橡树林和小溪歌唱，
当寂静的黎明才把灰色的凉鞋穿上，
他小心地把芦笛的气孔轻按，
迫不及待地让多利克旋律流出指间：
此时此刻，阳光已遍布群山，
此时此刻，阳光已汇入西湾；
最后，他站起来，抖了抖飘动的披风：
翌日便去清新的树林，踏上嫩绿的草坪。

Thus sang the uncouth Swain to th'okes and rills,
While the still morn went out with Sandals gray,
He touch'd the tender stops of various Quills,
With eager thought warbling his Dorick lay:
And now the Sun had stretch'd out all the hills,
And now was dropt into the Western bay;
At last he rose, and twitch'd his Mantle blew:
To morrow to fresh Woods, and Pastures new.

一旦这种结尾主题成了约定俗成的套式，作家就可以随心所欲地使用，而不必借助任何田园诗的修饰。结局充满各式各样的喜剧效果。某无名氏诗人写了一首关于伦敦的诗歌，有二十八行。为此，他似乎花了一整天的时间（*NA*, I [1876], 602），至少他的诗句不禁让我们如此以为：

1　类似的还有 *Ecloga Theoduli* (l. 343) 和 Warnerius of Basel 的 *Synodicus*（采取了田园对话的形式）。

已是日薄西山，余下部分暂止；
白昼行将结束，诗人也该休息。

Cetera pretereo quia preterit hora diei,
Terminat hora diem, terminat auctor opus.

西热贝尔（Sigebert of Gembloux）的《底比斯的苦难》（*Passio Thebeorum*）第一卷之所以要收尾，是因为作者的叙述太长；他必须穿越阿尔卑斯山，而这又不可能在夜晚完成。西班牙作家贝尔塞奥（Berceo，13 世纪）就在其序言中缓步前行，以便可以娓娓道来。白昼很短，不久便又是黑夜，而要在黑暗中写作绝非易事。沙蒂永的瓦尔特对这一主题的运用可谓拍案叫绝。他也不得不结尾自己的史诗，因为天色已晚。不过，他此时已把该说的话题说透，接着又转向另一个。[1]

六、祈求自然

92 还有一种诗歌主题，就是祈求自然（Naturanrufung, the invocation of nature）。起初，这一祈求具有宗教意味。在《伊里亚特》中，除了奥林匹斯山上的诸神外，大地、天宫、河流都是祈祷文和誓词里常见的祈求对象。埃斯库罗斯的作品中，普罗

1 Berceo, *Santa Oria*:

我们在序幕部分花的时间很多，
然后继续我们的故事，话说：
白天还没过多长，夜幕便徐徐降落，
夜幕上写着繁重的工活。

Avemos en el prologo mucho detardado,
Sigamos la estoria, esto es aguisado:
Los dias non son grandes, anochezra privado,
Escrivir en tiniebra es un mester pesado.

Walter of Châtillon, *Alexandreis*, X, 455 ff.

阿波罗马不停蹄地驾车奔向大海：
因为他时而要嬉戏，时而要休憩。
缪斯用歌声让你的头脑昏昏欲睡：
我需要另一个人帮助——
他已解口渴，正寻找不同的灵丹妙药。

Phoebus anhelantes convertit ad aequora currus:
Iam satis est lusum, iam ludum incidere praestat,
Pierides, alios deinceps modulamina vestra
Alliciant animos: alium mihi postulo fontem:
Qui semel exhaustus sitis est medicina secundae.

米修斯（*Prometheus*, 88 ff.）就向苍穹（the ether）、轻风、河流、大海、大地、太阳祈求：它们将见证他——这位神祇——所遭受的苦难。索福克勒斯（Sophocles）的埃阿斯（*Ajax*, 412 ff.）呼唤大海、岩洞、海岸，呼唤故土的阳光、土壤（859 ff.），不过他不是要恳求什么，而是依依惜别。到了索福克勒斯的笔下，自然力与自然物对祈求者而言，不再是神明，而是化作人形。它们都是有同情心的存在物。因此，当诗人想增加哀悼的效果，就会找它们帮忙。自然的多声部合唱，忽轻忽重地萦绕在诗人身边。这方面的最佳范例，是希腊化晚期作家彼翁（Bion）的《悼阿多尼斯》（*Lament for Adonis*）。罗马帝国时期的希腊散文，把祈求自然的主题引入了传奇故事。[1]河流、树木、悬崖、野兽无不印证着自然的同情。拉丁诗人中，文学风格主义（literary Mannerism）大师斯塔提乌斯曾大量运用祈求自然的主题。[2]在拉丁古代晚期，自然可以化简为四个元素，[3]而后来的异教信仰（pagan piety）又将它们视为宗教崇拜的对象。保罗反对这种崇拜（《歌罗西书》2:8）。[4]福音书作者提出，救世主临终时大自然也不得安宁。这一说法促进了基督教诗歌采用祈求自然的主题。大地震动，磐石崩裂（《马太福音》27:51）；天昏地暗（《马可福音》15:33）；日头变黑（《路加福音》23:45）。不过，《圣经》也会以高兴的口吻谈论自然："愿天欢喜，愿地快乐；愿海和其中所充满的澎湃；愿田和其中所有的都欢乐！那时，林中的树木都要在耶和华面前欢呼。"（Let the heavens rejoice, and let the earth be glad; let the sea soar, and the fullness thereof. Let the field be joyful, and that is therein: then shall all the trees of the wood rejoice before the Lord.）[5]

中世纪诗歌从异教古代晚期（pagan late Antiquity）承袭了祈求自然的主题，却远远缺乏改造加工的能力。当然，基督教诗人认为，自然创自上帝之手。因此，他们大可把自然的组成部分，称作上帝或基督的创造物。他们甚至可以增加创造物的

---

1 Erwin Rohde, *Der griechische Roman* (1876), 160, n. 1.

2 *Silvae*, II, 7, 12,; III, 4, 102; IV, 8, 1-14.

3 Nemesianus, *Ecl.*, I, 35.

4 【对于《圣经》的这一章节，A. Puech 指出："这里，我们不必非要强加占星学的解释。"（*Histoire de la littérature grecque chrétienne*, I, 1928, p. 259.）——根据古代占星学，《加拉太书》4:3（"我们为孩童的时候，受管于世俗小学之下，也是如此"）中，"τὰ στοιχεῖα τοῦ κόσμου"（世俗小学）为术语"时间之神"（χρονοκράτορες）所指的星宿。】【中译者注：法译本误将"στοιχεῖα"写作"στελεῖα"，而德文本误将"χρονοκράτορες"写作"χρονοκάτορες"；这里据西译本改。】

5 《诗篇》96:11 ff. = 武加大译本 95:11 ff。

数量：《圣经》（武加大译本之《但以理书》3:56-88；《诗篇》第 148 首）允许他们在原有范畴中加入各种大气现象（为此他们不得不小心翼翼，保证所写内容丝毫
93 不差）：风暴、云、雨、雨滴、霜冻、白霜、雪、冰等等。[1]中世纪诗人并不祈求自然，而是列举自然种种组成部分，他们的目标是“多多益善”！弗留利的埃里克侯爵（margrave Eric of Friuli）逝世时，诗人让九川九城都为之悲痛欲绝（*Poetae*, I, 131）。不过，这方面有过之而无不及之作，却是约萨德（Jotsald）为奥迪洛（Odilo of Cluny）逝世所作的哀歌。当然，在这种情况下，整个世界都必然悲伤不已。诗人会“动用一切生物”，包括四足野兽、飞鸟和爬虫。[2]

文艺复兴时期，祈求自然的主题与古代晚期的牧歌（加西拉索的第一首田园对话以及龙萨[3]等人的诗作）融合了起来。这一变化一直延伸至法国古典主义。梅纳德

1

基督的杰作遍布宇宙：太阳、繁星、月亮、	Omnis factura Christi: sol, sidera, luna,
山川、峡谷、大海、河流、小溪、	Colles et montes, valles, mare, flumina, fontes,
风暴、大雨、云团、大风、雾气、	Tempestas, pluvie, nubes, ventique, procelle,
火、冰、霜、雪、闪电、岩石、	Cauma, pruina, gelu, glacies, nix, fulgura, rupes,
草场、树林、枝丫、花、草。	Prata, nemus, frondes, arbustum, gramina, flores,
我高呼：再见！尽你所能，跟我齐声欢唱！	Exclamando: vale! mecum predulce sonate.

(J. Werner, Beiträge, No. 120, st. 11). ——有关自然加入复活节欢庆的内容参见 *Poetae*, I, 137, No. VI, st. 2, 4。——有关呼唤自然来分担作者悔恨的内容，参见 *Poetae*, I, 148, st. 14-15；Florus of Lyon 为法兰克王国惋惜不已时，曾呼唤雨滴以及其他四元素。祈求自然的主题很早就融入颂歌之中。兹举 11 世纪的一个例子（*A. h.*, 22, 27）：“天空、大地、大海唱起甜蜜的歌，/ 殉道者阿纳斯塔西乌的确值得如此称赞。”（Coelum, tellus et maria/ Mellita promant carmina,/ His nempe dignus laudibus/ Est martyr Anastasius.）

2

让你们的人民，你们的语气，你们的星，你们的天悲伤不已；	Plangite vos, populi, vos linguae, sidera, coeli,
让光芒四射的太阳落入黑暗之中；	Proruat in tenebras resplendens orbita solis,
让冰清玉洁的月牙黯淡失色；	Deficiant plene radiantia cornua lunae,
让整个世界都为那伸展的尸首哀悼：	Lugeat et mundus, protenso corpore, totus:
现在，我要使每块土地，每个海洋，每座高山，每片树林都运动；	Nunc terras, pelagus, montes silvasque ciebo;
还要使所有四足、两足和爬行的生物也都生生不息！	Quadrupedes, bipedes, reptantia cuncta movebo.

出处见 *Studi medievali, N. S. I* (1928), 401. Cf. P. A. Becker, *Vom Kurzlied zum Epos* (1940), 67。

3　Cf. P. Laumonier, *Ronsard poète lyrique*, 448 ff.

（Maynard）笔下的“半老徐娘”（“la belle vieille”）[1]如此抱怨道：

为了能缓解痛苦的侵袭，
我对着悬崖呻吟，向古老的森林
寻求解脱良方；那里树荫浓密，
虽值明日当空，却是夜色撩人。

Pour adoucir l'aigreur des peines que j'endure,
Je me plains aux rochers, et demande conseil
À ces vieilles forêts, dont l'epaisse verdure
Fait de si belles nuits en dépit du soleil.

拉康（Honoréde de Bueil Racan）欣然隐退，独居乡间，但他想看到：

怡人的旷野，纯真的宝谷，
能就此远离华而不实、虚荣爱慕，
开始颐养天年，不再忙忙碌碌。
山谷、河流、岩石、惬意的独处，
如果你以前见到我焦虑无助，
那么，请看，从此我将心满意足。

Agréable déserts, séjours de l'innocence,
Où, loin des vanités de la magnificence,
Commence mon repos et finit mon tourment,
Vallons, fleuves, rochers, plaisante solitude,
Si vous fûtes témoins de mon inquiétude,
Soyez-le désormais de mon contentement.

---

1 【见诗歌《半老徐娘》。称赞日渐衰老的丽人这一主题具有情色意味，读者可以在 *Anthologie grecque* 中找到最古老的例子，如西塞罗的同辈人 Philodème、Rufin（公元前 2 世纪）、Paul le Silentiaire 和 Agathias（最后两位均为公元 6 世纪诗人）。Cf. *AP*, V, 13, 48, 258, 282.】

在致于埃（Huet）的书简中，拉·封丹戏仿了世人对岩石的必然称呼：

我对岩石说道，有人想换个说法：
不歌颂他的时代，就像对聋子讲话。

Je le dis aux rochers, on veut d'autres discours:
Ne pas louer son siècle est parler à des sourds.

在西班牙戏剧中，中世纪多多益善的列举风格，发展到了登峰造极的程度。卡尔德隆（Calderón）控制着所有风管——整个自然界及其中的生物都井然有序，犹如
94 五彩斑斓的石子。卡尔德隆完全可以随心所欲地把它们组合在一起。全新的修辞格五花八门，层出不穷——华丽的修辞段落让人目不暇接。细看之下，我们可注意到，一切都井井有条，不偏不倚。祈求自然的主题可以用于任何语境之中，能有助于抒发悲剧场景中的主人公情感。当卡尔德隆笔下的男女主人公用最精妙的花腔唱出这一主题时，却常常受到丑角（gracioso）（西班牙戏剧中起喜剧效果的仆从）的嘲弄，不过卡氏并未就此弃之不顾。有时，他对该主题的戏仿甚至让自己也吃惊不已。置身亡妻旁的塞法洛（Céfalo）抱怨道：[1]

白昼的炫光已熄；
夜幕就此降临。
天国、飞鸟、游鱼、
野兽、人类，
大海、巉岩、峭壁、高山、
树木、花草、田野，
天地万物无不悲泣。
鞍褥、马车、骡子，

1 Keil, IV, 671 b.——Intervention of the gracioso: Keil, IV, 269 b.——Natural objects designated "requisitos de soliloquio": Keil, II, 256 b.——Some outstanding loci: Keil, IV, 14a; IV, 462 a; IV, 591b. There are countless others, some in the *autos sacramentales*.

以及所有在世的野兽，
孔雀、野雉、母鸡、
黑布丁、猪蹄、牛肚、
普罗克丽丝已香消玉殒！
那就：愿她的发髻安息！

Espiró el mayor fanal
Del día, vinó la noche.
Respublica celestial,
Aves, peces, fieras, hombres,
Montes, riscos, peñas, mar,
Plantas, flores, yerbas, prados,
Venid todos a llorar!
Coches, albardas, pollinos,
Con todo vivo animal:
Pavos, perdices, gallinas,
Morcillas, manos, cuajar,
Pocris murió! Decid pues:
Su mono descanse en paz!

七、颠倒的世界

《布兰诗歌》（*Carmina Burana*）中最清新的一首是这样开头的：

曾几何时，求知的花儿绽放，
可现在啊，它已然凋零无芳。
曾几何时，人人争做万事通，
可现在啊，谁都想玩世不恭。
年少的头脑仍天真无知，

可光阴如梭，衰老转眼而至。
尔虞我诈的想法装了满脑，
可真知灼见没有多少。
遥想多年以前，
还没有学者敢坦言：
不到耄耋之时，
‘自己将笔耕不止’。
可现在连十来岁的孩子
都放下玩具，学着大人样子
趾高气扬地炫耀学识……

Florebat olim stadium,
Nunc vertitur in tedium;
Iam scire diu viguit,
Sed ludere prevaluit.
Iam pueris astutia
Contingit ante tempora,
Qui per malivolentiam
Excludunt sapientiam.
Sed retro actis seculis
Vix licuit discipulis
Tandem nonagenarium
Quiescere post studium.
At nunc decennes pueri
Decusso iugo liberi
Se nunc magistros iactitant...

这首诗的开头显然是在“抱怨现状”：[1]年轻人都不学习了！学习之风每况愈下。 95
于是，诗人认为，整个世界完全颠倒过来了。瞎子领着瞎子，还把他们推下深渊；小鸟羽翼未满便展翅飞翔；驴子弹起了鲁特琴；[2]牛儿翩翩起舞；耕地的牧童成了士兵。有人在酒馆、法庭、肉铺发现了教父额我略、哲罗姆、奥古斯丁，以及修士之父圣本笃的身影。马利亚不再喜欢沉思，而马大也不再喜欢忙碌。利亚无法生育，拉结两眼模糊。加图愁眉不展，贞女卢克莱提娅成了风尘女子。曾经人人唾弃的不法之徒，也成了歌功颂德的对象。总之，没有一件事对路。

这首诗的内容仅仅是中世纪的情况。加图和卢克莱提娅虽然为古代人物，但他们仅仅是被当作道德的楷模。不过，那条基本的形式原则——“把不可能的事连在一块”（“stringing together impossibilities”[ἀδύνατα, impossibilia]），其实也源于古代。其最初似乎出自阿基洛科斯（Archilochus）之手。公元前 648 年 4 月 6 日的日食让这位诗人相信，连太阳都能被宙斯夺去光芒，天下还有什么不可能的事呢；如果有朝一日，田野里的野兽改吃海豚的食物，大家不必见怪（残篇第 74 篇）。在中世纪，维吉尔的矛盾夸张法（adynata）尽人皆知。某失恋的牧羊人打算规划一下秩序颠倒的自然界。“愿拥有自由意志的野狼远离羊群，愿橡树长出金苹果，愿猫头鹰与天鹅争鸣；[3]愿牧羊人提图鲁斯（Tityrus）变成俄耳甫斯……”（*Ecl.*, VIII, 53 ff.）狄奥杜夫（Theodulf）（*Poetae*, I, 490, No. XXVII）对查理曼大帝宫廷的蹩脚诗人嘲讽不已。“当乌鸦唱着天鹅之歌，当鹦鹉学着缪斯女神谈吐……那天鹅还有什么可做？”如
今，一切都是现成品，“事物的顺序已经完全颠倒。俄耳甫斯可以照看羊群，提图鲁 96
斯尽享宫闱之乐”。提图鲁斯与俄耳甫斯角色互换的主题足以表明，狄奥杜夫的脑子里装着维吉尔。他的矛盾夸张法本剑指某蹩脚诗人，但随后却荣幸地谈起宫廷。另一个例子是瓦拉弗里德。其一系列矛盾夸张法（“similitudo impossibilium”；*Poetae*,

1 【关于这一内容，见 W. Rehm, Kulturverfall und spätmhd. Didaktik (*ZfdPh*, 52, 1927). R. Koch, *Klagen ma. Didaktiker über die Zeit*, diss., Göttingen, 1931。——M. Behrendt, *Zeitklage und laudation temporis acti in der mhd. Lyrik*, 1935 (p. 40，可与 Koch 的相比较）。——B. Boeschm Die Kunstlehre in der mhd. Dichtung, Berne, 1936, p. 134. ——另见 O. Seeck, *Die Entwicklung der antiken Geschichtsschreibung*, 1898, p. 248。——H. Delbrück, *Die gute alte Zeit* (Preussische Jahrbücher, 71, 1893.)】

2 希腊有谚，“驴子听不懂鲁特琴”（ὄνος λύρας）。该谚语经波伊提乌译介，为中世纪人所知(Boethius, *Cons.*, I, pr. 4.)。

3 天鹅具有百鸟所不及的优美嗓音（“swansong”由此得名）。

II, 392）启发了某个教师。他有意增加维吉尔的例子（旁征博引已然成为中世纪修辞的装饰）。因此，瓦拉弗里德选择了与维吉尔笔下牧羊人同样的句型：“愿某某发生某某事”。愿母鸡产婴，愿山羊下蛋等等。

此后，维吉尔的矛盾夸张法成了加洛林时代诗歌的兴奋剂。在狄奥杜夫笔下，它们贯穿于时代的描写。然而，一切始终在维吉尔的掌控之中。我们身处“维吉尔的时代”（aetas vergiliana）（特劳贝语）。在12世纪，除维吉尔外，还有奥维德及其他罗马讽刺作家。当时蓬勃发展的文化生活产生了新的自信。作家们开始大范围批判。教会（哲罗姆、奥古斯丁、额我略）与隐修制度（本笃；马利亚的沉思与马大的忙碌）的式微，甚至连佃农的生活，都沦为批判的靶子。古代的矛盾夸张法模式成了针砭时弊的工具。于是，从“把不可能的事连在一块”的原则中，衍生出一个主题——“颠倒的世界”。

一千五百多年前，这一主题曾出现在阿里斯托芬笔下。[1]戏剧主题的生命力比其他主题的更持久。希腊人也喜欢“颠倒的世界”，因为它滑稽地模仿了荷马的冥界（Nekyia）之旅。同样，我们还能在卢西安（“梅尼普斯”[Menippus]），以及师法卢西安的拉伯雷（《巨人传》[*Pantagruel*, ch. 30]）的作品中见到这一主题。与此同时，矛盾夸张法也逐渐转化为“颠倒的世界”。

“曾几何时，花儿绽放”，并非这一时期的唯一主题。1185年，在里摩日附近的格兰蒙修道院（the monastery of Grandmont near Limoges），神职人员与世俗人士之间发生了争执，由于此前英法两国已有冲突，此事一下子升级为政治事件。《布兰诗歌》（*Carmina Burana*）中有首诗（Schumann, No. 37），就把这一事件视为“颠倒世界”的典型：牛群开口讲话；公牛被栓到车后；柱头与基座相互置换；一无所知的傻瓜成了修道院院长（prior）。在其《愚人镜》（*Mirror of Fools*）中，维雷克（Nigel Wireker）指出，“当下”已经忍受了位其头顶的“整个过去”（*SP*, I, 11）。1183年前后，阿兰（见《反克劳狄安》）描绘了幸运女神的果园（grove of Fortune）：那里的大树并不参天，且没有夜莺、云雀的啁啾等等（*SP*, II, 397）。在汉维尔的约翰的史诗《阿基特来尼乌斯》（*Architrenius*）中，推测山（Hill of Presumption）便是一片颠倒世

---

1 见《公民大会上的妇女》（*Ecclesiazusae*）和《财神》（*Plutus*）。施密特（Wilhelm Schmid）从矛盾夸张法的主题中得出这一结论（*Geschichte der griechischen Literatur*, I, 2 [1934], 532, n. 9）。

界的景象：乌龟在天空翱翔，野兔胁迫起雄狮等（*SP*, I, 308 f.）。

在动物界，各动物的角色也发生颠倒——而这是非常古老的一种矛盾夸张法，其往往以格言形式出现。常见的有：弹鲁特琴的驴子、翩翩起舞的公牛、没拴在车 97
子正确位置的拉车牲口、胆大包天的野兔、畏首畏尾的雄狮等等。古代时期，许多类似的词语都有据可查。它们表明，当时的人曾使用过格言体。在克雷蒂安（*Cligés*, 3849 ff.）的作品中，猎狗躲着野兔，鱼儿猎捕海獭，羔羊猎捕灰狼："若这些动物都有相对的天敌。"（Si vont les choses a envers.）在某个极其特别的艺术领域，类似的以及其他的矛盾夸张法又为阿诺·但以理（Arnaut Daniel）（但丁笔下超然弃世的大师）所用。[1]

由矛盾夸张法构成的"颠倒世界"在老勃鲁盖尔的画作《尼德兰谚语》（Dutch Proverbs）中也有所展现。此后，弗吕吉耶（P. Fruytiers）根据该作品创作了一副版画，其中的铭文展现了"勃鲁盖尔意欲表达的思想"：

这幅画作向我们展示
颠倒世界的荒谬之至。[2]

Par ce dessin il est montré
Les abus du monde renversé.

1　阿诺·但以理的十八首诗中，有五首用了矛盾夸张法。不过，只有一首（14, 49-50）符合罗马哀歌与牧歌里常见的古典类型。在其他四首中，矛盾夸张法已另作他用。其中，第四首描写了似爱非爱（false love）的后果。谁若不幸中招，定会把杜鹃错认成鸽子，把布伊火山（Puy de Dôme）错认成平原（ll. 33-36）。第十首（43-45）中，阿诺把自己描写为"徒手擒风，逆流而上，以牛猎兔"的人。迪兹（Diez）指出："这句言简意赅的谚语也出现在其他诗歌中"——即 No. 14, 1 ff.，在这部分阿诺直言，爱情与欢乐恢复了他的理解力，让自己摆脱了"以牛猎兔"的幻觉。这三个例子中，矛盾夸张法用以指明诗人头脑中因"似爱非爱"（如第四首）或情殇所引起的巨大混乱。不过，第十六首中的主题显然与其他的截然不同。诗人谨遵爱的指令，述说了自己的打算。他计划创作（其中要融合交错 [chiasmus] 与对偶）"一首长主题的短歌"（breu chansson de razon loigna）。"因为"，他继续说道，"爱情已传授了其学府中的艺术：我现在甚至能让奔流的山涧停滞，让我的公牛快过野兔。"在我们看来，阿诺·但以理仍是迷雾重重的人物。他的矛盾夸张法也是如此，因为它根本就不像迪兹所认为的那么明了。相反，它是诗人用来炫技的工具，而且还与能从中看出阿诺对中世纪诗歌艺术的"困难修饰"（ornatus difficilis）的情有独钟。矛盾夸张法已具有一种新的心理学功能。正如迪兹所言，彼得拉克的第 177 首就是模仿阿诺的。Rudolf Borchardt 对阿诺的理解很深刻（*Neue Schweizer Rundschau* [July, 1928]），他盛赞阿氏的矛盾夸张法是"热情矛盾之充满灵感的创造"（*Die grossen Trobadors* [1924], 50）。

2　K. Tolnai, *Jahrbuch der kunsthistorischen Sammlungen in Wien*, VIII (1934), 113.

对于心烦意乱的人，“颠倒的世界”可表达惊恐之意。德·维奥（Théophile de Viau）（卒于 1626 年）的一首诗便是如此，而有人发现 20 世纪 20 年代的超现实主义（surréalisme）还与该诗存在千丝万缕的联系：

小溪回溯至源头；
公牛爬上了钟楼；
血液自悬崖流下；
蝰蛇与母熊结发，
在老城楼的上面，
有蛇把秃鹫吞咽；
98 火焰在冰中燃烧；
太阳也不再闪耀；
只见月亮要坠下；
树木被连根起拔。

Ce ruisseau remonte en sa source;
Un boeuf gravit sur un clocher;
Le sang coule de ce rocher;
Un aspic s'accouple d'une ourse,
Sur le haut d'une vieille tour
Un serpent deschire un vautour;
Le feu brusle dedans la glace;
Le soleil est devenu noir;
Je voy la lune qui va cheoir;
Cet arbre est sorty de sa place.

【格里美豪森（Grimmelshausen, 1621—1676）曾说道（*Ewig währemder Kalender*, ed. E. Hegaur, 195），自己在 17 岁时，见过一幅表现颠倒世界的版画：

我对自己梦见的
一切坚信不疑。
我看见牛肉捶打屠夫，
猎物追杀猎手，
鱼儿吞噬渔夫，
驴子践踏人类，
凡人向神甫布道，
戎马跨上骑士，
穷人给富人施舍，
农民冲锋陷阵，
士兵耕耘劳作。

Ja Ich bildete mir die Sach so steifein
Daβ mir auch davon träumte;
Dann da kam mir vor
Wie der Ochse den Metzger metzelte
Das Wild den Jäger fällete
Die Fisch den Fischer fraβen
Der Esel den Menschen ritt
Der Lay dem Pfaffen predigte
Das Pferd den Reuter tummelte
Der Arme dem Reichen gab
Der Bauer kriegte und der Soldat pflügte. [1]】

现在，让我们再回到“颠倒的世界”，谈谈年轻人不再热衷学习。不管是在欣欣向荣还是日薄西山的时期，年代的对立都是不可调和的冲突。对文学史而言，这种冲突表现为“今人”反对古人——直至他们自己最终也变成老古董。奥古斯都时代

1 【其他例子见 J. Bolte, *Bildergedichte des XVIIe J. h.*, n. 10; “Die verkehrte Welt,” *Zs.f. Volkskunde*, 15, 1905, p. 158。】

的诗人已可视为今人。贺拉斯（*Epi.*, II, 1, 76-89）抱怨，公众只尊重上年纪的作家。老一辈并不在乎新事物，他们心仪的是自己年轻时的诗人。不过，老人讨厌年轻人的成就，往往只是羡慕心作祟！奥维德允许别人赞美“辉煌的古代”；可他却为自己身为今人而高兴；当下是他唯一愿意生活的时代（*Ars am.*, III, 121 f.）。12 世纪的拉丁鼎盛时期同样有类似的冲突。那时的“今人”（moderni）充满了喷薄欲出的创作激情，且喜欢思想上的针锋相对。然而，他们不得不学习作为文学语言的拉丁文；为此，只能始终沿用古代的学习模式，纵使自己极不情愿，也仍然模仿古人（有时甚至模仿贺拉斯的抗议方式）。伊斯卡努斯（Josephus Iscanus or Joseph of Exeter）在其特洛伊史诗（*De bello troiano*, I, 15-23）序言中，借年轻人之口就年代问题发难。同样，汉维尔的约翰（*SP*, I, 242 f.）也说道：自己未经历过大洪水，也不是荷马的同辈人，而是现代人（modernus）。维雷克的《愚人镜》倒是从相反的角度给出了年代问题的答案。此书题目暗藏玄机。孤陋寡闻的男孩自以为比涅斯托耳年长，比西塞罗善辩，比加图博学（*SP*, I, 12）。他们面前的镜子，其实是有关驴子布鲁内鲁斯（ass Brunellus）因不满自己的短尾巴而欲求增长之术的故事。我们陪着这头驴子游历，前往萨雷诺（Salerno）和巴黎求法。可最终，驴子没变，仍然是驴子。故事的寓意正在于此。“曾经绽放的学习之花”跟《愚人镜》一样，是那个年代对年轻人的批评。接下来，我们就来看看，它是如何呼应 1180—1200 年间，形形色色的诗歌所反映的激烈的年代冲突。

八、男孩与老翁

这一主题源自古代晚期的心理学语境。不管哪种文化，其早期和中期的文学都是既赞美年轻人，又尊崇老年人。唯有到了晚期，才会发展出年轻与年迈趋于平衡的人类理想。

维吉尔（*Aeneid*, IX, 311）盛赞少年伊乌鲁斯（Iulus）：

年不及弱冠，便充满阳刚之气，行事深谋远虑。[1]

1 【Telemachus 的例子不适用于此（Odyssey, I, 297 and II, 270）。】

Ante annos animumque gerens curamque virilem.

奥维德解释道，成熟与年轻乃上天的礼物，只赐予帝王和半神（*Ars*, I, 185 f.）。 99
马克西姆斯（III, 1, 2）对加图赞不绝口，说他虽值风华正茂，但已具有庄严的元老气质。斯塔提乌斯曾夸奖一位英年早逝的青年，指他在道德方面有着与自己年龄极不相称的稳重。不过与此同时，我们也发现一种修辞学上的夸张，即交口称赞的男孩像老人一样世故。伊塔里库斯（Silius Italicus）（VIII, 464）曾说起某个男孩："精明练达，丝毫不逊于老人。"小普林尼也如此哀悼一个 13 岁就辞世的女孩："在她身上，少女的甜美与老妪的睿智、中年女性的端庄合而为一。"（*Ep*, V, 16, 2）与之类似的，还有阿普雷乌斯（Apuleius）谈论某年轻人（*Florida*, IX, 38）。上述例子表明，到 2 世纪初期，"年迈的孩子"（puer senilis）已自成主题。公元 400 年左右，克劳狄安经常使用该主题（如曾用于其致执政官普罗比努斯 [Probinus] 和奥利布里乌斯 [Olybrius] 的颂词 , I, 154）。查士丁尼皇帝在位期间的埃及地方长官朱利安，把这一主题放到了警句当中（*A. P.*, VII, 603）："'卡戎（Charon）残忍（savage）'，'但又仁慈'。'他的青年时代转眼即逝'，'可他的头脑却像老人一样睿智。''他自绝于快乐'，'但想法摆脱麻烦'。'他不知婚姻为何物。''也不知婚姻的痛苦。'"这一主题还见于新智术师（New Sophistic）的作品中，不过表达方式正好相反——"像男孩一样的老人"。对于新毕达哥拉斯学派哲学家阿波罗尼奥斯（Apollonius of Tyana），智术师菲洛斯特拉图斯（Philostratus）曾表示，世人并不清楚他活了 80 岁、90 岁、100 岁，或者更多，当然就连他是否去世人们也根本不得而知。阿氏暮年时，肌体仍"光洁润泽"，甚至比他年轻时还要炫目。尤纳彼乌斯（Eunapius）称（p. 474），皇帝尤里安登基前是"鹤发童颜的老人"。阿波罗尼乌斯的拉丁传奇（Ring 29）曾写过一位医生，"相貌好似少年，头脑堪比老人"（aspectu adolescens et ... ingenio senex）。

"年迈的孩子"（puer senilis or puer senex）的说法乃古代晚期异教的创举。相对而言，我们更应注意《圣经》中的类似说法。我们知道，托拜厄斯（Tobias）虽然是最年幼的孩子，但他的举止一点也不幼稚（"Cumque esset junior omnibus... nihil tamen puerile gessit in opere."）（1:4）。《所罗门智训》（4:8 ff.）指出，老年固然可敬，但不能用年岁衡量（"Wisdom is the gray hair unto men."[智慧是人的白发。]）。武加大译本的译文是："Cani sunt sensus hominis." 这里，老人的白发是一种修辞手法，用以表示人年迈时应具有的智慧。不过，老人的这种智慧同样可为少年所有。[1]这就是
100 《圣经》中关于"年迈的孩子"的说法。在教父作家笔下，"灰白色"（canus）、"灰发"（canities）成了比喻，如"灰白的灵魂（canities animae）"（安布罗修）、"灰白的举止（canities morum）"（奥古斯丁）、"灰白的感官（canities sensum）"（圣加西安 [Cassianus]）。希腊语中也有类似的说法，如"灰白的头脑（πολιὸς τὸ νόημα）"（Gregory of Nazianzus, *A. P.*, VIII, 152）。普罗登提乌斯谈到十二岁的欧拉利娅（Eulalia）时表示，她有着孩童般的淳朴，却渴求长者的智慧：

别看她小小的年纪，
已练就灰白的举止。

Moribus et nimium teneris
Canitiem meditata senum.

克劳狄安也沿用了这一用法来称赞"头脑虽已灰白"（canities animi）的执政官狄奥多鲁斯（Mallius Theodorus）（XVII, 21）。在西方，有一部广为人知的著作，让读者记住了"年迈的孩子"主题。教宗额我略一世（Gregory the Great）撰写圣本笃传记时，开篇如此写道："圣本笃一生备受敬仰……自其年幼，便深谙老者之心"（Fuit vir vitae venerabilis... ab ipso suae pueritiae tempore cor gerens senile）。这段话后来成了诸圣徒传记的套语，直至 13 世纪仍长盛不衰。[2]不过，也有人创作了意思相反的套语。受《圣经》（《马太福音》18: 3；《马可福音》10: 15；《彼得前书》2: 2；《哥林多前书》3: 2）文本启发，东正教的隐修制度（monasticism of the Eastern Church）认为，化作圣灵的赤子之态（vergeistigte Kindlichkeit, spiritualized childlikeness）是

1 我在 Georges Dumézil 的《密特拉与伐楼拿》（*Mitra-Varuna*, 1940, 21）中发现，古印度也有类似的例子。Manu 认为，年轻的婆罗门卡维（Kawi）向自己的叔父们传授神圣之学时，称他们为："我的儿！" 叔父对此非常生气，并向众神抱怨。神回答说："这个孩子对你们的称呼没错，因为只有孩子才是一无所知的；传授神圣之学的人就是父……人老不老并非看头发是否花白；只要这个人研读过经文，就算他年轻，那神也会认为他老。"

2 Jordanus of Saxony, *De initiis ordinis praedicatorum* (ed. Berthier, 1891), 5.

不可多得的理想境界（参见 Pachomius, *Bibliothek der Kirchenväter*, XXXI [1917], 787)。沙漠隐士圣玛喀里（Macarius）（卒于 391 年）年幼时便被称为“小老人”（παιδαριογέρων）（*PG*, LXVII, 1069 A）。据称，18 世纪某俄国长老（starets）“年尚垂髫，上帝便赐予他智慧、谦逊以及老者的理性”。[1]

作为世俗与基督教都喜用的颂词内容，“年迈的孩子”主题到 17 世纪仍经久不衰。[2]里尔的阿兰赋予了完美之人尤文尼斯（Juvenis）种种老者的美德（*SP*, II, 385)。在 12、13 世纪的拉丁诗学中，这一主题却逐渐沦为哗众取宠的玩意（mannered trifling)。[3] 斯卡利杰尔（J. J. Scaliger）用它来赞美十五岁的格劳休斯（Hugo Grotius），[4] 贡戈拉则用它赞美那不勒斯总督（the Viceroy of Naples）：

在岁月中，在灰色的谨慎中绽放。

Florido en años, en prudencia cano.

让我们再回顾一下本节主题的演变过程。起初，从维吉尔的“日渐成熟的少年” 101
（puer maturior annis），演化出了弗拉维安（Flavian）时期的“年迈的孩子”，克劳狄安将其用于赞美位高权重者的颂词。这一点或许可以在一定程度上，说明后来以对偶为乐的风格主义（Mannerism）。不过，“年迈的孩子”之后，又出现了新的人类理想（普林尼、阿普雷乌斯）。菲洛斯特拉图斯的作品混入了异教宗教主题。2 世纪非

1　J. Smolitsch, *Leben und Lehren der Starzen* (1936), 99.

2　*Poetae*, I, 424, No. XXXI, 9; Poetae, II, 90, 183; 135, st. 1; 227, 17; *Poetae*, III, 430, 1ff.——Hugh Primas (ed. W. Meyer), p. 92, 107; *Ligurinus*, I, 286.

3　Matthew of Vendôme in *PL*, CCV, 959 C and 934 C; SB *München* (1872), 620; Faral, 130, 45 ff.——杰弗里（Geoffrey of Vinsauf）在他的《新诗》（*Poetria nova*）献词中，盛赞教皇英诺森三世（Innocent III）是“返老还童”（senex iuvenis）（Faral, 198, 23）。在该作品中，这一母题（motif）曾出现了五次之多（ll. 174 f.; ll. 674-86 in three variants; l. 1309 f.）；在杰氏的 *Documentum de modo et arte dictandi et versificandi* 中，这一主题出现了两次（Faral, 295, § 57 and 303, § 101）。由此，“年迈的孩子”的主题成了翻来覆去使用的套语。有人用它来形容普拉姆斯（Pyramus）（Lehmann, *Pseudoantike Literatur*, 31）和希波吕托斯（Hippolytus）（John of Garland, *Integumenta Ovidii* [ed. Ghisalberti, 1933], II, 507 f.）。在“挽歌剧”（elegiac comedy）中，它似乎成了一种戏仿的写法（Cohen, I, 140, 265 and 196, 15 and 207, 296）。

4　Jacob Bernays, *J. J. Scaliger* (1855), 176.

洲殉道者所产生的幻象，就是这一联系的极其有趣的例证。那些殉道者把上帝视为“鹤发童颜的老人”。[1]这虽与文字的记载（literary reminiscences）风马牛不相及，却可以帮助我们了解该主题如何成为隐修派的理想，并进入圣徒的传记。

随着研究的深入，我们发现在不同宗教中，救世主往往结合了少年与老年。老子就可以翻译为“年迈的孩子”。[2]而对于佛教圣徒宗喀巴（生于 1357 年），有传言：“一日，某妇至泉边汲水，见水中倒影里一男子面目清秀。她忘情观之，随即产下一长发白髯、体魄健壮的男婴。”[3]在伊特鲁利亚诸神中，塔吉斯（Tages）是个“不可思议的男孩，他有着像老人一样的白发和智慧。据说他是塔尔奎尼 [Tarquini] 地方一个耕夫犁地时犁出来的”。[4] 传说中的恰迪尔（Chydhyr）经由前伊斯兰阿拉伯人的自然崇拜传入了伊斯兰。“朝气蓬勃、长生不老的恰迪尔长着老者的饰物——花白胡子，这让他身上散发出别样的魅力。”[5]【《一千零一夜》（E. Littmann, VI, 3）有一则故事讲述的是国王赭理尔德与太子瓦尔德·汗。故事中有一位宰相闪摩肃，年方十二，便身居要职，“别看他年纪轻轻，头脑却十分老成”（第 145 页）。布伦塔诺（Clemens Brentano）的《戈德维》（*Godwi*, A. Ruest, 1906, 36）中也写道：“这个年轻人虽然举止轻浮，心眼却极好。当他像蝴蝶一样轻盈地朝我走来时，能感到他的言谈之间，带着老人特有的稳重与老练，而且经常如此。”】

这些起源不同但内容相似的巧合表明，此处存在一种原型（archetype），一种荣格所谓的集体无意识的意象。我们以后还会在其他地方遇到类似的原始意象。在罗马古代晚期和基督教早期，有许多幻象我们往往只能理解为无意识投射（Projektionen des Unbewußten, projections of the unconscious）。

---

1 *Passio SS. Perpetuae et Felicitatis* (ed. van Beek, 1936), 32, 6 f. Jesus as *puer senex*: W. Bauer, *Das Leben Jesu im Zeitalter der neutestamentlichen Apokryphen* (1909), 313.

2 Lao-tse [Lao-tzu], *Tao te King*, trans. R. Wilhelm (1911), p. vii. Cf. Dschuang Dsi [ChuangTzu], *Das wahre Buch vom südlichen Blütenland*, trans. R. Wilhelm (1912), 49: “Kui… questioned the gynecologist and said: ‘You are old in years, yet your appearance is that of a child…’—— ‘I have learned understanding.’”

3 Wilhelm Filchner, *Sturm über Asien* (1924), 218.

4 Ernst Kornemann, *Römische Geschichte*, I (1938), 36.

5 Georg Rosen in his translation of the *Mesnewi* [*Mesnevi*] of Jalāl-ud-dīn-Rūmī (1849), p. 28 n.

九、老妪与女孩

在这个时期，少年与老年的结合，同样也用于描绘完美女性形象（所谓完美女性，其实与“拟人化的抽象概念”[personified abstractions] 截然不同）。这些形象在 102
古代晚期的高频率使用，并非仅仅是世人为追求时髦风格而为之。对于这些身处新旧交替时代的人，只有当完美女性形象构成其经验世界的一部分，只有当这些已经接触过的女性形象在文学中固定下来，并可以为人轻而易举地模仿后，这样的形象才会变得喜闻乐见。人界与神界之间生活着许多超感官的存在物。小普林尼讲过这样一个故事（*Ep*. VII, 27）。罗马帝国非洲省总督有个罗马随从。某夜，他在柱廊下闲游，忽见一位长着天使面孔、魔鬼身材的绝代佳人。正当他惊恐不已时，女子告诉他，自己是该省的守护神，并且还预言了他的命运。[1]普林尼显然对守护神的显现不置可否，但他更愿意相信确有其事。罗马皇帝塞维鲁（Severus）梦见自己从高山上俯瞰罗马和整个疆域，而其他行省则伴着里拉琴与长笛的乐音歌唱（Aelius Spartianus, *Severus*, 3, 5）。公元300年左右，基督徒阿诺比乌斯（Arnobius）探讨了介于神与魔鬼之间的存在物（*Adversus nationes*, II）。这些存在物充斥着古代晚期的精神世界：女先知（sibyls）、守护神、魔鬼、超自然的救世主以及剧毒的生物。不管是在罗马帝国的艺术还是其钱币上，不管是在修士的幻象还是异教诗歌当中，这些形象俯拾皆是。于是乎，我们常以为自己正穿越一个充满幻觉的世界，一个半梦半醒的世界。这一时期，幻象与梦境以前所未有的力量控制着人类。古代诸神世界遭到启蒙的异教徒拒斥。然而，它又在梦境中重获新生。当探讨源于2世纪末或3世纪的宗教时，某异教徒向某基督徒坦言：“我们白天赌神发誓地拒斥、反对并得罪一些神祇，可到了晚上，即便睡觉，我们仍能看见、听到并认出他们”（Minucius Felix, *Octavius*, 7, 6）。这个时期在幻象与寓言中找到了表达自己的方式。

波伊提乌认为，哲学是高贵的老妇人。别看她年事已高，可精神矍铄（“inexhausti vigoris... aevi plena”）。她的外形变幻莫测，时而化作凡人，时而化作头顶青天的巨人。她融合了老年与青年的特征，却并非凡夫俗子。尽管我们读到过各种各样的文学模

1　相同的故事见 Tacitus, *Annals*, XI, 21。

型，但波伊提乌笔下精神矍铄的老妪仍不禁让我们以为，她是幻象中才会见到的救世主。在中世纪文学中，她的子孙随处可见。[1]

103 波伊提乌笔下年迈的青年“哲学”（Philosophia），在人类与巨人之间变幻不定。这一主题同样流行于寓言诗中。[2]有人试图把它追溯至荷马。荷马著作中有很多寓意深刻的拟人化概念，我们可以“争斗”（Strife）为例：“她（雅典娜）起初很小，不久就头顶苍穹”。[3]维吉尔的“名誉”（Fama）亦如此（*Aen.*, IV, 177）。寓言人物的身材会变化，这种说法古已有之，但返老还童的主题却是例外。显而易见，它跟“年迈的孩子”中的少老配一样，属于同样的心理范围。这一主题最早见于早期基督教的天启文献。据《黑马牧人书》（*The Shepherd of Hermas*）（2 世纪中期）记载，幻象中的“基督教”是个愈加年轻的老妪。[4]自 2 世纪起，这一文献就流传开来，并被译为拉丁文。值得注意的是，此处“基督教”同时也是化身妇女的“尚未存在的圣灵”（der präexistente Heilige Geist, the pre-existent Holy Ghost）；要完成上帝（Him）所说的基督教救赎状态，“就得经过一番脱胎换骨，而老妪逐渐返老还童正因于

---

1 在 Peter of Compostella 的著作中，“世界”（Mundus）是个“楚楚可人的妙龄女郎”（puella aspectu pulcherrima），虽“年事已高”（grandaeva），头发花白，却“朝气蓬勃”（iuvenilis）。阿兰则进一步扩展了这一主题。*De planctu Naturae* 里的许门奈乌斯（Hymenaeus）也是上了年纪的年轻人（*SP*, II, 502）。贞洁（Castitas）（506）与天才（Genius）（517）的形象亦如此。《反克劳狄安》写道，理性（Ratio）凝神端详在玻璃镜“触手可及”（formas in subiecto），可在银镜中却“虚无缥缈”（formas sine materia）的轮廓。它们又变得年轻（289-290）。当衰落（Senectus）即将与青春（Iuvenis）（*ibid.*, 417）交战时，她出乎意料地返老还童了。在汉维尔的约翰《阿基特莱尼乌斯》中，自然（Natura）也是年迈的少妇（*SP*, I, 369）。

2 Natura in Brunetto Latini in the *Tesoretto* (*ZRPh* [1883], 338, 29) and in the *Tresor* (ed. Chabaille, p. 3).——Henry of Settimello, III, 1 ff. (*PL*, CCIV, 843 ff.).——Dialectica in Anselm of Besate (ed. Dümmler, p. 48).——The Sibyl in Bernard Silvestris' commentary on Virgil (ed. Riedel, p. 43).——不过，Guillaume de Lorris (2978) 笔下的理性“既不很高，也不很矮”（ne trop haute ne trop basse）。——公元 968 年的《波尔德地方志》（*The Annales Palidenses* [*MG SS*, UVI, p. 64]）曾记载，有人在梦中看到了一位身材超人的妇女。她说道：“我的名字叫痢疾（Dysentery），我会在你的肚子里暂住时日。然后，我将藏在七个大地主的内脏中。”不久，这个人真的害了病，而那七个地主也在一年之内相继离世。

3 【中译者注：见《罗念生全集第五卷 · 伊里亚特》，上海：上海人民出版社，2007 年，第 122 页。】

4 E. Hennecke, *Neutestamentliche Apokryphen 2* [1924], p. 336. No. 4; p. 341, No. 10, etc.

此”。[1]很多近代学者也都采取了同一阐释方法，但这样做是否有马后炮（a post facto rationalization）之嫌？《黑马牧人书》堪称早期基督教幻象文献中最重要的作品。因此，如何阐释该作品，就具有至关重要的意义。对其作者而言，超自然的女救世主无疑是真实的。从风格角度看，作者并未遵循固有的文学模型；因为我们没有在寓言中看到他“隐藏”了某个类似“脱胎换骨”（evolution）观念的近代抽象概念。该作品具有鲜明的个人特征。其中返老还童的老妪形象也是根据个人经验而作。激发作者创作欲的，乃是因为其超越意识的实体存在受到了影响。 104

克劳狄安把头发花白、老态龙钟的罗马女神引见给朱庇特，接着朱庇特鼓励女神，并使她返老还童（*De bello Gildonico*, I, 17-212）。克氏笔下的自然女神（the goddess Natura）虽然上了年纪，但仍拥有少女的花容玉貌（*De consulatu Stilichonis*, II, 431 ff.）。克氏也像《黑马牧人书》作者一样，想到了年迈的少女救世主（old-young redemptress）。在一些人看来，罗马女神返老还童可解释为，罗马在皇帝狄奥多西（Theodosius）的统治下重振雄风。[2]不过，如此一来就无法看清这一概念的本源。不要忘了，在克劳狄安的作品里，自然女神是与罗马女神并肩而立的。对于古代晚期异教而言，这两位女神都是真真切切的神力（divine powers），比奥林匹斯诸神还要真实。[3]原本深奥的年迈女神的意象随后成了那一时期的主流。即便阿拉里克（Alaric）占领罗马后，纳玛提安努斯（Rutilius Namatianus）（I, 47-164）仍然向满头华发、上了年纪的罗马女神（Dea Roma）祷告，其祷文的高潮之处就是愿女神返老还童。

1　Selma Hirsch, *Die Vorstellungen von einem weiblichen Pneuma Hagion im Neuen Testament* (Berlin dissertation, 1926), 40 f. Marin Dibelius (Der Hirt des Hermas [1923], 451 f.) 认为，以救赎者身份出现的老妪，其原型是库迈的女先知（Cumaean Sibyl）；作者增加返老还童的内容，是为了表明基督教会眼见日益壮大（477）。换言之，作者已经把表示尊严的“年长”（age as a predicate of dignity）从最初的女先知形象，一转放到了理想教会上，随后他又尝试着根据自己对罗马帝国教会的反思，来阐释教会女先知（the Sibyl Ecclesia）的意象；为此，他把女先知的意象改头换面，使之符合自己不同以往的阐释内容（479）。

2　普鲁登提乌斯也写过返老还童的罗马（*Contra Symmachum*, II, 655 ff.）；可以说，他给克劳狄安一个基督教式的回答。

3　奥托三世（Otto III）在位期间，罗马仍盛行古代城市女神的崇拜（Fedor Schneider, 151 f.）。

到了5世纪，年迈的超自然少女形象已沦为修辞上的陈词滥调。[1]不过，在波伊提乌在著作中，它再次获得宗教的供奉。

在弥赛亚信仰与天启论盛行的时期，日薄西山的象征人物，好似饱饮鲜血的影子一样，又重获了新生。1830年革命前后，法国曾经历这样一段时期。那时，年纪轻轻的巴尔扎克笔下，就已经出现寓言式人物。他们代表了为新时代的统治权……为赢得巴尔扎克灵魂青睐而针锋相对的几股势力。在《耶稣·基督降临弗兰德》（*Jésus-Christ en Flandre*, 1831）中，教会就以牙齿掉光、头发全无的老妪形象现身梦境。做梦者问她："你的美颜呢？"（Qu'as-tu fait de beau?）突然，她摇身一变："听到这么一问，那位小老妪一下子直起腰，撕去身上的破衣烂衫。她的个子渐渐高起来，人也变得熠熠生辉。她微笑着，从黑蛹里破壳而出。我眼前的这个像新生蝴蝶一样，从棕榈叶中绽放的印第安生命，白皙而年轻，穿着一条亚麻裙。她肩上的金发随风飘动……"这就是黑马的"基督教"——虽出于截然不同的时期，却仍然保留了古代晚期超人女救世主的作用，并且可以从年迈化作年轻，从普通的人类长成巨
105 人。巴尔扎克是热心的读者，醉心于通神论（theosophy）、人神合一论（illuminism）以及神秘主义。然而，比起巴尔扎克的资料问题，我们更应注意他为老年观念赋予了生命的魔咒。这里，我们可以发现，一千五百年后，某个似乎早已打入冷宫的主题可以返老还童。

要理解这一点，我们就必须知道，该主题根植于灵魂更深处。它位于集体无意识中的古代原始意象（archaic proto-images）。我们在黑马、克劳狄安、波伊提乌、巴尔扎克作品中发现的女性，其特征都符合梦的语言。在梦里，它可以让更高级的存在降临到我们身边，来鼓励、指导甚至威胁我们。在梦里，这样的形象可以既大又小，既

---

1 在福尔根提乌斯（Fulgentius）的《神话寓说》（*Mitologiae*）（Helm, p. 14）中，哲学（Philosophia）便是如此。马提阿努斯·卡佩拉的七艺亦如此。语法"年事已高，却彬彬有礼"（aetate quidem longaeva, sed comitate blandissima）（ed. Dick, p. 82, 11）；辩证法"是白发苍苍的老妪，看上去却身手敏捷"（pallidior paululum femina, sed acri admodum visu）（151, 15）；修辞是"身材高大的妇女……脸上焕发着女性的美丽"（quaedam sublimissimi corporis... vultus etiam decore luculenta femina）（211, 10）；几何"德高望重……散发着威严的气质"（reverenda venerabili dignitate... luculenta maiestate resplendens）（291, 7 ff.）；算术"是文质彬彬的女士，举止间可见最高贵的风韵"（femina miri decoris, sui quaedam maiestas nobilissimae vetustatis）（365, 5）；天文"是品行高洁、受人尊重的妇女"（femina quadam venerabilis excellentiae celsitudine reverenda）（422, 5）；和声（482）未详加描写。马提阿努斯的书中可以看到，同一范式（schema）有六种变化。

老又少；他们也可以同时具有两种身份，能既让人全知，又令人一无所知。于是，我们可以明白（在我们的梦里）：这个人肯定是别的什么人。不过，这样的意象也可出现于冥想状态。例如，有人看到一个老妪“头发大卷，满头华发”，可到了后来的幻象中，她又返老还童成“金发”女子。[1]在我们探讨的所有文章中，返老还童的现象，象征了对人格再生的渴望。近代启蒙观点认为，中世纪修士的幻象、对奇迹的解释以及诸如此类的东西，已经被世人当作轻易上当的年代里傻乎乎的寓言而抛诸脑后。如今，我们可以从更深刻的角度来理解这些内容。分析早期基督教圣徒传，将使我们受益匪浅。例如，阿塔纳修斯在其著名的《圣安东尼传》中写道，折磨埃及僧侣的恶魔身高“直达天棚”（第二十三章），“直冲云霄”（第六十章），能化作女性；当然，这些消极描写与积极的拯救幻象截然相反。它们所用的也是永恒的梦的语言。

当我们跟随自然女神（the goddess Natura）一同穿越古今，古代心理世界与文学主题的联系，将变得更为清晰。

1　Oscar A. H. Schmitz 在其自传《故我在》(*Ergo sum*, 1927)（见第 360 和 384 页）中记载了这件事。他从返老还童的女子身上，认出了“自己灵魂的意象”。

第六章　自然女神

一、从奥维德到克劳狄安；

二、伯纳德·西尔维斯特里斯；

三、断袖之恋；四、里尔的阿兰；

五、厄洛斯与道德；六、《玫瑰传奇》

一、从奥维德到克劳狄安

106 奥维德的宇宙论，是从描述混沌开始的（*Met*., I, 5 ff.）。那时，寒冷与酷热相争，干燥与湿润对战，柔软与坚硬厮杀，沉重与轻盈对决。但后来，一位神祇，或者说温柔的自然女神，调解了这些纷争：

> 但一位神祇，或者仁慈的自然结束了一切争斗。
>
> Hanc deus et melior litem natura diremit.

至于是神祇，或是自然，奥维德没有说明“到底是哪一位”（quisquis fuit ille deorum）。四个世纪后，克劳狄安接过这个话题。不过，宇宙的概念已经有所改变。调解元素之间自古以来纷争的不是某个神祇，而是自然（Natura）。在克劳狄安看来，自然是一位威力巨大的女神。她委派神祇辅佐年轻的宙斯。另外，她还是帮助神祇婚配的媒人（pronuba）。为了让新神祇出生，她撮合了普洛塞庇娜（Proserpine）与冥王普鲁托。由于人类终日慵懒、碌碌无为，引得宙斯欲结束黄金时代。这时，自然女神在宙斯前的一句怨言，促使了农业的兴起。“身为门槛的卫士”，鹤发童颜（vultu longaeva decoro）的她坐在白发苍苍的艾昂（gray Aevum）的洞穴前。[1]

自然女神是宇宙的力量。她位于宙斯与众神之间，掌管婚姻与生育，凭借自己的怨言甚至能影响历史进程。这里，克劳狄安的说法很接近古代晚期神学。该神学已知最完整的文献是公元 3 世纪或 4 世纪，（可能）由埃及或小亚细亚的无名氏创作的俄派赞美诗（Orphic hymns）。[2]其中，第十首是献给自然（Physis）的。在这首三十行的六音步诗中，汇集了关于自然女神的八十多处描写。她是年过花甲的
万物之母；她像父亲，像母亲，像乳母，像支持者；她聪颖过人，慷慨大方，统 107
摄一切；她是众神的榜样，是创造者；最先出生的她拥有永恒的生命与不朽的天命（providence）。这位万物女神并非某个拟人化的思想观念，而是晚期异教世界最后的宗教经验之一。[3]她拥有无穷无尽的生命力。不过，俄耳甫斯教派的自然确实千变万化！歌德的自然科学论著中，有一篇著名的《自然论选段》（*Fragment über die Natur*）。1782 或 1783 年，该作品最初匿名发表在《提夫特杂志》（*Tiefurter Journal*），后以手抄本形式流传开来。1783 年 3 月 3 日，歌德致信克内贝尔（Knebel），称自己不是该文作者。几周后，冯·施泰因夫人（Frau von Stein）声称，选段作者为苏黎

1 The passages from Claudian: "veterm... tumultum Discrevit Natura parens"(*De raptu Proserpinae*, I, 249). —— "famulosque receipt Natura tradente deos" (*De quarto consulato Honorii*, 198 f.). —— "pronuba" (*Magnes*, 38). —— "Jam laeta futuros Expectat Natura deos" (*De raptu Proserpinae*, II, 370 f.) Complaint of Nature: *De raptu Prosperpinae*, III, 33 ff. ——Seat before the cave: *De consulatu Stilichonis*, II, 424 ff.

2 *Orphei Hymni*, ed. Guilelmus Quandt (Berlin, 1941), Prolegomena, p. 44.

3 On the hymn to Physis, cf. Otto Kern, *Die Religion der Griechen*, (1938), 83 f. ——For the goddess Natura: Joseph Kroll, *Die Lehren des Hermes Trismegistos* (1914), 130 ff. ——R. Reitzenstein, *Das iranische Erlösungsmysterium* (1921), 183 f. ——Ernst Bernert, *RE Neue Bearb*., half-vol. XXXIX (1941), 1129. H. Leisegang, *ibid*., 1130. ——俄派赞美诗选中，自然颂歌之后是万物之神潘神颂歌。——在卢克莱修笔下，维纳斯是万物生命的创造者；她统摄“万物的自然”（nature of things，I, 21），在另一段落中，亦即“创世的自然”（natura creatrix，II, 1116）。阿普雷乌斯（Apuleius）认为（*Met*., ed. Helm, p. 98），维纳斯被称为“自然万物的老母亲，一切元素的本源”（rerum naturae prisca parens, elementorum origo initialis）；在卡佩拉笔下（ed. Dick, p. 36, 18），她是“生养万物的母亲”（generationum omnium mater）。除了自然与潘神，普利阿普斯（Priapus）也成了万物之神。例如，安东尼时代的一则有韵铭文如此写道：“哦，普利阿普斯，强而有力的朋友，你好！ / 或者你更希望别人称你为宇宙之父、创世主、自然本身、潘神，你好！”（O Priape potens amice, salve, /Seu cupis genitor vocari et auctor/ Orbis aut Physis ipsa Panque, salve）（Buecheler, *Carmina epigraphica*, 1504 C.）——诺努斯（Nonnus）眼中的自然（ed., Ludwich, I, p. 59, 650）是“宇宙的创造者”和“生发的乳母”（Nurse of Becoming，p. 152, 4）——在西多尼乌斯的作品中（*Carmina*, I, 1），自然女神帮助年幼的朱庇特登基。

世人托布勒（1781 年，他曾访问魏玛）。1828 年，歌德再次读到这篇文章。同年 5 月 24 日，他给总理穆勒（Chancellor von Müller）致信道："虽然我记不得自己写过这些内容，可它们非常契合我头脑中后来迸发的思想。"不过那时，托布勒（Georg Christoph Tobler, 1757—1812）早已把俄派赞美诗译成六音步诗。《提夫特杂志》上的选段乃是托氏译文的分析与扩展，其中增加了源自沙夫兹伯里的内容。[1]

自然女神可以控制人类灵魂，这一点可以从基督教徒的相关论战反映出来。最先发难的是拉克坦提乌斯（Lactantius）（卒于 317 年后），随后普鲁登提乌斯在其诗歌《反对西马库斯》（*Against Symmachus*）（作于 402 年）中继续了这一话题。他把自然女神列入了讨伐的异教神祇之列。上帝是她的主人。她并非人类的创造者，而只是延续者。普氏为 4 世纪反克劳狄安派人士（Anticlaudianus）。类似论战贯穿了整个中世纪。[2]

108 然而，异教的自然女神从未从人们的意识中消失殆尽。即便到了 10 世纪，还时常有人提到并称呼她的希腊名字。[3]

---

1 The fact was published almost simultaneously by Franz Schultz in *Internationale Forschungen zur Literaturgeschichte——Festschrift für Julius Petersen* (1938), 79 ff. and Franz Dornseiff in Die Antike, XV (1939), 274 ff.

2 Lactantius, *Div. inst.*, II, 8, 21-25 and III, 28, 4. ——Prudentius, *Contra Symmachum*, I, 12, and 327; II, 796 f. ——Sedulius, I, 85. ——Dracontius, *De laudibus dei,* I, 23 ff.; I, 329 ff.; III, 3 and 549.——伊西多尔提到赫尔莫根尼斯（Hermogenes）的异教教义（受到德尔图良指斥），"他认为，物质跟上帝一样，都不是孕育而来；此外，他还坚信，世上存在元素女神，元素之母"（qui materiam non natam introducens deo non nato eam comparavit, matremque elementorum et deam adseruit）（*Et.*, VIII, 5, 30）。——*Poetae*, IV, 812, 57："唯一的上帝、创世者、大自然的处置者。"——"自然的创造者上帝"（Deus naturae formator）：*Carm. cant.*, p. 36, No. 12, 1a. ——Giraldus Cambrensis (ed. Brewer), I, 341："自然之父孕育万物的理式"（Naturae genitor generum concepit ydeas）——John of Salisbury, *Entheticus*, p. 258, 625："一切成因的唯一意志与神性缘故，便是柏拉图常说的自然。创造的万物皆听命于他的权威，成因的秩序也完全追随他的脚步。"——*A. h.*, XV, 241："斯多葛学派把自然、形式、实体称为'上帝'，把他的计划称为'境遇'。斯多葛信徒崇拜未来，他们始终在亵渎神明。"

3 在一封匿名论战书简（*NA*, II [1877], 227 f.）中，她被称为"natura creatrix, deum generation, inclita physis"。

二、伯纳德·西尔维斯特里斯

在12世纪上半叶的哲学思潮中，阿贝拉尔的辩证法最让近代学者魂牵梦绕。身为神学家，阿贝拉尔“创造了经院哲学的方法”。同样，其伟大的反对者明谷的伯纳德的神秘主义，也得到世人的研究与欣赏。但维克托派（the Victorines）教义的关注者却少之又少。对于柏拉图主义，仍有很大一部分有待研究。亚里士多德主义兴起以前，中世纪处处可见柏拉图的影响。吉尔松（Gilson）高兴地写道：“柏拉图本人是见不到了，可柏拉图主义却俯拾皆是。”（Platon lui-même n’est nulle part, mais le platonisme est partout.）“换言之，柏拉图主义中，到处是形形色色的柏拉图主义。”（Disons plutôt qu’il y a partout des platonismes.）[1]然而，柏拉图主义的种类五花八门。沙特尔教派的柏拉图主义，就有别于以语法和修辞为基础的人文主义的柏拉图主义。对于柏拉图的作品，中世纪只知道卡尔西狄乌斯（Chalcidius）（4世纪）译注的节本《蒂迈欧篇》（*Timaeus*）。不过，阿普雷乌斯（2世纪）具有柏拉图色彩的著作——《论柏拉图及其学说》（*De Platone et eius dogmate*）、《论世界》（*De mundo*）、《阿斯克勒比乌斯》（*Asclepius*）（该作品其实并非阿氏所作），以及马克罗比乌斯[2]和波伊提乌的著述，才被奉为圭臬。卡佩拉的同样也不可或缺。这么多材料，实在难以理出个头绪！沙特尔的柏拉图主义变化不定，需要科学地整理。在文学史上，它可比阿贝拉尔和明谷的伯纳德还重要。

图尔的伯纳德·西尔维斯特里斯（Bernard Silvestris of Tours），与沙特尔学派有着紧密的联系。他是诗人、哲学家，曾用寓言式方法评注《埃涅阿斯纪》；他撰写的

1 E. Gilson, *Philosophie du moyen âge 2* (1944), 268. ——如果失去语文学的基础，我们便不可能科学而稳妥地考察中世纪哲学。在这个方面，仍需后人的努力。我们缺乏像Zeller的《希腊哲学》（*Philosophie der Griechen*）这样的材料。R. Klibansky的《中世纪柏拉图传统的连续性》（*The Continuity of the Platonic Tradition during the Middle Ages* [London, 1939]）指出了中世纪拉丁文与阿拉伯文的柏拉图文本语料库。【在圣安布罗修的《创世六日》（*Exaemeron*）的第一段话概括了柏拉图主义的神学与宇宙学：“人类已经采纳了这个观点，有些人甚至相信，世间万物都存在三种元素：神、元形和质料，柏拉图及其信徒便如此认为。他们声称，这三种元素坚不可摧，无法创造，没有起始。他们认为，神与其说是物质的创造者，不如说是模仿例证的艺术家，换言之，他运用业已存在的材料，亦即他所谓的‘原质’，创造了宇宙，而他的工作源于业已存在的思想。”】

2 【早在12世纪初，Philippe de Thaon就已经在俗语版训导诗中介绍了马氏（*Computus*, ed. Mall, 1191 et 1517）。】

109 不少修辞学、诗学“总论”（summa）（已佚），开创了 12、13 世纪最为重要的拉丁诗艺。[1]对我们而言，伯纳德最重要的作品是写于 1145—1153 年间的《宇宙论》（*De universitate mundi*）。[2]从形式上看，这是一部散文与诗歌相混合（prosimetrum）的作品，就像波伊提乌有的《哲学的慰藉》和卡佩拉的《菲洛罗吉亚与墨丘利的婚礼》。该书共两卷，分别为《大宇宙》（*Megacosmus*）和《小宇宙》（*Microcosmus*）。作者开篇描述了物质（森林 [silva]；伯纳德的姓正源于此）的状态——无形的混沌企盼和谐的秩序。“宇宙的胚胎昏昏欲睡，毫无生机，等待着生长发展。”（slumbrous vitality of the cosmic substrate, awaiting development.）[3]自然女神向努斯（Noys）（希腊文 νους）——由神性散发而来的女性（a feminine emanation of the Godhead）——抱怨这一切。作为“至高上帝的智力”（13，152）与关照（Providence）（5，17），努斯俨然在镜中，看到了注定发生的时代更迭，以及文化英雄、主要典型人物的出现。遴选过程至关重要。最先是希腊的第一位法律制定者国王弗罗内乌斯（Phoroneus）（他的事迹见于 Augustine, *Civ. dei*, 18; Isidore, *Et.*, VI, 1; 以及神话收集者等文献中）。接下来是水火不容的底比斯兄弟；葬身火海的法厄同（Phaeton）；逃离洪水的丢卡利翁（Deucalion）；雅典王考德鲁斯（Codrus）（Juvenal I, 2 当中忍饥挨饿的可怜人）和吕底亚王克罗埃索斯（Croesus）；通奸者帕里斯与赤子希波吕托斯；普里安与勇士图尔努斯（Turnus）（见《埃涅阿斯纪》）。其他成对出现的人物还有：智多星尤利西斯（Ulysses）与大力士赫拉克勒斯（Heracules）；第一个拳手波吕克斯（Pollux）与第一个舵手提弗斯（Tiphys）；修辞学家西塞罗与几何学家泰勒斯；诗人马洛（Maro）（维吉尔）与雕刻家米隆（Myron）；圣贤柏拉图与勇士阿喀琉斯；追求奢华的尼禄

1 有关伯纳德的研究中，Faral 的（*Studi medievali, Nuova Serie*, IX [1936], 69-88）最为基础，不过他显然漏掉了 Bliemetzrieder 对《数学家》（*Mathematicus*）的论述（Adelard von Bath [1935], 213-242）。

2 Ed. C. S. Barach and J. Wrobel (Innsbruck, 1876). 编者将他与沙特尔的伯纳德混为一谈。

3 这里，我借用了 Pascual Jordan, *Die Stellung der Naturwissenschaft zur religiösen Frage*，该文把自然问题视为创造（见杂志 *Universitas* [Tübingen, Jan., 1947]）。“毫无疑问，一切无组织的存在都按照必然性活动。然而，在原子物理学的视阈中，我们处处（即便是无组织的状态）都或多或少地看到一些**痕迹**。那是我们所谓的自由（其定义是我们根据自然科学的标准而制定的）的痕迹。当然，仅靠自然科学手段，我们无法判断这些痕迹是否仅为创造性自由的最低等级（这一点在人类身上充分表现出来）——宇宙的胚胎昏昏欲睡，毫无生机，等待着生长发展，抑或宗教意义上的创造或分发的痕迹与标识。”

(Nero)[1]与慷慨解囊的提图斯（Titus）。倒数第二位是贞女玛利亚，最后一位是教宗尤金尼乌斯三世（Eugenius III）（伯纳德创作时正值他的统治）。所有这些人物都是由星宿注定的（praeiacet in stellis series）。[2]努斯与她的诗人虽然给基督教天启及其在《旧约》中的预示赋予了重要意义，但她们更看重弗罗内乌斯、帕里斯、波吕克斯。如此一来，宇宙史成了修辞典型人物系列展。 110

这些人物都是努斯的散射物，并与恩德勒其亚（Endelechia）(13, 168)（即亚里士多德的生机 [entelechy][3]），以及世界之灵（World-Soul）一同出现。她们属于“黄金巨链”[4]，使天堂出现，进而让天堂出现星宿，星宿产生世界 (31, 76)。天上住着“本源之本源的”（superessential）上帝。在天堂中，努斯的宝座位于普智天使基路伯（Cherubim）与六翼天使撒拉弗（Seraphim）之间。接下来是级别较低的天使，恒星、星座、黄道带符号、行星，数量有五十多对。书中对地球的描写，则采取了诗歌对话的形式。作者提到的二十四座山中，有超过二十座是取自古代诗人的（列出西奈山是为了向摩西致敬）。奥埃塔山（Oeta）埋葬了赫拉克勒斯，洛多普山（Rhodope）乃诗人的圣地，弗洛伊山（Pholoe）为马人（centaurs）的乐园，这些知识都是修辞教育不可或缺的内容。列举动物时，要按照体型，从大到小排列。在大象和地松鼠之间，还有桀骜不驯的野驴，以及尿液可硬化为宝石的猞猁。著名的河流有幼发拉底河（因亚述女王塞米拉米斯而闻名）、底格里斯河（罗马将军克拉苏败走于此）、尼罗河（庞贝在此遇刺）……《圣经》里也有不少地方提到这些河流，但伯纳德更喜欢古代的记述。至于《圣经》的河流，他只提到了西罗亚池子（the pool of Siloam）与约旦河。树木的挑选也遵循同样的原则。柏树、圣栎、莲花、悬铃木、

---

1 对尼禄的正面评价肯定来自 4 世纪的异教文献。参见 A. Alföldi, *Die Kontorniaten* (1943), 59。

2 在乔叟（Chaucer）的作品中（*The Man of Law's Tale*, 197 ff.），以下人物是作为注定的天象而列举的：赫克托耳（Hector）之死、阿喀琉斯之死、恺撒之死；底比斯战争；赫拉克勒斯、参孙（Samson）、图尔努斯、苏格拉底。

3 出自卡佩拉：“亚里士多德冲破云霄，更加小心翼翼地寻找万物的圆极。”（Aristoteles per caeli culmina Entelechiam Scrupulosis requirebat.）(ed. Dick, 78, 17) 所有手稿都写作 endelechia。古希腊语的“-nt-”在新希腊语中变为“-nd-”。

4 “荷马的黄金巨链”（aurea catena Homeri）（见 *Iliad*, VIII, 19）这种说法经常用于古代晚期的散射系统（emanastistic systems）及其衍生物。——Goethe, *Dichtung und Wahrheit*, II, Book 8 (Jubliäumsausgabe, 23, 153). ——A. O. Lovejoy, *The Great Chain of Being* (Cambridge, Mass., 1936). ——Emil Wolff, *Die goldene Kette. Die aurea catena Homeri in der englischen Literatur* (1947).

维纳斯的桃金娘、阿波罗的月桂以及北方的森林。山脉中，最先提到的是皮奥夏山（Boeotian）（因为有赫利孔泉），它是为“取悦诗人”而造；当初伊达（Ida）用这山上的树林给帕里斯的战船提供木材，所以没有这座山，便没有特洛伊战争，没有荷马。阿卡德米橄榄园（the Grove of Academe）也不能少，因为柏拉图很可能时常光顾。蔬菜与草木的遴选不是听诗人的，而是从医学出发：牛膝草对胸腔有益，芥末与“萨梯里翁”（satyrion）（一种兰花）则是催情剂。在鱼类当中，有一种可以让老年人春心荡漾。由此可见，整个宇宙已经安排得井井有条。宇宙是永恒的，因为创造它的动因（causes）是永恒的。

自然女神对自己的作品赞叹不已：她创造物质，为星宿确定轨道，为地球赐予生命的种子。现在，她打算把人类作为自己创造工程的画龙点睛之笔。可要完成这个工作，她还需要帮助。努斯建议她向缪斯女神乌拉尼亚和福西斯（Physis）求助。于是，自然女神便穿过数重天。在天空的最上层是不动天（aplanon）（aplanes[1] in
111 Macrobius, *Comm, in Somn. Scip.*, I, 11, 8）；那里永恒不变，因为它是由第五种元素组成；此外，它又被称为“多形”（pantomorphos）。自然女神在不动天看见一位“乌西亚克”（Usiarch）（行星主管），和一位正在埋头写作的“天赋”（Genius）。乌拉尼亚以姐妹之道迎接自然女神，并同她一起登上了天上的至圣所（the celestial holy of holies），亦即最高神性的宝座（它又名“至善”[Tugaton]，也就是柏拉图的善的观念）。[2]马克罗比乌斯曾把至善描述为众神的最高统治者（*Comm. In Somn. Scip.*, I, 2, 14）。两位女神向这位“三位一体至尊”（triune majesty）祈祷，随后便穿过层层行星天（the heavens of the planets）降临下来。她们各被委派一个古代神祇，行使“乌西亚克”的权力。由于法厄同与普赛克装点的太阳天（the heaven of the Sun）实在绚丽夺目，两位旅人迟迟不肯离去。最终，她们来到至福之境（Elysian Fields），找到了维纳斯、丘比特，然后不得不降临到，把纯净的以太（天）与肮脏的地球截然分开的月球。月球是黄金巨链的中间一环，是上层世界与下层世界的交界处。那里居住着成千上万快乐的灵魂；他们有些是天使，但其他的就是古老的田野之神、森林之神和海洋之神。在一片长着东方花草、香气四溢的乐土（又名“格拉努西

1 ἀπλανής（“不活动的”）意为“固定”。

2 Tugaton 即 τὸ ἀγαθόν。

恩”[Granusion]），住着福西斯与她的两个女儿——提奥利（Theory）和普拉克提斯（Practice）。这时，努斯也来到了两位女神身边。她提出了创造人类的构想。人应该兼具神性与人性。行星的运动应预示他的一生，他应知晓宇宙，统治地球，且死后可以升天。乌拉尼亚、福西斯和自然女神，接过努斯赠予的天命鉴（the Mirror of Providence）、数命录（the Table of Fate）、往事书（the Book of Memory），然后一同创造了人。造人工作的最后，作者诗意地描绘了人、人的器官及其用途。其中最后几行歌颂了男性生殖器，“只要有需要，那么不管何时，不论它如何使用，不论它使用多久，都是快意而合适的”。它们能抵抗死亡，修补自然，延续物种，防止混沌复归。由此，伯纳德的作品又回到了出发点；大宇宙映衬在小宇宙中。

这部作品值得彻底研究一番。它是“黄金巨链”中，连接晚期异教与 12 世纪文艺复兴的纽带。[1]阿兰（Alan of Lille）的思想便源于此，而拉丁诗艺（约始于 1174 年旺多姆的马修 [Matthew of Vendôme]，[2]并一直持续到 13 世纪）亦源出于此。德国人艾伯哈特将该书纳入课程作家的经典之中（Faral, 361, l, 684）。

如今，人们常常提起 12 世纪的人文主义，可很少有人将其各个层面一一梳理出来。索尔兹伯里的约翰正是这项工作最杰出的代表。此人乃基督徒兼人文主义者。 112
相反，伯纳德代表了欲扫除一切基督教色彩（除少数最基本的思想）的异教人文主义。它的地理学、历史学、植物学全靠罗马诗歌。它的自然女神是克劳狄安塑造的。女神的不满影响了宇宙的进程（Natura plangens）。她掌管整个生物界的生育，而她自己就是生育力旺盛的母亲（mater generationis）。[3]作为“源自上帝的女神”——努斯的女儿，自然女神分享了神性的存在（the being of the Godhead），但她也与物质相连。这里，我们看到了一幅调和主义的（syncretistic）宇宙图景，其中有高级神祇、低级神祇、散射物、星际之灵、自然之灵。它们全都浸润在宗教与性欲相混合的生殖崇拜当中。中世纪很少能见到这样的文献，除了某些圣杯（Grail）传奇。圣杯传奇的

1　该书现存超过 25 个手抄本，可见流传甚广。1876 年版编者仅知道两个本子。对 Gervase of Melkley（生于约 1185 年，1220 年时仍在世）而言，伯纳德是修辞学权威（*Studi medievali, N. S.*, IX [1936] 68 f.）。薄伽丘在评述但丁时还曾引用《大宇宙》（ed. Guerri, I, 233）。

2　他是伯纳德的学生：“他教我歌颂图尔的荣耀：教师、树林、宝石学、学者的荣誉。”（Me docuit dictare decus Turonense: magister/ Silvestris, studii gemma, scolaris honor.）（*SB München* [1872], 581）

3　物质是“虽年老，但生育繁多的自然”（Naturae vultus antiquissimus, generationis uterus indefessus）（p. 10, 48）；“生育之母—自然”（mater generationis Natura）（p. 53, 31）。

年轻主人公来到一片缺少水源和植被的荒地。荒地的统治者是一位疾病缠身的渔王，他仅靠取之不尽的圣杯苟延残喘。他害了什么病？传奇的很多版本都避而不谈，但也有指出的：渔王跟挥刀自宫的弗里吉亚人阿提斯（Phrygian Attis）一样，失去了生育能力，这也是阿多尼斯的致命伤。治疗那位祭师国王（priest king），将拯救奄奄一息的土地，因为渔王的疾病乃土地贫瘠的罪魁祸首。古代的植被崇拜似乎与古代晚期圣餐（Eucharist）的象征意义联系起来，并悄无声息地流传至中世纪。这一产物后来传入了亚瑟王传奇和宫闱小说中。在后来的许多版本里（尽管并非所有版本均如此），原故事最初的意义已荡然无存，有的版本是由不谙故事的诗人所制，有的则以并不公允的教会修订版为基础。[1]

把思考宇宙同赞美生育力合而为一，这不仅与柏拉图主义格格不入，连基督教也难以接受。不过，伯纳德却在《阿斯克勒比乌斯》(*Asclepius*)（它随阿普雷乌斯的其他著作一同流传下来）中找到了它的痕迹。[2]然而，阿普雷乌斯被视为柏拉图主义者。伯纳德涉猎《阿斯克勒比乌斯》的目的有很多，有时是出于词汇原因。
113 不过，其他古代晚期文本同样也称颂至高上帝的普遍生育力。兹举提伯利阿努斯(Tiberianus）的一首赞美诗为例，现节引如下：

---

1 圣杯传奇的这一思想（在此我无法详述）又由 W. A. Nitze（"The Fisher King in the Grail Romances," *PMLA*, XXIV [1909], 365）与 Jessie L. Weston（*The Legend of Sir Perceval* II [1090]; *From Ritual to Romance* [1920]）独立演绎。另见 W. A. Nitze, *Perceval and the Holy Grail* (University of California Press, 1949)。

2 Ed. P. Thomas, *Apulei opera*, III (1908), 36-81. ——《阿斯克勒比乌斯》是从希腊原文翻译而来；阿普雷乌斯的作者身份直到 19 世纪才受到质疑。Walter Scott 的版本（*Hermetica I*, [Oxford, 1924]）已被 A. D. Nock 和 A.-J. Festugière 的本子（*Corpus Hermeticum* [Paris, 1945: *Collection des Universités de France*], 2vols）取代。——另见 Festugière, *La Révélation d'Hermès Trismégiste*, I (1944), 67-88。伯纳德从《阿斯克勒比乌斯》中汲取了"乌西亚克"、"多形"与"命运"(imarmene）的思想（*De univ.*, 32, 123 = *Asclepius*, ed. Thomas, p. 54, 6 ff.)；"森林的恶毒"(malignitas silvestris)（p. 9, 27 = *Asclepius*, p, 50, 24)；繁衍的宗教祭献（*Asclepius*, p. 56, 21 ff.)。——见 Festugière, *Les Dieux ousiarques de l'Asclépius* (*Recherches de science religieuse*, XXVIII [1938], 175)。——E. Gilson 试图把伯纳德的作品视为对《创世记》的阐释，这是错的。Gilson 把努斯当作男性，将其等同于逻各斯（Logos)，还强调赫尔墨斯的成分（the Hermetic elements)，结果完全曲解了原意（*Archives d'histoire doctrinale et littéraire du moyen âge*, III [1928], 5 ff.)。——还有其他可以参看的资料，如 pp. 70, 158 ff.，其中作者从词汇和意识形态角度考察了与马克西米阿努斯（Maximianus, V, 110 ff.）的联系。

你是一切神祇，你是万物之因、之力，
你是自然及其作品，你是无数且唯一的上帝，
你是旺盛的生育力；你诞下了这位神祇，
创造了这个世界，这个神人共有的家，
这一切都灿烂地点缀着崇高的青春之花。

Tu genus omne deum, tu rerum causa vigorque,
Tu natura omnis, deus innumerabilis unus,
Tu sexu plenus toto, tibi nascitur olim
Hic deus, hic mundus, domus haec hominumque deumque,
Lucens, augusto stellatus flore iuventae.

如前所见，伯纳德的异教人文主义来源甚广，它为其后的几个时代提供了充分的营养。然而，如果就此认为他将古代的自然神性与生殖神性重新引入基督教时代，那就完全误解了他的历史意义。这方面伯纳德是独一无二的。不过，在著作中，他让人充分意识到 12 世纪——这个“世界的青年时代”（iuventus mundi）——的重要基础。有一种生命感是生命用自己的泉水哺育而来的，唯有从这种生命感出发，我们才能理解 12 世纪的“文艺复兴”。

三、断袖之恋

穿越数重天时，伯纳德的自然女神还拜访了墨丘利（Mercury）的星球。在那里，女神发现，库勒尼乌斯（Cyllenius）（其实是墨丘利的姓，但这里显然另有所指；原文难解）受盛怒的战神玛斯（Mars）的影响，或“朱庇特的纵容”（暗指朱庇特的斟酒童盖尼米得 [Ganymede]？见 pp. 45, 166 ff.），正变成双性人（hermaphrodite）。在古代晚期，双性人不但是雕塑家热衷表现的主题，而且还是短篇抒情诗的最爱[1]：明证之一就是古代的调和主义式微后，便走进了性的领域。毫无疑问，正

1　为此，12 世纪时常受人模仿。Traube, *O Roma nobilis*, 317 ff.

因如此，伯纳德才会把这一现象排入星宿之中。区分双性恋与男同性恋的标准相当灵活，在中世纪亦广为流传。基督教把男同性恋贴上了“鸡奸”（sodomy）（见《创世记》19: 5 以后）的标签，并且发现它很适合作为道德布道的主题，其中大有文
114 章。另一方面，希腊神话（朱庇特、阿波罗、赫拉克勒斯）和古代文化对此也十分赞同。[1]不过，我们往往在诗歌里看到，诗人直接承认甚至赞赏这种行为。

中世纪诗歌精品中，有一首歌是 9 世纪某维罗纳教士（clericus）写给一位被对手掠走的男孩：

啊！你是可人的维纳斯的精灵，
美哉！你浑然天成、完美无瑕的身型！
太阳、群星、大海、天空，
它们就跟你一样，而上帝使之永动。
背信弃义的死神伤不了你一根毛发，
纺线的克罗索一定会对你疼爱有加。

孩子，我衷心地恳求并希企
拉克西丝能倍加地珍惜你，
我恳请阿特洛波斯关爱你，

1 马洛（Marlowe）引用了古代典范（exempla），为爱德华二世对加弗斯通（Gaveston）的爱慕之情辩解（*Edward the Second*, I, 4）：

威震四方的帝王都有自己的宠臣：	The mightiest kings have had their minions:
亚历山大大帝钟爱赫淮斯提翁；	Great Alexander loved Hephestion;
战无不胜的赫拉克勒斯为许拉斯而哭泣；	The conquering Hercules for Hylas wept;
硬汉阿喀琉斯为帕特罗克鲁斯而憔悴；	And for Patroclus stern Achilles drooped
不仅帝王如此，智者亦然：	And not kings only, but the wisest men:
罗马人图里爱慕屋大维；	The Roman Tully loved Octavius;
伟大的苏格拉底垂怜阿尔基比阿德斯。	Great Socrates wild Alcibiades.
那么就让少不更事、	Then let his grace, whose youth is flexible,
见异思迁的国王，	And promiseth as much as we can wish,
恣意地欣赏那位徒劳而轻浮的伯爵。	Freely enjoy that vain, light-headed earl.

【中译者注：图里即西塞罗 [Marcus Tullius Cicero]，Tully 为英国化写法。】

伙伴尼普顿和特提斯照顾你。
可当你乘风破浪时，却把我遗忘！
你不对我表示歉疚，却独自飞翔，
看到你，我的爱人，我怎能不心伤？
他从坚硬的大地母亲那捡起石块，
扔过自己的肩膀，创造出了人来；
其中一块石，便是那轻蔑的男孩，
他完全不顾我苦苦的哀求！
我曾经的快乐就此让对手给带走，
而自己像受伤的雄鹿为子泪流。

O admirabile Veneris ydolum,
Cuius materiae nichil est frivolum:
Archos te protegat, qui stellas et polum
Fecit et maria condidit et solum.
Furis ingenio non sentias dolum:
Cloto te diligat, quae baiulat colum.

Saluto puerum non per ypothesim,
Sed firmo pectore deprecor Lachesim,
Sororem Atropos, ne curet heresim.
Neptunum comitem habeas et Thetim,
Cum vectus fueris per fluvium Athesim.
Quo fugis amabo, cum te dilexerim?
Miser quid faciam, cum te non viderim?
Dura materies ex matris ossibus
Creavit homines iactis lapidibus.
Ex quibus unus est iste puerulus,
Qui lacrimabiles non curat gemitus.
Cum tristis fuero, gaudebit emulus:

Ut cerva rugio, cum fugit hinnulus. [1]

115 这首维罗纳诗歌堆砌了大量典故，但它确实表达了真情实感。然而，当 12 世纪诗人纷纷以男同性恋为素材，我们往往很难判断，他们的诗歌究竟是文学典型之模仿（imitatio），[2]还是实际情感的流露。奥维德宣称（Amores, I, 1, 20），其诗歌主题：

要么是少男，要么是身着长裙的少女。

Aut puer aut longas compta puella comas. [3]

在中世纪，奥维德的“要么……要么……”常常等同于“既……又……”。布尔格伊（Bourgueil）修道院院长，亦即后任布列塔尼多尔地方（Dol in Britanny）大主教的鲍德里（Baudri of Meung-sur-Loire, 1046—1130）就曾自我辩解道：

他们指责我：放荡不羁的年轻时代，
我既写给少女，也写给少男。
可其中涉及爱情的内容，都是千真万确；
而我的歌声也赢得了他与她的爱恋。

Obiciunt etiam, juvenum cur more locutus
Virginibus scripsi nec minus et pueris.
Nam scripsi quaedam quae complectuntur amorem;
Carminibusque meis sexus uterque placet.

鲍德里的同代人，昂热（Angers）地方天主教学校校长，后任雷恩（Rennes）主

1 [Howard Mumford Jone's translation, in P. S. Allen, The *Romanesque Lyric* (replacing Samuel Singer's versified version from Traube's prose translation, in *Germanisch-romanisches Mittelalter* [1935], 124).]——该诗最初（1829 年）由 G. B. Niehbur 发表，当时 Niehbur 将其归为古代晚期诗歌。Gregorovius 从中看出，是一位罗马人为离开自己最心爱的雕塑而哀伤不已。——Re-edited, with commentary, by Ludwig Traube, *O Roma nobilis* (1891), 301 ff.

2 【有关“摹仿”的内容，见本书第十七章。】

3 But cf. *Ars*, II, 683.

教的马尔博（Marbod, 约 1035—1123），晚年曾为自己年轻时的荒唐行径后悔不迭（*PL* 171, 1656 AB）：

曾几何时，我误入歧途，迷恋爱欲……
那时，少男少女不是比风景更令我赏心悦目？
可现在，啊小爱神，我要把你锁在门外！
啊，爱情女神，我的家里也没有你的容身之处！
现在，不管是男人还是女人的拥抱，都令我作呕。

Errabat mea mens fervore libidinis amens...
Quid quod pupilla mihi carior ille vel illa?
Ergo maneto foris, puer aliger, auctor amoris!
Nullus in aede mea tibi sit locus, o Cytherea!
Displicet amplexus utriusque quidem mihi sexus.

云游四方的学者圣奚拉里（Hilary，约 1125 年，他曾听过阿贝拉尔的演讲，此 116
人生卒年月不详，出生地亦不详），为我们保留了一些诗歌，其中夹杂着虔诚与世俗欢愉，以及圣尼古拉斯的抒情诗与奇迹剧。他的诗歌书简既写给修女，也写给漂亮的男童。我们只需举一例即可（*Hilarii versus et ludi*, ed. L. B. Fuller [New York, 1929], p. 70）：

金色的发，娇羞的脸，白皙的颈，
悦耳的声，敏捷的思；为什么我赞美不停？
因为你的浑身上下，无不完美姣好，
只是你用如此秀美的外表来固守节操。

啊，相信我吧，如果黄金时代再次来了，
盖尼米得将不再服侍至高的朱庇特，
倾国倾城的你将在日间为主神把酒斟，
而夜里你将给我琼浆玉液——你的香吻。

Crinis flavus, os decorum cervixque candidula,
Sermo blandus et suavis; sed quid laudem singula?
Totus pulcher et decorus, nec est in te macula,
Sed vacare castitati talis nequit formula...

Crede mihi, si redirent prisca Jovis secula,
Ganimedes iam non foret ipsius vernacula,
Sed tu, raptus in supernis, grata luce pocula,
Gratiora quidem nocte Jovi dares oscula

之前的文本表明，11 世纪末和 12 世纪初，在人文主义者中，也可以看到一种甚至存在于高级教士阶层的毫无成见的爱欲诉求（erotische Unbefangenheit, unprejudiced
117 erotic candor）（尽管它并未广泛流传开来）。[1]只有考虑到这一点，我们才能理解伯纳

1 盖尼米得与海伦围绕该选择少女之爱，还是少男之爱展开了争论。这场匿名的诗体论辩也出于同样的情境。他们的问题被提到了众神会上，当时自然女神也在场。Walther（*Streitgedicht——vide infra*）将其追溯至 12 世纪伊始。可在朱庇特的宫殿里，自然女神、理智（Ratio）与天命（Providencia）（“quam Naturae genitor mente gerit pura”［自然之父身披的纯粹思想的外衣］，st. 14）担任的是创造工作，因此该诗必然有伯纳德的痕迹：“万物之母自然在朱庇特的宫殿，/ 思考万物的奥秘，着手创造一切，/ 她为世上新近完成的物质赋予各种形式，/ 当然她是根据万物相应的尺寸来创造”（Jovis in palatio genitrix Natura/ De secreta cogitans rerum geniture/ Hilem [hylen=silvam] multifaria vestiens figura/ Certo res sub pondere creat et mensura）（st. 13）。诗中唯一的基督教痕迹，就是提到了 Sap., 11, 21 的“万物均按照体型、数量和重量来排列”（omnia in mensura et numero et pondere disposuisti.）。为了支持少男之爱，诗人引用了如下内容：“我们做的这个游戏乃是向诸神学来，/ 至今仍流传于精英的圈子。”（Ludus hic quem ludimus, a dis est inventus/ Et ab optimatibus adhuc est retentus）（st. 30）“乡下人——应该称他们是牲畜，/ 他们，也唯有他们才会如此玷污妇女。”（Rustici, qui pecudes possunt appellari,/ Hii cum mulieribus debent inquinari）（st. 34）如此一来，这场爱欲的争论反映出教士阶级（或者更宽泛地讲，统治阶级）与农民阶级之间的阶级差别。因为，“贵族”（optimates）是如此释义的（st. 30）：“（贵族）批准这项我们知道应该得到批准的工作，/ 因为他们是喜欢规则且目空一切的家伙，/ 是喜欢与监察员争论风俗与原罪的家伙，/ 他们并不讨厌男孩滑溜溜的大腿。”（Approbatis opus hoc scimus approbatum,/ Nam qui mundi regimen tenent et primatum,/ Qui censores arguunt mores et peccatum,/ Hii non spernunt pueri femur levigatum.）（st. 40）这显然指世俗与教会的显贵。爱情类别的比较乃是一个希腊化主题（Christ-Schmid, II 6, 1 [1920], 22, n. 2），随后见于普鲁塔克（Plutarch）、托名卢基安（the pseudo-Lucian）、塔提乌斯（Achilles Tatius），以及 13 世纪的拜占庭、卡特拉里奥斯（John Katrarios）。关于该诗的讨论，见 Walther, *Streitgedicht*, 141 f。他认为该诗极有可能与托名卢基安存在“依稀的关联”。（转下页）

德。与此同时，当然也不断有人抱怨世风日下，恶习横流。在这个问题上，人文主义态度与基督教教义的冲突达到了顶峰。抱怨之声早在 6 世纪就已经存在，只不过到了 9 世纪又再次出现。[1]1150 年后，抱怨声日盛。

四、里尔的阿兰

阿兰（1128 年生于里尔，1202 年卒于西多 [Cîteaux]）是 12 世纪最重要的一位人物；他既是妙笔生花的诗人，又是才思滚滚的思辨神学家（speculative theologian）。在中世纪，这位“百科博士”（doctor universalis）（大雅博 [Albertus Magnus] 语）可谓无人不知，无人不晓。[2]

阿兰的主要文学作品是《自然之怨》（*De planctus Naturae*）和《反克劳狄安》 118
（*Anticlaudianus*）。

阿兰选择“自然之怨”作为标题，意在表明自己追随伯纳德与克劳狄安。但他

（接上页）Wattenbach 的观点可以说标新立异，他认为作者来自法国南部，因为诗中提到了橄榄树、松树（cf. p. 184 infra.）。——另外，*CB*, No. 95 与 No. 127 也至关重要。Cf. Otto Schumann in *ZfdA*, LXIII, 91-99.

1 Gildas (ca. 500-570), *De excidio et conquestu Britaniae*, ch. 28 and 29; ninth-century anonymous (*NA*, XIII [1888], 358); ca. 897 Abbo of St. Germain (*Poetae*, IV, 115, 603).—— Furthur documentation in Alwin Schultz, *Das höfische Leben zur Zeit der Minesinger,* I 2 (1889), 585.——Faral in Romania (1911), 213, n. 1.——John of Salisbury, *Policraticus*, ed. Webb, I, 219, 16 ff. —— Cf. also J. S. P. Tatlock, *The Legendary History of Britain* (University of California Press, 1950), pp. 352 ff.

2 Edurd Norden 认为，阿兰是“文体家中最不可思议的一位”（*Kunstprosa*, 638, n. 1）。Karl Strecker 比较中肯地称他是“语言与风格的天才”（*Hist. Vierteljahrsschrift*, XXVII, 158）。阿兰是第一位引用《因果之书》（*Liber de causis*）的作家。“这本书逐字摘录了普罗克鲁斯（Proclus）的《神学要点》（*Institutio theologica*），其作者是一位 850 年左右居住在幼发拉底河东的穆斯林教徒。此人必然可以接触到普氏学生的《神学要点》阿拉伯语译本（*Stoicheiosis theologike*）。因此，《因果之书》最初也是用阿拉伯语写的。1167—1187 年间，这本假定为亚里士多德所作的作品在托莱多（Toledo）被 Gerard Cremona 译为拉丁文，并被大雅博认定为某犹大乌斯（a certain David Judaeus）所做……尽管很多人一直采信大雅博与阿奎那的说法，认为亚里士多德乃该书作者。”（Ueberweg-Geyer, 303）另外，阿兰还知道伪赫尔墨斯派的《二十四贤哲书》（*Book of the Twenty-four Philosophers*），并采用了其中的观点：“上帝是可理解的球体，处处不见圆周，但见圆心。”但丁后来借爱神之口重复了这个定义。阿兰称《阿斯克勒庇乌斯》（*Asclepius*）是“完美教义”（logos teleios）。他试图通过毕达哥拉斯的数字思辨来理解三位一体。Cf. Nock-Festugière, *Corpus Hermeticum*, II, 276 f. ——阿兰知道阿拉伯词汇“sifr”的意思是“零”（cipher）。所以，他说道，蝙蝠在鸟类中“没有容身之地”（*SP*, II, 439）。

必须另辟蹊径，寻找抱怨的理由。后来，他在断袖之恋中找到了答案。从形式上看，《自然之怨》是另一部散文与诗歌相混合的作品。当自然女神出现时，诗人按照卡佩拉的笔法加以描绘，但在修辞上下了更大的功夫（仅女神的秀发与着装描写就占了 10 页篇幅）。自然女神仿照大宇宙的模样创造了人类。正如宇宙中行星的运动与天穹的旋转背道而驰，在人类身上，情感与理智也彼此冲突。这种冲突是预先注定的，以便能考验并嘉奖人类。宇宙是崇高的国度，在那里，上帝作为永恒的帝王统摄一切，天使行使指令，人类服从指令。自然女神承认，自己是上帝的卑微的学生。上帝的作品十全十美，而她的则有待完善。上帝是超越降生的（innascibilis），而她已经知道降生。人类从自然女神那儿获得降生，从上帝那儿获得重生（homo mea actione nascitur, Dei auctoritate renascitur）。自然女神并不热衷神的学问：两者传授的并不矛盾，只是内容各异（non adversa, sed diversa）。自然女神"创造了纯粹的努斯观念（pure ideas of Noys）"。[1]可万物当中，只有人类不顺从自然女神。人类保留了欲爱的法则，女神将该法则的执行权赋予了维纳斯及其丈夫许门（Hymenaeus）、儿子丘比特。然而，维纳斯却与安提加穆斯（Antigamus，婚姻女神之敌）苟合，并生下孽子约库斯（Jocus，体育）。戴了绿帽子的许门坐到自然女神的右手边，身旁还跟着哭泣的贞洁（Chastity）。女神召来祭师天赋（Genius）。[2]祭师在羊皮纸上画出所有事物的模样。古代的典型人物都是作为预想的理式（prefigured Ideas）来介绍的。海伦代表美丽，图尔努斯（Turnus）代表勇气，赫拉克勒斯代表力量，卡帕努斯（Capaneus）代表魁梧，尤利西斯代表狡猾，加图代表节俭，柏拉图代表聪颖，西塞罗代表雄辩，亚里士多德代表哲学。至于乖僻的例子，有忒耳西忒斯

1　仅在这一段中提到。

2　此处作者未说明 Genius 的来源（Huizinga in *Mededeelingen der Kgl. Akad. Van Weetenschappen, Afdeeling Letterkunde*, LXXIV, Ser. B [1932], p. 139）。在伯纳德的著作中（*De univ*., p. 38, 92 and p. 49, 82），天赋是抄书吏、守护精灵、植被神（p. 53, 32）。伯纳德评《埃涅阿斯纪》（VI, 119）时，称 Genius 是"人性之神"（humanae naturae deus）。这一说法承袭贺拉斯（*Epi*., II, 2, 187）："天赋，统治我们的生育之星，/ 人性之神。"除贺氏之说，伯纳德还借用了伊西多尔的观点（*Et*., VIII, 11, 88）："他们称其为天赋，因为他如其名所示，拥有创生万物的力量"（after Augustine, *Civ. Dei*, VII, 13）。牧师天赋"活"了很久。在 Hean Lemaire de Belges（*La Concorde des deux langages* [1512]）的著作中，他是维纳斯神庙的大祭师；在 Spenser 的笔下，他是阿多尼斯乐园（Garden of Adonis）的看门人（*The Faerie Queene*, III, 6, 32）："成千上万赤裸的婴儿 / 日夜服侍他的左右，这就需要 / 他给婴儿们穿上肉欲的水草。"（A thousand thousand naked babes attend/ About him day and night, which doe require/ That he with fleshly weedes would them attire.）

(Thersites)、通奸者帕里斯、说谎者西农(Sinon)、罗马早期诗人恩尼乌斯与帕库维乌斯(Pacuvius)[1](为奥古斯都时代人所不屑)。全书最后，天赋向一切有罪者发布了一道庄严的诅咒。作者一下醒来：这些都是他在迷狂之际见到的幻象。 119

阿兰不但保留了伯纳德的自然观念，还赋予其基督教色彩。自然女神仍然是上帝与人之间的调解力量，但她谦卑地顺从上帝的旨意。她不再是生育力旺盛的母亲，而是谦顺的女仆。散射物的黄金巨链受到了钳制。神学与自然哲学受制于彼此。本体论关系经语法学的修辞得到阐释。上帝力量最大，自然次之，人的最小。滥情乃是一种矫枉"过正"。

相比之下，阿兰更为重要的是另一部著作《反克劳狄安的〈反鲁费努斯〉》(*Anticlaudianus de Antirufino*)(作于1182或1183年)。如题目所见，该书并不像波利尼亚克(Cardinal de Polignac, 1661—1742)的《反卢克莱修》(*Anti-Lucretius*)或腓特烈大帝(Frederick the Great)的《反马基雅维利》(*Anti-Machiavel*)那样，是驳论文，而是克劳狄安的诗歌《反鲁费努斯》(*In Rufinum*)的对照之作。身为阿基塔尼亚(Aquitania)人，鲁费努斯[2]曾官至狄奥多西乌斯王朝宰相，权倾一时。正如吉朋所言："在世俗势力与宗教势力摩擦不断的年代，这位臭名昭著的宠臣恶贯满盈，罄竹难书"。为了描写这位作恶多端的魔鬼(395年，为哥特士兵所杀，其尸体更遭拜占庭人践踏)，克劳狄安充分运用了神话手法：复仇女神之一阿莱克托(Alecto)见天下安静祥和，不禁怒火中烧。她把所有恶习与恶行召集到阴间，共商复仇之策。在另一位复仇女神墨纪拉(Megaera)的推荐下，十恶不赦的犯罪天才鲁费努斯受命毁灭地球。为了与这位罪大恶极的鲁费努斯相对照，阿兰在其《反鲁费努斯》中塑造了十全十美的人。

散文式的序言是至关重要的文献。自1170年起，拉丁诗歌被分为势不两立的阵营：一个是具有人文主义关怀的古代诗歌信徒，一个是现代派(moderni)。现代派虽也用拉丁文写作(他们的争论中丝毫未提及民族文学)，但他们代表了"新的"诗学。在辩证法实践的过程中，逐渐形成了一种行家的风格(virtuoso style)。他们自

1　西农的连篇谎话终致特洛伊沦陷(*Aeneid*, II, 76 ff.)。为此，但丁遣他人地狱(*Inf.*, XXX, 98)。——恩尼乌斯与帕库维乌斯：Horace, *Epi.*, II, 1, 50-55。

2　此处指东罗马政治家、执政官Flavius Rufinus(卒于395年)，而不是Tyrannius Rufinus(Rufinus of Aquileia, 340/345—410)。后者为奥利金(Origen)著作的拉丁文译者。

侍该风格的大师，认为自己比“古人”要高明。阿兰反对现代派风尚（“modernorum ruditatem”）。他还借用沙特尔的伯纳德（卒于1126—1130年间）的说法：现代派是站在巨人肩膀上的矮子。阿兰写道，《反克劳狄安》是科学诗，是七艺之集大成者（a summa of the seven artes）。但除此之外，还增加了神性的启示（“theophanicae coelestis emblema”）。未从感性上升至理性的读者，追求异想天开或在诗歌寓言当中自娱自乐的读者，都不适合此书。阿兰期待的读者，是能沿着理性之路攀登到神性
120 理式（divine Ideas）幻象的人（“ad intuitum supercoelestium formarum”）。[1]这里，我们遇到了一种新的诗歌体裁——哲理神学史诗（philosophical theological epic）。它有别于科学或哲学训导诗（这类诗歌的根据是，理性上升到“纯粹形式寓居之地”[Regionen, wo die reinen Formen wohnen，歌德语]，需在史诗活动的指引下完成）。如此一来，阿兰不得不反对同时由埃克塞特的约瑟夫（*De bello Troiano*）与沙蒂永的瓦尔特（*Alexanderis*）复兴的神话史诗与历史史诗。两者随后便被轻蔑地抛诸脑后。[2]

自然女神计划创造完美的人。为了商讨造人事宜，她把和谐（Concord）、充裕、宠爱、青春、欢笑、谦逊、决断（Discretion）、理性、贞洁、装饰、谨慎（Prudence）、虔诚、信仰、慷慨、高尚等神界姐妹召集到自己的王国——一座四季常青、森林环绕的花园。花园中间矗立着女神的宅邸。这个建筑是用油画装点的，画中绘有十二种文化的英雄以及典型人物，包括亚里士多德、“更具神性的”柏拉图、塞内加、托勒密、西塞罗、维吉尔、赫拉克勒斯、奥德修斯、提图斯、图尔努斯、希波吕图斯、维纳斯（Cytherea）。众神就在这所风光旖旎的地方召开会议。自然女神宣布了自己的计划——创造既是人又是神的新人类。“谨慎”称赞女神的计划，但提醒道，人的灵魂应该由更高一级的工匠来制造；面对此重任，女神踌躇万分。这

---

1 此前，并未有人指出《反克劳狄安》的神学术语与阿兰的《神学规范》（*Regulae de sacra theologia*）如出一辙。神学是“天启之学”（supercoelestis scientia）（*PL*, CCX, 621 B），因为“天启就是神”（supercoeleste est deus）（623 D）。神学公理不仅可称为规范与准则，而且也称为“图案，因为‘它们是由更纯粹的头脑来理解的’”（emblemata “quia puriore mentis acumine comprehenduntur”）（622 A）。

2 “在此，我们的恩尼乌斯喝着我们刺耳的歌声，/ 吟唱普里阿摩斯王的财富；在此，/ 玛维乌斯热切地向往天堂，当他试图让哑巴说话，/ 试图凭借模糊的歌，描写马其顿国王的功绩……”（Illic pannoso plebescit carmine noster/ Ennius, et Priami fortunas intonat; illic/ Maevius in coelos audens os ponere mutum/ Gesta ducis Macedum tenebrosi carminis umbra/ Pingere dum temptat…）（*SP*, II, 279 = *PL* CCX, 492 A.）

种情况让大家多少有些气馁。不过，女神的姐姐“理性”建议，找通晓一切神之奥秘的弗洛内西斯（Phronesis），即智慧（后又称为“索菲亚”[Sophia]）来帮忙。“和谐”表示同意，接着世间再次变得祥和。七位美丽的女仆带着弗洛内西斯的礼物，前来相助。女神命她们打造一辆驰骋于天国的马车，其中必须暗藏努斯的秘密以及至上主（the highest Master）的意志。于是，“语法”制作了车轴，“辩证法”做了车毂，“修辞”给车子镀了金。“算术”、“音乐”、“几何”、“天文”制造了四个轮子。[1]五种感官负责掌舵。弗洛内西斯、“理智”（Ratio）、“预言”（Prudentia）一同穿过层层天穹，来到畅饮圣灵之泉的“神学”（“haurit mente noym, divini flaminus haustu ebria”）的宝座前。弗洛内西斯向“神学”转达了自然女神的意愿，请求他指明通往“至高神朱庇特”行宫的道路（但丁所谓的“sommo Giove”）。为了到达目的地，他们不得不放弃马车，放弃“理智”。就在这时（*SP*, II, 354）（工作才进行一半），诗人
岔开了话题，倾尽全力描写更高的天景。 121

弗洛内西斯穿过水晶天，登上了最高天（the Empyrean），也就是天使团、真福者（the blessed）、贞女玛利亚的位置。真福者当中，亚伯拉罕、彼得、保罗、劳伦斯、文森提乌斯（Vincent of Lérins）最为瞩目。对于天庭中的事物，作者描绘了万物的永恒观念、原因和基础，其中包括如阿多尼斯的美貌，以及奥德修斯、西塞罗、提弗斯、波吕克斯、加图、奥维德等人的文化功能。一眼亮闪闪的泉水形成了一条小溪，这条小溪又形成了一道大河，这三样事物本质相同，亮度相同。它们既是水，又是光（*SP*, II, 373）。威严的上帝同意了弗洛内西斯的请求。他命令努斯制作完美灵魂的理式，并打上他的烙印。按照流程，命运三女神也悉数到场。弗洛内西斯为灵魂抹上油膏，以防其返程途中受到行星的不良影响。

这下，自然女神可以开工了。她找来最好的材料收纳灵魂，并制造一具堪比那喀索斯和阿多尼斯的身体。她的众姐妹也纷纷献出自己的礼物。就连“幸运”（Fortuna）（尽管她迫于职责而喜怒无常）也鼎力相助。“名声”传播了这则

1　这辆寓言车是 12、13 世纪最受欢迎的主题。四德行（cardinal virtues）分别为马车的四个轮子，灵魂就是借着它们升天的（Hildebert, *PL*, CLXXI 171, 163-166）。科学也是一辆车（*Walter of Châtillon 1929*, p. 68, st. 22）。奥维德的太阳车以语法为撑杆，逻辑为轮轴等等（John of Garland , *Integumenta Ovidii*, ed. F. Ghisalberti [1933], l. 121）。——但丁描绘了教会的胜利之车：右轮旁边是神学，左轮旁边是四德（*Purg.*, XXIX, 121 ff.）。——该车拥有古代原型（Parmenides, the car of the Muses）和圣经原型（Ezek. 1:1 ff.）。

振奋人心的消息。阿莱克托也听到了。她派人类的所有恶习与瘟疫前往塔尔塔罗斯（Tartarus）地狱。由于再没有鲁费努斯可用，所有恶行便集体作战。不过，自然女神动员了众美德。它们遇到了邪恶势力（见普鲁登提乌斯的《为人类灵魂而战》[*Psychomachia*]）。在这场胜利之战中，新的人类尤文尼斯（Juvenis）（青春）横空出世。邪恶势力溃退阴间。爱与和谐重掌世界。田野与葡萄园长满了他们的果实，玫瑰开花也没有了刺。

在《反克劳狄安》中，作者剔除了“天赋”的形象以及欲爱与生殖的讨论。早在《自然之怨》里，我们便发现作者为符合基督教教义做了一些改动；而这里，这样的改动乃是有过之而无不及。不过，伯纳德乐观的自然主义，仍基本按原貌保存着。创造完美之人是自然女神的工作。12 世纪的宇宙观从头到脚都是以基督教为框架，不过，其中补充了柏拉图主义与人文主义。在此情况下，我们必须这样理解：自然女神试图在神圣秩序中，为生命的力量与律动寻找一席之地。当然，《反克劳狄安》里也可以找到非基督教元素：基督的救赎行动似乎作用甚微，而唯一的帮助就是创造了一个新人；黄金时代随着他重新到来。直到现在，“百科博士”的著作仍无法获得教会的出版许可（imprimatur）。[1]

为了从历史角度评价伯纳德与阿兰的柏拉图式宇宙论，我们不妨听一听熙笃会士厄纳尔德（Cistercian Ernald of Bonneval，卒于 1156 年后）的批评（*PL*, CLXXXIX,
122 1515A）：“在上帝那里，没有混沌，没有无形；因为事物一创造出来，就被填入了相应的质料。哲学家对世界、物质以及世界灵魂（他们称之为努斯）的一切说法都是无效的；有了《创世记》第一章，这些都可以弃之不顾”。[2]如此一来，正统信仰不得不开口。不过，世人提到厄纳尔德时，往往只将其视为明谷的伯纳德的传记作者。中世纪哲学史也不见对此人的评述。厄纳尔德的评价虽然中肯，却无法掩盖阿兰深邃的智慧。

五、厄洛斯与道德

1140 年左右，克吕尼修会修士莫莱的伯纳德（Bernard of Morlaix），撰写了一

1 阿兰仍被乔叟与斯宾塞封为权威。参见 *The Faerie Queene*, VII, 7, 9 (with a reference to *The Parlement of Foules*)。

2 【Ernaut 延续了圣安布罗修针对异教的宇宙起源论所发起的论战（*PL*, 14, 133-135）。】

部影响深远的讽刺文《论世界之鄙》(*De contemptu mundi*)。他是狂热而虔诚的信徒，心中热切期盼天国的耶路撒冷。另一方面，他为世风日下而悲痛欲绝。在其诗中，他不但猛烈抨击当时的不敬之行、断袖之恋等恶行，而且诅咒爱情与女性。与此同时，明谷的伯纳德（卒于 1153 年）却把圣母玛利亚的神秘之爱，发展到登峰造极、无与伦比的地步。在同一时期（约 1150 年），八十节的拉丁诗歌《勒米尔蒙的爱情大会》(*The Council of Love at Remiremont*)，愤世嫉俗地描绘了洛林一座女修道院修女的放浪不羁——那是感官的起义。基督教的道德规范遭到恬不知耻的践踏。那么，三位伯纳德对这种“肉体解放”持何种态度呢？莫莱的伯纳德不仅要消灭种种恶行，而且还要将爱情以及与之相关的自然的原初能量一网打尽。明谷的伯纳德把爱情圣化，成为用《雅歌》的比喻语言抒发出来的神圣之爱。妇女一跃成为上帝之母，散布欢乐的圣人。伯纳德·西尔维斯特里斯则回到古老的东方源泉，复兴了一幅宗教思辨的宇宙图（a religio-speculative picture of the universe）。其中，作为女性圣灵（Pneuma Hagion）的努斯，通过福西斯（Physis）的干涉，产生了比奥斯（Bios）与厄洛斯（Eros）[1]；如此一来，生育过程就圣化为神圣的奥秘。因此，12 世纪中叶前后，我们在四部作品中，发现了针对厄洛斯的四种截然不同的态度：禁欲者诅咒他，放荡者贬低他，神秘主义者把他灵化，灵知主义（gnosticism）把他圣化。《论世界之鄙》排斥他，《宇宙论》则包容他。在伯纳德的神秘主义中，上帝之母成了“救恩活动的伟大女仲裁者，通过向儿子展示自己的乳房，阻止他宣布审判结果”。[2]如此一来，她就像《自然之怨》描写的那样，干涉了宇宙的神圣进程。这里，在基督教背景下，出现了一些与西尔维斯特里斯的灵知主义类似的内容：一种女性力量侵入了神性（Godhead）观念之中。它是无意识（the unconscious）的原型，即荣格所谓的“阿尼玛”(anima)。荣格告诉我们：

> 从历史角度讲，我们在神圣合对（即成对的男女神）中发现了阿尼玛。这
> 些合对一方面具有原始神话的模糊，另一方面却涉及灵知主义与中国古代哲学 123
> 的哲理思辨……人们或许可以肯定地认为，这些合对正如男女的出现一样普遍。

1 【中译者注：即生命与爱欲。】。

2 F. Heiler, *Der Katholizismus* (1923), 111.

据此，我们自然而然地得出结论：想象是受该主题限定的，这样人类就能无时无刻、随时随地、反反复复地尽情展示该主题。[1]

在宗教气氛浓厚的年代，这一活动尤为盛行。

历史文献业已证明，这样的展示确有其事，而不仅仅是传统主张（即所谓信仰的文章）。它们表明，上述合对完完全全有悖于传统的忠诚态度，且以幻象和经验的形式展示出来。

明谷的伯纳德与伯纳德·西尔维斯特里斯的观点，似乎也可以从这个角度来理解。不过，在后者的著作中，神性的女性部分既是生育之母，又是不断生产的子宫，还是怀孕的自然女神（mater generationis, uterus indefessus, Natura praegnabilis）。于是，远古时期的生殖崇拜通过敞开的闸门，又一次流入基督教的西方世界的思想中。

由于教宗额我略七世（Gregory VII，卒于 1085 年）在位期间，要求教士独身生活，基督教在许多司铎（priests）心中引发了冲突。这种冲突产生了各式各样的结果。一位英国教士（cleric）（约 1100 年起写作，人称“约克郡无名氏”[Anonymous of York]）认为，司铎应该结婚，因为婚姻符合上帝制定的自然秩序（*M. G. Libelli de lite*，III [1897]，645-648）。在 12、13 世纪，这个人之常情的想法时常被提起。约 1180 年，英国人维雷克（Nigel Wireker）创作了《愚人镜》（*Speculum stultorum*），讽刺学生和修士。驴子布鲁内鲁斯（Brunellus）希望（拉伯雷的昂多莫修士 [Frère Jean des Entommeures] 亦如此）创制比现有一切秩序都令人满意的秩序。届时，将允许通婚（SP, I, 96）：

此外，这个秩序允许我寻觅
同心同德之人，作为终身伴侣。
这个至善至美的秩序创制在天国里，
由上帝亲自制定，由上帝亲自赐福。

1 *Zentralblatt für Psychotherapie* (1936), 264. [Cf. Coll. Works, 9 I, 59 f.]

我们建立的这个秩序，永远不偏不倚！
就在这个秩序当中，住着我的父母。

Ordine de reliquo placet ut persona secunda
Foedere perpetuo sit mihi juncta comes.
Hic fuit ordo prior et conditus in paradiso;
Hunc dues instituit et benedixit ei.
Hunc in perpetuum decrevimus esse tenendum,
Cuius erat genitor cum genitrice mea.

各种秩序间常常相互抵触，这可给独身生活与隐修制度的批评，留下重新
发难的机会。在一封致修道院院长圣蒂埃里的威廉（William of St. Thierry）（*PL*, 124
CLXXXII, 209）的信中，明谷的伯纳德谴责了克吕尼修会（Cluniacs）的暴饮暴食：

菜肴一盘接一盘地上。这天是斋戒日，吃不得肉，所以有两份鱼……菜品安排得极其讲究，四五道菜过后，用餐者仍然食欲不减……别的暂且不提，就说鸡蛋的做法吧，恐怕没人能数清，到底有多少种花样：厨师先小心地敲碎鸡蛋，然后把蛋液打出泡沫，再煮熟，切碎；等上桌后请看吧：煎鸡蛋、烤鸡蛋、馅鸡蛋、鸡蛋杂拌，还有不加工的鸡蛋……至于说饮，眼下连羼水的酒都不让喝，平平淡淡的水也不必让我多费口舌。做了修士，我们个个都消化不良，因此使徒的建议成了我们最好的挡箭牌（《提摩太前书》5：23[1]）；只是，我们对他强调的‘稍微’充耳不闻，原因我就不得而知了……吃饭的时候，你能看到，一只半满的烧杯被人拿走了三四次；各式各样的酒大家并不急着喝，而是先闻一闻，然后品一品，再一起论一论，最后取其最烈者。

然而，对于圣伯纳德的巧妙讽刺，也有人表示抗议。12 世纪的争议当中，马裤

1 【中译者注：《提摩太前书》5:23：“因你胃口不清，屡次患病，再不要照常喝水，可以稍微用点酒。”】

(breeches) 便是众矢之的。[1]圣本笃曾宣称，这种服装纯属多余，应只允许旅行时穿着。在克吕尼修会，该规定似乎起源于 10 世纪下半叶。早在 11 世纪伊始，这一现象就成了修道院插科打诨的材料。12 世纪，它突然成了熙笃修会与克吕尼修会争论的话题。克吕尼修会指责熙笃隐修会不穿马裤，是为了随时随地满足自己的淫欲（例如，两个寻欢作乐却最终大打出手的修士展开的诗体争论）。[2]这个主题常常有人讨论。最终，它成了中世纪文学重要而复杂的一章（但它超出了我们的主题范围）——对元老院（curia）、教士及隐修制度的批评（在 12、13 世纪诗歌中占据很大比例）。[3]英国与德国的改革者唤起了这个主题，并把它作为反对罗马的武器。[4]正因如此，很多文献才没有毁于一旦。

六、《玫瑰传奇》

哥特风格与经院学派的成熟期（High Gothic and High Scholasticism）——13 世纪，被认为是中世纪最伟大的时代。然而，这一时代的代表诗歌《玫瑰传奇》（*Le Roman de la Rose*），却与当时流行的美化图景格格不入。该诗第一部分为纪尧姆
125 （Gauillaume de Lorris）于 1235 年创作。作者用四千行诗讲述了爱的寓言。年轻的诗人这样幻象着：时值 5 月，自己偶然来到一座四面环墙的花园。在这座花园里，爱情当政，欢乐、青春、慷慨服侍左右。年轻人看见一朵玫瑰，想摘下来。可玫瑰四周布满荆棘，且有危险、惭愧、恶语等类似势力把守。此外，还有一长串寓言人物挡在面前。这一部分本该以摘到玫瑰结束，却不知何故突然中断。大约四十年后，译者兼诗人默恩（Jean de Meun）将该诗续完，补续部分达一万八千行。默恩沿用了此前的寓言和角色，但借它们进行冗长的说教。“纪尧姆感兴趣的主题，经过了无耻而粗鄙的处理”（Der Punkt, auf den es Guillaume ankam, wird in plump zynischer Weise

---

1 F. Lecoy in *Romania*, LXVII (1943), 13 f.

2 Walther, 164.

3 Excerpts in Olga Dobiache-Rojdestvensky, *Les poésies des Goliards* (Paris, 1931), pp. 73 ff. ——有关 12、13 世纪隐修制度的论述，参见 Albert Hauck, *Kirchengeschichte Deutschlands*, IV, 325 ff。

4 John Bale（1495—1563），Ossory 地方的主教。——Matthias Flacius（准确地说是 Vlacich），1520 年生于 Albona（Istria，为此他的姓为 Illyricus），为路德在 Wittenberg 的学生，1575 年卒于 Frankfurt am Main。

abgehandelt)。续诗者想旁征博引，“借抨击欲爱之机……启发世俗的头脑”(den Verstand der Laien aufhellen ... im Rahmen pikanter Belehrung über die Geschlechtsliebe)(格勒贝尔语)。默恩随心所欲地引用阿兰。于是，我们再次见到了自然女神及其祭师“天赋”。纪尧姆充分发扬了“骑士之爱”(amour courtois)的精神，可默恩却恰恰相反，警告要小心爱情。繁育是自然女神唯一关心的事情。厄洛斯已经向性屈服。中世纪的厌女文学(frauenfeindliche Literatur, misogynistic literature)成了反对婚姻的利器；女性变得放荡不羁，一无是处。不仅商业与贸易，即便友谊、公正及幸运女神都可以歪曲，连“丽人文化”(Schönheitspflege, beauty culture)和餐桌礼仪也难逃厄运。有个老鸨就赞同“鱼水之欢，大家共享”(erotic communism)：

佳人为大家，不分你我他。

Toutes pour touz e touz pour toutes.

在阿兰的《自然之怨》中，自然女神是维纳斯锻造坊的女主仆：

锤头当当，锻造不停，
她的零件总是金光灿灿，
因为繁衍生息，源源不断。

Toujourz martele, toujourz forge,
Toujourz ses pieces renouvele
Par generacion nouvele.

自然女神向“天赋”倾诉自己的苦衷，还描绘了上帝的创世工作，讲述(按波伊提乌的说法)了宿命论和预言。“天赋”宣读了自然女神的法令，同时批评童贞理想，[1]谴责断袖之恋；为提倡无休无止的两性行为，他搬出维吉尔(*Buc.*, 10, 69)为依据：

1　如果童贞统治六十年，那人类非灭绝不可(l. 19, 555)；参见本章最后引用的莎士比亚的十四行诗。

爱情征服了一切；我们也得对其俯首称臣。

Omnia vincit amor; et nos cedamus amori.

抑或用古法语的说法：

当牧歌如此唱到，
“爱情让一切变得徒劳”，
我们还是乖乖听话为妙。

Quant Bucoliques cherchereiz,
“Amour vaint tout” i trouvereiz,
“E nous la devons receveir.”

126 自然女神成了淫乱的帮手，而她对爱情生命的掌控，也被嘲讽为淫秽之举。拉丁人文主义自然而活泼的性爱倾向，年轻的游行布道者（vagantes）对基督教道德的猛烈抨击，都降格至性开放的层面，而这种性开放则用知识的高雅与庸俗的淫欲，炮制出一锅下流的菜肴。这是怎么发生的？当一个时代为了学问上的吹毛求疵，不惜拿古色古香的传统作交换，那么由此引发的放荡行为，就得到上述现象的呼应。在1250年前后的巴黎大学界，曾出现了一种与阿威罗伊学说（Averroism）类似的异教的爱情经院哲学（a heretical Scholasticism of love）。[1]对此，阿奎那在其《反异教大全》（*Summa contra Gentiles*, III, 136）中批判道：

有些胡思乱想的人反对节欲的好处……因为男女之合本是为了种群的利益。但这种结合比个体之善更为神圣……人类的生殖器官乃神圣法规所赐……这里还应该加上上帝给我们第一代祖先定下的戒律：“要生养众多，遍满

1 M. M. Gorce, *La lutte Contra gentiles à Paris au 13ᵉ siècle* (*Mélanges Mandonnet*, I [1930]). *Idem, Le Roman de la Rose. Text essentiel de la scolastique courtoise* (1933). ——G. Paré, *Les Idée et les lettres au XIIIe siècle. Le Roman de la Rose* (Montreal, 1947).

地面。”[1]

默恩是文人，而非哲学家。不过，他却沾染了阿奎那所批评的那种思想格调；因此，他的做法绝非个案，不足为奇。除了许多其他异教派别，默恩所为之辩护的内容，也遭到巴黎主教唐皮耶（Étienne Tempier）颁布的谴责令（1277 年 3 月 7 日）的谴责。

然而，谴责令并未影响《玫瑰传奇》的流行。乔叟兴高采烈描写的前往坎特伯雷的朝圣者中，有一位巴斯太太，就如此说道：

请你告诉我，人们传种究竟是为了什么？
——为什么要制造一个人出来？
当然造成一个人绝非无的放矢。
由你怎样支吾其词，转弯抹角，
造出人来为的就是清除精液，
我们男女可以彼此赏识，
并没有其他的奥妙：你能说不是吗？
经验告诉我的就是这回事。[2]

Telle me also, to what conclusioun
Were membres maad of generacioun,
And for what profit was a wighty-wroght?
Trusteth right wel, they wer nat maad for noght.
Glose who-so wole, and seye bothe up and doun,
That they were maked for purgacioun
Of urine, and our bothe thinges smale
Were eek to knowe a femele from a male,
And for noon other cause: sey ye no?

---

1 【中译者注：见《创世记》1:28。】

2 【中译者注：方重译文，见《坎特伯雷故事集》，北京：人民文学出版社，2011 年，第 91 页。】

The experience woot wel it is noght so.

在 16 世纪，《玫瑰传奇》仍然拥有众多读者，它跟阿兰的作品一样，[1]借着印刷术的兴起再次流行起来。默恩的思想在莎士比亚的第十一首十四行诗中，也引起了共鸣：

迅速地萎缩，一如你迅速地成长——
在你那个之内，那个你进出两由的地方，
127 你年轻时贡献的一注精血若存，
你不再年轻时便成为你收获的对象。
其中活跃着智慧、美丽和繁荣昌盛，
而不是愚蠢、衰老和朽败的冰凉。
若天下都听独身主张，则灭宗灭族，
不出六十年，世界也会消亡，
让造化使无心传宗接代的人
变得丑陋、粗暴、无后而死亡，
而造化的宠爱者得到最多的恩赐，
这些丰厚的馈赠你都理当珍存。
她刻你是要把你作为一枚圆章，
多多盖印，岂可让圆章徒有虚名！[2]

As fast as thou shalt wane, so fast thou grow'st
In one of thine, from that which thou departest;
And that fresh blood which youngly thou bestow'st
Thou may'st call thine, when thou from youth convertest.

1 【《反克劳狄安》1536 年出版于巴塞尔州首府巴勒（Bâle），1582 年出版于意大利威尼斯，1611 年出版于比利时安特卫普（Anvers）。1654 年，阿兰的第一部全集由 De Visch 在安特卫普编辑出版。】

2 【中译者注：辜正坤译文，见《莎士比亚十四行诗集》，北京：北京大学出版社，1998 年，第 23 页。】

Herein lives wisdom, beauty and increase:
Without this, folly, age and cold decay:
If all were minded so, the times should cease
And threescore year would make the world away.
Let those whom Nature hath not made for store,
Harsh, featureless and rude, barrenly perish:
Look, whom she best endow'd she gave thee more;
Which bounteous gift thou shouldst in bounty cherish:
She carv'd thee for her seal, and meant thereby,
Thou shouldst print more, not let that copy die.[1]

1　这一主题自中世纪以来的流变情况仍有待考察。它同样见于 Lorenzo Valla 的《论愉悦》（*De voluptate*）。参见 E. Garin, *Der italienische Humanismus* (Bern, 1947), 53。

第七章　隐喻学

一、航海隐喻；二、人物隐喻；
三、食物隐喻；四、身体隐喻；
五、剧场隐喻

128 之前，我们考察了古希腊的修辞理论。从它系统的概念当中，我们又得出了一系列历史的范畴。如此说来，本书又可名为《新修辞》（*Nova Rhetorica*）。我们已经拟定了一份历史主题学（a historical topics）提要；事实证明，这一方法卓有成效。不过，古代处理“修辞格”（figures）的办法似乎也可以改头换面一番。最重要的“修辞格”当属隐喻（metaphor）（Quintilian, VIII, 2, 6）。“Μεταφορά”，或者“translatio”，意为“转移”。我们可以举古代教科书中的一个例子——“草地在欢笑”（pratum ridet）。人的欢笑被“转移”给自然。除了历史主题学，让我们再探讨一下历史隐喻学（historical metaphorics）吧。

一、航海隐喻

我们不妨从一个看似不起眼的隐喻入手。罗马诗人喜欢把写作比为航海。[1]“写文章”就是“扬帆起航，航行”（“vela dare”: Virgil, *Georgics*, II, 41）。当文章行将结束，船帆便会收起来（“vela trahere”: *ibid.*, IV, 117）。史诗诗人乘坐大船，在开阔的海面上乘风破浪；抒情诗人则坐着小舟，在江河中随风漂流。贺拉斯借太阳神福玻斯（Phoebus）之口提醒自己（*Carm.*, IV, 15, 1）：

1 Ovid, *Fasti*, I, 3; III, 789; IV, 18. ——*Ars amandi*, I, 772; III, 748. ——*Tristia*, II, 329 and 548, etc. ——Propertius, III, 3, 22; III, 9, 3 and 36. ——Manilius, III, 26. ——Statius, *Silvae*, V, 3, 237. ——这些只是一小部分。

每当我打算讲述金戈铁马、攻城拔寨的故事，
福玻斯就会弹起他的里拉琴，警告我，
海面开阔，我的小船
可别……

Phoebus volentem proelia me loqui
Victas et urbes increpuit lyra,
Ne parva Tyrrhenum per aequor
Vela darem...

有的诗歌长达数卷，每一卷都可以“扬帆”开始，“收帆”作结。作品结束，意 129
味着航船驶入港口，就地抛锚或不抛锚（Statius, *Silvae*, IV, 89; *Thebais*, XII, 809; *Ilias latina*, 1063）。诗人成了水手，他的思想或作品也相应成了航船。海上航行可谓凶险，当遇到“初出茅庐的水手”（“rudis nauta”: Fortunatus, ed. Leo, 114, 26），或“船体漏水”（“rimosa fragilis ingenii barca”: Aldhelm [ed. Ehwald], 320, 20）则更加如此。航船时，常不得不在悬崖峭壁之间穿过（“sermonum cymbam inter loquelae scopulos frenare”: Ennodius [ed. Hartel], I, 3）。阿尔昆惧怕海怪（*Poetae*, I, 198, 1321 ff.）；斯马拉格杜斯（Smaragdus）惧怕狂浪（*Poetae*, I, 609, 55 ff.）。出人意料的狂风和风暴也常常威胁航行。

航海隐喻起源于诗歌。普林尼给某诗人写信（*Ep.*, VIII, 4, 5）时曾道：“松开缆索，扬起风帆，让你的天赋恣意驰骋。为什么我就不能用诗意的笔法与诗人交谈？”不过，西塞罗已经把这些表达方式融入散文之中。他很可能会说“辩证法之橹”，或立刻“扬起雄辩的风帆”（*Tusc.*, IV, 5, 9）。昆体良感觉自己像航行于外海的孤独水手（*prooemium* to Book XII）。哲罗姆扬起了“阐释的风帆”（*PL.*, XXV, 903D）。[1]他的航行之风乃是圣灵（*ibid.*, 369 D）。普鲁登提乌斯提到了保罗的海难与彼得的大海漂泊

1 【哲罗姆在他的第一封书信中，把自己比作一直在海上四处漂泊的水手，这会儿正经受北海的狂风暴雨的考验。】

(ed. Bergmann, 215 f. and 245)。这类隐喻在整个中世纪极为盛行，[1]此后也流传了很长时间。

但丁的《飨宴》(*Convivio*) 第二卷便是以航海隐喻开篇："写好以上序文，我想我已经凭自己的努力，准备好充足的干粮。于是，我响应时间的招呼和要求，赶快乘船离港。在渴望之风的吹动下，我扬起理性的后桅帆，驶入辽阔的海域，希望此行能顺顺利利，在晚餐时分，到达健康而快乐的港湾。"[2]作为经验丰富的风格大师，但丁为了无新意的隐喻赋予新的生机：他运用的不是普通的风帆，而是"后桅帆"(artimone)。妙！然而，读者马上就会问：是什么促使但丁用一系列航海术语，来为这部哲学著作起头？让我们不妨查阅一下作品注疏。那么，最新最丰富的注疏对此作何解释？"我们可以在闻名中世纪的卡西安的《沙漠隐修对话录》(*Collationes*) 中找到这些意象"(ed. Busnelli and Vandelli [1934])。如此看来，卡西安 (Cassian，约 360 至约 435 年) 必定是但丁欣赏的作者之一，不过但丁却从未提过他。于是，我们误以为上述航海隐喻不可能源自他处。但丁的隐喻从"写好以上序文"(proemialmente ragionando) 开始。此后，他之所以使用隐喻，是因为此乃当时序言写作的传统。我们试图说明的，正是这一传统。但丁注疏者应该对此了然于心。

《神曲 · 炼狱篇》开篇写道 (*Purgatorio*, I, 1 f.)：

现在，为了航过更美好的水域，
我才智的小舟把风帆高张前进，

Per correr miglior acqua alza le vele
Omai la navicella del mio ingegno,

---

1 Carolingian examples: *Poetae*, I, 613, 20 ff. (Uncommon nautical terms such as *nauclerus, carcesia, carabus, pronesia*; drawn from Isidore, Et., XIX, 1-4). ——*Poetae*, I, 366, No. VI, 1; *ibid.*, 517, 955. ——*Poetae*, II, 5, 23; III, 66, 175; 487, 508; 611, 41; 674, 1021 ff.

2 【中译者注：此处译文参考了 Elizabeth Price Sayer 与 Richard Lansing 的英译文，并将原文省略部分全文译出，以供读者参考。其全文为："Poi che proemialmente ragionando, me ministro, è lo mio pane ne lo precedente trattato con sufficienza preparato, lo tempo chiama e domanda la mia nave uscir di porto; perchè, dirizzato l'artimone de la ragione a l'òra del mio desiderio, entro in pelago con isperanza di dolce cammino e di salutevole porto e laudabile ne la fine de la mia cena."】

之前，我们引用了普罗佩提乌斯（Propertius）（“ingenii cymba”，III, 3, 22）。可 130
但丁并不知此人，而且也不必知道。“才智的小舟”在古代晚期早已司空见惯，中世纪人也将其悉心保留下来。[1]然而，我们的注疏者对此并不知情，而是像发现卡西安一样，兴高采烈地转向普罗佩提乌斯。他大可用歌德的话来反对我：

如果普罗佩提乌斯令我着迷，那这算不算一种罪过？

Also das wäre Verbrechen, dass einst Properz mich begeistert?

不，这算不得罪过，除非有人能证明但丁读过普罗佩提乌斯。因为那样一来，就会扭曲历史。于是乎，但丁成了罗马哀歌的人文主义爱好者，就此远离了拉丁中世纪的诗歌与修辞传统。《神曲 · 天堂篇》伊始（*Paradiso*, II, 1-15），航海意象再次出现，并且得到明显的强调：

你们哪，置身于一叶小小的舢板，
为了亲聆乐曲，在后面跟随
我的船，听它唱着歌驶过浩瀚。
回航吧，重觅你原来的水湄，
别划进大海；因为，跟不上我，
你们会在航程中迷途失坠。
迎我的水域，从来没有人去过。
阿波罗在导航；弥涅尔瓦把惠风扇鼓；
九缪斯为我指引大小熊星座。
至于其余的少数，把脖子伸出，
及时吃到了天使的美点——那喂养
凡人、却不能叫他们厌饫的食物……
你们哪，诚能在深广的海疆

1 在此前引用的几个航海隐喻中，我们已经看到“sermonum cymba”、“ingenii barca”这样的用法。而类似的例子不胜枚举。

驾船前进，在海浪平伏前
沿着我的航迹驱动帆樯。

O voi che siete in piccioletta barca
Desiderosi d'ascoltar, seguiti
Dietro al mio legno che cantando varca,
Tornate a riveder li vostri liti:
Non vi mettete in pelago, chè, forse,
Perdendo me rimarreste smarriti.
L'acqua ch'io prendo già mai non si corse;
Minerva spira, e conducemi Appollo,
E nove Muse mi dimostran l'Orse.
Voi altri pochi che drizzaste il collo
Per tempo al pan de li angeli, del quale
Vivesi qui ma non sen vien satollo,
Metter potete ben per l'alto sale
Vostro navigio, servando mio solco
Dinanzi a l'acqua che ritorna equale.

在《仙后》的结尾部分（*The Faerie Queene*, VI, 12, 1），斯宾塞也使用了精巧的航海隐喻，让我们就此引用而作结吧：

就像一艘航船，穿过浩瀚的海洋，
把她最终引向一块安全的海岸。
一路上，肆虐的狂风和滔天的巨浪，
使她的前行，再也无法像离弦之箭。
她在惊涛骇浪之中，左右摇晃滚翻。
然而她从未遗失罗盘，船儿依然稳步，
路过一条条边界，跨过一条条海湾：

它便如此悉心地陪伴我走过漫漫长路，
虽然时常止步不前，却从未偏离旅途。

Like as a ship, that through the Ocean wyde
Directs her course unto one certaine cost,
Is met of many a counter winde and tyde,
With which her winged speed is let and crost,
And she her selfe in stormie surges tost;
Yet making many a borde, and many a bay,
Still winneth way, ne hath her compasse lost:
Right so it fares with me in this long way,
Whose course is often stayd, yet never is astray.

二、人物隐喻

依荷马看来，飞翔乃恐惧之“伴侣”（*Iliad*, IX, 2），“恐惧”乃阿瑞斯（Ares）之 131
子（*Iliad*, XIII, 299），“迷恋”（阿特 [Ate]）乃宙斯之长女（*Iliad*, XIX, 91）。而在品达[1]的笔下，缪斯女神乃“记忆”之女，雨乃云之子嗣，酒乃葡萄之子，歌乃缪斯之女，“傲慢”乃“自满”之母等等。只有少数情况下，品达才跨过这些家族关系。埃特纳山（Aetna）乃“暴雪之乳母”，法律乃“万物之王”（参见 Herodotus, III, 38）。埃斯库罗斯（Aeschulus）称，“风纪”（Zucht）乃“成功之母”（*Septem*, 224），烟灰乃“火焰之兄弟”（*ibid.*, 494），灰尘乃“污物之邻里兄弟”（*Ag.*, 495）。埃帕米农达斯（Epaminondas）临终时曾言：“我留下了两个不朽的女儿——卢克特拉（Leuctra）与曼提内亚（Mantineia）”。[2]

从荷马到埃斯库罗斯，这些隐喻都表明，古代诗人预言家（Dichter-Sehers）执

1　F. Dornseiff, *Pindars Stil* (1921), 51.

2　【中译者注：埃帕米农达斯（约前 418—前 362），底比斯将军，政治家。他改造了底比斯的古希腊城邦，领导底比斯摆脱斯巴达的压迫，并使其走向希腊政治生活的中心。卢克特拉与曼提内亚均为古希腊地名，埃氏曾在这两地大败斯巴达军队。】

着地走向自己看到的景象。罗马的演说让我们感到，演说家只是鹦鹉学舌地重复上述隐喻。【在《海伦尼乌修辞学》(II, 22) 中，有这样一句话：“狂妄乃万恶之母”(Omnium malorum stultitia est mater)。】西塞罗认为，一切艺术和知识 (sciences) 都是演说家的“伴侣和侍女”(comites et ministrae) (*De or.*, I, 17, 75)。因此，修辞必须得一针见血，这样，演说才能成为法学的仆从与侍女 (“ancillula, pedisequa” : *De or.*, I, 55, 236)。

贺拉斯称“效用”(utility) 是公正与公平之母 (*Sat.*, I, 3, 98)：

……效用者，公平与公正之母也。

… Utilitas, iusti prope mater et aequi.

昆体良认为，唯行善者才担得起演说家之名。他补充道：自然本身并非生母，而是后母 (non parens sed noverca)，因为她将口才赋予人类，而人类却很可能用它来为非作歹 (XII, 1, 2)。到了中世纪，罗马修辞学中的母亲、后母、伴侣、侍女、仆从，又演化出琳琅满目的人物隐喻。

此外，《圣经》里有一些东方的人物隐喻。“若对朽坏说：‘你是我的父’；对虫说，‘你是我的母亲姐妹’”(Putredini dixi: pater meus es; mater mea et soror mea, vermibus)(《约伯记》17: 14)。“雀鸟一叫，人就起来，歌唱的女子也都衰微”(Consurgent ad vocem volucris et obsurdescent omnes filiae carminis)(《传道书》12: 4[1])。《诗篇》作者让仁慈与真理相逢，让正义与和平相吻：“慈爱和诚实彼此相遇；公义与平安彼此相亲”(《诗篇》84: 11 [武加大译本 85: 10])。中世纪人从这一段落演化出许多版本都流行的一个主题——“上帝的女儿在上帝的审判席前争取人类的灵魂”。[2]在《约翰福音》第八章第四十四节中，魔鬼被称作谎言之父 (武加大译本为：“mendax et pater eius”)。类似的说法不胜枚举。古代用法与圣经用法在教父文学中走到了一起。按照德尔图良的说法 (*De patientia*, 15)，“耐心”是“上帝之子”(alumna Dei)。另外，他称约旦河为边界的仲裁者 (arbiter)，称字母为“证人与保

1 Valéry Larbaud, *Technique* (1932), 138.

2 Walther, 87 and 221.

镖”（indices custodesque rerum）（*Apol.*, 19）。于是，我们再次发现，古代异教的风 132
格形式，与圣经的风格形式彼此相遇，彼此巩固。人物隐喻不仅是古代晚期异教风格的一大特点，对于教会作家作品也是如此。在克劳狄安笔下，“诚实”（Fides）与“宽厚”（Clementia）是一对姐妹（*De consulate Stilichonis*, II, 30）。“贪婪”是犯罪之母（*ibid.*, 111），“野心”是贪婪之乳母（*ibid.*, 114）。由于抽象名词大多为阴性，人物隐喻以女性形象为主。于是，在中世纪论善恶的训导诗中，我们能发现“道德谱系”的雏形。这些族谱关系往往不甚清晰。“爱慕虚荣”到底是“骄傲”的姐妹、孙女，还是女儿呢？对此，狄奥多夫（*Poetae*, I, 449）未下定论，只是说：

或姐妹，或孙女，或女儿。

Seu soror est eius, seu neptis, filia sive.

索托瓦其那（Hugo Sotovagina）认为（*SP*, II, 226），圣职交易（simony）是卖淫之母。而诞下“羡慕”、“愤怒”（Ira）的“仇恨”则是祖母（*SP*, I, 327）。至此，我们碰到戏仿（burlesque）的瓶颈。不过，旺多姆的马修（Matthew of Vendôme）巧妙地跨过去了，因为他把咳嗽称作“胸膛之后母”（*PL*, *CCV*, 977 C）。

但丁也喜欢用人物隐喻。贝拉夸（Belacqua）样子倦怠，“与慵懒为兄妹也不能跟此刻相比”（*Purg.*, IV, 111）。第六个小时是“一天的第六个女侍”（*Purg.*, XII, 81）。[1]反射的光线是“重返故乡的朝圣者”（*Par.*, I, 51）。波河的支流是其“仆从”（*Inf.*, V, 99）。人类的艺术是“上帝的孙女”，因为它是自然之女，而自然本身又是上帝之女（*Inf.*, XI, 105）。但丁给自己的组歌（canzoni）所写的哲学评注，被他称为“侍从”（*Conv.*, I, 5, 6）。在《神曲·炼狱篇》中（XXI, 98），斯塔提乌斯把《埃涅阿斯纪》称为自己的“乳母”。如果我们再细心一些还会发现，但丁在其组歌《三妇人》（*Tre donne*）中甚至提到，爱情有位姑妈，名叫德里图拉（Drittura）。

同中世纪风格的许多特点一样，人物隐喻在 17 世纪的西班牙又重获新生。贡戈拉认为（*Soledad segunda*, 521），丘比特是“泡沫的侄亲”（nieto de la espuma）（因为

1 【中译者注：按照黄国彬的注释，古代欧洲的绘画中，画家常把每个小时绘成围着太阳的侍女。“第六个女侍回来了”指六个小时过去了。】

泡沫是维纳斯之子)。这是格言派式的以小见大（conceptistic trifling）。[1]在济慈的《古希腊瓮颂》（*Ode on a Grecian Urn*）中，人物隐喻再次染上庄重的古典主义色彩，但内容却是近代心理学的：

你是“安静”的美貌永驻的新娘，
你是“沉默”与“悠久”的养子……

Thou still unravish'd bride of quietness,
Thou foster-child of silence and slow time…

对于人物隐喻，我们不能忽视以赤子喻书的观念。这个观念可以追溯至柏拉图的爱欲说。在《会饮篇》中，狄奥提玛（Diotima）提出，人人都极度渴望名声远扬和永垂不朽。有的人试图通过生育子女让自己永生，可有的人“生育更多心灵的子女而不是肉身的子女”。这样的人会环顾四周，“寻找能置身其中生养子女的美”。于是，他在身体秀美、心灵高尚者身上，发现了寻觅已久的美。当他找到这种“完美
133 者”，便通过与之交谈，实现灵魂的生息。狄奥提玛继续说道：“相比于人类的孩子，大家更愿意看到自己生育这样的孩子。我们看着荷马、赫西俄德以及其他优秀的诗人，羡慕不已，因为他们生养了这样的孩子，并让他们流芳百世，名垂千古……”按此说法，诗人的作品便是其子女。这个意象在古代并不常见。卡图卢斯称诗歌是“甜美的果实”（dulces Musarum fetus）（65, 3），既喻指孩子，又喻指水果。奥维德很清楚（*Trist*., III, 14, 13）：

我的诗作的诞生，跟雅典娜的如出一辙：[2]

---

1 【中译者注：conceptistic 由 conceptism 派生而来。对于 conceptism 的汉译名，《英汉大词典》、《新英汉词典》等书中未见，而网络上常见“格言派、警言派”等译名，译者认为不妥。按照 *Merriam Webster Dictionary* 的定义，conceptism 指“17 世纪主要由西班牙神秘主义者创制的一种以歧义的隐喻和双关语为特点的晦涩隐微的风格”。为突出该风格的特点，似乎可以译为“隐微派”。不过，在系统论证之前，译者决定仍沿用以前的译名。】

2 【中译者注：传说宙斯一日头痛欲裂，召火神赫淮斯托斯（Haephaestus）以利斧劈之，遂得雅典娜，故此处说“没有母亲”。】

纵使天生没有母亲，可仍是我的血亲我的子。

Palladis exemplo de me sine matre sine matre creata
Carmina sunt; stirps haec progeniesque mea.

这种类比奥维德曾多次使用（*Trist.*, I, 7, 35 and III, 1, 65），并可能因此而广泛流传。佩特罗尼乌斯（约 118 年）采用了一种新颖的表达方式："我并不孕育分娩，唯思想可担此任……"（Neque concipere aut edere partum mens potest nisi...）这句话把"分娩"（partus）一词引入拉丁语和罗曼语言当中，用以指文学作品。辛涅西乌斯（Synesius）曾言，他孕育书籍不仅凭高尚的哲学，以及同处一庙的诗歌，还凭着通俗的修辞（Epistle 1; 参见 Epistle 141）。在拉丁中世纪，奥维德似乎是承上启下式的人物。汉维尔的约翰开门见山地称自己的诗歌是男婴（241）：

随着婴儿的啼哭，新的一页就此开始。

Nascitur et puero vagit nova pagina versu.

到了诗歌的结尾，他又称其为自己的思想之子（*SP*, I, 392）：

啊！我聪明的子孙，你们坐拥书城，汲取知识的营养；
啊！品相简陋而普通的书，
愿你毫发无损地永世长存。

O longum studii gremio nutrita togati
Ingenii proles, rudis et plebeie libelle,
Incolumis vivas.

在文艺复兴时期及巴洛克时期，这一隐喻广受欢迎。龙萨（Ronsard）致莱斯科（Pierre Lescot）的哀歌中有这样一段话：

父亲见我对荷马的两位闺女[1]
痴迷不已，便经常对我大加责骂。

Je fus souventes fois retancé de mon père
Voyant que j'aimais trop les deux filles d'Homère.

德奥比涅（Agrippa d'Aubigné）在《悲剧集》（*Tragiques*）序言中，称自己的诗歌是“可怜的孩子”（pauvre enfant），还把其早期作品《春天》（*Le Printemps*）称作“其貌不扬却乐观开朗的长子”（un pire et plus heureux aîné）。对于莎士比亚十四行诗的致献对象，世人众说纷纭。莎翁称这位 W. H. 先生是“本十四行诗集的唯一促成者”（the onlie begetter of these insuing sonnets）；不过所谓“促成者”并非诗人，而是十四行诗的（灵感）启发者。在一首十四行诗（第七十七首）中，莎翁的朋友急于把自己的所思所想（即“你头脑哺育出的儿女”[those children nurs'd, deliver'd from thy brain]）记在本子上。培根给伊丽莎白女王的一则献词里说了这样一句话：“谋篇，人之事也；创世，神之事也。”（Generare et liberi, humana; creare et opera, divina.[2]）在《堂吉诃德》序言中，塞万提斯称此书为“我的思想之子”（hijo de mi entendimiento）。另外，我们还可以在约翰·多恩的作品中发现同样的说法：“我年轻时的情人——诗歌……我暮年时的妻子——神性”（the mistress of my youth, Poetry..., the wife of mine
134 age, Divinity[3]）。这话实际上呼应了辛涅西乌斯的说法。马利诺派（Marinistic）抒情诗人斯蒂利亚尼（Tommaso Stigliani, 1573—1651）在致友人的诗中写道：

科皮尼，让我跟你说说我的消息。
有时，我会研习
两位希腊人写的论真理的书本；
有时，我会放下它们，
欣赏滋养人心的缪斯女神的艺术，

1 荷马的两位闺女分别指《伊里亚特》和《奥德赛》。
2 E. Wolff, *Fr. Bacon und seine Quellen*, I (1910), 35.
3 Ed. Grierson (1912), II, 106.

我在头脑中孕育思路，

然后临盆到纸的襁褓布。

Coppini, io, vo' di me novella darte.

Talora, leggo in parte

Ciò che del ver fu dai due greci scritto;

Talora, mi tragitto

Dell' alme muse all' arte,

Ed o concepo in mente

O partorisco in carte.

莱辛在自己论寓言的文章序言中也说道："多年以前，我以批评的眼光审视了自己的作品。我早把它们忘得一干二净，很难再将其视为子嗣。"（Ich warf vor Jahr und Tag einen kritischen Blick auf meine Schriften. Ich hatte ihrer lange genug vergessen, um sie völlig als fremde Geburten betrachten zu können.）小施莱格尔（F. Schlegel）在《路辛德》（*Lucinde*）中称小说是"智慧之子"（Söhne des Witzes）。曼佐尼在《约婚夫妇》（*Promessi Sposi*）序言中，有意用"犬子"（questo mio rozzo parto）这种比较古雅的说法表自谦。此乃 1827 年之事。当年，年轻的兰克在维也纳撰写自己的研究课题。他每日上午 9 点到图书馆（兰克凭借与威尼斯使节的关系获准在此研究）。"这里，我与我的挚爱——美丽的意大利女郎在一起。一连几个小时，我都高兴得忘乎所以，真是今宵一刻值千金啊。希望我们能诞下罗曼与日耳曼血统的神童。我大概 12 点才起床，而且精疲力竭。"（Zur eignen Lebensgeschichte 175）

三、食物隐喻

食物隐喻在古代并非鲜为人知。品达就称赞自己的诗是以飨读者的食物。[1]"讽刺"（satura）一词的本意是"什锦菜"。昆体良的作品（Qintilian, II, 4, 5）中曾谈

1　Dornseiff, *Pindars Stil*, 61.

到供初学者食用的牛奶套餐。可《圣经》才是食物隐喻的主要来源。基督教的救赎故事中，最引人注目的莫过于偷尝禁果与最后的晚餐。那些饥渴者被称作“有福之人”。《约翰福音》(4: 15 f.; 6: 27) 区分了井里的水与永生的水、必坏的食物与永生的食物(“qui permanent in vitam aeternam”)。新皈依的基督教徒被比作仍饮奶而未尝干粮的婴儿(《哥林多前书》3:2；《彼得前书》2:2；《希伯来书》5:12 f.)。[1]教会文学把这些内容改造了一番，并以五花八门的方式，将其与意象结合起来(此处暂不赘述)。这里只需指出的是，奥古斯丁认为食物隐喻是有据可查的。他指出，学习者与就餐者之间存在共同之处；两者的食物都必须用配料调制得美味可口：“学习好比
135 用餐，赖以维持生命的食物必定要烹调一番，以适合大众的口味。”(Inter se habent nonnullam similitudinem vescentes atque discentes; propter fastidia plurimorum etiam ipsa, sine quibus vivi non potest,alimenta condienda sunt. [*De doct. chr*., IV, 11, 26]) 在奥古斯丁看来，上帝是“内在的食物”(“interior cibus” [*Conf.*, I, 13, 21, 5])，真理是养分(*Civ. dei*, XX, 30, 21) 和养料(*Conf.*, IX, 10, 24, 12)。即便在使用“放盐”这个概念时，奥古斯丁仍遵循圣经传统(如《歌罗西书》4:6: “Sermo vester semper in sale sit conditus”[2])，稍后我们还可在瓦拉弗里德的笔下见到类似说法。瓦氏把自己的散文体《圣加尔传》，称为尚未放盐的“生食”(agreste pulmentum)，即该作品还需改编成诗歌(*Poetae*, II, 428; VI, 4, n. 5)。《圣经》将基督教教义称作筵席(《路加福音》14:24：“我的筵席”[coena mea]；《启示录》19:17：“神的大筵席”[coena magna Dei]等等)。由此衍生出“发光的饭食”(lucifer pastus)(Prudentius, *Psychom.*, 625) 以及“属灵的盛宴”(cena spiritalis)(Walter of Châtillon, *Moralisch-satirische Gedichte*, ed. Strecker, p. 101, st. 7) 等说法。教宗额我略一世把奥古斯丁的作品称为小麦粉，自己的麦麸(*MGH, Epist.*, II, 251, 30 ff.)。某 9 世纪诗人将基督的教义，比作用蜜、油及法勒纳斯(Falernian)红酒调配成的提神大餐(*Poetae*, III, 258, 49 ff.)。不过，世俗的知识同样被称作食物。瓦拉弗里德与《教士之乐》(*Delice cleri*)(*RF*, II,

---

1 有关基督教文学中的奶，参见 F. Dornseiff, *Das Alphabet in Mystik und Magie*, 2, 18 f. ——A text of Indian Philosophy is entitled “The New-churned Butter of the Milk of Perfection” (*Kaivalya-navanita*). Heinrich Zimmer, *Der Weg zum Selbst* [Zurich, 1944], 56。

2 【中译者注：全句为“你们的言语要常常带着和气，好像用盐调和，就可知道怎样回答各人。”】

216）的作者阿努尔夫（Arnulf），便是在这个意义上来使用“ferculum”（即一道菜的“菜”）一词。尤珀雷米乌斯（Eupolemius）在其《弥赛亚》（*Messiad*）第二卷末写道，希望自己的作品能被称为柔弱者的牛奶，强壮者的大餐。在《阿基特雷尼乌斯》（*Architrenius*）中，希腊哲学家的智慧是用高脚杯来侍奉的。

西热贝尔（Sigebert）在其《底比斯的苦难》（*Passio Thebeorum*, p. 47）中，罗列了许多奇珍异宝。他发现自己与众基督教诗人共处哲学殿堂之中，那些诗人呈送了琳琅满目的礼物：

黄姜、肉桂、香料让你富有，
辣椒、阿魏草与一株更大的罗盘草更能如此。
此人带着蜂蜜与酒，你带着法勒纳斯葡萄酒，
宝石器皿同纯净的玻璃交锋。
我自己将带着你享用木罐或瓦罐盛装的水，
这样你就能盥洗双手，滋润你的双唇。

123 Zinziber et peretrum dat dives, cinnama, costum,
Hic piper, hic laser, largior ipse laver.
Offert hic mulsum, tu condis melle Falernum,
Et certant vitreo gemmea vasa mero.
Ipse feram limpham ligno testave petitam,
Unde manus unctas unctaque labra lavent.

第 123 行的“peretrum”即“pyrethron”，指“紫菀或紫菀根”（Ovid and others; Isidore, *Et.*, XVII, 9, 74）；第 124 行的“laser”即“罗盘草（Laserpicium）的汁液”（Isidore, *Et.*, XVII, 9, 24）；“laver”指“一种植物”（Plin., *N. H.*, XXVI, 50; not in Isidore）。

这段话（想必读者已明白我为何引用）堪称比较常见的“词汇”诗或“诗化字典”[1]：诗人作诗是为了把注释者记录的生僻词汇汇集起来。自公元前 4 世纪起，类

1　Ernst Schulz, *Corona quernea*, 223.

似的文字游戏在希腊文学中十分盛行。[1]

食物隐喻的演变同其他类别的隐喻一样，表现为两个阶段。第一阶段，人们
136 原模原样地照搬传统词汇，或者充其量靠积累来丰富这些词汇。然而，从 12 世纪起，它们便以辩证法的形式分门别类。我们不妨以异教徒与基督教徒都不可或缺的精神食粮——奶为例。里尔的阿兰曾言（*PL*, CCX, 240 B），如果仔细观察奶，可发现其由三种物质组成：水状液体（serum）、奶酪与黄油。在《圣经》中，神圣教义（sacra doctrina）被“典雅地”比作奶。这显然指圣经的三重意义：历史意义、寓言意义及比喻意义。水状液体代表历史，两者已司空见惯，没有什么品尝的乐趣。[2]奶酪（寓言）是固体，富含营养物质。不过，依照心灵的口味（palatum mentis），转义学（tropology）的黄油才是最香甜可口的。圣方济各（St. Francis of Sales）给奶的神学差别下了定论：“若慈悲是奶，那奉献便是奶油”（Si la charité est un lait, la dévotion en est la cresme）（*Introduction à la vie dévote*, I, ch. 2）。

但丁极大丰富了食物隐喻。[3]《飨宴》是所有渴求知识（“天使的面包”）者的盛宴。但丁没有坐在“赐福的餐桌”旁，而是捡起从那桌子上掉下来的面包屑（I, 1, 6-10）。他端上了组歌，其相关注释就像“大麦饼”（《约翰福音》6:13）一样分发开来。我们将不再深究但丁作品中的这类意象。

四、身体隐喻

我们知道，阿兰也论述过心灵的口味。这也是悠久的隐喻传统的最新果实。

在一个比较大胆的意象中，柏拉图指出，当“灵魂的眼睛真的陷入无知的泥沼时”（*Republic*, 533 d），辩证法能轻轻地把它拉出来。[4]从此，“灵魂的眼睛”便成了异教[5]与基督教作家喜欢使用的隐喻。在这一用法中，眼睛的视力转而成了头脑的洞

1 Christ-Shmid, II, 1 (1920), 116, n. 3. 最引人注目的就是 Leonidas of Taretum 和 Lycophron。

2 此乃中世纪对历史的评价。

3 Walter Naumann 搜集了但丁的饥渴隐喻，见 *RF* (1940), 13-36。

4 【有关此话题，参见 P. Friedländer, Platon, 1928, p.12。】

5 如 Cicero, *Orator*, 29, 101. Lucian, ed. Jacobitz, I, 239。

察力。内感官与外感官相互协调。[1]心灵既有了耳朵，又有了眼睛。诺拉的保利努斯（Paulinus of Nola）[2]说道：

因此，开启基督心灵的眼与耳。

Ergo oculos mentis Christo reseremus et aures.

眼睛与耳朵后，便轮到其他的身体器官。基督教作家回想起犹太人的隐喻。《旧约》有"心灵的污秽"[3]（praeputium cordis）（《申命记》10:16；《箴言》4:4）之说；在保罗的书信中，"心里的割礼"（《罗马书》2:25-29）便是沿用了这一说法。同样，彼得把摩西的"腰间束带"（《出埃及记》12:11）换成了"束上你们心中的腰"（succincti lumbos mentis vestrae）（《彼得前书》1:13）。这类隐喻在古代晚期和中世纪经常出现。奥古斯丁作品的一大特点，就是使用与视觉感知相悖的隐喻，如"我舌头的手"（*Conf.*, V, 1）、"心的手"（*ibid.*, X, 12）、"灵魂的头"（*ibid.*, X, 7）等。灵魂辗转反侧，"时而躺着，时而侧着，时而趴着"（*ibid.*, VI, 16, 26）。普鲁登提乌斯提出了"心的腹"[4]，奥尔德赫姆则创造了"再生恩典的阴户"、"心灵的颈项"、"肠子的腹股沟"（groins of the bowels）等说法。古伊戈（Guigo）有"心的眼"、"心灵的眉"，阿兰与彼得神父（Peter the Venerable）有"心灵的腹"。戈弗雷（Godfrey of 137

---

1 Systematically in Origen. Cf. H. U. v. Balthasar, *Origenes. Ein Aufbau aus seinen Werken* (1938), 319-380. —Cf. Also Kurt Rahner, "La Doctrine des sens spirituels au moyen âge," in *Revue d'ascétique et de mystique*, XIII (1932), 173 ff. and XIV (1933), 265 ff.

2 *Carmina*, 31, 226. ——Juvencus 已经采用"心灵的耳朵"（aures mentis）来意译《马太福音》13:9【中译者注：即"有耳可听的，就应当听"】。哲罗姆评注《圣经》时，也采用同样的说法；额我略一世亦然。奥古斯丁知道"心之耳"（*Conf.*, I, 5 and IV, 27），从其祈祷书（耶稣受难节 [Good Friday] 上为新信徒所做的祈祷中有"心之耳" [aures praecordiorum] 的说法）、"属灵的嘴"（os spirituale）（*Conf.*, IX, 3, 6）等均可看出。我们在圣本笃的规章前言中也可见到"心之耳"。

3 【中译者注："praeputium"本意为"包皮"。】

4 Prudentius, *Apoth.*, 583. 不过 H. Rahner (*Biblica*, XXII [1941], 296) 指出，"有人认为'内心最深处乃腹'的教义，源出奥利金的心理学，并经安布罗修发扬光大"，但它实际上是以《约翰福音》7:38【中译者注：即"信我的人，就如经上所说'从他腹中要流出活水的江河来'"】为蓝本。奥古斯丁曾言："内在的腹乃人类的是非之心"（Venter interioris hominis conscientia cordis est）（*PL*, XXXV, 1643 CD）。

Breteuil）说道：“仔仔细细地痛饮之后，我心灵的腹还渴望更多”。[1]但丁也采用了类似的隐喻：“我们判断力的后背”（spatulae nostri iudicii）（*De vulgari eloquio*, I, 6, 3）。另外，他还使用了“心灵的眼”（oculi mentis）（*De mon*., II, 1, 3）；“理性的眼”（occhi della ragione）（*Conv*., I, 4, 3）、“灵魂”（dell' anima）（*Conv*., I, 11, 3）、“理智”（dell' intelletto）（*Conv*., II, 15, 7），以及“理解力的锐目”（l'agute luci de lo 'ntelletto）（*Purg*., XVIII, 16）。

身体隐喻的确多如牛毛，不胜枚举。光是教父文学的例子就能写一本书。不过，我们的任务在于抛砖引玉，而不是详尽无遗地罗列。我打算再举一个身体隐喻的例子，一个异乎寻常的例子。伪作的《默纳舍祷词》（*Oratio Manassae*）（很可能作于公元70年左右，[2]后出现在武加大译本的附录中）里有这样一句话：“现在，我弯下我心的膝盖”（et nunc flecto genua cordis mei）。克莱门（Clement）的第一封书信（第五十七章）采用了这一说法，其编纂者注释道，此说法经常出现于教父与宗教会议。[3]另外，它还被用于祈祷书，[4]并因此为教堂所铭记，此后又出现在中世纪诗歌中。[5]后
138 来，“心的膝盖”像古代许多情感表达方式一样，产生了深远的影响，即便对恪守《圣经》教义的新教徒亦如此。克莱斯特（Heinrich von Kleist）在其剧作《潘塔西蕾雅》（*Penthesilea*）（第2800行）和致歌德的信（1808年1月24日）中都使用了这一说法。

近代的风格心理学或许会把身体隐喻看作“巴洛克风格”。果真如此，那么文学巴洛克风格就可上至《圣经》的远古时代，下至克莱斯特。

五、剧场隐喻

在柏拉图晚年作品《法律篇》中，有这样一句话：“让我们不妨假设每一个有生命的存在物都是众神制造的玩偶。那么他们把我们创造出来究竟是为了娱乐，还是

---

1 Aldhelm, ed. Ehwald, 260, 19; 477, 13; 243, 19. ——Carolingian: *Poetae*, I, 413, 30 and 455, 151. ——Guigo (*Meditationes*, ed. Wilmart [1936]), 155. ——Alan, SP, II, 491. ——Peter the Venerable, PL, CLXXXIX, 1009 C. ——Godfrey of Breteuil, *Fons philosophiae*, st. 195.

2 Bousset, *Die Religion des Judentums im späthellenistischen Zeitalter 3* (1926), 32, n. 2

3 F. X. Funk, *Patres apostolici*, I (1901), p. 172.

4 *Postcommunio* of the mass *pro reddendis gratiis*.

5 *Poetae*, IV, 765, 86（编者不清楚其来源）。

其他严肃的目的，我们不得而知”（I, 644 de）。后来，他又说道：“人类乃是上帝的玩物，是上帝之精华”（VII, 803 c）。在《菲利布斯篇》（*Philebus*）（50 b）中，柏拉图讨论了“生命的悲剧与喜剧”。柏拉图的这些含苞待放的深刻思想里，孕育了一种观念，即“世界如戏台，人类在演排，一举与一动，全靠神来带”。在有关犬儒哲学（“讥讽”[diatribes]）的演讲中，演讲者以演员喻人的类比，成了后来者必备的套话。[1] 贺拉斯（*Sat*., II, 7, 82）把人类视为玩偶。“生命的哑剧”（mimus vitae）也成了尽人皆知的观念。因此，塞内加指出（*Ep*., 80, 7）：“人生就是一出哑剧，我们扮演各自角色，蹩脚地演出。”类似观念亦见于早期基督教。保罗谈论使徒时（《哥林多前书》49: 9[2]）说道，上帝给他们定死罪是为了供世界、天使和人类观看（θέατρον）。这里，作者想说的不是舞台，而是罗马的圆形剧场。亚历山大里亚的克莱门（Clement of Alexandria）也提出类似的说法：“耶路撒冷的主将在锡安山上发布律法和口谕，亦即圣言，派遣为奖赏而战的真勇士。那勇士将在全世界的舞台上加冕胜利的王冠”（Hortatory Address to the Heathen, I, 1, 3 = *Clemens Schriften, übersetzt von Stählin*, I [1934], 73）。这里，作者把宇宙视为舞台。奥古斯丁写道（*Enarratio in psalmun*, 127, 15）：“在此，我们要像孩子对父母说的那样：来吧！想方设法地离开此地；我们也可以排演自己的戏剧！生命不过是人类的一出诱惑频出的戏剧，除此之外，再无其他。”奥古斯丁同时代的异教徒——埃及人帕拉达斯（Palladas）所见略同，但他是从道德角度出发，用优美婉转的警句（*A. P*., X, 72）表达出来：

人生乃是一座舞台，一场游戏：
要么认认真真地学会如何去演，如何去玩，
要么承受它的痛苦。

Εκηνὴ πᾶς ὁ βίος καὶ παίγνιον. ἢ μάθε παίζειν
Τὴν σπουδὴν μεταθείς, ἢ φέρε τὰς ὀδύνας.

---

1 Rudolf Helm, *Lukian und Menipp* (1906).

2 【中译者注：此处英译本有误，应为《哥林多前书》4:9：“我想神把我们使徒明明列在末后，好像定死罪的囚犯；因为我们成了一台戏，给世人和天使观看。”】

139 我们看到，“世界舞台”的隐喻同很多隐喻一样，经异教古代与基督教作家进入中世纪。在古代晚期，这两种渠道合而为一。当波伊提乌说“此人生舞台”（haec vitae scena）时，我们听出了塞内加和西塞罗（“人生中，舞台上”[“cum in vita, tum in scaena”；*Cato maior*, 18, 65]）的声音。中世纪早期的拉丁诗歌对此的对应说法是“舞台的年代”（“secli huius in scena” [*Carm. cant.*, p. 97, l. 15]）。不过，在这一时期，舞台与世界的类比并不常见。可到了12世纪，经当时某思想界领袖之手，该类比不但东山再起，且影响深远，此人便是索尔兹伯里的约翰。1159年，他发表了重要作品《论政府原理》（*Policraticus*）（ed. Webb, I, 190）。书中作者引用了佩特罗尼乌斯的一段话（§ 80）：

演员在舞台上就绪，演出现在开始：
有人演父亲，有人演儿子，有人演大户；
可正当他们插科打诨，演出忽然结束，
演员露出了本来面目，剧中人就此消失。

Grex agit in scena mimum, pater ille vocatur,
Filius hic, nomen divitis ille tenet;
Mox ubi ridendas inclusit pagina partes,
Vera redit facies, dissimulata perit.

这段话大有裨益：“演员告诉我们，外表再光鲜亮丽，也不过是空洞的表演；演出结束之后，大家还会恢复本来面目。”那么，中世纪哲学家与人文主义者是如何理解这段话的呢？作者马上把我们引向了下一章《世界之悲剧或喜剧》（De mundana comedia vel tragedia）。在那里，古老陈旧的演员比喻，成了全面批判当时的思想框架。作者写道，约伯认为人生是一场“争战”。[1]如果他早知现在，就会说：“人在世上岂非喜剧？”（Comedia est vita hominis super terram.）因为人人都忘了自己的角色，而演起了旁人的角色。人生究竟是悲剧还是喜剧，约翰并未给出答案；只要读

---

1 武加大译本中《约伯记》7:1：“Militia est vita hominis super terram”。路德的译文为：“Muß nicht der Mensch immer im Streit sein auf Erden”。【中译者注：中文和合本译文为：“人在世上岂无争战吗？”】

者也认同“佩特罗尼乌斯的说法——世人几乎都是演员”[1]，那么他对答案如何就并不在意。这场宏大的悲剧或喜剧的舞台是整个世界。在接下来的一章，作者赞颂了品行端正的英雄。他们跟上帝和天使一起，从永恒处俯瞰世界舞台上的悲、喜剧表演。约翰精雕细琢（他花了两章的篇幅），让这一古老的隐喻焕发生机。除此之外，他还把该隐喻的一些时常单独出现的元素整合起来。约翰发现，自己应该首先点评经佩特罗尼乌斯修改的寻常说法。于是，他比较了《约伯书》中的一段文字。为了进一步挖掘舞台概念的内涵，他问道，舞台上表演的是悲剧还是喜剧？接着，约翰把舞台扩展至整个世界，由此扩大了舞台概念的范畴。最后，作者再次也是最后一 140
次扩大了舞台的范畴——从人间到天堂。如此一来，“人生舞台”变成了“世界剧场”（theatrum mundi）。至于“上帝将有德之人召集起来”的说法，似乎源于西塞罗的《西皮奥之梦》（*Somnium Scipionis*），约翰在第九章里经常提到此书，只是除此之外，世界剧场的观念只字未提。不过，把基督教义与西塞罗的智慧结合起来，乃是基督教人文主义（12 世纪在欧洲北部蓬勃发展）的一大趋势。

从图书馆的目录看，《论政府原理》在中世纪流传甚广。当然，此后阅读的人亦源源不断。此书曾于 1476、1513（一次在巴黎，一次在里昂）、1595、1622、1639、1664、1677 年多次印刷。如果我们看到“世界剧场”的隐喻在 16、17 世纪屡次出现，那么广受欢迎的《论政府原理》想必是居功至伟。

让我们考察一下 16 世纪的欧洲。从德国开始吧，先来看路德。正如泽贝格（Erich Seeberg）指出（*Grundzüge der Theologie Luthers* [1940], 179），路德用“极其大胆的”（unerhört kühnen）说法——“上帝的戏剧”（Spiel Gottes），来表示称义（justification）过程中发生的一切。在路德看来，所有世俗的历史都是“上帝的木偶剧”（Puppenspiel Gottes）。我们在历史中所见到的只有带着“面具”的上帝，也就是像亚历山大或汉尼拔这样的英雄……泽贝格很可能从艾克哈特大师（Master Eckhart）那里推演出上述套路。不过，两者同出一源。

接下来看法国。时间来到 1564 年。宫廷上下正在枫丹白露（Fontainebleau）庆祝狂欢节。一出喜剧刚刚结束。我们的耳边回荡着龙萨写的收场白。它是这样开篇的：

1　作者试图以此说法来重现佩特罗尼乌斯的只言片语。不过，Buecheler【见他为佩氏做的注疏，1862, p. 95】认为这段话是约翰对上述引文的意译，这倒是不容置疑的。

今天的喜剧是一个典范，
剧中每个人都欣赏着表演：
世界是剧场，人类是演员。
舞台的女主人——幸运女神
准备了礼服，赐生命与人，
而天国与命运则一同观看。

Ici la Comédie apparaît un exemple
Où chacun de son fait les actions contemple:
Le monde est un théâtre, et les hommes acteurs.
La Fortune qui est maîtresse de la scène
Apprête les habits, et de la vie humaine
Les cieux et les destins en sont les spectateurs.

在这里的“世界剧场”，人类为演员，幸运女神为导演，天国为观众。

再到英国。1599 年，伦敦的环球剧场刚刚开张。新建筑挂出了一则格言：“整个世界都扮演角色。”（Totus mundus agit histrionem.）在此上映的第一批剧作中，就有莎士比亚的《皆大欢喜》。剧中（第二幕第七场）有雅克的著名演说，里面便提到世界等同于舞台（“整个世界是个舞台”），以及“七个时期”对应人生的七幕剧。新近，编者哈里森（G. B. Harrison）（见 1937 年企鹅版莎士比亚）对此评论道：“这是
141 莎士比亚，就新落成的环球剧场上的格言所撰写的小文章。”那么，环球剧场的格言又从何而来？有些作家已证实，其出处不是佩特罗尼乌斯，而是《论政府原理》，只不过已经把原来的“排练”（exerceat）换成了“扮演”（agit）。不管是谁展示这则格言，必定知晓《论政府原理》（1595 年此书已有新版本）。如此看来，当时的环球剧场打着中世纪英国人文主义的旗帜。

接下来，让我们转站 17 世纪的西班牙。堂吉诃德（第二部第十二章）向他的随从说明了戏剧与人生的相似之处。当全剧结束，脱掉戏服，所有演员都是平等的。即便剧中的逝者亦如此。桑丘回答道：“这个比喻好！可是并不新鲜，我听到过好多次了”（¡Brava comparación! – dijo Sancho-, aunque no tan nueva que yo no la haya oído muchas y diversas veces)。塞万提斯便如此调侃了这个文学的老生常谈。那当真是对时髦的修辞手法的一番妙趣横生、含而不露的嘲讽。堂吉诃德的话，是我们在17世纪西班牙遇到的第一种戏剧隐喻。随后同一地点同一时期，卡尔德隆（Pedro Calderón de la Barca）的天赋即将大放异彩。福斯勒（Vossler）正确地指出，在黄金时期（siglo de oro）的西班牙，以戏喻人生的说法屡见不鲜。

葛拉西安（Baltasar Gracián）写了一本小说叫《批评家》（*Criticón*）。其中（1651 ff.）第二章的标题是《宇宙大剧场》（*El gran teatro del universo*）。但这一章并未讨论剧场，而是大谈自然有如生命的舞台（宇宙如盛会）。不过，我们重点要说的是卡尔德隆。卡氏的头脑最缜密，所受的文学教育也最全面。如果读者愿意，我们可称他为艺术大师，一位既是孩童又是天才的大师，一位极其虔诚的艺术家。尽管在他的笔下，"世界剧场"常发生五彩斑斓的意义变化，却始终是他思想世界的基石。在卡尔德隆的知名剧作《人生如梦》（*La vida es sueño*）中，被囚禁的王子塞西斯蒙多（Segismundo）谈到了世界剧场，谈到了梦中的世界剧场，而他这位囚徒，赋予其广阔的现实世界之意（ed. Keil, I, 16 b）：

让举世无比的勇敢
到世界这个大剧院
那广阔的舞台上去施展……

Salga a la anchurosa plaza
Del gran teatro del mundo
Este valor sin segundo…

总体看来，卡尔德隆的剧作也是以世界为剧场，而他的戏剧人物就在宇宙的背景前表演（Keil, I, 19 a）：

用于效忠宣誓的华盖，
被奸诈和恐怖分据，
变成阴森可怕的舞台，

背时的命运在演一幕幕悲剧。[1]

El dosel de la jura, reducido
A segunda intención, a horror segundo,
Teatro funesto es, donde importuna
Representa tragedias la fortuna.

142 这里，命运也像有些时候一样，接任了舞台管理者的角色。卡尔德隆用他文采斐然的措辞，让剧场隐喻的传统用法焕然一新。[2]

然而，更重要的是，卡尔德隆是第一个把上帝执导的世界剧场作为神迹剧主题的诗人。曾几何时，柏拉图当初提出的深刻思想，一度埋没在他浩如烟海的著作中；后来，这一思想从神学领域转到人学（the study of man）领域，[3]成为伦理常谈，并在 17 世纪天主教的西班牙大放异彩，重获新生。经古代与中世纪传统哺育的剧场隐喻，不但重现于鲜活的戏剧艺术，还成为“人生以神为中心”思想的表达方式，而这种思想乃是英国戏剧或法国戏剧闻所未闻的。

随着我们对这种联系的探索逐渐深入，眼前的欧洲图景也愈发开阔。

就诗歌形式而论，唯有戏剧可把人类存在与宇宙联系起来一同展现。当然，我说的戏剧并非法国或德国的古典悲剧。戏剧的这种古典形式，起源于文艺复兴和人文主义，是以人为中心的。它把人与宇宙，与宗教理想分割开来；将人幽禁在高处不胜寒的伦理学领域。拉辛与歌德的悲剧人物都面临着选择。这些人物必须面对的现实，乃是展现人的内心力量的戏剧。古典悲剧的伟大与局限在于，它仅限于心理学领域，并一直恪守其严格的法则。为与之抗衡，悲剧主人公只得粉身碎骨。他宁

---

1 【中译者注：两段中译文分别引自《卡尔德隆戏剧选》（周访渔译），上海：上海译文出版社，1997 年，第 110 页和第 129 页。】

2 Cf. also Keil, I, 124 a and 147 a; IV, 445 a.

3 另见 La Bruyère (*De la cour*, No. 99)，18 世纪的 Diderot (Excurcus XXV, *infra*)。——其他例子有：Apuleius, *De mundo*, ch. 27, ed. Thomas, 164, 2 (marionettes); Ps. Aristotle, *περι κοσμου*; Tertulian, *De spectaculis*, ch. 30 (以基督再临及最后的审判为表演); Augustine, Epistle 73 (Goldbacher, 274); Lambert of Hersfeld (ed. Holder-Egger, 240); John of Salisbury, *Entheticus* (ed. Peterson, 53); Campanella, sonnets 14 and 15 (*Poesie*, ed. Gentile [1938], 37 f.); Sir Henry Wotton's (1568—1639) poem *De Morte*; Sir Thomas Browne, *Religio Medici*, Pt. I, sec. 41.

死也不肯向命运低头。不过，这种悲剧是在欧洲传统的土壤上刻意而为之。其发展过程中误解了人文主义者的学说。它不切实际地渴望，横跨伯利克里（Pericles）与路易十四之间长达千年的鸿沟：歌德为创作他的宇宙诗——《浮士德》（*Faust*），不得不打破这种形式。

中世纪和西班牙黄金时代的以神为中心的戏剧，经我们时代的霍夫曼斯塔尔之手重获新生。霍氏的《芸芸众生》（*Jedermann*, 1911），是一部“描写富人之死的戏 143
剧”（Spiel vom Sterben des reichen Mannes），它取材自15世纪英国的同名道德剧。该剧中出现了上帝、天使与魔鬼。此外，还有“死亡”、“信仰”等寓言人物。全剧所围绕展开的人物，并非有名有姓的主人公，而是无名无姓的芸芸众生（Everyman），是俗事缠身而此刻面对上帝审判席的人。这部神秘剧创作于萨尔茨堡的天主教广场。霍夫曼斯塔尔用他的《芸芸众生》，虚构了一个永恒的中世纪，并且踏上了通往形而上学戏剧（metaphysical drama）的道路。如此一来，他不久肯定会遇到卡尔德隆。这场邂逅孕育了另一部作品——《宏大的萨尔茨堡世界剧场》（*Grosse Salzburger Welttheater*, 1921）。在卡尔德隆的建议下，霍氏还创作了《塔》（*Der Turm*, 1925）和《亚述女王塞米拉米斯》（*Semiramis*，1933年以遗作发表）。这些作品并非卡尔德隆的“改编”剧，而是“整合想象”（integrating imagination）的新创作。而作者的主要动力源于自己内心的冲动，即欲借诗歌来复兴被战火破坏殆尽的欧洲思想传统。霍夫曼斯塔尔从该传统中取材，构思。之所以能这样做，是因为他敏锐地发现，一切有形的思想内容，反过来可以成为新创作的材料：“事实上，当一个时代展示思想产品时，一切还尚未成形；接下来便是大显身手的时候了。”通过整合，可以获得更高级的事物。“每一种更高级的事物都必然是复合物。更高级的人乃是数个人的联合体；如果要创作更高级的诗歌作品，就需要数位诗人群策群力。”霍夫曼斯塔尔认为，自己是哈布斯堡[1]传统的继嗣（17世纪，该王朝的大本营在马德里和维也纳）。西班牙黄金时代的诗歌不曾受法国与意大利的古典文学系统的影响。以艺术及世界观角度而论，它从一个与中世纪息息相关的传统中，汲取了用之不竭的财富。它保留了基督教西方世界的实质。以历史角度而论，它见证了“时代的档案库”，其中收入了各时

1　【中译者注：哈布斯堡王室为欧洲最重要的王室之一。1438—1740年间，有多位该王室成员出任神圣罗马帝国皇帝、奥地利公爵、匈牙利国王、西班牙国王等重要职位。】

期各民族与各地方的历史。帝王、英雄也好，殉道者、农民也好，都是世界大舞台上的演员。无形的力量干涉了命运。一切事物上散布着神的怜悯与智慧。

在一个君主制结构与天主教结构根深蒂固且看似坚不可摧的世界，卡尔德隆在自由地创造。王朝与教会看似欣欣向荣，可盛况之下，城邦与国家却开始逐渐坍塌。霍夫曼斯塔尔的历史环境截然相反。他发现，自己出生在一个为唯物主义与相对主义所解体的世界。身为成年人，他不得不经历这个世界的消解，直至最后的轰然倒塌。他的任务（近乎超人的任务），就是再次深入“事物的坚固根系”（beharrenden Wurzel der Dinge），在埋藏地下的传统宝库中寻找治世的美德，最终，重塑此前世界的幻象（eidolons）。霍夫曼斯塔尔极其敏锐地觉察到，“人只有凭借有价值的关系
144 才能生存下去”。于是，他承担了一项痛苦而艰难的任务——再次厘清并说明这些关系：婚姻中的男女关系、国家中的君民关系、时间与永恒中的人神关系。在此过程中，亚细亚的智慧[1]可以是驿站和象征，但却不是归宿与办法。而归宿与办法只能在已降临于东西方的启示，即基督教中去寻找。为此，霍夫曼斯塔尔受到他的民族传统与出生地的指引，受其思想中新柏拉图主义元素的指引，受身不由己的神秘召唤的指引。当霍氏想把他的基督教戏剧，与一个伟大传统联系起来，那么这个传统只能是卡尔德隆的传统。

霍夫曼斯塔尔从中世纪和西班牙戏剧中汲取的，并非本土元素，而是他向我们揭示的永恒的欧洲神话：“那里面有一种永恒的欧洲神话——蕴含深层意义的名字、概念、人物，还有道德或神秘秩序的拟人化力量。这是横跨整个古老欧洲的神话苍穹。”不过，在霍氏看来，有一个超越诗歌与戏剧的事物，正逐渐回归至这个古老的欧洲。它便是漫长历史过程中的某个象征，霍氏眼见它步步逼近：那是“针对 16 世纪思想革命的内在反向运动，它的两个方面便是我们俗称的文艺复兴与宗教改革……”

---

1 In *Sermiramis*.

第八章　诗歌与修辞

一、古代诗学；二、诗歌与散文；三、中世纪风格系统；
四、中世纪诗歌中的法律演说、政治演说与颂赞演说；
五、难以言表的主题；六、超越；七、同辈颂

但丁写过一篇论述民族诗歌的文章，名为《论俗语》（*De vulgari eloquentia*）。 145
1300 年左右，人们还常常把诗歌设想为一种雄辩术（eloquence）。当时，还没有一个可以称呼诗歌的通用词语。那么，我们该如何从历史的角度理解这一现象？

一、古代诗学

时至今日，我们所谓的“文学学科”（Literaturwissenschaft），仍缺乏可生成稳定结构的独立基础，所以我们首先面临的是文学术语史问题。英语的“poetry”和德语的“Poesie”、“Dichtung”分别是什么意思呢？这几个词都未说明事物的本质，因为它们出现得晚，且派生自其他词语。在荷马的笔下，诗人被称作“神圣的歌手”，罗马人则称之为“预言家”（vates）。由于所有预言都与带韵的讲词有关，因此“vates”可指代诗人。罗马人管“作诗”（dichten）叫“吟唱”。《埃涅阿斯纪》开篇便是：

我要吟唱的是战争与一个人的故事……

Arma virumque cano…

不过，贺拉斯也把他接近日常用语的讽刺语言叫作“吟唱”（*Sat.*, II, 3, 4）。除此之外，没有其他词语。希腊语“ποιεᾶν”的意思是“生产”、“制造”。希罗多德用“ποίημα”（“制成品”）指金器，用“ποίησις”（制造）指酿酒。柏拉图的定义是：一

切事物的制造就是“poiesis”。因此，诗歌创造也属于制造领域。“诗人”便指“从事‘poiesis’创造的人”（*Symp.*, 205 C）。如此一来，诗人同时也是“出色的制造者”（the maker κατ' εξοχήν）。不过，这是后来的说法。最初，诗人吟唱自己的作品。此后，随着劳动分工的出现，歌手（αοιδοί）也可以吟唱别人“制造”的诗歌。如今，
146 这些文本创作者从更严格的意义上讲，才可称为“制造者”。“ποιητής”指“作品的原创者”（originator），所以它符合“创作者”（composer）的概念，而与“表演”（performing）的音乐家有别。[1]在伊索克拉底（Isocrates）看来，“πεποιημένος”的意思是“艺术的”；精巧演说的创作者就是“λόγων ποιητής”。把“ποίησις”译为“创作”（creation），其实是在希腊本土的事物观念中，加入外来的思想，即希伯来基督教的宇宙生成论。当我们把诗人称为创作者时，我们使用了神学的隐喻。诗歌与诗人所对应的希腊语词，具有技巧的而非形而上学的意义，缺少宗教意味与此同时，没有哪个民族像希腊人一样，为诗歌赋予了更深刻的神学意味。然而，这种神学元素（正因为诗歌本就是神圣的）的存在，排除并超越了人类，它就像缪斯女神，或其他某个神祇，抑或某种神性的迷狂，突然灌注到诗人的头脑当中。诗歌并非从诗人的主体性（subjectivity），而是从超人的权威（übermenschlichen Instanz），那里获得其形而上学的价值。

“制造”意义上的“创造”概念，最终在亚里士多德繁杂的知识体系中获得了耐人寻味的意义。亚氏把哲学分为“理论学科”、“实践学科”以及“制造学科”（poietic）。他在运用自己的体系时，前后并不一致，这里我们暂不赘述。不过，“实践学科”与“制造学科”的差别至关重要。实践（praxis）涉及人类活动（用经验哲学的术语说，就是“agibilia”），而“制造”（poiesis）涉及“生产”（factibilia），有用的技艺及美术（即技术与亚里士多德所谓的严格意义上的“诗学”）便归于此。考察亚里士多德的诗艺理论，就必须联系他的整个体系，把诗艺理论放在与伦理学、政治学、修辞学、家政学（economics）等学科平等的位置。探寻人类活动与制造过程中的理性元素与价值元素，这便是亚里士多德一再追问的目的。

柏拉图把诗歌赶出了自己理想的哲学城邦，只保留了一小部分，因为在他看来，诗歌对教育有弊无利，而且事物的弊病越多，离“诗歌”就越近（*Republic*, 387 B）。

1 H. Weil, *Etudes sur l'antiquité grecque* (1900), 237.

亚里士多德则把诗歌重新划归为最高级的精神产物，且承认诗歌具有伦理价值与哲学价值。他把诗学塑造为有关诗歌的哲学学科。于是，亚氏既把希腊思想提到了顶峰，也推向了终点。这样，我们就明白了，为何 16 世纪中叶以来，所有从哲学角度考察诗歌本质的尝试，都绕不开亚氏的《诗学》。尽管写作时受到时代的种种限制，亚氏在此书当中提出的观点仍然启发着一代又一代人。

当然，在亚氏身后的那个时代，《诗学》的影响乏善可陈，因为那时发生了伟大的文化改革，亦即我们所谓的希腊化运动（Hellenism）。哲学实现统一之后，涌现出许多独立的分支学科——语法、修辞、语文学、文学史等等。哲学从哲学家之手， 147
转移至哲学教师，并产生了传统的学院派观点。游廊学园（Peripatetic school）[1]的学子把《诗学》和《修辞学》，同老师亚里士多德的逻辑著作（《工具论》[*Organon*]）放在一起研读。然而，自学园第二任园长狄奥弗拉斯图斯（Theophrastus）（卒于公元前 287 年）逝世后，游廊学派（Peripateticism）便寿终正寝，亚里士多德的文献也不知所踪，直至公元 1 世纪才重见天日。随着希腊化运动开展，希腊的诗歌理论迎来了自己的春天。禁欲主义者（Stoics）与享乐主义者（Epicureans）围绕诗歌的手法、效果与职责，吵得不可开交。相关文献只有寥寥可数的残片尚存于世。不过，他们争吵的内容，在贺拉斯的《诗艺》（*Ars poetica*）中保留了下来。同亚里士多德的《诗学》一样，《诗艺》也堪称思潮的顶峰和终点。贺拉斯之后，有关诗歌理论的罗马训导诗便难觅其踪，因为自 1 世纪末，所有“伟大的”罗马文学体裁都销声匿迹（悲剧至塞内加，史诗至斯塔提乌斯、瓦雷利乌斯和西利乌斯 [Silius]，历史至塔西佗，就开始一蹶不振）。[2]早在帝国时期伊始，诗歌教学便进入了语法与格律（后者往往与前者联系起来）的课程之中。作为独立自主的学科，诗学概念一度从西方世界消失千年，直到 1150 年左右，才随着多米尼库斯（Dominicus Gundissalinus）的《论哲学之分类》（*De divisione philosophiae*）而再度露面，一同出现的，还有多氏得自伊斯兰传统的亚里士多德体系的其他分支学科。[3]由于拉丁诗歌在学校和基督教中，有着坚实

1 【中译者注：Peripatetic school 为漫步学派为古希腊一哲学派别，创立者为亚里士多德。“peripatetic”派生自“peripatos”，后者来源于雅典的吕克昂游廊（peripatoi of Lyceum）。亚里士多德及其学徒经常来此坐而论道，故得名。】

2 叙利亚人 Ammianus Marcellinus 和埃及人 Claudian 属于 4 世纪的繁盛时期。

3 他的“诗学”只有题目是亚里士多德的，而内容是中世纪的。

的基础，因此即便在中世纪“最黑暗的”时期，它也能安然度日。这就意味着，诗歌理论的指导（包括格律形式、体裁、修辞手法）势在必行，我们把这简称为“诗学”；而散文方面也需要类似指导，我们把这简称为基本的“文学理论与技巧”。

二、诗歌与散文

在古代，人们并未把诗歌与散文，视为两种起源不同且本质不同的表达方式。相反，两者均属于包罗万象的“话语”（discourse）概念。诗歌是有格律的话语。不过，从高尔吉亚时代起，艺术散文便与之分庭抗礼。甚至早在伊索克拉底时期，人们就开始探讨诗歌散文“孰更难”的话题。公元 1 世纪，修辞学校开始引入诗歌变散文的练习。昆体良就曾向演说家推荐这种练习（X, 5, 4）。奥古斯丁上学时，需要改述《埃涅阿斯纪》的选段（*Conf.*, I, 17, 27）。在古代晚期的希腊罗马，改述（paraphrase）本身成了目的（拜占庭中世纪亦如此）。斯塔提乌斯曾自豪地表示，其
148 父亲不仅能阐释思想最深刻的诗人，而且能“像荷马一样，驾着轭一字不落地”把他的诗歌改成散文。

在此之前，人们几乎没注意，大部分早期基督教诗歌，其实是古代修辞的改述练习的延续。我们首先看到的是用六步格改编的《圣经》。照此方法，西班牙人尤文库斯（Juvencus）（约 330 年）改述了四福音书，埃及人诺努斯（Nonnus）（5 世纪）改述了希腊文的《约翰福音》，利古里亚人（Ligurian）阿拉特（Arator）改述了《使徒行传》。544 年，阿拉特在罗马的铁链圣彼得（St. Peter ad vincula）教堂公开朗诵自己的作品，并为此赢得广泛赞誉。同样的改编方法还可用于圣徒传记。5 世纪下半叶，保利努斯（Paulinus of Périgueux）将阿基塔尼亚人塞维鲁斯（the Aquitanian Sulpicius Severus）（约 400 年）撰写的《圣马丁传》（*vita* of St. Martin）改写为诗体，他把自己的作品称之为“翻译”（translatio）或“转录”（transcripta oratio）（IV, 1 and V, 873）；到了 6 世纪，福尔图那图斯再次将该作品改写成诗体。不过，能做的不止如此，中世纪的作者还可以把诗化的文章再改成散文。那位舞文弄墨、自命不凡的意大利人塞杜里乌斯（Coelius Sedulius）（活跃于 425—450 年），就在自己的《复活节之歌》（*Carmen paschale*）后，附上了散体译文（*Opus paschale*）。这种双文体写作在盎格鲁－撒克逊人当中，有许多追随者（奥尔德赫姆的《论童贞》[*De virginitate*]；比德

的《卡斯伯特传》[*vita* of Cuthbert]；阿尔昆的《威利布罗德传》[*vita* of Willibrord]）。继而，它又随着英国人文主义传播至法国，代表人物有莫尔（以十字架为题材的诗歌）、斯科图斯（Sedulius Scottus）（《论基督教生活》[*De christiana vita*]）。德国的代表人物是施派尔的瓦尔特（Walter of Speyer），著有《殉道者圣克里斯托弗传》（*vita* of Christopher）（约 980 年）。1050 年左右，施派尔的奥努尔夫（Onulf）用散文撰写了《色彩修辞》（*Rhetorici colores*），其诗化版本前附加了这样的文字："同文之翻版"（idem idem eidem de eodem）。这乃是中世纪承袭自古代修辞学校的风格变换的最后一个范例。该实践表明，格律话语与非格律话语可以成为相互转换的艺术。

不过，修辞与诗歌之间的互惠关系不仅仅表现于此。它的根基在于始自奥维德的罗马诗歌修辞化。众诗人的语法修辞释经法（grammatico-rhetorical exegeses）进一步巩固了这种关系。正如荷马是希腊人的修辞老师，维吉尔也是后来罗马人的修辞典范。马克罗比乌斯在其《萨图恩节》（*Saturnalia*）中借说话者表示，维吉尔不仅是诗人，而且是演说家（"维吉尔既是诗人，也是演说家，他的作品不仅有高超的演讲技巧，还严格遵循修辞的艺术"[Virgilium non minus oratorem quam poetam habendum, in quo et tanta orandi disciplina et tam diligens observatio rhetoricae artis ostenderetur.]）。

在中世纪，修辞对诗歌的统治还以其他形式表现出来。

三、中世纪风格系统

从理论上讲，文书写作术（ars dictaminis）包括散文与诗歌。文书写作技巧（artes dictandi）通常从该定义入手，即便涉及的只是散文写作，情况亦然。这里隐含着一种观点，即诗歌与散文为两种话语。然而，自中世纪知晓两种诗学系统（音 149
节划分或格律系统，以及重音或节奏系统）以来，文书写作术便分为格律写作、节奏写作与散文写作（prose dictamina）。此后，又增加了第四种认可的风格——押韵散文（mixtum sive compositum）。[1]这种划分方法同样假定，诗歌与散文都是受控话语（gebundene Kunstrede, regulated discourse）：散文受节奏控制，而诗歌受格律或节奏、

1　此为 Thomas of Capua（约 1230 年）的说法。押韵散文（rhymed prose）是"一种普通的散文，其文句受停顿的限制，在冒号结尾处要押韵"（K. Polheim, *Die lateinische Reimprosa* [1925], p. ix）。

韵脚的控制。

于是，文书写作术的划分方法由诗歌与散文的二分法，变为三分法或三元组。诗歌与散文的界限也因此变得愈加模糊。不过，更让人迷惑的是，“散文”概念本身就是含糊不清。从广义上讲，散文者，自由之话语也（Isidore, *Et.*, I, 38, 1）。但散文还可分为几个层次。其中，最高级的形式是诺登（Norden）以来所谓的“艺术散文”（Kunstprose）。古代称之为“修辞话语”（rhetoricus sermo）（塞杜里乌斯语）或“雄辩散文”（eloquentiae prosa）。伊西多尔便是用它来称呼以赛亚的风格。恩诺狄乌斯给艺术散文贴上了“拉丁制造”（fabricata latinitas）这一重要标签。然而，很少有人注意到，除了费时、费心、费神的艺术散文，还有一种用于交流事实的平实散文。塞内加已经指出（Epistle 40, 4），哲学家的语言应该“简洁而质朴”（incomposita[1] et simplex）。普林尼抱怨，因事务繁忙，自己不得不寄发一些缺乏文采的书信（inlitteratissimas litteras）（*Ep.*, I, 10）。在时间紧迫时，平实散文就变得不可或缺，因此哲罗姆称它是“即兴大胆的写作”（subita dictandi audacia），以有别于“精雕细琢的描摹”（elucubrata scribendi diligentia）（*PL*, XXVI, 200）。恩诺狄乌斯也相应地区分了“质朴的话语”（sermo simplex）与“雕琢的话语”（sermo artifex），或者说“平实的说法”（plana）与“雕琢的说法”（artifex locutio）。[2]奥尔德赫姆也是如此划分（“要一点一点，不要一下子发出空洞的声音”[cursim pedetemptim, non garrulo verbositatis strepitu]）。[3]从 5 世纪起，文学语言变得越来越造作，以致后来除了学者，没人能理解。如果作家既希望自己的读者群更广泛，又需要处理浩如烟海的材料，就不能使用这种语言，而必须运用一种接近日常用语的质朴话语。如此一来，我们就能理解，为何图尔的额我略的《法兰克人史》（*History of the Franks*）序言常受人引用。当额我略说道，没有“哪位文人用文学的散文或押韵的诗歌，来描绘这段历史”，而他自己的著作又“草草了事”（inculto effatu）（何等自谦！），其言外之意，
150 无外乎自己写作所用的是日常用语，[4]而非同代人福尔图那图斯那种典雅的艺术拉丁

1 代指希腊语的“ἀτεχνίτευτος”。

2 Ennodius (ed. Hartel), 521, 18; 93, 26; 405, 24; 58, 18-23.

3 Aldhelm, ed. Ehwald, 478, 3 ff. Cf. M. Roger, *L'enseignement des letters classiques d'Ausone à Alcuin*, 295.

4 他运用的是“一种介乎平民语言与学校语言之间的形象拉丁文”（E. Löfstedt, *Syntactica*, II [1933], 365）。

文。当时，历史学家学习的课程仅限于此。我们不能想当然地认为，“额氏的文学修养相当有限”。[1]特劳贝（Traube）认为，额氏之文“华而不实”（grandios）；他还补充道，“额氏的道歉是其风格的组成部分，他的抱怨，他对语法的似是而非的反对与贬低，都不过是修辞策略”。额我略堪称那个时代的高峰，不能因为人们常引用他抱怨缺少“语法学家”，就草率地以为这是对中世纪“黑暗”的真实写照。在给教宗额我略一世的献词中，福尔图那图斯认为有必要把自己说成“经验不足的我”（imperitia mea）。其实这只是如今流行的套话“卑微的我”或“平庸的我”的另一种说法。

中世纪早期，“散文”（prosa）也用以指“押韵的诗歌”。这种体裁同样分为几个不同层次。在一首作于 698 年伦巴德王国（Lombard kingdom）的诗歌中，作者解释道，自己未曾学习如何写格律诗，因此只得“像说话一样用散文创作”（“scripsi per prosa ut oratiunculam”; *Poetae*, IV, 731, st. 18）。这是最早将散文用于诗歌创作的文献。不过，该诗完全可以简化为无韵体，因此作者就用“散文”为自己开脱。至此，散文一词已逐渐带有“押韵的诗歌”之意。但最终的转变是在一首作于 8 或 9 世纪的诗歌中完成的；该诗采用了常规的十五音节（regular fifteeners），并被描述为“散文创作”（“prosa compositum”; *Poetae*, I, 79）。[2]

在 8 世纪，模进（Sequenz, sequence）的发明进一步扩展了以散文作诗的方法。“模进”本是音乐术语，指经过精心延长的旋律。弥撒的开始与结束，教徒都要咏唱《哈利路亚》（*Alleluia* of the Mass），唱曲最后的“亚”字便是通过模进来延长的。人们在一系列纯旋律曲段（sequentia）中，编入一段“音节与相应旋律所含音符一样多的文字；而这段文字显然与格律诗或押韵诗毫无关系，纯粹是散文；在过去和如今的法国，人们依然如此称呼”（斯特雷克 [Strecker] 语）。接下来的发展如下：首先为整个纯旋律曲段配上唱词，然后同时创作新旋律以及与之相关的唱词。“由于模进部分由两个声部演奏（其中第二个声部重复第一个声部的旋律），因此在新的诗歌形式中，散文段落的每两部分必须包含相同数量的音节。这一发明无疑具有里程碑式的重要意义，因为这是诗人第一次试图让自己摆脱少数传统格律模式与节奏模式的 151

1　Manitius, I, 217.

2　Wilhelm Meyer 写道：“押韵的诗歌就是带尾韵（terminal cadence）的散文。”（III, 12）可如此一来，就抹消了常规格律与特殊格律之间的显著差别。—— Cf. also W. Meyer, II, 183n.

束缚。”[1]

可以说，模进是源自音乐灵魂的近代抒情诗之根源。[2]

回顾上述演变过程，我们看到在中世纪，文书写作术的三分法并未囊括语言艺术形式多样化的全貌。那时，散文写作（dictamen prosaicum）针对的是艺术散文。可“平实”散文（质朴的话语）仍然是文学以及纪年表、历史、科学、圣徒传的常用媒介。当然，还有上文提到的押韵散文和最后出现的混合散文（即散文中穿插诗歌）。这些文本都称为“带诗散文”（prosimetra）。[3]除此之外，还有格律诗和押韵诗。

不过，当人们把节奏顿挫（rhythmical cadence）引入艺术散文之中，情况就变得更加复杂了。古代艺术散文根据音韵学规律（即音节数量）安排节奏。到了古代晚期，音韵顿挫（metrical cadence）成了节奏（重音）顿挫，也就是俗称的“顿挫变换”（cursus）。从 8 世纪起，“顿挫变换”逐渐式微。到了 11 世纪末，罗马教廷（Papal Curia）复兴了该词，用它来概括教宗莱奥一世（Leo the Great）的书信风格，于是便有了术语“莱奥的顿挫变换”（leoninus cursus）以及“莱奥式的”（leonitas）。这些术语反过来，又命名了广受欢迎的内部用韵（莱奥式诗歌 [versus leonini]）[4]的六步格。以“莱奥的顿挫变换”为基础来命名内部用韵的六步格，这一点可以得到进一步确证，因为中世纪的诗歌与散文术语，可轻而易举地交替使用。在这方面，加兰的约翰（John of Garland）的《巴黎诗学》（*Poetria*）具有至关重要的意义：他区分了三种诗歌风格以及四种“近代”的散文风格。[5]

中世纪对艺术有着原始而真诚的热情，为此作家喜欢融合和穿插这些风格手法。有一种穿插便是承袭自古代晚期（佩特罗尼乌斯、卡佩拉、波伊提乌）——穿插各

---

1 Karl Strecker in Merker-Stammler, *Reallexikon der deutschen Literaturgeschichte*, II [1926—28], col. 391 b.

2 【法译者注：此句原文为“Sequenz: Ursprung der modernen Lyrik aus dem Geiste der Musik”。这里，作者有意模仿尼采的著作 *Geburt der Tragödie aus dem Geiste der Musik*。】

3 Cf. F. Dornseiff in *Zeitschrift f. d. alttestamentliche Wissenschaft*, XI (1934), 74.

4 如 Carl Erdmann 所示（*Corona quernea*, 16 ff.）。

5 “额我略风格、西塞罗风格、希拉利乌斯风格、伊西多尔风格。”（Stilus gregorianus, tullianus, hilarianus, ysidorianus.）约翰试图按照顿挫来区分它们，但他并未贯彻到底：“西塞罗风格中突出的不是抑扬顿挫，而是炫目的词语和句子；这就好像诗人在写散文。”（In stilo tulliano non est observanda pedum cadentia, sed dictionum et sententiarum coloratio; quo stylo utuntur vates prosayce scribentes...）“用散文写作的诗人。”多么让人不解的观点！他的学生一定觉得这个观点难以琢磨（*RF*, XIII [1902], 928）。

种格律（多格律）诗歌的带诗散文。在用韵散文中，韵脚与散文也穿插在一起。

尤其引人注目的，是内部用韵的六步格（即上面提到的莱奥式诗歌）中格律与韵脚的穿插。例如：

晨星乃群星之翘楚，冠绝少女者莫若汝。

Lucifer ut stellis, sic es praelata puellis.

当六步格诗采用联行押韵且双重内韵的形式时，可取得慷慨激昂的意外效果。152
莫莱的伯纳德有这样一首写最后的审判与天国的诗歌：

世间充斥着罪愆，时间流逝却缓慢；
未到放松的时候，判官就守在门口；
判官宽厚而仁慈，判官权力莫小视；
他要把罪愆扫除，他要立正义为储……
在那常炫的寓所，开着无刺的花朵，
它们每伤心悲痛，就像离乡的孩童。[1]

Hora novissima, tempora pessima sunt, *vigilemus*.
Ecce minaciter imminet arbiter ille *supremus*:
Imminet, imminet, ut mala terminet, aequa *coronet*,
Recta remuneret, anxia liberet, aethera *donet*...
Patria splendida terraque florida, libera *spinis*,

1 【中译者注：此处，译者有意将原诗双重内韵的词语用横线标示，联行押韵的词语用斜体标示。英译文（见注释 16）保留了联行押韵，未做到行内押韵。而对于中译文，由于作者能力有限，也只做到了行内押韵，未保留联行押韵，甚憾。】

Danda fidelibus est ibi civibus, hic *peregrinis*.[1]

节奏与格律亦穿插于所谓“独具见解的歌利亚派诗节”（Goliardic stanza with auctoritas）；[2]这个名字用来指，采用由三行六步格（往往引自某古典诗人，且行行押韵）歌利亚诗句组成的诗节。例如，下面是沙蒂永的瓦尔特谈论教士恶习的一段诗节：

教士的罪恶罄竹难书，
上帝却只对穷人发怒；
戏谑的诗篇如此大呼，
“希腊王作恶，民众背负。”

A prelatis defluunt vitiorum rivi,
Et tantum pauperibus irascuntur divi;
Impletur versiculus illius lascivi:
Quicquid delirant reges, plectuntur Achivi.

---

1 The world is very evil;
  The times are waxing late;
Be sober and keep vigil,
  The Judge is at the gate;
The Judge Who comes in mercy,
  The Judge Who comes with might,
To terminate the evil,
  To diadem the right...
The home of fadeless splendor
  Of flowers that bear no thorn,
Where they shall dwell as children
  Who here as exiles mourn.
[Trans. J. M. Neale]

2 【中译者注：歌利亚派（Goliards）指 12、13 世纪写拉丁讽刺诗的教士。“Goliard”一词来源不详，据这些教士讲，它得自某个神秘的“歌利亚主教”（Bishop Golias），以表明他们这些嗜酒如命却学识渊博的学生，对教会与政治组织嗤之以鼻。】

历史上曾出现格律诗与节奏诗之间的过渡形式。[1]这里，也出现了拉丁诗歌与11到13世纪德国与法国流行的民族诗歌相混合的产物。所有这些混合且过渡的形式都表明，人们具有相同的品味。他们不再像孩童一样，对游戏与五彩斑斓的颜色乐此不疲。从内容上看，这种形式穿插的趋势反映出亦庄亦谐的心境，同时也反映出中世纪普遍存在的神圣与滑稽相合的状态。[2]

从上文的讨论看，中世纪显然没有一个能涵盖格律诗与节奏诗的词语，而“poesis”也并不合适。因为根据古代的理论（以卢基里乌斯 [Lucilius, fr. 339 ff.] 为例），“poesis”指长诗（如恩尼乌斯所说的《伊里亚特》），“poema”指短诗。[3]这种用 153
法有《英雄瓦尔塔利乌斯传奇》（*Waltharius*）的最后一行为证：

以上便是瓦尔塔利乌斯的长诗。愿耶稣保佑你们。

Haec est Waltharii poesis. Vos salvet Jesus.

另外，“poesis”、“poema”、“poetica”、“poeta”也会在中世纪偶尔出现，毕竟诗歌并非一门孤立的艺术。至于“dichten”（“作诗”），在中世纪早期根本就未出现。人们用以下词语表示“格律诗”（metrical poetry, metrical poem）、“用格律作诗”（to compose in meter）：“metrica facundia”、“metrica dicta”、“textus per dicta poetica scriptus”、“dictum metrico modulamine perscriptum”、“versibus digerere”、“lyrico pede boare”、“poetico cothurno gesta comere”、“metrica amussi depingere”、“metrorum versibus explanare”、“metricare”。[4]“作诗”也可以翻译为“ponere”（*Poetae*, IV, 357, 30；该词亦相当于贺拉斯 [*A. P.*, 120] 和尤文纳尔 [I, 1] 所用的“reponere”）。格律诗人被称为“versificus metricae artis peritia praeditus”、

1 Cf. *Poetae*, III, 674, 1032.

2 见本书学术附录四。

3 见本书学术附录五。

4 Aldhelm, ed. Ehwald, 232, 4; *Poetae*, IV, 964; Poetae, V, 263; Froumund, ed. Strecher, p. 133, 37; Fortunatus, ed. Leo, 293, 93; *Poetae*, I, 486, 132; Ermenrich to Grimald, *MG., Ep.* V, 566, 30; *Poetae*, V, 63, 267; *Poetae*, I, 95, 1. Odo of Cluny, *Occupatio, praef.* to I, l. 19.

“dictor”、“positor”、“compositor”。[1]1150 年前后，除“poesis”外，又出现了“poetria”一词，该词经英语词“poetry”和奥皮茨（Martin Opitz）[2]的“deutscher Poeterey”保留了下来。有些人希望从这个词中看到诗歌新观念的征兆。然而，事实并非如此。“女诗人”在古希腊语中叫作“ποιήτρια”。我们偶尔在西塞罗、奥维德、珀修斯（Persius）、卡佩拉（出现过一次）（§809, ed. Dick, p. 427, 14）等人的著作中，看到该词的拉丁化写法“poetria”，即“女诗人”的意思。从上述的种种解读中不难看出，人们并不总是理解这个奇怪的词，许多读者以为它的意思是“诗歌”。克吕尼修会的奥多（Odo of Cluny）（卒于 942 年）在其训导诗《论救赎》（*Occupatio*, 1219）中，便是如此使用“poetria”的。无名大诗人（the Archpoet）[3]（活跃于 1160—1165 年）用它兼指“poetry”和“poem”。后来，又出现了第三个意思——“诗艺”。贺拉斯的《诗艺》（*Ars poetica*）便又称为“*Poetria*”。因此，《新诗艺》（*Poetria nova*）（约 1210 年）的作者杰弗里（Geoffrey of Vinsauf）通过这一题目，无非想表明，自己提出了一种新诗学。正是在这个意义上，我们常常把西塞罗的《论谋篇》视为“旧的”（vetus）、“第一”（prima）或“首要”（prior）修辞学，以区分有“新的”（nova）、“第二”（secunda）或“次要”（posterior）修辞学之称的《海伦尼乌修辞学》。类似的例子还有很多。例如，在法学中，有《旧罗马民事法典旧书》（*Digestum vetus*）和与之相对的《新罗马民事法典》（*Digestum novum*）；在亚里士多德研究中，有《旧形而上学》（*Metaphysica vetus*）与《新形而上学》（*Metaphysica nova*）、《旧伦理学》（*Ethica vetus*）与《新伦理学》（*Ethica*
154 *nova*）、《旧逻辑学》（*Logica vetus*）与《新逻辑学》（*Logica nova*）。[4]这种平行体系还能让我们联想起《圣经》的《旧约》与《新约》。伊西多尔（*Et.*, VI, 1, 1）给出了这样的解释：“《旧约》之所以‘旧’，是因为当《新约》出现后，它便结束了。”（vetus testamentum ideo dictitur, quia veniente novo cessavit.）接着，他引用了《哥

---

1 Aldhelm, 75, 21; *Poetae*, II, 464, 1421; *Poetae*, IV, 78, 1; preface to the *Heliand*.

2 【中译者注：Martin Opitz von Bobenfeld (1597—1639)，德国诗人。】

3 【中译者注：无名大诗人指 12 世纪十首拉丁诗歌的无名氏作者，世人常视其为歌利亚派诗歌的代表人物，同时他也堪称中世纪至关重要的诗人。】

4 Cicero: Schanz-Hosius I 4, 589; *Digestum*: Paul Kretschmar in *Zeitschrift der Savigny-Stiftung, Romanistische Abteilung*, LVIII (1938), 210; *Metaphysica* and *Ethica*: Ueberweg-Geyer, 345 and 347; Logica: Duckett, *The Gateway to the Middle Ages*, 161.

林多后书》5: 17 的段落："旧事已过，都变成新的了"（Vetera transcierunt, ecce facta sunt omnia nova）。"新诗学"的代表人物也引用过相同的说法。[1]"旧事已过，都变成新的了"，此乃起于 1200 年左右的新时期的文化意识。与"poetria"同时出现的，还有一个表示"作诗"的新词——"poetari"（也作"poetare"）。普里西安将该词引作不雅之词。它在奥索尼乌斯（Ausonius）的著作中出现过一次（"ineptia poetandi"[作诗的荒谬]: ed. Schenkl, p. 121, No. 1, 6）。旺多姆的马修在其《作诗术》（*Ars versificatoria*）（作于 1170 年）中，就呼吁多使用生僻字（Faral, p. 163）。毫无疑问，正是这种风气让"poetari"像"poetria"一样重获生机。于是，我们在麦普（Walter Map）的著作（*De nugis curialium*, ed. James, 13, 1 ff.）中看到了"poetari"。但丁在《论俗语》中也经常使用该词，正如他曾经[2]使用了"珍贵的'poire'"。[3]

四、中世纪诗歌中的法律演说、政治演说与颂赞演说

现在，问题出现了：诗歌的修辞概念是否从古代的修辞艺术（materia artis）分类（法律演说、政治演说、炫技演说）中有所吸收？尽管法国 12、13 世纪的"诗艺"，已经在很大程度上摆脱了古代的修辞教学体系，但世人仍然可以通过西塞罗、大塞内加、昆体良等人的作品来接触这个体系。即便是最黑暗的时期，有一个国家的民众对法律演说的兴趣并未消失殆尽；这就是罗马古代及"12 世纪文艺复兴时期"法律研究的大本营——意大利。在 900 年左右的那不勒斯，语法学家尤金尼乌斯（Eugenius Vulgarius）用二十首六步格诗，探讨了法律修辞的主题（*Poetae*, IV, 426, No. XXI）。约 1050 年，安瑟伦（Anselm of Besate）在其《论修辞艺术》（*Retorimachia*）中，以虚构的辩论形式提出了一系列论据。那时，只

1　Faral, 181.

2　见第二首牧歌的第 97 行。【中译者注：即"ille quidem nobis, et nos tibi, Mopse, poymus."】

3　【中译者注：但丁的《论俗语》（以 *Dante: De Vulgari Eloquentia*, ed.&trans. Steven Botterill, Cambridge: Cambridge University Press, 1996. 为例）中，"poetari"只见一次（Horum prorsus, cum tragice poetari conamur, endecasillabum propter quandam excellentiam in contextu vincendi privilegium promeretur.），倒是"poetati"出现了五次，不知作者是否记错。】

有在意大利，法律研究才同语法与修辞研究联系起来。[1]最近，我们可以研究某意大利法学家发表的学术类炫技演说（很可能发表于 1186 年）。[2]然而，就算在罗马帝国，法律演说也已沦为修辞练习的项目。于是，人们就自创了与现实不再有关的虚构辩题（controversiae）。一同拟创的有法律组织，甚至法律法规。另外，海盗和巫师的引入，让这些想象的产物更加激动人心。在学校，此类学科同样用韵
155 文讲授。少数作文仍保存至今。[3]中世纪就把这些杜撰的法律诉讼，视为虚构作品（fiction）。大塞内加的《辩论术》（*Controversiae*），便是中世纪广为流传的《罗马言行录》（*Gesta Romanorum*）的主要参考书目。[4]其中，不少内容保留的时间更久。斯库德里小姐（Mlle de Scudéry）的小说《易卜拉欣——英武的巴萨》（*Ibrahim ou l'illustre Bassa*, 1641），就是以塞内加的《海盗王之女的申辩》（*Controversia de archipiratae filia*）（I, 6）为基础创作的。希尔德贝特（Hildebert）的韵文故事《占星师》（*Mathematicus*）[5]，可以追溯至昆体良的一篇学校演说（declamatio）。从尼禄时代起，政治演说就经历了类似法律演说所发生的变化。它也成为一种虚拟的商议演说（suasoria or deliberativa）。[6]有这样一个引人注目的问题：男人该不该娶妻？[7]在中世纪，这一问题的答案常常是否定的，理由是妇女性本恶。由此产生了劝阻（dissuasio）演说。其中的一个例子（《瓦雷里乌斯劝诫哲学家鲁费努斯毋娶妻》[*dissuasio Valerii ad Rufinum philosophum ne uxorem ducat*]），见于麦普的轶事集——《宫廷琐话》（*De nugis curialium*，约 1190 年）。它分卷流传，广受欢迎；

---

1 Prantl, *Geschichte der Logik im Abendlande*, II, 67-71.

2 By Hermann Kantorowicz in *Journal of the Warburg Institute*, II (1938/39), 22 ff.

3 E. g., *Anthologia Latina*, No. 21, 198. Dracontius, *Romulea*, 5.

4 Ludwig Friedlaender, *Darstellungen aus der Sittengeschichte Roms*, II 10, 205.

5 Bliemetzrieder 认为，Adelard von Bath (1935), 224 ff. 的作者是伯纳德 · 西尔维斯特里斯。Faral 亦持相同观点（*Studi med.* [1936], 77）。另一篇诗化的法律演说见 *PL*, CLXXI, 1400 B ff. (by Serlo of Wilton, according to Hauréau)。

6 见本书第 69 页。

7 禁欲主义哲学（Stoic philosophy）的普及者（Hierocles, Dio Chrysostom 等人）已经如此使用；他们的论据又出现在哲罗姆的 *Adversus Jovinianum* 中。参见 P. de Labriolle, *Historie de la literature latine chrétienne* 2 (1924), 487 ff。乔叟曾提到过（*The Wife of Bath's Prologue*, 671 ff.）哲罗姆的著作与麦普的 *Dissuasio Valerii*。中世纪最详尽的妇女歧视著作是 *Lamentationes Matheoli*（Gröber, *Grundriss*, II, 431）。有关妇女与婚姻的争论是拉伯雷《巨人传》第三卷的主要话题（cf. Georges Lote, *La Vie et l'oeuvre de François Rabelais* [1938], 140 ff.）。

该书现存五种学术注疏。

就演说体裁而言，目前炫技演说对中世纪诗歌的影响最为深远。其主题主要是颂词。新智术师（Neo-Sophists）扩大并整理了与之相关的修辞门类。对于颂词的对象，有后来承认的神祇、人类、国家、城市、动物、植物（月桂、橄榄、玫瑰）、四季、美德、艺术及职业等。即便是这短短的列表，也足以反映出诗歌与颂词之间相当紧密的关系。修辞领域最重要的一位训导诗人——赫尔墨根尼斯（Hermogenes of Tarsus）（生于公元161年），甚至把诗歌定义为颂词，同时补充道，诗歌乃“一切话语（logoi）当中最适宜称颂者”（ed. Rabe, 389, 7）。当然，伊西多尔斥责了颂赞风格，认为它让人想起油腔滑调、口是心非的希腊人（*Et.*, VI, 8, 7）。可即便在他那个年代，就连整个中世纪，也亟须为世俗和宗教领袖歌功颂德的诗歌。在墨洛温
王朝，福尔图那图斯就在其诗歌中为伯爵、公爵、王储等大唱赞歌。加洛林王朝也 156
需要同样的称颂，后来还把称赞的对象扩大到每一位王储、大主教、主教和修道院院长。

加洛林王朝的诗人已经知道“颂赞”（panegyricus）[1]一词（*Poetae*, III, 628, 427）：

颂赞富于讲演之素材。

Materie fandi series panegyrica abundat.

埃尔曼里希（Ermenrich of Ellwagen）（*MG Scriptores*, XV, 156, 39）认为，颂赞指的是整个异教诗歌。《皇帝贝伦加尔言行录》（*Gesta Berengarii imperatoris*）（915—924）的无名氏作者，就在其题目上点明，自己的作品是“颂词”（Panegyricon）（*Poetae*, IV, 357）。12世纪某匿名诗人的赞美诗中也如此称呼道（*NA*, II, 392, 37）：

我的爱人，当我为你献上简短的颂赞之词，

1　有时亦作“panagericus”和“panegericus”。

请为我们同时采集春花与芙蓉。

Dum tibi, dulcis homo, breviter panegerica promo,
Conlige nobiscum vernos flores et hibiscum.

不过，这一思想往往用拉丁文——“laus”、“laudes”、“praeconia”来表述。早在古代晚期的异教诗歌中，情况便如此。当阅读中世纪诗歌时，批评家务必弄清，“laus”一词作者究竟用的是通常意义，还是诗歌修辞技法（rhetorico-poetical technique）中的意义。后者的例子有《四季颂》（*Laus temporum quattuor*）、《月份颂》（*Laus omnium mensuum*）（Buecheler-Riese, *Anthologia latina*, Nos. 116 and 117），以及斯玛拉格杜斯（Smaragdus）的语法训导诗（*Poetae*, I, 615, XV）：

感叹词的命运真是可悲可叹：
排在词类的末尾，还没人称赞。

Partibus inferior iacet interiectio cunctis,
Ultima namque sedet et sine laude manet.[1]

如果我们能意识到，颂词的风格要素，可用于所有体裁和所有主题，那么上述文字就应从更大的范围来考察。这一点对理解中世纪文学至关重要。让我们再看几个例子。有人可能以为，称颂上帝纯粹起源于《圣经》。其实不然。在德拉孔提乌斯（Dracontius）的《颂神诗》（*De laudibus Dei*, III, 735 ff.）中，有这样一段话：

让我怀着既往的虔诚，追忆你所做的一切，
这样我就能用歌声传唱你的颂词。

1 从拉丁语翻译为法语后，倒数第三音节重音的词的倒数第二音节消失了。马拉美（Mallarmé）为此有感而发，不禁创造了一首《倒二音节之死》（*Le Démon de l'analogie* in *Divagations*）的散文诗。诗的结尾是：“我一走了之，可奇怪的是，有人可能不得不为无法解释的倒二音节而悲痛。”（Je m'enfuis, bizarre, personne condamnée à porter probablement le deuil de l'inexplicable Pénultième.）看来语法也有它的悲剧。

没人能恰到好处地传达你的颂词，
以后也无人可以，因为颂词的模式
已经流传三代，而你却置身时间之外。

Servatum reparare iube pietate sueta,
Ut merear cantare tuas per carmina laudes.
Quamvis nemo tua praeconia congrua dixit
Aut umquam dicturus erit, nam formula laudis
Temporibus tribus ire solet, tu temporis expers.

这段话的意思如下：对于称颂人类的赞美诗，其技巧（formula laudis）规定，诗人要着重歌颂称颂对象的祖先、年轻时的所作所为，以及成年后的生活。同时，还 157
要加入三个时代（temporibus tribus）。修辞学者安珀利乌斯（Emporius）（5 世纪）指出："称颂某人，我们不妨围绕他以前的事、他身边的事以及他身后的事。他以前的事，比如他的家庭、祖国……；他身边的事，比如他的姓名、教育背景、学识、身材、大事记；他身后的事，比如，他的离世或者世人对他的盖棺定论。"（Halm, 567）伊西多尔沿用了这个观点（*Et.*, II, 4, 5）。把颂赞要素与教会要素穿插起来的作法，常常用于圣徒的韵文传记（当然，里面也包含某些特有的主题）。

我们可以从歌颂城市与国家的诗歌中，管窥古代的炫技（epideixis）与中世纪诗歌的直接联系。众所周知，罗马诗歌喜欢"歌颂意大利"（laudes Italiae）、"歌颂罗马"（laudes Romae）。[1]古代晚期理论详细制定了城市颂歌的规则。[2]首先，要介绍城市的位置，然后是它的优点，尤其要指出它对艺术进步与科学进步的重要作用。其中，最后一项在中世纪被赋予教会色彩。城市最伟大的荣耀，乃是其殉道者（和他们的圣骨）、圣徒、枢机主教（princes of the church）和神学家。

在一首写米兰的伦巴第风格诗[3]中，作者歌颂了以下内容：1. 城市位于果实累

1　*Laudes Neapolis* in Statius, *Silvae*, III, 5, 78-104.

2　更多材料见 T. C. Burgess, in *Studies in Classical Philosophy*, III (Chicago, 1902), 89-248。

3　*Poetae*, I, 24. Written soon after 738 (L. Traube, *Karolingische Dichtungen* [1888], 114).

累的平原；2. 城墙、塔楼与城门；3. 议事广场（forum）[1]、石砖路、公共浴室；4. 教堂；5. 居民的虔诚；6. 圣徒墓；7. 安布罗修与后来的主教；8. 科学、艺术、礼拜仪式的发展；9. 市民的富有与仁慈；10. 国王利特普兰（Liutprand，卒于 744 年）的统治；11. 大主教狄奥多鲁斯二世（Theodore II，卒于 735 年）；12. 市民在讨伐背叛行为的战争中取得的成就。这些主题大多直接或比照古代的城市颂歌规则。不过这里，古代炫技演说俨然成了气势恢宏、精雕细琢的宣言，以表达中世纪早期意大利城市的骄傲。类似的还有《维罗纳赞歌》（*Versus de Verona*）（*Poetae*, I, 119；作于 810 年前后）；诗中，虔诚的作者惊喜地发现，异教徒（"恶人" [mali homines]）竟造出如此赏心悦目的城市。我们大可放心地说，很多类似的颂赞诗（有些甚至是中世纪诗歌的瑰宝）都是献给意大利的，唯有那里的罗马城市生活传统保留了整个中世纪。

对于国家颂歌，古代理论与实践同样提出了种种规则。其中，影响至深的是伊
158 西多尔在其历史著作开篇写的那首《西班牙赞歌》（*laus Spaniae*）。伊氏一开始就描写了西班牙的民族传统。[2]他在古代地方志著作和历史著作中找出了模板，此后他本人又成为历史学家和中世纪史诗诗人的模板。以赞美城市或国家作为叙事诗开头，目前这种手法似乎还鲜有人注意。它代表了颂赞诗与史诗的穿插运用。阿尔昆的《约克教会教父、国王、圣徒之赞歌》（*Versus de patribus regibus et sanctis Euboricensis ecclesiae*），可视为早期范例（*Poetae*, I, 170, 16 ff.）。埃里克（Heiric）的《圣日耳曼努斯传》（*life of St. Germanus*），以歌颂法国欧塞尔（Auxerre）开篇（*Poetae*, III, 438）；《英雄瓦尔塔利乌斯传奇》以歌颂匈牙利、匈奴人开篇；阿博（Abbo of St. Germain）的历史诗，以歌颂巴黎开篇（*Poetae*, IV, 19, 1 ff.）；莱塔德（Letald of Micy）写渔夫斯威森（Swithin the Fisherman）[3]（10 世纪末）的诗歌，以歌颂英格兰开篇。在《贡萨雷斯之歌》（*Poema de Fernán González*）（约 1250 年）中，作者岔开话题，转而歌颂西班牙。对君主的歌颂自然是随处可见；相应主题需要区别考察。同国家颂歌一样，君主颂歌不但在牧歌[4]和挽歌[5]中，而且在史诗中也占据一席之地

---

1 In st. 6, 1 Traube reads fori.

2 Gifford Davis in *Hispanic Review* (1935), 149 ff. ——Stach (*Hist. Vjft.*, XXX [1935], 429, n. 22) 怀疑该诗非伊西多尔所作，但 W. Levison (*in litt.*) 认为现有证据并不充分。

3 Ed. by Wilmart in *Studi medievali*, IX (1936), 193 ff.

4 Modoin in *Poetae*, I, 385 f.

5 *Poetae*, I, 430 is a good example ("forman laudis describere," 7).

（如《查理大帝与教宗莱昂》[*Karolus Magnus et Leo papa*] [*Poetae*, I, 316][1]）。爱尔兰人邓加（Dungal）在牧歌的框架中，插入了一首充满古风余韵的赞美诗。这在中世纪极为罕见。当事物都被称赞殆尽时，诗人把目光转向了美德（奥尔德赫姆的《论童贞》、米洛 [Milo] 的《论节制》[*De sobrietate*] 等），而不是艺术。

颂赞风格也影响了抒情诗。近代诗人根据自己的“经历”“创造”出的抒情诗，主题大多为古代晚期理论纳入炫技主题，成为修辞练习的素材。因此，它们也被用于中世纪诗歌教学当中。我们偶尔可以看到一些外在的证据。譬如，现存两首以冬天为对象的同韵脚诗歌。由于韵脚早已给出，两个版本均为课堂练习。[2]只有从中世纪诗歌的修辞特征出发，我们才会看到，解读诗歌时，读者要问的不是诗歌依据何种“经验”，而是诗人打算处理何种主题。近代批评家批评写春天、写夜莺或写燕子的诗歌时，对这一点尤其不屑一顾。然而，修辞规定的正是这些主题。因而，例如在托名德莫特里乌斯（Pseudo-Demetrius）所作的古代晚期作品《风格论》（*De elocutione*）（作于公元 100 年前后）中，论述“典雅”风格（charientismos）的部分，就特别提到了与之相适应的主题，如花园、燕子、爱情等。赫尔墨根尼斯的《修辞蒙训》（*Progymnasmata*）也是影响至深的。它们经语法学家普里西安翻译出来，冠 159
以《启蒙训练》（*Praeexercitamina*）的题目，遂流传于拉丁中世纪。这些修辞手册解释了为何建议多写有关燕子和夜莺[3]的诗歌。最近，在拉德伯德主教（Bishop Radbod of Utrecht）（卒于 917 年）写燕子的诗[4]中，一位英国批评家[5]发现“某些从日常生活，或者更准确地说，从户外观察中搜集的新鲜见闻”。他高兴地将其描述为“真正的德国产物”。为何这样说？燕子亲自[6]向读者说话（第 19 行）。全诗的展开顺序如

1　残篇的结构如下：第 1—12 行。——开篇，第 13—94 行。——查理曼大帝颂歌，第 95—136 行。——查理曼大帝在亚琛（Aachen）的建筑活动，第 137—325 行。——狩猎，第 326 ff. 部分。——教宗莱昂。

2　W. Meyer, *GGN* (1907), 237.

3　E. g., *Poetae Latini minores*, ed. Baehrens, IV, p. 206; V, pp. 363 and 368. ——Eugenius of Toledo in *A. h.*, L, p. 89. ——Alcuin, *Poetae*, I, 274. ——Fulbert of Chartres (cf. Manitius, II, 690). ——Further sources in Strecker, *Carm. cant.*, p. 32. ——A copious collection of passages from antique literature in Burgess, 188 f.

4　*Poetae*, IV, 172 f.

5　Raby, *Secular Latin Poetry*... I (1934), 250.

6　这首诗就是一种模式（conformatio）（“当演说者与演说本身的品质格格不入”[“quando rei alicui contra naturam datur persona loquendi,” Keil, II, 437, 32]）。

下：1. 燕子的身体是如何完美地契合它的生活方式；2. 燕子对农业的重要意义；3. 燕子的医疗技术[1]（超过了毕达哥拉斯）；4. 燕子的筑巢技巧；5. 燕子的习性；6. 证明（probatio）燕子的存在能启发人类；7. 结尾（peroratio）——人类必须顺从自设的创造者。换言之，这是一篇旁征博引、发人深思、层次分明的议论文！

现在，让我们再来看看人物颂歌的主题。这个话题足可以写成一本书。不过，这里我们还是像之前那样，只选择那些对理解主题必不可少，且能帮助我们深入考察的材料。

五、难以言表的主题

难以言表的主题（inexpressibility topoi），之所以起这样的题名，是为了“强调处理这个主题时，作者心有余而力不足”。自荷马时代以来，每个时代都有几个这样的例子。[2]在颂赞诗中，演说者“找不到合适的词语”，来恰如其分地称赞赫赫有名
160 的人物。这就是君主颂词（βασιλικὸς λόγος）的标准主题。[3]从古代起，它便衍生出如下体裁的种种套路：“赞美君主谈何容易，就算是荷马、俄耳甫斯或者别的诗人也会马失前蹄。”到了中世纪，人们更是大量罗列那些无法胜任这一主题的著名作家。[4]对于“难以言表的主题”，作者无不肯定，自己表述的仅仅是所要表达内容的九牛一

---

1 这里指白屈菜（celandine）或“燕麦草”（swallow-wort）。其说法源于伊西多尔（*Et.*, XVII, 36）：“白屈菜之所以如此得名，可能是因为它随燕子的到来而发芽，或者是因为每当雏燕的眼睛失明，母燕据说都会用这种草来为其治疗。”

2 *Iliad*, II, 488. Cf. W. Shadewaldt, *Von Homers Welt und Werk* (1944), 312, n. 3. ——*Aeneid*, VI, 625 f. ——Macrobius, *Sat.*, VI, 3, 6. ——Dracontius, *De laudibus dei*, III, 568 ff. (using *Aeneid*, IV, 181 ff.) 把“难以言表”具体为“数不胜数”（innumerablity）。——*Aliscans*, ed. Guessard and Montaiglon, p. 150.

3 Burgess, 122. ——Julian's panegyric on Constantius (Hertlein, p. 1, § 1). ——Pacatus in Baehrens, *XII panegyrici latini* 2 (1911), p. 90. ——Nazarius, *ibid.*, p. 157. ——Corippus, *Johannis*, I, 2. ——Ennodius, ed. Hartel, 509, II, 9. ——Dudo, *PL*, CXLI, 731 A.

4 Walafrid, *Poetae*, II, 352, 7 ff. ——*Ligurinus*, II, 219. ——Benzo of Alba, ed. Pertz, 598, 47 ff. 把这一主题发挥到极致；他罗列那些因该主题马失前蹄的作家：但以理、西塞罗、德莫斯特尼斯（Demosthenes）、马洛（Maro）、卢卡努斯、斯塔提乌斯、品达、荷马、贺拉斯、格里利乌斯（Grillius）、昆体良、泰伦斯。——Foulché-Delbosc, *Cancionero castellano del siglo XV*, vol. II, 83 n. ——Further particulars *Dt. Vjft.*, XVI (1938), 471 f.

毛（pauca e multis）。[1]这个套路尤其常见于圣徒传（vita sancti）；作为最早出现在 5 世纪的体裁，圣徒传需要大量的称赞语，因为圣徒必然要展示各种奇迹，且多多益善。这类圣徒传往往充满千篇一律的套话。列维森（Wilhelm Levison）指出："不仅许多故事的主题口口相传，而且很多俗语也是翻来覆去地重复，结果圣徒传就这样东挪西借地拼凑起来，像马赛克画一样，每一片都取自其他圣徒的画像。"[2]

称赞人的另一种方式是说，"大家"都为他的事迹或惊喜，或高兴，或悲伤。作者有机会凭自己的本事来具体说明，并扩大"大家"这个概念。修辞风格中的奇葩莫过于，言之凿凿地表示，不管男女老少都称颂某人，就好像称颂者的性别跟年龄段一样多。而"不管男女老少"（omnis sexus et aetas），也成了普遍的套话。[3]我们在狄德罗与曼佐尼的作品中也能它的影子。[4]不过，也有人敢夸张地写道："每个民族、每个国家、每个时代都唱着这样那样的颂歌。"[5]福尔图那图斯坚信，希尔佩里克（Chilperic）国王[6]绝不逊于圣马丁，因为他闻名印度；同时，也不逊于圣奚拉里，因为他闻名印度和图勒（Thule）。[7]闻名印度，显然形容名声远播。印度（如有需要，可与图勒成对出现）的确是当时世界的最远端（那时还不知有中国），故用 161

1 Virgil, *Georgics*, II, 42 and *Aeneid*, III, 377 提出了出发地点。——Aelius Donatus 在其维吉尔注疏的献词中写道："只搜集了九牛一毛。"（de multis pauca decerpsi）——Prudentius, *Apotheosis praef.*, 1. In the text of the work, l. 704. ——Fortunatus, ed. Leo, p. 172, XVII, 4. ——Corippus, *Johannis*, VIII, 530. ——The grammarian Clemens: *Poetae*, II, 670, XXIV, 1. ——Prologue to the *Gesta Berengarii*: *Poetae*, IV, 357, 30. ——Regino of Prüm, ed. Kurze, p. 1. ——Stephen of Bec, *Draco Normannicus, Prooemium*, 56.

2 *NA*, XXXV (1910), 220. ——类似套话比如"难以置信，那些功绩竟被遗忘，没有哪种演说能穷尽他的劳作"（"de mirabilius praetermissis et quod nullus sermo ad eius omnia opera sufficiat", *Poetae*, IV, 960）。

3 Cf. *Bulletin Du Cange* (1934), 103. ——Examples: Julius Capitolinus, *M. Antoninus*, 18, 5; Dracontius, *De laudibus dei*, III, 394; Corippus, *In laudem Justini*, III, 40; *Poetae*, I, 67, 31; *ibid.*, 132, 12 ff. and 386, 41.

4 狄德罗批评了耶稣会士（Jesuits）对待巴拉圭的印第安人的态度："他们手持皮鞭走在印第安人中间，不管男女老少，见人就打。"（Ils marchaient au milieu d'eux un fouet à la main, et en frappaient indistinctement tout âge et tout sexe.）（*Supplément au voyage de Bougainville*）——Manzoni, *I Promessi Sposi*, ch. 4: "signori d'ogni età e d'ogni sesso"（不分男女老少）。

5 Merobaudes, ed. Vollmer, 9, 21. ——Corippus, *In laudem Justini*, II, 218. ——Fortunatus, ed. Leo, 219, 16; 239, 5 f.

6 【中译者注：希尔佩里克，纽斯特里亚（Neustria）国王，法兰克国王克洛岱尔一世（Clotaire I）之子。图勒，古人所认为的地处世界最北端的国家。】

7 Chilpéric: Fortunatus, ed. Leo, 201, 13 ff.; Martin, 296, 48; Hilary: 187, 15.

以代指“整个世界”。印度的这种独一无二的地位有维吉尔著作为证。他不是让安喀塞斯（Anchises）预言（*Aeneid*, VI, 794），奥古斯都的统治将触及印度人吗？然而，若统治者无法控制自己的灵魂，那么“即便遥远的印度对他的强力胆战心惊，即便他有图勒相助”，也是无济于事——波伊提乌如此总结道（*Consolatio*, III, 5）。后来，模仿者甚众，其中就包括福尔图那图斯。为此，我们可以把“所有人都为他颂赞”这个主题，再细分为“印度主题”。中世纪拉丁诗歌沿用了该主题。在《诺瓦利萨编年史》（*Chronicle of Novalesa*）中，作者就将其用到了瓦尔塔利乌斯身上（*MG Scriptores*, VII, 85, 49）。另外，它还进入了这部古法语史诗的后半部分。查理大帝找背叛者加内隆（Ganelon）[1]报仇心切，甚至连印度人也议论纷纷。[2]

“整个世界皆为之称颂”[3]成了普遍的主题。加洛林时代的诗人常常将其用于查理大帝。[4]当圣康坦（St. Quentin）地方的修士声称，所有民族都歌颂圣康坦的事迹时，我们要明白，这只是常用的修辞式夸张的另一个范例。诺曼民族的第一位历史学家——圣康坦的都多（Dudo）（写作时间约为 1017 年）谈起某诺曼公爵时表示，此人的事迹常常受人引用（“historia gestorum eius saepissime recitata”；*PL*, CXLI, 657 C）。都多很喜欢歌颂王公贵族的传统主题，还时常逐字抄写早期作家（如福尔图那图斯）作品。如此，我们很可能会发现一些类似主题的其他形式。19 世纪的史诗专家渴望“确证失传的英雄诗歌”，熟悉此情况的人肯定会吃惊地发现，那些专家遗漏了这件“证据”，尽管它比较模糊。[5]

人们经常引用卡西奥多鲁斯对哥特人根希蒙德（Gensimund）的记述（*Variae*, ed. Mommsen, 239, 3 ff.），来证明早期日耳曼英雄诗歌。卡氏写道，根希蒙德是阿马尔家族（Amal family）中忠心耿耿的仆人，他理应受到全世界（“in toto orbe”）的歌颂。他婉拒王权，堪称哥特人刚直不阿的表率。哥特人都为他称颂，因为“对于将朽之物不屑一顾者，将在故事中永生”。这种说法表明了一种普遍条件的存在，而不是某

---

1 【中译者注：加内隆，中世纪有关查理曼大帝传奇中的邪恶武士，他背叛查理曼大帝，投靠穆斯林，终致查理曼失败。】

2 *Aymeri de Narbonne*, 1284.

3 某语法学家的墓志铭上的“值得四处歌颂”（dignus ubique cani）更显得谦逊。

4 *Poetae*, I, 91 and 483, No. XXV; *Poetae*, IV, 1007, No. II, 9 and 1008, 23.

5 【关于这部分内容，详见拙作 “Zur altfranzösischen Epik”, V, *ZRPh*, 68, 1952, p.179。】

个历史事件。如此一来，写作就变得合情合理了，正如某历史学家[1]所言：“‘为之称颂；在故事中永生’的说法表明，为根希蒙德称颂实乃名正言顺之举。”这里，该学者不但误解了上述引文，而且还删去了原文的后半句。蔑视将朽之物、暂时之物， 162
根本就不符合日耳曼人的情感。尽管放弃王族尊严，很难成为英雄诗歌的主题，但我无意否认哥特人为根希蒙德称颂。我只希望，读者在阐释这些段落时务必慎之又慎。“大家为之称颂”、“他值得歌颂”等修辞主题，很容易变成这样的说法：“有一些跟他有关的歌”。例如，希尔德加主教（Bishop Hildegar of Meaux）（卒于 875 年）在其圣法罗（卒于 672 年）传（life of St. Faro of Meaux）中，讲到了法兰克国王克洛岱尔战胜撒克逊人的故事：“这首几乎人人传唱的粗犷民歌，便出自这次胜利。”然而，事实并非如此。希尔德加可以给出这首拉丁诗歌的开头与结尾，可这毫无疑问，是墨洛温时代英雄诗歌的明证。遗憾的是，历史批评已毋庸置疑地表明，整个故事完完全全是伪作。希尔德加让上述流行的主题开花结果。因此，他堪称 11 世纪修士伪作活动（把图卢兹的威廉伯爵 [Count William of Toulouse，卒于 812 年] 变成了制造奇迹的圣徒）的先驱。这位莫市（Meaux）强壮的伪造者，误导了几代史诗学子。[2]

六、超越

如果要“讴歌”某人或某物，那么歌颂者就会指出他或它有哪些卓越之处；为此，他们会采用一种特殊的比较形式，[3]也就是我所谓的“超越”（outdoing）。古人将所要歌颂的人或物，与过往的典范相比较，突出其鹤立鸡群甚至独一无二之处。拉丁诗人中，斯塔提乌斯是第一个采取这种方法的。在写给斯泰拉和维奥兰提拉的颂歌（epithalamium for Stella and Violentilla）中，他反对把两人同诸神“骗人”的故事

---

1 L. Schmidt, *Geschichte der deutschen Stämme bis zum Ausgang der Völkerwanderung. Die Ostgermanen* 2 (Munich, 1934), 254.

2 Cf. *ZRPh* (1944), 248.【有关中世纪的伪造情况，见 W. Wattenbach, *Deutschlands Geschichtsquellen im Mittelalter*, II, deuxième supplement。】

3 有关比较与颂词（encomium）（颂赞）的联系，见 F. Focke in *Hermes,* LVIII (1923), pp. 327 ff.，尤其是 pp. 335 ff。“超越”的希腊术语是“ὑπεροχή”。这种手法的系统运用始于伊西多尔。Focke 把这一现象追溯至普鲁塔克。—— Quintilian, VIII, 4, 9: “amplificatio..., quae fit per comparationem, incrementum ex minoribus petit.”（夸大……这种形式以比较为基础，其旨在尝试以小见大。）

相比较，进而提出新郎超越了所有传统的爱情典范。马尼利乌斯（Manilius Vopiscus）的别墅超越了阿尔喀诺俄斯（Alcinous）的庄园。图密善（Domitian）的节日也超过了黄金时代。[1]斯塔提乌斯表达“超越”意思时，最喜欢用的句型是“现在责令……让位”（cedat nunc）。[2]

斯塔提乌斯之后，“超越”的颂赞主题连同“让位”句型，成了经久不衰的风格元素。克劳狄安堪称“超越”大师。斯提里克（Stilicho）超越了珀修斯与赫拉克勒斯，而整个古代“被压制得无法反驳”（taceat superata vetustas）（*In Rufinum*, I, 280 ff.）。[3]西多尼乌斯与福尔图那图斯遵循了这个套路。[4]有这样一种人人喜用的恭维
163 话，即声称被歌颂者超过了神祇。[5]风景之美也同样可以用“超越”来表示。按照奥索尼乌斯的说法（*Mosella*, 287 ff.），摩泽尔（Moselle）河谷超越了赫勒斯滂海峡。如果要称颂一个人，那么“超越”就指他的力量、勇气、智慧以及类似品质。[6]

有一种特殊的“超越”模式值得我们特别注意，即人们称赞某诗人或散文作家，让古代所有最伟大的作品都相形见绌。这一主题同样可见于斯塔提乌斯的著作中。他把英年早逝的卢卡努斯置于恩尼乌斯、卢克莱修甚至维吉尔之上（*Silvae*, II, 7, 75 ff.）。不过，也正是这个斯塔提乌斯，在其《底比斯战纪》的末尾写道，自己对“神一样的埃涅阿斯”怀着最崇高的敬意；为此，他只能从远处模仿一二，并膜拜其足迹。如果有人认为这两段自相矛盾，那就误解了原文的意思。斯塔提乌斯把卢卡努斯置于维吉尔之上，不过是遵循了传统的颂赞诗套路。每当能以自己的名义言说时，斯氏仍尊奉维吉尔为最伟大的诗人。奥索尼乌斯称赞（ed. Schenkl, p. 65, No. 14, 6）一位同行时表示，此人的早期诗歌超越了西蒙尼德斯的作品。瓦拉弗里德（Walafrid Strabo）称赞某个叫普罗布斯（Probus）的人，说他的文笔超过了维吉尔、贺拉斯、

---

1 *Silvae*, I, 2, 27; *ibid.*, 90 and 213 ff.; I, 3, 81 ff.; I, 6, 39 ff.

2 *Silvae*, I, 1, 84; I, 3, 83; I, 5, 22; II, 2, 61; II, 7, 75; III, 1, 142; III, 4, 84.【Properce, II, 34, 65: cedite, Romani scriptores, cedite Grai. 开头，这基于以前希腊诗歌的“放弃”（εἴξατε）模式。Cf. O Weinreich, *Epigrammstudien* I (Heidelberg, 1948), p. 105, A. 1.】

3 其他例子有：*De consulate Stilichonis*, I, 97 ff. and 368 ff.; ibid., III, 30 ff.; *De sexto consulate Honorii*, 331 ff.

4 Sidonius, c. II, 149 ff. and 288 ff.; Fortunatus, ed. Leo, p. 159, 1 f.

5 Walter Map, *De nugis curialium*, ed. James, p. 136, 31. ——*Gesta Friderici metrice*, 1109 ff.

6 *Archpoet*, ed. Manitius, p. 29.

纳索（Naso）、卢卡努斯、普鲁登提乌斯、波伊提乌和阿拉特。[1]这种写法见于中世纪的每一个国家。在颂赞风格中，作家敢放心大胆地说出“各卓越之处”，可到了别处，他们还是心悦诚服地承认古人卓尔不群。例如，索尔兹伯里的约翰毫不犹豫地恣意称颂，他的资助人贝克特（Thomas Becket）（*Policraticus*, ed. Webb, I, p. 2, 17 ff.）头脑超越了柏拉图、昆体良等人。不过，当他进行哲学考察时，就不得不掂量一下古人与今人的观点，而他的结论也截然不同（*Metalogicon*, ed. Webb, p. 136, 8 ff.）。

总而言之，我想指出以下内容。在中世纪的黄金时期，诗人就完全意识到，“超越”或者（至少是）不假思索地采用“超越”手法会引起非议。某无名氏诗人坚持认为，自己热情洋溢的赞誉，并非夸大其词，而是符合其称颂对象的真正品质（*ZRPh*, L, p. 84, st. 10）：

对于我的言论，
不要心生疑窦，
不要不闻不问；
称颂便是让一切
都完美无缺，
如有不该保留，
都应统统清走。

Ne quid iperbolice
Dixerim, conspicere
Nec dubita,
Quin omnis ad merita
Se velit laus aptari
Quin omnis indebita
Debeat retractari.

---

1 *Poetae*, IV, 1079, No. VIII. ——Similarly Sedulius Scottus (*Poetae*, III, 200, No. XXXV, 7). ——Notker Balbulus: *Poetae*, IV, 1097.

164 那么，夸张的颂赞从道义上是否说得通呢？1140年左右，这个问题引发了文化史上一场有趣的争论。克吕尼修士彼得（Peter of Poitiers）在不少诗中随意采用“超越”的表达方式，向彼得神父致敬。[1]结果，他受到别人的指责。随后，彼得神父在《反对造谣者》（“Against the Slanderers”）一诗中为修士辩护。他表示（*PL*, CLXXXIX, 1005 ff.）：“诗人赞美他人却遭斥责？果真如此，那么最有名的诗人，最有名的医生就都该责骂。我们暂且不考虑异教徒。看看哲罗姆、奥古斯丁、安布罗修、西普里安（Cyprian）、西多尼乌斯、福尔图那图斯，哪个不是颂赞风格的大师？”颂赞风格最主要的修辞就是夸张。夸张风格不但受到异教作家的支持，就连《圣经》中也随处可见。因此，即便晚至十字军时代，早期基督教的圣经修辞与圣经诗学仍然重获新生。[2]

如果我分析更多的例子，而不是在注释中将它们一笔带过（我已经为读者考虑到这点），那么就能从“超越”主题中取得更多的收获。我希望各位读者允许我再指出一点。“超越”甚至可以让历史事件变得愈发重要。卢卡努斯描绘了恺撒在庞培位于迪尔拉奇乌姆（Dyrrhachium）附近的军营周围所布下的防线。他夸张地写道：“现在，让古老的传奇歌颂伊利乌姆（Ilium）[3]的城墙，并将其归功于众神；现在，让帕提亚人（Parthians）惊异于巴比伦的砖墙……”维多（Wido of Amiens, 351 ff.）把哈斯廷斯之战描绘为，“自恺撒用军队打败庞培，夺取罗马城墙以后”最伟大的战役。阿里克西斯（Willibald Alexis）（原注：即哈灵 [Wilhelm Häring] 的笔名）用打油诗歌颂了莫尔维茨会战（battle of Mollwitz, 1741）：

> 法萨罗斯不足挂齿，坎尼也鲜为人知；
> 莫洛维茨！瞎子和跛子同呼你的名字。[4]

> Pharsalus ist nun nichts, und Cannä gar kein Name,

---

1 Cf., e.g., *PL*, CLXXXIX, 50 D. ——1939年，Dom Wilmart 首次发表了该诗的结尾部分（*Revue bénédictine*, LI, 54 ff.）。

2 后来，Henry of Avranches 论证了夸张的用法（ed. Russell and Heironimus, p. 119, 13 ff.）。——在古印度，人们也探讨了夸张的限度。Cf. Georges Dumézil, *Servius et la fortune* (1943), 157.

3 【中译者注：伊利乌姆为特洛伊的别称，荷马的“伊里亚特”其实就是指特洛伊。】

4 【中译者注：法萨罗斯，希腊色萨利（Thessaly）南部的城市，为色省经济与农业中心，以哈尔瓦糕点（halva）著称；坎尼，意大利东南部城市，公元前216年，汉尼拔在坎尼会战中打败了罗马。】

Denn Mollwitz! ruft allein der Blinde wie der Lahme.

伟大的超越者卢卡努斯自己也受别人的超越，这个人就是但丁。在但丁看来
（我们也持同样观点），维吉尔是当仁不让的最伟大的罗马诗人。不过，世人很容易
就忘了，在《神曲 · 地狱篇》中，但丁跟卢卡努斯和奥维德切磋，看谁能描绘出稀奇
古怪又毛骨悚然的景象。卢卡努斯的诗中最有名的一段，是描写非洲大蛇的。卡托
部队的两位士兵——萨贝路斯（Sabellus）与纳西迪乌斯（Nasidius）在利比亚的沙漠
里为蛇所伤，结果一命呜呼，两人死相惨烈（IX, 761 ff.）。奥维德（*Met.*, IV, 562 ff.） 165
描写了人如何变为蛇。但丁超越了两者（*Inferno*, XXV, 94 ff.）：

现在，卢卡努斯也要缄口哇——
别再说萨贝路斯、纳西迪乌斯的惨况。
现在，请他细听下面的话。
将卡德摩斯、阿蕾图莎的奥维德也别声张。
他虽在诗中变男的为毒蛇，变女的
为溪流，我并不会把他放在心上；
物性相对时，他从来不能使二者
改变，使二者与原来的状态相违，
让物质如此迅速地变换融合。

Taccia Lucano omai là dove tocca
Del misero Sabello e di Nassidio,
E attenda a udir quell ch'or si scocca.
Taccia di Cadmo e d'Aretusa Ovidio;
Ché se quello in serpente e quella in fonte
Converte poetando, io non lo'nvidio;
Ché due nature mai a fronte a fronte
Non transmutò, sí ch'amendue le forme
A cambiar lor matera fosser pronte.

评注者就从卢卡努斯与奥维德的诗中，引用了但丁提到的这些段落。然而，他们并未指出，但丁的段落乃基于“超越”的模式，即便是“缄口”（taccia）的句式，也可以在传统里觅得其踪，如克劳狄安的作品（*In Rufinum*, I, 283）：

对超越自己之处避而不谈。

Taceat superata vetusta.

只有当我们意识到这些情况，才能从风格史的角度理解并阐释但丁。

七、同辈颂

“超越”的模式厚今薄古。“缄口”与“让位”的表达方式便是最好的明证。从这一模式中，我们可以演化出另一个主题：“不仅古人值得称赞，后来人和今人同样值得称赞”。在罗马世界，[1]该主题最先出现于弗拉维安时代。塔西佗（*Ann.*, II, 88）发现，希腊人与罗马人都不知道阿明尼乌（Arminius），“因为我们只歌颂古代，我们对当下的历史毫无兴趣”。他的《阿格里格拉的生平与品格》（*Agricola*）的开篇，就怀着类似的情感。马提雅尔（V, 10）抱怨，生前难得身后名。[2]普林尼钦佩古人，但
166 “不像多数人那样”，对同代人的天赋嗤之以鼻。他写道，如果说黔驴技穷的自然女神再也无法创造任何值得称赞的事物，那就大错特错了。西多尼乌斯（Ep., III, 8, 1）重申了这个观点，并将其用于自己的时代。随着查理曼大帝力道十足地出现在历史舞台上，这个主题也再度出现（*Poetae*, I, 74）。艾因哈德（Einhard）在其《查理曼大帝传》序言中抨击了那些讽今之人。有时（*Poetae*, I, 400, No. V），厚今薄古的想法会演化出这样的观点，即从今以后，称赞古代便是不合时宜的。历史作家中，雷吉诺（Regino of Prüm）在其《世界史》（*Chronicon*）中运用了这一主题，而后来的吉伯特（Guibert of Nogent）（*PL*, CLVI, 183）亦如此。接着，该主题出现在作于1100年前后

1 在希腊世界，它已经见于 Isocrates, *Euagoras*, § 5 ff。

2 在1761年伦敦艺术展的手册上，Hogarth的讽刺文章就用到了这段话。Rudolf Wittkower in *Journal of the Warburg Institute*, II (1938/39), 82.

的拉丁韵文版《熙德之歌》（*Cid*）（first printed by E. Duméril, *Poésies populaires latines* [1847], p. 302; reprinted by Menéndez Pidal, *La España del Cid* [1929], p. 889 f.）。诗歌开篇写道：

我们可以想起帕里斯、皮洛士的沙场斩敌，
也能记得埃涅阿斯的丰功伟绩，
那些已由众多诗人广为传颂
并铭记书中。
然而，当异教徒在古代风光不再，
他们还有什么劳作值得膜拜？
现在，我们歌唱的是
国王罗德里克的新战事。

Ella [1] gestorum possumus referre
Paris [2] et Pyrri nec non et Eneae
Multi poetae plurimum laude [3]
Que conscripsere.
Sed paganorum quid iuvabunt acta,
Dum iam vilescant vetustate multa?
Modo canamus Roderici nova
Principis bella.

我们不能仅凭这一古代主题，就武断地推出“现代派”对诗人的态度（Menéndez Pidal, 609）。在彼得神父的著作中，上述主题再次出现（*PL*, CLXXXIX, 1010 C）：

1　根据 Menéndez Pidal 发表的影印本第七页，“E”是大写首字母。据推测，抄写员所抄写的段落中的“ella”应是漏掉了首字母。“ella”本该写作“Bella”，呼应第八行的“bella”。

2　在无名氏大诗人（ed. Manitius, p. 34, st. 18）的笔下，帕里斯也是勇士。阿喀琉斯兵败帕里斯之手（*Iliad*, XXII, 359 and Dares）。Cf. K. Reinhardt, *Das Parisurteil* (1938), 18.

3　【P. Friedländer 将此句考订为“plurima cum laude”。】

如果他们值得尊敬，就少不了在世者的称颂，
而我也不会只夸赞逝者的功绩。

Nam, si sunt digni, nec vivi laude carebunt,
Ne dicam laudes nil nisi mortis opus.

普林尼坚信，自然女神的创造力并未枯竭；他的这一观点又出现在丰特内勒（Fontenelle）的《古今杂谈》（*Digression sur les anciens et les modernes*, 1688）当中。如此一来，这个兴于弗拉维安时代的主题，便能用以证明路易十四治下的法国文学的自信。

接下来，让我们转向颂赞风格最主要的主题——英雄颂与君主颂。

第九章　英雄与君主

一、英雄主义；二、荷马的英雄；三；维吉尔；
四、古代晚期与中世纪；五、赞美君主；
六、文功与武功；七、灵魂高尚；八、美

一、英雄主义

阿喀琉斯、齐格弗里德（Siegfried）、罗兰分别代表了希腊史诗、日耳曼史诗和 167
法兰西史诗中的“英雄”。同圣徒和圣贤一样，“英雄”也是人类的理想之一。哲学的一大任务便是列举这些理想类型，追溯它们的来龙去脉，并赋予其相应的价值。舍勒在其伦理学研究中，提出了五种基本价值，按由大到小的顺序依次是：神圣价值、头脑价值、崇高价值、实用价值、愉悦价值。与此相对的是五种“人物价值类型”或“仿效榜样”：圣徒、天才、英雄、文明中的决策者、享乐主义者或艺术家。[1]英雄观念与崇高的基本价值息息相关。英雄是一种理想的人物类型，他的存在始终围绕着崇高及其实现过程（因而是“纯粹”而非表面上的价值），他的根本优点在于，其身体与灵魂天生就是崇高的。英雄不会让意志随心所欲，不会令本能恣意妄为，否则不称其为英雄。而这也正是其品格超凡脱俗之所在。英雄的特有优点是自制。不过，英雄的意志并不在此；对于力量、责任及勇气，英雄仍然望眼欲穿。因此，英雄可以像很久以前做征战沙场的勇士一样，做运筹帷幄的政治家或将军。

“人物价值类型”的本体论次序（ontological ranking），是抽象的模式。古往今来，随着社会、伦理、宗教体系的不同，文化的种类也千差万别，而这幅图式便依

1　Max Scheler, *Der Formalismus in der Ethik und die materiale Wertethik* 3 (1927), 609. ——*Idem, Schriften aus dem Nachlass*, I (1933), 157 ff.

照文化的多样性而或增或减。[1]例如在古埃及，占统治地位的社会阶层，是官僚的书令史阶层，他们不但把国王置于繁文缛节之中，而且让祭司与武士也听命于自己。在古中国，整个公共生活由士大夫主管的礼部安排。在印度，婆罗门居于“塔式阶
168 层最顶端，其地位之煊赫，乃世间各阶层所不及”。在古以色列，祭司阶层统治并捍卫着传统。上述这些文化中，没有一个把统治权交给具有英雄气概的武士阶层。在中国，武士遭人鄙视；在印度，他们则居于婆罗门之下的第二等级，而印度古代的英雄史诗便是由婆罗门修订的。带有悲剧存在观（tragischer Daseinssicht）的古代英雄史诗仅见于希腊；而后来的波斯、日耳曼、凯尔特史诗，以及十字军东征时期的法国史诗，则唤醒了人们的民族使命感。

希腊与日耳曼的英雄诗歌存在以下几点差异。首先，形式有别。希腊的英雄诗歌是史诗，亦即可能追本溯源的鸿篇巨制，因此它是文学作品。吟诵一首史诗要花上几天几夜的时间。在部落迁徙的时代，日耳曼人创作了英雄叙事诗，长度（按照如今流行的观点）从八十行到两百行不等。这些叙事诗没有留下文字记载。不过，日耳曼文学专家已经掌握了作于400—600年间的30首叙事诗（弗林斯 [T. Frings] 语），但需要指出的是，这里所谓的叙事诗，是“一种仅靠推断和直觉而认定的诗歌体裁”（nur errechnete und erfühlte Dichtgattung）（施耐德 [Hermann Schneider] 语）。霍伊斯勒（Heusler）认为，[2]英雄叙事诗的创立者为东哥特人。他如此归纳了该诗体的特点：

> 日耳曼英雄叙事诗绝不是称颂祖先和民族的诗歌。[3]其核心既非朝代，也非国家，亦非赞美某人某物。它高度肯定人类及其艺术，热衷英雄主义，为此无论是行动还是气氛，都充满悲剧色彩。早期日耳曼史诗的精神是英雄至上——一个与武士理想全然不同的概念。[4]

那么，是什么因素促使短小的“英雄叙事诗”（因未记载下来而失传），向盎格

1 接下来的内容请参阅 Alfred Weber, *Kulturgeschichte als Kultursoziologie* [1935] 和 *Das Tragische und die Geschichte* [1943]。

2 *Die altgermanische Dichtung* 2 (1943), 155.

3 相反，荷马诗歌中歌者演唱的一个主题是“人的荣耀”（κλέα ἀνδρῶν）。

4 施耐德的概括（*Heldendichtung, Geistlichendichtung, Ritterdichtung* 2 [1943], 8 ff.）与此有很大差别。

鲁－撒克逊和中期高地德语的“英雄史诗”转变？答案只有维吉尔（他自认为效仿荷马）。“中世纪能形成英雄文学，是因为其踏着荷马的足迹”（Wo das Mittelalter zum Heldenbuch gelangt, da tritt es in die Stapfen Homers）（霍伊斯勒语）。故中世纪史诗为次，希腊史诗在先：这个特殊的例子可以说明，近代西方依靠古代地中海文化。至于最早的日耳曼英雄叙事诗面貌如何，恐怕只有日耳曼文学专家才清楚。不管怎样（与《伊里亚特》不同），它与历史全景并无关联。之所以如此，是因为英雄叙事诗的篇幅过于短小，但更主要的是，日耳曼部落并不像荷马笔下的希腊人（Achaeans）那样，把自己视为整体的一部分。另一个与荷马史诗的不同之处在于：日耳曼英雄诗歌不含宗教意味，与诸神世界毫无关系。[1]最结实的社会联系就是氏族。古法语史诗呈现出大相径庭的特征——它受到民族、朝代以及教会的限制。罗兰是为“温馨 169
的法兰西”，为基督教信仰，为查理曼大帝而献身的。法国在中世纪鼎盛时期的文化领军地位，从下面的事实可见一斑。中期高地德语史诗是以《罗兰之歌》为基础的：“……不管在法国本身，还是德国、西班牙，后来的整个史诗艺术都源自《罗兰之歌》的作者之功。”（弗林斯语）[2]

一些语文学家认为，“Held”（“英雄”）一词与凯尔特语有关，意为“硬”。这样的关联并无多大意义。德语“Held”与希腊语中的“英雄”，是两个截然不同的概念。可即便是“英雄”，最古老的希腊诗歌也给出了两个不同的形象：一个是小亚细亚（荷马）的爱奥尼亚人塑造的殖民地英雄，另一个是母国（赫西俄德）英雄。在《工作与时日》（*Works and Days*）中，赫西俄德按照黄金、白银、青铜、黑铁的顺序，讲述了与之相对应的各时代神话。不过，为了表示对荷马的敬意，作者在青铜时代和黑铁时代之间插入了“英雄时代”——“有半神之称、像神一样的人类种族”。这些英雄当中，有些战死沙场；不过其他的，宙斯都赋予了生命，并在世界尽头为其安置了住所。他们是“快乐的英雄”，在赐福岛（the Isles of the Blessed）上无忧无虑地生活，远离不朽的神祇。他们闻名遐迩，受人尊敬。

这里，我们获得了最早有关希腊英雄崇拜（其源于死者崇拜，可追溯至迈锡尼

1　Schneider, p. 9.

2　更详细的内容参见拙文“Über die altfranzösische Epik”（*ZRPh* [1944], 233-320; especially 307 ff.）。

时代）的诗歌证据。[1]然而，在赫西俄德笔下，英雄崇拜已经受神话观念的修改。早期的宗教观念认为，英雄在坟墓中仍可产生影响。英雄的力量与其肉身有关，因此世人有时会将其移至他处，就像中世纪时，人们对待殉道者遗物那样。在城邦时期，英雄崇拜演化为一种极具影响力的政治神话。[2]不过，荷马的诗歌乃爱奥尼亚移民所整理，这些移民“不得不放弃死者崇拜，因为他们无法把自己父辈的坟墓也随身带走。于是，就导致了这一宗教重要方面的觉醒；在人人掌握自己命运的殖民地，脱离传统、外向活跃的生活，激发了这种觉醒”。与之相伴的是，把信仰寓于灵魂与不
170 朽之中，荷马的通灵术（Nekyia）以及阿喀琉斯的名言便是明证（*Od.*, XI, 488 ff.)：

> 光荣的奥德修，我已经死了，你何必安慰我呢？
> 我宁愿活在世上做人家的奴隶，
> 侍候一个没有多少财产的主人，
> 那样也比统率所有私人的魂灵要好。[3]

> μὴ δή μοι θάνατόν γεπαραύδα, φαίδιμ᾽ Ὀδυσσεῦ.
> βουλοίμην κ᾽ ἐπάρουρος ἐὼν θητευέμεν ἄλλῳ,
> ἀνδρὶ παρ᾽ ἀκλήρῳ, ᾧ μὴ βίοτος πολὺς εἴη,
> ἢ πᾶσιν νεκύεσσι καταφ θιμένοισιν ἀνάσσειν.

这里，荷马与赫西俄德的英雄观之间的差异一目了然。然而，“卓绝之人死后永受福佑”的古老观念从未消失，且在古代末期重获新生。古代人对不朽的崇信，便可见“英雄的幻象”。其在荷马笔下影响日消的结果是，诸神更主动地干涉人类

---

1 以下内容参见 Martin P. Nilsson, “Die Griechen” in Bertholet-Lehmann, *Lehrbuch der Religionsgeschichte*, II (1925), 281 ff。

2 伯罗奔尼撒战争使雅典的民主变得不切实际。它缺乏政治影响。与此同时，由于它指责苏格拉底，显然也与哲学水火不容。最终的解决方案是柏拉图的乌托邦。它融合了两种主题：以斯巴达的政治体系为起点，并引入阶层体系（caste system）。哲学家构成统治阶层，武士被降为第二阶层（Toynbee, *A Study of History*, III, 92 ff.）。柏拉图把英雄和诗人贬低得一文不值。

3 【中译者注：译文参见《奥德修纪》（杨宪益译），上海：上海译文出版社，2008 年，128-129 页。另可参考罗念生的译文：“光辉的奥德修斯，请不要安慰我亡故。我宁愿为他人耕种田地，被雇受役使，纵然他无祖传地产，家财微薄度日难，也不想统治即使所有故去者的亡灵。”】

事务，因为死者不再如此。这里蕴藏着史诗的“神性机制”（Götterapparats, divine machinery）的源头。与此同时，荷马世界的入世色彩（Diesseitigkeit, earthboundness）也是英雄悲剧的根源之一。而基督教的世界观认为，情况正好相反。

接下来，我们将从比较现象学角度，考察英雄主义、英雄诗歌与英雄理想。

二、荷马的英雄

《伊里亚特》这部史诗寓言，是以阿喀琉斯之怒开篇的。没有怒火中烧的英雄（阿喀琉斯、罗兰、熙德）或神祇（《奥德赛》里的波塞冬、《埃涅阿斯纪》里的朱诺），就没有史诗。阿喀琉斯对阿伽门农愤愤不平，因为阿帅应该把一位女俘虏交给自己。为此，他退回到战舰上，拒绝参战。阿帅派遣的使者虽万般求情，可仍无法让阿喀琉斯回心转意。只是后来帕特罗克鲁斯（Patroclus）之死让他悲伤不已，并决定为之报仇雪恨，才使他重回战场，杀死了赫克托耳。特洛伊的陷落，最终给特洛伊战争之前，因引诱妇女而引发的一系列事件画上了句号。这一系列事件的激发者便是阿喀琉斯。荷马小心翼翼地将其引出。阿喀琉斯不仅脾气火爆（IX, 254 ff.），而且有勇无谋，为此奥德修斯不得不常常劝其谨慎行事（XIX, 155 ff.），年长的帕特罗克鲁斯也对其循循善诱（XI, 786），就连年事已高的菲尼克斯也受命出任他的导师。阿喀琉斯恐怕是亚该亚人中最孔武有力的勇士；他的命运的确是悲剧，因为他早知自己将英年早逝。可在荷马看来，阿喀琉斯并非理想的人物。对于阿氏侮辱逝者赫克托耳，荷马不以为然。[1]当然，阿氏已获得天生神力（I, 178），但真正的英雄必须具有涅斯托耳所展现的智慧。尽管涅氏老态毕现，却是希腊军远征中不可或缺之人，这不仅是因为他能为将领出谋划策，还因为他深谙如何用过去真实可靠的方法排兵布阵（IV, 294-310）；结果阿伽门农都不知是希求再多十个这样的军师好，还是让涅斯托耳返老还童好（IV, 312）。不管怎样，涅斯托耳的进言献策，对领兵打仗者 171
如虎添翼（IV, 323）。神机妙算跟冲锋陷阵一样，都是必不可少的。然而，唯有年龄才能让智慧随着经验的积累逐渐增多。年轻，则不谙世事（XXIII, 590 and 604）。足智多谋的奥德修斯岁数比阿喀琉斯大，论智慧可与宙斯相提并论（II, 407）。有他在，

1　W. Schadewaldt, *Von Homers Werk und Welt* (1944), 261.

阿喀琉斯避免了不少蠢行，这表明他比轻率的梅涅劳斯（Menelaus）要高明（III, 212-224）。阿喀琉斯成为史诗英雄和悲剧的受害者，不仅是命中注定，而且也跟他难以控制的情绪有关。荷马认为，力量与理智地位相当（VII, 288; II, 202; IX, 53），两者都代表了勇士的最高品德。即便是普普通通的士兵，人们也期望他“通晓兵法”（II, 611; VI, 77 f. and passim）。他必须对战争了如指掌。不过，领袖就必须在更高的层面上，把勇气与智慧结合起来。可真正将这两样品质合而为一的少之又少！就连希腊民族的导师阿伽门农也常常让热情“蒙了眼”。唯有奥德修斯，才是英雄气概、精通兵法、足智多谋等品质之集大成者。连赫克托耳也难逃“会带兵不会出谋”的指责（XIII, 727 ff.）。波吕达马斯的出现乃是为衬托赫克托耳，这两人同日出生，性情却截然不同：“神明让这个人精于战事，而高瞻远瞩的宙斯，把高尚的智慧置于另一个人的身上，使他能给许多人帮助。”[1]经验丰富的睿智老者，与血气方刚的青年之间的对照，贯穿整部《伊里亚特》。对此，我们该如何解释呢？我们当然不能采用后来阿提卡戏剧与希腊化—罗马时期文学理论中盛行的观点，将该对照视为作者对各个年龄不同特点的心理学解读。这里，我们在荷马笔下遇到了一些原始的内容。

我们遇到的，是迪梅齐（Georges Dumézil）通过一系列著作重现的史前印欧宗教的流风余韵。迪氏从比较语言学、神话学和社会学出发，指出印度—伊朗人、凯尔特人、日耳曼人及意大利人拥有共同的宗教、宇宙和社会体系，其结构对应三种功能：君权（政府）、战争与繁衍。在印度，这一三元组深深根植于种姓制度：婆罗门（祭司）、刹帝利（武士）、牛倌与吠舍（农民）。在魔幻的多产王与睿智的立法王的二元组中，君权的作用被进一步分化。前者以伐楼拿（Varuna）神为代表，后者以密特拉（Mitra）神为代表。伐楼拿—密特拉组合亦见于罗马，只不过已经从形而上学层面转移到历史层面。正如李维所记载，罗马的早期历史把君主的罗马视为一种宗教，一种在李维看来属于前罗马时期的宗教。而罗慕路斯－努玛（Romulus-Numa）组合，相当于伐楼拿—密特拉二元组。这个印欧二元组涵盖了大量相反对，其中就包括
172 血气方刚的青年（iuniores）与深思熟虑的老者（seniores）。受篇幅所限，我们在此无法详细展开说明，暂且援引迪梅齐的结论：

1 【中译者注：此段文字参考了罗念生的译文。】

这两个术语，一个（指伐楼拿等）泛指有灵性的，无法预料的，狂热的，迅速的，魔幻的，可怕的，阴郁的，苛刻的，极权的（年轻的）等等事物；而另一个（指密特拉等）泛指有规律的，准确的，威严的，缓慢的，法律的，仁厚的，明晰的，自由的，分配的，年长的等等事物。不过，我们无法靠某一类‘内容物’的成分，来推断另一类的成分。[1]

在印欧众民族中，印度—伊朗人以及意大利—凯尔特人是最保守的。他们最大程度保留了各自的宗教遗产。前罗马时期的人类固然经历了天翻地覆的变化，可希腊人发生的变化更大。他们的宗教基本上属于“爱琴海的”。它只保留了印欧体系的少量痕迹。荷马把血气方刚的青年英雄，与经验老到的“智者”代表相对照的做法，不就是明证之一吗？

《伊里亚特》的史诗活动，便脱胎于两者的矛盾。唯有将其视为对理想规范（可描述为勇气与智慧的结合）的偏离，我们才能彻底理解该作品的悲剧之处。正如精通医术的医生、解读朕兆的祭司、诗人以及制造艺术品的工匠，英雄同圣徒和武士一样，也是荷马人类学（Homeric anthropology）的一个基本类型。勇气与智慧以两种基本形式结合起来：在较高层次上表现为“英雄的品德”，在较低层次上表现为“战士的品德”。其中后者又可分为三种形式：1.“精于战事”（ἐπιστάμενος πολεμίζειν）；2. 冲锋陷阵与运筹帷幄时的男子气概；3. 熟练使用某种兵器。对于“英雄品德”的智慧方面，一般表现为：1. 年长者因阅历丰富而足智多谋；2. 成熟男子（奥德修斯）的聪敏（狡猾）；3. 能言善辩（涅斯托耳和奥德修斯）。与此同时，作为十全十美的情况，我们还应加上第 4 条（9, 443）：“成为独抒己见的演说家，会做事情的行动者。”菲尼克斯的任务就是把阿喀琉斯培养成这样的人。在荷马的理想英雄身上，口才与智慧紧密相连，两者乃同一事物的两个方面。

当然，这是我们刻意提出的抽象说法，因为我们的任务乃是追寻“勇气与智慧”的痕迹。当古代晚期人类，把自己时代的理想人物投射到荷马身上，我们就可以，而且必须像他们一样看待荷马。例如，昆体良认为，荷马是所有修辞门类的典范与

1　Georges Dumézil, *Mitra-Varuna. Essai sur deux représentations indo-européenes de la souveraineté* (=*Bibliothèque de l'Ecole des Hautes Etudes. Sciences religieuses. 56ᵉ volume* [Paris, 1940]), 144-5.

起源（X, 1, 46）；通过涅斯托耳、奥德修斯与梅涅劳斯的讲演，荷马分别为三种风格树立了榜样（II, 17, 8）；而像荷马的菲尼克斯这样的教书先生，必须教授正确的行为、
173 言谈等等。因此，我们要探究的，并非荷马的英雄内涵，以及荷马的智慧是什么，而是后来读者和作家从其中能看到什么，看到了什么。

三、维吉尔

从很多角度看，维吉尔的深思熟虑、有意为之、极其复杂的史诗，与荷马有着千丝万缕的联系。然而，它所表现且只可表现的，乃是一个全然不同的时代的理想人物。这种内在的张力可在《埃涅阿斯纪》中清楚地看到。[1]维吉尔深受和平的奥古斯都时期精神及其道德理想的影响。朱庇特自己就预言，奥古斯都将终结持续一个世纪之久的内战；此外，他还预言了其他战争的终止（*Aen.*, I, 291）：

战争将熄灭，动乱的年代将趋于平和。[2]

Aspera tum positis mitescent saecula bellis.

在这种性情的文化中，根本就没有传统意义上的理想英雄的容身之地。维吉尔在其《埃涅阿斯纪》里，以道德力量为基础，创造了一类新的理想英雄。当然，这类英雄也经受了战场的考验（I, 544 f.）：

……没有谁比他更正直，
比他更虔敬，比他更勇武善战。

... quo iustior alter
Nec pietate fuit nec bello maior et armis.

---

1 以下内容参见 C. M. Bowra, *From Virgil to Milton* (1945)。
2 【中译者注：本书有关《埃涅阿斯纪》的内容，如不特别注明，均采用杨周翰译文。】

在埃涅阿斯身上，美德（正直、虔敬）取代了“智慧”，并明显与其战士的本领和谐共存，相安无事。他的（VI, 403）：

虔诚和武功是很出名的，

...pietate insignis et armis

而且在类似情况下，埃涅阿斯的虔诚总是最先提到的。正由于具有这一品质，他才超越了赫克托耳等人（XI, 290）。然而，埃涅阿斯从来都**不想**大动干戈，我们的作者也从中看到了某些可怕的景象，年轻的墨诺厄特斯（Menoetes）亦然（XII, 517 ff.）：

……青年墨诺厄特斯，
他是从阿尔卡狄亚来的，痛恨战争，
但是痛恨又有什么用！他原来是在莱尔那河一带
以捕鱼为生的，家里很穷，但从来不想依附什么权贵，
他的父亲种着几亩租来的田地。

...iuvenem exosum nequiquam bella Menoeten,
Arcada, piscosae cui circum flumina Lernae
Ars fuerat pauperque domus nec nota potentum
Limina conductaque pater tellure serebat.

维吉尔首先以受困方的视角描写战争——特洛伊的陷落让居民惶恐不已。至于特洛伊人与拉丁人之间的决战，他则一直放到第十卷。拉丁人由图尔努斯（Turnus）率领。此人是全诗当中唯一一位“荷马式”英雄，他与埃涅阿斯分别代表了新老两代英雄。不过，拉丁人中也有几个人物，看重军事才能，但更看重智慧（sapientia）。例如，向图尔努斯叫板的德朗克斯（Drances）（XI, 336 ff.）：

战争不能使我们得救，我们大家都希望你给我们和平。

Nulla salus bello: pacem te poscimus omnes.

尤其是大智大慧的拉提努斯王（King Latinus），跟图尔努斯一样，勇猛无比
174 （fortitudo）（XII, 18 ff.）。埃涅阿斯自己远非十全十美的人。维吉尔令其经受了一场清心寡欲的净化（exercitatio [1]; cf. III, 182 and V, 725）。在特洛伊的陷落中，埃涅阿斯的所作所为，就像被怒火蒙了眼的人，他像疯子一样抓起武器（II, 314）：

我头脑发昏，拿起了武器，但拿起武器，我也没有明确的目的。

Arma amens capio, nec sat rationis in armis.

在克里特，众家神不得不哄他继续自己的旅程（III, 147 ff.）。当他与狄多女王"消磨日子"时，墨丘利不得不出面警告（IV, 267）。后来，他再次受蛊惑而忘记自己的使命，留在了西西里。这时，他的同伴瑙特斯（Nautes）和他父亲安喀塞斯（Anchises）的魂魄，先后出面提醒（V, 700 ff.）。在他最终遇到库迈女先知时，已脱胎换骨，一变为成熟的男人（VI, 105）：

一切我都想到了，一切我都是先在我心里考虑到了。

Omnia praecepi atque animo mecum ante peregi. [2]

我们很可能发现，埃涅阿斯是个毫无生气的人物。不过，《埃涅阿斯纪》的伟大主题并非埃涅阿斯，而是罗马的命运。就在这部充满隐喻的历史与命运的诗歌中，蕴藏着通往另一个世界（第六卷）的旅程，它让我们摆脱了一切尘世之物，同时也是全诗之至美之处。该诗的后续影响也极其重要，这主要见于但丁的《神曲》。

---

1 Bowra 提到了塞内加，*Dial*, I, 4。

2 对于"praecipere"（预见）这个禁欲主义的概念，Bowra 主要指 Cicero, *De off.*, I, 80 and Seneca, *Ep.*, 76, 33。

四、古代晚期与中世纪

在维吉尔之后，智慧与勇武这对概念逐渐成为热议的话题。斯塔提乌斯（*Achilleis*, I, 472）称奥德修斯为“有勇有谋的卫兵”（consiliis armisque vigil）。他还提出了此后作为区分两人基本特征的著名图式。在《忒拜战纪》（*Thebais*, X, 249）中，作者用对偶来区分两位勇士——一位力大无比，一位足智多谋。斯塔提乌斯是古代与中世纪史诗之间重要的过渡作家。不过，中世纪的史诗英雄观的形成，在很大程度上受后来编订的特洛伊战争故事（尤其是狄克提斯与达瑞斯 [Dictys and Dares] 的特洛伊传奇）的影响。

“狄克提斯”的《特洛伊战争史》（*Ephemeris belli Troiani*）（4 世纪）和“达瑞斯”的《特洛伊陷落记》（*De excidio Troiae historia*）（6 世纪），使我们能接触到，古代晚期荷马史诗以及与之相生的“特洛伊战争”史诗（«kyklischen» Epen）的结束形式。达瑞斯与狄克提斯带来了新变革：史诗成了散文式传奇故事。[1]这里我们发现，从法国英雄史诗以及骑士诗到晚期中世纪的散文化改编，也经历了上述过程。如今
我们知道，狄克提斯与达瑞斯的特洛伊传奇改编自希腊传奇，而且应该按照该体裁 175
的性质来理解。这些传奇（或许也是通常的叙事小说）的一大特点是，它们坚持认为，一切都是极其真实的（正如 Macrobius, *Sat.*, IV, 6, 13 在谈及激发情感的方法时，提到的“证明他所见到的一切”[adtestatio rei visae]），且以目击者的证言为依据。这一主题已见于埃涅阿斯对特洛伊陷落的述说当中（“他见到的……那些”[quaeque... ipse vidi]）。后来，它变得更为重要。

狄克提斯与达瑞斯，为中世纪留下了寻找“勇武与智慧”主题的蛛丝马迹。狄克提斯谈到阿喀琉斯时有言，论勇武，他无人能及；可他的力量毫无节制，而且举止粗鲁（10, 28 ff.）。阿喀琉斯因为自己的鲁莽之行（inconsulta temeritas）而丧命，阿伽门农却凭借“身体与头脑的强大”（49, 2）而超乎他人，门农（Memnon）则拥有丰富的作战经验（73, 23）。在达瑞斯的笔下，我们看到了区分两兄弟的特征：得福布斯（Deiphobus）是英勇善战的武士，赫勒努斯（Helenus）是足智多谋的先知。奥德修斯则“诡计多端，能言善辩，睿智英明”（16, 19）。

---

1 以下引述的人物见 F. Meister 版的狄克提斯（1872）与达瑞斯（1873）史书。

古代晚期理论同样也促进了理想英雄的塑造与阐释。根据福尔根提乌斯（Fulgentius）的隐喻阐释法，《埃涅阿斯纪》的开篇蕴含深意。“战争”（arma）指勇气，“人”（virum）指智慧：“孔武有力，足智多谋，方可称十全十美。”从荷马到达瑞斯和福尔根提乌斯的这整条脉络，最终在伊西多尔（卒于636年）处终结。伊氏谈到史诗时有言：“史诗之所以称为英雄之歌，是因为它讲述了勇者的所作所为。唯有靠自己的智慧和勇气赢得上天垂青的人，才称得上英雄。”（*Et.*, I, 39, 9）“勇武而智慧”，在伊西多尔归纳的这个荷马的理想英雄当中，融合了赫西俄德的见解。早在古希腊时期，英雄受“上天”眷顾，就已成为人所共知的观念。不过，伊西多尔的概括，为11世纪基督教的理想英雄提供了发展空间，像罗兰及其同伴那样与异教徒作战的骑士，同样受到“上天垂青”。

到了中世纪，“勇武与智慧”这个主题，逐渐转变为对逝者的哀悼，对君主的歌颂，同时也成为短篇叙事诗与史诗的素材。一则加洛林时期的墓志铭（*Poetae,* I, 112, 9）就写道：“献言献策，精于兵法”。荷马的“战法”，达瑞斯的“战斗经验”（bellandi peritia），同样有相应的中世纪表达方式。在一首铿锵有力的丰特努瓦（Fontenoy）战歌中，我们两次听到：

In quo fortes ceciderunt, proelio doctissimi.

温特费尔德（Paul von Winterfeld）[1]将其译为：

Wo die Helden erlagen, wohlbewährt im Streit.

176 从字面上看，它的意思是“身为刀剑至尊，英雄战死沙场”（die Tapferen sind gefallen, die Schlachtenkundigen）。这不禁让人想到荷马的“战法”。不过，日耳曼文学专家坚持认为，从此诗中发现了挪威行吟诗（Norse skaldic poetry）的痕迹。[2]只是诗歌作者选取了截然不同的材料——《旧约》。在那里，有人不仅发现了“英雄仆

---

1 【Paul Von Winterfeld】, *Deutsche Dichter des Lateinischen Mittelalters. Dritte und vierte Auflage* (1922), 165.

2 Andreas Heusler, *Die altgermanische Dichtung*, 138 (2nd ed., 144).

倒”（ceciderunt fortes）（《撒母耳记下》1: 19, 25）的字眼，而且还有“善于争战”（ad bella doctissimi）（《雅歌》3: 8）和“受过军训”（docti ad proelium）（《玛加伯上》4: 7, 6: 30）的说法。[1]勇武与智慧往往分别出现在两个人身上（Alcuin in *Poetae*, I, 197, 1281）。不过，理想的英雄仍然要同时具备这两种品质（如《英雄瓦尔塔里乌斯传》第103行以下）。年轻的瓦尔塔里乌斯与年轻的哈根不但比强壮者还强壮，而且比睿智者更睿智。在《罗兰之歌》中，勇士的戾气与谨慎之间的悲剧张力再次出现。

五、赞美君主

以上是英雄主题，接下来让我们把目光放到另一个方向——赞美君主。布匿战争迫使早期罗马向希腊文化看齐。古罗马的品德（virtus）与希腊文化，在西庇阿（Scipio Aemelianus）那里实现了和解。内战以后，和平艺术在奥古斯都的平稳期（pax Augusta）百花齐放。1、2世纪的罗马皇帝大都支持文化建设，或意欲如此。他们中的许多人都热心某种文学活动，而他们一致认为，文学艺术应该为他们歌功颂德。[2]在这一文化转变过程中，古代的“智慧与勇武”观念获得了焕然一新且截然不同的形式。智慧为文化、诗歌、口才所取代：战神玛尔斯与缪斯女神一同联手。小普林尼向世人讲述了那些功成名就，值得为之或歌或书的幸运儿（“aut facere scribenda aut scribere legenda”）；而最幸运者，莫过于自己的事迹得到口头和文字的流传（*Ep.*, VI, 13, 3）。在众帝王颂歌的主题中，恺撒无疑是最受青睐的（beatissimi）。这位古罗马皇帝集将军、君主、诗人于一身。连图密善都被昆体良（X, 1, 91）和斯塔提乌斯，戴上诗人与将军的桂冠（*Ach.*, I, 15）。狄翁（Dion of Prusa）[3]提醒荷马注意，钟情演说、哲学、音乐及诗歌，能为帝王增光添彩（περὶ βασιλείας, II）。公元3世纪的荒蛮时代（barbarism）结束后，“4世纪智力得到巨大提升”，因为自君士坦丁时代以来，思想修养（geistige Bildung, intellectual culture）再次被视为帝王的最高

1　其他例子有：*Poetae*, II, 502, 640 (*Gesta Apollonii*); Wido of Amiens, *De Hastingae proelio*, 50 and 423.——里尔的阿兰平衡了力量（赫拉克勒斯）与思维（尤利西斯）之间的关系（*SP*, II, 278 = *PL*, CCX, 491 C）。

2　Cf. H. Bardon, *Les Empereurs et les letters latines d'Auguste à Hadrien* (Paris, 1940).

3　【中译者注：Dion of Prusa，又名 Dio Chrysostom 或 Dio Cocceianus，公元1世纪古希腊演说家、作家、哲学家和罗马帝国史学家。】

品质。[1]这一点，我们可以从奥雷里乌斯（Aurelius Victor）的《恺撒评传》（*Liber de Caesaribus*）（360 年出版）和当时的碑文、诗歌中看出来。狄奥多西乌斯让自己的
177 “父亲”奥索尼乌斯，将其作品送给自己，并引用了屋大维的先例（那时一流作家就把自己的作品送给屋大维）。奥索尼乌斯自己把罗马皇帝格拉提安（Gratian），赞为“博学的恺撒”（ed. Schenkl, p. 23, 6），还称（Schenkl, p. 194, I, 5 ff.）凭着在文辞与军事方面的深厚造诣，格拉提安时而征战，时而服务缪斯女神，时而指挥哥特战争，时而效忠阿波罗。克劳狄安在奥诺里乌斯（Honorius）那里发现，“有些品质常常不可兼得——智慧与力量，审慎与勇气”（*Epithalamium de nuptiis Honorii Augusti*, 314 f.）。

日耳曼军队指挥官和国王（如汪达尔人、东哥特人、西哥特人、墨洛温王朝诸王，尤其是加洛林王朝诸王）的更迭，往往也按照这种方式。[2]我们发现，一些君主支持英格兰文化（阿尔弗雷德大帝），以及后来的诺曼西西里文化；罗杰[3]研究地理，威廉让翻译家阿里斯提卜（Aristippus of Catania）与尤金（Eugene of Palermo）在自己的朝廷中供职。凭借一部有关猎鹰的著作，霍亨施陶芬王朝的腓特烈二世（Frederick II），在阿拉伯自然科学的传承中占据一席之地。我们也发现，他的周围满是伊斯兰学者、朝臣和官员。不过，他还资助阿拉伯诗人，并且为那不勒斯大学收集阿拉伯书籍。跟阿拔斯王朝（Abbaside）[4]和罗马帝国文化的情况一样，受缪斯女神垂青的理想君主，在西班牙伊斯兰文化中也占有重要地位。君主与学识的并置甚至见于“亲王之鉴”（Fürstenspiegel）。[5]然而，理想的博学皇帝（imperator literatus）有时也以冠有“智者”（el sabio, le sage）头名的君主形象出现。

据说，对于阿尔弗雷德二世（*Friderici gesta metrice*, 59 f.）：

---

1 R. Laqueur in *Probleme der Spätantike* (1930), pp. 7 and 25 f.

2 S. Hellmann, *Sedulius Scottus* (1906), 2 f.

3 【中译者注：指 12 世纪上半叶建立西西里王国的诺曼国王罗杰二世。】

4 【中译者注：750—1258 年统治阿拉伯帝国的王朝。】

5 在 12 世纪，索尔兹伯里的约翰向亲王力陈文学教育的必要。他让罗马皇帝（康拉德三世）慨叹：“无知的君主就像加冕的驴”（quia rex illiteratus est quasi asinus coronatus）。这一格言亦见于其他亲王：见 H. Brinkmann, *Entstehungsgeschichte des Minnesangs* (1926), 19, n. 1。——Godfrey of Viterbo 对“哲人化”帝王的赞美（J. Röder, *Das Fürstenbild in den mittelalterlichen Fürstenspiegeln*… Münster dissertion [1933], 29）。——Gustav Richter, *Studien zur Geschichte der älteren arabischen Fürstenspiegel* (1932) 中有趣的比较。——Cf. also E. Booz, *Die Fürstenspiegel des Mittelalters*, Freiburg dissertation (1913), 28 and 35.

双重的自然，给了他双重的大礼：
睿智又勇武，无论哪样都蕴藏奇迹。

Cui geminum munus dederat Natura biformis:
Ut fortis sapiensque foret, mirandus utroque.

但丁称赞圭多·规拉（Guido Guerra）（*Inf.*, XVI, 39）：

以智谋和宝剑立下了丰功伟绩。

Fece col senno assai e con la spada.

麦克白谈班柯时说道：

……他的高贵的天性中
有一种使我生畏的东西；他是个敢作敢为的人，
在他的无畏的精神上， 178
又加上深沉的智谋，指导他的大勇
在确有把握的时机行动。[1]

... In his royalty of nature
Reigns that which would be fear'd: 'tis much he dares,
And, to that dauntless temper of his mind,
He hath a wisdom that doth guide his valour
To act in safety.

1 【中译者注：此处引朱生豪译文。】

六、文功与武功

通过有关宫廷理想的著作（卡斯蒂利奥内 [Baldassare Castiglione]），“智慧与勇武”的主题进入了文艺复兴时期。博亚尔多（Boiardo）的史诗中最精彩的一段文字，是围绕军队与学习的夜谈（*Orlando Innamorato*, I, 18, 41-45）。这个话题曾出现在拉伯雷的作品里（*Pantagruel*, ch. 8），后来又出现于阿里奥斯托的笔下（XX, 1-2）。斯宾塞将其引入《仙后》（*Faerie Queene*, II, 3, 40）和《牧人日历》（*Shepheardes Calendar*, *October*, ll. 66 f.）；塞万提斯也引入了《堂吉诃德》（*Don Quijote*, Part I, ch. 38[1]）。随着学科跟不同社会阶层的类型与理想日渐分化，有一个问题迎面而来：究竟哪些学问适合理想的统治者？ 17 世纪法国文学从许多方面触及这一问题的复杂之处。莫里哀（Molière）嘲讽的对象不仅有饱读诗书的妇女，还有满怀文学激情的侯爵，以及修习哲学的中产阶级。圣埃夫雷蒙（Satint-Evremond）就“适合老实人的学问”（les sciences où s'appliquer un honnête homme）给出了自己的看法；他淘汰了一大批学科，只保留了伦理学、政治学和文学作为绅士之学。[2]拉布吕耶（La Bruyère）遗憾地发现（*Caractères, Du mérite personnel*, 29）：

> 在法国，士兵勇敢，法官睿智，仅此而已。而在古罗马，法官勇敢，士兵睿智；罗马人既是士兵，又是法官。

要说把缪斯女神与勇士生活融合得天衣无缝的，当属 16、17 世纪西班牙的黄金时代作家，我们只需提几个名字就够了——加尔西拉索（Garcilaso）、塞万提斯、维加、卡尔德隆。他们都是投笔从戎的诗人。而不管是法国（除了德奥比涅 [Agrippa d'Aubigné]，不过他的诗歌缺乏灵感 [invita Minerva][3]），还是意大利，都很难找出这类人物。如此一来，“文功与武功”（armas y letras）的主题常见于西班牙文学，也就不

1 【Américo Castro, *El pensamiento de Cervantes*, 1925, p. 213, A. 1 中，给出了源自人文主义者的类似例子。】

2 *Oeuvres* (1739), I, 166.

3 【中译者注：英译文为“who wrote poetry invita Minerva”，这里“invita Minerva”为拉丁俗语，原意为“心不甘情不愿的密涅瓦女神”，由于密涅瓦是智慧女神，故引申为“缺乏灵感”。】

难理解了。加尔西拉索曾写道，“时而拿枪杆，时而拿笔杆”（tomando, ora la espada, ora la pluma）（Eclogue III）。对于塞万提斯，尽管他借堂吉诃德的阔论（I, 37）[1]大谈当兵比写作优越，可在同书的另一部分（II, 6），他却提出拿枪、拿笔乃是发财出名的两条康庄大道。塞万提斯之后，卡尔德隆接过了这个话题。在他的戏剧中，有许多年轻贵族愿意用求学生活换取戎马生涯，用笔杆换枪杆，用智慧女神换战神，用萨拉曼卡（Salamanca）换弗兰德斯（Flanders）（Keil, I, 30a），也有一些人“以枪杆为业，以笔杆为乐”（por gusto las armas,/ por pasatiempo las letras）（Keil, I, 99a）。

“文功与武功”的理想受到前所未有的尊重，这不啻西班牙帝国的荣耀（Keil, IV, 294a）。

啊，双倍幸福的 179
千倍幸福的
帝国，其中最辉煌的
胜利得自文功与武功！[2]

O felice tu, o felice
Otra vez e otras sea
Imperio, en quien el primero
Triunfo son armas y letras!

说起“文功与武功”，相关的“笔杆与枪杆”模式也变得颇为流行。在法国浪漫主义中，该模式受拿破仑丰功伟绩的影响，同时又加入了新内容。巴尔扎克有句名言：“凡是用枪杆起头的，我将用笔杆终结”（Ce qu’il a commencé par l’épée, je

1 【中译者注：参见杨绛译本第一部第三十八章。】

2 【在卡尔德隆的一部神话剧种，尤利西斯自言自语道（Keil, I, 285b）：

尽管我喜爱文学，	Aunque inclinado a las letras,
但我还是投笔从戎；	Militares escuadrones
世人对我羡慕不已：	Seguí; que en mi se admiraron
因为我能文又能武。	Espada y pluma conformes】

l’achèverai par la plume.)。贵族后裔维尼（Vigny）受当时民主气氛的感染，拒斥政治影响，他把笔杆加进自己的家族徽章：

我把还算美观的铁笔
放到贵族的镀金徽章上。

J’ai mis sur le cimier doré du gentilhomme
Une plume de fer qui n’est pas sans beauté.

真正的崇高乃是灵魂的崇高，而非流血或打仗的崇高；维尼要让自己的名字

不会埋进那堆不见天日、毫无用处的老名字中，
……
而是留在灵魂之书的纯净纸张上。

Non sur l’obscur amas des vieux noms inutiles,
...
Mais sur le pur tableau des livres de l’Esprit.

如此一来，我们便转到“心灵高尚”与“灵魂高尚”的主题上来。1789 年、1830 年和 1848 年的革命，使之成为维尼当时社会的真实写照。

七、灵魂高尚

整个启蒙时代都认为，“高贵的血统不一定有高尚的思想；说到底，讲高尚也得以财富为基础，不过还有一种精神的高尚与出身无关，那就是君子的高尚”。[1] 这一点智术师知道，欧里庇得斯知道，亚里士多德（*Rhet.*, II, 15, 3）知道，“新喜剧”（*Fragment* 533, ed. Kock）的主要代表人物米南德（Menander, 342/1 to 291/0）也

1 W. Schmid, *Geschichte der griechischen Literatur*, III (1940), 695.

知道。与此同时，修辞学家阿那克西米尼（Anaximenes）建议，当我们因某个人出身平凡而不知如何称赞他时，不妨这样想，其实每个德行出众的人生来都是高尚的。小塞内加（Epistle 44, 5）更是教导世人："灵魂高尚，方为高尚"（animus facit nobilem）。尤文纳尔的书中（VIII, 20）曾写道："唯高尚可谓独一无二之美德"（nobilitas sola est atque unica virtus）。波伊提乌也曾探讨这个话题（*Cons*., III, pr. 6）。在中世纪拉丁文学中，"灵魂高尚"的主题时常出现。[1]旺多姆的马修在其诗学论著中，将它视为开篇（prooemium）主题之一（Faral, p. 116, §§27 and 28）。腓特烈二世的宫廷也曾讨论过该话题，[2]而韦诺萨的理查德（Richard of Venosa）在自己的喜剧 180
《保罗与保拉》（*Paulinus et Polla*）[3]（该剧曾在皇帝面前公演）中，更是将其发扬光大。如此，"灵魂高尚"自然也成了行吟诗人[4]借民族诗歌讨论的对象（如《玫瑰传奇》第1860行以下）。对于但丁同时代诗人及其前辈诗人，这也是时常谈起的话题。[5]圭多·圭尼采利（Guido Guinizelli）认为，爱只寓居"高尚的心灵"中，这种说法为"灵魂高尚"赋予了新的生命。后来，但丁更加丰富地阐发了该话题（*Conv*., IV, 14 ff.）。于是，13、14世纪就使这个流传1500多年的话题重获生机。不过，当（特别是）13世纪佛罗伦萨的城镇中产阶级，吸收了骑士阶层的理想后，"灵魂高尚"变得时髦起来。英国的情况亦然。英王爱德华二世和理查二世的财政大臣，同时也是牛津大学新学院（New College）创始人——威克姆的威廉（William of Wykeham, 1324—1404）摆脱卑微的身份后，常言"人之为人在于礼"（Manners makyth man），这真是对理想"绅士"的先兆之言。

---

1 References in Schumann in his commentary on *CB*, No. 4, and in *ZRPh*, LVIII (1938), 213.

2 E. Kantorowicz, *Kaiser Friedrich II. Ergänzungsband*, 129.

3 Ed. Duméril, p. 410.

4 E. Wechssler, *Das Kulturproblem des Minnesangs*, I, 352 ff.

5 A. Gaspary, *Geschichte der italienischen Litratur*, I, 518. ——Wilhelm Berges (*Die Fürstenspiegel des hohen und späteren Mittelalters* [1938]) 试图说明，为何"肉体高贵"（nobilitas corporis）到"精神高尚"（nobilitas mentis）的转变，独独发生在13世纪。可如此一来，我们就不能说他也探讨了该主题。

八、美

在希腊化时代，君主颂歌中的炫技（epideixis）已发展出固定的模式。人们把身体与道德的优点一一罗列出来，如美、高尚、刚毅（forma, genus, virtus）。[1]有一种更精巧的模式，把四个“天生优点”（高尚、力量、美、富有）与四项品德联系起来。身体美往往是必要条件，中世纪也持这一观点；不过，《圣经》中的典型人物取代了古代人物——大卫代表力量、约瑟代表美、所罗门代表智慧等等。[2]于是，我们经常能发现一些讲述君主之美的中世纪史料。在古代晚期，上述以及其他优点常被视为自然的礼物。自然的功能之一就是创造美丽的地方，[3]塑造美丽的人。对于卓尔不群的人，她更是给予特别关照。[4]3 世纪罗马帝国的一本修辞课本就建议，把自然女神的主题引入颂赞演说。[5]在 11、12 世纪的拉丁诗歌中，这一主题极其频繁地出现。诗人
181 不仅借其赞美王子、公主，而且也用来向自己倾慕的少男、少女吐露衷肠。希尔德贝特（Hildebert of Lavardin）就如此讨好英国女王（*PL*, CLXXI, 1143 AB）：

自然三心二意地雕刻其他女子，
保留仁慈，直到她予您赏赐。
对您，她毫不吝啬；看着这件瑰宝，
她也惊叹自己的双手竟如此灵巧。

Parcius elimans alias Natura puellas
Distulit in dotes esse benigna tuas.
In te fudit opes, et opus mirabile cernens
Est mirata suas hoc potuisse manus.

---

1 C. Weyman in *Festgabe Alois Knöpfler* (1917).

2 Theodulf in *Poetae*, I, 577, 13.

3 *Aetna*, l. 601. ——Statius, *Silvae*, I, 3, 17; II, 2, 15. ——Claudian, *De sexton consulatu Honorii*, 50. ——Sidonius, c. VII, 139 f.

4 Merobaudes, ed. Vollmer, 7, 21 f.

5 Pseudo-Dion, Hal., *Ars rhetorica*, ed. Usener, p. 10, 11.

在罗马见到古代雕像时，希氏于其名作中运用了同样的套路（*PL*, CLXXI, 1409 C）：

人类为了展现神祇，打造了这尊雕像，
其壮美之处连自然也只能叹为观止。[1]

Non potuit Natura deos hoc ore creare
Quo miranda deum signa creavit homo.

“自然乃完美人类之创造者”的修辞主题，与“自然乃万物之母”（Natura mater generationis）的主题并无共同之处，只不过两者都把自然拟人化了。修辞学中的自然，完全缺少生育女神身上的神性迷狂的成分。

没有哪种文学体裁比传奇小说更渴望美丽的男女英雄。在古代的叙事主题中，泰尔王阿波罗尼乌斯（Apollonius of Tyre）可谓中世纪与文艺复兴时期喜闻乐见的人物。莎士比亚的《泰尔亲王配力克里斯》（*Pericles*）便取材于他的故事。阿氏故事的最早版本，是 3 世纪的一部拉丁散文传奇小说。其中有这样的内容：“安提奥库斯王有一个眉目如画的女儿，自然女神对她倾尽全部，只是未赋予永恒的生命”。在法国 1150 年以后的宫廷传奇小说中，“自然创造了一个眉目如画的美人”的套话不知重复了多少次。这话便取自那时的拉丁诗歌。[2]那么，可不可能创造出胜过自然杰作的作品？当然可能！当神祇与自然合作就有可能。《布兰诗歌》中的一首情诗（No. 170）如此描写少女：

……她的全身各处
是神祇与自然母亲合作的产物。

...in cuius figura
Laboravit Deitas et mater Natura.

---

1 我还举出了其他例子，见 *ZRPh*, LVIII (1938), 182 ff。——除此之外，我还增加了 Faral, p. 129, § 56, l. 1; p. 207, l. 335; p. 209, l. 397; p. 331, l. 15。——对于创造未来的校长，自然充满了恐惧：Faral, p. 338, l. 11。

2 H. Gelzer, *Nature* (1917) 搜集了不少有价值的材料。得自里尔的阿兰的材料并不可靠，见 Faral in *Romania* (1923), 286。——Alfons Hilka, *Der Perceval-Roman von Christian von Troyes* (1932), p. 761, note on 7905.

克雷蒂安（Chrétien de Troyes）走得更远（*Yvain*, 1492 ff.）：

自然可无法创造如此超凡脱俗的美。
也许，这样的美本就不是她的功劳？
182 ……当然，上帝可以徒手将其创造出来，
让自然惊异不已。

Oil, voir, bien le puis jurer,
Onques mes si desmesurer
An biaute ne se pot Nature,
Que trespasse i a mesure.
Ou ele espoir n'i ovra onques.
Comant poist ce estre donques?
Don fust si grant biaute venue?
Ja la fist Dex de sa main nue,
Por Nature Feire muser.

在宫闱诗歌中，对俊男美女的描写更是不可或缺的部分，至于原因我们就不在这里赘述了。[1]

---

1 美男子的绘画诗（ecphrasis）：*Stud. med.*, IX (1936), 38, No. 30.——克雷蒂安对绘画诗的称呼是“devise”（*Perceval*, 1805）。对人类之丑的描绘源于“斥责”（vituperatio）。在炫技演说中，古代修辞把“斥责”视为赞扬的反义词。这也影响了中世纪诗歌，这里我们无法进一步分析其原因。西多尼乌斯对颌部的描写（Epistles III, 13）堪称这一风格的典范。——In medieval Latin: Vitalis' *Amphitruo*, ll. 235 ff., Geta in *Alda*, ll. 171 ff., Davus in the *Ars versificatoria* of Matthew of Vendôme, I, § 53 (Faral in *Stud. med.*, IX [1936], 55). 另见本书第 69 页注释 17，即中译本第 79 页注释 1。【——伏尔泰把《老实人》（*Candide*）中的 Cunégonde 小姐，称为“自然的杰作”，巴尔扎克也如此称呼长着金色双眼的小女孩。不过，阿里奥斯托另辟蹊径，在描写 Zerbino 时写道：“自然塑造了她，而她后来又打碎了模子。”龙萨的《献给海伦的十四行诗》（*Sonnets pour Hélène*）也出现了类似的内容：自然和天空“打碎模板，这样就无事可做”（pour n'en faire plus ont rompu le modèle）。对于上述主题，前浪漫主义给出了新版本：“自然塑造了我，然后把模子打碎，这究竟是好是坏，恐怕要读完此书才有定论。”(J.-J. Rousseau, *Confessions*, liv. I.)】

第十章　理想风景

一、异域动植物；二、希腊诗歌；三、维吉尔；
四、描绘自然的修辞学需要；五、树丛；
六、乐土；七、史诗的风景

古代晚期、中世纪、文艺复兴时期【及17世纪】的生存理想、人生理想，在颂赞主题中得到呈现。修辞学为我们描绘了理想的人类。与此同时，几千年来，它也决定了诗歌中的理想风景的样子。 183

一、异域动植物

中世纪对自然的描写，并不意味着再现现实的一切。这一点通常针对罗马的美术而言，而非同时期的文学。大教堂上栩栩如生的动物，源于波斯萨珊帝国的纺织品。那么中世纪诗歌里，异域的动植物又来源于哪儿呢？要回答这个问题，必须首先将其分门别类。不过，这不是我们眼下的任务，姑且举几个例子。

圣加尔的艾克哈特四世（Ekkehart IV of St. Gall）留下了一系列有关食物和饮料（《食饮恩赐语大全》[*Benedictiones ad mensas*]）（以下简称"《大全》"）的诗化恩典词（versified graces）；迄今为止，这本书拥有"巨大的文学史价值"，因为世人相信，它囊括了"整份修道院食谱"。恩典词的顺序是按照上菜的先后排列的。这使我们可以了解先辈的饮食习惯："首先，他们用各种各样的面包，就着食盐果腹；然后是至少一盘的鱼肉、禽肉、猪、牛、羊肉或野味（酱汁、蔬菜或其他副食以外的一切食物）。接着，再喝点牛奶，吃点奶酪。这之后，是一份加了辛辣至极的香料及酱汁的蜂蜜、面包饼和鸡蛋的大杂拌。吃完这些，他们还会愉快地享用醋汁（l. 154: 'sumamus leti gustum mordentis aceti'），这很可能是为后续菜肴开开胃。因为接下来，他们还要吃至少一盘豆子，一盘本地水果，一盘南方水果，一盘新鲜的植物根。这期间，他们若口渴，会先饮用各类白酒，然后再喝啤酒，最后喝水。”[1]如今，人们已经发现，《大全》中的菜品大多是艾克哈特在伊西多尔的《辞源》（*Etymologiae*）中
184 找到的，因而《大全》堪称“诗化的词典”。艾克哈特的恩典词中，有一条是针对无花果的。编者艾格利（Egli）指出：“尽管无花果已经在德国受到栽培，但它却从来也不是人所共知或人见人爱的菜肴。不管怎样，圣加尔修道院从南方得到了这种水果。”

然而，当某个来自比利时列日（Liége）的诗人大呼，春天来了——橄榄树、葡萄树、棕榈树、雪松含苞待放，那我们该说什么？[2]在中世纪的欧洲北部，橄榄树是司空见惯的植物。它们不仅出现于12、13世纪的拉丁情诗，[3]而且数以百计地出现在古法语史诗中。它们从何而来？答案是通过古代晚期的修辞学校的练习。不过，在中世纪欧洲也能见到狮子。比萨的彼得（Peter of Pisa）有一封书信，其中就描写了正午时的气氛：疲倦的牧羊人躲到树荫下（*Poetae*, I, 53, 4）：

在那儿睡着几个人和棕黄色狮子。

Cingebatque sopor homines fulvosque leones.

这里，“毫无意义地提到狮子”（die ganz sinnlose Erwähnung des Löwen），让一位对自然满怀深情的历史学家摸不到头脑。[4]然而，对自然的情感（这个概念从未得到厘清）与上述情况并无关系。这纯粹是文学技巧的问题——罗马诗歌中出现狮子。“棕黄色狮子”（fulvi leones）取自奥维德（*Her.*, X, 85）。用韵文写作的阿尔昆希望，旅行者路上不要遭到狮子和老虎的袭击（*Poetae*, I, 265, 7）。某法国人抱怨，由于萨拉森人（Saracens）不断侵袭，圣徒的遗产只剩下一篇致鸟与狮的祈祷词。[5]英国的牧羊人也被告知，当心狮子。[6]只有少数情况下，这些动物才不具威胁；譬如，在新

1 Ernst Schulz in *Corona quernea*, 219 ff.

2 Sedulius Scottus, *Poetae*, III, 171, 45 ff.

3 *Walter of Châtillon 1925*, p. 30, st. 2. ——*Carmina Burana*, ed. Schumann, No. 79, st. 1. ——Marc Bloch (*La société féodale*, I [1939], 155) 认为，商人与朝圣者向游吟诗人描绘了“地中海橄榄树之美”(la beauté de l'olivier méditerranéen)。不过，在此之前，拉丁诗歌中的橄榄已经出现于民族诗歌。

4 W. Ganzenmüller, *Das Naturgefühl im Mittelalter* (1914), 78.

5 Adalbero of Laon, ed. Hückel, p. 142, 127.

6 Bede, *Vita Cuthberti metrice*, l. 135.

索尔兹伯里大教堂（于 1219 年动工）所在的地区，“黇鹿不怕狗熊，马鹿不怕狮子，猞猁不怕毒蛇……”[1]狮子在法国史诗中亦随处可见。其中有一只名叫“古代狮”（un lion d’antiquité），是法王得自罗马的礼物（*Aiol*, 1179）。多么名副其实！当然，齐格弗里德也杀死过狮子。巴奇（Bartsch）指出，“诗人对齐格弗里德的功绩欣喜不已，于是便讲出难以置信的故事”。此言差矣！其实，这是史诗模仿古代与《圣经》的一个例子。同艾克哈特的无花果一样，以上这些异域的植物、动物也都源自欧洲南部，不过其源头并非花园、小动物园，而是古代诗歌与修辞。从连续的文学传统看，中世纪拉丁诗歌中的风景描写就不难理解了。那么，其影响到底持续了多久？在莎士 185
比亚的雅顿森林中（见《皆大欢喜》[*As You Like It*]），仍然可以见到棕榈树、橄榄树和狮子。

二、希腊诗歌

在荷马的妙笔下，宇宙、地球、人类开始了前所未有的变化。世间一切都充满了神力。神祇“逍遥自在地生活着”。他们之间也会发生争执，斗智斗勇，或者抓住机会羞辱一番（就像赫淮斯托斯对待阿瑞斯与阿芙洛狄忒的奸情那样[2]）。不过，奥林匹斯山居民间的争吵对英雄倒是有好处：奥德修斯受困于波塞冬的愤怒，却得到雅典娜的保护。只是有一块黑暗的阴影——死亡的宿命，笼罩着这个快乐的世界。那里的人对冥府还一无所知——或者说，对之避而不谈；另外，也从不提恶魔及其复杂而可怕的苦工（“其间，众神纷纷出力，掺入能不断生成的恐惧，以惩罚那些杀兄弑母的人”）。[3]阿提卡悲剧坚信，悲剧性乃此在（Daseins, existence）的基本层面，

1　Henry of Avranches, ed. Russell and Heironimus, p. 114, 149.

2　【中译者注：宙斯将爱神阿芙洛狄忒许配给火神赫淮斯托斯以平众怒。但火神其貌不扬，腿脚不灵，难动妻子芳心。于是，阿芙洛狄忒背地里与战神阿瑞斯私会。某日，这两位偷情在床，被火神抓个现行。火神用自己打造的一张牢不可破的隐形网将他们罩住，拖至奥林匹斯山，当着其他众神面好顿羞辱。】

3　Alfred Weber, *Das Tragische und die Geschichte* (1943), 240.

但荷马不以为然。[1]他所表现的，是勇武的统治阶级的人生观。然而，理想英雄不该从悲剧角度去构想；作者可以允许英雄像赫克托耳一样心有恐惧，而战争就是魔鬼。但基督教—日耳曼的中世纪，并未沿用这一套路。

自然也分享了神性。荷马选择自然更平易近人的一面：枝繁叶茂的树丛，清泉环绕的林子，郁郁葱葱的草地。在那儿，住着仙女（*Iliad*, XX, 8; *Odyssey*, IV, 124 and XVII, 205）或者雅典娜（*Od.*, VI, 291）。库克洛普斯岛（the land of Cyclops）附近一座人迹罕至的山羊岛，就屹立在这片心旷神怡的景色中（*Od.*, IX, 132 ff.）：

宽阔的草地延展到灰暗的咸海岸边，
湿润而柔软，葡萄藤不萎谢永远常青。
土地平坦，各种庄稼旺盛生长，
按时收获，因为下面是一片沃土。
那里也有优良的港湾，停靠船舶，
无须抛锚羁绊，也无须缆索系定，
可以把船只驶进港湾随意停靠，
直到刮起顺风，水手们乐意离去。
一股清澈的泉水从山洞滚滚涌出，
直泻海湾，洞边长满茂盛的白杨。[2]

ἐν μὲν γὰρ λειμῶνες ἁλὸς πολιοῖο παρ’ ὄχθας
ὑδρηλοὶ μαλακοί: μάλα κ’ ἄφθιτοι ἄμπελοι εἶεν.
ἐν δ’ ἄροσις λείη: μάλα κεν βαθὺ λήιον αἰεί
εἰς ὥρας ἀμῷεν, ἐπεὶ μάλα πῖαρ ὑπ’ οὖδας.
ἱν δὲ λιμὴν ἐύορμος, ἵν’ οὐ χρεὼ πείσματός ἐστιν,
οὔτ’ εἰνὰς βαλέειν οὔτε πρυμνήσι’ ἀνάψαι,

---

1 *Od.*, I, 32 ff. 这里，对于“众神用苦难折磨人类”的指责，宙斯坚决反对。他已经派赫尔墨斯警告埃癸斯托斯（Aegisthus）。如果埃氏注意到神的警告，那一系列悲剧的恐惧（阿伽门农 [Agamemnon] 与克吕泰墨斯特拉 [Clytemnestra] 的遇刺，奥瑞斯忒斯 [Oretes] 的疯狂）就可以避免。《奥瑞斯忒亚三部曲》（*Oresteia*）本不该出现。

2 【中译者注：以下有关荷马史诗的段落，如无特别注明，均采用罗念生、王焕生的译文。】

ἀλλ’ ἐπικέλσαντας μεῖναι χρόνον εἰς ὅ κε ναυτέων
θυμὸς ἐποτρύνί καὶ ἐπιπνεύσωσιν ἀῖται.
αἰτὰρ ἐπὶ κρατὸς λιμένος ἰίει ἀγλαίν ὕδωρ,
κρήνη ἰπὸ σπείους: περὶ δ’ αἴγειροι πεφύασιν.

这里，土地肥沃成了理想风景的要素之一。而最精巧的人工景致，要数阿尔基诺奥斯（Alcinous）的大果园（*Od.*, VII, 112）。那里面有各式各样的水果：石榴、苹果、无花果、梨、橄榄、葡萄等。树上常年结果，因为那里四季常春，西风常在——费埃克斯人（Phaecians）的岛屿真可谓人间仙境。两汪清泉浇灌着果园。另一个心向往之的胜地是卡吕普索的洞穴（*Od.*, V, 63）。洞穴周围长着赤杨、白杨和柏
树。四条河流哺育着长有堇菜、野芹的草地。洞穴入口处蜿蜒着茂密的葡萄藤。在 186
伊塔卡有一个洞穴，是仙女的圣地（*Od.*, XIII, 102）：

港口崖顶有棵橄榄树枝叶繁茂，
港口附近有一处洞穴美好而幽暗，
那时称作涅伊阿德斯的神女们的圣地。
那里有调酒用的石缸和双耳石坛，
群群蜜蜂在那里建造精美的巢室。
那里有长长的石造机杼，神女们在那里
织绩海水般深紫的织物，惊人地美丽；
还有永远流淌的水泉。入口有两处，
一处入口朝北方，凡人们可以进出，
南向入口供神明出入，任何凡人
无法从那里入洞，神明们却畅通无阻。

αὐτὰρ ἐπὶ κρατὸς λιμένος τανύφ υλλος ἐλαίη,
ἀγχόθι δ’ αὐτῆς ἄντρον ἐπήρατον ἠεροειδές,
ἱρὸν νυμφάων αἱ νηι’άδες καλέονται.
ἐν δὲ κρητῆρές τε καὶ ἀμφιφορῆες ἔασιν

λάι’νοι: ἔνθα δ’ ἔπειτα τιθαιβ ώσσουσι μέλισσαι.
ἐν δ’ ἱστοὶ λίθεοι περιμήκεες, ἔνθα τε νύμφαι
φάρε’ ὑφαίνουσιν ἁλιπόρφυρα, θαῦμα ἰδέσθαι:
ἐν δ’ ὕδατ’ ἀενάοντα. δύω δέ τέ οἱ θύραι εἰσίν,
αἱ μὲν πρὸς Βορέαο καταιβαταὶ ἀνθρώποισιν,
αἱ δ’ αὖ πρὸς Νότου εἰσὶ θεώτεραι: οὐδέ τι κείνῃ
ἄνδρες ἐσέρχονται, ἀλλ’ ἀθανάτων ὁδός ἐστιν.

《奥德赛》也讲述了一些因受神祇保佑而远离疾病、不闻死亡之苦的地方。在叙里埃（Syria）岛上，葡萄遍地都是，那里没有饥馑，也没有疾病（XV, 403）。当人衰老后，

银弓之神阿波罗便和阿尔特弥斯
一起前来，用温柔的箭矢把他们射死。

ἐλθὼν ἀργυρότοξος Ἀπόλλων Ἀρτέμιδι ξὺν
οἷς ἀγανοῖς βελέεσσιν ἐποιχόμενος κατέπεφνεν.

梅涅劳斯得到神祇的许诺，永远不死，而是被送往“大地的边缘”的至福之地：那里四季常春，西风时时拂过（*Od.*, IV, 565）；而且与奥林匹斯山处于相同高度（*Od.*, VI, 42 ff.）。当众神坠入爱河，奇妙的自然也会参与进来。宙斯与赫拉藏在伊达山巅的金云当中（*Iliad*, XIV, 347 ff.）：

大地在他们身下长出繁茂的绿茵，
鲜嫩的百合、番红花和浓密柔软的风信子，
把神王宙斯和神后赫拉托离地面。

τοῖσι δ’ ὑπὸ χθὼν δῖα φύεν νεοθηλέα ποίην,
λωτόν θ’ ἑρσήεντα ἰδὲ κρόκον ἠδ’ ὑάκινθον
πυκνὸν καὶ μαλακόν, ὃς ἀπὸ χθονὸς ὑψόσ’ ἔεργε.

后世作家从荷马的风景中汲取了不少主题，而这些主题后来成为源远流长的传统中永恒的元素：四季常春、风光旖旎、有如死后圣景的胜地；绿树茵茵、流水潺潺、芳草萋萋的弹丸之地；奇树丛生的森林；花毯。在归于荷马名下的颂神诗中，我们发现这些主题极其复杂。得墨忒耳颂歌里，百花盛开的草地上就长有玫瑰、紫罗兰、鸢尾、番红花、风信子和水仙。摩斯库斯（Moschus）[1]在其短篇叙事诗《欧罗巴》(*Europa*)（约 150 年）中，仍然采用了“荷马的”花名。《伊里亚特》中的另一个桥段，是用树木来表示史诗的场景。在奥利斯（Aulis），祭坛位于一棵美丽的阔叶树[2]下（II, 307）。特洛伊城前的战场上长着一株橡树。萨尔佩冬（Sarpedon）就坐在它下面休息（V, 693）。橡树矗立于斯开埃（Scaean）城门旁（VI, 237），那还是阿波罗与雅典娜的相逢之处（VII, 22）。他们化作秃鹫蹲踞在树上（VII, 60）。赫克托耳站在它旁边（XI, 70）等等。《伊里亚特》中还有一棵野无花果树（VI, 432 and XI, 167）。后文我们还将看到这种技法是如何用来营造环境的。

正如在荷马的作品以及所有古代诗歌中，自然往往是有栖居者的自然。至于其中栖居的是神还是人，倒没什么差别。仙女的住所同样也是人类休憩的好去处。那么，这样的地方需具备什么条件？首先，是树荫，这对欧洲南部的人尤为重要。然
后是单棵树或树林；能解渴的泉水或小溪；能席地而坐的青葱的河岸。洞穴的作用 187
亦然。苏格拉底在雅典城门外遇到了斐德罗。他说道：“咱们找一块舒舒服服的地方吧。”斐德罗回答：“你看那高耸的悬铃木后面，树荫茂密，微风徐徐，树下还有草地可供休息；来兴致的时候，还能伸伸筋骨。”整个古代，经常能见到对悬铃木的赞美（Victor Hehn）。在悬铃木下，古人们写诗作文，谈天论地。[3]

到了希腊化时期，在树下、草上、泉边写诗（参见本书第 208 页注释 14，即中译本第 273 页注释 1），这本身成了诗歌的主题。但它需要满足一定的社会学结构——职业，也就是说作者因工作关系，不得不在外奔波，至少在远离城镇的乡村里生活。他必须有时间有机会写诗，必须拥有某种原始的乐器。在这些方面，牧羊人恰好有得天独厚的优势。他们的生活悠闲自得。其守护神是牧群的精灵，同时也

1 【中译者注：摩斯库斯，古希腊田园诗人，活跃于 150 年左右。】

2 【中译者注：这里所谓的阔叶树学名“platanus”，英文称为“plane”或“plane tree”，即下文的“悬铃木”。】

3 Documentation in A. Nowacki, *Philitae Coi fragmenta poetica*, Münster dissertation (1927), 81.

是七芦短笛的发明者——潘神。英俊的牧羊人（安喀塞斯、恩底弥翁、加尼米德[Ganymede]），注定会受到神祇垂爱。7 世纪，斯泰西克拉斯（Stesichorus）称颂了因凡人女子而嘲笑神祇之爱的西西里牧羊人达夫尼斯（Daphnis）。不过，狄奥克里托斯（Theocritus of Syracuse）（3 世纪上半叶），才是田园诗（pastoral poetry）真正的创始人。在所有古代诗歌体裁中，田园诗的影响力仅次于史诗。原因有以下几点。牧羊人的生活随处可见，且贯穿各个时期。它是人类生存的基本形式；通过《路加福音》里基督诞生的故事（Nativity），它也融入了基督教传统。有一点至关重要，即牧羊人的生活拥有与之相关联的景色——风景如画的西西里，后来的阿卡迪亚。[1]然而，它也有属于自己的人物类型——牧牛人（“牧民”的称呼由此而来）、牧山羊人、女牧羊人等，这些人都有自己的社会结构，并构成了微观社会。最后，牧羊人的世界与自然和爱情紧密相关。我们可以说，两千年来大部分欲爱主题都源于此。罗马的爱情哀歌出现不过数十年，还无法进一步发展或革新。但阿卡迪亚永远是常见常新。之所以如此，是因为田园诗主题并未与体裁和诗歌形式捆绑在一起。它以自己的方式进入希腊传奇（Longus），并由此进入文艺复兴时期。从传奇出发，田园诗可以回溯至牧歌（ecologue），或发展为戏剧（塔索的《阿敏塔》[Tasso’s *Aminta*]；瓜里尼的《忠心的牧羊人》[Guarini’s *Pastor Fido*]）。田园世界跟骑士世界一样宽广无垠。在中世纪的田园恋歌（pastourelle）里，两个世界相遇了。的确，在田园世界中，所有世界都“相映生辉”：

188 清泉迸涌，奔腾的山涧合流，
溪谷，山坡，牧场都已碧草油油。
地面起伏着有成百的小丘，
牧羊成群散布在那上头。

有角的牛分散着留心步骤，
向着那险峻的岩下徐徐行走。
但岩壁形成了许多的洞窟，
尽可以在风雨时隐蔽群牛。

---

1 Bruno Snell, “Arkadien. Die Entdeckung ener geistigen Landschaft” (in *Antike und Abendland, Beiträge zum Verständnis der Griechen und Römer, herausgegeben von B. Snell* [Hamburg, 1945], 26 ff.).

潘神保护着它们又有生命水精，
居住在葱茏的谷底，润泽而清新，
稠密的林木好像怀着憧憬，
把自己的枝叶向太空中飘伸。

是古老的林木！槲树屹立巍然，
任意地把枝柯交互密蟠；
枫树，柔婉而含孕着蜜液，
幽雅地高举，摇弄其冠。

在幽静的树荫里，恺悌慈祥，
迸出微温乳汁，供养童子与羔羊；
果实俯拾即是，平地人的热粮，
空窿树干滴着甜蜜的蜂糖。

康乐在这儿是世代遗传，
口腹和面庞都一样团圆，
每一个人都是长春不老，
在自己的本位上满足而康健。

优美的孩童在清净的日子，
便发育而养出了父亲的能力。
我们看着惊异，留下一个问题：
这到底是神乎，还是人的儿子？

所以亚坡罗是呈现牧人姿态，
牧人中之最美者便和他相类；
清净的境地中有自然支配，
则全盘的世界相映生辉。[1]

---

1 【中译者注：本段文字选自《浮士德》第二部第三幕。】

Die Quelle springt, vereinigt stürzen Bäche,
Und schon sind Schluchten, Hänge, Matten grün.
Auf hundert Hügeln unterbrochner Fläche
Siehst Wollenherden ausgebreitet ziehn.

Verteilt, vorsichtig abgemessen schreitet
Gehörntes Rind hinan zum jähen Rand;
Doch Obdach ist den sämtlichen bereitet,
Zu hundert Höhlen wölbt sich Felsenwand.

Pan schützt sie dort, und Lebensnymphen wohnen
In buschiger Klüfte feucht erfrischtem Raum,
Und sehnsuchtsvoll nach höheren Regionen,
Erhebt sich zweighaft Baum gedrängt an Baum.

Alt-Wälder sind's! Die Eiche starret mächtig,
Und eigensinnig zackt sich Ast an Ast;
Der Ahorn mild, von süßem Safte trächtig,
Steigt rein empor und freut sich seiner Last.

Und mütterlich im stillen Schattenkreise
Quillt laue Milch bereit für Kind und Lamm;
Obst ist nicht weit, der Ebnen reife Speise,
Und Honig trieft vom ausgehöhltem Stamm.

Hier ist das Wohlbehagen erblich,
Die Wange heitert wie der Mund,
Ein jeder ist an seinem Platz unsterblich:
Sie sind zufrieden und gesund.

Und so entwickelt sich am reinen Tage

Zu Vaterkraft das holde Kind.
Wir staunen drob; noch immer bleibt die Frage:
Ob's Götter, ob es Menschen sind.

So war Apoll den Hirten zugestaltet,
Daß ihm der schönsten einer glich;
Denn wo Natur im reinen Kreise waltet,
Ergreifen alle Welten sich.

歌德的《浮士德》堪称世界文学传承中的“万物复兴”(《使徒行传》3:21[1]),因 189
此也是田园诗的一次回溯。

狄奥克里图斯(Theocritus)用南方丰饶的夏天装点自己的诗歌:“在我们的头顶,杨树、榆树纷纷翩翩起舞;再看身旁,潺潺的圣水和着节奏,从仙女的洞穴中涌出。阴凉的树干上,火气十足的鸣蝉喋喋不休;远处的雏鸮在荆棘丛中大喊大叫。云雀和麻雀在唱歌,环颈斑鸠在低吟,黄蜂围着泉水忙个不停。万物都吐纳着盛夏的芬芳。”(VII, 135 ff.)在某史诗颂歌中,诗人领着宙斯的双生子狄俄斯库里(the Dioscuri)兄弟,来到树种丰富的深山老林。在悬崖峭壁之下,一汪清泉汩汩流出。水中的卵石像水晶和白银一样,熠熠发光;松树、白杨、悬铃木、柏树,还有那芳香的野花一同装点这美景(XXII, 36 ff.)。如果两个牧羊人之间要较量歌喉,不管哪个都会首选一处钟爱之地。牧羊人提尔西斯(Thyrsis)说道:“老兄,我
觉得远处水井旁那些窃窃私语的松树,其歌声多么美妙!”另一位牧羊人道:“让 190
我们坐到那边的榆树下,对着丰腴之神普里阿普斯(Priapus)和众仙女。那才是牧人的休息之处和橡树的家园。”(I, 1 ff.)该主题还有另一种变体:甲牧羊人不同意乙牧羊人心中的宝地。拉孔(Lacon)说道:“如果你坐到野生橄榄树下,坐到本地的树林里,你的歌声会更曼妙。清冽的溪水从那边儿流下,……这里有青青的芳草,有现成的树叶床,还有叽叽喳喳的蚂蚱。”科马塔斯(Comatas)回答说:“我可不去那!这里有橡树,有高莎草,有围着蜂房欢快劳作的蜜蜂,还有两口清冽的水

1 【中译者注:武加大译本为“restitutiónis ómnium”,钦定版为“restitution of all things”,新修订标准版为“universal restoration”。】

井。树上有鸟儿啁啾，树荫也比你选的地方浓密，更有开裂的松果从树上掉下。[1]”(V, 31 ff.)

正如上文中最后两个例子所示，歌手与诗人之间田园诗竞赛的主题，自然而然地分化开来，以描绘赏心悦目的美景（这些描写远比荷马史诗中类似段落细致入微，但仍夹杂作者的个人观察）。

三、维吉尔

田园诗能成为西方传统中经久不衰的部分，完全是因为维吉尔从提奥克里图斯那里接过这种体裁，并将其转化。早已成为罗马行省的西西里不再是梦幻之地。因而，在绝大多数牧歌中，[2]维吉尔将其替换为悠远而富有诗意的阿卡迪亚，尽管他从未去过那里。提氏有时会把自己和朋友说成是牧羊人（田园短诗第七首）；维吉尔不仅把自己的生活引入其田园世界，而且还带来了屋大维和恺撒的星星——换言之，他把罗马史放了进来；此外，还有救世主和新纪元等宗教观念。[3]因而，在早期作品中，维吉尔已经为自己后来的巨著打下了基调。只知《埃涅阿斯纪》，并不算了解维吉尔。要说对后世的影响，他的牧歌丝毫不逊于他的史诗。自罗马帝国的1世纪到歌德时代，所有拉丁文学研究都要从维氏第一首牧歌入手。毫不夸张地说，不了解这首短诗的人，就没有打开欧洲文学传统的钥匙。

这首短诗开头是这样的：

提屠鲁啊，你在榉树的亭盖下高卧，
用那纤纤芦管试奏着山野的清歌；
而我就要离开故乡和可爱的田园。
我逃亡他国；你则在树荫下悠闲，

1 即享用松果。

2 维吉尔的“田园诗”（*Bucolica*）一共包括十首“牧歌”（eclogues）。“牧歌”原意为“有选择的写作”（selected composition），后来成为指代田园诗的通用术语。——Fontenelle, *Poésies pastorals, avec un Traité sur la nature de l'Églogue et une Digression sur les Anciens et les Modernes* (1688).

3 Friedrich Klingner, *Römische Geisteswelt* (1943), 154 ff.

让山林回响你对美貌阿玛瑞梨的称赞。[1]

Tityre, tu patulae recubans sub tegmine fagi
Silvestrem tenui musam meditaris avena;
Nos patriae fines et dulcia linquimus arva:
Nos patriam fugimus; tu, Tityre, lentus in umbra
Formosam resonare doces Amaryllida silvas.

这里，开篇第一句就引入了“安适的田园生活主题”，后来由此衍化出不计其数的变体；而后来者要做的，就是把这里的榉树换成杨树、榆树、柳树，或者光写“某种树”（arbore sub quadam[2]…）。下面，我再给出两个维吉尔自己写的变体（*Buc.*, III, 55 ff. and V, 1 ff.）： 191

你们唱吧，我们都坐在柔软的草上，
现在整个田野，所有树木都在成长结实，
现在林叶成荫，真是良辰吉日。
“莫勃苏啊，我们两个高手今天既然见面，
你会吹轻快的芦笛，我长于高诵诗篇，
我们何不就在榛莽和榆树中间小坐一番？”
“你是老前辈，我一切遵命，梅那伽，
或去到树荫，在那风摇不定的阴影下，
或到岩穴间去；看那山间的藤蔓
已经在岩穴上纷披着果实斑斓。”

Dicite, quandoquidem in molli consedimus herba.
Et nunc omnis ager, nunc omnis parturit arbos;

1 【中译者注：以下维吉尔的牧歌均采用杨宪益的译文。】

2 与之相关的例子有：*Florileguim Gottingense*, No. 108 (RF, III, 292). ——*SB München* (1873), 709.—— “Arbore sub quadam protoplastus corruit Adam”: *NA*, II, 402. ——*Degering-Festschrift*, p. 313, No. 44. —— “Arbore sub quadam stetit antiquissimus Adam”: Baudri of Bourgueil, No. 196, 115.

Nunc frondent silvae; nunc formosissimus annus.
"Cur non, Mopse, boni quoniam convenimus ambo,
Tu calamos inflare levis, ego dicere versus,
Hic corylis mixtas inter consedimus ulmos?"
"Tu maior; tibi me est aequum parere, Menalca,
Sive sub incertas Zephyris motantibus umbras,
Sive antro potius succedimus. Aspice, ut antrum
Silvestris raris sparsit labrusca racemis."

这里，维吉尔与提奥克里图斯之间的紧密联系显而易见。不过，维吉尔并不想在视觉、听觉及味觉的丰富程度方面，与自己的典范一决高下。奥古斯都时期的古
192 典主义，容不下希腊化时期的五彩斑斓。直至古代晚期，色彩才重新成为需求的对象，接着追求的就是万紫千红的色彩（die Buntheit des Kaleidoskops）。

《牧歌》中的自然景色着实需要进一步分析，但这并不是我们的任务。我们应该从《埃涅阿斯纪》中提取两幅理想风景。埃涅阿斯和伙伴走进一片“深不可测的”“老林”，砍倒一批松树、栎树、梣树和榆树，作为米塞努斯（Misenus）的火葬台（VI, 179 ff.）。对埃涅阿斯而言，制作火葬台是虔诚的职责，同时也是他进入地府的条件之一。位于林荫谷某茂密的树丛中，有一片圣林，林中的树上长着金枝。那另一个条件就是，埃涅阿斯必须折断金枝。砍树活动正提醒了他，而他也想方设法找到了金枝。如此看来，维吉尔的树林弥漫着神威（numen）；那是通往另一世界的道路，正如但丁的作品所示；维吉尔的野树林也在山谷中（*Inf.*, I, 14）。众所周知，维吉尔的金枝为弗雷泽（Sir James George Frazer, 1854—1941）提供了破解原始时代魔法的钥匙。[1]

在通向另一世界的旅程中，埃涅阿斯来到了至福之境（*Aen.*, VI, 638 ff.）：

他终于来到了乐土，这是一片绿色的福林，
一片欢乐之乡，有福人的家。

1 *The Golden Bough.*

天宇无比广阔，一片紫光披盖着田野，
他们有自己的独特的太阳，自己的独特的星辰。

Devenere locos laetos et amoena virecta
Fortunatorum nemorum sedesque beatas.
Largior his campos aether et lumine vestit
Purpureo, solemque suum, sua sidera norunt.

在此段第一行，作者使用了“美好”（amoenus）一词。这是维吉尔修饰“美丽”自然时常用的字眼（如 *Aeneid*, V, 734 and VII, 30）。注疏者塞尔维乌斯（Servius）将其与“爱”联系起来（就像“爱”与“可爱”之间的那种关系）。“乐土”只是提供快乐的地方，不另作他用（“loca solius voluptatis plena…unde nullus fructus exsolvitur”）。作为“术语”（terminus technicus），“乐土”（locus amoenus）出现在伊西多尔的百科全书的第十四卷。该卷将地理学分门别类：地球、天体、亚洲、欧洲、利比亚（当时唯一所知的非洲部分；埃及给划到了亚洲）。然后是岛屿、海角、山川以及其他“地名”（locorum vocabula），如峡谷、树丛、沙漠。再次，是塞尔维乌斯所阐释的“乐土”。在伊西多尔看来，“乐土”是个地形学概念。然而，早在贺拉斯时代（*Ars poetica*, 17），它就已经是修辞学示现手法（Ekphrasis, ecphrasis）的一个术语，维吉尔的注疏者也这样认为。但这不足以概括维吉尔对理想风景描摹的贡献。古代世界承认，近代批评基于比较充分的理由，从经典中剥离的次要作品，乃维吉 193
尔所作。在一部关于库蚊之死的仿作史诗（《库蚊》[*Culex*]）中，写到了一片长着九种树木的混合林，一块开着十八种鲜花的草地（在《牧歌》第二首中，维吉尔限制到八种）。

如果现在我们再回头看看荷马、提奥克里图斯和维吉尔，然后自问：古代晚期与中世纪从这些诗人那里，得到了哪几种理想风景？那么，我们只能这样回答：混合林与（开着随意而安的鲜花的）乐土。这一传统曾两次受到概念图示化（begrifflich schematisiert, conceptual schematization）影响：一次见于古代晚期的修辞学，一次见于12世纪的辩证法。这两个过程殊途同归——趋向技术化与理智化。由此，发展了一系列清晰可辨的自然主题。

这种发展完全可以做细致的分析，但我们只能择其主要内容。

四、描绘自然的修辞学需要

海因策（Richard Heinze）在其《维吉尔的史诗技法》（*Virgils epische Technik*, 1903）中提出，[1]《埃涅阿斯纪》并未受到任何修辞学影响。相反，诺登（Eduard Norden）在其《埃涅阿斯纪》第六卷注疏（亦于1903年问世）中，针对第六卷第638行（“他终于来到了乐土……”）指出，维吉尔“描绘至福之境的树丛时，动用了所有典雅的词汇（λέξις），而在艺术散文中，正是这些词汇，往往被用来描绘树林（ἄλση）和天堂（παράδεισοι）”。从风格角度看，第六卷这段文字是基于修辞散文（rhetorical prose）的诗意描写。如此一来，对于所有紧随其后的内容，我们都有必要找出，修辞的哪个系统化分支成为描绘风景的金科玉律。在此过程中，我们首先遇到了法律演说。自亚里士多德时代起，人们就根据证据原则，来区分“非人为”证据（比如演说者随时可用且不得不用的材料[2]）与“人为”证据。其中，“人为”证据由演说者提供，为此演说者必须“找到”它们。“人为”证据需要演说者的反思，或者用亚里士多德的话说，需要“演绎推理”（syllogisms）（推理训练）。修辞学上的演绎推理就叫作“enthymema”，拉丁语称之为“argumentum”（论证）（Quintilian, V, 10, 1）。为了找出这些证据，修辞学给出了通用门类或“定位”（Fundörter, localities）。而定位（loci inventionis）可分为人的定位和物的定位。人的定位（argumenta a persona）包括出身、地区、性别、年龄、教育经历等。物的主题（“argumenta a re”，又叫“attributa”）主要回答如下问题：为何？何处？何时？如何？等等。接着，物的主题又可以继续细分。我们感兴趣的是，地点问题引发了“地点论证”（argumentum a loco），而时间问题引发了“时间论证”（argumentum a
194 tempore）。对于地点论证（V, 10, 37），演说者需要从问题发生处找到证据。那里是山区，还是平原？是海边，还是内陆？是否已精耕细作？是否经常有人前往？是否荒凉？等等。与此情况相同的，还有“时间论证”。事情何时发生？为何发生？在哪

1 【*Virgils epische Technik* (1903).】

2 法律、证人、合同、供词、誓言等。

个时辰发生的？等等。在古代晚期，法律和政治演说几乎为炫技演说所取代，但两者的体系经传统保留了下来，由此自然而然地形成几种演说体裁合而为一的模糊的混合体。于是，我们在中世纪的诗歌艺术中，经常见到地点论证与时间论证。不过，风景的描绘仍可能起源于炫技演说的谋篇规则。这一体裁的主要用途是歌颂。所有可以称颂的对象中，地点可算一类。演说家可称颂某地风景如画，土地肥沃，或有益身心（Quintilian, III, 7, 27）。新智术师派（New Sophistic）专门改进了这种描绘方式（ἔκφρασις, descriptio），并将其用于风景。[1]

总而言之，描绘自然既可能源自法律演说的主题，也可能源自炫技演说的主题，特别是地点和时间主题。在中世纪理论[2]中，原本是法律证据主题术语的“地点论证”与“时间论证”，都转化为描绘自然的法则（当然，这是历史上斯堪的纳维亚西部把古代遗产重塑的伟大过程中妙不可言的时期）。不过，古代修辞也在其他地方探讨了自然的描绘。这第三次研究出现于修辞对人物描绘的讨论（该分支后归于措辞部分 [elocution, λέξις]）。对此，我们暂且不表。不过，我们首先仍须考察维吉尔以后诗歌中的理想风景。

五、树丛

在维吉尔的笔下，“理想的”或理想化的“混合林”仍然具有诗情画意，并且与史诗场景的更迭合而为一。不过，在奥维德的书中，诗歌已经受修辞的支配。奥维
德及其后来者的作品里，描写自然成了华美炫丽的插曲，诗人欲借此一争高下。与 195

1 为此，还禁止了一种特殊的风格体裁——“花哨的风格”（ἀνθηρὸν πλάσμα）（Proclus, *Chrestomathia* in R. Westphal, *Scriptores metrici graeci*, I, 229）。详细内容参见 Erwin Rohde, *Der griechische Roman*, p. 335 and p. 512, and in Norden, 285。事物中可以称颂并因此被“描绘”的还有四季。Hermogenes（我们就举这一位）研究了“描绘的笔法”（ἔκφρασις χρόνων）（ed. Rabe, 22, 14）。这种模式亦见于古代晚期诗歌中，如 Nonnus (*Dionysiaca*, XI, 486)，Corippus (*In laudem Justini*, I, 320) 或 *Anthologia latina* (Buecheler-Riese, No. 116, Nos. 567-578, No. 864)。不过，人们常常把春季单独挑出来，例如 Meleager (*A. P.*, IX, 363), Ovid (*Fasti*, I, 151, and III, 325) 以及后来的 Pentadius (*Anthol. Latina*, No. 235)，希腊散文中则有智术师 Procopius of Gaza（约 500 年）等人。通常，对春的描绘不过寥寥数行，在长诗中尤其因此而离题（Ennodius, ed. Hartel, p. 512, 13; Theodulf in *Poetae*, I, 484, 51; *Carm. cant.*, No. 10, st. 3）。

2 如 Matthew of Vendôme (Faral, p. 146, § 106 ff.)。

此同时，这些描写也简化为种种类型，并被图式化。奥维德表达“理想混合林”的主题时，采用了一种典雅的变换手法：树丛并非一开始就出现，而是在我们眼前逐渐展开。首先，我们看到一整座没有树荫的山。俄耳甫斯登场，开始演奏里拉琴。这时，各种树木一下子冒出来（不下 26 种！），形成一片树荫（*Met.*, X, 90-106）。小塞内加顺带描写了一片拥有 8 种树木的丛林（*Oedipus*, 532）。斯塔提乌斯（*Thebais*, VI, 98）与克劳狄安（*De raptu Proserpinae*, II, 107）的树丛和森林就更多了。斯塔提乌斯提到了 13 种树木，克劳狄安也提了 9 种。最后，我们必须说说晚期希腊诗歌里，诺努斯（Nonnus）作品（*Dionysiaca*, III, 140）中厄玛提翁的花园（Garden of Emathion）。显而易见，我们研究的是一个标准主题。艾克哈特的恩典词与修道院的膳食并无太大关系，而这些华美的片段与观察到的自然也是如此。一片森林到底有没有那么多种类的树，这个诗人倒不关心，而且也无须关心——尽管斯卡利杰在其《苛评家》（*Hypercriticus*）[1]中反对这样的做法。这种晚期修辞诗的目标是多多益善地装饰，复杂精巧地陈辞。到了 12 世纪，埃克塞特的约瑟（Joseph of Exeter）（*De bello Troiano*, I, 507）在类似的这种森林中，又增加了十种树木。他的同胞乔叟、斯宾塞（*The Parlement of Foules*, 176 and *The Faerie Queene*, I, 1, 8）和济慈（*The Fall of Hyperion*, I, 19 ff.），均以他为榜样。“混合林”也可视为自然“门类”的分支之一，是荷马与赫西俄德以降基本的诗歌形式之一。

六、乐土

我们现在来说说“乐土”（locus amoenus）。过去，“乐土”并未独立存在于修辞学与诗学中。然而，从罗马帝国时期到 16 世纪，它却构成了整个自然描写的主要主题。如我们所见，乐土是一块风光旖旎、树荫茂密的自然胜地。要成为乐土，至少得有一棵树（或几棵树），一块草地，一汪泉水或一条小溪。此外，还可以来几声鸟鸣，几朵鲜花。最精巧的例子中还有微风。在提奥克里图斯与维吉尔的书中，这些景色仅仅是随之而来的田园诗的背景。不过，它们很快就脱离了更大的语境，成为华美的修辞描写的对象。但贺拉斯反对这种趋势（*A. P.*, 17）。据我所知，拉丁诗歌

1 I.e., Book VI of the *Poetices libri septem* (1561).

中，最早的这种描写见于佩特罗尼乌斯《萨梯里卡》的第 131 节：

高贵的悬铃木洒下了清新的树荫，
修剪齐整的松树，尖顶摇曳不停，
柏树丛中的月桂为自己带上桂冠。
附近蜿蜒的小溪，潺潺地流淌着，
它一边轻声细语，一边摆弄着卵石。 196
真是谈情说爱的宝地！夜莺与飞燕
齐赞它的美妙；它们掠过草地，欢迎
明日，用愉快的歌声送走今日的分秒。

Mobilis aestivas platanus diffuderat umbras
Et bacis redimita Daphne tremulaeque cupressus
Et circum tonsae trepidanti vertice pinus.
Has inter ludebat aquis errantibus amnis
Spumeus, et querulo vexabat rore lapillos.
Dignus amore locus: testis silvestris aëdon
Atque urbana Procne, quae circum gramina fusae
Et molles violas cantu sua rura colebant.

在晚期拉丁诗歌中，最美丽的乐土见于君士坦丁时期的提伯里阿努斯（Tiberianus）的一首诗：

小河穿过田野，从空灵的峡谷倾泻而下，
耀眼的卵石在水中微笑，四周满是葱茏的树木。
小河上方，深色的月桂和着微风的口哨，
迎着微风的轻抚，在桃金娘丛中翩然起舞。
树下是柔软的草地，开着数不尽的鲜花；
藏红花下的绿地，点缀着朵朵百合，

整片树林香气四溢，还弥漫着紫罗兰的气息。
在这些春天的恩赐中，在它珠光宝气的桂冠上，
闪耀着众香气的女王，色彩缤纷的明星，
美丽的狄俄涅的金火焰，力压群芳的——玫瑰。
露水滴滴的大树挺拔生长，一如脚下茂密的从草：
这里跟那里一样，泉水从泉眼中涓涓流出。
洞穴里挂满了青苔与常春藤，那里
有静静流淌的小溪，闪烁着晶莹剔透的光泽。
在这片树荫中，每只小鸟的叫声都悦耳无比，
它们时而高歌春潮，时而低声吟唱。
这里，潺潺的水声与树叶的摩挲声相得益彰，
好似西风神用空灵的音乐将它们谱成旋律。
莺歌燕语，花香四溢，清风徐徐，浓荫片片，
穿过这样的丛林，是何等心旷神怡。

Amnis ibat inter herbas valle fusus frigida,
Luce ridens calculorum, flore pictus herbido.
Caerulas superne laurus et virecta myrtea
Leniter motabat aura blandiente sibilo.
Subtus autem molle gramen flore pulcro creverat;
Et croco solum rubebat et lucebat liliis.
Tum nemus fraglabat omne violarum spiritu.
Inter ista dona veris gemmeasque gratias
Omnium regina odorum vel colorum lucifer
Auriflora praeminebat flamma Diones, rosa.
Roscidum nemus rigebat inter uda gramina:
Fonte crebro murmurabant hinc et inde rivuli,
Quae fluenta labibunda guttis ibant lucidis.
Antra muscus et virentes intus hederae vinxerant.

Has per umbras omnis ales plus canora quam putes
Cantibus vernis strepebat et susurris dulcibus:
His loquentis murmur amnis concinebat frondibus,
Quis melos vocalis aurae musa zephyri moverat.
Sic euntem per virecta pulchra odora et musica
Ales amnis aura lucus flos et umbra iuverat.[1]

在这首充分调动各感官的优美诗篇中，提伯里阿努斯运用古代晚期的生动色 197
彩，描绘了一块乐土。对此，如今有人肯定会联想到“印象主义”这个词（不过用到这里并不合适）。该诗具有严谨的结构。诗人指出了“风景的六种魅力”。而这些也是利巴尼乌斯（Libanius, 314—约 393 年）所采用的：“愉快的诱因有小溪、植被、花园、轻风、花朵和鸟鸣”（ed. Förster, I, 517, § 200）。如此，上述主题以及罗列的内容就变得唾手可得。其中最后一句总结句便是明证。最后一点，该诗有二十行，而二十是个“整十数”（round number）。这就反映了“数字创作”（numerical composition）的原则（见本书学术附录十五）。于是，纷至沓来的感官感受，便按照概念手段与形式手段排列。墙树（espaliers）上最好的果实成熟了。

在中世纪，词典编纂者与作家谈论风格时，把“乐土”视为诗歌的必要条件之一。[2] 1070 年以后走向繁荣的拉丁诗歌中，可以见到许许多多这样的乐园。[3]我们从 1170 年后陆续出现的诗歌艺术里，也可以找到类似范例。在此，我们举一个旺多姆
的马修的例子（Faral, p. 148）。这是修辞学的夸张手法（ampplificatio），作家用最枯 198
燥的概念术语，通过大量的辩证说明来产生新鲜感。马修的描述有 22 行，其中每个观念有许多异曲同工的说法。他采用的方法是学院式的语法排序练习。于是，我们

1 引文摘自 Buecheler-Riese, Anthol. Latina, I, 2, No. 809。——第十行残缺。我已根据 H. W. Garrod 的《牛津拉丁诗选》（*The Oxford Book of Latin Verse* [1912], p. 372）修改了“forma dionis”。

2 Papias 的词典写道：“乐土，新奇快活之地，谈情说爱的好去处。”（amoena loca dicta: quod amorem praestant, iocunda, viridia.）——Ekkehart IV 表示：“乐土者，欢乐洋溢之处也。”（delitiis plenus locus appelletur amenus.）（*Poetae*, V, 533, 10）

3 Wido of Ivrea, ed. Dümmler, p. 95, 43 ff. ——Baudri of Bourgueil 描绘了（Abrahams, p. 191）一座花园，其中就大量运用了维吉尔的手法（*Bucolics*, II, 45; *Georgics*, IV, 30; *Culex*, 390; *Copa*, 10）。他的花园里有 15 种鲜花，数种树木（包括月桂和橄榄）。这些我已经在其他地方进行了探讨，见 *RF*, LVI (1942), 219-256。Walter Mapp 的作品（*Poems*, pp. 237 ff.）也不可忽视。

首先看到："鸟儿欢叫，溪水潺潺，微风暖洋洋地吹着"；接着，"鸟儿用啁啾声，溪水用潺潺声，微风用温暖，纷纷表达自己的喜悦"等等。再加上果实，"风景的魅力"种类增至七种。它们最先诉诸五种感官，然后是四种元素。辩证法的逻辑术语以自己的方式进入作家的词典。

12 世纪后期的哲理史诗（philosophical epic），将"乐土"融入自己的结构，并将其扩展为人间天堂的多种形式。在《反克劳狄安》里，里尔的阿兰描绘了自然女神的寓所——一座为凝结了自然之美的树林所环绕的高耸的城堡（*SP.*, II, 275）。那是"仙境中的仙境"（locus ille locorum），故堪称乐土的理想写照。汉维尔的约翰带我们去了梦幻之岛——图勒岛（Thule），那上面的古代哲学家齐聚永恒的春景中（*SP*, I, 326）。这里的乐园已经有点前所未有的奢华——一块圆形的光滑平地（planities patulum lunatur in orbem）。这其实源于普林尼对某别墅的描写（*Ep.*, V, 6, 7）；杰弗里（Geoffrey of Vinsauf）将其采纳吸收（Faral, 274, 5），同时增加了柱廊。[1]12 世纪鼎盛时期后期的一位诗人兼修辞学家里加（Peter Riga）（卒于 1209 年），把"乐土"定为《凡间饰物论》（*De ornatu mundi*，已刊于希尔德贝特的作品，见 *PL*, CLXXI, 1235 ff.）全诗的主题。这里，辩证的分析与对称（针对不同感官而产生的快感之源）再次鲜明出现。乐土的"悦目之物"（deliciae）数量大大增加——香料、香膏、蜂蜜、葡萄酒、雪松、蜜蜂都计入其中。神话的装饰也出现了。愉快的树丛是世间的玫瑰。只不过正渐渐凋谢：把你们变成天堂的玫瑰。

相信通过之前的论述，我已经从历史角度指出，"乐土"是风景描写中明确界定的主题。在主题史与风格史上，有一些问题与之相关。提奥克里图斯在诗中赞美狄俄斯库里兄弟（the Dioscuri）（XXII, 36 ff.）时，出乎意料地把乐土置于"野树林"里。大自然的确打造了一块对比如此强烈的地方，那就是位于希腊著名地区的坦佩谷（the Vale of Tempe）。

> 坦佩谷正是古人脑海中风景如画的理想之地，它十分巧妙地把河谷之美，

---

1 第 11 行中的"serta"（Faral）应该读作"septa"（from Martial, II, 14, 5）。柱廊也加进入了 *CB*, 59, st. 2 中："在这片花团锦簇、鲜艳欲滴的山谷，有一块紫色的土地位于七种百合丛中。"（In hac valle florida/ Floreus flagratus,/ Inter septa lilia,/ Locus purpuratus.）这里还应注意 Gervase of Melkley 的"乐土"（*Studi medievali* [1936], 34）。

与深山峡谷之狂野、之壮丽结合起来。在这块步行需一个半钟头的地方，珀纽斯河穿过由陡峭的奥萨坡与奥林匹斯坡组成的峡谷（那峡谷几乎直插河床）。两 199
边的悬崖构成了几近垂直的裂缝墙，上面倒是长满赏心悦目的植被。奥林匹斯坡全程都是突兀的直角，但在坡的右侧，通常有一块狭小的沃土，它渐行渐宽，直至成为小型平原；每到春天那里便长着茂密的草丛，月桂、悬铃木和橡树撒下浓浓的树荫，到处一派欣欣向荣的景象。小河平稳而安静地流淌着，随处冲起一座座小岛；它时而开阔，时而不得不被峭壁挤进狭长的河床，走到遮天蔽日的悬铃木树下。[1]

通过狄奥庞普斯（Theopompus）、大普林尼[2]（*H. N.*, IV, 8 and XV, 31）、阿埃里安（Aelian）（*Var. hist.*, III, 1），我们得以看到古代人的描绘。长久以来，坦佩谷（陡坡之间的一块树木丛生、清凉无比的山谷[3]）一直是“乐土”的代名词[4]。在其乡村生活颂歌中，维吉尔说道（*Georg.*, II, 467），乡下人缺少城市的奢华，但：

恬静让生活总是充满希望，
让财富成倍增长，让旷野、洞穴、
生机勃勃的湖泊变得悠然惬意，
让溪谷凉爽舒适，让牛儿不时低鸣，让人可以在树下美美地小憩，
凡此种种，乡下人可从来不缺……

At secura quies et nescia fallere vita,

1　L. Friedländer, *Darstellungen aus der Sittengeschichte Roms*, I 9, 469.

2　普林尼的描绘中提到了隐没于峡谷的高山。接着，他写道：“佩纽斯河中，绿卵石泛着绿光，河畔满是青草，鸟儿在欢歌，一派祥和的景象。”（intus sua luce viridante allabitur Peneus, viridis calculo, amoenus circa ripas gramine, canorus avium concentu.）这一描写已经带有诗歌的味道。提伯利阿努斯的“带着卵石闪烁的微笑”（luce ridens calculorum）呼应了普林尼的“绿卵石”（viridis calculo）。

3　中世纪拉丁诗歌就延续了这一传统。Fulco of Beauvais（卒于 1083 年后），prologue to *vitas. Blandini* 15: “Dum fonts, saltus, dum Thessala Tempe reviso.”（当我重访那些喷泉、山涧、色萨利的坦佩谷。）

4　Cf. the examples in Pape’s *Wörterbuch der griechischen Eigennamen*. Also: F. Jacoby, *Fr. Gr. H.*, 115, F 78-80. Burgess, 202, n. 1.

Dives opum variarum, at latis otia fundis,

Speluncae vivique lacus, at frigida Tempe

Mugitusque boum mollesque sub arbore somni

Non absunt...

塞尔维乌斯认为，在这段文字中，坦佩谷正是色萨利地区的乐土，只不过作者犯了描写任何乐土时都会出现的用词不当的毛病（abusive cuiusvis loci amoenitas）。不过，我们必须假定，独一无二的坦佩谷主题（我们在提奥克里图斯的作品中见过该主题［野树林中的乐土］）也进入了修辞传统。西昂（Theon）在其《修辞写作初级练习》（*Preliminary Exercises*）里曾提到狄奥庞普斯的描写。我们在传奇诗歌（Romance poetry）中还将见到这个主题。

如前所见，“乐土”已然田园诗风景里的一部分，同时也是艳情诗的一大要素。因此，它也成为所谓的“游吟诗人”（Vagantes）的素材。[1]《布兰诗歌》里就可以找到其踪影。[2]

维吉尔对至福之地的描写，被基督教诗人用来描绘天堂。[3]“乐土”同样也可进

1 有关“游吟诗人”（Vagant）、“游吟诗歌”（Vagantendichtung）的概念，参见 Otto Schumann, commentary on *CB*, I, 82 * ff。

2 Schumann No. 77, st. 3, 1: “in virgulto florido stabam et ameno.”（在一座我曾漫游过的庄园里。）——No. 79, st. 1: 诗人在橄榄树下休憩。St. 2: “Erat arbor hec in prato/ Quovis flore picturato,/ Herba, fonte, situ grato,/ Sed et umbra, flatu dato,”（在这块繁花锦簇的草地，长着一棵大树；在一块风光旖旎的地方，青草依依，溪水潺潺，但也有微风徐徐的树荫）等等。——No. 92, st. 7 and 8. ——No. 137, st. 1. ——No. 58. ——No. 145, etc.

3 Sedulius, I, 53. ——Prudentius, *Cath.*, III, 101, and *Genesis*, II, 8 ff. ——Dracontius, *De laudibus Dei*, I, 180 to 250; I, 348; III,752. ——*Poetae*, I, 573, No. LXXIV. ——Gibuin of Langres (*SB Berlin* [1891], 99). ——Peter Riga (*PL*, CLXXI, 1309 D). ——*Commendatio mortuorum* in the Roman Ritual: “Constituat te Christus inter paradisi sui semper amoena virentia.”（基督也流连于他天国中绿草常茵的乐土）。——Boniface 称天堂为“乐土”（amoenitatis locus）（*RF*, II [1886], 276）。——当天堂要在舞台上再现时，就会有像盎格鲁—法兰克的亚当剧（Anglo-French play of Adam）开场的舞台提示：“（天堂里）长着各式各样的树木和果树，上面结满了果实，那里便是我们所谓的乐土。”在维吉尔的至福之地中没有果树。而在基督教天堂，由于有禁果，果树是不可或缺的。

入对花园的诗情画意的描绘。[1]

七、史诗风景

我们已经指出，修辞学家在研究辞格时，会考察对自然的描绘方式。演说家、诗人、历史学家可能会觉得，要陈述某一事件，必须描写当时的场景，换言之，给事件“定”个发生的地点（不管这地点是真实存在，还是凭空臆想）。希腊人把这叫作“τοποθεσία”（定位），或“τοπογραφία”（述位）。拉丁语称之为“positus locorum”（Statius, *Silvae*, V, 3, 236），或“situs terrarum”（Horace, *Epi*., II, 1, 251）[2]——霍亨施陶芬王朝的诗人仍采用这个意思。[3]中世纪史诗总是希望，向读者传达地形学或地理学信息。《英雄瓦尔塔利乌斯传》的作者开篇就开诚布公地写道：

兄弟们，世界的第三部分叫作欧罗巴。

Tertia pars orbis, fratres, Europa vocatur.

不过，沙蒂永的瓦尔特想方设法采用与伊西多尔的地志学相同（*Et*., XIV, 3, 1） 201
的模式（*Alexandreis*, I, 396 ff.）。尽管史诗作者采用世界“三分法”时并没有错，但

---

1 奥维德笔下的植物园（*Fasti*, V, 208）。——克劳狄安作品中四季常春的爱情花园（*Epithalamium de nuptiis honorii*, 49）。——*Poetae*, III, 159, No. XI, st. 4. ——既然天堂是花园，那么花园转而也可称作天堂（*Poetae*, V, 275, 411）。——因此，罗马天主大教堂前厅的中庭亦可称之为天堂（E. Schlee, *Die Ikonographie der Paradiesesflüsse* [1937], 138）。——O. Schissel, “Der byzantinische Garten und seine Darstellung im gleichzeitigen Roman,” *SB Wien*, CCXXI [1942], No. 2.

2 *topothesia*: Cicero to Atticus, I, 13 and I, 16. ——*topographia*: Halm, 73, 1. ——Lucan, X, 177: “Phariae primordia gentis Terrarumque situs volgique edissere mores.”（向我解释一下埃及民族的起源，这块土地的特征，老百姓的风俗习惯。）这里，地形学的范围已扩大，涵盖了人种学。同样，大塞内加写道：“土地的形貌，河流的奔腾，城镇的位置，民族的习俗……”（Locorum habitus fluminumque decursus et urbium situs moresque populorum...）（*Contr.*, II, *praef.*）。——从 12 世纪的诗歌艺术，我们仍可看出，地域的描写是按照三个不同部分来展开的。旺多姆的马修最初认为“自然地域”（locus naturalis）属于“西塞罗称之为属性的特性”（proprietates quae a Tullio attributa vocantur）（Faral, p. 119, § 41），后来认为它属于“商业属性”（attributa negotio）（p. 143, § 94 and p. 147, § 109），最终认为它属于“述位”（topographia）。

3 *Ligurinus*, II, 57.

他必定更关心如何通过地形学，指出活动的顺次场景。史诗的转折点与高潮，必然凭借简要的场景说明而变得明晰，这就像戏剧表演需要舞台提示，不管这提示有多原始（比如一个简简单单的指示牌“这里是树林”）。我们在《伊里亚特》中已经发现类似的“史诗风景提示”（epic adumbration of landscape）。在《罗兰之歌》里，作者把树林与山区，作为战斗背景与死亡背景。战争议事会的举行地点，“在战场中心的一株月桂树下”（sous un laurier au milieu d'un champ）（第 2651 行）。沙蒂永的瓦尔特的作品里，我们见到，战场的一座山上同样有一株月桂树。[1]月桂，再加上清泉、小溪、草地就成了一片乐土，这种安排源于西班牙的《亚历山大传》（*Libro de Alexandre*）（“un lorer anciano”: ed. Willis, 169, 936）。史诗中另一个不可或缺的舞台背景，是果园或种植园（“verger”: *Song of Roland*, II, 103, 501）。然而，随着韵文的宫闱传奇兴起，当初英雄史诗的风景要求，已变得远远不够。于是，1150 年左右在法国首次出现一种新体裁。其主要主题之一就是野树林——正如但丁后来形容，“那黑林，荒凉、芜秽，而又浓密”[2]（una selva selvaggia ed aspra e forte）。珀西瓦尔（Percival）就在林中长大。亚瑟的骑士出行时，经常会穿越野树林。可就在这荒野之中，常常有一块乐土——果园。因此，特拜传奇中写道：

他来到山脚下，
走进一座奇妙的山谷，

---

1 *Alexandreis*, II, 308:

推起高山的人爬上营地中的	Adscendit tumulum modico qui colle tumebat
一块墓地，那里枝繁叶茂的月桂	Castrorum medius, patulis ubi frondea ramis
用树荫，盖住了喜笑颜开的草地。	Laurus odoriferas celebat crinibus herbas.

我们可以用中世纪修辞学来解释为何这首史诗喜欢用月桂树。这样就要区分三种风格，它们分别对应于某职业、树林、动物，而这些又分别根据维吉尔的《牧歌》、《农事诗》和《埃涅阿斯纪》。粗鄙的风格（stilus humilis）用于描写牧羊人，代表树是山毛榉；中庸的风格（stilus mediocris）用于描写农民，代表树是果树（*Georgics*, II, 426）；庄重的风格（stilus gravis）用于描写勇士，代表树是月桂和雪松（*RF*, XIII [1902], 900）。——这一体系是受多纳图斯的维吉尔评注的启发而来。参见 Schanz, IV, 12, p. 165。在中世纪，该体系又叫作“维吉尔环”（rota Virgilii）（见本书第 232 页）。

2 【中译者注：见《神曲 · 地狱篇》第一章第五行。】

那里非常隐蔽，且不见阳光……
他们历尽艰辛，长途跋涉，
终于来到一处垂涎欲滴的果园，
不管是甜美，
还是刺鼻的味道，
只要能找得出叫得上名，
那里应有尽有。

2126 Joste le pié d'une montaigne
En un val entre merveillos
Qui mout ert laiz e tenebros...
2141 Mout chevauchoent a grant peine,
Quant aventure les ameine
A un vergier que mout ert genz,
Que onc espice ne pimenz
Que hon peust trover ne dire
De cel vergier ne fu a dire.

我们在《熙德之歌》(*Cantar de mio Cid*) 中，可以见到同样的事物。全诗的高 202
潮之一是羞辱，即卡里翁（Carrión）年幼的孩子，把熙德的女儿哄骗到科佩斯树林（Corpes）里。诗人采用了非常契合当时情况的场景：

群山高耸而立，树枝直插云霄，
野兽四处游荡。
他们发现一处流着清泉的果园。

2698 Los montes son altos, las ramas pujan con las nuoves,
E la bestias fieras que andan aderredor.

Fallaron un vergel con una limpia fuont.[1]

在阿里奥斯托的笔下，安杰莉卡（Angelica）从野树林逃跑（I, 33）：

少女溜进阴森而黑暗的树林，
穿过荒蛮的旷野与高地。

Fugge tra selve spaventose e scure,
Per lochi inabitati, ermi e selvaggi.

看啊，快看！就在这片让人毛骨悚然的树林里，有一块“美丽的林地”（un boschetto adorno）（I, 35），那里吹着和风，还有两条清澈的小溪、草地、树荫……

在上述三个取自传奇诗歌的例子中，几位作者都把乐土置于骑士传奇里的野树林之中。[2]

在古代的坦佩谷主题中，就已经预示了这种结合。所有“相反的和谐对”（年迈的孩子 [puer senex] 等）都是拨动心旌的套路，并因此具有特殊的活力。

每逢春天，理想风景总会再次绽放。[3]

---

1 在科佩斯附近，过去和现在都没有山。Menéndez Pidal 认为，这里的“monte”指“野树林”，“灌木丛或尚未开垦的地带”（arbolado o matorral de un terreno inculto）。那果园又怎么解释呢？Pidal 有些牵强地指出：“毫无疑问，这里用牧场或果园来指树林（杨树、白蜡树等等）；我不清楚，在别的文本中，这个词是否也表示这个意思。”当我们发现在此考察的对象不是真实的描写，而是与特拜传奇中同样的史诗风景主题，我们便避免了这些困难。

2 传奇诗歌的理想风景亟待进一步研究。当然，它与拉丁诗歌有着千丝万缕的联系，并试图加入新的内容。例如，Berceo 描写了一片溪水夏日清冽，冬日温润的乐土（*Milagros de Nuestra Señora, Introducción*, st. 3）。不过，这种新奇源自伊西多尔（*Et.*, XIII, 13, 10）与奥古斯丁（*PL*, XLI, 718）。Guillaume de Lorris 把“locus amoenus”译为“le lieu plaisant”（*Roman de la Rose*, 117）。某中世纪读者发现，他遵循着旺多姆的马修的规范（Langlois’s note on l. 78）。他也写混交林（1323—1364）等等。

3 如果把古代花卉（见本书第 186、193 页；第 197 页注释 23，即中译本第 259 页注释 3）与现代花卉比较一番将会非常有趣。C. Ruutz-Rees 填补了 Sannazaro 与 Milton 之间的空白（*Mélanges Abel Lefranc* [1936], 75）。济慈与王尔德延续了这个套路。

第十一章　诗歌与哲学

一、荷马与寓意；

二、诗歌与哲学；

三、古代晚期异教的哲学；

四、哲学与基督教

一、荷马与寓意

诗人在世有何意义？对于这个问题，歌德借威廉·迈斯特（Wilhelm Meister）之 203
口回答道：

> 诗人的内心深处有美丽的智慧之花绽放。当世人做着白日梦，并且让狰狞的臆想之物吓得魂不守舍，那么诗人就在举世皆醒之际，沉浸于生活的梦境；所发生的一切，不论多么不可思议，对他而言都是过去和未来。因此，诗人既是老师、先知，又是诸神的朋友、人类的朋友。

这段话中回荡着古代思想的声音。整个古代都把诗人视为圣徒、导师和教育家。当然，荷马本人并不知晓这个想法。荷马笔下那些在爱奥尼亚的宫廷里吟诵的诗人，不但取悦听众，而且还能让他们听得心醉神迷，“如中魔咒”（*Od.*, XVII, 518 and XI, 334）。“如中魔咒”，这个最初描写诗歌与巫术之摄人心魄的词里，有没有我们所谓的回声呢？[1]可即便这里的“魔咒”是比喻用法，它也表明了所有诗歌最纯粹的效果，同时指出一条超乎诗歌任何教育理念的永恒真理。

然而，古人所珍视的，正是诗歌的教育理念。诗歌该只作娱乐之用吗？它是否

1　E. E. Sikes, *The Greek View of Poetry* (1931), 3.

该另有他用？贺拉斯在其朴素的格言中，总结了前人的种种观念：两者应兼而有之。可荷马史诗有用途吗？荷马史诗是真的吗？这些都是古代文论的基本问题。由此，产生了数不胜数的历史结果。对荷马率先发难的是赫西俄德。他向皮奥夏[1]（Boeotian）社会的底层民众演说，痛斥人心不古，世风日下，并亲自呼吁道德与社会改革。当他在赫利孔山上为父亲放羊时，缪斯女神将其封圣为诗人，并告诉他：“我们知道怎样讲似是而非的谎言；但只要愿意，我们也知道怎样讲真理”。赫西俄
204 德的“真理”不仅关乎创世和诸神故事，而且也指出了与新陈代谢过程相关的礼仪规范（*Works and Days*, 727 ff.）：“不要面对太阳笔直地解小便，要记住在日落到日出这段时间里干这事；不要在行路时解小便……不要赤身裸体。一个心智发达的细心人，他们总是坐下来，或者走到一个封闭庭院的墙角下做这事。”[2][3]赫西俄德在自己的著作中提出的指导意见太多，以致身为诗人的他让后来者无话可说。在他看来，他所提出的是真理。然而，对真理的判定说变就变。赫氏的想法只适用于神话。从前6世纪起，爱奥尼亚式自然哲学的合理思想就与之格格不入。我们很高兴看到，哲学侵入希腊人的头脑，并以风卷残云之势占据一席之地。这是逻各斯（Logos）针对神话，同时亦针对诗歌的反叛。赫西俄德曾以真理之名向史诗发难。现在他与荷马都受到哲学的审判。赫拉克利特说道：“应该把荷马赶出比赛，然后用棍棒好好教训教训他。”色诺芬尼则表示：“荷马跟赫西俄德把人类当中难以启齿的一切——偷盗、通奸、尔虞我诈——都放到诸神了身上。”虽然这里，哲学家的批评矛头直指宗教，但这也意味着针对诗歌，因为希腊人没有宗教记录，没有教士阶层，没有“圣典”。他们的神学是由诗人构建的。荷马的众神也会为人类情感所左右，因此史诗中才有不可思议的桥段。不过，克洛诺斯推翻乌拉诺斯统治，后来宙斯又推翻克洛诺斯统治，赫西俄德告诉我们的这些，同样有违伦理常情。正由于此，诗人才被逐出柏拉

1 【中译者注：皮奥夏，位于希腊中东部地区，其最大城市为忒拜。】

2 【中译者注：见赫西俄德：《工作与时日》（张竹明、蒋平译），北京：商务印书馆，1991年，第22页。】

3 Wilamowitz (*Hesiods Erga erklärt* [1928], pp. 124 ff.) 指出，就座是东方人白天的习俗，这里参考了Herodotus II, 35。他认为，这一“亚洲礼仪规范”（第130页）在该诗创作时，已经传入希腊，但并未得到广泛接受。——然而，这很难说是“礼仪”问题，在此我们要考察的是一个源自宗教的洁净戒律。这一点连同许多其他内容都可见于毕达哥拉斯学派（Diogenes Laertius, VIII, 17）。参见T. Wächter, *Reinheitsvorschriften im griechischen Kult* (1910), 134, n. 3。

图的城邦（*Rep*., 398 A and 606-607）。柏拉图对荷马的批判，无疑把他那个时代已经“老生常谈”的哲学与诗歌之争（607C）推向高潮。[1]这一争端根植于思想世界的结构。因而，它总能引起新的兴趣（我们将在意大利 14 世纪文艺复兴中见到），而哲学将总是作结的——因为诗歌并不回答她。诗歌有自己的智慧。

希腊人既不想否认荷马，也不想否认科学。他们试图寻找折中之道，而且的确在荷马的寓意阐释中找到了。对荷马的寓意解读（allegoresis）紧扣荷马对前苏格拉底哲学的批判。它始于前 6 世纪，随后衍生出五花八门的分支和阶段，但这里我们不做考察。在古代晚期，它迫切需要一种能控制人类思想的新力量。希腊化 205
的犹太人菲洛（Philo）将其转移至《旧约》。于是，从这种犹太式圣经寓意解经法中，产生了教父的基督教式寓意解经法。[2]日渐式微的异教，也把寓意解经法用到维吉尔身上（马克罗比乌斯）。《圣经》与维吉尔著作的寓意解经法，在中世纪相遇并融合了。结果，寓意成了解读所有文本的基础。这里孕育着所谓的中世纪“寓意说”（allegorism）的萌芽。通过寓意阐释，一方面，“寓意说”在奥维德的“道德说教”[3]以及其他作者的著作中找到了表达方式。另一方面，超感官自然的拟人化存在物（如前所见 [本书第 102 页]，古代晚期的人偏好类似经历），可以成为诗歌创造的主要人物；从普鲁登提乌斯的《人类灵魂之战》（*Psychomachia*）到 12 世纪的哲理史诗，从《玫瑰传奇》到乔叟、斯宾塞及卡尔德隆的《圣礼》（*autos sacramentales*）均如此，而这也成为“寓意说”的表达方式的另一处来源。伊拉斯莫（*Enchiridion*, c. 7）和温克尔曼（Winckelmann）认为，荷马的寓意概念仍是不证自明的。在荷马以前的诗人著作笔下，智慧依然深藏于谜语之中：

> 最终，智慧在希腊人那里变得更具人形，并且想方设法把自己传授给更多人，为此她揭开了蒙住自己的面纱。尽管她披着伪装，但已不再遁形，这样那些为观照而找寻她的人就可以认出她来。于是，她以这种形象见于名诗人的笔

1　参见 Stefan Weinstock, “Die platonische Homerkritik und ihre Nachwirkung” (*Philologus*, LXXXII [1926], 121 ff.)。

2　详见 “Allegorese” by J. C. Joosen and J. H. Waszink in *RAC*。

3　John of Garland, *Integumenta Ovidii*, ed. F. Ghisalberti (1933). ——*Ovide moralisé*, ed. C. de Boer. ——J. Engles, *Étude sur l’Ovide moralisé* (Groningen, 1943). ——最佳的研究文献为 E. K. Rand, *Ovid and his Influence*, n.d. [1925], 131 ff。

> 下，而荷马则是她最崇高的导师（此高位，古人中唯阿里斯塔胡斯不承认）。荷马的《伊里亚特》本是为君王与统治者所做的指南，他的《奥德赛》则为家庭生活指南；阿喀琉斯的愤怒与尤利西斯的历险不过是伪装的素材。他把智慧对人类激情的观察，转化为可以感知的形象。如此一来，他便为自己的种种想法，赋予了用美图激活的身体。[1]

荷马的寓意解读已经成为荷马针对哲学的辩护。后来，一些哲学派别，甚至历史、自然科学等学科，也把它拿来为己所用。荷马的寓意解读契合了希腊宗教思想的一个基本特征：希腊人相信，诸神以隐晦的方式（神谕、神秘事物）表达自己。[2]明察秋毫者的职责，就是看透这些蒙蔽世人双眼的面纱和盖子，参透真相——这一思想仍影响着奥古斯丁（见本书 73 页以后）。自公元 1 世纪以降，寓意解读逐渐有
206 了根据。正如塞内加讥讽道，每个哲学派别都发现自己的学说就在荷马之中。[3]这其中，起至关重要作用的，是新毕达哥拉斯派。荷马护教学（Homeric apologetics）转而成为荷马神圣化运动（an apotheosis of Homer）。[4]对于新柏拉图主义者而言，诗人成了祭司长（hierophant）以及秘传奥义（esoteric secrets）的守护者。我们不妨把这视为荷马与柏拉图的较量中取得的胜利，或者最伟大的诗人与最深邃的思想家之间的妥协（奄奄一息的异教就用它来平息“古代的争执”）。

一位 12 世纪柏拉图主义者索尔兹伯里的约翰，用简洁而清晰的文字阐述了古代寓意解读的基本主题：

> ……坚信，
> 费洛罗吉亚是墨丘利的伙伴，
> 这并不是为了向虚假的神性致敬，

1 Winckelmann, *Versuch einer Allegorie* (1766), ed. Dressel (1866).

2 以下内容参考了 Franz Cumont, *Recherches sur le symbolisme funéraire des Romains* (1942), 6 f。

3 Epistle 86, 5.

4 【荷马神圣化运动首次出现于 Archelaüs de Priène 的浮雕作品（有关内容见 C. Watzinger, *Das Relief des A. V. P.*, 1903）。考古学家无法确定其年代和意义。参见 Max Meyer, *Jahrbuch des deutschen Archäologischen Instituts*, 44, 1929, p. 289; Pfuhl, *ibid.*, 45, 1930, p. 36, A. 10（与 Bulle 意见相反）; *Arch. Anz.*, 1942, sp. 137 (O. Walter)。】

而是因为真理潜藏于文字的面纱下。
面纱下的真理幻化多变，
因为通常律法禁止凡人与圣物联系。

… insta,
Ut sit Mercurio Philologia comes,
Non quia numinibus falsis reverentia detur,
Sed sub verborum tegmine vera latent.
Vera latent rerum variarum tecta figuris,
Nam sacra vulgari publica iura vetant. [1]

有一种观点认为，诗歌包含且必须包含神秘的智慧，以及放之四海而皆准的实用知识；从理论上讲，它可与寓意解读分开对待，可实际上却往往与后者紧密相连。昆体良指出（XII, 11, 21），荷马熟稔各种技艺。在一本据称为普鲁塔克所作的书中，荷马被称为“万事通”（polymathia）。梅兰希通（Melanchthon）认为，荷马对阿喀琉斯的盾牌的描写，奠定了天文学与哲学的基础。直至1713年，科林斯（Anthony Collins, 1676—1729）仍视《伊里亚特》为“一切技艺与科学的缩影”。荷马已经把它一劳永逸地编排好，“以取悦并指导世人”。由此引出了本特利（Bentley）的回答，并激发他提出荷马批评（Homeric criticism）。[2]

到了晚期罗马鼎足而立的4世纪，维吉尔取代了荷马。维吉尔精通所有技艺，这是马克罗比乌斯最弥足珍贵的一个观点。马氏的同辈塞尔维乌斯点评《埃涅阿斯纪》第六卷时说道，“维吉尔无疑是无所不知的，这一卷表现得淋漓尽致……很多内容都言简意赅，很多取自历史，但也有很多源自哲学家、神学家、埃及人的精深智慧”。

1　*Entheticus*, 183 ff. 过去，希腊人认为诗歌不切实际，但这种想法通过寓意解读而变得有意义：“诗歌之虚构是为了服从真理”（John of Salisbury, *Policraticus*, ed. Webb, I, 185, 12）。——阿兰详细阐述了这一理论（*SP*, II, 465 = *PL*, CCX, 451 B）。如此一来，阿兰的这段话便迎刃而解了：“维吉尔的缪斯掩盖了许多谎言，/ 真理的面孔与虚假的斗篷交叠在一起。”——加洛林时代的提奥杜夫的作品中有同样的理论（*Poetae*, I, 543, 19 ff.）。

2　Melanchthon, *Declamationes*, ed. Hartfelder (1891), 37. ——有关科林斯的部分见 R. C. Jebb, *Bentley* (1882), 146。

207 阿兰把寓意解读与博学多识结合起来。在其《反克劳狄安》序言（*SP*, II, 29）中，他指出，自己的著作适合不同程度的学生。孩童可以理解其字面意义，程度较高的学生可把握道德意义。不过，寓意的精微之处让最博学的头脑变得更为机敏。那一时期的诗歌艺术也要求，诗人具有包罗万象的知识面。[1]

二、诗歌与哲学

寓意与博学使诗歌更贴近哲学。诗歌与哲学之“争”，也缘于两者间许许多多的紧密联系。塞内加察觉了这点，他写道：“有多少诗人所谈的内容，都是哲学家已经讲或应该讲的！”（第八封书信）。在中世纪，诗歌很容易与“智慧”（sapientia）和“哲学”（philosophia）画等号，因为后两个词都意指简单的“学习”。到了加洛林时代，人们常常把诗人尊为“智术师”（sophista or sophus）。一位 19 世纪作家通过“近代哲学家”（moderni philosophi），来理解最近的韵律作家。维吉尔是“哲学的老领袖”。《埃涅阿斯纪》中可见到两类内容：哲学真理与诗歌创造（“figmentum”）。12 世纪的文艺复兴，往往把诗歌与哲学等而划之（Baudri of Bourgueil, Walter of Châtillon）。自然科学被视为哲学的一部分。卢卡努斯受到称赞，因为他探讨了诸如潮汐性质这样的“哲学问题”。[2]世人希望诗人熟稔自然科学。但丁无疑赞成这些要求。在《神曲》当中，他专门插述月亮斑点（12 世纪经常探讨的话题）、胚胎学、雨的起源等内容。他说自己“与哲人中最年少者为伍”（inter vere phylosophantes minimus）[3]，而维拉尼（Giovanni Villani, 卒于 1348 年）称赞其为“伟大的诗人兼哲学家”（sommo poeta e filosofo）。

写诗需要缪斯女神的帮助。世人经常把仙女（Nymphs）、农牧神（faun）以及其他自然神明，与缪斯女神联系起来，因为古代人认为，写诗的最佳去处是树林。潘

1 Gervase of Melkley 引述了 Vitruvius 的权威论述，后者对建筑师也有着同样的要求（*Studi med.*, IX [1936], 64）。

2 sophista: examples in *Poetae*, IV, 1170 b, under artes. ——Moderni philosophi: *Poetae*, III, 295, No. III.——Virgil: Anselm of Besate, p. 16, 12. Bernard Silvestris' commentary on the *Aeneid*, p. 1. ——Baudri of Bourgueil, Abrahams, No. 97, 1, and p. 272, 45 ff. ——Walter of Châtillon, *Alexandreis*, I, 19 ff. ——Lucan: Gervase of Melkley (*Studi medievali*, IX [1936], 64).

3 *Guestio de aqua et terra*, Introduction.

神也是祈求对象之一，而且令人吃惊的是，他竟是“哲学的精华部分”。某威尔士人
把写诗称为“推究哲理”。英人尼克汉姆（Alexander Neckham，约 1157—1217）身兼
语法学家、自然科学家、教育家、修道院长，他创作了一系列诗歌，宣扬永恒的时 208
代教义——最好的哲学在酒里：酒神巴克斯是第二个亚里士多德、“哲学家之领袖”
（dux philosophie）。[1]

从 12 世纪末起，法国的本土诗人便肩负起传播古代哲学知识的重任。法兰西的玛丽（Marie de France）在其寓言集序言中写道：

受过教育的人
应该全身心
研究哲学家发现的
好书好作品、
典范与格言。

Cil qui sevent de letreüre
Devreient bien metre lor cure
Es bons livres e es escriz
E es essamples e es diz
Que li philosophe troverent.

吉奥（Guiot of Provins）在其讽刺诗《圣经》中，谈及许多这方面内容。他曾在阿尔勒的圣特罗菲姆（St. Trophime at Arles）教堂里，听过那些哲学家的生平轶事。他提到了“提拉德斯”（Therades）、柏拉图、塞内加、亚里士多德、维吉尔、“大克莱奥”（Cleo the Elder）、苏格拉底、卢卡努斯、第欧根尼斯、普里西安、阿里斯提普斯（Aristippus）、奥维德、斯塔提乌斯、西塞罗、贺拉斯、毕达哥拉斯等人：

---

1 Composing poetry in groves: Wilhelm Kroll, *Studien zum Verständnis der römischen Literatur* (1924), 30. —— “Pan, dues Arkadiae, pars est bona philosophiae”: NA, II, 392, 41. ——The Welshman: Walter Map, *De nugis curialium*, ed. James, p. 13, 1 ff. ——Neckham’s poems, ed. Esposito, in *English Historical Review*, XXX (1915), 450 ff. There 454, III, 6 and IV, 5; 455, 46 ff.

这些人不会说谎；
他们用理性生活；
猛如雄狮的他们
能言善辩，条理分明，
疾恶如仇……
他们的名字叫哲人，
他们信上帝，爱上帝……
多么贴切、恭谦的名字；
希腊人称其为爱智者，
因为他们身上具有
超乎世人的知识与理性。

Cil se garderent de mentir;
Cil vivoient selonc reson;
Hardy furent comme lyon
De bien dire et de bien mostrer
Et des malvais vices blasmer...
Philosophes nomez estoit
Cil qui Deu creoit et amoit...
Li nons fu molt biaus et cortois;
Por ce l’apelent li Grezois
Les ameors de sapience,
Que en aus ot plus de science
Et de reson qu’en autre gent.

在默恩（Jean de Meun）的笔下，作诗被称为“躬耕于哲学”（travailler en philosophie）（*Romance of the Rose*, 18742）。

三、古代晚期异教的哲学

自古代晚期起，“哲学”（philosophy）这个字眼有了截然不同的意义；这一情况 209
促进了诗歌与哲学的合而为一。于是，我们再次发现，自己不得不做一番术语学研究。我们习惯把起于柏拉图终于普罗丁（Plotinus）和奥古斯丁这段哲学史，看作伟大思想家、伟大学派相互传承但随后戛然而止的过程。我们充其量还记得波伊提乌，因为他的《哲学的慰藉》堪称整个中世纪的基本读物。不过，直到坎特伯雷的安瑟伦（卒于 1109 年）出现，才重新激起我们对中世纪哲学的兴致。我们的兴趣焦点及研究范围，就集中在 13 世纪的经院哲学（Scholasticism）。

在公元 3 世纪，对于哲学之组成的思考，已经变得不甚明了。当然，早期哲学同知识的其他部分一起得以延续。不过，这个过程却完完全全是固守传统（traditionalistic）的经院式过程。教师不再培养学生的哲学思维，而是教他们解读哲学经典。为此，学校开设了一系列开篇以同样传统的方式定义哲学的讲座。在古代晚期的学校里，前后出现了六种各不相同的哲学定义[1]：一、有关存在物及其存在方式的知识；二、有关神事与人事的知识；三、为死亡所作的准备；四、化人为神；五、艺术之艺术，科学之科学；六、爱智慧。

这些定义中，有的在教父文学中再次出现。只有第一个没有产生后续影响（因为它太难了）。第六个意义太普通，流传太广泛，很难引起历史的兴趣。其余四个则通过教父文学流转至中世纪。另外，我们发现，古代晚期异教用“哲学”这个词，指代一切学科分支[2]（这个意义在阿提卡智术师 [Attic Sophists] 时代已经再次出现并流行起来）。戴克里先统治时期，采矿师就被称为“philosophi”。[3]在卡佩拉的百科全书中，语法在一定程度上等同于哲学和“批评”，诗人与几何学家被称作“哲学家”。[4]在 5 世纪非洲某澡堂的桑拿房里，有一幅花园美景图，上方的马赛克刻着“哲

1　卡西奥多鲁斯为我们保留了这些定义（*PL*, LXX, 1167 D）。

2　在拜占庭，“philosophos”既指“有学问的人”，又指动物史诗（beast epic）里的狐狸。F. Dölger 把这一现象解释为拜占庭晚期民众对“有学问的”贵族集团控制的反应（*Fest schrift für Th. Voreas* [Athens, 1939], 125-136）。

3　Friedländer, *Sittengeschichte*, III 10, 90.

4　Dick, 85, 10; 268 f.; 362, 9.

人之地”（FILOSOFI LOCUS）。[1]除了“philosophus”，人们也使用“sophus”一词。
210 例如，罗马城市执政官阿格里乌斯（Vettius Agorius Praetextatus）（卒于384年）的亡妻鲍琳娜（Paulina），为我们讲述了优美的阿氏墓志铭：[2]

可随时进入天国的圣徒之言
（不论是结构紧凑的诗歌，
还是随感而发的散文）
你曾经读过，并使其精益求精。
但这些都微不足道：
因为你虔诚地
在内心最深处，埋藏了
你所掌握的圣礼的秘密……

8 Tu namque quidquid lingua utraque est proditum
Cura soforum, porta quis caeli patet,
10 Vel quae periti condidere carmina
Vel quae solutis vocibus sunt edita,
Meliora reddis quam legendo sumpseras.
Sed ista parva: tu pius mystes sacris

---

1 *CIL*, VIII, No. 10890.

2 Buecheler, *Carmina latina epigraphica*, No. 111.“天国之门向那些智者敞开，就是这些人的著述，不管是希腊文的还是拉丁文的，不管是诗歌还是散文，到了你的手中变得熠熠生辉。不过，这些实在微不足道：身为虔诚的宗派创始人 [mystes]，你把通过神圣献祭仪式所发现的秘密埋藏心底，你用五花八门的知识述说神圣的存在。”古代人坚信，宗教知识必须通过多种方式来获得：“因为，我不希望仅用一个名字（即使这个名字由其他名字综合而来）称呼，那位做过各种伟大功绩且身为万物之父或万物之主的上帝。”（*Asclepius* in *Apuleius de philosophia libri*, ed. Thomas, p. 56, 1 ff.）——《工事论》（*De rebus bellicis*）（具体成书时间不详；有人提出介于 Theodosius 与 Heralcius 之间的5、6世纪）的无名氏作者在序言结尾说道：“如果我确实要进一步畅所欲言，我想那是为了保护宽恕，或者慈悲为怀，但更是为了自由地思考与钻研。”（Si quid vero liberius oratio mea pro rerum necessitate protulerit, aestimo venia protegendum, cum mihi promissionis implendae gratia subveniendum est propter philosophiae libertatem.）这里，“philosophia”可理解为“研究”、“科学”。然而在同一时期，波斯的通神学（Theosophy）也被称为“philosophy”（Lactantius Placidus on Statius, *Thebais*, IV, 516）。

Teletis reperta mentis arcano premis
Divumque numen multiplex doctus colis...

就这样，在妻子的美言中，阿氏成了哲学家、文学家和通晓秘密的专家，同时也是校订文本的语文学家。

我们看到，在古代晚期，工程、军事、语法、文本批评、文学文化、灵知等等都可以称作“哲学”。每种系统化的学科分支都以此自称。然而，古代晚期的文化理想是修辞学，诗歌便从属于它。哲学向修辞学的同化，乃新智术师派（neo-Sophism）的产物。由此，对于拉丁化的西方，修辞学家、哲学家、智术师之间其实并无二致。[1]西多尼乌斯把希腊的哲学家（包括柏拉图）称为“sophistae”（*Carmina*, II, 156）。在写给哲学家波雷米乌斯（Polemius）的婚歌（epithalamium）中，他探讨了一些更适合“哲学讲堂”（“schola sophisticae intromisi materiam”, XIV, 4）的话题。此外，他还简述了七贤哲的（或者说后来归于他们名下的）学说（XV, 45 f.）。这七人（通
常是十二位）在古代晚期极受欢迎，此乃思想文化盛极一时的表现。他们的格言警 211
句，被改编成希腊诗歌和拉丁诗歌。[2]图尔的额我略告诉我们，某巴黎修道院院长整夜哭泣并祈祷，因为他得知国王想派自己到遥远的阿维尼翁（Avignon）作主教；他担心“夹在强词夺理的议员与通情达理的执政官之间，自己的简约原则会受到耻笑”（seine Einfalt würde dort inmitten der sophistischen Senatoren und der philosophierenden Statthalter verspottet werden）。[3]这些高官跟许多罗马皇帝和日耳曼国王一样，并不把修辞文化当回事。他们只是门外汉，不是哲学家。

四、哲学与基督教

教父文学坐拥希腊化犹太教（Hellenized Judaism）遗产。正如其他希腊化的东方

1　F. Henry 认为，“σοφιστής”这个名号在 4 世纪的学校，仅仅指由皇帝或城市委任的校长。其属下的官方头衔是“ῥήτωρ”（Karl Gerth in *Bursians Jahresbericht*, CCLXXII, 179）。——至此，哲学家也可称作演说家（Boethius, *In Isagogen Porphyrii commenta*, ed. Schepss, p. 4, 12）。

2　*A. P.*, IX, 366; Ausonius (ed. Peiper, p. 357) under “sapientes”; Baehrens, *Poetae Latini minores*, IV, p. 119 f.

3　F. Kiener, *Verfassungsgeschichte der Provence* (1900), 48.

民族，希腊化犹太人中也存在一种普世主义（universalism）倾向，即把他们的传统宗教从孕育其生长的民族土壤中割裂开来。[1]犹太人声称，自己肩负着世界使命，并开始为此奔走相告。希腊罗马的文化世界，正是实现这一目标的绝佳土壤。晚期希腊哲学与犹太教义之间，存在各种各样的关联之处。讲希腊语的散居犹太人尤其意识到这点，并将其作为一种通常倾向性极强的护教学的基础。相比于有教养的异教徒，犹太人因为希腊历史学教对他们只字未提，俨然是缺少文化底蕴的蛮夷。于是，亚历山大的犹太人开始群起反击种种质疑，他们讴歌自己的传统，极力表明该传统与希腊哲学契合无间。不仅如此，他们还试图证明希腊哲学的本源其实是犹太人的祖先，尤其是摩西（后来的犹太教把他奉为“整个宗教史上最重要的人物”，“人类的真正导师”，“超人”）。[2]在此过程中，摩西与亚伯拉罕都成了哲学家。因此，尤波雷米乌斯（Eupolemius）（约公元前 150 年）才会写道：“摩西是第一位圣徒，他最先教会犹太人识字（腓尼基人袭用了犹太人的文字，希腊人则从腓尼基人袭用了这些文字）；此外，他还最先为犹太人制定律法”。[3]在此，倾向性显而易见，而这种倾向性与杜撰和伪造紧密相连。在阿尔塔帕努斯（Artapanus）的著作中，情况甚至有过之而无不及。[4]该作者首次告诉世人，亚伯拉罕如何向埃及人与腓尼基人讲授占星术。随后，他提到了摩西：“……希腊人称他为……摩萨乌斯（Musaeus）。这位摩依
212 索斯（Moysos）（原文如此！）乃俄耳甫斯的老师。作为成熟的人，他向人类赠予了很多大有用途的东西。他发明了运输石头的船只和机械，还有埃及人的武器和灌溉机器、兵器、哲学”。这里有两处值得一说：第一，作者把亚伯拉罕、摩西、摩萨乌斯、俄耳甫斯相提并论，都称之为“圣徒”或“哲学家”；第二，作者把工程与技术（适合埃及的条件——金字塔和灌溉）放到跟哲学一样的层面。约瑟夫斯（Josephus）的摩西形象，跟阿尔塔帕乌斯的有些类似。上述过程最后终结于菲洛的《摩西传》，[5]该作品属于希腊的先知传与哲人传体裁，即古代的“哲人传奇”（romances of

---

1 W. Bousset, *Die Religion des Judentums im späthellenistischen Zeitalter* 3 (1926), 53 ff. And 78.

2 Joachim Jeremias in Kittel's *Theologisches Wörterbuch zum Neuen Testament*, IV, p. 854, 6; 855, 17; 680, 15.

3 Text in P. Riessler, *Altjüdisches Schrifttum ausserhalb der Bibel* (1928), p. 328.

4 作于“公元前 1 世纪上半叶末”（Bousset, p. 121）。Text in Riessler, p. 187.

5 在菲洛的著作中（柏林科学院版），把摩西作为哲学家而论的主要段落见 III, 66, 16; III, 195, 18; IV, 13, 2；亚伯拉罕的见 I, 167, 8 and 171, 8。——犹太宗教是犹太人的祖先哲学（πάτριος φιλοσοφία）（VI, 70, 19 and IV, 250, 18）。

philosophers)。

第二阶段始于2世纪，时值基督教护教学采用犹太护教学论据。事实上，人们也把基督教护教学称为“犹太护教学”之女。护教士之后，第三阶段（我们在此只能点到为止）的代表人物，是两位伟大的亚历山大人——克莱门（Clement）与奥利金(Origen)。克莱门恢复了以往基督教与“真正哲学”之间的对等关系，并赋予其新功能。他指出，可把异教哲学视为上帝给希腊人赐予某种预备知识（propaedeutics）。这些想法尽管（同奥利金的柏拉图化的基督教一样）遭到教会权威的反对，却仍然具有抛砖引玉的力量。[1]

教会史学家尤西比乌（Eusebius）（卒于339年）认为，哲学不仅是基督教信仰，而且也是苦行生活（asceticism)。当然，尤氏出生得太早，尚不知隐修制度(monasticism)。不过，在其继任者中，“苦行生活”的意思可以限定为“哲学即隐士制度（anchoritism）或隐修制度”。例如，在尼鲁斯（Nilus of Ancyra）（卒于约430年）看来，隐修生活就是基督所教授的真正哲学。[2]“基督教即哲学”这一等价关系随后进入拉丁教父文学。[3]另外，拉丁中世纪亦可见其踪影。布鲁诺（Bruno of Querfurt）(生于973或974年，1009年被异教的普鲁士王储处决）在其《圣阿达伯特传》(life 213
of St. Adalbert)（约公元27年）中写道：“在修道院，教父圣本笃的神圣学说得到滋养。”布鲁诺不但与皇帝奥托三世（Otto III）关系紧密，而且与想要在西方复兴东方隐士制度的罗慕亚尔德（Romuald of Camaldoli）也极为熟识。由此，我们的线索

1　这里，我们不能忽略其他类似的尝试（主要是起源、环境、思想层面等有所差别），即试图把古代哲学家和诗人改造为基督教天启的目击者或预言者。众所周知，这些说法不仅适于柏拉图、维吉尔、塞内加，而且也适于七贤人（参见von Premerstein, *Festschrift der Nationalbibliothek Wien* [1926], 652 ff. and *Byzantinisch-neugriechische Jahrbücher*, IX [1932], 338)。

2　Viller-Rahner. *Askese und Mystik in der Väterzeit* (1939), 168 f.

3　无意当中触及基督教即“真正哲学”这一思想（*Römische Quartalsschrift* [1936], p. 49）的J. Kollwitz，仅为尤西比乌、拉克坦提乌斯（Lactantius）(*Epitome*, 36; Brandt, 712)、鲁费努斯、苏格拉底提供了范例。不过，拉克坦提乌斯仅有：“我们走进真正的宗教与智慧。”另一方面，Minucius Felix的护教学主题认为，基督教的许多内容与哲学不谋而合：“要么是基督徒如今成了哲学家，要么哲学家早已成了基督徒。”(20, 1）尽管德尔图良在其《斗篷论》(*De pallio*）结尾称，基督教是“更好的哲学”(melior philosophia)，但在其《护教篇》(*Apologeticon*, c. 46, § 2）中，他却详细反驳了这一观点。目前，似乎还没有人注意Arnobius, *Adversus nationes*, I, 38 (Reifferscheid, p. 25)；这段材料指出，基督是伟大的导师，他向人类讲授的真理包括：一、上帝存在；二、创世；三、天体性质；四、造动物与造人；五、灵魂存在。这里列出了古代哲学的几个主题，而基督似乎是真正哲学的创制者；不过，作者并未使用“哲学”这个词。

回到了东方基督教世界（Eastern Christendom）的苦行理想。不过，正如索尔兹伯里的约翰与科维的维巴尔所证实，苦行生活与哲学的类比也存在于拉丁化的西方。[1]于是，这两个巴尔巴罗萨[2]的同代人——一个是英国人，一个是德国人——仍然以融合了护教士、亚历山大神学、古代教会史的观念（换言之，出现于150-400年间的观念体系）为业。在此，我们有一个很好的例子，来说明历史发展中单个思想的自主地位：它把历史划分为一个个时代。当然，我不会深入考察这一点，只是提醒各位读者，鹿特丹的伊拉斯谟称基督教为“基督的哲学”（philosophia Christi）。人们往往看到，这一说法是人文主义者对路德观点的典型误解……然而，果真如此，那就没有意识到，某种可追溯至早期教会的思想模式具有连续性。

经院哲学终结了世人将哲学与诗歌、修辞、智慧以及各种学问混为一谈的局面。“艺术”（artes）与哲学的古老联系被一下子割断了。这一击从阿奎那的名言中可见一斑：“七艺不足以划分理论哲学”（Septem artes liberales non sufficienter dividunt philosophiam theoreticam）。[3]不过，莱奥帕尔迪（Leopardi）仍写道：“舞文弄墨的知识是一门哲学，很深奥很细微，必须调动智慧的方方面面。”[4]

1 John of Salisbury, *Policraticus*, ed. Webb, I, p. 100. Wibald in Jaffé, *Bibl. rer. germ.*, I, 278.

2 【中译者注：巴尔巴罗萨（1122—1190），神圣罗马帝国皇帝，1155—1190年在位。】

3 Grabmann, *Mittelalterliches Geistesleben*, I, 190.

4 *Zibaldone*, 2728.

第十二章　诗歌与神学

一、但丁与乔瓦尼·德尔·维吉利奥；二、穆萨托；
三、但丁的自我阐释；四、彼得拉克与薄伽丘

一、但丁与乔瓦尼·德尔·维吉利奥

晚年时候，但丁认识了博洛尼亚诗人兼大学教授乔瓦尼·德尔·维吉利奥 214
(Giovanni del Virgilio)（后者因仰慕维吉尔而取此名）。两人之间以拉丁牧歌形式写就的诗体来往书信有幸保存至今。在伟大的挚友但丁去世后，乔瓦尼用拉丁文写了一篇墓志铭。文章开头如下：

神学家但丁，你对哲学用其
高贵头脑铸就的知识无所不知，
以作品愉悦人心的缪斯的荣耀
就长眠于此，其声名远至两极：
你用粗犷和博雅的语言把逝者
寻处安葬，为双子剑[1][2]划分领地。
最后，你用皮埃利亚笛歌唱牧场。

Theologus Dantes, nullius dogmatis expers
Quod foveat claro philosophia sinu,

---

1 见 *Monarchia*。这是拉丁艺术散文中创造的一种修辞手法（rhetoricis modis）。

2 【中译者注：所谓双子剑，分别指世俗政权和宗教政权，参见 Philip Henry Wicksteed, Edmund Garratt Gardner ed.: *Dante and Giovanni del Virgilio*, New York: Haskell House Publishers Ltd., 1902, p. 244。】

Gloria Musarum, vulgo gratissimus auctor,
Hic iacet, et fama pulsat utrumque polum:
Qui loca defunctis, gladiisque regnumque gemellis
Distribuit laicis rhetoricisque modis.
Pascua Pieriis demum resonabat avenis.[1]

这篇墓志铭乃是该拉丁学者诗人兼教授，对但丁的成就及生平的概括。根据乔瓦尼与但丁往来的诗体书信，我们得知，乔氏强调学者诗（scholarly poetry）优于俗语诗（poetry in vernacular）。[2]他以公会[3]之名写道（*Ecl.*, I, 15）："有识之士鄙视俗语诗"（Clerus vulgaria temnit）。

215 我们很熟悉中世纪拉丁诗歌中，对目不识丁者的轻蔑[4]态度。在乔瓦尼看来，但丁晚年仍然创作拉丁牧歌就是很好的例证（"demum" in l. 7）。对一位"神学家"兼"哲学家"而言，这确实是非凡的进步！然而，正如"dogma"很少指"教义"，"philosophia"很少指"哲学"，"theologus"也很少指"神学家"；或者说得再具体些，就像但丁笔下的"commedia"很少指"喜剧"。我们必须结合乔瓦尼所处的历史环境，来理解他的观点。乔瓦尼出生于博洛尼亚，父亲是帕多瓦地区的神父。他与当地的文体团体"帕多瓦社"（cenacolo padovano）来往密切。

二、穆萨托

"帕多瓦社"中最重要的人物是穆萨托（Albertino Mussato, 1261—1329）。他集政治家、历史学家、拉丁诗人于一身，对诗歌理论史也很有兴趣。1315 年，他凭借拉丁悲剧《埃克利尼斯》（*Ecerinis*），在帕多瓦获得诗人桂冠。这使得他后来在几封拉丁书信里，能探讨诗歌起源与价值的话题。诗歌是上天赐予的知识，其中"蕴含

1 见拉丁牧歌。

2 最佳版本见 P. H. Wicksteed and E. G. Gardner, *Dante and Giovanni del Virgilio* (London, 1902)。

3 【中译者注：这里的公会（guild）指圣路加公会（The Guild of Saint Luke），为早期近代欧洲（尤其是低地国家 [荷兰、比利时、卢森堡等]）称呼画家及其他艺术家城市公会的代名词。】

4 沙蒂永的瓦尔特称文盲是"迟钝的灵魂"（animae brutae）（*Moralisch-satirische Gedichte*, ed. Strecker, p. 63, 2, 1）。类似的说法还有"世俗的野畜"（laicorum pecus bestiale）。

着神权”。

这是从自上传来的上天的知识，
它同时拥有无上之神的权力。

Haec fuit a summo demissa scientia caelo,
Cum simul excelso ius habet illa Deo.

异教神话讲述的内容与《圣经》无异，只是叙述方法比较神秘：

《创世记》用平实语言所简明阐述的内容，
正是神秘主义的缪斯所喻示的谜。

Quae Genesis planis memorat primordia verbis,
Nigmate [=enigmate] maiori mystica Musa docet.

如此一来，巨人与宙斯之间的战争，就对应于巴别塔的故事；朱庇特对吕卡翁的惩罚，对应于魔鬼路西法被放逐地狱。《圣经》中有些内容以诗歌形式写成，如《摩西五经》和《启示录》。因此，诗歌可以视为哲学，并成为后者的代名词（亚里士多德的观点）：

没读过诗歌的人缺乏理性，
因为诗歌曾是哲学的另一版本。
若他们没读过亚里士多德，
没准他们会把诗歌同法律一样膜拜。

Hi ratione carent, quibus est invisa Poesis,
Altera quae quondam Philosophia fuit.
Forsan Aristotelis si non videre volumen

Carmen cur de se jure querantur habent.[1]

216 不过，穆萨托更进一步。在其第七封书信中，他提出，古代诗人是上帝的先知，诗歌是第二神学：

什么？早年神的诗人教导
天上诸神要品行端庄……
这些人逐渐有了另一个名号‘先知’：
不管哪个先知，都是代神立言。
因此，我们应该研习诗歌，
因为曾几何时，诗歌是另一门神学。

Quidni? Divini per saecula prisca poetae
Esse pium caelis edocuere deum...
Hique alio coeperunt nomine vates.
Quisquis erat vates, vas erat ille dei.
Illa igitur nobis stat contemplanda Poesis,
Altera quae quondam Theologia fuit.

摩西、约伯、大卫、所罗门是诗人。基督用寓言讲话，因此寓言也是一种与诗歌有关的形式。[2]

这是我们已经熟知的圣经诗学，同时也是哲罗姆留给中世纪的遗产。不过这里（正如在阿兰的著作，以及17世纪的西班牙），[3]它演化为一种神学诗学（theological

---

1 此处以及上一段引文均出自第四封书信。我使用的是1636年的版本（*Albertini Mussati Historia Augusta Henrici VII. Caesaris et alia quae extant opera* [Venetiis, 1636]），此书后来又刊于J. G. Graevius, *Thesaurus antiquitatum Italiae*, VI, 2 (Leiden, 1722)。最后一行（Carmen…）付之阙如。

2 参见《诗篇》77: 2：“我要开口说比喻。”（Aperiam in parabolis os meum.）

3 【M. Opitz, *Poeterey*, chap. II: Die Poeterey ist anfanges nichts anders gewesen als eine verborgene Theologie, und unterricht von göttlichen Sachen（诗歌最初不过是一种隐藏的神学，一种有关神性事物的学说）。——Hamann在第五封书信中提到的正是这段话（ed. Nadler, II, 365）。】

poetics)，乔瓦尼所提出的正是这种诗学。哲学、神学与诗歌合而为一。

穆萨托的诗歌理论从多明我会的乔瓦尼奥（Giovannio of Mantua）（此人生平不详）那里获得了答案。后者在一封致穆萨托的散体书信里，针对穆氏观点提出九点反对意见。穆萨托则用散体和诗歌体予以回应。这段论战经常见于意大利文学史。[1]

所有批评家都同意以下说法：穆萨托是人文主义者，故乃文艺复兴的先驱；他反对诗歌之敌便是明证。然而，所有批评家也都未能深入理解乔瓦尼奥的观点，因此也就未能触及论战的核心问题。乔瓦尼奥批判的不是诗歌，而是“诗歌为神之艺术（ars divina)，甚至是神学”的思想。当然他承认，亚里士多德已证明，最早的诗人（其中最伟大者是俄耳甫斯）是哲学家，并把水奉为最高神祇。不过，他们探讨的始终不是真神，所以其传授的也就不是真正的神学。另外，诗歌并非上帝赐予人类的礼物，而是跟其他世俗知识一样，是由人类发明的。摩西穿过红海后唱的颂歌，乃用诗歌体写成，这仅仅是为了能让女先知玛利亚（米利娅姆）和众妇女表演（《出埃及记》15, 20)。可即便整部圣经用诗歌形式写成，或者像阿拉特和塞杜里乌斯尝试的那样，改编成诗体，也仍然不能把诗歌说成属神的。每个学科分支都可以用格律形式传授，可这并不意味着它们就因此成为诗歌。当然，《圣经》也像诗歌一
样使用比喻（尤其是先知书和启示录中），但这是截然不同的情况。诗歌用比喻 217
来描写刻画，愉悦人心；而《圣经》用其掩盖神圣的真理，有心者可一探究竟，无心者则不知所云。这一观点源自《圣经》(《以赛亚书》6 : 9 以下；《马太福音》13 : 13 以下)[2]，并（如前所见）经奥古斯丁发扬光大。最后，乔瓦尼奥修士继续说道，最早的三位诗人——俄耳甫斯、穆萨埃乌斯（Musaeus)、利努斯（Linus)，生活在摩西以后很久的年代，即士师时代（the age of the Judges)。因此，神学比诗歌更古老，毕竟如奥古斯丁（*Civ. Dei*, XVIII, 38）及科梅斯托（Peter Comestor）的《学术史》(*Historia scholastica*）所证实，神学是上帝传授给亚当或以诺（Enoch）的。

---

1 Gustav Körting, *Geschichte der Literatur Italiens im Zeitalter der Renaissance*, vol. III, 1, 308 f. (1884); Adolf Gaspary, *Geschichte der italienischen Literatur*, I, 400 (1885); Karl Vossler, *Poetische Theorien der italienischen Frührenaissance* (1900); A. Galletti, “La ragione poetica di Albertino Mussato ed I poeti-teologi” (in *Scritti vari di erudizione e di critica in onore di Rodolfo Renier* [Turin, 1912]).

2 【中译者注：两段引文分别为：“他说：‘你去告诉这百姓说：你们听是要听见，却不明白；看是要看见，却不晓得。’”；“所以我用比喻对他们讲，是因为他们看也看不见，听也听不见，也不明白。”】

显然，多明我会关心的，不是“讨伐”或“贬低”诗歌，而是要在阿奎那已构筑的学科体系中为其寻觅一席之地。讨论的核心问题是，《圣经》里的比喻究竟属何种性质。阿奎那在隆巴德（Peter Lombard）《警句四卷书》（*Sentences*）的评注里阐述了自己的看法（1 *Sent.*, *prol.* 1, 5 c and *ad tertium*）。隆氏的反对理由是：“学科的种类千差万别，所以学科方法也不可能相同。但诗歌与最真实的学科——神学截然不同，它里面的真理可寥寥无几（minimum continet veritatis）。既然诗歌采用比喻的表达方式，神学就坚决不能采用”。阿奎那回答道：“诗歌所关注的是那些因缺少真理（propter defectum veritatis），而无法用理性来理解的事物；理性必然因此受某种相似性的欺骗。可神学关心的是超理性的事物；因而两者都经常采用象征手法（modus symbolicus utrique communis est）”。在这段话中，作者仍然承认，比喻为诗歌与神学常用的方法。不过我们看到，阿奎那在《神学大全》摒弃了这一立场。

为了从历史语境理解乔瓦尼奥修士的观点，我们必须考察亚里士多德《形而上学》（*Metaphysics*）第一卷以及阿奎那的相关注疏。亚氏首先提出了一种文化遗传论。对人类而言，感知与记忆汇聚为经验，而经验又是科学与艺术的本源。起初，所有的艺术发明者都受到称赞。后来人们认为，实用艺术发明者的地位不及“愉悦”艺术（亚氏把“创制”[poietic] 艺术囊括其中）发明者。在文化演变的最后阶段，产生了理论的科学与艺术。这时，情况正好相反：地位最高者为研究第一因的学科，即形而上学。唯有它是“神圣的科学”（göttliches Wissen）。原因有二：其一，它与上帝最相称；其二，它是神性科学（ein Wissen vom Göttlichen）。形而上学源于人类对自然现象的兴趣，说到底即对宇宙本源的追索。第一批思想家试图用神话来解释这个问题。因此，有人说，“痴迷神话的人某种程度上也是哲学家”（982 b 19）。可人类能否大体掌握形而上学的知识呢？诗人西蒙尼德斯就认为它属于上帝。但诗人好打诳语，这一点世人皆知（983 a 3，引自梭伦）。正是在这种关系下，亚里士多
218 德采用了“神学家”（theologian）一词（983 b 29）。他谈到了“最早开始思考神明的人”（οἱ πρῶτοι... θεολογήσαντες）；这些人认为，海洋之神俄刻阿诺斯（Oceanus）与特提斯（Tethys）是创世者，并教诸神以冥河起誓。泰勒斯也从水里发现了第一因。[1]在《形而上学》1000 a 9 中，亚里士多德提到了赫西俄德及“其他神学家”。在

1 有关俄刻阿诺斯、特提斯、冥河的论断见荷马（*Iliad*, XIV, 201 and 246; II, 755; XIV, 271; XV, 37）。

其他部分，每当谈论自然界的思索者（φυσικοί; 如 1071 b 27; 1075 b 26），亚氏提到的不是诗人，而是神学家。在所有这些段落中，“神学”的意思是思辨的宇宙论（speculative cosmology），或者说是古代的自然科学。对此，科学思想家亚里士多德提出了反对意见。哲学与宇宙论诗歌（cosmological poetry）是不可调和的矛盾。在《诗学》（1447 b）中，亚氏解释道，尽管恩培多克勒用诗体写作，可他并非诗人，而是自然哲学家。“诗歌即神学，或诗歌可作神学”的说法，的确与亚氏《诗学》的主张背道而驰。当然亚氏认为，诗歌是“对生活的模仿”（μίμησις）。因此，诗歌的唯一对象就是活动的人（*Poetics*, 1448 a 1）。

在阿奎那的注疏中[1]，乔瓦尼奥发现，诗歌是世俗科学，其发明者为人类。可与此同时，他又看到：“……这门学问”（即形而上学，阿奎那同时用“神学”和“第一哲学”作为其同义语）“最神圣，故最高尚”（Cathala, p. 21, No. 64）。仅此几段文字便足以反驳穆萨托的“诗歌为神之艺术”的观点。然而，亚里士多德的文本及其基督教评注者进一步确证，全能博士（Doctor Universalis）并未给诗歌赋予很高的价值。在某段话中，亚氏甚至称诗人是骗子：“……正如俗语所言，诗人不仅在这件事上说了谎，在很多事情上他们也都信口雌黄”（Cathala, p. 21, No. 65）。此外，当诗人像哲学家一样思考，便开始乱教一气。阿奎那是这样点评把俄刻阿诺斯与特提斯奉为创世者的第一批神学家：“为此，我们必须记住，希腊人中最先以学问出名的人【是诗人神学家】[2]，因为他们为诸神创作诗歌。”随后，他又加了一段与亚里士多德文本无关的注释：“他们一共三位——俄耳甫斯、穆萨埃乌斯、利努斯。其中，俄耳甫斯的名气最大。他们生活在士师统治犹太民族的时代……从某种程度上讲，这些诗人运用神话的象征再现手法，来探讨事物的本质。他们认为，俄刻阿诺斯……生育万物。如果用神话的模式表示，即水乃万物生息之法则”（Cathala, p. 29, Np. 83）。这些论断我们已经在乔瓦尼奥修士的书简中见到，的确十分有趣。亚里士多德并未提及三位神话诗人的名字。显然，阿奎那以阐释的方式，从截然不同的传统——奥古 219
斯丁（*Civ. Dei*, XVIII, 14 and XVIII, 37: ed. Dombart, II, 274 and 312, 20 ff.）——袭用了他们

1　*S. Thomae Aquinatis in Metaphysicam Aristotelis commentaria*, ed. M. R. Cathala; 2nd. (Turin, 1926).

2　【中译者注：根据 *Aquinas: Commentary on the Metaphysics Book 1* With English translation by John P. Rowan, Chicago, 1961，“…in scientia fuerunt”后面还有“quidam poetae theologi”几个词，这里据此补译。】

的名字和生平。

其实，穆萨托及其同辈，没必要到亚里士多德那里寻找“诗人神学家”（poet-theologian）。自西塞罗（*Nat. d.*, III, 53）起，这个概念就已经在拉丁文学中流传开来。按照奥古斯丁的说法，瓦罗（Varro）区分了三种神学——神话神学、自然神学和政治神学。

神话神学为诗人所采用（*Civ. Dei*, VI, 5）。拉克坦提乌斯也提到，“有神学家之称的早期希腊作家”（*De ira Dei*, 11, 8）。“诗人即神学家”的说法，也见于古代晚期的语法学家的著作中，伊西多尔便采纳了这一说法。[1]不过，伊氏采纳的内容，都被后来所有的百科全书编纂者（莫尔、帕皮亚斯 [Papias]、樊尚 [Vincent of Beauvais]）原封不动地搬过来。不管直接还是间接袭自伊氏，这一概念已经成为整个中世纪的共同财产。

“poeta theologus”（诗人神学家）最初是由古希腊人提出的，后经罗马人和基督教父流传至中世纪，可以完全适应基督教各式各样的再阐释。不仅“poeta theologus”一词，就连“theology”本身也借自异教。希腊教父用它指异教和基督教中有关神的学问（divinity）；德尔图良与奥古斯丁则几乎无一例外地，将其仅限于基督教。因此，当穆萨托说诗歌神学（poetry theology）时，其实是站在既有的中世纪传统。如前所见，当诗歌与哲学等而视之，情况亦然。

不过，穆萨托的思想中，还包含其他中世纪成分——尤其是圣经历史与希腊神话的类比。犹太基督教护教学以及后来的亚历山大教理学院认为，《旧约》的写作时间早于希腊诗人与圣徒的著作；因此，后者早已知晓《旧约》，并从中汲取营养。这就促成了《圣经》教义与异教神话之间的类比。例如，约瑟夫斯将坠落的天使，同希腊神话中的巨人相提并论，后来德尔图良（*Apol.*, 22）与拉克坦提乌斯（*Div. inst.*, X, 14）采纳了这种比较。[2]犹太基督教天启与希腊思想之间的调和，在亚历山大的克莱门（Clement of Alexandria）的神学中达到顶峰。克莱门在柏拉图的著作（*Strom.*, V, 9, 5）里找出涉及大洪水的部分，又从恩培多克勒和梭伦的作品中，找出有关上帝的学说（*ibid.*, V, 81 1 f）。他指出（*ibid.*, V, 28 1 ff.），“希腊人不仅向异邦人学习，而

1 Grammarians: Marius Plotius Sacerdos (3rd cent.) in Keil, VI, 502, 15 ff. ——Isidore, *Et.*, VIII, 7, 9.

2 P. Heinisch, *Der Einfluss Philos auf die älteste christliche Exegese* (1908), 171.

且还在自己精彩的传说中，模仿我们的神迹。这些神迹都是自古以来靠上帝力量过着神圣生活的人，为拯救我们而完成的”。这种调和论遭到后来的拉丁神学的全然摒弃。不过，对它的追思怀想却从未停止。即便神学家弃之不顾，诗人也会继续滋养。阿维图斯（Alcimus Avitus）（卒于518年）在其圣经史诗中，比较了《圣经》里的 220
巨人与希腊神话中的巨人（IV, 1-132）。在奥尔德赫姆的笔下，我们看到赫拉克勒斯与参孙画上等号。《提奥杜鲁斯牧歌》（*ecloga Theoduli*）则是根据圣经故事与希腊神话之间的对应关系而创作。例如，丢卡利翁的洪水与诺亚的洪水的比较，巨人之战（Gigantomachia）与巴别塔的比较（亦为穆萨托所作，见本书第215页）。尤珀雷米乌斯（Eupolemius）（11世纪中期）在其《弥赛亚》（*Messiad*）中，承袭了提奥杜鲁斯的做法。朱庇特变身公牛向欧罗巴示爱的桥段，被追溯至崇拜偶像的犹太人的金牛（I, 502）；赫拉克勒斯是模仿参孙（II, 282），阿喀琉斯则模仿大卫王（II, 409）；巨人之战也是如此阐释的（I, 671）；诺亚的洪水与丢卡利翁的洪水亦放到了一块（II, 65）。类似的比较还有很多。

那么，穆萨托自己的著作中有没有神学诗学（theologico-poetic）方面的文字呢？没有。他的诗歌包括十八封书信、三首哀歌（其中一首摘录自奥维德的《哀歌》[*Tristia*]），以及八首教会主题的诗歌（《独语录》[*Soliloquia*]）。当然，最有趣最生动的莫过于那些书信。它们基本都是写给朋友的诗体信件，内容大都为自传材料和时政要闻。另一常见的主题是诗歌的本质与价值；当穆萨托为自身辩护时，往往会提到该主题，且时常涉及自己的私人关系。例如，常被引用的第七封信，就是写给某抨击穆萨托的两首生殖神颂诗（priapic poem）的批评家。如此看来，促使穆氏为诗歌辩护的，不仅仅是“修士的狂热”（monkish zealots）；当一位生殖神颂诗诗人把诗歌视为神学，并为之辩护，的确有点奇怪。[1]其他书信则有关自然界的珍奇事物：头部像剑的鱼；每个爪子长了六根指头的母狗；关起来的母狮能否生育幼崽；彗星。欲寻找“全能的诗人神学家”的读者，在穆萨托这里恐怕要失望了。其实，读者不妨到法国，回到12世纪，找找名副其实的诗人——西尔维斯特里斯或里尔的阿兰。当然，这样就会脱离意大利人文主义的范围。

1　1636年版本的编者以“难登大雅之堂”（in gratiam aurium honestarum）为由，没有发表这两首生殖神颂诗（Priapeia）。直至19世纪末，它们才再次与世人见面。

如果要把穆萨托看作“前人文主义者”或“人文主义者”，就必须结合其历史著作（师承李维的传统），或其悲剧《埃克利尼斯》（*Ecerinis*）（该作品试图复兴塞内加的悲剧，但影响甚微）。不过，他的诗歌理论以及他与乔瓦尼奥的论战，跟14世纪意大利人文主义没什么关系。身为诗人和诗歌理论家，穆萨托遵循了北方拉丁诗歌开创已久的道路。在论战中，他代表传统，或者说保守。[1]另一方面，多明我会代表当时流行的思潮：阿奎那的知识论与艺术论。当然，在这对矛盾背后，隐藏着哲学
221 家与诗人之间的永恒争论。阿奎那主义把这一争论再次推到风口浪尖。中世纪亚里士多德主义对《诗学》不甚了解，只能从《形而上学》里寻找亚氏的诗歌理论，故仅仅把诗歌看作人类的一项发明，看作（与哲学相比）最低等的一门知识（infima scientia）。如此一来，它必然与“神学诗学”格格不入。在多明我会士维尔纳尼（Guido Vernani of Rimini）（1310—1320年间执教于博洛尼亚；1344年去世）的裁断中，乔瓦尼奥对穆萨托的抗议得到了当时有趣的呼应。维氏不乏事迹，其中之一是写了《驳但丁〈帝制论〉》（*Tractatus de reprobatione Monarchie composite a Dante*）。[2]该书的序言部分，把但丁视为写诗的空想家、啰唆的智术师，他华而不实的描绘，使读者逐渐远离拯救的真理。

三、但丁的自我阐释

塞尔维乌斯的《埃涅阿斯纪》注疏开篇提出，阐释一位作者，要考虑以下几点因素：1. 作者生平；2. 作品名称；3. 诗歌体裁；4. 作者意图；5. 书卷数量；6. 书卷

1 【这就是我在“穆萨托”一节中所提到的，详见拙文“Theologische Poetik im italienischen Trecento”（*ZRPh*, 60, 1940, pp. 1-15）。很高兴读到彼得拉克最有名的评注者的以下文字：“在目前至关重要的找寻和论战时刻以前数百年里，权威、引语、内涵的链条一直纠缠不清，当它的线索日渐清晰时，天真烂漫却以惊人的速度，在所谓人文主义曙光来临之前，让我们不再惊讶万分。”（G. Billanovich, *Petrarca Letterato*. I. *Lo scrittoio del Petrarca*, 1947, p. 125, note.）】

2 该书于1329年问世。Thomas Käppeli的新版本见*Quellen und Forschungen aus italienischen Archiven*, XXVIII (Rome, 1937—1938)。上述引文见该书第123页。

顺序；7. 注释。多纳图斯[1]的观点也大同小异，只不过在“作品名称”与“作者意图”中间插入了“写作原因”。波伊提乌关注的是：1. 作者意图；2. 作品价值；3. 作品结构；4. 真实与否；5. 作品名称；6. 所属哲学派别。此后，我们有时会发现，作者本人已回答了这些问题，并把答案写成序言放到卷首。例如，11 世纪的瓦内利乌斯（Warnerius of Basel）在其神学训导诗《护慰者》（*Paraclitus*）便是如此。他解释了标题的含义，还声明该作品产生的“直接原因”（causa efficiens）是他自己，“根本原因”（causa finalis）是忏悔者的教导，“核心内容”是忏悔者的慰藉。不过，最有趣的，是他对“论著形式”（forma tractatus）与“论述形式”（forma tractandi）的区分。所谓“论著”的形式，指文学形式，此处即利奥体[2]（Leonine verse）；所谓“论述”的形式，指“劝说”（persuasiva）。“tractare”是中世纪哲学术语，意为“以哲 222
学的方式来论述”。我们在《神曲》开篇就看到：“为了复述黑林赐我的洪福”（ma per trattar del ben ch’io vi trovai）（*Inf.*, I, 8）。“哲学式论述”的最终结果就是“论著”（tractatus）。但丁《帝制论》便因此命名。

---

1 *Vitae Vergilii*, ed. Brummer, p. 11, 149 ff.——这种模式源自希腊。波伊提乌在其 *In Isagogen Porphyrii commenta* (ed. Schepss, IV, 14) 中，称之为“didascalia”（箴言）或“accessus”（道路）（Traube, II, 165; Manitius, III, 196, 314, 316）。——Conrad of Hirsau 补充道：“过去，解读文意需要七样事物：作者、书名、诗歌性质、作者意图、顺序、书卷数量、注释；如今，一般认为只需要四样：作品素材、作者意图、最后成因以及作品划分的理据。”（In libris explanandis VII antique requirebant: auctorem, titulum operis, carminis qualitatem, scribentis intentionem, ordinem, numerum librorum, explanationem; sed moderni IV requirenda censuerunt: operis materiam, scribentis intentionem, finalem causam et cui parti philosophiae subponatur quod scribitur. [*Dialogus super auctores*, ed. Schepss, 27 f.]）其他例子还有 Albert of Stade, *Troilus*, ed. Merzdorf, p. 3。——Paul Meyer in *Romania*, VIII (1879), 327. ——Rabe, *Prolegomenon sylloge* (Leipzig, 1931), vi-vii.——最新的研究成果见 Edwin A. Quain, “The Medieval accessus ad auctores” in the journal *Traditio* (New York), II (1944), 319-407。【有关“accessus”，见 P. Courcelle, *Les letters greques en Occident*, 1948, p. 23, A. 2。】

2 【中译者注：利奥体是一种以内韵为基础的押韵方式，常用于欧洲中世纪的拉丁诗歌。据称，一位名叫利奥尼乌斯（Leonius）的修士（身份不详）用内部押韵的拉丁诗体，撰写了《旧约史》（*Historia Sacra*）。于是，这种诗体就被称为利奥体。比较著名的利奥体诗歌有克吕尼修会的伯纳德（Bernard of Cluny）创作的《论世界之鄙》（*De Contemptu Mundi*）开篇部分（划线处即为押韵部分）：

Hora novissima, tempora pessima sunt — vigilemus.
Ecce minaciter imminet arbiter ille supremus.
Imminet imminet ut mala terminet, æqua coronet,
Recta remuneret, anxia liberet, æthera donet.】

在致自己的赞助人坎·格兰德（Can Grande）的书信（约写于 1319 年）中，但丁采用了这一古老的学派传统。该书信随作为礼物的《神曲·天国篇》一同献给坎·格兰德。那时的但丁正值暮年，且完成了他最伟大的作品，学识和能力都达到巅峰。书信内容主要是介绍《神曲》，故堪称一篇自我阐释（self-exegesis）。迄今为止，它仍未得到应有的评价，因为世人对它还不甚了了。

书信共有 90 个段落，长达 11 页。[1]以下我只引用几个主要论点。“我们在每部作品的序言部分都要提六个问题，即主题、作者、形式、目的、标题及哲学类别”（§ 18）。“形式分两层：论著形式（tractatus）与论述形式（tractandi）……论述形式或方法，包括诗歌、虚构、描写、岔题、转喻[2]，但与此同时，也包括定义、分类、证明、反驳和举例”（§ 27）。

近代读者（和但丁研究者）并不清楚该如何理解这段论述，“这是段古怪的文字”——德高望重的英国但丁专家穆尔（Edward Moore）如此评价（*Studies in Dante*, III, 288）。我们不妨从问题的根本入手。首先，我们注意到，瓦内利乌斯所谓的“论述形式”在这里换作了“论述方法”（modus tractandi）。随后，但丁列举了十种方法。十种方法分为两组，每组五个，两者之间用“与此同时”（et cum hoc）来连接并分隔。显然，它们对应《神曲》的两个不同层面或意图。对但丁而言，两方面都至关重要。那么，“方法”（modus）一词从何而来？得自经院哲学。

13 世纪的神学大全开篇往往探讨“神学是否是科学”这个问题。《圣经》里的信仰真理是否符合艺术法则？换言之，表达是否科学？黑尔斯的亚历山大（Alexander of Hales）（*S. Th.*, I, 1. Quaracchi edition [1924], p. 7）问道：“《圣经》的方法是艺术的，还是科学的？”“艺术”（ars）与“科学”（scientia）并不像世人想象的那样壁垒分明，而是彼此息息相关的概念。[3]艺术是简化为法则的知识。于是，有人反对道：《圣
223 经》的方法既不符合艺术法则也不科学，因为“没有哪种诗歌的再现方法是符合艺术法则或科学的，因为诗歌是历史或转喻的再现方法；不管哪种都与科学无关”。亚历

1 Letter 13 in *Opere di Dante. Testo critico della Società dantesca italiana* (1921). 该版本首次将书信分段，以方便阅读。不过，应该注意的是，早期版本仅分为 33 章。但“33”只是个象征数字（见本书学术附录十五）。

2 【中译者注：英译本按照德文（Metaphorik），将“transumptivus”译为“metaphor”（隐喻）。考虑到后文用“metaphorice”指隐喻，故此处译为“transumption”或“metalepsis”似乎更合适。】

3 Hugh of St. Victor, *PL*, CLXXVI, 751 B.

山大如此回答道：当然，以人类理性的构思力量而论，《圣经》的再现方法并不科学，但它是在神的智慧的指引下形成，以引导灵魂走向拯救的真理。神的智慧高于人的智慧，同样也处于反对意见所根据的其他诗歌或科学之上。在反驳部分，亚历山大提出：当然，《圣经》运用，而且以极其巧妙的方式运用了诗歌的再现方法。这是因为我们的头脑无法理解神性事物（in comprehensione divinorum），毕竟真理的尊严，不允许卑鄙者见到其真面目。然而，如果反对者继而提出，科学的方法有（《圣经》所缺少的）定义（definitivus）、分类（divisivus）及综合（collectivus），[1]那么就必须区分人类科学的分类法与恩典所给予的知识。人类科学的方法的确包括定义、分类与综合，可神的智慧的方法却是感知（praeceptivus）、例证（exemplificativus）、劝诫（exhortativus）、启示（relativus）及歌唱（orativus）。如此一来，在黑尔斯的亚历山大的著作中，可以找到大量论述方法，其中的五种构成了但丁"古怪的文字"：诗歌（poeticus）、转喻（transumptus）（但丁所谓的"transcumptivus"）、定义（definitivus）、分类（divisivus）与例证（exemplificativus，也即但丁所谓的"exemplorum positivus"）。至此，我们已经抓住了线索。

在大雅博的《论受造界——神学大全》中（*Summa de creaturis: Summa theologiae*, I, q. 5, *membrum* 1; Lyons ed. [1651], vol. XVII, p. 13 a），科学方法被规定（正如我们在亚历山大的著作中所见）为"定义的、分类的、综合的方法"（modus difinitivus et divisivus et collectivus）；另一方面，《圣经》用故事（historice）、寓言（parabolice）、隐喻（metaphorice）来传道授业。[2]大雅博也不得不小心谨慎，以免《圣经》被归为诗歌法（modus poeticus）。传统的一种反对意见是，诗歌法是哲学方法中最薄弱的，正如亚里士多德所言，它本源于神迹寓言（miraculous fables）。对此的回答是：必须区分以人类虚构为基础的诗歌，与神的智慧用以传授绝对真理与确定性的诗歌。不过，两者在形式上有一些共同之处——都运用象征与隐喻。这一点阿奎那已经在其《箴言录》（*Sententiae libri Ethicorum*）评注中指出。后来，他又在《神学大全》（*Summa theologiae*, I, 1, 9 ad 1）中介绍了这一区别："为表现可见的再现，诗人会运用比喻手法（utitur metaphoris propter repraesentationem）"，但《圣经》

1　即科学的方法采用定义，它把问题分门别类，然后再把结果综合起来。

2　这便是转喻法（modus transumptus or transumptivus）。

224 采用的是意象和寓言，因为这既是客观需要，又大有帮助。[1]众所周知，《神学大全》的每一节都是以质疑开篇，然后是反对意见（objectiones），接着是由此引出的问题。在第一部分第一节第九个问题的“反对意见”里，诗歌被称为所有科学中等级最低者（infima inter omnes doctrinas）。[2]此观点我们已经在大雅博那里见到了（“诗歌方法乃哲学方法中最低等者”[poeticus modus infirmior est inter modos philosophiae]）。这是经院哲学的共同特征。阿奎那没有理由去反思它。经院哲学本就对评价诗歌兴致索然。它没有自己的诗学，也没提出自己的诗歌理论。因此，不管艺术与文学史家怎样努力，从经院哲学中提取文学与艺术美学的尝试，注定是徒劳无益。[3]经院哲学脱胎于12世纪的辩证法。它保留了后者对课程作者、修辞与诗歌的反对态度，摒弃了亚里士多德主义对诗歌的哲学阐释。因此，它必然从穆萨托式与但丁式的诗学与诗歌，走到其对立面。这个历史现象至今仍难以理解。为什么？因为文学史自己承担的任务太轻松，而且把自己的责任仅限于知识，故始终处于所有科学的最底端。另一方面，经院哲学学徒对语文学和文学史中的问题往往敷衍了事。他们总是想证明但丁与阿奎那之间的神作之和（providential harmony）。[4]

综上所述，我们首先注意到：但丁的方法观十分接近黑尔斯的亚历山大及大雅博的模式。而阿奎那没有提供相关的内容。亚历山大的方法有五种，但丁提出了六种：虚构、描写、岔题、证明、反驳、举例。那么，但丁是从什么地方看到这些方法的呢？当然，有人会想到詹蒂莱（Gentile da Cingoli）。13世纪末，此人曾在博洛尼亚大学人文学院担任哲学教师。事实上，我们在他的著述中发现这样的文字：“有些人认为，论述形式有五种：定义”、（此处按正确方式断句）“分类、证明、反驳、举例”[5]（Forma tractandi est quintuplex secundum aliquos: diffinitivus, divisivus, probans,

---

1 【Cf. M. –D. Chenu, *Introduction à l'étude de saint Thomas d'Aquin*, 1950, p. 93.】

2 对诗歌的蔑视早在 Hugh of St. Victor 的著作中已露端倪（见本书学术附录十一）。

3 当经院哲学探讨美时，用“美”来说明上帝的一种属性。美的形而上学（如普罗丁的著作所言）与艺术理论之间没有任何关系。“现代”人一味高估艺术，是因为他们已经失去了新柏拉图主义与中世纪所具备的对明晰美的感觉（the sense of intelligible beauty）。奥古斯丁对上帝说：“我对你的爱姗姗来迟！啊，古老的美，崭新的美！我对你的爱姗姗来迟！”（Sero te amavi, pulchritude tam antique et tam nova, sero te amavi.）（*Conf*., X, 27, 38）。【这里涉及一种美学未曾考虑的美。】

4 M. D. Chenu 神父很好地解释了阿奎那对诗歌与隐喻的怀疑，见 *Introduction à l'étude de Saint Thomas d'Aquin* (Montreal and Paris, 1950), 93 f。

5 M. Grabmann, *Gentile da Cingoli, SB München* (1940). The quotation *ibid*., p. 62.

improbans, et exemplorum positivus）。这里，我们找到了六种当中的三种。接下来，我们的目光不该仅限于经院哲学。“虚构、描写、岔题”的表达方式属于修辞范畴。225
1300 年前后，意大利的修辞学是否知道修辞方法（rhetorical modi）？我们不妨想想乔瓦尼的“rhetoricisque modis”。如此一来，这一表达方式的意义就比较清楚了。不过，时至今日，还有一位受世人忽略的见证者。他就是枢机主教斯特凡尼奇（Iacopo Gaetani Stefaneschi）。他为我们留下了一部《切来斯蒂努斯五世传》（*Opus metricum*）（作于 1297 年后，1319 年成书）。在序言部分，作者自豪地阐述了写作时运用的几种方法：“叙述、历史、描写、示证、感叹、代述、建议、讨论……等一切修辞方法”（narrativus, historicus, descriptivus, demonstrativus, exclamativus, prolocutivus, suasivus, dissuasivus... totusque rhetoricus）。[1]这种对修辞方法数量的极力追求，堪称当时修辞学的一大特点。经院哲学与修辞学在一个主题面前遇到了一块，即论述方法。

但丁前无古人的作品中，蕴含着一种对称的构造学。其方法观也体现了这一思想。他从五花八门的方法宝库中，精挑细选了十样，“十”——多么完美的数字。[2]这十样又平均分为两组。第一组如我们所见，强调作品的诗歌修辞层面，第二组强调哲学层面。“与此同时”四个字，从宏观角度将两者联系起来。言外之意即，“我的作品是诗歌，可与此同时也是哲学”。如此，但丁为自己的诗歌赋予了认知功能，而这一功能正是经院哲学对诗歌令行禁止的。穆萨托的论战拉开了后世争论的序幕，但丁的方法观无疑暗示了他独立自主的立场。

四、彼得拉克与薄伽丘

荷马既是希腊诗歌的先驱，又是巅峰。这种结合既是后人的福气，又是桎梏。荷马让一切黯然失色——这也成了别人反对他的原因之一，反对者不仅有赫拉克利特和柏拉图等哲学家，也有赫西俄德、品达、欧力彼得斯、卡里马库斯（Callimachus）等诗人。类似巧合历史上只出现过一次，在意大利。但丁打头阵，此后就一直孑然一身。意大利文学当然以他开始。可若说意大利文学在他之后才开始，

1　F. X. Seppelt, *Monumenta Coelestiniana* (1921), p. 5, 15 ff.

2　毕达哥拉斯认为，10 之所以是完美的数字，因为 1+2+3+4=10。例如，人有十根手指，教理问答有十诫等等。

也不算错。但丁很难被纳入意大利文学，但仍有人进行类似尝试。他们就是“民族人文主义者”（umanesimo volgare）（托凡尼 [Toffanin] 语）。这一做法将拉丁人文主义的基本原则——模仿伟大典范——也引入了意大利文学实践当中。本博（Pietro Bembo）把三位伟大的托斯卡纳人但丁、彼得拉克、薄伽丘，称为经典三人组（canonical triad）（*Prose della volgar lingua* [1525]）。他们意在像维吉尔改造拉丁诗歌，西塞罗改造拉丁散文那样，改造意大利文学。这一观点的影响如何？此后，出现了很快【随着“甜蜜的十四行诗”（sugared sonnets)】席卷意大利和法国的彼得拉克主
226 义（Petrarchism)。[1]彼得拉克是可以模仿的。可但丁公认为三位经典作者唯一可望而不可即的。他的作品里有不合大众趣味的错误，他的诗歌风格难以类定。像荷马一样，但丁为自己的祖国带来无上荣耀，可他如恒星般独处一隅。在我们看来，与之并肩而立的是维吉尔、莎士比亚，而非彼得拉克与薄伽丘。他们固然有趣，但丁却是伟大的。

但丁为困扰人类近1300年的诗歌与哲学之争，找到了解决之道，但他的方法无法借鉴。但丁之后，古老的争论再次出现。彼得拉克熟谙基督教父，因此也了解圣经诗学，不过他也了解诗歌神学。在致兄弟——加尔都西会士盖拉尔多（the Carthusian Gherardo）的信中（*Le Familiari*, X, 4)，彼氏写道：“诗歌与神学绝不对立。我甚至认为，神学是上帝赐予的诗歌。基督时而唤作‘狮子’，时而唤作‘羔羊’，时而唤作‘虫子’，[2]这些若不是诗又是什么？……救世主的寓言不是隐喻又是什么？……然而主题却变了！谁做的手脚？《圣经》谈论的是上帝和神的事物，诗歌谈论的是诸神与人类，因此亚里士多德说，诗人是最先研究神学的……”彼得拉克引用了瓦罗、苏埃托尼乌斯（Suetonius)、伊西多尔，作为权威例证；同时又引用

---

1 【中译者注：原文为“Der Petrarkismus, der sich wie eine Pest über Italien und Frankreich verbreitete”，即“像瘟疫一样席卷意大利和法国的彼得拉克主义”，并没有“sugared sonnet”。】

2 狮子的比喻见《启示录》5:5【中译者引：“长老中有一位对我说，不要哭。看哪，犹大支派中的狮子，大卫的根，他已得胜，能以展开那书卷，揭开那七印”)；羔羊的比喻见《约翰福音》1:29【中译者引：“次日，约翰看见耶稣来到他那里，就说，看哪，神的羔羊，除去 [或作背负] 世人罪孽的”】；虫子的比喻见《诗篇》21:7【中译者引：“但我是虫，不是人。被众人羞辱，被百姓藐视”。《诗篇》21:7 并无虫子的内容，这段此处文字为 22:6】等等。对基督之名（nomina Christi）的列举与阐释，构成了神学的主题（locus theologicus）之一，对此伊西多尔已经有所探讨（*Et.*, VII, 2)，且通过 Luis de León（*De los nombres de Cristo* [1583])，进入了大众文学。详见拙文（载 *Mélanges Joseph de Ghellinck* [Gembloux, 1951], 1029 f.)。

了以六步格写作的摩西、约伯、大卫、所罗门和耶利米。其他见证者还有安布罗修、哲罗姆、奥古斯丁，以及与教会学校有关的基督教作家普鲁登提乌斯、普罗斯佩尔、塞杜里乌斯……书信最后用隐喻法，阐释了彼得拉克的第一首牧歌。至此，彼得拉克重复了穆萨多的观点。

神学诗学再次出现于薄伽丘的作品。他的长篇大论可如此概括："故不妨这样说，诗歌即神学，神学即诗歌。"（Dunque bene appare, non solamente la poesia essere teologia, ma ancora la teologia essere poesia.）[1]

彼得拉克与薄伽丘都遵循穆萨托的主张。后来的萨卢塔蒂（Coluccic Salutati）（卒于 1406 年）亦然。可是情况已经改变。[2]阿奎诺的托马斯（Thomas of Aquino）仅仅是多明我会士心中的教义权威。方济各会士时而遵从斯科图斯（Duns Scotus），时而遵从奥康姆（Ockham）。到了 14 世纪，托马斯的作品便未再出现。彼得拉克与经院哲学没有什么关联，他遵从的是西塞罗与奥古斯丁。15 世纪意大利开始有人抨击诗歌，发难者不是哲学家，而是修士中的严格主义者（monkish rigorists）。他们坚持始自达米安（Peter Damian）终于萨伏那罗拉（Savonarola）的主张。该主张反对把"诗歌神学"引入大雅之堂，因为诗歌还未得到基督教的认可。事实上，彼得拉克与
薄伽丘在各自的拉丁牧歌中，延续了中世纪寓言式田园诗（allegorical bucolic）传统。 227
塔索（Tasso）仍遵从薄伽丘之说。[3]

即便到了今天，当阿奎那主义试图在其体系中为诗歌安排一席之地，仍显得心有余而力不足。《艺术与经院派》（*Art et scolastique*）作者马利丹（Jacques Maritain），曾批评"纯艺术"（reinen Kunst, pure art）概念。所谓纯艺术，就是想摆脱与人与物的一切关系而独立存在的艺术。可如此一来，艺术便毁掉了自己："艺术走向自我毁灭。它离不开人，因为它靠人来生活；它离不开物，因为它靠物来补养，来维持生命……要提醒它，'诗歌是本体论'。"最后一句话引自莫拉斯（Maurras）："正如薄伽丘断言，诗歌是神学……本体论很可能是其真正的名称，因为诗歌尤其指向存在认

1　Giovanni Boccaccio, *Il Commento alla Divina Commedia e gli altri scritti intorno a Dante*, ed. D. Guerri, I (1918), p. 43 = *La Vita di Dante*, c. 22. 精简版内容有所改动，见 *ibid*., pp. 87 ff。

2　改变内容参见 E. Gilson, *La philosophie au moyen âge 2* (1944), 710 ff。

3　*Discorsi del Poema eroico* (Torquato Tasso, *Prose*, ed. Flora [1935], 355).

识的根源。”[1]莫尔——马利丹——薄伽丘：他们都聚集在圣托马斯·阿奎那名下，这一发现不能不令人振奋。另一方面，14 世纪意大利人从中世纪的兵器库中，拿出神学诗学的大旗，高呼抵御阿奎那主义的唯智论（intellectualism）（后来只有 20 世纪的新阿奎那主义再次将其搬出）。这样的场面，想来十分有趣！[2]

---

1 Jacques Maritain, *Frontières de la poésie* (1935), 12 f.

2 【Giuseppe Billanovich 在第八章所引 Schimid 的书中指出，薄伽丘的神学诗（发表在 *Trattatello in laude di Dante* 以及 *Genealogia deorum gentilium* 的最后两卷）最早见于彼得拉克致其兄弟 Gerhard 的书信（*Le Familiari*, X, 4），其实这封信便是致穆萨托的。】

第十三章　缪斯女神

从历史角度讲，地中海—北欧西部拥有共同的文化。我们接下来的考察将从这一史实入手。我们的目标是说明其文学同样是统一的。为此，我们必须展示某些至今仍受到忽略的连续现象。借助语文学的缩微复印技术，我们可以从来源不同的文本中，找出相同的结构要素，而这些要素堪称欧洲文学的表达常量（Ausdruckskonstanten, expressional constants）。它们反映了文学表现的一种通用的传播理论与实践。这些共同点中有一样是修辞。我们发现，诗歌除了与哲学、神学关系紧密，往往也与修辞联系起来。所有这些复合体都需要我们仔细考察，理清头绪，每一个线索都不能放过。此前，在每一章中，即便相同的历史材料，我们也是以不同的视角考察的。每一次都好像重新撒网，每一网都带上很多单独的史实——这些副产品着实令人兴奋和期待。然而，我们的主要目的，是运用经验而系统的定位法（Präzisionsmethoden, precision method），更准确地了解我们的文学材料结构。通过逐步分析，我们从最宽泛的概念深入至特定概念：从修辞到主题，从主题到颂词主题等等。这一工作做得越深入，就越使人想接近历史的具体事实，并最终在“肥沃的经验洼地”（fruchtbaren Bathos der Erfahrung, fruitful bathos of experience）[1] 上觅得其踪…… 228

在文学传统的“具体”形式常量中，就有缪斯女神。古代人认为，缪斯女神不仅属于诗歌，而且属于一切更高级的精神生活形式。正如西塞罗所言，与缪斯生活，就是有教养有学问地生活（“cum Musis, id est, cum humanitate et doctrina”: *Tusc*., V, 23, 66）。在我们看来，缪斯女神的身影已悄然淡出源远流长的传统。曾几何时，她们也是至关重要的角色。她们有自己的祭司，自己的仆人，自己的允诺，当然也有

---

1 【中译者注：语出康德《任何一种能够作为科学出现的未来形而上学导论》（*Prolegomena zu einer jeden künftigen Metaphysik, die als Wissenschaft wird auftreten können*）。中译文见庞景仁译：《任何一种能够作为科学出现的未来形而上学导论》，北京：商务印书馆，1982 年，172 页。】

229 自己的敌人。欧洲文学史的每一页都少不了她们。[1]

在宗教史上，缪斯女神被视为泉水之神，并且与宙斯崇拜有关。据说，有人在佩里亚（Pierian）的缪斯神殿构思了一首诗，歌颂太初之时，宙斯对诸神取得的胜利。这可以说明缪斯女神与诗歌的关系。[2]当然，荷马并未留给我们此类线索。他的缪斯是奥林匹斯山诸神。这些神祇现身史诗，就是为了让诗人有话可说。在《伊里亚特》开篇部分，荷马祈求女神歌唱阿喀琉斯的愤怒；在《奥德赛》的开头，他请求女神为其叙说那位机敏的英雄……而《伊里亚特》中，诗人呼唤缪斯提供更细微的帮助，以便能列举舰队司令和船只（II, 484 ff.）。这里，荷马之所以需要缪斯，不光因为她们能赐予灵感，还因为她们无所不知。对我们来说，船只数量究竟是否为荷马所补充并不重要。我们只应该按照两千年来，世人共用的方式解读荷马。列举船只不过是诗歌表示难以计数的一种方法，时至今日依然如此。训导诗之父赫西俄德也感到离不开缪斯女神。在他与品达看来，呼唤缪斯乃诗人之教育职责使然。

与其他奥林匹斯诸神不同，缪斯女神没有鲜明的个性。世人对她们知之甚少。她们已化身为纯粹的精神原则，可以随时被请出希腊罗马的万神殿。荷马的诸神世界里，时常与缪斯联系起来的神，只有阿波罗。即便在古希腊，缪斯的形象也是模
230 糊不清。从一开始，世人对女神数量、世系、寓所和职责的说法，便经常自相矛盾。

---

1 我曾在 *ZRPh*, LIX (1939), 129-188 上发表一篇文章，考察自奥古斯丁时代至公元 1100 年间文献中缪斯出现的情况。其中涉及 25 位异教作家和 70 位基督教作家。在 *ZRPh*, LXIII (1943), 256-268，我又进行了进一步补充。本章便是以这两份材料为基础写就的，不过写作时仅采用了部分内容。希望熟悉相关内容或详细了解中世纪缪斯主题的读者，可参考这两篇文章。对于有志语文学研究的读者，可注意以下内容：在 Walter of Speyer, *Scolasticus* (*Poetae*, V, 19, 81) 中，阿波罗率先登场，“其后跟随着一群 Hinnidum”（Pales Hinnidum plebe secuta），这段文字编者 Karl Strecker 觉得几不可解。我认为（*ZRPh*, LVIII [1938], 139 n.），“Hinnidum”应该就是指“缪斯女神”。后来，我看到 H. Chamard 写的“Une Divinité de la Renaissance: les Hymnides” (*Mélanges Laumonier* [1935], 163)。文章认为，“the Hymnids”是 16 世纪上半叶法国文献中，时常出现与森林女神得律阿德斯（Dryads）和山岳女神俄瑞阿得斯（Oreads）一同被提及的一群仙女。典出薄伽丘的《异教神谱》（*De genealogia deorum* [Bk. VII, c. 14]）——“De nymphis in generali”。薄伽丘写道：“其他的如狄奥东提乌斯所言，称作‘Hymnides’，也就是他所谓的草场与花丛仙女。”“狄奥东提乌斯”何许人也，我们不得而知。参见 Jean Seznec, *The Survival of the Pagan Gods* (Bollingen Series XXXVIII; New York, 1953), pp. 221 f。显然，Walter of Speyer 已经知道薄伽丘的“Hymnids”。不过在古代，缪斯女神有时仍等同于仙女（Virgil, *Ecl*., 7, 21）。后来，Isidore, *Et*., VIII, 9, 96 的情况亦然。“Hymnids”未见于 Roscher, *Lexikon der Mythologie* 和 *RE* 中“Nymphai”词条。

2 Otto Kern, *Die Religion der Griechen*, I (1926), 208.

赫西俄德的缪斯不同于荷马的缪斯，恩培多克勒的又有别于提奥克里图斯的。不过自古以来，缪斯不但是诗歌的守护神，而且是哲学与音乐的守护神。毕达哥拉斯学派与柏拉图学派，自创立之初便与缪斯崇拜有着千丝万缕的联系。所有更高的精神追求，都贴着缪斯的印记。我们已经从西塞罗身上看到这一思想。身为学富五车的作家，西氏在自己的文化中如鱼得水。维吉尔对缪斯女神的深沉、高尚、炽热的爱则是另一回事。不过，他仅在作品的一部分，即农事诗（*Georgics*, II, 475 ff.）中表达了这种情感。诗中，作者称赞农民的幸福生活，并将其与自己的生活目标相比照：

无上而温柔的缪斯，我是你们的祭司，
你们深沉而炽热的爱令我如痴如狂。
请你们拥抱我，为我指引何处是天国？
是繁星？何处有日出日落，月圆月缺？
请告诉我，地震从何而来？是何种力量
让大海时而风浪大作，时而风平浪静？
为什么冬季的太阳急着跳进大海？
是什么把夜晚缓慢的脚步拖住？
如果冰冷的血液冻住了我的心脏，[1]
让我无法揭示这些自然的奥秘，请让
乡村和山谷里的溪流为我带来欢乐，
请让我爱上潺潺的流水和幽幽的森林……
啊，洞悉万物之因由者，该何等快活！
啊，心无所惧，把无情的命运踩在脚下，
对冥河饥饿的咆哮充耳不闻者，该何等快活！

Me vero primum dulces ante omnia Musae,
Quarum sacra fero ingenti percussus amore,
Accipiant, caelique vias et sidera monstrent,

---

1 恩培多克勒认为，血乃神思之所（the seat of the intellectual faculty is the blood）。后来，维吉尔采用比较委婉的说法来表示“资质平平”。

Defectus solis varios, lunaeque labores,
Unde tremor terris, qua vi maria alta tumescant
Obicibus ruptis, rursusque in se ipsa residant,
Quid tantum Oceano properent se tinguere soles
Hiberni, vel quae tardis mora noctibus obstet.
Sin, has ne possim naturae accedere partis,
Frigidus obstiterit circum praecordia sanguis,
Rura mihi et rigui placeant in vallibus amnes;
Flumina amem silvasque inglorius...
Felix qui potuit rerum cognoscere causas,
Atque metus omnis et inexorabile fatum
Subjecit pedibus strepitumque Acherontis avari!

维吉尔祈求缪斯女神赐予的，不是诗歌的礼物，而是有关宇宙万物法则的知识。
231 他同一些希望看到波塞冬尼乌斯的折中斯多葛主义（eclectic stoicism of Posidonius）的学者走到了一起。这里，缪斯是哲学的守护神。她们赐予的知识，能克服对死亡与冥界的恐惧。在《埃涅阿斯纪》中，维吉尔还引入了一位背诵自然哲学训导诗的诗人（I, 740）。

到了《农事诗》的结尾部分（*Georgics*, IV, 559-566），诗人转而注视奥古斯都，将其军事成就与自己的生平相对比，为作品署上奥氏的名字，并使之与自己年轻时写的牧歌联系起来：

于是我歌颂田野、牧民与大树的照料，
而此时无所不能的恺撒正在战场上，
在宽阔的幼发拉底河畔所向披靡，
为臣服的国家颁布胜利者的法令，
并向天国一步步走去。就在那段日子里，
我——为温柔的帕耳忒诺珀所哺育的维吉尔，

兴高采烈地追寻清苦的隐居生活；
我哼着牧民的曲调，以年轻人的盛气，
在葳蕤的山毛榉下，歌颂你提特鲁斯[1]。

Haec super arvorum cultu pecorumque canebam
Et super arboribus, Caesar dum magnus al altum
Fulminat Euphraten bello, victorque volentis
Per populos dat iura, viamque adfectat Olympo.
Illo Virgilium me tempore dulcis alebat
Parthenope, studiis florentem ignobilis oti,
Carmina qui lusi pastorum, audaxque iuventa,
Tityre, te patulae cecini sub tegmine fagi.

有些介绍《埃涅阿斯纪》的诗句保留了下来（真实与否有待考证）：[2]

是我在纤细的芦管上吹奏歌曲；当我
离开树林后，附近的农田便对贪心的
耕种者百依百顺。农民都喜欢这活；
但现在我要讲讲战神的可怕武器……

Ille ego qui quondam gracili modulatus avena
Carmen, et egressus silvis vicina coegi,
Ut quamvis avido parerent arva colono,
Gratum opus agricolis: at nunc horrentia Martis...

这里，维吉尔的史诗与其牧歌和训导诗联系起来。中世纪人把维吉尔作品的这种传记性顺序（biographical sequence），视为基于事物本质的层级体系；这种体系不

1 【中译者注：提特鲁斯，维吉尔《牧歌》中的牧民，有时也指维吉尔自己。】
2 【Cf. zuletzt H. Fuchs in *Museum Helveticum*, 4 (1947), p. 191, A. 114.】

仅象征三种诗歌体裁，而且还象征三个社会阶层（牧民、农民、士兵）和三种风格。它还扩展至对应的树木（山毛榉、果树、月桂与雪松）、场所（牧场、农田、城堡或
232 城镇）、工具（曲柄杖、犁、剑）、动物（羊、牛、马）。人们把上述对应关系，化简为一组同心圆环结构，即所谓的“维吉尔环”（rota Virgilii）。[1]在文艺复兴时期的英国，田园诗仍然被视为史诗的基础（斯宾塞、弥尔顿）。

缪斯女神并不符合这种结构。但（纪念提奥克里图斯的）田园诗仍然与西西里的缪斯有关。如我们所见，在维吉尔的作品中，训导诗的缪斯是科学与哲学的守护神。相反，史诗的缪斯十分接近荷马的缪斯。她们传授埃涅阿斯苦难历程（I, 8）之前的神话传说，传递有关古代拉提姆地区（VII, 37）的讯息，帮助诗人讲述各战队情况[2]（VII, 641; X, 163）。《埃涅阿斯纪》再次印证，缪斯女神是西方史诗的风格要素。每当要述说非常重要或非常“困难”的段落，[3]维吉尔及其追随者就会祈求缪斯，以装点并强调其中的重要内容。

贺拉斯写了一首诗献给缪斯女神（*Carm.*, III, 4），试图借此帮助奥古斯都重振道德与宗教。这并非他最满意的作品。但可以肯定，诗人以激昂澎湃的语调，歌颂自己的诗歌创作，称这是为缪斯服务，能使自己伴随女神左右（*Carm.*, I, 1, 30）：

常春藤——渊博之士的奖品，能让我
跻身天上诸神的行列；凉爽的树林、
轻巧的仙女与萨梯能让我远离人群：
只要欧忒耳佩肯出借
她的长笛，只要波利姆尼娅肯校准
那莱斯博斯的竖琴。[4]

Me doctarum hederae praemia frontium

---

1 Faral, 87.

2 历史学家吉本（Gibbon, 1737—1794）仍研究战队情况介绍是否为史诗的必要元素之一。

3 因此就有“第二次”，甚至更多的祈求（invocatio）。相关的经典段落（locus classicus）见 Quintilian, IV, *prooemium*, § 4。

4 【中译者注：萨梯，半人半羊的森林之神；欧忒耳佩，司音乐与抒情诗的女神；波利姆尼娅，司抒情诗、雄辩术、修辞学的女神。】

Dis miscent superis, me gelidum nemus
Nympharumque leves cum satyris chori
Secernunt populo, si neque tibias
Euterpe cohibet, nec Polyhymnia
Lesboum refugit tendere barbiton.

在贺拉斯的讽刺文中（*Sat.*, I, 5, 51），我们发现，对缪斯女神的祈求再不似之前的那般虔诚。提布鲁斯（Tibullus）祈求的不是缪斯，而是他的朋友（II, 1, 35），他挚爱的普罗佩提乌斯（II, 1, 3）。奥维德也以讽刺的口吻（*Ars*, II, 704）谈论缪斯。当时的审查官认为他的缪斯“放荡不羁”（*Rem.*, 362），而他则认为那是“诙谐顽皮”（*Rem.*, 387）。12 世纪享乐至上（hedonistically-minded）的诗人，祈求的往往是这种奥维德式的“诙谐缪斯”（musa iocosa）。

即便在奥古斯都的首批继任者执政时期，我们仍可看到，人们有意摆脱神话和 233
英雄诗——典型的例子是马尼利乌斯（Manilius）与《埃特纳火山》（*Aetna*）的作者。读者早已厌倦那些被一而再再而三使用的材料。深层原因在于由斯多葛派犬儒主义哲学发展，并经西塞罗转用（*De natura deorum*, III, 69 ff.）的英雄史诗的道德论批判（moralistic criticism of the heroic epic）。当希腊神话日渐式微，罗马帝国时代出现了一种新崇拜——神化帝王（the apotheosis of the Caesars）。第一个例子见于维吉尔（*Georgics*, I, 24 ff.）；随后又有马尼利乌斯、奥维德、塞内加等人。斯塔提乌斯在史诗中紧跟缪斯，但在随手创作的诗歌里，他却苦于寻找女神的替代者。他成了塑造缪斯替代品的专家。

因摒弃缪斯，珀修斯（Persius, 34-62）对后世也产生了影响。他一度致力于哲学研究。他的第一篇讽刺文是从斯多葛派伦理学角度，抨击当时日益衰落的诗歌和修辞。因此，在其著作的短序中，他把自己化身为从未饮过赫利孔山泉的诗歌“门外汉”。他是“半个村民”（semipaganus）；换言之，职业诗人参加的乡村节日（“paganalia”）中，没有合适他的位置，即便有也只是与别人分享的：

我从没有酣畅地痛饮甘洌的马泉，
也不曾梦见那双峰的帕那索斯山；

果真如此，我便可即刻成为诗人。
赫利孔的山泉与泛白的皮雷内泉，
还是留给雕像爬满常春藤的人吧；
身为半个村民，可我仍要把我的
诗作献给神圣的田园诗人节。[1]

Nec fonte labra prolui caballino
Nec in bicipiti somniasse Parnaso
Memini, ut repente sic poeta prodirem.
Heliconidasque pallidamque Pirenen
Illis remitto, quorum imagines lambunt
Hederae sequaces: ipse semipaganus
Ad sacra vatum carmen adfero nostrum.

中世纪的教士若读了这几行诗会有何反应？恐怕十有八九会把“semipaganus”，理解为“半个异教徒”。于是，他必定想，这个珀修斯，这个保罗的同辈人与半基督徒塞内加，肯定已发誓与信仰异教诸神的错误一刀两断！这就说明了为何珀修斯与缪斯女神不再交谈！

除了祈求缪斯，古代诗歌还祈求宙斯。[2]基督教诗歌在此也能搭上关系：天国对应奥林匹斯山，上帝对应朱庇特（但丁仍然说“至尊的朱庇特”[sommo Giove]）。最后，古代晚期出现了诗人对自己心灵的称呼。准备阶段始于早期希腊诗歌。荷马的
234 尤利西斯同“自己勇敢的心灵诉说”（*Od.*, V, 298）。品达审视自己的心灵。[3]在《变形记》的第一行，奥维德告诉读者，是他的心灵（animus）催促他写诗的。卢卡努斯

1 【中译者注：赫利孔山的灵泉，又名马泉（Hippocrene）是缪斯的圣泉，被认为是诗之灵感的源泉；皮雷内泉也是缪斯的圣泉，位于哥林多附近。关于“semipaganus”的问题，详见 William T. Wehrle, ch. 1, *The Satiric Voice: Program, Form and Meaning in Persius and Juvenal* (Hildesheim, 1992)。】

2 Pindar, *Nem.*, 2; Theocritus, XVII, 1; Aratus; Virgil, *Bucolica*, II, 60; Ovid, *Met.*, X, 148.

3 Pindar, *Nem.*, 3, 26; *Ol.*, 2, 89; *Pyth.*, 3, 61.

(I, 67) 借用了这一说法。除了心灵，诗人还会采用更强调的说法表示思如泉涌。[1]普鲁登提乌斯对自己的灵魂说道（ed. Bergmann, 54, 82）：

放开你的声音吧，睿智的头脑！请张开你的金口，
讲述激情之胜。

Solve vocem, mens sonora, solve linguam nobilem
Dic tropaeum passionis.

这里，诗人的灵魂取代了缪斯女神，成为祈求的对象。

罗马帝国时期的诗歌有个特点，即缪斯女神风光不再，她们的价值大不如前，甚至被取而代之。不过，就在此时，思想界出现了变化，使罗马世界从怀疑主义（scepticism）转向灵魂不死的信仰。屈蒙（Franz Cumont）为我们揭示了其中些许奥秘，毕竟他是第一个通过 1 至 4 世纪石棺而作此推测的。[2]这些珍贵大理石上雕刻的装饰图案，再现了神话时代与英雄时代的场景，可若想破解，就必须根据荷马的讽寓与神话的讽寓（allegoresis）。毕达哥拉斯派认为，缪斯是天穹的神祇。她们的歌声让天界和谐如一。因此，缪斯女神被纳入古代晚期异教的末世论（eschatology），并可让人长生不老（当然，只是那些愿为诗歌、音乐、学术或思想托付终身者，并非所有人）。维吉尔不仅羡慕虔诚的祭司和至福之境的行吟诗人，而且也羡慕介绍先进文化的人（*Aen.*, VI, 663）。求知（不管是世俗知识还是宗教知识）是永生之道，且与缪斯崇拜紧密相关。[3]正是这些背景，有助于我们解读晚期罗马石棺上的缪斯形象。直到最近，仍有人认为这些石棺是诗人的灵柩。但屈蒙不以为然。他反驳道：

---

1 Statius: “Pierius calor,” “Pierium oestrum” (*Thebais*, I, 3 and 32); Claudian: “mens congesta” (*De raptu Pros*., I, 4).

2 *Recherches sur le symbolism funéraire des Romains* (Paris, 1942). 在之前的论述中，我便以他的这部鸿篇巨制为基础。

3 屈蒙提到的例子中有些值得注意：Themistius, 234 a; Maximum of Tyre, X; Proclus, *Hymn to the Muses* (ed. Ludwich, 143). ——Vettius Agorius 的悼词也属此类（见本书第 210 页）。

> 维护天界和谐的缪斯姐妹用音乐，唤起人类心灵中对神之旋律的渴望，对天国的怀想。与此同时，记忆女神摩涅莫辛涅的女儿们，使理性想起它前世时已知的真理。她们向理性传授永恒的誓言——智慧。有了她们的帮助，思想登
> 235 上苍穹的顶峰，获知自然的奥秘，领悟群星的演化。它离开此世的呵护，来到观念与美的世界，并摆脱物欲的侵袭。当那些为女神尽职尽责并为此涤清罪恶的人死后，女神会把他们的灵魂升入天界，招致身边，使其尽享神明的美好生活。

屈蒙是第一个回答巴霍芬（Bachofen）在其《墓穴的象征意义》（*Gräbersymbolik*, 1859）中提出的问题（巴氏把这个问题同某些古怪的理论混为一谈）；他让我们有机会看到古代晚期异教宗教的前所未有的一面。

随着异教日薄西山，早期基督教诗歌极力反对缪斯，很可能是因为其宗教意义。此后，这种反对意见本身成了诗歌主题之一，影响范围横跨 4—17 世纪。它是追索道德与教义严格主义（ethical and dogmatic rigorism）兴衰的标志。每当有人试图寻找古代缪斯的基督教替代者时，就能见到它的影子。这样的反对声或多或少为思维创新开辟了道路。它的历史对文学史至关重要，因为它不但揭示了连续性，而且也反映了不同时期的宗教环境。

最早的基督教史诗诗人尤文库斯（Juvencus）开始求助圣灵，祈求对方为自己撒布约旦河的水（约旦河取代了缪斯的山泉）。在自己作品的诗体序言中，塞杜里乌斯把序言看作逾越节（Passover）的伙食——只有红土器皿装的蔬菜。[1]在全诗开篇，作者祈求上帝（I, 60 ff.）。他丝毫未提缪斯女神，而是猛烈抨击异教诗人（I, 1 ff.）。这应该是“异教诗歌与基督教诗歌有别”（Contrast between Pagan and Christian Poetry）主题的萌芽，该主题我们以后还将时常遇到。[2]普鲁登提乌斯恳求缪斯女神，把她常戴的常春藤花冠，换成“神秘主义的桂冠”，以彰显上帝的荣耀（*Cath.*, 3, 26)。诺拉

---

1 这个意象在中世纪很受欢迎，如 Marbod of Rennes (*PL*, CCXXI, 1548 C)。该意象出自《哥林多后书》4:7。【中译者注：“我们有这宝贝放在瓦器里，要显明这莫大的能力，是出于神，不是出于我们。”】

2 【见圣哲罗姆的第三封信：“不管在希腊语还是拉丁语中，不可思议的寓言都符合这一真理。”(cedant huic veritati tam graeco tam romano stylo mendaciis ficta miracula.)】

的保利努斯（Paulinus of Nola）（卒于 431 年）就反对缪斯（X, 21）：

不给缪斯，不给阿波罗，
那些心灵只献给基督。

Negant Camenis nec patent Apollini
Dicata Christo pectora.

指挥合唱团并为他的歌曲赋予灵感的，不是缪斯，不是阿波罗，而是基督（XV, 30）。异教诗人述说的事虚妄不实，这种事对基督的信徒来说是万万做不出来的（XX, 32 ff.）。除了反对异教的缪斯女神，保利努斯还提出了自己的基督学灵感论；另外他还认为基督乃宇宙的乐师，这一思想启发亚历山大派，将基督同俄耳甫斯相提并论（见本书第 244 页）。

圣徒史诗也为一些人反对缪斯提供了特别的机会。约 470 年，佩里格（Périgueux）主教保利努斯用韵文写了一部塞维鲁斯（Sulpicius Severus）《圣马丁
传》（*Life of St. Martin*）注疏。在其中第四卷（IV, 245 ff.），他介绍了一种原始的祈 236
灵方法。他的祈求对象是自己的缪斯女神（女祭司的尊严便因她而来），是他的心力（Geisteskraft, powers of mind）。接着，他提出反对古代的缪斯：

……让那些疯言疯语的疯子
把缪斯关进自己义愤填膺的胸膛。
让马丁做我们的向导。我喜欢类似的疯狂想法，
我的身体急需这泉的滋润。让狂躁的心
渴求诗泉的甘露；别处的水适合
在约旦河[1]重生的人。

… Vesana loquentes
Dementes rapiant furiosa ad pectora Musas:

1 这里，约旦河的作用与尤文库斯作品中的一样。

Nos Martinus agat. Talis mutatio sensus
Grata mihi est, talem sitiunt mea viscera fontem.
Castalias poscant lymfatica pectora lymfas:
Altera pocla decent homines Jordane renatos.

意大利人福尔图纳图斯也对圣马丁感恩戴德。福氏一度饱受眼疾之苦，后来他拿拉文纳地区某教堂的圣马丁祭坛上的羔羊油，敷到眼部，疾病便治愈了。为了表示感激，他参访了图尔的圣马丁墓，此后便留在了法国。福氏也用韵文写了一部圣马丁传记。不过，他的世俗诗里并没有反对缪斯的声音。在其诗集序言中，福氏讲述了自己历尽艰辛，跋山涉水，穿过德国、法国等多瑙河沿岸的国家之际，一位缪斯女神（尽管她冷漠有余而热情不足），如何启发自己如转世的俄耳甫斯一样对着树林歌唱（ed. Leo, p. 2, 8）。在他身上，世俗诗歌与宗教诗歌并行不悖。毫无疑问，福氏是完完全全的基督教徒，但他对古代诗歌也醉心不已。于是，我们就看到他描写一位旅行者如何在炎炎夏日躲到树荫下，悠然自得地引吭高歌：不管他唱的是维吉尔、荷马，还是《诗篇》，这些诗人都用自己的缪斯让群鸟神魂颠倒。

借助“神话即历史”（euhemeristic）的观点，基督教父的寓言[1]让缪斯变得不再面目可憎，并且还把她们重新解释为音乐理论中的概念（后来这一做法又反复出现）。[2]

在 7 世纪日耳曼北部，我们再次发现针对异教缪斯的严格主义反对意见，反对者就是奥尔德赫姆。不过，他的出发点与诺拉的保利努斯的截然不同。在其谜语集的序言部分，我们看到，这位盎格鲁 - 撒克逊人所求助的并非基督，而是创造巨兽（behemoth）的万能的造物主（《约伯记》40:10 ff.[3]）。奥氏摒弃了“诗泉的仙女”和阿波罗。同珀修斯一样，他也“没有梦见帕纳索斯山”。上帝会赐予他歌唱的灵

1 Clement, *Protreptikos*, II, c. 31; Augustine, *De doctrina christiana*, II, c. 17 after Varro.

2 【有关教父作品及“神话即历史”的观点，见 Jean Seznec, *La survivance des dieux antiques*, 1940, p. 14。另见本书学术附录十五。】

3 【中译者注：“你且观看河马。我造你也造它。它吃草与牛一样。”按照新国际版（New International Version），所谓“巨兽”很可能指河马或大象。】

感——上帝不就启发摩西创作“格律诗”么？如此一来，奥尔德赫姆便把反对缪斯的意见，与教父的“圣经诗学”合而为一。作者引述巴兰（Balaam）打驴（《民数记》22:27[1]）的故事，以证明耶和华能赐予讲话的本领，该主题已见于塞杜里乌斯的
作品（*Carmen Paschale*, I, 160 ff.），后来广受欢迎。[2]不过，那是圣经诗学或上帝诗学 237
（Jehovistic poetics）的一个误解。

相比其他国家，英国将诗歌理论与《旧约》结合（教父释经学的成果之一）得更为彻底。其表现出来的连续性说明，英国或者说撒克逊人的英国，可轻而易举地接受《旧约》诗歌。这一点我们能从弥尔顿的作品中看出。约翰·班扬在其《天路历程》（*Pilgrim's Progress*）序言（“作者致歉”）中，就采用了圣经诗学的观点。英国浪漫主义以前，圣经诗学仍很有影响；此后，18 世纪欧洲文学革命拉开帷幕。洛思（Robert Lowth, 1710—1787）（1741—1751 年担任牛津大学诗歌讲席教授，去世前为伦敦主教）甚至凭借有关希伯来诗歌的论著而名声大振。[3]

随着缪斯女神的声誉日渐恢复，有人不禁听到加洛林时代人文主义的呼声。盎格鲁－撒克逊人阿尔昆发现，自己已不适应从以歌颂和友谊为主题的世俗诗中寻找共鸣的宫廷生活。他在那里为缪斯保留了位置，但不许她们踏足宗教诗（spiritual poetry）。类似情况亦见于安吉尔伯特（Angilbert）、狄奥杜夫（Theodulf）、莫尔（Raban Maur）和莫多万（Modoin）。唯有像弗洛鲁斯（Florus of Lyons）（因撰写正统作品、受异端迫害而闻名）这样严苛的教徒，才体现严格主义：如果诗人需要从群山获取灵感，那就让他们爬西乃山（Sinai）、迦密山（Carmel）、何烈山（Herob）、锡安山（Zion）。那时的人文主义，对学校和校园诗（school poetry）大有裨益。某修

---

1 【中译者注：“驴看见耶和华的使者就卧在巴兰底下，巴兰发怒用杖打驴。”】

2 如 Orientius, *Commonitorium* I, 29 ff. ——Bede, *Vita Cuthberti metrice*, ed. Jaager, p. 63, 74. ——*Poetae*, III, 308, 18; 509, 37. ——*Poetae*, III, 7, 34 中，不仅提到巴兰的驴，而且提到“你要大大张口，我就给你充满”（Dilata os tuum, et implebo illud）（《诗篇》81:10），提到身为“言”（verbum）故可赐“语”（munera linguae）的基督。——Odo of Cluny, *Occupatio*, p. 2, 25 and p. 68, 18. ——Bede (*Vita Cuthberti*, 35) 祈求圣灵“赐语”。

3 *De Sacra Poesi Hebraeorum* (Oxford, 1753). 洛思认为，希腊人把诗歌看作上天赐予的神圣礼物，这一观点乃是对全人类共有的原始诗歌概念的追忆。希腊人在实践中丢失了它，《旧约》则为我们保留了下来。——这部作品名噪一时，因为大家都在寻找原始诗歌。洛思激发了赫尔德（Herder）的兴致。参见 Goethe, *Dichtung und Wahrheit*, Book 2, ch. 10。——Paul Van Tieghem, *Le Préromantisme*, I (1924), 39.

道院学校教师效仿圣里基耶的米科（Mico of St. Riquier），祈求缪斯为基督教节日歌唱。作为回报，女神要了一大杯啤酒，不过圣诞节时要换成葡萄酒。爱尔兰人塞杜里乌斯·斯科图斯（Sedulius Scottus）（848 年起旅居列日 [Liége]），在追求享乐主义式的乐趣、欢悦与赞扬之际，也向缪斯表达自己的敬意；为了歌颂某位主教，他甚至敢向司田园诗的缪斯索吻。他的缪斯来自希腊，还送来仙露琼浆，供他开怀畅饮。不过，斯氏有时也会取材《旧约》。他知道一位肌肤黝黑的缪斯，还以摩西妻子之名，称其为“埃塞俄比亚[1]女子”（Aethiopian woman）（《民数记》12:1）；当有人祈求烤羊肉时，这位缪斯欣然赏赐了一顿大餐。盎格鲁－撒克逊的圣经诗学就这样遭到一位凯尔特人调侃。

238 圣餐歌（sequence poetry）兴于法国南部，其中心在里摩日（Limoges）和穆瓦萨克（Moissac）的圣马夏尔（St. Martial）。当缪斯女神现身圣餐歌，其意义至关重要。根据新近的研究成果[2]，我们不得不认为，圣餐歌的兴起缘于两个过程的融合：其一，世俗音乐融入教会仪式；其二，800 年后拜占庭圣歌传入法国。据此说法，我们正是在最早的圣餐歌中，发现了世俗元素——“奢侈品”（“圣餐歌获得官方承认后，便进入教会乐师和诗人的视野”，而奢侈品便打入了冷宫）。我们可以从圣餐歌的音乐起源，来解释缪斯为何会成为早期礼拜仪式的祈求对象。这里，缪斯被视为音乐艺术而非诗歌艺术的化身；对此，教父们也已经认可。圣餐歌又孕育了西方的新田园诗（见本书第 150 页）。随后，缪斯也守候在其襁褓周围。12 世纪文艺复兴期间，古代的缪斯概念，再次以琳琅满目的形式活跃起来。这些我们暂且不表，还是来说说但丁吧。

卡莱尔评价但丁时说，“十个沉默的世纪在他身上听到了响声”。的确，以诗歌形式铸就的《神曲》，堪称中世纪“缩影”。然而，但丁所获得的自由，所触及的范围，却是中世纪尚不为人知的。他的自由并未被看作文艺复兴或宗教改革的先兆。

---

1 【中译者注：这里的“埃塞俄比亚”并非当今的埃塞俄比亚共和国（Ethiopia）。在古希腊文献中，“Aethiopia”用以指尼罗河上游地区以及撒哈拉沙漠以南的所有区域。希罗多德用它来指代撒哈拉沙漠以南的非洲（Sub-Saharan Africa）。】

2 这里尤指 Hans Spanke 的成果。想要深入了解的读者，可参阅其著作 *Beziehungen zwischen romainischer und mittelalterlicher Lyrik* (Berlin, 1936)。“Aus der Formengeschichte des mittelalterlichen Liedes” (in the journal *Geistige Arbeit* [Sept. 5, 1938])。有关重要性的问题，见 *idem in HVjft*, XXVII, 381 and *ZfdA* (1934), 1。

薄伽丘与彼得拉克很快就陷入中世纪的窠臼之中。但丁的自由，乃是其伟大而孤独的灵魂所特有的自由。这自由促使他品评教皇和帝王的得失功过；促使他较经院哲学有过之而无不及地，批判奥古斯丁的历史见解；促使他提出有如救世主预言的个人历史观。但丁的独特之处在于，他是在层次分明的基督教的历史宇宙（hierarchical Christian historical cosmos）**当中**自由翱翔。从此，再无构筑西方的贵族英雄[1]能成此大业。为了缓和古代世界与基督教之间的紧张关系，那“十个沉默的世纪”，时而小心翼翼地融合（a cautious harmonizing），时而不甚可靠地调和（a questionable syncretism），或者采用其他在严格主义与拒世修行中找到的方法。当然，大多数人还无法意识到，这是何等困境。但丁，这位基督教世界最伟大的诗人，随心所欲地为古代诗人和英雄安排彼岸世界的福地（Elysian precinct）。他设法征得那些人同意，
走进他们的圈子，还请维吉尔担任向导，与之一同游历人间天堂。基督教诗人会谈 239
起缪斯吗？但丁倒不曾有此顾虑。《神曲》并非古代所谓的史诗，但它仍沿用了祈求缪斯女神的套路。不管在但丁还是维吉尔眼里，缪斯是“我们的保姆”（*Purg*., XXII, 105），是“至圣的众贞女”（*Purg*., XXIX, 37），是其最后诗作的“诗泉姊妹”（*Ecl*., I, 54）。她们用甘甜的乳汁哺育了许多诗宗（*Par*., XXIII, 56）。每逢紧要关头，作者都会严格遵循古典技法，呼唤缪斯（*Inferno*, II, 7 and XXXII, 10; *Purg*., I, 8 [神圣的九缪斯，我属于你们][“O sante Muse poi che vostro sono”] and XXIX, 37-42）。即便是《神曲 · 天堂篇》的开头（*Paradiso*, II, 8），她们也必须同密涅瓦与阿波罗一起，赋予作者灵感；而在作者描绘朱庇特的天国（XVIII, 82）前，她们又再次出现。当然，其他地方也多次提到这些女神，尤其是司史诗的卡莉欧碧（Calliope）、司历史的克莉奥（Clio）、司圣歌的波莉海妮娅（Polyhymnia），以及司天文的乌拉妮娅。但丁用“飞马女神”（“diva Pegasea” , *Par*., XVIII, 82）（该名字亦见于瓦尔特的沙蒂永的作品），来通指缪斯女神。他还把自己的一首十四行诗称为“卡莉欧碧之语谈”（sermo Calliopeus）（Letter 3,§4）。阿波罗只提到了一次（*Par*., I, 13-27）；希腊的主神必须帮助基督教诗人描绘赐福之地的景象。但丁在致坎 · 格兰德的信中，详细解释了这种祈求（invocatio）（§86 ff.）。与此同时，他还探讨了序言及其变体（§45 ff.），区分了修辞开篇和诗歌开篇（exordium）。诗人需要祈求，因为他们必须从“更高的神

1　Alfred Weber, *Kulturgeschichte als Kultursoziologie* (Leiden, 1935), 389.

灵”(higher substances)那里求得“神的礼物”。至于但丁眼中的更高神力，不仅有阿波罗和缪斯女神，还有各种星座（*Par.*, XXII, 121）。另外，他也知道呼唤自己的心灵（*Inf.*, II, 8）。在其散文中，但丁采用了基督教的祈求形式。在《帝制论》(I, 1,§6)中，他不但借用了奥古斯丁的《上帝之城》的序言，而且继续采用了中世纪极其珍重的祈求上帝的方式。在《论俗语》的开头，他同样引入了祈求语——“启自天国的语言”(Verbo aspirante de coelis)。到了中世纪早期，祈求身为“言”的基督的做法已颇为流行。[1]这是古代“祈求”最明显的替代方式。

针对《神曲》中向缪斯祈求（*Inf.*, II, 7）的段落，薄伽丘已经意识到，要想理解作者用意，必须借助古代研究者的长篇大论。[2]为此，他引述了圣洁之人(“christiano e santissimo uomo e pontefice”）伊西多尔、马克罗比乌斯、福尔根提乌斯(Fulgentius）等人的权威说法。缪斯是宙斯与摩涅莫辛涅的女儿，换言之，是天父上帝与记忆女神的女儿，因为上帝展现了可靠的万物之理，其藏于记忆之中的“明示”(demonstrations)，为人类带来了知识。于是，为了抛砖引玉（edification)，薄伽丘重
240 新采用寓意阐释缪斯这种漏洞百出的方法。在其为《神曲》创作的四首总结性六步格诗中，这一倾向更为明显。[3]另外，薄氏还祈求上帝与圣母玛利亚，祈求他们允许历经磨难的人死后升入天堂。写但丁评注时，他正身染沉疴，痛苦不堪，不久便与世长辞。在一封写于该时期的书信中，他为创作《十日谈》而懊悔不已。薄伽丘的缪斯概念[4]与但丁的有着天壤之别。从一开始，基督教诗人反对缪斯，只不过是教会思想一贯正确的标志。可反对声越大，越没有说服力。倒头来，反对缪斯成了不得已而为之的主题。不过，这十分契合中世纪诗歌的普通特点，毕竟它是讲求韵律的文学创作。宗教情感的力量鲜见其中，取而代之的是寓教于艺（didacticism）和以礼显诚（liturgically objectified devotion)。直到 12、13 世纪，才出现“引人入胜的奥秘”

---

1 参见本书第 237 页注释 19，即中译本第 311 页注释 2。——其他例子还有 Smaragdus (*Poetae*, I, 619) and Arnulf in his *Delicie cleri* (*RF,* II, 217)。——Marigo 对此段文字的评注有误导之嫌。

2 *Il Commento alla divinaCommedia*, ed. D. Guerri, I (1918), 198 ff.

3 *Opere latine minori*, ed. A. F. Massèra (1928), 99.

4 在《十日谈》第四天（4th Giornata）的导言部分，薄伽丘辩驳道，他的故事书与服务缪斯并不相悖。其论据之一是，“缪斯亦女性”。在《乌鸦》(*Corbaccio*）的辛辣讽刺中，薄氏却话锋一转：缪斯当然是女性，但“我可视而不见”(ma non pisciano)(ed. Bruscoli [1940], 218)。这里，我们看不见对缪斯的虔敬之心，而是中世纪对妇女的嗤之以鼻（222 f.)。薄伽丘与缪斯的关系并非不可指摘。其中夹杂着中世纪教士的不满。

(mysterium fascinosum)[1]的说法。有关“中世纪拉丁诗歌中宗教热情的形式与程度”的问题仍有待研究。不过，即便是反对缪斯这个老生常谈的主题，经过真正诗人的点化，也能变得鲜活起来。曼里克（Jorge Manrique, 1440?—1478）为亡父写的悼念诗，堪称西班牙文学最有名的作品（*Coplas*[2]），它以最妥帖的方式表达了上述主题：

在此我不会祈求
大诗人和演说家
——那少数的不朽；
幻想诱人却可欺，
在她芬芳的叶子上，
粘着毒露滴。
我的思绪只为他涌现，
他是永真，是善，是智，
我为他呐喊；
他与我们共生共行，
而世界却未参透
他的神性。[3]

---

1 【中译者注：“mysterium trendum et fascinosum”，“令人生畏又引人入胜的奥秘”，是宗教学家奥托（Rudolf Otto）对上帝的称呼，描述上帝的双重性：既神圣可畏，又魅力无限。】

2 【模仿了 Berceo 和 Juan Ruiz 作品中的一些例子。】

3 【中译者注：据 Longfellow 的英译文翻译：

I will not here invoke the throng
Of orators and sons of song,
The deathless few;
Fiction entices and deceives,
And, sprinkled o'er her fragrant leaves,
Lies poisonous dew.
To One alone my thoughts arise,
The Eternal Truth, the Good and Wise,
To Him I cry, （转下页）

Dexo las invocaciones
De los famosos poetas
Y oradores;
No curo de sus ficciones,
Que traen yervas secretas
Sus sabores.
Aquel solo me encomiendo,
Aquel solo invoco yo
De verdad,
Que en este mundo biviendo,
El mundo no conoscio
Su deidad.[1]

241 每个世纪都有基督教诗人为缪斯女神苦恼不已，这着实有点奇怪。相比攻击缪斯或者为她们寻找替身（毕竟这是变相承认她们的存在），对她们避而不谈岂不更合情合理？难道基督教没征服她们？答案当然是肯定的，而且连古代传统也征服了她们。基督教的统治地位不容置疑；通过设立宗教裁判所，迫害异教徒，基督教压制了所有抵抗——除了曼里克所说的“大诗人和演说家”（famosos poetas y oradores）。缪斯女神原本自己可以应对。可她们并非孤军奋战：自荷马与维吉尔时代起，她们就与史诗形式，建立了密不可分的关系。西方世界可以在没有戏剧的情况下历经千年，可 1800 年之前，还没有哪个世纪能离开史诗。基督教圣经史诗比基督教圣歌更古老。紧随其后的是诗体圣人传；正如克尔（W. P. Ker）与霍伊斯勒（Heusler）指出，维吉尔为日耳曼语、罗曼语中世纪（Germanic-Romance Middle Ages）的英雄诗树立了榜样。在 12、13、14 世纪，英雄诗又在拉丁语中重

（接上页）Who shared on earth our common lot,
But the world comprehended not
His deity.】

1 【其他关于西班牙诗歌中祈求缪斯及神话的研究成果，见 Otis H. Green, *Fingen los poetas. Notes on the Spanish attitude toward pagan mythology,* in *Estudios decicados a Menéndez Pidal*, I, 1950, p. 275。】

新绽放；到了 16、17 世纪，在意大利、葡萄牙和英格兰，它孕育了许多世界文学经典，这些都有亚里士多德的权威佐证（1200 年起，随着亚里士多德的理论与实践哲学日占上风，他的《诗学》也从 1550 年左右影响日甚）。即便到 18 世纪，圣经史诗与历史史诗仍在克洛卜施托克（Klopstock）与伏尔泰的著作中，产生了姗姗来迟的承接关系。不过，此时此刻，文学革命的第一波潮水已奔涌而来。同工业革命一样，文学革命也始于 1750 年左右的英国。它打破了古代传统的魔咒，令“民族之声”呼之欲出。从此，再无缪斯女神的问题……当然，基督教传统也同时陷入危机。哲学启蒙运动在理性主义那里达到顶峰，而社会启蒙运动则在卢梭思想（Rousseauism）处达到高潮。

中世纪的法国与德国史诗不乏重要作品。可成为我们文化遗产的，却寥寥可数。为何会这样？甚至没有哪个能或多或少拥有《埃涅阿斯纪》的完美和魅力。但丁的《神曲》的确可与之相媲美，但要说形式与内容，这部宇宙诗却与民族的英雄史诗毫无关系。对于以诗判高下的读者，维吉尔的诗篇与但丁的诗篇无疑是活生生的礼物。然而，除了专家，谁会从《贝奥武夫》、《罗兰之歌》、《尼伯龙根的指环》、《英雄帕 242
西法尔》（*Parzival*）[1]中寻章摘句？英雄诗往往靠人为地复兴，往往在新媒介中重新打造一番，以引起现代人的共鸣。这一方面，理查德·瓦格纳采用歌剧完成了类似的再创作，尽管它显得有些过时，且其意义更多在音乐方面，而非文本方面。不过，很久以前，“亚瑟王素材”与“罗兰素材”已经在一部诗歌中重获新生，这部诗歌就是阿里奥斯托的《疯狂的奥兰多》（*Orlando Furioso*, 1516）。

无论是形式的完美，还是多样性，无论是音乐，还是氛围，《疯狂的奥兰多》都让彼得拉克和薄伽丘的史诗黯然失色。它是意大利诗歌中，可与 16 世纪伟大画作交相辉映的作品。然而，《疯狂的奥兰多》的重要之处不仅在于其美，而且还在于其历史地位，因为它完全不涉及古代史诗理论（正如它不涉及中世纪的思想问题）。阿里奥斯托熟稔且酷爱拉丁诗歌，还从中借用了大量主题。不过，他并不期望创作一部拥有祈求缪斯的桥段和神话体系的维吉尔式史诗。他续写了博亚尔多（Boiardo）的《恋爱中的奥兰多》（*Orlando Innamorato*），同时沿用前任者的形式——符合宫廷趣

1 【中译者注：中世纪诗人埃申巴赫（Wilfram von Eschenbach）创作的日耳曼传奇，主要讲述了亚瑟王的英雄帕西法尔找寻圣杯的故事。】

味的游吟诗人的骑士传奇。该形式融合了各种矛盾：为信仰而战的宗教热情；骑士理想（不过，高尚的异教徒也可以实现）；爱的高级形式和低级形式；喜欢节日的娱乐活动。尽管如此，阿里奥斯托却可以通过一种媒介（那是他诗人品性的美妙产物）——反讽（irony）的魔力，化解这些矛盾。可一旦品性不顺，矛盾就会如催化剂，加剧道德冲突和宗教冲突（路德以及为古代异教传统和古代基督教传统各自而战者，突然打开问题的洪闸，道德宗教冲突便由此而来）。这一点可见于阿氏同辈福伦戈（Teofilo Folengo）的著述。其滑稽史诗（epic parody）《英雄巴多》（*Baldus*）（初版于1517年）采用了独特的语言形式——混合拉丁语[1]（macaronic Latin），这显然反映出作者内心动荡。他的缪斯用混合拉丁语及玉米粥喂养他：

我看不上墨尔波墨涅，看不上傻瓜塔利亚，
也不看不上用里拉琴吟唱我的诗作的福波斯；
因为当我说起自己的胆识与胃口，
帕那索斯的诸神就变得一筹莫展。
唯有满腹经纶的缪斯姐妹——
歌萨、柯米、斯特里、玛菲丽娜、托娜、佩德拉，
把她们的诗作用混合拉丁语唱出。
让她们给我端上五盘八盘热腾腾的玉米粥。

Non mihi Melpomene, mihi non menchiona Thalia,
Non Phoebus grattans chitarrinum carmina dictent;
Panzae namque meae quando ventralia penso,
Non facit ad nostram Parnassi chiacchiara pivam.
Pancificae tantum Musae doctaeque sorellae,
Gosa, Comina, Striax, Mafelinaque, Tona, Pedrala,
Imboccare suum veniant macarone poetam
Dentque polentarum vel quinque vel octo cadinos.

1 有关混合拉丁语诗歌的古代先驱，可参见 W. Heraeus, *Kleine Schriften* (1937), 244 f。【——莱辛曾谈到意大利、法国、德国的混合语诗歌（Petersen-Olshausen, XIX, p. 196）。】

正如当今混合语言散体史诗——詹姆斯·乔伊斯的《芬尼根的守灵夜》(*Finnegans* 243
Wake)反映了我们时代的思想危机，这部仅剩部分片段的混合拉丁语史诗，也反映出那个时代的思想危机。

把三位伟大的托斯卡纳人奉为语言典范，把意大利文学“希腊化”的特里西诺(Trissino)[1]计划，开始在亚里士多德的诗论帮助下付诸实践。特里西诺曾于1515年以希腊悲剧经典为基础，创作了一部悲剧；还曾在1548年，毕二十年之功，完成第一部以无韵体意大利诗歌为形式写就的古典主义史诗《哥特人解放的意大利》(*L'Italia liberata dai Goti*)。尽管亚里士多德视悲剧为诗歌的最高体裁，但特氏指出，一般人都认为，维吉尔与荷马是最伟大的悲剧作家。显然，他不得不将《疯狂的奥兰多》排除在外，因为该作品是传奇(romanzo)，而不是史诗。其实，我们不妨另辟蹊径看待这个问题。格律体骑士传奇是新兴体裁，亚里士多德当时尚不知晓，所以他的规则并不适用。[2]那么，可否调和“传奇”与亚里士多德的史诗的关系？塔索找到了解决办法。从主题问题和诗化角度讲(信仰斗士、八行体[ottava rima])，他的《被解放的耶路撒冷》(*Gerusalemme liberata*)虽起于骑士传奇，但始终遵循古典主义史诗的模式。作者开篇摒弃了古代缪斯及赫利孔山萎蔫的桂冠，转向受祝福的唱诗班，祈求寓居天堂的缪斯。与此同时，他还祈求记忆(I, 36)，请求缪斯(此处没有基督教意味)帮他回忆大军整装待发的情景(XVII, 3)。塔索的诗歌理论正契合反宗教改革运动(the Counter Reformation)道德化的亚里士多德主义。

在伊丽莎白时代的英格兰，诗人既不必担心亚里士多德的理论，也不必顾忌特利腾大公会议(Tridentine)议案。斯宾塞可以继续走乔叟与中世纪寓言的老路，同时也能在荷马、维吉尔、阿里奥斯托、塔索的继承者中，为自己的《仙后》觅得一席之地。那篇经过艺术锻造而成的序言包括四个诗节：第一节用融合了维吉尔和阿里奥斯托色彩的模式交代了主题；第二、三节是祈求部分；第四节是给伊丽莎白女王的献词。在祈求部分，斯宾塞呼唤了他称之为“九位之首的圣女”(holy virgin chief of nine)，且经过各种阐释的那个缪斯。另外，他还请求维纳斯、丘比特及玛尔斯的帮助。后来，他又祈求福波斯与摩涅莫辛涅之女克莉奥(III, 3, 4)，祈求认识所

1 【中译者注：Gian Giorgio Trissino(1478—1550)，意大利文艺复兴时期人文主义者、诗人、戏剧家、外交官及语法学家。】

2 Giraldi Cintio, *Discorso intorno al comporre dei Romanzi* (1549).

有海神、水神的宙斯之圣子（因此也是九缪斯之一）(IV, 11, 10)。第六卷以“第二次祈求”缪斯开篇，因为诗人感觉自己的力量正逐渐减弱。

17 世纪的英格兰为我们带来了弥尔顿的新教缪斯。《失乐园》的那篇才华横溢却流于造作的序言包括：1. 交代主题；2. 祈求基督教（大卫式）缪斯；3. 从未履行的主题诺言；4. 祈求圣灵。这里的“天国缪斯”(1, 6 ff.) 取自《旧约》，是清教派
244 (Puritanism) 的一大精神支柱。这位希伯来缪斯，启发摩西登何烈山与西乃山。[1]她还将弥尔顿升入赫利孔山。在“第二次祈求”部分 (7, 1 ff.)，诗人把她当作乌拉妮娅一样的祈求对象。然而，她并不在九位缪斯之列，而且也不住在奥林匹斯山，她的年龄甚至比地球的还大。创世之前，她在全能的上帝面前，与自己的姊妹“智慧”(Wisdom) 嬉戏（《箴言》第 8 章）。她赶走了酒神巴克斯及其侍女 (the Maenads)。她是天国的生灵，而古代缪斯只不过是虚而不实的梦。如此一来，弥尔顿又回到奥尔德赫姆的严格主义。不过，跟塔索或普鲁登提乌斯一样，他也未能点活基督教的乌拉妮娅。这位缪斯的处境仍然尴尬不已。弥尔顿与塔索都为“基督教史诗”的虚幻幽灵而忧伤。在但丁赶赴彼岸世界的旅途中，基督教的宇宙可以变成诗歌；而此后，唯有卡尔德隆的神迹剧 (autos sacramentales) 可做到这一点。

卡尔德隆为缪斯问题找一个基督教的解决办法。因 16 世纪教父研究而复兴的早期基督教护教传统认为，异教神话包含一种原始天启 (proto-revelation)（形式多少有些歪曲），其中透露了许多与《圣经》有关的事。这种融合倾向 (harmonistics) 在卡尔德隆的作品中得到进一步发展。他同时接纳了整个基督教传统与古代传统，然后运用亚历山大的克莱门 (Clement of Alexandria)（此人把希腊智慧视为“第二部”《旧约》）的基督教灵知主义 (Gnosticism)，让两者彼此相容。这个观点淋漓尽致地体现在卡尔德隆的笔下 (*Autos sacramentales* [1717], II, 172)：

……《圣经》之声，
先知中的神，
诗人中的人。

---

1 【模仿弥尔顿的克洛普斯托克，在其史诗开头，用“不朽的灵魂”代替缪斯，后来又祈求“游吟诗人的缪斯”或“西奥尼特”(Gabriel Sionite)。】

… las voz de la Escritura
Divina en los Profetas
Y humana en los poetas.

这段文字渗透了整个协调体系（system of concordances），卡尔德隆便借此将所有艺术呈献给上帝。在他的作品里，神圣的逻各斯（Logos）是音乐家、诗人，也是画家、建筑师。“化作诗人的逻各斯”，启发他创作了神迹剧《神圣的俄耳甫斯》（*El Divino Orfeo*）。[1]这部作品更为彻底地阐释了协调体系（*Autos*, VI, 249 b）。虽然《圣经》（神言 [divinas letras]）与古代智慧（人言 [humanas letras]），在宗教里是截然分开的，但它们通过“和音”（consonance）建立了联系。每每触及隐匿的真理，先知与诗人便不约而同地走到一起！比例与数字将永恒智慧（the Eternal Wisdom）的文本与世界和谐联结起来。上帝是演奏“世界乐器”的音乐家。基督是神圣的俄耳甫斯。[2]他的里拉琴是十字架木。他用自己的歌声征服了人性。这是塞杜里乌斯的“音乐家基督”（Christus musicus），而两者背后是克莱门的俄耳甫斯式基督（Orphic Christ）。在《圣帕纳索斯山》（*Sacro Parnaso*）中，这种协调更进一步。“信仰”（Faith）命异 245
教徒与犹太人引述各自的书。犹太人引用了《诗篇》的句子（68:25）——“歌唱的行在前，作乐的跟随在后，都在击鼓的童女中间”（Praevenerunt principes conjuncti psallentibus, in medio juvencularum tympanistriarum）。在卡尔德隆看来，这些击鼓的童女，对应的正是缪斯女神。不过，缪斯的领袖（the Musagetes）是基督，是“名副其实的阿波罗”（el verdadero Apolo）（V, 35 a）。以“圣帕纳索斯山”（sacro Parnaso）为名的天堂，就对应凡间的帕纳索斯山。[3]

西班牙不需要反宗教改革运动，因为那里根本就没有宗教改革，甚至连文艺复

---

1 【Cf. P. Cabañas, *El mito de Orfeo en la literatura española*, 1948 (Bulletin hispanique, 51, 1949, 447 中曾推荐该书）。】

2 俄耳甫斯见证了基督教：Clement of Alexandria, *Ausgewählte Schriften*, trans. O. Stählin, I (1934), 150 f.

3 【这里，我们要注意，俄耳甫斯神话已经在中世纪拉丁诗歌中得到热烈的阐述。在 *ZRPh*, 59, 1939, p. 183 中，我提到了曾认为是 Hildebert 创作的俄耳甫斯诗歌。现已确认，其真实作者为 Thierry de Saint-Trond（M.-J. Préaux in *Latomus*, 6, 1947, p. 357）。其他俄耳甫斯诗歌可参见 M. Delbouille in *Le Moyen Age*, 57, pp. 228-231。】

兴时期的异教思想与生活（Renaissance Paganism）也没有。亚里士多德主义更是他们闻所未闻的，遑论统治他们的思想。因而，无论从形式还是哲学内容看，西班牙“巴洛克”时期的天主教诗歌所享有的自由，是受古典主义观念束缚的意大利、受詹森主义（Jansenism）浸染的法国想都不曾想的。文学理论、宗教和伦理当中的重重顾虑，使塔索心灰意冷，让拉辛放弃舞台，不过这些顾虑在西班牙全不见踪影。西班牙戏剧没有古典悲剧，可它像魔镜一样，囊括了世界舞台的多姿多彩。

从阿里奥斯托的诗体传奇到近代小说，是一段宽阔而曲折的道路，但我们在此无须重走一遍。至今让我们爱不释手的第一部伟大的近代小说，是菲尔丁的《汤姆·琼斯》（*Tom Jones*, 1749）。作者写的是主人公的“生平”（history），因而书名未选用“传奇”一词（第一卷第一章）。在这部十八卷的小说序言部分，作者饶有兴致地反思了文学主题。于是，古典主义文学理论立刻成了标尺和攻击对象（对“荷马式”争论的讽刺见第四卷第四章）。有一章（第八卷第一章）专门探讨“离奇”（the Marvellous）的问题。身为受启蒙的理性之人，菲尔丁必然要摒弃荷马的神话，除非这位卓越的诗人也想嘲讽当时的迷信。无论如何，当基督教诗人让废黜已久的异教神祇麻烦不断时，他自己也会陷入可笑境地。没有什么比现代人祈求缪斯更为荒诞不经。祈求啤酒（巴特勒 [Samuel Butler] 在其《胡迪布拉斯爵士》[*Hudibras*, 1663] 便如此处理）岂不更好？没准啤酒比马泉和赫利孔山更灵验，诗歌和散文也能写的更多。（我们还记得，甚至在加洛林时代，缪斯女神就喜欢啤酒）。菲尔丁去世那年（1754 年），格雷（Thomas Gray, 1716—71）以“诗歌演化”为主题，创作了一首“品达体颂歌”。这首诗恢复了古代缪斯的名誉。女神的领地比预想的大了许多。在寒冷的北欧，她鼓舞着瑟瑟发抖的当地人。在智利芬芳的树林，她把自己的座驾借给年轻的土著。这些想法都流露出英国前浪漫主义精神（Pre-Romanticism）。有人为了拯救缪斯女神，试图把她们移居到北极或热带地区，可这种做法只会表明女神退
246 休了。她们的音乐一度是天界和谐的标志，可如今也听不到了。为此，伟大的布雷克（William Blake）用伤心欲绝的挽歌与之告别：

无论是在艾达荫翳的山顶，
或是在那东方的宫殿——
呵，太阳的宫殿，到如今

古代的乐音已不再听见；

无论是在你们漫游的天庭，
或是在大地青绿的一隅，
或是蔚蓝的磅礴气层——
吟唱的风就在那儿凝聚；

无论是在晶体的山石，
或是在海心底里漫游，
九位女神呵，遗弃了诗，
尽自在珊瑚林中行走；

何以舍弃了古老的爱情？
古歌者爱你们正为了它！
那脆弱的琴弦难于动人，
调子不但艰涩，而且贫乏！[1]

Whether on Ida's shady brow
Or in the chamber of the East,
The chambers of the Sun, that now
From ancient melody have ceased;

Whether in heaven ye wander fair,
Or the green corners of the earth,
Or the blue regions of the air
Where the melodious winds have birth;

Whether on crystal rocks ye rove,
Beneath the bosom of the sea,
Wandering in many a coral grove;

1 【中译者注：译文见《穆旦译文集》（第四卷），北京：人民文学出版社，2005 年，第 312 页。】

Fair Nine, forsaking Poetry;

How have you left the ancient love
That bards of old enjoy'd in you!
The languid strings do scarcely move,
The sound is forced, the notes are few.

第十四章　古典主义

一、体裁与作者名录；

二、"古人"与"今人"；

三、基督教正典之形成；

四、中世纪正典；

五、近代正典之形成

我们对缪斯的考察，可以从某方面反映出欧洲文学学科的任务。诺瓦利斯用两 247
句话指出了该学科的内容及意义："一般而言，语文学即文学学科"，"文字艺术是采用并根据文字艺术来考察的，文字艺术学科（scientiam artis litterariae）便由它产生"。这一观点或许能帮助我们理解所谓的"古典主义"现象。

一、体裁与作者名录

自有人开始教授音乐起，就已存在音乐这门学科。上第一堂钢琴课时，孩子就开始学习基本乐理（调性、节奏等等）。要理解奏鸣曲、交响曲，少不了研究音乐的形式。缺乏作曲研究的音乐研究是不完整的，它需要学生严格按照曲风加以练习。但凡想成为音乐家的人，都必须学习创作赋格。在中世纪，想成为诗人（dictator）的人，需要学习诗学（the ars dictandi）。[1]这样的类比还可以更进一步。我们只想据此说明：只要是把文学作为学校课程的地方，就能看见文学系统化研究的要素。从课本上阅读荷马的人只知道，《伊里亚特》是叙事诗（epos），叙事诗是遵循一定规则的话语形式。这些内容都是"基本原理"（亦即最早的"入门"[rudes] 教育）的一部分，其目的是"学而知，知而熟"（eruditio）。智术师以科学的方式看待文学。亚里

1　如今，要想成为诗人，就必须通过模仿既定形式来学习诗歌技法，然后才能接触"自由诗"。

248 士多德贡献了一部《诗学》和一部《修辞学》。古代文学学科的巅峰，是3世纪的亚历山大语文学。在早期托勒密王朝的庇佑下，亚历山大出现了古代世界最伟大的研究中心[1]——缪斯苑（Museion）（博物馆的英语词“museum”便源于此）。从形式看，它是由某缪斯祭司领导的崇拜团体；其实，它是学者云集的科研机构，拥有馆藏超过50万卷的图书馆。王储们都是学术赞助人。他们可呼风唤雨，所作所为，但必须为希腊的科学与诗歌服务，以便创建一个后来支撑西方传统的组织。不管是奥古斯都，还是哈德良（他的“观文阁”[Athenaum] 如今仅见于“观文俱乐部”[Athenaeum Club] 或某报报名[2]），都没创造任何能与此相媲美的功业。眼下，资助文学奖项的豪商巨贾大有人在，但资助文学研究机构的闻所未闻。这样的研究机构的作用是无法估量的。

经过希腊哲学的精心哺育，文学学科日渐成为古希腊语文学（Hellenistic philology）。有人根据两种不同原则——体裁与作者，划分文献问题（也就是昆体良所谓的“studiorum material”[X, 1, 128]）。[3]古代的体裁体系并不符合现代体系[4]，因为除了根据作品整体能划分体裁，像史诗、喜剧、悲剧等根据诗歌创作法则（抑扬格、哀歌等）而划分的体裁，也可作为划分准则。一旦体裁确定了，接着就要为其排座次。换言之，分出“主要”体裁和“次要”体裁。地位最高的是史诗，还是悲剧？次要体裁有多少？布瓦洛（Boileau）想到了九种，但不含寓言。他的说法对不对？如果某作者仅从事“次要”体裁写作，那他是否还能跻身经典作家行列？如果他只写寓言，情况又如何呢？布瓦洛的理论肯定会将其拒之门外。不过，拉·封丹另当别论。有些读者把他视为法国古典主义的集大成者。说来说去，到底是什么使作者成为经典作家？经典的出现又当从何算起？

于是，我们又回到遴选作者的话题。有些始自希腊化时代的作者分类法仍保存

---

1 并非大学。该中心成员不必开设讲座。

2 【中译者注：“观文俱乐部”为1868年创建的私人绅士俱乐部，位于澳大利亚墨尔本。至于“某报”可能指西弗吉尼亚大学（West Virginia University）的学报《观文阁日报》（*Daily Athenaeum*）。】

3 这一双重划分法尚未得到充足论证。

4 把诗歌分为史诗、抒情诗、戏剧诗的做法源于近现代。参见 Irene Behrens, *Die Lehre von der Einsteilung der Dichtkunst, vornehmlich vom 16. bis 19. Jahrhundert* (1940)。

至今。其中一份名单[1]收录了5位史诗诗人、3位抑扬格诗人、5位悲剧作家，7位“早期”喜剧代表，2位“中期”喜剧代表，5位“新”喜剧代表；同时，还有9位抒情诗人，10位演说家，10位历史学家。不难发现，分类者挑选数量都是有“重要”价值的数字。后文我们还将回到这一主题（见本书学术附录十五）。

随着时间慢慢流逝，典范作家越来越少。这里，我们既不打算考察其原因，也不打算指出其演变过程。不过，典范作家减少产生了历史影响。悲剧作家的数量从5 249
位减少至3位（埃斯库罗斯、索福克勒斯、欧里庇得斯）。埃斯库罗斯有据可查的戏剧有90部，而索福克勒斯有123部。到了古代末期，两人分别仅存7部作品。塞内加和拉辛也只各写了9部悲剧。[2]他们遵循少之又少的悲剧正典，而他们悲剧创作之所以数量稀少，不仅仅由于当时的历史环境。数字本身是可以起抛砖引玉之用。《伊利亚特》和《奥德赛》都分为24卷。维吉尔把两部史诗的情节浓缩进《埃涅阿斯纪》的12卷书。斯塔提乌斯与弥尔顿仍沿用了史诗12卷划分法；诺努斯为了把自己的狄奥尼索斯史诗事无巨细地写出来，不得不将卷数扩展四倍——这可是两部荷马史诗的卷数总和，作者效仿荷马之意显而易见。

亚历山大的语文学家率先甄选早期文献，以备语法学家教学之用。彼时，按形式进行文献分类（classification of literature）的术语尚未确定。昆体良（X, 1, 45）用的是“类分”（genera lectionum）；对于“作者名录”，他称之为“语法学家规定的组别”（“ordo a grammaticis datus”, *ibid.*, 54）。悬而未决的还有“典范作家”这个词。亚历山大派称他们为“入选（遴选名单）者”（ἐγκρινόμενοι, ἔγκριτοι; in Pollux, IX, 15 κεκριμένοι）。这个词很难拉丁化。同昆体良的“类分”，或冗长迂回的组别（“auctores in ordinem redigere,” [按顺序筛选作者] I, 4, 3）[3]和数量（“in numerum redigere,” [按数量筛选] X, 1, 54）一样，该词也难以进入现代人的应用范畴。寻找方便的新词迫在眉睫。可直到很晚，适逢机缘巧合，“阶级”（classicus）一词才通过格里乌斯（Aulus Gellius）得以出现（*Noctes Atticae*, XIX, 8, 15）。格里乌斯——这位安东尼时期的博学多识的编纂者，探讨了大量语法问题。“四马二轮战车”

1 *Laterculus Coislinianus*.

2 拉辛“皈依”后，为表明自己的献身与教化目的，创作了两部圣经悲剧（Biblical tragedies）。如果我们不考虑这两部，那么拉辛就只有七部戏剧。

3 【Saint Jerome, *De viris ill.*: in ordinem digere (*PL*, 23, 631a).】

（quadriga）和“格斗场”（arena）该用单数还是复数形式？[1]解决之道就是遵从典范作家的习惯：“此人至少是隶属旧派的某个演说家或诗人，也就是一等的纳税作家，而非无产阶级。”按照塞尔维乌斯宪法（the Servian constitution）[2]，公民根据财产多寡分为五个阶级。一等公民很快就以“阶级”（classici）代称。当西塞罗（*Ac*., II, 73）把德谟克利特置于他眼中斯多葛派哲学家（被他归为第五等）之上，就已经以比喻的方式运用该词。[3]格里乌斯比较中提到的无产阶级，属于无税阶级。1850年，圣伯夫探讨“何为古典？”的问题时，解释了盖氏的这段话：“（典范作家指）有价值
250 有威望的作家，至关重要的作家，他沐浴着阳光，置身芸芸无产者中却不会迷失自我。”[4]真是马克思主义文学社会学（sociology of literature）的至理名言啊！

格里乌斯的话很有启发意义。它表明，在古代，典范作家的概念是以语法标准，亦即言辞正确的标准为导向的。近代语言史应该考察一下，格里乌斯前所未有的用法自何时、何地起进入近代文化。[5]作为我们文化基本概念的古典主义，至今仍众说纷纭，误用繁多，其历史可上溯至如今仅为专家熟知的某罗马晚期作家。这个情况可不仅仅是有趣的语文学奇案。它反映了我们以往反复看到的事实——必须重视我们的文学术语史中的巧合。如果历史上从未出现格里乌斯，那么近代美学家会用哪一个普通概念来涵盖拉斐尔、拉辛、莫扎特和歌德？如果没有塞尔维乌斯的税制分类，那么也不可能存在沿用几个世纪的征税体制。如果世人理解了“classicus”的本

---

1 【中译者注：“quadriga”很少使用单数，而是其复数形式“quadrigae”；“arena”常用复数形式“arenae”。】

2 【中译者注：由罗马第六任皇帝 Servius Tullius 制定。】

3 Arnobius (*Adv.* nat. II 29) 在哲学语境中，运用了纳税阶级的比喻。

4 *Causeries du lundi*, III, 39.

5 1548年，该词因 Thomas Sebillet 的 *Art poétique* 而第一次进入法语：“（典范作家）具有创造力和判断力；这两种能力经阅读优秀的古典法国诗人（比如沙吉耶与梅恩之间的诗人）的读者所证实和充实。”（l'invention, et le jugement compris soubz elle, se conferment et enrichissent par la lecture des bons et classiques poètes françois, comme sont entre les vieux Alain Chartier et Jan de Meun.）所以，法国中世纪已经有典范（classics）。龙萨（Ronsard）及其追随者似乎并不清楚“classique”的含义。Gracián 写道：“很高兴认识一流作家。”（“gran felicidad conocer los primeros autores en su clase”）（*Agudeza*, Disc. 63）在英国，蒲柏是第一个使用该词的人：“能够洁白无瑕，而且屹立百年，/ 此等智者方可，堪称我的典范。”（Who lasts a century, can have no flaw,/ I hold that Wit a Classic, good in law.）（*Imitations of Horace. The First Epistle of the Second Book of Horace*, 1, 55 f.）这段话对应贺拉斯的“老练而正直者，可以流芳百世。”（est vetus atque probus, centum qui perficit annos.）（*Epi*., II, 1. 39）

意，那么对“Classicism”也不会莫衷一是了。然而，正由于世人没有理解，这个词才会萦绕着神秘的灵气，雕塑家才会受此启发，创作出抛光大理石雕像《观景阁的阿波罗》（*Apollo Belvedere*）。没有古典（the classical）概念，我们寸步难行，况且我们并不需要放弃它。不过，这并不意味我们无权从历史角度阐释我们的美学范畴。这是开阔视野的过程，为此我们还要感激19、20世纪的“历史主义”。

如前所见，“古典”概念的起源很不起眼，而且索然无味。但在过去的两百年间，它却出乎意料地声名鹊起。据说一开始，也就是1800年前后，人们把希腊罗马的古代时期统称为“古典”。在此后的百年，任何对古代的公正评价，不管是历史的还是美学的，都因此而销声匿迹。一些人热衷研究古代各个时期、各种风格（这种爱好当然不如预想的常见），而正是他们后来把古代的巅峰——“古典”，称作华而不实、误人子弟的假学问。[1]美名远扬的语法派人文主义（grammar-school Humanism），至今仍试图攀登教化高峰，而它与具有自由思想的勇敢的正牌人文主义格格不入。我们所期待的，乃是涤除一切说教（和政治！）意味，在美中快乐徜徉的人文主义。 251
这样的人文主义为美学批评（例如，我们可借此理解，何为维吉尔式古典主义）仍保留了一席之地。[2]

二、“古人”与“今人”

让我们再回到格里乌斯。谈及古典作家（scriptor）时，他特指“古代演说家和诗人”（cohors antiquior vel oratorum vel poetarum）。如此一来，他触及某些至关重要的内容。古典作家往往是“古代人”。他们固然可奉为典范，但也可能因过时而遭摒弃。于是，“古今之争”（querelle des ancients et des modernes）的序幕由此拉开。这是文学史与文学社会学中经久不息的现象。[3]在亚历山大，阿里斯塔胡斯（Aristarchus）把“今人”（νεώτεροι）与荷马相对照。而“今人”当中就有向史诗发难的卡里马库

---

1 【虽然 Werner Jaeger (1931) 发表了 *Das Problem des Klassischen und die Antike, acht Vorträge*，但我的看法仍不会改变。】

2 T. S. Eliot 在《何为古典？》（*What is a Classic*, 1945）中已作此尝试。

3 阿拉伯文学中亦有古今之争。Salutati 与 Niccoli 间的论战已开法国古今之争之先河（R. Sabbadini, *Il Metodo degli umanisti* [1920], 49, n. 1）。

斯（Callimachus）。泰伦斯经常在自己的序言中对比古今意向（*Heautont.*, *Prol.*, 43; *Eun.*, *Prol.*, 43; *Phormio*, *Prol.*, 1）。公元前 1 世纪，新诗人（poetae novi or νε ᾱ τεροι）（Cicero, *Or.*, 161; *Ad Atticum*, VII, 2, 1）反对过去的九项组潮流（Ennean trend），可他们到头来又为奥古斯都时代诗歌所取代（后者认为自己是“现代的”）。在安东尼乌斯家族（the Antonines）[1]统治时期出现了一批现代诗人，后来的语法学家称之为“neoterici”。如此一来，西塞罗的“νεώτεροι”变成拉丁化词语。古代时期距今愈遥远，就愈需要一个表示“现代”的词。不过，当时“modernus”尚不为人知。于是，“neotericus”就成了过渡词语。[2]起初，它表示一种衍生自亚历山大派诗歌的文风。从 4 世纪起，有人用它指“新近的作家”；例如，哲罗姆、塞维鲁斯（Sulpicius Severus）、萨尔维安（Salvian）、玛默图斯（Claudianus Mamertus）、奥雷利乌斯·维克托等作家，便如此运用该词。注释者把“neoterici”解释为“最新或最近的书”（libri novi vel recentes），另外也指“新人、少数人”（novicii, minores）。科伦班（Columban）（卒于 615 年）分了几个时期：“福音全盛期、使徒教义期、新正统作家教义期”[3]。这里，教父都成了今人。在伊拉斯谟看来，阿奎那是“聪明绝顶的新诗人”[4]（neotericorum omnium diligentissimus）。希腊思潮（Grecism）让很多作家陷入窘境。拉丁语中有“neutericus”一词，表明其形式与语义都由“neuter”派生而来。

然而，我们没有必要为新旧之别赋予争论意义（polemischen Sinn）。由此可看出，两种风格或时期的更迭（如“早期喜剧”、“中期喜剧”、“新喜剧”），或是基督教的《旧约》、《新约》。这种差别还有另一层含义。公元 230 年左右，新智术师领军
252 人物菲洛斯特拉图斯（Philostratus）提出，应该把“新”智术师称作“第二代”智术师，因为就算这些人离开第一代智术师的本行，另谋高就，他们也已经是“老古董”了。这里就涉及更新与更迭的问题了。在罗马帝国时期的古文运动（Atticism）中，阿里安（Arrian，约 95—175）因模仿古人的生活与写作方式，而获得“新色诺芬”（new Xenophone）之称。“古人”被称之为“οἱ παλαιοί”。到了拜占庭中期，这个模

---

1 【中译者注：指罗马皇帝 Antoninus Pius (138—161 年在位) 及其养子、继承人 Marcus Aurelius (161-180 年在位)。】

2 以下内容引自 J. de Ghellinck, *Neotericus, neoteric*i (*ALM*A, XV [1940]), 113-126。

3 *MGH, Epistol*ae, III, 175, 21.

4 摘自 E. Gliso*n, Héloise et Abél*ard (1938), 215, n.1。

棱两可的词语仍然盛行。希腊中北部城市塞萨洛尼基（Thessalonica）主教兼荷马译者（12 世纪）——优斯塔修斯（Eustathius），用该词指在他之前出版的书籍；当然，目前的研究表明，[1]这些书“也可能非常新”。“古代”一词并没有我们所谓的历史含义（historic sense），毕竟那是我们为方便分期而有意为之的。即便其中有蛛丝马迹，它也无法自我表达，因为它缺乏具体的历史概念。[2]除了古代、中世纪、近代（以及相关分支）等已经清晰界定的概念，我们似乎只有“过去”（the past）这一个词可用。即便是“ἀρχαῖος”、“παλαιός”以及“antiquus”、“vetus”、“priscus”，其词义也 253
大同小异。[3]西塞罗探讨了“古代”概念的相对性；以罗马人的角度看，雅典演说家（Attic orators）是古人（“senes”），而按照雅典编年史，他们是新人（*Brutus*, 39）。西

1　K. Lehrs, *Die Pindarscholien* (1873), 167 n. ——法律文献中论及“antiqui”及其表达方式，可参见 Fritz Schulz, *History of Roman Legal Science* (1946), 274, n. 9-12。

2　F. Klingner (*Römische Geisteswelt* [1943, 67]) 认为，罗马人“一开始就有尚古倾向”。为此，他引用了 Polybius 对伟大家族葬礼的阐释，其显示了罗马人与他的祖先的紧密联系。“历史充分渗透至当下。”这不容置疑。然而，这种“历史即当下”的观点，意味着一种永恒（timelessness）；无论如何，它都不是我们所谓的历史含义。我们从罗马历史学家那里找到了什么？李维提出的，“既非罗马历史全景……也非因果认识，更非任何严肃的哲学思辨”（Klingner, 88），而是“面对高贵之物，所拥有的恭敬而虔诚的态度”（89）。塔西佗的作品中也没有历史意识形态（historical ideology）（325）。A. Alföldi (*Die Kontorniaten* [1943], 58) 谈到了 4 世纪历史含义的衰退，同时指出，“就连古典文化保存者从此也只能透过重重迷雾，审视自己的历史”。在硬币的罗马女神（Dea Roma）像上，他发现了罗马晚期的共和意识。罗马观念存在于脱离自罗马皇帝和政治实体的“抽象而教条的形式”。西马库斯的历史创作“并没有真正的进步。罗马的伟大是永恒、沉静、不变的。历史进程不过是另一种方式的变节，一种向过去的伟大和价值而进行的回归”（W. Hartke, *Geschichte und Politik im spätantiken* Rom [1940], 141; quoted in Alföldi, 59）。查士丁尼皇帝的法典编纂精神的重要意义是：“我们以此向古代致敬”（Fritz Schulz, *History of Roman Legal Science* [1946], 283）。人们可否通过 Sulpicius Lupercus Servasius Junior 创作的描写瞬间的美丽诗篇中，可否在 Phocas 致克莉奥女神的诗篇中，看到罗马晚期的时间观念？它与罗马早期的时间观念有没有差异？它与罗马人的虔诚（pietas）是否存在心理上的联系？难道不正是这种惜古如金，让世界的历史观无处容身？古代崇拜对历史图景（罗马人、埃及人、中国人）有何影响？犹太人亦有历史。族长时代、摩西时期、列王时期、士师时期等都泾渭分明，放逐乃是停顿（caesura），弥赛亚乃是允诺。对于罗马人，帝王时代、共和时代、百年冲突（the Century of Conflicts）、元首统治时期，是否也构成了类似的历史分期？是不是奥古斯丁率先打破静止的罗马历史图景？——谢林（Schelling）从哲学角度阐释了这个问题：“能完全从过去的含义入手认识过去的人，真是少之又少！如果没有从自身剥离而来的强势当下，就没有过去。不能直面自己过去的人一无所有；若他从未摆脱自己的过去，就将永远活在其中。”（*Die Weltalter, Urfassungen*, ed. by M. Schröter [1946], 11）

3　参见 Tacitus, *De oratoribus*, ed. Gudeman 2 (1914), 287。——priscus vetus antiquus 同时见于 Cicero, *De legibus*, II, 7, 18。——“Priscus”还可引申为“值得尊敬”。

塞罗本人则把亚里士多德和提奥夫拉斯图斯（Theophrastus）归为古人行列（*Orator*, 218）。

当然，时代不同，划分的标准也不同。贺拉斯就抱怨，读者只能阅读“古代”诗人的作品。可谁是“古人”呢？以昆体良之见，西塞罗是古人。在塔西佗的《演说家对话录》（*Dialogus de oratoribus*，chs. 16, 17, 25）中，作者为“古人”（antiqui）概念另赋新义，从而回答了历史分期的问题。不过，他也同意，一百或一百二十年前生活的人算不上“古人”，因为一百二十年只是“一辈子”（ein Menschenalter, a
254 human lifetime）。[1]“novi”（今人或新人）似乎还不适合作为与“antiqui”相对的概念。马克罗比乌斯（约400年）称“古人”是“古代作家阅览室”（bibliothecae veteris autores）（*Sat.*, VI, 1, 3），却没有为“今人”起名。直到6世纪，才出现耳目一新且令人满意的“modernus”（与“modo”有关，表示“即刻、现在”，如“hodiernus”、“hodie”）；如此一来，卡西奥多鲁斯就可以用一连串韵脚歌颂某位作家，“仿古

1 在该书第十六章中，Aper援引西塞罗散佚的哲学对话录《霍滕西乌斯》（*Hortens*ius）时，以柏拉图年（1柏拉图年等于12954年）为基础。随后第十七章又提出，西塞罗逝世距今已一百二十年，也就是“一辈子”（unius hominis aetas）的时间。——Arnobius, Adv. nat., II, 71反对某些人的观点，即异教因处于更伟大的时代而比基督教优越。“我们所说的是新事物，尽管它本身早已有之：它像你一样，终有一天会变得老态龙钟，但在起始的时代，它却是崭新的。”根据对早期罗马史的考察，从Picus到Latinus似乎经历了三个“阶段”（gradus），“正如该世系所示，你想让Faunus、Latinus、Picus活上一百二十年？不可能，因为没人能活那么长久。”把人的一生定为一百二十年，Arnobius是否采用了塔西佗的说法？还是两人都遵循更早的传统？当然，年与代的换算关系，自荷马就已开始（γενεή, φυλον）。“Saeculum”（世代）与“γενεή”基本无异。Wissowa认为，可以通过以下方式计算人的寿命极限：以某一天为始，至某一代的最后一人过世之日为止，算作一“代”。Varro (L. L., VI, 11)把一代定为一百年。然而，到了圣礼与政治时期，奥古斯都就把一代定为一百一十年。不过，这一规定并未严格执行。图密善在公元88年，而非94年举办了世俗运动会（Secular Games）。罗马世俗运动会穿插了一系列建城庆祝仪式（据我们所知，庆祝时间分别为47年、147年和248年[推迟了一年]）。如此一来，两种势不两立的世俗思想同时产生了影响。——伊西多尔的书中充满了困惑（Et., V, 38）：“百年当中历经数世代，也就是‘saeculum’又有‘延绵的子孙后代’之意，因为他们代代相接（sequi），一旦有人离世，其他人又添补空缺。一些人把五十年称为‘一代’，希伯来人称之为‘五十年节’（jubilee）……通常，一个‘时代’既可以是一年（如年鉴），可以是七年（人的一个年龄段），也可以是一百年或任何时段。因此，一个时代也可能包括数个世纪。人们把“时代”称作‘aetas’，就好像它是‘aevitas’，也就是某种类似极漫长时期的概念。这个极漫长时期几近永恒，其起止何时不得而知。希腊人把这样的时长称作‘αἰῶνας’，时而用它来表示‘1世纪’，时而表示‘永恒’。”塞尔维乌斯（*on* Aen., VIII 508）认为一代是三十年。——在异教与基督教的古代，人们对时间观念不甚明了。因此，不可能主动划分时代。

之艺今莫媲，开创之绩古难敌”（antiquorum diligentissimus imitator, modernorum
nobilissimus institutor）（*Variae*, IV, 51）。“modern”一词（与“mode”并无关联）堪
称晚期拉丁语为现代世界留下的遗产。在 9 世纪，查理曼大帝的全新时代可称之为
“seculum modernum”（新纪元）。[1] 不过，在此需要强调一下：古代与现代之间分割
线，并非基督元年伊始前后。相反，基督教的天启以及教父都属于古代范畴。[2]现代
读者可能觉得这个观点很奇怪。当我们谈到“古人”，我们指的是异教作家。在我们
看来，异教与基督教分属两个独立的领域，两者并无共同特征。中世纪的看法与此
迥异。“Veteres”同时指过去的异教作家和基督教作家。[3]从没有哪个世纪像 12 世纪一 255
样，如此强烈地感受到“现代的”当下与异教——基督教古代的反差。我们可以采

1　*Walafrid in Poetae*, II, 271, XI and 318, 453.

2　有个叫布鲁诺的人为当时的皇帝写了一首献词诗（Poetae, V, 378, 21 ff.）（Strecker 认为该诗作于 10—11 世纪）。诗中写道：“古代的运动场已经坍塌，而教父也因为几个世纪的蒙昧野蛮、四体不勤，几乎失去了警觉。”（Deciderat stadium veterum/ Et vigilancia pene patrum/ Cecaque secula barbaries/ Seva premebat et error iners.）依我看，“veteres”和“patres”都指教父，也就是 890 年左右 Notker Balbulus 所谓的“antique patres”（E. Dümmle*r, Das Formelbuch, des Bischofs Salomo…* [1857], 64, 17）。

3　沙蒂永的瓦尔特抱怨世风日下时说道（[1929], 97, 2）：

现代人与先辈足迹渐行渐远， 我们无法再回归神性的永恒， 只能在地狱之火中困苦不堪。	Nescimus vestigia veterum moderni, Regni nos eternitas non trahit superni, Ardentis sed nitimur per viam inferni.

然而，同时这位诗人慨叹“为何我不能学学异教诗人，为金子而写作？”，他再次使用了“先辈足迹”的意象（[1929], 83, 4）：

我何不踏着先辈足迹， 寻获健康的身体， 再变得富有，学会保养肤肌。 可伟人所提倡的，我怎觉得卑鄙？	Cur sequi vestigia veterum refutem Adipisci rimulis corporis salutem, Impleri divitiis et curare cutem? Quod decuit magnos, cur mihi turpe putem?

Strecker 将这段文字与 Persius, Prologue, 10 相比较：“饥饿是艺术的导师，是新意的赋予者。”（Magister artis ingenique largitor/ Venter.）——Langosch 在编辑 Hugh of Trimberg 的《拉丁作家生平及作品选》（*Registrum*）时犯了个错误，他把“veteres”误解为我们所谓的“古代作家”。结果，Hugh 对作家的划分就不连贯。Hugh 将自己的著作分为三部分（distincciones），每部分又各分两小节（particule）。按照 Langosch 的说法（p. 14），“古代作家”应该“收入第一节，（转下页）

用经哈斯金斯（Haskins）传播开来的 12 世纪文艺复兴的概念。[1]不过，只有当读者考察那个时期如何在历史中为自己定位时，这一事实才会浮出水面；遗憾的是，从没有人作此考察。

在前几章，我们探讨了 12 世纪一些学科发生的变化（第三章第六节），以及新诗学、法理学、逻辑学、形而上学、伦理学之间的相似性（第七章第三节）。这里，我们可以把这两种现象关联起来。它们其实是同一文化转变的两个方面。如我们所见，这种相似性是从术语角度出发，以《圣经》对“旧”与“新”的用法为基础的（我们已经追溯了该用法的演变过程）。12 世纪的“文艺复兴”不能如此称呼自己——毕竟，这个词是意大利全盛时期在 19 世纪历史思潮中的反照。布尔达赫（Burdach）希望从当时人对新生活（vita nova）的哲学与宗教反思中，挖掘出意大利文艺复兴的萌芽，可事实上我们并未找到类似的反思。不过，我们发现了一种时代转变的清晰意识。更确切地讲，随着新时代的来临，过往**一切**——贺拉斯的诗学、罗马法典（the Digests）、哲学——都会成为“旧”事物（此“旧”正是《旧约》之“旧”）。这是斯堪的纳维亚西部首次经历，并由自己拉开思想新时代的序幕。在新时代，生命之泉将喷涌而出，意识形态也将不断涌现（本书第 113 页）。如此一来，我们的时代图景

（接上页）中世纪作家归入第二节”，不过（p. 245, in reference to l. 643）他也承认，十八位划归“古代”的作家中，“只有三四位”名副其实；不过，这种不连贯是评注者的过错，无关作者。——Hugh 指出：“有价值的异教作者，应该与圣经作者一视同仁”(*hagiographi; Is.,* Et., VI, 1, 7)。他们仍对“自己的信仰”坦诚相待，甚至还写了很多“神学”文章：“或许有人会问，有多少异教徒写过既明晰又隐微的著作？仅仅因为有意隐瞒它们的作者，便免受谴责，而且还常常受到基督崇拜者的引用。由于圣徒传有时会援引其中的字句，它们获得了足够的宽免。如果这些作者不曾听闻天主教信仰，他们就会勇敢地坚持自己的信仰，靠写作传播众多美德，并恰到好处地撰写神学著作。如果他们知晓所有天主教信仰，我相信他们就会坚守至今。”

1 不少人以充分的理由，反对滥用文艺复兴（如狄奥多西王朝文艺复兴、加洛林王朝文艺复兴、奥托王朝文艺复兴等）。但哈斯金斯使用现行概念乃情有可原，因为他需要凸显某些从未视为统一体的事物。

既全面，又有深度。[1]

三、基督教正典之形成

正典（canon）[2]的形成乃是为了保护传统。我们有学院派的文学传统、城邦的法律传统、基督教的宗教传统，当然还有构成中世纪世界的三大支柱——学术（studium）、帝国（imperium）和神职（sacerdotium）。罗马法学的“古典”时期起于奥古斯都，止于戴克里先。紧接着是“官僚”时期，一直持续到查士丁尼的法典编纂完成。被视为“权威”的法学正典形成于426年。[3]基督教（在内部的非议声中）把犹太人的圣卷作为《旧约》，纳入自己的正典当中。犹太正典包括《律法书》（摩西五书）、《先知书》（以为更古老的历史著作乃“早期”先知所作）、《圣录》（Ketubim）（哲罗姆在其武加大译本的《全副武装的序言》[Prologus galeatus]中，称之为“hagiographa”，其沿用了七十子译本的说法）。然而，犹太教与早期基督教中，有大量书籍是不可在礼拜上阅读，因此又得名“掩藏之书”（ἀπόκρυφοι）。 256

1　12世纪的时代意识可以用来解释Walter Map在《侍臣琐事》（*De nugis curialium*）（约作于1180—1192年间；ed. M. R. James [Oxford, 1914]）中对现代（modernitas）的评论：“我把我们的时代称为现代，它已经延续百年，如今走到了最后一个阶段；它构成了新近鲜活的所有记忆，因为此前我们还经历了其他几个世纪，无数的子子孙孙从父辈、祖父辈延续下来，他们的关系彼此确定，但不曾亲眼见过对方。我认为，我们的现代已经持续百年之久，但它不一定仍旧持续百年，因为这是个完全不同的研究问题，因为过去靠讲述，而未来靠预言。在这个特殊世纪的这段时期，我首先要谈谈发展壮大的圣殿骑士……”（p. 59, 17 ff.）这里，“一辈子”的概念（Tacitus, Arnobius）经几个世纪的变化，已经与现代思想相结合。不过，“世纪”的名称是“centennium”，而非“saeculum”。可以比较Map的另一观点——作者的作品非到他离世以后，方能获得正确的品评（158, 15 ff.）：“我知道自己的身后事如何。当我已经对它有所思考时，我的著述中的智慧，将在我离世后得到世人的赞赏；终有一天，当我成了古人，当古铜币的价值超过了新黄金，我的权威便自然而然地确立起来。届时，将是猿猴的时代，而非人类的时代，因为它们将嘲弄，它们时代的人没有耐心模仿榜样。它自己的现代已经让每个世纪都倍感失望，不管你深思熟虑提到的哪个时代，无不是厚古薄今。”这里，需要注意的是，有人把古代比作青铜，把现代比作黄金；这一看法与赫西俄德的历史分期法正好相反。有关“猿猴时代”的内容，参见本书学术附录十九。

2　到目前为止，我一直避免使用该词，因为它在公元4世纪刚出现时的意思是“作者名录”，特别是当涉及基督教文学时。伟大的语文学家David Ruhnken（1723—1798，生于波美拉尼亚[Pomerania]，1744年以后旅居荷兰）将正典概念引入语文学。参见H. Oppel, *Kanon* (1937), 70 f。

3　Fritz Schulz, *History of Roman Legal Science*.

在特伦特会议（the Council of Trent）上，《旧约》正典被确立为教义，不过武加大译本中还收录了三部次经，因为教父著作引用过它们。路德指出，次经虽然“无法与《圣经》正经相提并论，但读来仍大有裨益”。即便对于早期基督教，正经（the canonical）概念的外延仍需扩大，毕竟教会是裁判所。教堂机关的一切教令都称为“典”（canones），以区别于世俗法律（“法”[leges]）。经过数百年发展，教典中矛盾之处丛生。在意大利，罗马法精神不仅从未彻底熄灭，此后博洛尼亚的伊里奈乌（Irnerius）（卒于1130年）还使其重获生机；与此同时，那里的格拉蒂安（Gratian）撰写了《教会法规歧异类解汇编》（*Concordia discordantium canonum*）（约1140年），该书连同教会法令的后期材料，奠定了1580年得名的《教会法典大全》（*Corpus iuris canonici*）的基础。[1]格氏著作又名《格拉蒂安教令集》（*Decretum Gratiani*）。格
257 氏之后，“教令集”（*epistulae decretales*）成了教会法令的通称。但丁如此抨击教会世俗化（*Par.*, IX, 133 ff.）：

由于这花朵，福音和硕学鸿儒
都遭到冷落，受青睐的只有教令。
这情形，教令的页边就让人得睹。

Per questo l’Evangelio e i dottor magni
Son derelitti; e solo ai Decretali
Si studia sì che pare ai lor vivagni.

不过，太阳天中，受赐福者除了格拉蒂安（*Par.*, X, 103 ff.），还有多明我、大雅博、阿奎那、所罗门、古希腊最高法院大法官狄奥尼修斯（Dionysius the Areopagite）、奥罗修斯（Orosius）、波伊提乌、伊西多尔、比德、圣维克托的理查德（Richard of St. Victor）、布拉班的西格（Siger of Brabant）：

另一朵火焰，是格拉蒂安焯焯

1 1580年以后，随着教会法的发展，急需编纂新法典。于是，1917年，《教会法典大全》（*Codex iuris canonici*）应运而生。

在微笑。格拉蒂安对两个法庭
都善于辅助，记过取悦于天国。

Quell'altro fiammeggiar esce dal riso
Di Grazian che l'uno e l'altro foro
Aiutò sì che piacque in Paradiso.

自教宗额我略一世即位以来，“弥撒咏礼司铎”（canon missae）[1]就成为弥撒仪式中不可或缺的角色。咏礼司铎起初是根据教会法令而设置的，后来该职位连同经常演唱的唱诗班一起，给纳入了主教坐堂会议（cathedral chapter）。成圣仪式前要身着法衣（canonical suit）（仅此一套，丢失不补[2]）。最后，成圣者被列入圣徒之列（canon）（也就是封圣）。教会法还规定了神职的任职年龄（canonical age）。不过，教士的厨娘倒没有这样的限制。这里，“年事高”（provectior aetas），任期到。整个神职生涯贯穿着法学精神：“教会与罗马法共生息”（ecclesia vivit lege romana）。[3]罗马法学家甚至参与了礼拜仪式的演变。[4]

基督教是单书宗教，但与伊斯兰教不同的是，它起初并非如此。保罗书信的写 258
作时间早于福音书。更早的还有弥撒的祝圣词，包括保罗从上帝“领受”（《哥林多前书》11: 23）后“传给”的，以及可追溯至耶路撒冷最初集会时的信条（《哥林多

1　【中译者注：“canon missae”又可译为“弥撒纲领”或“感恩经”，但如此一来，与下文内容不符。根据《柯林斯高阶英汉学习双解词典》，“canon”还指“a member of the clergy who is on the staff of a cathedral”。故将其译为“弥撒咏礼司铎”。】

2　不过，仪式也有中断的情况。1650 和 1655 年，菲利普四世（Philip IV）为枢机主教希门尼斯（Jiménez, Ximenes）封圣，但没有完成。

3　*Lex Ribuaria*, LVIII, 1 如此评论教会解放（ecclesiastical manumission）：“主教吩咐执事长，应该仿照罗马法的模式，记录教会现存的每条法则”（Episcopus archidiacono iubeat, ut ei tabulas secundam legem Romanan, quam ecclesia vivit, scribere faciant）。对于与教会有关的法律问题（不涉及个体神职人员），罗马法都适用。后来，罗马法也成为个体神职人员的属人法（personal law）（*MG Leges*, IV, p. 539：“一切教规都依照罗马法而存在”[Ut omnis ordo aecclesiarum secundum legem Romanum vivat]）。H. Brunner, *Deutsche Rechtsgeschichte*, I 2 (1906), 395. ——Muratori, Scriptores, II b 1002, of the year 1086：“因此，我如此照做：既然法律对它有着明文规定，整个教会结构都得按照罗马法安排和行事。”（Sicut in lege scriptum est, omnis ordo ecclesiarum secundum legem romanam vivant et faciant, ego… sic facio.）

4　Mary Gonzaga Haessly, *Rhetoric in the Sunday Collects of the Roman Missal* (Cleveland, 1938).

前书》15: 3)。一个是圣礼准则，一个是信条准则，据我们所知，两者是有关基督教天启的最早文献。未记录下来的上帝箴言（ἄγραφα），经世人口口相传；甚至等到2世纪初，弗里吉亚主教帕皮亚斯（Papias，约65—155年）才开始与长老交谈，以期听到上帝门徒的语录，因为他相信“活着的声音”比书本更受用。《新约》的正经篇目之外，还有大量次经的福音书、使徒行传、书简和启示录。其中一篇叫《黑马牧人书》(*Shepherd of Hermas*)，大概在150年之前出现，后来享有很高声誉。[1]接着是2世纪所谓的“希腊护教者”的著作，然后是“异教徒”、灵知派、其反对者的作品，其他的则是早期基督教文献史中的作品。在天主教神学体系中，上述内容均属神学中的教父学（patrology）领域，[2]它旨在考察早期基督教作家作为信仰见证者的价值；如今，它正演变为一门历史学科。教父学的主要兴趣是“基督教父”。不过，这个群体从何时起获得承认？如我们所见，科伦班并不知道他们，但他做了三重划分：福音书、使徒教义（即《新约》的书简）、现代正统作家学说。西多尼乌斯区分了早期基督教文献中的“纯粹者”(authentici)[3]（即圣经作者）和“探索者”(disputatores)（“论述”作家）；卡西奥多鲁斯则区分了“引证者”(introductores)、“阐释者”(expositores)、“教师”(magistri)、“教父”(patres)。在此我们无须赘言。[4]我引用这些例子只想说明，基督教确立圣经正典后，怎样被迫确立神学正典，以及在此方面的首次尝试。《教父大全》(*Patrologia*) 的第一位作家是新教教徒格哈德（Johann
259 Gerhard)。[5]即便到了19世纪，教父学概念，仍包括下至1200年左右（有时甚至到宗教改革）的所有教会文献和神学文献。

熟读该书的读者经常遇到《拉全》(*PL*[6]) 这个简称，为此我们必须铭记其编

---

1 Notker Balbulus 将其收入《圣徒苦难记》(*passiones sanctorum*) ——这也是不得已而为之。

2 B. Altaner, *Patrologie* (1938). ——Idem, “Der Stand der patrologischen Wissenschaft und das Problem einer altchristlichen Literaturgeschichte” (*Miscellanea Giovanni Mercati* [1946], I, 483).

3 【该词被法理学借用，后跟“sententiae”一样，进入经院哲学。】

4 详见本书学术附录六。

5 格哈德（1582—1637）是“信义宗（Lutheran orthodoxy）的大神学家（archtheologian）、长老、教理神学家，可能也是正统信义宗主义最伟大的英雄”(ADB, VIII, 767)。——主要作品：《神学知识来源》(*Loci theologici*, 1610—22)；《天主教与福音派教义》(*Doctrina catholica et evangelica*, 1633—1637)，该书将福音教会视为真正的天主教。《教父大全》(*Patrologia*) 于作者去世后的1653年问世。

6 【中译者注：“PL”的全称是 Patrologiae cursus completes: Series latina.】

者——某19世纪教父学家。我们感念的不是他的学术造诣，而是其为传播教父作品所作的贡献。此人就是米涅（Abbé Jacques Paul Migne, 1800—1875）。某教会参考书尖刻地评价他是“才思平平的作家，举止惊人的书商”（Schriftsteller mittleren Geistes und Verleger von erstaunlicher Rührigkeit）。为何这么说？“1868年，大火把米涅的企业付诸一炬，为重振往日雄风，他做了些不合正统的活动。结果，因为不务正业（又是“正”！），于1874年被巴黎大主教停职。”[1]《教父大全》（*Patrologiae cursus completes*）包括两部分，分别为221卷的《拉丁教父大全》（*Series latina*, 1844—1855）（简称“*PL*”）和162卷的《希腊教父大全》（*Series graeca*, 1857—1866）（简称“*PG*”）。这套作品不仅教父学家看重，而且对语文学家、历史学家、哲学家、神学家同样不可或缺。尽管它有种种缺陷，可不管怎样，一位私人资本主义企业家能以意想不到的方式，把教会知识搜罗进如此浩如烟海的巨制当中，这本身足以让我们感激不尽。

文献正典的形成，势必要面临经典甄选的话题。教父们无疑是教会作家中的经典。此外，他们还是古人。不过，即便是这些人，仍有必要精挑细选。东方教会（Eastern Church）率先选定巴西勒（Basil the Great）（卒于379年）、额我略（Gregory of Nazianzus）（卒于389或390年）、金口约翰（John Chrysostom），称其为“大公教会三博士”（oecumenical great doctors）。西方教会除了选定这三位，还挑选了阿塔纳修斯（Athanasius）（卒于373年）。从八世纪起，安波罗修、哲罗姆、奥古斯丁、额我略一世被尊为四大拉丁教父。[2]圣彼得教堂后殿，有一个由贝尔尼尼（Bernini）创作的“圣彼得讲席”（Cathedra Petri）的巨型结构，其支撑物是四个人像——安波罗修、奥古斯丁、阿塔纳修斯以及金口约翰。东西方教会的四大博士再次会和了。不过，这些博士也只是从教父中挑选而来的。当然，他们不必非得身为教父。所谓教父，不仅要思想正统，品性圣洁，受到教会承认，而且还应具有古代气质。教父正典已经确定。然而在中世纪，教父文献却遇到神学巅峰——经院派的挑战。特伦特

1　Buchberger's *Lexikon für Theologie und Kirche*. ——1833年，米涅已经因为一本小册子《论自由——由一位牧师所作》（*De la liberté*, “par un prêtre”），而遭到教会当局的非难。详见Pierre Larousse's *Grand Dictionnaire Universel du 19e siècle*, XI (1874)。【C.-G. Coulton在其自传*Fourscore Years*, 1944, p. 351中，细致地描写了米涅。——另见其介绍部分关于P. de Labriolle的内容。】

2　福音派似乎将这四人奉为典范。

大公会议以后，教会权利得到进一步巩固和拓展。与此同时，人们开始大规模挑选伟大的今人，尊其为基督教博士：阿奎那、安瑟伦（Anselm）、明谷的伯纳德、阿方索·利果里（Alphonsus de Liguori）、沙雷的弗朗索瓦（François de Sales）、十字
260 架约翰（John of the Cross）、拜拉明（Bellarmine）、大雅博。[1]教会圣师（doctores ecclesiae）形成了一个神圣集体，其中的古人与今人和谐共处。圣师中的古人，或许有许多需要向今人学习的地方。本书极其倚重的伊西多尔于1722年获封圣师。直到那时，西班牙君主国才有了值得称道的人物。

基督教文学远不止圣经正典与教父正典。《圣经》跟礼拜书一样，很难为信徒所接触，教父著作则限于世俗教士与教规教士（regular clergy）[2]中的精英人士。然而，基督教生活还是产生了新的文学体裁。为满足宗教仪式需要，4世纪兴起了圣歌创作（hymnography）。而基于基督教徒的迫害，出现了殉道者“言行录”（acta）和“受难剧”（passiones）。随后还出现了圣徒传记（vitae）。这些新体裁都可归入异教文学的形式体系。于是，圣经诗歌与圣徒传记，便以拉丁史诗的形式粉墨登场。我们已经考察了中世纪风格交叉的现象（本书151页以后）。不过，体裁也会交叉，而这同时说明了异教正典与基督教正典的交叉。

四、中世纪正典

在我们的研究伊始（本书48页以后），我罗列了几份作家名录，以便读者对中

---

1 【中译者注：这些人的博士头衔分别为，阿奎那——天使博士（Doctor Angelicus）、公共博士（Doctor Communis），安塞姆——圣师（Doctor of the Church），明谷的伯纳德——流蜜博士（Doctor Mellifluus），阿方索——圣师，弗朗索瓦——圣师，十字架约翰——圣师，拜拉明——圣师，大雅博——百科博士（Doctor Universalis）。阿方索（1696—1787），意大利天主教主教，经院派哲学家、神学家，至圣救主会（Redemptorists）创始人；1839年被额我略十六世（Gregory XVI）封圣，1871年庇护九世（Pius IX）尊奉其为圣师。弗朗索瓦（1567—1622），日内瓦主教，罗马天主教圣徒；1610年从与人共同创建圣母访亲会（Order of the Visitation of Holy Mary [Visitandines]）；1665年被亚历山大七世（Alexander VII）封圣，1877年庇护九世尊奉其为圣师。十字架约翰（1542—1591），西班牙神秘主义者，反宗教改革运动主要人物，罗马天主教圣徒；1726年被本笃十三世（Benedict XIII）封圣，1926年庇护十一世（Pius XI）尊奉其为圣师。拜拉明（Robert Bellarmine, 1542—1621），意大利耶稣会士，天主教枢机主教，反宗教改革运动至关重要的人物；1930年庇护十一世为其封圣，翌年尊为圣师。】

2 【中译者注：教规教士指天主教中，毕生遵循某教规（regula）的神职人员。】

世纪学校课程有个初步认识。现在，我们可以着手更深入的调查。890 年左右，巴布鲁斯（Notker Balbulus）反对异教诗人，同时推荐了几位基督教诗人——普鲁登提乌斯、阿维图斯、尤文库斯和塞杜里乌斯。另一方面，一个世纪后，在德国施派尔地方的天主教学校，学生念的是“荷马”、卡佩拉、贺拉斯、珀修斯、尤文纳尔、斯塔提乌斯、泰伦斯、卢卡努斯；至于基督教作家中，仅波伊提乌一人。如果时间再过一个世纪，我们会遇到特雷维地方（Treves）天主教学校教师（约 1075 年）温里奇（Winrich）。由于自己从教师被贬为厨师，温里奇伤心不已。为此，他写了首诗，一吐心中不快，这诗里就提到一连串作家。其中，异教徒有加图、卡米卢斯（Camillus?）、西塞罗、波伊提乌、卢卡努斯、维吉尔、斯塔提乌斯、萨鲁斯特、泰伦斯。与这九位相对应的是九位基督教徒：奥古斯丁、额我略、哲罗姆、普罗斯佩耳、阿拉特、普鲁登提乌斯、塞杜里乌斯、尤文库斯、优西比乌。这里，在圣加尔受尊崇而在施派尔遭忽略的基督教作家，也纳入了正典（ἐγκρινόμενοι）。希尔绍的康拉德也收录了这几位，不过同时还增加了提奥杜鲁斯的牧歌。回顾康拉德的作家名录，我们发现第一至四位作家自成一类——适合初学者阅读。第五至十位是基督教诗人。接着是三位散文作家，其中一位是基督教徒波伊提乌，其他两位是异教徒，只不过泰伦斯换成了奥维德。如果我们从二十一人的大名单中减去四个基础作者，就还剩十七位：六位基督教诗人，八位异教诗人，一位基督教散文作家，两位异教散文作家。显然，康拉德有意平衡基督教徒与异教徒的数量。这是有意而为之的学 261
习计划：中世纪学校正典（medieval school canon），便由最好的异教正典和基督教正典组成。它也成为 13 世纪扩编的作家名录的主体框架。

康拉德增加的部分中，最引人注目的是提奥杜鲁斯的属灵牧歌（spiritual eclogue）。[1]早在 4 世纪，某个叫庞贝尼乌斯（Pomponius）（身份不详）的人（他介绍了维吉尔牧歌的对话双方——牧羊人提特鲁斯与梅里贝乌斯 [Meliboeus]），创作了一套维吉尔式组歌，歌中他用维吉尔牧歌的形式探讨基督教问题，[2]并因而成为作此尝试的第一人。提奥杜鲁斯突发奇想，把对话者换成寓言人物普修斯提斯（Pseustis）（“谎言”）与阿莉提亚（Alithia）（“真理”）。阿莉提亚代表基督教，普修斯提斯代表

1　“提奥杜鲁斯”这个名字早年被认为是“Godescalc (805—866/69)”的翻译。Strecker 指出，这一说法的谬误，并将该诗划入 10 世纪范畴。

2　【见学术附录六。】

异教。诗歌比赛的裁判则由普罗内西斯（Phronesis）（“理解”）担任。这种拟人手法为卡佩拉所引介，12 世纪时仍可见到。来自雅典的普修斯提斯吟诵神话故事，大卫后裔阿莉提亚则以《旧约》中的反例作答。比赛获胜的自然是后者。据我推测，此诗作者可能是教师，想借此发人深省。它也确实非常适合用来讲授神话，并除去神话上的魔纱。在中世纪正典中，异教作者与基督教作者只是简单地并置起来，没有任何基督教的调整措施（Korrecktur, corrective）。我们的匿名诗人借用喜闻乐见的虚构方法，为我们找到了解决之道。如果不是他正当其时地出现，恐怕我们真得去创造这样一个课程作家。因此，他成了中世纪正典中必不可少的部分，并且在正典覆灭时幸免于难。[1]

正典覆灭，其实是大学时代（Age of the Universities）所引起的学术繁荣时期的反面。1150 年前后，辩证法还只是课程作家研究（the study of the auctores）的唯一对头。然而，不到 1200 年，法学、医学、神学就与辩证法同仇敌忾；1250 年以后，哲学中的亚里士多德和自然科学也加入进来。13 世纪上半叶，加兰的约翰仍然在巴黎工作，可他在那儿似乎后继无人。文学教师（如今称为“auctorists”）倒是大有人在，可他们已变得谦逊无争。班伯格（Bamberg）[2]地方教师于格（Hugh of Trimberg）在其
262 《拉丁作家文选》（*Registrum multorum auctorum*）中称自己是“auctorista”。[3]不过，他谦虚地将自己置于末位：

因为家徒四壁或者家道中落
而无法成为优秀艺术家的，
至少，让他尝试去著书立说，

1 古法国文学中的提奥杜鲁斯：Gröber, *Grundriss*, II, 755 and 1067。我找不到 G. L. Hamilton 论述中世纪的提奥杜鲁斯的文章（*Modern Philology*, VII [1909], 169）。在拉伯雷的作品中（*Gargantua*, ch. 14），提奥杜鲁斯是以“Theodolet”的形式出现的。这首诗后来收入教材《道德八作家》（*Auctores octo morales*）。该书直到 16 世纪中期仍在使用，代表了中世纪正典的最后阶段。——中世纪时，人们习惯用昵称（如 Theodolet）称呼基础作者，例如加图的昵称是“Catunculus”。

2 【中译者注：德国中南部城市，位于纽伦堡西北偏北。1007—1802 年是强大的基督教会国的首都。】

3 有关“auctorista”、“theologus”、“decretista”、“logicus”，参见 H. Denifle, *Die Universitäten des Mittelalters*, I, 475, note。——以下引文出自 Langosch's edition, ll. 43 ff. Ibid., l. 822 on the “artes lucrativae” in contrast to literature.“Auctorista” 在 Henri d'Andeli（13 世纪）的笔下是“autoristre”。

没准他能做个小有名气的拉丁语学者。

有谁能为语法课本考证注疏，
帮助勤奋的学生进步每日，
让他从无知的民众中脱颖而出，
但要提醒他尊崇权威，莫自以为是。

Qui perfectus fieri nequeat artista
Vel propter penuriam rerum decretista,
Saltem illud appetat ut sit auctorista!
Sicque non inglorius erit latinista.

Sibique grammatica sit nota regularis,
In qua studens sedulo proficiat scolaris,
Ut prodesse valeat pluribus ignaris;
Tamen se non preferat doctoribus claris!

文学再也无法带来任何收获，它并不属于神学、法学、医学等获利性技术（artes lucrativae）。

如前所见，但丁从作家名录中，挑选了五位最伟大的古代诗人，构成“卓尔不群派”。不过，这些人只是精英中的精英，正如圣师乃教父中的教父。按照但丁的说法，高贵城堡（nobile castello）里住着亚里士多德、苏格拉底、柏拉图、德谟克利特、阿那克萨哥拉（Anaxagoras）、泰勒斯、恩培多克勒、赫拉克利特、芝诺、狄奥斯科里德斯（Dioscorides）、俄耳甫斯、西塞罗、利努斯、小塞内加、欧几里得、托勒密、希波克拉底、阿维森纳（Avicenna）、盖伦、阿威罗伊。[1]这里，不但有传说中的荷马以前的诗人，还有哲学家、自然科学家、几何学家、医学家（*Inf.*, IV, 131 f.）。此后，但丁又借斯塔提乌斯与维吉尔会面之机（*Purg.*, XXII），在认可作家中又接纳

1 【中译者注：狄奥斯科里德斯（约 40—90），希腊名医、药剂师、植物学家，著有五卷本《药材论》（*De Materia Medica*）。——阿维森纳（980—1037），阿拉伯哲学家、自然科学家，其《医典》长期被视为权威著作。——盖伦（129—199），古罗马时期最著名的医学大师、解剖学家。】

了尤文纳尔、泰伦斯、凯基里乌斯（Caecilius）、普劳图斯、瓦罗、珀修斯、欧里庇得斯、安提丰（Antiphon）、西蒙尼德斯、阿迦通（Agathon）。[1]在但丁的笔下，我们不但见到罗马人，而且还有阿拉伯人和希腊人。当然，无论但丁，还是其同辈，都不可能读到他们的作品。但他们的名字经过传统，流传下来。[2]乔叟有两份作家名录。在名誉堂中，最著名的作家都矗立于各自的台柱（第1419行以下）（中世纪的确如此）。这里，乔翁将两或三种分类原则合而为一，但并未贯彻始终。代表犹太人的约瑟夫斯（Josephus）孑然而立。写作特洛伊战争的作家更是庞杂，其中包括斯塔提乌斯（著有《阿喀琉斯纪》[*Achilleis*]）、荷马、达雷斯（Dares）、狄克提斯（Dictys）、洛里乌斯（Lollius）（待商榷）[3]、圭多（Guido delle Colonne）、蒙茅斯的杰弗里（Geoffrey of Monmouth）。这些人都站在铁柱（铁象征战神玛尔斯）或铁铅柱（铅象征农神萨图恩）上。维吉尔独立于熠熠的锡铁柱，奥维德立于铜柱，克劳狄安立于硫柱（因为他讲述的是冥王普路同、冥后珀尔塞福涅以及地狱的故事）。显然，我们见到的是历史主题分类法（但该分类法并不适用维吉尔、奥维德与克劳狄安），金属
263 价值分类法（缺少金和银）[4]，还有融合金属以及星球与心理类型的综合分类法（但仅限铁与铅）。乔翁的做法不够利落，一切“让人充满疑惑”（a ful confus matere）（第1517行）。不过，到了《特罗伊拉斯和克莱西德》（*Troilus and Criseyde*）结尾处，作者还是心满意足地放下手里的工作（V, 1789 ff.）：

> 但是，我的小书，不要羡慕着离开，
> 莫与其他诗歌作对，保持谦卑的胸怀；
> 请亲吻伟人的足迹，毕竟那里曾走过
> 维吉尔、奥维德、荷马、卢卡努斯、斯塔提乌斯。

---

1 【中译者注：凯基里乌斯（20—62），罗马银行家。——安蒂丰（公元前480—前411），古希腊数学家、辩论家、政治家，雅典智术师代表人物。——阿加通（公元前约448—前400），古希腊悲剧诗人。柏拉图《会饮篇》中人物。】

2 伊西多尔知道西蒙尼德斯与欧里庇得斯。——有关阿拉伯人的知识面，参见 Ugo Monneret de Villard, *Lo studio dell' Islàm in Europa nel XIII secolo* (1944) (=*Studi e Testi*, 110)。

3 【此洛里乌斯很可能出自贺拉斯（Épîtres, I, 2, 1 [*Trojani scriptorium, Maxime Lolli*]）。】

4 有关金属价值的内容，参见本书学术附录六。

But litel book, no making thou n'envye,
But subgit be to alle poesye;
And kis the steppes, wheras thou seest pace
Virgile, Ovyde, Omer, Lucan, and Stace.

这里，乔叟想必记起了斯塔提乌斯的《忒拜战记》（*Thebais*, XII, 816 f.）：

长存吧！我祈求道；不求与神圣的《埃涅阿斯纪》相媲，
但求远远地亦步亦趋，以尊崇之心走过它的足迹。

Vive, precor; nec tu divinam Aeneida tempta,
Sed longe sequere et vestigia semper adora.

就这样，乔叟从昏暗发霉的名誉堂里踱出，来到阳光灿烂的意大利。教师梅雷斯（Francis Meres）在其《智慧女神的女管家》（*Palladis Tamia*, 1598）（最早的莎士比亚作品列表就源于此）中，指出了最伟大的拉丁作家，其中包括维吉尔、奥维德、贺拉斯、卢卡努斯、卢克莱修、奥索尼乌斯（Ausonius）、克劳狄安，还有——伊塔里库斯（Silius Italicus）！[1]最后一位实在是差强人意。不过，伊丽莎白时代的人对古代诗歌的概念似乎混沌不清。韦伯（William Webbe）（*A Discourse of English Poetrie*, 1586）指出，荷马晚于品达。在一份长篇作家名录中，他不仅把伊塔里库斯和卢卡努斯，视为“作品既有益又有趣的历史诗人”，而且还列出了波伊提乌、卢克莱修、斯塔提乌斯、瓦雷里乌斯（Valerius Flaccus）、马尼利乌斯（Manilius）、奥索尼乌斯、克劳狄安以及曼图阿努斯（Baptista Mantuanus）和其他新拉丁诗人。中世纪对伊塔里库斯知之甚少。1417 年，波焦（Poggio）发现了他，随后意大利人文主义者将其引介到英国。如果文学学科能考察一下 1500 年至今，古代作家正典发

1　Macaulay 在日记中写道，当自己读完这首冗长乏味的史诗后，心里很是畅快。René Pichon 称伊塔里库斯是“最蹩脚的古典作家”（un écrivain tout à fait classique dans le mauvais sens du mot）（*Histoire de la littérature latine*, 1898）。

生怎样改变，亦即如何逐渐减少，那一定大有裨益。[1]到了法国古典主义高峰，哪些作家仍值得一读，恐怕只有专家才知道。为了教授法国皇太子[2]（in usum Delphini），于埃（Pierre Daniel Huet）牵头出版了古典作品籍丛，自 1674 到 1691 年凡二十二卷。籍丛涵盖马尼利乌斯、弗洛鲁斯、奥雷利乌斯·维克托（Aurelius Victor）、欧特罗比乌斯（Eutropius）、狄克提斯等人著作。如前所见（本书第 38 页注释 5，即中译本第
264 40 页注释 3)，莱布尼茨也筹划卡佩拉的一个版本。在于埃看来，所有这些作家都堪称“纯粹拉丁文学”（pure Latinity）之楷模。[3]这也从另一角度说明，1680 年左右，也就是法国古典主义如日中天之际，文学世界仍然遵循一套与于格版名录（1280 年）完全一致的作家正典。大约 1800 年，德国新人文主义率先剥离并禁止了“白银”[4]拉丁语。[5]腓特烈大帝（Frederick the Great）求学期间，仍喜读昆体良。那么，从何时起，德国、法国、英国的学生不再阅读维吉尔的《牧歌》与农事诗，不再阅读珀修斯、卢卡努斯、斯塔提乌斯、马提雅尔、尤文纳尔、昆体良？[6]

五、近代正典之形成

近代文学中，意大利文学是最先演化正典的。考虑到 1500 年前后，意大利的文化地位，我们便不难理解这一情况。当时，那里的古人研究与新拉丁诗歌创作，正如火如荼地展开，两者之间的竞赛让民族诗歌无法小视。正如维吉尔是拉丁文学的标杆，典范作家也是意大利文学实践的圭臬，而民族诗歌要想繁荣起来，就必须设法通过典范作家，确立自己合情合理的地位。不过，更棘手的是，当时意大利还没有统一的文学语言。这个问题但丁已经考虑到了（见《论俗语》)。它也成为曼佐尼

---

1 对 1500 年左右作家的评价，参见 B. Botfield, *Praefationes et epistolae editionibus principibus auctorum veterum praeposita*e (Cambridge, 1861)。

2 【中译者注：指 Montausier 公爵为教授法王路易十四之子（Grand Dauphin），而编选的一批拉丁文、希腊文书籍。】

3 *Memoirs of the Life of Peter Daniel Huet, written by himself and translated by John Aikin, M.* D., II (London, 1810), p. 168.

4 【中译者注：指后古典时期或后奥古斯都时期的拉丁语。】

5 不过，早在 18 世纪上半叶的意大利，已有人作出古典主义式的反应，即 Jacopo Facciolati (1682—1769) 的拉丁学术演讲。

6 【我不得不再次提到 Horace Walpole, *Catalogue of royal and noble auth*ors, Strawberry, Hill, 1758。】

（甚至更晚）以前意大利思想史中经久不衰的话题（所谓的“语言问题”[questione della lingua]）。其他伟大的近代民族，都难以望其项背。为了考察这个问题，我们需要研究一下把各种近代文学区别开来的特征。本博（Pietro Bembo）提出一种意大利语言理论，后来成为民族诗歌的规范。意大利人将三位14世纪伟大的托斯卡纳人（在严格的限定下，但丁才算其列），视为语言典范。16世纪意大利艺术的古典主义倾向，导致人们没完没了地探讨亚里士多德的诗学理论。没有谁同意，意大利诗歌能从这些倾向中获益。类似情况亦见于法国的龙萨派[1]（圣伯夫称该团体是“我们第一首未竟的古典诗歌”[notre première poésie classique avortée]）。

纵观近代欧洲文学，16世纪意大利艺术的古典主义倾向的重要作用，并非直接表现出来，而是通过影响16、17世纪的法国理论。意大利文学没有封闭的“古典”体系。但丁、彼得拉克、薄伽丘、阿里奥斯托、塔索都是独一无二的伟大作家。他们每个人都与古代有着迥然不同的联系。

唯有法国存在纯粹的古典文学体系。事实上，追求**系统**（systematic）规则正是 265
法国17世纪的一大特点。在布瓦洛眼里，马莱伯的地位远在维庸和龙萨之上，因为据称他最先把诗句写对，

又迫使着缪斯服从道德的箴规。[2]

Et réduisit la Muse aux règles du devoir.

可怜的缪斯女神！心胸狭窄、冥顽不灵的布瓦洛[3]，把自己塑造成帕纳索斯山的立法者。身为法国的贺拉斯，他将讽刺文、书简、《诗艺》以及颂诗，统统打入冷宫。常识（“常识统摄一切”[tout doit tendre au bon sens!]）与“理性”，是他屡试不

1 【中译者注：即法国16世纪的文学团体——七星诗社（la Pléiade）。】

2 【中译者注：译文引自参见布瓦洛：《诗的艺术》（任典译），北京：人民文学出版社，2009年，第11页。】

3 法国批评与文学史至今仍认为布瓦洛是伟大的批评家。不过，我建议读者看看George Saintsbury的书。在其《批评史》（*History of Criticism*, II [1902], 280 ff.）中，他仔细分析了布瓦洛的著作，然后提出（p. 300）：“考察下来……我没感觉有何不公或删减；考察之后，我想我们可以回到那个基本问题，再问问：布瓦洛真是伟大甚至出色的批评家吗？然后作出否定回答。”

爽的万灵药，结果诗歌降格为韵律的正确组合，悲剧要固守意大利亚里士多德主义假定的"法则"。此时此刻，路易十四统治下的法国在欧洲正傲视群雄，说一不二，如果这个体系与法国思想倾向步调不一，就不可能流行开来。法国古典主义并非机械地模仿古代典范（它回顾过去仅仅是为了找回自信），而是表达一种天生的民族的内涵，其中弥漫着法国思想界固有的理性主义（rationalism）。此后的几百年里，法国人不遗余力地宣扬，与其民族思想相契合的形式可放之四海而皆准，这种品性恰恰能在法国历史中得到印证。

这里，我们无法考察过去两个世纪，法国古典主义概念到底出现多少种含义。1693 年，费奈隆（Fénelon）在其法兰西学院演说中说道："各位先生，我们终于明白，应该像拉斐尔、卡拉奇、普桑作画那样来写作。"在此，古典理想首次被视为所有艺术的共同目标；在此，通过联系文艺复兴时期绘画，古典理想进入一片没有学者、美学家和古今派的争论的净土。它就是诞生于尤利乌二世与莱奥十世统治时期罗马的近代艺术的"伟大"风格。

这为历史学家指明了道路。在《路易十四时代》（*Siècle de Louis XIV*, 1751）中，伏尔泰于《文学与艺术》（*Des beaux arts*）一章考察了古典文学，他写道："从各个方面看，路易十四时代都有着与莱奥十世、奥古斯都、亚历山大时代同样的命运。"[1]世人对伯利克里时期的古典主义仍知之甚少。大凡艺术繁荣之期，都是开明君主当政之时。如此一来，就引入了一种独立于"古典"一词的新型历史概念。虽然没有奥古斯都、路易十四，但英国人有他们引以为傲的女王——伊丽莎白、安妮和维多利亚。他们创造了"奥古斯都时代"（Augustan Age）的概念，哥德史密斯（Goldsmith）在《英格兰的奥古斯都时代》（The Augustan Age in England）一文中，便如此盛赞安妮女王时期。[2]通常认为，这段时间起止时间是 1700—1740 年。不过，在约翰逊博士（卒于 1784 年）和吉本（卒于 1794 年）看来，1740 年以后的几十年里，古典品味仍占主导地位。18 世纪是英国"拉丁"元素（本书 35 页）不断涌现的时期之一。

---

1 有关伏尔泰对法国古典主义的评价，参见 Raymond Naves, *Le Goût de Voltaire* (Paris, n. d.)。——另见 the chapter "Les Idées et les Lettres" in Paul Hazard, *La Pensée européenne au XVII e siècle*, II, (1946), 293 ff。

2 法国批评家（如前一条注释中 Hazard 的那本论 18 世纪的著作）并不看重英国古典主义。有趣的是，与此同时，柯尔律治（*Biographia Literaria*, ch. 1）把蒲柏派描述为"为英式理解力所浓缩并鼓舞的法国诗歌派别"。

1795 年，歌德在着重考察古典主义性质（他认为这种考察在德国毫无可能）时，始终牢记法国古典主义根植于它的民族性格。[1]古典体系仍然代表了现今法国文化传统最坚实的支柱。从这个角度看，自 1820 年起浪漫主义对它的抨击倒是大有裨益。正是这些往复的争论，让“古典主义”（classicisme）一词首次流行起来；直至 1823 年，司汤达（见《拉辛与莎士比亚》）仍以为它是新词。[2]从那以后，“古典主义”不仅护佑法国思想界，而且也护佑法国的文化宣传。法国人以前所未有的方式，一劳永逸地定义和提炼了古典主义的本质，同时将其为今所用。即便意识形态细腻如瓦雷里者，最终仍落入这一窠臼之中。有人可能会问，古典主义用了多长时间说服其他民族和文化？法国已经从她的古典主义中受益匪浅，但也为此付出高昂代价：受制于对欧洲精神而言过于狭隘的观念形态。不过，纪德（Gide）是个不可多得的例外。

从正典形成和时代命名的角度看，西班牙在很多地方都与其他欧洲国家截然不同。西班牙文学史的第一个特殊之处，是有浪漫主义而无古典主义。[3]更值得注意的 267
是，罗马帝国时代的伊比利亚作家，都被纳入西班牙民族文学范畴。大小塞内加、卢卡努斯、马提雅尔、昆体良、庞贝尼乌斯、尤文库斯、普罗登提乌斯、梅洛鲍德斯（Merobaudes）、奥罗西乌斯、伊西多尔等作家，时常出现于流传甚广的教材，这的确一丝不苟地遵照了中世纪及文艺复兴时期的实际情况。桑蒂利亚纳（Marqués de Santillana）（15 世纪）的诗学，源于伊西多尔和卡西奥多鲁斯。在为比列纳（Enrique de Villena）（卒于 1433 年）所作的哀悼诗（epicedium）中，桑蒂利亚纳给出了以下作家名录：李维、维吉尔、马克罗比乌斯、瓦雷里乌斯、萨鲁斯特、塞内加、西塞罗、卡萨里阿努斯（Cassalianus?）、阿兰、波伊提乌、彼得拉克、福尔根提乌斯、但

---

1 见他的论文“Literarischer Sansculottismus” (Jubiläumsausgabe, XXXVI, 140 f.)。

2 “‘浪漫’！这个词对意大利人何其陌生！那不勒斯人不知道，快乐的坎帕尼亚人也不知道；在罗马，用得最多的是德国艺术家。可最近它却在伦巴第，特别是米兰地区掀起了一番巨浪。公众分为两派：他们相互为敌，如果我们德国人在那儿无意当中碰巧使用了形容词‘浪漫的’，那么‘浪漫主义’、‘批评’就会马上形成势不两立的两伙人……对我们德国人而言，从一种得自古代、后来又取自法国的文化，转向浪漫主义，首先以基督教的宗教情怀为基础，然后受到朦胧的北欧英雄叙事诗的鼓舞和巩固。”见 Goethe, 1820 (Jubiläumsausgabe, XXXVII, 118 f.)。——司汤达的《拉辛与莎士比亚》就与这些意大利论战有关。

3 很多文学史将 18 世纪以前称为“古典”或“新古典”时期。然而，这一时期是衰落期。西班牙没有艾迪生（Addison），没有蒲柏，没有约翰逊博士，没有吉本。

丁、文扫的杰弗里（Geoffrey of Vinsauf）、泰伦斯、尤文纳尔、斯塔提乌斯、昆体良。这份名录能说明什么？桑氏再现了西班牙的第一波意大利风潮（Italianism），同时也保留了中世纪典范作家的概念：个个旗鼓相当，个个流芳百世，个个至关重要。这正是葛拉西安（Baltasar Gracián）在其《批评家》（*Criticón*, 1651）开篇表明的态度。他指出，自己在此书中意在模仿以下“天赋异禀的作家”（autores de buen genio）的优点：荷马（讽寓）、伊索（虚构）、塞内加（循循善诱）、卢西安（辨别力）、阿普雷乌斯（Apuleius）（描写）、普鲁塔克（以德服人）、赫利奥多鲁斯（Heliodorus）（情节复杂）、阿里奥斯托（悬念陡升）、博卡利尼（Boccalini）（文学批评）、巴克利[1]（Barclay）（辛辣讽刺）。葛拉西安的创作生涯，正值西班牙全盛时期渐进尾声。不过，他仍然以永恒的普世主义（universalism），看待从荷马到他那个时代的世界文学，而卡尔德隆也是从这一视角，思考从塞米拉米斯到布雷达之围[2]（the siege of Breda）的世界历史。不论是人文主义还是文艺复兴，不论是古代还是中世纪，都无法为最后几个哈布斯堡王朝的属民，呈现整个文学传统的分支。西班牙有自己独特的民族意识，同样也有自己独特的时间观念。在那儿，像万巴（Wamba）这样的西哥特国王，跟西班牙系的罗马皇帝（图拉真、哈德良、狄奥多西乌斯）一样赫赫有名。所有在西班牙领土上发生的一切，都被视为西班牙的伟大功绩——最近甚至还包括南部的伊斯兰文化。普世观与民族观碰到了一起。在葛拉西安看来（*El Discreto*, ch. 25），拉丁语和西班牙语是“两种普世语言……拥有世界的钥匙”（las dos [lenguas] universals…, que hoy son las llaves del mundo），而希腊语、意大利语、法语、英语、德语只是“个体语言”（singulares）。

西班牙既没有将文学全盛时期贴上“古典主义”标签，也没有把它与某个君主的名字联系起来，而是称之为“黄金时代”（el siglo de oro）——加尔西拉索·维加（Gracilaso de la Vega）（卒于1536年）打头，卡尔德隆（卒于1681年）收尾。这段时期囊括了各种各样的矛盾：传奇故事集（Romancero）的通俗风格与贡戈拉的赫尔
268 墨斯神智学（hermeticism）；流浪汉小说（picaresque novel）有害无益的现实主义与思辨神秘主义巅峰；莱昂（Luis de León）的古典式对称与格言派（conceptism）的言

1 巴克莱（John Barclay, 1582—1621）的拉丁传奇《艾格尼丝》（*Argenis*）在17世纪极负盛名。

2 【中译者注：1625年，荷兰边塞之城布雷达被Ambrogio Spinola领导的弗兰德斯军队围攻。Diego Velázquez著名的画作《布雷达投降》（*La rendición de Breda*）便是以此为主题。】

过其实；近代文学中最伟大、最睿智、最愉悦的小说与上演千场剧目的世界剧场。[1]拉尔博（Valery Larbaud）指出，黄金时代的抒情诗“在整个罗曼尼阿地区是独一无二的，它多多少少让我们领略了那片逝去的拉丁抒情诗天堂”。唯有1590—1650年间的英国抒情诗，方可与之比肩而立。事实上，中世纪（包括拉丁与伊斯兰中世纪）的所有优点与品位，一直流传至西班牙远征时期以及西班牙跨大西洋帝国时期。不考虑这一情况，就无法从历史角度理解黄金时代的财富与创意。人们往往把西班牙“黄金”文学中的矛盾，解读为西班牙民族特性的矛盾。然而，这一心理学解释实在差强人意。西班牙文学系统，保留了具有鲜明拉丁中世纪特点的风格、体裁、传统的交织状态。意大利不存在北方民族国家所经历的中世纪。[2]法国于1550年左右与它的中世纪一刀两断。西班牙则保留了自己的中世纪，并将其融入本民族传统。15、16世纪席卷西班牙的意大利风潮产生了外在影响，却没有触及西班牙的核心。16世纪意大利文学理论家对“古典”西班牙文学的缺失吃惊不已，[3]幸运的是，他们也无法干涉这一情况。英国从乔叟到斯宾塞的连续性，最接近未曾间断的西班牙文学进程，这里有一个重要条件：比起1400—1650年的西班牙同行，乔叟和斯宾塞受意大利风潮之影响要大得多。西班牙文学不能用“古典”（或者有些人所说的“欧洲的”）标准来衡量。它丰富的财富与种类独一无二，且至今取之不竭。其未来取决于西班牙语类国家的文化发展程度与世界影响力。

“黄金时代”，一个拉丁式的造词；[4]一个映射着罗马奥古斯都时代的概念。小施莱格尔（Friedrich Schlegel）正是在这个意义上理解“黄金时代”的（*Gespräche über die Poesie* [1800]）：

1　Lope de Vega 创作了2000多部戏剧，现存468部。Tirso de Molina 创作了400部戏剧，现仅存80部；Vélez de Guevara 亦然。至于卡尔德隆的戏剧，现存200部。

2　1200年以前，意大利在“拉丁中世纪”所占的地位中规中矩。

3　J. F. Montesinos 在其编纂的巴尔德斯（Juan de Valdés）的 *Diálogo de la lengua (Clásicos de "LaLectura"* [1928]), p. lxiv, n. 1 中，提到了 Croce, *La Spagna nella vita italiana durante la Rinascenza*[2] (1922), 170 f。——巴尔德斯在其著作中提到了一些值得一读的作家，包括梅纳（Juan de Mena）、曼里克（Jorge Manrique）、恩西纳（Juan del Encina）、波伊提乌与伊拉斯谟、卡特琳（Catherine of Siena）、克里马库斯（John Climacus）（约579—约649）、李维、恺撒、马克西姆斯（Valerius Maximus）、库尔提乌斯（Quintus Curtius）以及……骑士传奇（*Amadis, Palmerin, Primaleón*）。这还只是一小部分！

4　【*Augustus Caesar, Divi genus, aurea condet saecula*... (Énéide, VI, 792).】

近代人通过这个词追随罗马人；奥古斯都与米西奈斯[1]时代所发生的事情，
269 预示了16世纪的意大利。[2]路易十四试图让这种精神在法国生根发芽；英国人同意以安妮女王的品味为最佳；从此以后，没有哪个国家愿意宣称自己没有黄金时代；一代比一代空虚、贫乏，而德国人眼里担得起'黄金'之名的事物，其实算不上得体。

文到最后，有些话施莱格尔想说未说。不过，1812年在维也纳发表有关古代近代文学史讲座（*Geschichte der alten und neuen Literatur*）时，他把这些心里话都倒了出来：

> 黄金时代的概念与我们（至少是文学方面）有多么息息相关，我们到底有多想把它追本溯源，这些只需通过一位作家就能反映出来。戈特舍德[3]在他的一首诗中，将幸福的黄金时代追溯至普鲁士第一任国王腓特烈大帝时代。他称赞那个时代的作家为经典作家……尤其是贝塞尔、诺伊基希和皮奇。

正如奥皮茨[4]（Opitz）念念不忘龙萨时代的法国，戈特舍德也始终牢记布瓦洛的法国。为了在帕纳索斯山为德国人觅得一席之地，他着急忙慌地找了一些难以服众的候选人；结果，不得不眼睁睁地看着自己的任命遭到苏黎世派（Zurich group）

---

1 【中译者注：米西奈斯（Gaius Cilnius Maecenas, 公元前70—前8），屋大维的朋友兼政治顾问，奥古斯都时代诗人的重要保护人。奥古斯都执政后，他出任皇帝的幕后文化部长。现在，他的名字已成为富有、慷慨、精明的艺术保护者的代名词。】

2 这里，莱奥十世时代变成了16世纪文艺复兴时期。意大利按世纪分期的体系似乎可回溯到艺术史。不过，现在已转移到文学上。近代文学被称作"novecento"。该体系有很多优点，如自动计算，不含任何价值内涵。

3 【中译者注：戈特舍德（Johann Christoph Gottsched, 1700—1766），德国作家、批评家。《德国批判诗学初探》（*Versuch einer kritischen Dichtkunst für die Deutschen*, 1730）是德国第一部以布瓦洛的视角，系统论述诗歌艺术的著作。】

4 【中译者注：奥皮茨（Martin Opitz, 1597—1639），德国诗学理论家，巴洛克诗人主要代表，被誉为"巴洛克诗歌之父"。他的理论著作《德国诗论》（*Buch von der deutschen Poeterey*, 1624）对德国诗歌创作有深远影响。】

（博德默尔 [Bodmer] 和布赖丁格 [Breitinger]）[1]和莱辛的攻击。施莱格尔的上述表态便呼应了这段论战。他的表态是浪漫主义批评面对德国启蒙运动单调的合理性（reasonableness）所作的回答。

古典主义与浪漫主义！两者之间以及两者“精髓”之间的矛盾，是“古”“今”对立的最新的一种形式。要想正确考察这种矛盾，我们需要注意以下事实。

法国文学既有明白无误、有条有理的古典主义，也有同样明白无误、有条有理的浪漫主义。法国浪漫主义独树一帜，因为它是一种有意识的反古典主义（Anti-Classicism）。在法国，浪漫主义与古典主义像革命与古代政权一样相对而立。西班牙与英格兰都有浪漫主义，而无古典主义。德国兼而有之，但两者存在方式发生了重要改变：浪漫主义与古典主义同时存在，且某种程度上同处一室。1798 年的耶拿浪漫主义，是对 1795 年的魏玛古典主义的一种反思，一种澄清，一种或多或少的批评。另一方面，老年的歌德身上遍布浪漫的气质。不过，我们的古典时期还有几位伟大作家——让·保罗（Jean Paul）[2]、荷尔德林、克莱斯特（Kleist），既不属于浪漫派，也不属于古典派。我们无法用古典主义—浪漫主义，将从 1750 年到 1832 年的德国
兴盛时期划分开来。那么，意大利的情况又如何？如今，把“古典的”莱奥帕尔迪 270
与“浪漫的”曼佐尼相对照是否还有意义？[3]1830 年左右，学说的对照还情有可原，可一个世纪以后，它已变得空无一物。唯一严格保留这些对照（似乎它们还具有形而上学的深意）的近代文学与文学史来自法国。考虑到法国古典体系的固执与僵化（这正是一代又一代教条批评家——从取道尼扎尔 [Nisard] 的拉阿尔普 [Laharpe] 到布吕内蒂埃 [Brunetière] 所不遗余力的[4]），我们就不难从心理学角度找到答案。政治意

---

1 【中译者注：博德默尔（Johann Jakob Bodmer, 1698—1783），瑞士裔德国作家、学者、批评家、诗人。他曾翻译过弥尔顿的《失乐园》（*Paradise Lost*），试图以此让德国人接触英国文学。另外，他还在创立了与戈特舍德相对的德国文学派别。——布赖廷格（Johann Jakob Breitinger, 1701—1776），瑞士语文学家、作家。他的《批判诗学》（*Critische Dichtkunst,* 1740）对德国文学理论及日益兴起的天才崇拜产生了巨大影响。】

2 【中译者注：让·保罗（1763—1825），德国浪漫主义作家。】

3 这种对立参见 Guido Manzzon*i, L'Ottocento*[3] (1934), I, 566 中的相关评论。

4 【中译者注：尼扎尔（Désiré Nisard, 1806—1888），法国作家、批评家。因《法国文学史》（*Histoire de la littérature française*, 1844—1861）而声名鹊起；1850 年入选法兰西学院。——拉阿尔普（Jean-François de La Harpe, 1739—1803），法国剧作家、批评家。——布吕内蒂埃（Ferdinand Brunetière, 1849—1906），法国作家、批评家。】

识形态（如法兰西运动 [Action française]）的融入，更加剧了这种情况。如此一来，浪漫主义不得不像拿破仑号召欧洲保守派一样，与现存秩序并肩而“战”（艾那尼之战 [la bataille d'Hernani]），拉开反叛的大旗。

近代法国批评界在 18 世纪伟大作家（卢梭、狄德罗等）的作品中，发现了浪漫主义革命的先兆，从而为这块黑白调色板上填了些颜色。由于这一发现，我们不得不对文学分期体系做一些调整，即在古典主义与浪漫主义之间，插入“前浪漫主义”（préromantisme）。[1]基于类似想法，意大利批评界最近也引入了 13 世纪“前人文主义”（preumanesimo）概念。这些修改过的时期命名的认识论价值微乎其微，倒是偶尔可以作为补充说明，小有一用。然而，当它们被误用作实体化概念（hypostatized concepts），其结果就变得有害无益，使人误入歧途。到最后，如果把 1500 年以后欧洲各国别文学的发展，塞进这个并不成熟的图式之中，势必会导致历史扭曲，这正是法国文学进程所完全表现出来的。遗憾的是，比较文学的法国学派已经将该错误提升至正式学说的高度。

以 18 世纪的前浪漫主义研究而享誉世界的梵蒂根（Paul Van Tieghem），按照如下计划写作《文艺复兴至今的欧美文学史》（*Histoire littéraire de l'Europe et de l'Amerique de la Renaissance à nos jours*, 1941）：文艺复兴、古典主义、浪漫主义、现实主义（Realism）、当代情况。为此，他将前浪漫主义划归古典主义名下。可这样一来，就会导致很多不一致的地方。西班牙戏剧既然是非古典的，就属于文艺复兴时期。所以，西班牙的文艺复兴持续到 1681 年，也就是卡尔德隆逝世之年。除此之外，作者还把很多人物、事件视为古典主义的，比如布罗克斯（Brockes）、杜劳（Santa Rita Durão）创作的巴西史诗《造火者卡拉穆鲁》（*Caramurú*, 1781）、荷尔德林、德利尔神父（Abbé Delille）（卒于 1813 年）。歌德和席勒（Schiller）跟比尔德约克（Bilderdijk）、维泰兹（Csokonai Vitéz）、涅姆采维奇（Niemcewicz）一样，都是“前浪漫主义者”。同属此列的，还有来自 35 个语种、37 个国家的近 1400 位作家。当然，其中的很多国家是 1800 年以后才出现的（巴西以及其他南美国家），有些甚至到了
271 1919 年才独立。这样的文学史方法，使人想当然地形成思维定式（即 17 世纪等于古

1 D. Mornet, *Le Romantisme en France au 18e siècle*, 1912. ——P. Van Tieghem, *Le Préromantisme. Etudes d'histoire littéraire européenne*, 2 vols. (1924 and 1930).

典主义，18 世纪等于古典主义与前浪漫主义，19 世纪等于浪漫主义等等），把仅仅适用于法国文学的分期模式强加于欧洲文学，并且使之牵扯到一战后停战协定的政治地图。我们需要民主，毕竟所有国别文学都拥有相同的权利。在国联（League of Nations）里，情况正好相反。不过，我们很难证明，可以对上述 35 个语种和 37 个国家一视同仁，而不区分主要文学和次要文学。

注意到英国（伏尔泰于 1734 年）、德国（斯塔尔夫人 [Mme de Staël] 于 1813 年）、亚洲（比尔努夫 [Burnouf]、勒南 [Renan]）后，法国文学体系便土崩瓦解。1850 年，圣伯夫宣布，必须把品味寺（le Temple du goût）重建为“一切高尚者的万神殿”（Panthéon de tous les nobles humains）。他同意接纳印度诗人蚁垤与毗耶娑（他的塑像非常廉价）[1]，“但为什么不是孔夫子自己呢？”作为“最伟大的鲜为人知的古典作家”，莎士比亚也被吸纳进来（ἐγκρινόμνος），而歌德未受此待遇。直至 1858 年，圣伯夫才高呼：“歌德扩大了帕纳索斯山的面积，他把山分了几层，住在每个驻地，每个山峰（帕山有两个峰），每个岩角；他让帕纳索斯山变得彼此相像，甚至可以说与加泰罗尼亚的蒙特塞拉特山（此山峰峦叠嶂，棱角分明）无异，而山却毫发无损。”当然，在其去世后出版的笔记中，他写道：“难以想象，有人会说‘德国古典作家’。”

世界文学的概念只会弄得法国正典支离破碎。圣伯夫察觉到这种进退维谷的局面。但他没有出手相助。毋庸置疑的是，从他的时代到梵蒂根的时代，法国对待 17 世纪古典主义时，采取了坚决抵制欧洲主义（Europeanism）的态度。不过，现如今，人们觉得这已成明日黄花。过去几十年间，体会了欧洲（和美国）精神之广博与丰富的法国作家，对这种态度嗤之以鼻。没有谁像拉尔博一样，细致入微、切中肯綮地谈论文学大同主义（literary cosmopolitanism），唯有下一代人方能理解他的所思所感。[2]他反对将政治观念引入文学之中（仍见于梵蒂根）：

> 世界的政治地图与思想地图之间有一个区别。政治地图每五十年改头换面一次；而且上面布满任意而为、模糊不定的界限，其中心点也不停地变来变去。

1　【中译者注：蚁垤，相传为《罗摩衍那》作者；毗耶娑，相传为《摩诃婆落多》作者。】

2　有关此人的情况见拙作 *Französischer Geist im neuen Europa* (1925)。

> 相反，思想地图的变化十分缓慢，而且界限分明；语文学家脑海里的地图正是如此，上面没有问题，没有国家，没有强权，唯有语言区域……思想地图有一块一分为三的核心区域——法国、德国、意大利，和一条外在区域或者说‘次第分明的’地带：斯堪的纳维亚、斯拉夫、罗马尼亚、希腊、西班牙、加泰罗
> 272 尼亚、葡萄牙、英国；其中，西班牙和英国区域以其古代时期，且拥有狭长的大西洋海岸线，意义之重要不言而喻。[1]

由此出发，拉尔博构思了一种摒除一切霸权主张的心灵政治学（politics of mind），[2]这门学科的唯一宗旨是想方设法促进并加速思想商品的交换。

1 Valery Lar*baud, Ce Vice impuni, la Lecture*… (1925), 46 f.

2 “一门随着‘法国品味’统治的终结，而超越垄断，超越帝国主义阶段的政治学。”(une politique qui, avec la fin de la domination du ‘gout français,’ a dépassé la phase des accaparements, de l’ impérialisme.)

第十五章　风格主义

一、古典主义与风格主义；二、修辞与风格主义；
三、形式风格主义；四、要点回顾；
五、讽刺短诗与讥诮风格；六、巴尔塔萨·葛拉西安

一、古典主义与风格主义

一般认为，拉斐尔与菲狄亚斯（Phidias）[1]的古典主义之要义，即自然臻于理想。当然，大凡想通过概念来界定伟大艺术本质的尝试，只是权宜之计。不过，从某种程度上讲，上述等式也适用于索福克勒斯、维吉尔、拉辛、歌德作品中，影响我们的“古典”要素。纯粹的古典艺术仅出现在简短的鼎盛时期。到了拉斐尔的晚期，艺术史甚至找到了所谓“风格主义”（mannerism）的种子，并将其视为古典主义的衰微形式。艺术“风格”的表现形式无穷无尽，大大超越了古典规范。这种转变有何价值，要看个人的趣味。舍拉斐尔而取丁托列托[2]者，自有其取舍的依据。眼下，并不适合讨论“风格主义”一词[3]是否能恰到好处地指代艺术史的一个时期，其适用范围到底有多大。我们可以把该词借来一用，因为经过一番改造，它已经能填补文学学科术语的空白。为此，我们当然必须去除它所有的艺术历史含义，扩大其语义，以便它能体现与古典主义相对的一切文学倾向（不管是前古典主义、后古典主义或者当今与古典主义有所关联的思潮）的共同特征。从这个意义上看，风格主义是欧洲文学的常量（constant），一个与所有时期古典主义相辅相成的现象。我们发

1 【中译者注：菲狄亚斯（约公元前 480—前 430），古希腊的雕刻家、画家和建筑师，被公认为最伟大的古典雕刻家。其著名作品有世界七大奇迹之一的宙斯巨像和巴特农神殿的雅典娜巨像。】

2 【中译者注：丁托列托（1518—1594），16 世纪意大利威尼斯画派著名作家。】

3 【关于这个话题，见 G. Weiss, “Maniera und Pellegrino: zwei Lieblingsworte der italienischen Literatur der Zeit des Manierismus”, in *Romanistisches Jahrbuch*, 3, 1950, pp. 321-403。】

现，古典主义—浪漫主义这对双生概念并不尽如人意。事实上，作为概念工具，古典主义与风格主义的对立更实用，而且能彰显易受忽视的关联。我们称之为“风格主义”的大部分事物，如今冠以“巴洛克风格”。然而，这个词太让人困惑，还是弃之为妙[1]。“风格主义”一词值得我们青睐，毕竟与“巴洛克风格”相比，它还带一点点历史外延。定义思想史的概念时，应该尽可能避免概念被误用。

274 我们必须为“古典主义”引入另一个特征。我们所谓的几个古典鼎盛时期，其实是各自独立的孤峰，只是为了交流方便，才统称为“理想古典主义”（Idealklassik, Ideal Classicism）。这些孤峰从“标准古典主义”（Normalklassik, Standard Classicism）的广袤平原上拔地而起。[2]我用这个词，指那些能正确、清晰且符合规则地写作，但又没有展现人类与艺术最高价值的作家和时期。例如，色诺芬、西塞罗、昆体良、布瓦洛、蒲柏、维兰德（Wieland）。标准古典主义是可以模仿，可以传授的。从文学的节约性（economy）而言，此类产品当然多多益善。可如果文学没有层次分明（同时也是本质不同）的意识（这应该是批评的任务所在），那我们就要警惕了。法国批评界并未回避这一危险，或许根本就没看见。就连伟大的圣伯夫亦如此。在其《品味寺》（*Temple de goût*）中，他为莎士比亚之后，“最后一位古典作家”（tout dernier des classiques en diminutif）[3]保留了一席之地。此人就是安德里厄（Andrieux）。

标准古典主义者认为，安氏表述所用的形式与内容严丝合缝。当然，他会按照屡试不爽的修辞传统，“修饰”自己的言辞，也就是用华丽的辞藻（ornatus）锦上添

---

1 【René Wellek, “The Concept of Baroque in Literary Scholarship”, in *Journal of Aesthetics and Art Criticism*, V, 1946, pp. 77-109.】

2 让·保罗写道：“古典主义乃形式（或再现）的高峰，这种说法容易让人产生两种误解。对诗歌的完美与形式不甚敏感的普通作家和读者，大都喜欢穿插于死语言（这样的作品字字确定，字字权威）和活语言的作品，把语法的正确与形式，作为古典主义规则的标准。然而，如此一来，除了少数语法学家和教师，每人能做古典主义者，天才也不复存在；于是，除了少数像卢梭、蒙田这样的例外，大部分法国人都是古典主义者，人人都能学做古典主义者。”（*Vorschule der Ästhetik*, Dritte Abteilung, *Miserikordias-Vorlesung für Stylistiker*, ch. 4; *Sämtliche Werke 2* [1841], XIX, 28 f.）【——1798 年 10 月 26 日，小施莱格尔致信 Caroline 时写道：“……我不能对 Richter 置之不理。相反，现在我相信，Voss 和 Wieland 是诗界的 Garve 和 Nicolai。显而易见，时至今日，在德国文学中当真存在一种错误的准则，一种恶灵。那就是消极的古典主义者。依我看，他们的工作和努力毫无意义，不足挂齿，而他们的诗歌更是极其消极；从高乃依到伏尔泰的法国诗歌亦然。它们虽谈不上什么价值，不过也有一种非价值。因此，应该对它们严加防范。在这一点上，我真希望威廉国王对老 Wieland 的禁令不是心血来潮的行为。”】

3 *Causeries du Lundi*, III, 50.

花。这一体系的危险之处在于，在风格主义时代，人们不加分别，毫无意义地堆砌辞藻。于是，风格主义的种子蕴藏在修辞本身之中，到了古代晚期和中世纪，就变得枝繁叶茂。

二、修辞与风格主义

为了让大家理解我的意思，下面我将举几个例子。

一、倒装（transgressio, transcensio）：通过插入某些词语，使语法上同属一起的成分相互分隔的语法现象。一个典型的例子是，“animadverti omnem accusatoris orationem in duas divisam esse partes”（“我发现原告好用的词性分为两类”——西塞罗）。后半段部分没有按照正常语序——“in duas partes divisam esse”——来表达。这是短小而常见的倒装；其中仅插入两个词。不过，随着作家着手使用，倒装变得越来越长。小普林尼就地问道：“难不成我也能写长倒装？”（Num potui longuis hyperbaton facere?）（*Ep.*, VIII, 7）当然，伊西多尔（*Et.*, II, 20, 2）提醒人们避免过长的倒装，因为这样会使句子难以理解。不过，比德（Halm, 614, 29 f.）借用《诗篇》 275
中的诗句（68:14），盛赞倒装“源于所有混乱的部分”（ex omni parte confusum）。在古典主义者加尔西拉索（Sonnet 16, 8）的笔下，倒装俨然文体学的拉丁用法：

（它出自）火神伏尔甘灵巧的双手。

Por manos de Vulcano artificiosas.

众所周知，在贡戈拉笔下，倒装成了一种风格。

二、迂回表达（periphrasis）：自古代起，迂回表达就是流行的修辞手法。歌德曾运用它描述威尼斯：

那是海王尼普顿的城市，插翅的狮子
在此享有圣荣……

Jene neptunische Stadt, allwo man geflügelte Löwen
Göttlich verehrt…

迂回表达的最早范例见于赫西俄德、神谕以及后来的品达。其中，品达把“采蜜”，说成是“蜜蜂的枯燥劳作”。阿提卡悲剧庄严而诗意的语言，同样偏好罕见的结构，偏好隐微迂回的表达方式。在早期形式中，我们或许能察觉到时人对礼拜用语（die Sprache des Kultus, cult language）的追思怀想。后来变得千篇一律的迂回表达，起初最有可能源自祭司。昆体良（VIII, 6, 59）区分了两种迂回表达法（circuitus eloquendi）：委婉式迂回（保持庄重）与装点式迂回。他还指出，稍有不慎，这种装点很容易成为缺点。维吉尔喜欢迂回地表述时间。对于“夜幕即将降临”，他会说（*Aen.*, I, 374）：

黄昏的长庚星早送白昼去安眠了，
奥林普斯山上天宫的大门也早已关闭了。

Ante diem clauso componet Vesper Olympo.

对于“次日破晓”，他的说法是（IV, 6 f.）：

当阿婆罗的明灯照亮了大地，
黎明女神把潮湿的阴影从地平线上驱散。

Postera Phoebea lustrabat lampade terras
Umentemque Aurora polo dimoverat umbram.

对于“黎明时分”，他写道（IV, 118 f.）：

……当太阳刚刚升起，
泰坦巨人拉开夜幕，光照大地的时候。[1]

1 【中译者注：杨周翰译本此处未译出“泰坦巨人”，这里补齐。】

… ubi primos crastinus ortus

Extulerit Titan [1] radiisque retexerit orbem.

上述迂回表达仍然保留了高雅的趣味，而且也确实为时间指示之所需。昆体良
发现（I, 4, 4），要想理解这些诗人，就必须熟谙天文学，因为“他们常常通过星宿的
起落指示时间”。塞内加嘲讽起这种风尚（*Ep.*, 122, 11 ff.），他打趣道，那是“多此
一举的示时”；他的文字玩笑自古代起便尽人皆知。[2]天文学的迂回表达也盛行于中世
纪拉丁诗歌（*Gesta Friderici metrice*, 1797 f.），杰维斯（Gervase of Melkley）的诗学 276
论著（约 1210 年）（*Stud. med.*, IX [1936], 64）概括了其用法：“不了解天文学，再好
的诗人也难熬一个冬夏，一个昼夜”（Perfecto versificatori non hyemet, non estuet, non
noctescat, non diescat sine astronomia）。但丁作品中，迂回表达俯首皆是。[3]莎士比亚借
《哈姆雷特》，把这种手法好好嘲讽了一番：

日轮已经盘绕三十春秋

那茫茫海水和滚滚地球，

月亮吐耀着借来的晶光，

1　“rit”与“ti”紧邻使用，其实违反了声音和谐的原则。

2　Otto Weinreich, *Phöbus, Aurora, Kalender und Uhr* (1937). 据此，这个玩笑从公元 54 年（塞内加）一直流传到 1931 年（穆西尔 [Robert Musil]）。

3　但丁用这种手法描写：特洛伊战争的时间（*Inf.*, XXI, 108）；“童年”（*Purg.*, XI, 105）；“十五年的期限过去之前”（*Purg.*, XXIII, 110 f.）；“十五个月的期限过去之前”（*Inf.*, X, 79）；“某期待已久的时刻到来之前”（*Par.*, XXVII, 142 f.）；“最后一次满月”（*Purg.*, XXIII, 119 f.）；“冬季”（*Inf.*, XV, 9）；“夏季”（*Inf.*, XXVI, 26 f.）；“年初”（*Inf.*, XXIV, 1 ff.）；“从绯红的黎明到日出”（*Purg.*, II, 7 ff.）；“夜晚最冷的时候”（*Purg.*, XIX, 1 ff.）；“日出以前”（*Purg.*, XXVII, 94 f.）；“清晨”（*Purg.*, IX, 13 ff.）；“上午十一时”（*Purg.*, XXII, 118）；“正午”（*Purg.*, XII, 80 f.）；“下午一时”（*Par.*, XXVI, 141 f.）；“下午二时”（*Purg.*, XXV, 2 f.）；“下午三时”（*Purg.*, XV, 1 ff.）；“日落时分”（*Purg.*, XXVII, 1 ff.）；“黄昏”（*Inf.*, XXVI, 28）。

三百六十回向大地环航。[1]

Full thirty times hath Phoebus' cart gone round
Neptune's salt wash and Tellus' orbed ground,
And thirty dozen moons with borrow'd sheen
About the world have times twelve thirties been.

迂回表达的泛滥肇始于斯塔提乌斯。形容某人不得不爬梯子，他就会说（*Thebais*, I, 841 f.）：

---

1 【中译者注：语出《哈姆雷特》第三幕第二场。中译文出自朱生豪之手。卞之琳的版本是：

"金乌"流转，一转眼三十周年，
临照过几番沧海，几度桑田，
三十打"玉兔"借来了一片清辉，
环绕过地球三百又六十来回。

卞之琳在注释中，写道："莎士比亚显然为了使戏中戏的诗句与《哈姆雷特》剧本本文的诗句，对照鲜明，不易互相混淆……用双行押韵办法，而且使字句俗滥，特别在开头的时候，例如两行里就用出了'飞白斯宝辇'指太阳，'奈浦统盐涛'指海，'泰勒斯圆球'（译文指地，只好用些中国滥调，例如用'金乌'指日，'玉兔'指月……"（见《莎士比亚悲剧四种》[卞之琳译]，北京：人民文学出版社，1989年，第96页。）

梁实秋的译文是：

（自从两心相爱慕，月老缔良缘
一丝红线把我俩的手儿牵，）
太阳的车子，绕着咸海大地的边，
到如今足足跑了三十个圈；
十二打的月儿，用她借来的光亮，
也有十二个三十次照在这个世界上。

对比三种译文不难看出，朱译行文流畅，却淡化了原文的神话色彩；卞译试图通过归化方法，以中式的"陈词滥调"传达原文的"俗滥"（值得肯定的是，卞之琳在注释中说明了如此处理的原因），但因此也少了几分库尔提乌斯所说的"嘲讽"色彩；梁译部分采用归化方法（"月老"），虽淡化了神话色彩，可最大程度保留了原文绕口而冗长的特点，不过读起来不够流畅。译事之难，可见一斑。】

不计其数的横杆，固定在孪生树的两端，
由此形成了一条空中之路……

Innumerosque gradus, gemina latus arbore clusos,
Aerium sibi portat iter…

奥索尼乌斯洋洋得意地说道（*Epist.*, XVI, 2, 7 ff.; ed. Schenkl, p. 175）：

虽然我可以直截了当，
但我喜欢迂回表达，
青睐长而又长的句子。

Possum absolute dicere,
Sed dulcius circumloquar
Diuque fando perfruar.

克劳狄安（*Carmina min.*, XXX, 147 ff.）为“阅读荷马与维吉尔”，找了一种迂回表达方式：

……那是士麦那与曼图亚
赏赐的书籍……

…quos Smyrna dedit, quos Mantua libros
Percurrens…

西多尼乌斯（*Carm.*, II, 184 ff.）也如此炮制，同时还加入了西塞罗和狄摩西尼（Demosthenes）：

曼图亚的诗歌喜谈刀光剑影，惊涛骇浪，
模仿士麦那的号角；为演说术添砖加瓦的

是这位阿尔皮诺的执政官，他曾听从铁匠
之子的教诲……[1]

Mantua quas acies pelagique pericula lusit
Zmyrnaeas imitata tubas, quacumque loquendi
Arpinas dat consul opem, sine fine secutus
Fabro progenitum...

277 中世纪的拉丁诗艺将迂回表达视为夸张（amplificatio）（以艺术的方式夸大言辞）理论的一部分。文扫的杰弗里（Faral, 204, 229 ff.）写道：

增加作品长度，不可把事物名称一一列出。
最好采取替代说法：不要单纯地靠暗示；
也不要夸夸其谈，最好多兜几个弯子，
然后再三言两语地说出……

Longius ut sit opus, ne ponas nomina rerum.
Pone notas alias: nec plane detege, sed rem
Innue per notulas, nec sermo perambulet in re,
Sed rem circuiens longis ambagibus ambi
Quod breviter dicturus eras…

但丁也有意使用这种文风。在致坎·格兰德（§ 66）信中，对于《神曲》中（*Par.*, I, 4）

神光最亮的区域，

Nel ciel che più della sua luce prende

1 狄摩西尼的父亲拥有一间铸剑作坊。

他解释道，那是“天堂的迂回说法”（prosequitur...circumloquens paradisum）。 278
《神曲》中，迂回表达的地方超过一百五十处。[1]其中，但丁特别喜欢运用地理学[2]与天文学[3]的迂回表达。在他看来，迂回表达乃诗歌措辞中不可或缺的修饰。有时，这种表达近乎枯燥无味的风格主义。“如果你的胡思乱想没有僵化和污浊你的头脑，”但丁会说（*Purg*., XXXIII, 67 f.）：

……在你的脑子里，妄念当初
要不是变成艾尔萨河的流水，
妄喜又不像皮拉摩斯把桑叶玷污……

1　古代人物有：阿波罗（*Par.*, I, 31 f.）；太阳神阿波罗与月亮神狄安娜（*Purg*., XX, 132）；曙光女神奥萝拉（Aurora）（*Purg*., IX, 11）；女巫喀耳刻（Circe）（*Par.*, XXVIII, 137 f.）；寿命女神拉克西丝（*Lachesis*）（Purg., XXI, 25）；人马族（*Purg*., XXIV, 121 ff.）；彩虹女神伊利斯（Iris）（*Purg*., XXI, 50）；牛头人身怪米诺陶（Minotaur）（*Inf.*, XII, 12）；普洛克涅（Procne）（*Purg*., XVII, 55 f.）；戴达鲁斯（Daedalus）（*Par*., VIII, 125 f.）；攻打忒拜攻的七将（*Purg*., XXII, 55 f.）；利姆诺斯女王许普西皮勒（Hypsipyle）（*Purg*., XXII, 112）；安菲阿拉奥斯（Amphiaraus）（*Inf.*, XX, 31 f.）；法厄同（Phaeton）（*Par.*, XVII, 3）；埃涅阿斯（*Inf.*, 1, 73 f. and II, 13; *Par.*, VI, 3）；狄多女王（*Inf.*, V, 61 and *Par*., IX, 97）；荷马（*Purg*., XXII, 101 f.）；亚里士多德（*Inf.*, IV, 131 and *Par*., XXVI, 38 f.）；维吉尔（*Par*., XV, 26; *Inf.*, VIII, 7; *Purg*., XVIII, 82 f. and XXII, 57）；图拉真（*Purg*., X, 73 ff.）——《圣经》的人物有：加百列（*Purg*., X, 34 f.）；拉斐尔（*Par*., IV, 48）；撒旦（*Inf.*, XXXIV, 18; *Purg*., XII, 25 f.）；亚当（*Par*., VII, 26; XIII, 37 ff.; XXXII, 136）；夏娃（*Purg*., XI, 63 and XXXII, 32; *Par.*, XXXII, 4 ff.）；波提乏（Potiphar）之妻（*Inf.*, XXX, 9）；大卫（*Purg*., X, 65）；以利沙（Elisha）（*Inf.*, XXVI, 34）；圣母玛利亚（*Purg*., XX, 97 f.）；保罗（*Inf.*, II, 28 and *Par*., XXI, 127 f.）——近代人物有：贝尔特兰（Bertran de Born）（*Inf.*, XXIX, 29）；吉罗（Giraut de Bornelh）；教宗切来斯蒂努斯五世（Celestine V）（*Inf.*, III, 59 f.）；亨利六世（*Par*., III, 125）；美男子法王腓力（Philip the Fair）（*Purg*., VII, 109 and XX, 91; Par., XIX, 120）；亨利王储（*Inf.*, XII, 120）——圣名（nomina sacra）上帝：*Purg*., XXV, 70; *Par*., I, 1; *Inf.*, II, 16 and VII, 73; *Purg*., III, 36 and 120; *Purg*., VIII, 68; X, 94; XIII, 108; XV, 67; XXVIII, 91; XXXI, 23 f.；基督：*Inf.*, XII, 38 f.; *Purg*., XXXII, 73 f.; *Par.*, II, 41 f.; XXII, 41 f.; XXV, 113; XXVII, 36；天堂（*Inf.*, III, 95 f.; V, 23 f.; *Purg*., VIII, 72; XXXII, 102）。

2　*Inf.*, XXXIV, 45; *Purg*., XXXI, 72; *Par*., VIII, 58 and 65 f.; *Purg*., VII, 98; XVI, 115; *Par*., XIX, 131 f.; *Purg*., IX. 21 f. and XIV, 32; *Inf.*, XXXIII, 30 and XXVIII, 74 f.; *Purg*., V, 97 and XIV, 17; *Inf.*, XIII, 9 and XIII, 143; *Purg*., XII, 102; XIII, 151 f.; XV, 97 f.; *Par*., XXXI, 31.

3　*Inf.*, I, 17; Par., X, 28; *Purg*., XV, 2 f.; *Par.*, I, 38; *Par*., XXII, 142; *Purg*., XXIX, 78; *Inf.*, XX, 126; *Purg*., VIII, 86; *Par*., VIII, 11 f.; X, 14; *Purg*., XXXII, 53 f.; *Purg*., IX, 5 f.; *Inf.*, II, 78; *Par*.,; XXI, 25 ff.; *Purg*., XI, 108; XXVIII, 104; XXXIII, 90; *Par*., XXIII, 112 f.; I, 4; II, 112; *Purg*., VIII, 114; XXX, 53; XXIV, 15.——这里，再补充一些与人体和不同肢体有关的迂回表达：*Purg*., IX, 11; XI, 44; XVI, 37; *Inf.*, XXXI, 66; XXXII, 34 and 139; XXV, 85 and 110; *Purg.,* VII, 13; XXV, 43 f.; *Inf.*, XXVIII, 24.

... se stati non fossero acqua d'Elsa
Li pensier tuoi intorno alla tua mente,
E'l piacer loro un Piramo alla gelsa...

这样的诗句真让译者纠结！巴塞曼（Bassermann）把这段文字译为：

... Und wäre nicht gleich wie der Elsa Fluβ
Um deinen Geist her deines Denkens Seichte
Und seine Lust der Maulbeer Pyramus...

博尔夏特（Borchardt）则译为：

... Und wärn dir nicht gewest als Elsenwässer
Die eitel trachtungen, so in dir laufen,
Noch ihr gelust, was Maulbeern Pîrams messer...

要理解这段文字，我们必须知道：1. 托斯卡纳地区的艾尔萨河含有某种矿物质，能使放入水中的物体裹上一层硬壳；2. 皮拉摩斯的血把桑葚染红了。[1]跟许多时候一样（如在早期希腊诗歌与古北欧的复合比喻辞 [kenning] 中），迂回表达成了“谜语”（γρῖφος）的代名词。但丁常常觉得它太难以琢磨（*Par.*, XI, 73）：

恐怕太隐晦了，这样的描述。[2]

Ma perch' io non proceda troppo chiuso.

三、在古代修辞学中，作家通过使用类语重叠（annominatio, παρήχησις or

---

1 有意追求困难的韵脚也是要素之一。

2 这里指普罗旺斯的封闭式风格（trobar clus）。——游吟诗人佛尔格（Folquet）采用了极其精巧的迂回表达（*Par.*, IX, 82-93）。

παρονομασία or παρωνυμία)，不仅同一词语的各种屈折形式和派生词能放到一起，就连同音词或谐音词也可以。《海伦尼乌修辞学》（IV, ch. 21, §§ 29 ff.）给出了几个例子：

1. ăvium dulcedo ducit ad āvium[1]（一鸟欢歌百鸟喝）：两个“avium”是同音同形异义词，只是“a”的长短不同而已[2]；

2. hic sibi posset temperare, nisi amore mallet obtemperare（要想自己说了算，除非爱情不为难）：在同一句子中，使用了原词“temperare”及其复合词“obtemperare”；

3. dilegere oportet quem veils diligere（爱人不疑，疑人不爱）。

《海伦尼乌修辞学》建议少用类语重叠。维吉尔在一首诗中就化用了例 1 的句子自娱自乐（*Georgics*, II, 328）：

人迹罕至的树林回荡着悠扬的鸟鸣。

Avia tum resonant avibus virgulta canoris.

这里，再从《埃涅阿斯纪》中援引几个句子： 279

1. Discolor unde auri per ramos aura refulsit (VI, 204).
[在枝叶丛中，有一枝金光闪烁，颜色与其他不同。]
2. Nunc etiam manis—haec intemptata manebat
Sors rerum—movet... (X, 39).
[现在她居然祭起异邦妖魔鬼怪——宇宙间这一部门，
她以前还没有尝试过——]
3. Murumura venturos nautis prodentia ventos (X, 99).
[滚滚而来，警告水手们大风暴就将到来了。]

1　昆体良对该例子的批评见 Quintilian, IX, 3, 66.

2　【中译者注：这句话直译成英文是“the sweetness of birds leads to birds”，其中第一个“avium”意为“of birds”，第二个意为“birds”。】

4. Nec Turnum segnis retinet mora, sed rapit acer
Totam aciem in Teucros… (X, 308 f.)
[图尔努斯毫不迟延，立刻调动全部人马
向特洛亚人攻来……]

古代晚期与中世纪拉丁风格主义，热衷接二连三地运用类语重叠：

1. 西多尼乌斯（*Carmina*, II, 3 f.）：

老执政官开始新的任期，而他的名字
注定将两次谦虚地留于官员名录。尽管
您走路的时候，头上顶着王冠……

Annum pande novum consul vetus, ac sine fastu
Scribere bis fastis; quamquam diademate crinem
Fastigatus eas… [1]

2. 阿兰（*SP*, II, 278 and 279）：

塞内加用自己的方式有理有据诫说品性，

---

1 【中译者注：这段文字出自《安特米乌斯赞》。安特米乌斯（Anthemius, 约420—472），西罗马帝国皇帝（467—472年在位），曾两次出任罗马执政官。这里，“fastu”（傲慢）、“fastis”（古罗马高官名录）、“fastigatus”（尖的，崇高的）构成了类语重叠。中译时仅传达的意思，对其中的文字游戏只得忍痛割爱了。相比之下，W. B. Anderson的译文部分保留了原文的双关意味（见*Sidonius: Poems and Letters*, Cambridge: Harvard University Press, 1963, pp. 5-7）：

…an old consul, begin the new year, and deem it no disgrace to grace
the roll of office twice with thy name. Althousrh thou walkest with a diadem
surmounting thy iiair…

而J. F. Grégoire与F. L. Collombet的法译文就有所逊色了（见*Oeuvres de Apollinaris Sidonius*, Tome Troisième, Lyon: Chez M.-P. Rusand, Imprimeur-Libraire, 1856, p. 11.）：

ancien consul, ouvre le nouvel an, et que sans orgueil
ton non s'inscrive de nouveau dans les fastes. Si tu marches le front couronné du diadême...】

善于修身养性者……
埃阿斯不落勇士的窠臼，他比勇士更勇武，
他不管军队的清规戒律，凭怒火一马当先。

More suo Seneca mores ratione monetat,
Optimus exsculptor morum…
Militis excedit legem, plus milite miles
Aiax, militiaeque modus decurrit in iram.

3. 沙蒂永的瓦尔特：

面对难得的知己，
我们欲推心置腹，
可若想左右逢源，
向崇敬之人致敬，
向深爱之人致爱，
就必须万无一失。

Tanto viro locuturi
Studeamus esse puri,
Set et loqui sobrie,
Carum care venerari,
Et ut simus caro cari,
Careamus carie...

中世纪的拉丁诗艺对类语重叠推崇备至。马博德（Marbod）就举了个例子（*PL*, CLXXI, 1678 B）：

为何你还关心让你惴惴不安的人？

Cur illum curas qui multum dat tibi curas?

旺多姆的马修写道（Faral, 169, § 9）：

欲望追着名望不放，疯人而非情人为它疯狂；
生活的价值就是让有价值的事贬值！

Fama famem pretii parit amentis nec amantis;
Est pretium vitae depretiare decus.

在这组诗句中，作者使用了两对同音词和三个同根屈折词，真不愧是出自名家之手。文扫的杰弗里（Faral, 323）也用两个词，为我们提供了一个例子——“forma deformis”（无形之形）。类语重叠很早就走进了民族诗歌。克雷蒂安（Chrétien de Troyes）、吕特伯夫（Rutebeuf）以及后来的游吟诗人的作品中处处可见。[1]但丁在
280 其《诗歌集》（*Rime*）中也运用了这种手法，不过用得最多的还是《神曲》。全诗开篇（*Inf.*, I, 5 and 36），“selva selvaggia”（黑林）与“più volte volto”（多次转身）出其不意地出现，激发了近代读者的兴致。每逢修辞高潮（rhetorical climax），类语重叠的运用更是令人炫目；例如，但丁写自己与古代诗人相遇时（*Inf.*, IV, 72-80），依次用了“orrevol”（可敬）、“onori” （尊崇）、“onranza”（荣耀）、“onrata”（称道）、“onorate”（致敬）。模仿德尔维拉（Pier della Vigna）的拉丁写作方式（*Inf.*, XIII, 67 ff.）时，他连用“infiammò”（煽动）、“infiammati”（被煽动的人）、“infiammar”（煽动）。两词连用的类语重叠尤其常见。之前，我已经从《神曲》的《地狱篇》、《炼狱篇》、《天堂篇》中，分别列举了56、65、78个例子，也就是说这部长达一百章的诗作里有近两百处类语重叠，[2]且使用频次一篇（cantica）比一篇多。通过比较但丁与中世纪拉丁诗人、古法语诗人、普罗旺斯诗人的创作，我们发现，但丁运用该手法极其谨慎隐微，评注家所注意到的不过寥寥几处。然而，即便注意到该现象，也没

1 具体内容见 *RF*, LX (1947), 275。
2 见本书 277 页以后。

有人认出那是类语重叠。他们要么给以错解（“头韵”），要么含糊其辞（“刻意而为”[artifizi]，“同音异义联句”[bisticci]）。于是，但丁与中世纪之间的文风关系就这样被曲解了。

不难想象，西班牙风格主义中也大量使用类词重叠。[1]例如，卡尔德隆（Keil, IV, 202 b）写道：

巴拉弗有我几处农场；
箱子装满了快乐，
房子装满了悲伤。

Granjas tengo en Balafor;
Cajas fueron de placer,
Y son casas de dolor. [2]

葛拉西安的散文中，类似的音效手法比比皆是。这一效果在霍夫曼斯塔尔的《塔》（*Turm*）中得到满意的再现。安东（Anton）对朱利安（Julian）说道：

这意味着，法庭召唤的正是你；换言之，你将要面对的要么是荣耀，要么是烦恼，要么是尊严，要么是负担；总之，既是要职，又是闲职，亦是不得已而为之职……

四、独辟蹊径的比喻（mannered metaphor）。此处仅限两种极其罕见的比喻。

在四五世纪的拉丁文中，“hydrops”（水肿，肿胀）及其派生词“hydropicus”的

1　【塞万提斯曾讥讽滥用类词重叠的 Feliciano de Silva（《堂·吉诃德》第一卷第一章）：“你以无理对待我的有理，这个所以然之理，使我有理也理亏气短；因此我埋怨你美，确是有理。”（La razón de la sinrazón que a mi razón se haze, de tal manera mi razón enflaqueze, que con razón me quejo de la vuestra fermosura.)】【中译者注：译文见《堂·吉诃德》（杨绛译），北京：人民文学出版社，1983 年，第 12 页。】

2　快乐的容器（cajas）已变成悲伤的寓所（casas）。

意思是“头脑胆怯”(geistiger Geschwollenheit, spiritual timidity)。[1]《拉丁语用法大全》(*Thesaurus Linguae Latinae*),从奥古斯丁、金言彼得(Peter Chrysologus)(在葛拉西安的作品中,此人将作为我们的文风典范)、西多尼乌斯等人作品里征引了几个例子。到了12世纪,它再次流行起来;如今,“hydrops”的意思是“病态的饥渴”(morbid thirst):

1. 阿贝拉尔(*Ad Astralabium filium*, p. 168, 21):

没有谁比贪婪的富翁更像水肿的病人,
手里的钱越多,对金钱就越渴望。

Hydropico similis nemo est ut dives avarus,
Ex lucro lucri multiplicando sitim.

2. 阿兰(*SP*, II, 491):

对财富的渴求榨干了头脑的皮囊,
因此,口渴也会让头脑饥饿……

Dum stomachum mentis hydropicat ardor habendi,
Mens potando sitit...

281 3. 沙蒂永的瓦尔特([1929], 67, 18):

正如水肿的人,总是饥渴难耐,
金钱占有的越多,越是对其挚爱。

---

1 【Horace 的作品中(Odes, II, 2, 13)有这样一段话:

致命的水肿因纵容	Crescit indulgens sibi durus hydrops
变得越来越糟……	Nec sitim pellit...】

Nam sicut ydropicus, qui semper arescit,
Crescit amor nummi, quantum ipsa pecunia crescit.

17 世纪西班牙诗歌（贡戈拉、卡尔德隆）与散文（葛拉西安），也有类似的比喻。[1]

贡戈拉（*Soledad*, I, 108 f.）写道：

像风一样的水肿般欲望，
并不存在于你的身上。

No en ti la ambición mora
Hidrópica de viento.

卡尔德隆（*La Vida es sueño*, Act I, scene 4 [Keil, I, 2 [b]]）有言：

我每朝你看一次，
你叫我惊奇一次；
看你的次数越多，
我就越想要看你。
我的眼睛想必是
一双贪看的眼睛……[2]

Con cada vez que te veo
Nueva admiración me das,
Y cuando te miro más,
Aun más mirarte deseo:
Ojos hidrópicos creo

1　见 Gracián, *El Criticón*, ed. Romera-Navarro, I, 136, n. 36。

2　【中译者注：见《卡尔德隆戏剧选》（周访渔译），上海：上海译文出版社，1997 年，第 15 页。】

Que mis ojos deben ser...

“水肿，肿胀”同样是多恩（Donne）偏爱的词语，他是从中世纪拉丁作品以及西班牙语作品中借鉴而来的。[1]

另一个 12 世纪风格主义手法是表示“鸟鸣”的比喻——“七弦琴的演奏”。

1. 阿兰（*SP*, II, 276）：鸟儿是“春天的七弦琴演奏家”（cytharistae veris）。

2. 阿兰（*SP*, II, 438）：天鹅用“七弦琴般甜蜜的嗓音”（mellitae citharizationis organo）表演自己的绝唱。

3. 马普（*Poems*, 238, 39）：“演奏七弦琴的天鹅”（cignus citharizat）。

4. 里加（Peter Riga）（有人误以为是希尔德伯特 [Hildebert, *PL*, CLXXI, 1236 B and 1289 C]）：

潺潺的小溪，弹琴的天鹅，高傲的孔雀

Rivus garrit, olor citharizat, pavo superbit

以及

大地披上绿装，喷泉汩汩流淌，鸟儿弹琴歌唱。

Vernat humus, garrit fons, citharizat avis.

5. 加兰的约翰（*RF*, XIII [1902], 894）：

还有鸟儿在弹琴……

Cum citharizat avis...

1 多恩又将其传给了勃朗宁（Browning）。参见 H. Heuer in *Englische Studien*, LXXII (1938), 227-244。

贡戈拉也写过（*Soledad*, I, 556）：

色彩艳丽的鸟儿，羽毛做的七弦琴。

Pindadas aves, cítaras de pluma.[1]

卡尔德隆作品里的例子或许可以举一反三（*El Magico prodigioso*, II, scene 19）： 282

披上五色缤纷的
羽毛的鸟儿，宛若
敏捷有翼的西塔拉琴……[2]

El ave, que liberal
Vestir matices presuma,
Veloz cítara de pluma...

如果 17 世纪的西班牙作家，使用了“水肿”和“七弦琴演奏家——鸟”这两种独辟蹊径且影响深远的比喻，如果 12 世纪的拉丁诗人曾采用同样的手法，那么这样的事实足以表明，西班牙“巴洛克风格”肇始于中世纪拉丁语理论与实践。1941 年，我曾阐述过该观点，[3]在之后的考察中，它还将得到进一步印证。我们可以列举 1100 年至 1230 年间拉丁诗歌的所有技法与比喻，然后对 1580 年至 1680 年间西班牙诗歌也如此处理，这样就能从历史与文体角度，充分理解西班牙的宗教热情与格言体（conceptism）。通过比较这两份列表，我们可以发现，西班牙风格主义从中世纪拉丁语有何采纳，又有何超越。最后，这种超越将凸显西班牙“巴洛克风格”的与众不同之处。我们还可采用同样方法，比较英国“形而上学诗人”（metaphysical poets）

1 与之类似的还有：“长着翅膀的缪斯女神，用轻柔的羽毛 / 遮掩她们弯曲的竖琴……”（aladas musas, que de pluma leve/ engañada su oculta lira corva...）；“展翅飞翔的小提琴”（aquel violín que vuela）等等。参见 Eunice Joiner Gates, *The Metaphors of Luis de Góngora* (Philadelphia, 1933), 95f。——Sonnet 37 (Obras, ed. Millé y Giménez, p. 521).

2 同上书，第 276 页。

3 *Modern Philology*, XXXVIII (1941), 333.

的比喻，与西班牙格言体诗人的比喻。这是语文学的任务，由此获得的成就也将成为文学史的成果。

三、形式风格主义

风格主义者谈论事物时，并不想用习以为常的方式，而是要追求与众不同的效果。相比于自然而然，他们更喜欢刻意而为。他们希望出其不意，一鸣惊人，叹为观止。谈论事物的惯常方式只有一种，而出奇出新的方式却成千上万。因此，把风格主义简化为某种体系的做法，显然是鼠目寸光，徒劳无益，可仍有人乐此不疲。于是，各种体系争论不休，互不相容，可呼来喝去也没争出个所以然。这些争论非但没有厘清事实，反而让局面愈加混乱。从文学学科现状看，严谨可靠的方法论乏善可陈，为此我最好先搁置类似的系统研究，转而为风格主义历史提供新颖的具体材料。这样做还有更重要的原因：有人按照民族语言类别，将欧洲文学分割开来，还把它划分成许许多多短小的时期，但如此处理对风格主义研究有害无益。

风格主义可从语言形式或思想内容入手。在其全盛时期，两者兼而有之。我们不妨先考察几种形式风格主义。

一、据悉，系统雕琢（systematic affectation）的最早例子与品达的老师——诗人
283 兼音乐家拉苏斯（Lasus）（前 6 世纪中期）有关。他写的诗里没有一个“σ”。这个小细节的历史背景我们不得而知。不过，到了古代晚期，它再次复兴起来。吕西亚的涅斯托耳（Nestor of Laranda in Lycia）写了部《伊里亚特》，其每卷都缺少字母表中的一个字母。埃及人特吕菲奥多鲁斯（Tryphiodorus）（5 世纪）也如此炮制，写了部《奥德赛》。值得注意的是，后来福尔根提乌斯（Fabius Planciades Fulgentius）（5 世纪）在其世界史概要中，也玩了这种“阙字”（lipogrammatic, λειπογράμματος）游戏。[1]而它正是以这种方式进入拉丁化西方世界，并在那里通过历史调查，随福尔根

1 *De aetatibus mundi et hominis*. Cf. the prolix explanation in Fulgentius, ed. Helm, p. 130, 20 ff.

提乌斯的大名，再次现身于里加的作品（约 1200 年），以及后来 17 世纪的西班牙。[1] 这里，人们自然会把它视为巴洛克文体的一个特征。我们是否要将这种手法的起源放到前 6 世纪的希腊？可这样就跟“阙字”游戏一样滑稽可笑。还是就此作罢为妙。我们更需要考察的，是一种身世可追溯至两千多年以前的风格主义技法。如果它的难度没有这么大，我们就可以更频繁地见到它的身影。

二、与此相反的是“复字”（pangrammatic）造句，也就是顺次尽量多地运用相同首字母词。这个游戏比较容易，因而流传更广。中世纪语法学家与修辞学家一再引用的一个名句由恩尼乌斯独创：

> 呜呼！僭主提图斯·塔提乌斯，瞧瞧你给自己干的好事！[2]
>
> O Tite, tute, Tati, tibi tanta, tyranne, tulisti.

这里，我们分析时考虑的，并非日耳曼诗歌惯用的头韵（alliteration），而是一种西塞罗时代离经叛道的粗犷而单纯的装饰手法。不过到了古代晚期，人们对它又产生了兴趣。据阿埃里乌斯（Aelius Spartianus）说，卡拉卡拉（Caracalla）的兄弟盖塔（Geta）组织了一场宴会，席间的所有菜肴名称首字母均相同。罗马晚期的语法学家为复字写作起了个名，叫“παρόμοιον”。[3]在中世纪，它成了脍炙人口的炫技项目。[4]于克巴德（Hucbald）在致秃头查理（Charles the Bald）的秃头颂中，更是将这一手法

---

1 Peter Riga: Gröber, *Grundriss*, II, 1, 394. ——F. J. E. Raby, *A History of Christian-Latin Poetry*… (1927), 303. ——Idem, *A History of Secular Latin Poetry*… (1934), II, 36. ——在西班牙，无名氏的流浪汉小说《好脾气的冈萨雷斯》（*Estebanillo González*）结尾，是一段不含“o”的浪漫传奇。同时期的例子还有：Pfandl, *Geschichte der spanischen Nationalliteratur in ihrer Blüezeit* (1929), 363. ——整个主题见 J.-F. Boisonade (1774—1857), *Critique littéraire sous le premier Empire* (1863), I, 370 ff. and 388。

2 【中译者注：该句的意大利译文部分保留了原句的特点—— “O Tito Tazio, tiranno, tu stesso ti attirasti atrocità tanto tremende!”】

3 详见 Eduard Wölfflin, *Ausgewählte Schriften* (1933), 239。——W. Heraeus, *Kleine Schriften* (1937), 251.

4 Aldhelm, ed. Ehwald, 488, 4. ——*Poetae*, III, 644, 977; IV, 610 and 787, 12.

284 演绎得淋漓尽致。[1]该诗共146行，为了向国王致敬，每个词都以“c”开头。这个游戏早先为民族诗歌（如普罗旺斯诗歌）所采纳。15世纪，它得到大修辞学家（grands rhétoriqueurs）[2]的进一步发展，随后又传入16世纪诗人之手。[3]在西班牙，直至17世纪它仍活跃不已。[4]

三、当风格主义的炫技把语法和韵律的小细节也收归己有之际，便是其如日中天之时。所谓的“形象诗”（τεχνοπαίγνια）（即诗歌手写或印刷后的轮廓，呈现出某事物的形象，如翅膀、蛋、斧子、祭坛、风笛），有着肃然起敬的历史渊源。现存的形象诗都是随着希腊田园诗人作品以及希腊文选流传下来的。[5]君士坦丁大帝执政期间，普菲里乌斯（Porfyrius Optatianus）让该游戏在拉丁文中重获生机。紧随其后的是阿尔昆和莫尔。[6]16世纪的希腊风再次为这种技法带来声誉。梅兰（Mellin de Saint-Gallais, 1481—1558）就创作了一首双翼形的诗歌。[7]在波斯文学中，有些形象诗仿佛有枝有干的树，有些仿佛带把的太阳伞。[8]

四、奥索尼乌斯堪称晚期拉丁语词语技法的宝库。对于词语技法，他用了一个术语“丽辞”（logodaedalia）（Ausonius, ed. Schenkl. p. 139, 1 and p. 173, 26），柏拉图曾一带而过地用它称呼智术师的造作修辞。后来，“丽辞”概念进入中世纪拉丁修辞

---

1 *Poetae*, IV, 267 f. 胡克巴德把“παρόμοιον”改成了“paranomoeon”。——我想，没必要多举几个中世纪的类似范例，不过这里还是多说一个，*Carm. cant.*, p. 78, No. 30。Strecker（like Manitius, I, 590 and passim）将其说成是“头韵”。如此一来，他隐瞒了古代晚期语法术语“παρόμοιον”的后续影响。中世纪还有伊西多尔的权威可依靠。——参见 Wilmart, *Rev. bén.*, XLIX (1937), 342 n.

2 【中译者注：指1460年至1520年间法国北部、弗兰德斯、勃艮第公国的一批诗人。他们的诗歌运用大量韵式，追求部分谐音和双关语，同时讲求印刷样式和字母的形状运用。】

3 普罗旺斯诗歌：Bartsch, *Chrestomathie*, 192, 31 f. ——H. Guy, *Histoire de la poésie français au 16e siècle*. I, *L'Ecole des rhétoriqueurs* (1910), 92. ——复字诗在法语里叫“vers lettrisés”。

Marot: Triste, transi, tout terni, tout tremblant,
　　Sombre, songeant, sans sure soutenance…
Baïf 反对 du Bellay：
　　Beau Belier bien beslant, bellieur, voir bellime
　　Des beliers les belieurs qui beslent en la France…

4 参见 Gracián, *El Criticón*, ed. Romera-Navarro, I, 322, n. 28 and n. 30。

5 详见 Christ-Schmid[6], II, 1, 124。——Kluge in *Münchener Museum*, IV (1924), 323 ff.

6 Ebert, II, 32 and 142 f. 的部分考察了两者之间的联系。

7 T. Heinermann, *Lesebuch der französischen Literatur des 16. Jahrhunderts* (1942), 323 ff.

8 Paul Horn, *Geschichte der persischen Literatur* (1901), 54.

的词汇中。[1]奥索尼乌斯的一部作品，便冠名《技法游戏》(Technopaegnion)。里面
收录的诗歌以各种方式，展示了单音节词在诗歌中的运用。[2]其中一首诗，不但每行
首尾均为单音节词，而且每行的最后一词又是下一行的第一个词。还有一首列举了
与身体有关的单音节词；此外，有一首列举单音节神祇，一首列举单音节食物。有 285
一首简述神话故事的诗，每行都以单音节词收尾。另有一首诗，每行先提出一个问
题，然后以同行结尾的单音节词作答。在最后一首诗中（*Grammaticomastix*），奥
索尼乌斯借鉴了恩尼乌斯与维吉尔（*Catalepton* 2, 4）。不过，他借用的（“gau”指
“gaudium”[快乐]，“tau”指“taurus”[公牛]，“min”指“minimum”[最小的] 等等）
并非原本的单音节词，而是刻意仅保留[3]首个音节的多音节词（如在现今的报纸里，
德语“Lok”指“Lokomotive”[火车]）。这种技法亦见于所谓的“断词诗”(versos
de cabo roto)（去掉每行的最后一个音节以押韵）。现成的例子如塞万提斯在《堂吉诃

1　在 *Poetae*, IV, 369, 246，作者把“doctiloquus”解释为“dedalogus”。

2　中世纪也有人如此模仿，如 Reginald of Canterbury（约 1100 年）；参见 Manitius, III, 843。—另一个例子见 Werner, No. 216。

3　这里再说一种分割词语的方法。Quintilian, X, 1, 29 指出，出于韵脚考虑，诗人有时不得不为某些词语改头换面，或加长，或截断，或分割。在 VIII, 6, 66，他引维吉尔的诗句“Hyperboreo septem subiecta trioni”（在这数九寒天里）（*Georg.*, III, 381）作为经典范例【中译者注：维吉尔把“septentrioni”拆成了“septem”与“trioni”】。不过，中世纪风格主义对超越此例跃跃欲试。Eugenius of Toledo（*MG Scr. ant.*, XIV, 262, No. 70）写了十行诗，行行都运用了插词法（tmesis），且引权威的 Lucilius 为证。诗歌的开头是：

啊，约——既然你瞧不起我复杂的小诗——翰，	O JO — versiculos nexos quia despicis — ANNES,
那就接过这些支离——如果你知道如何 把它们拼在一起——破碎的诗句；	Excipe DI—sollers si nosti iungere —VISIS;
看骆——穿过荆棘密布的沙滩——驼。	Cerne CA—pascentes dumoso in litore — MELOS.

最后一句是“Instar Lucili cogor disrumpere versus”（“跟卢基里乌斯一样，我也不得不拆分词语”）。

详细的讨论见 Strecker, *Einführung* [3], 29。正如奥索尼乌斯求助恩尼乌斯，这里我们看到，晚期拉丁语及中世纪拉丁语，如何想方设法与早期拉丁语的风格主义建立联系，以便为自己谋得一席合法之地。如何断词插入成分取决于语法。

德》序言末尾，借女法师乌尔干达（Urganda）之口吟诵的诗。[1]

五、另一种风格主义的诗行变体，是把词语尽可能多地塞入同一诗行。为此，

---

1 对于“断词诗”的讨论，详见 Otto Jörder, *Die Formen des Sonetts bei Lope de Vega* (1936), 136 f。— W. J. Entwistle 在其著名的塞万提斯论著（Oxford, 1940, pp. 36 and 45）中，试图将“断词诗”写作追溯至塞维利亚盗贼的黑话。但他的考察是否正确呢？【中译者注：巧合的是，据中译者所知，大部分中译本（除孙家孟本外）、个别英译本（Oxford World's Classics）、法译本（Louis Viardot 本）中均未译出这首诗。现引用如下：

Si de llegarte a los bue-/libro, fueres con letu-,/no te dirá el boquirru-/que no pones bien los de-./
Mas si el pan no se te cue-/por ir a manos de idio-,/verás de manos a bo-/aun no dar una en el cla-,/
si bien se comen las ma-/por mostrar que son curio-.

Y pues la espiriencia ense-/que el que a buen árbol se arri-/buena sombra le cobi-,/en Béjar tu buena estre-/
un árbol real te ofre-/que da príncipes por fru-,/en el cual florecióII un du-/que es nuevo Alejandro Ma-:/
llega a su sombra, que a osa-/favorece la fortu-.

De un noble hidalgo manche-/contarásIII las aventu-,/a quien ociosasIV letu-/trastornaron la cabe-;/
damas, armas, caballe-,/le provocaron de mo-/que, cual Orlando furio-,/templado a lo enamora-,/
alcanzó a fuerza de bra-/a Dulcinea del Tobo-.

No indiscretos hieroglí-/estampes en el escu-,/que, cuando es todo figu-,/con ruines puntos se envi-./
Si en la dirección te humi-,/no dirá mofante algu-:/«¡Qué don Álvaro de Lu-,/qué Anibal el de Carta-,/
qué rey Francisco en Espa-/se queja de la fortu-!».

Pues al cielo no le plu-/que salieses tan ladi-/como el negro Juan Lati-,/hablar latines rehú-./
No me despuntes de agu-,/ni me alegues con filó-,/porque, torciendo la bo-,/dirá el que entiende la le-,/
no un palmo de lasV ore-:/ «¿Para qué conmigo flo-?».

No te metas en dibu-,/ni en saber vidas aje-,/que en lo que no va ni vie-/pasar de largo es cordu-,/
que suelen en caperu-/darles a los que grace-;/mas tú quémate las ce-/sólo en cobrar buena fa-,/
que el que imprime neceda-/dalas a censo perpe-.

Advierte que es desati-,/siendo de vidrio el teja-,/tomar piedrasVI en lasVII ma-/para tirar al veci-./
Deja que el hombre de jui-/en las obras que compo-/se vaya con pies de plo-,/que el que saca a luz pape-/
para entretener donce-/escribe a tontas y a lo-.

这首断词诗的解读方式有多种，故很难翻译。幸运的是，Edith Grossman 在其英译本（2003）中译出了该诗，兹引用如下：

If to reach goodly read-/oh book, you proceed with cau-/you cannot, by the fool-/be called a stumbling nin-/ （转下页）

多余的“和”就必须去掉。这样的词语堆积的方式，又称为“诗歌填充式连词省略”（verse-filling asyndeton）。[2]卢克莱修写过这样一句诗（I, 685 and 744）：

它们的碰撞、运动、秩序、姿态、形状。

（接上页）But if you are too impa-/and pull the loaf untime-/from the fire and go careen-/into the hands of the dim-/
you'll see them lost and puzz-/though they long to appear learn-

And since experience teach-/that 'neath a tree that's stur-/the shade is the most shelt-/
in Bejar your star so luck-/unto you a royal tree off-/its fruit most noble prin-/
there a generous duke does flow-/like a second Alexand-/seek out his shade, for bold-/
is favored by Dame Fort-/

You will recount the advent-/of a gentleman from La Manch-/whose idle reading of nov-/
caused him to lose his reas-/fair maidens, arms, and chiv-/spurred him to imita-/of Orlando Furio-/
exemplar of knightly lov-/by feats of his arm so might-/he won the lady of Tobo-/

Do not inscribe indiscre-/on your shield, or hieroglyph-/for when your hand lacks face-/
with deuces and treys you wag-/Be humble in you dedica-/and you will hear no deri-/
"What? Don Alvaro de la Lu-/and great Hannibal of Carth-/and in Spain, King Francis-/
all lamenting his misfor-/

Since it's not the will of hea-/for you to be quite as cle-/as Juan Latin the Afri-/avoid Latin words and phra-/
Don't pretend to erudi-/or make claims to philo-/when you commence the fak-/
and twist your mouth in decep-/those who are truly the learn-/will call your tricks into ques-/

Don't mind the business of oth-/and don't engage in gos-/it's a sign of utmost wis-/
ignore the faults of your broth-/Those who speak much too glib-/often fail in their inten-/
your only goal and ambi-/should be a good reputa-/the writer who stoops to fol-/
gains nothing but constant cen-/

Be careful: it is impru-/if your walls are made of crys-/to pick up stones and peb-/
and throw them at your neigh-/Let the mature man of reas-/in the works that he compo-/
place his feet with circumspec-/if his writing's too lightheart-/meant for young girls' sheer amuse-/
he writes only for the sim-/

有关该诗的解读方法，可参见 http://cvc.cervantes.es/literatura/clasicos/quijote/edicion/parte1/versos_preliminares/urganda_la_desconocida/default.htm; Marcia L. Welles, "Ekphrasis in the Age of Cervantes", Cervantes: Bulletin of the Cervantes Society of America, 25. 2 (2005 [2006]), pp. 147-159。

2 Carl Weyman, *Beiträge zur Geschichte der christlichlateinischen Poesie* (1926), 126; *ibid.*, 51 f. and 154, n. 1.

像空气、露水、火、土、动物、谷粒。[1]

Concursus motus ordo positura figurae.
Aëra solem ignem terras animalia fruges.

当贺拉斯想要嘲讽整类事物（如贵重物品）时，也会采用这种连词省略（*Epi.*, II, 2, 180 f.）：

珠宝、大理石、象牙、伊特鲁里亚画像、牌匾、
白银、带着盖图里业紫的衣服……

Gemmas, marmor, ebur, Tyrrhena sigilla, tabellas,
Argentum, vestis Gaetulo murice tinctas...

谈论迷信的形式时同样如此（*Epi.*, II, 2, 208 f.）：

夜梦、妖术的恐惧、灵迹异事、巫师、
半夜游荡于色萨利的幽灵……

Somnia, terrores magicos, miracula, sagas,
Nocturnos lemures portentaque Thessala...

286 这一手法在斯塔提乌斯笔下更为常见，而到了德拉孔提乌斯手上，更是有过之而无不及。[2]在中世纪，连词省略作为尽人皆知的文体技法，受到修辞学家的提倡。[3]兹从阿兰作品中举一例（*SP*, II, 473）：

---

1 【中译者注：见卢克莱修：《物性论》（方书春译），北京：商务印书馆，1987 年，第 37、第 40 页。译文有改动。】

2 Statius, *Thebais*, I, 341; VI, 116; X, 768. ——Dracontius, *De laudibus Dei*, I, 5 ff.; I, 13 ff., etc.

3 Bede in Keil, *Grammatici latini*, VII, 244. ——Albericus Casinensis, *Flores rhetorici*, ed. Inguanez and Willard (1938), p. 44, § 4.

扒窃、恐惧、愤怒、癫狂、狡诈、武力、错误，
这些伤心事控制了这个陌生的国度。

Furta doli metus ira furor fraus impetus error
Tristities hujus hospita regna tenent.

17 世纪德国诗人很喜欢使用该技法，尤其是格吕菲乌斯（Gryphius）。我们仍能在布洛克斯（Brockes）那里见到其踪影：

电闪、雷鸣，轰隆隆隆，噼里啪啦，
让人不寒而栗，突然一个回马，
闷不作声，一道光芒划过天际，
一亮，一暗，顿时
可见，可闻，可感，顺势而下。

Blitz, Donner, Krachen, Prasseln, Knallen,
Erschüttern, Stoβweis abwerts fallen,
Gepreβt, betäubt von Schlag zu Strahl,
Kam, ward, war alles auf einmal
Gesehn, gehört, gefühlt, geschehn.

这个例子摘自文章《论巴洛克时期的堆字》（*Die Worthäufung im Barock*）。其作者评论道："如此穷尽脑汁，把各种可能的字挤进一句话的现象，也仅见于巴洛克时期。"（Eine derartige Ausschlachtung aller Häufungsmöglichkeiten in einem Satze eignet nur dem Barock.）[1]这是普遍意见，不过我不敢苟同……

六、以上布洛克斯的诗句不仅展示了词语的堆叠，而且还体现了一种德国巴洛克阐释者尚未注意的韵律格式。用中世纪拉丁术语来说，它们构成了"关联诗"（versus rapportati）。这方面的典范是所谓的《维吉尔墓志铭》（*Epitaph on Virgil*）

1　Hans Pliester, *Die Worthäufung im Barock* (Bonn, 1930), 3.

（*Anthologia latina* [ed. Riese 2], No. 800）：

身为牧人、农民、骑士，我牧放，耕种，战胜
羊群、土地、敌人，用的是牧草、锄头、单手。[1]

Pastor arator eques pavi colui superavi
Capras rus hostes fronde ligone manu.

这里，作者用对称的语法榫合（symmetrical grammatical dovetailing）的方式，依次暗示了《牧歌》、《农事诗》与《埃涅阿斯纪》。引文正常的句子结构应该是："Pastor pavi capras fronde, arator colui rus ligone, eques superavi hostes manu"。全句共三个分句，每句四词，且句式相同。作者另辟蹊径，将其整体打乱重新排列。

287 这种独树一帜的技法似乎可追溯至古希腊晚期。《巴拉丁文选》[2]（*Anthologia Palatina*）中的一篇无名氏之作（ἀδέσποτον），将宙斯的种种变形同他的云雨之路联系起来。为了获得勒达、欧罗巴、安提俄珀、达那厄的芳心，他分别化身为天鹅、公牛、森林之神萨提尔和金子：

宙斯变成天鹅、公牛、萨提尔、金子，来引诱
勒达、欧罗巴、安提俄珀、达那厄。

Ζεὺς κύκνος, ταῦρος, σάτυρος, χρυσὸς, δι᾽ ἔρωτα

1 仅为直译。正常语序为"我用牧草放羊，用锄头耕种，用单手制敌"。

2 【中译者注：该文选收录了1606年在德国海德堡巴拉丁图书馆（Palating Library）发现的希腊诗歌与讽刺短诗。】

Λήδης, Εὐρώπης, ᾿Αντιόπης, Δανάης.[1]

从拉丁中世纪起，这一格式便进入了法国、西班牙、英国以及德国的 16、17 世纪诗歌当中。

七、每一位卡尔德隆的读者想必都记得，《人生如梦》（*La vita es sueño*）开篇塞

---

1 Paul Dimoff 把这段文字印到了 Chénier 的作品中，显然他没有意识到其出处（*Oeuvres completes de André Chénier, publiées d'après les manuscrits*, Vol. I, *Bucoliques* [1931], 35）。——Agathias 的优美讽刺短诗（*A. P.*, VI, 59）便按照相同模式创作而成。——在中世纪拉丁语中，"关联诗"（又称为"applicati"或"singular singulis"）极其常见：Faral 123, 39 ff.; 125, 59 ff.; 127, 89 ff.; 361, 699 ff.; Marbod in *PL*, CLXXI 1689 D, etc. Cf. Schumann, *Kommentar* I p. 8.——该技法从中世纪拉丁语传入了法国文艺复兴：Bruno Berger, *Vers rapports*, Freibur-im-Breisgau dissertation (1930)。——

莎士比亚写过如下诗句（*Lucrece*, 615 f.）：

尊贵的君王好比明镜、学校和书籍， 臣民的眼睛要来照看、研读与学习。	For princes are the glass, the school, the book Where subjects' eyes do learn, do read, do look

另外，还有（*Hamlet* III, 1, 159）：

朝臣的眼睛、学者的辩舌、军人的利剑。	The courtier's, soldier's, scholar's eye, tongue, sword.

弥尔顿写过（*Paradise Lost*, VII, 502 f.）【中译者注：中译文引自《失乐园》[朱维之译]，上海：上海译文出版社，1984 年，第 275 页】：

……水、陆、空中满是虫鱼鸟兽， 成群结队地泅泳、飞翔、行走。	… Aire, Water, Earth By Fowl, Fish, Beast, was flown, was swum, was walkt.

西班牙文学中的例子有（Lope de Vega in Menéndez y Pelayo, *Las cien mejores poesías*, p. 106）：

当我终于跟 盲童大打出手， 拳脚相向，我出其不意， 占得上风，取得胜利，然后抵御 弓箭、毒药和火焰……	Cuando a las manos vengo Con el muchacho ciego, Hacienda rostro embisto, Venzo, triunfo y resisto La flecha, el arco, la ponzaña, el fuego…

该技法还见于德国的"巴洛克时期"；参见布洛克斯的上述诗句。——J. Bolte 认为，关联诗亦见于古印度（*Herrigs Archiv*, CXII [1904], 265 ff. and CLIX [1931], 11 ff）。【——最近，Dámaso Alonso 在其与 Carios Bousoño 合编的一本书中概括了这个问题，见 *Seis calas en la expressión literaria española*, Madrid, 1951, p. 79，各位读者可参看。另见"Antecedentes griegos y latinos de la poesía correlativa moderna" in *Estudios dedicados a Menéndez Pidal*, IV, 1953, p. 1。】

希斯蒙多（Segismundo）狱中诉苦的精彩独白。这段独白乃根据七首匠心独运的十行韵文诗（decimas）创作。其思想脉络如下：（1）我生来犯何罪过？（2）为何其他有此罪过者未受惩罚？（3）飞鸟生来自由自在。（4）猛兽亦然。（5）游鱼亦然。（6）溪流亦然。（7）上帝赐予这些创造物——溪流、游鱼、猛兽、飞鸟——自由，那么是何种正义从人的身上剥夺了上帝的这份礼物？

苍天啊，既然你这样
对待我，那我定要弄清，
我生下来，究竟犯了
什么违反天意的罪行？
288 既然出生了，我已明白
我犯了什么罪行。
你那严厉的判决
确有充分的原因，
因为人降生于世，
就是最大的罪行。

为了减轻我的苦恼，
我只想知道（天哪，
暂且把出生之罪
搁在一边，不去谈它）
还有什么能触怒你，
让我受更大的惩罚？
别的人不是也出生了？
既然别的人也是这般，
为什么他们拥有
我从未享有过的特权？

鸟儿生出来，着上
五彩缤纷的盛装；

刚成为生双翼的花束，
或者长羽毛的花朵，
就离开那遮雨挡风、
安宁舒适的小窝，
在寥廓的苍穹中
矫健敏捷地掠过。
因为我的心灵更高超，
我获得的自由就该更少？

野兽生出来，身披
色彩斑斓的毛皮；
刚变成星星的化身
——多亏高妙的画笔——
就被人类的需要
教会了凶狠残酷，
变成了它迷宫里
又凶猛又残忍的怪物。
因为我的天性更好，
我得到的自由就该更少？

鱼儿生出来，不呼吸；
它是鱼卵和黏泥的产物；
刚像一叶遍体是鳞的
小舟在波浪上漂浮，
就游向四面八方，
去探测烟波浩渺、
横无际涯的海洋
那冷彻骨髓的堂奥。
因为我的自由意志更强，
我享有的自由就该更少？

289 小溪诞生了，似蛇般
在花丛里展开身躯；
刚像一条银色的蛇
在百花中蜿蜒流去，
就宛如音乐家一样
歌颂艳丽的鲜花，
越过壮丽的旷野，
迅速地流向天涯。
因为我的生命更长久，
我就该有更少的自由？

在愤怒到极点的时光，
像埃特纳火山一样，
我恨不得扯开胸膛
掏出破碎了的心脏。
上帝曾赋予一条溪、
一头兽、一羽鸟、一尾鱼
如此可心的特权，
如此重要的礼物。
什么法律、正义或理性
能拒绝把这授予人们？[1]

Apurar, cielos, pretendo,
Apurar, cielos, pretendo,
Ya que me tratáis así,
Qué delito cometí
Contra vosotros naciendo.

---

1 【中译者注：见《卡尔德隆戏剧选》（周访渔译），上海：上海译文出版社，1997 年，第 10—12 页。】

Aunque si nací, ya entiendo
Qué delito he cometido;
Bastante causa ha tenido
Vuestra justicia y rigor,
Pues el delito mayor
Del hombre es haber nacido.

Sólo quisiera saber
Para apurar mis desvelos
¿Dejando a una parte, cielos,
El delito del nacer¿,
¿Qué más os pude ofender,
Para castigarme más?
¿No nacieron los demás?
Pues si los demás nacieron,
¿Qué privilegios tuvieron
Que no yo gocé jamás?

Nace el ave, y con las galas
Que le dan belleza suma,
Apenas es flor de pluma,
O ramillete con alas,
Cuando las etéreas salas
Corta con velocidad,
Negándose a la piedad
Del nido que dejan en calma;
¿Y teniendo yo más alma,
Tengo menos libertad?

Nace el bruto, y con la piel

Que dibujan manchas bellas,
Apenas signo es de estrellas
¿Gracias al docto pincel¿,
Cuando, atrevido y crüel,
La humana necesidad
Le enseña a tener crueldad,
Monstruo de su laberinto;
¿Y yo, con mejor instinto,
Tengo menos libertad?

Nace el pez, que no respira,
Aborto de ovas y lamas,
Y apenas bajel de escamas
Sobre las ondas se mira,
Cuando a todas partes gira,
Midiendo la inmensidad
De tanta capacidad
Como le da el centro frío;
¿Y yo, con más albedrío,
Tengo menos libertad?

Nace el arroyo, culebra
Que entre flores se desata,
Y apenas sierpe de plata,
Entre las flores se quiebra,
Cuando músico celebra
De las flores la piedad
Que le dan la majestad
Del campo abierto a su huída;
¿Y teniendo yo más vida,

Tengo menos libertad?

En llegando a esta pasión,
Un volcán, un Etna hecho,
Quisiera sacar del pecho
Pedazos del corazón.
¿Qué ley, justicia ó razón
Negar á los hombres sabe
Privilegios tan süave
Excepción tan principal,
Que Dios le ha dado á un cristal,
A un pez, a un bruto y á un ave?

最后六行其实简要重述了前几个诗节的内容——飞鸟、猛兽、游鱼、溪流。这种布局模式在卡尔德隆的作品中极为常见。我称之为“总括式”(summation schema)。此乃西班牙全盛时期文学的共同特征。[1]同时，它也见于意大利16世纪文学艺术，如萨索（Panfilo Sasso）（卒于1527年）的诗歌：

时光飞逝，农夫把轭套到牛脖上，
那牛是相当暴戾，相当野蛮的动物；
时光飞逝，你们训练鹰隼展翅飞舞，
让它一听到召唤便回到你们的身旁。

时光飞逝，人们用锁链逐渐驯化 290
那凶残的狗熊，和凶猛的野猪；
时光飞逝，清澈的涓涓细流渗入
坚硬的岩石，仿佛它早已成细沙。

1　例如，可参见 Antonio Mira de Amescua in Menéndez y Pelayo, *Las cien mejores poesías*, 150。

时光飞逝，唯参天大树不会倾覆；
时光飞逝，整座高山也会被夷平；
而我，也会随时光飞逝，忍不住

怜悯起柔情似水的空虚的心灵。
时间也会让桀骜不驯和残忍无度，
从熊、牛、狮、隼、石那里消失无影。

Col tempo el villanel al giogo mena
El tòr sí fiero e sí crudo animale;
Col tempo el falcon si usa a menar l'ale
E ritornar a te chiamato a pena.

Col tempo si domestica in catena
El bizzarro orso, e' l feroce cinghiale;
Col tempo l'acqua, che è sí molle e frale,
Rompe el dur sasso, come el fosse arena.

Col tempo ogni robusto arbor cade;
Col tempo ogni alto monte si fa basso,
Ed io col tempo non posso a pietade

Mover un cor d' ogni dolcezza casso;
Onde avanza di orgoglio e crudeltade
Orso, toro, leon, falcone e sasso.

维加曾模仿这首十四行诗。[1]总括式脱胎于铺陈法（Priamel），[2]两者不同之处在于

---

1 Ernst Brockhaus in *Herrigs Archiv*, CLXXI (1937), 200. *Ibid.*, 197 ff. 收录了其他同一主题的铺陈诗（Priamel），而其主题可追溯至奥维德。读者可比较 Maximianus (I, 269 ff.)。

2 Walter Kröhling, *Die Priamel (Beispielreihung) als Stilmittel in der griechischrömischen Dichtung* (Greifswald, 1935).

铺陈法没有综述。说起总括式的起源，我们就不得不提到提波里亚努斯（Tiberianus）的一首诗（我们已在前文分析过，见本书196页）。这两首诗的结构有着惊人的相似之处。遗憾的是，古典语文学并未给我们留下任何线索。[1]提氏与萨索之间的一千两百年间，人们是否知道总括式？我只举一个例子。瓦拉弗里德在其诗歌《论肉体之任性》（*De carnis petulantia*）（*Poetae*, II, 360）中，通过举例来说明犯罪倾向：

诗节一：斜坡上的球。
诗节二：风中的羽毛。
诗节三：波涛中的船。
诗节四：燎原之火。
诗节五：野兽、飞鸟。
诗节六：马驹。
诗节七：奔涌之水。

诗节八总结道：

这些无恶不作的野蛮人，
瞧不起我们
惯于苟且偷生的肉体：
泛舟、羽毛、火焰、皮球、
鸡仔、河流、鸟儿、野兽，
仔细想想这些。

Haec carnem, stolidissime,
Nostram respiciunt, homo,
Consuetam male vivere:
Puppis, pluma, focus, sphera,

1　Cf. the article "Tiberianus" by F. Lenz in *RE*, 2nd. Series half-vol. XI (1936), 766 ff.

Pullus, flumen, avis, fera,

Haec attende sagaciter.

之前，我们已经看到，瓦拉弗里德是多么渊博的维吉尔式矛盾夸张法模仿者
291 （本书第 96 页）。让他自己创造总括式，这实在难以想象，因为总括式与加洛林人文主义的模仿之风格格不入。如此看来，古代晚期定有一位高人指点了他，而此人想必与提氏不分高下。当然，也有可能查无此人。中世纪拉丁文中有没有他的模仿者？瓦拉弗里德与萨索之间有没有联系？我们现有的知识还不足以下定论。

四、要点回顾

我们考察脉络是怎样的？我们能得到什么结果？

至此，我们追溯了形式风格主义的七种主要变体，按照时间顺序可将其排列如下：阙字风格起于公元前 6 世纪，复字风格起于公元前 3 世纪。第一首形象诗似乎在同一时期出现（亚历山大时代伊始）。奥索尼乌斯使用“丽辞”，已是罗马帝国的 4 世纪。5 世纪汪达尔人统治非洲时，德拉孔提乌斯开始系统地运用“诗歌填充式连词省略”。到了帝国晚期，“关联诗”粉墨登场，不过其初次亮相的确切日期已不可考（阿加提阿斯 [Agathias] 为 6 世纪人）。作为古代晚期总括式代表人物的提波里亚努斯，则是君士坦丁大帝的同辈人。

值得注意的是，拉苏斯的封闭实验，预示了前古典的古代风格主义（pre-classic, archaic Mannerism）。除此，其他现象或现身亚历山大时期，或现身罗马帝国晚期。两时期之间是罗马古典主义。上文探讨的所有现象，都延续至拉丁中世纪。于是，就有了中世纪拉丁风格主义（medieval Latin Mannerism）。对此，施特雷克尔（Karl Strecker）写道：“学校教授语言，人们自然而然就特别重视形式。这种对形式的偏好，或者像有的人所说的，对细枝末节的偏好，堪称时代特点；要想理解中世纪，这方面的研究必不可少。”[1]后来，中世纪拉丁风格主义进入民族文学；在以后的几百年中，它并未受文艺复兴与古典主义的影响。到了 17 世纪，中世纪拉丁风格主义再

---

1 *Einführung* 3, 27.

次容光焕发。它深深根植于西班牙的土地，至于原因，可见前文对“黄金时代”的描述（第 267 页）。如果想心安理得地将 17 世纪风格主义，从其两千多年的史前时期分离出来，然后有违史实地称之为（西班牙或德国）巴洛克时期的原生产物，不妨遵循伪艺术史体系（pseudo-art-historical systems）的罔顾做法和相关要求。两者往往相辅相成。

我已经尽我所能，根据需要，有选择地简要概述风格主义的形式要素特征。所谓选择，即避免事无巨细的堆砌，一目了然地给出要点。所谓需要，是因为早期作品与专著要么付之阙如，要么难以寻觅。目前为止，无论从年代顺序上还是地理位 292
置上看，文学学科仍缺乏欧洲视角。因此，我有意挑选那些不言自明且渊源清晰的现象，以免有人从思想史（Geistesgeschichte）角度，作出牵强附会的阐释。它们自成一系，并随着我们考察的深入，愈加明了。[1]

五、讽刺短诗与讥诮风格

形式风格主义往往与思想风格主义（mannerism in thought）携手并进，现在让我们把视线转到这一方向。没有哪种诗歌形式像讽刺短诗（epigram）一样，以追求直截了当、一鸣惊人的想法为乐（此所以 17、18 世纪德国人称之为“Sinngedicht”）。当该体裁脱离了其最初定义（为逝者、祭品等撰写的献词）后，这样的演变[2]就成了大势所趋。讽刺短诗成了奇思或妙想的寓所。就其本身而言，这样的思想并不妨碍传达诗歌的真正内容。久负盛名的一个例子，是据称柏拉图针对阿迦通（Agathon）所作的讽刺短诗（*A. P.*, V, 78）：

亲吻阿加通的时候，我得把我的灵魂含在嘴里；
那家伙太淘气，总想溜进他的身体。

1 【读 V. Pisani 的一篇重要文献（*Paideia*, Milan, 1950, p. 268），我方得知，本书引用的大部分风格主义其实亦见于古印度。】

2 关于讽刺短诗的起源，参见 Paul Friedländer, Epigrammata. *Greek Inscriptions in Verse from the Beginnings to the Persian Wars* (University of California Press, 1948)。

Τὴν ψυχὴν, ’Αγάθωνα φιλῶν, ἐπὶ χείλεσιν ἔσχον.
Ἠλθε γὰρ ἡ τλήμων ὡς διαβησομένη.

曾多年担任外事办图书管理员的当代英国人文主义者盖斯利爵士（Sir Stephen Gaselee）[1]，考察了柏拉图的这一思想在世界文学中的影响及模仿者。[2]他发现，流露该思想的有比翁（Bion）的《悼阿多尼斯》（*Lament for Adonis*）(l. 45 ff.)、墨勒阿革洛斯（Meleager）（*A. P.*, V, 171）、法沃利努斯（Favorinus of Arles）（公元 2 世纪上半叶）、塔提乌斯（Achilles Tatius）的欲爱传奇（4 世纪）、阿里斯塔埃奈图斯（Aristaenetus）等作品。罗马作家中，有佩特罗尼乌斯（约 79 年、约 132 年）和盖里乌斯（XIX, 11）。其他的还有创作拉丁诗歌的意大利人波利提安（Politian）与蓬塔诺（Pontano），英国人马洛（Marlowe）（*Dr. Faustus*, sc. 14）、赫里克（Herrick）（讽刺短诗《明显的爱》[Love Palpable]）及多恩（ed. Grierson [1912], I, 180, 1）。

对也罢，错也罢，以上据信源出柏拉图的有趣的头脑游戏，可以作为未受风格主义丝毫影响的例子，说明我们所说的妙想。我们不必考察，讽刺短诗的头脑游戏，
293 何时以及如何沦为风格主义对讥诮话（pointes）的热情。最后，让我们举一个极端的例子。之所以如此选择，是因为它在 17 世纪风格主义理论中小有作用。

在《拉丁文选》（*Anthologia Latina*, Riese [2], No. 709）中，有一首名为《死于冰刃的少年》（*De puero glacie perempto*）的诗：

一位色雷斯少年在冰河上玩耍，
因冰面承不住，遂掉进刺骨的水中。
他的下半身在河床里越陷越深，
一块锋利的碎冰将他身首异处。
不久母亲找到孩子的尸首，并投进火炉。

---

1 盖斯利于 1943 年去世。他的讣告见 Harold Nicolson, *Friday Mornings 1941—1944* (London, 1944), 172 ff。——感谢盖斯利编辑了两部中世纪拉丁文选：*An Anthology of Medieval Latin* (London, 1925) 以及 *The Oxford Book of Medieval Latin Verse* (Oxford, 1928)。

2 “The Soul in the Kiss” in *The Criterion*, II, 349 ff. (April, 1924).【——歌德致信 de Stein 夫人时写道：“我的灵魂寓于你的双唇”（Meine Seele ist auf deinen Lippen）。】

“这部分”她说，“给火，其余的给水。
我的命好苦！河流带走了他的大半，
只留下部分，让我知道我儿已走。”

Thrax puer adstricto glacie cum luderet Hebro,
Frigore frenatas pondere rupit aquas,
Cumque imae partes fundo reperentur ab imo,
Abscidit a iugulo lubrica testa caput.
Quod mox inventum mater dum conderet igni,
“Hoc peperi flammis, cetera”dixit “aquis.
Me miseram! plus amnis habet solumque reliquit,
Quo nati mater nosceret interitum.”

多么悲惨的故事！多么不同寻常的聪明母亲！《日耳曼史记》(*Monumenta Germaniae Historica*) 将这首短诗归入恺撒、奥古斯都或盖尔玛尼库斯 (Germanicus) 名下。实际上，它是加洛林时代作品。助祭保罗 (Paulus Diaconius) 在一首诗 (*Poetae*, I, 50) 的末尾写道，自己已经把希腊语忘得一干二净，只记住这首求学期间用心研读的短诗。其希腊文原版现存两个版本 (*A. P.*, VII, 542 and IX, 56)。【其中最古老的出自公元前 1 世纪诗人弗拉库斯 (Statilius Flaccus) 之手。】[1]【在其斧凿的痕迹之中，依稀可见罗马帝国统治期间修辞学校的虚拟法律案例的影子。下文我们还将回顾这一奇怪的产物。】[2]

六、巴尔塔萨·葛拉西安

考察讥诮式的风格主义时，我们采用了一个与布瓦洛的术语相类似的词语 (*Art poétique*, II, 105 ff.)：

1 【有关“讽刺诗悖论”，见 O. Weinreich, “Χρυσὸν ἀνὴρ εὑρὼν ἔλιπεν βρόκον. Zu antiken Epigrammen und einer Fabel des Syntipas,” in *Mélange Henri Grégoire*, III, 1951, p. 421。】

2 【中译者注：这句话仅见于德文第一版，在第二版中，作者已将其删去。】

当初我们的诗人都不会说俏皮话，
后来是从意大利传到了法国作家。
这是一种假风雅，俗人们眩惑一时，
大家都奔赴新奇仿佛是饥而争食。
读者大众的欢迎又给它们壮了胆，
俏皮话便如洪水，泛滥着巴那斯山。
首先是风趣诗中充满了俏皮语意；
就是高傲的商籁也不免受到波及；
悲剧也用俏皮话作为最妙的台词；
悲歌也用俏皮话点缀着它的哀思；
一个英雄出了台，话俏皮才算漂亮，
294 情人说话不俏皮便不敢倾诉衷肠……
用在诗或散文里都可以一概不管；
律师也用俏皮话武装着公堂辞令，
牧师也用俏皮话穿插着宣讲福音。[1]

Jadis de nos auteurs les pointes ignorées
Furent de l’Italie en nos vers attirées.
Le vulgaire, ébloui de leur faux agrément,
À ce nouvel appas courut avidement.
La faveur du public excitant leur audace,
Leur nombre impétueux inonda le Parnasse.
Le madrigal d’abord en fut enveloppé;
Le sonnet orgueilleux lui-même en fut frappé;
La tragédie en fit ses plus chères délices;
L’élégie en orna ses douloureux caprices;
Un héros sur la scène eut soin de s’en parer,

1 【中译者注：见《诗的艺术》（任典译），北京：人民文学出版社，2009 年，第 23—24 页。】

Et sans pointe un amant n'osa plus soupirer...
La prose la reçut aussi bien que les vers;
L'avocat au Palais en hérissa son style,
Et le docteur en chaire en sema l'Évangile.

法语“pointe”用以指“尖锐的”措辞，或罗马人所谓的“敏锐的”（acutus and acumen）思想。[1]不管是拉丁语，还是法语，都无法像意大利语和西班牙语一样，从“acutus”派生出抽象名词。1639年，佩雷格里尼（Genoa Matteo Peregrini）发表了《论敏锐——抑或通常所说的俏皮话，活灵活现的语言与思想》（*Delle acutezze, che altrimenti spiriti, vivezze, e concetti volgarmente si appellano ... trattato*）；1642年，巴尔塔萨·葛拉西安（Huesca Baltasar Gracián）发表了《妙语连珠——敏锐集》（*Arte de Ingenio, tratado de la Agudeza*）。显然，两书均出现了“犀利”一词。[2]《敏锐集》第二版（1649）的书名换成了《敏锐与天赋艺术——思维模式与差别论析》（*Agudeza y arte de Ingenio en que se explican todos los modos y diferencias de Conceptos*）。在两位作者的书中，我们发现，他们都用“concetto”（西班牙语“concepto”、“conceto”，英语“conceit”）来说明“犀利”或“微妙”的表达方式。[3]如此一来，我们就有三个相关概念（agudeza, ingenio, concepto）需要进一步解释。更加棘手的是，在西班牙，与格言体（Conceptism）同时繁荣起来的还有一种以贡戈拉为代表的文体风格——典

1　西塞罗（*Brutus*, 27, 104）：“（他们的）演说虽文采索然，却一针见血，谨慎小心。”（orationes nondum satis splendidas verbis, sed acutas, prudentiaeque plenissima.）——西塞罗往往将“acumen”和“prudentia”作为配对概念来使用。两者均属谋篇范畴（*Brutus*, 62, 221）。

2　有些人认为，葛拉西安取道佩雷格里尼，但 E. Sarmiento (*Hispanic Review*, III [1935], 23 ff.) 据理力争，反驳了这种观点。

3　L.-P. Thomas, *Le lyrisme et la préciosité cultistes en Espagne* (1909), 32 似乎认为，Camillo Peregrino, *Del Concetto poetico*（作于1598年，1898年印刷）为第一本意大利格言体著作。不过，早在1562年，威尼斯就出现了全新修订版的 *Concetti divinissimi di Girolamo Garimberto*。在该书序言部分，作者把“concetto”定义为“箴言的敏锐”（l'acutezza d'un bel detto）。文集只收录了散文。

雅体（Cultism）。[1]一直以来，经常有人试图将格言体与典雅体分割来看，但两者无法
295 分割。[2]对于才思敏捷者，出言谨慎方可一针见血。葛拉西安（*Agudeza*, Preface to the Reader[3]）正是从这个意义上，提倡以敏捷的才思，“典雅地表述自己的观点”[4]。

格言体、典雅体以及与之相关的问题，始终是有价值的精深研究的对象。然而，现有研究都不尽如人意，因为它们都没有考察西班牙风格主义与拉丁传统的种种关系。人们往往把西班牙风格主义的多种形式，理解为文艺复兴、意大利风潮或巴洛克风格的产物；换言之，它们只是从之前所属的鸽笼里被拿了出来。可这个过程解释不了什么。以法国视角思考上述问题的读者，从格言体与典雅体中，察觉到西班牙思想里两种“危险”的疾患；他们认为，其之所以如此，是由于西班牙不幸从未“出现像马莱伯、沃热拉这样严厉的教师，而且也没有科学院”。[5]显而易见，这种故步自封的判断，既无法加深对历史的理解，也无法进行美的欣赏。这里，我们再次注意到，即便在沃热拉以后三百年的学术领域（他的《法国语言论集》[*Remarques*

1 目前来看，人们一直忽略了，“culto”实为拉丁用法。昆体良（VIII, 3, 61）谈论藻饰（ornatus）时曾写道：“它【藻饰】包含以下几个步骤：首先需要我们明确自己想表达的内容，然后将其充分地表达出来，再次赋予其额外的修饰，也就是所谓的润色。”(Eius primi gradus sunt in eo quod veils concipiendo et exprimendo, tertius, qui haec nitidiora faciat, quod proprie dixeris cultum.)“culto”的意思是“典雅地表述”。奥维德（*Ars*, III, 341）称自己的诗歌为“典雅的诗歌”（culta carmina）。他两次（*Am*., I, 15, 28 and III, 9, 66）称 Tibullus 是“有涵养的”（cultus）。马提雅尔（Martial, I, 25, 1 f.）告诉某位作家，现在应该最后把自己的作品打磨一下，“用你精湛的技巧润色你的作品”（et cultum docto pectore profer opus）等等。“近代”语文学若想出色完成自己的任务，就必须重视 18 世纪末以前的近代作家想当然认为的文献知识。这一条仍适用于孟德斯鸠（Montesquie）和狄德罗，见本书学术附录二十四和二十五。

2 把典雅体与格言体对立而视，且将其归咎于葛拉西安的人，是 Menéndez y Pelayo（*Historia de las ideas estéticas en España 2*, III, 526）。——Mérimée-Morley, *A History of Spanish Literature* (New York, 1930) 指出：“格言体之所思，乃典雅体之所言。两派各有不足，不必彼此排斥。相反，两者彼此相吸，且经常相辅相成。”同书坦言，“贡戈拉已然格言体作家。”

3 葛拉西安的著作，除 *Criticón* 采用 H. Romera-Navarro 的评注版（Philadelphia and London [1938]f.），以下均采用唯一的近代完全版：Baltasar Gracián, *Obras completas. Introducción, recopilación y notas de E. Correa Calderón* (Madrid, 1944)。*Colección Austral* (Espasa-Calpe) 中的 *Agudeza* 重印本，删除了前言 *Al lector*。遗憾的是，两个版本中的拉丁引文常常残缺不全。

4 在葛拉西安看来，“敏锐”（agudeza）与“典雅”（cultura）是文体典范的两个方面（*Agudeza, Disc*. 61, *Obras*, p. 282 a）。

5 Mérimée-Morley, 232. 格言体是“西班牙骨子里的恶习”，233。——当然，普凡德尔批评了葛拉西安，因为葛氏把典雅体（cultismo）与格言体（conceptismo）“折中地结合起来”，“而没有按近代文学史研究的方法，将两者截然分开”（552）。——需要补充一点，很遗憾，贡戈拉不可能知道折中“截然区分”的结果。

sur la langue française] 于 1647 年问世），法国的标准古典主义（坚持到处采用自己独特的体系）仍然问题不断。时至今日，受此影响，葛拉西安的声誉也变得每况愈下。[1]难道就没有哪个人，可以凭着对西班牙挚爱般的坚实学识，以及未受法国盲目者遮蔽的视野，充当西班牙文学的向导？有，他就是普凡德尔（Ludwig Pfandl）。[2]普氏很认可西班牙的“巴洛克气质”，但他用西班牙巴洛克风格的性质，阐释“西班牙巴洛克风格”，这并不能提高我们对其的历史认识。[3]

葛拉西安所谓的“天赋艺术”（arte de ingenio），倒是为我们提供了线索。我们必 296
须回到古典修辞学。昆体良（X, 1, 88）如此批评奥维德的修辞风格主义（rhetorical Mannerism）：“（他）太执着于自己的思想，不过有些段落仍值得称赞。”有几样礼物对演说家至关重要，却又模仿不得，昆体良认为它们是天赋异禀（ingenium）、别出心裁（inventio）、感人至深（vis）、举重若轻（facilitas）（X, 2, 12）。天赋又属于谋篇的范畴。可如果谋篇的时候不加分辨，那么别出心裁的天赋就会变成错误。显然，天赋与判断力（iudicium）可以两厢对立。[4]

昆体良试图系统整理，并宣传罗马弗拉维时代西塞罗式标准古典主义的准则；在那个时代，不仅出现了卢卡努斯、斯塔提乌斯、马提雅尔式的风格主义诗歌（manneristic poetry），而且还出现了佩特罗尼乌斯、塞内加、塔西佗等人的非古典散文（unclassic prose）。昆体良的品味承袭自典范作家（亦即典型的，具有教育意义的作家），这一品味与当时的文学主流格格不入。他无法像贺拉斯的诗学一样影响创作。古代晚期与中世纪的拉丁风格主义，甚至进一步削弱了他的影响；在类似西班

1　Cf. Sarmiento’s criticism of Croce and Coster in the essay cited *supra*, p. 294, n. 54.

2　见本书第 283 页注释 25，即中译本第 377 页注释 1。

3　西班牙巴洛克时期，“西班牙本土针对西班牙精神（psyche）的争论达到一定高度，因为……”（p. 215）。普凡德尔到底从哪些渠道获知西班牙精神及其争论？西班牙文学……尽管在法国、德国、西班牙，人们喜欢用实体化的民族心理学（hypostatized national psychology）来阐释民族文学的本质，但它的科学价值微乎其微。——对普凡德尔而言，象征化观念（Symbolisierungsidee?——【英译者注：问号为本书作者库尔提乌斯博士所标】）是“典雅体生根发芽的土壤”（231）；格言体对应于“个体的巴洛克式欣喜”（die barocke Überhöhung des Individuums）（240）；诸如此类，不一而足。

4　VIII, 3, 56：“缺乏判断的修饰，是每种文体都会犯的错误。这可能表现在华而不实或枯燥乏味，过于细腻或啰啰唆唆，牵强附会或力有未逮。可以说，任何卓然而立，任何缺乏判断的信马由缰，且为虚幻美所误导的文辞都是矫饰。”

牙这样自始至终全力保留中世纪传统的国家，更是如此。[1]这里，我们不能忘记，除了昆体良，卡佩拉也是拉丁西方世界的导师。在介绍修辞女士（Dame Rhetoric）[2]进入万神会，并描绘她的言辞效果时，卡佩拉慷慨激昂地写道（Dick 212, 8 ff.）：

> 当雄辩术开口时，她的表情何等丰富，嗓音何等洪亮，语气何等从容！她的言辞何等流畅而崇高！即便对神祇而言，如此别出心裁的天赋、滔滔不绝的口舌以及取之不竭的记忆，同样是不可多得的。她的思路多么井井有条，语气多么恰到好处，手势多么形象生动，思想多么博大深邃！

在这段文字中，作者试图浓缩修辞的精妙之处，而我们相信，后代人也是如此理解的。[3]这里不难看出，谋篇的精髓在于天赋。至于判断力，我们还未见表述。相反，作为决定性的最高观念，"深思熟虑"（depth of conception）却在昆体良的体系中毫无地位。它似乎只是谋篇之才（inventionis ingenium）的另一种说法；如此，我们
297 发现了西班牙风格主义的两个基本观念。[4]在古典拉丁语里，"conceptus"还没有这个意义（取而代之的是"conceptio"），但中世纪哲学取其"概念"之意，将其吸纳进来。

那么，天赋与判断力的关系到底是如何界定的？16世纪西班牙理论家探讨了这个问题。巴尔德斯（Juan de Valdés）提出，两者关系在于，人靠判断力从种种天赋中挑选最好的，然后把它置于最佳位置；"谋篇"与"布局"（disposición, ordenación）乃修辞的两个主要部分；谋篇对应于天赋，布局对应于判断。[5]葛拉西安也是从这一语言学用法着手的。时至今日，仍没人注意到这个事实。真不可思议！在《敏锐集》

---

1 贡戈拉甚至继续创作延续西班牙中世纪的民族诗歌；参见 Dámaso Alonso, *La lengua poética de Góngora*, I (1935), 69 ff。

2 在中世纪，人们把修辞艺术拟人化为一名女性，而最久负盛名的形象就出自卡佩拉之手。

3 葛拉西安在他的《敏锐集》中使用了"思想深邃"（profundidad de concepto）这一说法（*Disc*. 45, *Obras*, 228 b）。

4 Cf. Dante, *De vulgari eloquentia*, II, 1, 8: "Optime conceptiones non possunt esse nisi ubi scientia et ingenium est."（有知识与天赋，才能产生最好的构思）——"conceptus": *V E* I 2, 3.

5 Juan de Valdés, *Diálogo de la lengua*, ed. Montesinos, p. 165.

的致读者序中，葛拉西安开篇写道："我的某些作品（最近的就是《谨慎的艺术》[1]）针对判断力；而这一本我要献给天赋。"任何熟稔罗马修辞的读者，想必对这句话了然于心。[2]可我们当今的西班牙语言学者可能不会感同身受。[3]

不过，葛拉西安的独到之处在于，他率先指出古代修辞体系的缺陷，并为之补充了一条新规，也就是他所谓的系统有效性（systematic validity）。[4]在《敏锐集》中，他开门见山地指出（*Disc*. 1, *Obras*, p. 60）：不可否认，古代人制定了三段论法则，创造了修辞格艺术。[5]可他们对"敏锐才能"（agudeza）却无所作为。他们只是将其托付 298
给天赋的力量，然后啧啧称奇地看着。最有名的例子见于"欲揽各种名誉的王中之王恺撒的帝王讽刺短诗"（imperial epigrama del príncipe de los héroes, Julio César, para ser merecedor de todos los laureles）。[6]紧接着，是本书第 293 页探讨的中世纪拉丁讽刺短诗。如果三段论是根据种种法则创立而来，那么它必然能让思想（concepto）也遵循这些法则。[7]修辞格不过是敏锐体系的素材与基石（*Disc*. 20, *Obras*, 133 b）。因此，

1　该书的主标题是《神谕手册》（*Oráculo manual*）。——《论审慎》（*El discreto*）也是葛氏论判断力的著作。普凡德尔指出（549），"人们对'discreto'作出种种解释"，但只有他正确地将其翻译为"gescheit"（取自"scheiden"，正如"discretus"取自"discerenere"）。"判断力"（vir discretus）一词为中世纪拉丁语。"审慎力"（vir prudens）与"判断力"（vir discretus）的韵律特征见于 Werner, Nos. 235 and 236。

2　在其他地方，葛拉西安是如此界定这两个概念的差别："同'判断力'一样，'天赋'并不满足于唯一的真理，但它向往美。"（*Agudeza*, *Disc*. 2; *Obras*, 63 b）——天赋与判断力之间的比例，决定了葛拉西安的价值判断。西塞罗有言："即便演说家再怎样自我克制，即便哲学家再怎样依靠判断力，在最美的最理智的心灵中，天赋同样拥有卓越的一席之地。"（*ibid*., *Disc*. 61, *Obras*, 281 a）——卢锡安有言："具有崇高情操的人，却追求并迎合判断力。"（*ibid*., *Disc*. 23, *Obras*, 461 a）——Traiano Boccalili (1556—1613) 能够把"判断力与天赋"（*Disc*. 16, *Obras*, 121 a）统一起来。

3　Pfandl, 236 f.："集体的典范在古代是圣贤，在中世纪是圣徒，在文艺复兴早期是学者，在中世纪后期是尽职尽责的廷臣，但巴洛克时期的天赋典范却出自西班牙……能概括西班牙巴洛克时期人的这种特殊性的术语就是'ingenio'，而它既反映了一种思想状态，又展现了特定的个体类型……"这只不过是一种拉丁用法而已！塞内加探讨了"罗马的天才"（Romana ingenia）。Suetonius 称赞奥古斯都："他受到当时伟大天才的处处珍重。"小普林尼说道："我对古代人敬佩不已，但也不像某些人一样，鄙视我们时代的天才。"诸如此类，不一而足。

4　因此，如果认为敏锐说"只不过是具有最佳可能影响的转义与形象（tropes and figures）理论"（Pfandl, 551），那就着实让人难以理解，甚至误入歧途。

5　"他们发现了古老的方法——三段论与比喻艺术。"卡西奥多鲁斯也把三段论与转义（tropi）相提并论（见本书第 41 页）。

6　亦即英雄（héroe）短诗、审慎（discreto）短诗、敏锐短诗。

7　*Disc*. 1, *Obras*, 61 a.

古人把文学理论的基本任务交给了今人。

> 相比古代学问，熟稔现代事物者，往往更让人钦羡，而且有更多的人愿洗耳恭听。古人的言行已经过时；今人的言行则以新制胜；后者充满奇趣，这更令其光彩夺目。(*Disc*. 58, *Obras*, 269)

> 能结识每个阶级的一流作家，尤其是那些未遭时间洗涤，未受昆体良苛责的作家，实属幸事。要知道，昆体良连他的同胞塞内加也不放过。[1]

葛拉西安在谈论古人今人时的历史与美学立场，跟法国的古今之争无关。两者只有一处相似：1170年的“今人”的立场。当时诞生了新诗（poetria nova）。葛拉西安也根据他的时代对文体的理解，建构了新理论。不过，这并非有些人所谓的诗学。[2]思想“就是表达两种事物间对应之处的头脑活动”(*Disc*. 2, *Obras*, 64)。这一观点适用于诗歌，适用于散文，[3]而且也适用于以两者为媒介的所有体裁与文体。“适合讽刺短诗的，却不适合布道。”历史与诗歌的思路不同，书信与演说的思路不同(*Disc*. 60, *Obras*, 275 f.)。然而，每种文学样式，每个题材范畴都能用来装饰思想。

> 布道者会尊重安布罗修的重要思想；人文主义者也会敬佩马提雅尔的尖刻言论。在此，哲学家会发现塞内加的审慎文风；历史学家会找到塔西佗的敌意文风；演说家会碰见普林尼微言大义的文风；诗人会觅得奥索尼乌斯才华横溢的文风……如果说拉丁语称赞伟大的弗洛鲁斯，意大利语歌颂尊敬的塔索，西班牙语推崇文雅的贡戈拉，葡萄牙语美言温柔的卡蒙伊斯……那么，这些都是
> 299 我征引的对象。我喜欢西班牙人，因为他们最有智慧；我喜欢法国人，因为他们最有学识；我喜欢意大利人，因为他们最有口才；我喜欢希腊人，因为他们最有新意。(Foreword to the Reader, *Obras*, 59 f.)

---

1 *Disc*. 63, *Obras*, 290 a. 由于印刷错误，这句话变得不忍卒读：“Quintiliano en el...”——Quintilian, X, I, 125 on Seneca.

2 Pfandl, 551.

3 “跟诗歌一样，散文也需要格言警句。”(*Disc*. 1, *Obras*, 62 a)

要想把一个全新的核心概念引入美学理论，就必须能用典型范例把它解释清楚。葛拉西安就反复思考，哪些思想大师是经典人选（canon）。为此，他给出了几个不同的版本。序言部分给出的一连串大作家（安布罗修、马提雅尔、塞内加、塔西佗、普林尼[1]、奥索尼乌斯、弗洛鲁斯、塔索、贡戈拉、卡蒙伊斯），显然是经过精挑细选的。另一份名录包括奥古斯丁、安布罗修、马提雅尔和贺拉斯（*Disc.* 1, *Obras*, 62 a）。这两份名录仿佛两种初步建议，给放到了全书的开篇部分。在书的末尾，作者又列出了一份与之相对应的名单：塔西佗、维雷乌斯（Velleius）、帕特库鲁斯（Paterculus）、弗洛鲁斯、马克西姆斯、普林尼、阿普雷乌斯、马提雅尔（*Disc.* 60, *Obras*, 274 b）。显而易见，在葛拉西安的心里，古代作家更为重要（否则也难称经典）。可若我们自问，葛氏挑选时，以何种文学"经验"和喜好为基础？答案不出所料——马提雅尔与贡戈拉。马提雅尔不仅是西班牙人，而且还是阿拉贡人；换言之，无论从广义还是狭义上讲，他都堪称葛氏的同胞。他是葛氏最常引述的作家，是"敏锐的不二传人"（primogénito de la agudeza）（*Disc.* 5, *Obras*, 78 b）。不过，贡戈拉是"天鹅，是雄鹰，是歌声甜美的凤凰，他颖悟绝伦，臻于至善……"（*Disc.* 3, *Obras*, 67 a）。他是绚丽文风的集大成者，这"主要见于他的《独眼巨人波吕斐摩斯》和《孤寂》"（especialmente en su *Polifemo* y *Soledades*）（*Disc.* 62, *Obras*, 287 b）。有"意大利的贡戈拉"（Góngora de Italia）之称的是马里诺（Marino）（*Disc.* 16, *Obras*, 120 a）。

晚期拉丁诗歌的风格主义自然也位列其中，[2]与之相应的，是一些中世纪拉丁作品——例如，描写色雷斯少年的讽刺短诗，甚至是那首更雕琢的"著名古代讽刺短诗"（célebre epigrama antiguo）（特劳贝 [Ludwig Traube] 将其复归原主——旺多姆的马修[3]）（*Disc.* 39, *Obras*, 212 a）。如果理解了西班牙黄金时代在中世纪（即对整个古代的全盘接纳）的连续性，那么后期帝国的"白银"拉丁语与拉丁中世纪的风格主义息息相关，也就不足为奇了。基于同样的基础，我们可以理解敏锐的另一典型要素（相关素材实在难觅，尽管我们不该就此轻易忽略它）：世俗文学与宗教文学，被一起放到了格言体的大旗下。我们已经看到，安布罗修与奥古斯丁同为格言体经典

---

1 他对特洛伊的颂赞堪称放诸四海而皆准（"se mide con la eternidad": *Disc.* 1, *Obras*, 61 b）。

2 Pentadius (*Disc.* 2, *Obras*, 63 a), Claudian (*Disc.* 8, *Obras*, 89 a).

3 Ludwig Traube, *O Roma nobilis* (1891), 319. ——Text in Riese, *Anthol. lat. 2*, No. 786.

300 作家。[1]金言彼得（Peter Chrysologus）亦属此列（*Disc*. 31, *Obras*, 182 b）。可亚历山大的克莱门[2]、巴西勒（*Disc*. 10, *Obras*, 98 a）、纳西昂的额我略（同前）等希腊教父也一并入选。现代读者很可能对此惊诧不已，但这确实合情合理。我们时常见到，奥古斯丁吸收了古代罗马晚期的风格主义，希腊教父延续了第二代智术师的事业。[3]古代罗马晚期以来的风格主义传统，以及从教父到葛拉西安的作品里的一个重要联系，是我们从奥古斯丁与卡西奥多鲁斯追溯至比德的“圣经修辞”。当比德从《旧约》中找出礼貌宣泄（ἀστεϊσμός）[4]的辞格，当阿兰称赞保罗的牛奶之喻“蔚为高雅”时，[5]葛拉西安所要追寻的路线变得清晰可辨。他甚至把基督对彼得所说的话——“你是彼得，我要把我的教会建造在这磐石上”（Tu es Petrus, et super hanc petram aedificabo ecclesiam meam）[6]，称作“神的机锋”（“delicadeza sacra”; *Disc*. 31, *Obras*, 183 b）。

这见于“专名游戏”（“agudeza nominal”）一章，这也是唯一以始自荷马的语言与思想为乐的部分。[7]葛拉西安有些独有的贡献；比如，他把奥古斯丁视为“天赋之王”（rey de los ingenios），这揭示了奥古斯丁与奥古斯都的发音相似（*Disc*. 3, *Obras*, 67 b），此外，他还区分了马提雅尔的作品中“阿波罗”成分与“马提雅尔”成分（*Disc*. 26, *Obras*, 156 a）。对于这一敏锐的形式，即便最神圣的事物也不必忌讳：

> 上帝神圣而肃穆的名字应该如此解读——“我赐予你”；我赐予你大地、天国与存在；我赐予你我的恩典，赐予你我本人，赐予你一切：以致在我们西班牙语中，上主从赐予中获得他最神圣而威严的名字。（*Disc*. 32, *Obras*, 189 b）

---

1 在安布罗修的作品中，葛拉西安尤其尊崇极讲文采的圣艾格尼丝颂歌（*De virginibus*; *PL*, XVI 200 ff.）。他从奥古斯丁那里引用了一首讥诮诗，不过出处不详：玛丽与一个木匠订了婚，随后嫁给了天国的建筑师（Mary was betrothed to a carpenter and then married the architect of the heavens）（*Disc*. 4, *Obras*, 69 b）。

2 *Disc*. 6, *Obras*, 81 a; *Disc*. 52, *Obras*, 248 a; *Disc*. 59, *Obras*, 271 a（像俄耳甫斯的基督）。

3 见本书第 68 页。

4 【中译者注：礼貌宣泄，即以礼貌的方式发泄负面情绪。】

5 见本书第 136 页。

6 【中译者注：见《马太福音》16:18。】

7 见本书学术附录十四。

声音游戏，亦即更严格意义上的文字游戏（“声音的修辞”），尤其是双关语[1]（annominatio）（整个中世纪以及但丁都均对此情有独钟），也属于思维的产物，因此能在格言体理论中找到一席之地。

那么，敏锐是否仅限于格言体式讥诮？或者说，它是否能支撑起一整部艺术作品？“自由”的智慧或者针对某话语模式的智慧是否值得青睐？天赋能否大规模地（“un todo artificioso mental”）创作艺术作品？葛拉西安在其著作的第二部分开头，提出了这些问题（*Disc*. 51, *Obras*, 242 a）。

> 我们的比尔比历斯（马提雅尔的出生地），为伟大的世界女王进献的不是非洲这样的怪物，而是像马提雅尔一样的天赋怪才。为了学习演说术，马提雅尔前往罗马，他头脑机敏过人，定会冲破连锁雄辩术的禁锢，把敏锐的所有种类和类别，演绎得登峰造极，而这些也将随着他的讽刺短诗流芳百世。这一品味
> 仍占据这个才华横溢的省份，这张美丽的世界面孔，而且在这个硕果累累的年 301
> 代达到顶峰；彼时，才智随着君主国的扩张而繁荣；宗教文学也好，世俗文学也好，无不采用自由形式。（*Disc*. 51, *Obras*, 243 a）

于是，葛拉西安选择了敏锐的自由形式，其效果有如焰火表演中的火箭弹一飞冲天。不过，他也能在史诗和传奇故事（荷马、维吉尔、赫利奥多鲁斯 [Heliodorus]、阿莱曼 [Mateo Alemán]；*Disc*. 56, *Obras*, 258 f.）中，在戏剧阴谋的纷繁线索（维加、卡尔德隆；*Disc*. 45, *Obras*, 228）中，找到“敏锐”的使用范例。葛拉西安的格言体并非铁板一块。他同样欣赏相互对立的品质与文风：亚细亚体（Asianism）与“拉哥尼亚体”（Laconism）[2]（*Disc*. 61, *Obras*, 278 a）[3]；“自然”风格与“点缀”风格（*Disc*. 62, *Obras*, 282 ff.）。

1　*Disc*. 32, *Obras*, 186 b.

2　他似乎不知道阿提卡体（Atticism）。

3　【中译者注：亚细亚体，指公元前 3 世纪兴起的一种古希腊修辞风气。随着居住在亚细亚的希腊人涌入罗马，该文风对罗马修辞学产生了巨大影响。据信，西塞罗是率先使用该术语的罗马人。他区分了两种亚细亚体：对称讲究的文风与流畅绚丽的文风。亚细亚体与典雅的阿提卡体相对。拉哥尼亚体，指简洁、精辟的文辞；拉哥尼亚为斯巴达人居住地，故 Laconism 或 Laconophilia 用以指敬佩斯巴达或偏爱斯巴达文化或制度。】

最近二十多年里，坊间刮起了重新评价贡戈拉与葛拉西安之风。《敏锐集》（佩拉约 [Menéndez y Pelayo] 认为这是葛氏最糟糕的作品）并未占据重要位置。[1]即便如此，此书仍是独一无二的。如果能系统地审视旁枝错节的风格主义传统，找出其根源的思维解读方式，将风格主义的形式分门别类，同时又保留它们精神的尊严，这无疑是及时有效的想法。葛拉西安的著作是高水准的思想成果。黄金时代的唯智论（intellectualism）（亦充斥于卡尔德隆的戏剧），想必能信心满满地面对布瓦洛的唯理论（rationalism）。当然，它更接近 20 世纪的品味。乔伊斯毕生所作，不正是一个庞大的风格主义实验吗？双关语就是其支柱之一。在马拉美的作品里，风格主义要素何其众多！而马拉美跟当代诗歌的赫尔墨斯神智学（hermitism）之间的关系何其紧密！

葛拉西安创作了一部敏锐“大全”（Summa）。它是民族的成果。它把从马提雅尔到贡戈拉的西班牙传统，带入了普世的语境（universal context）。借用葛氏《论审慎》中的一句惊世骇俗的话（c. 25, *Obras*, 350 a），“一座古代转世的宏伟剧场”横空出世。喜欢西班牙源源不断创造力的读者，也可以在葛拉西安的作品里尽情畅游。[2]

1 【本书出版后，我才在 Hispanic Review, 1948, p. 275 上，看到 T. E. May 对“敏锐”的阐释。】

2 应该结合西班牙风格主义的背景，将英国“形而上学诗人”的风格主义、马里诺及其追随者（Marinists）的风格主义、第二西里西亚派（second Silesian school）的风格主义重新研究一番。相比之下，法国的变体（珍重主义 [the précieux] 运动等）就不那么有趣。

第十六章　书籍的象征意义

一、歌德论转义；二、希腊；三、罗马；四、《圣经》；
五、中世纪早期；六、中世纪盛期；七、自然之书；
八、但丁；九、莎士比亚；十、西方与东方

目前为止，我们已循序渐进地达到新的高度，从这里我们既可以回顾，也可以 302
开始全新的展望。让我们再次回到隐喻学的话题，考察它最发人深省的一个领域（尽管文学学科对此并未进行任何考察）——书写（文字的使用）与书籍。

一、歌德论转义

据我所知，这个主题迄今只有歌德涉猎过。在他包罗万象的思考中，对文学的反思占据着重要地位。圣伯夫恰到好处地，称歌德为“古往今来最伟大的批评家”（Le plus grand de tous les critiques）。歌德的批评家身份——多么令人心驰神往的话题！然而，此前却不曾有人研究。[1]研究歌德的自然科学家身份的文献，倒是数不胜数。可歌德的文学论著却一直默默无闻地躺着。莱辛、歌德、施莱格尔兄弟、穆勒（Adam Müller）把德国的文学批评推向巅峰。不过，他们却无法确保它在民族的思想生活中，处于始终如一的位置。时至今日，问题依旧。

暮年歌德反复考虑的一个话题，是形象化表达（bildliche Ausdruck, figurative expression）。用修辞教科书的话说（歌德对此烂熟于胸），这样的言语模式称之为“转义”（希腊文“τρόπος”，意思是“转变”）。歌德也使用该词，不过通常写作“tropus”，偶尔也会写作“Trope”。在研究东方诗歌时，诗歌比喻语言的特殊性质，吸

1　关于以上内容，在拙作《欧洲文学批评论集》（*Kritische Essays zur europäischen Literatur*, 1950）中有专门章节探讨。

引了他的注意力。在其《西东诗集》(*West-östlicher Divan*)附录《注释与随感》中，有一篇题为《东方诗歌的原始要素》(Orientalischer Poesie Urelemente)的文章，其中写道：

303 阿拉伯语中，如果不考虑母音轻微改变的情况，那么跟骆驼、马、羊无关的词干词、词根词真是屈指可数。这些自然与生命的最初的表达方式，并非名副其实的转义。人类自由且自发表述的那些事物都与生命有关。阿拉伯人与骆驼、马匹的关系，就如同身体与灵魂，彼此密不可分。不管什么事物，如果不能同时影响这些生物，而且没有将它们的存在、活动，同阿拉伯人紧紧联系起来，就不会对他们产生任何影响。另外，游牧的贝都因人常见的一些野生与驯养动物，我们也可以在阿拉伯人生活的所有联系中找到影子。如果再想想周围可见的事物：高山与沙漠，峭壁与平原，树林、草丛、鲜花、江河湖海、星光灿烂的天空，我们就会发现，东方人认为，万物相示。他们习惯将相距甚远的事物联系起来，常常通过稍微改换字母或音节，不假思索地从此事物派生出相对的彼事物。这里，我们看到，语言已然能自我创造，创造自我；与思想相遇，它变得滔滔不绝；与想象相逢，它变得诗情画意。如此一来，若从最初的必不可少的原始转义入手，然后考察更自由更大胆的转义，直至最终触及最大胆最随意的转义，甚至笨拙、传统、陈腐的转义，我们就能获得东方诗歌的概貌。

在上述文字中，歌德勾勒了研究诗歌的比喻语言的方法。这一方法还应扩展至所有文学，厘清它们的特别之处，然后有条不紊地呈现种种事实。因此，这应该是一种普遍的比较方法。

近代文学学科并未沿用歌德关于世界文学的“转义学”(tropics)或隐喻学的设想，而且还忽略了《箴言与反思》(*Maximen und Reflexionen*)中的一个观点：

莎士比亚作品里，有大量取自拟人化概念的绝妙转义。这些转义根本无法为我们所用，可他却用得恰如其分，因为在他那个时代，一切艺术都受讽喻的统治。此外，他还发现一些我们可能不甚喜欢的意象，例如书籍。早在一百多年前，印刷术就已发明；不过，从不同时期的装订来看，书籍仍然被视为圣物。

在高尚的诗人眼里，书籍是一件需要珍爱，需要尊重的事物；因为我们把一切都置于封面与封底之间，对于装订或内容，我们很难择其一而尊崇。

书写与比喻意义上的书籍，见于世界文学的各个时期，但它们独特的差别取决于普遍的文化进程。不是所有主题都能适合比喻式语言，唯有富有价值的事物（即歌德所谓的“与生命有关的事物”，或能反映“凡间事物相互依存生活”的事物）才有资格。于是，歌德强调，对莎士比亚而言，书籍“仍然是圣物”。如此一来，问题出现了：书籍在何地何时被视为圣物？要想回答这一问题，我们必须通过基督教、 304
伊斯兰教、犹太教的神圣之书，回到古代东方——近东地区与埃及。公元前数千年前，书写与书籍有着神圣的特质；那时，它们掌握在祭司阶层的手中，成为宗教思想的媒介。于是乎，我们遇到了“神性”、“神圣”、“受敬拜”的书籍。那时，民众认为书写本身神秘莫测，而经生[1]拥有特殊的尊严。[2]埃及人尊透特（Thoth）为抄写与书写之神，后来希腊人把他与赫尔墨斯联系起来。在巴比伦人看来，繁星是“苍穹的笔迹”。

二、希腊

希腊人认为，腓尼基人卡德摩斯赐予了人类书写能力。事实上，他们从古代东方引入了书写以及字母的名称。alpha、beta、gamma、delta是闪语字母（试比较希伯来语的aleph、beth、gimel、daleth）。不过，古希腊既没有书籍神圣的观念，也没有拥有特权的经生祭司阶层。因此，从一开始，希腊人就不清楚书写与书籍的比喻式用法。荷马与赫西俄德当然也不清楚。品达与悲剧作家最先把记忆视为书面

1 【中译者注：在中国古代南北朝时期，抄书盛行，遂出现以抄书为业的“经生”。唐玄宗时，设立修书院，专掌抄书校书工作。唐文宗时期，设官员主持抄书事宜。抄书者叫“御书手”。各地官府也有抄书者，叫“书手”或“楷书手”或“书令史”。与此同时，民间也不乏代人抄写的书铺。很多生活贫苦的人以抄书维持生计，这些人叫“佣书”。本章出现的“scribe”将根据职责不同，译名也有所不同。】

2 Franz Dornseiff, *Das Alphabet in Mystik und Magie* [2] (1925), 1 ff.

记录。[1]

一般来说，希腊语是轻视书写与书籍的，这在柏拉图的《斐德罗篇》(*Phaedrus*, 274 C-276 A）最后可见一斑。苏格拉底讲道，书写的发明者埃及神透特曾向国王塔姆斯（Thamus）推荐他的发明：书写能让埃及人变得更聪明，增强他们的记忆力。可国王对此却不屑一顾：“如果我的子民学了你的发明，就变得更健忘，因为他们会忽略使用自己的记忆……你给学生提供的，不过是你智慧的外套，而不是智慧本身”。苏格拉底认为，对于已经熟知书写内容的人，书面记录只不过是辅助记忆而已。书面记录永远也无法传授智慧。智慧的传授，唯有靠“同知识一起铭刻于学子心灵的”言辞。这里，书写成了口头指点迷津（oral philosophical instruction）的比喻说法。由此衍生出各种意象。智慧是种子，聪明的农夫不会“用芦苇笔来耕种，在浑水中书写”。他最多只是“在文字的花园里，自得其乐地耕种、书写，为自己积累
305 回忆，到了忘事的年纪，还有得玩味”(276 C D)。“写在水上”，便用以形容变化无常、转瞬即逝。[2]在书写比喻方面，柏拉图曾把灵魂比作蜡版，事物把自己像印章戒指一样镌刻其上（*Theatetus* 191 C)。亚里士多德（*De anima*, III, 4,430 a 1）认为，在认知事物以前，头脑“就像一块从未书写的记录板，空无一字”。注疏家阿弗罗狄西亚的亚历山大（Alexander of Aphrodisias)，将这段话解读为：“理性像未书写的记录板”。在大雅博与阿奎那的笔下，记录板换成了“白板”(tabula rasa)。

到了希腊化时代，希腊思想文化出现了新形式。其特点是大同教育(weltbürgerliche Bildung, cosmopolitan education)。希腊化诗歌是奢华的舶来品，是对外族的一种肤浅认识。尽管缺乏政治或种族的根基，它仍试图在亚历山大大帝的继业者（the Diadochi）的庇佑下，通过兢兢业业的编纂来保护自己的遗产。它活跃于

---

1 Pindar, *Ol.*, 10, 1. ——Aeschylus, *Suppliants*, 179; *Prometheus*, 789; *Choephori*, 450. ——Sophocles, *Trach.*, 683; *Philoctetes*, 1325. ——冥王哈迪斯记录着人的一举一动（*Eumenides*, 275)，道德法令都写在《戴克法典》(the book of Dike）上（*Suppliants*, 707)。——欧里庇得斯把人心比作卷起的书卷（*Trojan Women*, 662)。

2 A. Otto, Die Sprichwörter der Römer (1890), p. 31 under 5 从索福勒克斯（fr. 742, ed. Nauck)、卡图卢斯（70, 3)、奥古斯丁（*Civ. Dei*, XIX, 23, 1）等人的作品中征引了几个例子。——莎士比亚：“人们的丑行就像刻在金石上一样，与世长存，而他们的德行，我们就写在水上。”(Men’s evil manners live in brass; their virtues/ We write in water.)(*K. Hen. VIII*, IV 2）——在凯斯提乌斯(Cestius）金字塔旁的济慈（Keats）墓碑上，刻着济慈自己挑选的碑文：“这里安葬着一位名字写在水上的人。”(Here lies one whose name was writ in water.)

宫廷、图书馆和学校，还与各学科建立联系（语文学、自然史、天文学等）。“博学诗人”（罗马人所谓的“doctus poeta”）堪称理想类型。文化成了书籍的文化。它在传统中生存，靠传统生存。因此，在希腊化时代，书籍的地位达到前所未有的高度。直到罗马帝国时期和拜占庭时期，情况依然如此。在罗马，奥古斯都对帝国的平定，也为这一趋势开辟了道路。诺登（Eduard Norden）写道：

> 武器都闲置起来，战争的风暴停息了。在皇帝及其得力干将的支持下，赫尔墨斯与缪斯女神终于可以进城了。眼下，学术研究不再唯命是从，不必再担心有人为学术而放弃更好的一切；它已经成为自己的目标，这在自由联邦（无论是希腊的，还是罗马的），是前所未有的。西塞罗的朋友甚至认为，研究学术是对西塞罗的指责（身为国家栋梁之材，应该花点精力为年轻人讲授修辞）：此后，类似指责便销声匿迹，相反，文学活动获得了声誉（至少罗马帝国时代晚期如此），并且要求在政务中的地位。此后，情况完全调转过来……从以下事实，不难想见当时赞同的呼声多么强烈。269 年，德克西普斯以过人的胆量和天才的计谋，把自己的城市雅典，从日耳曼游牧部落手中拯救出来；后来，他的子孙为他塑了一尊雕像。从上面流传至今的铭文看，德氏仅仅以修辞学家与书写者的身份为世人所景仰；而他自以为会“流芳百世”的英勇事迹……却只字未提。

这正好与埃斯库罗斯为自己而作的墓志铭内容大相径庭；埃氏希望世人对自己念念不忘，是因为自己打过马拉松之战，而不是因为写过几部诗剧。

短诗集《希腊文选》（*Greek Anthology*），收录了从托勒密王朝早期至公元前 6 世 306
纪的大部分诗歌；此书无疑可以展示书籍获得的新地位。诗歌创作本身已然成为需夜间伏案劳作的辛苦活，诗人也成了“制书匠”；次要诗人的作品，是他从主要诗人的书中“撕掉”的“废纸”（scrap）（13, 21）。以图书馆及其宝藏为内容的讽刺短诗，也成为诗歌的练习对象。不过，最精致的图书馆讽刺短诗，并非通过纸面，而是石头流传下来——1878 年在罗马发现的赫库兰尼姆古城（Herculaneum）地方的赫尔马石方柱（herma）上的铭文（*CIG*, 6168）。缪斯女神说道：

快说这片树林是献给我们缪斯女神的，
快指着悬铃木林旁的那些书籍。
我们在此守护它们，但允许真正敬爱
我们的人靠近：我们将给他戴上常春藤桂冠。

Ἄλσος μὲν Μούσαις ἱερὸν λέγε τοῦτ' ἀναχεῖσθαι
τὰς βίβλους δείξας τὰς παρὰ ταῖς πλατάνοις,
ἡμᾶς δὲ φρουρεῖν χἤν γνήσιος ἐνθάδ' ἐραστὴς
ἔλθῃ, τῷ χισσῷ τοῦτον ἀναστέφομεν.

显而易见，这首短诗写的是一座位于悬铃木丛，且以缪斯女神像为装饰的图书馆。此外，描写单个古典作家的讽刺短诗，似乎也都针对图书馆。于是，我们便有了写阿里斯托芬、米南德、柏拉图作品的短诗（“整个希腊文学篇幅中最宏大的声音”[1]，πανελλήνων σελίς）；它们的魅力在于细致入微的文学描绘（*A. P.*, IX, 186-188），历史或体裁的刻画，成为兵书或荷马史诗（IX, 210 and 192）的主题。必要的书写材料和工具，一下子也成了诗人艺术难能可贵的事物。我们还有关于书写板的短诗（XIV, 60），有关于书写板表面蜡版的短诗（XIV, 45），有关于菖蒲的短诗（IX, 162），当然还有来自“缪斯的敌人”——无孔不入的甲虫的威胁（IX, 251）。有的诗人为得到优质的纸莎草纸和笔而感激涕零，唯有对墨水只字未提（IX, 350）；有的诗人赞美自然，感谢她发明了书写材料，让天各一方的朋友能互相联系（IX, 401）。经生恳求别人接受他们的劳动成果，可倒头来还会抱怨自己累得眼睛昏花，四肢麻木。修订荷马史诗的渊博语文学家，也进行了自我介绍（XV, 36-38）。有一种特殊的短诗，叫还愿祭辞（the inscription for a votive offering）。那时，人们病愈或脱离险境之后，就会向神祇行此祭礼；另外，当某人结束自己的毕生事业时，也会
307 如此。手艺人会献上自己的工具。诗人喜欢戴上这个面具。《希腊文选》全书里，献

1 “σελίς”的意思是书的书写页（written page），后来指书籍本身；例如，在假托普鲁塔克之名写作的《荷马传》（*Vita Homeri*）中，《伊利亚特》与《奥德赛》被称作“δισσαὶ σελίδες”；到最后，这个词就被用来指广义的文学。拉丁语词“pagina”亦反映出类似的意义变化。在哲罗姆作品中（*Ep.*, 22, 17）以及后来的很多时候，“pagina sancta”意指“圣经”。详见 de Ghellinck in *Mélanges A. Pelzer* (Louvain, 1947), 23 ff。

祭短诗俯首皆是。有些出自经生之口。例如，一位老经生就将自己的铅笔、尺、墨池、芦管笔、小折刀，献给了赫尔墨斯（VI, 63-68 and 295）。围绕这一主题的衍生诗尤受欢迎。究其原因，可能是5世纪以来，拜占庭对书法艺术推崇备至，精耕细作。像狄奥多西二世（Theodosius II）（卒于450年）这样的皇帝，甚至以精通书法为荣。此外，诗人也可借此大放异彩：毕竟，“诗意地”描述书写工具（一般有五六种），可不是轻而易举的活儿。如果说上述引用的例子证实了一种与书有关的新“生计关系”，那么旧的代指“记忆”的书写比喻，就自然而然地在晚期希腊诗歌中重现。逝者仍铭刻于人心的“回忆石碑”（VIII, 147）。最后，生活本身也被比作以花体字或装饰图案（the koronis）作封底的书籍（XI, 41）。墨勒阿革洛斯（Meleager of Gadara）在其《诗歌选集》（Garland）结尾的短诗中也采用了这一意象。该诗选为墨氏题献给友人狄奥克莱斯（Diocles）的，其中收录了他自己以及其他诗人创作的短诗：

我，书标——书页的忠诚卫士宣布，
本书到此为止；
我声明，墨勒阿革洛斯在一部作品中，
收录了他搜集的各位诗人的作品；
他用这些花朵，为狄奥克勒斯编制了
这个将永世长存的缪斯花环。
而我，此刻就像蛇一样，
盘曲在这部悦人之作的结尾处。

Α πύματον καμπτῆρα καταγγέλλουσα κορωνίς,
ἑρκοῦρος γραπταῖς πιστότατα σελίνιν,
φαμὶ τὸν ἐκ πάντων ἠθροισμένον εἱς ἕνα μόχθον
ὑμνοθετῶν βύβλῳ τᾶδ᾽ ἐνελιξάμενον
ἐκτελέσαι Μελέαγρον, ἀείμνηστον δὲ Διοκλεῖ
ἄνθεσι συμπλέξαι μουσοπόλον στέφανον.
Οὖλα δ᾽ ἐγὼ καμφθεῖσα δρακοντείοις ἶσα νώτοις,

σύνθρονος ἵδρυμαι τέρμασιν εὐμαθίας

在世俗诗歌中，东罗马帝国的希腊基督教徒，保留了以前异教世界用过的形式与意象。甚至到了5世纪，东方仍有西内修斯（Synesius）、诺努斯等同时创作异教与基督教作品的杰出诗人。当然，拉丁西方世界也有类似的例子，不过可能被征引的作家（比如西多尼乌斯）跟他们相比，实在是小巫见大巫。《文选》收录的诗人，仅擅长偶然之作或应酬诗（poetry-to-order）等狭窄范畴，他们与书籍的“生计关系”充分表现在语文学领域，与图书馆的“生计关系”则表现在书法、书虫（bibliophilia）和书痴（bibliomania）上。不过，除此之外，还有普罗丁（Plotinus）的哲学思辨。对他而言，书写是出于认知目的，而非为了追求文学效果。因此，在他眼里，繁星“像天空中永不磨灭的字母，或一成不变、不断移动的字母”（II, 3, 7; Müller, I, 93, 8）。斗转星移是为了维系宇宙的运作，但它还另有作用：“如果把繁星
308 看作字母（γράμματα），那么熟知字母系统（γραμματική）的人，就能根据星宿的排列预测未来”。对于先知，普罗丁指出，他的艺术“旨在解读自然的书面文字，以窥测其中的秩序与法则”（III, 1, 6; ed. Müller, I, 167, 30; III, 3, 6; ed. Müller, I, 199,12）。这些思想将在“自然之书”部分还会遇到。

在古代异教的宗教末期，也出现了福音书意义（evangelical significance）与书籍神圣的观念。荷马史诗成了“异教的神圣之书”。正如教父引用《圣经》，新柏拉图主义者也会引用荷马，来支持自己的观点。[1]普罗克鲁斯通过“振奋之书”（spirit-awakening books），呼唤用神圣的影响力（blessed influences）净化尘世灵魂的缪斯女神（Hymn III, 2 ff.）。在一致至万神的颂歌中（IV, 5 ff.），他祈求“强大的救世主”，让自己从“神圣之书”中获得启迪。诺努斯则频繁使用传统的书写比喻。例如：繁星“用火焰在天上书写”（*Dion.*, II, 192）。他的鸿篇巨制《狄奥尼索斯传》（*Dionysiaca*）的开篇部分，记述了卡德摩斯发明书写的过程（IV, 259 ff.）：“……卡德摩斯为希腊人带来了声音与思想的礼物；他制作了记录舌头声响的工具，把浊音与辅音和谐地融合起来。总之，他完善了言说的沉默（speaking silence）的固有模

1 Cumont, *Recherches sur le symbolism funéraire des Romains*, p. 8.

式[1]；因为他掌握了自己国家崇高艺术的奥秘，获悉了埃及的智慧（与此同时，阿格诺尔已在孟菲斯待了九年，发现了有百扇城门的底比斯）。在那里，他从不可言喻的神圣之书里挤出白色汁液[2]，用手擦掉上面的刮痕，寻找上面完美的圆圈。”诺努斯还写了不同版本的“命运之书”：原始精神（ἀρχέγονος φρήν）用鲜红的文字，将宇宙的未来刻到书写板上（XII, 29-113, especially 67 f.）。如此看来，在后来的数百年间，希腊诗歌与书籍和书籍世界的联系日益紧密。

三、罗马

全盛时期的罗马文学很少运用书籍比喻。当然，苏拉在位期间，情况开始普遍改善；受亚历山大希腊化时期文学与文化影响，罗马文学焕发新的活力。当时，人们热衷刻意雕琢的形式，因此兴起了对华美书籍的乐趣。这一点在卡图卢斯为友人兼同胞科尔内利乌斯（Veronan Cornelius Nepos）献上自己诗集的著名诗歌中可见一斑。诗歌开篇如此写道：

我赠给谁，这一小卷可爱的新书，
刚用干浮石磨过，闪着光泽？

Quoi dono lepidum novum libellum
Arida modo pumice expolitum?

科尔内利乌斯曾写过一部宇宙编年史： 309

……所有意大利人中唯有你
敢把一切时代展现在三卷书里，

1　这种矛盾修饰法在卡尔德隆的作品（retórico silencio）中随处可见。

2　Cf. Dornseiff, *Alphabet*…, 18 f.

多么渊博，朱庇特啊，又多么精细！[1]

… ausus es unus Italorum
Omne aevum tribus explicare cartis [2]
Doctis, Jupiter, et laboriosis.

这首诗的亚历山大风格（Alexandrianism），不仅表现在它把诗歌的观念与书写和著书艺术联系起来，而且还表现在它字里行间流露出对学术著作的仰慕之情。不过，通过西塞罗、维吉尔、贺拉斯，罗马的文化志向指向了古希腊的繁盛时代。由此产生了一种古典主义的艺术理想。随即，书籍的意象便渐渐淡出人们的视线，甚至在奥古斯都时代诗歌的意象当中几乎绝迹。例如，贺拉斯的比喻"死亡乃万物之终点线"（mors ultima linea rerum est）（*Epi*., I, 16, 79），"线"并非指一行文字，而是体育场里的起跑线。书写与书籍的地位不再，直至马提雅尔出现以后。马氏的第十四本，同时也是他最后一本讽刺诗集的名字叫"*Apophoreta*"，意思是客人回家前获赠的礼物。[3]马氏为每一个礼物都写了一组对句。礼物当中包括书籍（183-196 组）、简单或复杂的书写板、书写纸张、尖笔盒（stylus boxes）等。在推崇马提雅尔的 12 世纪，我们还会遇到这些主题。在公元 2、3 世纪，罗马诗歌几乎到了山穷水尽的地步。4 世纪的繁荣产生了奥索尼乌斯与克劳狄安这两位诗风截然不同的诗人。尽管奥索尼乌斯创作了优美的《摩泽尔河》（*Mosella*），以精细的笔触描写了施瓦本少女比苏拉（Bissula），但他仍是个枯燥乏味的教育家。读他的书，我们仿佛呼吸着图书馆里灰尘四溢的空气。他自豪地把字母表上的文字称为"卡德摩斯的小黑女"（*Ep*., 14, 74 and *Ep*., 15, 52）。在诗作《纸》（*in chartam*）（19, 1）中，他甚至向自己的书写纸张推心置腹。克劳狄安则截然不同：作为语言天赋超群的诗人，他把晚期希腊文化与埃及文化，融入自己的政治诗歌（其中最好的一首是赞扬日耳曼—罗马大将斯提里克 [Stilicho]）的洪流中。这里，书籍的意象并不像奥索尼乌斯作品中的那样，用

1 【中译者注：译文选自《卡图卢斯〈歌集〉》（李永毅译注），北京：中国青年出版社，2008 年，第 3 页。】

2 Carta "指为书写准备的纸莎草纸，因此可以指通常自成一书的卷轴"（W. Kroll）。——后来，有人又用来指羊皮纸（membrana），如奥索尼乌斯。

3 众所周知，席勒与歌德的"Xenien"源出于此。

于空泛的语法细节，而是用来表达颂赞的敬意：在斯提里克担任执政官期间，繁星把他的名字记到了夜空的年鉴上（“Scribunt aetheriis Stilichonem sidera fastis”：*De cons. Stilichonis* II, 476）。到了后来，尤其是16、17世纪，这种以及与之类似的表达方式再次流行起来，甚至变得更为夸张。晚期的罗马散文，出现了一种新的书籍比喻——“album”。起初，它指发布官方布告的白板，后指官员名册（如元老院议员）。在阿普雷乌斯的笔下（*Metamorphoses*, ed. Helm, p. 145, 25），朱庇特召开万神大会[1] 310
前说道：“神用白板召集了缪斯”（Dei conscripti Musarum albo）。

在古代，“史书”（Book of History）（有时，一些人把自己的大名用“烫金字体”录入其中）概念必然已根深蒂固。不过，眼下我还无法确切考察这一比喻的本源。我们不妨先看看希罗多德对斯巴达人欧特律阿戴斯（Othryades）的记述（I, 82）。三百斯巴达人与三百阿哥斯人（Argives）在杜列亚（Thyrea）厮杀过后，欧特律阿戴斯作为胜者幸存下来，但自觉无颜凯旋的他选择了自刎，因为他的同胞纷纷战死沙场。按照希罗多德的说法，古代晚期人又增加了一个细节：欧氏用自己的鲜血把胜利铭记在战利品上（*A. P.*, VII, 526 and elsewhere; Lucian [ed. Jacobitz, I, 222]）。欧氏也成为修辞学的激情演说（rhetorical declamations）所喜爱的主题。[2]布雷西亚的胜利（Victory of Brescia）则把胜利之战的过程铭刻于盾牌。[3]而图拉真石柱更是将这一思想发挥得淋漓尽致。对于乌尔皮亚大会堂（Basilica Ulpia），卡尔科皮诺（Carcopino）如此说道：

> ……这座三层的建筑四周是图书馆；图书馆之间屹立的那根历史石柱（至今还无人找出它的原型）……毫无疑问应该……经大马士革的建筑师阿波罗多鲁斯的原始设计，凸显了皇帝的心思；这根矗立于书城的石柱，贴了许多盘旋而上的大理石浮雕，图拉真想通过这些浮雕展示自己的赫赫战功，向苍穹歌颂自己的实力与精明。

1　有关这一主题的内容，参见 O. Weinreich, *Senecas Apocolocyntosis* (1928), 84 ff。

2　F. J. Brecht, *Motiv- und Typengeschichte des griechischen Spottepigramms* (1930), 16.

3　这一主题也常常反映在硬币上；见 M. Bernhard, *Handbuch zur Münzkunde der römischen Kaiserzeit*, I, 102; II, 2 and 6。

四、《圣经》

正是通过基督教的影响，书籍获得了至高无上的神圣地位。基督教是圣书（Holy Book）宗教。基督是古代艺术用书卷再现的唯一神。[1]基督教不仅在问世之初，而且在其整个早期阶段，都不停地创作新的神圣作品——有关信仰的文献如福音书、使徒信札、启示录，还有殉道事迹、圣徒传、礼拜书等。《旧约》本身就收录了大量与书籍有关的比喻。法版（the tables of the law）是“神用指头写的”（《出埃及记》31:18）。在末世的景象中，“天被卷起，好像书卷”（“complicabuntur sicut liber caeli”；《以赛亚书》34:4）。《启示录》6:14 也写道：“天就挪移，好像书卷被卷
311 起来”（Caelum recessit sicut liber involutus）。诗篇作者在一首节日诗开头如此说道：“我的舌头是快手笔”（Lingua mea calamus scribae velociter scribentis）（《诗篇》45:2）。《旧约》也有一部上帝撰写的“生命之书”（《出埃及记》32:22；《诗篇》68:29，138:16；《启示录》3:5 等等）。神指示先知：“你要将这话写在书上作纪念”（Scribe hoc ob monimentum in libro）（《出埃及记》17:14），或“你取一个大牌，拿人所用的笔”（Sume tibi librum grandem, et scribe in eo stylo hominis）（《以赛亚书》8:1）。约伯希望自己的清白可以写下并铭刻永远：“唯愿我的言语现在写上，都记录在书上；用铁笔镌刻，用铅灌在磐石上，直存到永远”（Quis mihi tribuat ut scribantur sermones mei? Quis mihi det ut exarentur in libro stylo ferreo et plumbi lamina[2] vel

1 T. Birt, *Die Buchrolle in der Kunst* (1907) and T. Michels in *Oriens christianus* (1932), 138 f. ——书写神亦见于伊特鲁利亚艺术，参见 F. Messerschmidt in *Archiv für Religionswissenschaft* (1931), 60 ff。

2 中世纪从这段话演化出广受流行的铅版比喻。在一首作于 996 年的讽刺诗中，Adalbero of Laon 讥讽道：

写在铅版上的东西，	Plumbi scribatur lamina,
进不到脑子。	Ne transeat memoria.

参见 P. A. Becker, *Vom Kurzlied zum Epos* (1940), 50 ff。在《戈利亚斯的末日》（*Apocalypsis Golias*）（st. 9）中，作者写道：

我看见刻一些名字刻在	Vidi quorumlibet inscripta nomina
岩石和铅版上。	Tanquam in silice vel plumbi lamina. （转下页）

celte[1] sculpantur in silice.)（《约伯记》19:23 f.）。犹大的罪“是用铁笔、用金刚钻记录的”，“铭刻在他们的心版上和坛角上”（stylo ferreo in ungue adamantino, exaratum super latitudinem cordis eorum）（《耶利米书》17:1）。载于铜版的罗马和犹太城邦文献可见《马卡比传上》8:22、14:18、14:26、14:48。在《新约·路加福音》，我们看到了在圣殿与文士在一起的十二岁的耶稣，以及在以马忤斯（Emmaus）为门徒“解释经文”的复活的主（the Risen Lord）。在《约翰福音》（8:6）中，我们读到耶稣用指头在地上画字。保罗把会众比作书信：“你们明显是基督的信……不是用墨写的，乃是用永生神的灵写的。不是写在石版上，乃是写在心版上”（Epistola estis Christi... scripta non atramento, sed spiritu Dei vivi; non in tabulis lapideis, sed in tabulis cordis carnalibus）（《哥林多后书》3:3）。最后，书卷决定了灵魂在永生中的命运[2]（《启示录》20:12 f.）。

这些选段表明，跟我们此前已经熟悉的书籍的纯文学形式相比，书籍的宗教隐喻是何等宏大（《传道书》12:9-12 部分，两者兼而有之）。西方中世纪的典型特点是，两个迥然相异的世界不仅相互联系，而且相互交叉，相互渗透——教会与学校，虔诚与学术，象征与语法，莫不如此。

五、中世纪早期

世纪之交，有一位西班牙诗人站了出来，他就是普鲁登提乌斯（约400年）。在他的诗体作品殉道者传奇（《殉道的王冠》[*Peristephanon*]），我们可以找出许多源自书籍的意象，和一个与之有关的“生命关联”（life relation）。圣欧拉利娅
(St. Eulalia）把自己身上拷打留下的伤口比作紫色的文字，[3]以赞扬基督（III, 136 312
ff.）。殉道者罗马努斯（Romanus）遭受酷刑时，有位天使就开始测量他的每块伤

（接上页）在罗马，铅版与铜版都曾使用过，见 Dessau, *Römische Epigraphik*。卡尔德隆（ed. Keil, II, 23 b）写过铅版与铜版的格言。

1 “Celtis”即石匠的凿子。德国人文主义者“Conrad Celtis”的真名是 Pickel。

2 早在5世纪，希腊人就已经认为，我们的原罪记录在天堂的上帝之书上（A. Dieterich, *Nekyia* [1893], 126 n.）。

3 在拜占庭，紫墨水（sacrum incaustum）为皇帝所用，并有专人保管。它有别于中世纪书写和彩饰用的朱砂（minium）：Wattenbach, *Das Schriftwesen im Mittelalter*[3] (1896), 248。

口，然后记下他的苦难（X, 1121 ff.）。殉道者本人是“基督写下的书页”（inscripta Christo pagina）（*ibid*., 1119）。萨拉戈萨（Saragossa）的教会执事——殉道者文森特（Vincent），拒绝将“自己宗派的秘籍”交给法官，并说道（V, 186）：“你自己将会葬身火海，因为你威胁到了圣典（mysticis litteris）。”[1]圣徒教师卡西安殉道时，书写并非比喻，而是完完全全参与其中。卡西安被扭送至他的学生手上，而这些人把书写板朝他头上敲去，还用尖笔将他割得体无完肤。他成了自己职业的受害者（IX）。在其他作品中，普鲁登提乌斯还习惯强调所有与神圣之书及选集有关的一切事物（*Perist*., XIII, 7; *Apoth*., 376 and 594 ff.）。

古代基督教同时也是殉道者的基督教（Church of the Martyrs）。普鲁登提乌斯的《殉道的王冠》，以文学手法再现了那个时代的末期。从这个角度看，普氏的书籍比喻又有了更深的意味。紧随古代殉道者基督教的，是修士基督教（Church of the Monks）。隐修制度（monasticism）350 年起在西方世界确立，500 年以后，圣本笃赋予其永恒的形式和规范。该制度标志着基督教的古代，向基督教的中世纪转变。隐修制度的任务之一就是传播——不仅传播信仰的真理和基督教史，而且还传播世俗与宗教的学问。于是，它成为书写和书籍的一大支柱（8 世纪后更是唯一支柱）。公元 6、7 世纪，古代的世俗文化仍存在于西哥特王国和墨洛温王朝，尤其盛行于东哥特王国。在卡西奥多鲁斯写给东哥特国王的正式书信集和起草的法令集中，有一封写给某御书手的信札（*Variae*, XII, 21; Mommsen, pp. 377 f.）。信中特别提到了抄书职业的价值，以及它对国家，对行政机关，对法律制度的重要意义。

公元 4 世纪，东方隐修制度进入高卢地区。根据圣马丁的传记作者（Sulpicius Severus, 13, 3-9, and thence Paulinus of Périgueux, II, 119 ff.）记载，圣马丁允许修士接触的唯一技艺是书写，因为书写时头、眼、手协同并作，故有助于集中精力。不过，墨洛温王朝时代动荡的法国，可绝不适合追求精神文化。大西洋沿岸的西方诸
313 国（西班牙、爱尔兰、不列颠）的情况倒是比较理想。伊西多尔的《词源》第一卷，考察了作为七艺之首的语法。在这一部分，作者分析了字母表上的每个字母的重要

1 执事负责照管礼拜时使用的书籍。T. Klauser 认为，这可以说明为何拉文纳（Ravenna）的普拉西提阿太后（Galla Placidia）陵墓中，有一幅圣劳伦斯（St. Laurence）的镶嵌画，画中可见福音书神龛（Gospel shrine）。【——有关古代图书馆的内容，见 R. Keydell in *Zentralblatt für das Bibliothekwesen*, 62, 1948, p. 93。】

性。它们是事物的“符号”，而且“神通广大，可以不用声音，就传达不在场者的言语”。有些字母具有神秘的意义。[1]为此，伊氏接受并传播了特定书写要素的魔幻神秘观念（magico-mystical concept）。第六卷（对书籍与书写的思考）的情况亦然。该部分首先探讨了《圣经》、各章节及其作者，接着考察了犹太人、希腊人、罗马人与基督教徒的图书馆，百科全书式作家（polygraphs）[2]、文学体裁、描写对象、书籍、书写工具。最后，作者用七章篇幅，论述礼拜仪式与编年的问题以及教会史。对于书写工具，伊氏提到了芦管（calamus）、羽毛（pinna，“penna”的变体，由此演变出日耳曼语“Pennal”[铅笔盒]）。一头切开的羽毛代表一种二元的统一：神言的象征——逻各斯（the Logos）[3]（逻各斯在《旧约》与《新约》的二元性中得以揭示，其圣事随着耶稣受难 [the Passion] 的血一同流出）（*Et.*, VI, 14, 3）。伊氏进一步指出，罗马人最初用铁笔在蜡版上书写，后来换成了骨笔。为了证明，他从诗人阿塔（Atta）（我们只知其名）的失传喜剧中，引用了一段话（*Et.*, VI, 9, 2）：

> ……让我们调转犁头，
> 在蜡版上用骨头耕作。
>
> ...Vertamus vomerem
> In cera mucroneque aremus osseo.

伊氏也知道，“古人”书写就像农夫犁地（*Et.*, VI, 14, 71），他们按照“犁地的顺序”书写。[4]于是，有人开始把“尖笔”（stilus）比作“犁头”（vomer）。据我所知，这一比喻在罗马文学中难觅其踪，但中世纪诗人的作品里能够找到。不管我们在何处看见，它都必定源自伊西多尔。当然，犁地与书写的基本类比，可以追

1　在法国南部，讳莫如深的语法学家 Virgilius Maro 深受卡巴拉主义（Kabbala）影响，他代表了截然不同的字母秘义说。参见他的 *Epitomae*, ed. Tardi, p. 41。

2　VI 6: “Qui multa scripserunt”（从事多种题材写作的作家）. 西班牙人对百科全书式作家尤其羡慕。时至今日，“polígrafo”仍然是可敬的称谓，意思类似“全能学者”（universal scholar）；在法国，“polygraphe”则用来表示堕落。

3　卡西奥多鲁斯认为（*PL*, LXX, 1145 A），人用三指书写暗合三位一体。

4　希腊语“βουστροφηδόν”：像牛耕田时一样往返，即从左往右写，然后另起一行从右往左写。

溯得更久远。在柏拉图那里，我们发现他已经进行了犁地与书写的比较。罗马人很少把“arare”（犁地）作为书写的比喻。复合词“exarare”（用犁翻土）倒是经常
314 使用，但它似乎不再是比喻式表达，而仅仅意指“写作”、“创作”。在普鲁登提乌斯（*Perist.*, IX, 52 and IV, 119; *Apoth.*, 596）以前，我还未见到有谁把成行的文字看作“垄沟”。从伊西多尔著作引用的两段文字，似乎把这种比较灌输进中世纪作家的头脑之中，并且将其定为标准的表述模式。羊皮纸是耕地，作家知道“耕种书壤”的技术（“bibliales… proscindere campos”；*Poetae*, I, 93, 5）。他知道查理曼大帝容不得“荆棘丛生的灌木”，换言之，容不得书写错误（8 世纪的一份法典注释如此写道）（*Poetae*, I, 89 f.）。后来，以“写”作“犁”的比喻，从中世纪拉丁文学传入各民族文学。1924 年，在一份保存于维罗纳的 8 或 9 世纪手稿（莫扎勒布祈祷书 [Mozarabic prayer book]）中，有人发现了这样的说法：“他赶着牛，在白色的土地上犁耕；他用白犁划垄，然后播撒黑色的种子。”（Se pareva boves alba pratalia araba et albo versorio teneba et negro semen seminaba.[1]）后来，有人通过改换字形和词序，把这个句子改编为早期意大利语的四行韵文，而它也成为大众田园诗的珍贵遗迹。事实上，它是一则很有来头的抄写谚语。白色的土地指书页，白犁指笔，黑色的种子指墨水。我们从柏拉图、伊西多尔、普鲁登提乌斯等人的作品，以及加洛林王朝诗歌中援引的例子，都清楚地说明了这一意象。“大众诗歌”（popular poetry）的幽灵再次误导了学者。中世纪日薄西山之际，当时德国唯一一部巨著《波西米亚的耕夫》（*Ackermann aus Böhmen*）（布尔达赫 [Konrad Burdach] 为之研究数十年），也采用了书写如耕地的意象。其第三章开篇写道：“我是一位耕夫，我的犁铧披着鸟儿的衣裳。”（Ich bins gennant ein ackerman, von vogelwat ist mein pflug.）对于“鸟儿的衣裳”（Vogelkleid），布尔达赫认出，那是“羽毛笔的谜语诗描写”。可对于“耕夫”，他坚持将其同耕夫的神秘意义联系起来，并试图旁征博引地证明。许布纳（Arthur Hübner）找到了正确的解读方式（*Kleine Schriften zur deutschen Philologie* [1940], 205 f.）：“羽毛笔是我的犁铧——这是广为人知的抄写谚语。”应该指出一点，它始于拉丁中世纪。

加洛林王朝诗歌，为我们提供了有关书写最新演变的常见例证。阿尔昆给各种修道院房间写了不少格律铭文。有一首诗的主题，就是修道院的缮写室

1 G. Lazzeri, *Anthologia dei primi secoli della letteratura italiana* (1942), 1 ff.

(scriptorium)(*Poetae*, I, 320)，诗中书令史的一言一行都带着庄严肃穆。由于所要
抄写的书籍非常神圣，同时还需把文字和标点原封不动的抄写下来，所以他才有如
此态度。书写不仅比犁地更文雅，而且还有助于灵魂的安宁。一言以蔽之，我们在
此可以看出中世纪“clericus”(神职人员)的基本含义。书写还包括口授。这一活动
也用于比喻式语言。上帝是口授者，圣徒则记录他的言语(Alcuin in *Poetae*, I, 285,
LXVI, 3 and 288, 15)。依照《旧约》的一个观念，莫尔(Raban Maur)(*Poetae*, II,
186, XXI, 11)指出，书写本就是神圣的，因为法版上的内容就是上帝书写的。在一 315
首至哈托院长(Abbot Hatto of Fulda)的诗中，莫尔证明书写在哲理和伦理方面都
高于绘画。而在其《神圣十字架颂》(*Liber de laudibus sanctae crucis*)中，他更是把
这两种艺术融合起来。该书共有二十八首形象诗(techno-paignia)，作者通过调整文
字位置，运用不同色彩，使诗歌的轮廓看似(比如)一个十字架。书中还插入了图
画：两幅献堂礼场景、一幅虔诚者路易(Louis the Pious)的画像、一幅作者身处十
字架形文字之下的场景。[1]莫尔的模型是波菲利乌斯(Optatianus Porfyrius)(生于君
士坦丁大帝时代)的形象诗，而后者又源于亚历山大派诗歌的形象诗。因此，直到
古代晚期，加洛林王朝的艺术实践依然活跃着。在亚琛(Aix-la-Chapelle)、富尔达、
茵格海姆(Ingelheim)，与书写有关的生命关联，跟拜占庭的并无二致。于是，在法
国我们发现了为书法与书法家而作的诗体颂词(*Poetae*, I, 92 f. and 589)：谜语的答案
都是“笔”、“墨”、“字母”、“纸”(*Poetae*, I, 22, IX and 23, XII; IV, 746; cf. Aldhelm,
ed. Ehwald, 124, LIX, 3 ff.)；换言之，是以抄书手艺为主题的次要诗作。与此同时，
我们还发现了一些御书手创作的诗歌(例如 *Poetae*, IV, 402 f. and IV, 1056—1072)。
值得注意的一个比喻，是必须保持平直的字行(line of writing)，如“神圣生命的字
行”(linea vitae sacrae)(*Poetae*, I, 80, I, 42, st. 15; after St. Benedict's Rule)、“仁爱的
字行”(linea karitatis)(*Poetae*, I, 80, 10)。如此看来，尽管加洛林王朝为我们展示了
许多东西，但新鲜者寥寥无几。这是一个一味接受的时代，缺乏思想的独立，堪称
西方思想在严苛的修士学校的求学期。

1　复制品见 J. Prochno, *Das Schreiber- und das Dedikationsbild in der deutschen Buchmalerei* (1929), 11 ff。

六、中世纪盛期

跟每种真正的人文主义一样，12 世纪人文主义对宇宙、对书籍同时充满了乐趣。于是，文学传统力量的宝藏与源泉，以及文学传统的同化、传承与转变，无不反映出宇宙的包罗万象与生活的丰富多彩。这是书籍新意象的来源。书籍与书写的比喻变得越来越多，越来越大胆。

让我先从 12、13 世纪拉丁诗歌中举几个例子，然后再从神学与哲学文献中举几个。

之前我们看到，普鲁登提乌斯把殉道者的伤口比作紫色的文书。这一类比如今再次现身于风格主义思想。中世纪手抄本经常使用红色，一来为了装点，二来为了让文本更清楚。一般来说，书籍的标题以及主要章节的题头，都使用红色字体。用
316 红色书写的部分称作“rubrica”（英文所谓的“rubric”），至于红色物质，则为铅的红色氧化物（朱砂）。通常，人们委托专门的佣书（rubricator, miniator）来标红。[1]他的技艺——标红——被用来比喻殉道者四溢的鲜血。于是，彼得神父（Peter the Venerable）如此赞叹博士兼殉道者迦太基的西普里安（Cyprian of Carthage）（卒于 258 年）（*PL*, CLXXXIX, 1009 D）：

你用由神圣的鲜血写成的文字将其记录，
这样的文字比用紫红颜料写下的更显眼，
加之你用口舌之血将其以红色特别突出，
用你的虔诚之死告诫我们不要浪费时间。

Jungeris his verbo, praecellis sanguine sacro,
Quo melius solito Punica terra rubet,

---

1 “这些红字，或者用红色区分开来的文字，创造了一种极其丰富的艺术分支（因而得名‘miniare’）……人们常常使朱砂装饰首字母……标红的初衷已不得而知。”Wattenbach, *Das Schriftwesen im Mittelalter* [3], 346 f. ——Joinville 在其《圣路易传》中，以装饰图案为对象创造了一则漂亮的比喻：“正像写书的作家用金色或靛青为书上色，上述的国王也如此装点他的王国。”（Et ainsi comme l’écrivain qui a fait son livre, qui l’enlumine d’or et d’azur, enlumina ledit roy son royaume.）

Quam tua multorum rubricavit lingua cruore,
Quos monuit vitam perdere morte pia.

我们还将在卡尔德隆的作品中看到同样的比喻。像许多其他的财富，这个比喻随中世纪拉丁文学的风格主义进入西班牙的黄金时代。

书写意象经阿兰之手，变得极其丰富。自然女神阐明了性爱理论（cupidinariae artis theorica），并指出："你可以从经验之书（per librum experientiae）中学会如何实践。"[1]

阿兰早已将人脸比作书籍，这样的比较也透露出他的思想。在其广为人知的哀歌（ed. Marigo, l. 73 ff.）中，塞提梅洛的亨利（Henry of Settimello）借用了该比较：

面容揭示了思维的习惯与深度，
故头脑所思所想都通过它显露；
它是思想的页面，思维之书。

Nam facies habitum mentis studiumque fatetur,
Mensque quod intus agit, nuntiat illa foris;
Internique status liber est et pagina vultus.

与此同时，他还运用书写意象一吐悲情（ed. Marigo, 235 f.）：

即便以天为书，以页为人，以波涛为墨汁，
也仍然无法写尽我们做过的坏事。

1　*SP*, II, 474. ——自然女神在阿兰心灵的纸上书写"你心灵的小纸条"（chartulae tuae mentis）（*ibid.*, 481）。——繁殖就像书写（scriptura）（*ibid.*, 475）。——修辞的长袍是一本书（"hic velut in libro legitur"; *ibid.*, 315）。——类似的还有人脸（*ibid.*, 319）。——在汉维尔的约翰的笔下，这成了一种风格。一位美少女拥有自然女神用朱砂描画的双唇（*SP*, I, 255），以及让人联想起书籍柔软纸张的小腿（*ibid.*, 259）。——Gervase of Melkley 将这一类比换到了脸上（Faral, 332, 35 ff.）。他把书籍意象变得淫秽不堪（*Studi med.*, IX [1936], 106）。参见"litteras discere"相当于"voluptate frui"（Plautus, *Truc.*, IV, 2, 26）以及《一千零一夜》（*The Thousand and One Nights*）（tr. E. Littmann, VI, 488）。

Pagina sit caelum, sint frondes scriba, sit unda
Incaustrum: mala non nostra referre queant.[1]

同一时期出现的一则墓志铭（可能出自彼得·里加 [Peter Riga]？）开头这样写道（*PL*, CLXXI, 1394 C）：

自然创造了优秀的人，并用美德为他装点，
但死亡用它的墨汁将其浸染。

Quem studio morum Naturae pinxerat unguis,
Incausto tinguit Mors inimica suo.

317 在中世纪，经常可以见到以词语或文字的面貌，出现的人或拟人物。当哲学前去安慰狱中的波伊提乌，她的裙子上不就写着希腊字母“Π”（即“实践”[Praxis]）和“Θ”（即“理论”[Theoria]）么？我们已经看到，阿兰把修辞的长袍比作书籍。最后，身为一切经院知识的代表人物，毕达哥拉斯化身一本书（《哥利亚的末日》[*Apocalypsis Goliae*]），出现在某无名诗人的幻象中。天文在他的眉头闪耀，语法支配他的牙齿，修辞让他的舌头熠熠生辉，逻辑从他的双唇中间一跃而出，等等；机械技术画在他的后背上，他的右手写着：“我是前方的领路人，跟着我。”（Dux ego previus, et tu me sequere.）

同样是 12 世纪，有一位对书写艺术情有独钟的有趣诗人——鲍德里（Baudri of Bourgueil）。奥索尼乌斯曾为自己的书写纸张写过一首诗，但鲍氏有过之而无不及，因为他有很多诗是写给自己的书写版，或者更确切地说，是自己的蜡版笔记本。这样的本子他有不少。比较特别的一块见于第 47 首。据诗中描述，该本子由八块木版组成，共十四个书写页面（封面和封底不能书写）。它们比一般的书写板小，但极其实用。为了保护视力，上面还涂了层绿蜡。它们的制作者（tablarius）真是艺术家。

---

1 对于“若天空是纸”（Und wenn der Himmel wär Papier）的套式，参见 Reinhold Köhler, *Kleinere Schriftem*, ed. Bolte, III (1900), 296。

要是有一位缝纫女工再为这小木本织个袋子就更好了！在另一首诗中（第234首），鲍氏告诉自己的书写板，自己将给它们涂以新蜡，打上新皮带。有时，他会感谢别人送书写板作为礼物（第206首）；有时，也会自己馈赠一些书写板（第210首）；有时，他以韵文抱怨折断了尖笔（第154首）。在一些写给佣书的诗中，他指导匠人如何书写彩色的首字母（第146首），或者催促尽快完成抄写工作（第44首）。他忙于设计自己的书籍，讨论版式（第36、95首以下）。最后，他与书法的"生命关联"[1]让他想到了一条新隐喻。在某致友人的信札中，鲍氏以如下形式提出了校对要求（这在中世纪极为常见）（第2、47首）：

愿你是标题，愿你是大写字母，
愿你为我的书更正错误。

Tu quoque sis titulus, tu littera sis capitalis,
Tu castigator codicis esto mei.

不难发现，他的诗歌同《希腊文选》和马提雅尔诗歌有许多共同的主题。人文主义的图书馆诗只可阅读，不可歌唱。除此以外，当时还出现了押韵传唱的"游吟学子诗"（Goliardic lyric）。这类诗歌的内容大多是讽刺、嘲弄、抨击，或者大谈口腹之欲、寻欢作乐、谈情说爱。代表诗集《布兰诗歌》让我们对此有了最全面的认识。在那里，渊博的书籍隐喻要么名声不再，要么不见踪影。[2]那些诗歌的作者大多是学 318
生，换言之是吃着密涅瓦的奶，却又对维纳斯顶礼膜拜的婴儿。如果爱情带给他们痛苦，他们就将其视为悲苦之书的文字（"一课"）：

若我像
常人一样，
带着面子才幸福，
就不会

1 Cf. also Propertius, III, 23. ——On book decoration cf. also Sidonius, *Ep.*, III, 8, 5.

2 Cf. Schmeller's edition, p. 76, No. CXCVII, st. 4, and p. 251.

读到伤悲
或者苦痛之书。

Si de more
Cum honore
Lete viverem,
Nec meroris
Nec doloris
Librum legerem.

1220年左右，世俗的拉丁诗歌达到前所未有的顶峰，而宗教诗歌则在13世纪绽放出几点灿烂的花朵。其中之一是意大利切拉诺的托马斯（Thomas of Celano）创作的《愤怒之日》(*Dies irae*)。在这首赞美诗中，作者描述了最后的审判时的恐怖景象，于是我们再次见到了书：

有一本书会出现，
其中记录了一切，
依它来审判世界。

Liber scriptus proferetur,
In quo totum continetur
Unde mundus iudicetur.

那是启示录的命运之书。它的背后应该是《玛拉基书》3:16的一段文字：“耶和华侧耳而听，且有纪念册在他面前，记录那敬畏耶和华、思念他名的人……”（Attendit Dominus, et audivit, et scriptus liber monumenti coram eo timentibus Dominum...）这些思想统治着中世纪宗教，并且在美术中体现出来。往往是一位天使记录人的善举，一个恶魔记录他的恶行。“他们一左一右，出现在波恩大教堂罗马式入口的石头上。他们端坐那里，在膝头的书卷上写写画画。”大约一个世纪前，瓦克纳格尔（Wilhelm Wackernagel）如此写道。[1]

我们不知不觉来到了一座罗马式教堂。在礼拜日的布道中，我们能听到什么呢？不计其数的布道词指南（artes praedicandi）和布道词汇编，让我们得以窥一斑而见全豹。在其布道词写作教程中，吉伯特（Guibert of Nogent）（卒于 1121 年）指出，说完《圣经》，布道者应该结合自己切身的心理和道德经历，这是最好的布道素材；这样的内容人人都能理解，因为大家都能从中读出一些推己及人的东西，“就像专注读书一样，专注自己”（intra se ipsum quasi in libro scriptum attendat）。[2]他继而说道，人可以从一切自然物那里找到宗教真理的蛛丝马迹。不过这些，布道者同样也能从书籍中得到。一份据信为希尔德伯特（Hildebert of Lavardin）所作的布道词如此处理《圣经》的这段话：“以色列人哪，现在我所教训你们的律例、典章，你们要听从遵行”（Audi, Israel, praecepta vitae, et scribe ea in corde tuo）（《申命记》4:1）。布道者向信众解释书籍如何制作（*PL*, CLXXI, 815 ff.）：“首先，经生用刀把羊皮纸上的油脂和污垢刮净。然后，再用浮石磨去毛发和纤维。如果不这样做，写在上面的文字就不 319
值钱，而且保存时间不长。接着，他就可以对羊皮纸发号施令，让文字达到合格标准。这些工作都必须尽心尽力地完成……”。希尔德伯特（抑或那位假托他名字的作者）很喜欢这个意象。我们可以看到，《圣经》的书籍隐喻是如何经他之手演化和丰富的。对于约伯的“状词”（librum scribat）（《约伯记》31:35），希氏认为，它的意思是《圣经》包含四部书（预言之书 [liber praedestinationis]、教义之书 [liber doctrinae]、身体书写之书 [liber scripturae corporalis]、自知之书 [liber conscientiae]）；基于此，他探讨了《旧约》中其他的“书籍段落”。

希氏把心灵比作书籍，不过他之前，保罗已经有过“心灵的肉体写版”（tabulae carnales cordis）的说法，并且为早期基督教诗歌所采用（Paulinus of Nola, ed. Hartel, I, 266）。后来，人们将其简化为“心灵之书”。因此，在一本后来的精选集（*florilegium*）（*RF*, III [1886], 297, No. 164）里，我们读到这样的文字：

阅读你心灵之书上那些肮脏的秘密吧，

1　*ZfdA*, VI, 149 ff. ——P. Clemen, *Die Kunstdenkmäler der Stadt und des Landkreises Bonn* (1905), 78.

2　*PL*, CLVI, 26 C.

你不可能读到那上面没有记载的内容。

In libro cordis lege quicquid habes ibi sordis;

Non legis hoc alibi tam bene sicut ibi.

有时，中世纪布道词也会参考写作教程。最迟从 12 世纪起，学校就开始利用“木框裱好的，甚至可能直接贴到墙上的”大张羊皮纸书卷教授字母。熙笃会修士奥多（Cistercian Odo of Cheriton，卒于 1247 年）曾有言：“有人用四颗钉子，把一张写有幼童教义的羊皮卷钉到了木桩上，如此一来，基督的肉体便伸展于十字架，他的五处伤口仿佛五种声音，代我们歌唱，声音从他传到圣父那里。”（B. Bischoff in *Classical and Mediaeval Studies in Honor of E. K. Rand* [1938], 9 f.）其中的比喻便基于学校的上述实践活动。

即便是阿西西的方济各（Francis of Assisi）以基督为中心的神秘主义（Christ-centered mysticism)，也乐于从书写中寻找与圣物的关联。切拉诺的托马斯指出，圣徒阿西西的方济各发现地上有书写的羊皮卷，就一块块捡起来，对于异教书亦如此。当有门徒问其原因，方济各回答道：“我的孩子，这些文字属于最荣耀的上帝之名。”

七、自然之书

有一种普遍的历史倾向，认为文艺复兴一扫发黄的羊皮卷上的灰尘，转而阅读自然之书或宇宙之书。 不过，这一隐喻本身就源自拉丁中世纪。我们看到，阿兰谈到了“经验之书”。对他而言，每一种创造物都是一本书（*PL*, CCX, 579A)：

万物在世间
好似画与书
还若明净鉴。

Omnis mundi creatura
Quasi liber et pictura
Nobis est et speculum.

对于后来的作者，尤其是说道者（homilists），“万物知识”（scientia creaturarum）与“自然之书”（liber naturae）意思相同。而对于布道者，自然之书作为素材，必须与《圣经》一同出现。这一观念影响深远，甚至连雷蒙德（Raymond of Sabunde）（卒于1436年）的作品中也出现了它的影子。不过，雷氏有点言过其实（故受到特伦特会议的批判）：“人们可以轻而易举地用渎神的解释，推翻《圣经》的含义，但没人肯做伪造自然之书的穷凶极恶的异端分子。”“自然之书”仍然是受正统禁欲主义（asceticism）与神秘主义青睐的概念。因此，《基督摹像》（*Imitatio Christi*, II, 4）写道：“如果你的心灵正直，那么每一种创造物都是一面生活的镜子，一本神圣教义的书。”此后，西班牙的布道者兼神秘主义者路易斯（Luis de Granada, 1504—1588）也提出类似观点。在其《信仰的标志》（*Simbolo de la fé*）中，路易斯运用了这样的表达方式——“创造物这本大书里的哲学家”（filosofar en este gran libro de las criaturas），接着又将其进一步发挥： 320

> 世上这些完美无瑕的创造物，若不是彰显其创造者美与智慧的凌乱却光辉的字母，那又是什么呢？……就连我们自己……您也把我们摆到精美的宇宙之书前，好让我们通过那些创造物，就像通过鲜活的文字，阅读造物主的丰功伟绩……

自12世纪起，哲学也借鉴了书籍隐喻。圣维克多的修（Hugh of St. Victor）在自己的学说体系中，为书籍和书写赋予了某种作用。他把宇宙史划分为三个时代——自然法（lex naturalis）时代、成文法（lex scripta）时代以及恩典时期（tempus gratiae）时代（*PL*, CLXXVI, 32 B; *ibid.*, 343, 347, 371）。无论创造的天地，还是神人（God-Man），都是上帝之“书”（*ibid.*, 644 D ff.）。弗列托的于格（Hugh of Folieto）（以前人们常把此人与圣维克多的修相混淆）将书籍隐喻发展为神学小体系。他认为，世上存在四本生命之书。第一本作于天国，第二本作于沙漠，第三本作于神庙，第四本取材一切永恒之物。上帝把第一本写入人心，摩西把第二本写到书写版，基督把第三本写到地上，第四本由神的眷顾（divine providence）撰写。圣维克托的修在此基础上更进一步，增加了积累阶段——“理性之书”。[1]书籍意象还见于主张迴

1　“当一个人为自己打算时，应该理性行事，就好像阅读理性之书。”（Cum aliquis cogitat quid agere debeat, et hoc rationaliter disponit, quasi in libro rationis legit）（*PL*, CLXXVI, 1170 C）

然不同的各类当代哲学派别。按照西尔维斯特里斯的神秘的新柏拉图式猜想，神的灵（Deity’s spirit）为一种女性力量（Noys），其中就写有整个历史的进程：“至高无上的上帝之手，书写了时间的文本、命定的事件以及时代的顺序。”（*De universitate mundi*, p. 13, 160）天堂就像一本打开着的彩图封面的书（*ibid.*, 33 f.）。一切凡间事物存在于一本超验的书（transcendent book）。不过，人的认知能力也被比作书籍。索尔兹伯里的约翰便有如此看法（*Policraticus*, ed. Webb, 1, 173）。在我们的理性之书中，不仅印有事物的图像，还有神的思想。13 世纪的波拿文都拉（Bonaventura）运用这
321 个比喻（尽管措辞小心翼翼），来说明自己的“范本论”（exemplarism）：“宇宙就像一本书，反照……它的创造者三位一体。”（*Brevlloqutum*, II, c. 12）然而，除了这创造物之书，波拿文都拉还承认经文书（liber scrpturae）：上帝的意志要求人类通过这两本书认识他（*ibid.*, II, c. 5）。在另一个段落，宇宙之书以两部分形式再次出现：“这是一本两部分的书，一部分写于内，内容有关神永恒的艺术与智慧；另一部写于外，内容有关可感知的世界。”（*ibid.*, II, c. 11）这里，作者暗指《圣经》经文“内外都写字的书”（liber scriptus intus et foris）（《以西结书》2:9；《启示录》5:1）。从逻辑上讲，书籍比喻的作用和意义不止一个，而是包罗万象。为此，有人把夏娃的堕落解释为，夏娃没有遵循理性的“内在之书”，而是为欲望的外在之书所引诱（*ibid.*, III, 3）。

在 14 世纪的德国，康拉德（Conrad of Megenberg, 1309—1374）把“宇宙如书”改造为世俗的观念。1350 年，此人把多明我会士坎蒂姆普雷的托马斯（Thomas of Cantimpré）的百科全书《物性论》（*De naturis rerum*）（作于 1228—1244 年间）译成德文，并取名《自然之书》（*Buch der Natur*）。[1]库萨的尼古拉袭用了中世纪哲学的隐喻学。他指出，有些圣徒把宇宙看作有文字的书。[2]不过，对他而言，宇宙是“内在词语的外现”（interni verbi ostensio）。[3]因此，感觉的事物可以视为“书”，作为导师的上帝就通过它们向我们宣示真理。[4]在争论中，信徒证明自己比学者高明，因为他

---

1 Edited by Franz Pfeiffer (Stuttgart, 1861). ——Cf. H. Ibach, *Leben und Schriften des Konrad von Megenberg*, Berlin dissertation (1938).——1499 年前，康拉德的《自然之书》翻印了六次。

2 Basle edition (1565), 133.

3 *Ibid.*, 244 (*Compendium*, c. VII).

4 *Drei Schriften vom verborgenen Gott*, German version by E. Bohnenstädt (1942), 84. ——Cf. Romans 1: 20.

掌握的知识并非得自学校，而是上帝“用自己手指写就的”“上帝之书”。它们“随处可见”，故“也在这片市场里”。[1]人的心灵也被称为书籍：“的确，心灵就像智慧之书，其中展现了作者的每一个意图。”[2]

归根结底，我们发现，宇宙或自然如书的观念起源于布道词，后为中世纪神秘主义哲学思想（mystico-philosophical speculation）所吸收，最后才进入日常用法之中。在这一过程中，“宇宙之书”常常经过世俗化改造，也就是使之远离本身的神学起源，然而事实并不总是如此。我再举几个例子。

在瑞士医学家帕拉塞尔苏斯（Paracelsus, 1493—1541）看来，书籍隐喻有个基本作用。他把成文的书（codices scribentium）与“上帝自己公布、书写、宣示、创作” 322
的书两相对照。医生的书肯定是病人。自然似乎也被设想为涵盖一切、完美无瑕的书籍汇编，“因为它们是由上帝亲自书写、制作、捆扎起来，然后从他的图书馆里挂出来”。“自然之光使启蒙成为可能，使自然之书得以理解；没有自然，哲学家也好，自然科学家也好都得不到启蒙。”苍穹是“另一本医书”，其中彰显着“苍穹的意义”。最后，整个地球也是一本书或一座图书馆，“我们用双足翻动它的书页”，当然，使用时必须得“虔诚”。[3]

这些书籍隐喻为文艺复兴时期思想家所吸收。蒙田提出，宇宙之书是可识辨的历史与生命真谛的缩影（*Essais*, I, 26）：

> 大千世界……像一面镜子，我们应该好好照照，以便认识自己。总之，我希望它是我学生的教材。

更值得注意的是笛卡尔的一段话（*Discours de la Méthode*, Part I, toward the end）：

> 一旦我的年龄够大，不必再受家庭教师的管束，我就要彻底抛开书本；我

1 *Der Laie über die Weisheit*, German version by E. Bohnenstädt (1936), 43.

2 *De apice theoriae*, theorem 6 (Basle ed. [1565], p. 336).

3 The references in W. E. Peuckert, Paracelsus, *Die Geheimnisse. Ein Lesebuch aus seinen Schriften* (1941), 172-178. ——Eichendorff在其《无用之辈》（*Taugenichts*）的第九章，让一位学生模仿帕拉塞尔苏斯的语气道：“让别人读提纲去吧，我们要在上帝在户外为我们打开的巨幅图书中畅游。”

决心，只专注那些能在自己内心或宇宙这本大书中找到答案的学问，用青春的余晖去游历，去拜访各国朝廷和军队……

培根保留了书籍隐喻的神学概念："我们的救世主说道：'你们错了，因为不明白圣经，也不晓得神的大能'（《马太福音》22 : 29）。因此，我们面前摆着两本书，如果想避免误入歧途，就要好好研究研究。"（*De augmentis scientiarum*, Bk. I : Opera, Frankfurt [1655], 26）康帕内拉（Campanella）知道"两本书"——《圣经》的文书（codex scriptus）与自然的活书（codex vivus）。书籍隐喻也成为他反对经院哲学的利器。[1]

著名讽刺诗人欧文（John Owen, 1563?—1622）反其道而行之，把"宇宙之书"的主题改造成另一种简练的形式。他称自己的书是宇宙（I, 3）：

这本书是宇宙；哈斯金，人类是其中的诗句：

在那里，你也能像在世间一样，找到几个好的。

Hic liber est mundus; homines sunt, Hoskine, versus:

Invenies paucos hic, ut in orbe, bonos.

自然之书篇幅宏大。其中最有趣的莫过于昆虫部分。在《箴言》（6 : 6）中写道："懒惰人哪，你去察看蚂蚁的动作，就可得智慧。"另一处（30 : 24）还写道："地上有四样小物，却甚聪明：蚂蚁是无力之类，却在夏天预备粮食；沙番是软弱
323 之类，却在磐石中造房；蝗虫没有君王，却分队而出；守宫用爪抓墙，却住在王宫"。上帝的智慧尤见于最渺小的创造物（当然，《约伯书》通过两种猛兽——河马[behemoth][2]与鳄鱼[leviathan]，表达了相反的思想）。英国哲学家布朗（Sir Thomas Browne）将《圣经》中的上述思想，融入其《医生的宗教》（*Religio Medici* [1643], Pt. I, ch. 15）：

---

1 相关内容参见 F. Schalk in *RF*, LVII (1943), 139。

2 这个名字的意思是"巨兽"。

诚然，有哪种理性不是得自蜜蜂、蚂蚁、蜘蛛的智慧？是哪位智者教它们做理性都无法教我们做的事情？粗鲁者惊异于自然界的庞然大物——鲸鱼、大象、骆驼；这些，我承认，是自然界的巨人，是她的宏伟之作。不过，在那些细小的发动机中，蕴藏着更奇妙的数学原理；身为自然界渺小的居民，它们的礼数[1]更明确地彰显其创造者的智慧[2]……我永远也不满足仅观察司空见惯的奇景，譬如海水的涨落、尼罗河的泛滥，譬如铁针向北偏转；我还设法寻找并再现那些更明显却受忽视的自然物，这样的研究即便没有跋山涉水，我也能在自己的宇宙学中完成。我们随身背负着自己并未用心寻觅的奇迹：我们身上蕴藏着整块非洲大陆及其妙物；我们是勇往直前、喜欢冒险的物种；同样的知识，会学习的人提纲挈领得真知，不会学习的人皓首穷经难觅闻。

因此，有这样两本书让我一点点收集我的神性：一本是落成文字的上帝之书，另一本是他的仆从——自然——的书；后一本是普遍的公开的手稿，所有人触目可及：在此书从未见过上帝的，可以在彼书发现他的身影……当然，异教徒比我们基督徒，更清楚如何解读这些神秘的文字；相比之下，我们不但不关心这些普通的象形文字，而且不屑从自然的花朵中吮吸神性。

布朗爵士的同辈人夸尔斯（Francis Quarles, 1592—1644）在其虔诚之作《寓意画集》（*Emblems*, 1635）里写道：

宇宙是一本对开的书，
上帝杰作均用大写字母印刷：
每个创造物都是书页，每种效果
都是漂亮的文字，完美无瑕。

The world's a book in folio, printed all
With God's great works in letters capital:

1　“礼数”（civility）指蜜蜂和蚂蚁的社会，不过，是从广义上而言，也就是歌德所谓的社会结构的“公民”（civische）时代（Jubiläumsausgabe, XXXVIII, 232）。

2　帕斯卡的思想中反复出现的一个主题，是无限小事物与无限大事物之间的对应关系。

Each creature is a page; and each effect
A fair character, void of all defect.[1]

这个隐喻亦见于多恩[2]、弥尔顿（*Paradise Lost*, III, 47 and VIII, 67）、沃恩（Vaughan）、赫伯特（Herbert）、克拉肖（Crashaw）的作品。由此，它成为诗歌的
324 普遍特征。精确自然科学的创立者，赋予了书籍隐喻一种重要的新含义。伽利略（Galileo）谈及宏大的宇宙之书时指出，古往今来它一直摆在我们眼前，但若我们不熟悉其中的字迹，就无法阅读。"它是用数学语言书写的，里面的文字是三角、圆以及其他几何图形。"[3]自然之书已难读？——显然发生了一场天翻地覆的变化，这当中渗透着最卑微者的意识。借助光学仪器，人类可以用新的眼光审视动植物王国。斯瓦默丹（Jan Swammerdam, 1637—1680）通过显微镜研究了昆虫的生理结构。1737年，布尔哈弗（Boerhaave）结集出版了这些研究成果，并为其取了一个颇有深意的书名——《自然之书》（*Biblia Naturae*）。激发布朗爵士的《箴言》段落（见上文），也深深铭记于他的脑海。另一方面，狄德罗重新启用了蒙田的用法。他曾说过这样一段肺腑之言：

> 对于那些伟大的知识，那些真正重要的东西，我们知道自己是从哪里获得的。它们并非得自马克－米歇尔·雷[4]或其他地方印刷的书籍，而是得自宇宙之书。这本书我们阅读时，一刻不停，漫无目的，三心二意，从不置疑。我们从中读到的内容大多无法书写，因为它们太精致，太巧妙，太复杂；不论如何，它们赋予人类与众不同的独特的敏锐性格……哦！如果我们只知书本，不闻其他，就会变得愚蠢而平庸。同生活的需要与状况相比，那些只是高深作品中，

---

1 【有人在 Joshuah Sylvester 翻译的 Du Bartas 作品《星期》（*Semaine*）中，见过同样的诗（*Complete Works*, ed. Grosart, I, 1880, p. 20, 184）。】

2 在颂歌等文体中，多恩运用书籍比喻来表达爱情。参见 Grierson's edition, I, 30, 19 f.; I, 238, 227; I, 235, 147。

3 *Opere, ed. nazionale*, VI, 232. ——有关自然之书的更多内容可参考 A. Favaro, *Galileo Galilei: Pensieri, motti e sentenze* (Florence, 1935), p. 27 ff。

4 【中译者注：马克－米歇尔·雷（1720—1780），尼德兰联省共和国（United Provinces）著名的出版商，从出版包括卢梭在内的多为法国哲学家著作。】

> 各种原理写下的可怜的东西。听听这亵渎神明的话：相比那些传授诡计、心计、政治手腕、高深道理的著作，拉·布吕耶尔和拉·罗拉什富科实在是极粗俗极平庸的书。

化身东方圣贤的伏尔泰几乎异口同声地表示："对哲学家而言，阅读上帝摆在我们眼前的巨著，没有什么比这更惬意的了……"（*Zadig*, ch. 3）。卢梭借爱德华勋爵之手写道："您还将收到一些书，可以丰富您的馆藏；不过，这些书里哪有什么新鲜货？哦，沃尔玛！您若想成为世上最聪明的人，只要学会阅读自然之书即可。"（*La Nouvelle Héloïse*, VI, Letter 3）这时，卢梭用他那改变世界的言辞，赋予了这句老生常谈（该意象已然如此）新的面貌。

在卢梭的时代，"自然之书冠群书"这句朗朗上口的格言也进入了诗歌理论。让赫尔德（Herder）和歌德大受启发的英国前浪漫主义者，发起了这场至关重要的变革。1759 年，英国诗人爱德华·杨（Edward Young, 1683—1765）发表了《原创计划》
（*Conjectures on Original Composition*）；在这篇文章中，他指出，莎士比亚并非满腹 325
经纶的学者，他掌握了"自然之书与人类之书"。伍德（Robert Wood）将荷马阐释为原创的天才（*Essay on the Original Genius and Writings of Homer* [1769]）。1773 年，伍德著作的德译本在法兰克福问世，并给少年歌德留下了深刻印象。在伍德的书中，我们看到，荷马仅研究伟大的自然之书。因此，英国前浪漫主义的诗学与德国狂飙突进运动（Strum-und-Drang）的诗学，均采用同样的书籍隐喻，其影响遍及思想史的多个关键时期。歌德的《书简》（*Sendschreiben*, 1774）中也出现了"自然之书"：

> 瞧，自然是一本鲜活的书，
> 人们可知其含义，尽管常常误读；
> 在你心中有个愿望，真诚而强烈：
> 愿一切快乐可以永存世界，
> 愿阳光永照，愿大树永矗，
> 愿梦境永留，愿海滩永驻，
> 在你的心里把它们一一搜集……

Sieh, so ist Natur ein Buch lebendig,
Unverstande, doch nicht unverständlich;
Denn dein Herz hat viel und gross Begehr,
Was wohl in der Welt für Freude wär,
Allen Sonnenschein und alle Bäume,
Alles Meergestad und alle Träume
In dein Herz zu sammeln miteinander…

“自然诗”的概念经狂飙突进诗学，进入大格林（Jacob Grimm）的浪漫主义文学理论：

> 我们可以把自然诗称作单纯活动的生命本身，一本鲜活的书，上面写满了历史；人们可以从其中任意一页开始阅读和理解，然而却从未读完或理解完。艺术诗是生命的杰作，一开始它就是哲学的。[1]

在格林的笔下，《圣经》的“生命之书”，亦即维克多派神秘主义（Victorine mysticism）的“鲜活之书”，摆脱了宗教色彩，并与英国前浪漫主义诗学理论合而为一。在这一摇摇晃晃的基础上，产生了19世纪日耳曼文学专家所欣赏的中世纪诗歌概念。德国的中世纪研究，在浪漫主义的土壤里生根发芽，但此后它只吸收了情感中的热情要素，并没有后来构成德国浪漫主义崇高而持久价值的历史知性的升华与意识的觉醒。诺瓦利斯、施莱格尔兄弟、施莱尔马赫（Schleiermacher）以及穆勒（Adam Müller），尽管各自选择了不同的道路，却在新精神（因而也是在历史新概念）
326 的指引下走到了一起。而格林兄弟、乌兰兄弟（the Uhlands）都没有参与其中。诺瓦利斯的话让我们从了无新意的书籍隐喻（在大格林的笔下，这演变为对书的贬低），走到了更高的境界。他说：“书籍是历史实体的近代类型，但也是至关重要的类型。它们很可能已经取代了传统的位置。”

不过，我们现在必须再次调整方位，向中世纪进发。

---

1 引自 A. E. Schönbach, *Gesammelte Aufsätze zur neueren Literature* (1900), 100。

八、但丁

在但丁年轻时创作的抒情诗中，我们已经能见到记忆之书的说法（*E' m' incresce da me*, l. 59）。它还出现在《新生》（*Vita nuova*）的开篇。有些人试图表明，这一表达方式源自维吉纳（Pier della Vigna）：“我靠好记性读书”（In tenaci memoriae libro perlegimus）。[1]然而，如果因此盖棺定论，那就误解了但丁艺术风格演化的历史环境。之前，我们在中世纪拉丁作者的作品中，遇到了心灵之书、头脑之书、记忆之书、理性之书、经验之书等概念。事实上，中世纪的整个书籍意象通过但丁作品里——从《新生》的第一段到《神曲》的最后一节——天马行空的大胆想象，得到融合、增强、扩展和更新。与12世纪的实践相比，此时人们破天荒从学术生活中借鉴了大量比喻；这一创举更是在博洛尼亚、那不勒斯、巴黎等地百花齐放。在中世纪，真理的一切发现，首先要得到传统权威的接受，尔后（13世纪）达到与权威文本的理性和解。对宇宙的理解并未视为求新的创举，而是对既定事实的吸收与追溯。思想家的目标与成就在于，以“大全”（summa）的形式，把所有这些事实联系起来。但丁的宇宙诗也是这样一部大全。至少，那是它的一个方面。《神曲》的“主人公”是个学生。他的导师是维吉尔和贝缇丽彩（Beatrice）：理性与恩典，知识与爱情，帝国时期的罗马与基督教的罗马。对但丁而言，心灵最高级的活动与经验，都跟求知、阅读以及靠读书吸收先在真理（preexistent truths）息息相关。因此，在他看来，书写与书籍都可作为表述诗歌与人生“最精彩瞬间”的媒介。但丁特别建议读者阅读并研究《神曲》。读者可以“坐在凳子上”（*Par.*, X, 22），一课一课地（lezione）（*Inf.*, XX, 20）研读《神曲》，届时他将享受精神的果子（*Inf.*, XX, 19）和盛宴（*Par.*, X, 25）。但丁经常与读者交流，尤其是单个读者（*Inf.*, XXII, 118; *Inf.*, XXIV, 23; *Purg.*, XXIII, 136; *Par.*, V, 109; *Par.*, X, 7; *Par.*, XXII, 26），催促他也一起思考（“请你想一下”[or pensa per te stesso], *Inf.*, XX, 20）。唯有靠研习，才能（可能而且应该能）找到通往 327
《神曲》的大门。对但丁，对中世纪人而言，任何思想教育的基本思路往往都是读书（“研读”[lungo studio]; *Inf.*, I, 83）。这种方法恰恰与希腊人的对话法（διαλέγεσθαι），

1　N. Zingarelli in *Bullettino della Società Dantesca N. S.*, I (1894), 99. 后世的评注者都沿用他的观点（即便有时没有提他的名字）。

与歌德所设想的东方人的“语录”(spoken word)，形成鲜明的对照。求知的渴望、求爱的热望，把但丁引入维吉尔的《埃涅阿斯纪》(“但愿这一切能给我帮忙” [m' han fatto cercar lo tuo volume]; *Inf.*, I, 84)；他孜孜不倦地研究，直至对全诗了如指掌(“深谙全诗的每一个字” [tutta quanta], *Inf.*, XX, 114)，这意味着他的研究始终潜心贯注(*Par.*, V, 41 f.)。他热情高涨，甚至将这部“伟大悲剧”的诗人，视为“我的老师——我创作的标尺”(lo mio maestro e il mio auture; *Inf.*, I, 85)。在但丁的笔下，师生间的“依赖关系”作为比喻，被用来展示他的精神使命。游走地狱时，为表达自己作为学生的感激之情，但丁向他尊敬的先生布鲁涅托(Brunetto Latini)致以最崇高的敬意(*Inf.*, XV, 85)。布鲁涅托随后向但丁预示，他将遭到故乡人的仇恨，而但丁也允诺将(在脑子里)笔录布先生所言，并始终铭记(*Inf.*, XV, 89 f.)：

跟另一篇章保存；见了通晓
文义的女士就请她解释清楚。

E serbolo a chiosar con altro testo
A donna che 'l saprà, s' a lei arrivo.

但丁知道，贝缇丽彩将更清楚地为自己指明未来之路，他也会把贝氏的忠告与布鲁涅托的相提并论，使两者相互解说，相互“注释”。所谓注释(glosses)，即解说性文字，最初为古代人一展学识的手段，后中世纪人纷纷效仿。但丁率先在书的范围，以隐喻的方式使用这一概念。在炼狱前区(Antepurgatory)，当祈祷词响起，但丁提到了《埃涅阿斯纪》中的一段文字(“alcun testo”)——“不要妄想乞求一下就可以改变神的旨意”(Desine fata deum flecti sperare precando)(*Aeneid*, VI, 376)；接着，维吉尔安慰他的学生道：“作品中，我说得很清楚……”(La mia scrittura è piana...)(*Purg.*, VI, 34)。如果彼时但丁想起《埃涅阿斯纪》里波利多鲁斯(Polydorus)的故事(III, 22 f.)，就不会伤害禁锢于树狱的维吉纳(Pier della Vigna)的灵魂。不过，但丁似乎不相信这段故事会出现在那“伟大的悲剧”(alta tragedia)当中。为此，至少维吉尔说道(*Inf.*, XIII, 46 ff.)：

“受伤的灵魂哪，他只在我的作品
读过类似的事件，”我的明师说：
“他如果一早相信我诗中所吟，
就不会伸手把你这样撕剥。”

S’ egli avesse potuto creder prima,
—Rispose il savio mio—anima lesa,
Ciò c’ ha veduto pur con la mia rima,
Non averebbe in te la man distesa.

显然，忽视文段以及错误解读会诱人作恶。贝内文托（Benevento）之战（1266年）后，如果科森扎（Cosenza）的主教正确理解了（“如果他仔细读过神的那页记载”[avesse in Dio ben letto questa faccia; *Purg.*, III, 126]）《约翰福音》（6:37）的那段
话（“到我这里来的，我总不丢弃他”[Et eum, qui venit ad me, non eiiciam foras]），霍 328
亨施陶芬家族的曼弗雷德（the Hohenstaufen Manfred）的尸骨就不会散落在世俗的（unconsecrated）土地上。当然，创新过后，理性的骄傲与懒散的追求让很多人陷入哲学怪谈。然而，相比上帝之言被蔑视或曲解时招致的愤慨，这样的言谈在天国还不那么惹人生厌（*Par.*, XXIX, 85 ff.）：

在下界，你们推究哲理时，不肯
一以贯之，结果得意忘形，
只知道为了外表而倾倒劳神！
对于上界，即使这些行径
所招的愤慨，也比蔑视或曲解
《圣经》所引起的天怒来得轻。

Voi non andate già per un sentiero
Filosofando, tanto vi trasporta
L’amor dell’ apparenza e il suo pensiero.
Ed ancor questo quassù si comporta

Con men disdegno che quando è posposta

La divina scrittura o quando è torta.

那些堕落贪婪的教士只专注教令，连上面的页边也写得密密麻麻，对上帝之言却置若罔闻（posposta）（*Par.*, IX, 133 ff.）。神学家则按照自己的意愿，随心所欲地曲解（torta）圣言。

至此，书写被视为生产与创造的形式，同样，阅读也被视为接受与研究的形式。这两个概念相互依属。在中世纪的思想界，它们表现为球体均等的两部分。而印刷术的发明，打破了世界统一的局面。其革命性的巨大变化可以这样来概括：直到那时，每本书都是一部手稿。手写书所具有的材料价值和艺术价值，我们再也感受不到了。靠传抄制作的每本书象征着勤勤恳恳，精工细作，废寝忘食，坚持不懈。每一本这样的书都是个人的成就，我们从封底的书标就可以看出来，佣书借此告诉读者自己的名字，同时一解心头重担："病人苦等健康陪，抄匠急盼书见尾"（Sicut aegrotus desiderat sanitatem, item desiderat scriptor finem libri）。

古代的史诗有这样的开头："请为我叙说，缪斯啊，那机敏的英雄"；"女神啊，请歌唱佩琉斯之子阿喀琉斯的致命的愤怒"；"我要说的是战争和一个人的故事"。[1]但丁写作时也祈求缪斯女神，可随即又寻求自己头脑的帮助；我们看到他没有写讲述和歌唱，而是书写（*Inf.*, II, 7 ff.）：

缪斯呀，超迈的诗思呀，立刻帮助我。

记忆呀，是你记录了我的观察。

这里就是你表现才华的场所。

O Muse, o alto ingegno, or m' aiutate.

O mente che scrivesti ciò ch'io vidi,

Qui si parrà la tua nobilitate.

1 【中译者注：这三句话分别是《奥德赛》、《伊里亚特》、《埃涅阿斯纪》的第一句。】

“alto ingegno”指诗人的思维能力（类似的还有“巧智”[altezza d’ingegno; *Inf.*, X, 59]）；“mente”往往指他的记忆。作诗，就是抄写记忆之书上的原文（《新生》的“我的记忆之书”[libro della mia memoria]，并比较“记述过去的书”[il libro che il preterito rassegna; *Par.*, XXIII, 54]）。诗人既是抄书吏，又是传抄人（“我获任文书，要传抄的义理”[quella materia ond’ io son fatto scriba; *Par.*, X, 27]）。他“记录”着爱的“启悟”（*Purg.*, XXIV, 52-59）。

在结构方面，《神曲》对数字极其讲究。[1]其每一部（cantica）的章节比例相同，因而写作素材的数量也不尽相同。这就决定了作者表达的程度（*Purg.*, XXXIII, 329
139）：

不过，诗歌的第二篇已写到末尾，
供我使用的纸张已全部写满；
艺术之缰啊，不容我继续发挥。

Ma perchè piene son tutte le carte
Ordite a questa cantica seconda
Non mi lascia più ir lo fren dell’ arte.

在《神曲·天堂篇》中，但丁谈到了许多不可言传的内容（*Par.*, I, 70）。为此，有些他不得不“跳过”（*Par.*, XXIII, 61）：

由于这缘故，要描绘天堂的实况，
这首圣诗也只好跳过障碍。

E così figurando il Paradiso
Convien saltar to sacrato poema.

这种“跳跃”最初源于运笔（manipulation of the pen）（*Par.*, XXIV, 22 ff.）：

1　见本书学术附录十五。

这光灵，围着贝缇丽彩，一连三度
在旋绕；并且唱了一首歌，歌曲
神奇得连神思也无法向我复述。
因此，我的笔只好略而不叙。

E tre fiate intorno di Beatrice
Si volse con un canto tanto divo
Che la mia fantasia nol mi ridice.
Però salta la penna, e non lo scrivo.

这里的笔也可换成墨水（*Par.*, XIX, 7）：

现在，我要用文字描绘的情景，
从未经言语传达或笔墨呈现。

E quel che mi convien ritrar testeso
Non portò voce mai, nè scrisse inchiostro.

中世纪的佣书在鹅毛笔写钝了之后，会用刀（pennam temperare）再削尖。在《神曲·地狱篇》第二十四章开篇，但丁把这一情况用隐喻的方式表达了出来。适值早春时节。大地还覆盖着冰霜。它试图呈现其姊妹雪的形象，可雪很快就化了，它的笔也变得钝了（*Inf.*, XXIV, 4 ff.）：

白霜在大地上抄写白姐姐的美仪，
设法在下方把她的形象描绘，
却鲜能握住笔坚持到底。

Quando la brina in su la terra assempra
L' imagine di sua sorella bianca,
Ma poco dura alla sua penna tempra.

作为书写材料，纸（papiro）在《神曲》里出现过一次，不过是比喻用法。其主题为奇怪而可怕的变形：一个人和一只六爪龙缠绕在一起，然后融合为一种生物。两者的肤色融为一体，但仍清晰可辨：就像燃烧的纸变黑前的那种棕色（*Inf.*, XXV, 64 ff.）：

就像凑向火焰前的纸张，白色的
部分渐渐消失，一斑焦黄
在上面蔓延，还没有变成黑色。

Come procede innanzi dall' ardore
Per lo papiro suso un color bruno
Che non è nero ancora, e'l bianco muore.

表示任何书写材料的常用词，亦即称呼未写或手写纸张的词是"carta"。[1]在这样
的材料上书写称为"vergare"（字面意思是"用彩条装饰"或"画线"）。在炼狱山 330
（Mount of Purgatory）的第七层，但丁询问邪淫者的灵魂（*Purg.*, XXIV, 64 f.）：

为了让我记诸卷帙，告诉我，
你们是谁……

Ditemi, acciò ch' ancor carte ne verghi
Chi siete voi...

这样的材料价格不菲，圣本笃据此形象地描述本笃会的衰落。他制定的制度仍在传抄，但毫无作用，因为已无人遵守。继续传抄纯粹是浪费羊皮纸（*Par.*, XII, 74 f.）：

……我的戒律

1　在 *Purg.*, XXIX, 104 中，"carta" 的意思是"书卷"。

徒然留了下来，叫纸张蒙哀。

...e la regola mia
Rimasa è giù per danno delle carte.

在维吉尔引导但丁阅读亚里士多德《物理学》第二卷（*Physics*, II）的段落，暗含翻动书页的动作（*Inf.*, XI, 101 ff.）：

同时，如果你把《物理学》细读，
展卷后读不了多少页，就会发觉，
只要能力许可，你们的艺术
就紧随自然，如徒弟之于老师。
因此，神可以说是艺术的祖父。

E se tu ben la tua Fisica note,
Tu troverai, non dopo molte carte,
Che l' arte vostra quella, quanto puote,
Segue, come 'l maestro fa il discente;
Sì che vostr' arte a Dio quasi è nipote.

此外，但丁还用书写一个“O”或“I”的时间，表示速度（*Inf.*, XXIV, 100 ff.）：

刹那间，比书写O字或I字都要迅疾，
那阴魂突然着火焚烧，且注定
要全部化为灰烬而垮塌崩离。

Nè O si tosto mai, nè I si scrisse
Com' ei s' accese, e arse, e cener tutto
Convenne che cascando divenisse.

另一方面，但丁从人的面孔上读出了“OMO”（homo）几个字母（*Purg*., XXIII, 31 ff.），这一桥段并非但丁凭空设计，而是与某个中世纪思想[1]有关：

亡魂的眼眶像戒指的宝石被抠。
有谁在众脸读出 OMO 这个字符，
就会轻易看见字母 M 的结构。[2]

Parean l’ occhiaie anella senza gemme;
Chi nel viso degli uomini leggo OMO,
Bene avria quivi conosciuto l’ emme.

从这里，我们进入了字母的象征体系。在《神曲》中，类似的还有《炼狱篇》（*Purg*., XXXIII, 43）和《天堂篇》（*Par*., XVIII）出现的具有救世学（soteriological）意义的数字及字母谜团——“DXV”。公正判官的灵魂跳着圆圈舞，并用燃烧的字母，写下“统治世界的人，你们应爱正义”[3]（Diligite justitiam, qui judicatis terram）的句子；随后最后一个字母“M”化成了白肩雕（imperial eagle）的样子。

只有书写的纸张（“carta”）按一定数量（fascicles, gatherings, quaderni[4]）编排起
来并装订成册（volume），才能称为书。在但丁笔下，这项技术活同样有比喻的表达 331
方式。《飨宴》中，他把月斑视为月球地表凸凹不均的反映。当但丁在天界旅行，独
自穿越了地球时，贝缇丽彩反驳了他早期的理论。贝氏说道，如果他所言不虚，那
么月球的薄壳后面应该是厚壳（*Par*., II, 76 ff.）：

……分布的情景，
就像分布在体内的瘦肉和脂肪；

1　R. Köhler（*Jahrbuch der deutschen Dante-Gesellschaft*, II, 237）在 Berthold of Regensburg 的作品中指出了这点。

2　【中译者注：有关这段文字的理解可参见《神曲·炼狱篇》（黄国彬译），北京：外语教学与研究出版社，2009 年，第 332 页。】

3　【中译者注：见思高本《圣经·智慧篇》1:1；《天堂篇》第十八章（91—93 行）出现了这句话。】

4　拉丁词“quaterni”、“quaterniones”表示四张对开纸或十六个页码。

或像卷帙，书页的层次分明。

...si come si diparte
Lo grasso e il magro un corpo, così questo
Nel suo volume cangerebbe carte.

与圣本笃的抱怨类似，波拿文都拉借用书籍比喻，痛斥方济各会（Franciscan Order）的衰败。他把方济各会称为书册，修士就是里面的书页。翻动书册，人们仍随处可见完好无损的传统（*Par.*, XII, 121 ff.）：

我当然承认，有谁把我们的书卷
一张张地翻查，仍会找到内容
如下的一页："我依然完好健全。"

Ben dico, chi cercasse a foglio a foglio
Nostro volume, ancor troveria carta
U' leggerebbe: 'Io mi son quel ch' io soglio.'

随着但丁在天界越升越高，眼界也越来越宽阔。他从恒星天（the heaven of the fixed stars）俯视群星，以及最深处的地球。此时，地球的一切缩小为宇宙一个微不足道的部分，好似宇宙书册中的一个印张。偶然性只有在这物质的篇章内才发挥作用，因此卡查圭达（Cacciaguida）告诉诗人（*Par.*, XVII, 37 ff.）：

你们的物质篇章外，事物要偶发，[1]
也没有任何延续舒展的空间；
在永恒的天视中，却清晰如画。

---

1 【中译者注：此处黄国彬译文似乎与诗人原意相反。Courtney Langdon 的英译文（Cambridge: Harvard University Press, 1921）为："Contingence, which outside your matter's volume/ doth not extend, is in the Eternal Vision/ wholly depicted." 另可比较田德望译文（北京：人民文学出版社，2001 年）："超不出你们的物质世界这卷书之外的偶然事件都一一显现在那永恒的心目中"。】

La contingenza che fuor del quaderno
Della vostra materia non si stende,
Tutte è dipinta nel cospetto eterno.

相比这一“篇章”，各重天都是“书册”。其中，第九重天——原动天（Primum Mobile）仿佛君王的长袍，将其他天界包裹起来（*Par.*, XXIII, 112 f.）：

宇宙诸天运行旋绕间，有君王
以大袍覆裹……

Lo real manto di tutti i volume
Del mondo...

评注者正确地指出，此处暗指《启示录》（6:14）：“天就挪移，好像书卷被卷起来”（et caelum recessit sicut liber involutus）。当然，中世纪人对这个意象不甚明了，因为他们装订的书已非古代书写的卷轴（volumen）。不过，但丁仍保留了该意象（*Par.*, XXVIII, 13 f.）：

有谁集中谛视天穹的这一层
旋动，就会看到圣景……

E com' io me rivolsi, ed furon tocchi
Li miei da ciò che pare in quell volume...

对但丁而言，歌德心目中荣耀的玛利亚（Mater gloriosa）形象（向永恒女性 332
[Eternal Feminine] 幽暗而神秘地致意）——其宇宙诗的高潮与结局，乃寓于对上帝幻象的难以言表的经验，而这一经验也是一切基督教神秘主义神学所述说的。一系列属灵启示（spiritual illuminations），如光的河流、光的海洋、天堂玫瑰、贞女玛利亚，引导人们看到永恒之光。这里，但丁的神秘幻象臻于完满。它向但丁展示了一个用爱捆扎而成的属灵宇宙。他所见到的有一道普通的光，还有各种观念、形式与存在

物。他将怎样描述目之所及的景象呢？我们看到，但丁再次，同时也是最后一次，怀着最崇高最神圣的喜悦，运用了书的象征体系。像脱线的纸张一样，散落整个宇宙间的一切，被分隔开来的一切，此刻由爱“装订成册”（*Par.*, XXXIII, 82 ff.）：

啊，我借着沛然流布的恩典，
大着胆谛视那永恒之光，
结果凝望全部消耗于炯焰！
在光芒深处，只见宇宙中散往
四方上下而化为万物的书页，
合成了三一巨册，用爱来订装。
各种实体与偶性，以及连接
两者的关系，仿佛熔在一起——
我现在描述的，只是大光的一瞥。

O abbondante grazia ond' io presunsi
Ficcar lo viso per la Luce Eterna,
Tanto che la veduta vi consunsi.
Nel suo profondo vidi che s' interna,
Legato con amore in un volume,
Ciò che per l'universo si squaderna;
Sustanzia ed accidente, e lor costume,
Quasi conflati insieme per tal modo
Che ciò ch' io dice è un semplice lume.

包罗万象（in quo totum continetur）的书，是上帝的神性（Godhead）。这本书象征着最高的拯救与最高的价值。

在但丁的作品里，书籍意象不再是匠心独运的游戏；它具有重要的思维作用。

九、莎士比亚

影响伊丽莎白时代抒情诗与戏剧的修辞，孕育了莎士比亚戏剧的精美词句与精巧构思。不过，英国诗歌讲究修辞的风尚，肇始于16世纪上半叶，因而我们按图索骥回到了中世纪。这一点有书籍意象为证。12世纪的拉丁诗人已经用它来描写女性面孔之美（见本书第316页注释26，即中译本第427页注释1。）。海伍德（John Heywood, 1497—1580）的诗作也同样运用了该手法。他如此称颂年轻的玛丽·都铎（Mary Tudor）（生于1516年；1553—1568年在位）：

伊人貌美颜，
宝石卓然乎；
吾心独念念，
不问其余书。

The virtue of her lively looks
Excels the precious stone;
I wish to have non other books
To read or look upon.

西德尼爵士（Sir Philip Sidney, 1554—1586）拒绝跟那些炫耀时髦修辞格（“新发 333
现的转义”；“奇怪的比喻”；“把字典之法编入韵脚者”）的同辈诗人一争高下；从他的斯特拉（Stella）[1]的脸上，足以读出何为爱情何为美，因此他只需复制“自然女神的文字作品”。丹尼尔（Samuel Daniel, 1563—1619）在致迪莉娅（Delia）（1592年）的十四行诗中，翻开自己灵魂的账本，记录自己所有的关爱与忧愁。

莎士比亚激发了世人的讨论热情。当然，探讨莎士比亚无异于进入一个迷雾重重的地域。当今莎士比亚批评界的主流观点认为，研究莎士比亚作品的所有内容，必须依靠剧情设计和人物塑造；莎翁必须判定为戏剧家，而非诗人。这个观点

1　西德尼写过一首十四行诗《阿斯特洛菲尔与斯特拉》（*Astrophil and Stella*），斯特拉即其中的女主人公。

到底在多大程度上，符合他诗歌的修辞学成就？反对意见都是刻意而为，并且像毁了卡尔德隆一样，毁了莎翁。在莎翁的作品中，书籍意象与写作技法是否具有戏剧作用？答案是肯定的，但只见于两部戏剧。一部是《泰特斯·安德罗尼库斯》（*Titus Andronicus*）（其写作时间有些人认为是1589—1590年，有些则以为1593—1594年）——**如果**这部血腥暴力的惊悚作品出自莎翁之手。[1]其不幸的主人公，以五花八门的形式运用书写。他投身地上，面对护民官，在“泥土上”“写下”自己的悲苦（III, 1）。他的女儿拉维尼娅（Lavinia）遭两个禽兽奸污。为了不让自己的恶行败露，他们还割去了受害人的舌头和双手。现在，让她揭露恶人的罪行！她可以用断臂握笔（II, 4）。至此，剧情不再属于戏剧，而是离奇的惊险剧（melodramatic）。不过，拉维尼娅曾饱读诗书。她跟外甥路歇斯（Lucius）一起读过“美妙的诗歌和西塞罗的《论演说家》”。她用断臂搜罗书籍，随后翻开奥维德的《变形记》，找到忒柔斯（Tereus）的故事（VI, 424 ff.）。忒柔斯奸污了他的妻妹菲罗墨拉（Philomela），尔后又割掉女子的舌头，但他没有断其双手。因此，菲氏后来可以把自己的遭遇织到挂毯上，并差人送给自己的姐姐，亦即忒柔斯的妻子普洛克涅（Procne）。普洛克涅一心复仇，她杀死了自己的儿子，还将孩子的尸骨烹制，送给丈夫享用。[2]安德罗尼库斯猜到，拉维尼娅意欲表达的，是奥维德作品中的这个故事。他教拉维尼娅，如何在没有双手的情况下，用嘴含木棍来书写，用双脚固定木棍来图画。于是，拉维尼娅也模仿着，揭露了这起令人发指的罪行（IV, 1）。两个恶魔终于“大白天下”。安德罗尼库斯送给他们一些用书卷包裹的武器，上面刻着贺拉斯的道德箴言（IV, 2）。后来，他又两次采用了同样的办法：他在箭端绑上写给朱庇特、阿波罗以及其他神祇的书信，
334 并着人向他们的所在之处射去，随后给他的敌人萨特尼纳斯（Saturninus）送了一封裹着刀子的呈文（IV, 3）。该剧的大恶人——摩尔人艾伦（the Moor Aaron）也喜欢用笔来表达自己。他常常把死人从坟墓里挖出来，“像在树皮上一样”，往他们的后背刻字，然后把它直挺挺地立在他们亲友的门前（V, 1）。对于玷污拉维尼娅的罪犯，

1 J. M. Robertson (*Did Shakespeare Write Titus Andronicus*? [1905]) 有理有据地质疑这部作品的真实性，但他并未给研究者留下任何印象（见 W. Keller in Shakespeare-Jahrbuch, LXXIV [1938], 137 ff.）。——艾略特（T. S. Eliot）称该作品是“莎翁写过的最愚蠢最没有新意的剧作”（*Selected Essays*, p. 82）。

2 【中译者注：中译本可参见《变形记》（杨周翰译），北京：人民文学出版社，1984年，第81—88页。】

安德罗尼库斯采取这样的复仇方式：砍去他们的头颅，放进馅饼里一起烘烤（正是普洛克涅的方式！）；接着，自己扮成厨师，把馅饼端到他们的母亲面前。最后，安德罗尼库斯把她和拉维尼娅都勒死了，而自己又被萨特尼纳斯了结性命，路歇斯则将萨特尼纳斯送上西天。艾伦被齐胸地埋进土里，任其饿死。从此以后，恢复秩序的国家将迎来光明的未来。我相信，若该剧非莎士比亚之作，它倒是能有趣地向我们展示，一位伊丽莎白时代的惊悚剧作家，如何将书写与书籍变成富有诗意的事。

宇宙同样也是莎士比亚世界的组成部分——《哈姆雷特》里的维滕贝格。《驯悍记》（*The Taming of the Shrew*）（I, 1）开篇就告诉读者，路森修到帕度亚求学。他对自己的仆从特拉尼奥（Tranio）说道：

让我们就在这里停留下来，访几个名师益友，
研究些有用的学问……[1]

Here let us breathe and haply institute
A course of learning and ingenious studies…

路森修自然想研究哲学（16 世纪，帕度亚是亚里士多德主义的重镇）。可精明的特拉尼奥谏言主人，不该忽略课程作家：

可是少爷，我们一方面
向慕着仁义道德，
一方面却也不要板起一副不近人情的道学面孔，
不要因为一味服膺亚里士多德的箴言，
而把奥维德的爱经深恶痛绝。
您在相识的面前，不妨运用逻辑和他们滔滔雄辩；
日常谈话的中间，也可以练习练习修辞学；
音乐和诗歌可以开启您的心灵……

1 【中译者注：以下引文均采用人民文学出版社版《莎士比亚全集》的译文，相关译者不再另行标注。】

Only, good master, while we do admire
This virtue and this moral discipline,
Let's be no stoics nor no stocks, I pray;
Or so devote to Aristotle's ethics,
As Ovid be an outcast quite abjured:
Balk [1] logic with acquaintance which you have,
And practise rhetoric in your common talk;
Music and poesy to quicken you...

在 12 世纪，奥维德被誉为修辞之王。即便为了应付日常谈话，有学养的人也需要掌握奥维德的作品。学习离不开书籍。路森修买了一些，并把它们夹在腋下；于是，葛莱米奥（Gremio）说道（I, 2）：

啊，很好，我已经看过那张书单了。
听着，先生。我就去叫人把它们精工装订起来；
必须注意每一本都是讲恋爱的，
其他什么书籍都不要教她念。

O, very well; I have perused the note.
Hark you, sir; I'll have them very fairly bound:
All books of love, see that at any hand;
And see you read no other lectures to her.

这里，我们不禁可以想起《无事生非》（*Much Ado About Nothing*）（I, 2）里的对话：

我可以告诉你一些新鲜的消息……
——是好消息吗？

---

1 【"Balk"指书页，但 Rowe (1674—1718) 却毫无道理地将其替换成"talk"。】

——那要看事情的发展而定；
可是从外表上看起来，
那是个很好的消息。

I can tell you strange news…
—Are they good?
—As the event stamps them;
but they have a good cover;
they show well outward.

从这两段引文不难看出，莎士比亚稀罕精美的装订，我们在其他“书籍段落”
中，也能找到类似的“生命关联”的证据。此前，我们在但丁那里，已经见到装订 335
具有隐喻作用的例子。在但丁作品中，装订用来比喻上帝之中的整个宇宙，象征了
无所不包的幻象。在莎士比亚这里，情况则截然不同：装订（往往用金扣环固定起
来）对爱书者无疑是美的享受。精美的书籍就像美人的面庞，令人赏心悦目。

为此，《罗密欧与朱丽叶》（*Romeo and Juliet*）（I, 3）中写道：

从年轻的帕里斯的脸上，
你可以读到用秀美的笔写成的迷人诗句……
要是你想探索这一卷美好的书中的奥秘，
在他的眼角上可以找到微妙的诠释。
这本珍贵的恋爱的经典，
只缺少一帧可以使它相得益彰的封面；
正像游鱼需要活水，
美妙的内容也少不了美妙的外表陪衬。
记载着金科玉律的宝籍，锁合在漆金的封面里，
它的辉煌富丽为众目所共见。

Read o’er the volume of young Paris’ face
And find delight writ there with beauty’s pen...

And what obscured in this fair volume lies,
Find written in the margent [1] of his eyes.
This precious book of love, this unbound lover,
To beautify him, only lacks a cover:
The fish lives in the sea, and 't is much pride
For fair without the fair within to hide:
That book in many's eyes doth share the glory,
That in gold clasps locks in the golden story. [2]

《仲夏夜之梦》(*A midsummer Night's Dream*)(II, 2)中写道：

理性指挥着我的意志，
把我引到了你的眼前；在你的眼睛里
我可以读到写在最丰美的爱情的经典上的故事。

Reason becomes the marshal to my will
And leads me to your eyes; where I o'erlook
Love's stories, written in love's richest book.

《约翰王》(*King John*)(II, 1)中写道：

要是这位太子，你的尊贵的令郎，
能够在这本美貌的书卷上读到"我爱"的字样，
她的嫁妆的价值将要和一个女王相等。

If that the Dauphin there, thy princely son,

---

1 遇到文本晦涩难解之处，就会在页边印上说明的注释。"margent"便是这个意思，*Lucrece*, st. 15。

2 1887年，Gerard Manley Hopkins 给 Coventry Patmore 的信中写道："《罗密欧与朱丽叶》把帕里斯伯爵比作必须装订的爱经，《恩底弥翁》(*Endymion*)里还有比这更糟糕的吗？至少我找不到。它固然有几分幻象之美，像一幅阿拉伯图案，可除此之外便毫无意义。"(G. F. Lahey, *Gerard Manley Hopkins* [1930], 73)

Can in this book of beauty read 'I love',
Her dowry shall weigh equal with a queen.

《爱的徒劳》（*Love's Labour's Lost*）（IV, 3）中写道：

从女人的眼睛里我得到这一个教训：
它们永远闪耀着智慧的神火；
它们是艺术经典，是知识的宝库，[1]
装饰、涵容、滋养着整个世界。

From women's eyes this doctrine I derive:
They sparkle still the right Promethean fire;
They are the books, the arts, the academes,
That show, contain and nourish all the world.

《奥赛罗》（*Othello*）（IV, 2）中写道：

这一张皎洁的白纸，这一本美丽的书册，
是要让人家写上"娼妓"两个字的吗？

Was this fair paper, this most goodly book,
Made to write 'whore' upon?

忧愁与原罪破坏了人面之书。 336
《错误的喜剧》（*The Comedy of Errors*）（V, 1）中写道：

唉！自从我们分别以后，忧愁已经使我大大变了样子，

1 【中译者注：试比较梁实秋的译文"那是涵濡世界的书，艺术，和学校"，见《空爱一场》（梁实秋译），北京：中国广播电视出版社，2001 年，第 133 页。】

年纪老了，终日的懊恼
在我的脸上刻下了难看的痕迹。[1]

O, grief hath changed me since you saw me last,
And careful hours with time's deformed hand
Have written strange defeatures in my face.

《理查二世》(*Richard II*)(IV, 1)中写道：

……当我看见那本记载着我的一切罪恶的书册，
也就是当我看见我自己的时候，
我将要从它上面读到许多事情。
把镜子给我，我要借着它阅读我自己。

... I'll read enough
When I do see the very book indeed
Where all my sins are writ, and that's myself.
Give me the glass, and therein will I read.

在这场戏中，作者把镜子引入了舞台，这样国王就能阅读自己的面孔之书。镜子是深受拉丁中世纪人喜欢的隐喻，它往往用作书名。类似做法古已有之。[2]同《麦克白》(*Macbeth*)一样，书与镜同时写入潘西夫人致亡夫的悼词(*2 Henry IV*, II, 3)：

---

1 "四十个冬天将围攻你的额头，/ 在你那美的田地上掘下浅槽深沟……"(十四行诗第二首)。【中译者注：中译文见《莎士比亚十四行诗集》(辜正坤译)，北京：北京大学出版社，1998年，第5页。】

2 柏拉图把艺术家的活动比作事物的反射(*Resp.*, 596 DE)，并借此贬低艺术。智术师阿尔喀达马斯(Alcidamas)早已为镜子意象赋予积极的意义，他称《奥德赛》是"一面人生的美镜"。亚里士多德(*Rhet.*, III, 3, 4)批评这个隐喻太"呆板"。不过，它后来仍然广受欢迎。泰伦斯(Terence)说过(*Adelphoe*, 415 f.)：

观察别人的生活，就像照镜子， 从大家的身上为自己找个榜样。	Inspicere tamquam in speculum in vitas omnium Jubeo atque ex aliis sumere exemplum sibi. (转下页)

……他的确是
高贵的青年们的一面立身的明镜；
谁不曾学会他的步行的姿态，等于白生了两条腿；
说话急速不清本来是他天生的缺点，
现在却成为勇士们应有的语调，
那些能够用低声而迂缓的调子讲话的人，
都宁愿放弃他们自己的特长，
模拟他这一种缺点；这样无论在语音上，在步态上，
在饮食娱乐上，在性情气质上， 337
在治军作战上，他的一言一动，
都是他人效法的规范。[1]

… he was, indeed, the glass
Wherein the noble youth did dress themselves.
He had no legs that practised not his gait;
And speaking thick, which nature made his blemish,
Became the accents of the valiant;

（接上页）西塞罗称喜剧是“生活的模子、习惯的镜子、真理的影子”（imitatio vitae, speculum consuetudinis, imago veritatis）（Donatus, ed. Wessner, 1, 22）。镜子也见于《圣经》。智慧是“天主德能的明镜，是天主美善的肖像”（speculum sine macula Dei majestatis, et imago bonitatis illius）（《智慧篇》7:26）。另外，《哥林多前书》（13:12）写道：“我们如今仿佛对着镜子观看，模糊不清。”（Videmus munc per speculum in aenigmate.）卡西奥多鲁斯把人的心灵比作镜子（speculum mentis）（*PL*, LIX, 502 C）。Notker Balbulus（E. Dümmler, *Das Formelbuch des Bischofs Salomo*, 71）认为，额我略一世的《牧灵准则》（*Regula Pastoralis*）最好起名《牧灵明镜》，因为每个牧师都能在其中找到自己的“肖像”。众所周知，在 12、13 世纪，很多书以“镜”命名。《愚人镜》（*Speculum stultorum*）的作者 Nigel Wireker 写了如下文字：“（本书）如此命名，希冀愚者对镜自照，反躬自省……”这里，镜子成了提高修养的工具，它成了传道授业的工具。为此，中世纪百科全书中最卷帙浩繁者，起名《自然、历史、教义之镜》（*Speculum naturale, historiale, doctrinale*）（成书时间约 1250 年，作者 Vincent of Beauvais）。参见 the rhymed preface to the *Sachsenspiegels*, ll. 97 and 175-82。

1 【中译者注：梁实秋的译文是“他都成了目标和榜样”，见《亨利四世 · 下》（梁实秋译），北京：中国广播电视出版社，2001 年，第 81 页。不难看出，此处两位译者都做了简化的处理。结合库尔提乌斯的观点，这样的句子翻译时实不该省。】

For those that could speak low, and tardily,
Would turn their own perfection to abuse,
To seem like him: so that in speech, in gait,
In diet, in affections of delight,
In military rules, humours of blood,
He was the mark and glass, copy and book
That fashion'd others.[1]

正如“脸如书”源于中世纪，“自然之书”的隐喻亦然，16 世纪，其踪迹随处可见。不过，在莎士比亚的作品里，妙喻（conceit）却新颖别致。

在亚登森林（the Forest of Arden）（*As You Like It*, II, 1）里，流放的公爵听到了自然的声音：

我们的这种生活，虽然远离尘嚣，
却可以听树木的谈话，
溪中的流水便是大好的文章，
一石之微，也暗寓着教训；
每一件事物中间，都可以找到些益处来。

And this our life exempt from public haunt,
Finds tongues in tress,
books in the running brooks,
Sermons in stones,

1 “copy”这里指要传抄的文本。——参见 *Lucrece*：“王储是明镜，是学校，是书籍，/ 臣子用眼来自照，来学习，来阅读。”（For princes are the glass, the school, the book/ Where subjects' eyes do learn, do read, do look.）

and good in every thing. [1]

在这片美丽的森林里，大量树皮可供恋人传达讯息之用——这些讯息令阿里奥斯托获得了满意的效果，而且卡里马库斯（Callimachus）[2]（III, 2）和普罗佩提乌斯早已知晓：

啊，罗瑟琳！这些树林将是我的书册，
我要在一片片树皮上镂刻下相思，
好让每一个来到此间的林中游客，
任何处见得到颂赞她美德的言辞。

O Rosalind, these threes shall be my books,
And in their barks my thoughts I'll character,
That every eye which in this forest looks,
Shall see thy virtues witness'd everywhere.

另外，朋友也是书。《理查三世》（*Richard III*）（III, 5）有言：

这个人我一向喜爱，不能不为他一哭。
我原以为在人世呼吸的信徒中，
他还算得一个道地的老实人；
我把他当作我的译本手册，
以记录我内心的沉思默想。

So dear I loved the man, that I must weep.

1　我们不应该非要为这些文字考证出处（locus）。据信，它们“源于”西德尼的传奇故事《阿卡迪亚》（*Arcadia*）的一句话：“因此，树木和其他事物都是幻象的书籍”；当然，也可能出自明谷的伯纳德的作品：“林中的收获比书中要多。”（Shakespeare-Jahrbuch, LXIX [1933], 189）同理，有人认为但丁的“记忆之书”源于 Pier della Vigna，这也是不对的。——苏格拉底希望向人而不是树学习（Plato, *Phaedrus*, 230 D）。那位中世纪游吟书生说道：“学校是树荫，是少女容颜之书。”（P. Lehmann, *Parodistische Texte* [1923], 49）

2　*Kydippe*, fr. 9 g (ed. Pfeiffer).

I took him for the plainest harmless creature
That breathed upon the earth a Christian;
Made him my book, wherein my soul recorded
The history of all her secret thoughts.

《维洛那二绅士》（*The Two Gentlemen of Verona*）（II, 7）里写道：

给我出个主意吧，露西塔好姑娘，你得帮帮我忙。
你就像一块石板一样，我的心事
都清清楚楚地刻在上面；
现在我用爱情的名义，
请求你指教我……

Counsel, Lucetta; gentle girl, assist me;
And, even in kind love, I do conjure thee,
Who art the table wherein all my thoughts
Are visibly character'd and engrav'd,
To lesson me...

338 又《第十二夜》（*Twelfth-Night*）（I, 4）写道：

……我已经把我秘密的内心中的书册
向你展示过了。

...I have unclasped
To thee the book even of my secret soul.

米尼涅斯（Menenius）欲见科利奥兰纳斯（Coriolanus），但守卒不肯通融，于是他说道（*Coriolanus*, V, 2, 13 ff.）：

……我告诉你吧，朋友，
你的主将是我的好朋友；我曾经
是记载他的善行的一卷书，人家可以
从我的嘴里读到他的无比的名声。

… I tell thee, fellow,
Thy general is my lover; I have been
The book of his good acts, whence men have read
His fame unparallel'd, haply amplified.

在十四行诗里，诗人的心就是书写版，他的眼睛在上面描画其友人的美（第 24 首）。他用“自己的弱管”（my pupil pen）书写（第 16 首），时间用“古老的铁笔”（antique pen）书写（第 19 首）。

有些剧作频繁出现书籍隐喻，如《麦克白》和《特洛伊罗斯与克瑞西达》（*Troilus and Cressida*）。

《麦克白》（I, 5）中写道：

您的脸，我的爵爷，正像一本书，人们
可以从那上面读到奇怪的事情。

Your face, my thane, is as a book where men
May read strange matters.

麦克白对妻子说（III, 2）：

……来，使人盲目的黑夜，
遮住可怜的白昼的温柔的眼睛，
用你的无形的毒手，
毁除那使我畏惧的
重大的绊脚石吧！

...Come, seeling night,
Scarf up the tender eye of pitiful day,
And with thy bloody invisible hand
Cancel and tear to pieces that great bond
Which keeps me pale!

麦克白雇凶刺杀班柯。他想试探一下刺客是否准备就绪。一个刺客回话道：“我们是人总有人气！”（We are men!）（III, 1）麦克白答道：

嗯，按说，你们也算是人，
正像家狗、野狗、猎狗、巴儿狗、狮子狗、
杂种狗、癞皮狗，
统称为狗一样；
它们有的跑得快，有的跑得慢，有的狡猾，
有的可以看门，有的可以打猎，
各自按照造物赋予
它们的本能而分别价值的高下，
在笼统的总称底下得到特殊的名号，
人类也是一样。

Ay, in the catalogue ye go for men,
As hounds and greyhounds, mongrels, spaniels, curs,
Sbughs, water-rugs and demi-wolves, are clept
All by the name of dogs: the valued file
Distinguishes the swift, the slow, the subtle,
The housekeeper, the hunter, every one
According to the gift which bounteous nature
Hath in him closed, whereby he does receive
Particular ambition, from the bill

That writes them all alike: and so of men.[1]

这里出现了账目类书籍（“catalogue”、“file”、“bill”）。书籍隐喻又进入了家政管理的行业。

在《特洛伊罗斯与克瑞西达》中（I, 3），涅斯托耳把自己与阿喀琉斯之间的决 339
斗，称为未来史录的索引（index）。赫克托耳称涅斯托耳是“历久弥香的史书”（IV, 5, 202），还说阿喀琉斯把自己像兵法书一样看待（IV, 5, 239）。为了一表自己的热情，特洛伊罗斯表示要用“像热恋着维纳斯的战神马斯的心一样鲜红的大字把它书写出来”（V, 2）。

莎士比亚当然也知道记忆之书（哈姆雷特对亡父灵魂的告白，便据此精心设计）（I, 5），有时它也被称作“朱庇特之书”（Jove’s book）（天国之书；*Coriolanus*, III, 1）。

书写隐喻可表达最深切的忧伤。因此，《理查二世》（III, 2）里写道：

……谁也不准讲那些安慰的话儿，
让我们谈谈坟墓、蛆虫和墓碑吧；
让我们以泥土为纸，用我们淋雨的眼睛
在大地的胸膛上写下我们的悲哀。

… of comfort no man speak:
Let’s talk of graves, of worms, of epitaphs;
Make dust our paper, and with rainy eyes
Write sorrow on the bosom of the earth.

不过，书籍隐喻也可以幽默的笔触来表达，比如《错误的喜剧》中（III, 1）写道：

尽您说吧，大爷，可是我知道得清清楚楚，
您在市场上打了我，我身上还留着您打过的伤痕。

1　莎学研究者故意认定，莎士比亚“讨厌家犬，可能是因为家犬太脏”（*Shakespeare-Jahrbuch*, LXXII [1936], 141）。

我的皮肤倘然是一张羊皮纸，您的拳头倘然是墨水，
那么您亲笔写下的凭据，就可以说明一切了。

Say what you will, sir, but I know what I know;
That you beat me at the mart, I have your hand to show:
If the skin were parchment, and the blows you gave were ink,
Your own handwriting would tell what I think.

最浅白的绞架幽默出于《辛白林》（*Cymbeline*）（V, 4）的一个狱卒之口，他把生活看作账本：

啊！一根只值一文钱的绳子，却有救苦救难的无边法力：无论你欠下成千债款，它都可以在一霎眼间替你结束；它才是你真正的债主和债户；过去、现在、将来的一切总账，都可以由它一手清还。你的颈子，先生，是笔，是账簿，也是算盘。

（O the charity of a penny cord! It sums up thousands in a trice: you have no true debitor and creditor but it; but of what's past, is and to come, the discharge. Your neck, sir, is pen, book and counters.）

那么，莎士比亚作品中都出现了什么样的书呢？我们已经见到爱经、兵书、账本、史录、账目。不过，也有魔法书。它们源于民间故事，但阿里奥斯托将其引入高雅文学（higher literature）（XV, 13 ff. and XXII, 16 ff.）。在莎翁最后一部，同时也是最优美的作品《暴风雨》（*The Tempest*）中，魔法书起到相当重要的戏剧作用。普洛斯彼罗是米兰公爵，可他把国事统统交给兄弟，[1]自己则一心钻研学术，成为“七艺”和“魔法研究”大师。他的图书馆“是他广大的公国”（was dukedom large enough）。他的冒牌兄弟想要把他除掉。为此，公爵不得不背井离乡，好在贵族贡柴罗（Gonzalo）想方设法从那图书馆中弄了些书籍送给公爵（I, 2）。故事的经过便是

1 自愿退位或被迫退位，是莎士比亚很喜欢的一个主题，其原因很可能与我们未知的心理学因素有关。

如此。然而，在行动过程中，普洛斯彼罗仅提到一本书（II, 1）；他要把它一沉海底（V, 1），以自绝一切法力。这里，而且也只有在这部作品里，书籍成为诗意的象征。当然，不要忘了还有一处戏仿（parody），即醉醺醺的水手斯丹法诺（Stephano）把酒瓶称作“圣经”（the book）（II, 2）。

莎士比亚的书籍意象（我们仅引用了几个极其典型的例子）焕发着极大活力，340
它不仅滋养心田，更让头脑受益匪浅。莎翁与书籍世界的关系，迥然不同于他与中世纪的关系，当然也与但丁的情况两异。书写与书籍作为重要的关照，作为一种基调，作为科学与哲学的象征媒介的种种作用，他还全然不知。他从自己时代的修辞学诗风（rhetorical poetic style）中，提炼了书籍意象，并将其上升到多角度的思想剧（play of ideas）层面，而他也借此成为当时的出类拔萃者。他与书籍的“生命关联”与审美愉悦感紧密相连。[1]在他看来，装帧豪华的书籍，不啻为视觉的盛宴。[2]然而，有**一本书**他最为看重，那就是他写给友人的诗歌（十四行诗第 23 首）：

啊，请让我的诗卷雄辩滔滔，
无声地吐出我满蓄情怀的诉状，
它为我的爱申辩，且寻求赔偿，
远胜过那喋喋不休的巧舌如簧。[3]

O, let my books be then the eloquence
And dumb presagers of my speaking breast;
Who plead for love, and look for recompense,

1　最近两部研究莎士比亚作品意象的论著共有 750 页之多（见 *Shakespeare-Jahrbuch*, LXII [1936], 141 f.），但其中**并未谈及**书籍意象。

2　1917 年，有一篇评论文章指出，有人猜测莎士比亚戏剧的作者应该是某个贵族，他“家境殷实，拥有很高的社会地位……，喜欢马术和国际象棋，对书痴迷不已”（né pour l’opulence et une haute position sociale…, un amoureux de l’équitation et des sports de chasse, un ami plus ardent encore des livres）（参见 Abel Lefranc, *Sous le masque de William Shakespeare* [1919], I, 24）。然而，根据我们对莎士比亚的演艺生涯，尤其是他晚年生活的了解，莎翁内心痛苦，且比较小气，与该文章描述的情况恰恰相反。

3　【中译者注：见《莎士比亚十四行诗集》（辜正坤译），北京：北京大学出版社，1998 年，第 47 页。】

More than that tongue that more hath more express'd.

对于在浪漫主义哺育下成长的近代读者，莎士比亚的书籍隐喻似乎有造作之嫌。果真如此，那么这样的否定意见也应该针对中世纪诗歌和东方诗歌。然而，诗歌的形式多样，内涵丰富，我们既无力，也不想给诗歌下个甄别标准。还是让我们尽享金苹果园（the Gardens of the Hesperides），当然还有东方“空中花园”的美景与果实吧。

十、西方与东方

接下来，我们还需要考察一番东方诗歌。众所周知，东方诗歌中有大量夸张而新奇的意象。歌德的《西东诗集》附录——《注释与随感》（我们就从这里开始），把这片东方世界带入了日耳曼文化。不过，早在一千年前，伊斯兰教的东方与基督教的西方，就已经相互交织起来。研究伊斯兰诗歌的修辞、风格与诗学的文献汗牛充栋，可目前涉猎者寥寥无几。阿拉伯与波斯的诗歌和诗学，当然受希腊典
341 范的影响，尤其是修辞格、颂赞以及妙喻（conceit）等方面。[1]这样的东方诗歌后来传入安达卢西亚，并在10—13世纪期间开花结果。其融入了东方人与西班牙人的感悟力（sensibility）。[2]时至今日，这门艺术的宝库仍有很大一部分未见天日。幸运的是，经过戈麦斯（Emilio García Gómez）的不懈努力，我们得以欣赏到一些珍贵的例子。[3]这些以追忆摩尔人风格的格内拉里弗花园（Generalife）为内容的精美诗歌，打开了伊斯兰艺术精神进入黄金时代西班牙诗歌的通道。最敬爱的贡戈拉研究者阿隆索（Dámaso Alonso）指出，“阅读戈麦斯的译本，我们不禁发现一片人迹罕至的新世界：贡戈拉以其才华完成的隐喻技巧……10—13世纪西班牙南部诗人早已用过。”

1 Helmut Ritter, *Über die Bildersprache Nizamis* (1927), 19 f. ——H. H. Schaeder, *Goethes Erlebnis des Ostens* (1938), 112. 建议读者现在（1952）参考 *Medieval Islam* 的作者 G.. von Grunebaum 的精彩研究。

2 C. Brockelmann, *Geschichte der islamischen Völker und Staaten* (1939), 173 and 180 f.

3 1930年，他的 *Poemas arábigoandaluces* 问世（Madrid: Editorial Plutarco）。我引用的便是这一版本。新扩充版见 Dámaso Alonso in the journal *Escorial*, No. 3 (Madrid, Jan., 1941), 139 ff。

在此，我们无法进一步涉及上述关系的引人入胜的历史问题。让我们仍把目光再次聚集到书籍意象。我们知道，在伊斯兰文化中，手书（script）与书法得到很高水平的发展。阿拉伯手书带给鉴赏家的美感，是我们手书难以企及的。因此，德国东方学家奥伊廷（Julius Euting, 1839—1913）表示，相比拉斐尔的圣母，一个书写精美的“alif”[1]，能给自己带来更多的愉悦；当然，为此鉴赏者需要经常临摹大书法家的作品，这样才能领略阿拉伯手书形态的庄严气势。[2]我们只消看一下《一千零一夜》[3]，就足以明了伊斯兰教与手书的关系。[4]某王子说过：“我根据七个传统来阅读《古兰经》……我研究天文和诗歌作品……我的手书的美感超过了所有经生的作品，我已经声名远扬”（1, 138）。一只训练有素的猿猴（按照利特曼 [Littmann] 的说法，古埃及书写之神透特经常化身猿猴），能用草体（cursive hand）、瘦体（slim hand）、 342
竖体（steep hand）、圆碑体（round monumental hand）、大公文体（large document hand）、大装饰体（large decorated hand）等字体，书写连组四行诗（1, 157 f.）。对手书的这种欣赏，可以从大量的隐喻中反映出来，以下我将举几个例子。譬如，表示心里留下某物的印象，阿拉伯人会说“用刻刀把它刻在眼角上”。吃惊时，他们说“这个驼背的死讯应该用烫金字体书写”（I, 436）。命运之书：“真主在永恒中所决定的一切，芦苇都一一写进了时间之书”（I, 528）。书法之美（5, 107）：“他脸上的汗毛用琥珀在珍珠手书上 / 写下两行诗句，上面的彩绘像苹果的花纹。”里特（H. Ritter）从尼扎米（Nizami, 1141—1202）的作品中引用了几个例子：“律法启示录的经生——玫瑰，用生命之水为银莲花写下血的宿命。”换言之，“玫瑰开花之时，便是红银莲终老之日”。还有一个例子：“西琳（Schirin）挥动纤纤素手，就像给她不幸的追求者签署死刑判决书。她手中有十只芦管笔，来签署这项结束他们性命的法令。”所谓十只

1 【中译者注：alif，阿拉伯文的第一个字母。】

2 Georg Jacob, *Der Einfluss des Morgenlandes auf das Abendland* (1924), 13. ——Cf. Ernst Kühnel, *Islamische Schriftkunst* (1942), and the review by Enno Littmann, *Deutsche Literaturzeitung* (1943), 127.

3 此处采用 Enno Littmann 的译本（Inselverlag）。

4 由于伊斯兰教拥有“圣书”，该教极尊崇书法。不过，比起我们对《圣经》的方式，《古兰经》的神圣性更多地源于字面意义解读。它让所有书写都熠熠生辉。在伊斯兰教中，有一种对字母的“哲理”阐释（Louis Massignon, *Essai sur les Origines du lexique technique de la mystique musulmane* [1922], 80）。字母的苏菲派神秘主义（Sufistic mystic）教义要求，“在圆点的本体中，消灭所有字母”（l'extinction de la totalité des letters dans l'identité du point）（Sheik A. Allawi, *Nouvelle Revue Français* [May, 1939], p. 897）。

芦管笔，即十根手指。尼扎米的《亚历山大传》（*Iskandaranāma*）开篇向上帝祈告，其中写道：

> 您的羽毛笔是智慧，您的成文书是世界。
>
> Thy quill is wisdom, Thy writing-book the world.[1]

与此同时，在塞维利亚（Seville），阿本哈因（Abenhayyun）运用书写隐喻来歌颂爱人的美："这些白色是否标示你的关切？这些黑点[2]是否象征你的不屈？——她回答道：家父乃国王的御书手，当我走近他以表孝心时，他害怕我会获悉他抄卷的秘密；为此，他甩动手中的笔，把墨水溅到我脸上"（*Poemas arábigoandaluces*, 47 f.）。另外，作者还写道，一个妙龄女郎的金发，在其脸庞的白色书页上，画了一个"*l*"，仿佛黄金在白银上流淌（第 64 页）。不过，书法也可用以赞美勇士："长矛的矛尖直顶利剑的手书；战斗的尘埃是漫天的黄沙，烘干写下的一切，鲜血为它添了几分馨香"（第 92 页）。这些意象和类比并非天马行空的产物。阿拉伯诗学与修辞学已经为它们下了谨慎的定义，进行仔细的分类。即便是不通阿拉伯语的人，也能借助梅伦（A. F. Mehren）的《阿拉伯语修辞》（*Rhetorik der Araber*, Copenhagen, 1853），对这一话题有所了解。例如，我们从该书得知，比喻"既可直观易懂，又可古怪晦涩"，而古怪晦涩的比喻"无疑缺乏美感"（第 28 页以后）。我们还得知，"旁征博引中的思想之美"（die Gedankenschönheit in der Begründung）是一种修辞手法（第 117 页）。它表示，"通过征引似是而非，但流露优美或机智思想的范例"来立论。那位塞尔维亚御书手的漂亮女儿形容自己脸上的痣，不正应了这个套路吗？类似极其讲
343 究的精妙细节，也是西班牙诗歌的特点。歌德就察觉到这种联系。1816 年，他给卡尔德隆的译者格里斯（Gries）致信道："浸淫东方的时间越久，让我对卡尔德隆越发敬佩，他可没有否认自己对阿拉伯的一事一物了如指掌。"这一观点见于《西东诗集》：

---

1 【英译者注：此处为 Platen 的译文。】

2 即黑痣。

东方越过地中海而来，
浩浩荡荡地向前奔流；
对哈菲兹热爱而了解，
才懂得卡尔德隆的诗歌。[1]

Herrlich ist der Orient
Über Mittelmeer gedrungen;
Nur wer Hafis liebt und kennt,
Weiβ, was Calderón gesungen.

在各个近代文学史中，西班牙黄金时代以其意象的丰富与精细（包括与书籍和书写有关的意象）而傲然于世。究其原因，我想有两点：第一，中世纪拉丁诗歌的影响（在西班牙影响远大于其他各国）；第二，基督教西班牙与摩尔人的西班牙之间延续数百年的文化。[2]中世纪的拉丁风格与东方的装饰风格，只能在西班牙相遇并融合。两者推动形成了戏谑的西班牙风格主义（也就是熟知的贡戈拉派 [Gongorism]）和格言派。让我从贡戈拉的作品中再举几个例子。白鹤在天空的透明纸上留下了飞翔的字母[3]（*Soledades*, 1, 609 f.）。燕子在树叶上写下自己连襟忒柔斯的可耻行径；有人从丘比特弓箭上揪下一根羽毛，书写恋人的赞歌。教皇传的作者在青铜的历史书版上，用笔使天国钥匙的保管者永垂不朽。有人在两片海洋而不是永不磨灭的青铜上，为千秋万代记下一位海战英雄的胜利等等。[4]

---

1 【中译者注：译文见《歌德诗集·下》（钱春绮译），上海：上海译文出版社，1982 年，第 432 页。】

2 我们应该记住，在西班牙，绘画发明以后，书法仍繁荣了很长时期。1565 年，Pedro de Madariaga 创作了 *Honra de Escribanos*，卡尔德隆为他的朋友书法家 José de Casanova 写了一首有关书法的十四行诗（刊于 E. Cotarelo y Mori, *Ensayo sobre la vida... de D. Pedro Calderón*, p. 59 n）。目前似乎还没有人注意到，卡尔德隆解释了本书第 313 页引述的伊西多尔的文字——这再次证明黄金时代还保存拉丁中世纪的流风余韵。

3 这里，贡戈拉重新改造了一个古代观念：飞翔的白鹤好似希腊字母“Λ”。最后一个采用这种表达方式的是克劳狄安（*De bello Gildonico* I [=XV], 477）。中世纪并未让它消失：Arnulf, *Delicie cleri* (*RF*, II, 242, 780 f.)。不过，克劳狄安只提到字母，而贡戈拉增加了纸。另见 Gates, *The Metaphors of Góngora* (1933), 47。

4 此处以及其他例子见于 Ernst Brockhaus, *Góngoras Sonettendichtung*, Bonn dissertation (1935), p. 212 的“文字”（Schriftwesen）部分。

有“大众”作家之称的洛佩·德·维加（Lope de Vega），也运用过大量书写隐喻（往往极其精巧）。整个宇宙都在书写。大海用泡沫书写，黎明在繁花上用露水书写。
344 农夫用犁铧画着“四月看、五月读”的线。手套为接受它们的恋人书写。夜晚是“记录爱情秘密的书记”，是常被冒犯却“对整部羞辱之书仅报一叶之答”（responde con sola una hoja a todo un libro de ofensas）的骑士。这里，维加巧妙运用了“hoja”（拉丁词“folia”，法语词“feuille”）的双重意义：“树叶”和“利剑”。葛拉西安在另一个语义双关词中也使用了同一字眼。他的讽寓传奇的旅行者历尽艰辛，从青年的夏天爬到“中年”的秋天。他们汗流浃背地登上一座陡峭的山峰。那里的花儿并不多，却是硕果累累，书上的果子比树叶还多，“其中也有书的果实”（contando las de los libros）。[1]那些是经验的果实，比书“叶”还珍贵。在此，即便“自然之书”也只得屈尊，因为它只有“叶子”。葛拉西安为陈旧的主题赋予了新意。

卡尔德隆的比喻式语言运用了近四十个与书写和书籍有关的概念。[2]其中，万物也在书写：太阳在宇宙空间里书写，航船在波涛中书写，鸟儿在风的写版上书写，遭遇海难的人在天空的蓝纸和海沙上书写。彩虹是羽毛笔的一划，睡眠是一幅素描，死亡是生命的签名。殉道者用鲜血写下红色的签名（类似拉丁中世纪的情况）。[3]世人将英雄的业绩用金子写到或用“时间的刻刀”，刻到钻石的荣誉版上。卡尔德隆从公文中提炼出类似的表达方式，并称之为“经正式鉴定的副本”或“翻译”和“记录”。它们也可用来指人。最后，书籍还是智慧的象征，如此一来基督也可称为经后人阐释[4]的

……至高至上的
首业之书。

… el libro soberano

---

1 *El Criticón*, ed. Romera-Navarro, II, 19 (1939).

2 Irmhild Schulte, *Buch- und Schritwesen in Calderóns weltlichem Theater*, Bonn dissertation (1938).

3 血书从西班牙风格主义传入法国古典主义。Guillén de Castro 表示，“他在纸上用血写下我的责任”（Escribió en este papel con sangre mi obligación），随即在高乃依（Corneille）的《熙德》（*Cid*）中借施梅娜（Chimène）之口说道：“他的鲜血将我的责任印在地上。”（Son sang sur la poussière écrivait mon devoir.）【中译者注：译文见《高乃依戏剧选》[张秋红、马振聘译]，上海：上海译文出版社，1990 年，第 40 页。】

4 “基督如书”的说法见于圣维克多的休（见本书）。

De la ciencia de las ciencias,

在卡尔德隆的笔下，宇宙也是一本书。苍穹是带有十一片蔚蓝色叶子（诸重天）的精装书。这些例子都可以用来展示卡尔德隆的诗风。歌德概括了其特点：

> 面对高级文化，卡尔德隆为我们揭示了人的精髓；莎士比亚则恰恰相反，直接从葡萄藤上给我们摘了一大串；如果我们愿意，可以一颗一颗咀嚼，也可以挤，可以压；我们还可将其制成葡萄汁、葡萄酒，或小口细品，或一饮而尽——不管如何加工，我们都能尽情享用。另一方面，在卡尔德隆的作品中，
> 留给读者选择或思考的所剩无几；我们得到的是斟好的经高度提纯的葡萄酒精，345
> 口味辛辣，却也绵柔醇香；我们要么当作香甜珍贵的酒来品尝，要么滴酒不沾。

这里，我们不应忘记歌德的重要发现：卡尔德隆这位东方诗歌意象的学徒，

> 很快就会明白，所谓品味的文学，间隔的文学，或者说似非而是的文学，其实并没有问题。它的优点不能与其缺点割裂开来，两者相辅相成，彼此相生；我们不能对其挑三拣四，吹毛求疵，必须遵循其本来面目。赖斯克与米凯利斯时而把这些诗人捧上天，时而又贬得一文不值，是可忍孰不可忍？

眼下，同样的情况也发生在贡戈拉、维加、卡尔德隆的风格主义上——但愿当今的刁难者仅考虑事实。只有在古代雅典以及伊丽莎白女王的伦敦，曾出现类似西班牙繁盛时期民族的大众的戏剧。卡尔德隆那种矫揉造作的装饰风格，很受马德里民众的理解和欢迎，而且演出效果极佳。其晦涩的意象与类比，便脱胎于让听众（甚至是黎民百姓）喜闻乐见的铿锵修辞（ringing rhetoric）。通过对词句和构思的加工，即便黎民百姓也能接受剧作家的思想（conceptos）。如前所见，书写与书籍意象的受众，大多是风雅之士或博学之士。而卡尔德隆令它再次流行起来；同时，卡氏也代表了该意象在西方诗歌中的最后高峰。

在伊斯兰—西班牙文化中，还有一种隐喻值得我们注意——密码。它源自阿拉

伯语词“sifr”，意思是“空无”，在阿拉伯记数法中表示“零”。[1]自 12 世纪中叶起，该词以“cifra”和“cifrus”的形式出现在拉丁语中，随后又进入罗曼语族。如今，德国思想史表明，从哈曼（Hamann）、温克尔曼到诺瓦利斯和青年时期的兰克[2]的作品，自然、宇宙、历史、人物等的“密码书写”（cipher-writing）隐喻俯首皆是（一同常见的还有同样意义的“hieroglyphics”）。施普朗格（Eduard Spranger）、舒尔茨（Franz Schultz）、瓦尔策尔（Oskar Walzel）都研究过这个问题。[3]不过，唯有施普朗格探讨了两种隐喻的起源。他认为两者源于沙夫茨伯里（Shaftsbury），但无法给出论据。[4]几位研究者似乎没有注意到，这两种隐喻来源于意大利和西班牙文艺复兴时期文化。对此，我们只得到如下简要的发现。在“中世纪的秋天”，格言（手法）（往
346 往释义为“寓意画”[emblems]）很受法国人青睐。[5]后来，通过查理八世（Charles VIII）与路易十二（Louis XII）的远征，格言风潮传入意大利，这也决定了它未来的发展趋势。自 15 世纪伊始，意大利人文主义者就已经潜心解读埃及象形文字，创造新的象形文字：无言画（典型例子是《寻爱绮梦》[*Hypnerotomachia Poliphili*]）。格言风尚与象形文字研究，在意大利相互碰撞，并由此产生了丰富的寓意画和题铭（impresas）。专注象形文字与寓意画的名人，就有阿尔贝蒂（L. B. Alberti）、曼特尼亚（Mantegna）、波利齐亚诺（Poliziano）、费奇诺（Marsilio Ficino）、伊拉斯谟、罗伊希林（Reuchlin）、皮克海默（Pirkheimer）、丢勒（Dürer）、塔索、拉伯雷、菲沙尔特（Fischart）。所谓寓意画，就是“象征图画”（通常带有一段文字）。法学家阿尔奇阿迪（Andrea Alciati）的《寓意画》（*Emblemata*）（1531 年）问世之后即成为经典，

---

1 Examples in Du Cange and in Leo Jardan, *Archiv für Kulturgeschichte*, III, 158. 该文探讨了 1500 年该词在罗曼语族中的语义演化情况。

2 *Zur eigenen Lebensgeschichte*, 89 f.

3 Spranger, *W. v. Humboldt und die Humanitätsidee* (1909), 153-192; Schultz, *Klassik und Romantik der Deutschen*, I (1935), 43-45; Walzel, *Poesie und Nichtpoesie* (1937), 70 f.

4 施普朗格的论据是沙夫茨伯里的一段评论“we read in the world of the deity as ‘in characters’”。然而，“characters”在这里的意思是“文字”。因此，这只是“宇宙之书”的另一种说法。

5 相关文献见：Karl Giehlow, *Die Hieroglyphenkunde des Humanismus in der Allegorie der Renaissance* (*Jahrbuch der Kunsthistorischen Sammlungen des Allerhöchsten Kaiserhauses*, XXXII [1915]). ——Ludwig Volfmann, *Bilderschriften der Renaissance* (1923). ——Mario Praz, *Studi sul Concettismo* (1934). ——Idem (1937) in English under the title *Studies in 17th century Imagery*. ——Also Praz's articles “Emblema” and “Impresa” in the *Enciclopedia Italiana* (Treccani). ——J. Huizinga, *The Waning of the Middle Ages*.

并翻印了一百五十多次。题铭（“承诺”之事，即座右铭）也包括一幅图画和一条格言。因此，寓意画与题铭不能分开看待。最重要的著作有焦维奥的《沙场题铭与情场题铭对话录》（Paolo Giovio, *Dialogo delle Imprese militari e amorose*, 1555）。寓意画与题铭也得到西班牙人，[1]尤其是11世纪西班牙人的热切接纳。不可忽视的是，在西班牙，题铭或寓意画的图画部分称作“cifra”，而解说部分称作“mote”或“letra”。西班牙人也用“jeroglífico”表示“emblema”。“密码书写”与“象形文字”的并置使用，除多次出现在卡尔德隆的作品中，亦见于神学文献。这一现象唯有从西班牙巴洛克时代才能到达德国。

让我们暂且不提东方，回头再看看歌德。在迪亚茨（Heinrich Friedrich von Diez）的《亚细亚往事》（*Denkwürdigkeiten von Asien*, 1811—1815）中，歌德发现了尼沙尼（Nischani）（1529年，苏莱曼[Suleiman]围困维也纳，此人便是苏氏王朝的高官）创作的一首神秘诗（mystical poem）：

> 为了了解爱的艺术，/我潜心贯注，/阅读一本写满悲伤和分别的书。/尽管其中团聚的篇幅寥寥可数，/对悲苦的见解却不计其数。/啊，尼沙尼！/爱的大师最终把你引入正途。/难解问题的答案，/唯有被爱者才能给出。

博伊特勒（Ernst Beutler）[2]评论道，这首诗描写了每个神秘主义者都会讲述的典型经验：上帝与之同在的喜悦和上帝离之而去的悲伤。“尼沙尼——歌德混淆了此人 347
与波斯诗人尼扎米——怀着虔诚的恭顺之心，把自己交给上帝（“爱的导师”、“情侣”），以便能摆脱这种灵魂的悲苦。”然而，歌德不但借这首神秘诗描写世俗的爱，而且用它承装自己对玛丽安娜（Marianne von Willemer）的感情（见《西东诗集》中《爱情之书》[*Buch der Liebe*]里的《读本》[Lesebuch]一诗）。在《西东诗集》里，他还机智巧妙、不疾不徐地摆弄着东方的“密码”。歌德与书写、与手书、与书法、与

---

1 Volkmann与Praz的研究并未还西班牙以本来面目。阿尔奇阿迪的《寓意画》的第一个西班牙译本于1549年问世。详细探讨见V. García的序言，见Saavedra Fajardo, *Idea de un principe ... en cien empresas* (Madrid: La Lectura, 1927), Vol. I, p. 23。——在葛拉西安（Gracián, *El Criticón*, ed. Romera-Navarro, I, 143）的著作中，圣徒借“以创造物密码写就”（en cifras de criaturas）的宇宙之书，研究神的完满。

2 *Goethes Westöstlicher Divan herausgegeben und erklärt* (1943), 421.

书籍的关系，仍然值得单独讨论和研究。我们在歌德时代的旅行就到此结束了。歌德之后的几百年里，我们当然还能找到许许多多书写意象的例子。然而，它再也无法拥有独一无二的自感自觉的“生命联系”；随着启蒙运动打破书籍权威，技术时代改变一切生命关联，这种关系离它越来越远。不过，凯勒（Gottfried Keller）的话始终是至理真言：

时间是白色的羊皮纸
每个人都在上面书写，
他们用鲜血写个不停，
直到河水把自己湮灭。

Es ist ein weisses Pergament
Die Zeit, und jeder schreibt
Mit seinem roten Blut darauf,
Bis ihn der Strom vertreibt.

第十七章 但丁

一、一流作家但丁；二、但丁与拉丁文学；

三、《神曲》与文学体裁；四、《神曲》的典型人物；

五、《神曲》的全体角色；六、神话与预言；

七、但丁与中世纪

一、一流作家但丁

我们习惯把但丁、莎士比亚、歌德视为近代诗歌的三座高峰。然而，这一评价 348
只是歌德逝世后的百年里才流传开来的。[1]在德国，斯特凡·格奥尔格及其学派更是将其推到权威地位。在英国，艾略特指出：

> 我们认为，如果典范作家果真是令人钦佩的理想人物，他就必须能展示自己包罗万象的思想、心怀天下的胸襟……但丁便是其中的集大成者。在《神曲》中，我们能找到近代欧洲语言的典范（若其中真的存在）。[2]

歌德与但丁的关系是摇摆不定的。1787 年 7 月，“阿里奥斯托与塔索孰更伟大”的空泛争论，让身在罗马的歌德恼火不已。

> 当争论者把但丁也牵扯进来，情况就更糟糕了。一个有地位有头脑的年轻人十分同情那位伟人。我想，他误解了我对但丁的赞誉与赞同，因为他直截了

---

1 【Hermann Grimm 在 *Fragmente*, 1900, p. 291 中说道：“有四位诗人，是当今每个民族都应铭记在心的——荷马、但丁、莎士比亚和歌德”。】

2 T. S. Eliot, *What Is a Classic? An address delivered before the Virgil Society on the 16th of October 1944* (London, 1945), 18.

当地宣称，外国人都不必大费周章地解读这位伟人的思想，其实就连意大利人自己也摸不着头脑。几轮争辩下来，我不禁火冒三丈，可必须承认他的话让我心动了，因为我实在想不明白，读者是怎么忍受这些长诗的煎熬的；就拿我说吧，我真觉得《地狱篇》面目狰狞，《炼狱篇》含糊不清，《天堂篇》无聊透顶。

直到1805年，我们才找到“直截了当的”赞许：“仅用短短几行诗句，就描写了饿殍乌戈利诺及其子女之死，但丁的这几句诗无疑是其他人难以企及的。”(Die wenigen Terzinen, in welche Dante den Hungertod Ugolinos und seiner Kinder einschließt, gehören mit zu dem Höchsten, was die Dichtkunst hervorgebracht hat.)[1]到了19世纪20年代，厌恶之情占了上风：

349 但丁地狱的青霉
你快从身边清扫，
快为清冽的泉水，
邀请愉悦与勤劳！

Modergrün aus Dantes Hölle
Bannet fern von eurem Kreis,
Ladet zu der klaren Quelle
Glücklich Naturell und Fleiß!

歌德还指责“但丁的巨大声誉让人反感，且往往耸人听闻”(Dantes widerwärtige, oft abscheuliche Großheit)[2]。在一篇关于但丁的文章中（1826; Jubiläums-Ausgabe, XXXVIII, 60 f.），他不但承认了但丁“伟大的思想与情感品质”(die großen Geistes- und Gemütseigenschaften)，还把但丁与乔托相提并论，可他随即如此描写自己的赞美之情：

1 Jubiläumsausgabe, XXXVI, 267.
2 *Ibid.*, XXX, 360.

从但丁的地狱全景，读者很容易想到伏尔泰的《米克罗梅加》，继而对其困惑不已。有人建议想象一下，从最上方到最底层深渊的一个个同心圆；可如此一来，读者立刻想到的是罗马圆形剧场，任凭如何宽广，在我们想象之中，也是人为的有限区域；因为从上俯瞰，剧场内的一切包括剧场本身尽收眼底……这种创新与其说是诗歌的，不如说是修辞的；想象力固然被激发，却并未被满足。

在《箴言与反思》中，我们看到："通过求与取、失与得，但丁出色地描绘了意义更为深刻的变形。"这很大程度上反映了歌德而非但丁的变形观念。[1]魏玛的古典主义不可能开诚布公地欣赏但丁。那份真诚乃是留给浪漫主义的。

在法国，抗议之声更为强烈。里瓦罗尔（Rivarol）的《地狱篇》译本（1784 年）及他对但丁的评价（天才的快言快语），率先拉开了抗议的序幕。[2]法国的但丁阐释历史可追溯至圣伯夫。1854 年，圣伯夫在一期《月耀日漫谈》（*Causerie du lundi*, XI, 198 ff.）里，探讨了某梅纳尔先生（Monsieur Mesnard）的但丁译本，此人为"参议院第一副主席兼最高法院院长"（premier vice-président du Sénat et président à la Cour de Cassation）。在老一辈的法国，法律界位高权重者，一般会翻译贺拉斯——可翻译但丁？这实在是非比寻常。圣伯夫写道：

收到梅纳尔的书，得知这位杰出的法官和优秀的政治家，利用业余时间翻译但丁……我的第一反应是，他的努力应该是法国的一场文学革命……

不过，圣伯夫并不像歌德那样，想放弃古典主义立场：

我们已经为这一目标付诸了太多心血，如今若我们能设身处地为他想想，

1　G. V. Loeper 评论道："看看《神曲 · 地狱篇》第二十五章。其中，对'延长'（allungare）与'缩短'（accorciare）（特别是第 113、114 行和 125-28 行）十分契合歌德对动物变形的描写。"

2　见 Karl-Eugen Gass, *Antoine de Rivarol under der Ausgang der französischen Aufklärung*, Bonn dissertation (1938), 178 ff。【这里要特别感谢我的学生 Gass。他才华横溢，是学术研究的好料子。不幸的是，战火夺取了他的生命。除了这份优秀论文，他还给我们留下了一部极有分量的作品 *Die Idee der Volksdichtung und die Geschichtphilosophie der Romantik* (Vienne, 1940, Anton Schroll & Cie).】【中译者注：这段话仅见于德文初版，后来的版本无一例外地将其删掉了。】

350 大体上始终如一地尊重他，就不必放弃（至少我自信，跟某些有识之士的想法一致）我们的个人趣味，我们说理、推理时自然而原初的习惯，以及我们想象时更简单而朴实的形式；他更属于他的时代，而非我们的时代。

直到最近，法国学术批评界才广开言路，使吉莱（Louis Gillet, 1876—1943；1936 年成为法兰西学院院士）能畅言："我打心里认为，但丁是伟大的诗人，在欧洲他是屹立于维吉尔与莎士比亚之间的最高诗峰。"（Je voudrais parler de Dante comme d'un grand poète, la plus haute figure poétique qui s'élève en Europe entre Virgile et Shakespeare.）[1]

在意大利，但丁久已遭遗忘。阿尔菲里（Alfieri）断言，读过《神曲》的意大利人不超过三十人。据司汤达（Stendhal）讲，1800 年前后，意大利人对但丁还鄙夷不屑。后来，意大利复兴运动（Risorgimento）"唤醒"[2]了但丁，正如他在德国和英国分别被浪漫主义和前拉斐尔派（Pre-Raphaelites）唤醒。三者的共同背景是中世纪的再发现。跟 1859 年德国的席勒庆典一样，1865 年意大利的但丁庆典，拉开了民族统一的序幕。席勒与但丁都是各自民族最伟大的思想家代表，同时也是基督教中世纪最伟大的诗人。但丁进入了 19 世纪普世古典主义（world Classicism）——一种不受任何古典主义理论限制的古典主义——的先贤祠。

一旦新的一流作家（new classic）被收入正典（ἐγκρινόμενος），就意味着修订此前已视为经典（classical）的规范。有人指出，这些规范在历史上由教条的偏见所决定与限定；两者遂彼此相关，而规范的力量也源于那些偏见。文学批评的任务之一，是用但丁的影响来说明这一情况。艾略特对一流作家本质的思考即如此。另外，1922 年霍夫曼斯塔尔也是在这个层面上评价莫里哀的：

他的作品具有市侩色彩。的确，《遁世者》是一部名垂千古的严肃喜剧，《妇女学校》甚至可能超过了它。有人把《妇女学校》称作莫里哀的《哈姆雷特》。然而，他的作品也缺乏思想内容，为此很难与歌德的巨著齐名，遑论与卡

1 Louis Gillet, *Dante* (1941), 8.

2 Albert Counson, *Le réveil de Dante*, in Revue *de Littérature comparée*, I (1921), 362 ff.

尔德隆、莎士比亚、但丁为伍。[1]

二、但丁与拉丁文学

《神曲》是怎么横空出世的？只求欣赏的读者不必为此问题大伤脑筋，文学史家就不能避而不谈。尽管研究但丁的著作汗牛充栋（其中空泛文章比比皆是），可研究成果差强人意。[2]德·桑蒂斯（Francesco de Sanctis）在其哲理化系统化的意大利文学史中指出："《神曲》描述了人类共同的生活、共同的知识，它包含的观念奠定 351
了一切文学形式，包括戏剧与幻想，包括论著与'宝库'、'艺苑'、十四行诗、组歌。"如此看来，但丁的诗歌应该是但丁以前的意大利文学的缩影。无论从哲学还是历史角度看，德·桑蒂斯的观点都难以服众，因此对我们了解但丁毫无帮助。加斯帕里（Adolf Gaspary）试图在史实的基础上阐释但丁，即但丁"身上融合了当时意大利文学中独自奔流的两股浪潮——宗教诗的民众要素与艺术抒情诗的文学要素"。[3]凭着优秀学者的独到眼光，加氏看出了问题。他的解决办法固然巧妙，却难以付诸实践。其影响甚微，但据我了解，出其右者尚不足见。比较流行的看法认为，通过研究古代，尤其是维吉尔，但丁提高了自己的品味，同时迈向了经典作家的行列。[4]不过，我们必须对此提出质疑。随着时间的推移，研究的深入，我们已经举例指出，由但丁开创的拉丁中世纪的形式与传统。于是，我们必然得出如下结论：要想解释《神曲》的创作过程，除了考虑普罗旺斯与意大利抒情诗，拉丁中世纪也是其中不可或缺的主要因素。如前所述，罗马尼阿的一个基本特征是，诸罗曼语言与文学是拉丁文学（Latinity）孕育的。然而，法国、意大利、西班牙等地的情况有所不同。由于意大利语的发音与词汇更接近拉丁语，上述孕育过程变得更加容易。《神曲》的开篇两行写道：

我在人生旅程的半途醒转，

1 Hofmannsthal, *Die Berührung der Sphären* (1931), 282.

2 Cf. my critique in *RF*, LX (1947), 237 ff.

3 Gaspary, *Geschichte der italienischen Literatur*, I (1885), 305.

4 Vossler 也倾向于该观点（*Die Göttliche Komödie 2*, II, 598）。

发觉置身于一个黑林里面。

Nel mezzo del cammin di nostra vita
Mi ritrovai per una selva oscura.

这里，“nostra vita”既是意大利语，又是拉丁语。“una selva oscura”则非常接近拉丁语的“una silva obscura”。西班牙语的“nuestra vida”和“bosque oscuro”，古法语的“nostre vie”和“forest oscure”，则在发音和词形上均与之相异。与此同时，意大利语跟拉丁语的亲密关系，却令意大利诗人犯了难。诗人不知不觉地拿拉丁语来衡量意大利俗语（Volgare），还常把拉丁语当作俗语——尤其是涉及韵脚的地方。意大利俗语与拉丁语的矛盾便由此出现。诗人受拉丁文化的熏陶越深，对技巧试验的兴致越大，这种矛盾就越明显。两种情况均见于但丁。[1]

352 从普罗旺斯诗人，尤其是阿诺·但以理（Arnaut Daniel）那里，但丁吸收了高难技巧的文体范本。在他的作品中，创造的过程不断穿插着对技巧的反思。[2]他会为地狱使用“嘶哑且刺耳的韵脚”（*Inf.*, XXXII, 1），苦心孤诣地演奏“艰难的乐曲”（*Par.*, XXX, 36），努力追求完美的境界（*Par.*, XXX, 33）：

所有的艺术家都到了才尽之境。

Come all’ ultimo suo ciascuno artista.

他是言辞的工匠和艺人。因此，若无其他原因，但丁必须经常参考古代与中世纪拉丁文论。没有哪个罗曼诗人（即便对贡戈拉而言）像但丁一样，需要处理俗语与拉丁语间问题重重的关系。这种矛盾贯穿他的所有作品。从但丁在拉丁语和意大利语间

1 目前，还没有“意大利语史”，没有任何但丁语言的研究，亦没有但丁的拉丁语用汇编。兹从《神曲·天堂篇》中举几个拉丁词汇用法的例子。它们只是部分用韵。Sempiterni (I, 76); repe (II, 37); cerne (III, 75); labi (VI, 51); atra (VI, 78); cive (VIII, 116); urge/ turge (X, 142 ff.); pusillo (XI, 111); iube (XII, 12); numi (XIII, 31); turpa (XV, 145); iattura (XVI, 96); carmi (XVII, 11); opima (XVIII, 33); beatitudo (XVIII, 112), ect. Cf. *RF* (1947), 250 ff.

2 G. Contini 提到“不断反思诗歌的技巧”（perpetuo sopraggiungere della riflessione tecnica accanto alla poesia）（Introduction to his edition of the *Rime*）。

摇摆不定，大量使用拉丁化的意大利语，便可见一斑。这也解释了一些技巧风格主义问题（如但丁对迂回表达和类语重叠的使用），以及《神曲》主题与主旨方面的问题。

但丁曾负笈巴黎。[1]他站在当时拉丁文化的巅峰。在《诗歌集》中，[2]我们已能看出文体的拉丁用法[3]（stylistic Latinisms）。[4]“石头”组歌的第一首（“我已到达环游路线的一点”[Io son venuto al punta della rota]）开篇便用天象指示时间，而此天象唯有1296年12月才出现。这是但丁首次为修辞之需使用迂回表达。如此一来，旧理论（古代世界精炼了但丁的品味）遭到反驳。1295年左右，但丁已经对拉丁修辞和诗学了如指掌。但丁的拉丁用法横亘其创作的各个阶段。这是一种中世纪而非人文主义的拉丁用法。我们在他致坎·格兰德的书信中看到，但丁坚持使用中世纪的“开场”（accessus）模式（本书第221页注释14，即中译本第291页注释1。）。此书信跟他的两首拉丁牧歌和《水土探究》（*Questio de aqua et terra*），同为其晚年之作。但丁的晚期创作均使用拉丁语。

那么，但丁的拉丁文创作从何时开始？在《飨宴》（*Convivio*, II, 12, 4）中，他提到，贝缇丽彩去世后，他借着有限的拉丁语知识和自己的聪明才智，开始阅读波伊提乌和西塞罗；尽管靠才智，那些在《新生》中描写的事情，他早在“梦里”已明白。像但丁的所有自传性文字，这段话也被视为自我的风格定型（self-stylization）。对此，我们可以从它的内在矛盾（为刻意的晦涩所蒙蔽）和目的（让“清秀的女性”[donne gentile][*VN*, 35 ff.]与哲学同列）看出来。

《新生》为我们揭示了有关但丁拉丁语教育的哪些信息呢？它介绍了文书写作术 353
的知识。[5]第25章是一篇附记，它并不符合文章结构，也缺乏足够的写作需要；究其原因，只可能是但丁想借此表明自己受过修辞学教育。他说道，自己把爱塑造为活生生的人物，尽管爱并非真人，但他自有道理，因为“在古代，我们的民族没有用

---

1 Giovanni Villani 提到这一情况。Robert Davidsohn 认为对该事实“不必提出异议”（*Geschichte von Florenz*, IV, Pt. 3 [1927], 140. In the note which attacks Rajna and Farinelli）。

2 【Edition of Gianfranco Contini, 1939 and 1946. Cf. *RF*, 60, 1947, 245ff.】

3 Cf. *RF*, LX (1947), 251.

4 Ed. Gianfranco Contini (1939, *2* 1946). Cf. *RF*, LX (1947), 245 ff.

5 在第28章（*Testo critico*, p. 38）和第31章（3, p. 30），但丁在技巧的层面上运用了“序言”（proemio）。他两次暗示简洁的文体典范（见本书学术附录十三）：第10章（1, p. 11）和第17章（1, p. 20）。对专有名词的考据（etymologizing）——葛拉西安后来称作“agudeza nominal”——也是中世纪文体的共同特征。至于但丁是否知道第25章引用的诗人作品来自原本或文选，其实无关紧要。

俗语歌唱爱情的人，而这些爱的歌手都是讲拉丁语的诗人”。但丁称他们是“literati poete”。对这些人而言，“某些修辞的人物性或润色[1]”（some rhetorical figurativeness or color）是允许运用的，因此这条原则一样适用于民族诗人。即便是首次思考民族诗学，但丁也发觉必须借用拉丁理论与实践。除此之外，他还让爱与生命力（spirits of life）讲拉丁语。有一个哲学的片段描写爱的自我定义：“我就像圆心，圆周的各个部分到我的距离相等”（c. 12, p. 12）。这是阿兰第七条“神学法则”（*PL*, CCX, 627 A）的翻版：“上帝乃一可思可想的圆，其圆心处处无还有，其圆周处处有还无。”这一思辨模式在 13 世纪广为流行。但丁不必直接向阿兰取经。[2]不过，这至少表明，青年时代的但丁，对哲学和神学有着浓厚的兴趣。但丁在《新生》里为爱套上了这一神学模式，而另一处（c. 25, 1; p. 34）却强说爱并非神灵（substance），而是纯粹的偶然事件，这种前后矛盾的情况其实是他早期著作的瑕疵。那么，但丁在《新生》当中展现的拉丁语知识是否果真“得自梦里”？

354 《论俗语》[3]试图为民族诗歌制定规则。不过，“立法”过程却用的是拉丁文。意大利俗语的诗歌手法，必先做到万无一失方可以运用。它只适用于某些主题、福祉、爱情、美德（salus, venus, virtus: II, 2, 8），而且只适用于组歌（II, 3, 11）。但这些规矩还不够。即便将其奉为圭臬的诗人（II, 4, 2 f.），

---

1 “润色”是言辞的普遍特征。Cicero, *De or.*, III, 52, 199. ——Quintilian, VIII, 4, 28; IV, 2, 88, etc. ——Norden, 871, n. 2. ——Onulf of Speyer 在《修辞的润色》（*Colores rhetorici*）一书中指出，这一概念在中世纪曾被修改过。“润色”是“词语修饰”（ornatus verborum）的独特形式。

2 定义的来源：Beck in *ZRPh*, XLI (1921), 21 ff. and 473; Huizinga (*Mededeelingen der Kgl. Akademie van Wetenschappen, Afdeeling Letterkunde*, LXXIV, Series B, [1932], 100)。Dietrich Mahnke 专门就“无穷圆与宇宙圆心”（Unendliche Sphäre und Allmittelpunkt [1937]; cf. especially p. 177）写了本书，但他没注意到两段文字均来自但丁和赫伊津哈。阿兰的定义亦见于 Alexander of Hales, Vincent of Bauvais, Bonaventura, Thomas, Jean de Meun。按照 Salimbene 的说法（ed. Holder-Egger, 182, 23 ff.），在意大利，Philippe de Grève 创作的一首赞美诗开篇写道：“圆心控制着圆周。”（Centrum capit circulus）（printed *A. h.*, XX, 88, No. 89）另一首赞美诗开篇写道：“你是圆周，/ 圆心是你之所在 / 那位置让奉承失效。”（Tu es circumferentia,/ Centrum, tui positio/ Loci negat obsequia.）（*A. h.*, XXI, 12, st. 11）该定义有没有可能来自东方？在哈菲兹的作品里，我发现：“围绕统一的点，圆周徒劳地不停奔跑：你有没有靠近你奋斗的目标——那个圆心？”（Georg Jacob, *Unio mystica. Hafisische Lieder in Nachbildungen*, [1922], 21）

3 【英译者注：库尔提乌斯博士引用的是 F. Dornseiff 和 J. Balogh 的译本（1925 年），以下引文数字即针对该译本。】

跟大诗人（即正规诗人）也有天壤之别；大诗人用规矩的语言作诗，其他人则任意而为……因此，我们把大诗人模仿得越像，诗就写的越好。致力创建理论的人，必须仿效他们慎之又慎的诗学理论。

《新生》（c. 25, § 3）区分了“雅言诗人”（litterati poete）与“俗言诗人”（poete volgari），这里但丁又重新界定了两者差别。可谁是“大诗人”（magni poetae），或者说“正规诗人”（regulares）呢？拉丁诗人是也。对此但丁没有直说——这倒情有可原。为了给俗语增光添彩，他从意大利和普罗旺斯诗歌中挑选范例；如此一来，我们可能很奇怪地看到，意大利俗语似乎要给拉丁语树立榜样。另外，但丁还要求模仿古人，遵守“诗歌的法则”（doctrinatae poetriae）。众诗学作者中，他只提到贺拉斯的名字。不过，由于此处诗学为复数，显然他的脑海里并非独此一家，换言之，还有 12、13 世纪的拉丁诗学。我们已经通过迂回表达和类词叠用看到，但丁熟稔这些诗学，并且在它们的指引下前进。如今，当诗人牢记但丁制定的戒律准备作诗，还必须“饮用赫利孔的山泉”（prius Elicone potatus）。不过，但丁随即又给了他一些建议：

即便小心谨慎，困难仍在眼前。须知，唯有善于思考，勤于练习，各种知识了然于胸，方为作诗之道。《埃涅阿斯纪》第六卷里的诗人称这样的人是天神的宠儿，还直言他们以自己的热情歌颂天国，他们是诸神之子，尽管他的话是一种比喻说法。因此，诗人若不谙艺术与科学，仅凭天赋，便急欲涉猎需用最高级文体歌颂的最高级学科，岂不是愚不可及？放弃这样的痴心妄想吧！如果他们本来就是鹅，或者好逸恶劳，那就不要模仿搏击长空的雄鹰。[1]

1　是否能听到维吉尔的声音？在《埃涅阿斯纪》（VI, 126 ff.）中，女先知警告埃涅阿斯，进地狱容易，出地狱难，能出地狱者唯诸神之子有可能：

……下到阿维尔努斯去是容易的，	… facilis descensus Averno,
黝黑的冥界的大门是昼夜敞开的。	Noctes atque dies patet atri ianua Ditis;
但是你要走回头路，逃回到人间来，	Sed revocare gradum superasque evadere ad auras, （转下页）

355 然而，但丁要求更进一步。他区分（II, 6）了四种句式结构（constructio）。最高级的是“醇香、悦人且高雅”（sapidus et venustus etiam et excelsus）的句子。其使用者为“闻名遐迩的文体大师”（dictatores illustres）。但丁列举了普罗旺斯、法国、意大利的例子。不过……“如果我们能阅读正规诗人，即维吉尔、奥维德的《变形记》、斯塔提乌斯、卢卡努斯，以及那些创作最高级散文的作家，如李维、普林尼、弗朗提努斯（Frontinus）、奥罗西乌斯（Orosius）等等……这或许是最有益的事。”

我从但丁的诗学中，仅选择他针对拉丁文的艺术文辞与艺术诗歌关系的部分。显而易见，但丁给诗坛新秀源源不断地提出新难题，而且对他们的要求也越来越严苛。他的要求几乎无法完成。诗人以高尚的文体创作组歌前，必须要先读奥罗尼乌斯[1]吗？但丁的著作解放俗语，并促进其日臻完善了吗？俗语难道没有被无法忍受地禁锢吗？何以见得？答案是罗马尼阿与罗马之间的矛盾。但丁无法用理论解决这个难题。这或许也是其著作未能完成的原因之一。不难看出，随着论证的推进，拉丁文的优势越来越明显。没有什么比上段引文的“或许”更说明问题。这个具有推测、疑问意味的“或许”引出的句子，先是一反此前对拉丁诗学的恭顺态度，最后以弗朗提努斯、奥罗西乌斯“等等”作结。但丁为母语诗歌的每一个限制都像拧了一圈螺丝。《论俗语》融合了各种不同的要素：普通语言论、罗马尼阿的语言结构、通俗意大利艺术语言的要求、组歌技巧论——这些都得到应有的关注。然而，有一个对但丁来讲至关重要的要素却很少有人注意：把民族诗歌同拉丁诗歌与文学的训练联系起来，同拉丁修辞以及起源古代与中世纪的拉丁诗学

（接上页）这可困难，这可是费力的。	Hoc opus, hic labor est. Pauci, quos
只有少数天神的后代才办得到，	aequus amavit
那是因为公正的尤比特宠爱他们，或者因为有超人之勇	Juppiter aut ardens evexit ad aethera virtus,
才得回到人间。	Dis geniti potuere.

Marigo（《新生》评注者）认为，用寓言阐释维吉尔的这几段诗句是但丁自己的想法。他忘记了，但丁的阐释得自西尔维斯特里斯的评注。西氏的阐释如下：“夜”（noctes）与“昼”（dies）（第 127 行）分别代表无知与科学。“天神”（Dis geniti）（第 131 行）分别是“阿波罗之子——智慧”（filii Apollinis: sapientes）、“卡利俄珀之子——雄辩”（filii Calliopes: eloquentes）、“朱庇特之子——理智”（filii Jovis: rationabiles）（*Commentum Bernardi Silvestris super sex libros Eneidos Vergilii.*, ed. G. Riedel [Gryphisvaldae (Greofswald), 1924], 57）。这是当时禁用的材料，但丁用它热情赞美以拉丁典范创作的学者的民族诗歌。

1 他出现在太阳天中（*Par.*, X, 118）。

联系起来。这部作品充分印证了——简言之——我所谓的但丁的拉丁用法（Dante's Latinisms）。

《飨宴》（*Convivio*）用意大利文写成，尽管但丁对此称之为“重大缺陷”（macole sustanziale），还表达了歉意（I, 5, 1）。论高贵（拉丁文不受腐蚀），论明晰，论美感（I, 5, 8-15），拉丁文都优于俗语。正是由于这个原因，但丁无法用它来评注 356
自己的组歌，这样就会使主仆颠倒。何必如此拐弯抹角地解释！不过，《飨宴》的意大利语处处流露着对拉丁修辞的怀念。[1]

《神曲》一开始，作者坦言自己对修辞笃信不已。一见维吉尔他便问（*Inf.*, I, 79 ff.）：

你就是维吉尔吗？那沛然奔腾
涌溢的词川哪，就以你为源头流荡？

Or se' tu quel Virgilio e quella fonte
Che spandi di parlar si largo fiume?

接着，他致敬道（85 ff.）：

---

1 Busnelli 与 Vandelli 的评论（1934 年）把我们引入歧途。——对于“爱与美德的组歌”（canzoni sì d'amor come di virtue materiate）（I, 1, 14），我们可以注意到，旺多姆的马修把“materiatus”视为“优雅的”词语（Faral, 157, § 21）。——对于 I, 2, 3，参见 *ZRPh*, LXII (1942), 465。——在 IV, 15, 11 中，但丁写道，“我用理解力来称呼我们灵魂中最高贵的部分，亦即通常所谓的‘心灵’”（dico intelletto per la nobile parte dell' anima nostra, che con uno vocabolo ‘mente’ si può chiamare）。这里，Busnelli-Vandelli 提到了 III, 2, 10；他们从阿奎那的著作里援引了一段话，而这段引文与该部分毫无关系，只会误导读者。正确的解释应该出自伊西多尔，几十部中世纪拉丁百科全书和字典都采用他的定义：“心灵，之所以如此称呼，是因为它是灵魂中最卓越的……因此，我们不用‘心灵’称呼灵魂，而是称呼灵魂中的优秀部分。”（*Et.*, XI, 1, 12）——在 I, 8, 5 中，但丁把盖伦的医术著作称为“li Tegni di Galieno”。他注释道，“Tegni 是物质方面的，是希腊语词‘τέχυη’错误的意大利语拼写形式”（Tegni è materiale ed errata riduzione in lettere italine del greco τέχυη）。然而，“tegni”既非意大利语，也非“错误”的形式，而是中世纪拉丁语的写法。John of Garland（13 世纪上半叶）把一类散文称作“tegnigrapha，‘tegni’即‘技’、‘图’兼具的‘文章’”（tegnigrapha: a ‘tegni’ quod est ‘ars’ et ‘graphos’ ‘scriptum’）（*RF*, XIII [1902], 886）。在英国，“tegna”首次出现的时间是 1040 年，“tegni”是 1345 年（Baxter-Johnson, *Medieval Latin Word-List* [1934]）。——在 IV, 16, 6 中，但丁不满有些人认为“nobile”源自“nosco”；相反，它源于“non vile”。这一演变也见于伊西多尔（*Et.*, X, 184）：“高贵者，不卑也。”（nobilis, non vilis.）可笑的是，一些注疏者将其注释为 Ambrose, *De Noe et arca*. Etc。

你是我的老师——我创作的标尺；
给我带来荣誉的优美文采，
全部来自你一人的篇什。

Tu se' lo mio maestro e 'l mio autore,
Tu se' solo colui da cu' io tolsi
Lo bello stilo che m' ha fatto onore.

根据这些诗句，但丁心中的维吉尔是什么样的？“大川”（fiume）是文体的拉丁用法，对应于称赞作者口若悬河、滔滔不绝的拉丁语“flumen orationis”，及相关的表达方式。[1]

357 在但丁眼里，维吉尔是古代晚期及中世纪的修辞大师。贝缇丽彩派维吉尔到但丁身边，希望他能用“嘉言”（*Inf.*, II, 67 ff.）助但丁一臂之力：

因此，请你快点用嘉言的婉转
或足以助他脱险的其他方法
帮他。这样，我才会转愁为欢。

Or movi, e con la tua parola ornata
E con ciò ch' ha mestieri al suo campare
L' aiuta sì ch' i' ne sia consolata.

维吉尔的修辞在天堂里得到称赞（*Inf.*, II, 112 ff.）：

---

1 “flumen orationis”（言川）和“flumen verborum”（词川）常见于西塞罗与昆体良的作品。——Petronius, c. 5 写道：“不管是什么话题，/ 尽管把你的口才倒入奔流不息的河川。”（sic flumine largo/ Plenus Pierio defundes pectore verba.）——古达晚期的“flumen”例子以及表示口才的例子见于 Hans Bruhn, *Specimen vocabularii rhetorici ad inferioris aetatis latinitatem pertinens*, Marburg dissertation (1911), p. 57。但丁的同辈人红衣主教 Iacopo Gaietani Stefaneschi 在其 *Opus metricum* 中，称赞维吉尔是“甜美流动的修辞”（rhetoricae suavitatis profluus）（F. X. Seppelt, *Monumenta Coelestiniana* [1921], p. 5, 24 ff.; on this publication cf. F. Baethgen, *Beiträge zur Geschichte Coelestins V* [1934], p. 286, 3）。

我从福乐之座下降，因为我信任
你高华的言辞。它给你荣誉；
你的听众也享受它的清芬。

Venni quaggiù del mio beato scanno,
Fidandomi nel tuo parlare onesto
Ch' onora te e quei ch' udito l' hanno.

但丁师从维吉尔（“lo mio maestro”），学习修辞艺术。在中世纪学校的课程作家中，维吉尔是他最亲近的（“lo mio autore”）。我们知道，课程作家同时也是权威——圣徒。在但丁心里，一如在马克罗比乌斯心里，维吉尔无所不知。他代表了人类知识的集大成者（*Inf.*, IV, 73; VII, 3; VIII, 7, etc.）。

三、《神曲》与文学体裁

在其诗学中（*VE*, II, 4, 5），但丁区分了悲剧、喜剧、哀歌——作为诗人必须挑选的三种体裁。悲剧是“高雅”的文体，滑稽剧是“低俗”的文体，哀歌则是“愁苦的文体”。不过，这里并没有严格的标准，因为悲剧与喜剧乃就措辞而言，哀歌则与主旨内容有关。果真有什么不同，那我们需要看一看但丁致坎·格兰德书信中提出的体裁理论（§§ 28 ff.）。但丁指出，喜剧与悲剧同为叙事诗（poetice narrationis）体裁，两者在主题（in materia）和文体（in modo loquendi）方面都有所不同；为此，悲剧开篇“肃然起敬、安详平和”，结尾“呛鼻作呕、毛骨悚然”，正如它的词源[1]“山羊
之歌”给人的预期（塞内加的悲剧便可见一斑）。相反，喜剧开篇“粗陋不堪”，结 358

1　“tragedia”源自“τράγος”，而“comedia”源自“κώμη”（亦见于 Isidore *Et.*, VIII, 7, 6），两者均为但丁自 Uguccione of Pisa 的 *Derivationes* 所引（他在 *Conv.*, IV, 6, 5 里也引述过此人著作）。参见 P. Toynbee, *Dante Studies and Researches* (1902), 103。不过，我们不应该把 Uguccione 视为但丁的中世纪拉丁语知识的唯一来源。例如，Toynbee 认为，“polisemos”（Epistle 13, § 20）一词是但丁得自 Uguccione，但其实出自塞尔维乌斯的《埃涅阿斯纪》第一句的评注；此后，该词又见于 Lactantius Placidus on *Thebais*, I, 104、*Poetae*, IV, 363 gloss and 373, 26 gloss、一份 19 世纪的词汇表（*Bulletin of the John Rylands Library*, VII, 432）、索尔兹伯里的约翰的 *Policraticus*, ed. Webb, I, 94, 10 等等。该词现为技术词汇。

尾皆大欢喜（参见泰伦斯）。随后，但丁继续列举叙事诗体裁（无须进一步解释），包括田园诗、哀歌、讽刺文以及“许愿辞”（sententia votiva）；后几种依据贺拉斯的一段误导文字。[1]不过，这些体裁名称他并未始终如一地使用。当他把《埃涅阿斯纪》称为“高华的悲剧”（*Inf.*, XX, 113），这只可能指其文体而言。如果考虑动作，则该叫它喜剧。[2]在但丁以前的一千多年里，古代的诗歌体裁体系已经四分五裂，乃至面目全非，不忍卒读。但丁的标题则是权宜之计。现在的题目“Divina Commedia”（于 1555 年威尼斯版首次出现）便是恰到好处的补充。但丁本人把喜剧视为“圣诗”（*Par.*, XXIII, 62 and XXV, 1）。如果他没找到更合适的规范的修辞名称，便很可能选择这一题目。对此，是否有人看出来了？古代晚期已经把这一光荣的题目赐给了《埃涅阿斯纪》。[3]

《神曲》的构思乃基于作者与维吉尔的心灵相遇。在欧洲文学领域，很少有什么能与此现象相媲美。[4]13 世纪亚里士多德的“苏醒”，经过了几代人的努力，而且发生在思想研究的低潮期。维吉尔经但丁之手而苏醒仿佛电光火石，从一个伟大的灵魂跳到另一个上面。如此高尚，如此亲切，如此丰硕的碰面，实乃欧洲精神的传统中独一无二者。这是最伟大的两位拉提姆人的碰面。从历史角度看，它是拉丁中世纪在古代世界与近代世界间打造的纽带。只有当我们能再次领会维吉尔在诗歌方面的伟大成就（自 1770 年，我们德国人就对此视而不见了），才能彻底欣赏但丁。[5]

相比塔索或弥尔顿的维吉尔，但丁的维吉尔是中世纪的，因此也是非古典的。
359 他是世俗罗马与永恒罗马的代言人，但丁便用罗马之名象征天堂（*Purg.*, XXXII,

1　贺拉斯（*A. P.*, 75 f.）指出，所谓哀歌手法，即先抱怨，后（在讽刺短诗中）感激假想祈祷者（voti Sententia compos）。

2　有关但丁诗歌标题的最佳论述出自 Pio Rajna（*Studi danteschi*, IV [1921], 5-37）。——有关“comicus”、“comedus”、“comedia”的用法，详见 John of Salisbury, *Policraticus*, ed. Webb, I, 405 b and 489 d。——叙述 Thomas Becket 生平与死亡的 129 个诗节被冠以“comedia”之名（Duméril, *Poésies populaires latines du moyen âge*, II [1847], 70 ff.）。St. 8：“我谨遵喜剧的规矩，这一点你知道。/ 先叹气，再悲伤，然后拍手称快把歌唱。”（Sequor morem comici, scio vos hunc scire,/ Primum vae! Et tristia, post Evax! Et lyrae.）St. 115：“我谨遵喜剧的规矩；终结了不幸 / 把悲伤的开头变成美好的结局。”（Morem sequor comici; malis finem pono,/ Flebile principium fine mutans bono.）

3　Macrobius *Sat.*, I, 24, 13. ——Cf. Martial, VII, 63, 5 and VIII, 56, 2.

4　歌德与哈菲兹的碰撞，霍夫曼斯塔尔与卡尔德隆的碰撞。

5　Cf. Rudolf Alexander Schröder, *Die Aufsätze und Reden* (1939), I, 79 ff. (*Marginalien eines Vergil-Lesers*).

102)。与此同时，他还是彼岸世界（Jenseitsreiche, the otherworld）的万事通与传声筒。《埃涅阿斯纪》第六卷，亦即全诗最庄严的部分，无疑是《神曲》膜拜的典范。在但丁看来，埃涅阿斯与保罗（《哥林多后书》12:2）冥府之行得以证实，仅此二人（*Inf.*, II, 13-33）。两人均为世界历史的人物，一位是罗马先祖，一位是向异教徒传道的使徒。但丁欲与两人为伍，这表明他希望肩负相似的历史使命——我们只有清楚但丁感觉自己是改革者与先知，才能理解他的用意。

在此，我们无欲引用但丁笔下成百上千模仿《埃涅阿斯纪》的文字（尤其是第六卷），也无欲指出他借用了维吉尔的哪些人物以及彼岸世界的哪些地点，亦无法考察但丁把维吉尔的哪些诗句化用到自己的作品中（*Aen.*, IV, 23 = *Purg.*, XXX, 48; *Aen.*, VI, 883 = *Purg.*, XXX, 21）。想研究这些问题的读者，不但需要坚实过硬的学识，更需要细致入微的智慧。他可能会问，《神曲》从《埃涅阿斯纪》中借鉴或移用了哪些要素？这些要素经过了怎样的改头换面？维吉尔眼里的死后世界，怎样划分为但丁的三个王国？前文提到的里菲乌斯（见本书 61 页）被置于朱庇特的天宫——这正是但丁对维吉尔的感人致意。当然，在维吉尔的至福之境，无论炼狱山还是天国，都无此人的立足之地（不过两处地方都不可用来献祭）。但丁大胆地将维氏的至福之境，改造为幽域的“高贵的城堡”[1]（nobile castello）。为派“虔诚的诗人”（“辞章配得上福波斯的虔诚诗人”[pii vates et Phoebo digna locuti]）前往至福之境，维吉尔选中了俄耳甫斯与缪塞乌斯（Musaeus）；但丁据此从古代诗人里挑选了“卓尔不群者”，并为《天堂篇》的祈求部分（invocatio），保留了他们的保护人福波斯与双峰的帕那索斯山。因此，整部《神曲》见证了《埃涅阿斯纪》的精神传承。

不过，维吉尔并非但丁彼岸世界的唯一古代典范。《天堂篇》的结构框架由依次而上的九重天构成，其外包裹着第十重天——无限的最高天（Empyrean）。维吉尔的作品里并无升天之旅。早在前基督教时代，升天之说便自东方传入古代晚期的宗教宇宙观。[2]后来，它出现在西塞罗最伟大的作品《西庇奥之梦》（*Dream of Scipio*）（该作品为马克罗比乌斯所保存，中世纪阅读的为马氏评注本）。小西庇奥借梦境来到银河，在那儿，他父亲与祖父向其传授哲理，预测命途。

---

1 【中译者注：nobile castello，黄国彬本仅译为“城堡”，此处为田德望译文。】

2 Paul Wendland, *Die hellenistisch-römische Kultur*[2,3]. (1912), 170 ff.

> 在那里见过万物后，我眼里的一切都变得美不胜收，妙不可言。那里有我们在地球上从未见过的恒星，它们比我们预想的都大……恒星天比地球大得多；的确，地球本身太小了，我们的帝国不过是上面的一个点，根本不足挂齿。
> 360 我又盯着地球看了一会，阿弗里卡努斯说："你的心思还要在地球上花多久？你没看见自己走进哪座神庙？那些是九天界，或者说九重天，宇宙就是由它们构成。其中之一，也就是最外面的，是最高天。它包裹其余天界，其本身就是囊括所有天界的至高神"……（*De republica*, VI, 16 f.）

小西庇奥与预测自己及子孙命运的祖父在最高天见面，为但丁创作卡查圭达一节提供了灵感。[1]西塞罗的著作也预示了但丁的升天之旅。而通过卡佩拉，这样的旅程成了中世纪乃至12世纪哲理史诗（受卡氏启发）（西尔维斯特里斯与阿兰）的共同特征。

正统的但丁研究试图仅以传奇为据，或顶多利用无足轻重[2]的意大利中世纪拉丁文献阐释但丁，并且喜欢把民族专制（national autarchy）原则，用到以三大普世力量（帝国、神职与学术）为特征的时代。尽管正统派反对声不断，但毋庸置疑的是，但丁熟知拉丁中世纪的思想世界。这里，我只能给出少数线索。一般认为，但丁知道阿兰。[3]前文指出（本书117页以下），阿兰不满当时模仿古代的拉丁史诗，为此他计划创造一种描述理性上升到先验真理（transcendental truth）王国的新诗体。只有像阿兰一样，集诗人、哲学家、思想家于一身的杰出人物，才可能使这一构想孕育成熟，而阿兰的同辈人和追随者（如汉维尔的约翰）并不理解，仅仅照葫芦画瓢式地模仿。唯有但丁再次抓住它，用新的经验材料改造它。

但丁提及阿兰的次数，与提及《西庇奥之梦》或遵循的中世纪拉丁诗艺的次数相差无几。他隐匿了自己的资料来源，一如对自己的教育以及青年时代的往事避而不谈。他认为，有必要按传统风格绘制自己的人物。《新生》便是高度自觉、神秘、再阐释性的自我分析。[4]其中包含了但丁自己创制的文学史纲要法（literary-historical

1 其中穿插了安基塞斯（Anchises）回忆的桥段（*Par.*, XV, 25）。

2 对于这一判断我参考了 Novati-Monteverdi, *Le Origini* (1926), especially p. 646。

3 【见拙文 "Dante und Alanus ab Insulis", in *RF*, 62, 1950, p. 28。】

4 "Sistemazione leggendaria," Contini.

schematization），时至今日仍常有人把它作为一种历史阐释，而它也扩展至《神曲》。[1] 但丁的隐微手法时而深奥（*Inf.*, IX, 61 ff.），时而神秘，时而如未卜先知，但往往也让人困惑（mystification）。这也被视为但丁的人物要素之一。然而，学术不该就此误入歧途。

阿兰的《反克劳狄安》的主题是创造新人类。从其他重天升入最高天仅仅为整个计划的一部分。但阿兰与但丁间存在几个显而易见的关联之处。当人的灵魂 361
（Phronesis）在升入天界途中遇到神学后，不得不把理性（Ratio）抛诸身后（*SP*, II, 354 = *PL*, CCX, 534 B）。她进入一片西塞罗、维吉尔、亚里士多德、托勒密等人的智慧无法触及的区域（*SP*, II, 358 = *PL*, CCX, 536 B）。因此，当贝缇丽彩继续指引但丁时，维吉尔必须留下。在阿兰的最高天中，三位一体的象征物是泉水、小溪、河流，它们同时是水也是光（*SP*, II, 373 = *PL*, CCX, 544 C）：

尽管各不相同，泉、溪、河汇集到一起；
这三样本质相同，均为简单的存在物，
具有同样的味道，同样的颜色，同样的光泽；
它们的外观也是统一的：同为太阳，
泉水般的太阳就胜过光芒四射的太阳。[2]

Cum sint distincti fons, rivus, flumen, in unum
Conveniunt, eademque trium substantia, simplex
Esse, sapor similis, color unus, splendor in illis
Unicus, et vultus horum conformis, et idem
Ad speciem fontis sol vincens lumine solem.

但丁的光河正对应于此（*Par.*, XXX, 60）：

1　*RF* (1947), 216.

2　在圣方济各神秘主义者 Francisco de Osuna 和 Bernardino de Laredo 看来，泉水、河流、海洋象征三位一体：Dámaso Alonso, *La Poesía de San Juan de la Cruz*, 1942, 61.——阿兰与圣方济各神秘主义的碰撞，可以视为神秘主义经验（兹不赘述）的言说模式（modus dicendi）的线索。光流与河流的同一性，见于 Mechthild of Magdeburg ("The Flowing Light of the Godhead")。【——H. Ostlender, "Dante und Hildegard von Bingen", in *Deutsches Dante-Jahrbuch*, 27, 1948, p. 166.】

这时，我看见一条光河，

E vidi lume in forma di riviera

接着，它变成一片光海和天堂玫瑰。两个核心母题都常见于两部作品。[1]其他一致之处亦不胜枚举。[2]

如果我们的观察正确，那么融合历史与超验（the transcendent）的维吉尔史诗，以及阿兰创制的拉丁中世纪哲学——神学史诗，是但丁在《神曲》中创造的文学形式的两个因素。这一形式本身就是独一无二的体裁。若像以往那样，将其划分为
362 “史诗”，也只拜某些浅薄之人所赐，他们以为《伊里亚特》与《福赛特世家》（*The Forsyte Saga*）可以相提并论。

还有一些体裁为《神曲》提供了形式要素。《神曲》开篇写主人公在林中迷路，此乃法国骑士传奇的母题。不过，该母题也见于（作为牧歌的“壁画”[al fresco] 母题变体）中世纪拉丁幻象诗（vision poems）。[3]这些诗有时采用《启示录》里的母题；

---

1 有人试图证明，但丁知道阿兰（E. Bossard, *Alani ab Insulis Anticlaudianus* [Angers, 1885]）。——1905 年，F. Torraca 提出不同意见，但他的论据不当（*I precursori della Divina Commedia* in *Lectura Dantis*, Florence）。——Salvadori 指出这一点不容置疑（*Sulla vita giovanile di Dante* [1906], 16）。F. Beck 表示赞同（*ZRPh*, XLI [1921], 47 and XLVII [1927], 23）——1926 年 A. Monteverdi (in Novati-Monteverdi, *Le Origini*, 522)，1934 年 Busnelli-Vandelli (*Convivio*, I, 188, note on the comparison of heaven to the sciences in *Convivio*, II, 13, 2) 均严谨地考察了这种可能性。——另见拙文《但丁与阿兰》（“Dante and Alan” in *RF*, LXII [1950], 28-31）。

2 在《神曲》（*Purg*., XI, 3 and *Par*., XIV, 32）中，上帝是“无边无际的”（incircumscriptus）（*SP*, II, 350 = *PL*, CCX, 531 C）。他被阿兰称作“supremus Jupiter”（至高的朱庇特）（*SP*, II, 354 = *PL*, CCX, 533 D），但丁称作“sommo Giove”。阿兰（*SP*, II, 341 = *PL*, CCX, 526 D）与但丁（*Par*., II）都探讨了月斑问题。——阿兰的赐福之福学说（*SP*, II, 361 = *PL*, CCX, 526 D）与但丁的也相对应。

3 在《游吟书生变形记》（*Metamorphosis Goliae*）中，入睡预示着幻象即将出现（Thomas Wright, *The Latin Poem... attributed to Walter Mapes* [1841], 21 ff.）：

最近，当我想在含苞待放的松树间，	Pinu sub florigera nuper pullulante
舒展筋骨，小憩片刻，以解困倦，	Membra sompno foveram, paulo fessus ante.
我看见脑海中，有一片树林铺展……	Nemus quoddam videor mihi subintrare...

于是，进入更高层世界的向导，就可能像《神曲》描述的那样，是一位古代圣贤。[1]中世纪文学的几种体裁所相通的，正是但丁在魔鬼部分运用的喜剧主题（*Inferno*, XXI to XXIII）。[2]贡献最小的（如果有的话），来自传奇的彼岸世界——中世纪拉丁世界与民族世界广为流传的大众宗教标记的幻象。但丁身处中世纪深厚的学养传统，在《天堂篇》伊始（II, 1-6），他建议无知者不要再阅读了。像中世纪拉丁文学里司空见惯的那样，他也对凡夫俗子嗤之以鼻。[3]

四、《神曲》的典型人物

我们已经熟知了典型人物（exempla）在古代晚期与中世纪文学的重要作用（见本书59页）。圣经与古代典型人物的平行对照，发端于哲罗姆的对应体系（见本书46页以下），后由《提奥杜鲁斯牧歌集》（*Ecloga Theoduli*）首次系统地完成，由鲍德里（Baudri of Bourgueil）首次奠定系统的基础。为此，我们必须像此前所作的那样，考察尚未认可的文体传统。或许，我不妨先引用鲍氏的诗文（ed. Abrahams No. 238）：

异教徒的书固然记载了反例，
可也没有忽视品德优异的楷模。
书中歌颂了狄安娜的贞洁，
赞扬珀修斯对海怪的胜利。
还有赫拉克勒斯过人的功绩。 363
这些故事都有着讽喻意义……

---

1 在《游吟书生的末日》（*Apocalypse of Golias*, ed. Strecker, 1928）中，毕达哥拉斯是向导（st. 7：“我在前领着，你跟我”[Dux ego previus, et tu me sequere]）。牧歌开篇即写主人公在林中迷路：“我走进阴暗的树林，寻觅西风的似水柔情，以便远离辛提乌斯愤怒的公牛（即太阳）的灼热光线——它正把炙热的光芒倾倒下来。炎炎烈日下，我躺在朱庇特荫翳的凉亭，看到眼前显出毕达哥拉斯的身影：上帝知道（我可不晓得）他是不是当真站在那里。”

2 见本书附录四。

3 “粗俗的现代人”（Moderni bruti）（*Epist.*, XI, 18）。参见 *ZRPh*, LX (1940), 2, n. 3 和本书学术附录十二。——另见本书第214页。

如果你翻查《圣经》，
也能找到很多类似的例子。
不过我仍想引用希腊的伪例，
以便整个文学传统能给我们启迪。
全世界都说着一种语言，
全人类都是我们的导师。
异教徒的寓言仿佛囚徒，
令我高兴地享受战利品带来的快乐……
让我们用拉丁语说出敌人的抢掠，
让希腊语与希伯来语成为被俘的仆从。
让我们都能把它阅读，
让阅读成为我们的专属，愿书中无所不有。

105 Ut sunt in veterum libris exempla malorum,
Sic bona quae facias sunt in eis posita.
Laudatur propria pro virginitate Diana,
Portenti victor Perseüs exprimitur.
Alcidis virtus per multos panditur actus.
Omnia, si nosti, talia mystica sunt...
117 Quod si de libris nostris exempla requiris,
Ipsa tot invenies quot videas apices...
121 Sed volui Grecas ideo praetendere nugas,
Ut quaevis mundi littera nos doceat,
Ut totus mundus velut unica lingua loquatur
Et nos erudiat omnis et omnis homo.
Captivos ideo gentiles adveho nugas,
Laetor captivis victor ego spoliis...
131 Hostili praeda ditetur lingua latina,
Grecus et Hebreus serviat edomitus.

In nullis nobis desit doctrina legendi,

Lectio sit nobis et liber omne quod est.

此处暗指《申命记》(21:12) 的讽喻阐释（见本书 40 页）。

但丁想必知道以上鲍德里记述（但其他文献亦可见[1]）的典型人物平行对照理论，因为《炼狱篇》便以此为结构创作而成。第十二章里出现了一系列典型人物。古代与基督教的典型人物被有机地搭配起来。大卫与玛利亚，同图拉真相对照（第十章）；路西法、宁录、扫罗、罗波安（Rehoboam）、西拿基立（Sennacherib）、荷罗孚尼（Holofernes），同泰坦巨人对照；尼俄柏、阿拉喀涅（Arachne）、阿尔克迈翁（Alcmaeon）、托米丽司（Tomyris），同特洛伊人对照（第七章）；玛利亚同欧瑞斯特斯对照（第八章）；该隐同阿格劳洛斯（Aglauros）对照（第十四章）；玛利亚与皮希特拉图（Pisistratus），同最初殉道者斯蒂芬（the protomartyr Stephen）对照（第十五章）；普洛克涅（Procne）同哈曼（Haman）对照（第十七章）；玛利亚同恺撒对照（第十八章），同法布里修斯（Fabricius）对照（第二十章）；皮革马利翁、米达斯（Midas）、波林涅斯托耳（Polymnestor）、克拉苏，同亚干（Achan）、撒非喇（Sapphira）、希里奥多鲁斯（Heliodorus）对照（第二十章）；玛利亚同古罗马妇女、但以理、施洗约翰对照（第二十二章）；肯陶人（the Centaurs）同基甸的勇士对照（第二十四章）；玛利亚同狄安娜对照（第二十五章）；所多玛城居民同帕西法厄居民对照（第二十六章）。

在此我们看到，凭着高超的技艺，但丁发展了一种属于中世纪拉丁传统的文体模式（stylistic schema）。其呈现方式也各有不同。第十章与第十二章的典型人物都是石制浮雕，第十三章与第十四章的，出自路过亡灵的声音。第十五章的出现在“狂
喜的幻境”(第 85 行)，第十七章的亦然。第十八章与第二十章的人物白天由两个无 364

1　Walter Map 列举异教典型人物后说道：“我知道异教徒的迷信，但所有上帝的创造物背后，都有诚实价值的原型……”(Gentilium novi supersticionem sed omnis creatura Dei aliquod habet exemplar honesti...)（*De nugis curialium*, ed. M. R. James, 155, 17 ff.）

名罪人道出，夜晚由休·卡佩（Hugh Capet）道出。[1]在第二十二章，它们出自树叶中传来的声音（第140行以下），第二十四章（第121行以下）亦然。第二十五章的典型人物，则被编入颂歌之中（第121行以下）。如此一来，我们就发现了该模式的六种变体。其系统用法对《神曲》某些段落展示的极具风格主义特征之人物，有着不可小觑的作用。该隐与阿格劳洛斯的并置，玛利亚、皮希特拉图及圣斯蒂芬的并置，看上去势必有些奇怪（此处绝无冒犯古典主义品味之意）。

典型人物的使用不仅限于《炼狱篇》。前文我们已经指出，但丁引用12世纪拉丁学校诗歌青睐的人物之一阿米科拉斯（Amyclas），视其为道德贫乏者的典型（见本书60页）。阿奎那在其圣方济各颂词（*Par.*, XI, 58 ff.）中解释道，贫乏女士（Lady Poverty）最初许配给了基督；即便恺撒发现她藏匿于阿米科拉斯的草屋，也无济于事；方济各是第一个复娶她的人。这些名字放到一起颇为奇怪，阿奎那本人想必大费周章。不过，类似的例子我们还会看到。

如果从更宽泛的意义上讲，我们的典型人物还要算上图拉真（对寡妇彬彬有礼；*Purg.*, X, 73 ff.）；在提图斯攻占耶路撒冷期间，“啄剥咬啮”[2]亲子的犹太女人玛利亚，被归入贪饕者的行列（*Purg.*, XXIII, 30）；最后是娼妇泰伊丝（Thais）（*Inf.*, XVIII, 133）。图拉真的该传奇故事起源尚不得而知。[3]食人者玛利亚的故事出自约瑟夫斯（Flavius Josephus）；泰伊丝的故事则来自泰伦斯。但丁可能只知泰伦斯之名，有关泰伊丝的内容引自西塞罗的《论友谊》（*Laelius de Amicitia*）。我们是否可以断定三个典型人物，分别来自三个独立的材料？我以为，如果能为它们找到共同的来

---

1 这一情节的设计源自维吉尔。塔耳塔鲁斯（Tartarus）地狱的罪人中有一位叫弗列居阿斯（Phlegyas），维吉尔如此描写此人（619 f.）：

在黑暗中高声呼喊，警告人们，向人们呼吁：	Admonet et magna testatur voce per umbras:
“你们要以我为戒，要学着做一个正直的人，不可侮谩神灵啊。”	‘Discite iustitiam moniti et non temnere divos.’

2 据记载，该妇把自己正哺乳的亲生孩子从胸脯推开，勒死，炙烤，然后狼吞虎咽地吃掉。她几乎就是因饥饿而失去理智。但丁这里有违常理地将其归为“贪饕者”。

3 有一幅古代浮雕描绘一女性（某个省？）向皇帝致敬，图拉真故事可能源于对该作品的错误阐释。——参见 R. Eisler, “Die Hochzeitstruhen der letzten Gräfin von Görz,” in *Jahrbuch der K. K. Zentralkommission*, N. S. III, Pt. 2 (1905), p. 79。

源，那么在方法上就能得到更为满意的答案。索尔兹伯里的约翰，是12世纪最重要最广为人知的一位作家，但丁可以在他的《论政府原理》（*Policraticus*）找到这三个人物。[1]

五、《神曲》的全体角色

如果我们看一下上述典型人物的名字，就会发现其中很多是近代读者闻所未闻 365
的：要想知道阿格劳洛斯、托米丽司和波林涅斯托耳，就必须勤勤恳恳、恭恭敬敬地阅读古代作家作品（这样的态度如今已经没有了或者说不必有了）。对中世纪人而言，这份勤恳和恭敬必不可少，因为所有作家都是权威。古代传统就是名、行、言、教的宝库——了解世界和历史，必须以此为据。然而，我们对《圣经》都已经不甚了了。希西家（Hezekiah）、哈曼、亚希多弗[2]（Achitophel），还有谁熟悉他们？但丁指望自己的读者能形成博学的风气（culture）。这便是为何但丁难以理解的原因之一。不过，典型形象仅仅是《神曲》中出现的专有名词的冰山一角。据我所知，整部诗的全体角色尚无人深入研究。然而，分析《神曲》遇到的第一个因素，就是如何给人物介绍身份、分组、分类。全诗角色超过五百个。古代诗歌中，唯有奥维德的《变形记》可与之媲美——这也很好理解，其他原因暂不考虑，《变形记》是一部上起开天辟地下至作者时代的历史诗。为了给这部编年史书设置线索（奥维德为此发明而洋洋得意 [*Met.*, I, 3; *Trist.*, II, 559]），奥维德把人类变形为植物、动物、石头、河流等等。他讲述了近二百五十个故事。每个故事自然都有几个人物。如果把这些都算起来，《变形记》的角色数量甚至比《神曲》还要多。《变形记》有12086行，《神曲》有14230行。

1　*Policraticus*, ed. Webb, I, 317, 6 ff. 书中记载的图拉真与寡妇的对话跟但丁的讲述非常相似。犹太女人玛利亚更是其中一章的主题（*Policraticus*, ed. Webb, I, 79, 23 ff.）。——泰伊丝，见 Webb, I, 179, 22 ff.——在《地狱篇》中（*Inf.*, XXIII, 121 ff.），但丁提出，身体为魔鬼霸占而仍在人间游荡的灵魂将会打入地狱。这也可在《论政府原理》（*Policraticus*, ed. Webb, I, 190, 20 ff.）中找到原型："作恶之徒会被拉去惩戒……在寻求激情的过程中，尽管我们能在大地上看到他们的身体，可实际上，他们已经被吞噬，还未断气就一步一步走向地狱。"——当然，也可发现其他关联之处。【——此书出版后，A. Pezard 做了很有指导性的研究，见 *Du Policraticus à la Divine Comédie*, Rome, 70, 1948—49, pp. 1-36 and 163-191。】

2　1681年，德莱顿（Dryden）仍然可以把亚希多弗放到标题之中，希望有人能理解。

《神曲》能出现多如牛毛且各不相同的角色，离不开但丁的过人天赋，他把自己的聪明才智，同古代与中世纪遗产——利用当时的历史——结合起来，进行了叹为观止的丰富创造。他召集当时的教皇与皇帝[1]担任判官；此外，还有国王、高级教士（prelates）；政治家、僭主、将军；来自贵族和中产阶级，来自行会和学校的男男
366 女女。就连贝拉夸（Belacqua）这样的无名工匠，也可以和盗贼、凶犯、圣徒一样，在彼岸世界拥有自己的一席之地。艺术家与诗人、哲学家与隐士，各式各样、各行各业的人物都一一呈现。《神曲》既是"神的喜剧"（Divina Commedia），也是"人的喜剧"（Comédie Humaine），其中人无所谓高低贵贱。但丁的诗作完全在超验中行进，但其中无处不弥漫着历史的气息，渗透着当下的热情。永恒与短暂不仅相对相关，而且也相融相织，直至彼此难以分辨。主观体验的历史（subjectively experienced history）带着史诗、神话、哲学、修辞的印记，迅速进入拉丁中世纪的文化世界，创造了决定《神曲》诞生的一系列人物；但丁的灵魂，就但丁的流放命运如此回答。对但丁而言，他的流放只是自己进一步确证世间生活杂乱无章。帝国与神职偏离了既定的轨道，教会也变质了，意大利的颜面不再（*Purg*., VI, 76 ff.）：

啊，遭奴役的意大利——那愁苦之所，
没有舵手的船只受袭于大风暴，
你不是各省的公主，是娼妓窝！

Ahi, serva Italia, di dolore ostello,
Nave senza nocchier in gran tempesta,
Non donna di provincie, ma bordello!

彼时，天下大乱。但丁认为自己应肩负平定天下的重任。在《帝制论》中，他明确了帝国与教权（Papacy）的关系。在《神曲》中，整个历史的宇宙（cosmos of history）仍缩作一团，有待于人世结构的天体物理学宇宙（astrophysical cosmos of the structure of the world），于超验的形而上学宇宙（the metaphysical cosmos of the

1 在此之前，Walafrid 曾把查理曼大帝放入地狱（*Poetae*, II, 318, 446 ff.），但也仅此一例。

transcendent）重新展开。宇宙物理学（physical cosmology）与形而上学的价值领域，以最严格的方式相互联系起来。

佛罗伦萨历史学家达维德松（Robert Davidsohn）写道："被但丁打入地狱的人，算上指名道姓或点明身份的，共七十九人。其中，三十二个是佛罗伦萨人，十一个是前托斯卡纳人……在炼狱中，但丁只看到四个同胞和十一个老乡，而天堂里仅两个佛罗伦萨人……"[1]这是对但丁所召集人物的重要划分，可也只是一小部分。在《神曲》的全部角色中，我发现有近一百八十个意大利人，近九十个外国人：超过二百五十位历史人物，其大部分出自但丁记忆所及的时代。[2]另有二百五十个名字出自古代（包括像里菲乌斯这样的诗歌角色以及神话角色）。此外，还有约八十位圣经人物。但丁研究者若能再核查这些分类数据，并仔细研究一番，必定会大有裨益。一旦完成这个初步工作，便可以着手分析艺术与技巧，然后我们就可以回答如下问 367
题：但丁如何掌控和划分如此庞杂的角色？是否可以从中分辨出各种文体阶段？

一如前文，我们只需指出几个要点，即可得到满意的答案。尽管几百年来，但丁的品性卓然于世，但它仍使自己适应于中世纪的团派主义（corporatism）（具体何种程度且看后文）。《神曲》开篇描述的幽域之中的古代诗人，组成了一个神圣团体（"卓尔不群派"[3]）。全诗最后以一群有福者终结——八个《旧约》人物和七个《新约》人物（*Par.*, XXXII）。两组人物构成了"精英中的精英"。《旧约》正典中的伟人（亚当、摩西、夏娃、拉结 [Rachel]、撒拉 [Sarah]、利百佳 [Rebecca]、犹滴 [Judith]、路得 [Ruth]、亚拿 [Anna]），着实出乎我们的意料，因为其中妇女占多数，而先知一个不见。有福基督徒中的精英可能更出乎意料。福音传道者只有约翰，使徒只有彼得，教父只有奥古斯丁（而他还不得不与方济各会和本笃会的创立者同处一个界限 [*Par.*, XXXII, 35]）。基督教徒精英里的妇女，唯有露妊（Lucia）和贝缇丽彩，但拉结与她们相邻而坐（圣母玛利亚似乎单独成组）。露妊与贝缇丽彩的插入，打破了基督教传统的等级制度。

1　Robert Davidsohn, *Geschichte von Florence*, IV, pt. 3 (1927), 190.

2　这里，提醒各位读者注意 120 年与"一代"（unius hominis aetas）（见本书第 253 页）的对等关系。

3　作为一种生活方式，中世纪人眼中的"团派"（school）比我们眼中的更真实，更有效，更明确。亚里士多德统领哲学家团体（"有识之士的老师" [il maestro di color che sanno]）。在拉斐尔的名画《雅典学派》（*School of Athens*）中，他与柏拉图分享了这份荣耀。

《神曲》角色的分门别类，可以表明中世纪团派的社会形式，但仅限于根据价值与性质，同灵魂的自然顺序一一对应的类别。当这个顺序遭到破坏（比如在地狱），就必须引入另一个分类排列原则，即（亚里士多德的）罪行与罪人分类法，它可以同时列举某些恶行的典型人物。对于这一方法，但丁加入了自己的思考：在安排罪人时，他尽量使每个组别的人数达到具有象征意义的重要数字。我们没有注意这些，因为除了最基本的细节，我们对数字象征体系（numerical symbolism）已一无所知。[1]即便是《神曲》的评注者，也很少分析作品的结构原则（他们满足于解释事实，进行“美学”赏析）。然而，不难看出，分析数字象征意义恰恰可以使我们一窥但丁的艺术构想。

地狱的第一层（*Inf.*, V）容纳的是肉欲的罪人。

恍如欧椋鸟一双双的翅膀，在寒天
把他们密密麻麻的一大群承载，
狂风也如此把邪恶的阴魂驱掀。
368 恍如灰鹤唱着歌曲在鼓翼，
在空中排成一列长长的队伍，
只见众幽灵哀鸣不绝，一起
被那股烈风向我这边吹拂……

40 E come li stornei ne portan l'ali,
Nel freddo tempo, a schiera larga e piena,
Così quel fiato li spiriti mali...
46 E come i gru van cantando lor lai,
Facendo in aere di sè lunga riga,
Così vidi venir, traendo guai,
49 Ombre portate dalla detta briga...

---

1 有关数字象征体系，见本书学术附录十五。——德国流行的虔敬心理（popular German piety）保留了“十四位神圣的拯救者”。——“满足我们各种需要的七个神圣星球”（Die sieben heiligen Planeten, die trösten uns in allen Nöten）（Hofmannsthal, *Der Turm*）。

作者把不计其数的幽灵比作密密麻麻的鸟群。不过，这其中有七个人被挑出，特别提及：

“你向我问及的这一群人之中，”
维吉尔闻言答道，“第一个是女皇，
说各种语言的民族都由她辖统。”
她在生的时候败坏放荡，
竟颁布律令规定淫乱合法，
以清洗自己的秽行，免受讪谤。
她是谢米拉密丝。记载说她
是尼诺斯之妻，继承了夫君的帝位，
统领的土地现在由苏丹收纳。
第二个，因为痴情而把生命摧毁，
且对西凯奥斯的骨灰不忠。
然后是克蕾娴帕特拉，生时淫颓。
你看海伦。为了她，灾难重重
随岁月运转。你看，先河的阿喀琉斯。
他与爱神交战而将生命断送。
你看帕里斯，看特里斯坦。”他如此
边指边说，介绍了千多个幽灵。
他们丧生，都因为让爱欲纵恣。
听完了老师这样一一点名
介绍古代的英雄美人之后，
我有点眩惑，心中涌起了悲情。
于是说道：“诗人哪，我希望能够
跟这两位讲几句话……”

52 ‘La prima di color, di cui novelle
Tu vuo’ Saper’, mi disse quelli allotta,

'Fu imperadrice di molte favelle.
55 A vizio di lussuria fu si rotta,
Che libito fe' licito in sua legge,
Per tòrre il biasmo in che era condotta.
58 Ell' è Semiramis, di cui si legge
Che succedette a Nino e fu sua sposa;
Tenne la terra che' l Soldan corregge.
61 L'altra è colei che s' ancise amorosa,
E ruppe la fede al cener di Sicheo;
Poi è Cleopatriàs lussuriosa.
64 Elena vedi, per cui tanto reo
Tempo si Volse; e vedi' l grande Achille,
Che per amore al fine combatteo.
67 Vedi paris, Tristano.' E più di mille
Ombre mostrommi, e nominommi, a dito
Ch' amor di nostra vita dipartille.
70 Poscia ch' io ebbi il mio dottore udito
Nomar le donne antiche e' cavalieri,
Pietà mi giunse, e fui quasi smarrito.
73 I' cominiciai: 'Poeta, volentieri
Parlerei a quei due, che' nsieme vanno...

369 我们尚不清楚，作者如何从不计其数的幽灵，过渡到想"问及情况"的七个灵魂。不过，我们清楚作者挑选的这七个人（尽管近代读者对此感到惊奇）。谢米拉密丝打头，不仅因为亚述帝国的存在时间甚至早于特洛伊战争（Isidore, *Et.*, V, 39, 7），还因为奥罗西乌斯（但丁把他的叙述原封不动地照搬过来）始创谢氏淫荡的说法。我们已经看到，但丁十分敬重奥罗西乌斯。作为维吉尔的女主人公，狄多（Dido）也不可忽略。克里奥佩特拉凭着与恺撒的关系也值得记住；海伦、阿喀琉斯、帕里斯则因荷马在中世纪的影响。[1]特里斯坦以最自然的方式，再现了古代典型人物，因为跟中世纪人一样，但丁眼中的古代英雄都是骑士。故此七人可分作一起，视为“古代的英雄美人”（le antiche donne e i cavalieri）。他们均为爱欲的典型代表。维吉尔指出了千人之多，可但丁只向我们提到经他深思熟虑[2]的七个。接着，他又询问并得到另外两个人的讯息——如此一来，提及的人物就变成了极具象征意味的九个；这两人是保罗与芙兰切丝卡。当今但丁研究界的兴趣，往往只集中在这两个人。然而，若我们把他们与其他典型人物割裂开来，就无法获知他们的全部含义。这两人比其他典型人物更具现代感（modernity）。相较《神曲》的众多场景，他俩的出现使我们更清楚地看到，主观体验的历史带着史诗、神话、哲学、修辞的印记，迅速进入中世纪的文化世界（见上文）。

在《地狱篇》的另一处（*Inf.*, XII, 107 ff.），我们又看到作者把运用“完美”数 370
字作为写作原则。这里历数了十个“欺凌邻邦的暴徒”，即亚历山大、西西里僭主狄奥尼修斯、阿佐利诺（Ezzelino da Romano）、奥皮佐（Obizzo of Este）、基（Guy of Montfort）、阿提拉（Attila）、皮洛斯（Pyrrhus）、塞克都斯（Sextus Pompeius）、科内托的里尼埃（Rinier of Corneto）和里尼埃·帕佐（Rinier Pazzo）。七个鸡奸者包括布鲁涅托（Brunetto）（XV, 30）、普里西安（XV, 109）、达科索（Accursius）（XV, 110）、维琛扎主教德摩兹（the bishop of Vicenza Andrea de Mozzi）（XV, 112）、规拉（Guido Guerra）（XVI, 38）、阿尔多布兰迪（Tegghiaio Aldobrandi）（XVI, 41）、鲁斯提库奇（Jacopo Rusticucci）（XVI, 44）。穿越地狱其他底层的也是这种方式，兹不赘述。

如前所见，在《炼狱篇》中，主要的写作原则是典型人物平行对照。在《天堂篇》中，分组原则（corporative principle）与数字创作一起又占了上风。在太阳天中，我们看到两个十二人组，他们通常视为智慧的代表。第一组（*Par.*, X）有大雅博（Albertus Magnus）、阿奎那、格拉蒂安、洛姆巴尔多（Peter Lombard）、所罗门、大法官狄奥尼修斯、奥罗西乌斯、波伊提乌、伊西多尔、比得、圣维克托的理查德、布拉班的西舍尔（Siger of Brabant）。评注者一般只探讨所罗门与西舍尔。阿奎那本人也列举过上述人物，可为何但丁还要加入被阿奎那学派视为异教导师的西舍

1　中世纪对阿喀琉斯的印象源于 *Ilias Latina* (71 ff.)。

2　Rossi 的评注忽略了这一点：“这都是些表示亲和的空洞名字，因为它们往往是一一列举的，而这乃是那时但丁所废除的文学传统。”典型人物不可能有“亲和”的魅力。

尔？这个难题时常有人讨论。在《天堂篇》第十二章，我们见到了另一个十二人组（与第一组构成内外同心圆）。它的领袖、代言人、命名者是圣波拿文都拉；此人乃方济各会的伟大思想家，一如多明我会的阿奎那。与波氏一同出现的还有伊鲁米纳托（Illuminatus）和奥古斯丁（圣方济的两同伴）、圣维克托的休、书蠹彼得（Peter Comester）（卒于 1179 年，著有《圣经史百科全书》）、西班牙彼得（Petrus Hispanus）（卒于 1277 年，著名的逻辑学家）、先知拿单、教会博士克里索斯托（卒于 407 年）、哲学家安瑟伦（Anselm of Canterbury，卒于 1109 年）、语法学家多纳图斯（4 世纪）、百科全书编纂者莫尔（Raban Maur，卒于 856 年），以及修道院院长兼“永恒福音”（Eternal Gospel）的先知约克姆（Joachim of Floris，卒于 1202 年，卡拉布里亚 [Calabria] 的熙笃会修士）。约克姆给读者带来跟西舍尔同样的难题。他的主张遭到教会斥责，尤其是阿奎那与波拿文都拉的反对。[1]把西舍尔与约克姆加入有福灵魂的两个十二人组，引出了一个问题。但我们不能一如既往地将其孤立看待。所罗门的加入不也引起疑问了吗？我们必须再进一步。作者光荣介绍的这两个十二人组人物，除了均为有福灵魂，还有没有其他共同之处？克里索斯托、波伊提乌、安瑟伦、圣维克托的休和理查德、洛姆巴尔多、西舍尔、西班牙彼得、波拿文都拉及阿奎那，都是一流的哲学家和神学家，独立的思想家。5 世纪末出现的一批著作（归于大法官
371 狄奥尼修斯名下，见《使徒行传》17:34[2]）的无名作者，是中世纪哲学与神秘主义的主要来源之一，因而与这些思想家有着紧密的联系。可为何语法学家多纳图斯，辞典编纂者伊西多尔、莫尔、书蠹彼得，历史学家奥罗西乌斯也悉数入选？为何还有博学者比得和法学家格拉蒂安？这些人只有一个共同点：他们分别为七艺（多纳图斯、伊西多尔、莫尔、比得）、历史（奥罗西乌斯、书蠹彼得）和法学的代表。十位神学家和哲学家代表智慧，七位学者代表知识。但丁不但高度称赞形而上学与神学，而且也称赞学校传授的知识。他保证古代晚期（多纳图斯、奥罗西乌斯）与中世纪学者会得到至福（beatitude），或者借阿奎那、波拿文都拉等巨擘之口来保证。可以说他用最引人注目的方式，强调了自己的称赞态度。如果有人要他们从有福者中挑

---

1 E. Gilson, *Dante et la philosophie* (1939), 261. 为了破解难题，此书试图另辟蹊径地提出，但丁的阿奎那与波拿文都拉不应该视为“历史”人物，而是“诗歌”人物。

2 【中译者注：“但有几个人贴近他，信了主，其中有亚略巴古的官丢尼修，并一个妇人，名叫大马哩，还有别人一同信从。”】

出二十四个精英，他们的选择当然会有所不同（假设他们需考虑，这样的挑选得满足神学要求）。可中世纪教会史与哲学史的近代研究者也会作出其他选择。他肯定尤为反对把奥古斯丁排除在外。[1]他可能会考虑安布罗修与额我略一世，但丁就曾为此二人遭无视而怒斥枢机主教（Epistle XI, 16）。那么，既非“主要人物”又非“次要人物”的先知拿单，又有什么显要之处呢？[2]这里，我们不得不承认自己孤陋寡闻。吉尔松写道，“通常，但丁笔下的人物都有其出现原因的”[3]，可吉氏的但丁研究与哲学研究中，并没有拿单。从文学史角度说，拿单出现在十二个有福者当中，同西舍尔和约克姆的出现一样令人困惑不解。或许，拿单更难以琢磨，因为我们找不出任何破解的依据。

有福者的第三组包括火星天里十字架上的光灵（*Par.*, XIV, 97 ff.）。这其中最先出现的是但丁的先祖卡查圭达（*Par.*, XV, 20），他的出现占据了很大篇幅（一直到 *Par.*, XVIII, 37 ff.）。作为命名者，他一一介绍了（*Par.*, XVIII, 37 ff.）上帝的其他勇士：约书亚、马卡比（Judas Maccabaeus）、查理曼大帝、罗兰、奥伦治公爵威廉（William of Orange）、任努阿德（Rinoardo）、布伊雍公爵戈弗利（Godfrey of 372
Bouillon）、圭斯卡（Robert Guiscard）。算上卡查圭达，这些人就组成了九人组。[4]

在《天堂篇》中，为了把有关的各组灵魂联系起来，但丁不仅使用了象征性数字，还运用了光塑之形（forms depicted in light）。先是同心天界，然后是十字架，再次是木星天中六位正直统治者组成的鹰徽（XX, 37 ff.）：大卫、罗马皇帝图拉真、犹大王希西家、罗马皇帝君士坦丁、西西里国王威廉二世（William II of Sicily）以及特洛伊人里菲乌斯。这里并没有什么可以遵循的既定传统。但丁可以依自己喜好来定夺人选。

---

1 据观察，但丁按部就班地忽视奥古斯丁。尽管他在天堂玫瑰的寓居者中，顺带提及了奥古斯丁的名字，但事实仍旧如此。但丁对帝国主题的意见，Gilson 如此评价道（*Dante et la philosophie*, 219, no. 2）：“有观点认为，圣奥古斯丁惶恐地拒绝了……”

2 按照 Robert L. John 对但丁的秘传主义阐释（esoteric interpretation）（*Dante* [Vienna, 1946]），但丁是圣殿会（the Order of the Temple）成员，他的讯息是“圣殿灵知主义”（Temple Gnosticism）。所罗门之所以出现在有福者之列，是因为他建造了圣殿。按照圣经的说法，拿单与所罗门有关系，等等。

3 *Dante et la philosophie*, 261.

4 此处以“九勇士”（Neuf preux）模式（即三个异教徒、三个犹太人、三个基督徒）为基础。在英国，该模式称为“The Nine Worthies” (Caxton, preface to *Morte d'Arthur*; Shakespeare, *Love's Labour's Lost*, V, 2)。【——Cf. A. L. Boysen, *Über den Begriff "preu" im Altfranzösischen*, Diss., Munster, 1941.】

回顾《天堂篇》的人物，我们可以说他们构成了一部人物正典。作者希望我们在两个十二人组中看出基督教传统的知识与哲学，在十字架中看出上帝英武的勇士，在鹰徽中看出模范的君主。不过，他需要我们做的还有很多很多。

六、神话与预言

如前所见（本书 224 页），但丁为自己的诗歌赋予了认识论作用，为此他把自己置于经院哲学的对立面。我们只需分析他致坎·格兰德书信里的一段话，便可得出这一结论。吉尔松的研究著作《但丁与哲学》（*Dante et la philosophie*）也印证了我们的判断。他的研究最终使我们摆脱了“但丁是阿奎那主义者”的错误想法。[1]在太阳天里有福智者的正典中，我们找到一种针对传统的独立而独断的处理方法。可即便是它，也远不及《神曲》奇特的“拯救机制”（apparatus of salvation）。陪但丁前往彼岸世界的向导依次是维吉尔、贝缇丽彩和圣伯纳德。对此，吉尔松中肯地指出：“诗歌的一般安排，是把慈悲融入信仰，把王权像信仰一样融入理性与灵感。”[2]如此看来，他似乎赞同目前流行的观点，即理性化身维吉尔，信仰化身贝缇丽彩，爱化身伯纳德。对吉尔松来说，这些都是“证据确凿的事实”（des faits massivement évidents）。

上述事实中，最“确凿”的当然是贝缇丽彩的作用——如果她是 1290 年，仅二十五岁便香消玉殒的佛罗伦萨女子。诗人应该获得宗教觉醒，并通过自己的挚爱来赎罪（purified），此乃人人可以出现的心理经验。歌德的《玛利亚温泉镇哀歌》（*Marienbader Elegie*）以及《浮士德》结尾处便有所反映。经圭尼切利（Guido Guinizelli）（卒于 1276 年）之手，恋人对天堂中的天使的赞美，成了意大利抒情诗的一个主题。选择一位受如此赞美的挚爱女性，担当自己在彼岸世界的诗化幻景中的向导，这也是符合基督教哲学与信仰的。然而，但丁更进一步。他让贝缇丽彩置
373 身客观的救赎过程。她的作用不仅针对但丁，而且针对所有信徒。于是，但丁以自

---

1 【奥尔巴赫（E. Auerbach）（*RF*, 1950, p. 240）很反感这个称呼。关于这个话题，我很赞同 B. Nardi 的看法：“大部分但丁研究者都不会去揣摩但丁的思想，也不会去接受自愿担任，圣人阿奎那忠实传话筒的新阿奎那主义者创造的说明文字。”（in C. Antoni and R. Mattioli, *Cinquant'anni di vita intelettuale italiana*, Naples, 1950, I, 20）】

2 *Dante et la philosophie*, 238.

己的权威，向基督教天启中引入了一个破坏基督教教义的要素。这要么是异端邪说（heresy），要么是神话。

佛罗伦萨史上最知名的但丁学者和专家普遍认为，但丁的贝缇丽彩是银行家波尔蒂纳里（Folco Portinari）的女儿。然而，最早的注疏者[1]对此却一无所知。对于《地狱篇》（*Inf.*, II, 70）中的这句话：

我是贝缇丽彩，来请你搭救他，

I' son Beatrice che ti faccio andare

时任博洛尼亚国务秘书的班巴利奥利（Graziuolo de' Bambaglioli），在其注疏（1324 年）中仅写道："这位女士是后来……之女，贵妇贝缇丽彩的灵魂"（ipsa domina erat anima generose domine Beatrice condam domini...）后文付诸阙如。因而，作者也就无从知晓贝缇丽彩的父亲了。德拉·拉纳（Iacopo della Lana）（1328 年）对贝缇丽彩只字未提。《〈神曲〉精注》（*Ottimo Commento della Divina Commedia*，约 1334 年）的作者，几次询问但丁有关贝缇丽彩的情况，却无果而终。全诗注释的作者（1337 年以前）也毫不知情。薄伽丘率先考证了贝氏身份，并写进了其 1373—1374 年的评注中：1373 年 10 月，他受邀前往佛罗伦萨公开发表《神曲》讲座。[2]于是，在猜测贝氏去世的 80 多年后，有关她的信息首次公之于世。薄伽丘宣称，自己的材料得自某个与贝缇丽彩关系紧密的"可靠人士"。津加雷利（Zingarelli）试图寻找这位可靠的女士，他发现此人是薄伽丘的继母玛尔多丽（Margherita dei Mardoli），而玛尔多丽的母亲利帕（Monna Lippa）（卒于 1340 年）是波尔蒂纳里表亲（cousin）的女儿，可以说是贝缇丽彩的二姑妈或姨妈。那么，薄伽丘认识这位老妇人吗？这只可能发生在她去世之前；**据推测**，1339 年薄伽丘应该还住在父亲的宅子里。在这

1　相关内容见 N. Sapegno, *Il Trecento* (1934), 115 ff。

2　薄伽丘的《但丁传》（*Vita di Dante*）似乎也可追溯至这一授课时期（*Il Trecento*, 386），至少它被收入我们之前的版本。

种情况下，他之所言（津加雷利推测[1]）应该不假。此后，薄伽丘竟然把这个有趣的秘密保守了35年，实在是太不可思议了！更不可思议的是，前面提到的几位评注者竟然一无所知！当然，丹特（Pietro di Dante）也给出了相关信息，不过是在其注疏的第三修订稿中。该书与薄伽丘的《但丁传》出现时间相差无几，因此有可能袭用后者的某些材料。但丁逝世后，他的贝缇丽彩即波尔蒂纳里1289年去世的女儿的身
374 份，保守了50年之久，期间但丁的同辈人对此毫不知情，当然也包括1324—1337年间写作的四位评注者。这的确太匪夷所思了，而我们有理由怀疑薄伽丘的说法。不过，如果1339年，薄伽丘的继祖母能认定但丁的贝缇丽彩是波尔蒂纳里的女儿，那么以后她应该也会向别人提及此事。如此一来，按理说佛罗伦萨也有知情人。但丁的同辈承认他是伟大的诗人。在他逝世后的最初20年间，《神曲》以不计其数的版本流传开来，有人将其改写为诗体缩略本，还有人热衷评注工作。此后，对于但丁的兴趣越传越广，但再无人能提供任何有关贝缇丽彩的信息。

不过，薄伽丘的证言值得怀疑还有一个原因。他对但丁的阐述使他卷入了一场论战。某位佚名的反对者指责他把《神曲》的秘密一览无余地展现给门外汉。薄伽丘写了四首十四行诗为自己辩护[2]（Nos. 122-125 in A. F. Massèra's critical edition [Bologna, 1914]）。在最后一首里，他声言，只有忘恩负义的庸人才会误入歧途（第174页）：

我把忘恩负义的庸人放到船上，
不给一份干粮，不派一名舵手，
让他们自己在未知的海域飘荡，
尽管他们自诩为大师和学究……

1 Michele Barbi (*Problemi di Critica dantesca*, II, 419 [1941]) 谈到了这种“可能性”。——然而，这种可能性微乎其微，因为薄伽丘1330—1340年间的活动情况仍众说纷纭，而且主要靠推测《菲洛柯洛》（*Filocolo*）所暗示的天文学时间。大部分批评家认为，薄伽丘直到1340年初或年末才回到佛罗伦萨（*Il Trecento*, 380）。另见Enrico Burich颇有意义的研究“Boccaccio und Dante”(*Deutsches Dante-Jahrbuch*, XXIII [1941], 36)。

2 D. Guerri认为（*Il Commento del Boccaccio* [1926], 21），这些十四行诗乃伪作。Branaca在其版本的《诗歌集》（Bari, 1929, 374）中提出了相反的意见。

Io ò messo in galea senza biscotto
L' ingrate vulgo, et senza alcun piloto
Lasciato l' ò in mar a lui non noto,
Benchè sen creda esser maestro et dotto...

那么，薄伽丘的说法有文献依据吗？针对薄氏的证言，津加雷利[1]指出，相关文献有是有，但用处不大。它们频繁提到波尔蒂纳里。在他1288年草拟的遗嘱中，出现了六个女儿的名字；其中，比切（Madonna Bice）的身份是德·巴尔迪（Simone de' Bardi）之妻。仅此而已。至于贝缇丽彩的生卒日期，我们均无从知晓。有关该话题，现有的但丁文献完全以《新生》为据，因此可以说来自故意掩人耳目的材料。若有人试图把握其精神实质，就会感觉自己陷入了一片迷宫。这本小册子的目的是展示一系列论题，其中最重要的（我们可能会感觉奇怪）如下（*Vita Nuova*, § 29）：

数字三是数字九的基础，因为它无须其他数字就可产生数字九——三三得九，这是众所周知的。于是，若数字三仅靠自身可创造数字九，则同理三一（即圣父、圣子、圣灵，三者合而为一）靠自身可以创造奇迹，这位由数字九相 375
伴的女士也可以如此；说得清楚些，她就是数字九，也就是奇迹，其本源为独一无二的奇妙的三位一体。或许，更敏感的人可以找出更微妙的原因，但以上是我所找到的原因，而且是最令我满意的原因。

该如何证明贝缇丽彩是数字九呢？第一个证据（§ 6）：但丁为佛罗伦萨最美丽的六十位女子[2]写了一首诗（遗憾的是，该诗并未留给后人）。诗中写道，

……奇妙的事情发生了，我的女神的名字不愿意排在其他位置，唯独钟情于第九……

(...maravigliosamente addivenne, cioè che in alcuno altro numero non sofferse lo

1　N. Zingarelli, La vita, *i tempi e le opere di Dante* 2 (1931), 298.

2　有关内容见十四行诗 *Guido i' vorrei*, l. 10。不过，Contini（p. 42）认为，这一行诗不可能针对贝缇丽彩。

nome de la mia donna stare se non in su lo nove...)

第二个证据更为复杂。它需要依靠阿拉伯与叙利亚纪年法和占星术（§ 29）：

> 若按照阿拉伯人的使用习惯，我会说她最高贵的灵魂，于那月第九天的一时离开人世；若按照叙利亚人的习惯，我会说她的离世时间，为那年的第九个月，因为他们的第一个月是‘Tismin’，也就是我们的十月。若按照我们的习惯，她在我们的纪元那年（即上主的那年）离世。她在世的那个世纪，完美数字已经重复九次；而她是13世纪的基督徒。为何这个数字与她的关系如此紧密，原因可能如下：根据托勒密以及基督教真理，运动的天有九重；据普通占星术的观点，这些天按各自的位置自外向内地影响。因此，这个数字与她息息相关，以便表明，在她出生之际，这九重天正处于最佳位置。

若贝缇丽彩是数字九的论点正确无误，那么她的离世时间必定为1290年。但丁学者把这个日期当作史实——但这实在值得商榷。唯一可以肯定的是，数字九是“救世学的数字谜语”（soteriological numerical riddle）。这里，但丁处于普遍的古代与中世纪传统。[1]《新生》的数字九神秘难解，《神曲》的“515”（*Purg*., XXXIII, 43 [2]）亦然。这一情况但丁研究界似乎并未注意。巴尔比（Barbi）坚信，某些问题对于理解但丁作品里的“最大数字”（它是“诗歌与理想的奇迹”）不甚重要；[3]因此，我们大可不必讨论。他的观点我不敢苟同。这话听着就像业余解密者为自己开脱，仿佛破解上述象形文字，与欣赏并理解但丁诗歌无关。然而，从《新生》开始，但丁便逐渐为自己的作品，赋予或多或少的秘传意义（esoteric meaning），这一事实将为大众所接受。数字与字母神秘主义依然存在，且以语文学为基础——尤其是身为数字
376 九的贝缇丽彩。该情况我们不可能置之不顾。于是，我们可以反驳那些认为贝缇丽彩缺乏历史依据的人，包括达维德松（他坚信，“贝缇丽彩确有其人；毫无疑问，她

1 Franz Dornseiff, *Das Alphabet in Mystik und Magie* [2] (1925). On numerical mysticism (gematria), 91 ff.; on numerical riddles, 106 ff.

2 “一个数字属五百一十五的英才。”

3 Michele Barbi, *Con Dante e i suoi interpreti* (1941), 52.

是银行家波尔蒂纳里的女儿”)。他并未彻底说服巴尔比。1931 年，巴尔比指出，尽管自己希望能考证出结果，但这个问题仅仅是为了满足好奇心；对但丁研究而言，知道贝缇丽彩曾有其人便足矣。[1]

不可否认，《诗歌集》（*Rime*）中的某些作品，是但丁献给真实的贝缇丽彩的，比如《痛苦的爱》（*Lo doloroso amor*, Contini, No. 21），其中第 14 行提到了贝缇丽彩。可能还有《我心烦忧》（*E' m' incresce di me*, Contini, No. 20）。但在此诗中，贝缇丽彩的特征与《新生》的传奇文风不符，所以它没有收入《新生》。它的排除以及《痛苦的爱》表明两点：但丁敬仰某位他称作贝缇丽彩的佛罗伦萨女子，后来还将其塑造成数字九女士（Lady Nine）的神话。众所周知，当但丁把《新生》里的优雅女子（donna gentile），改造为《飨宴》里的哲学女士（Lady Philosophy），他便已经着手再次将“真实的”女性塑造成神话、象征或寓言。此外，《神曲》中还有很多女性，显然可以进行寓意解读，比如露妭、利亚（Lia）（*Purg*., XXVII, 101）、玛泰尔妲（Matelda）（*Purg*., XXVIII, 37 ff.）。

在《神曲》开篇（*Inf*., II, 76 ff.），维吉尔对贝缇丽彩说道：

贤惠的娘娘啊，人类
完全因为您才能超越凡生，
从诸天最小的圈子向上凌飞。

O Donna di virtù, sola per cui
l' umana spezie eccede ogni contento
di quel ciel c' he ha minor li cerchi sui.

“最小的圈子”即月亮天（the heaven of the Moon）。人类唯有靠贝缇丽彩，才能超越凡间的一切。其言外之意大概是：贝缇丽彩在全人类面前，具有形而上学的尊严（metaphysical dignity）——唯贝缇丽彩如此。露妭称她是“神的真辉”（Loda di Dio vera）（*Inf*., II, 103）。两者都不能说是已故佛罗伦萨妇女的灵魂。贝缇丽彩受露

1　*Studi danteschi*, XV, 116 n.

姹委派，露姹又受天界某权位更高的优雅女子（一般认为是玛利亚，但作者未明示）的委派。为何是锡拉库萨（Syracusan）的殉道者露姹？据信，露姹可以治疗眼疾，而但丁有时因长时间工作造成用眼过度（*Conv.*, III, 9, 15）。“他可能因此特别祈求圣露姹”——罗西（Rossi）等人如是说。然而，但丁说：“露姹——一切残忍的宿敌”（Lucia, nimica di ciascun crudele）（*Inf.*, II, 100）。显然，这跟眼疾毫无关系。所以，露姹被解读为“明亮的恩典”（illuminating grace）（14 世纪末布提 [Buti] 最先如此评价），或希望的化身等等。不过，若贝缇丽彩不止且不同于不朽的佛罗伦萨妇女，若露姹不止且不同于《日课经》（*Breviary*）中几乎默默无闻的圣徒，若两人受某个仍
377 不得其名的高位者委派而出面，那么这三位天界女性就必须理解为超自然神圣秩序（einer supranaturalen Heilsordnung）的三个部分。彼得罗博诺（Pietrobono）尝试了另一种解释方法：人类要想从母狼处解放，必须经历救赎过程，其中三位圣女（tre donne benedette）一起行动，正如三位一体的三个位格（persons），在“第一次”拯救中所做的那样。可如此解释仍难以令人满意。不过，其解释方向是正确的：贝缇丽彩只能理解为神学体系的一个作用。挡住但丁前进之路的三只野兽（往往阐释为三种恶行），也属于该体系。它们引得猎狗（the Veltro）在后面紧追不舍，然后是“数字属五百一十五的英才”（Cinquecento cinque e dieci）的缉捕。有了这些，该神学体系就成了预言体系。目前，尚没有哪位智者揭示这一点，但它就摆在那儿，谁也无法否认。这是但丁的核心讯息。它事关某个但丁希望不久的将来即可实现的预言。当但丁在五十六岁去世时，想必仍对此坚信不疑。如果他活到了“完美”年龄 81 岁（*Conv.*, IV, 24, 6），或许就不得不承认自己的历史结构轰然倒塌。然而，他不可能让自己的心血付诸东流。他傲慢的灵魂坚信，即使到了未来，自己仍可以发号施令。然而，那时只能预想 14 世纪意大利的未来。

就算我们能解读但丁的预言，那对我们也毫无意义。但丁的努力，但丁研究界不必现在就解释得一清二楚。但丁深信自己肩负着末世使命，对此我们必须严肃对待。当我们阐释但丁时，也必须考虑到这一点。因此，贝缇丽彩的问题不仅仅是用来打发时间，满足好奇心。但丁的体系在《地狱篇》的头两章建立起来，并支撑整部《神曲》。我们只能将贝缇丽彩放入其中看待。数字九女士已经成为发自两种高级势力的宇宙力量。她是介入历史进程的天界势力的等级结构（这个概念显然与灵知主义 [Gnosticism] 有关）：一种思维结构，一种思维观照（intellectual contemplation）

的模式，或许其本源并非如此。[1]这些结构可以而且必须指出来。我们不清楚但丁为露妮赋予了何种意义。评注者最合适的做法，就是承认我们对此不得而知，承认眼疾论或寓言论都无法让人满意。阐释工作也应该把全部精力，放在《炼狱篇》结尾的段落，以及《天堂篇》中与“贝缇丽彩为银行家之女”的判断相反的部分。贝缇丽彩是但丁创造的神话。

经验到神话的转化，是但丁在《诗歌集》与《新生》里的基本态度；这个态度是其品性的主要反映（elemental phenomenon），并且在一系列独立尝试下完成的创造中付诸现实。它们从但丁手里迸发出来——“必须以最雄辩的音调来歌颂的事物，从顶点处迸发出来”（prorumpunt ad summa summe canenda）。这些迸发往往带着冷酷的 378
色彩。而冷酷（ruthlessness）本身就是“石头”组歌的主题。在《新生》中，它表现为神秘化特征。在《论俗语》中，它把对语言与诗歌的要求，推向苛刻的极致。在《神曲》中，它挑战——而且占领了！——宇宙，即整个历史的宇宙（以口号“奥罗西乌斯”为先兆），整个星际的宇宙，整个拯救的宇宙（cosmos of salvation）。这个“元宇宙”（metacosmos）的调解者，是美化的女性力量——“人类的光芒与殊荣”（luce e gloria della gente umana）（*Purg*., XXXIII, 115）。这位贝缇丽彩不是失而复得的青年之爱。她是化身女性的最高的拯救——上帝的发散物。正因为如此，她能出现在基督本人参与的胜利之中，却又不会遭到亵渎。

七、但丁与中世纪

那些想以宇宙史为视角，为但丁在中世纪到文艺复兴的过渡时期觅得一席之地的人，应该得到韦伯（Alfred Weber）[2]所说的青铜勋章。

1828 年 10 月 20 日，歌德对艾克曼（Eckermann）说：“在我们看来，但丁的确伟大，但是他之前已有几个世纪的文化教养。”[3]卡莱尔（Carlyle）在但丁身上听

1　不过，这里要提醒读者的是，12 世纪柏拉图主义包含发散概念（emanatistic concepts）。西尔维斯特里斯的“努斯”（Noys）便是上帝的发散物，从它里面有发散出更多的力量。

2　Alfred Weber, *Das Tragische und die Geschichte* (1942), 26 f. *Idem, Kulturgeschichte als Kultursoziologie* (1935), 273.

3　【中译者注：中译文见《歌德谈话录》(朱光潜译)，北京：人民文学出版社， 1982 年，第 174 页。】

到“十个沉默世纪”的声音。歌德与卡莱尔所闻，我们可以用历史术语精确地表示：那是拉丁中世纪的文化宇宙（cultural cosmos），以及中世纪眼中的古代的文化宇宙。但丁的政治热情，来源于他的哲学化帝国观念（远超任何吉伯林派思想[1] [Ghibellinism]），与高度组织化的资本主义新城邦国家佛罗伦萨之间的冲突。他的世界史使命意识，便由这一冲突酝酿而来，被他披上为象征所隐匿的预言的外衣。该预言只适合基督教会与城邦国家（state）：对但丁也好，对整个中世纪也好，两者的普世权力均得自上帝。不过，它们已经败坏，需要改革。教会必须放弃权力，打消自己对权力的渴望。它必须成为属灵的教会（a church of the spirit）。13 世纪托钵会改革失败，托钵僧逐渐堕落。另一种更大的权力必将来临——猎狗（veltro[2]）。他将驾着母狼重返地狱。在《地狱篇》开头（*Inf.*, I, 101），但丁借维吉尔之口说出了这则预言。在《炼狱篇》最后（*Purg.*, XXXIII, 37 ff.），它由贝缇丽彩重新开始。神学政治预言，是 12、13 世纪图画反复出现的一个特点。[3]然而在但丁笔下，它获得了思维
379 的基础结构（intellectual substructure），而他的诗意想象力、鞭笞热情，以及一百章诗节的严丝合缝、一气呵成，奏响了这则预言的最强音。它是但丁向中世纪西方传统投入的酵母。这酵母渗入凝固的面团，直达深处，并将其塑造成新模样。这是但丁为“世代书籍与学校”（der Zeiten Buch und Schule）（格奥尔格）进行的规划，亦即对整个文学传统的规划。但丁的思想与灵魂，他的建筑构想与炽热心灵，他意愿的矛盾（其需要付出惊人的努力，且固执地表达不可言传之事），这些就是让“十个沉默世纪”显形的力量。一个人单枪匹马，孑然一身，面对整个千年（millennium），并改变那个历史的世界。爱、秩序、拯救是他内心幻象的焦点——巨大的矛盾集结于光的天界（spheres of light）。它们彼此投射，彼此萦绕，形成星系和图案。它们必须扩展成形状、唱诗班、灵魂之链、律法、预言。我们必须把但丁内在幻象的充盈完满的范围，理解为整个宇宙，包括宇宙的四面八方。我们需要最宏大的参照结构。从但丁以神话和预言形式详述的每种经验，到现有问题的每个要点，无不如此。它们被坚如磐石的物质锻打、铆合。一个语言与思想结构便由此诞生，它包罗万象，具有多层意义，而且像宇宙一样不可改变。它的介质是三韵体（terza rima）——一

1 【中译者注：吉伯林派，指中世纪意大利反对教皇，支持日耳曼皇帝统治的贵族政党。】

2 猎狗与属五百一十五（DXV）的英才是否是同一身份还尚无定论。

3 Zingarelli (864 ff.) 给出了参考文献。

种融合了无限连贯原则与严丝合缝要求的韵律形式。其目标与结果是，但丁的内在与宇宙的外在完美地重合，两者相互贯通，灵魂与宇宙相一致。

拉丁中世纪的宇宙剧（world drama）在《神曲》中最后一次上演，不过使用的是近代语言，反思它的，是与米开朗琪罗、莎士比亚齐名的灵魂。由此，中世纪被超越了，当然一同被超越的，还有浅见的历史学科分期法。只要但丁仍受景仰，这些分期就不会有人想起。

按部就班地考察但丁与拉丁中世纪的关系，显然已成为但丁研究界面临的巨大任务。

第十八章　后记

一、全书回顾；二、民族文学的发端；

三、思想与形式；四、连续性；

五、模仿与创造

一、全书回顾

380 经过一番艰苦卓绝的探寻，我们终于可以放松一下。回过头来，我们不妨看看历经的几个阶段。我们是如何前行的呢？诺瓦利斯曾说过，

> 严格的方法只适合研究，不该公之于世；给公众写作，只可采用无拘无束的自由文风，但论证必须严谨周密，说理必须有条不紊。谈论某个话题时，作者不能模棱两可，担惊受怕，或毫无章法，转弯抹角等等；可以采用通俗易懂、不言而喻的假设，但落笔务必当机立断，一目了然，有凭有据。头脑清晰的作者才会给人全面、果断、持久的印象。

诺瓦利斯深知这个要求只可在理想世界实现：

> 若哪天大家只阅读优美的文章、文学作品，那会是妙不可言的日子。其他书籍都是工具，当它们失去作用后就会遭到遗忘，这类书籍的作用是不会维持很久的。

科学的论述免不了“严谨周密的论证”。因此，若论证可视为文学创作，那么它

就是仅能得到近似解决办法的问题（第十条原则）。[1]在历史学科中，论证必须依据所见所闻；在语文学中，则必须依据文本。这样的困境还真是新鲜！如果作家举例过多，那他的作品就变得不忍卒读；若举例过少，那他就削弱了论证的力量。正如阿韦（Louis Havet）指出："有人会觉得书有点厚；可我认为，书厚点有好处。其实，观点的正确性取决于现象的持续，以及现象多样性的合适与精确程度。"[2]实际上，这个困境可以简化为比例的问题，或者说审美规范的问题。所以，我在论证过程中，完全根据需要来确定论据的数量。更多的想法，我要么放到文本的脚注当中，[3]要么收作附录。

安排论述过程，编排章节次序，应该步步为营，循序渐进。最初几章陈述事实， 381
后几章说明其重要意义。熟悉了中世纪课程作家（本书第 48 页以下），才能理解中世纪正典（第 260 页以下）；清楚了名言警句与典型形象（第 57 页以下），才能探讨西尔维斯特里斯（第 108 页以下）、阿兰（第 117 页以下）、但丁（第 362 页以下）等人笔下的典型人物。本书的内容编排不仅遵照逻辑顺序，而且也做到主题环环相扣。各种线索相互交织（即人物与母题以各种面貌不断出现），反映了它们彼此相关的历史联系。

这种相关性（concatenation）刚出现时，还模糊不清——那是一种只可意会不可言传的可能性。随着时间的推移，数年数十年后，它的轮廓逐渐清晰，内容逐渐明了。现在，可以将其用于案例分析（第十三章）。它已然可感知。不过，我希望它能变得不证自明。历史学科也讲证据。它是思维感知的证据（intellectual perception）。我们不能再忽略感知过程中显现的一切。我们所收获的，是对欧洲文学内在关联的新认识。

本书涉及的研究内容，最初仅限于我在读书时想到的个别问题。譬如我在额我略的著作中发现，"年迈的孩子"（aged youth）的主题用以称呼圣本笃。[4]这个称呼

---

1 【英译者注：见本书开篇的"指导原则"。】

2 L. Havet, *Manuel de Critique verbale* (1911), § 2.

3 近来，有学者习惯借助全书尾注，但这样做并不好。Bonamy Dobréc 的一篇书评写道，"读者想必同意，方便查阅且篇幅适中的注释，应该出现在恰当的位置，亦即书页底部"（*The Spectator* [Jan. 11, 1935]）。

4 *ZRPh*, LVIII (1938), 143.

异乎寻常，却并未引起世人注意。[1]它上可追溯至西里乌斯（Silius Italicus）与小普林尼，下可寻觅至贡戈拉。那么，这个主题是否是独一无二的呢？或者，我们能找到同样经久不衰的其他主题呢？于是，我们需要考察历史的主题（第 82 页）。这一任务自然把我们引向古代修辞（第四章）。分析古代修辞很有必要，因为它很可能开辟了中世纪文学的其他领域。它与诗歌的关系也需要厘清（第八章）。这里，是否也能证明从罗马帝国时代到 17 世纪的某种连续性？各种文学史对该话题只字未提；它也从未向自己问过这样的问题。相关的基础研究尚无人完成。为此，我不得不自己承担这个工作（第四条原则）。很快我深信，中世纪文学的现有论断需要彻底修改。“近代语文学”忽略了一个拉丁传统。该学科仍然停滞不前。它洋洋自得的专制时代已经一去不返。它无法胜任但丁、葛拉西安、狄德罗……的研究。“文学研究”（Literaturwissenschaft）同样失败，其两种变体——“艺术史”研究（kunstgeschichtlichen）与“思想史”研究（geistesgeschichtlichen）均如此。在第一次世界大战后的德国，恣意阐释的“思想史”（irresponsibly interpretative
382 “Geistesgeschichte”）取代了语文学，预示着学术的衰落；[2]在我涉足日耳曼研究所青睐的一个领域，撰写《骑士的道德体系》（见本书学术附录十八）时，不得不遗憾地印证该事实。

这种没落或许无法中止。自 16 世纪起，古典语文学就已经站稳脚跟。它的天空中闪耀着许多至关重要的明星，即便是那些次要的恒星也在星系中有自己的用武之地。在古典语文学中，文本的校订、复原与阐释都是严格的技术活。未经过全面的语法训练，没有广泛的阅读基础，难有所成就。日耳曼研究、罗曼研究、英语研究不存在古老的传统。因而，它们很容易成为“时代精神”的方法与过失（fashions and aberrations of the “Zeitgeist”）的受害者。要改变这一局面，唯一的办法是向更古老的语文学求教。可如此一来，研究者就必须学习希腊语和拉丁语——没有哪个聪明人敢提这个要求。当然，近代语文学奠基人曾受过古代语言的训练。他们开创了严苛的学术传统。该传统可能毫无用处，却是求索伟大导师的这份遗产的必由之路。对我而言，它源于我四十年前的导师格勒贝尔。本书的“指导原则”之一便得自格师。

1 圣奥体里恩修道院（the Abbey of St. Ottilien）刊行的圣本笃纪念文集（[1947], 149）认为，额我略所谓“做事老道，心智成熟”（cor gerens senile），言外之意是“并无特别的吸引力”。

2 参见拙文 “Literarästhetik des europäischen Mittelalters” by H. H. Glunz (*ZRPh*, LVIII [1938], 1-50)。

语文学家的任务之一是观察（古典语文学的方法论词汇“observatio”）。为此，研究者当然必须大量阅读（第三条原则），培养对“重要事实”（les faits significatifs）（柏格森语）的敏锐嗅觉。某个无足轻重或毫无意义的现象，若此后反复出现，就说明它具有明确的作用。接着，便是用术语将其确定下来——或许还发现有人已经找到饱览“理想风景”的“乐土”（第 195 页以下）。不过，也有些现象只会出现一次。它们很容易被人抛诸脑后。要想从中找出某些可以比较的东西恐怕要花很大的精力，甚至不得不通读五六遍加洛林时代的拉丁诗人作品。借用先知的话说（*Aeneid*, VI, 129）：“这可困难，这可是费力的”（Hoc opus, hic labor est）。若研究者持之以恒，经年累月之后，[1]没准会发现“缺失的联系”，比如瓦拉弗里德的诗（第 290 页）。

当我们隔离并命名一种文学现象，我们也建立了一个事实。在此基础上，我们深入文学事件的具体结构，加以分析。如果我们得到几十或者几百个类似的事实，就能建立一系列点集。这些点可以用线连接起来，于是就构成了图案。如果我们研究并联想这些图案，就能看到整幅图画。我们之前引述瓦尔堡的话——“上帝是具体的”，便是这个意思。我们不妨这样理解：分析走向综合，或者说，综合自分析
而来；只有这样得到的综合才是合情合理的。柏格森把分析定义为“深入了解一桩 383
我们推测其有意义的事实的能力”（la capacité de pénétrer à l'intérieur d'un fait qu'on devine significatif）。“深入”也是兰克的历史方法的基本概念。不过，什么样的事实是“有意义的”？我们必须“推测”，柏格森如是说。对此，他点到为止，没有进一步解释。让我们做个类比吧。探矿者用杆子探到金矿脉。这个“有意义的事实”就是岩石中的矿藏。它们藏匿于物体当中，然后被寻觅者的探杆“推测”——或者更确切地说，“搜寻”出来。这其中包含了一种心理作用：对于有意义的事物作出“反应”的灵活分辨的感受能力。如果该能力是潜在的，就可以将其挖掘出来。它可以被唤醒、利用和指导，却无法传授或转移。根据处理的事情，分析的方法也多种多样。如果分析对象是文学，那么这就叫语文学。我们只能靠它深入文学事件的核心。探究文学，别无他法。这个事实终结了过去数十年有关方法的争论，以及围绕所谓的“实证主义”（Positivism）的论战。它们仅仅表明，有人希望逃避语文学（至于原因，我们不做讨论）。当然，音乐家有好有差，语文学家亦然。不过，通常而言，即

1　Cf. *Modern Philology*, XXXVIII (1941), 331.

便是糟糕的语文学家也有值得我们学习的地方。

通过文本分析，我们逐渐明白，研究中世纪，不仅要考虑其与古代的连续性，而且也要考虑其与近代时期的连续性。唯有如此，我们才能找到“清楚的研究领域”。这领域便是欧洲文学。

二、民族文学的发端

法国文学始于 11 世纪的宗教叙事诗。其中的明珠《圣亚力克西之歌》（*Song of St. Alexis*）（约 1050 年），是某学者型诗人的精心之作，作者熟知修辞手法，而且读过维吉尔。[1]一种新体裁——民族英雄史诗[2]，随着《罗兰之歌》（约 1100 年）的出现横空出世。据 1090 至 1100 年间的文献记载，罗兰与奥利弗（Oliver）是两兄弟。如此算来，《罗兰之歌》必定是两人出生后（1050—1070 年？）出现的。因此，最初的《罗兰之歌》不可能是流传至今的这首，因为从语言学角度看，后者晚于《圣亚力克西之歌》。我们的《罗兰之歌》的文体要素表明，作者了解维吉尔，熟悉古代晚期的维吉尔阐释方法，清楚中世纪的教士教育。[3]【最古老的《威廉之歌》（*Chanson de Guillaume*）见于 1125—1150 年。】1150 年后，出现了多部有关征服者威廉的史诗（Guillaume epics）。大约同一时期，又诞生了一种新体裁：韵体宫廷传奇（courtly romance in verse）。其主题与（维吉尔、斯塔提乌斯、狄克提斯、达理斯之后的）古代和凯尔特（Celtic）有关。其巧妙的修辞技法与高超的爱情诡辩论（casuistry of
384 love）乃师法奥维德。宫廷传奇表明，12 世纪拉丁文艺复兴传入法国诗歌。寓言训导诗（allegorico-didactic poetry）也利用了拉丁知识。《玫瑰传奇》（约 1275 年）第二部分的主要来源之一，就是阿兰的《自然之怨》。

11、12、13 世纪法国诗歌的蓬勃发展，离不开当时繁荣于法国及法属英格兰的拉丁诗歌与诗学。拉丁文化与诗歌在前领路，法国跟随其后。拉丁语使法语可以不

1　*ZRPh*, LVI (1936), 113 ff.

2　Further discussion in my essays “Über die altfranzösische Epik” (*ZRPh*, LXIV [1944], 233-320; *RF*, LXI [1948], 4; *ibid.*, LXII [1950]).

3　【根据 Duncan Macmillan 的最新版本，Suchier 推定为 1080 年的《威廉之歌》，成文时间“很可能是 12 世纪的最后 30 年”。】

受约束地自由表达。由于法国是学术重镇，还是以语法和修辞为首的七艺的大本营，所以民族诗歌之花自然先在法国开放。

法拉尔（Edmond Faral）的优点[1]在于，他率先承认中世纪诗学与修辞学影响了古代法语诗歌。[2]大部分民族诗人都是知识分子。他们在12世纪天主教学校里学习过七艺和课程作家。那时知识分子人数众多，连已经取得学位的教士都难觅教职。结果，知识分子日益过剩。其中绝大多数为法国、英国的封建王朝所吸纳。[3]通过税收制，封建领主早就取代所有人管理式经济（owner-management economy）。韦伯（Alfred Weber）指出：

> 从骑士到顶层的封建领主的封建金字塔……失去了经济作用。封建结构变成了适合无经济地位者，适合知识分子利益的社会层级体系。尤其是骑士，成了一个广泛的阶层；没有冲锋陷阵的日子，他们不得不监视知识分子的活动。[4]

法国的宫廷社会不甘寂寞，想找些乐子，一如荷马笔下的爱奥尼亚人（Ionians）。英雄史诗与骑士传奇便可以满足这种需要。[5]它们的作者是没有圣俸的（unbeneficed）教士。这些人为听众带来了特洛伊、底比斯、罗马的故事，当然也有奥维德的作品；[6]讲述时，他们会运用各种修辞手法，对于近代题材（比如凯尔特人）也如法炮制。这些诗人深知从雅典到罗马，从罗马到法国的“知识迁移”（translatio studii）。在其《骑士克雷杰》（*Cligès*）（成书时间为12世纪60年代）的开篇，克雷蒂安写道（ll. 27 ff.）：

> 我们借着手里的典籍，
> 得知了古人的功绩，

---

1 【Edmond Faral, *Recherches sur les sources latines des contes et romans courtois du Moyen Age*, 1913.】

2 Edmond Faral, *Les Jongleurs en France au moyen âge* (1910).

3 Faral in Bédier-Hazard, *Histoire de la littérature française illustrée*, I (1923), 3 f. And 15 f.

4 Alfred Weber, *Kulturgeschichte als Kultursoziologie* (1935), 259.

5 见本书学术附录十。

6 特鲁瓦的克雷蒂安散佚的早期诗歌也出于此目的。

久远的传奇也有所耳闻。
那些书籍告诉我们，
论骑士风度和学识，
希腊第一，这是人人共知。
后来，骑士风度传入罗马，
而所有学问的心法
都传入了法兰西。
上帝同意让学问驻留那里。
学问在那儿倍感愉快，
从此永驻，再不想离开。

Par les livres que nous avons
Les fez des anciiens savons
Et del siecle qui fu jadis.
Ce nos ont nostre livre apris,
Que Grece ot de chevalerie
Le premier los et de clergie.
Puis vint chevalerie a Rome
Et de la clergie la some,
Qui or est en France venue.
Deus doint qu'ele i soit retenue
Et que li leus li abelisse
Tant que ja mes de France n'isse.

吉尔森希望从上述诗句中，找出“中世纪人文主义”的表述。[1]不过，他并未考虑接下来的内容：

1 E. Gilson, *Les Idées et les Lettres* (1932), 184.

然而，荣誉已定居此处，
上帝只得向他人求助：
对于希腊人与罗马人，
已经没有谁再谈论；
他们的谈话已经停止，
他们的光芒已经消失。

L'enor qui s'i est arestee,
Deus l'avoit as autres prestee:
Car de Grejois ne de Romains
Ne dit an mes ne plus ne mains;
D'aus est la parole remese
Et estainte la vive brese.

这恰恰与人文主义的信条背道而驰。不过，它非常符合1170年前后的变革时期。设想当时的拉丁“现代人”（moderni），有意把自己同古人相提并论——民族诗人极有可能这样做！我们已经知道，12世纪法国出现了拉丁人文主义。然而，读者想从克雷蒂安入手，就会发现线索已然错综复杂。

西班牙并未受到12世纪拉丁文艺复兴的丝毫影响。她南部的伊斯兰文化，远远胜过北部的基督教文化。唯有在东北部的纳瓦拉（Navarre），以及（特别是）加泰罗尼亚，我们才能找到从11世纪起传自法国的拉丁文化的温床。其中最重要的地方是克吕尼修会改革阵地——圣玛利亚修道院（the monastery of Santa Maria de Ripoll）。那里活跃着一批创作情歌和逝者颂歌的拉丁诗人。有一位诗人为熙德写了首诗；遗憾的是，现仅存开头几节，我们无法据此确定，诗歌写作时间是熙德逝世之前还是之后。不论如何，该诗是最早的熙德诗歌。最早的熙德散文是《罗德里格传》（*Historia Roderici*）（约1110年）。随后，西班牙的这部熙德史诗，借用了拉丁作品里已经处理过的素材。它以法国的史诗为模板，采用1150—1180年间法国首次 386
出现的文体套语（stylistic clichés）。因此，其创作时间几乎不可能早于1180年。西班牙文学的开端比法国文学晚了一个多世纪。[1]原因显而易见：西班牙缺少刺激拉丁知识分子茁壮成长的因素。直到 13 世纪，学术文化才穿过比利牛斯山。当时的诗人把拉丁韵律与拉丁修辞等“高深技法”（mester de clerecía）或“新技巧”（nueva maestría），与“游吟诗人技法”（mester de joglaría）等量齐观。贝尔塞奥（Berceo）就宣称：“我们读什么才写什么”（al non escribamos sin non lo que leemos）。写作主题偏有教会或古代渊源（亚历山大的英雄事迹，阿波罗尼乌斯的传奇故事）的内容。大约 1330 年，鲁伊斯（Juan Ruiz）在其《恋爱之书》（*Libro de buen amor*）中做了大胆创新。他承袭了奥维德的欲爱内容（eroticism）及其中世纪衍生品。在意译《爱经》（*Ars amandi*）（他所读到的原文本）时，他把极其流行的中世纪喜剧《爱情守则》（*Pamphilus de amore*）（该作又可追溯至奥维德的哀歌 [*Amores*, I, 8]）加工改造一番，然而放入译文当中。奥维德在自己的哀歌里，描写了一位自吹自擂的老鸨。鲁伊斯几乎一字不差地把《爱情守则》的内容搬了过来，仅仅增加了西班牙人名和地名。如此，赋予了作品本地感和时代感。借鲁伊斯之手，老鸨特罗塔康文托斯（Trataconventos）（字面意思是“修道院的老太婆”，不过我们并未看见任何与修道院有关的内容），成了西班牙诗歌的典型人物。在罗哈斯（F. de Rojas）的同名杰作中，她是塞莱斯蒂娜（Celestina）；在维加的《多萝蒂亚》（*Dorotea*, 1632）中，她是赫拉尔达（Gerarda）。有些批评家把《恋爱之书》、《塞莱斯蒂娜》（*Celestina*）、《堂吉诃德》并称西班牙文学的三座高峰。[2]经常有人引用它，以作为“现实主义”（realism）（据推测，这是西班牙文学的特点）的主要证据。然而，阿隆索（Dámaso Alonso）有力地批驳了这个观点。[3]我认为，他对西班牙诗歌精神的全新阐释，可以从这里探讨

1 最近，有人在 11 世纪阿拉伯与希伯来诗歌中，发现了西班牙副歌（refrains），于是某些地区认为，西班牙抒情诗要比推测的早了将近一百年。至于该发现的历史价值，则并未提及。E. García Gómez 概述了这一研究的情况，见 *Clavileño* (May, 1950)。

2 Cejador in his edition of the *Libro de buen amor*.

3 见 *Cruz y Raya*, Oct. 15, 1933。——早在 1927 年，Ortega 就指出，Menéndez Pidal 的历史观存在两个弱点：“第一，想当然地断定，西班牙的基本艺术特点是现实主义。与此相连的是，同样臆断地认为，现实主义是艺术的最高形式。第二个毫无根据的主张，是对‘通俗’的过高评价。”（*Obras* [1932], 966）

的关系中获得新的证据。[1]

中世纪拉丁诗歌只是循序渐进地传入西班牙。大约 1230 年，第一波风潮随着贝 387
尔塞奥抵达；1330 年左右，第二波浪潮随鲁伊斯而来；阿隆索则带来了第三波。到了 1440 年前后，阿隆索才可能模仿卡佩拉，创作寓言式的七艺百科全书。

西班牙人认为，罗马帝国时代的伊比利亚作家，也属于他们的国别文学；于是，西班牙民族文学的大器晚成，也就不会引起什么尴尬。[2]熙德史诗为它拉开了雄壮的序幕。意大利没有什么可与之相媲美的。1200 年以前，那里几乎乏善可陈。[3]意大利诗歌直到约 1220 年才开始发展。为何这么晚？几十年来，学界也一直探讨这个问题。[4]不过，如果我们把罗马尼阿整体看待，那么答案简直是出乎意料地简单。在 12 世纪意大利，法理学、医学、书信体正蓬勃发展。然而，课程作家的研究却日薄西山，与之相伴的还有拉丁诗歌与诗学。那时没有人文主义，没有哲学。13 世纪的民族抒情诗，脱胎于普罗旺斯的艺术诗歌。但丁率先另辟蹊径，用拉丁中世纪的知识宝库滋养自己的诗歌。“为何意大利文学开始得那儿么晚？”——这个问题本身就提的不对。我们应该问，“为何法国文学开始得那么早？”我相信，我们已经知道答案了。不过，我们还要回答另一个问题：“为何拉丁文艺复兴（1066—1230）仅出现在法国和法国化的英国？”因为查理曼大帝的教育改革奠定了能挺过 9、10 世纪动乱

1　奥维德的老鸨取自米南德（Menander）时期的古代喜剧人物。这种“新”喜剧摒除了政治攻击、神话以及英雄故事。它把主题范围限定于中产阶级的日常生活。戏剧冲突由爱引发。古代文学理论认为，爱情专供喜剧之用（见本书学术附录四）。新喜剧的剧中人（dramatis personae），包括被狄奥弗拉斯特（Theophraste）视为典型的“人物”：贪婪的老翁、不劳而获者、娼妓、奴隶、妓院老板等等。老鸨就属于这类。在赫龙达斯（Herondas）的拟剧（mimiambi）曾出现过这一形象。奥维德把该母题从喜剧搬到了欲爱哀歌（erotic elegy）。在《爱情守则》中，它又回归了喜剧——或者某个在 12 世纪可理解为“喜剧”的剧种：用哀歌韵脚写成对话体的滑稽故事。相关文献见 G. Cohen, *La* “*Comédie*” *latine en France au 12e siècle*, 2 vol. (1931)。但丁（致坎·格兰德书）仍然把喜剧视为风格低俗的叙事诗体（“remissus est modus et humilis, quia locutio vulgaris”）。在《论俗语》（*VE*, II, 4, 5）中，他使用了另一种说法——“低等的格调”（stilus inferior）。这就回到了古代的文体三分法。我们自认为见到“现实主义”的地方，正面对某个文学常规——“低俗”的文体。

2　当然，Menéndez Pidal 希望从历史中推断出某个散佚的与西哥特人有关的 10、11 世纪史诗。不过，这个假设有点不切实际。S. Griswold Morley 指出：“12 世纪前民族文学存在史诗，纯粹是一种猜测。”（Mérimée-Morley, *A History of Spanish Literature* [1930], 28 n. 3）

3　“2 世纪以前，意大利尚未出现诗歌体裁”，见 Monteverdi in Novati-Monteverdi, *Le Origini* (1926), 647。

4　A. Monteverdi gives references in *Un cinquantennio di studi sulla letteratura italiana (1886—1936). Saggi... dedicate a Vittorio Rossi* (1937), I, 74 f.

388 的基础。[1]奥托王朝时期德国统领思想界的风光已不复存在。从查理曼大帝到但丁的西方文化史，我们还不甚了解，还没有一气呵成地展现出来。[2]

三、思想与形式

在我们的分析中，文学的形式要素占有显著地位。然而，修辞是一种权力。公民演说与法律演说，在古代城邦具有一流的政治作用。面临伯罗奔尼撒战争的紧要关头，雅典人热情地采用了高尔吉亚的修饰形式；而修昔底德采用了全新的炫丽文风撰写伯罗奔尼撒战争史，此乃美学现象而非政治现象。希腊人追求词语音效，一如意大利人热衷咏叹调和花腔。炫技演说当然离不开公众场合，但这仅仅因为它是独立而自觉的高手技巧。为此，炫技演说及其所有的艺术手法，都可以进入诗歌。众所周知，在北方的民族中，高卢人偏好讥诮的口才，因而吸引了古人的目光。这里，我们是否能找出凯尔特人也存在的共同点？也许，我们可借深奥而自负的爱尔兰式拉丁用法找到答案。当高卢人吸纳罗马文化时，古罗马晚期以形式为乐的风气，在现为法国的地区找到了适宜的温床。奥索尼乌斯来自波尔多的邻邦，西多尼乌斯来自奥弗涅（Auvergne）。然而，加洛林王朝的教育改革，乃基于 8 世纪的英国人文主义。后者与教会、学校、语法等紧密相连，全然不懂得以形式为乐（后来的克吕尼修会的改革做到了）。这一做法并不适合日耳曼人性格。拉丁中世纪最大的矛盾在于，北方民族的知识阶层采纳了南部的异族语言，并学着掌握了它的形式，甚至忸

1 虔诚者路易（Louis the Pious）统治下的帝国危机；885—887 年，诺曼人兵临巴黎；南部的萨拉森人；西法兰克加洛林王朝的没落等等。Halphen (*Les Barbares*, 269) 谈到 9 世纪的政治动荡时惊呼："文艺复兴文明差点再次消失。"（Il s'en est fallu de peu que la civilization renaissante ne sombrât une seconde fois.）大约 10 世纪中期，才出现宗教与思想的复兴（*ibid.*, 351）。

2 Carl Erdmann (1898—1945) 构想了一种 11 世纪"法兰克—日耳曼文化史，其中法国文化的突出地位完全是靠自身发展得来，12 世纪人文主义的预备程度远大于此前学界公认的"（*in litt.*, Jan. 23, 1938）。遗憾的是，他生前没有实现这一计划。【Erdmann 的离世（他 1898 年生于 Dorpat，1945 年 3 月在 Zagreb 逝世）是战争给学术研究带来的最重大的打击。逝世前不久，他曾给自己的姐姐写信道："在我所关注的领域里，一切都完成了。今后，我将无所畏惧，无所期望……真正的人文主义者，应该能在临终前做出斩钉截铁的肯定，并且知道以'哲人的方式'离开这个世界。归根结底，正是在临终前，人才会表现出自己是否真的相信理想。因此，我将无怨无恨，安安静静地离开。"见 Fr. Baethgen 为 Erdmann 写的祷文，载 Erdmann 的遗作集 *Forschungen zur politischen Ideenwelt des Frühmittelalters*, Berlin, 1951。】

怩作态（affectations）。这跟他们自己是多么格格不入啊！不过，随着民族语言日渐成熟，它的奖励何等丰厚！正是借着政治力量，正是出于伟大统治者的意志，学术在法国生根发芽。但它能在这里如此茁壮地成长，可能只是因为高卢罗马人（Gallo-Romans）对精巧话语的偏好，遇到了扎实的英式教育。首先是语言学校。可除了内部法规，它还不得不利用其材料中最困难最生僻的部分。这一点我们已经可以从阿尔 389
昆之后的一代人看出。由于丹麦人入侵，爱尔兰–苏格兰人（Iro-Scots）不得不背井离乡；通过他们，古代文化的新鲜宝藏，涌入了秃头查理治下的法国，[1]一同而来的，还有新鲜的技巧。艺术与技巧之间的界限并非一成不变。两者的遗传关系本就模糊不清。技巧往往被视为后来的产物、衰落的迹象——预示艺术的退化。不过，情况也可能反过来。拉丁中世纪的文体发展史反反复复地证明了这点。古代晚期的文学技巧成了技法的促进因素，同时唤起了艺术的追求。人们把语言的可能性研究得淋漓尽致，还由此创造了新效果。我们可以从历经数百年演变的拉丁韵脚一探究竟。第一阶段是无押韵的安布罗修赞美诗（Ambrosian hymn stanza without rhyme）。两个世纪之后，福尔图纳图斯的赞美诗出现了叠韵（assonances）。比如，有一首诗就运用了两个“u”和两个“o”：

国王的旗帜高高飘扬，
十字的奥秘闪耀光芒，
肉体创造者在肉体里面，
悬吊于十字架的上边。[2]

1　总体而言，对希腊的了解，Johannes Scotus (Eriugena) 远胜他的同辈人。参见 the chapter “The Study of Greek” in M. L. W. Laistner, *Thought and Letters in Western Europe A. D. 500-900* (1930), 191 ff。此外，还有 P. Courcelle, *Les Lettres greques en Occident de Macrobe à Cassiodore* (1943)。Heiric of Auxerre 所获得的希腊知识得自拉昂（Laon）的爱尔兰修士。他的学生是 Hucbald of St. Amand。我想，我已经指出，后者知道 Synesius 的《秃头颂》（φαλάκρας ἐγκώμιον）（*ZRPh*, LIX [1939], 156 f.）。Johannes Scotus 评注的《菲洛罗吉亚与墨丘利的婚礼》于 1942 年在美国首次出版。*Iohannis Scotti annotations in Marcianum*, ed. Cora E. Lutz (= *Publications of the Mediaeval Academy of America*, No. 34 [1942]; 该书我没有见到）。有关该主题的最新论著见 B. Bischoff in *Byzantinische Zeitschrift*, XLIV (1951), 27 ff。

2　【中译者注：Walter Kirkham Blount 的英译文据称是最好的：“Abroad the regal banners fly,/ now shines the Cross’s mystery:/ upon it Life did death endure,/ and yet by death did life procure.”】

Vexilla regis prodeunt,
Fulget crucis mysterium,
Quo carne carnis conditor
Suspensus est patibulo.

紧接着的一节，每行诗的最后一词均以“a”音节结尾：

钉子戳破他的身体，
双手双足伸展无力，
为了拯救我们，在此，
他成为上天的献祭。

Confixa clavis viscera
Tendens manus, vestigia
Redemptionis gratia
Hic immolata est hostia.

作者没有遵循严格的模式。我们发现，11 世纪伊始，诗人喜欢成对地押韵。某一首诗可能以这一韵式为主，但不必一以贯之。[1]当然，也可能出现某 48 行的诗从头至尾押“a”韵的情况。[2]这便是所谓的“长篇韵”（tirade rhyme）。在此，我们不可能详细探讨该话题。想想看，从这些实验的笨拙，到《圣母悼歌》（*Stabat mater*）或
390 《愤怒之日》（*Dies irae*）的光辉，这中间出现了多么巨大的进步！[3]我们实在应该一节一节地仔细阅读这两首结构全然不同的赞美诗，揣摩其中丰富的手法以及各种变

1 比如 *Carm. Cant.*, ed. Strecker, No. 42。

2 *Ibid.*, No. 10. 其中有一行并不是纯粹的韵脚。

3 “有些人，年轻和年老时通过大量或少量阅读，在其艰难时期和富裕时期，还深信这些拍案叫绝的三韵体诗歌（他们可能出自切拉诺的托马斯 [Thomas of Celano] 或其他人之手），几乎是或者就是他们所知的音义完美结合的产物。幸运的是，我们可能永远不乏这样的读者。”见 George Saintsbury, *The Flourishing of Romance and the Rise of Allegory* (1897), 9。

体。但丁以前，两者在艺术性上是无与伦比的。[1]

韵律对于罗马人和日耳曼人同样是舶来品，两个民族踟蹰良久方接受，但他们并不死守规则和连贯性，反而让它在自己的手里迸发出有序而神奇的光彩。韵律是中世纪的伟大创举，一如歌德笔下，吃惊的海伦向浮士德学习。格律诗（rhymed stanza）的多种可能性，体现了一种全新的形式体系。然而，对语言来说，我们遇到的不计其数次要的造作形式手法，就好比管风琴上的音栓。我们可以观察但丁是如何使用它们的。在大师的手中，技法成了画龙点睛的表达手段。技巧一跃进入艺术，并为之吸收。

通常，文学史很少关注形式体系。如今，它更喜欢思想史（其指导观点很可能借鉴自其他学科）。于是，就忽略了这样的事实：文学形式分析可以自己获得文化领域的种种洞见，思想史的目的便是如此。如果有人把这种形象的说法换作自然女神，然后按图索骥，就会发现问题史（Problemgeschichte）或概念史（Begriffsgeschichte）所遗漏的联系，就会发现像“智勇双全”（sapientia et fortitudo）这样的桥段，像世界剧场这样的隐喻，由此眼界大开。对我们而言，源自书籍世界的比喻式表达方法仿佛一面透镜，把数千年来的光线汇聚一点。身在形式当中，并通过借用形式，思想变得鲜活起来。

形式是一系列组合和组合体系，让无形的思想显现自身，可以理解。但丁在光圈和光的十字架上，为有福者都指定了位置。水晶含有电子与分子的晶格（space lattice）。数学与光学采用了晶格概念（概念？隐喻？自然科学也使用隐喻？）。文学形式就起着类似晶格的作用。当分散的光线汇聚到透镜（如水晶体）上，诗歌问题便具体化为一种组歌模式。在英国批评界，“图式”（pattern）概念已变得耳熟能详。如果我没记错，詹姆斯（William James）用该词指称意识“流”中的结构。不过，最有代表性的例子是霍普金斯（Gerard Manley Hopkins）书信里的一段话：“音乐中最让我难忘的是曲调和旋律，绘画中是构图，所以构图、图式，或者我习惯称之为构 391
成要素（inscape）的东西，便是我在诗歌里首要关注的”（1879 年）。霍普金斯甚至觉得“图式”也不够确切，于是造了一个新词。其含义还是一样：决定结构的形式。

1　普罗旺斯诗人刻意追求韵脚，尤其是 Arnaut Daniel。在刻意雕琢罕见韵脚的过程中，音乐性全然消失，意义也不复存在。

德国人既不用“图式”，也不用“构成要素”。我倒觉得，晶格意象确切而直观。

从 12 世纪起，新韵律的发明记载着新诗的出现过程，比如普罗旺斯组歌（Provençal canzone）、回旋诗（rondeau）、十四行诗、三韵体诗、八行体诗（ottava rima）以及斯宾塞的神奇改造。韵律也可以去掉，比如无韵体诗（blank verse）。然而，当诗人放弃韵律——如惠特曼和他之后（1890 年以后）的自由体诗人（vers-librists），就很容易丢掉与之相连的精神。瓦雷里的重要性不在于他的思想，而在于他的典型：经象征主义（Symbolism）提炼的诗歌素材，他又使之符合严谨形式的法则。艾略特可以游走于自由体与格律体之间。

柏格森反复指出，我们的头脑喜欢把创新的事物简化为现成或即成的事物（“un réarrangement du préexistant”）。为进一步说明，他还做了番比较。假设有一位音乐家正创作交响曲。他的作品是否“可能”在成形之前存在？回答是：

> 有可能——若提问者的意思是，作品创作过程中没有什么不可逾越的障碍。不过，从这个词的消极意义，我们不知不觉地转到了其积极意义上：我们想象，一切发生的事情，都可以经掌握足够信息的头脑而预先感知。因此，在发生以前，事情便以观念的形式存在。可对于艺术作品而言，这却是荒诞不经的假设，因为音乐家一旦有了清晰而完整的交响曲观念，他就会创作，他的交响曲于是水到渠成。[1]

一般来说，作曲家对将要创作的作品，并没有“清晰而完整的”观念，但不清晰的观念还是有的。其中可能包括各主题，而无论如何，肯定还包括名为交响曲的音乐形式的模式。没有这个模式，作曲家就无法创作。在头脑中，创新事物的出现频率，比柏格森预想的少得多。没有组合模式（柏拉图所谓的“理式”[εἶδος]）萦绕脑海，诗人就无法写诗。文学体裁、韵律与诗节形式便是此类模式。它们是持久的要素，但受到回报递减律（the law of “diminishing returns”）的制约。史诗、悲剧、颂歌等等都可以从这个角度入手研究。

---

1 H. Bergson, *La Pensée et le Mouvant* (1934), 20.

四、连续性

我们经常需要探讨文学的常量。为此，我们四处寻找，然后搜集起来——有些肃然起敬，久为人知（但并非广为人知），比如缪斯女神；有些遭到误解，甚至斥责，比如陈旧的主题、老套的隐喻、挖掘殆尽的风格。这些尤其令标准古典主义的合格教师 392
痛恨不已。几百年来，文学一直受到常不为人知的审查。文学是教育的辅助手段，在学校由教师传授给学生。教育机构以“趣味高雅”（很容易贴上道德的标签）来评判文学。众所周知，教育者也就行为、整洁、勤奋等方面打分。对我们的调查而言，传统中可敬与可憎的部分没有差别。我们必须整体看待。唯有如此，我们才能抓住欧洲文学的连续性。唯有如此，我们才能判断近代文学如何延续传统，同时又与之不同；从阿里奥斯托（卒于 1533 年）到歌德的三百年间，近代文学怎样分享彼此传播的作品。

连续性！我们已经见过它五花八门的形式，兹不赘述。它的出现不限场合，可以在学习基本原理时，也可以在有意且成功继承遗产时；可以在拼凑组曲时，也可以在掌握模仿古代经典而作的拉丁诗歌时（有些中世纪诗歌，不同的 19 世纪语文学家考证的创造时间甚至相差千年之多）。我们或许可以勾勒文学传统形态学（morphology）的轮廓。然而在此，文学史的初等知识（scientia infima）还缺少能分辨自成一体的概念（concepts worked into shape by itself）的工具。这样的概念有六个。它们体积庞大，且尚未成形。人文主义、文艺复兴、古典主义、浪漫主义、前浪漫主义、前古典主义——仅靠这点知识，我们无法取得更大的收获。传统可以按部就班、原原本本地传播，正如中世纪学校所做的。接受方式既可是模仿（如 8、9 世纪），也可是改造（如 11、12 世纪）。它可能遭遇愤怒的抵制（Florebat olim...），公开的反叛或漠视。不过，也有人执意求索那沟通几个世纪的遥远记忆。一提拉丁赞美诗音乐，我们不禁想到，它仍勾起波德莱尔的模仿欲（《吾爱弗朗西丝赞》[*Franciscae meae laudes*]），就像古代晚期与中世纪拉丁语的光芒，迷住了于斯曼（Huysmans）和古尔蒙（Remy de Gourmont），[1]诺努斯炫丽的华彩，吸引了年轻的格奥尔格。在他

1 【中译者注：于斯曼（1848—1907），法国小说家，创作前期是自然主义拥护者，后期是现代派先锋，著有《妓女玛特》（*Marthe*）、《华达尔姐姐》（*Les Soeurs Vatard*）、《在那儿》（*Là-bas*）等。古尔蒙（1858—1915），法国后期象征主义领袖，著有《天堂的圣徒》（*Les Saintes du paradis*）、《枯叶》（*Les Feuilles mortes*）等。】

为马拉美创作的颂歌中，格奥尔格写道：

> 我们仍记得，拜占庭作家与晚期拉丁作家的作品，给我们留下何等深刻的印象；那种感觉，跟阅读教父作品如出一辙，它们的作者可是大胆地用夺目的色彩描绘自己忏悔的罪恶；在他们饱受磨难、心悦诚服的文笔中，我们如此愉快地感受灵魂的悸动；血气方刚的埃及人的蹩脚诗歌——像酒神侍女一样哼唱疾驰，让我们体会到比古老的荷马史诗还多的快乐。

1890 年的颓废主义运动（décadencc）是新审美激情的发现，同时也是摆脱“异族人”（barbarians）的一种分离形式。魏尔伦的十四行诗写道：

> 我是颓废末期的帝国。
>
> Je suis l’Empire à la fin de la décadence.

393 象征派的现代主义（modernism）把古代晚期元素当作兴奋剂。出版商迪多（Ambroise-Firmin Didot, 1790—1876）刊行的双语版古典文丛，为巴黎大大小小的图书馆所收藏。世上没有哪个地方，像阿贝拉尔从教过的圣热纳维夫山（the hill of St. Geneviève），保留着如此浓厚的学术氛围。这构成了拉丁区（quartier latin）的活跃气氛。

文学传统的连续性，乃是对极其复杂的事物状态的简化表述。同生命一样，传统也经历死亡和重生。伊利昂（Ilion）的火海在我们传统的开端熊熊燃烧。我们拥有的古希腊文学不过是断简残篇。底比斯和阿耳戈船英雄史诗身在何处？我们已失去了几乎所有古希腊抒情诗、大部分阿提卡悲剧和喜剧。奥古斯都的古典主义取代了希腊化时期诗歌，使其灰飞烟灭。正典变得越来越少。3 世纪罗马帝国的危机不仅严重危及创作，而且产生了对保存古老文学相当不利的漠然态度。4 世纪以后，纸莎草卷为羊皮卷所代替。当时，不再阅读的作品也就不再抄写或者改写。技术的创新与品位的变化，共同导致了拉丁文学的萎缩。到了中世纪伊始，罗马文学只剩一堆残卷，“跟原始著作相比，它们已变得不甚重要了。罗马帝国时代集会广场遗址又怎能跟原物相比呢”（诺登 [Eduard Norden] 语）。经加洛林王朝的教育与书法改革而拯救的遗产，几乎毫发无损地保留至中世纪末。印刷术似乎最终保护了文学。然而，第二次世界大战又损毁了几百万册书籍。思想价值的传播离不开物质基础；可这些基础都破坏殆尽了。

传播的连续性也会受到一般的文化进程（the general course of culture）的威胁。12 世纪对辩论的激情（这正是辩证法的特点）开始抨击权威。到了 13 世纪，新的大学学科取代了文学研究。一旦失去点燃的热情，这些研究本身就变得每况愈下。霍夫曼斯塔尔质问：

> 当生命败给了生命机制，败给了政府的机关、公共的学堂、教士的灵药等等，还有什么机构不散发这死亡和腐朽的气息？

1820 年，歌德写道：

> 一味沉溺过去的人，到头来很容易念念不忘故去的事物，也就是我们眼中像木乃伊一样干瘪的东西。然而，正是这份对逝者的执着，危及了革命的转变，而这转变可以重振创新的动力，打破其枷锁。如此，创新可逃出旧事物的牢笼，不再对旧事物顶礼膜拜，不再借用它的优点。

50 年前，歌德就已从赫尔德处得知：“这首诗是全人类的共同礼物，并非少数
彬彬有礼的知识分子的私人遗产。”18 世纪中期的前浪漫主义（见本书 324 页以下） 394
宣称，真正的诗与文学修养（literary culture）格格不入；它的花朵只在异族人和野蛮人中绽放。身为柏林的法国教会牧师，佩卢捷（Simon Pelloutier, 1694—1757）优雅地概述了这一思想：“文学的无知与轻蔑是诗歌的真正来源。”这一表述一直隐匿于一部凯尔特史书（1740 年），直到第一次世界大战后，才在近代研究者的努力下重见天日。[1]如果佩氏激动人心的口号是真的，我们就应该期待诗歌的再次绽放。诗歌与

1　相关论据参见 P. Van Tieghem, *Le Préromantisme*, I (1924), 38 中的介绍文章《欧洲前浪漫主义时期的纯诗概念》（*La notion de vraie poésie dans le préromantisme européen*）。佩卢捷认为，日耳曼部落是凯尔特人。

文学传统的关系，受两个理想概念制约——宝库（thesaurus）与白版。搜集、保留并欣赏传播过来的宝藏，乃是文化的作用之一。在亚历山大时代，它仍可以释放创造力；在拜占庭时代，它只能勉强保存创造力。此后，人们开始对传统漠然置之（如3世纪罗马帝国）。当新学科进入教育领域，这种漠然就会变成敌视。于是，有人打起了一度行之有效的口号——“事实胜于雄辩”（res, non verba[1]）。大约1875年以后，自然科学与科技取代了人文主义传统。1926年，霍夫曼斯塔尔发现：

> 在天主教的广阔视野中，只有一位伟大的古代圣贤，仍在西方唯一流传至今——其他人都算不得伟大，流传下来的所剩无几。此时此刻，我可以预见，有朝一日我们会以为，18世纪和19世纪早期的德国的人文主义是一段美妙的插曲，当然也只是插曲而已。[2]

不过，在残酷的历史中，任何伟大而优美的事物都仅仅是插曲。连续性遵从青铜时代（Brazen Age）的法则。然而，若我们寻觅其轨迹，就会意识到，我们不能以世代估算，而且也很难以世代估算。我们需要超长的时间单位，来计算蛮荒的年代。这就是历史的教义，但也是它的安慰与许诺。即便在教育萎缩和混乱的时期，以语言与文学为载体的欧洲思想遗产仍然可以幸存；这就类似遭受蛮族与萨拉森人袭击的中世纪早期的修道院。这份遗产无可替代，哲学不行，技术不行，政治或经济体制也不行。后几样能创造好的事物，却造不来美的事物。古斯巴达人（Lacedaemonians）之所以受诸神垂青，是因为他们祈求诸神，不但赐予善的事物，而且还有美的事物（τὰ καλὰ ἐπὶ τοῖς ἀγαθοῖς）（Plato, *Alcibiades*, II, 148 C）。

思想只有在词语中，才能使用自己的语言；只有在创造性的词语中，它才能获

---

1 有关“事实”与“雄辩”的内容，见 Cicero, *De or.*, II, 63。【加图在如今散佚的著作《修辞学》中曾说过，“只要抓住事实，雄辩不成问题”（rem tene, verba sequentur）。罗马帝国晚期修辞学家 Julius Victor（4世纪），把这话当作准神谕（praeceptum paene divinum）保留了下来（Halm, p. 374, 17）。我们还可以在贺拉斯的《诗艺》中（V, 311），见到它的影子：“事实在手，言辞随走。”（Verbaque provisam rem non invita sequentur.）塞内加致 Lucilius 信中也写道（75, 7）：“你还忙着遣词造句吗？如果你已胸有成竹，那就乐在其中吧。”（Circa verba occupatus es? Jamdudum gaude, si sufficis rebus.）这一思想频繁出现于奥古斯都的笔下。】

2 Carl Burckhardt, *Erinnerungen an Hofmannsthal* (1943), 79.

得完美的自由——超乎概念，超乎教义，超乎戒律。语法、修辞、“七艺”、学校的传播技术，可以保证思想安然无恙，但也使它变得空洞而客观。这些技术并不是自 395
身的目的（an end in themselves），连续性也不是。它们乃记忆的辅助手段。记忆决定了个体对自己永恒身份的意识。文学传统是一种媒介，在其帮助下，欧洲思想历经千年仍保留着自己的身份。据希腊神话记载，记忆（Mnemosyne）为众缪斯女神之母。伊万诺夫（Vyacheslav Ivanov）认为，文化是对祖先启蒙（Weihen der Väter, ancestral initiations）的记忆：“从这个角度讲，文化不仅具有不朽的价值，而且能开启心智。身为文化的最高女主人，记忆允许她的真正仆从共同参与启蒙；通过更新他们身上的这些经历，赋予其开天辟地的力量。记忆是动态的原则；遗忘是运动的疲倦和中断，是下降并重归相对懒惰的状态。”人类可根据文字，根据上帝的灵（penuma）来解读记忆。

这里，我们走到了关键时期，辩证法开始反客为主。当我们谈到形式与思想，就已经对此有所感觉。思想需要形式来达到结晶状态（即表现自己）。然而，结晶体是不会腐朽的。相反，渗透了思想的形式也可变得空洞，仿佛无人租用的房间。“书房里的哲罗姆”是文艺复兴绘画钟爱的一个主题，它象征坐拥书城的人文主义者伏案工作。但哲罗姆离开书房以后还剩什么？魔鬼糜菲斯特是怎么发现浮士德曾经工作的高拱顶哥特式小屋？

> 我向上下四方瞻望，
> 一切都无变更，完全老样；
> 只有那堵玻璃窗似乎更加不亮，
> 似乎更添了一些蜘蛛网；
> 墨水已凝僵，纸头已翻黄……
> 旧钉上还挂着那件旧的皮袍。[1]
>
> Blick ich hinauf, hierher, hinüber,
> Allunverändert ist es, unversehrt:

1 【中译者注：见歌德：《浮士德·第二部》（郭沫若译），北京：人民文学出版社，1978 年，第 102—103 页。】

Die bunten Scheiben sind, so dünkt mich, trüber,
Die Spinneweben haben sich vermehrt;
Die Tinte starrt, vergilbt ist das Papier...
Auch hängt der alte Pelz am alten Haken.

房间里增加了各式各样的生物：

或到那边，有旧橱立着的地方，
或到这边，褪成褐色的羊皮纸里，
或到古瓶的垢污的破片中间，
或到骷髅的空虚的眼底。
在这古董玩器的垃圾堆中，
总会有些喊喊喳喳的虫子。[1]

Dort, wo die alten Schachteln stehn,
Hier in behräunten Pergamen,
In staubigen Scherben alter Töpfe,
Dem Hohlaug jener Totenköpfe,
In solchem Wust und Moderleben
Muβ es für ewig Grillen geben.

396 思想的空洞形式就如同这间屋子。十四行诗是天才的发明。用几百首十四行诗描写欲爱主题，还能让读者手不释卷，唯彼得拉克的创造才有这般魔力；经他的点化，十四行诗如瘟疫铺展开来，掀起了16世纪的十四行诗疯潮。[2]莎士比亚也能借过时的形式，表达自己灵魂的矛盾。不过1666年，莫里哀在其《愤世者》（*Misanthrope*）中，大加嘲讽了女才子（the Précieux）的变质的十四行诗。1827年，

1 【中译者注：同上书，第104页。】

2 【见 Du Bellay 的诗歌《反对彼得拉克主义》（*Contre les Pétrarquistes*, 1558）。——Arturo Graf, "Petrarchismo ed antipetrarchismo", in *Attraverso il Cinquecento*, 1888.】

华兹华斯提醒批评家：“莫鄙视十四行诗……”。埃雷迪亚（Hérédia）十分珍视自己精雕细琢的十四行诗，为此他将其集结起来，取名《战利品》（*Trophées*, 1893）。如今，没有哪种形式像十四行诗一样，退变得如此严重。它已成为门外汉手中羸弱的戏马。不过，亚历山大体或抑扬格体悲剧、史诗、训导诗等形式，同样布满了厚厚的灰尘。许多古典作家的情况亦然。他们被人为地保存在近代的正典之中。尽管他们仍不时舞出新的花样，可身上已经出现虫子啮咬的斑斑点点。高乃依的情况不容乐观。为此，1936 年，施伦贝格尔（Jean Schlumberger）不得不撰文，指导读者欣赏高乃依。[1]对于布瓦洛，更需狠下一番功夫。

文化有如启蒙的记忆……1920 年，伊万诺夫在莫斯科“科学与文学工作者”疗养院中如此记录自己的所思所想。[2]此后，接踵而来的是后果不可估量的文化崩溃。在如今的思想状态下，当务之急是恢复“记忆”。各种教育计划、再教育计划固然重要，但更重要的是看到文学连续性的作用，然后牢牢谨记。可惜，我们仅仅是走马观花。如果我们继续我们的历史思索，就会发现遗忘与铭记同样必不可少。要保留精华，就必须遗忘很多。此乃白版的相对真理（relative truth）。其相反概念——“宝库”也可如此炮制。圣伯夫的《品味寺》被一个世纪的偶像破坏运动（iconoclasm）打入冷宫。像安德里厄这样的“微型”（diminutive）文豪再无容身之地。我们不需要传统的仓库，我们渴望一间可供呼吸的房子，亦即佩特（Walter Pater）所谓的“美的房屋”（House Beautiful），“里面容纳着世世代代的创意（creative minds）”（*Appreciations* [1889], Postscript）。

这番话包含了圣伯夫尚未企及的真理。它是文学批评史的里程碑，标志着向
新自由的突破。标准古典主义的暴君给打败了。遵从法则，模仿典范不再是登堂 397
入室的不二法门。唯有靠创意。结果，传统概念没有被抛诸脑后，而是转世投胎（transformed）。如果思想的王国要长存，就必须保留几百年来的伟大作家，不过仅限于有创意的作家。这是新的遴选方法——一组仅以美的观念为标准选定的正典，我们深知，它的形式在不断变化，不断更新。正因如此，美的房屋从不会竣工，从不会关闭。它在一直修建，时刻敞开。

1　Jean Schlumberger, *Plaisir à Corneille*.

2　见拙作 *Deutscher Geist in Gefahr* (1932), 116。

五、模仿与创造

从现有结论我们看到，佩特的美屋概念中卓然而立的，是正典的这种转化，而非作为创造者的诗人的评价。对我们而言，后者不证自明，但它在18世纪才首次零星出现。到了歌德笔下，它开始绽放。1775年7月，歌德自瑞士动身回国，途中逗留于斯特拉斯堡。为了向斯特拉斯堡天主教堂表示敬意，他做了如下祷告：

> 你是一，是活的；你被繁育，被展现；你并非支离破碎，而是拼贴如一。置身你的面前，犹如面朝磅礴的莱茵河的波涛，犹如遥望终年雪山的闪亮的王冠，犹如观赏静谧的湖面，犹如品味灰色戈特哈德关隘模糊的悬崖与空旷的山谷！正如每一种伟大的创造思想出世前，都在灵魂中躁动着。她在诗歌中吐露着自己的牙牙之语，在纸上涂写着对创世者的爱慕……

这里，歌德把诗人的创造力，感受为掌控外在自然的相同力量。接着，他转而谈起“创意十足的艺术家”。他与友人伦茨（Lenz）一起登上平台：

> 每登一级，信念就增一点：艺术家的创造力是对关系、比例、适宜程度的逐步感知；唯有依靠这些，才能创造出自主的作品，一如其他生物靠个体的生殖力创造出来。

英国前浪漫主义早已把诗歌想象力称为“创造”（creative）[1]，但其引导观念却是感受、热情、匠心（originality）与天赋。陶醉于阿尔卑斯山美景的歌德，将其与莱茵河畔的埃尔温（Erwin）教堂作比。此时的他首次在创造力中，找到这个高踞自然与艺术之上，且把诗人与宇宙创生力量联系起来的补救词。很少有人像歌德一样如此清晰地探寻从经验到审美理论的道路。

古代缺少这个概念。古希腊将诗人放入“神人”（godlike men）之列，与英

---

1 Thomas Warton (1756): Van Tieghem, *Le Préromantisme*, I, 57.【——Lovejoy在*The Great Chain of Being*中引述了塔索的一段话却未指明出处：“除了上帝和诗人，没有谁配得上造物主之名。”(Non merita nome di Creatore se non Iddio ed il Poeta.)】

雄、国王、使者、祭司、先知平起平坐。诗人之所以被形容为“像神一样”，是因为他们超越了人的标准。他们是诸神的宠儿，神与人的媒介。从荷马、柏拉图到斐洛、普鲁塔克，希腊人认为更高级的理想的人便是如此。[1]奥古斯都时代的诗人，把 398
荷马笔下神一样的歌手纳入拉丁传统，称作“divinus poeta”。[2]斯塔提乌斯将“神一样的埃涅阿斯”，尊为遥不可及的典范（*Thebais*, XII, 816）。同样，薄伽丘最先把但丁的“Commedia”描述为“神的”。[3]不过，希腊人并不知道创造性想象（creative imagination）的概念。对此也没有任何论述。诗人的创作是一种制造（fabrication）。亚里士多德称赞荷马教其他诗人如何“运用恰当的方法编织谎言”[4]（*Poetics*, 1460 a, 19）。众所周知，荷马认为，诗歌是模仿（mimesis），而且是“模仿处于活动中的人”[5]（1448 a, 1）。模仿可以呈现当下存在的东西，或被认为存在的东西，抑或应当存在的东西（1460 b, 10-11），因此希腊人没有将其理解为对自然的复制，而是作为重构或新构的演绎（a rendering which can be a refashioning or a new-fashioning）。他们认为，通过大量的诠释，模仿可以使饱受折磨的文本，产生“创造性幻象”（creative vision）的含义。[6]那么，这符合亚里士多德的本意吗？我们不妨先放下这个悬而未决的问题。但可以肯定的是，古代没有哪位批评家能理解他。16 世纪意大利艺术的亚里士多德主义也会歪曲，甚至扭曲《诗学》的基本概念，但模仿仍然是模仿。亚里士多德仍然是亚里士多德。

难道亚里士多德真是古代文学批评的绝唱吗？幸运的是，我们还有一本著作——“περὶ ὕψομς”，通常它被译为“论崇高”（*On the Sublime*），并被认为是朗吉努斯（Longinus）所作。事实上，无论译名还是作者都错了。我们对其作者一无所

1 L. Bieler, θεῖος ἀνήρ (Vienna. 1935–36).

2 Virgil, Bucolics, 5, 45 and 10, 17. ——Horace, *AP*, 400.

3 *Vita di Dante*, ch. 26.

4 【中译者注：译文见《亚里士多德全集》（第九卷），北京：中国人民大学出版社，1993 年，第 681 页。】

5 【中译者注：同上书，第 643 页。】

6 J. W. H. Atkins, *Literary Criticism in Antiquity* (1934), I, 79.

知，至于“ὕψομς”的意思是“高度”（height），而非“崇高”（sublimity）。[1]其主题是高雅文学，如伟大的诗歌与散文。作者论述时运用的不是运用亚里士多德冷静但不充足的抽象概念，而是激动却清晰的爱。他切断了修辞与文学的联系。“出众的演说者不是说服听众，而是让他们如痴如狂（ἔκστασις）；不论从哪个角度讲，能激发我们好奇心的事物，都胜过只能说服并取悦我们的事物。”那么，人怎样达到这样的高度呢？靠遵从法则（τεχνικὰ παραγγέλματα）可达不到。“伟大是与生俱来的，是无法传授的；它只跟从一样艺术——自然。”“文学鉴赏力是长期经验积累得来的最后果实”（ἡ γὰρ τῶν λόγων κρίσις πολλῆς ἐστι πείρας τελευταῖον ἐπιγέννημα）。自然的秉性是礼物，是学不到的。“因此，我们必须让我们的灵魂向高雅的事物看齐，它们可能孕育着向往高贵事物的冲动。”“高雅文学是高贵头脑的回响。”“朗吉努斯”援引的，都是从荷马到修昔底德和柏拉图的希腊文学的例子。不过有一次，他引述了“犹太立法者”的话（此人“绝非等闲之辈”）；这位立法者对神权很有想法，为此他
399 写道：“上帝说，要有光，于是就有了光。”[2]我们的作者也建议，模仿早期伟大的历史学家与诗人（μίμησίς τε καὶ ζήλωσις），不是为了向他们学习文学手法，而是让他们的精神气息启发自我的灵魂，就像三足台上的皮松（Pythian）女祭司，吸纳裂开土壤散发的神气（divine vapor）。“神圣之口的发散物从古人的伟大之处，流入他们仿效者的灵魂。”

上述迹象想必足够了。两千年来，我们呼吸的是生命的气息，不是学校与图书馆的霉菌。公元1世纪，这位希腊无名氏的出现实在不可思议。布莱克说：“各个时代大同小异，但天才总是傲然其上”。“朗吉努斯”如此超然于他的时代，以致他的读者寥寥无几。没有古代作家引用他。我们的文本得自10世纪的手稿，其中还不乏令人遗憾的脱漏。不过，它能保存下来，不能不说是另一个奇迹。中间的经历何其惊险！“朗氏”的著作首次刊行于1554年。当时……关注者甚寡。此后，“朗吉努斯”霉运连连。奇怪的是，后来某个类似布瓦洛的教师使他名声大震。因为布瓦

1 E. E. Sikes, The Greek View of Poetry (1931), 209 把该书标题译为“论伟大著作”（On great writing）。——我进一步参考了 George Saintsbury, *A History of Criticism and Literary Taste in Europe*, I (1900), 152 ff。——Aulitzky (*RE*, *Neue Bearbeitung*, XIII, 1415 ff.) 认为，该作品写于公元1世纪20年代中期到50年代初。——Edition with translation by H. Lebègue (Paris, 1939).

2 这预示了教父的圣经诗学。

洛的《论朗吉努斯》(*Réflexions sur Longin* 1693) 出现了他的名字。这是一本缺乏智慧和观点的反佩罗 (Perrault) 小册子，书中事无巨细地罗列了佩罗的语文学、文体学、正字法错误。而这些都归于某名为“朗吉努斯”之人，他有意摒弃“准确无误”(faultlessness) 与“完美无瑕”(perfection) 的混淆之处。伟大从来不是“正确的”。布瓦洛似乎没读过《论高雅》的第三十三章，要么就是不理解作者本意。他所做的跟其同时代人一样少之又少，若我们相信斯威夫特给诗人的建议 (1733 年)：

向友人借来贺拉斯的残篇，
然后仔仔细细地研究一番。
亚里士多德法则牢记心中，
然后不顾一切地大胆引用：
睿智的赖默[1]常常如此评述，
丹尼斯聪慧，博叙通今博古。[2]
通读德莱顿的所有序言，
它们常为批评家所默念。
(尽管这些文字当初写来，
是为了让作品多卖一块。)
我们往往被自负的批评家
用假论据《论高雅》骗耍：
如果你们没读过朗吉努斯，
那就不会威风地超越自己。
别让他借希腊人超过你们，
读读那爱情或金钱的学问
(这书转译自布瓦洛的译本)，[3]

---

1 【中译者注：Thomas Rymer (1641—1713)，英国考古学家、批评家。此处指他的文章《论上个时代的悲剧》(*Remarks on the Tragedies of the last Age*)。】

2 【中译者注：John Dennis (1657—1734)，英国批评家、戏剧家；René Le Bossu (1631—1680)，深受德莱顿和蒲柏敬重的法国批评家。】

3 【中译者注：即 1712 年 Leonard Welsted 的译本 *Longinus on the Sublime*。】

然后引用论述引文的引文。

Get Scraps of Horace from your Friends,
And have them at your Fingers Ends.
Learn Aristotle's Rules by Rote,
And at all Hazards boldly quote:
Judicious Rymer oft review:
Wise Dennis and profound Bossu.
Read all the Prefaces of Dryden,
For these our Criticks much confide in,
[Tho' merely writ at first for filling
To raise the Volume's Price a Shiling].
A forward Critick often dupes us
With sham Quotations Peri Hupsous:
And if we have not read Longinus,
Will magisterially outshine us.
Then, lest with Greek he overrun ye,
Procure the Book for Love or Money,
Translated from Boileau's translation,
And quote Quotation on Quotation.

400 我们不必继续追寻“朗吉努斯”在 18 世纪的命运。探讨他的人多了，误解也多了。他从未找到志同道合的灵魂。“朗吉努斯”的情况发人深省，它印证了一种自身应有影响被拒绝承认的连续性。伟大的批评意见难得一见，因此，也就很少得到承认。如果整个古代晚期对“朗吉努斯”真的只字未提，那正是它思想力量虚弱的最清晰的一个征兆。“朗吉努斯”让牢不可破的链条——庸人的传统勒断了脖子。这个传统没准就是文学连续性最有力的证据？

日渐式微的古代仍可以创造不可思议的奇迹，比如阿普雷乌斯的传奇——丘比特与普绪刻（Psyche）的故事——中优美的片段，佩特甚至将其编入自己的《享乐者玛里乌斯》(*Marius the Epicurean*)；再比如某无名罗马诗人创作的《维纳斯的祷告夜》(*Pervigilium Veneris*)。[1]它矗立于数百年的废墟之上，有如皮拉内西（Piranesi）[2]眼中，双子神庙（the Temple of the Dioscuri）[3]的三根细柱矗立于奶牛场（Campo vaccino）。具有含苞待放之美的作品，可以在最饱受指责的衰落时期绽放，于是我们轻率的历史观念，再次暴露在它的半信半疑之中。“美的房屋”收纳了数百年来的战利品，正如圣马可大教堂（the cathedral of St. Mark）把它们召集到五光十色的威尼斯。

我们曾自问，从何时起诗人开始成为宇宙的创造者；我们必须再次牢牢抓住这条线索，才能使我们的考察工作即便得不出结论，也可以走到有意义的尾声。“朗吉努斯”并没有把错误的批评放在眼里。伟大的作家难免这样那样的瑕疵，可他们都永垂不朽（ἐπάνω τοῦ θνητοῦ）。他们的“高度”让自己接近上帝强大的思想(ἐγγὺς αἴρει μεγαλοφροσύνης θεοῦ)。[4]有人试图从新毕达哥拉斯派的纽曼尼乌斯（Neo-Pythagorean Numenius）、菲洛斯特拉图斯（Philostratus）、普罗丁等人，也就是公元2、3世纪作家的作品中，寻找相关的思想。不过，那些表述都是偶尔一见，且几不可解，恐要牵强附会，方能得到心仪的答案。[5]上述作者里没有谁主张，诗歌创作堪比创世者的创世工作。不过，古代衰落期有一位作家把这个类比用到了维吉尔身上，并且还进一步发挥。可即便批评史专家也不再阅读他的作品，或者仅仅浮光掠影地阅读，因为他不过是死板的编纂者和古董研究者——他就是马克罗比乌斯。[6]马氏发现《埃涅阿斯纪》的结构与宇宙结构存在关联。接着，他指出了维吉尔的创造，与“自然母亲”(Natura parens）和宇宙神创者的创造之间的相似之处，并由此得出结论。马克罗比乌斯博学式的编纂，当然无法跟希腊新柏拉图主义者的天马行空相

---

1 【见我在 *Merkur* (1948) 杂志上发表的译文。】

2 Giovanni Battista Piranesi (1720—1778)，意大利艺术家，以其罗马的蚀刻板画而闻名于世。

3 【中译者注：双子神庙，又名卡斯托与普鲁克斯神庙（the Temple of Castor and Pollux），位于意大利罗马市的罗马集会广场（Roman Forum）。最初为纪念公元前 495 年的雷吉鲁斯湖战役（Battle of Lake Regillus）胜利而修建。该建筑可能在公元 4 世纪就已经毁坏，仅剩三根石柱。】

4 【这里，朗吉努斯表示赞同 Denis d’Halicarnasse（卒于公元前 8 年）的观点。后者指出，柏拉图“已经接近了神的自然”(Dionysus of Halicarnassus, *The three literary Letters*, ed. W. Rhys Roberts, Cambridge, 1901, p. 192, 8)。】

5 Sikes, 238 ff. ——Atkins, II, 344 f. ——作为宇宙创造者的宙斯，见 Julius Ammann, *Die Zeusrede des Ailios Aristeides* (1931), pp. 15, 19, 46。

6 详细内容参见本书第 443 页。——对马克罗比乌斯的新评价见 Pierre Courcelle, *Les Lettres Grecques en Occident* [2] (1948) 【, pp. 3-36】。

401 提并论。不过，他的博学是一种虔诚。语法、修辞、古物研究（antiquarianism）指引着他的维吉尔研究。这乃是基于对诗人的宗教敬慕之心。晚期异教的维吉尔崇拜，首次表达了“诗人如创世者”的观念（或许只是试探性地表达），在这个简单的事实之下，蕴藏着深刻的历史意义。它就像一盏神秘的灯，在日渐衰老的世界的黑夜之中闪烁。然而，它熄灭了近一千五百年，直到遇见歌德年轻时代的朝气之光，才再次闪耀。

让我们就此为止吧。我们此前对中世纪的考察，形成了可以自成一体的有机序列。不过，无论从方法还是主题角度看，我们的观点都延伸至中世纪之外。由此，我希望在未来的研究中表明，

> 我们的神志还有一点点的能耐。
> 这点能耐，可以洞察事物。[1]
>
> in questa tanto picciola vigilia
> de' nostri sensi ch' è del rimanente.

1 【中译者注：见 *Inf.*, XXVI, 114 f。】

文献说明与缩写提示

文献说明

对于不熟悉中世纪文学的读者，我推荐如下书目：

入门书籍可参阅 Karl Strecker 的 *Einführung in das Mittellatein*, 3rd ed. (Weidmann, Berlin, 1935)。该书的法文版为 *Introduction à l'étude du latin médiéval, traduite de l'allemand par Paul van de Woestijne, Professeur à l'Université de Gand* (F. Girard, Lille, and E. Droz, Geneva, 1948)。该译本补充的参考书目很有价值。

考察至 1350 年的整个中世纪的研究，只有 Gustav Gröber 的 *Grundriss der romanischen Philologie*, Vol. II (1902), 97-432。最全面最完整的研究指南，是 Max Manitius (1858—1933) 的 *Geschichte der lateinischen Literatur des Mittelalters*。该书第一卷（1911）论及的时间范围从查士丁尼到 10 世纪中期，第二卷（1923）范围从 10 世纪中期到政教斗争早期；第三卷（与 Paul Lehmann 合著）范围从教会矛盾到 12 世纪末期。从中世纪早期到 1100 年的简要但深入的研究，见 J. de Ghellinck 的 *Littérature latine au moyen âge* (Paris, 1939): *I. Depuis les origines jusqu'à la fin de la Renaissance carolingienne; II. De la Renaissance carolingienne à Saint Anselme*。该作者还专门研究了 12 世纪，见 *L'Essor de la littérature latine au XIIe siècle*, 2 vol. (Brussels and Paris, 1946)。此外，还可参考拙文 Eine neue Geschichte der mittellateinischen Literatur（载 *Romanische Forschungen*, LX [1947], 617-630）。兹引用其中一段话："Gröber 的研究堪称宝库，是中世纪拉丁文学的分类目录（catalogue raisonné）。Manitius 的巨著仿佛墓穴，里面成千上万件手工艺品经过专业监督而保存下来。de Ghellinck 神父从宝库中挑选了最有价值的物品，然后把它们放到一座崭新明亮的房屋中。这便是'拉丁中世纪博物馆'，无论学者还是业余爱好者，都可以从中获得指导和乐趣。一个奄奄一息的世界再次焕发生机。"

想要查询本书引用的中世纪原典的读者，请务必参阅 Manitius 的版本。如果我一一援引，那么本书将臃肿不堪，毕竟读者可以很容易地从如下范例举一反三。

第 39 页注释 9，即中译本第 41 页注释 2，引自 Godfrey of Breteuil, *Fons philosophie*。在 Manitius, III, 1111 中，我们看到："Godefrid von Breteuil 777ff."。在那里，我们可以在第 779 页上发现："Ausgabe von M. A. Charma, *Fons philosophie. Poème inédit du XIIe siècle*. Caen 1868."。

第41页注释14，即中译本第44页注释2，引自Neckham, ed. Wright。Manitius（III, 1132）指出："Nequam, Neckam, Beiname Alexanders 784"。在第 787 页，可以看到如下内容："Th. Wright, *Alexandri Neckam De naturis rerum libri duo*, London, 1863"。

第 41 页注释 14 还引用了 Godfrey of Viterbo, *Speculum regum*, ed. Waitz。在 Manitius, III, 1111 中，我们看到："Gotfrid von Viterbo, Kaplan Friedrichs I … *Speculum regum*, 394 f."。第 395 页写道："Ausgabe des *Speculum regum* von Waitz, *MG. SS.* [即 *Monumenta Germaniae historica*, section *Scriptores*] 22, 21-93"。

第 137 页注释 19，即中译本第 178 页注释 1，引自 Guigo, *Meditationes*, ed. Wilmart (1936)。由于 Manitius 的最后一卷于 1931 年才出版，我们必须参考 de Ghellinck, *L'Essor* …，其中我们看到（I, 205）："D. A. Wilmart, *Meditiones Guigonis Prioris Carthusiae, Le Recueil des Pensées du P. Guiges, éd. Complète accompagnée de tables et d'une traduction* (载 *Etudes de philosophie médiévale*, XXII [1936])."

以下文章代表了本书前期的研究成果：

Jorge Manrique und der Kaisergedanke in *ZRPh*, LII (1932), 129-151.

Zur Interpretation des Alexiusliedes in *ZRPh*, LVI (1936), 113-137.

Calderón und die Malerei in *RF*, L (1936), 89-136.

Zur Literarästhetik des Mittelalters I in *ZRPh*, LVIII (1938), 1-50.

Zur Literarästhetik des Mittelalters II in *ZRPh*, LVIII (1938), 129-232.

Zur Literarästhetik des Mittelalters III in *ZRPh*, LVIII (1938), 433-479.

Dichtung und Rhetorik im Mittelalter in *DVjft*, XVI (1938), 435-475.

Scherz und Ernst in mittelalterlicher Dichtung in *RF*, LIII (1939), 1-26.

Die Musen im Mittelalter in *ZRPh*, LIX (1939), 129-188.

Theologische Kunsttheorie im spanischen Barock in *RF*, LIII (1939), 145-184.

Theologische Poetik im italienischen Trecento in *ZRPh*, LX (1940), 1-15.

Der Archpoeta und der Stil mittellateinischer Dichtung in *RF*, LIV (1940),105-164.

Mittelalterlicher und barocker Dichtungsstil in *Modern Philology*, XXXVIII (1941), 325-333.

Beiträge zur Topik der mittelalterlichen Literatur in *Corona Quernea* (1941),1-14.

Topica in *RF*, LV (1941), 165-183.

Zur Danteforschung in *RF*, LVI (1942), 3-22.

Rhetorische Naturschilderung im Mittelalter in *RF*, LVI (1942), 219-256.

Schrift- und Buchmetaphorik in der Weltliteratur in *DVjft*, XX (1942), 359-411.

Mittelalterliche Literaturtheorien in *ZRPh*, LXII (1942), 417-491.

Das Carmen de prodicione Guenonis in *ZRPh*, LXII (1942), 492-509.

Mittelalterstudien in *ZRPh*, LXIII (1943), 225-274.

Das ritterliche Tugendsystem in *DVjft*, XXI (1943), 343-368.

Dante und das lateinische Mittelalter in *RF*, LVII (1943), 153-185.

Zur Geschichte des Wortes Philosophie im Mittelalter in *RF*, LVII (1943),290-309.

Über die altfranzösische Epik in *ZRPh*, LXIV (1944), 233-320.

缩写提示

ADB = *Allgemeine deutsche Biographie* (1875—1912).

A. *h.* = *Analecta hymnica medii aevi,* ed. G. M. DREVES, Cl. BLUME, and H. M. BANNISTER (Leipzig, 1886 ff.).

ALMA = *Archivum latinitatis medii aevi* (*Bulletin* Du *Cange*).

A. P. *Anthologia Palatine* (Greek Anthology).

BAE = *Biblioteca de Autores espanoles.*

CB = *CaTmina Burana,* edd. A. HILKA and O. SCHUMANN. I. *Band*: *Text.* 1. *Die moralisch-satinschen Dichtungen* (Heidelberg, 1930).- *I. Band: Text. 2. Die Liebeslieder.* ed. O. SCHUMANN (Heidelberg, 1941).- *II. Band: Kommentar* [by O. SCHUMANN]. 1. *Einleitung. Die moralisch satinschen Dichtungen* (Heidelberg, 1930).- The pieces not yet published in this edition must be used in J. A. Schmcller's *editio princeps* (1847, etc.).

Carm. Cant, = *Carmina Cantabrigensia,* edidit KAROLUS STRECKER. *Die Cambridger Lieder,* edited by KARL STRECKER (Berlin, 1926) (*Monumenta Cer-maniae historica*).

Cassiodorus, cd. Mynors = *Cassiodori Senatoris Institutiones,* ed. fiom the Manuscripts by R. A. B. MYNORS (1937).

CHRIST-SCHMID = Wilhelm von Christ, *Geschichte der Griechischen Literatur.* Sixth edition, revised by WILHELM SCHMID, with the assistance of O. Staehlin. Second part (1920—1924).

CIG = *Corpus inscriptionum Graecarum.*

CIL = *Corpus inscriptionum Latinarum.*

COHEN = *La 《Comedie》 latine en France au XII* [e] *siècle.* Texts published under the direction of GUSTAVE COHEN, 2 vols. (Paris, 1931).

Corona quernea = *CORONA QUERNEA. Festgabe,* KARL STRECKER zum *80. Geburtstage dargebracht* (Leipzig, 1941).

CSEL = *Corpus scriptomm ecclesiasticorum latinorum* (Vienna edition of the Latin Fathers).

DORNSEIFF, *Alphabet* = Franz DORNSEIFF, *Das Alphabet in Mystik und Magie.* 2nd ed. (1925).

Dt. Arch. = *Deutsches Archiv fiir Geschichte des Mittelalters* (1937 ff).

DVjft. = *Deutsche Vierteljahrsschrift fur Literaturwissenschaft und Geistesge- schichte.*

EHRISMANN, LG = G. EHRISMANN,*Geschichte der deutschen Literatur bis zum Ausgang des Mittelalters,* 1918—1935.

FARAL = EDMOND FARAL, *Les arts poétiques du XII* [e] *et du XIII* [e] *siècles* (1924).

GGN = *Nachrichten von der Kgl. Cesellschaft der* W*issenschaften* zu *Gottingen.*

GRM = *Germanisch-romanische Monatsschrift.*

HALM = C.HALM, *Rhetores Idtini minores* (1863).

Hist. Vjs. = *Historische Vierteljahrsschrift.*

HZ = *Historische Zeitschrift.*

JACOBY *Fr. gr. H.* = FELIX JACOBY, *Die Fragmente der griechischen Historiker* (1923 ff).

KEIL = 1. H. KEIL, *Grammatici latini,* 1856—1879.- 2. *Las Comedias de D. Pedro Calderón de la Barca...* edited by J. J. KEIL (Leipzig, 1827—1830).

LEHMANN *Ps. ant. Lit.* = PAUL LEHMANN, *Pseudoantike Literatur des Mittelalters* (1927).

W. MEYER = WILHELM MEYER, *Gesammelte Abhandlungen zur mittellateinischen Rhythmik,* Vols. I and II (1905), Vol. Ill (1936).

MGH = *Monumenta Germaniae historica.*

MG *SS* = *Monumenta Germaniae,* Section *Scriptores.*

NA = *Neues Archiv der Gesellschaft fiir ältere deutsche Geschichtskunde* (1876 ff).

PARÉ BRUNET-TREMBLAY = G. PARÉ, A. BRUNET, P. TREMBLAY, *La Renaissance du XIIe siècle. Les Ecoles et l'Enseignement* (1933).

PG = MIGNE, *Patrologiae cursus completus. Series graeca.*

PL = MIGNE, *Patrologiae cursus completus. Series latina.*

PM LA = *Publications of the Modern Language Association of America.*

Poetae = *Poetae latini aevi Carolini (MCH).* Vol. I (1881) and Vol. II (1884), by E. Dümmler.-Vol. Ill (1896), by L: Traube.-Vol. IV, Pt. 1 (1899), by Paul von Winterfeld.-Vol. IV, Pt. 2 (1923), by Karl Strecker.-Vol. V, by Karl Strecker, was published (1937 ff.) under the title *Die lateinischen Dichter des deutschen Mittelalters.*

RAC = *Reallexikon fiir Antike und Christentum,* edited by T.KLAUSER (1941 ff).

RE = PAULY-WISSOWA-KKOLL, *Realencyclopädie der classischen Altertumswissenschaft.*

RF = *Romanische Forschungen.*

Rom. = *Romania.*

SB *Berlin* = *Sitzungsberichte der Berliner Akademie.*

SB Munchen = *Sitzungsberichte der Bayerischen Akademie der Wissenschaften, Philosophisch historische Abteilung.*

SB Wien = *Sitzungsberichte der Wiener Akademie.*

SCHANZ, SCHANZ HOSIUS = MARTIN SCHANZ, *Geschichte der romischen Literatur bis zum Gesetzgebungswerk des Kaisers Justinian.* Revised by C. Hosius in collaboration with G. KrüGER, I [4] (1927), II [4] (1935), III [3] (1922), IV, Pt. 12 (1914), IV, Pt. 2 (1920).

SP = T. WRIGHT, *The Anglo-Latin Satirical Poets and Epigrammatists of the Twelfth Century* (1872).

Stud. med. = *Studi medievali.*

TRAUBE = LUDWIG TRAUBE, *Vortesungen und Abhandlungen* I-III (1909—1920).

Walter of Châtillon 1925 = *Die Gedichie Walters* von *Châtillon,* edited with a commentary by KARL STRECKER. I. *Die Lieder der Hs.* von *St. Omer* (1925).

Walter of Châtillon 1929 = *Moralisch-satirische Gedichte Walters von Châtillon,* edited by KARL STRECKER (1929).

WALTHER, *Streitgedicht* = H. WALTHER, *Das Streitgedicht in der lateinischen Literatur des Mittelalters* (1920).

WERNER = J. WERNER, *Beitrage zur Kunde der lateinischen Literatur des Mittelalters,* 2nd ed. (Aarau, 1905).

ZfdA = *Zeitschrift fiir deutsches Altertum.*

ZfKG = *Zeitschrift fiir Kirchengeschichte.*

ZRPh = *Zeitschrift fiir romanische Philologie.*

附录一　西方思想的中世纪基础[1][2]

悉心钻研中世纪学问的欧洲学者，想必会深深感谢近来美国学界为这一领域做出的贡献。贵国中世纪研究院（Medieval Academy of America）久负盛名，而类似的研究机构在欧洲却尚未出现。历史学家如哈斯金斯（Charles Homer Haskins），语文学家如比森（Charles H. Beeson）、兰德（Edward Kennard Rand）的工作，加深了世人对中世纪的认识。有一种现象，我称之为美国中世纪精神（American medievalism）。它甚是有趣，有朝一日我希望自己能好好研究一番。我相信，它蕴藏着深厚的精神含义。

这一想法源于我研读亚当斯[3]（Henry Adams）的名著《亚当斯的教育》（*The Education of Henry Adams*）和《圣米迦勒山与沙特尔大教堂》（*Mont-Saint-Michel and Chartres*）。显然，亚当斯凭着自己民族的本能，找到了法国北部。他试图寻求自己所属文化的根源。正如汤因比所言，那是由罗马化欧洲（Romanized Europe）繁衍而来的欧洲社会的一个分支。从 11 世纪末到 13 世纪三四十年代，法国北部与英国保持着或多或少的政治统一。以文化史观点看，两者在这一百五十年中合为一体。当时，不列颠不乏杰出的法国人，法国教宗之位（episcopal sees）也不乏英国学者。在辉煌的 12 世纪，著名的主教学校师生均讲拉丁语和法语，不论其出身如何。亚当斯正意识到这一点，遂决定开始他的朝圣之旅。他的目的是为了寻根，不过还有一些人也随他踏上同样的旅程。

当美国有了自我意识，便开始不遗余力地吸收欧洲的文化遗产。美国文学与学术界有许多引以为豪的先驱，他们可以说统治了欧洲的过去。有些人去了西班牙，

1　本文为 1949 年 7 月 3 日，作者在美国科罗拉多州阿思潘举办的歌德诞辰两百周年纪念大会（Goethe Bicentennial Convocation）所作的讲演。

2　【中译者注：《中国比较文学》杂志 2008 年第 4 期刊登了陈纳节译的这篇讲演，值此重译之际，将其全部译出。】

3　【中译者注：Henry Adams (1838—1918)，美国记者、历史学家、小说家。】

比如欧文（Washington Irving）或蒂克纳[1]；有些去了意大利，有些去了法国和德国。然而，最让我吃惊的是，美国的思想也许可追溯至清教主义（puritanism）或佩恩[2]，但它就此为止，缺少更深的根基；它缺少中世纪。这就好比对生母一无所知的孩子。美国对中世纪的所求固有几分浪漫的情调，可也有类似急于寻母者的深深的情感焦虑。

如果我们要讲述美国求索中世纪的故事，就不能不考虑一度繁荣于新英格兰地区，后在艾略特笔下再次兴盛的但丁研究与但丁崇拜。对19世纪80年代的波士顿人而言，但丁不仅仅是世上最伟大的一位诗人。他们相信——用布鲁克斯（Van Wyck Brooks）的话说——从但丁的时代起，世界就走向灭亡。在他们看来，但丁是完美社会形态的完美表达。这种浪漫的幻象一如1800年的德国浪漫派诗人对理想中世纪的向往。后来，不论欧洲还是美国，类似幻象似乎依阿奎那而明晰下来。不过，我们或许可以大胆地认为，诗人的光芒终将盖过哲学家。诗人有着思想家难以企及的魅力与想象力。柏拉图一摒弃诗歌神话的概念思想（conceptual thought），便扶摇直上。不过，我们很难把亚里士多德或阿奎那严苛的论题转化为诗歌；它们遵循另一套秩序。

当哈斯金斯试着让更多读者对“12世纪文艺复兴”产生兴趣，他发现必须考虑中世纪是否是“进步的”（progressive）这个问题，而他大胆给出了肯定的答案。我不敢确定他的努力能否成功，也不相信这很有必要。我们已经学会（还没学会吗？）以批评的眼光，看待历史线性进化（linear progress）的观念。我们不再认为，向世人证明上帝存在，是我们义不容辞的责任。哥特式教堂没有为圣彼得大教堂壮丽的穹顶所取代，但丁的诗歌也没有为莎士比亚的戏剧所取代。每个时代的思想瑰宝，都蕴藏于它的美术与诗歌，而不是它的哲学与科学。经院哲学当然是人类思想的伟大成就。它是罗马天主教思想的中世纪基础，但也只是西方思想的一部分。以我研究中世纪的经验，中世纪思想的正统观念（例如以著名史学家吉尔松 [Étienne Gilson] 为代表的观点）流于片面。如果我们把中世纪思想的发展，看作阿奎那主义哲学繁荣的准备阶段，就可能忽略很多有趣的12世纪事物——甚至是让20世纪思想都兴

---

1 【中译者注：George Ticknor (1791—1871)，美国西班牙语言文化专家，以其西班牙文学史和文学批评闻名于世。】

2 【中译者注：William Penn (1644—1718)，英国房地产商人、哲学家、北美英属殖民地宾夕法尼亚的创始人，推崇民主与宗教自由。】

致勃勃的事物。

这里，我不想面面俱到地侃侃而谈，那样会让各位生厌。不过，我可以向各位表明，大约第二次十字军东征时期[1](the Second Crusade)，就已经有人探讨性爱价值，及其在命定的神圣世界秩序（preordained divine world order）中的地位这样惊世骇俗的近代问题。同样，我们不必惊诧，爱的激情与悲情，是法国游吟诗人及其追随者的一项情感发现。近代爱情诗同七艺更替（the cycle of the seven liberal arts）或大学兴起一样，是中世纪的伟大成就。这种爱情进入了但丁的宇宙结构，其所到之处遍及 12 世纪的拉丁抒情诗，和冗长的法国骑士故事与传奇故事。有些人觉得，它比起经院哲学家的三段论更平易近人。于是，它被歌颂为宫闱之爱的理想（最近一次在斯宾塞的手上复兴）。当然，它也可以沦为奉承人类下流本能的工具，比如在《玫瑰传奇》中。在乔叟的作品里，两种情况兼而有之。

各位想必注意到，我正逐渐跨过所谓中世纪的严格的时间界限。不过，我相信这实在是必要之举。当我试图寻找中世纪世界的开端时，我回到了罗马帝国时代，回到了通常的古代晚期。中世纪思想的某些特征，在公元 1 世纪便已浮现，有的甚至起源于希腊化时代。另一方面，中世纪思想的大部分特征流传时间，超过了所谓的文艺复兴时期；在西班牙，在英国等地更是安然无恙地挺到了 17 世纪末。如果各位允许我保留自相矛盾的说法，那么我似乎发现，一直苦苦求索的中世纪根本就不存在。过去，老师就告诉我中世纪这回事，可它却是错的。我就像听话的学生在笔记本中写道："中世纪即古代与后代（posterity）之间的时期。"我想，对于传统的时代划分法，我们太缺乏严密的思考。它们亟待修改。

伟大的英国历史学家特里维廉（G. M. Trevelyan）认为，近代历史的真正开端并非 16 世纪，而是 18 世纪。工业革命带来的变革远比文艺复兴或宗教改革巨大。粗略来算，中世纪的生活方式一致持续到 1750 年前后。另一方面，我们发现中世纪思想与表达方式，到 1050 年左右才变得富于创造性。如此一来，我们便得到了展现结构统一的约七百年。我们不必刻意为这段时期命名。可若我们尝试将其视为文化单元（cultural unit），就可以更好地理解我们的过去。

18 世纪不仅见证了名为工业革命的伟大经济巨变的开端，而且也见证了以卢梭

---

1 【中译者注：时间为 1147—1149 年。】

为标志的反文化传统的第一波巨大浪潮。歌德以其无所不能的天赋，重新表述了这一传统，但这也是最后一次重新表述。歌德之后，再没有无所不能的天才。他清醒地意识到，自己属于这个传统。他把荷马，把柏拉图，把亚里士多德，把《圣经》视为该传统的根基。他沿着前人的足迹前行，其中很多他都认为比自己伟大。在他眼中，历史是值得尊重和忠诚的一系列伟大思想。如今看来，歌德似乎比我们更接近但丁，接近莎士比亚。他是这个黄金巨链的最后一环。不过，他离我们并不遥远。我们仍可以抓住那最后一环。

这个传统的媒介是文学，亦即想象写作（imaginative writing）。虽然是老生常谈，但我们有理由始终牢记。我们时代的一些杰出的哲学家问道，歌德的思想是否还能满足当今需要？这个问题将会在我们此次会议上得到充分讨论。不过，我们可以把问题归纳一下，这样来提问：诗歌与哲学的关系如何？两者有无共同之处？有无交界之处？还是说两者互不相容？历史上，我们能否找到这两种精神创造形式的交锋？

当孔德[1]发表其巨著《实证哲学体系》（*System of Positive Philosophy*）时，歌德尚健在。在该书当中，作者论述历史规律时，结合了人类经历的三个阶段——神学阶段、形而上学阶段、实证阶段。我们现处于第三阶段；因此，我们必须抛弃神学与形而上学。诗歌当然肇始于神学阶段——见证者是荷马。几十年后，德国哲学家狄尔泰指出，16 世纪诞生了莎士比亚、塞万提斯等人的不朽诗作。当时，他们正如日中天。可到了 17 世纪，他们为伟大的哲学体系建构者所取代。时至今日，哲学有什么要说的吗？它是否佯装成文学的替代品？它是否佯装证明文学大势已去？它是否把诗歌视为过时的精神表达形式？让我们正视这些问题，在历史的语境下思考它们。

荷马是欧洲诗歌的伟大祖先。他是希腊人的导师。有趣的是，哲学诞生自希腊，对荷马却怀着极其强烈的反对态度。赫拉克利特说过："应该用棍子好好教训他一顿。"柏拉图也对荷马不以为然。事实证明，他们的攻击收效甚微。在希腊思想的最后阶段，人们把荷马的诗歌视为圣文（Holy Writ）。新柏拉图主义者阐释了这些诗作，揭示出里面的微言大义。

1 【中译者注：Auguste Comte (1798—1857)，法国实证主义哲学家、社会学家。】

此后，哲学从欧洲的舞台上消失了数百年。作为思想活动的形式，哲学对身处黑暗时代的人类而言太高不可攀了。新兴的北方民族不得不竭尽全力，学习基础知识。他们熟读拉丁语法，纵览拉丁诗歌。1109 年逝世的圣安瑟伦，是中世纪第一位独创思想家。在 12 世纪，风和日丽的春天降临整个欧洲。各种大胆的哲学和神学问题纷纷提出，美丽的歌曲之花频频绽放。思想与诗歌如胶似漆地走到了一起。然而，到了世纪末，情况发生了逆转。学生如着了魔一般，痴迷于咬文嚼字，吹毛求疵，也就是所谓的辩证法。教育的主业变成了学习课程作家，也就是享有经典权威的拉丁作家。

这里，请允许我再多言几句。我想，这种情况还没有得到足够的重视。它牵涉了一个对人文学科的理解与传播至关重要的问题。我们可以如此表述：何为经典？大家还记得吧，1944 年艾略特曾问过这个问题。早在 1850 年，圣伯夫也有同样的疑问。每个时代都要面临该难题。有人跟我说，一些美国大学甚至列出了世界上最好的 100 或者 110 本书。现在，让我们回到 700 年前。那个时候，适合学生阅读的最佳书籍有哪些呢？

我不想罗列使各位无所适从的 20 或 30 本必读书目。这其中大部分还不为世人所了解。当然，希腊作家并不在列。特洛伊的故事，我们只能通过半生不熟的节略本有个一知半解。冗长乏味的《圣经》拉丁诗体译本是必读书目，而且同异教罗马的史诗作家与讽刺作家一样被奉为圭臬。时人对那些讽刺作家情有独钟，因为他们被视为美德的导师。但丁提及贺拉斯时，说到了他的讽刺演说（Orazio satiro），而他的颂歌几乎鲜为人知。学生用罗马帝国时代晚期的教科书，学习修辞、历史、地理。对一些风格造作之极的作家，人们有一种奇怪的偏好。他们以为，辞藻艳丽、结构复杂的文体，是文学创作的最高成就。可最让人惊讶的是，所有课程作家都平起平坐。所有作家都拥有同样的权威。他们构成了传统的巨大障碍。其中没有历史观念，或许我们还要表示感激，因为只有规模庞大的拉丁文学（Latinity）大军，才有足够力量，传授我们的异族先辈所需的知识。

这的确起到了效果。中世纪有自己的古代观。这种观点，我曾称之为中世纪的古代。在品味日渐挑剔的近代人看来，它可能显得别扭、残缺或者光怪陆离。然而，正是这种力量塑造了那个冲锋陷阵的年轻时代——12 世纪的思想。这个“年轻人”与白发苍苍的“老人”交锋，可谓是愉快的视觉盛宴。我们可以几十年如一日地看下去。据我所知，它的高潮出现在1170年前后。当时，出现了堪比《人权宣言》（*Declaration of Rights*）的诗歌与修辞宣言。两者出自一群自称“今人”的作家。他们为诗歌、散文艺术、哲学以及各种知识分支制定了新标准。他们坚信，新的时代即将来临，并且毫不犹豫地引用圣保罗的名言：“旧事已过，都变成新的了”。[1]各位可能觉得这说明，那个时代对教会的指责知之甚少，因而流露出令人欢喜的纯真。那时，还没有宗教裁判所，没有教宗对学术的监督，神学与更好的教义阐释仍大行其道。12世纪拥有被后世抛弃的思想自由。把中世纪视为统一的时代，这显然是谬误。还有人提出，中世纪最后四个世纪俨然同质而异类，这也是不合实情的。我们必须把每个世纪看作是独一无二的，深深有别于其他时代。如果我们能不再谈论“中世纪思想”，就说明我们的历史理解力有了进步。

不过，请各位的视线再随我转到1170年的“今人”。大约五十年前，有人把“古人”描述成大块头，“今人”描述成小不点，小不点能望得更远，只是因为他们站在那些大块头的肩膀上。然而到了世纪末，我们发现，羽翼丰满的今人，自诩可以与他们的前辈比肩而立。他们甚至挑剔起古典作家的文风。他们自信，可以青出于蓝而胜于蓝，还创造了许多新词。

他们是反叛者，但也只是从一定程度上而言，因为他们仍旧用拉丁文写作。在他们进一步打磨精雕细琢的诗作之际，另一组更加反叛的作家异军突起。12世纪最伟大的人文主义者索尔兹伯里的约翰，不满世人对语法、修辞、文学日益轻慢，甚至连古典作家都不放在眼里！他们嘲讽那些对古典作家仍忠心耿耿的读者：“这个老家伙想什么呢？他干吗还整天念叨古人的一言一行？我们在自己身上已经找到知识的源泉了。”

这些了不起的年轻人发现了推理的力量，发现远远超乎事实与任何知识的逻辑论证拥有难以抵抗的吸引力。他们觉得，那是他们与生俱来的崇高天赋。这些如痴如狂的辩论家将会就任何有趣的话题，展开证明与反驳，确证与否定。他们有点像希腊的智术师。由于他们代表了一种摆脱以文学为基础的教育体制的趋势，故激发了我们的兴趣。但他们的尝试失败了，因为他们没有取而代之的东西。

不过，在1200年左右，我们发现了新的学术领域——法律与医学。新教育体制

1 【中译者注：见《哥林多后书》5:17，武加大译本为“ecce facta sunt ómnia nova”。】

也得到发展。大学代替了主教学校。亚里士多德的著作通过拉丁译本遍地开花，为时人提供了宇宙、自然史、形而上学等方面的庞大学说体系。后来，伟大的经院哲学体系将其吸收并改造。13 世纪是哲学胜利的代名词。哲学渗透了一切，霸占了一切。大约 1225 年，拉丁诗歌与文学的繁荣戛然而止。究其原因在于一场教育改革。1215 年，巴黎大学规定的学习科目被彻底修改。古典学研究遭到废止，形式逻辑研究取代了它的位置。

在一些落后的学校，还有个别教师仍讲授文学与修辞。然而，生活的导师麻烦不断。它们受到哲学中尉的痛斥。一场可怕的书籍战役打响了。在一首有关这一主题的诗中，作者借哲学家之口对诗人说道："我一心向学，可你净给我散文、诗歌一类小儿科的玩意。它们有什么用？肯定是一文不值……你知道语法，可你对科学，对逻辑却一无所知。那你还吹什么牛皮？你个无知的家伙。"这就是 1250 年的情况。多年以后，方济各会士培根[1]开始大力讨伐大雅博和阿奎那。他指责两人把拉丁、希腊、希伯来研究打入冷宫。在他看来，13 世纪是向野蛮状态倒退。或许，我们应该注意，歌德可是极力称赞培根。歌德对中世纪的看法并非始终如一。总体而言，他认为中世纪是黑暗的时期。可即便如此，仍诞生了像培根一样的大思想家，这就印证了歌德的信念，即每个时代都有出类拔萃的人物，他们的更替构成了在夜空中广延四散的银河。

我说这些的用意是什么呢？我试图指出，人文主义传统时常受到哲学的攻击。面对重重阻力，它可能出现严重倒退。许多迹象表明，我们再次遭遇哲学家、存在主义者（existentialists）或者其他人的袭击。我倒觉得，如果迫在眉睫的问题能得到澄清，未尝不是一件大好事。这场论战或许可以澄清，并激发我一直阐述的问题——文学在教育中的地位。

我们的时代能否诞生一种可以统一思想，让人类生活变得高尚的哲学，这仍需拭目以待。我们有理由怀疑，因为过去的两千五百年间，哲学经常分裂为彼此相争的门派。即使在伟大的经院哲学时代，仍可以容纳截然不同的体系，比如波拿文都拉的思想，比如阿奎那的思想。当然，那时哲学的号召力也是前无古人后无来者的。

---

1 【中译者注：Roger Bacon (1214—1294)，英国方济各会士、哲学家、炼金术士，被经院派尊为"可钦博士"(Doctor Mirabilis)。这里需要同 Francis Bacon (1561—1626) 区分开来。】

它拥有历代以来最强大的精神团体——尚未分裂的天主教的支持。它的权威受到 14 世纪的阿维尼翁巴比伦流亡（Babylonian Exile of Avignon）[1]的威胁，并被 15 世纪的大公会议运动（the conciliar movement）[2]进一步削弱。

如果有哪个哲学派别敢宣称，自己清楚地呈现人与神的一切事物，那这个派别就是阿奎那派。可如此宏大而有序的体系，怎么会一转眼就轰然倒塌呢？它的支持者会作何解释？这可能是西方思想史上最有趣的一个问题。如今，仍有人以为，该体系是天主教教育唯一安全的指明灯，但就是它经过两三代后，失去了对人类思想的掌控能力。这个情况实在匪夷所思。对此，吉尔松解释道："14 世纪展示了那些追随阿奎那主义的思想家，可没人真的愿意继续大师的事业。阿奎那主义最新颖最深刻的部分，包裹在阿奎那浩如烟海的作品中，毫无创新地随之传播，也仅靠这样保存下来。"这是史家的笔法。至于哲学家与神学家会怎样表述，就是我力所不及的了。不过，我们可以自问，这个基督教哲学体系是否真的一败涂地？后来的体系有没有更幸运的？显然没有。看起来，欧洲哲学注定活不长久——就像欧洲各帝国一样。难道哲学是一种注定会消失的思想态度？这似乎是汤因比的观点。

如果哲学能解释历史，就也能解释诗歌，因为诗歌是人类最有力的一种表现。它存在于各个时代，各个文明。它有着比科学更广泛的号召力。亚里士多德的一大特点是，他在自己的哲学思辨中，为诗歌保留了位置。这一点我们必须承认，即便我们觉得，亚氏只知希腊诗歌，限制了他对诗歌的阐释。可还有没有别的顶尖哲学家探讨这个问题？据我所知，没有。引领经院哲学的亚里士多德主义复兴后忽略了诗学。诗歌始终排除在阿奎那的思想之外，仅仅偶尔提及。听听他的意见倒不失为

---

1 【中译者注：巴比伦流亡，又名巴比伦囚禁（Babylonian Captivity）。公元前 597—前 538 年，犹太王国两度被新巴比伦王国国王尼布甲尼撒二世（Nebuchadnezzar II）征服，公元前 587 年，尼布甲尼撒二世第二次进军巴勒斯坦，并且将犹太王国大批民众、工匠、祭司和王室成员掳往巴比伦。公元前 538 年波斯国王居鲁士灭巴比伦后，被囚掳的犹太人才获准返回家园。这段历史对犹太教改革产生了巨大影响。1309—1378 年为阿维尼翁教廷期（Avignon Papacy）。期间，相继有七位教宗居住在阿维尼翁，而非罗马。随着教宗博尼法奇乌斯八世（Boniface VIII）与法王菲利普四世（Philip IV）的矛盾爆发，而其继任者本笃十一世（Benedict XI）任职仅八个月便离世，1305 年，走投无路的教宗选举会议（conclave）最终选举了法国出身的克莱蒙五世（Clement V）。新教宗拒绝到罗马赴任，而是留在了法国，并于 1309 年把教廷迁至法国阿维尼翁的教区（papal enclave）。六十七年后的 1376 年，额我略十一世（Gregory XI）放弃阿维尼翁，再次把教廷迁回罗马。历史上有时就把教廷迁离罗马的这段时期称为"教宗的巴比伦流亡"。】

2 【中译者注：1409—1449 年，罗马天主教中，为加强大公会议制衡教宗权力而发起的运动。】

一件趣事。阿奎那同意古希腊谚语的说法，即诗人都是骗子；如果诗歌是科学，它也只包含最少的真理，是最低级的想象科学。诗歌不及理性，正如神学超乎理性。诗人运用象征或隐喻的言说模式，以便推销自己的寓言。他们这样做，是因为里面缺乏真理（propter defectum veritatis）。大雅博曾经说过："诗歌模式是哲学模式当中最薄弱的。"13 世纪的经院哲学大家对诗歌都不感兴趣。想要寻找经院哲学为诗歌的辩护，只能是竹篮打水一场空。

不过，阿奎那创作了一些非常动听的罗马祈祷书和弥撒书（Roman Breviary and Missal）的赞美诗。教宗派他为新基督圣体（Corpus Christi）节创作每日礼赞（office），而他果然不辱使命，拿出了美妙的礼拜诗。某批评家说道："严谨的结构，简洁的文笔，对教义经院式的准确表述，全都融合到格律技巧之中，这既靠诗人的天赋，也靠对前人的研究。"[1] 阿奎那能写出叹为观止的诗作，可他并不认为那是诗。那是包裹着基督教传统形式外衣的圣歌。它的媒介是音步，是格律，它的实质是信仰的核心奥秘（central mystery）。它是体现神学真理的创作。这本可能让阿奎那重新审视自己的诗歌观。然而，这样的事没有发生，阿奎那还有更紧急的要务。

阿奎那的情况是我们所谓的中世纪诗歌观的典型例子。诗歌被视为异教遗产的重要部分，与语法、修辞、神话等等同列。这些知识分支，都蕴含在异教的书籍当中。基督教父已经用《圣经》证明，基督教徒运用上述技艺是合法合理的。他们指出，圣保罗曾引用希腊诗人的诗句。此外，他们还提醒世人，犹太人离开埃及时，随身带了许多金银。按照奥古斯丁的说法，这一事实的寓意是，基督教完全有理由将异教技艺为我所用。类似的辩护例子还有很多。然而，不论教父思想家还是经院派思想家都未注意，必须深入问题的实质。这还是一块人迹罕至的领域。

探讨的对象是拉丁诗歌，人们将其从古代的巨大宝库中搬了出来。古人不知真理信仰，那么他们的诗歌是否因此就该身败名裂呢？只有寥寥可数的虔诚信徒（disciplinarians）才坚持这种一丝不苟的观点。有人提出，异教神话是道德真理的隐含表述，这让他们不得不保持沉默。毕竟，有大量聪慧而巧妙的方法，可以证明这一说法。1280 年，某使用拉丁语创作的日耳曼诗人倒是挺坦然。他写道："就算这些作家没有掌握天主教信仰，他们也是自己宗教的忠实支持者。我坚信，若他们知道

1　F. J. E. Raby, *A History of Christian-Latin Poetry* (1927), p. 405.

天主教，肯定会皈依。与其坠入异教（heresy）之手，还不如对信仰一无所知。”这个答案似乎是不言而喻的常识，尽管它可能不像真正的神学。

正如我所说，如果阿奎那主义对诗歌避而不谈，我们很容易猜到，其追随者对但丁这样的作家会有怎样的看法。出乎我们意料的是，他们几乎都没注意到他。1320年左右，当但丁发表自己的诗作后，没有文学评论，没有批评家，没有高雅的人。同时，也没有人翘首企盼冉冉升起的天才和新的杰作。即便一首符合基督教思想与情感的诗歌问世，也无人激动不已。就算有作家写了有伤风化的情欲诗，也无人坐立不安。当时，并不时兴作家高声表达自己同意或是反对基督教义。诗歌与神学彼此分离。宗教受祭司、僧侣、修士掌控。他们根本不在乎那些微不足道的诗人与散文家的态度。

这是事物的健康状态。教会里只有一个激进团体——多明我会。它的任务是打败异教。奇怪的是，但丁受到这种指责。但丁是独立的思想家，他的反思促使他建立一套政治与教会改革的体系。他在自己论帝制，同时也是论教宗的著作中已经阐明。他认为，过去的一千年里，事情都偏离了正规。君士坦丁大帝错不该放弃自己的部分特权，向圣彼得的继任者[1]赋予世俗的统治权。教宗错不该接受这个权力。但丁呼吁教宗回到圣彼得做渔夫时一贫如洗的状态。他自信地憧憬，有朝一日，一位普世君主（universal monarch）可以找回帝国昔日的尊严。然而，但丁走得太远了，竟然认为只有靠这种双重改革才能拯救人类。

这下可成了赤裸裸的异端邪说。但丁去世后不过几年，即1329年，就有一位多明我修士发表了声讨其作品的檄文。当然，该修士没有明言《神曲》，而是顺带指责但丁是自欺欺人的半吊子诗人，是能用幻象把读者诱离真理之道的巧舌如簧的智术师。各位千万别以为这位修士是个多管闲事的讨厌鬼或者无足轻重的疯汉子。1329年，罗马公开焚毁了但丁的著作。甚至连枢机主教纽曼[2]（Cardinal Newman）也委婉地批评他：“但丁显然无所顾忌地把一位曾被教会奉为圣徒的教宗放到他的地狱里；

1 【中译者注：即教宗。】

2 【中译者注：John Henry Newman (1801—1890)，又称枢机主教纽曼和有福者纽曼（the Blessed John Henry Newman），为19世纪英国宗教史上的重要人物。】

他的《帝制论》可是在禁书之列（on the *Index*[1]）”。

时至今日，一言九鼎的天主教批评家，采取了全然不同的立场。他们试图表明，但丁是正确的阿奎那主义者，他的伟大诗作恪守教会哲学。不过，我之前提到的伟大的中世纪哲学史家吉尔松已经证明，这个观点是错误的。吉尔松指出，但丁当然非常熟悉阿奎那，但在一些重要问题上，却与之分道扬镳。但丁的阿奎那主义是破灭了的神话（exploded myth）。各位只需研究一下但丁随整部《天堂篇》附赠给坎·格兰德的那封著名的拉丁书信，便会对此心知肚明。这封书信是无价之宝，因为它向我们展示，但丁希望读者如何看待他的诗作。然而，这份文献未引起足够重视，因为里面充满了典故，内容涉及让评注者迷惑不解的哲学与修辞学表达方式。不过，如果我们将其置于当时的拉丁术语语境下，就可以破解并阐释这些谜团。一旦我们破解，就能找到但丁的真正用意。一言以蔽之，“在我的作品里，既能找到诗，又能找到哲学。”显然，但丁认为，诗歌具有认知作用。这正是经院哲学所否认的。但丁的表述终结并化解了持续一百多年的诗歌与哲学之争。

这是今人当中第一位与伟大的古代一流作家比肩而立者的胜利的回答，也的确是但丁最惊人的成就之一。他以最准确无误的方式将其宣告于世。当伟大引导者维吉尔带着但丁来到幽域后，便把他介绍给与自己构成神圣谈话会（santa conversazione）的四位大师——荷马、奥维德、卢卡努斯与贺拉斯。此五人均是百里挑一的灵魂，至福之境中高贵的城堡便属于他们。他们与佛罗伦萨人友好地寒暄，然后送给他一项更大的荣誉：他们正式接纳但丁与自己为伍。于是，但丁成了不朽者团体（Academy of Immortals）的第六位成员，晋身贵族阶层。虽然有点迟，可后世还是完全认可，并承认他们彼此平分秋色。

但丁逝世后声名鹊起是个很有意味的故事。他的意大利同辈毫不吝惜溢美之词。围绕他著作的各种评注本很快就出现了。被自己最杰出的子孙诽谤的佛罗伦萨市，专门开设但丁作品讲席，邀请薄伽丘担任讲师。[2]不过，他的同胞仅仅把他看作使自己的言辞登堂入室的功臣。在 16 世纪，但丁跟彼得拉克和薄伽丘同成为正典作家。有人称他们是托斯卡纳诗歌三巨头。其实，这个观点抹杀了但丁独一无二的地

---

1 【中译者注：*Index*，即 *Index Librorum Prohibitorum*，《禁书目录》，为天主教会所禁之书的索引。一般读者只可读修正的版本，仅特殊许可人士才能阅读原稿。】

2 【中译者注：薄伽丘是但丁研究专家，写过但丁的传记，1373 年担任但丁讲座讲师。】

位和荣耀。彼得拉克与薄伽丘无法同但丁相媲美，与他的差距甚至是天壤之别。不过，意大利批评家认为，但丁的诗歌语言十分粗犷，不及他后来者的雅致流畅。这当然是最基本的判断错误。随着时间推移，但丁的地盘越来越少。到 1800 年，他在意大利几近遗忘，而在意大利之外，欣赏者更是屈指可数。意大利复兴运动（Risorgimento）再次发现了但丁。他被尊奉为意大利统一的信使。这是第二个误解，因为仅仅在最近五十年，他真正的伟大之处与全部的重要意义，才超越民族与国别文学的界限，为世人所承认。

但丁姗姗来迟的认可告诉我们，要正确评价一位第一流的大诗人，即便他在时空上与我们近在咫尺，是何等难事。这是决定欧洲文学传统的一条规律。我们可以发现，这条规律同样适用于莎士比亚。我们听到 1616 年，欧洲有谁为最伟大的诗人离世而悲痛不已吗？没有。英伦之外甚至没人知道他的名字。英国有着举足轻重的政治作用，可它的诗歌却无人问津，就此沉默了一个多世纪。直到 1530 年左右，意大利才在欧洲文学领域获得无可争议的领袖地位。大约 1650 年，西班牙取而代之。接着是法国。在下一个世纪，法国文化开始了不容置疑的统治。就连英国也不得不向它臣服。它创造了自己的奥古斯都时代。只是在 1762 年，一位英国批评家说道：

> 法国批评界已经超过意大利同行，在欧洲独领风骚。这个机巧的民族找到了为她的邻居引领潮流、制定风尚的方法……法国人渴望独霸文坛……不管他们的动机如何，最后的确大获成功。我们卑躬屈膝、过分谦让的批评家，遭到他们权威的严厉斥责。随着王朝复辟，他们的文学品味，连同一些更加糟糕的东西都来到了我们的身边。对于他们的语言，他们的风俗，甚至他们特有的偏见，我们的法国化国王以及保皇派全都来者不拒。

说这话的是伍斯特郡（Worcester）主教赫德（Richard Hurd）。他的话流露出对法国品味的反感，大约同一时期，莱辛在德国也发出同样的声音。然而，数十年后，欧洲大陆才真正脱离法国文学标准，充分欣赏莎士比亚的伟大之处。即便今天，莎士比亚在有些欧洲国家仍未得到他应独自享有的敬意。

如果但丁和莎士比亚分别经过六百年和三百年的考验，才被认可为欧洲顶尖作家，那么对于逝世不过百年的歌德，我们从何而论呢？意大利语与英语早已在世界上大行其道。可德语，各位都知道，就没这么幸运了。然而，要了解古典诗人，必须阅读他的原作。只有领略拉丁原本的维吉尔作品，才能叹服他的伟大。但丁的作品大家想必读过译本，但读译本无法让我们走进但丁的内心，倾听他的声音。为了欣赏原汁原味的但丁，我们有充分的理由学习意大利语。对于莎士比亚和歌德，情况亦然。精神财富不能转化成通行的标准。伟大作品中供我们专享的精华部分不会流入译本。我们可以用一种通用语言互相交流，就像此时此刻。可诗人的讯息，我们必须听他的原声。如果有谁没准备好，那就不得不错过那无价的明珠。

请各位再回到我今天的主题。西方思想的中世纪基础是什么？西方思想的基础是古典的古代（classical antiquity）与基督教。中世纪的作用是接受这份财富，然后将其传播，将其改头换面。在我看来，中世纪最珍贵的遗产，是它在完成这项任务的过程中创造的精神。兰德[1]为世人留下了一本优美的书，名字叫《中世纪的奠基人》（*The Founders of the Middle Ages*）。这些奠基人有圣哲罗姆、圣安布罗修、圣奥古斯丁等少数几人。他们都是公元四五世纪人士，代表了古希腊罗马的最后阶段。这最后阶段恰逢基督教的第一阶段。中世纪的经验是恭恭敬敬地接受宝贵财富，然后忠贞不渝地传播。这也是我们从但丁那里得来的经验。同时，也是歌德在自己的诗歌、历史与哲学著作、书信、谈话录中传授的经验。19世纪出现了一批为革命思想与革命诗歌奋斗的作家。用汤因比的话说，这是个与行将就木的年代背道而驰的特征。它可能近似汤氏所谓的"拒绝模仿"（a refusal of mimesis）。我们需要用新方法阐述并改编历史留给我们的遗产。只有当那些破坏力量在新方法的制衡下达到势均力敌的状态，才会达到文化平衡（the equilibrium of culture）。

传播传统并不是把它禁锢在一成不变的教义框架内，或选定的正典中。因为那字句叫人死，精意叫人活（For the letter killeth, but the spirit giveth life）。[2]文学研究的导向应该是，让学者感到乐在其中，使其惊诧于意想不到的美。钻研与热情是打开这些隐藏宝库的钥匙。我相信，中世纪文学的广袤土地仍等待着有人手持探矿杖，搜寻美与真的矿藏。沃德尔小姐[3]的书已经为众多读者做了有益的尝试。正是她，为

1 【中译者注：Edward Kennard Rand (1871—1945)，美国古典学家、中世纪专家。】

2 【中译者注：语出《哥林多后书》3：6。武加大译本作："líttera enim óccidit, Spíritus autem vivíficat."】

3 【中译者注：Miss Helen Waddell (1889—1965)，爱尔兰诗人、翻译家、剧作家。】

漂泊学者之歌找到兴致勃勃的新听众。的确，清幽的修道院围栏是意气风发的青年经常光顾的地方，那里可以听到有人用诗歌，吐露自己的生活热情。但丁笔下最出人意料的，是他醉心于优美的宇宙结构，宏伟的自然景观，绮丽的人类生活。当他在地狱或炼狱中遇到熟人后，彼此大谈他即将重返并且人人都愿被铭记其中的世俗界的渴望与爱情。但丁的诗歌教导世人，既来之则安之（a joyful acceptance of our sojourn）。不过，没有人指责他对人性黑暗的一面视而不见。他并未逃避世风日下，人心不古的局面。即便如此，他仍不改初衷。我们不妨用《暴风雨》（*The Tempest*）中米兰达的话形容中世纪：

> 神奇啊！
> 这里有多少好看的人！
> 人类是多么美丽！啊，新奇的世界，
> 有这么出色的人物！[1]

> O wonder,
> How many goodly creatures are there here!
> How beauteous mankind is! O brave new world,
> That has such people in't!

不过，全世界诗歌的整个地域，就像普洛斯佩罗（Prospero）令人心旷神怡的岛屿。每一位大诗人都努力增加其面积。歌德的世界文学思想，就包含了这层意思。歌德发现阿拉伯与波斯诗歌的美，并称赞道："东方与西方不再孑然而立，两者同属于上帝。"他崇敬迦梨陀娑[2]（Kalidasa），也敬佩哈菲兹。他给后世下了任务——拓展欧洲传统。

我们现在可能还处于这一过程的第一阶段。我深信，贵国在其中扮演着至关重要的角色。我想，艾略特是第一位从印度思想汲取灵感的诗人。没记错的话，他是

---

1 【中译者注：见第五幕第一场；朱生豪译文。】

2 【中译者注：迦梨陀娑，公元5世纪左右的印度古典梵语诗人，著有《优哩婆湿》、《沙恭达罗》等。】

在波士顿学习梵文的。不过，他也根植于中世纪；据我分析，他把但丁视为自己最伟大的导师。艾略特是个悲观的诗人。他的目光集中在地狱和炼狱，而不是天堂。我们处在一个纷乱而沮丧的年代。一些思想家告诉我们，应该感到沮丧。如果有什么与中世纪思想格格不入的，那肯定是这种情绪。让我们谨记但丁《地狱篇》第七章。在那里，作者遇到一群特殊的罪人——暴怒者和愠怒者。他们忏悔道：

……以前，我们爱牢骚，
不管阳光下舒畅的空气多清新。[1]

…Tristi fummo
Nel aer dolce che del sol s'allegra.

如今，这些人会得到医院的救治，可但丁把他们视为罪人。

如果让我用一句话概括中世纪思想的本质，我会说：它是中世纪身处其中重述传统的精神，而这精神就是信与乐（It is the spirit in which it restated tradition; and this spirit is Faith and Joy）。

1 【中译者注：*Inf.*, VII, 121 f.；黄国彬译文。】

附录二 《拉丁中世纪与欧洲文学论著》序[1]

为了帮助读者了解此书，我觉得有必要介绍一下本书的来龙去脉，同时也说说我本人的学术经历。

当年，我在法国斯特拉斯堡师从格勒贝尔（Gustav Gröber, 1844—1911）的经历，成就了我的罗曼语文学使命观。这一观点贯穿于格师的谆谆教诲；此外，他还借编辑罗曼语文学学科导论之际，将其严格而确凿地阐释出来。如果说迪兹是伟大的罗曼语文学之父，那么格师就是将该学科体系化的第一人——这还不算他在史学、语文学、语法学等方面的开拓之功。格师受过哲学训练，故他能高屋建瓴地放眼这门新学科。他遵循其导师埃伯特（Adolf Ebert, 1820—1890）的建议，将中世纪拉丁文学视为罗曼文学至关重要的基础，并且率先开始彻底地研究。这激发了当时的我断断续续地尝试相关工作。即便如此，我仍然完成了格师交代的两项法国语文学专题——新版的古法语《列王纪》研究（1913 年）和批评家布吕内蒂埃（Ferdinand Brunetière, 1849—1906）研究（后者于 1914 年出版）。其中，研究布吕内蒂埃使我熟悉了现代法国文学。

不过，与此同时，法国思想与文化正以另一种方式，成为我眼中不可或缺的部分。那时，我的阿尔萨斯友人正在阅读《新法兰西评论》（*Nouvelle Revue Française*）和《半月刊》（*Cahiers de la Quinzaine*）。一个全新的法兰西正冉冉升起。柏格森、罗兰、佩吉、纪德、克洛岱尔，都是我们那个时代发现的新星。1914 年夏，我在波恩大学开设了当代法国讲座。讲稿修改后，冠名《新法兰西文学先锋》（*Die literarischen Wegbereiter des neuen Frankreich*），于 1919 年出版。此后，我又陆续发表了巴雷斯论（1921 年）、巴尔扎克论（1923 年）、《新欧洲的法国精神》（*Französischer Geist im neuen Europa*）（其中论及普鲁斯特、瓦雷里、拉尔博、蒂博

---

1 【中译者注：以下文字曾于 1945 年发表在海德堡地方的《转化》杂志。当时，库尔提乌斯把书名暂定为《拉丁中世纪与欧洲文学》。经过 1946—1947 年两年的修订，全书以《欧洲文学与拉丁中世纪》的名字于 1948 年问世。】

代 [Thibaudet] 等），然后是一部法国文化导论，即《法兰西文明》（*Einführung in die französische Kultur*, 1930）。做到这儿，出于内在原因，我感觉自己的现代法国研究可以告一段落了。一股强烈的冲动激发我调整自己的研究领域。我认为，自己必须回到以前的时期；用比喻的说法，就是回到更古老的意识层面——首先便是罗曼中世纪。除此之外，我感到仿佛冥冥之中，自己寻找着一条通往罗马的道路。甚至在首次到访罗马时，我就发现，无论从历史还是精神的本质看，这都是一座圣城。它不是被挑选的，而是被发现的；它是祖先的故土，是朝圣的目标。在罗马逗留的次数越多，我就感到自己与她的关系越紧密。我深知，自己属于"永恒的罗马"（Roma aeterna）。此后的数十年间，我意识到这种关系蕴藏一个具有多种象征意义的奥秘。随着我的研究重心从法国转移，一扇新的大门向我敞开。我知道，自己可以将罗马之行的经历，融入我的研究之中。罗马最吸引我的是帕拉蒂诺山（Palatine hill）。山上的帝王宫殿遗址，诉说了罗马帝国的永恒荣耀。帝国成了理想之地，成了永恒的实体。因为它，我不禁对格奥尔格在《黑门》（*Porta Nigra*）中幻化的魔法痴迷不已。

年轻时在阿尔萨斯的那段日子里，莱茵河上游地区使我渐渐产生了对西方的追思怀想（格奥尔格的《法兰克人》[*Franken*] 便是呼应之作）。后来，莱茵河中游地区让我体会到，千年来罗曼—日耳曼人的共同生活，纳德勒（Nadler）便于其中发现了打开德国西部与南部思想史的钥匙；莱茵地区遭到轰炸之前，宾根（Bingen）、特里尔（Trier）、波恩、科隆以及很多小地方的敏感观察者，对这种生活深有体会。我尝试把这些复杂而艰难的经历，融入我的作品中，一开始只是一小部分，后来比重就越来越大了。

20 世纪 20 年代，除了法国，我还对现代西班牙兴趣日浓，其最佳写照见于杂志《西方》（*Revista de Occidente*, 1923—1936）以及奥尔特加的作品……20 世纪 30 年代，我的兴趣转移也促使我关注该领域的中世纪情况。正是在那儿，我首次邂逅了帕拉蒂诺山的罗马。在 15 世纪一首著名的西班牙诗歌中，我发现了罗马的帝国观念——诗人将其阐述为衡量人的永恒尺度。我认为，这些关联相当重要，遂孜孜不懈地考察。[1]

---

1 "Jorge Manrique und der Kaisergedanke," Zeitschrift für romanische Philologie 52 (1932), 129. 在《语文学研究》（*Romanische Forschungen*, 1944）杂志上，我发表了该诗的韵体译文。

遗憾的是，纷飞的战火打破了我平静的研究生活。针对德国文化的自我投降论，针对文明之恨及其社会政治背景，我发表了驳论著作《岌岌可危的德国精神》（*Deutscher Geist in Gefahr*, 1932）。我不得不发出警告，因为我预感到一场可耻的灾难即将降临德国，不幸，我的话很快就应验了。从 1933—1945 年，德国精神的危机与日俱增，并且遭遇了不可估量的损失。

1932 年，我自信找到了医治的良方——新人文主义，尽管它跟 19 世纪的人文主义并无共同之处。那时的我写道："若以前的黑暗世纪之后，果真是光明的文艺复兴，那么当今人文主义不可能源自古代或文艺复兴时期，而是中世纪。因此，新人文主义并非古典主义，而是中世纪主义（Mediaevalism）和复辟原则。"于是，我求助了"从奥古斯丁到但丁的西方文明的伟大奠基人"。受这一理念影响，1932 年至 1933 年间，我终于决定开设中世纪拉丁文学讲座。为此，我不得不从头整理那些困难的材料。很快我发现，在此基础上可以更深入地理解古罗曼诗歌的里程碑之作（*Zur Interpretation des Alexiusliedes*, 1936）。1937 年，英语教授格隆茨（Glunz）发表了论著《中世纪文学美学》（*Die Literarästhetik des Mittelalters*），但该书立论不实，为此我在 1938 年发表了详细的批评文章。由于这场争论，我发愿要彻底考察中世纪及其影响。结果，从 1938 年至 1944 年，我在各种学术杂志上，陆续发表了 22 篇论文；它们为我提供了战时不可多得的思想不在场证明。它们并不是按照既定计划构思写作的。[1]过了学生时代，人文学科再无方法可言。即便有，也不可言传——依靠本能，发挥才智。

其实，这句金玉良言背后大有深意，那就是舍勒（Max Scheler）从哲学角度阐述的爱与知的形而上学之基本关联。经过感受，经过甄选，然后用爱恨情感分析一番，价值的一切直觉和知识便建立起来。尽可能全面而丰富地体会思想价值，从情感上理解它们，这个过程在学术研究者头脑呈现的方式，便是我所谓的本能。它是一种本领，通过不断练习，我们完全可以改善它，辨别它，提高它。如果将其运用

1 对于我的中世纪拉丁研究的起因和过程，我可以用格师的一段话来概括："要全面理解这一学科，首先要没有先入之见地观察，默默无闻地尝试。接着，寻找者大步飞跃，抓住目标。尽管他对类似主题的想法还不完善，但似乎可以在知道目标的本质与组成之前，就整体把握。大胆尝试过后，就要小心谨慎，避免错误，而且必须要下定决心，一点一点地考察主题，细致入微地观察，不放过任何细节，不达目的不罢休。如此，问题便迎刃而解。"

到学术方法上，就意味着锻炼自己的眼光，从文本中找出“重要的”段落——即便暂时还不清楚其所以重要的原因。这些段落必须要搜集和比较，直至最终找出阐释的思路。1925 年，我在谈到普鲁斯特时已指出：“我们不可能找出重要的单个特征，它们必须闪现在头脑之中。如果哲学活动根植于奇迹，那么一切批判的前提就是，批评家必须为某些东西所触动。哲学活动与批评活动的完成，只可能通过向对象心悦诚服地顺从（receptive surrender to the object）……接受是感知的基本条件，感知之后便形成概念。”不过，这段话也适用于文学研究，因为它跟批评本质相同。唯有该技巧能使我们摆脱当下的思想态度，不带现代之偏见，阅读古代文本——这也意味着不带现代科学之偏见，阅读古代文本……

考察过程中，我发现自己正一点一点深入选定的研究领域，看到了新的关联与交叉关联如何不断地出现，当然最终也觉察到欧洲文化史中一条新的连贯线索。于是，我想到，何不把自己的研究扩展成一本书……

最后要说一点。以上我谈到了自己求学和研究时潜在的个人动机，希望读者能明白我为何从罗曼研究转移到拉丁中世纪。我已经粗鲁给出了答案。不过，本书关注的问题，还涉及过去几十年间一再提到的更广泛的话题：学者的生活与工作是怎样联系起来的？这其实是“学者成长史”（biology of the scholar）的一个问题。但它也具有现实意义。第一次世界大战后，我们见证了“新科学”的众多例证，这门科学以“洞见”或“直觉”为基础，并公开向大量引用的实证主义（positivism）发难。有些人想方设法重塑历史上的伟人，以期符合格奥尔格派的道义。还有人引入了精巧的综合法。历史如今成了虚构，成了“神话”。这些大多是异常行为（aberrations），我们只有到今天才能对其估测，因为它们为 1933 年起不幸开始的大规模歪曲历史活动铺平了道路。那时人学到的是，“没有客观的科学”。科学不得不附着于种族、民族和政治。这个谎言必须戳破。所有重要的研究，当然都离不开个人经验和个人洞见的补养——这正如它们必须受制于严格的自我批判训练、不偏不倚的态度、博学多识的原则。经验必须经过创造之火熔炼，然后打造成坚如钢铁的知识结构。从这个意义上讲，科学必须时刻保持客观。

附录三　德文版初版序言

本书的准备工作始于1932年。在海德堡的地方杂志《转化》(*Die Wandlung*)中，我已经介绍了成书过程。这次，我不能把以前的成果搬来使用，因为1946至1947年间，我对其进行了修改。改动后的内容，各位读者可在本书的最后一章《后记》中看到。

当我着手最初的研究时，已经发表了《岌岌可危的德国精神》(1932)。这是一本论战小册子，书中我极力反对德国文化消亡的说法，反对文明仇恨，以及引发这种仇恨的政治与社会动机。西方传统在文学中展现自己，而我希望通过此书帮助世人理解该传统。本书不仅适用于博学的专家读者，而且还适用于那些对文学本身感兴趣的读者。

专题研究均以学术附录的形式收录。

【除极少数情况，我一直无法接触到战时及战后国外的科学文献。此外，从1944年起，波恩大学图书馆的一部分已经无法使用，而另一部分也在炮火的轰炸下完全焚毁。因此，很多引文我都无法查证，很多原始文献我也无法使用。不过，若文学是“片段的片段”(das Fragment der Fragmente)(歌德语)，那么片段式的文章必然呈现片段的特征。】[1]

恩斯特·罗伯特·库尔提乌斯

1947年12月于波恩

---

1 【中译者注：最后一段文字仅在德文第一版中出现，西译本则未见最后一句，这里根据德文第一版补出。】

附录四　德文版第二版序言

在发表本书时，我并未想到它能引起共鸣。本书没有迎合那些风靡时下的科学、文学或哲学思想。尽管如此，它所引发的关注和兴趣还是让我大吃一惊，同时欣喜不已。

我写这本书并非为了实现什么科学目标，而是希望发掘让西方文明经久不衰的源头。通过采用新方法，我试图在时空当中指出这种传统的统一性。鉴于时下思想界莫衷一是，我们必须而且也有可能阐释这种统一性。这只有以一种普遍共通的视角才能完成。这要靠拉丁文学的支持。从维吉尔到但丁历经了十三个世纪，期间拉丁语一直是文化语言。没有拉丁语背景，就无法理解中世纪的民族文学。一些批评家不无遗憾地认为，我的著作里中世纪文学的重要作品（如《罗兰之歌》、游吟诗人、戏剧）乏善可陈。但我想问，他们有没有仔细看看这本书的书名？我所要考察的是拉丁中世纪，而非整个中世纪。无论民族语言文学的名著，无论是法国、英国的，还是意大利、德国、西班牙的，我均有涉猎。我不想拿这本书跟他们的一争高下，只是想发他们所未言之言。

拉丁中世纪是本书研究的焦点之一，另一个则是欧洲文学。因此，读者可以看到，其中大量篇幅谈及古希腊、古罗马，以及 16、17 世纪的作品和派别。我希望，即便是对后一段时期了如指掌的读者，也能从本书中有所收获。然而，本书的目标读者不光是专家学者，还包括文学爱好者。在《批评史》（*History of Criticism*）序言中，桑茨伯里写道："我有个朋友温文尔雅、才华横溢，但与我的批评思想互有分歧。他认为我'把文学孤立对待'。此君所言极是，于是我立即声明，此乃拙作的立论之本"。

每个人都知道不能把文学完全孤立开来，桑茨伯里自然也不例外。在本书中，各位读者将发现很多只有依靠荣格帮助才能明白的内容。另外，其中还涉及了哲学史与风俗史问题：读者可以从中了解有关七艺、大学等的具体细节。不过，我们考察的核心，始终是文学及其主题、技巧，其生物学与社会学。

在本书中，读者还可以了解到文学术语的起源及其原始含义，作家的正典便以此为据，并且由此构成并演化出古典作家的概念。另外，本书还展示了文学流变中持续或反复出现的现象：“古”“今”对立、反古典主义思潮，亦即如今所谓的“巴洛克”之风（我建议以“风格主义”相称）。读者还可以看到，我试图通过诗歌与哲学、神学的关系来研究诗歌。我想方设法指出，诗歌将人生（英雄、牧羊人）与自然（风景）理想化，并为此创造了特定的诗歌类型。这些问题，连同其他林林总总的问题，构成了一门学科的导论知识，而这门学科我更喜欢称之为文学“现象学”。在我看来，如今设立的文学史、文学研究、比较文学等，都是它的另一种形式。

借助高海拔的航拍照片，当代考古学取得了令人吃惊的发现。例如，人们依靠该技术，在北非首次发现罗马晚期的防御工事。置身废墟之上的人，是不可能看到航拍照片所展现的一切。不过接着，人们会放大航拍照片，将其与详细的地图比对。本书运用的文学考察技巧，便与此有着异曲同工之妙。如果我们放眼两千或两千五百年来的西方文学，就能发现管中窥豹所不能见的宏景。不过，俯瞰的前提是各领域专家已经进行细致入微的研究，而这却是人们常常忽略的。只有高瞻远瞩，才知这样的劳动，于人于己，受益无穷。既纵观全局，又细察入微，这样一来，史学学科才能取得进步。如今，两种方法相辅相成，缺一不可。只知细察入微，不知纵观全局，便是无的放矢；只知纵观全局，不知细察入微，便是华而不实。然而，对于文学领域的全局观，桑茨伯里一席话颇为中肯：“没有近代的古代是横在路中的绊脚石，没有古代的近代是不可救药的荒唐事”（Ancient without Modern is a stumbling-block, Modern without Ancient is foolishness utter and irremediable）。

为了能以理服人，我采用了所有历史探究方法的基石——语文学。对于思想学科，它的重要性堪比数学对于自然科学的意义。正如莱布尼茨所言，世上有两种真理，一种不必而且也无法用经验证实，只能靠理性把握；另一种无法用逻辑演示，但可借助经验来获得。这就是必然真理与偶然真理，用莱布尼茨的话说，就是“永恒真理与事实真理”（vérités éternelles et vérités de fait）。偶然的事实真理只能借助语文学来获得。语文学堪称史学学科的婢女。我在运用这种方法时，尽可能吸收自然科学方法的精确之处。几何学用图形演示，语文学用文本演示，但语文学也应该得出可以确证的结论。

同第一版相比，本书第二版中，我修订了近两百处内容。

1953 年，受波林根基金会委托（《万神庙丛书》[Pantheon books]），纽约的特拉斯克（Willard Trask）将本书译为英文，后该译本在伦敦出版（Routledge and Kegan Paul）。不久之后，本书的西译本（墨西哥）和葡译本（里约热内卢）将相继问世，意译本和法译本的翻译也已提上日程。

恩斯特 · 罗伯特 · 库尔提乌斯

1953 年 12 月于波恩

附录五　英译本作者序言

这是拙作《欧洲文学与拉丁中世纪》的英译本，我想，读者很愿意听我做一点说明。

我的研究领域主要是罗曼语言与文学。一战（1914—1918）以后，为了让德国人了解现代法国，我开始研究罗曼·罗兰、纪德、克洛岱尔、佩吉（《新法兰西文学先锋》[1919]），巴雷斯（1922）、巴尔扎克（1923）、普鲁斯特、瓦雷里、拉尔博（《新欧洲的法国精神》[1925]）。不过，当我的目光转向法国文化（《法兰西文明》[1930]）后，就不再从事这方面的研究。那时，我已经着手研究英美作家。1927 年，我发表了一篇论艾略特（T. S. Eliot）的文章（同文附《荒原》[*The Wasteland*] 德译文）；1929 年，又发表了一篇研究乔伊斯（James Joyce）的文章。过去二十五年间我发表的论文已经收入拙作《欧洲文学批评论集》（*Kritische Essays zur europäischen Literatur*, 1950）。[1]其中论及的作家包括维吉尔、歌德、小施莱格尔（Friedrich Schlegel）、爱默生、格奥尔格、霍夫曼斯塔尔、乌纳穆诺、奥尔特加、艾略特、汤因比。

多年来，维吉尔和但丁始终是我最钟爱的作家。两者是怎样走到了一起的？这个问题越发强烈地搅动着我的思绪。我想，解决之道唯有从中世纪拉丁文学的连续性入手。而这种连续性反过来，也铸就了我们今天所看到的始于荷马而终于歌德的欧洲传统。

然而，由于一战及其后续影响，这个思想与艺术传统受到极大动摇，在德国尤为如此。1932 年，我发表了论辩小册子《岌岌可危的德国精神》。该书抨击了预示纳粹统治教育的弃智倾向（barbarization）以及民族主义狂热。进而，我呼吁一种新人文主义，其中应融合从奥古斯丁到但丁的中世纪。在此，不能不提到一本对我影

---

1 【英译者注：该书已由 Michael Kowal 英译出版（*Essays on European Literature*, Princeton University Press, 1973）。】【中译者注：2015 年，普林斯顿大学出版社又再版了该书。】

响至深的美国巨著——兰德（Edward Kennard Rand, 1871—1945）的《中世纪的奠基人》（*Founders of the Middle Ages*）。

战争的阴霾笼罩德国后，我决定通过研究中世纪拉丁文学，来贯彻中世纪人文主义思想。这段研究长达十五年之久。其成果就是各位眼前的这本1948年出版的《欧洲文学与拉丁中世纪》。此书问世以后，我一直惶惶不安。想当初，我并不指望它能声名鹊起，毕竟它并不处于当时思想的科学、学术或哲学的主流。可后来，关注者甚众，赞誉者亦有之，实在出乎我的意料。

我曾说过，写作这本书，不仅仅出于纯粹的学术兴趣，更是我对保存西方文化的关注。全书旨在阐释文学视域中的西方文化传统，试图运用新方法来表明该传统的时空统一性。面对当今各执一词的思想界，我们很有必要（很高兴还有机会）去点明这种统一性。不过，论证时必须站在普世立场（universal standpoint）。这一立场源自拉丁文学（Latinity）。从维吉尔到但丁这一千三百多年里，拉丁语一直是学者的语言。脱离该拉丁语背景，中世纪俗语文学（vernacular literatures）便无从谈起。有批评家不以为然地反驳道，本书没有提到某些重要的中世纪文学现象（如《罗兰之歌》、游吟诗人、戏剧）。我想，他们恐怕没有注意这点：本书题名已限定论述范围是**拉丁**中世纪，而非整个中世纪。事实上，法国、德国、意大利、西班牙的民族文学方面，本来就不乏优秀的研究之作。本书无意与它们争奇斗艳，只是发前人所未言。

拉丁中世纪只是本书论题之一。另一个即欧洲文学。为此，本书不仅会详细探讨古希腊罗马文学，还会以相当大的篇幅讨论16、17世纪的文学流派和文学作品。我真诚希望，即便是这些领域的专家也能从本书获益。不过，本书的目标读者并非专家，而是文学爱好者，亦即对纯文学（literature as literature）感兴趣的读者。在《批评史》（*History of Criticism*）序言中，桑茨伯里（George Saintsbury）写道："我有个朋友温文尔雅、才华横溢，但与我的批评思想互有分歧。他认为我'把文学孤立对待'。此君所言极是，于是我立即声明，此乃拙作的立论之本。"当然，桑氏也清楚，不可能把文学完全孤立开来。本书当中，有些结论同样离不开荣格的帮助。另外，本书还触及了文明史与哲学史中的某些问题，包括七艺、大学等等。不过，论述的核心仍然是文学及其专题（themes）、技法、文学流变、文学社会学。

读者将在书中了解到"literature"一词从何而来，最初有何意义；什么是作家的正典；古典作家的观念如何形成，如何演变。另外，本书还探讨了周而复始或持续不断的文学流变现象，“古人”与“今人”这对相对的概念，以及反古典思潮（也就是如今所谓的巴洛克或我所谓的风格主义 [Mannerism]）。对于诗歌，我主要论述了它与哲学、神学的关系，分析了诗歌用何种方式，将人类生活（英雄、牧羊人）和自然（风景的描绘）理想化，并演化出与此目的相应的固定的诗歌类型。诸如此类的问题便为我所说的文学现象学（phenomenology of literature）作以铺垫。在我看来，文学现象学不同于文学史、比较文学，以及现今开展的“文学研究”（Literaturwissenschaft）。

借助高海拔的航拍照片，当代考古学取得了令人吃惊的发现。例如，人们依靠该技术，在北非首次发现罗马晚期的防御工事。置身废墟之上的人是不可能看到航拍照片所展现的一切。不过接着，人们会放大航拍照片，将其与详细的地图比对。本书运用的文学考察技巧便与此有着异曲同工之妙。如果我们放眼两千或两千五百年来的西方文学，就能发现管中窥豹所不能见的宏景。不过，俯瞰的前提是各领域专家已经进行细致入微的研究，而这却是人们常常忽略的。只有高瞻远瞩，才知这样的劳动，于人于己，受益无穷。既纵观全局，又细察入微，这样一来，史学学科才能取得进步。如今，两种方法相辅相成，缺一不可。只知细察入微，不知纵观全局，便是无的放矢；只知纵观全局，不知细察入微，便是华而不实。

然而，对于文学领域的全局观，桑茨伯里一席话颇为中肯：“没有近代的古代是横在路中的绊脚石，没有古代的近代是不可救药的荒唐事。”

如前所述，本书的写作并非出于纯粹的学术兴趣，而怀着紧迫的使命，在具体历史环境的压力之下一点点完成。不过，为了能以理服人，我采用了所有历史探究方法的基石——语文学（philology）。对于思想学科，它的重要性堪比数学对于自然科学的意义。正如莱布尼茨所言，世上有两种真理，一种不必而且也无法用经验证实，只能靠理性把握；另一种无法用逻辑演示，但可借助经验来获得。这就是必然真理与偶然真理，用莱布尼茨的话说，就是“永恒真理与事实真理”（vérités éternelles et vérités de fait）。偶然的事实真理只能借助语文学来获得。语文学堪称史学学科的婢女。我在运用这种方法时，尽可能吸收自然科学方法的精确之处。几何学用图形演示，语文学用文本演示，但语文学也应该得出可以确证的结论。

如果说本书主题乃是借助语文学方法来展开，那么我希望大家明白，语文学不是唯一目的。我们研究的是文学，是语言外壳下西方文化的思想与精神传统。其中蕴含着美、崇高、信仰等永不磨灭的财富。它是帮助我们改善并充实当下生活的精神能量之源。1949 年，我在美国科罗拉多阿斯潘（Aspen）的歌德诞辰两百年纪念大会上发表了演说——《西方思想的中世纪基础》(The Medieval Bases of Western Thought)，其中也给出了类似建议。值此英译本问世之际，我们争得出版社同意，将该文以附录形式一并收入此英译本。

附录六　2013 版英译本导读[1]

牛津大学　柯林·巴罗

（Colin Burrow）

大一学年的时候，我的一个肺瘫痪了。这个遭遇限制了我的职业规划。作个小号手或者职业足球运动员显然没希望了——当然，我的球技或演奏技巧也没那么出类拔萃。生病之后，我不得不在剑桥郡的帕普沃思医院（Papworth Hospital）住了一个星期，此前那里刚刚成功完成首例心肺移植手术。为了不让医护人员抓住机会，怂恿我使用什么新药，我决心埋头钻研一本巨著。于是，我带走了书架上最厚的那本书——库尔提乌斯的《欧洲文学与拉丁中世纪》。

很快，我便茫然无措。此外，我还可能有点飘飘欲仙的感觉，因为我还接受了吸氧治疗，以防病肺再次瘫痪。不过，当我潜心阅读这本惊世之作，我完全陶醉于作者旁征博引描述的修辞与主题，流连于书后精深的学术附录，震撼于作者怀着一以贯之的热情，阐述（至少）下抵歌德的欧洲文学观念。直到这时，我才发现，自己的生命中还有比踢球或吹号更有价值的事情。库尔提乌斯呈现的不仅仅是文学批评著作，或者文学史，抑或中世纪文学概论。他能使读者看到，西方文学如何通过一系列超越时间（大概从维吉尔到狄德罗）、超越欧洲（从南部的那不勒斯到北部的斯特拉福德 [Stratford-upon-Avon]，从西部的伊比利亚半岛到东部的莱茵河，甚至可能还远达易北河）的相互关联。库尔提乌斯向读者揭示，古代与古代晚期的拉丁著作怎样传遍西欧，怎样融入法国的民族传奇，怎样诉诸被他视为最伟大作家的但丁与歌德的笔下，甚至怎样漂洋过海来到蒙昧无知的英国北部地区。他对国界的蔑视，可以从某些有违直觉但令人拍案的主张一探究竟（“巴黎是英国的文学首府”——第 35 页；“如果思想的王国要长存，就必须保留几百年来的伟大作家”——第 397 页）。

---

1 【中译者注：感谢本文作者巴罗博士授权翻译，并欣然允许将译文收入此中译本。】

他的主要观点是，古典传统通过修辞研究来自我传播，自我保持；展现连续性的主要方式，是通过再现"主题"，或者修辞中的寻常事物。这其中就包括可以简化为单个词组的观念，如"年迈的孩子"（puer senex）（住院期间，我觉得这个主题尤其引人入胜），或者能从各种角度充分展开的观念，如"世界如书"。

这本特别的书自然也是一个世界。《欧拉》与克默德（Frank Kermode）的《结局的意义》（*Sense of an Ending*）、奥尔巴赫的《摹仿论》，堪称20世纪最激动人心的三部文学批评著作。这三本书无一例外地展示了一种文学批评方法，即寻找大量文本背后的大模式与大历史；这就要求批评家必须放眼古今，超越国界。而这三本书也都将如此宽广的视阈，同语文学家对细枝末节的关注合而为一。同奥尔巴赫一样，库尔提乌斯也受过20世纪早期德国的罗兰语文学传统的熏陶。因为是犹太人，奥尔巴赫（1892—1956）不得不于1935年放弃马尔堡的大学教职，然后在伊斯坦布尔（Istanbul）漂泊的岁月里撰写《摹仿论》。[1]那时，他尽可能搜集身边可用的书籍。通过生动分析书中范例，他对欧洲现实主义历史进行了猛火式研究。而库尔提乌斯考察从斯塔提乌斯，经里尔的阿兰和无名氏大诗人，再到莎士比亚与卡尔德隆的主题，则是文火式研究。两者有着天壤之别。不过，《摹仿论》与《欧拉》有一个共同特点：两本著作都揭示了为何文学研究不可或缺；文学研究从思想层面，（可能也应）从政治层面看，为何对批评家走出单个地域或时间限制至关重要。

为何说政治层面？这两位德国学者试图在中欧经历二战的大规模破坏后，思考西方文学正典。这也赋予了两本著作以其他批评家罕有的紧迫感。可以说，两本著作乃是文学批评家超越自己所处时代去思考的尝试。反过来，这也意味着，若我们了解一点作者生平以及《欧拉》的成书语境，便可以在把握该书局限与优势的情况下，对它有更深的理解。[2]

恩斯特·罗伯特·库尔提乌斯（1886—1956），是发掘奥林匹亚的伟大古典学者与考古学家恩斯特·库尔提乌斯的孙子。他的伯祖父也是著名的古典语文学家。1886

---

1 See Jan N. Bremmer, "Erich Auerbach and His *Mimesis*," *Poetics Today* (1999), 3-10.

2 英语世界中最详尽的作者传记见 Arthur R. Evans, "Ernst Robert Curtius," in *On Four Modern Humanists: Hofmannsthal, Gundolf, Curtius, Kantorowicz*, ed. Arthur R. Evans (Princeton, 1970), pp. 85-145；1983年以前的文献，见 Earl Jeffrey Richards, *Modernism, Medievalism, and Humanism: A Research Bibliography on the Reception of the Works of Ernst Robert Curtius* (Tübingen, 1983)。

年出生后，库尔提乌斯便在阿尔萨斯生活——那里在十六年前普法战争结束时，刚刚割让给德国。他的父亲在 1903 至 1914 年间，担任斯特拉斯堡的奥格斯堡信条会（the Church of the Augsburg Confession）执事。就这样，库尔提乌斯成长于混杂着德国路德教信徒与天主教法语信徒的环境。他兼有古典学和多语言的背景，而且有可能成为中欧人。他在斯特拉斯堡的宗教经验以及多语言环境，无疑是《欧拉》的一块基石。

库尔提乌斯在斯特拉斯堡大学接受了古典语文学训练，他的导师便是体系性极强的罗兰文语文学家格勒贝尔（1844—1906）。后来，他将自己的三本书献给了恩师，包括这部《欧拉》。[1]库氏的学术生涯始于点评《列王记四书》（*Li quatre livres des Reis*, 1911）。三年后，他发表了评点去世不久的法国批评家布吕内蒂埃（1844—1911）的著作。很快，他又写了一本巴尔扎克论著（1923），接着便是那本让他声名鹊起的现代法国文学论著。该书也（轻而易举地）让这位德国教授（professoriat）一炮走红，使之跻身魏玛共和国顶尖的法国文学批评家之列。[2]此后，他陆续围绕普鲁斯特和纪德（库氏与其有长期的书信往来[3]）撰写论著，并且还完成了一本《法兰西文明》（1930）。另外，他还是德语世界中，少数评价艾略特与乔伊斯的 20 世纪早期批评家之一。[4]库尔提乌斯先后任教于马尔堡大学（1920—1924）、海德堡大学（1924—1929）、波恩大学。在 20 世纪最初几十年，他是现代主义者，当然这不仅仅是因为他的现代文学批评家身份。他的模式跟艾略特的如出一辙（20 世纪 20 年代，艾略特的主要兴趣在于复兴“思想的欧洲”[5]）。由于志趣相投，艾略特在 1922 年曾劝说库尔提乌斯为《标准》杂志（*The Criterion*）撰稿，后来更盛赞他是“最伟大的德国人之一”[6]（或许有点言不由衷——这也是艾略特散文的一大风格）。整个 20 世

1 See Peter Dronke, “Curtius as Medievalist and Modernist,” *Times Literary Supplement* (1980), 1103-6.

2 Stephen Spender, “Rhineland Journal,” *Horizon* (1945), pp. 394-412, esp. p. 397.

3 Herbert Dieckmann and Jane M. Dieckmann, *Deutsch-franzoesische Grasprӓche 1920–1950: la correspondance de Ernst Robert Curtius avec André Gide, Charles Du Bos et Valery Larbaud* (Frankfurt am Main, 1980).

4 William Calin, *The Twentieth-Century Humanist Critics: from Spitzer to Frye* (Toronto and London, 2007), p. 32.

5 Ernst Robert Curtius, *Essays on European Literature* (Princeton, 1973), p. 170.

6 T. S. Eliot, *The Letters of T. S. Eliot*, 2 vols., ed. Valerie Eliot and Hugh Haughton (London, 2009), 1. 705. See also Dronke, “Curtius as Medievalist and Modernist.”

纪20年代，库尔提乌斯与艾略特不断有书信往来；1927年，他还把《荒原》译成了德文（同时，他还写了一篇极有见地的导读）。

对于《欧拉》论著的作者，这样的思想背景听着有点奇怪。在一篇最初为此书撰写的介绍文章中，库尔提乌斯把自己从当前法国作品研究，到中世纪研究的转向，比作踏上“罗马之路……亦即通往超越历史的圣城”[1]的个人之旅。他的文学旨趣放到了过去，很可能出于更现实的原因。1932年，希特勒千方百计罢黜兴登堡(Hindenburg)，这促使库尔提乌斯撰写《岌岌可危的德国精神》。该书“恳切地为德国呼吁，复兴并塑造歌德人文主义（Goethean humanism）的理想”[2]，还建议向“我们从奥古斯丁到但丁的西方文明的杰出奠基人”[3]寻求帮助。全书（出版于希特勒出任总理的前一年）将全民动员与全民教育，视为纳粹的弃智措施（barbarism）。出于显而易见的政治原因，这本书也成为十六年后问世的《欧拉》之前，库尔提乌斯的最后一部专著。库氏早期论文的许多专题（普鲁斯特，一个同性恋犹太人；纪德，一个同性恋共产主义者），并不十分契合纳粹的文学课程。

战争期间，库尔提乌斯一直保持低调，尽管他与某同事帮助庇护一位犹太裔大学行政官员。[4]1945年，斯彭德（Stephen Spender）[5]找到了他，并在其《莱茵地区杂志》(*Rhineland Journal*）中如此描写“库教授”（Professor C）——他住在一间曾被美军征用的公寓，里面家具和书籍寥寥可数。库尔提乌斯尝试变卖剩下的书籍，以养家糊口。斯彭德，这位曾经的天真汉写道，自己问“库教授”，为何德国人不积极反抗希特勒。库尔提乌斯回答道，“德国人的困难在于，他们从未体验过政治自由。”[6]他抱怨，德国在战胜的岁月里，同其他国家脱离了所有思想上的联系：“我感到自己对这个民族有一种与日俱增、难以名状的厌恶感。我根本就不指望他们。”[7]

以上便是《欧拉》当时的写作环境。或许具有象征意味的是，《欧拉》一开始没

1 Curtius, *Essays on European Literature*, p. 498.

2 Evans, “Ernst Robert Curtius,” p. 111.

3 Curtius, *Essays on European Literature*, p. 500.

4 Hans Reiss, “Ernst Robert Curtius (1886–1956): Some Reflections on the Occasion of the Fortieth Anniversary of His Death,” *Modern Language Review* (1996), pp. 647- 54, esp. p. 650.

5 【中译者注：斯彭德（1909–1995），英国诗人、小说家、翻译家、文学批评家。】

6 Spender, “Rhineland Journal,” p. 400.

7 Ibid., 409.

有在德国出版，而是由瑞士伯尔尼的一家出版社发行；巧合的是，两年前，奥尔巴赫的《摹仿论》也由该社发行。[1]起初，有一些书评家认为，《欧拉》与库尔提乌斯早年的批评兴趣背道而驰。担任约翰·霍普金斯大学教授的施皮策（Leo Spitzer）（此人同奥尔巴赫一样，不得不于1933年放弃自己在科隆的教职），在相对宽松惬意的环境下，也评价了此书；他认为《欧拉》“摒弃了所有美学、哲学、现代主义旨趣。”[2]施皮策继而写道：“在弃智措施的威力包围我们之前，库尔提乌斯找到了逃避之法，他让自己沉浸于一块直到18世纪仍生机勃勃的历史墓园。”[3]斯彭德也在自己与“库教授”会面纪事之前，描绘了科隆的满目疮痍。他如此描绘当地居民——“这群流浪汉在沙漠里发现一座废城，然后在那里扎帐篷，住地窖，在废墟之中挖掘战利品，寻觅某个死亡文明的遗物……这座城市所受的破坏**非常严重**，方方面面均如此。那是呕心沥血的极致，是我们文明的成就，是20世纪国际合作最触目惊心的结果。”[4]施皮策毫不留情地把退避到文学地窖的做法，斥责为走向文学传统之陵墓的文化倒退。

库尔提乌斯是非犹太裔学者，且战争期间始终留在德国，从事大学教职工作；因此，像施皮策这样的犹太流亡者，要是对他保持不置可否的态度，也是情有可原的——尽管奥尔巴赫（他的职业生涯跟施皮策的很相似）十分推崇库尔提乌斯的著作。[5]施皮策对《欧拉》的理解错了。《欧拉》的主要目的，并非要远离当下的恐惧，到古代晚期与拉丁中世纪的诗歌当中安身立命。其核心目标是要论证：第一，西方文学传统的地理中心位于莱茵河西部；第二，欧洲的文化统一是有可能的，即便这种可能性存在于过去。书中，作者从头到尾始终把法国的文学发展情况，同德国相对落后的情况一起比较——“虽然脱离了12、13世纪的伟大思想运动，可德国仍然保持自己的本色”（第57页）。回顾1945年库尔提乌斯跟斯彭德提到的德国，在20世纪思想孤立的情况，这两个观点有着惊人的相似之处。这也反映出一种由来已久

---

1 Francke出版社出版发行了许多英、法、意等语种的文学著作。见A. Francke A. G. Bern, *125 Jahre Francke Verlag Bern* (Bern, 1957)。

2 Leo Spitzer, “Review of *Europaische Literatur und lateinisches Mittelalter* by Ernst Robert Curtius,” *American Journal of Philology* (1949), pp. 425-31, esp. p. 426. For Spitzer’s life, see René Wellek, “Leo Spitzer (1887–1960),” *Comparative Literature* (1960), pp. 310-34.

3 Spitzer, “Review of *ELLMA*,” p. 428.

4 Spitzer, “Rhineland Journal”, p. 396.

5 Erich Auerbach, “*Europäische Literatur und lateinische Mittelalter*. By Ernst Robert Curtius,” *Modern Language Notes* (1950), pp. 348-51. 文章称该书是“强大、热情、顽固精神的纪念碑”。

的看法：即使到了20世纪20年代，库尔提乌斯仍向艾略特抱怨，在德国很难接触到英国书籍。库氏对《尼伯龙根的指环》，对《英雄帕西法尔传》，对希特勒钟爱的瓦格纳的极为负面的评价（第242页）表明，我们的《欧拉》作者不仅仅畏缩到历史的陵墓中。他甚至追忆起一战以前——抑或纳德勒（Jesef Nadler）的《日耳曼部落与地区的文学史》（*Literary History of the German Tribes and Regions*, 1912—1918）等亲德派文学史出版前——德国罗曼语文学传统。不过，他首先还是要指出，为何文学史家应该把拉丁作品和罗曼作品的地位，置于日耳曼文学作品的之上，他这样做是为了确证战后欧洲文化重建的可能性。在他眼里，罗马（1956年库尔提乌斯到访此地不久便离世）成了西方文学最终的历史本源。

时至今日，《欧拉》仍然是中世纪文学学生的必读书目。不过，很多人经常把它视为参考书，通读者寥寥无几。这实在让人惭愧，因为这本书本来就该整体化一地阅读。若有人征询专业的中世纪研究者对《欧拉》的意见，他们很可能给出相当谨慎的回答。最主要的反对原因是：作者对主题的专注，削弱了中世纪拉丁诗歌个体性的作用；[1]作者关注精英和大学文化，却忽视了口传和大众文化；作者没有充分考察学术传播与转化的机制；作者对某个“主题”的思考，缺乏理论的严谨；由于全书专注于拉丁文献，结果曲解了书中的正典（同时也曲解了文学正典的形成，以及文学正典的观念[见第259页]）。还有人批评，《欧拉》过分地以欧洲为中心，没有放眼东部的斯拉夫世界或更远的国度。

我们当然明白，上述批评自有其出现的原因，但平心而论，它们都有失公允。库尔提乌斯的“主题”（topos），含有比修辞传统的“寻常事物”更广泛的现象，有时这个概念的界限甚至模糊不清。作者时而将主题视为写作的修辞基石，可时而又视其为永恒的真理，甚至把它同荣格的原型联系起来。库尔提乌斯对比较史学很感兴趣，尤其是汤因比的著作（该书开篇几章的史学上层结构[histographical superstructure]，大多基于作者汤因比对跨民族文明中反复出现的兴衰模式的考察）。此外，他还阅读人类学和比较宗教学著作。20世纪20年代，艾略特曾寄给他一套弗雷泽的《金枝》（艾氏诚惶诚恐地抱怨道，自己手头的钱不多，只能邮寄单卷节略本

1　Peter Dronke, *Poetic Individuality in the Middle Ages: New Departures in Poetry, 1000—1150* (Oxford, 1970), pp. 1-22.

《金枝》[1]）。如此一来，库尔提乌斯的"欧洲文学"观念，便由几股概念分明的力量组成。首先，他认为，教育精英统一了中世纪的欧洲思想，通过一系列不同的主题和修辞学常规，他们保存并传播了修辞学与古典学遗产。第二个想法与众不同。他认为，准原型关注（quasi-archetypal concerns）也可能统一欧洲文学，它们之所以重复出现，是因为它们属于原型，而非直接的代代相传。《欧拉》的批评者有时指责该书地理范围狭隘，其部分原因也在于库尔提乌斯的第二个观点：若自然女神果如库氏所言（第 122 页），乃荣格之"阿尼玛"的显现，那么作者为何不到波兰、印度甚至中国文学中，考察这一显然超历史主题的更多范例？当然，这个反对意见不甚重要。该书题目中的"拉丁"与"欧洲"字眼，无疑让众多明智的读者相信，印度与中国并不是其重点的关注对象。不过，全书忽视了欧洲拉丁文化的东半部分，也是其一大局限。我们只能说，这是因为库尔提乌斯在战后，想把主要精力放到西部和南部。

《欧拉》内部存在一些自相矛盾之处，这大多与成书环境有关，但它们也使《欧拉》变得富有生机。推动全书的是作者对欧洲文学传统统一性的信念，这种统一性在但丁的作品里达到顶峰，并得到最充分的阐释（《欧拉》倒数第二章便专论但丁）。然而，统一视野的阐释却以逐渐支离破碎的方式进行。随着正文后论述不同主题，以及特定文学关系的附录越加越多（其篇幅几乎占到全书的三分之一），库尔提乌斯似乎让自己"全知全能"的欲望，折磨得苦不堪言。以整体看欧洲，就意味着积累大量的碎片，而这些碎片并不总是能严丝合缝地拼到一起。出生于 19 世纪 80 年代的其他现代主义者，终其一生也面临同样的窘境。庞德（Ezra Pound）在其《诗章》（*The Cantos*）末尾写下一段有名的文字。我们从字里行间中可看出，他试图重组史诗传统，试图以新方法考察东西方的关系，试图解释高利贷的起源，同时尝试将这些同奥克语[2]（Occitan）诗歌联系起来，

> 我不是半人半神，
> 我没法将其拼合。
>
> I am not a demi-god

---

1 Eliot, *The Letters of T. S. Eliot*, vol. 2, p. 603.

2 【中译者注：奥克语，中世纪法国南部方言。】

I cannot make it cohere. [1]

就思想轨迹而论，与库尔提乌斯更契合的，不是庞德而是艾略特（尽管到了20世纪40年代，两人间出现了重大分歧，特别是对待教会的态度）。[2]同艾略特一样，库尔提乌斯也会用“传统”观念替代历史，而且他也倾向于假定，文学文化（literary culture）的价值与掌握它的民族的数量成反比。他甚至能让人感觉，文化像皇冠一样，是等待保护和传承的不变的财富：“西方思想的基础是古典古代（classical antiquity）与基督教。中世纪的作用在于接收这笔存款，然后递送和改造”（第593页）。因此，我们不必惊奇，比起改造或改变这些财富，有时库尔提乌斯似乎更关心如何将它们保存下来。他已经目睹科隆葬身火海，也经历过魏玛时期的通货巨额膨胀。这些都促使他把文学文化视为一种中世纪保存而后代挥霍的金本位制度（“那笔存款”）。

库尔提乌斯的这一倾向铸就了《欧拉》最动人心弦的一面，也导致了那些有幸生活在和平年代的读者，对其最重要的批评。《欧拉》对文学主题的考察，的确为世人提供了巨大财富。每个对“文学不朽”观念感兴趣的人，对难以言表之观念（the notion of inexpressibility）、祈求缪斯女神、用修辞激发热情的方法感兴趣的读者，或者对任何反复出现的文学主题感兴趣的读者，都可以从《欧拉》中找到进一步研究的最佳起点。不过相比之下，库尔提乌斯似乎不太关心这些主题如何传播，或者它们怎样为后世读者所吸收和改造。他的泛欧洲主义也意味着，他不得不思考因特定主题在不同环境（不管是不同的民族，还是不同的机构）的传播而导致的变化。已知事物的内容与特征，一如知晓它的人的社会构成，似乎并不像库尔提乌斯所关注的那样，在4—14世纪间或者从台伯河到莱茵河间，发生了巨大转变。主题仍反复出现，并一如既往。学术的“存款”原封不动地保存下来，没有出现天翻地覆的变化。

库尔提乌斯显然反思了这些问题，但他对文化保存活动的描述与称赞欲望，最终超过了对文化传播与转化的兴趣。那篇考察自索尔兹伯里的约翰到莎士比亚的

1　Ezra Pound, *The Cantos* (London, 1975), p. 796.

2　1949年，库尔提乌斯提出，艾略特的盎格鲁天主教（Anglo-Catholicism）“有违大陆思想”，并表示，“1920年开放的欧洲主义（Europeanism）仍然是尚未履行的承诺。” Curtius, *Essays on European Literature*, pp. 383 and 397.

“猿喻”附录（538—540 页），便间接承认一成不变的文化传播，可能成为简单的重复与模仿，因为它论述的作家正是“像猿一样模仿”他人，食古不化地简单复制自然或自己读到的东西。另外，库尔提乌斯在最后探讨文学模仿的观念，如何转化为朗吉努斯的灵感论（398-401 页），这无疑承认，仅仅把中世纪拉丁文化储存在思想的银行里，是远远不够的，世人必须积极复兴中世纪拉丁文化，才能使其永世长存。不过，作家该如何修改或转化自己读到的东西，库尔提乌斯并没有阐明。有时，主题似乎确实能成为超人的普世智慧宝库（super-personal repository of universal wisdom）。

那么，我们能从《欧拉》中汲取什么？为何说它不单单是一件历史珍品？这些问题的第一个答案是，《欧拉》作者的历史地位让此书变得引人入胜。《欧拉》不仅是有关中世纪的伟大著作，而且它还以巨大篇幅揭示了 20 世纪文学。它反映了一位前魏玛现代主义者，怎样尝试构建战后的欧洲文学图景。需要特别指出的是，这不仅是有关拉丁中世纪**时**欧洲文学的著作，更是有关欧洲文学**与**拉丁中世纪的著作，因为它同时涉及了库尔提乌斯的现在与过去。除了引导读者多角度思考但丁如何脱胎于维吉尔，或者思考里尔的阿兰或西尔维斯特里斯的重要地位，《欧拉》还反映出这位伟大的批评家面对文化浩劫，而展开的对文学史的重新思索。它强调在整个中世纪，古典学术与修辞知识都保持了连续性，这一点也赋予该书长久的价值。《欧拉》出色地反驳了文艺复兴人文主义者的神话——经过黑暗时代后，拉丁文学文化终于冲破重重阻挠，在 15 世纪恢复了。这里所描述的中世纪，并非彻彻底底的黑暗。事实上，这段时期十分漫长，一直延续至 18 世纪，其中不断出现复兴与启蒙；而那之后，真正的黑暗时代才开始。

不过，让《欧拉》出类拔萃的主要优势是它宽广的视野。如今的批评家往往陷入时间与空间的一隅，不能自拔。很少有读者愿意俯瞰几个世纪，或者跨越民族与语言的界限。对于库尔提乌斯来说，没有不该了解或不该阅读的作品，也没有什么理由，放弃尝试如何把每个文学文本纳入更大的欧洲图景之中。即便最后他发现，自己设法创勾画的更大图景，破碎成一系列细致入微的学术附录（历史或许会清楚地表明，这是一切渴望泛欧洲统一性的人，都会一再出现的倾向），他仍会坚持自己的做法，因为若没有俯瞰整个欧洲文学的雄心，他就不可能如此细察入微。

附录七　语文学与思辨
——拉丁语、中世纪与欧洲传统[1]

阿兰·米歇尔

（Alain Michel）

这里，请允许我再重复一下库尔提乌斯为他这本名著选定的名称。其中的每个词语都反映出作者命名的缘由。正如库氏多次指出，他的目的不仅仅是提出另一种科学研究方法。事实上，他希望实现对现实思考至关重要的四个目标：一、考察我们的思想文化是否与我们的祖国，与欧洲，与世界相关联；二、找出它同中世纪在何处相联系（勒南 [Renan] 与佩吉 [Péguy] 以后，人们可以从艾柯 [Umberto Eco] 和迪比 [Georges Duby] 那里得到很好的回答）；三、在文学现代性中反思拉丁语的地位；四、（更宽泛地讲）为前三个问题建立起相互的联系，在现代性中探究传统身居其中的哪一个（这主要牵涉文学与语言形式的关系）。我们不难看出这些问题的重要意义，还有作者尝试整合问题时所展现的创造力与想象力。库尔提乌斯的《欧洲文学与拉丁中世纪》，堪称二战后那一时期的扛鼎之作，而且它也确实是这一领域研究的开山之作。在此书中，且通过此书，上述研究可以找出并且辨析自身的真实性。此书如今再版，实为读者之幸事。

今年是库尔提乌斯一百周年诞辰。我们强调这一点，不光是为了重燃读者出于传记或心理原因对此书的兴趣，更是为了强调该书写作时的历史环境。《欧拉》成书于德国两次战败之间。对此，库尔提乌斯也特别说明，尤其是在他为《欧拉》英译本所作的序言当中。如果我们再看看库氏其他著述，把握其中展现的思想动向，寻找可能的兴趣点，便不难理解，库氏断言“文学从不爱国”（aucune littérature n’est jamais patriotique）的言外之意。他渴望克服文化民族主义。从赫尔德和瓦格纳，尤

1　【中译者注：本文为《欧洲文学与拉丁中世纪》法译本 1986 年版导读。】

其是他所生活的年代起，这一思想就一直诱惑着德国人。不过，需要指出的是，库氏针对此，在《欧拉》卷首的指导原则中，还引述了歌德的话。普遍性精神（l'esprit de l'universalité）本身就是德国的。它使和解成为可能，甚至不止于此。杜 · 博斯（Charles du Bos）的名文《近似值 V》（Approximation V）评述了撰写《欧拉》以前的库尔提乌斯。该文提出，歌德最完美的名言之一是“众峰之上静无声”（Über allen Gipfeln ist Ruhe）。毫无疑问，甚至早在悲剧时代，批评家的任务，便是在山巅处寻找宁静。

库尔提乌斯表示，自己还喜欢另一名句——“安静的条顿人”（Teutones in pace）。这是他在罗马的墓地（Campo Santo）发现的。此外，库氏还揭示了自己精神之旅的真正用意。他不停地拓宽思路（事实上，这也是他所感悟的思路）。身为经历 1918 年的德国人，他必须了解法国。于是，他写了几本专著，研究纪德（即将创建《新法兰西评论》[*Nouvelle Revue Française*]）、瓦雷里、苏亚雷斯，甚至佩吉和克洛岱尔；在这些人身上，有他极为赞赏的普世感（le sens de l'universel）。在巴雷斯那里，库氏注意到，民族主义可以超越狂热崇拜，尤其是当它具有宗教意味时。在一本出色的巴尔扎克论著中，库氏向读者阐述了作家如何靠天赋，将现实主义与神圣特征合而为一。正如杜 · 博斯指出，库氏的普鲁斯特论著可以用这句话来评价：

一颗柔心（它恨虚无的黑漫漫）
收拾起光辉昔日的全部余残……[1]

Un coeur tender qui hait le néant vaste et noir
Du passé lumineux recueille tout vestige...

这里可见柏格森的影响与痕迹。然而，库尔提乌斯不会只专注于法国人。他所考察的这些人让他意识到，要想抚慰世界，就必须放眼世界。他的爱国情怀也促使他以这样的视角来理解，因为德国就从不固守自己的近代疆域。库氏对此心知肚明。他想起自己年轻时同格奥尔格的谈话，其中区分了日耳曼王国（东西）与洛林

1 【中译者注：语出波德莱尔的《夜之和谐》（Harmonie du soir），中译文为戴望舒译文，见《戴望舒译诗集》，长沙：湖南人民出版社，1983 年，第 127 页。】

公国（La Lotharingie）（南北）。他还记得在罗马发现的那则与好静的条顿人有关的铭文。后来，库氏平静而忧伤地回忆起科隆的一座教堂（而今它早已改头换面，名字也变成了罗马古堡圣母教堂 [Sankt Maria im Kapitol]）。由此，我们再次看出他的思想之旅——以罗马为终点。我们还应提到另一位思想家霍夫曼斯塔尔（Hugo von Hoffmanstahl）。库尔提乌斯曾花大量时间研究此人，并视其为所谓（文化）"保守派"精神的代表人物。奥匈帝国土崩瓦解后，思想财富亟待保存。在日耳曼文化中，霍夫曼斯塔尔代表了拉丁部分。

因此，我们说库尔提乌斯著作的贡献在于拉丁中世纪。如今，中世纪的说法流传甚广。一些著名研究者和著名作家也强调它的重要地位，如迪比、勒·高夫（Le Goff.）、艾柯等。库尔提乌斯无疑是这些人的主要前辈，但我们也必须强调其方法的创新性。库氏为我们呈现的景象，是乐观而灿烂的。它属于夏多布里昂所谓的"文艺批判"（la critique des beautés）。如今的历史学家虽重视文艺，却强调其阴暗面。围绕文艺的争论古已有之，世人总是在两种倾向中间犹豫不决。我们可以把中世纪时期，理解为两个文化繁盛期之间的低谷。艾柯本人就在多个场合坚持认为，12—14世纪与黑暗时代存在相似之处——同样夹杂着新发现、冲突、起点的文化危机。

这些，库尔提乌斯一点儿都没忽略。然而，正由于谈论文化，他才更坚信连续性、不变之物，或者如他所说的，"思想之美的永恒芬芳"（la parfum d'éternité de la beauté spirituelle）。正因如此，他才对拉丁中世纪情有独钟。事实上，他希望在文化中，探究自己生存的环境。我们已经看到激发他作此研究的几个因素。库氏渴望超越时空，使人类走向统一；他渴望让全人类在山巅尽情欢悦。不过，在欧洲的历史上，这些山巅指什么？库氏提到了三个，也可能是四个名字：维吉尔、但丁、维科、歌德。这些思想巨擘之间存在何种联系？答案是古典传统，拉丁语便是其基本语言。

这一事实让《欧拉》具备了科学价值与教育价值。先说科学价值。库尔提乌斯精确划出了自己的考察范围，标明了界限所在。有人指责他没有论及（古希腊罗马之外的）异族文化、凯尔特文化甚至日耳曼文化。对此，他回应道，那些部分还是留给他人研究。在他看来，自己应该专注于一个值得探究的领域——中世纪拉丁文学。我们已经指出促使库氏作此选择的一些原因，而其中最主要的是这方面研究迫在眉睫。在创作过程中，拉丁语的作用至少同民族语言的一样不可小觑。最有名的宗教、哲学、神学文本都是用拉丁语撰写的。此外，美学理论与文化理论也是用拉丁语表述的。因此，在那个时候，不通晓拉丁语，就不可能研习文学乃至世俗事物。这种情况后来又出现在文艺复兴时期。但凡近代重要的研究无不强调掌握拉丁语的必要性。这方面，库尔提乌斯堪称大师。

与此同时，《欧拉》还具有重要的教育价值。如何教授拉丁文？为何要教授拉丁文？人文主义的古老问题又旧貌换新颜地摆了出来。古代文学不仅仅是世人用来珍存美的器物，好像可以将其摆在博物馆中。拉丁文与拜占庭希腊文（库尔提乌斯无法直接使用该语言），都是让文化创作永垂不朽的中介语言。正由于它们的这种作用，我们才应该通晓它们。当然，我们必须追本溯源，在其自身当中学习。不过，我们也应注意，这两种语言绵延不断地延续至近代。谁都无法让维吉尔与但丁分开，同样也无法让但丁与薄伽丘、彼得拉克分开。如此一来，拉丁文与民族语言之间，就建立起一种对话关系，没有它，我们不可能充分理解其中的任何一方。除了简化的辩证法（des dialectiques réductrices），近代研究可能还认识到这种对话的作用。

现在，我们已经偏离了拉丁文教学的特殊问题。事实上，库尔提乌斯的著作可看作为当今语文学起草的重要纲领。它充分为语文学确定了学科意义与方法。

所谓学科意义，在于《欧拉》统一了知识与思辨，因为它首先是针对真理的研究，其中利用了某种解读与验证的技巧。不过，它还是让人叹为观止的艺术。库尔提乌斯希望自己既是教师又是批评家，同时也是真与美的大师。这一动机决定了他所采用的方法。

不管库尔提乌斯为我们带来了什么，抑或否定了什么的，他都是我们时代的先驱。自《欧拉》问世以后，同辈人都体会出它的力量与影响，并强烈地意识到：中世纪的拉丁文学，作者并未挖掘一空。当布吕纳（Edgar de Bruyne）指出中世纪美学意义，库氏却忽略了吉尔松（Étienne Gilson）等人备受推崇的卓越的哲学教育；他并未采用古尔蒙（Rémy de Gourmont）的《神秘拉丁语》（Latin mystique）中的礼拜诗歌。撰写《欧拉》的过程中，他有意放过作家的心理分析，或（尽管他从未忽略）他们的社会环境，从而集中考察文学形式。

与此同时，库尔提乌斯希望避免阈于纯粹的历史思考当中，或者至少避免把历史思考简化为外在的因果关系。他明白，对于文化，首要的是语言问题。为此，他没有像当时的形式主义学派一样，直接从语言学入手。不过，库氏最初借以研究文学创作的中世纪领域，倒是帮助他发现了修辞的重要作用和意义——按照古人的说法，修辞不是连篇累牍的条条框框，而是涉及艺术表现的问题。专注于结构的近代研究遵循了同样的路线，不过研究方式更为系统。在这方面，库氏同样为我们提供了重要典范。

让我们再分析一下《欧拉》的写作框架。我们不但能看出，作者集中反思中世纪修辞学，而且我们还发现，随着研究的灵活推进，作者的思想也不断加深；另外，我们也注意到一些思路跳跃或前后不一，这表明作者并不总是强调形式：不存在没有历史的结构主义，也不存在没有哲学思想的修辞学。提不出充满智慧的问题，就不可能完成言语的研究。

于是，库尔提乌斯首先将拉丁中世纪置于欧洲和但丁的庇护下，提醒世人其重要意义。接着，通过中世纪与古代作家，建立了文学与教育的最初关联。随后，他探讨了修辞学，然后是主题学：惯用手法与修辞，这些便是语言的形式资源。然而，库氏并不满足于形式。为此，在第七章，他专门考察了自然女神。作者自有其理由：中世纪文学对她十分重视。自然女神既带来自然的质朴，又具有实际的参考意义。但我们绝不能仅限于此，而要回到修辞和形式上来——也就是隐喻。隐喻是《欧拉》第七章探讨的话题，由此我们可自然而然地（我们完全可以这么说）步入下一个议题——《诗歌与修辞》。在这部分，库氏袭用了古老诗学的重要划分法，以便顺势探讨英雄的类型与风景的描绘，这其中文明与野蛮形成了鲜明对照。接下来，我们会读到极具深度的三章——《诗歌与哲学》、《诗歌与神学》、《缪斯女神》。如前所述，我们从言语（并且通过言语）走向智慧，但智慧并不满足于人性，而是最终走向神性：我们靠近“温柔的缪斯女神”，讲述她们的故事。正如库氏所言，这种表达方式源于维吉尔的《牧歌》。如此，我们就能从但丁，转向维吉尔。不过，这并不是唯一的收获。现在，我们又回到了历史的途径。库氏希望有条有理地探讨以表现为基础的文学形式的丰富性。他先分析，后综合，而综合又使他得以阐释文学史的重要层面。随后，库氏考察了古典主义与风格主义（演说家以及喜欢“巴洛克”的艺术家之用语）。他试图在紧随其后的一章里说明，古典主义与风格主义在象征主义中合而为一，此后他转向了但丁。全书最后是一系列学术附录，论述范围从西班牙到法国，直至 18 世纪。

这样，我们便完整而巧妙地概述了库尔提乌斯毕生孜孜以求的宏图大略。他渴望忠于自己祖国的传统，但也明白，由于欧洲的调停，该传统只可能是恢复安宁的世界的传统。他以某种方式进行中世纪的艺术批判，并且在中世纪的语言中，找到了它的艺术。库氏向我们指出了拉丁语言与文学研究的重要意义，也指出了语文学的重要意义——语文学既是知识又是思辨，既是修辞又是智慧，既是批判又是欣赏。这一方法便可整合（最纯粹意义上的）形式主义与现实主义。通过中世纪文学，库氏接触到对西塞罗和贺拉斯有深入理解的沙特尔地方主教索尔兹伯里的约翰，以及师承维吉尔的但丁。他们让库氏明白，应该回到修辞学，将其同哲学和神学（神的哲学）统一起来——这样就能发现诗歌。

时至今日，上述途径仍然可行。当然，库尔提乌斯并未解释或并不喜欢每一种。当库氏于两次世界大战之间构思《欧拉》的时候，本雅明（Walter Benjamin）提出了针对歌德的另一种更为不安的解读。他走向了荷尔德林。库氏则希望待在更安宁的世界。不过，同本雅明一样，他也指出了一个始自希腊拉丁普世主义（l'universalisme gréco-latin）且流经狄尔泰的传统。这使他始终保持某种高度。

在本文结尾之际，我想引用《欧拉》学术附录开篇有关维吉尔的文章。该文堪称论述古罗马诗歌的最好的一篇文章。从中我拈出了两句话。第一句使库尔提乌斯与布洛赫（Hermann Broch）并肩而立。它让我们不再像某些人一样，低估文学史实的真实性——“如果我们在维吉尔那里，只是或者首先看到城邦诗歌（le poète de l'État），就无法理解他。在城邦诗歌之下，寓居着一位思辨者，一位缪斯的信徒，任何政治事务都无法扰乱其心智。那是历史上真正的古代哲学与古罗马哲学，是用诗言说的变迁哲学（la philosophie des vicissitudines），也是但丁与维科的哲学。”这段话概述了我们以上所述的内容。受维吉尔启发，我想再补充一句：“完美是古典作品的特征。如今，若从美学角度加以证明，恐怕会引起争议。”但这便是库尔提乌斯的古典主义。如果完美有自己的故事，如果这故事当真存在，那么库氏便为我们揭示了它的形象，提供了它的范例。

附录八　库尔提乌斯的思想与《欧洲文学与拉丁中世纪》的诞生[1]

彼得·戈德曼

(Peter Godman)

……感谢你的鸿篇巨制。我不知道自己是否有时间能把它通读一遍……

——艾略特[2]

有谁读过，并且读懂了整部《欧洲文学与拉丁中世纪》？[3]库尔提乌斯（Ernst Robert Curtius）的这本为世人所广泛传阅、讨论的巨著，已经成为屹立在地域文学研究领域的国际丰碑，没人可以忽略。不过事实证明，像很多丰碑一样，它的碑体部分比碑底和整体结构更容易欣赏。

《欧拉》从不乏关注。1948 年问世的德文原版[4]，作为波林根基金会（Bollingen Foundation）重点推介的第一批战后欧陆学术著作，很快被译成英文。[5]随后，该书

1 【中译者注：该文是 1990 年英文版的后记，文中详细追溯了库尔提乌斯的生平、思想历程以及本书的写作过程，是了解作者及本书的重要文献。遗憾的是，2013 年最新英文版并未收入该文。这里，将其一并译出，以飨读者。】

2 艾略特致库尔提乌斯未刊书信，1949 年 2 月 14 日，波恩大学图书馆（Bonn University Library），编目号“*Curtius, E. R. II.*”。

3 后文注释中，本书的英文名 *European Literature and the Latin Middle Ages*，将简写为 *ELLMA*。本学术后记的写作对象为《欧洲文学与拉丁中世纪》英译本英语读者。因此，后文中出现的一些德语读者心领神会的细节将会注释出来。不过，我希望欧洲读者也可以运用本后记写作时参照的原始未刊的库尔提乌斯生平及著作材料。

4 *Europäische Literatur und lateinisches Mittelalter* (Berne, 1948).

5 1953 年，由美国 Patheon 出版社发行，英国 Routledge and Kegan Paul 出版社分销。1963 年，the HarperTorch 丛书发行了该书平装本。从 1967 年开始，普林斯顿大学出版社获得版权后，英译本销量超过 13000 本（感谢普林斯顿大学出版社 [Princeton University Press] 再版编辑 D. Tegarden 提供上述信息）。有关库尔提乌斯与波林根基金会，见 W. McGuire, Bollingen: *An Adventure in Collecting the Past* (Princeton, 1982), 193-194, 224。

又译成了西班牙文、法文和葡萄牙文。[12]1983 年，有人制作了一份库尔提乌斯著述接受情况研究目录。目录描述分析了四百多篇文章或评论，其中很多涉及《欧拉》。[3]目前，丝毫没有读者兴趣减退的迹象。[4]1990 年，有不少于三本内容全部或大部分与《欧拉》作者有关的书籍问世（之前，已有两部库尔提乌斯文章精选集出版[5]）；最近，出版社已经策划七卷本学术版库尔提乌斯与家人、同事、友人书信集。[6]

不过，对于库尔提乌斯著作重要性的统一意见，并未随“库氏”的兴起而出现。有人以为他是圣徒，有人则以为他是魔鬼。在某些人看来，他的作品是臭名远扬的过气品，是中产阶级保守派的产物（这些人包括专制者、精英、反动者，他们的意识形态，与法西斯主义 [facisim] 牵强附会的过时意识形态，都试图谋得一席之地）。[7]

---

1 西班牙文译本：*Literaturea europea y Edad Media latina*, trans. M. F. and A. Alatorre (Buenos Aires, 1955)。法文译本：*La littérature européenne et le Moyen Age latin*, trans. J. Bréjoux (Paris, 1956)。葡萄牙语译本：*Literatura europeia e idade média latina*, trans. P. Cabral (Rio de Janeiro, 1957)。其他欧洲语言译本也已陆续问世。

2 【中译者注：据中译者所知，已经出版的其他译本还有意大利语译本（*Letteratura europea e Medio Evo latino*, trans. A. Luzzatto & M. Candela, 1999）、波兰语译本（*Literatura europejska i łacińskie średniowiecze*, trans. Andrzej Borowski, Kraków, 2009）、塞尔维亚语译本（*Evropska Knjizevnost I Latinsko Srednjovjekovlje*, trans. Naklada Naprijed, Zagreb: Matica Hrvatska, 1971）和日语译本（《ヨーロッパ文学とラテン中世》[南大路振一、岸本通夫、中村善也翻訳]，みすず書房，1971）。

3 E. J. Richards, *Modernism, Medievalism, and Humanism: A Research Bibliography on the Reception of the Works of E. R. C.* (Tübingen, 1983).

4 【中译者注：从《欧拉》的出版情况就可以间接看出西方读者对库尔提乌斯的态度。1948 年到 1993 年间，《欧拉》德文本竟陆陆续续出了十一版。2012 年，《欧拉》西译本第四版刊行。2013 年，普林斯顿大学再版了《欧拉》的英译本。另外，2015 年普大出版社又再版了库氏的《欧洲文学论集》。】

5 文章精选集：R. Kirt, ed., *E. R. C. Büchertagebuch, mit einem Nachwort von Max Rychner* (Berne and Munich, 1960); id., E. R. C., Goethe, *Thomas Mann und Italien. Beiträge in der" Luxembourger Zeitung" (1922—1925)* (Bonn, 1988); W-D. Lange, ed.," *In Ihnen begegnet sich das Abendland." Bonner Voträge zum 100 Geburstag von E. R. C.* (Bonn, 1990); W. Berschin et al., eds., *E. R. C. Werk, Wirkung, Zukunftsperspektiven* (Heidelberg, 1989); D. Wuttke, *Kosmoplis der Wissenschaft. E. R. C. und das Warburg Institut. Briefe und andere Dokumente*, Saecula Spiritalia, no. 20 (Baden-Baden, 1989). 感谢 W-D. Lange 教授与 W. Berschin 教授提供他们所编书目的简要介绍。

6 见 W-D. Lange, *EG Magazin* (April, 1986)。

7 见 P. Jehn, *Toposforschung. Eine Dokumentation*, ed. Jehn, Respublica Literaria, no. 10 (Frankfurt, 1972), 7 ff., esp. 29, 44-46。Cf. M. Nerlich, "Romanistik und Anti-Kommunismus," *Das Argument* 72 (1972): 276-313. H. Westra 认为，库尔提乌斯是一位“不问政治，却日渐反动的知识精英（Bildungélite）”，见 *Festschrift für Paul Klopsch*, ed. U. Kindermann, W. Maaz, F. Wagner (Göppingen, 1988), 571。

在另一些人看来，库尔提乌斯是德高望重的鸿儒，他的《欧拉》是欧洲文化的原始百科全书（proto-encyclopedia），是欧洲寻求思想统一所迈出的一大步。[1]库氏十分重视典型性、周期性、普遍性，可有人也因此抨击他忽略了文学的独特性。[2]当他使用术语“主题”时，虽赢得独辟蹊径、鞭辟入里的赞誉，可也被指责前后不一，混乱不清。[3]对于库氏，惊呼“伟大的人文主义者”的有之，声言“不靠谱的偶像”的亦有之。不过，这些彼此矛盾的观点，呈现出一个共同特点：库氏评论者中，没有一个不对他认真看待，没有一个不认为《欧拉》具有近乎象征的重要意义。

这不仅反映了库氏这本广为人知的著作蜚声内外，而且也反映了他看待此书时怀具的敏锐的自我意识。十条“指导原则”，分属五个语种，出自从希罗多德到奥尔特加的多个时期的作家；献给格勒贝尔与瓦尔堡的纪念之作；书（英译本）的正文部分之前，还有作者精心撰写的权威自序；于是，我们就看到了这本让后世既敬仰又痛斥的皇皇巨著。那么，这本巨著写作过程中参考了哪些思想素材和个人素材？它又表现了什么呢？

横空出世

夜晚，出于己需，我会看一些祖父在波恩时期的书信，以便能进入一种优美而纯净的氛围……在他的生命中，和谐与简洁天衣无缝地融为一体，这是我们身上所没有的。我们脑子里杂七杂八的事情太多，很多东西我们已经滚瓜烂熟——英国的、法国的、近代的、甚至斯拉夫和东方的智慧。如此一来，我们

1 Cf. C. Dröge's introduction to the catalog of the Bonn exhibition commemorating the centennial of Curtius's birth, *E. R. C., Europär und Romanist* (Bonn University Library, 15 April-31 July 1986). 有关库尔提乌斯形象的精辟阐释，见 L. Forster, "E. R. C. Commemorated," *New Comparison* 4 (1987): 164-172。

2 Peter Dronke, *Poetic Individuality in the Middle Ages: New Departures in Poetry, 1000—1150*, 2d ed. (London, 1986). Perceptive discussion in F. Rico, *Romance Philology* 26 (1972—1973): 673-685 [id., "Estudio preliminar," *La individualidad poética en la Edad Media*, 2d ed. (Madrid, 1981.)]

3 Cf. Jehn, *Toposforschung. Eine Dokumentation*, and the essays in his collection. See too M. L. Baeumer, ed., *Toposforschung* (Darmstadt, 1973).

怎能像他一样，达到人性的合一呢？[1]

库尔提乌斯的品性与著作契合无间，这得益于其悠久的家学渊源。他想象往昔的简洁，并为之牵肠挂肚；这种情绪后来再次出现在其思想发展及学术生涯的重要阶段，但它并未影响库氏解决现今复杂问题时，始终怀着与生俱来的信心。无论从出身看，还是成就看，库氏都是德国的精英分子（mandarin）[2]。

在家乡阿尔萨斯，库尔提乌斯的家族是当地有名的政要世家。[3]同库氏的祖父恩斯特一样，他的伯祖父格奥尔格（Georg, 1820—1885）也是著名的古典学者。其父弗里德里希（Friedrich, 1851—1931）是阿尔萨斯—洛林地区的公务员兼路德教执事（director），后娶某瑞士贵族女士为妻。库氏年轻时，可以用非常流利的法文和英文（还有德文）给母亲和祖母写信；学养深厚的双语家境，加之阿尔萨斯地处法、德文化的交界地带，渐渐形成了他胸怀天下的自信。[4]

库尔提乌斯1886年生于德国坦恩（Thann），曾游历瑞士、英格兰等地，1904年起在波恩学习梵文和比较语文学。不过，直到师从斯特拉斯堡罗曼语文学家，亦即

---

1 库尔提乌斯致母亲未刊书信，1917年1月28日，波恩大学图书馆（Bonn University Library），编目号“*Curtius, E. R. II.*”: “Ich las an dem Abend für mich noch in Grosspapas Briefen aus seiner Bonner Zeit, un mich in eine schöne reine Atmosphäre zu versetzen… Es ist in seinem Leben eine geschlossene Harmonie und Einfachhet, die uns versagt ist. Wir sind zu viefältig, haben zu viel gelesen und kennengelernt, Frankreich, England, die moderne, gar noch slawische und orientalische Weisheit. Wie soll man dabei zu solcher Einheit der Persönlichkeit kommen [?]” 库尔提乌斯的祖父 Ernst Curtius (1814—1896) 曾领导奥林匹亚的考古发掘工作，发现了普拉克希特列斯的赫尔墨斯像（the Hermes of Praxiteles），还撰写了一套三卷本《希腊史》（*Geschichte Griechenlands*, 1857—1867），颇为畅销；他一度（1844—1850）担任后来的腓特烈三世（Kaiser Friedrich III）的导师，陪伴其入读波恩大学。On Ernst Curtius, see T. Hodgkin in *Proceedings of the British Academy* 2 (1905), 31 ff. and W. Jaeger, *Five Essays* (Montreal, 1966), 52 ff. His letters were edited by E. R. C.'s father Friedrich, *Ernst Curtius. Ein Lebensbild in Briefen* (Berlin, 1903). 这里所说的可能是 Ernst Curtius 在 1833—1834 年于波恩求学时的书信。

2 这个术语取自 Fritz Ringer 赋予的历史意义，见他的 *The Decline of the German Mandarins: The German Academic Community, 1890—1933* (Cambridge, Mass., 1969)。

3 See J. Baumann, “L'esprit public à Thann vers la fin du 19 siècle,” *Annuaire de la Société des Réligion de Thann-Guebwiller* (1975—1976), 87-98.

4 库尔提乌斯的家族史与其自传中，最好是 Arthur J. Evans, Jr. 的 *On Four Modern Humanists: Hofmannsthal, Cundolf, Curtius, Kantorowicz*, ed. Evans (Princeton, 1970), 85-145，和 H. Lausberg 的 “Ernst Robert Curtius 1886—1956,” in *Bonner Gelehrte. Beiträge zur Geschichte der Wissenschaft in Bonn. 150 Jahre Rheinische Friedrich-Wilhelms-Universität zu Bonn 1818—1968* 7 (Bonn, 1970), 214 ff。

《欧拉》受题献者之一格勒贝尔，他才确定自己的学术方向。[1]库氏完成自己第一篇有关《列王记》的古法文释义的论文（1911年）后，于1912年前往罗马，拜会了罗曼·罗兰（Romain Roland），这段经历对他至关重要。1913年，他提交了大学教师资格论文（Habilitationsschrift）——一篇论述19世纪法国批评家布吕内蒂埃（Ferdinand Brunetière）的文章，并因此获得编外教师（Privatdozent）资格，不久（中间一度参军），在波恩又荣升副教授（Extraordinarius）（1914年）。1920年，他受任马尔堡大学教授；1924年，又成为海德堡大学教授。五年后，他返回波恩，接替著名的语言史专家吕布克（Meyer-Lübke），担任罗曼语文学教授，直至退休。1956年，库氏于罗马逝世。

身为强调连续性的思想家，库尔提乌斯本人以令人惊讶的方式，展现了一系列连续的思想观念、性格与信仰。首先，（可能也是最重要的），库氏是深邃的基督教信徒。他成长于新教环境，享有天主教的（糟糕）名望；在当时的英国国教（Anglicanism）中，发现许多与自己的趣味相契合之处。库氏早年读过一些有关英国信理神学（dogmatic theology）的书籍；[2]他的书信中很大一部分是跟英国国教牧师阿尔伯特·韦（Albert Way）的往来信件。[3]在思想层面，库氏与本笃会学者梅纳斯（Jean de Menasce），以及现象学家舍勒（Max Scheler）（下文将指出他对《欧拉》的影响）紧密相连；而出于宗教同感（religious sympathies），他又跟艾略特、罗兰、纪德走到了一起。1923年，当他致信里希纳（Max Rychner）（一位天赋异禀的记者、编辑，库氏的挚友之一）时，写道："我是特别循规蹈矩的人，唯有明确了的事物才能让我安稳。对我来说，这足以通过无尽的爱，看出（再次看出）我命中注定属于哪种思想原型。"[4]这里，库氏用部分宗教语言，描述了影响《欧拉》构思并贯穿其一生的气

---

1 On Gröber see Curtius, *Gesammelte Aufsätze zur romanischen Philologie* (Berne and Munich, 1960), 428 ff.

2 库尔提乌斯波恩致父亲书信，1917年5月18日，波恩大学图书馆，编目号"*Curtius, E. R. II.*"："如果我偷得浮生半日闲，则必修习英人教义神学。这是整个基督教阅历的一份神奇财富。"（Wenn ich ein bischen Zeit für mich habe, lese ich englische dogmatische Theologie. Das ist ein wundervoller Schatz der ganzen christlichen Erfahrung.）

3 注释8所述的系列中，就计划编辑这部分通信。

4 From Heidelberg, dated 11 June 1923, ed. C. Mertz-Rychner, "E. R. C… Max Rychner… Ein Briefwechsel," *Merkur* 23 (1969): 372: "Ich bin ein radikal gläubiger Mensch und fühle mich wohl nur im Definitiven. Mir genügt es, bestimmte geistige Urformen, denen ich zugeboren bin, zu erkennen——wiederzuerkennen——in Liebe, aus Liebe."

质。我们不能像一般人那样，经常不假思索地用“保守”这个政治术语，笼统地概括库氏头脑中的这种思想元素。

对于一般意义上的政治学，库尔提乌斯是兴趣索然的。不过，这并不意味着他对政治评论敬而远之——无论《欧拉》，还是预示它的论辩小册子《岌岌可危的德国精神》（*Deutscher Geist in Gefahr*, 1932），都包含了形式截然不同却息息相关的一针见血的政论文字。库氏不关心的是党派；面对强加于他的反动意见，我们十分有必要强调这一点。譬如，1918 年 12 月 30 日，他从波恩给母亲写信道：“这里，每个人都组建政党……我自然对任何政党都毫无兴趣。他们宣扬的内容都大同小异，用的还是同样老掉牙的口号。保守派缺乏号召力，思想也不自由；民主派则吹得天花乱坠。中间派能说的倒是不少，骨子里却反对新教，心胸狭窄……当然，大家必须投民主派一票，我也是，但我永远也无法全心全意地参与到政治之中。”[1]这也正是库氏所在的精英阶层中大部分疾呼者的心声。它把库氏同——比如——雅斯贝尔斯（Karl Jaspers）（后来两人在一场围绕歌德的争论中吵得不可开交），菲舍尔（Aloys Fischer）（此人 1931 年和 1932 年相继发表了堪比《岌岌可危的德国精神》的小册子，内容是从非政治 [apolitical] 角度为传统辩护，以便重新肯定传统所承载的文明价值）等人联系到一起。[2]然而，纳粹分子公开批评《岌岌可危的德国精神》，他们的依据是，其作者接触过犹太人和“混淆是非的犹太思想家”，因而不理解“德国文化的生物学基础”；[3]如此一来，该书也就不是什么“非政治”著作。1942 年，波恩的东方学家卡勒（P. E. Kahle）（流亡者，对自己的许多老同事的政治行为还是有所批判的）向纳粹告发，在大学里有“民主团体……恩斯特 · 罗伯特 · 库尔提乌斯便是其成员。”[4]魏玛共

---

1 波恩大学图书馆，编目号“*Curtius, E. R. II.*”：“Hier gründen nun alle Leute Parteien… Ich habe natürlich zu keiner Partei Lust. Alle sagen ungefähr dasselbe mit denselben abgebrauchten Schlagwörtern. Die Konservativen sind ohne Zugkraft und ohne Freiheit des Geistes, die Demokraten ästhetisch unmöglich. Das Zentrum hat viel für sich, ist aber doc him Grunde antiprotestantisch, intolerant… usw. Natürlich muss man, und werde ich, demokratisch wählen. Aber eine innere Beiteiligung an der Politik werde ich nie gewinnen können.”

2 The comparison, and the term “apolitical,” are Ringer’s, *The Decline of the German Mandarins*, 432.

3 H. Sauter, *Völkischer Beobachter* 83 (Beiblatt, 1933). Quoted in extract by Richards, *Modernism, Medievalism, and Humanism*, 70-71.

4 *Bonn University in Pre-Nazi and Nazi Times, 1923—1939: Experiences of a German Professor* (London, 1942), 9.

和国（Weimar Republic）[1]中“理性社团”（the community of reason）的这位成员，面对许多四分五裂的党派，不得不勉强接受某个政治纲领。我们指出这一点，只是为了把他放入当时备受困扰的精英阶层所面临的两难境地。[2]如果我们用 20 世纪三四十年代语境下的“非政治派”，或反动派来描述库尔提乌斯，显然有违事实。

反感党派政治，厌恶群众运动，乃是精英分子终其一生的真实写照。1948 年，汤因比（Arnold Toynbee）发表了他的历史理论；在为其欣然而作的阐释文字中，库尔提乌斯重复了自己早期著作中时常表述的一个观点（《欧拉》的第一页还回荡着这个声音）：“学问的发展……唯有靠别出心裁的个人。”[3]无意识的反讽或许从对强调传统的指责，贯穿至个体性的损害；然而，这种反讽十分肤浅。因为具有真正精英气质的库氏，从未质疑思想界精英、贵族的重要作用。在他的年代，这一观念超越了国家，使他能以平等，有时甚至是亲密的方式，结交奥尔特加、荣格、乔伊斯、托马斯·曼等名流，并同他们互通书信，交流思想。同时，也让他对欧洲文坛（res republica litterarum）（《欧拉》不但有此表述，且为之辩护）的存在深信不疑。此外，库氏的精英思想（elitism）还超越了历史，结果不仅将其同格奥尔格、艾略特（两人他都认识）这样的诗人联系起来，而且把他置身歌德、但丁、维吉尔等人的行列。难怪库氏的感觉跟他那些狭隘的专家同事[4]的迥乎不同，也难怪他怀着模棱两可的心态，给里希纳写信道：“就我个人而言，即便是搞学问，也没有在我的同事宣扬的价值序列中，占据很高的位置。随着年纪增长，我越发强烈地感到自己‘格格不入’……我希望在晴朗的夏夜，可以无拘无束地在内卡河沐浴或拜访老友，而不是参加成百上千的集会或会议……在我看来，心灵的宇宙并非博物馆，而是任我漫步

1　The expression is Peter Gay’s in his vivid sketch, *Weimar Culture: The Outsider as Insider* (London, 1969), chapter 2.

2　Excellent analyzed by Ringer, *The Decline of the German Mandarins*, esp. 367-449.

3　*Essyas [on European Literature]. Kritische Essays zur europäischen Literatur. By E. R. C.*, trans. Michael Kowal (Princeton, 1973), 427. Cf. *ELLMA*, 3: “The protagonists of progress in historical understanding are always isolated individuals.”

4　库尔提乌斯的专业关系以及接受情况详尽研究，见 H. H. Christmann, “E. R. C.—philologisch. Auch ein Beitrag zu seinem 100 Geburtstag,” *Romanistisches Jahrbuch* 37 (1986): 137-147 and “E. R. C. und die deutschen Romanisten,” *Abhandlungen der Mainzer Akademie der Wissenschaften. Geistes- und Sozialwissenshaftliche Klasse*, no. 3 (1987), 3-27。

其中，采撷果实的果园。”[1]这些不是通常视为庄重的学术崇拜物的情感，而且它们也不应被弃之如草芥。让贬低者恼火的是，库氏的职业（profession）为学者，使命（vocation）却是知识分子。

这便是为何库尔提乌斯的记者生涯与书信，对于理解其作品的演变过程，以及《欧拉》的诞生具有重要意义。在论文、书评、书信中，库氏阐述了文化与文学问题的广泛多样性，这些观点都收录进他的名著及其姊妹篇《欧洲文学论集》之中。另外，这种思想兴趣的多样性，从一开始便反映在他的教学当中。1914 年，身为波恩的编外教师，库氏开始讲授古普罗旺斯人克雷蒂安（Chrétien de Troyes），以及当代法国文学中不太常见的主题[2]——这些讲座为他的第一本批评著作《新法兰西的文学先锋》（*Die literarischen Wegbereiter des neuen Frankreich*, 1919）（以下简称《先锋》）奠定了基础。1929 年至 1951 年间在波恩担任教授期间，他一度讲授了所有时期的法国文学，古普罗旺斯语、中世纪以及文艺复兴时期意大利语，中世纪与近代西班牙语，通俗拉丁语与中世纪拉丁语，罗曼语文学，还有文艺复兴文学史。[3]这份课程目录只是一部分。不过，它足以让我们领略福斯特（Leonard Forster）报告的诙谐幽默：“20 世纪 30 年代，波恩大学的学生曾说，瑙曼（Hans Naumann）是日耳曼语言文学教授，而库尔提乌斯则是全科教授。这话倒不全是夸大其词。”[4]

长期以来，德国的罗曼语言与文学研究，在广度方面有着英语世界难以匹敌的优势，这也是不争的事实；可即便在这个领域，相比同时代的日耳曼专家，库尔提乌斯凭着其学术造诣和批评成果，仍能脱颖而出。他始终坚信，文学批评家（而他则作为文化阐释者）在德国没有受到应有的尊重，但他在小施莱格尔（Friedrich

---

1 Mertz-Rychner, “E. R. C.... Max Rychner... Ein Briefwechel,” 372: “Für mich persönlich besitzt eben die Wissenschaft nicht die Rangstellung in der Wertordnung, die meine Collegen ihr einräumen. Je älter ich werde, je stärker wird das Bewusstsein, das ich nicht ‘dazu gehöre’ ... Ich will frei sein, in hellen Sommernächten im Neckar zu baden oder Freunde zu sehen, auch wenn tausend Kränzschen oder Congresse an dem Abend tagen... Der Kosmos des Geistes ist für mich kein Museum, sondern ein Garten, in dem ich wandere and Früchte breche.”

2 Listed by Lausberg, “Ernst Robert Curtius 1886—1956,” 220.

3 Ibid., 230-31.

4 Forster, “E. R. C. Commemorated,” 166.

Schlegel）的作品中，发现了自己青睐的随笔形式（essayistic form）的模板。[1]因此，若我们把《欧拉》看作库氏兴趣广泛（中世纪与近代，语文学与批评；从学术生涯伊始，便渗透进他的品性、教学与写作）的最终表达方式，而不是一部百科全书，并不会损害它的地位。

不过，我们不应该因为后来得出的看法，就忽略库氏的一切难以预料的成就。创作《欧拉》的那种品格，不属于沉静的学术实证主义者，即平心静气地利用所积累的知识的学者。库氏激情四射却时刻内省，极为敏感却积极致力于解决时代问题。如果我们回过头来，看看他的作品与性格的巨大连续性，就不难明白，为何《欧拉》是他注定完成的作品。一切都一目了然。用库氏的话说，“史学认知过程中的主角往往是孤立的个人，他们在战争、革命等历史剧变的引导下提出新问题”，[2]而《欧拉》便是这一“个人”的产物。其创作过程将影响我们理解库氏伟大作品的本质与目的。

占领查理曼帝国

> 对我们这些留着日耳曼血液的人而言，宇宙思想史不止于台伯河与塞纳河。莱茵河与多瑙河，美因河与内卡河归根结底还是罗马人的……西方不仅指西欧与南欧的毗邻国家。西方是查理曼大帝的帝国。[3]

库尔提乌斯参加过的世界大战结束不过七年，他便写下这段激动人心的辩词。这段文字的特点是，运用中世纪的典型形象，来确证德国在近代欧洲文化中的历史作用。库氏兴趣的两面性，不仅反映在他的记者生涯与执教生涯，而且还见诸其最早的学术著作。从主题、时期和学术方法看，1911 年那篇论《列王纪》古法文译本

1　1950 年，库尔提乌斯于汉堡为莱辛“随笔作家”（Essayistik）奖，发表了演说《论德国的文学批评》（*Literarische Kritik in Deutschland*），其中全面论述了在其早年记者生涯出现的这个主题（如 “Zur Psychologie des deutschen Geistes,” *Luxemburger Zeitung* 7 October 1992 [Kirt, ed., *E. R. C. Goethe, Thomas Mann und Italien*, 25]）。有关库氏对施莱格尔的看法，见 *Essays*, 92 ff. Cf. too his essay on “Goethe as Critic,” *Essays*, 27 ff。有关早期德国随笔的问题史（problematic history），见 J. A. McCarthy, *Crossing Boundaries: A Theory and History of Essay Writing in German, 1680—1715* (Philadelphia, 1989)。

2　*ELLMA*, 3. Cf. above, n. 28.

3　E. R. C., review of Paul Valéry’s *Rhumbs, Europäische Revue* 2 (1926): 404-5.

的博士论文，[1]以及1913年那篇论某刚刚离世的法国批评家的教师资格论文，[2]似乎走向了两个极端；不过，两者其实出自单一且统一的视角。这个视角——正如库氏在其学术生涯始末所坦言——很大程度上，得益于他的导师格勒贝尔。

格勒贝尔是经验主义者，但不是简简单单的实证主义者。[3]面对事实，他总报以批判的态度。知识（Erkenntnis）是他的理想；[4]对赞扬或指责的主观判断，并不能增进知识。格氏的风格是故作冷静（deliberately unemotional），尽管仍免不了说教的口气；在罗曼语言与文学领域，他的治学包罗万象，这也反映在他的三卷本巨著《罗曼语文学概论》（*Grundriss der romanischen Philoligie*, 1886—1902）。

相比于其他同类作品，这部著作全面阐述了古法语文学（无论当时出版与否）的面貌。它尤其关注语言史，对一些细小却至关重要的现象，加以严密的语文学考察。我们不难看出，作者如何用这种研究方法，事无巨细地考察鲜为人知的古法语文本，或者格勒贝尔在文体分析[5]上的兴趣，如何激发库尔提乌斯恰到好处地评价《列王纪四书》（*Li Quatre Livre deis Reis*）的文体特点。我们可以一针见血地指出，撰写上述博士论文为库尔提乌斯提供了"一定的心理范式，而民族作家便以此方式受拉丁素材的影响——在后来其他语境中，库氏却不太喜欢运用该范式"；[6]不过，对于他后来的发展，对于《欧拉》成书更重要的可能是，格勒贝尔教给他的欣赏方法，以及库氏自认为在这段求学期间所掌握的理解力，[7]这让他明白，严谨的学术态度，乃是构筑"坚如磐石的知识结构"的认知论工具。

这段掷地有声的引文，出自库氏文章《拉丁中世纪与欧洲文学论著·序言》（Preface to a Book on the Latin Middle Ages and European Literature）的倒数第二句话。[8]

1 *Li Quatre Livres deis Reis* (Dresden, 1911). An inaugural Dissertation, submitted at Strasburg in 1910, was published under the title *Einleitung zu einer neuen Ausgabe der" Quatre livre des Reis"* (Halle, 1911).

2 *Ferdinand Brunetière. Beitrag zur Geschichte der französischen Kritik* (Strasburg, 1914). Brunetière 于1916年去世。

3 库尔提乌斯曾概述格氏的哲学背景以及学术方法，见 *Gesammelte Aufsätze zur romanischen Philologie*, esp. 448。Peter Dronke 把格氏描述为"实证主义者"，见 *Times Literary Supplement* 79, (13 October 1980): 1106。

4 Curtius, *Gesammelte Aufsätze* zur 455.

5 *Ibid.*, 451-52.

6 Dronke, *Times Literary Supplement* 79, 1103.

7 Curtius, *Romanische Philologie*, 446.

8 Published in 1949 in *Die Wandlung*. Translated in *Critical Essays* 497-502.

这篇文章开门见山地称赞了格勒贝尔。在这一语境下，我们不妨像往常一样（而且这也是正确的方向），遵循库氏的指引，承认他承袭了格勒贝尔的坚定观点，即中世纪拉丁语在中世纪民族文学中具有重要作用——这一观点乃基于唯一一份包含至1350年的相关主题研究[1]；此外，我们还应注意，格勒贝尔又师承埃伯特（Adolf Ebert），后者未完成的通史，至今仍然是有关这一宏大主题的最有见地的作品之一。[2]不过，除了格勒贝尔的影响，激发库氏对中世纪拉丁文兴趣的重要因素，还有其综合法背后隐含却清晰的哲学思想。大体来说，格氏喜欢分门别类："他的思想触及新学科的方方面面"，[3]他想把罗马尼阿（语言、文学、文化等层面）尽收眼底。20世纪30年代，库氏曾加入格奥尔格派（the George circle）；尽管如此，对于该派创立的"新科学"中反常主观主义（aberrant subjectivism）所反映的一切，他在该序言末尾仍毫不留情地拒之门外；于是，在《欧拉》第一章结论部分，他讥讽道，"在1850年，语文学与文学研究的学术机构还符合思想潮流。可1950年起，这种局面已经像1850年的铁路一样过时。我们按现代标准改造了铁路，却没有改造我们传统的运输体系。"这两个立场是同宗同源，相辅相成的。两者均得自一种统一而系统的欧洲文学观，它完全以语文学为基础，肯定中世纪的中心地位，这乃是库氏从其师父格勒贝尔与师祖埃伯特的遗产演化而来。就算库氏的治学过程掺入其他思想成分，就算格勒贝尔的创意与自信不及自己的学生，都不应影响我们寻找上述思想脉络的根源。格氏传授给库尔提乌斯的东西远多于事实所传授的。他为库氏注入了对体系的渴望——一套"坚如磐石的知识结构"——一种让库氏终生受用的内含哲理的文学方法，尽管它几经变化，才成为类似格氏勾勒而库氏在《欧拉》中体现的形式。

库尔提乌斯1911年的论文，最初以严格的语文学面貌示人，那么它是否能反映一种比本来面目更丰富的影响？1914年的论文是否也行？这里，格勒贝尔的影响再次显现，而且这种影响仍然难以从库氏的写作中一下看出。格氏对近代法国文学与批评一直情有独钟，他曾就此与自己的学生们展开热烈探讨；从他那里，库尔提乌斯知道了大名鼎鼎的文学批评家布吕内蒂埃。

1 Gröber, *Grundriss* 2, 1, 97-432.

2 *Allgemeine Geschichte der Literatur des Mittelalters im Abendlande*, 3 vols. (Leipzig 1874—1889, reprint, Graz, 1971).

3 *Essays*, 497.

布吕内蒂埃是民族主义作家，他不受德国学术的牵绊，对中世纪也漠不关心。格勒贝尔在其《概论》中嘲讽过他。[1]当然，库尔提乌斯论布吕内蒂埃的论文，也不是心甘情愿而为之——在库氏看来（尽管有几分偏见[2]），身为达尔文主义者、实证主义者、庸俗之辈，布吕内蒂埃粗犷而死板（moralistic），跟圣伯夫的细微而博学恰恰相反。[3]不过，研究布吕内蒂埃的过程中，库尔提乌斯遇到了在其后来著作中再次提及的两个问题。

第一个问题是如何看待寻常事物（lieu commun），这个概念与库尔提乌斯的“主题”很相像。[4]布吕内蒂埃认为，寻常事物包括“每个个体相互分享的精神财富”（shared spiritual possessions of each individual）；它反映了个人的群体感（sense of community）。创新欲值得批判：作家应该反复探查寻常事物——“头脑日常的材料”，然后为己所用。如此一来，布瓦洛应受称赞，波德莱尔该受指责。或许，布吕内蒂埃后来转而以幼稚的修辞角度和狭隘的民族主义观点，阐释普遍观念（idées générales）这个同源思想。[5]或许，他的文学功能观是一种异常的说教。然而，当他写道：“文学的作用……在于，为我们打开了通往人类思想的共同遗产的大门”，[6]这已经表现出跟库尔提乌斯后来形成的思想，异曲同工的思想脉络（尽管形式还比较生涩）。

至于布吕内蒂埃的推断力，库尔提乌斯的评价就不是很高了。这位批评家用捉襟见肘的方法，调和着有限的学养以及对说教的无限渴求。我们不可能把文学评价的客观标准罗列出来；艺术品评判的可信与否，并不取决于伦理、宗教或思想的标准，而是审美标准。[7]布吕内蒂埃的主观洞见，未能补救他对理性的苍白辩解。他的想法过于简单，他的气质又同艺术格格不入。[8]库尔提乌斯声称：“真理是细微差别的

1 Gröber, *Grundriss* 1, 149.

2 See D. Hoeges, *Literatur und Evolution. Studien zur französischen Literturkritik im 19 Jahrhundert: Taine—Brunetière—Hennequin—Guyan* (Heidelberg, 1980), 78-81.

3 *Ferdinand Brunetière*, 54.

4 Ibid., 21.

5 Ibid., 22-23.

6 Quoted by Curtius, ibid., 24.

7 *Ferdinand Brunetière*, 124-25.

8 Ibid., 126-27.

集合”；[1]布吕内蒂埃见到的只是一些固有观念（idées fixes）。从结论中，我们看到了一个面貌清晰而匀称的可憎形象。不过，要是我们把这形象倒过来，想想为圣伯夫所推崇但布氏缺少的品质（文学修养深厚，审美情感 [aesthetic sympathies] 强烈，喜欢思考艺术世界的独立性），就能看出库氏于 20 世纪 20 年代致力塑造的批评形象（critical personae）。我们用“形象”一词的复数形式，而不是单数形式，来称呼“真正批评家必须成为的”复杂而多变的人物；这样的形象不是布吕内蒂埃，而是普罗特乌斯（Proteus）。[2]

库尔提乌斯的《欧洲文学论集》的序言开篇写道：“我的早期著作都是关注法国文学的。对于诗歌本质，我们可以向古代，向西班牙、英国、德国取经。但对于文学的本质，我们只能向法国问道。”[3]文章结尾提出，“没有批评训练，我不可能写出那本有关中世纪的著作；我希望，我在史学方面的训练，能为我的批评助一臂之力。”[4]库氏在后半生特别关注的另一种首尾连续性，[5]存在于他的“近代时期”与“中世纪时期”。这种连续性到底真假几何？在文学本质的问题上，法国给了他怎样的启示？

“我的关注点始终如一：欧洲意识与西方传统。”笼统地说，这话不假；然而，库尔提乌斯早期批评的特点是自圆其说式的泛泛而谈，如此一来，上面这话就要大打折扣。他的近代法国文学论著大多写于 1919—1930 年。[6]写作原因跟库尔提乌斯的阿尔萨斯背景以及孝心有关。库氏的父亲弗里德里希在其回忆录中表示，希望阿尔萨斯能成为德国与法国之间的和平使者；据说，这一和平精神激发了其子的批判意识；[7]在阿尔萨斯度过的童年时光，使库氏对法国产生了兴奋不已但心有疑虑的亲近

---

1 Ibid., 127.

2 Ibid., 126.

3 *Essays*, xxv.

4 Ibid., xxix. 提到的书即《欧洲文学与拉丁中世纪》。

5 这篇序言写于“1950 年复活节”。

6 有一些经翻印收入 *Französischer Geist im zwanzigsten Jahrhundert* (Berne, 1952)。对库尔提乌斯批评观点的批判（贬多褒少，但很有见地）见 R. Wellek 的 “The Literary Criticism of E. R. C.” *PLT* 3 (1978): 25-44，以及 E. Leube 的 “Curtius und die französische Moderne,” in “*In Ihnen begegnet sich das Abendland*,” ed. Lange, 229-244。以下段落主要结合《欧洲文学与拉丁中世纪》谈库尔提乌斯的法国批评。

7 F. Curtius, *Deutsche Briefe und Elsässische Erinnerungen* (Frauenfeld, 1920), 241. The reference, and the point, are A. J. Evans's *On Four Modern Humanists*, 90.

感；晚年时候，他对此仍念念不忘。[1]不过，库氏成长过程中的这些因素，仍无法完全说明，这位年轻却老成的学者在30多岁时学术生涯伊始，为何会撰写表明其作为近代法德间文化与政治使者身份的一系列论著。

库尔提乌斯早就想凭着自己的知识，围绕“年迈的孩子”主题写点文字。[2]上学的时候，他便渴望成为“日耳曼学者”（在德语语境中，这个词具有比英语同义词更丰富的含义）。[3]大学一年级，库尔提乌斯放弃了梵文课，他的理由是，自己在这个学科上难有作为。[4]另外，即便库氏是个孝子，可他仍违背父愿，放弃学习古典语文学，因为他觉得这门课十分枯燥。[5]家庭熏陶下形成的理想主义与语言技巧，固然让他对法语和英语心生好感，但勃勃野心与投机心理也不可忽视。库氏晚年的自传作品并未刻意掩饰自己纯真的浪漫情怀（naive romanticism），唯有从这一情感出发，上述动机才显得格格不入。库尔提乌斯从青年时代，就已经明确自己的目标，并按此进行职业规划。他的目标是一个崇高的角色，即德国精英界一直宣扬的文化阐释者。

我们必须抛开库尔提乌斯人才济济的家世，抛开他与格勒贝尔直接的师生关系以及与埃伯特间接的传承关系，放眼更广阔的历史背景，才能理解他声称自己的法国批评与《欧拉》之间的那种连续性，原因便在于此。当然，我们并非靠贬低这位学院派历史主义（academic historicism）的伟大批评家的地位，以便看出他凭着自己无可争辩的学识与个性，在特定时间、特定地点工作，并同固定的同行交流对自己任务的特殊看法。

林格（Ringer）曾追溯19世纪晚期与20世纪初期，德国精英界的意识形态起源与危机。[6]这种意识形态认为，学者从未涉足盎格鲁－撒克逊世界，却大谈当代文化与政治问题。学术观点集中在“教化”（Bildung）——这种道德与审美修养的综合典

---

1 Essays, xxv; *Französischer Geist* 520ff. Cf. the early essay “Elass!” published in *Der elsässische Garten, ein Buch von unsres Landes Art und Kunst*, ed. F. Lienhardt et al. (Strasbourg, 1912), 4ff.

2 *ELLMA*, 98ff.

3 *Literarische Kritik in Deutschland*, 17.

4 See the letters to his father edited and discussed by H. J. Wolf, “E. R. C. und ‘Li Quatre Livre des Reis’” in “*In Ihnen begegnet sich das Abendland*,” ed. Lange, 169-180.

5 Ibid., 171-172.

6 The *Decline of the German Mandarins*, esp. (for what follows) 81ff.

范上；学术价值，尤其是人文学科的学术价值，也赋予教化特别的重要意义。[1]跟这一概念出自同门的，是个体的“文化”（Kultur）观念。在18世纪晚期和整个19世纪，越来越多的德国人用该词呼应“文明”（Zivilisation）（这个术语用以指据说缺少宗教色彩的法兰西民族精神）。精英界的哲学词汇起初都是理想化的。其中，拥有“精神”、“灵魂”、“心灵”等多重含义的“Geist”，无疑占据了至高无上的地位。从德国大学的国民圣地（national sanctuaries）发散而来的知识之道德影响，因其自身白璧无瑕，不切实际，而得到保障。日耳曼民族的“Geist”，便出自最重要最有创造力的人。这些人的思想或者他们的著作，正是精英界准备阐释的，因为他们是传统的卫士，智慧的精华。

到了1919年，除上述顺耳的假设外，还存在与日俱增的焦虑和日益迫切的改革意愿。贝克尔（Carl Heinrich Becker）（首任高等教育秘书[1919—1921]，后担任普鲁士文化部部长[1921, 1925—1930]）试图拉近大学与国民生活的距离；他鼓励教授会（professoriate）协调学术活动与更广泛的公众的关系。他一方面降低高等教育机构的准入门槛，另一方面面对压力，仍反对狭隘的功利主义式培训。[2]库尔提乌斯热烈响应贝克尔的改革主张。然而，贝克尔一心求变的实用观念，也反映出一场始于魏玛共和国早期的更大的文化危机。贝克尔希望学术能多多回应公众眼下的问题，这其中也夹杂着前所未有的整合欲望；[3]影响过库尔提乌斯的思想家，如特勒尔奇（Ernst Troeltsch）开始思考，第一次世界大战前后的几年，如何调和鲜明而复杂的民族性现实，与引起共鸣的国际社会理想之间的关系。这个问题往往涉及法国“文明”（理性、外向、肤浅），与德国“文化”更深邃更具宗教色彩的特征在很早以前的对立，而库氏对此问题的解决办法是“文化整合”（cultural synthesis）（特勒尔奇语）。[4]

库尔提乌斯参与了这场辩论，欢欣鼓舞地看到“思想的春天”百花盛开。在一篇论黑塞（Hermann Hesse）的文章中，[5]他回顾了1918年11月，并描述了自由的意

1　W. Bruford 追溯了这一概念的来龙去脉，见 *The Greman Tradition of Self-Cultivation from Humboldt to Thomas Mann* (Cambridge, 1975)。

2　See Becker's *Gedanken zur Hochschulreform*, 2d. (Leipzig, 1920); E. Wende, *C. H. Becker: Mensch und Politiker* (Stuttgart, 1959), and Ringer 69-70, 72, 75, 104, 186.

3　Ringer, *The Decline of the German Mandarins*, 228.

4　Ibid., 397ff.

5　*Essays*, 169.

义，“大都市的海纳百川”，对年轻一代“新生的觉醒”，这些不但得到他的支持，还是他努力的目标。在随后的1919年，库氏发表了“新法国的文学先锋”的批判研究成果，[1]将其献给“我们民族的新青年”，他们将领导“我们深信不疑的德国思想文艺复兴”。[2]

这些话出自1918年11月的一篇序言——就在13天前，德国皇帝刚刚退位，魏玛共和国宣布建立；就在11天前，签署了停战协定（Armistice）。库尔提乌斯本人也承认他们的民意：“读者不难从《先锋》的字里行间读出……政治诉求”；他发现，一种对“新法国”的信念（它“在我的著作问世之际正土崩瓦解”），一种对“新欧洲的可能性与必要性”的执着，只有通过“创造性地重塑法德关系”才能实现。[3]

这里，我们可以看到，库尔提乌斯的个人背景与专业背景紧密地联系起来。年轻时期在阿尔萨斯，他从施魏策尔（Albert Schweitzer）那里得到一份礼物——罗曼·罗兰的《约翰·克里斯多夫》（*Jean Christophe*）。这部小说以莱茵河畔某小镇为背景。印着“所有民族……自由精神”的最后一卷，在库氏的批评观念中具有重要的象征意义。[4]在阿尔萨斯，他已经读过《新法兰西评论》（*Nouvelle Revue Française*），并且在斯特拉斯堡研究了“比巴黎或柏林更敏感地察觉法德关系震动的地震仪”（a seismograph more sensitive to Franco-German tensions than Paris or Berlin）。[5]1919年，当库氏参与有关德法两国的论战时，这位具有政治意识的成年人，肩负着由他的过往生活以及专业假设所决定的使命。

然而，库尔提乌斯选定的英雄之一并未认可上述假设。诗人格奥尔格（库氏曾热切地追随此人及其支持者贡多尔夫 [Friedrich Gundolf] [6]）拒绝出版库氏的《先锋》，

---

1 *Die literarischen Wegbereiter des neuen Frankreich* is reprinted in the collection *Französischer Geist im zwanzigsten Jahrhundert.*

2 “Der neuen Jugend unseres Volkes möchte es sich darbieten. Sie wird die geistige Wiedergeburt Deutschlands mit heraufführen, an die wir glühend glauben.”

3 *Französischer Geist*, 520.

4 库尔提乌斯探讨了这部写于1904—1910年的小说，见 *Wegbereiter*, 84ff。有关库氏对最后一卷那句话的解释，见 ibid., 99。有关礼物及其赠送背景，见 *Französischer Geist*, 520。

5 *Französischer Geist*, 522.

6 有关库尔提乌斯同格奥尔格和贡多尔夫的关系，见 Wellek, “The Literary Criticism of E. R. C.,” 26-29; Evans, *On Four Modern Humanities*, 94-97; and the edition of Gundolf’s *Briefwechsel mit Herbert Steiner und E. R. C.*, ed. L. Helbing and C. V. Bock (Amsterdam, 1963)。

他给贡多尔夫的理由是，“库氏的思想很可能跟我们的背道而驰”，“法国佬能懂什么诗歌？”[1]面对大师不堪一击的宣言，库尔提乌斯采取了巧妙的应对。在一篇追溯式的文章《谈话中的格奥尔格》(Stefan George in Conversation) 里[2]——其结尾处引述了这样一句话，“人人都从我的思想这儿有所取”[3]，他详述了格奥尔格家族与法国的渊源，受法国文化同化的过程，以及大师与魏尔伦、马拉美等缺乏诗歌情愫的法国人的关系。跨过1950年德国的“遥远距离——一段快乐的距离”[4]，库尔提乌斯敏锐地指出，即便格奥尔格断然否认，但他仍无法割裂自己与法国文化的关系。1934年，库尔提乌斯对比了霍夫曼斯塔尔与格奥尔格的两种截然不同的态度。霍夫曼斯塔尔游刃有余地居住在一个传奇世界 (Romance world)，为此他提出了人道大同思想 (humane cosmopolitanism)。格奥尔格虽未能把握并重构这个传奇世界，却对它嗤之以鼻。[5]后来，在库氏对他昔日英雄的积极情感中，依然保留下来的是莱茵河诗意的象征意味，此乃德国与其罗曼文化遗产之间鲜活的联系（格奥尔格的作品《第七个环》[6][Der siebente Ring] 和《法兰克人》[7][Franken] 有所表达），其中具有一种罗马帝国“永真”(timeless reality) 的“神奇”意味（“格奥尔格已经在他的诗歌……《黑门》[Porta Nigra] 里将其拟人化”[8]）。格奥尔格与库尔提乌斯势同水火，具有讽刺意味的是，最终诗人的作品被用来描述诗人自己所反对的宁静的大同思想。

大同思想与批评，这是1919—1930年库尔提乌斯思想中密不可分的两部分。在1927年撰写的一篇论艾略特的文章中，他急不可耐地描写了两者日益紧密的关系：“它不仅仅是西欧的现象；我们希望，它也是德国现象——在我们时代的思想能量经济学 (the economy of the intellectual energies of our age) 中，批评承担着全新的创造功能。如果我们想通过探究这个时代的意识、融合情况 (syncretism)，以及日渐凸

---

1 *Stefan George-Friedrich Gundolf. Briefwechsel* (Munich and Düsseldorf, 1962), 286, 288. The second (but not the first) of these judgments is quoted by Curtius, *Essays*, 124.

2 *Essays*, 107-128.

3 Ibid., 128.

4 Ibid., 119.

5 *Essays*, 142-168. 格奥尔格对霍夫曼斯塔尔极为反感，在此情况下，库尔提乌斯的对比具有更辛辣的意味。

6 *ELLMA*, 10-11.

7 *Essays*, 499.

8 Ibid., 498-99.

显的大公（ecumenical）大同文化，从而接受这个时代，那么它就必须如此。”[1]然而，当库尔提乌斯取道法国，第一次接触新欧洲（德国尚未重新融入其中）时，他继续流露出格奥尔格的影响。库氏的批评语汇抽象高傲，晦涩难懂，大有格奥尔格之风；他提出，领袖人物能反映并构成了“新”法兰西民族的思想生活，这一思想也带有明显的格奥尔格口吻。从上文提到的精英意识形态一直青睐的分析范畴，我们同样可以看出类似影响。《先锋》的第一句话是：“精神生活在创造时代与松散时代的矛盾中前行。”[2]库尔提乌斯的近代法国文学批评从不离“法国特征”、“法国思想”，而他后来发表的著作中，没有哪部像《先锋》一样率先表露他的这一观点。[3]

不过，若我们以为，库尔提乌斯的“主要灵感是高傲的民族主义”，或者“他的研究都是老生常谈”[4]，那就未免太不近人情了。库氏的研究主题是，如何通过法国最富创造力的作家及其对德国的理解，重塑法国的继承形象。他的理由在探讨苏亚雷斯（André Suarès）时或许得到最清晰的呈现：“伟大的日耳曼思想艺术，经过世世代代的法国思想家传承下来，他们要么对其毫不了解，要么一知半解，但总是带着顶礼膜拜的心理。那种与我们德国艺术拥有共同标准的艺术，乃是罗兰、纪德、苏亚雷斯那代人最先敏锐地欣赏其价值的。”[5]这势必会摆脱古代政权的压迫力量，摆脱法兰西运动（Action Française）的美学武器——法国古典主义。这势必会反对实用主义、实证主义、理性主义——总而言之，通过对失意批评家布吕内蒂埃的研究，反对他早已烂熟于胸的19世纪所有腐朽的价值。眼下，需要一种新的批评，一种“更

1 *Essays.*, 358. The relationship between E. R. C. and Eliot is outlined in my article “T. S. Eliot and E. R. C.: A European Dialogue,” *Times Literary Supplement* (October, 1989): 5-7. On cosmopolitan as a concept, cf. T. J. Reed, *Thomas Mann: The Uses of Tradition* (Oxford, 1974), 298.

2 “Das Leben des Geistes verläuft in der Spannung zwischen schöpferischen und verarbeitenden Epochen,” *Französischer Geist*, 7.

3 This aspect of his criticism has been studied by S. Gross, *E. R. C. und die deutsche Romanistik der zwanziger Jahre. Zum Problem nationaler Images in der Literaturwissenschaft* (Bonn, 1980).

4 Wellek, “The Literary Criticism of E. R. C.,” 29.

5 “An der grossen germanischen Seelenkunst sind alle früheren Geistesgenerationen Frankreichs verständnislos oder mit halbem, unsicherem Verständnis, mit einer immer sehr fern bleibenden Hochachtung vorübergegangen. Erst die Generation der Rolland, Gide, Suarès hat für jede Kunst Empfindung und ein Wertgefühl bekommen, das mit unserm deutschen ein gemeinsames Mass hat,” *Französischer Geist*, 181.

高级的”文学批评——生命批评（Lebenskritik）。[1]这种更自由更有弹性的诠释风格的目标，是僵化（Erstarrung）（该词在库氏的书中屡次出现）。僵化意味着墨守成规，坚持一成不变的趣味法则，反对库氏的“先锋”所提倡的让生命激昂澎湃的力量。[2]库氏的批评语汇称不上精准，但它的口气与价值显而易见——兴高采烈的口气与表现主义感人的价值。[3]

因此，库尔提乌斯赋予直觉（他袭用柏格森的观点）至关重要的意义。他在柏格森的著作中发现的，在新法兰西文学先锋身上寻找的，是一种生成哲学（a philosophy of becoming），一种生命哲学。纪德一方面给法国文学注入新的活力，另一方面反感浪漫主义、民族主义，却同情传统，这让他赢得库尔提乌斯的称赞。纪德从纯粹的美学家，摇身一变成为道德哲学家。[4]罗曼·罗兰也是如此，尤其是在《约翰·克里斯朵夫》里（小说的主人公“肩负了道德教育的使命”）。[5]在新教与音乐中，罗兰显示出他与德国最亲密的关系。[6]克洛岱尔与佩吉由于其天主教背景，也获得库尔提乌斯的好感；因为宗教是“升华的人性、英雄气概、神性”的标志，进化与唯物论（materialism）的近代世界的“枯燥合理性”，跟它是格格不入的。[7]大学是应该发扬人文主义遗产的地方，但我们仍需要新的大学；佩吉批评索邦大学管理层故步自封，其批评声中可见他比照德国高等教育的改革运动。[8]苏亚雷斯非常向往欧洲文化的理想，但他也感到自己深受天真的文化民族主义之害。[9]库尔提乌斯就此得出结论，在1919年的法国，精神与信仰（Glaube）为欧洲重振作出了巨大贡献。[10]

或许，把它看作终极警告更合适，因为《先锋》与其说是阐述，不如说是劝诫。尽管该书热情洋溢，杂乱无章，缺乏头绪，但它却蕴含着库尔提乌斯后来使用的方法的萌芽。作者没有选择按照时间顺序论述。他摒弃并且嘲讽了僵硬的价值等级。

---

1 Ibid., 166.
2 Eg., ibid., 168.
3 Signaled by Forster, “E. R. C. Commemorated,” 171-172.
4 *Französischer Geist*, 52.
5 Ibid., 93.
6 Ibid., 99.
7 Ibid., 216.
8 Ibid., 216-218.
9 Ibid., 236-238.
10 Ibid., 242.

取而代之的是一系列品质——道德的，宗教的，审美的——它们有助于推动法国与德国的思想和谐，指向一种不太死板的哲学风格。对于这种处理方法，很少有作者称得上真正的文化理论家或系统思想家；但说到底，库尔提乌斯也正是以这种方式走近他们的。他援引巴尔扎克的名言为证，“成人还不足矣，成体系才是关键。”[1]

1921 年 7 月 12 日，库尔提乌斯给纪德写信时指出：“在你所指出以及我所想到的基础上，两个民族最优秀的头脑将会找到大同的（而非国际的）欧式思维方式，这种思维方式乃基于没有偏见、没有歪曲的民族（而非民族主义）情感。”[2]所谓“最优秀的头脑”，库氏显然指的是像纪德和他自己一样的智者。同年，他在一本鲜为人知但比较重要的小册子中，探讨了 20 世纪 20 年代初期的通货膨胀，对他们的社会经济地位造成的威胁。[3]然而，受篇幅所限，小册子还不足以探讨更大的威胁——民族主义的仇恨（法国作家巴雷斯 [Maurice Barrès] 将其拟人化，而在库氏看来，此人显然并非当时“最优秀的头脑”）。

在一篇充分挖掘法国民族主义文学与道德基础的诉状中，库尔提乌斯抨击巴雷斯没有理解战前阿尔萨斯—洛林地区青年的期望，那是他们的共同遗产。[4]巴雷斯是虚无主义者、唯我论者（solipsistic）、颓废文人。[5]他能感受却无法理解莱茵河的魔幻象征意义（magical symbolism）——“格奥尔格的试验”，这本应能让他注意到，“没有日耳曼精神力量，他是无法生存的”。[6]巴雷斯很难在传统丰富的矛盾中，用全新的创造力理解传统。对他来说，传统是“某种束缚……仿佛锁链一般禁锢着他。”[7]另外，巴雷斯也感受不到表现主义的自然而为（spontaneity）。[8]难怪他的后期作品充满

1 *Essays*, 194.

2 *Deutsch-französische Gespräche 1920—1950. La correspondence de E. R. C. avec André Gide, Charles du Bos et Valéry Larbaud*, ed. H. and J. Dieckmann (Frankfurt, 1980), 30. Discussed by H. Hinterhauser, “Bild eines grossen Gelehrten in seinen Briefen,” *Archiv für das Studium der neuren Sprachen* 219 (1962), 146-151.

3 *Der Syndikalismus der Geistesarbeiter in Frankreich* (Bonn, 1921); discussed by Ringer, *The Decline of the German Mandarins*, 245-246.

4 *Maurice Barrès und die geistigen Grundlagen des französischen Nationalismus* (Bonn, 1921), 177. 巴雷斯出生于洛林地区 , ibid., 1。

5 Ibid., 214, 222.

6 Ibid., 235-236.

7 Ibid., 220-221.

8 Ibid., 99.

“幼稚的废话……这无疑表明，民族主义的毒药，使他的心智出现思维和道德上的退步。”[1]有人认为，1932 年《岌岌可危的德国精神》发表后，库尔提乌斯忽然变得能言善辩（polemicist），他们恐怕忘了库氏论述巴雷斯的这部著作。如此，他们忽略了库氏思想形成中至关重要的一环；因为该书不仅猛烈抨击了民族主义，而且肯定了“现代主义者”（modernist）库尔提乌斯评判传统活力的标准。

在库尔提乌斯看来，自己在论巴雷斯的书中所尝试的批评，在德国是前所未有的。在法国，巴雷斯等人广泛运用社会学思想分析的体裁，库氏相信，在德国文化中，采用类似做法的只有他的朋友舍勒。

> 大体说来，这种创造性批评的传奇形式，在我们这里不太常见。它受我们的特殊化与客观性理想的控制……我们把我们的思想问题派给专家，因为尊崇学术，他们不敢越雷池一步，因为尊崇学术，他们不敢一言以蔽之。因此，我们的所有政党都缺少抛砖引玉的方案、令人信服的计划和有根有据的想法。因此，我们的民主人士都深感汗颜，我们的民族主义者粗野鲁莽。没人能拿出富有吸引力的体系。时至今日，面对最深重的历史危机，德国没有能统一领袖精英的民族意识形态。这听起来耸人听闻，却是不争的事实。[2]

如前所述，库尔提乌斯并不单单渴望综合统一，而且还为缺少统一的意识形态痛心不已。这里需要特别指出 1924 年库氏写下上述文字的背景：崇尚哲学的混合主义（syncretism）以及奥尔特加（Ortega y Gasset）的大公文化。奥尔特加不但精通德法文学，还能揭示西班牙的民族身份，这无疑为库氏提供了剖析某种社会（该社会分崩离析的状态很类似近代德国）的契机。“不管是国家事务，还是思想事务，（西班牙）没有一个人承认其中存在等级制度。处处可见最糟的反抗最好的。”[3]

“领袖精英”这个词让我们不禁想起库氏致纪德的书信的类似说法。围绕历史

1　“ein kindisches Geschwätz… ein Zeichen des intellecktuellen und moralischen Niedergangs eines Geistes, den das Gift des Nationalismus zersetzt hat,” ibid., 184.

2　*Essays*, 291-292.

3　Ibid., 286-87. On this aspect of Ortega’s thought, see A. Dobson, *An Introduction to the Politics and Philosophy of José Ortega y Gasset* (Cambridge, 1989), 72-85.

进程与生命本质，他的思想进行着长期且艰苦卓绝的调解，并在此过程中得到演化。“相对主义即怀疑主义，而态度坚定的怀疑主义无异于思想的自刎。”[1]“生命拥有超越的维度，它在其中超越自己，以便参与到某种已然非生命的事物之中。”[2]库氏最不贴切的表述见于 1924 年——“人不再为政治观念而亡”。[3]

这些说法并非都是库尔提乌斯原创（有些是奥尔特加著述的总结），但我们从其中所表露的同情感不难看出，尽管文风时常独断，论证时有混乱，却无时无刻不流露着一种变革的渴望，一种期盼“在当今新式艺术展现的欧洲生命感中转变”的热情。[4]库氏所谓的奥尔特加“透视主义”（perspectivism），打开了理解当时艺术混合主义（在普鲁斯特、凯泽林 [Keyserling]、舍勒等人的作品中，都可察觉到这种共同的趋向）的大门。[5]库氏探讨透视主义所用的术语，诗意有余而明晰不足，但他运用和称颂的方式却通俗易懂。透视主义是欧洲高级文化精英用于相互理解的超越模式。

库尔提乌斯便是在这种精神的指引下，凭着直觉（这被他视为优秀批评的典型特征[6]），为艾略特的创新高歌，为乔伊斯的实验欢呼。《尤利西斯》是“新《地狱篇》，是新《神曲》。”它“与《奥德赛》遥相呼应，但又令人想起拉伯雷和伊丽莎白时代人。象征主义与经院哲学使其靠近中世纪。它真是……包罗万象。”[7]《荒原》（库氏率先将其译成德文[8]）是“亚历山大时代诗人的作品……他 [艾略特] 的诗歌从晚期拉丁作家、14 世纪意大利文学家（Trecentisti）、伊丽莎白时代作家、法国象征主义作家的作品中汲取养分。”[9]

库尔提乌斯把艾略特视为现代派大师，认为他通过亚历山大时期的技巧达到古典的高度。这种观点背后暗藏着瓦尔堡著名观点的影响——“雅典必须经常让亚历

1 *Essays*, 293.
2 Ibid.
3 Ibid., 296.
4 Ibid., 295.
5 Ibid., 298. See also Dobson, *José Ortega y Gasset*, 114-162.
6 *Essays*, 357.
7 Ibid., 354. (An essay written in 1929.)
8 1926 年，Jean de Menasce 发表了《荒原》的法译文，接着 1927 年，库尔提乌斯的译文 *Das wüste Land* 便发表于 *Neuer Schweizer Rundschau*。
9 *Essays*, 359 (written in 1927).

山大多占领占领”[1]。研究艾略特的诗歌，这样的视角为他提供的“文学影响范式”，比 1911 年那篇论文的范式更灵活。在瓦尔堡的帮助下，库尔提乌斯学会了从《荒原》中创造性地运用欧洲传统，这无疑决定了他在《欧拉》中提出的历史的想象存在（imaginative presence of the past）主题。

《荒原》的作者十分满意库尔提乌斯的译文，并时常催促他就近代英语小说，写一部类似《先锋》的著作。1947 年 8 月 14 日，艾略特提醒库氏道，“(我们）亲历了欧洲文学的一段伟大时期”——20 世纪 20 年代，而其中“我们所构成的部分不可小觑”。显然，艾略特与库氏一样，为这一经历兴奋不已。天才作家的人数并不多，他们靠私人信件联络感情，靠文学评论交流思想。与他们为伍的归属感，始终萦绕着库氏，即便是身处动荡不安的 20 世纪 30 年代和第二次世界大战。这种感受让他于 1928 年，称赞艾略特是“保守的文化政治运动”领袖；让他在二十年后的一封书信中，向艾略特坦言，自己梦想成为“西方文化运动的秘密指挥官”；还让他在《欧拉》中更坚定更热切地提出，领袖精英至关重要。如果说《欧拉》一书，乃是为库氏所谓的“思想之欧洲”的贵族统治而辩护，那么它也是特殊时期的产物——这个时期在 20 世纪 20 年代日臻成熟，其中就包括被库氏视为自己同辈和伙伴的纪德、奥尔特加和艾略特。

库尔提乌斯希望进一步完善常规文学批评的历史传记方法，然而在上述振奋人心的环境下，表达这一复杂态度显然不合时宜。针对这种“创造性思想自由的活动”，[2]需要开创更灵活、更开放、更达观的阐述风格。库氏在他的艾略特论文（回归到他对布吕内蒂埃的研究结论）中写道，“批评……总有风险，但评估不能停滞不前……批评的基本活动在于非理性的关联。真正的批评从不试图证明，而只是想法子阐明。它的形而上学背景在于坚信，思想世界是围绕亲密关系的体系而建立的。”[3]

这一信念反映在库尔提乌斯著名的普鲁斯特与巴尔扎克的批评研究。巴尔扎克吸引库尔提乌斯的原因很多，其中最主要的是巴尔扎克与传统的文学史格格不入。在 1950 年的一篇文章中，库氏信誓旦旦地表示，“我们无法将巴尔扎克纳入 19 世纪

---

1 Aby Warburg, *Gesammelte Schriften* 2 (Leipzig and Berlin, 1932), 534; discussed by E. Gombrich, *Aby Warburg: An Intellectual Biography* (London, 1970), 214-215.

2 *Essays*, 357.

3 Ibid.

任何一场文学运动和文学变革。”这再次重复了他二十五年前那本书的观点。“巴尔扎克的精神世界根植于法国思想令人肃然起敬的传统。”[1]所有这些都是在含蓄地回应布吕内蒂埃四平八稳的巴尔扎克研究。[2]巴尔扎克并非现实主义者，而是魔术师。他的作品构成了一个神秘世界。我们不能将其再现的体系，看作是针对被随意划分年代的某个民族文学的贫瘠角度。巴尔扎克作品的精华既不是法国的，也不是德国的：它是神秘构筑的和谐综合体（harmonious totality）。[3]因此，库尔提乌斯在巴尔扎克作品中试图区分的，乃是舍勒所谓的“灵魂构造元素”（seelische Formelemente）。如此一来，我们便看到《秘密》与《魔法》、《能量》与《激情》、《爱》与《力》等诸如此类的章节标题。显然，作者试图通过文学现象学方法，拼凑这位先知完整的视线。[4]在著作最后论述巴尔扎克影响力的章节中，库氏得出结论，唯有勃朗宁（Browning）、波德莱尔、霍夫曼斯塔尔这样的诗人，才能真正欣赏巴尔扎克。学院派批评家无法理解巴尔扎克的想象世界，因为他们的方法全都无能为力。

艺术与哲学的密切关系，处于库尔提乌斯的巴尔扎克论著的核心，它在库氏可能是最好的批评著作（即关于普鲁斯特的长篇论文，发表时间甚至早于《追忆逝水年华》[*A la recherche du temps perdu*] 最后一卷的出版）中，得到进一步阐述。[5]该著作包含库氏针对批评任务最充分最周详的论述；普鲁斯特坚信，批评家应该试着重构作者“独一无二的精神生活”，这也成了该书的前提之一。库氏声称，“最重要的天赋无法靠学习来获得。”它仅在于能否感受到揭示“灵魂构造元素”的个体特征。接受能力是感知的先决条件，它能进而将人引向构想。一切艺术都是知识与发现，靠普鲁斯特的隐喻与风格等精确的思想载体来交流。对音乐的关注可以调节这个视野，而文学创造力是直觉与表现的组合，能再现并支配艺术家的世界观。时间是精神的现实（spiritual reality），而非精密的计时。普鲁斯特的作品体现了发自

1 *Essays*, 201. 库尔提乌斯论述巴尔扎克的著作以及他的普鲁斯特研究已得到充分探讨，兹不赘述。参见 Wellek, “The Literary Criticism of E. R. C.,” 33ff., and the Ph. D. dissertation of I. F. Bartenbach, *The Balzac Book of E. R. C.* (University of Southern California, 1963)。

2 在 *Balzac* (Bonn, 1923, 397) 中，库尔提乌斯的批评观点就变得直白了。

3 Ibid., 323-315.

4 Ibid., 317.

5 初次发表于他的 *Französischer Geist im neuen Europa* (Stuttgart, 1925)，再版收入 *Französischer Geist im zwanzigsten Jahrhundert*, 274-355。这篇文章跟库尔提乌斯 1922 至 1928 年间撰写的一系列报纸文章有关（bibliography in Richards, *Modernism, Medievalism, and Humanism*, 174-179）。

生命感而不是艺术形式法则的真正的法国古典主义。它统一了过去与现在，依靠许许多多精巧的细节来自我揭示——作者对紫丁香的感受，对城镇名称的运用，富有韵律的句子。心理学与社会特征描述、敏感性、相对主义、爱，普鲁斯特以前所未有的眼光和深度探究这些问题。他是柏拉图主义者，其细腻程度唯有波德莱尔可与之媲美。

同库尔提乌斯为巴尔扎克作品区分的母题（motif）一样，《追忆逝水年华》的核心母题也都是融入某整体世界观的思维模式。库氏既非哲学家，亦非心理学家，但在现象学运动的语境下，[1]这两种职业活动的友好关系，却同他对文学批评家任务的构想息息相关。1922 年 4 月 22 日，库氏致信普鲁斯特："拜读您的大作，让我享受到近年来最纯粹最强烈的思想愉悦。"[2]这一发掘精神反映在他的现象学批评中，因为库氏试图靠直觉来理解重要母题，从而深入普鲁斯特艺术的精髓，发掘其艺术体系的基础。库氏欢悦的尝试，预示了他后来在《欧拉》中冷静采用的方法。

在收录普鲁斯特论文的著作中，库尔提乌斯还给剖析了法国的文化危机（在他看来，这跟德国的情况很相似）。法国精神（Geist）并不属于拉丁文明；同德国精神一样，它也是综合而成；其综合特征使它能克服德国敌视的先入之见。[3]抵制勉强获得的拉丁遗产，正是库氏早期著述流露的对纪德的钦佩之处，[4]因为它表明了一种欧洲意识，一种拒斥，即面对任何民族文化霸权的过时却危险的观念，不再保持默许态度。然而，说起有关德国的相同论文时，库氏所强调的正是这种拉丁元素。1922 年 10 月 7 日，库氏在《卢森堡时报》（*Luxemburger Zeitiung*）上发表的一篇题为《论德国思想心理学》（On the Psychology of the German Mind）的文章中，从基督教和古代文化角度出发，把"莱茵河畔的罗曼诸省"统统纳入欧洲历史，这远远早于德国的其他地区。[5]这个因素以及歌德和尼采等人对"无限"（the unlimited）的渴望，为德

---

1 See H. Spielberg, *The Phenomenological Movement*, 3rd ed. (London, 1982), esp. 268ff. (on Scheler). Helpful too are Spielberg's *The Context of the Phenomenological Movement* (The Hague, 1981), and D. R. Lachtermann's introduction to his translation of Max Scheler, *Selected Philosophical Essays* (Evanston, Ill., 1973).

2 未刊书信，波恩大学图书馆，编目号 "*Curtius, E. R. I.*": "Die Lecktüre Ihres Buches gehört für mich zu den reinsten und grössten geistigen Freuden, die mir die letzten Jahre gebracht haben"。

3 *Französischer Geist im neuen Europa*, 268-91.

4 *Die literarischen Wegbereiter* (in *Französischer Geist im zwanzigsten Jahrhundert*), 42.

5 Ed. Kirt, *E. R. C., Goethe, Thomas Mann und Italien*, 20.

国的思想方式赋予了普世大同的特征，同时还让德国精神免于民族主义的蹂躏。[1]在一本为德国大学生撰写的法国文明教科书中，库氏欲指出，德国与法国的编年史和文学出于民族主义目的，将查理曼大帝挪为己用；可尽管如此，查理曼大帝仍算不得任何一国的民族英雄。在为瓦雷里的《恒向线》（*Rhumbs*）所写的评论中，库氏早已言之凿凿地指出，查理曼大帝是以德国为主要组成部分的西方帝王。

说库尔提乌斯已经摆脱他最早进行法德比较时，试图所抵制的传统套路，这话还为时过早。他最后一本法国论著的第一章，便重走德、法文明对照的老路，[2]而他围绕时间、生物学、语言所得出的其他结论，也都成了他人的笑柄。[3]库氏一方面坚持民族差别，另一方面笃信综合的欧洲理想。出乎意料的是，这两者之间的矛盾甚至对立，却促成了他后期写作带有突出力道与紧迫性的力量。

整个20世纪20年代，尽管遭遇鲁尔河（the Ruhr）被占领、通货膨胀、希特勒的十一月暴动，库尔提乌斯仍为近代法国文学与近代欧洲文学的典范撰写文章。[4]他经常参加由实业家迈里希（Emile Mayrisch）及其夫人艾琳（Aline），在卢森堡科尔帕赫（Colpach）举办的法德知识分子会议，以及蓬蒂尼十日会[5]（décades of Pontigny）。[6]在一篇论杜·博斯（Charles Du Bos）的文章中，库氏写道，“那时，我仍旧试图寻找一个以某欧洲普遍思想（general European mind）假设为基础的法国。”[7]他如何实现这一诉求？一份现存于伦敦瓦尔堡研究所（Warburg Institute）档案室的文

1 Ed. Kirt, *E. R. C., Goethe, Thomas Mann und Italien*, 24.

2 Gross, *E. R. C. und die deutsche Romanistik*, 54ff., 84-85.

3 Wellek, “The Literary Criticism of E. R. C.,” 29-30.

4 Cf. *Französischer Geist*, 525ff.

5 【中译者注：蓬蒂尼十日会，指创立于1910年的知识分子年度集会。因集会地点在法国蓬蒂尼修道院（l’abbaye de Pontigny），集会时间为十日而得名。每到此时，许多知名的、不知名的知识分子都会在一起谈诗论道（与会者甚至不乏André Gide，Antoine de Saint-Exupéry, Jean-Paul Sartre等名流）。集会的每一天都有一位作家、大学教师或科学家主持讨论某个主题，如人权、文学潮流、法国思想、欧洲等。该集会曾在1914—1922年间中断，后又持续到1939年第二次世界大战爆发。】

6 See C. Dröge, “E. R. C. und Colpach,” *Galerie* 6 (1988): 26-36, and id., “Das Exil und das Reich——E. R. C., Aline Mayrisch de Saint Hubert und die Emigration in den dreissigen Jahre,” in *Le Luxembourg et l’Etranger. Pour les 75 ans du professeur Tony Bourg*, ed. J. C. Muller and F. Wilhelm (Luxembourg, 1987), 171-186.

7 *Essays*, 253-254.

献，或许能回答这个问题。1929 年 7 月 20 日，库氏接受邀请，出任波恩大学讲座教授。在写于当日的一份私密“友人备忘录”（其中就有瓦尔堡）中，他请求校方拨款创建“能系统研究法国文化的”科研机构。出于现实要求，这需要政治活动、外交学与经济学、思想分析领域通力协作。“这是更广阔的政治远景，我就是在这其中看待我在波恩的任务。”

瓦尔堡回复道，创建这种研究机构以后，自己并不建议别人也承担同样的风险，但该建议其实是杞人忧天。库氏出于自己文化与政治的雄心壮志而要创建的研究机构，从未付诸实施。研究所所长这样的领导角色并不适合他，甚至连成为具有大同视野的欧洲文学批评家这样板上钉钉的事也不适合他。在 20 世纪 30 年代，库氏思考思想新秩序时念念不忘的德国，即将面对一场让他难以保持沉默的危机。在这紧要关头，十年前还变化不定的角色一扫而光；库氏变成了愤怒的先知，为身处险境的德国精神战斗。

《岌岌可危的德国精神》

> 1932 年，我发表了论辩小册子《岌岌可危的德国精神》，该书抨击了弃智倾向（barbarization）以及民族主义狂热，这些恰恰是纳粹统治的特征。进而，我呼吁一种新人文主义，其中应融合从奥古斯丁到但丁的中世纪。[1]

回过头来看，前文的表述之间存在自然而然的关系，亦即历史必然性。不过，对库尔提乌斯而言，1932 年的情况并非如此。抨击纳粹主义并不意味着非要渴求一种囊括中世纪的新人文主义。在硕果累累的 20 世纪 20 年代，库氏已成为近代欧洲文学批评家、直爽的法德两国调解人。没有官方禁令要求他停止扮演这一角色。众所周知，为了欧洲大同主义，库氏甘愿为重塑德法关系贡献力量。可到了 1932 年，他的努力为更迫切的事务所取代：德国进退两难的现实困境，当时市侩民族主义（philistine nationalism）给思想传统带来的威胁，以及重新寻找其文化与历史地位的现实需要。

---

1 *ELLMA*, vii-viii.

在20世纪20年代库尔提乌斯的批评中，这种需要总是若隐若现，并且时常明显见地表露出来。当他论及法国、西班牙或英国时，从不忘同德国加以比较。比较时的口吻正如前文所示，充满了一再的渴望与焦虑：“**我们深信不疑的**德国思想文艺复兴。”“它不仅仅是西欧的现象；**我们希望，它也是德国现象**——批评承担着全新的创造功能。”“这种创造性批评的传奇形式，在**我们这里**不太常见。它受我们的特殊化与客观性理想的控制……因此……**时至今日，面对最深重的历史危机，德国**没有能统一领袖精英的民族意识形态。”其中，最后一句话写于1924年。我们当然应该强调，库尔提乌斯坚信（《岌岌可危的德国精神》开篇指出，还有几个库氏同辈也持此观点），[1]1932年是德国历史的转折点；但如果就此断定，库氏的政治与思想危机感，源于他津津乐道的20世纪20年代（这段时期可谓硕果累累，乐观向上），那就大错特错了。

我们看到，纵观这段时期，库尔提乌斯不断提及查理曼帝国的史例。在库氏等人看来，这个中世纪范例与近代德国政治有着特殊的关系。这种关系，以及库氏撰写《岌岌可危的德国精神》的目的，通过比较得到了生动地强调。比较的一方是查理曼帝国，一方则是另一个性质不同却一样重要的德国人的帝国——她就是希特勒密友马丁·博尔曼（Martin Bormann）的妻子。

身为纯正纳粹出身的狂热纳粹分子，格尔达·博尔曼（Gerda Bormann）喜欢借他人之言。这些观点经过数年或许会改变原有的面貌，但实际上类似变化并未发生。[2]1944年12月9日，格尔达给丈夫写了一封署名“妈妈”的信。她在信中鲜明地表达了自己对历史教育的看法：

> 今天，我陪艾克（Eike）写历史作业——查理曼……她的历史课全都是胡说

1 有关此书的深刻探讨，同时也是以下内容部分的借鉴来源，参见Dirk Hoeges, “Emphatischer Humanismus. E. R. C., Ernst Troeltsch und Karl Mannheim. Von “Deutscher Geist in Gefahr” zu “Europäische Literatur und lateinisches Mittelalter,” in Lange, “*In Ihnen begegnet sich das Abendland*,” 31-52。另见K. Sontheimer, “E. R. C.'s unpolitische Verteidigung des deutschen Geistes,” in 53ff. and H. Weinrich, “Deutscher Geist, europäische literatur und lateinisches Mittelalter,” *Merkur* 32, 12 (1978): 1217—1229。

2 有关格尔达·博尔曼的背景和观点，见H. R. Trevor-Roper, ed., *The Bormann Letters: The Private Correspondence between Martin Bormann and His Wife from January 1943 to April 1945* (London, 1954), xviiiff。

八道。那个傻瓜老师竟然告诉孩子，阿勒尔河畔的凡尔登（Verden-on-the-Aller）大屠杀缺乏历史依据，说什么目前只有一份文件能佐证，其他证据都不支持。显然，加洛林人极尽所能，销毁了一切让他们感到羞耻的文献。查理曼时代有许多可以学习的地方。毕竟，就算是如今，我们仍然能或多或少地感到查理曼政策的影响。通过他，基督教以及与之相伴的犹太民族，在我们的土地上站稳脚跟。[1]

毫无疑问，这段精当的历史分析并非出自格尔达本人。她仅仅是以自己咄咄逼人的方式，高呼纳粹编年史的显要主题。[2]法兰克人犯了一个致命的错误，他们把自己同罗曼传统，同天主教绑在了一起。查理曼大帝可不是英雄，而是“撒克逊人的屠夫”，那些“真日耳曼人”的理想捍卫者，乃是查理曼的对手维杜金德（Widukind）。格尔达支持种族（völkisch）意识形态的原始种族主义，[3]该思想其中没有可疑人物查理曼。他背叛了民族事业，他的帝国因为与罗马之间臭名昭著的联合而失去纯正的血统。

这便是库尔提乌斯在《岌岌可危的德国精神》开篇（第 24 页）紧扣的主题，书中把同查理曼的决裂，描述为文化的种族仇恨的破坏性表现（destructive manifestation of völkisch hatred of culture）。德国已经作为一个罗兰省进入了历史（第 22 页）；在德国西南部与罗马之间，存在“从未间断的生命统一体”；通过古代晚期的修道院传播的希腊—罗马传统巩固了它，文艺复兴深化了它，而到了 18 世纪，它赋予了最终的文学形式。所有这些不过是进一步发挥库氏早年论文（如 1922 年的《论德国思想心理学》）的观点，不过现在它们另有用途。在 1932 年的“思想突发事件”中，库氏的写作过程一直“怀着对德国的信仰，对普世精神的信仰”（第 10 页）。他开门见山地谴责文化绝望（cultural despair）的鼓吹者错用了德国历史。[4]

1　H. R. Trevor-Roper, ed., *The Bormann Letters: The Private Correspondence between Martin Bormann and His Wife from January 1943 to April 1945* (London, 1954), 110-111.

2　See K. F. Werner, *Das NS-Geschichtsbild und die deutsche Geschichtswissenschaft* (Stuttgart, Berlin, Cologne, and Mainz, 1967), 39ff.

3　Cf. G. L. Mosse, *The Crisis of German Ideology: Intellectual Origins of the Third Reich* (London, 1965), 13ff.

4　See F. Stern, *The Politics of Cultural Despair: A Study in the Rise of the Germanic Ideology* (Berkeley and Los Angeles, 1963), esp. 267ff.

曾几何时，文化被珍视为“教化”（Bildung），但受了虚无主义学说的控制后，便失去了其意义和内涵。能真正代表日耳曼民族（Volk）的，是歌德与席勒（第17页），而不是格奥尔格及其追随者（他们“夸夸其谈的独断论”[bombastic dogmatism]备受批判）所青睐的人物。随着库尔提乌斯最终跟他以前的导师划清界限，他不禁哀叹各政党无力出台始终如一的文化政策。不过，这并未让他的著作“脱离政治”，而只是促使库氏继续此前漫长的工作，即从政治之外，寻找反对愈演愈烈的非理性崇拜的武器，为超民族人文主义（supranational humanism）价值辩护。其中有些武器的提供者，是库氏思想殿堂中熟悉的人物——比如，形而上学哲学家、教育理论家舍勒，库氏十分看重他的著作和两人之间的友谊。[1]但也有一些新的领袖人物，如褒贬不一的海德格尔[2]（Martin Heidegger）（第28页）、荣格（第24页）和瓦尔堡（第29页）。

后两位人物不仅极大影响了《岌岌可危的德国精神》的写作，而且也促进了《欧拉》的诞生。库尔提乌斯撰写该论辩小册子前，曾请教过荣格。此人被他称为“我们时代最聪明的心灵解说者”；在《欧拉》的序言中库氏表示，“本书当中，有些结论同样离不开荣格的帮助。”至于《欧拉》题献对象之一的瓦尔堡，库氏曾于1928—1929年冬在罗马听过他的讲演，他帮助我们洞悉“魔幻世界观与理性世界观之间伟大的争斗”（第29页）。

库尔提乌斯就是借着这些榜样，高声反对种族意识形态的邪恶的爱国主义。他指出，真正的爱国主义是超民族的，正如德国文化，就其历史本质，乃是综合的。因此，库氏的许多观点和武器都指向歌德。这位卓越的德国艺术家，在其人格和作品中，向世人展示了“如何鲜活地保存永恒价值”（第33页）。这些价值基于，每况愈下且日渐暴力的德国民族主义所拒斥的一种宗教。它煽动革命，否认过去，荣格的心理学使我们预见其可悲的后果（第41页）。古代与基督教，人文主义与启蒙运动，是“欧洲经验的共同遗产”（第42页）。然而，对这份遗产的辩护，不能再通过与法国简单或独特的和解来完成。“时至今日，法国已没有能激发我们的硕果累累的

---

1 See the attractive sketch of W-D. Lange, “E. R. C. und Max Scheler. Eine Skizze” in *Wege zur Kunst und zum Menschen. Festschrift für Heinrich Lützeler zum 85. Geburtstag*, ed. F. L. Kroll (Bonn, 1987), 265-273.

2 See P. Bourdieu, *L’ontologie politique de Martin Heidegger* (Paris, 1988), esp. 54ff.

运动……它所提供的一切并未影响年轻的德国人”(第 47 页)。“切断通往巴黎之路的人，必须开辟一条罗马之路”(第 48 页)。这句名言有着个人的共鸣：库氏不仅在描写 1932 年法德两国交流的局限，而且也承认，自己此前作为法德之间文化调解人并不称职，需要另寻高人。

与这段坦言相关的，同时也反映库尔提乌斯早期的教育关切的，是呼吁大学改革，摒弃“空谈历史主义”(academic historicism) 和枯燥的细化方法 (specialization)。豪特沃尼 (Hatvany) 的绝妙讽刺文《不值得了解之事物研究》(*Die Wissenschaft des Nichtwissenwerten*)[1]表达并阐述了这种需求，正如贡多夫的莎士比亚论著所示。库氏分析大学改革必要性时所依据的首要权威，是舍勒的教育著作，但结论却是他自己的：“民族与平民大众的差别越小，就越少不了精英”(第 76 页)。

在这个背景下，曼海姆 (Karl Mannheim) 的“唯社会论”(sociologism) 就被拈了出来，受到专门的攻击 (第 75 页以后)。[2]与它近来宣称的似是而非的普世主张格格不入且针锋相对的，是库尔提乌斯所颂扬的千禧年力量 (millennial force)(第 103 页)。人文主义外在于并超越它的每个历史表征，同时优于它各个派别的成果。可以说，人文主义不同于干瘪的德国式学术研究。库氏声言，要通过人文主义，让领袖精英的文化生活恢复生气，接着课堂就会紧随其后。在人文主义与学术研究 (Wissenschaft) 之间没有必然的联系。库氏以热情奔放 (有人觉得比较尴尬) 的方式，[3]为人文主义赋予了思想信仰的救赎属性：

> 若人文主义不是发自爱的热情，那它就一无是处。当它源于过多的富裕和愉悦时，只可能影响时代、民族、人类。它是被爱者原型的醉人发现。(第 107 页)[4]

1　Republished (Oxford, 1986) with prefaces by N. Kurti and H. Lloyd-Jones; introduction and notes by A. Grafton.

2　曼海姆与库尔提乌斯的矛盾见 Dirk Hoeges, *Kontroverse von dem Abgrund. E. R. C.-Karl Mannheim 1919—1932* (该书即将出版)。

3　H. Sontheimer in Lange, “*In Ihnen begegnet sich das Abendland,*” 57.

4　“Humanismus ist nichts, wenn er nicht Enthusiasmus der Liebe ist. Er kann Zeiten, Völker, Menschen nur prägen, wenn er aus dem Überschwang der Fülle and Freude kommt. Er ist rauschhafte Entdeckung eines geliebten Urbildes.”

尽管只有为数不多的发起者才能理解人文主义（库尔提乌斯如此宣称[第108页]），但它却是利器，可以反对空谈历史主义的相对主义泥淖（against the relativistic muddle of academic historicism），反对“唯社会论”，反对因1932年层出不穷的各种伪“主义”而导致的混乱。这便是库氏在《岌岌可危的德国精神》中大力宣扬的信念。那么，其中的具体内容是什么？这一学说的本源在哪？

其实，大部分内容源自特勒尔奇的著作。特氏对历史主义的批判，强调了古代文化与近代文化的不可分割，同时还赋予欧洲中世纪特殊的地位。[1]库尔提乌斯援引特氏观点，并结合罗马的象征意义（第113页）指出，欧洲在世界史上显著的特征，在于这种古今的混合。他怀着宗教的热情，祈求“回归本源，在孕育我们生命的源头来一次疗伤健体的沐浴”（第113页）。尽管这是近乎神秘的人文主义构想（多以歌德，以教父传统和中世纪传统，以舍勒为据），但却有着实用成果。它势必摒弃古典主义，摒弃对文艺复兴的狂热，以便追求中世纪精神（medievalism）和“复还法则”（the principle of restoration）（第126页）。希腊人没有为该人文主义带来任何希望，因为“希腊研究已经作古”。不过，拉丁文虽日渐式微，却一直保留了下来；西方奠基者[2]（从奥古斯丁到但丁）为该人文主义在1932年的再次活跃助以一臂之力。然而，《岌岌可危的德国精神》的结论部分念念不忘的，既不是奥古斯丁，也不是但丁。这个人是古代学术的捍卫者卡西奥多鲁斯，他“摆脱国家事务的沉重负担，走进了修道院；忘却国家大事（high politics），转而凝神观照”（第125页）。即便当库氏为当时的文化危机，提出解决之道时，我们仍可从他的自传说明中，看出他渴望逃避备受煎熬的现实。

可就算特勒尔奇1922年论历史主义的著作影响了库尔提乌斯，也无法彻底解释，为何十年后库氏呼吁中世纪欧洲人文主义。特勒尔奇否认相对主义，忠于基督教，向往自由进步（liberal progress）的观念和高尚的文明，这些库氏都十分赞成。此外，

---

1 Curtius cites (110ff.) Troeltsch's *Der Historismus und seine Probleme. Erstes Buch: Das logische Problem der Geschichtsphilosophie 2* (Tübingen, 1922), 716ff. His debt to Troeltsch is valuably discussed by Hoeges, "Ernst Troeltsch and Karl Mannheim," 44ff.

2 库尔提乌斯的“西方奠基者”（*Deutscher Geist*, 126）观念，同兰德为《愚人镜》所作的序言有很大关系。在《欧拉》的英译本作者序言中，库氏特别提到了兰德的“美国巨著”——《中世纪的奠基者》（1929）。

库氏也同意特勒尔奇的信念，即学术改革之需是“实用的生命问题”[1]（a practical problem of life），唯有靠既能区分欧洲文化真正精髓[2]，又能重建其特有价值的新整合来解决。不过，在《岌岌可危的德国精神》中，同样显而易见的，是对复现与恒常（the recurrent and the constant）的形而上学的渴望，这一点与布克哈特（Jacob Burckhardt）的并无二致；[3]另外，还有一种假设（隐含在库氏对歌德和荣格等多面手的诉求之中），即存在不仅西欧共用而且全人类共用的思想方式和表达方式。这一深刻反历史主义的假设，暗藏于他序言部分的“普世精神”信仰宣言，同时也是《欧拉》的核心主题之一。在《岌岌可危的德国精神》中，与之相伴的是作者对罗马的热切向往——那既是基督教罗马，也是欧洲文化的古都。早在1918年2月27日，库氏就给母亲写信表示，“舍勒相信欧洲会复兴，首先是天主教、基督教。”[4]库氏从未皈依天主教，[5]但他对舍勒宗教著作的赞同，却与特勒尔奇的历史哲学（它本身补充并延续了特氏的宗教哲学）不谋而合。[6]

然而，德国那时的状态，很难与库尔提乌斯思想中的大公特质和谐共处。《岌岌可危的德国精神》序言撰写的日子具有政治意义——1月18日，1871年的这一天日耳曼帝国诞生了；1919年的这一天，凡尔赛和平会议（Versailles Peace Conference）召开（德国被排除在外）。其政治意义现在再清楚不过了。[7]库氏欲从这种局势中得出的思想与个人结论不甚明显，但有一个还是很清楚的。在他为《岌岌可危的德国精神》作序的不到一个月前，也就是1932年12月24日，他致信瓦尔堡研究所的格特鲁德·宾（Gertrud Bing）：“这学期，我第一次开设了一系列讲座阐释中世纪拉丁文

---

1 “Die Krisis des Historismus,” discussed by Ringer, *The Decline of the German Mandarins*, 344ff.; Historismus, 694-730.

2 See G. G. Iggers, *The German Conception of History: The National Tradition of Historical Thought from Herder to the Present* (Middletown, Conn., 1969), 194.

3 See Iggers, 129ff. 库尔提乌斯借用布克哈特观点的地方可见《岌岌可危的德国精神》一书第27页，以及《欧拉》指导原则的第七条。

4 “Scheler glaubt an eine Wiedergeburt des europäischen in erster Linie des katholischen Christentums,” cited by Lange, “ E. R. C. and Max Scheler,” 267.

5 See Deutsch-französische Gespräche, 86, and Lange, “ E. R. C. and Max Scheler,” 267.

6 See A. O. Dyson, *History in the Philosophy and Theology of Ernst Troeltsch* (unpublished Oxford Ph. D. dissertation, 1968).

7 Thanks to Dirk Hoeges, “Ernst Troeltsch and Karl Mannheim,” 51-100.

学，讲座下学期仍将继续。当然，这完全是我新接触的领域。”[1]就在库氏撰写论辩小册子，为新的中世纪人文主义摇旗呐喊之际，他开始讲授一门自己日后专注整个30年代和第二次世界大战的学科。

1937年4月16日，库尔提乌斯致信艾略特。信中，他用一句耐人寻味的名言形容自己：“隐于市者常乐。”（Bene vixit qui bene latuit.）1939年1月14日，库氏一边向友人表示《标准》杂志[2]停刊让自己十分难过，一边追忆了自己与艾略特共事的岁月。他表示，自己拒绝评论里德（Herbert Read）1930年的著作《荣耀的意义》（*The Sense of Glory*）；我们可以觉察到，“欧洲”思想活生生的统一已经开始土崩瓦解。“过去几年，世事每况愈下，这让我彻底疏远了批评，疏远了当代文学”，库氏如此解释道。“我在文学王国里走得越来越远，直至来到从普鲁登提乌斯绵延到但丁的拉丁文学，并就此安营扎寨。”[3]然而，库氏专注中世纪拉丁语，并不意味他采用以退为进的方式回到过去。《岌岌可危的德国精神》呈现的策略，是要从当代异族人那里，找回查理曼帝国的欧洲遗产，以退为进便是该策略的核心，它也为库氏提供了后来他所谓的“不可多得的思想不在场证明”[4]（a welcome intellectual alibi）。

不在场证明

> 一股强烈的冲动激发我调整自己的研究领域。我认为，自己必须回到以前的时期；用比喻的说法，就是回到更古老的意识层面——首先便是罗曼中世纪。除此之外，我感到仿佛冥冥之中，自己寻找着一条通往罗马的道路。[5]

1 “Ich selbst habe in diesem Semester zum erstem Mal ein Interpretationskolleg über mittellateinische Literatur gehalten und werde das im nächsten Semester fortsetzen. Ich bin auf diesem Gebiet natürlich ganz Neuling,” omitted by Wuttke, *Kosmopolis der Wissenschaft*.

2 《标准》是艾略特于1922—1939年编纂发行的文学杂志。

3 “Vielleicht war das auch schon ein Anzeichen dafür, dass die Lebenseinheit des ‘europäischen’ Geistes anfing sich aufzulösen? … Die grossen Veränderungen der letzten Jahre haben mich der Kritik, aber auch der actuellen Literatur ganz entfremdet. Ich bin in der Literatur immer weiter rückwärts gewandert und habe mich jetzt in der lateinischen Literatur angesiedelt, die von Prudentius zu Dante reicht.”

4 *Essays*, 500.

5 Ibid., 498.

历史的回声在库尔提乌斯的脑海中引起了特殊的共鸣。从那里，库氏找到了自己坚持不懈探寻的统一性。这段引文摘自他的《拉丁中世纪与欧洲文学》序言。其中最后一句话让我们不禁想起《岌岌可危的德国精神》的警句："切断通往巴黎之路的人，必须开辟一条罗马之路"。两者的说法和语境相似，但语气截然不同。在此，这位1932年的论辩者，描述了不单单带有政治色彩的"内部迁移"（inner emigration）。"心理必然性"把他同永恒的罗马（Roma aeterna）联系起来；"这种关系蕴藏一个具有多种象征意义的奥秘。"[1]库氏写作《欧拉》前撰写的二十二篇论文，为他提供了"战时不可多得的思想不在场证明"。然而，在这些论文中，作者并没有明确提出象征意义理论。它隐藏于论文背后，那时公众骚乱日益升级，个人安全愈加难以保障。一位重视本能且提倡"用情感方式理解思想价值"的思想家，将象征意义理论零零散散地提出来。[2]不过，它却奠定了体现库氏个人哲学的学术丰碑。

到了1932年，这一哲学的形式开始变得越来越稳固。库尔提乌斯始终坚信，"过了学生时代，人文学科再无方法可言。即便有，也不可言传——依靠本能，发挥才智。"[3]他逐渐怀疑"'新科学'。这门科学以"洞见"或"直觉"为基础，并公开向大量引用的实证主义（positivism）发难。"[4]库氏的怀疑源于《岌岌可危的德国精神》中分析的政治文化危机，源于他回避自己一度投身其中的过度的思想运动。1945年，他写道，"有些人想方设法重塑历史上的伟人，以期符合格奥尔格派的道义。"[5]"历史如今成了虚构，成了'神话'。这些大多是异常行为（aberrations），我们只有到今天才能对其估测，因为它们为1933年起不幸开始的大规模歪曲历史活动铺平了道路。那时人学到的是，'没有客观的科学'。科学不得不附着于种族、民族和政治。这个谎言必须戳破。"纳粹时期歪曲学术的做法是，先让甲方法名誉扫地，然后要求创造乙方法取而代之。"经验必须经过创造之火熔炼，然后打造成坚如钢铁的知识结构。

---

1 *Essays*, 498.

2 Ibid., 501.

3 Ibid., 501-502.

4 Ibid., 502.

5 *Essays*, 502. Possibly an allusion to such works as E. Kantorowicz's *Kaiser Friedrich der Zweite* (Berlin, 1927), on which, see E. Grünewald, *Ernst Kantorowicz und Stefan George. Beiträge zur Biographie des Historikers bis zum Jahre 1938 und seinem Jugendwerk" Kaiser Friedrich der Zweite"* (Wiesbaden, 1982), and D. Abulafià, "Kantorowicz and Frederick II," *History* 62 (1977): 193-210.

从这个意义上讲，科学必须时刻保持客观。”[1]这是1919年身为表现主义批评家的库氏的高声呐喊，其中带着他对精神重生的乐观信念，以及他对“僵化”的厌恶。从1932年到《欧拉》出版的1948年，库氏走过的思想历程可以通过他的准备研究一探究竟。

在1929到1932年间撰写的三篇论文，已经孕育了库尔提乌斯思想中一些后来继续发展的内容。头两篇是霍夫曼斯塔尔逝世之际，献给这位作家的。[2]在他身上，库氏发现了思想与道德的权威，“复还法则”的阐释者[3]（他结合了“让整个民族都能参与其中”的普世的德国“新”现实[4]）。其价值由奥地利人霍夫曼斯塔尔代表的德国，正适于整合全部欧洲文化，尤其是整个“罗曼世界”。从库氏在霍夫曼斯塔尔那里分辨并颂扬的品质，到《岌岌可危的德国精神》的复苏的人文主义，及该书制定的研究计划，库氏的发现不过是这一过程中的一小步。

在该著作中时刻提及的罗马的象征重要性，还是1932年撰写的一篇有关某15世纪西班牙诗歌的论文核心主题之一。[5]对于文章的题词，库尔提乌斯选用了卡斯特罗（Américo Castro）的豪言壮语：“语文学的进步，取决于思想的提炼与精炼，取决于我们如何理解人的价值。”通过精确分析曼里克（Jorge Manrique）献给亡父的悼词，库氏描绘了“西班牙诗歌一流文豪”的细致肖像，这位作家在自己的作品中，融合了“西班牙民族对罗马的‘笃信’（pietas）观念，以及中世纪与人文主义的思想遗产。”[6]文学与音乐中的皇族美德（imperial virtues）主题，可以追溯至18世纪，其发展绵延不绝，至歌德《浮士德》达到顶峰。库氏一针见血地指出，“德国人应该记住，自己的民族历经千年，却一直牢记罗马的帝国观念，其中涵盖了曼里克、但丁、

---

1 *Essays*, 502.

2 “Hofmannsthal’s deutsche Sendung,” *Neue Schweizer Rundschau* (August, 1929), 538ff. and “Hofmannsthal und die Romanität,” *Die Neue Rundschau* (November, 1929), 3ff. Translated in *Essays*, 129ff.

3 *Essays*, 134.

4 Ibid., 135.

5 “Jorge Manrique und der Kaisergedanke,” *Zeitschrift für romanische Philologie* (hereafter ZfrPh) 52 (1932): 129ff. Reprinted in E. R. C. *Gesammelte Aufsätze zur romanischen Philologie* (Berne and Munich, 1960), 352. Discussed by Curtius, *Essays*, 499.

6 *Gesammelte Aufsätze*, 370.

歌德的祖国。"[1]如此一来，德国、意大利、西班牙便通过古典传统（其古代观念与持久的人的价值，为库氏提供了"内部迁移"的指导原则）铸就的坚固链条彼此联系起来。

对于这一时期文章缺乏系统的特点，库尔提乌斯引用了带领他走进中世纪拉丁文学的系统化者格勒贝尔的一段话。[2]库氏第一批论文大多发表于《罗曼语文学杂志》（*Zeitschrift für romanische Philologie*）和《罗曼研究》（*Romanische Forschungen*）。其中，便提到了格勒贝尔的"大名"（magnum nomen）。这批论文始于长期彻底地批判"英语教授格隆茨（Glunz）的著作"，[3]其书名为库氏评论文章的纠正题目带来些启发。[4]

格勒贝尔的精确严谨，处处同格隆茨的模棱两可形成鲜明对比。库氏仔仔细细地剖析了他的著作（《欧拉》称其为"学术衰落的征兆"，证明了"在第一次世界大战后的德国，恣意阐释的'思想史'取代语文学"[5]），其彻底程度甚至算得上另一种方法。格隆茨的假设——12、13世纪诗歌普遍受神学影响——不仅被认为是老调重弹，而且库氏抨击其著作借鉴的观念结构宏大有余，而相应的知识基础却脆弱不堪。"语文学！"库氏高声呐喊道，[6]他就是用这个武器一一剖析格隆茨的错误。库氏的言外之意不仅是呼吁精确运用语言学和文学的技巧，而且还特指一种语文学——被忽略的拉丁中世纪语文学。[7]格勒贝尔洞察到它在民族文学发展中至关重要的作用。正因如此，库氏在他的文章开头，援引了格勒贝尔的观点。他相信，格勒贝尔所拥有的，恰是格隆茨所缺乏的。当格隆茨试图取代拉丁中世纪语文学，制造普遍性集合（a chimera of generalities）时，他忽略了民族文学发展过程中的细微特征，而这些特征库氏已经在"中世纪修辞从古代借鉴，并流传给近代文学的教义要点（loci

1 *Gesammelte Aufsätze*, 372.

2 *Essays*, 500. 这段引文摘自库尔提乌斯论格勒贝尔的一篇文章（见 *Gesammelte Aufsätze*, 448），同时，它还是《欧拉》的指导原则之一（第八条）。

3 *Essays*, 500. 这里指的是格隆茨的 *Die Literarästhetik der europäischen Mittelalters. Wolfram, Rosenroman, Chaucer, Dante* (Bochum-Langendreer, 1937).

4 "Zur Literarästhetik des Mittelalters I," *ZfrPh* 58 (1938): 1-50.

5 *ELLMA*, 381-82. Cf. ibid., 538, n. 1.

6 "Gerne lasse ich die Möglichkeit offen, dass der eine oder andere Gedanke des Buches einen richtigen Kern enthalten mag. Aber glauben werde ich das erst, wenn es mir einwandfrei-philologisch bewiesen wird!" cited in "Zur Literarästhetik des Mittelalters I," 43.

7 Ibid., 42.

communes）顺序”中看得一清二楚。[1]把握这些特征，我们不仅可以洞悉中世纪的文学美学，而且还可深入探查“保存三千多年的欧洲文化传统的统一背景。”正如库氏后来表示，[2]他深信，“中世纪文学的现有论断需要彻底修改”。为此，他已经开始施行自我破坏的焦土政策（scorched earth policy）。不过，在此之后，库氏理解了格隆茨的理论；到了 1938 年，他已经开始发展自己的理论——到修辞主题的中世纪中生存，超越修辞主题的中世纪而生存。

从一开始，库尔提乌斯就毫不怀疑这个理论的重要性。同思想史缺乏根据的抽象概念不同，该理论是以事实为据的全面的文化解释。当年，他继续写道，[3]从古代晚期到中世纪拉丁语，到民族诗歌，其间学校确保了那种连续性从未间断。“归根结底，所有中世纪诗歌都是校园诗”；[4]古代修辞的影响可以让读者看出，从斯塔提乌斯到卡尔德隆的文风连续性。[5]从经验角度看，研究主题传统，就是寻求能组织大量待分析吸收的中世纪文学的图式。追寻它们无名的复现（anonymous recurrence），就像撰写没有名字的艺术史，而不是由一个个大师连成的常规年表。在这种对系统的热切的经验主义研究中，我们不难看出库氏师从格勒贝尔的蛛丝马迹。

库尔提乌斯否认浪漫主义执着于个体性（individuality），但我们不能就此想当然

1 Ibid., 50. But see the valid criticisms of W. Haug, “Transzendenz und Utopie. Vorüberlegungen zu einer Literarästhetik des Mittelalters” in *Literaturwissenschaft und Geistesgeschichte. Festschrift für Richard Brinkmann*, ed. J. Brummack et al. (Tübingen, 1981), 1-22.

2 *ELLMA*, 381.

3 “Zur Literaturästhetik des Mittelalters II,” *ZfrPh* 58 (1938): 129-232.

4 Ibid., 133. 库尔提乌斯对“主题”（topos）术语的使用情况本身就众说纷纭。参见 Jehn, Toposforschung. Eine Dokumentation; Baeumer, Toposforschung; Dronke, Poetic Individuality in the Middle Ages; D. Breuer and H. Schanze, Topik. Beiträge zur interdisciplinären Diskussion (Munich, 1981), and the important revalation of Peter von Moos, Geschichte als Topik. Das rhetorische Exemplum von der Antike zur Neuzeit und die “historiae” im “Policraticus” Johannes von Salisbury (Hildesheim, Zürich, and New York, 1988), esp. 425ff。对于“主题研究”（Topos-Forschung）的现状与今后任务的广阔分析，见 L. Bornscheuer, “Neue Dimensionen und Desiderata der Topik-Forschung,” Mittellateinisches Jahrbuch 22 (1987): 2ff.（包括他以前文章的参考书目说明一）。该术语在库氏著作中的来源及运用已经获得广泛且有价值的关注，而《欧拉》的其他方面却受到冷落（我认为它们的重要价值与该术语不相上下）。有鉴于此，后文的重点将集中到这上面。

5 *ELLMA*, 282ff. 或许，这里暗指他 1934 年论格奥尔格、霍夫曼斯塔尔、卡尔德隆的文章（*Essays*, 142ff.），或者是 “Hofmannsthal und Calderón” in *Corolla, Festschrift Ludwig Curtius* (Stuttgart, 1937), 20ff.; 不过，1936 年论文中，探讨霍夫曼斯塔尔对《圣阿里西乌斯传》（*Alexiuslied*）借鉴的部分，再版后收入 *Gesammelte Aufsätze*, 58ff。

地得出，“个体性恰恰在于如何运用典型”[1]的反对观点。通过强调主题的灵活性、随时间的种种变化、在新文化语境中的适应力，库氏试图将浪漫主义个体性特征，附加于久已失宠但他欲复兴的古典主义。或许，在复兴这种过时美学的迫切愿望中，库氏过于看重浪漫主义与古典主义之间所谓的对立。然而，到了1938年，由于刚刚失望地遇到格隆茨代表的思想史风格，同时主观个人主义（subject individualism）的危险又如此昭彰，所以当他把自己一度赋予“灵魂构造元素”的重要性，统统放到了主题学上，我们也就感到不足为奇了。这种看似客观的涵盖传统的方法，显示出精确性的希望，合理性的保证。

库尔提乌斯的许多研究都穿插于《欧拉》（下文将分析其结构和目的），因此，我们与其在此总结他的成果，不如指出他扩充和删减了哪些内容，并思考这些增删，到底如何反映库氏看待一门他在相当短时间内便掌握的学科。

《岌岌可危的德国精神》以及曼里克论文发表后的六年时间里，库尔提乌斯撰写的四篇重要论文（将近240页），象征着他用全新的方法，研究中世纪拉丁文学。[2]有些学者已经详细探讨学术语言与俗语之间的关联；有些也曾推出在当时分量十足的文学史；该学科上一代研究者——最重要的是特劳贝（Ludwig Traube），以独特的文本批评与古文字学结合法，表现出跟库氏一样对中世纪古典传统的认可。让库氏同他的先辈区分开来的，是其方法的与众不同和内容的包罗万象。他为中世纪拉丁文学，带去了有关欧洲文学的各种知识，其全面程度，该领域专家无能出其右者，而且也罕有人宣称达到他的高度。在一个文学方法很少运用得细致入微的学科，库氏凭着1938—1944年间撰写的18篇论文，逐渐成为独特文学手段的杰出阐释者。而这个人就在二战后期的几年，利用一座不大不小的私人图书馆，在窗户被附近炮弹炸碎的公寓里，完成了上述工作。我们不必非要对库氏顶礼膜拜，才能看到他成就中人性与思想的高度。

库尔提乌斯早期界定中世纪文学美学的尝试，具有多样而迅速的特点。构成《欧拉》第五章部分内容的主题——“年迈的孩子”和“颠倒的世界”在这些论文

---

1 *ZfrPh* 58: 139ff. Summerized and translated by Dronke, *Poetic Individuality in the Middle Ages*, 18-19.

2 To the articles cited at nn. 182 and 188 add “Zur Literaturästhetik des Mittelalters III”, *ZfrPh* 58 (1938): 433-479, and “Dichtung und Rhetorik im Mittelalters,” *Deutsche Viertaljahrsschrift für Literaturwissenschaft* 16 (1938): 435-475.

中，与探讨“古人与今人”主题同时存在；其中，“古人与今人”主题并不是从古典主义考察（如《欧拉》第十四章），而是作为时代（generations）与时期（periods）对照的范例。时至今日，我们仍不清楚，库氏如何以及为何从历史阐释法，转向他所谓的“启发”（heuristic）阐释法，来处理他掌握的材料。在分析拟人化的自然（Natura）（她出现于西尔维斯特和明谷的伯纳德的著作）时，库氏引入了“无意识原型”，亦即荣格的女性意象（anima）。[1]一方面，他声称自己在阐明灵魂的原始比喻式语言（archaic figurative language of the psyche）。另一方面，他又表示，自己在考察中世纪拉丁文学与民族诗歌的关系。他的方法极易变通，且以经验为据，独立于以往的理论。它结合了语文学的精确严密，与库氏现代批评的直觉洞察力（他明确地将这种洞察力与该方法联系起来）。[2]这些大胆的说法没有全部落实，因为他的方法运用最成功的，不是在心理学层面，而是元史学（metahistorical）层面。

正如巴尔扎克论著所揭示的那样，库尔提乌斯早就与“分期”（periodization）（即狭隘的专家随意划分的历史或文学单元）格格不入。他厌恶当时历史主义者空洞的相对主义，以及渴望永恒超越的思想模式与表达模式，这些更加深了上述感受。在库氏早期论文中，这两种情绪通过荣格心理学，断断续续地表现出来；但更难以置信，当然也更一如既往的是，库氏能在他广袤的年代范围中，展现遗漏的领域。古代晚期是一个例子，中世纪早期也是一个例子。库氏不仅坚信，从西多尼乌斯到卡尔德隆存在文风的连续性，而且他也尝试把西多尼乌斯等作家放入他们的语境当中。很多文学史把该语境描述为“过渡期”，但在库氏看来，这无异于避而不谈；为了大胆地追溯古代与中世纪诗学的发展，他划定了一块区域，而该区域自他进入以后，就从未保持原样。古代晚期圣经史诗在基督教文学理论演变过程中的意义，以及用古代语法分析民族英雄诗歌的技法，乃是众多库氏自行开创的研究对象中的两个——受他著作的激发，研究者至今仍对它们争论不休。正是对所有时期（不管是“黑暗时代”、“古代末期”，还是“中世纪鼎盛时期”、“俗语繁荣时期”）一视同仁地关注，为他的连续性主题提供了材料，并且使库氏有别于那些在他自己开辟的帝国诸省份里艰难跋涉的编年史家。

---

1 “Zur Literaturästhetik des Mittelalters II”, 196.

2 Ibid., 197, and see above, n. 4.

库尔提乌斯划定的区域，很快就成了他自己的帝国，这当然得益于地方执政官的帮助。在请教博学的多明我会神父梅纳斯（Jean de Menasce）后，库氏厘清了论文中的几个核心思想。我们可以从朗格（W-D. Lange）精心编纂的书信集中，看到这位神父对《欧拉》筹备工作的巨大（同时也是未注意到的）影响。[1]早在1938年，库氏就开始同梅纳斯探讨《欧拉》中的核心专题，如造物之神（deus artifex）的意象、主题的修辞理论、圣经诗学话题等。通过与梅纳斯的书信往来，库氏获得了神学与哲学的深入见解，从而丰富了自己在《欧拉》中，对文学的思想背景的解释。此外，他还向这位学术及思想伙伴，表达了自己写作《欧拉》时最直接的关注点。1944年12月22日，当库氏的研究几近尾声时，他给梅纳斯写信道，“亲爱的神圣的罗马……选择了我这个德裔罗马人。通往罗马的道路必须穿过中世纪，对我来讲，这也是我意识中古老的层面。因此，便有了……22篇中世纪研究论文……当然，我无法表达出它们背后最深层的观念，因为它们从骨子里跟条顿人格格不入。”[2]

这里，“跟条顿人格格不入”用来补充说明，并且界定前一句所说的“德裔罗马人”。两种说法实际上指的都是《欧拉》先期研究中，隐而不现的一个目的。不同于“条顿”价值卑贱的返祖性（受纳粹大力宣扬），“德裔罗马人”思想有着完美无瑕的文化谱系。[3]其最优秀的后代，是创作了《意大利游记》（*The Italian Journey*）与《罗马哀歌》（*The Roman Elegies*）的歌德。在歌德的“世界文学”（Weltliteratur）概念中，库氏为自己一直间接论证的个案，找到了先例和合理解释。《欧拉》第一章便直言，“一旦我们成了罗马人（civis Romanus），也便成了欧洲人。然而，众多彼此无关的语文学把欧洲文学弄得四分五裂，要实现上述愿望几无可能。”[4]通过重新连接这个人为分裂的整体的各个部分，库氏实现了自己作为罗马公民的政治与思想义务。

于是，库尔提乌斯格外鄙视同辈的许多日耳曼学者，并且愤怒地抨击埃里斯

1　Lange, “*Ihnen begegnet sich das Abendland*,” 199ff.

2　Ibid., 211: “Das geliebte und heilige Rom… wählte mich, den Deutschrömer. Der Weg nach Rom musste durch das Mittelalter führen, das für mich nun zugleich eine archaische Schicht meines Bewusstseins bedeutete. So entstanden bis Sept. 1944 22 MA. ——Studien… Ich durfte die tiefsten Leitideen allerdings nicht aussprechen, denn sie waren profund antiteutonisch.”

3　See W. Rehm, *Europäische Romdichtung*, 2d ed. (Munich, 1960), 181-216. 有关同一意象在纳粹古典研究中的用法（库尔提乌斯可能也一直反对），参见Luciano Canfora, *Ideologie des Classicismo* (Turin, 1980), 133ff。

4　*ELLMA*, 12.

曼（Gustav Ehrismann）的“骑士价值体系”观（views on the “chivalric system of values”）。[1]尽管埃里斯曼的阵营与自己学科的民族主义践行者不同，但他的观念史研究（在库氏看来）显然并不成功（跟同类日耳曼学者相比又另当别论）。库氏抨击埃里斯曼的方法，不仅仅是批判他的神学与哲学知识；它还意味着指斥分门别类的做法（specialism），呼吁全新的更广阔的中世纪学术研究视野，其自身必须摆脱浪漫主义穷凶极恶的幽灵。

在库尔提乌斯的研究中，浪漫主义并非一切罪恶的根源，但它却身从恶出，与恶无异。正是通过对比浪漫主义对修辞的反感，库氏形成了“语言之修辞学核心本质”（the essentially rhetorical nature of language）的观点；[2]出于强烈的反浪漫主义精神，他想方设法将但丁根植于12、13世纪诗歌的拉丁传统。[3]“时代精神的浪漫主义运动”，是库氏日臻完善的方法的大敌和目标——他的方法并不是源自预想的理论，而是对一个个事实的实证调查。随着库氏愈加相信由“文本的日常关联”支持的“普世观点”（universal standpoint），他逐渐感到自己形成了全面的中世纪观，其中可没有浪漫主义支持者的立足之地。

因此，在1943年，库尔提乌斯是一马当先地反浪漫主义的。[4]然而，若我们回到三年前，看一看库氏发表的《无名氏大诗人与中世纪拉丁诗歌风格》（The Archpoet and the Style of Medieval Latin Poetry），[5]就会出其不意地发现，除了从相当专业的角度探讨了修辞技法、简洁模式以及数字的象征意义，他还评论了无名氏大诗人模棱两可的诗句：

我的死可谓体面，那是为情所累，
要说少女的娇媚让我痛彻心扉……

---

1 *Deutsches Vierteljahrsschrift für Literaturwissenschaft* 21 (1943): 343-368; *ELLMA*, 519ff. See C. Cormeau in Lange, “*Ihnen begegnet sich das Abendland*,” 155ff.

2 *ZfrPh* 63 (1943): 235ff., esp. 231.

3 Ibid., 262; Romanische Forschungen, 56 (1942): 3-22 and ibid., 57 (1943): 153-85. 有关但丁对库尔提乌斯的个人意义，参加 W. Hirdt in Lange, “*Ihnen begegnet sich das Abendland*,” 181ff。

4 *Romanische Forschungen*, 57 (1943): 153. 有关大自然的修辞学描述的阐释，见 ibid., 56 (1942), esp. 220。

5 Ibid., 54 (1940): 105-164.

我提议，还是到酒肆人寰撒手，
这样，惨白的唇可细品旁边的美酒……

Morte bona morior, dulci nece necor,
Meum pectus sauciat puellarum décor…
Meum est propositum in taberna mori,
Ut sint vina proxima morientis ori…

“这几行诗让我们触及了诗人的内心深处。在他之前，还没有谁有如此感受……这位诗人身上有着异乎寻常的傲气。要他乞衣求食，简直是对他生命的巨大侮辱……‘乞求’这个词让他痛苦不堪。”[1]对于无名氏大诗人模糊的自传文风，我们很难想象还有比这更具浪漫主义色彩的阐释。当库氏把他的前期研究纳入《欧拉》时，不得不删去这段文字，想必不是所有读者都会对此感到遗憾。从外部着手矫正浪漫主义的罪恶根源之前，库氏明智地选择从内部开始降妖除魔。

以上便是1933—1944年间库尔提乌斯研究的主要特征。它们的交叉演变向各个方向展开，这恐怕难以用一本书概述。[2]尽管它们的本质各不相同，但库氏那个时期的著述，还是殊途同归地汇集到一个核心统一的思想——拉丁中世纪。在其论但丁的概述文章中，[3]他写道，“通过拉丁中世纪，我不仅理解了中世纪拉丁文学，而且也明白了中世纪思想家和学者的世界观与历史观。”[4]这个独特的结论，带有库氏思想的大公特征；但它仍待把这些特征的不同部分，纳入到库氏努力建构的体系，也就是“普世立场”。

---

1 “In diesen Versen berühren wir das Tiefste des Dichters. So hatte vor ihm kein anderer gefühlt… In diesem Dichter lebt ein wundervoller Stolz. Es war die grosse Demütigung seines Lebens, dass er um Brot und Rock betteln musste… das Wort ‘betteln’ war ihm peinlich,” ibid., 118.

2 库尔提乌斯晚年筹划写一本有关古法语史诗研究的著作，构成了 *Gesammelte Aufsätze*, 98ff 的主要内容。

3 “Dante und das lateinische Mittelalter,” *Romanische Forschungen* 57 (1943): 153-185.

4 Ibid., 155.

普世立场

> 这本书不仅仅出于纯粹的学术兴趣，更是我对保存西方文化的思考之作。全书旨在阐释文学视域中的西方文化传统，试图运用新方法来表明该传统的时空统一性。面对当今众说纷纭的思想界，我们很有必要（很高兴还有机会）去点明这种统一性。不过，论证时必须站在普世立场。这一立场便源于拉丁文学。[1]

写这段话的是一位语文学家。长期以来，这位语文学家苦心思考自己活动的性质和目的，而最近他遇到了针锋相对的批评。

当库尔提乌斯为《欧拉》英译本（1953 年问世）撰写序言时，其德文原书以及早年的研究论文，受到移居国外的罗曼语文学家施皮策（Leo Spitzer）的冷嘲热讽。施皮策形容这些研究，“抛弃了所有美学、哲学及现代主义旨趣”，是“他以前研究的老生常谈”。“按道理来说，像库尔提乌斯这样的贵族头脑，在抨击平民百姓前，势必要退回到德国的拉丁历史之中。”[2]施皮策感到“一种针对他自己的破坏偶像（iconoclasm）的尖锐语调，一种宁可味如嚼蜡也要实事求是、严于律己、咬文嚼字的决心（a will to matter-of-fact, ascetic, philological aridity），似乎要好好数落一下他以前的品性。”《欧拉》俨然成了“主题学的大语法书或大字典”，它记录了库氏如何“逃往……直至 18 世纪还依然生机勃勃的历史墓地”。

这些批评的个人语调（不仅施皮策如此），反映出世人对《欧拉》作者的评价毁誉参半。库尔提乌斯带着权威（而不是自我辩护）的口吻，为《欧拉》英译本作序。同他的《批评论集》序言一样，该文也隐而不漏却掷地有声地反驳了那些贬低者。这篇序言带有自传色彩，却有意保持客观立场。它是在库氏喜欢引用的巴尔扎克格言的精神下撰写的：“成人还不足矣，成体系才是关键。”如此一来，库氏的序言就阐明了《欧拉》所呈现的体系。

---

1 *ELLMA*, viii.

2 *American Journal of Philology* 70 (1949): 426. 对于施皮策如何看待库尔提乌斯“以前的自我”，见 Spitzer, *Stilstudien* (reprint, Munich, 1961), 397-398 (French translation by A. Coulon, with valuable introduction by J. Starobinski, in Spitzer, *Études de style* [Paris, 1970], 397ff.)。对于施皮策批评立场的转变，见 J. V. Catano, *Language, History, Style: Leo Spitzer and the Critical Tradition* (Urbana and Chicago, 1988)。

该体系乃基于语文学。“对于思想学科，它的重要性堪比数学对自然科学的意义……语文学堪称史学学科的婢女。我在运用这种方法时，尽可能吸收自然科学方法的精确之处。”[1]这，并非如很多人（施皮策的追随者）所想，是最近皈依的新实证主义者的照本宣科。它是现象学坚定支持者的信念，是舍勒的朋友兼信徒的信念，这个人欲用自己全面的哲学知识，整合自然科学的成果。因此，库尔提乌斯把《欧拉》描述为“文学现象学”，[2]他希望使这门学科有别于“文学史、比较文学以及现今开展的‘文学研究’（Literaturwissenschaft）”。[3]在库氏早期批评著述中，对“文学史的初等知识（scientia infima）”的嘲笑，是显而易见的，而这种嘲笑在《欧拉》中更是有过之而无不及。“这样的概念（文学史）有六个。它们体积庞大，且尚未成形。人文主义、文艺复兴、古典主义、浪漫主义、前浪漫主义、前古典主义——仅靠这点知识，我们无法取得更大的收获。”[4]“文学研究”同样“失败，其两种变体——‘艺术史’研究与‘思想史’研究均如此。”[5]作为“学术衰落的征兆”，格隆茨等人开展的思想史，不过是自命不凡的“哲学化的文学研究”，[6]最要命的是，“致力于文学研究的学者，往往是日耳曼语言文学专家。”[7]

“一种针对他自己的破坏偶像的尖锐语调”？文学史家与艺术史家，文学研究者与思想史研究者抑或日耳曼文学专家，是不可能如此解读库尔提乌斯的主张。他们自有理性去思考（Sua res agebatur）。在库氏有意破坏偶像而抨击其反对者的方法优势时，显得多么尖锐。相反，它提出了这样一个问题：当这些偶像被破坏殆尽，库氏欲取而代之的“普世立场”是什么？

不同于库尔提乌斯所谓的“‘时代精神’的方法与过失”，他的普世立场必须以“严苛的学术传统”为基础。[8]古典语文学就拥有这种学术的连续传统，而“近代语文学”却“仍然停滞不前。它洋洋自得的专制时代已经一去不返。”[9]当流亡在外的德国

1　*ELLMA*, x.

2　Cf. Ibid., ix, “诸如此类的问题便形成了我所说的文学现象学绪论。”

3　Ibid.

4　*ELLMA*, 392.

5　Ibid., 381.

6　Ibid., 11.

7　Ibid., 12.

8　*ELLMA*, 382.

9　Ibid., 381.

古典学者耶格（Werner Jaeger），为复兴的人文主义绘制自己的蓝图，[1]库氏也回首过去，思考具有古典学素养的格勒贝尔的例子与学说（《欧拉》指导原则第八条就出自他的《概论》）。如果我们在这个语境下，解读那段有益无害的题词，就能欣赏其论辩而前瞻的意味。[2]

说它有论辩意味，因为库尔提乌斯打心里，十分反对缺乏坚固的事实基础的推断假设。因此，他要抨击思想史的伪哲学主张（pseudo-philosophical pretensions），并试图揭示思想史面对反常趋势时不堪一击。也因此，他称赞格勒贝尔的经验主义方法；在他看来，近来学术研究缺乏客观性，这实在令人遗憾，但格氏的知识（Erkenntnis）目标恰恰保证了这种客观性。[3]不过，即便是格氏对其无方法的方法（unmethodical method）的解释，库尔提乌斯也觉得其中“涵盖”了一种“方法论”（Discourse de la méthode）。[4]格勒贝尔无暇关注明显以证据为基础的思想结构。他的不成体系却追根究底的考察风格，证明了这种方法论是不偏不倚的。故库氏十分强调仔细观察和广泛阅读的重要性。[5]因此，他看重直觉，看重甄别“重要事实”（借柏格森之语）的眼光。鉴别一再重现的现象，可以使考察者“深入文学的具体结构”。“分析走向综合，或者说，综合自分析而来；只有这样得到的综合才是合情合理的。”[6]瓦尔堡的名言“上帝是具体而微的”（God lurks in detail）便是这个意思。

《欧拉》是献给瓦尔堡与格勒贝尔的。其献词不仅带有个人意味；它还暗示作者坚持一种独特的学术方法观。瓦尔堡深入古典传统的细节研究法，以及格勒贝尔的语文学经验主义法，共同构筑了库尔提乌斯（受舍勒的观点与术语影响）所描述的

1 See Jaeger, “Classical Philology and Humanism,” *Transactions of the American Philological Association* 67 (1936): 363-74 with P. Innocenti, “Neohumanismo e filologia classica. Reflessioni sull’ approdo al mondo antico fra le due guerre,” *Il Pensiero* 17 (1972): 123-149.

2 “在全面理解这门学科之前，免不了没有方向的观察和并不明显的尝试。接着，寻觅者便一跃穿过重重距离，抓住目标。有了一套思考类似学科的不完善的想法，他似乎就能在了解该学科的性质与组成之前，将其尽收眼底。有了这种轻率看法，便开始觉察错误，只是很长时间之后，才决定小心翼翼、亦步亦趋地接近这门学科，观察它的各个部分，不达目的不罢休；唯有如此，我们才理解了一个问题。” Also quoted in *Critical Essays*, 500, n. 2; translation Kowal.

3 有关格勒贝尔著作中的“知识”典范，见 Curtius, *Gesammelte Aufsätze*, 448, 454-455。

4 Ibid., 248.

5 *ELLMA*, 382.

6 Ibid., 382-383.

“文学现象学”基石。舍勒在一篇论认知的著名文章[1]中写道，“事实……而非‘理解’的结构，才是现象哲学（phenomenological philosophy）的物质基础……现象学的‘看’即直觉。”[2]库氏回应道（用的还是柏格森的术语[3]），人凭直觉认为，重要的事实通过分析而“步步深入”，“分析……如果……其对象是文学……就叫语文学。我们只能靠它深入文学事件的核心。探究文学，别无他法。”[4]在库氏坚信某全面且唯一的阐释方法的这段话中，我们不难觉察到曾决定库氏思想发展的各种重要影响。库氏以复杂的方式，既融合了格勒贝尔与舍勒思想，又融合了柏格森与瓦尔堡的思想（这构成了体现于《欧拉》的观点与计划）。对此，我们实在难以用“新实证主义者”这个太过简单的词来概括，因为库氏的“普世立场”，乃基于对语文学方法的现象学式运用。

如此一来，我们不禁要问，库尔提乌斯在《欧拉》英文版序言中表示，《欧拉》“不处于当代思想的科学、学术或哲学的主流”，[5]这话是否是真心实意的？如果我们考虑库氏前期著述的背景，这段文字无疑表明，其批评风格已经自然而然地延伸至欧洲文学与拉丁中世纪的“全新”领域。在1944年的一篇文章中，[6]库氏筹划把自己的前期研究论文编成集，书名叫作《拉丁与罗曼中世纪——欧洲文学传统研究》（The Latin and Romance M[iddle] A[ges]: Investigations into Enrope's Literary Tradition）；在1946年11月21日致格特鲁德·宾的信中，他把书名干脆写作“拉丁中世纪与欧洲文学”。[7]这些不仅是风格上的改变。对库氏而言，这关系到总结“我毕生心血的成果”，关系到以“新视角”看待“从400年保存至1700年的古代传统”。[8]可以说，这些是他试图借此标题表达该书目的时带有的关切和自我意识。

《欧拉》的目标读者，在英文版序言也受到类似的关注。在《欧拉》中，库尔提乌斯对狭隘的学科专家的鄙夷（暗含于其记者生涯和法国批评所具有的活跃的表现

---

1 Max Scheler, *Selected Philosophical Essays*, trans. Lachtermann, 203.

2 Ibid., 215.

3 *ELLMA*, 383.

4 Ibid.

5 Ibid., viii.

6 “Uber die altfranzösische Epik,” reprinted in *Gesammelter Aufsätze*, 107.

7 Wuttke, *Kosmopolis der Wissenschaft*, 52: 137.

8 Ibid.

主义风格，但它在《岌岌可危的德国精神》中却直接显现出来），变成了面向更广大读者的盛情呼唤："本书的……目标读者并非专家，而是文学爱好者。"[1]对于这些人，库氏首先指的，是他在20世纪20年代欧洲思想界的合作者，如艾略特。1947年11月29日，库氏曾向艾略特坦言自己忧心忡忡的状态："何人得益？逆流而上岂不是毫无希望？……我真怀疑我的书是否能引起一点共鸣。"[2]

这些私下的疑虑从未出现于库尔提乌斯向"纯文学爱好者"的公开呼唤——他以英语世界读者可能认为过时的眼光，援引桑茨伯里的名言，来证明文学自主性(autonomy)。[3]库氏借桑氏权威之言，呼唤融合了古今文学的普遍与特殊的统一。在其他地方，他更是言简意赅地表示，[4]"要理解中世纪，单单研究其本身是远远不够的。"

库尔提乌斯的这些观点（及《欧拉》英译本序言所暗示的）并非独一无二。他所敬佩的一些英国批评家，如克尔（W. P. Ker），同样提出，为更广大的读者写作至关重要；他们认为连续性之重要也不相上下，[5]并要求广泛涉猎欧洲文学各领域各时期的知识。然而在德国，枯燥的细化方法，取代了中世纪跨学科研究（库氏的看法），[6]把这些学科视为整体的理想，长久以来被抛诸脑后。这个理想，阐述得最好的是19世纪的埃伯特（Adolf Ebert），他的灵感来自歌德的"世界文学"概念；[7]后来，埃伯特的继承者格勒贝尔将其继续发扬光大；而格勒贝尔的继承者是……库尔提乌斯本人。如此一来，在《欧拉》以前的研究中，就产生了一条辉煌的世系，其中库氏通过他的语文学先辈，直接与自己的思想祖先歌德交相呼应。无怪乎《欧拉》英译本序言和开篇章节带有（即便不是先知先觉的，也是）高屋建瓴的口吻，因为歌

1 *ELLMA*, viii.

2 "Cui bono? Ist es nicht hoffnungslos, gegen den Strom zu schwimmen? … Ich bezweifle es sehr, ob mein Buch Resonanz finden werde."

3 有关桑斯伯里的批评及其声誉，见 René Wellek, *A History of Modern Criticism 1750—1950* 4 (London, 1966), 416ff。

4 *Gesammelter Aufsätze*, 107.

5 See the quotation from his *The Dark Ages* (London, 1904)——described in *ELLMA*, 520, n. 3 as a "little masterpiece" ——in ibid., 22, and cf. Ker in *Form and Style in Poetry*, ed. R. W. Chambers (London, 1928), 50ff.

6 *ELLMA*, 519-20.

7 *Gesammelter Aufsätze*, 109.

德的责任（已经成为库氏早期著述中强有力的文化象征）已落到了其普世遗产的杰出受益人肩上。

现在，该受益人要如何拿到他一直声称的遗产呢？

航拍照片与地图

> 置身废墟之上的人是不可能看到航拍照片所展现的一切。不过接着，人们会放大航拍照片，将其与详细的地图比对。本书运用的文学考察技巧便与此有着异曲同工之妙。[1]

人们根据某些原则，拍摄照片，绘制地图。《欧拉》序言这段话表明，作者既追求最广阔的年代与语言跨度，也不放过细节。另外，它也暗示了一种美学标准（像艺术一样博大精深 [erudition as art]）和一种道德准则，库尔提乌斯引自歌德的第六条指导原则："本没有什么'父邦母国'的艺术与学问。艺术也好，学问亦然，全体幸运地归属于整个世界。"如此一来，库氏自然会首先考察处于歌德遗产核心地位的世界文学的两个组成部分。

在库尔提乌斯看来，世界文学其实就是欧洲世界的文学。在1948年，欧洲这个概念还需要重新界定。不少我们熟悉的老面孔都做过尝试。比如，格勒贝尔，他借鉴的"惰性力"（vis inertiae）原则[2]，为库氏对进步的批判，赋予了道德的口吻；舍勒，他对普选权的怀疑让库氏在自传中，坚信创造性个体的重要作用；特勒尔奇，他的历史批判为库氏把欧洲文化视为唯一易解的"单元"，提供了依据。不过，除了这三位，还要提一个人——汤因比。（库氏认为）他的著述对历史学的意义，相当于原子物理学对自然科学的意义。[3]

在《历史研究》（*The Study of History*）中——（库尔提乌斯断言）这种"文化比较形态学"（comparative morphology of cultures），具有无与伦比的广度以及异曲同工的经验主义——库尔提乌斯发现了一个综合视角，能让自己和他人超越，把欧洲从

---

1 *ELLMA*, ix.

2 有关这一原则的来源和（非反讽式）运用，见 *Gesammelter Aufsätze*, 449。

3 *ELLMA*, 4; cf. *Critical Essays*, 400ff.

地理和时间上弄得四分五裂的“民族神话和意识形态”。汤因比清楚领袖精英的重要作用；他的书是“当今史学领域最伟大的思想成果”。[1]《历史研究》的当代读者，可能不止一个会做出如此激动人心的评价，但在1948年，库氏对汤因比的热情，却最终使他平实地传达连接《欧拉》与《岌岌可危的德国精神》的政治讯息：“历史图景的欧洲化已成为政治需要，而且不光德国如此”。[2]这便是20世纪20年代，库氏跟艾略特合作所学到的东西。

跟特勒尔奇一样，汤因比也懂得艺术象征，亦即表象的诗歌形式价值（the value of a poetic form of presentation）的重要作用。库尔提乌斯借柏格森对“虚构功能”（tabulatory function）的阐释（它提供了把握“欧洲文学复合体的源景和背景”[3]的方法），把两位思想家的想象作用观合而为一。“欧洲化”过程应该用于文学，唯有如此，才能改变文学被“分解”为各个不相关时期的局面。库氏举了一个典型例子来说明自己的观点：格奥尔格的诗歌表达了德国的罗马时期（Germany’s Roman past）的鲜活感，这种感觉亦见于歌德。比起两位诗人的历史感悟，世界文学的学院派阐释者（用的是他们从靠不住的学科中挖来的模糊不清的概念），在库氏看来不过是高不成低不就的半吊子。他们的观察范围太狭窄了；他们看不出“文学的自主结构”。[4]

针对这些成事不足败事有余的家伙，库尔提乌斯重申了自己1944年就已思考的“罗马公民”的理想，即属于“从荷马到歌德的各个时期的”公民。[5]如此，欧洲文学统一体就可以摆脱专家的狭隘视野；要理解它的连续性，没有什么比备受忽视的中世纪更重要的。特勒尔奇已经探讨中世纪的核心地位；库氏在《岌岌可危的德国精神》中就已触及该主题；现在，《欧拉》又在这种关系中，坚持了中世纪拉丁文学至关重要的作用。它代表了“永恒当下”的一块从未涉足的区域，库氏（在与艺术的竞争优势进行不当比较后）认为，此乃文学的特征。有一系列典范支持这个观点：“维吉尔中有荷马，但丁中有维吉尔，莎士比亚中有普鲁塔克与塞内加……”；[6]对新“欧洲文学学科”的渴求支持这个观点；该学科冲破从荷马到歌德的时期的现实，也

1 *ELLMA*, 6.
2 Ibid., 7.
3 Ibid., 9.
4 Ibid., 10-12.
5 *ELLMA*, 12.
6 *ELLMA*, 15.

支持这个观点。

库尔提乌斯早期著作中的很多元素，不但与这个意蕴丰富的思路相呼应，而且都融入了《欧拉》的第一章，形成了库氏自己的方法论。全书开篇展示的精神，并非向“历史墓地”的逃遁，而是针对对立的军事人文主义（militant humanism）方法的战争宣言。欧洲文学连续性专题，完全是汤因比的“历史革命”在库氏著作中的转世。

革命需要象征。特勒尔奇与汤因比都懂得它们的意义。库尔提乌斯模仿两人而提出的文学“普世历史观”（universal-historical view），在但丁的《神曲》里发现了一种诗意的象征。《欧拉》第二章进一步阐释了书名中第二个核心要素。这一章开篇（《神曲·地狱篇》第四章），引用了但丁遇见古典时代诗人与哲学家的场景。古代与《神曲》之间，绵延着“从古代世界到近代世界的坑坑洼洼的罗马之路”，[1]这便是《岌岌可危的德国精神》那条道路。对库氏而言，这个文化与政治隐喻，如今成了具体的实体——拉丁中世纪。界定这一流传千年的实体（以《神曲》为代表）的，并不是地理或历史，而是它的学术语言，是它使古今文化合而为一。库氏指出，“我们在国家之间、时代之间不停穿梭，此乃任务使然。严谨的年代学是我们的工具，但不是我们的向导。”[2]

从库尔提乌斯对年代学，当然还有对历史（第二章和全书的剩余部分）的态度看，这个工具实在可有可无，并且常遭丢弃。库氏匆匆回顾了汤因比的西方文化“四年代”说，接着又蜻蜓点水地综述了一些政治事件。至于拉丁中世纪及其相关概念“罗马尼阿”，则几乎完全从语言和文学角度描述。它们似乎不言自明地独立于现实，论述时大可将其历史语境一带而过，随即便可束之高阁。库氏采取这一立场源于三个因素：对永恒连续性的探求、对文学自主性的假设（作为补充，但尚未论证）、对历史相对主义的敌视。从上文描述的思想观点，我们不难明白，该立场既不是一以贯之，也不是彻底让人信服（见后文）。

然而，尽管《欧拉》与库尔提乌斯的早期阐释方法有着显而易见的关联，但库

1　*ELLMA*, 15.

2　*ELLMA*, 27.

氏在《欧拉》中所探寻的，却并不是现象学批评惯用的方法，[1]即寓于文本的“内在”阅读，不参考任何文本之外的东西。《欧拉》寻找的是一种更广泛更深刻的“统一”与“精髓”；为了将它们区分开来，库氏时不时地部分采用荣格和瓦尔堡的成果。

库尔提乌斯对艺术史并无多少好感；他的感情似乎与艺术本身两不相通。在瓦尔堡和他创建的研究所那里，库氏看重的是对古典传统的共同关注，以及他们对相关问题的心理学层面的类似兴趣。库氏在《岌岌可危的德国精神》中表明了这点，后来他还在一篇文章中，运用瓦尔堡的“悲悯模式”（pathos-formula）观念考察中世纪文学。[2]不过，在《欧拉》中，提到瓦尔堡的地方少之又少，而且点到为止，常常起锦上添花之用。从库氏偶尔却炫目地引用荣格学说，我们可以更清楚地看到库氏思想的心理学维度。

“本书当中，有些……结论同样离不开荣格的帮助。”[3]尽管《欧拉》英译本序言的内容，并未达到它所唤起的读者期待，但这仍是库尔提乌斯的肺腑之言。荣格的思想既没有彻底用于主题分析，也没有在库氏的论证中，得到更宽泛地阐发。他声称，主题反映了“不同时代，人类心理的变化趋势”。[4]新主题的产生，表明了“变化的心理状态”。不过，库氏只有三次尝试说明这些观点，其中有两次，他又找到自己以前研究所用的例子。“年迈的孩子”主题通过古典诗歌，可上溯至17世纪文学。作者简要地将其同佛教、伊特鲁利亚、伊斯兰文化中的相似现象加以比较。最后，他得出结论，“此处存在一种原型（archetype），一种荣格所谓的集体无意识的意象。”何出此言？因为它们表明了“起源不同但内容相似的巧合”。[5]

在巴尔扎克的《耶稣·基督降临弗兰德》（*Jésus-Christ en Flandres*）中，教会的老妪意象，让“一千五百年后，某个似乎早已打入冷宫的主题可以返老还童”，而这

---

1 See R. R. Magliola, *Phenomenology and Literature* (West Lafayette, Ind., 1977). Succinct summary by T. Eagleton, *Literary Theory* (Oxford, 1983), 54ff.

2 *Gesammelter Aufsätze*, 23ff. 有关瓦尔堡的术语及其语境，见 G. Bing, ‘Aby Warburg’; *Journal of the Warburg and Courtauld Institutes* 28 (1965), 305ff。

3 *ELLMA*, ix.

4 Ibid., 82.

5 Ibid., 101.

个主题是"位于集体无意识中的古代原始意象"。[1]明谷的伯纳德与西尔维斯特里斯，不约而同地感到了"女性力量"——荣格所谓的女性意象，它也是一种"无意识原型"。[2]可以肯定的是，荣格本人从未明确而一贯地界定和运用这些说法，[3]但即便承认他的术语不够严谨，我们也很难从中找出与库氏用法相匹配的精确意义。我们一直也不清楚，一种被解释为"**无意识**原型"的精致的学院传统（库氏的观点），其学术语言是如何把"年迈的孩子"等主题代代相传的。克劳狄安的"风格主义"颂词，如何在4世纪的希腊罗马文化中，行使14世纪佛教圣徒传的同样功能？这样的问题，我们很少将其解释说，那是同一主题在"原始意象"中反复出现的神秘特征。[4]当库氏为自己的永恒有效性分析寻找依据时，他的荣格术语用法就将《欧拉》，同20世纪三四十年代的思想风潮紧密地联系起来。而库氏不加批判地笃信心理学，让他找到了远离历史的手段。

然而，《欧拉》"是在……在具体历史环境的压力之下一点点完成"。它运用了被库尔提乌斯描述为"历史探究法"的语文学。[5]不过，库氏引入《欧拉》的那些历史术语，无一例外的都是能确证文学完全或实际自主性的。《欧拉》同样探讨了教育（第三章）。作者特别关注了"技艺"（artes）的系统化问题。对于文本的产生与传播（以前中世纪拉丁文学研究最出成果的领域），倒是着墨甚少。作者描述的教育史俨然拥有自己内在的一致性。

这种一致性在很大程度上源于修辞——库尔提乌斯旨在将其重塑为技艺的统治者。他的计划不仅限于述说中世纪文化；他还试图在现实中，为一门受歌德与布克哈特青睐的学科，找回其昔日的荣光。如此一来，库氏引自《君士坦丁大帝时代》（*The Age of Constantine the Great*）的文字就至关重要。这段话追忆了三十年前，他阅读自己祖父书信时的情形：

> 对古人来说，修辞及其姊妹学科是他们美与自由协调相依的生活中，他们

---

1 *ELLMA*, 105.

2 Ibid., 122ff.

3 See A. Storr, Jung, 9th ed. (Glasgow, 1988), 39ff. and A. Stevens, *Archetype: A Natural History of the Self* (London, 1982).

4 *ELLMA*, 101.

5 Ibid., x.

的艺术中，他们的诗歌中，最不可或缺的部分。从某种程度上看，我们如今的存在，的确具有更高准则和目的，但也缺少均匀（homogeneousness）与和谐。

战争把文化弄得四分五裂，让人困惑的大量虚假意识形态，使文化偏离了正确的轨道。面对这场文化危机，库尔提乌斯从修辞学中，找到了某体系的规范准则。这些准则保证了历史的连续性，同时也能确保其将来依然绵延不绝。因此，库氏自豪地将《欧拉》描述为"新修辞学"（Nova Rhetorica），而且还满意地表示，"从它（修辞）系统的概念当中，我们又得出了一系列历史的范畴。"[1]也因此，后来广泛甚至过多的目光，集中到库氏的主题理论，结果却以偏概全地强调其体系的一部分，因为库氏在《欧拉》中，并没有撰写"主题学的大语法书或大字典"。库氏相信，在欧洲文化的中心，蕴含一整个思想与表达体系，但浪漫主义离经叛道的学说遮蔽了它的核心地位。库氏的目的，就是要让这套体系重新焕发生机。为此，他选择始终走在前浪漫主义的歌德之后；为此，他重振修辞声威时，带着反浪漫主义风格。通过证明某文学阐释之幼稚浪漫主义范例所针对的文本，是依赖修辞准则的，从而推翻该范例。没有什么比这更令库氏欢欣鼓舞。[2]怀着对修辞分析的普遍有效性的信心，畅游在柏拉图到霍夫曼斯塔尔之间，[3]或者在弗拉维安时代到路易十四时代之间，[4]没有什么比这更能激起库氏的热情。

修辞分析为库尔提乌斯提供的信心，乃是受制于浪漫主义思辨的其他学科所没有的。"最早的日耳曼英雄叙事诗面貌如何，恐怕只有日耳曼文学专家才清楚。"[5]对于古典主义、浪漫主义、风格主义等通常用于文学批评和文学史的概念，作者拿过来仔细分析，割断了它们与特定民族或时期似是而非的关系，将其收归欧洲的修辞遗产。库氏穿过中世纪直达但丁的追溯，则把这个客观过程推向了高潮，其呈现方式带有隐晦的自传色彩。

如《欧拉》第二章所示，对库尔提乌斯而言，但丁具有个人的却超历史的

1 *ELLMA*, 128.
2 E.g., *ELLMA*, 159; Cf. 184.
3 Ibid., 138-44.
4 Ibid., 166.
5 Ibid., 168.

(suprahistorical）意义；[1]通过象征对称，全书倒数第二章的核心也是但丁。库氏写道，"一个人单枪匹马，孑然一身，面对整个千年，并改变那个历史的世界……一个语言与思想结构便由此诞生，它包罗万象，具有多层意义，而且像宇宙一样不可改变。"[2]这些激动人心的话语，既描述了《神曲》和但丁跟拉丁中世纪的关系，也唤起了库氏及其写作《欧拉》的目的。

这些目的可不仅仅相当于一篇主题研究。如果说库尔提乌斯在但丁的品性和著作中，发现了格奥尔格式的英雄成就，那么这就反映了贯穿《欧拉》全书的对卓越的渴望：

> 拉丁中世纪的宇宙剧在《神曲》中最后一次上演，不过使用的是近代语言，反思它的是与米开朗琪罗、莎士比亚齐名的灵魂。由此，中世纪被超越了，当然一同被超越的还有浅见的历史学科的分期法。只要但丁仍受景仰，这些分期就不会有人想起。[3]

在关注修辞学与诗学的同时，在横贯古今的同时，库尔提乌斯还强调"欧洲文学的表达常量"。[4]可即便是在论缪斯女神的第十三章（库氏称之为研究欧洲文学内在关系的……"判例案件"[5]），也一样有例外情况。库氏一方面探讨摒弃缪斯女神，可另一方面又称赞曼里克出色地复活了这个主题。当他探讨史诗时，唯独挑选了维吉尔与但丁的巨著，这是因为它们具有永恒特质，而非因为在中世纪法德文学中有与之相似的著作。分析古典主义概念时，库尔提乌斯——这位传统层级与现成价值所谓的捍卫者，却以最犀利的言语批判了法国式灵活不定的法典汇编。库氏沿用了他的布吕内蒂埃论文中的风格主义专题，将其同样描述为"常量"，并考察了该常量从恩尼乌斯到葛拉西安的变化情况。在第十六章《书籍的象征意义》中，库氏对转义的长篇研究，起于歌德，止于歌德——就在"启蒙运动打破书籍权威，技术时代改

1　See W. Hirdt in Lange, "*In Ihnen begegnet sich das Abendland*," 181ff.

2　*ELLMA*, 379.

3　Ibid.

4　Ibid., 228.

5　Ibid., 228ff.

变一切生命关联”之际。[1]

不难看出，库尔提乌斯在上述考察过程中坚持的美学，仍然是他年轻时的表现主义美学（expressionist aesthetic)。“在大师的手中，技法成了画龙点睛的表达手段。技巧一跃进入艺术，并为之吸收。”[2]为与这种美学相辅相成，同时在某种程度上使其名副其实，库氏亦强调理想形式，他由此得出结论：“在头脑中，创新事物的出现频率比柏格森预想的少得多。没有组合模式（柏拉图所谓的“理式”[εῖδος]）萦绕脑海，诗人就无法写诗。”[3]连续性、文学传统、记忆为这些模式保驾护航，使他们能历经“蛮荒的年代”而惊险地保存下来。“思想只有在词语中才能使用自己的语言。”[4]不过，库氏并不是不加批判的拥护形式主义（formalism)、保守主义（conservatism）或技术性。“只有在创造性的词语中，它才能获得完美的自由——超乎概念，超乎教义，超乎戒律。语法、修辞、‘七艺’、学校的传播技术，可以保证思想安然无恙，但也使它变得空洞而客观。这些技术并不是自身的目的，连续性也不是。它们乃记忆的辅助手段。”[5]记忆建立的，是“拥有流传千古的伟大作家的群体”，是开放且不断变化的“美的房屋”。[6]如此一来，沃尔特·佩特日渐式微的唯美主义（aestheticism)，便同德国观念论（idealism）的那些动人心魄的抽象概念融合到一起；《欧拉》最后呈现了“神秘的灯”的意象（那出自马克罗比乌斯的维吉尔崇拜)，以及“歌德年轻时代的朝气之光”。《欧拉》以体系开始，却以幻象终结。

自 1948 年首次问世以来，《欧拉》中出现的这个幻象就一直众说纷纭。库尔提乌斯在主题学研究方面的前辈之一——马尔基尔[7]（Maria Rosa Lida de Malkiel)，经过长期而全面地研究《欧拉》后撰文表示，[8]该幻象很可能遵循库氏引自奥尔特加的

1 *ELLMA*, 347.

2 Ibid., 390.

3 Ibid., 391.

4 Ibid., 394.

5 Ibid., 394-95.

6 Ibid., 396.

7 有关库尔提乌斯受此人和 Menendez Pidal 的影响，见 W. Kayser, *Das sprachliche Kunstwerk. Eine Einführung in de Literaturwissenschaft*, 16th ed. (Berne and Munich, 1973), 72-75, 194。

8 “Perduración de la literatura antigua en Occidente,” *Romance Philology* 5 (1951): 99, 131 (id., *La Tradición classica en España* [Barcelona, 1975], 271-336).

第十条“指导原则”，[1]并且掌握了书的统一性。她的观点不无道理。《欧拉》附有二十五篇学术附录，其篇幅达到了正文长度的一半，其中涵盖了许多与核心论题有关的材料；但它们并没有明显地构成紧凑的结构。

库尔提乌斯意识到这些潜在的反题（objections）。在《欧拉》最后一章，他说它们是“比例的问题，或者说审美规范的问题”。[2]他谈到了“步步为营，循序渐进”，以及“各种线索相互交织（即人物与母题以各种面貌不断出现），反映了它们彼此相关的历史联系”。[3]他得意扬扬地表示：“我们所收获的，是对欧洲文学内在关联的新认识。”不过，即便库氏坚信自己的论证是“有机序列”，《欧拉》作为一本著作，其结尾仍然让读者不禁浮想联翩。

《欧拉》的评论者抓住了这个特点，以便揭示一种看似全面的方法的种种局限。无视犹太民族、阿拉伯民族、凯尔特民族以及斯拉夫民族对欧洲文学的影响[4]，低估抒情诗或戏剧的重要性，夸大西班牙的“文化倒退”，这些不过是库氏坦言《欧拉》未充分展开或完全忽略的少数专题。

对于这些批评，库尔提乌斯回应道：“(《欧拉》）题名已限定论述范围是‘拉丁中世纪’，而非整个中世纪。”[5]他指出：“没有这个拉丁背景，中世纪的民族文学就无从理解。”[6]事实上，这里暗示了两者间的偶然关系：“法国文学**始于** 11 世纪……；《圣亚力克西之歌》……是某学者型诗人的精心之作，作者熟知修辞手法，而且读过维吉尔。”[7]《罗兰之歌》、熙德史诗、“晚期”意大利诗歌的情况亦然。[8]它们都是库氏根据拉丁文学的首要地位，来分析的后起且次要的现象。库氏后来在一系列有关古法语史诗的论文中，希望进一步发现并完善的，乃是这种对无处不在的核心地位的信念，以及学术语言的工具优先性（instrumental priority）；这也让他在面对别人的指责（他在《欧拉》中忽略了“流行的趋势”）时，变得力不从心。

1　“科学书应该讲科学，但也应该有书的样子。”（Un libro de ciencia tiene que ser de ciencia; pero también que ser un libro.）

2　*ELLMA*, 380.

3　Ibid., 381.

4　最明显的应该是斯拉夫文化的影响。见 A. Angyal, *Die Slawische Barockwelt* (Leipzig, 1961), 80。

5　*ELLMA*, viii.

6　*ELLMA*.

7　Ibid., 383 (黑体为笔者所标示)。

8　Ibid., 383ff.

在一篇比较积极评价库尔提乌斯著作的文章中，[1]奥尔巴赫扭转了这一局面。比较这两位学者，不仅让库氏的观点与目的免受更多苛责，而且对英美读者来说也是自然而然的事。一方面，因为奥尔巴赫最有名的两本著作跟《欧拉》一样，在波林根基金会的资助下译成了英文；[2]另一方面，还因为奥尔巴赫声称，自己的著作同库氏的巨著一样，源于相同的假设。[3]

这个说法库尔提乌斯恐怕无法认同。尽管奥尔巴赫在《摹仿论》中，证明了自己后来宣称的“**欧洲**语文学家”身份，[4]但他的假设和方法还是与库氏的有着本质不同；对此，在一篇论“三风格学说”的尖刻的教学文章中，库氏倒是提醒了他。[5]奥尔巴赫是维科的仰慕者和译者。他的批判立场充分表现在一系列表明他毕生倾注于《新科学》的论文中。[6]这些文章的核心主题，都浓缩于《拉丁古代晚期与中世纪的文学语言及其受众》（*Literary Language and its Public in Late Latin Antiquity and in the Middle Ages*）的序言。其中，奥尔巴赫悲观地写道，自己感觉“欧洲文明即将寿终正寝”；他还表示，“我的目的始终是要撰写历史。为此，我从来不会把文本当作孤立的现象看待；我向它提问，我的首要出发点便是我的问题，而不是文本。”[7]

---

1 *Modern Language Notes* 65 (1950): 348-351. Cf. id *Romanische Forschungen* 62 (1950): 237-245 (reprinted in Auerbach, *Gesammelte Aufsätze zur romanischen Philologie* [Berne, 1967], 330-338).

2 *Mimesis. Dargestellte Wirklichkeit in der abendländischen Literatur* (Berne, 1946) 和 *Literatursprache und Publikum in der lateinischen Spätantike und im früheren Mittelalter* (Berne, 1958)，分别于 1953 年和 1956 年翻译出版。

3 *Literary Language and its Public in Late Latin Antiquity and in the Middle Ages*, trans. R. Mannheim, 6. 其中，作者把库尔提乌斯同 Karl Vossler 和 Leo Spitzer 放到一起的做法，值得商榷。

4 这一表述及重点部分出自奥尔巴赫本人，见上书。

5 “Die Lehre von den drei Stilen im Altertum und Mittelalter,” *Romanische Forschungen* 64 (1952): 57ff. 在库尔提乌斯论格勒贝尔的文章中，我们也能听到一种尖酸的声音（该文最开始在同年出版，后再版刊于 *Gesammelte Aufsätze*, 445, n. 18.)。后文描述的论题将在我的文章 “Auerbach and the Language of Demons”（即将发表）更充分地展开。

6 奥尔巴赫论维科的文章刊于他的 *Gesammelte Aufsätze*, 222-274。探讨奥尔巴赫受维科影响的论文中，最全面最真切的是由 R. Wellek 撰写的（*Lettere Italiane* 53 [1962]: 1-22)。还有一些有用的评论，见 A. J. Evans, “Erich Auerbach as European Critic,” *Romance Philology* 25 (1971—1972): 193ff。有两本专著全面或部分探讨奥尔巴赫：G. Green, *Literary Criticism and the Structures of History: Erich Auerbach and Leo Spitzer* (Lincoln, Nebr. and London, 1982) 和 K. Gronau, *Literarische Form und gesellschaftliche Entwicklung. Erich Auerbachs Beitrag zur Theorie und Methodologie der Literaturgeschichte* (Königstein, 1979)。

7 *Literary Language*, 6, and 20.

在撰写“历史”，看待“文本”时，奥尔巴赫入手的假设与库尔提乌斯的正好相反：“假如我们同意维科的观点，认为每个时代都有其独特的统一性，那么每个文本就必定带有一种偏见，而综合的可能性便基于这偏见之上。”[1]该首要前提意味着，作者赞同源自维科及其德国浪漫主义的追随者的历史相对主义；而第二个前提（即语言乃时代精神的反映）所表述的信念，无疑坚定了作者的立场。奥尔巴赫认为，这一信念始自罗曼语文学的观念论学派（idealist school）学说；在他眼中，该派最有影响的代表人物就是福斯勒（Karl Vossler）。[2]福斯勒认为，借助文风分析，研究者可以破解每种语言——因而也是每种文化的——显著特征。于是，福斯勒的方法与维科的预想便使奥尔巴赫坚信，通过考察特定文本的文风特质，自己能重构文本写作时独特的“年代精神”。

这些影响奥尔巴赫思想的多种观点，可以汇聚到一个贯穿于其著作始终的主题。让库尔提乌斯有过之而无不及的是，奥尔巴赫一直关注“俗语的崛起”；他把这个罗曼语文学的传统焦点，描述为摆脱文学拉丁语“暴政”的斗争。因此，现实主义（realism）是奥尔巴赫最青睐的文学模式，因为在他最主要的两部著作中，奥氏所要辨析的，是民族发出的声音——文学现实主义的真正受众及其自然对象。

《欧拉》全面阐述了言语与文学的修辞学观念，在成书之前的研究中，库尔提乌斯援引尼采的说法为其佐证。而奥尔巴赫的再现语言观（representational view of language），是由观念论学派提出的（长久以来，库尔提乌斯极力疏远该学派[3]）。两种观点可谓方枘圆凿。[4]奥尔巴赫提倡的历史相对主义，正是库尔提乌斯针锋相对的；库氏对少数精英的决定作用的信任，也与奥氏主张的初期平民主义（incipient populism）立场背道而驰。正因如此，库氏对《摹仿论》的抨击中，流露出贵族式的

1　Ibid., 19.

2　有关福斯勒对奥尔巴赫的影响，见 *Literary Language*, 6, and Godman, “Auerbach and the Language of Demons”。有关罗曼语文学的观念论学派，见 H. H. Christmann, *Trends in Romance Linguistics and Philology*, vol. 2, ed. R. Posner and J. N. Green (The Hague, 1981), 259-281（特别注意其中精辟的分析和宝贵的参考书目），以及他的 *Idealistische Philologie und moderne Sprachwissenschaft* (Munich, 1974)。

3　See Christmann, “E. R. C.——philologisch,” 142, 144ff.

4　See “Mittelalter-Studien XVIII,” *ZfrPh* 63 (1943): 232ff.

鄙夷不屑。

为了回应库尔提乌斯的批评，奥尔巴赫试图反驳《欧拉》英译本序言所提倡的科学式精确："读者务必……注意，不应把精确的自然科学当作我们的典范：我们的精确当指特例。"[1]维科认为，笛卡尔正试图把伪科学精确性的危险幻象，灌输到历史研究中。为此，他挺身而出反对这一倾向。跟自己的英雄维科一样，奥尔巴赫也反驳库氏方法的新笛卡尔倾向（在他看来）。

每个反题都与《欧拉》息息相关。尽管库尔提乌斯强调客观性，但他并不没有系统阐释某种科学方法。直觉与洞见对他的幻象式阐释模式至关重要，探寻永恒的思想与表达方式，则赋予两者以生命。当奥尔巴赫反对任何试图以历史重塑现实性的文学模式，转而尝试在文本的文风细节处发现历史，库尔提乌斯却很高兴地把古今共存，作为他超越的传统概念（transcendent concept of tradition）的决定性特征。这便是他的兴趣之源。在《欧拉》问世第二年的一篇论艾略特的文章中，在《四个四重奏》（*The Four Quartets*）中，在诗人的愿望中，这是他兴趣的本源，他表示自己的兴趣在于：

理解
永恒与时间的
交汇点……

To apprehend
The point of intersection of the timeless
With time...[2]

因此，库尔提乌斯热情洋溢地高呼，"维吉尔中有荷马，但丁中有维吉尔，莎士比亚中有普鲁塔克和塞内加……"；因此，他渴望将个体性与原创性的浪漫主义观念，融入自己经典的连续性专题。由于没有哪种理论分析的传统形式，充分探讨过这个专题，故库氏转而采用他在20世纪20年代的批评思想中（一言以蔽之，即他的艾

---

1 "Epilegomena zu Mimesis," *Romanische Forschungen* 65 (1954): 17.

2 *Four Quartets* 5: 17-19, quoted in Curtius, *Essays*, 387.

略特和普鲁斯特阐释中）思考的文学模式。

《追忆逝水年华》已经向库尔提乌斯——这位坚定的现象学家——表明，时间与其说是先后的次序，不如说是同时呈现在观者眼前的一系列层层叠加的现实。如果说《欧拉》既是航拍照片，又是欧洲文学地图，那么不考虑作者对普鲁斯特深切的敬佩之情，读者就无法理解其独特的开放式结构的框架与坐标。

这种敬佩之情穿插于库尔提乌斯毕生对早期艾略特——《荒原》的亚历山大时代作者——著作的研究，此时的艾略特为库氏提供了创作连续性范式，瓦尔堡的例子证实了该范式。《欧拉》掷地有声地鄙视“分期”，怀疑时代精神的幽灵和“时代风格”的幻影。这些情绪源自由艾略特唤醒且瓦尔堡激发的渴望，即把欧洲文化囊括一体。因此，当库尔提乌斯为《欧拉》体现的复兴的欧洲人文主义撰写大纲时，这位罗马公民就像他的另一位英雄歌德，好似穿越一般，拥有单个民族文学的外省眼光（provincial perspective）。《欧拉》持久的挑战，便在于库氏深谋远虑地呼吁，让思想的轨道也并入欧洲的网络之中。

库尔提乌斯不仅仅是四面楚歌的“伊索克拉底的继承人”，不仅仅是思想精英的修辞遗产的守卫者。[1]他是试图从没有消化的学问中，创立连贯的思想体系的思想家。他为此付出的代价，如今恐怕无人愿意承担。即便我们不认可库氏未论证的文学自主性假设，仍会赞同，伟大的文学——最伟大的文学——超越了其产生的环境。即便在新历史主义时代，我们同样也可以一方面赞同库氏，强调古典传统在欧洲文学当中的核心地位，另一方面看到，学术写作与俗语写作的持久活力，源于对需要从历史角度理解的当代事件的反应。

由于库尔提乌斯反对被视为相对主义的历史主义，难怪他会大张旗鼓地忽略历史。这种忽略势必导致他无法敏感地觉察其所强调的连续性的历时变化。[2]从这一层面（哲学层面）看，库氏的著作（特别强调超越 [the transcendent]）显然还是其时代的产物。不过，它的欧洲文学人文主义幻象亦如 1948 年首次问世那样，激动人心，气势恢宏。在欧洲这块土地上（其中，专家的狭窄视阈被纳入更崇高的大同主义），《欧拉》呈现的并不是陈旧的学术丰碑，而是（用艾柯 [Umberto Eco] 的话说）臻于至

1　*Pace* M. I. Finley, “The Heritage of Isocrates” in *The Use and Abuse of History* (London, 1975), 193ff.

2　See the subtle critique of Peter von Moos, *Geschichte als Topik*.

善且取之不竭的“开放式著作”。“我已经树立了一座比青铜更长久的丰碑”[1]（Exegit monumentum aere perennius）。[2]

1 【中译者注：语出贺拉斯《歌集》（*Odes*）第三卷第三首。】

2 我要衷心感谢 Ilse Curtius 夫人和 Valerie Eliot 夫人，允许我引用未刊材料。此外，我还要感谢波恩大学图书馆与伦敦瓦尔堡研究所的鼎力相助。感谢波恩的 C. Dröge 博士、剑桥的 L. Forster 教授、普林斯顿的 A. Grafton 教授、伦敦的 J. B. Trapp 教授、明斯特（Münster）的 P. von Moos 教授，感谢我的编辑普林斯顿大学出版社的 Joanna Hitchcock 和 Deborah Tegarden 的帮助。其他人的帮助我已在注释中说明。

附录九　库尔提乌斯与中世纪拉丁研究[1]

扬·齐奥尔科夫斯基
(Jan M. Ziolkowski)

如今，人们习惯把保守原则与创新原则相互对立。从这一做法中，我看到的只是混淆概念。没有创新的保守，跟一味的颠覆一样，徒劳无益。[2]

尼采等人曾把学术的演变，同金字塔的建造联系起来：学问的石块单个看来价值不大，堆叠起来却可以组成金字塔，不管是孤军奋战的学者，还是同心协力的学术圈，大家总是努力搜罗这些石块。[3]然而，这一意象存在缺陷。首先，它难以传达学术研究的乐趣。就内容而论，它把学者当成了受奴役的以色列人，他们在不怀好意的法老的淫威下，辛苦劳作。其次，它似乎还暗示，劳动者人数越多，训练越有素，金字塔就建造得越结实越牢靠。不过，对于某个学科，经过几代专家的努力，即便它的金字塔未见雏形，甚至寿命有限，他们仍可以建造起某些庞大而持久的东西。如果我们非要勾勒学术研究的建筑意象，那么它适合地下环境；很多人一直在忍受地下的生活，他们远离公众视线，为我们都不敢保证的宏图伟业默默耕耘。（我

---

1 【中译者注：本文原题为 Ernst Robert Curtius (1886-1956) and Medieval Latin Studies, 载 *Journal of Medieval Latin* 7 (1997), pp. 147-167. 作者齐奥尔科夫斯基教授欣然同意将文章译成中文并收入本中译本，在此向他深表谢意。】

2 Quoted by Peter Dronke, "Curtius as Medievalist and Modernist," *Times Literary Supplement* 3 October 1980, pp. 1103-6, at 1105.

3 对于这一隐喻的重要例证，见 Friedrich Nietzsche, *Der Antichrist*, section 57, in "*Twilight of the Idols*" and "*The Anti-Christ,*" trans. R. J. Hollingdale (Baltimore, 1968), pp. 178-179: "A high culture is a pyramid: it can stand only on a broad base, its very first prerequisite is a strongly and soundly consolidated mediocrity." 这里感谢 Theodore J. Ziolkowski 的帮助。

们还可以想到尼采的另一个意象——从未见过阳光而盲目掘土的鼹鼠。[1]）即便是在大众创作中不时爬上地面的作家，很多也无法构筑比戏剧舞台更坚实的建筑，须知舞台看起来牢不可破，可一旦演出结束，便四分五裂或轰然倒塌。

当然，这并不意味着没有屹立不倒的建筑，毕竟世上出现过难得一遇的思想家，其表达学问和洞见的方式离不开金字塔形态，其著作不但有公众号召力，而且一经问世就体现出持久的价值。以我所知的中世纪文学领域而论，至少有五本名著在英语世界经受住历史的考验——问世四十多年后，它们仍然以平装本形式流通于市。[2]按出版先后顺序排列，它们分别是克尔（W. P. Ker, 1855—1923）的《史诗与传奇——中世纪文学论集》（*Epic and Roman: Essays on Medieval Literature*, 1908）、基特里奇（George Lyman Kittredge, 1860-1963）的《乔叟及其诗作》（*Chaucer and His Poetry*, 1915）、沃德尔（Helen Waddell, 1889—1965）的《漫步的学人》（*The Wandering Scholars*, 1927）、刘易斯（C. S. Lewis）的《爱的讽喻——中世纪传统研究》（*The Allegory of Love: A Study in Medieval Tradition*, 1936）和库尔提乌斯的《欧洲文学与拉丁中世纪》(1948)。[3]

以上几本书中，库尔提乌斯的《欧拉》无疑是与众不同的。[4]第一，显而易见，此书是唯一一本从外文译成英文的著作。第二，尽管五本书都关注拉丁素材，但只

---

1 See "Nietzsche on Classics and Classicists (Part II)," selected and trans. William Arrowsmith, *Arethusa* 2/3 (1963), 5-27.

2 有关库尔提乌斯著作的出版史和翻译史情况，参见 Peter Godman, "Epilogue: The Idea of Ernst Robert Curtius and the Genesis of *ELLMA*," in Curtius, *European Literature and the Latin Middle Ages*, trans. Willard R. Trask. Bollingen Series 36 (Princeton, 1990), pp. 599-653, at 599。

3 我没有算上奥尔巴赫（Erich Auerbach）。他的《摹仿论》（*Mimesis*, trans. Willard R. Trask, Princeton, 1950）并不是中世纪文学研究的代表作，而其另一部著作《文学语言及其在拉丁古代晚期与中世纪的受众》（*Literary Language and its Public in Late Latin Antiquity and in the Middle Ages*, trans. Ralph Manheim, with a foreword by Jan M. Ziolkowski. Bollingen Series 74, Princeton, 1993），虽最近再版，但仍属于专业著述。最近，又有一部长盛不衰的中世纪文学与文化论著晋级经典平装本系列，即孔帕莱蒂（Domenico Comparetti）的《中世纪的维吉尔》（*Vergil in the Middle Ages*, with a new introduction by Jan M. Ziolkowski, Princeton, 1997）。

4 关于《欧拉》的巨大价值，见 André Vernet, review of *ELLMA*, Bibliothèque d' Humanisme et Renaissance 12 (1950), 377-87, at p. 378: "Il ne saurait être question d' apprécier dans le détail un travail aussi dense, ni de scruter chaque Pierre d' un édifice aussi imposant… Nous nous contenterons de passer en revue les thèses principales, d' apporter quelques pierres…"（面对雄伟的建筑，我们不可能仔细检查其每一块砖石；同样，面对浩大的工作，我们不可能品评其每个细节……我们会很高兴地检阅主要论题，做些添砖加瓦活儿……）

有《欧拉》以拉丁文学或拉丁化（Latinity or Latin-ness），作为全书的内容和题目。库氏强调西欧的拉丁学员与教员所传播的写作技法及材料，由此《欧拉》全书不遗余力地尝试建构拉丁传统中的中世纪文学，与后来欧洲民族文学之统一性的关联。其创新之处显见于“拉丁中世纪”这一似乎为作者自创的表述。[1]

我们赋予《欧拉》特殊地位的第三个原因，是围绕该书及其作者涌现的研究团体（有位学者称之为“库氏语文学”[Curtius-Philology]）。[2]在此可见库尔提乌斯与刘易斯之间截然不同的特征。例如，世人关注刘易斯生平，大多从其创造性和宗教性写作入手，从他与牛津的朋友圈和学术圈（即所谓的“吉光片羽”[the Inklings]）的联系入手，甚至还有人为此深入其个人生活；[3]而针对库尔提乌斯及其影响的分析，更主要受其学术成就的推动——不仅有《欧拉》和《欧拉》之前撰写的论文，而且还有大量有关现代文学的文章。[4]库氏的社交生活很难反映在平装本的著作中，他的个人生活也无法拍成类似《幻境》（*The Shadowlands*）[5]的电影——根本就不可能搬上银幕！

最后，《欧拉》跟克尔、基特里奇、沃德尔、刘易斯的著作一样，无论过去还是现在，仍具有至关重要的地位，但其他书都没有像《欧拉》那样，开创了一种研究方法，并直接衍生出难以数计的文章、博士论文和论著。《欧拉》注重细节，几近锱铢必较，其每个章节都考察一个主题，作者点到为止，若深究起来，完全可以扩展

---

1 《欧拉》问世之初，就以前所未有的方式吸引了读者，见 Friedrich Panzer, review of ELLMA, *Historische Zeitschrift* 170 (1950), 109-15, at p. 109。关于库尔提乌斯自创该表达方式的猜想，见 Dronke, “Curtius as Medievalist and Modernist,” p. 1103。

2 Ulrich Wyss, “Mediävistik als Krisenerfahrung. Zur Literaturwissenschaft um 1930,” in *Die Deutschen und ihr Mittelalter. Themen und Funktionen moderner Geschichtsbilder von Mittelalter*, ed. Gerd Althoff (Darmstadt, 1992), pp. 127-46 and 206-10, at p. 137.

3 Humphrey Carpenter, *The Inklings: C. S. Lewis, J. R. R. Tolkien, Charles Williams, and Their Friends* (London, 1978).

4 See Hans Helmut Christmann, *Ernst Robert Curtius und die deutschen Romanisten*, Mainz: Akademie der Wissenschaften und der Literatur, *Abhandlungen der Geistes- und Sozialwissenschaftlichen Klasse*, Jahrgang 1987, nr. 3, (Stuttgart, 1987), and Stefan Gross, *Ernst Robert Curtius und die deutsche Romantik der zwanziger Jahre: zum Problem nationaler Images in der Literaturwissenschaft*, Aachener Beiträge zur Komparistik 5 (Bonn, 1980).

5 【中译者注：一般译为《影子大地》，于 1994 年上映，是根据刘易斯的情史改编的电影。】

成一部专著（事实也的确如此）。[1]

即便到了20世纪七八十年代，文学理论之风、方法论之风横扫北美人文学科之际，库尔提乌斯的《欧拉》仍堪称思想、智慧、知识的宝库，为饱学之士置于案头，作查阅或引述之用。在1976年至1983年间五十本引用量最大的20世纪人文艺术类出版物目录中，库氏的鸿篇巨制不仅是围绕中世纪的唯一论著，而且还是明显以某个时期为对象的唯一论著（巴赫金的《拉伯雷及其世界》[Mikhail Bakhtin' s *Rabelais and His World*][2]稍有例外）。《欧拉》排在第十位，前九位分别是库恩（Thomas S. Kuhn）的《科学革命的结构》（*Structure of Scientific Revolutions*）、乔伊斯的《尤利西斯》、弗莱（Northrop Frye）的《批评的解剖》（*Anatomy of Criticism*）、维特根斯坦的《哲学研究》、乔姆斯基（Noam Chomsky）的《句法理论面面观》（*Aspects of the Theory of Syntax*）、福柯的《物之序》（*Order of Things*）、德里达的《论文字学》（*Of Grammatology*）、罗兰·巴特的《S/Z》以及海德格尔的《存在与时间》。[3]

然而，以对中世纪拉丁文学的关注而言，若比较其他同领域的专家，库尔提乌斯便很难出其右。在本文中，我将考察这一矛盾状况的根源和本质。为此，我会首先回顾库氏对当时中世纪拉丁研究的展望，然后介绍《欧拉》德文版和后续译本问世后评论家的接受情况，最后阐述《欧拉》对近年来中世纪拉丁研究的影响。不过在此之前，我认为有必要梳理，库氏那个年代以及当今中世纪拉丁学专家的素养问题。

“中世纪拉丁学专家”（Medieval Latinist）这个术语，比很多与其相近的同类语都要模糊。譬如，当今学界常用“古典学者”（Classicist），指热衷古希腊罗马文化，

---

1 Earl Jeffrey Richards 搜集了受库氏启发而撰写的大量著作，详见他的 *Modernism, Medievalism and Humanism: A Research Bibliography on the Reception of the Works of Ernst Robert Curtius*, Beihefte zur Zeitschrift für romanische Philologie 196 (Tübingen, 1983)。

2 Trans. Hélène Iswolsky (Cambridge, MA, 1968; rep. Bloomington, 1984).

3 Eugene Garfield, “A Different Sort of Great-Books List: The 50 Twentieth-Century Works Most Cited in the *Arts & Humanities Citation Index*, 1976-1983,” reprinted from *Current Contents* 16 (20 April, 1987) pp. 3-7, in : *Arts & Humanities Citation Index 1989 Second Semiannual*, vol. 1: “Guide & Lists of Source Publications, Citation Index A to Z” (Philadelphia: Institute for Scientific Information, 1990), pp. 7-11, at 8.

并由此展开广泛研究且想得古典学学位的人。[1]古典拉丁学者大多能通过古典学研究项目，获得重要证书，极少例外；而中世纪拉丁学专家[2]的情况就不可相提并论了。不少中世纪拉丁学专家在研究甚至事业之初，要么是按时间顺序追踪拉丁语言、继承古典遗产的古典学者，要么是从民族语言与文学系或历史系平移到拉丁语方向的中世纪研究者。

如果说非得取得中世纪拉丁语专业的学位，或者担任类似中世纪拉丁语导师的职位，才能成为中世纪拉丁学专家，那么库尔提乌斯就担不起这个称号。把中世纪拉丁学专家限定得如此狭隘，显然是不合理的，因为如此一来，就会排除该学科的奠基者，以及许许多多为重构和阐释中世纪拉丁文本而编纂字典、考订版本、著书立说的学者。

在 19 世纪初的欧洲与北美，学生正式学习的唯一文学是古典文学，学习时他们要进入古典语文学的语境。整个 19 世纪，欧洲的民族文学，尤其是以中世纪表现形式示人的欧洲民族文学，激发大家沿着语言学线索，创立不同的语文学——譬如，德国语文学、罗曼语文学和英国语文学。

既然这一文化举措针对中世纪，那么中世纪拉丁语文学理应居于核心地位；可直到 19 世纪末、20 世纪头十年，它才成为独立的学科。[3]的确，1902 年，被学界誉为中世纪拉丁语文学创始人的特劳贝（Ludwig Traube, 1861—1907），[4]晋升教授；是年，他接受了官方授予的中世纪拉丁学专家之职。[5]此时，中世纪拉丁语文学已先后成为罗曼语文学与古典语文学的附庸。[6]即便后来，它仍微不足道，并且发展缓慢。

---

1 *Webster's New Universal Unabridged Dictionary*, 2nd ed. (New York, 1995) 对该词的定义如下："一、提倡或遵循古典主义的人；二、古希腊罗马文学的学生或专家；三、提倡在学校推行古希腊语、拉丁语教学的人。"其中，第二个定义从 *Oxford English Dictionary* 中删除了。

2 按照 *Webster's New Universal Unabridged Dictionary* 的解释，拉丁学者指"擅长拉丁语的人"；*Oxford English Dictionary* 将其释义为"精通拉丁语言的人；拉丁语学者"。

3 Karl Langosch, *Lateinisches Mittelalter. Einleitung in Sprache und Literatur* (Darmstadt, 1983), p. 13.

4 详见 Siegmund Hellman, "Das Problem der mittellateinischen Philologie," Historische Vierteljahrschrift 29 (1935), 625-680, at p. 625。同样的假设还见于 *Tradition und Wertung. Festschrift für F. Brunhölzl zum 65. Geburtstag*, ed. Günter Bernt, Fidel Rädle, and Gabriel Silagi (Sigmaringen, 1989)；此书出版，恰逢特劳贝首次发表中世纪罗曼文学讲座一百年。

5 Ernst Robert Curtius, "Gustav Gröber und die romanische Philologie," in Ernst Robert Curtius, *Gesammelte Aufsätze zur romanischen Philologie* (Bern and Munich, 1960), pp. 428-455, at 618, n. 2.

6 Curtius, "Gustav Gröber und die romanische Philologie," pp. 618-619.

中世纪拉丁学专家，指那些因某些缘故而研究创作于中世纪的拉丁文献的学者；如果忽略了这个不言自明的事实，我们的定义工作就寸步难行。术语含糊不清，势必导致困难重重，因为“中世纪拉丁学专家”，虽点明了研究者所要研究的素材语言，却对研究方法语焉不详。相反，“中世纪拉丁语文学者”（Medieval Latin philologist）这个术语，既指明了研究素材（中世纪拉丁文），又指明了研究方法（语文学）。故“中世纪拉丁学专家”，不如“中世纪拉丁语文学者”严谨。套用几何学中老生常谈的类比：一个是长方形非正方形，一个是长方形又是正方形。中世纪拉丁语文学者都是中世纪拉丁学专家，但中世纪拉丁学专家不一定都是中世纪拉丁语文学者。

库尔提乌斯感谢不同学科为理解中世纪所做的贡献，不过，出于对文学的兴趣，他尤其称赞语文学。例如，1949 年库氏参加了科罗拉多州阿思潘市举行的歌德 200 周年诞辰大会，会上他评价了美国中世纪研究的发展情况。他指出了三位主要人物，“历史学家如哈斯金斯（Charles Homer Haskins），语文学家如比森（Charles H. Beeson）、兰德（Edward Kennard Rand）的工作，加深了世人对中世纪的认识”（《欧拉》第 587 页 ）。库氏提到两位语文学家和一位历史学家，这个比例尽管不一定是有意为之，却能反映出他的一个假设，即研究中世纪拉丁文本与中世纪文化，必须从语文学入手。换言之，“偶然的事实真理只能借助语文学来获得。语文学堪称史学学科的婢女”（《欧拉》第 x 页）。

库尔提乌斯公开表示对“语文学方法”笃信不移，在《欧拉》序言中，他甚至写道，自己的研究依靠“所有历史探究方法的基石——语文学”（《欧拉》第 x 页）。他讥讽有些人试图让文学屈从于艺术：“如果我们从天主教堂就能掌握‘哥特时期的精髓’，就不必再阅读但丁了”（《欧拉》第 15 页）。在库氏看来，文本是思想交流的媒介，故占有独一无二的重要地位；[1]他断言，没有语文学的帮助，文本就无法理解。没有语文学，文学批评不过是纸上谈兵，因为它缺少破解“困难”段落的技法（《欧拉》第 15 页）。

库尔提乌斯似乎承袭了格勒贝尔的思想——视语文学为精确科学，对之尊崇有

---

1 针对库尔提乌斯观点持反对意见，见 Clifford Davidson, “Curtius and the Primacy of the Book,” *EDAM Newsletter: Early Drama, Art and Music* 10 (1987), 1-6。

加，同时视之为获得真理与理解力之手段。为概括格勒贝尔对自己研究方向的影响，库氏讲述了格师如何引导自己知晓语文学的启示："语文学即知识——不过，它是这么一种知识：我在一瞬间就直接把握到的知识。自此以后，每当遇到真正陌生的作品，我就会一再扪心自问：它对这种知识有何贡献？"[1]）。获此灵感，库氏极推崇古典语文学——语文学调查中最庄重最精致的分支，同时把它作为中世纪研究的典范。因此，他心悦诚服地援引小施莱格尔（August Wilhelm von Schlegel, 1767—1845）的质疑："要想推动中世纪语文学的发展，就必须将古典语文学的原理运用其中。"（pour faire advancer la philology du moyen âge, il faut y appliquer les principes de la philology classique.[2]）

不过，库尔提乌斯热衷语文学并不是盲目之举，也非执意而为。在《欧拉》英译本序言结尾处，他断言"语文学不是唯一目的"（《欧拉》第 x 页）。有时，他也暗示了语文学的种种不足。自 19 世纪，维拉莫维茨—默伦多夫（Ulrich von Wilamowitz-Moellendorf, 1848—1931）掀起一场论辩，置身其中的古典学者壁垒分明。库尔提乌斯跟尼采一样，反对维氏；他批评古典语文学关注事实，却忽视了思想。[3]库尔提乌斯本人喜欢比较与批评，可当有人以定义之名，把这些从语文学中排除出去，他就觉得语文学令人反感了。在他看来，抵制集思广益，不仅是保守的古典语文学的特点，而且也是 20 世纪中期"新语文学"（Neuphilologie）的特点："'新语文学'起点有限，故而所谓拉丁中世纪的关系意涵必定令人匪夷所思。"[4]在失望之极地评价当时的学术机构时，库氏声称，语文学体系与文学研究已经跟 1850 年的铁路系统一样陈旧。[5]这种落后的事态让他忧心忡忡，因为他认为，如此会危及"欧洲传统"的保存，而这被他视为不同学科的学者的神圣使命："没有现代化的欧洲文学

1 "Gustav Gröber und die romanische Philologie," p. 455.

2 "Gustav Gröber und die romanische Philologie," p. 440（这里转引自 Gröber, *Geschichte der romanische Philologie*, 2nd ed., vol. 1, p. 103).

3 *Deutscher Geist in Gefahr* (Stuttgart, 1932), pp. 13 and 105. 感谢 David Ganz 慷慨地允许我阅读"Ernst Robert Curtius and Aby Warburg"一文，使我有机会注意到相关文字。

4 "Gustav Gröber und die romanische Philologie," p. 444: compare *ELLMA*, p. 13.

5 *ELLMA*, p. 16.

研究，就不可能考察欧洲传统。”[1]

库尔提乌斯的学术训练及成就，是无法用“中世纪拉丁语文学家”或“中世纪拉丁学专家”这些字眼来概括的。[2]无论哪个称号，都会从语言和时间角度误指他的领域，因为库氏站在拉丁文学之上，阐释法国、意大利、西班牙、英国、德国等国的文学；走到中世纪之外，批评那时的当代文学，如黑塞的《玻璃球游戏》、艾略特的《荒原》。同样，类似称号还会让人把库尔提乌斯盖棺定论为罗曼语言文学专家（Romanist）或罗曼语文学家，并忽略这样一个事实——出于特殊的背景，库氏更愿意将欧洲文学视为文化连续体（cultural continuum），而古典与中世纪拉丁文本正是保证其统一性的关键所在。在《欧拉》英译本作者序言中，他开门见山地坦言自己学术兴趣的核心：“我的研究领域主要是罗曼语言与文学。”（第 vii 页）然而，他并没有为此马上圈定界限，因为他坚信，要想理解欧洲文学，就必须高屋建瓴地研究：“一旦我们成了罗马公民（civis Romanus），也便成了欧洲公民。然而，众多彼此无关的语文学把欧洲文学弄得四分五裂，要实现上述愿望几无可能。”（《欧拉》第 12 页）为此，理想的欧洲文学学人“只需熟知古典与中世纪拉丁语文学以及近代语文学的方法与主题”（《欧拉》第 14 页）。

在《欧拉》英译本序言中，库尔提乌斯表示，自己的著作“……在具体历史环境的压力之下一点点完成”（《欧拉》第 x 页）。这里，库氏特别暗示了德国的民族社会主义（National Socialism）及欧洲其他地方的民族主义运动，它们威胁着西方文化统一观的形成。然而，即便 20 世纪 30 年代的政治环境，确实极大影响了库氏的世界观，我们仍需指出，《欧拉》既是历史条件的产物，也是其作者自己思想背景的产物。尽管库氏本人并不赞成从传记角度考察学术著作的价值，我们有充分理由以此考察他与中世纪拉丁学术的关系。

受家庭和早年求学环境的影响，库尔提乌斯很早就浸淫于中世纪拉丁文学，可他能在中世纪拉丁文学领域打下系统而坚实的基础，乃得益于罗曼语文学

1 *ELLMA*, p. 16. Quated as the final words in M. L. W. Laistner, review of *ELLMA*, *Speculum* 24 (1949), 259-263; reprinted in Laistner, *The Intellectual Heritage of the Early Middle Ages: Selected Essays*, ed. Chester G. Starr (Ithaca, NY, 1957; repr. New York, 1983), pp. 83-90, at 90. 关于库尔提乌斯之传统观念，见 Claus Uhlig, “Tradition in Curtius and Eliot,” *Comparative Literature* 42 (1993), 193-207。

2 Dronke, “Curtius as Medievalist and Modernist,” p. 1103.

家格勒贝尔的教诲；两人结识于研讨班，后来格氏成为库尔提乌斯的博士生导师(Doktorvater)，两人的交情达到顶点。格师博闻多识，学富五车，唯有他才能以欣赏的眼光，向自己的罗曼语文学学生，传授有关中世纪拉丁文学的知识。格勒贝尔写过一套卷帙浩繁的罗曼语文学百科指南；其中一卷名为《六世纪中叶至十四世纪中叶拉丁文学概要》(*Übersicht über die lateinische Litteratur von der Mitte des VI. Jahrhunderts bis zur Mitte des XIV. Jahrhunderts*, 1902)。这本335页的著作回顾了中世纪拉丁文学——其内容紧凑，条理分明，自首次问世近一个世纪以来，仍是相关领域难以逾越、不可或缺的扛鼎之作。

从传承关系讲，格勒贝尔是库尔提乌斯献身中世纪拉丁文事业的师父，而格勒贝尔的导师埃伯特（Adolf Ebert, 1820—1890），则是库尔提乌斯的师祖。埃伯特、格勒贝尔、库尔提乌斯之间存在很多家族相似性，其中之一即坚信身为罗曼语文学家，自己必须关注中世纪拉丁文学史；虽然他们关注中世纪拉丁文的做法，引起古典语文学家的声讨或抵制，但三人决心已定，不会动摇。[1]在库氏对师祖的描写中，明显洋溢着推崇中世纪拉丁文文化精神的情怀："三大要素构成了埃尔贝特辉煌的学术成就：领衔学术团队，文学史研究方法兼收并蓄的品格，以及涵化中世纪拉丁文献于罗曼语文学领域。"其中，后一段话还被库氏用于点评恩师的中世纪拉丁文学方法——库氏赞誉其"涵化中世纪拉丁文献于罗曼语文学领域"。[2]

尽管库尔提乌斯在恩师的纪念文章中，感念埃伯特与格勒贝尔对自己的教诲，但在其学术生涯早期，并没有什么迹象表明，他受格师影响，将长期致力于中世纪研究。库氏完成自己有关古法语文学的博士论文后，花了二十多年时间钻研现代文学。的确，在库氏20世纪30年代以前发表的著述中，唯有一篇名为《从吉伯特到诺根特》（*Zu Guibert von Nogent*, 1913）的文章，暗示了他对中世纪拉丁文的兴趣。然而，若就此认为，《欧拉》未经任何准备便横空出世，那就大错特错了。其实，早在1936年，库尔提乌斯就开始发表大量有关中世纪文学作品的论文；1938年，他发

1 "Über die altfranzösische Epik," *Zeitschrift für romanische Philologie* 64 (1944), 233-320, at pp. 237-38; repr. In *Gesammelte Aufsätze zur romanischen Philologie* (Bern, 1960).

2 "Gustav Gröber und die romanische Philologie," p. 444.

表了中世纪研究系列论文的第一篇，而这些文章日后构成了《欧拉》的主要框架。[1]我们知道，库氏此前已二十多年未触碰中世纪，其20世纪30年代末的专业水准肯定不及后来，可即便如此，我们仍很难评估库尔提乌斯到底怎样阅读中世纪拉丁文学，并掌握多少相关知识。[2]

在《中世纪拉丁文学新史》（Eine neue Geschichte der mittellateinischen Literatur, 1947）这篇评论文章中，我们不难看出，库尔提乌斯对1946年以前的中世纪拉丁文学史，有着敏锐的理解。该文点评了盖兰（Joseph de Ghellinck, 1872—1950）两本著作，同时结合格勒贝尔的《概要》、马尼提乌斯（Max Manitius, 1858—1933）的三卷本《中世纪拉丁文学史》（*Geschichte der lateinischen Literatur des Mittelalters*, 1911—1931）、雷比（F. J. E. Raby, 1888—1966）的一卷本《基督教拉丁诗歌史》（*A History of Christian Latin Poetry*, 1927）和两卷本《中世纪世俗拉丁诗歌史》（*A History of Secular Latin Poetry in the Middle Ages*, 1934）、施特雷克尔（Karl Strecker, 1861—1945）的简明《中世纪拉丁文导论》（*Einführung in das Mittellatein*, Berlin, 1928; 2nd. ed. Berlin, 1929），指出盖氏著作的文献地位。在20世纪整个20年代或30年代早期，库尔提乌斯把这些拓荒者收入各种中世纪拉丁学专家纪念集（譬如1931年9月4日献给施特雷克尔的《礼物》[*Ehrengabe*][3]），这着实不可思议，因为一般认为，那时他几乎是完完全全的现代主义者；不过，考虑到30年代末期，库氏展现出深厚的中世纪拉丁文学功底，那么当他在十年后的1941年为施特雷克尔八十大寿《纪念文集》（*Festschrift*）撰文（《论中世纪文学的主题》[Beiträge zur Topik der Mittelalterlichen Literatur]），我们也就不足为奇了。库氏也是拓荒者，这表明，他的中世纪拉丁文学学识已经得到大家的认可——这段欧洲文学史，正如他坦言，“仅有屈指可数的专家从事相关研究（即所谓的‘中世纪拉丁语文学’）。在欧洲，可能有十余人”（《欧拉》第13页）。

在《欧拉》末尾的参考书目概览中，库尔提乌斯用两个段落，重申了1946年评

1 “Jorge Manrique und der Kaisergedanke” 也是《欧拉》前期研究成果之一，若把该文也算上，那么这一系列论文就始于1932年。

2 库尔提乌斯在1932—1933冬季学年开设的中世纪拉丁文学讲座中，使用了Beeson, *A Primer of Medieval Latin*，见Lausberg, *Ernst Robert Curtius*, p. 156。

3 *Studien zur lateinischen Dichtung des Mittelalters: Ehrengabe für Karl Strecker zum 4. September 1931*, ed. Walter Stach and Hans Walther (Dresden: Wilhelm und Bertha v. Baensch Stifung, 1931).

论文章的要点。更重要的是，他在《〈欧拉〉英译本作者序言》中，详细阐述了引导自己走向拉丁中世纪的政治信念与思想灵感。按照库氏的说法，他撰写了论辩小册子《岌岌可危的德国精神》(*Deutscher Geist in Gefahr*, 1932)，以此抨击“预示纳粹统治教育的弃智倾向以及民族主义狂热”(《欧拉》第 vii 页)。[1]为替代弃智倾向以及民族主义狂热，库氏寻求一种新的人文主义，以整合从奥古斯丁到但丁的中世纪。他坦言(《欧拉》第 viii 及 597 页)，自己对这种新人文主义的憧憬，是受美国人兰德(Edward Kennard Rand)的《中世纪的奠基人》(*Founders of the Middle Ages*)之启发。[2]

像本文这样的研究，反映的是库尔提乌斯等人所谓“针对研究者之研究”(Erforschung des Forschers)的过程。[3]在库氏看来，对学者的学术考察，不仅包括他们发表的著作，还包括他们的教学主张、教学态度以及研究方法。例如，哲学家德罗比施(Mortiz Drobisch, 1802-1896)年事已高方肯退休，发现这一点后，库氏点评道：“对于‘研究主体之研究’，类似陈述绝非可有可无。”[4]

通过诸如此类的主张，库尔提乌斯仿佛提请将来研究自己的学者，注意其执教生涯。而这样的研究结果，也的确有助于勾勒库氏的中世纪拉丁研究的背景，因为在 20 世纪 30 年代，他从研究和教学两方面，努力夯实自己的中世纪拉丁文学知识。自先后出任马尔堡大学(1920—1924)与海德堡大学(1924—1929)后，库氏于 1929 年又来到波恩大学，并在那里度过余生。尽管他生前一直开设中世纪文学与现代文学课程，但在他来到波恩不久，在他发表《岌岌可危的德国精神》不久，两门课程的比例就发生了变化。1932—1933 年，库氏先开设了“中世纪拉丁文学”(Lateinische Literatur des Mittelalters)系列讲座，1941 年又增加了“中世纪拉丁文练习”(Mittellateinische Übungen)，1947—1948 年发表了讲义式书稿《欧洲文学与拉丁

1　有关从《岌岌可危的德国精神》到《欧拉》过程中库尔提乌斯的思想变化，详见 Dirk Hoeges, *Kontroverse am Abgrund: Ernst Robert Curtius und Karl Mannheim: intellektuelle und “freischwebende Intelligenz” in der Weimarer Republik* (Frankfurt am Main, 1994), pp. 139-209。

2　*Deutscher Geist in Gefahr*, p. 126, n. 12 中，库尔提乌斯的评论可以加以佐证，见 Heinrich Lausberg, *Ernst Robert Curtius (1886-1956)* (Stuttgart, 1993), p. 111。

3　“Gustav Gröber und die romanische Philologie,” p. 428；库尔提乌斯确认了这一过程的有效性，此前 Hugo Schuchardt 已有过表述。

4　“Gustav Gröber und die romanische Philologie,” p. 429.

中世纪》。[1]

至少有三位作家，从截然不同的角度，阐述了库尔提乌斯在20世纪三四十年代的学术动向，认为那段时间库氏有明哲保身、消极避世以及精英式的故步自封倾向，令人反感。斯彭德（Stephen Spender, 1909—1995）以为，库氏从现代语言与文学中抽身而退，非思想上有意为之，实乃政治上迫不得已（“他不得不停止教授法文，转而拾起中世纪拉丁文”）。施皮策指责库尔提乌斯酝酿了针对战前移居他国的德国人的仇恨情绪；他甚至用更激烈的措辞，描述自己如何看待库氏学术兴趣的突然转向[2]：“一位伟大的学者兼批评家，在其晚期著作中，摒弃了自己早年的研究，对此我们该作何解释？这位新欧洲的预言家成了‘重走回头路的预言家’，成了中世纪欧洲主义的历史学家；美学兼文化批评家成了语文学家；柏格森直觉主义与舍勒现象学的信徒，成了‘新实证主义者’？从显而易见的政治角度来解释（纳粹政权统治下，从欧洲视角看待文化问题是很危险的），恐怕过于肤浅；库尔提乌斯的转变始于内在心理。德国思想把自身置于极易受情感左右的非理性主义，这会诱发像希特勒主义的弃智运动；而早在1932年，库氏就已意识到德国思想的‘危机’。于是，这位时间管理好手转向‘可靠的语文学’，转向中世纪语文学；在那里，思想的清醒与节制达到最佳状态。因此，在屠杀庶民开始前，像库尔提乌斯这样的贵族头脑退缩到德国的拉丁历史，退缩到一个棘手的题材……也就不足为奇了。”[3]

施皮策分析《欧拉》成书动机时，有一点源于他抨击库尔提乌斯消极避世：“弃智运动波及我们前，库尔提乌斯已经找到了逃避的办法——他让自己徘徊于历史的墓地之中，而这段历史直至18世纪仍生机勃勃（这正是库氏眼中，中世纪与现代的分界线）。”[4]或许是机缘巧合，多年后，姚斯（Hans Robert Jauss, 1921—1997）指责

---

1 Heinrich Lausberg, “Ernst Robert Curtius, 1886-1956,” in *Bonner Gelehrte, Beiträge zur Geschichte der Wissenschaft in Bonn, Sprachwissenschaften: 150 Jahre Rheinische Friedrich-Wilhelms-Universität zu Bonn, 1818-1968* (Bonn, 1970), pp. 214-235, at 228.

2 库尔提乌斯不满移居他国的德国罗曼语文学学者，见 Leo Spitzer, review of *ELLMA*, *American Journal of Philology* 70 (1949), 425-431, at p. 431。库尔提乌斯的学术兴趣的转向，见 Spitzer, review of *ELLMA*, pp. 425-26。Lausberg, *Ernst Robert Curtius*, pp. 116-117 指出了库尔提乌斯与施皮策的关系，但事实上，两者的关系比这更复杂。

3 Spitzer, review of *ELLMA*, p. 426.

4 Spitzer, review of *ELLMA*, p. 428.

《欧拉》“使语文学在希特勒时代退居到历史的墓穴中”[1]，由此施皮策的批评再次浮出水面，且更有失偏颇。这里的比喻并不恰当；若有哪本中世纪论著缺少宗教情怀，若有哪本文学史论著着力表现历史的延续与活力，那这本书就是《欧拉》。此其一。其二，该比喻的言外之意，是说库尔提乌斯胆小如鼠，畏首畏尾，但这也不恰当。尽管二战的恐惧逐渐烟消云散，仍有很多人钦佩库氏敢于发表《岌岌可危的德国精神》，阐述自己的主张；认为他虽然躲在自己的墓穴中，但也好过像姚斯那样加入党卫军（Waffen-SS）。在 20 世纪 40 年代，如果当时有更多人退居到库氏的生机勃勃的地下世界，那么欧洲就会成为全然不同的地方。

我们不妨把库尔提乌斯走进中世纪的做法，看作他试图凭借文学史来提高对世界的认识，这样的解释就少了几分冷嘲热讽的味道：1913—1933 年，库氏将法德问题视为重中之重；从 1933 年至离世前，他一直努力说服世人，整个欧洲怎样拥有成型于拉丁中世纪的共同文化。在他看来，治愈普法战争与一战留下的创伤固然重要，但证明欧洲文化同根生（库氏认为这是首要的文学文化 [literary culture]）更迫在眉睫；为了消减二战引发的民族矛盾，这位罗曼语文学教授可用的办法寥寥无几，而完成上述证明无疑是其中最合适的。

在《欧拉》开篇，库尔提乌斯引用了舍勒《知识形式与社会》（*Wissensformen und die Gesellschaft*, 1926）中的一段话。这段话强调大众民主，会危及推动科学与哲学发展的“相对‘少数的精英’”（《欧拉》第 3 页）。之所以如此，部分原因是库氏认为，欧洲文化在文学方面的成就（其他领域亦然）得益于这些精英。考察一下库氏身边学术团体成员对《欧拉》的反应，将大有裨益。具体说来，我们有必要考察评论家对《欧拉》的德文初版，对其英、法等语种译本的接受情况。这些评论家如何看待库氏的语文学观念、对欧洲文学的界定、主题学方法以及全书的组织架构，这其实决定了当代人对《欧拉》的态度。

很少有评论家认为，库尔提乌斯涉水中世纪拉丁语文学是不务正业。不过，中世纪拉丁语文学家莱曼（Paul Lehmann, 1884—1964）是个例外；当他称库氏为“波

1　Jauss, “Paradigmawechsel in der Literaturwissenschaft,” *Linguistische Berichte* 3 (1969), 44-56, p. 47: “在希特勒时代，语文学退回到泰古地下墓穴；库尔提乌斯杰作的渊源现在仍然取决于其模仿方法，及其失落的历史社会维度。”

恩的罗曼语言文学专家”[1]（der Bonner Romanist），实际上暗示库氏的非科班身份值得注意。莱曼一方面把库氏看作门外汉，另一方面倒爽快地承认，这位波恩的学者虽逾越了罗曼语文学的边界，可此君所言，乃自己及其他中世纪拉丁学专家所未言。另一位觉得库尔提乌斯“不务正业”的评论家是维奈（Gustavo Vinay, 1912—1993）。维氏自封中世纪拉丁学团体代言人，他向自己的中世纪拉丁研究同仁表示，《欧拉》无足轻重：“这位中世纪拉丁学专家，虽充满魅力，可仍让人失望。”[2]

为证明自己所言不虚，维奈指出，像库尔提乌斯那样的研究，缺乏充分的文本证据。他解释道，很多中世纪拉丁文本要么从未编订过，要么需要重新修订，故仅根据有限可用文本给出判断，就无异于“学者的期期艾艾”（balbettamenti scolastici）。[3]欠发达领域不该进行综合性工作，该观点忽略了这样一个事实——只有研究者进入了这些研究领域后，才能开展基础性工作。唯表明中世纪拉丁文学亟待后人编订或重新修订，现如今的中世纪拉丁学家，方不会受困于缺少初本书和定本书的窘境——因为短缺，我们迫不得已，从作者手稿或米涅的《拉丁教父大全》（*Patrologia Latina*）中，寻找重要的散文和诗歌作品；因为短缺，我们想方设法，建立各种数据库，利用数字化的 16、17 世纪印刷品，为世人提供基本的文本，尽管它们出人意料的不一致。

还有很多评论家钦佩库尔提乌斯的语文学内容广博，可以引出多种研究的可能，相比之下，维奈显得形单影只。譬如，拉丁文专家沙蒂永（F. Châtillon）就震撼于

1 Paul Lehmann, review of *ELLMA*, *Deutsches Archiv für Geschichte des Mittelalters* 9 (1952), 303-304, at p. 303.

2 Gustavo Vinay, “Filologia e ambizioni storiografiche,” *SM* ser. 3, 1 (1960), 195-202, at p. 202. 时至今日，库尔提乌斯对克罗齐（Croce）的反对，以及维奈对库尔提乌斯的反对仍影响着意大利的学界。在一篇贬库尔提乌斯、褒奥尔巴赫（弗朗切丝基尼 [Franceschini] 与维奈）的文章中，Massimo Oldoni 表示：“《欧拉》问世已四十年，我们现在明白，库尔提乌斯写这本书是为了他自己，而非中世纪学者”（Sono trascorsi quaranti anni dall’ *ELLMA* ed abbiamo compreso che Curtius ha scritto questo libro per sé stesso, molto meno per I medievisti），同时还说，“中世纪拉丁文学对库尔提乌斯不公”（la letteratura mediolatina dà torto a Curtius): see Oldoni, “E. R. Curtius e gli studi mediolatini in Italia,” in *Ernst Robert Curtius: Werk, Wirkung, Zukunftsperspektiven. Heidelberger Symposion zum hundertsten Geburtsag 1986*, ed. Walter Berschin and Arnold Rothe (Heidelberg, 1989), pp. 209-214.

3 Vinay, “Filologia e ambizioni storiografiche,” p. 202. Charles W. Jones 也提出一种类似的谴责，认为库尔提乌斯忽略了手稿文化的证据，参见 “The Tradition of Rhetoric,” *Yale Review* 43 (1954), 459-61, pp. 460-461。

库尔提乌斯在《欧拉》中所完成的统一。对于研究方法，他热情洋溢地称赞《欧拉》运用了“自信丰富、引人入胜的语文学”[1]（ces pages d’ une philologie si sûre d’ elle, si riche, si captivante）。另一位拉丁文专家普雷奥（J. G. Préaux）相信，《欧拉》堪称民族文学研究的里程碑，因为它向世人表明，深谙古典语文学方法与范畴，不断接触中世纪拉丁作家的作品，都有助于这方面的研究。[2]

正因为库尔提乌斯坚信，采用精确语文学大有裨益，评论家很快就批评道，他所接受的方法缺乏语文学的严苛。故而韦尔利（Max Wehrli, 1909—1998[3]）发难道，库氏引用荣格的原型理论，阐释“年迈的孩子”主题与圣母崇拜，其做法并没有一以贯之，而且也不是语文学方法。[4]同样，克里斯泰勒（Paul Oskar Kristeller, 1905—1999）也指责库氏不遗余力地批判克罗齐、布尔达赫（Burdach）、耶格尔（Jaeger）、存在主义，却不加分辨地接受心理分析和汤因比。[5]

语文学只是《欧拉》摆在评论家面前的一个并不迫切的问题；他们对《欧拉》的语文学成就的态度，也反映出他们对全书的态度：一方面击节叹赏，钦佩不已，另一方面又质疑其视野、学识、方法、架构等前后不一或不够宏大。《欧拉》是一部鸿篇巨制，很多评论家相信它呈现了西方文学的全景，因此觉得责任去寻找视野上的不足之处。按照奥尔巴赫（Erich Auerbach, 1892—1957）的说法，此书与其说是文学研究论著，不如说是修辞史或文学教育论著。他的观点也可从库尔提乌斯那里得到佐证——后者将《欧拉》描述为“新修辞”。[6]如果库氏把此书命名为《拉丁中世纪的欧洲文学中的古典修辞学》（*Classical Rhetoric in the European Literature of the Latin Middle Ages*），虽然读者可能没有那么多，但亦可避免他人对其“文学观有失偏颇”的指责。总而言之，早期评论家批评库氏注重希腊罗马的书面修辞，却罔顾非希罗文化；还有人指责他忽视了宗教和流行元素，而这些元素赋予了欧洲文学很多独一

---

1 F. Châtillon, review of *ELLMA*, *Revue du moyen âge latin* 8 (1952), 170-76, at. p. 171.

2 Préaux, review of *ELLMA*, *Latomus* 9 (1950), 99-102, at p. 99, p. 102.

3 【中译者注：本文于 1997 年发表，彼时韦尔利尚在世。这里根据维基百科作者介绍将逝世年份补上。下文的“克利斯特勒”生卒年份亦如此处理。】

4 Wehrli, review of *ELLMA*, *Anzeiger für deutsches Altertum und deutsche Literatur* 64 (1948-1950), 84-91, at p. 89.

5 Kristeller, review of *ELLMA*, *Annali della Scuola Normale Superiore di Pisa*. Lettere, Storia e Filosofia, ser. 2, 19 (1950), 205-208, at p. 207.

6 Dronke, “Curtius as Medievalist and Modernist,” p. 1105.

无二的特征，并且通过中世纪拉丁文被记载和传播。[1]

《欧拉》评论家常谈到一个主题——《欧拉》乃“集大成之作”[2]（summa）。这个说法倒甚为有趣，一来由于库尔提乌斯对阿奎那的简评，二来由于他似乎对中世纪的宗教维度兴致索然。很多人都发现，库氏并不关心“基本的基督教现象”，并且他能在“仿佛不存在中世纪教会”的情况下写作。[3]马尔基尔（María Rosa Lida de Malkiel）吃惊地表示，库氏研究欧洲文化统一，竟然没有为《圣经》专辟章节，[4]沙蒂永则惊讶于库氏没有严肃对待教父传统：他指出，关注猿喻的读者比关注哲罗姆或奥古斯丁的还多！[5]

库尔提乌斯看重在中世纪发展为希罗修辞的文学技法与套路，至于这种修辞的影响力从何时何处开始式微，他并不在意。库氏默认，只有12世纪头十年以后的拉丁文，才是真正的中世纪拉丁文，这使他招致非议。我们不难看出，他对前几个世纪心存偏见：“中世纪思想与表达方式，到1050年左右才变得富于创造性”（《欧拉》第589页），“1109年逝世的圣安瑟伦，是中世纪第一位独创思想家”（《欧拉》第590页）。在《热爱学习，渴求上帝——修士文化研究》（*The Love of Learning and the Desire for God: A Study of Monastic Culture*）中，[6]勒克莱尔（Jean Leclercq, 1911—1993）动情地分析了修士的阅读、写作、思考习惯，但库氏对这一模式并无好感，无怪乎他不喜欢早期中世纪。库氏不待见修士的习惯，遭到琼斯（Charles W. Jones, 1905—1989）公开发难；而韦尔内（André Vernet）也因此建议，《欧拉》可以参照布吕纳的《中世纪美学研究》（Edgar de Bruyne' s *Études d'esthétiques médiévales*）来

---

1 奥尔巴赫指出，“库尔提乌斯忽视了，有时似乎低估了中世纪拉丁语的流行趋势”，见 review of *ELLMA*, *Modern Language Notes* 65 (1950), 348-51, at p. 350。

2 F. Châtillon, review of *ELLMA*, p. 172; J. G. Préaux, review of *ELLMA*, p. 99; Vernet, review of *ELLMA*, p. 387; Paul Zunthor, "Moyen Âge et Latinité," *Zeitschrift für romanische Philologie* 60 (1950), 151-169, at p. 161.

3 第一句引文出自奥尔巴赫，见 review of *ELLMA*, *Modern Language Notes* 65 (1950), 348-351, at p. 350；第二句出自琼斯，见 Jones, "The Tradition of Rhetoric," 459-461。

4 Lida de Malkiel, "Perduración de la literature antigua en Occidente," in *La Tradición clásica en España* (Barcelona, 1975), pp. 271-338 and 336-338, at p. 297.

5 Châtillon, review of *ELLMA*, p. 173.

6 Translated by Catharine Misrahi (New York, 1961; repr. 1988). 勒克莱尔的著作中，只在“后记”部分（一次）和注释（两次）提到过库尔提乌斯。

修改。[1]

基督教并非《欧拉》忽略的唯一的文化大问题。像“他者”（the Other）、“多样性”（diversity）、“边缘性”（marginality）等当今学术界流行语，都无一例外排除在外，不少评论家都注意到了该事实。[2]譬如，琼斯就遗憾地表示，《欧拉》应该关注凯尔特文学、日耳曼文学、拜占庭文学、希伯来文学；[3]莱曼则要求库尔提乌斯或其他学者增加连续性现象的特例，以及希腊——东方文化与日耳曼文化的影响；[4]席洛考尔（Arno Schirokauer, 1899—1954）批评库氏忽略了欧洲以外的影响，并指出论述俗语文学的章节，应该考察斯堪的纳维亚文学、英国文学和德国文学；[5]楚姆托尔（Paul Zumthor, 1915—1994）发现，库氏忽视了中世纪文化中的非希罗元素，同时低估了各类墨洛温文化之间的差异，且夸大了欧洲文化统一性的命题。[6]

上述四位评论家言外之意，似乎批评《欧拉》具有浓厚的地方主义色彩——一种对日耳曼文化统治的时代与地方尤其缺乏关注的浓厚的地方主义。[7]马尔基尔发现了《欧拉》的矛盾之处：一方面洋溢着地方主义色彩，另一方面又执着于欧洲统一。[8]大多数评论家比她走得更远，他们并不理会库尔提乌斯声明的写作目的，却责备他没有考虑欧洲中世纪文学所有传统中的主要诗歌。从这个角度看，书中的缺漏（像《贝奥武夫》、《救世主》[*Heliand*]、《希尔德布兰特之歌》[*Hildbrandslied*]或《尼伯龙根的指环》等史诗，只字未提）与比例失调（艾申巴赫 [Wolfram von Eschenbach] 只引用了两次，而克雷蒂安 [Chrétien] 却引用了八次）的确触目惊心。库氏坚信，“所有所谓的民族文学中，德国文学是最不适合作为欧洲文学的研究切入点和观察地”，这话听着仿佛振聋发聩的冲锋号（《欧拉》第 12 页）。德国文学与文化

1 Jones, “The Tradition of Rhetoric,” p. 460; Vernet, review of *ELLMA*, p. 379, n. 3.

2 需要注意的是，指出该事实的评论家都（跟库尔提乌斯一样）是白人、男性的欧洲文学学者。

3 “The Tradition of Rhetoric,” p. 460.

4 Lehmann, review of *ELLMA*, p. 304.

5 Schirokauer, review of *ELLMA*, *Journal of English and Germanic Philology* 49 (1950), 395-99, at pp. 397-398.

6 Zumthor, review of *ELLMA*, pp. 153 and 161.

7 关于库尔提乌斯眼中的德国与德国文化，见 Harald Weinrich, “E. R. Curtius: Das Deutschlandbild eines groβen Romanisten,” in *Ernst Robert Curtius: Werk, Wirkung, Zukunftsperspektiven. Heidelberger Symposion zum hundertsten Geburtstag 1986*, ed. Walter Berschin and Arnold Rothe (Heidelberg, 1989), pp. 135-152。

8 Lida de Malkiel, “Perduración de la literature antigua en Occidente,” p. 305.

专家以及德语专家迅速指出，库氏论述俗语文学的章节开篇，避开了德国文学，尽管他本人完全有资格漂亮地谈论该话题；[1]另外，《欧拉》让人感觉，俗语文学缺乏生命力，没有哪种形式不是衍生的。[2]

还有两位评论家提到，库尔提乌斯系统回避或压制德国文化，不仅局限于中世纪德国文学，甚至包括现代德国学术。他们痛苦地发现，《欧拉》开始质疑浪漫主义时代语文学家的声誉（如大格林 [Jakob Grimm, 1785—1863] 和乌兰 [Ludwig Uhland, 1787—1862]）；同时，他们还认为主题学方法是极端反浪漫主义的。[3]两人想必非常遗憾地看到，库氏其实充分认识到这一点——他指出，"亲爱的神圣的罗马……选择了我这个德裔罗马人。通往罗马的道路必须穿过中世纪，对我来讲，这也是我意识中古老的层面。因此，便有了……二十二篇中世纪研究论文……当然，我无法表达出它们背后最深层的观念，因为它们从骨子里跟条顿人格格不入。"[4]

正如上文批评文字所言，库尔提乌斯对欧洲文学的界定并不完美，而其中的瑕疵在很大程度上源于库氏的文学分析方法的局限。尽管多数评论家都称赞《欧拉》的价值，但接着他们就会质疑库氏把主题学方法用于文学，其最终价值或作用究竟几何。他们担心，库氏强调主题之普遍性，会阻碍读者正确欣赏每部艺术作品中的独特与单一之处。[5]此外，他们还认为，过度依赖主题学方法研究连续性，反而会更加看轻历时变化与文学非连续性。莱曼甚至建议库尔提乌斯再写一本论非连续性的著作。[6]莱曼的提议已经得到响应，第一次见于德龙克（Peter Dronke）的《中世纪

---

1 Walther Bulst（1899—1986）注意到，"在《民间口传文学的开端》一章（S. 387 ff.）之中，也只有法语、意大利语和西班牙语被论及"（"Europäische Literatur und lateinisches Mittelalter. Grundsätzliche Bemerkungen," Wirkendes Wort, 1952-1953, 56-58, p. 58）。此外，Friedrich Panzer (1870-1956) 也指出，"该书从头到尾显然都没有讨论中世纪高地德语诗歌，尽管它也曾跃跃欲试地准备谈论"（*Review of ELLMA, Historische Zeitschrift* 170, 1950, 109-15, p. 113）。

2 Wehrli, review of *ELLMA*, p. 90.

3 Panzer, review of *ELLMA*, p. 113, and Schirokauer, review of *ELLMA*, p. 398.

4 Peter Godman, "T. S. Eliot and E. R. Curtius: A European Dialogue," *Liber: A European Review of Books* 1, no. 1 (1989), 5-7, and Peter Godman, "Epilogue," pp. 635-636. 关于库尔提乌斯对罗马的态度，详细分析见 Wolf-Dieter Lange, "Have Roma immortalis-Aspekte der Romerfahrung bei Ernst Robert Curtius," in *Bonn-Universität in der Stadt. Beiträge zum Stadtjubiläum am DIES ACADEMICUS 1989 der Rheinischen Friedrich-Wilhelms-Universität Bonn*, ed. Heijo Klein. Veröffentlichungen des Stadtarchivs Bonn 48 (Bonn, 1990), pp. 103-117。

5 Spitzer, review of *ELLMA*, pp. 429-430.

6 Lehmann, review of *ELLMA*, p. 304.

的诗歌单一性》(*Poetic Individuality in the Middle Ages*, Oxford, 1970; 2nd ed. London, 1986)，第二次见于姚斯的《中世纪拉丁文学的古代性与现代性》(*Alterität und Modernität der mittelalterlichen Literatur*, Munich, 1977)（作者赞成非连续性，反对连续性）。

评论家称赞《欧拉》是一本实用的参考书，"对于一切在欧洲文学的形式和主题的研究之中自然产生的实质性的历史问题"而言，确实不乏参考价值。[1]尽管《欧拉》可能会激起不少东施效颦者，一味机械地搜罗主题实例，但评论家仍将《欧拉》视为信息的宝库，[2]教师可以在教学过程中，将其作学术训练之用。[3]

跟很多鸿篇巨制一样，《欧拉》也鲜有读者从头到尾全部读完。在某封信中，库尔提乌斯已经预料到了："我感觉没几个人有耐心能读完全书，大多数不过是走马观花。然而，读者恐怕不得不按部就班地读下来，这样才能把握我的写作目的。"[4]即便那些从头到尾细读全书的读者，有时仍不免困惑于《欧拉》的组织架构原则。奥尔巴赫评论道，"此书的组织架构……不太容易把握"；克里斯特勒指出，《欧拉》缺乏体系；席洛考尔坦言，"逻辑结构力量松散，近乎目录的罗列"；维奈则批评《欧拉》结构无序，恣意而为。[5]

《欧拉》时常出现于《艺术与人文学科引用目录》(*Arts & Humanities Citation Index*)，这表明，自问世四十年来，它一直是中世纪论著中声誉甚隆的一本。不过，它的影响力在不同的文学研究领域或不同地区，并非始终如一。据我观察，中世纪拉丁文学研究者竟然都对《欧拉》闭口不谈。[6]比朔夫（Bernhard Bischoff）的《罗曼古代与西方中世纪古文字学》(*Paläographie des römischen Altertums und des abendländischen Mittelalters*) 未收入《欧拉》，这不足为奇；可《十、十一世纪拉

1 Wehrli, review of *ELLMA*, p. 86.

2 Zumthor, review of *ELLMA*, p. 169.

3 Châtillon, review of *ELLMA*, p. 171 (with a reference to Auerbach); Wehrli, review of *ELLMA*, pp. 86 and 91. Contrast Vinay, review of *ELLMA*, p. 202.

4 Dronke, "Curtius as Medievalist and Modernist," p. 1104 (quoting Curtius).

5 Auerbach, review of *ELLMA*, *Modern Languages Notes* 65 (1950), 348-451, at p. 349; Kristeller, review of *ELLMA*, p. 205; Schirokauer, review of *ELLMA*, p. 397; and Vinay, review of *ELLMA*, p. 196. Contrast Châtillon, review of *ELLMA*, p. 170.

6 同样的判断亦见于 Lothar Bornscheuer, "Neue Dimensionen und Desiderata der Topik-Forschung," *MJ* 22 (1987), 2-27。

丁诗歌》(*Lateinische Dichtungen des X. und XI. Jahrhunderts. Festgabe für Walther Bulst zum 80. Geburtstag*)[1]，或奥纳弗尔斯(Alf Önnerfors)的《中世纪拉丁语文学》(*Mittellateinische Philologie. Beiträge zur Erforschung der mittelalterlichen Latinität*)[2]中，对其也只字未提，那就值得我们注意了。显然，当朗戈施(Karl Langosch)在自己的《拉丁中世纪语言与文学导论》(*Lateinisches Mittelalter: Einleitung in Sprache und Literatur*)里提及《欧拉》时格外小心，他警告说，“此书乃是一部既不完全又不均匀的修辞和辞格的汇编——基督教主题阙如；投给古代传统的目光太强大，而指向中世纪独特品格的目光太微弱，以至于欧洲被公式化，被视为修辞学的拉丁文学。”[3]

当然，中世纪拉丁学专家有意忽视或轻视《欧拉》的现象并不普遍。举两个例子。瑟韦尔菲(Josef Szövérffy, 1920—)在自己的《拉丁中世纪的世俗诗》(*Weltliche Dichtungen des Lateinischen Mittelalters*)中，就用开篇几乎一整页介绍库尔提乌斯的中世纪概念。[4]在更严苛的语境下，马丁(Janet Martin)称赞库氏的工作帮助我们理解中世纪文风：“近五十年间发表的最重要的中世纪文风论著，或许就是库尔提乌斯的《欧拉》。通过说明中世纪主流写作的修辞取向，该书有理有据地纠正了过去的一个看法，即中世纪文学是尚未开化、自然而为的产物。”[5]

自 1970 年以来，有三本重要的中世纪拉丁文化论著开诚布公地表达了对《欧拉》的敬意——它们的名字显然与其遥相呼应。德龙克给自己设定的使命截然不同于库尔提乌斯，但从其著作题目《中世纪拉丁文与欧洲爱情诗的兴起》(*Medieval Latin and the Rise of the European Love-Lyric*)看[6]，读者仍情不自禁地将其与《欧拉》加以比较。他的另一部著作《中世纪诗歌的单一性：1000—1150 年诗歌的新起点》(*Poetic Individuality in the Middle Ages: New Departures in Poetry 1000-1150*)，虽题目与《欧拉》并不完全一致，却旨在弥补库氏过分专注中世纪拉丁诗歌主题

---

1 Ed. Walter Berschin and Reinhard Düchting (Heidelberg, 1981).

2 *Wege der Forschung* 292 (Darmstadt, 1975). 库尔提乌斯的名字只见于参考书目，作者援引的是他论述大诗人(the Archpoet)的文章。

3 3rd ed. with expansions (Darmstadt, 1983), p. 76.

4 (Berlin, 1970), p. 13.

5 “Classicism and Style in Latin Literature,” in *Renaissance and Renewal in the Twelfth Century*, ed. Robert L. Benson and Giles Constable with Carol D. Lanham (Cambridge, MA, 1982), pp. 537-568, at 566-567.

6 2 vols., 2nd ed. (Oxford, 1968).

性（或者说典型性）的缺憾。[1]最后一本是伯尔希恩（Walter Berschin）的《希腊字母与拉丁中世纪：从哲罗姆到库萨的尼古拉》（*Greek Letters and the Latin Middle Ages From Jerome to Nicolas of Cusa*）。尽管同英文标题相比，该书原德文标题（*Griechisch-lateinisches Mittelalter. Von Hieronymus zu Nikolaus von Kues*）听起来似乎不像仿《欧拉》之作，可其译者在译序中，正确地将其与《欧拉》相比较。他指出，“算上库尔提乌斯的研究，伯尔希恩的著作完成了中世纪西方古代传统的‘希腊——罗马拼图’……两本书不乏共同之处——作者视野开阔，统领全局，对一手、二手研究素材的掌握令人叹为观止。”[2]

有三类著述最有可能论及《欧拉》。第一类，主要探讨《欧拉》中涉及或论述的某个主题的著述。这类书籍的作者往往坦言自己受《欧拉》的影响，他们会在考察主题之初的段落或注释中引用《欧拉》，或者随后偶尔引用一下，但不会向其表达特别的敬意。[3]第二类，旨在考察中世纪文学基本理论的著述。当然，这类书籍里有大量的批评文字和修改意见，毕竟《欧拉》问世四十多年来，学术界发生了很大变化。第三类，研究库尔提乌斯及其影响中世纪拉丁学专家的著述，比如伯尔希恩编选的论文集，比如戈德曼（Peter Godman）为新版英译本所作的学术后记。

与此同时，还有至少两个原因让我们悲从中来。首先，中世纪拉丁学专家很少主动探讨中世纪文学研究该何去何从。正因如此，才有人走出中世纪拉丁语文学的狭隘实证主义，写出视野宏阔的《欧拉》。多么心酸的讽刺！至于事情何以至此，一定程度上是因为很多中世纪拉丁学专家善剖析不善综合（幸运的是，英伦三岛的拉丁文学研究倒有一些例外），他们并没心思去探究俗语文学与作为其源头的大众文化。众所周知，很多中世纪拉丁学专家都以古典语文学标准，衡量自己和自己的研

---

1 (Oxford, 1970); 2nd ed., Westfield Publications in Medieval Studies 1 (London, 1986).

2 Jerold C. Frakes, “Translator’ s Preface,” p. ix (Washington D. C., 1988).

3 For example, see J. A. Burrow, *The Ages of Man: A Study in Medieval Writing and Thought* (Oxford, 1986), pp. 95-97, 115, 120-121; Carl Joachim Classen, *Die Stadt im Spiegel der Descriptiones und Laudes urbium in der aantiken und mittelalterlichen Literatur bis zum Endes des zwölften Jahrhunderts*, 2nd ed. Beiträge zur Altertumswissenschaft 2 (Hildesheim, Zurich, and New York, 1986), pp. 1-2; George D. Economou, *The Goddess Natura in Medieval Literature* (Cambridge, MA, 1972), pp. 3, 43 (see esp. pp. 40, 60, 97, 115-116); Annette Georgi, *Das lateinische und deutsche Preisgedichte des Mittelalters in der Nachfolge des genus domonstrativum*. Philologische Studien und Quellen 48 (Berlin, 1969), p. 8, n. 1; p. 28, n. 35; and p. 60, nn. 11 and 13.

究领域。他们无法确定中世纪拉丁语文学在古典语文学的比照下，居于何种地位，有着何种成就；故而他们一门心思地钻研技法，希冀借此超越古典语文学家。

越来越不关注中世纪非拉丁文化，这让中世纪拉丁学专家如今跟公众渐行渐远。欧洲文化在大学创办过程中的核心地位（当然，大学本身就是彻头彻尾的欧洲组织）已经遭到挑战，尤其是在美国。即便在欧洲，以文学正典为据的高雅文化的神圣特质，亦逐渐遇到质疑，因为很多国家试图让学术服务于经济技术竞争力，同时满足纠缠不休的少数族裔的文化需求。要想使中世纪拉丁文依然活跃在物质论、特殊论(particularism)、民族优越论的时代，其支持者就必须强调自己所获技能的价值（能敏锐抓住某些源自遥远文化的复杂词汇的细微之处，这样的本领完全可以用到象牙塔外的很多地方）；同时，还得强调自己竭尽全力通过文献（很多用拉丁文书写）来研究欧洲中世纪。

从本质上讲，中世纪拉丁学专家相对轻视《欧拉》，这毫无疑问，只是该事实也反映了他们逃避更大问题的倾向。归根结底，中世纪拉丁研究领域的诞生，归功于浪漫主义时期的诸位学者（如格林兄弟），他们的高标准并未使其在追求民族目标与道德目标的过程中，脱离公众。不过大体而言，19 世纪末、20 世纪初，随着这一领域的制度化，中世纪拉丁学专家虽尝试将其置于更广泛的语境（不管是否有意普及它），但世人已经并不买账了。

第二个原因则是第一个的必然结果：如果中世纪拉丁学专家不能率先对《欧拉》有所回应，那么这就意味着他们把这份遗产，拱手让给其他中世纪学者或中世纪研究以外的文学研究者。正如理查兹（Earl Jeffrey Richards）正确指出，“库尔提乌斯的著作在比较文学学者当中得到最热烈的响应。”[1]

若世人把库尔提乌斯视为传统的封印，想必他会黯然伤神，但不会吃惊不已。他已经见到了不祥之兆，并将其部分归因于美国实力与影响的崛起。纽约一家报纸上刊登了古典语言学习班的入学信息，库氏在冷静评价其内容时指出：

> 1949 年 12 月，《纽约客》报道，要从当时当地 884000 名高级中学学生之中选取 9000 人学习拉丁古文，而选取 14 人（男生女生各 7 人）学习希腊古文，

1 *Modernism, Medievalism and Humanism*, p. 125, no. 343.

同时选取5000人学习希伯来古文，也接触当时1929种活的外语。这个数字极为令人震惊。他们将获得大学毕业证书和美国古典语文学的专业证书。《泰晤士文学副刊》言简意赅地评论说：人文教育的复兴，在美国不啻是一场“灾难”。但这种发展在欧洲却以相当缓慢的节奏进行。这是一种不得不被承认、并不得不被把握的历史进程——因而，仍然不便明说的是：个体生命情感是否对悲苦、怨愤、孤独的情感，以及一种对理想主义发出反应？它的力量被高估，其最好的结果也只不过是：全体高中毕业生将赢得研修古典语言的机会。因此，也不妨说，什么也没有改变。

有一种文化独立意识在当代美国涌动，与此对应的是以一种历史思维方式将欧洲文化理解为美国文化的前史。至此，其必然后果，乃是欧洲精神之复杂隐微结构在当代视野之中烟消云散了。[1]

库尔提乌斯尊崇的人文主义业已衰微，而新世界（或非欧洲世界——我们非常有必要强调他引用的统计资料中的犹太人）一统天下，不过是衰微过程之中的一个因素。另一个是哲学的霸权（哲学是库氏深不以为然的学科）。兹援引《欧拉》结尾处的一段话：“我试图指出，人文主义传统时常受到哲学的攻击。面对重重阻力，它可能出现严重倒退。许多迹象表明，我们再次遭遇哲学家、存在主义者或者其他人的袭击。”（《欧拉》第592页）

有人认为，库尔提乌斯写作《欧拉》之后的四分之一世纪里，他所描述的抵抗哲学之战已经一败涂地。例如，万斯（Eugene Vance）指出，作为语文学阐述方式之一，库氏的“历史主题”观念不过是为了抚慰“中世纪学者和非中世纪学者，他们正经历二战时期欧洲文化危机所引发的苦闷”[2]。随着局势渐趋明朗，万斯也坚信，语文学家孜孜以求的“原初范式”（originary paradigm），为语言学和符号学所启发的更精致的模式所取代。

有些学术领域的情况可能亦然。不过，在中世纪拉丁研究中，斗争尚未结束，因为“原初范式”只是被补充、扩充，没有被取代。故库尔提乌斯的贡献仍然继续

---

1 Curtius, review of Gilbert Highet, *The Classical Tradition*, in *Gesammelte Aufsätze*, p. 458.

2 *From Topic to Tale: Logic and Narrativity in the Middle Ages*. Theory and History of Literature 47 (Minneapolis, 1987), p. 42.

激发着知识的新积累、新综合与新分析。不论如何，库氏预想的人文主义传统的建构或重构终将到来，尽管它会发生许多质变；过去的文学太丰富，太迷人，太发人深省，太神秘莫测，我们不可能将它弃之不顾，即便这需要我们极尽所能，开阔眼界。只要我们珍视历史，石质金字塔就会长存；言语金字塔也会升高。如果抛弃历史，那么连象形文字我们恐怕都留守不住。我们将失去过往人性的丰碑，果真如此，连我们自己的人性都将随风而逝。

附录十　库尔提乌斯著作一览

- *Die literarischen Wegbereiter des neuen Frankreich* (1920)
- *Balzac* (1923)
- *Französischer Geist im neuen Europa* (1925)
- *James Joyce und sein Ulysses* (1929)
- *Die französische Kultur: eine Einführung* (1930)
- *Deutscher Geist in Gefahr* (1932)
- *Europäische Literatur und lateinisches Mittelalter* (1948)
- *Kritische Essays zur europäischen Literatur* (1950)
- *Marcel Proust* (1952)
- *Französischer Geist im zwanzigsten Jahrhundert: Gide, Rolland, Claudel, Suares, Peguy, Proust, Valéry, Larbaud, Maritain, Bremond* (1952)
- *Büchertagebuch* (1960)
- *Gesammelte Aufsätze zur romanischen Philologie* (1960)
- *Deutsch-französische Gespräche, 1920–1950, corrispondenza con André Gide, Charles Du Bose Valery Larbaud, a cura di Herbert e Jane M. Dieckmann* (1980)
- *Goethe, Thomas Mann und Italien: Beiträge in der "Luxemburger Zeitung"*, 1922–1925 (1988)

译后记

2008年，我有幸考入北京第二外国语学院比较文学与跨文化研究所（后更名“跨文化研究院”），师从胡继华教授攻读比较文学与比较文化。研一时，胡师开《比较文学原理》。我与《欧拉》的结识，便是在这门课上。当时上课的情形已模糊，唯记忆犹新的是老师的一句话：“有两本书是国外比较文学学生必读的，一本是奥尔巴赫的《摹仿论》，一本是库尔提乌斯的《欧洲文学与拉丁中世纪》。”说实话，人名、书名都是我第一次听说。后来，《摹仿论》被列为我们中期考核的必读书，接触也就成了自然而然的事。可《欧拉》却一直难见其踪[1]，听胡师讲，他也苦觅而不得。直到2011年临毕业，我才偶然在网上淘到一本崭新的英译本。原书作为毕业礼物送给了胡师，我自留了影印本。书虽到手，可浩如烟海的多语种引文让我望而却步，只想着把它作为收藏。

毕业前夕我接到胡师的电话，得知自己用心完成的毕业论文未评上“优秀”，不禁万分失落。一连数日，我痛苦不堪。直到有一天，我看见书架上的《欧拉》英译本，脑海中突然蹦出一个想法：何不翻译《欧拉》来排解心中的苦闷？其实，我本来就对翻译理论与实践非常感兴趣。读书期间，在胡师的指点与提携下，我陆续翻译发表了几篇学术论文和一本译著（《天国的批判》下卷，与胡师合译）。但毕业后，类似的机会就不多了。若翻译《欧拉》，我想可以保持与学术的联系。

于是，2011年7月5日，我踏出了翻译《欧拉》的第一步。万事开头难。翻译伊始我就发现，这项工作的难度远比我想象的大。首先，全书不但引文量大，而且涉及英、法、德、意、西、希腊、拉丁等多个语种。英译本只译出约70%，其余均以原文呈现。我的语言知识有限，不得不经常翻查原文和相关译文，再理解和翻译。

---

1 时至今日，国内仍无此书的其他译本，同时，关于此书的评述文献依然少之又少，据我所知，仅李奭学《中国晚明与欧洲文学》一书、刘皓明《绝食艺人：作为反文化现象的钱钟书》一文有所提及。

其次，库尔提乌斯的学识非常丰富，全书涉及历史、宗教、哲学、神学，甚至音乐[1]等多个领域。面对自己陌生的内容，我经常是边学边译。再次，《欧拉》多处内容涉及比较语言学，其中提到一些西方语言特有的现象。怎样把这些西方语言所有而中国语言所无的内容译好，做到既忠实于原著又符合中文表述习惯，直接关系到译本的质量和读者的阅读体验。翻译这部分内容，也让我颇费脑筋；同时，我更深切体会到什么叫“一名之立，旬月踟蹰”。此外，当时我刚刚参加工作，不但要熟悉各类行政事务，还要承担课堂教学任务。所以，只能利用提前到岗和下班后的零碎时间，一点点翻译。开始的那段时间，我翻译得异常缓慢，有时一天甚至只能翻译两三百字。

尽管存在上述种种困难，但克服它们带来的快乐和成就感，使我甘之若饴地漫步于《欧拉》的翻译之路。比如，每完成一段引文的翻译，我就仿佛成功翻越一道险峰，虽劳累却喜不自胜。还有，在翻译类语重叠（annominatio）、复字（pangrammatic）等西方特有的修辞现象时，我冥思苦想，绞尽脑汁，时而百思不得，辗转反侧；时而豁然开朗，欣喜若狂。那是再创造的辛苦，那是再创造的快乐。

在翻译的过程中，我发现库尔提乌斯并没有渐渐远去。有这样几个情况值得注意。2000 年以后，库尔提乌斯的著作或译本不断再版：2004 年，《欧拉》西译本再版；2009 年，《新法兰西文学先锋》再版；2011 年，《法兰西文明导论》英译本再版；2013 年，《欧拉》英译本时隔二十年再版；2014 年，《岌岌可危的德国精神》加泰罗尼亚语译本首次出版；2015 年，《欧洲文学论集》英译本时隔四十年再版；2016 年，《布吕内蒂埃》德文版再版，《欧洲文学论集》德文版再版。近来，有关库尔提乌斯的研究资料也丰富起来，其中最重要的当属两本书信集（*Freundesbriefe 1922-1955*, 2015; *Ernst Robert CURTIUS. Briefe aus einem halben Jahrhundert*, 2015）。另外，2009 年波恩大学设立了库尔提乌斯讲席。由此可见，库尔提乌斯正重新回到世人的视线。这一发现也坚定了我翻译《欧拉》的信心。

当然，翻译《欧拉》，困难重重，所幸师长、友人不断鼎力相助。我要特别感谢导师胡继华教授，是他把我带入比较文学这片宽广的天地，并给我大量机会历练翻译能力，也正是在他不断鼓励下，我才一点点完成这个中译本。感谢英国牛津大学

1　第八章《诗歌与修辞》中有关“模进”（sequence）的部分。

Colin Burrow 教授，我们素昧平生，他却肯帮我翻译上百处拉丁引文，并为此中译本作序；感谢德国乌珀塔尔大学 Earl Jeffrey Richards 教授，为我寄来很多有关《欧拉》和库尔提乌斯的研究资料，并为我解答了翻译过程中的种种疑问；感谢美国哈佛大学 Jan Ziolkowski 教授、佛罗里达大学 William Calin 教授、斯坦福大学 Hans Ulrich Gumbrecht 教授、以色列耶路撒冷希伯来大学 Avihu Zakai 教授、意大利罗马大学 Roberto Antonelli 教授、佛罗伦萨大学 Mario Domenichelli 教授、日本大阪大学 Masayuki Tsuda 教授欣然允许我翻译并收录他们的论文。同样，我要感谢友人 Lane Lambert 博士、何静女士、意大利驻华使馆法律参赞 Federico Antonelli 教授，以及我在深圳城市绿洲学校的同事何金燕女士、李婧阳女士，我的学生邓童心、张莎莎、李靖熙，他们为我从海外购得《欧拉》原书和部分译本。没有这些珍贵的文献，我不可能完成译文校订和补录工作。译稿杀青后，我的师兄，深圳大学陈昊博士通读了全文，并给我提出宝贵的修改意见。中华书局编辑刘晗女士为中译本出版牵线搭桥。浙江大学出版社张兴文先生，为全书编辑出谋划策，尽心尽力。在此，特对他们的鼎力相助一并叩谢。译稿付梓前，我致信香港城市大学张隆溪教授，请他撰写推荐语。张先生是国际比较文学学会主席，欧洲学院和瑞典皇家人文、历史及考古学院外籍院士，日常事务繁多，未料他不但欣然答应了我的请求，而且很快就完成了。他真诚而严谨的态度使我感动不已。泰西有谚："自助者，天助之"（God help those who help themselves）。翻译《欧拉》，让我对这句话有了更深切的体会。

培根（Francis Bacon）尝言，"书有可浅尝者，有可吞食者，少数则须咀嚼消化。换言之，有只需读其部分者，有只需大体涉猎者，少数则须全读，读时须全神贯注，孜孜不倦"[1]。在我看来，《欧拉》便是少数须咀嚼消化的书，需全神贯注、孜孜不倦通读的书。然而，由于学术性强、对外语水平要求高等原因，很多中国读者可能对它望而却步，甚至束之高阁。幸而各种机缘巧合，促使我下定决心开始《欧拉》的翻译，对比较文学和翻译工作的热爱，又使我一路坚持至今。希望我的译本[2]能把这

1 "Some books are to be tasted, others to be swallowed, and some few to be chewed and digested; that is, some books are to be read only in parts; others to be read, but not curiously; and some few to be read wholly, and with diligence and attention." 中译文见王佐良主编：《并非舞文弄墨——英国散文名篇新选》，北京：生活·读书·新知三联书店，1996 年，第 10 页。

2 《欧拉》全书由正文和二十五篇学术附录组成，此次出版的是正文部分，附录部分待全部翻译完后另册出版。

部经典之作，以更加亲近国内读者的方式呈现出来，为喜爱比较文学的读者引荐一位良师益友，为致力于跨文化研究的学者增添一名得力助手。钱钟书说过，好译本是消灭自己，使读者对原作无限向往，“仿佛让他们尝到一点儿味道，引起了胃口，可是没有解馋过瘾”[1]。我期望自己此番劳动能唤起读者的“馋痨”，让他们在译本中如饥似渴地吸取养分，同时对原作心心念念，愿意并且敢于瞻阅。当然，我也深知，翻译是遗憾的艺术，不可能尽善尽美，更何况这个译本是我五年来工作之余完成的，其中难免有不尽人意之处。因此，愿各位辛勤的读者不吝赐教（linzhenhua0906@sina.com），合众人之力使这个译本日臻完善，让这部经典永放光芒。

2016 年 12 月于深圳

适逢库尔提乌斯诞辰一百三十周年暨逝世六十周年

---

1 钱钟书：《七缀集》，北京：生活·读书·新知三联书店，2004 年，77—78 页。

索引

索引是必不可少的工具。如果非要把索引比作军队的装备，那它看起来臃肿不堪，可除此之外，它绝非书的累赘。没有索引，那些大作家就仿佛没有提示的迷宫，让读者不知所措。我承认，有些学者喜欢讨巧，只从索引做学问；他们就像只攻击马蹄的蝰蛇，从不看全文，专挑书后索引。尽管说懒惰者就该吃懒惰的苦（不要让懒人成为拐杖的主人，而是让拐杖成为懒人的主人），可疲惫者也享受得不到拐杖的好处。有的人似乎看不上索引，其实用得比谁都勤快。对于他们使用的索引，就算便利，勤奋的学者也是嗤之以鼻的。

——托马斯 · 富勒（Thomas Fuller）

A

Abbo of St. Germain 阿博 (d. 923), 11711, 158

Abélard, Pierre 阿贝拉尔 (1079—1142), 53ft, 60n, 108, 116, 280, 393

Abenhayyun 阿本哈因 (12th cent.), 342

*accessus ad auctores, 221&n, 222, 352

Accursius, Franciscus 达科索 (1225—1293), 370

Achilles Tatius 塔提乌斯 (fl. 4th cent.), 117n, 292

**Ackermann aus Böhmen*《波西米亚的耕夫》, 314

*actio 演讲 , 68

*acumen 敏锐的 , 294&n

*acutus 敏锐的 , 294

*adtestatio rei visae 证明他所见到的一切 , 175

*adynata 矛盾夸张法 , 95ff, 290

Aelian 阿埃里安 (Claudius Aehanus: ca. 170—235), 199

Aemilius Macer 阿埃米里乌斯 (d. 16 B.C.), 50

Aeschylus 埃斯库洛斯 (525—456 B.C.), 15, 92, 131, 249, 304n

Aesop 伊索 (620?—560? B.C.), 49ff, 267

*aetas vergiliana 维吉尔的时代 (L. Traube), 96

*affected modesty 故作谦虚 , 83ff, 149

*"affiliation," 亲缘 20

Agathias Scholasticus 阿加提阿斯 (6th cent.), 287n, 291

Agathon 阿迦通 (late 5th cent. B.C.), 262, 55a

"Agellius" 阿格里乌斯 (=A. Gellius), 52

*agibilia 行为 , 146

Agius of Corvey 阿吉乌斯 (d. after 874), 80
Agorius Praetextatus, Vettius 阿格里乌斯 (d. 384), 210, 234n
*agudeza 敏锐 , 294, 297&n, 298&n, 299ff
**Agudeza y arte de Ingenio* 《敏锐与创造艺术》, 294
Alan of Lille 里尔的阿兰 (1128?—1202), 42n, 106, 181n, 381; allegorism, 206&n; curriculum author, 51;"Goddess Natura," 117-122&nn, 198; mannerism, 279ff, 286, 300; metaphors, 136, 137&n, 316&n, 317, 319;
in relation to: Bernard Silvestris, 111, 220; Dante, 353&n, 360, 361n; Priscian, 43n; Santillana, 267;
topoi: possession of knowledge makes it a duty to impart it, 88; praise of rulers, i70n; the world upsidedown, 96;
works: *Anticlaudianus*, passim; *Planctus Naturae*, 118, 125, 384
Alaric I 阿拉里克一世 , King of the Visigoths (395—410), 4, 104
Alaric II 阿拉里克二世 , King of the Visigoths (484—507), 541
Albert the Great 大雅博 , see albertus Magnus
Alberti, Leon Battista 阿尔贝蒂 (1404—1472), 77, 346
Albertus Magnus 大雅博 (1193? or 1206—1280), 117&n, 223f, 257, 259, 305, 370
*album 名册 , 309
Alcaeus (fl. ca. 600 B.C.) 阿尔凯奥斯 , 73
Alcuin 阿尔昆 (735—804), 23, 149n, 159n, 176, 284, 389; cultivation of writing, 314; "ideal landscape," 184; metaphors, 129; "Muses," 237;
in relation to: Bede, 48;
works: *De sanctis Eubori censis ecclesiae*, 158; *vita of Willibrord*, 148
Aldhelm 奥尔德赫姆 (639—709), 23, 153n, 220; "Latin-Anglo-Saxon culture," 45&n, 46; mannerism, 283n; metaphors, 129, 137&n; "Muses," 236, 244;
in relation to: Bede, 47, Milton, 244;
riddles, 315; "system of styles," 149&n;
works; De virginitate, 148, 158
Aldobrandi, Tegghiaio 阿尔多布兰迪 (fl. ca. 1260), 370
Alemán, Mateo 阿莱曼 (1547—1610?), 301
Alexander the Great 亚历山大大帝 (356—323 B.C.), 80, 140, 265, 370
Alexander Neckham 尼卡姆 , see Neckham, Alexander
Alexander of Aphrodisias 阿弗罗狄西亚的亚历山大 (fl. ca. 200), 305
Alexander of Hales 黑尔斯的亚历山大 (d. 1245), 222, 224, 353n
Alexander of Villedieu 韦尔迪乌的亚历山大 (ca. 1165—1240), 43, 51
*Alexandria 亚历山大 : Alexandrian philology, 248f; Alexandrian theology, 39, 41, 219
Alexis, Willibald 阿里克西斯 (1798—1871), 164
Alfieri, Vittorio 阿尔菲里 (1749—1803), 350
Alfred the Great (849—899) 阿尔弗雷德大帝 , 177
*alimentary metaphors 食物隐喻 , 134-136
*allegory 寓言 : allegorical car, 120&n; allegorical houses, 121, 198; allegory as figure of speech, 44;

allegoresis in: Augustine, 40, 73f; Bernard Silvestris, 108ff; Cassiodorus, 41; Erasmus, 205; Homer, 203-207; Macrobius, 72, 443f; Neo-Pythagoieans and Neo-Platonists, 205; Old Testament, 205; Ovid, 205; sarcophagi of the Imperial era, 233f; Virgil, 205; Winckelmann, 205;

allegorical figures in: Alan of Lille, 117f; Dante, 375f; Hofmannsthal, 143; Martianus Capella, 38f; Romance of the Rose, 125

*alliteration 头韵 , 283, 284n

*"all must die," 人必有一死 80ff

*"all sing his praises," 整个世界皆为之称颂 , 161f

Alonso, Dämaso 阿隆索 (cr.), 19611, 341&11, 361n, 386

*alphabet 字母表 : mysticism of the alphabet, 313n, 375; alphabetical enigma, 330

Ambrose, Saint 安布罗修 (333—397), 157, 164, 259, 356n; "artes," 39; metaphors, 100, 137n; "penitent Rome," 30;

in relation to: anon, author of *Panegyrico* of 1627, 554, 556; Dante, 371; Gracián, 298, 299&n; Jerome, 73; Petrarch, 226;

works: hymns, 85n

*Ambrosian hymn stanza 安布罗修赞美诗 , 389

*amplificatio 夸张 , 277

*Amyclas cult of early Renaissance 阿米科拉斯 , 60f, 364

*analogy 类比 , 43

*analytical method in literary history 文学史中分析法 , 15, 228, 383, 390

*anaphora 回指 , 44

Anaxagoras 阿那克萨戈拉 (5007-428 B.C.), 3n, 262

Anaximenes 阿纳克西米尼 (6th cent. B.C.), 65,179

*ancients and modems 古人与今人 , 251-255; see also MODERNI

Andrieux, Francois Guillaume 安德里厄 (1759—1833), 274, 396

*anger as an epic motif 作为史诗母题之一的愤怒 , 170

Angilbert, Saint 安吉尔伯特 (ca. 740—814), 237

*Anglo-Saxon Biblical poetics 盎格鲁 – 撒克逊圣经诗学 , 237f; Anglo-Saxon and Carolingian studies, 45-48

*"anima" 阿尼玛 (C. G. Jung), 122

Anne, Queen of Great Britain and Ireland 安妮女王 (1702—1714), 266, 269

*annominatio 类语重叠 , 278ff, 300, 352, 354

Anselm of Besate 安瑟伦 (11th cent.), 103n, 154, 207n

Anselm of Canterbury, Saint 圣安瑟伦 (1033—1109), 53n, 54, 209, 259, 370

**Anthologia graeca* 《希腊文选》, 284, 306f, 317

**Anthologia latina* 《拉丁文选》, 194n, 293

Anthony of Egypt, Saint 安东尼 (ca. 250—350), 105

Antiphon 安提丰 (480—411 B.C.), 262

*Antiquity 古 代 : antique learning in the service of Christianity, 40; antique and modern worlds, 19f; Antiquity as "an authoritative traditional stock," 25f; Dante and the poets of Antiquity, 17ff; the gods of Antiquity as "Usiarchs," 111; gods of Antiquity in the region of the moon, 111; heroes and rulers in late Antiquity, 174ff; knowledge of antique philosophy in twelfth-century French vernacular poets, 208; philosophy in late pagan Antiquity, 211f; poetics in Antiquity, 145ff; rhetoric in Antiquity, 64-71; whole antique world from Homer to the tribal migrations, 19, 299; see also CLASSICAL ANTIQUITY

*antithesis 对偶 , 46, 65f, 97, 101

*antitheton 矛盾语义并置 , 74

*aplanon 不动天 , 110

**apocrypha* 《伪经》, 256f

Apollinaris Sidonius, Gaius Sollios 西多尼乌斯 (430?—487?), 166, 180n, 182n, 307, 317n, 388; curriculum author, 50; "The Goddess Natura," 107n; influence on Middle Ages, 22; letter writing, 76, 85; mannerism, 276, 279n; "outdoing," 162&n; panegyrical style, 164;

in relation to: Eberhard the German, 50f; Faral, 72n; Neckham, 51; Plato, 210; Polemius, 210; Symmachus, 72, 76

Apollodorus of Damascus 阿波罗多鲁斯 (fl. 2nd cent.), 310

Apollonius of Tyana 阿波罗尼乌斯 (1st century), 99

*apologists 护教学学者 , 212, 219, 258

Apuleius 阿普雷乌斯 (2nd cent.), 101, 107n, 142n; metaphors, 310;

in relation to: Gracián, 267, 299; John of Salisbury, 51, 53n; Martianus Capella, 380;

topos: boy and old man, 99;

works: *Asclepius* (contested authorship), 108, 112&n; De mundo, 108; *De Platone et eius dogmat*e, 108

Aquinas 阿奎那 , see THOMAS AQUINAS

*Arabic-Andalusian poetry 阿拉伯—安达卢西亚诗歌 , 341

Arator (6th cent.) 阿拉特 , 49, 51, 75, 148, 163, 216, 260

Aratus of Soli 阿拉图斯 (ca. 315—ca. 245 B.C.), 40, 233n

*Arcadia 阿卡迪亚 , 187ff, 208n

*archaic psychological world and literary topics 古代心理世界与文学主题 , 105

*archaios 老的 , 253

*archetype of the collective unconscious 集体无意识的原型 , 101, 105, 122

Archilochus 阿基洛科斯 (7th cent. B.C.), 95

Archpoet 大诗人 (fl. 1160—1165), 29, 166; "outdoing," 163n; use of poetria, 153;

topoi: affected modesty, 8511; possession of knowledge makes it a duty to impart it, 87&n

*argumentatio 论据 , 70

*argumentum 论证 , 193f

Ariosto, Lodovico 阿里奥斯托 (1474—1533), 245, 267, 339, 348; "ideal landscape," 202; Muses, 242f;

in relation to: antiquity, 264; French courtly culture, 34; Goethe, 392; Spenser, 243;

topos: sapientia et fortitudo, 178

Aristaenetus 阿里斯塔埃奈图斯 (4th cent.), 292

Aristarchus 阿里斯塔胡斯 (220?—150? B.C.), 39, 205, 251

Aristippus 阿里斯提普斯 (435?—365? B.C.), 208
Aristippus of Catania 卡塔尼亚的阿里斯提普斯 (12th cent.), 177
Aristophanes 阿里斯托芬 (448?—380? B.C.), 86n, 306
*Aristotelianism in the Middle Ages 中世纪的亚里士多德主义 , 42, 53, 55, 56n, 265, 398
Aristotle 亚 里 士 多 德 (384—322), 22, 56, 59, 117n, 261; "book as symbol," 305; composition, 71; entelechy, 110&n; "modern canon formation," 264; "new" Aristotle, 53, 55, 358; "nobility of soul," 179; "poetry and rhetoric," 146f, 153; Pseudo-Aristotle, 142n;
in relation to: Alan of Lille, 118, 361; Albertino Mussato, 215, 219; Albertus Magnus, 223; Boethius, 22; Church Fathers, 55m; Cicero, 253; Dante, 226, 262, 277n, 330; Guiot of Provins, 208; Rabelais, 58; Raphael, 367n; Swift, 399; Tasso, 243;
syllogisms, 193;
works: *Metaphysics*, 217, 218n, 221; *Physics*, 330; *Poetics*, 65, 218, 221, 241, 247, 398; *Rhetoric*, 6qf, 336n
*armas y letras 武功与文功 , 179
Arminius 阿明尼乌 (17 B.C.?—a.d. 21), 165
*arms and studies 武功与文功 , 178-179
Arnaut Daniel 达尼埃尔 (fl. 1180—1200), 97&n, 352, 390n
Arnobius 阿诺比乌斯 (early 4th cent.), 84, 102, 213n, 249n, 253n, 255n
Arnulf 阿努尔夫 : Deliciae cleri (ca. 1055), 135, 239n, 343
Arrian 阿里安 (Flavius Arrianus: ca. 95—175), 52n, 252
*ars dictaminis 诗学 , 75f, 148, 247, 353
*ars divina 神的艺术 , 216, 218
*art 艺术：antique works of art misconstrued, 405f; art history, 11, 15; Pieter Breughel, 97; French literary classicism characterized by Fénelon through comparisons with painting, 265; Influences antiques dans Vart du moyen dge (Adhimar), 53n; late Roman sarcophagi, 234; Otium represented by Mantegna, 89; painting and rhetoric, 77f; "paradises" before the narthex of Romanesque cathedrals, 200n; representations of the artes liberales, 39; Roman monuments and Northumbrian sculpture, 34; Villard de Honnecourt, 19
Artapanus 阿尔塔帕努斯 (fl. early 1st cent, B.C.), 211f.
**Arte de Ingenio*《妙语连珠》, 294
*arte de ingenio 天赋艺术 , 296
*artes 技艺：concept of the artes liberales in the Middle Ages, 39-42; artes and Incarnation, 42; artes liberales rejected by Thomas Aquinas as principle of classification of knowledge, 57; artes and auctores, 56, 384; artes lucrativae, 262&m; artes mechanicae, 37; artes praedicandi, 318
*artifice and art 技法与艺术 , 390
*artistic prose 艺术散文 , see s.v. prose
*art-of-poetry 诗艺 : medieval arts-of-poetry in Latin, 108f, in, 197f, 200n, 354, 381
*Asianism 亚细亚主义 , 67, 301
*asteismos 礼貌宣泄 , 300
Astralabius (son of Abélard) 阿斯特拉比乌斯（阿贝拉尔之子）, 280

*astrology 占星术：Abraham teaching astrology, 211f; astral motions prefiguring life, 111; astral preordination, 109; astrology in Dante, 375; Mathematicus, 155; planetary motions prefiguring conflict of sense and reason, 118; protection against inauspicious planetary influences, 121; see afso verse-filling ASYNDETON

*atechniteutos 简洁 , 149

Athalaric 阿塔拉里克 (516—534), 74f

Athanasius, Saint 阿塔纳修斯 (295—373), 31n, 105, 259

Athenaeus 阿塔纳奥斯 (early 3rd cent.), 58

Atkins, J. W. H. 阿特金斯 (cr.), 398, 400n

*Atticism 阿提卡主义 , 67f, 252, 301n

Attila 阿提拉 (4067—453), 24, 370

*attributum 物的主题 , 193

Aubigné, Théodore Agrippa d' 奥比涅 (1552—1630), 133, 178

*auctores, authors 作 家 : auctores as "authorities," 52, 57f; curriculum authors, 48-54, 111, 381; equal value of all auctores, 51; neglect of auctores, 53, 56; see also accessus ad auctores, artes and auctores s.v. artes, catalogues of AUTHORS

**Auctores octo*《八作者》, 27

*auctorista 文学教师 , 262&n

*"auctoritas" (in Goliardicstanza), 152

*Augustan Age 奥古斯都时代 , 266

Augustine 奥古斯丁 (fl. 1210—1216), 370

Augustine of Canterbury, Saint 坎特伯雷的奥古斯丁 (d. 604), 23, 34

Augustine of Hippo, Saint 希 波 的 奥 古 斯 丁 (Aurelius Augustinus: 354—430), 22, 47, 62, 76, 95f, 209; artes, 46; consolatory oratory, 80; curriculum author, 260; Doctor of the Church, 259; "ideal landscape," 202n; mannerism, 300; metaphors, 100, 135, 137n, 138f, 142n, 280, 305n; Muses, 236n; philosophy of history, 28, 30, 238;

in relation to: Dante, 30, 238f, 367, 371&n; Gracián, 299&n; Jerome, 72; Peter the Venerable, 164; Petrarch, 226; Phoroneus, 109; Prosper of Aquitaine, 49; Varro, 219; Virgil, 147; rhetoric, 73, 74&n, 77;

works: *De civitate Dei*, 4, 28&n, 109, 135, 137n, 217, 305n; *Confessions*, 74; *De doctrina Christiana*, 135, 236

Augustus, Roman Emperor 罗马皇帝奥古斯都 (27 b.c.—a.d. 14), 11, 66n, 81, 248, 253n, 256, 266; De puero glade perempto, 293; pax Augusta, 176&n, 305;

in relation to: Augustine, 30, 300 (in Gracián); Dante, 19, 30; Horace, 84, 232; Friedrich Schlegel, 268; Suetonius, 297n; Virgil, 161, 173, 231; Voltaire, 265; cited as Octavian, 177,190

Aurelius Victor, Sextus 奥勒留 (fl. late 4th cent.), 176, 251, 263

Ausonius, Decimus Magnus 奥索尼乌斯 (d. ca. 393), 149n, 211n, 309&n, 317, 388; mannerism, 276, 284f, 291; use of poetari, 154;

in relation to: Ertnius, 285&n, 298; Gracián, 298ft Gratian, 177; John of Salisbury, 51; Theodosius, 177; Virgil, 385; Walafrid Strabo, 163; William Webbe, 263

*authentici 纯粹者 , 258
*author, authors 作者 , see AVCTORES
*"authoritative traditional stock," 可靠的传统标杆 26, 71
*"authority of antiquity," 古代权威 , 219
Averroes 阿威罗伊 (1126—1298), 55, 262
Avianus 阿维阿努斯 (ca. 400), 49ff
Avicenna 阿维森纳 (980—1037), 262
Avitus, Alcimus Ecdicius, Saint 阿维图斯 (d. 518), 220, 260

B
Bach, Johann Sebastian 巴赫 (1685—1750), 78
Bachofen, Johann Jacob 巴霍芬 (1815—1887), 235
Bacon, Francis (1561—1626) 培根 , 133Äm, 322
Bacon, Roger (1214?—1294) 培根 , 57
Balderich, Bishop of Speyer 鲍德里希 (970—986), 87
*baldness 秃头 , 283
Balzac, Honoré de 巴尔扎克 (1799—1850), 9, 104f, 179
Bambaglioli, Graziuolo de' 班巴利奥利 (fl. 1324), 373
*barbarism 非规范语言现象 , 43f
Barbarossa 神圣罗马帝国皇帝巴尔巴罗萨 see Frederick 1, Holy Roman Emperor
Barclay, John 巴克利 (1582—1621), 267&n
Bardi, Simone de' 巴尔比 (13th cent.), 374
*baroque 巴洛克 : literary style, 11; mannerism, 273; Pfandl on Spanish baroque, 295; Spanish baroque and medieval Latin mannerism, 282
Basil the Great, Saint 巴西勒 (330?—379?), 68, 259, 300
*basilikos logos 统治者赞美诗 , 69, 159
Baudelaire, Pierre Charles 波德莱尔 (1821—1867), 12, 392
Baudri of Bourgueil 鲍德里 (1046—1130), 115, 191n, 197n, 207&n, 317, 362f
Baugulf, Abbot of Fulda 鲍古尔夫 , (late 8th cent.), 48
Beatrice Portinari 贝缇丽彩 , see portinari, Beatrice
*beauty 美 , 180-182
*beauty of nature 自然之美 , 82
Becket, Saint Thomas 贝克特 (1118?—1170), 163, 358n
Bede, Saint 比得 (673—735), 23, 46, 47&n, 275, 286a; artes, 371, "Biblical rhetoric," 300;
in relation to: Alcuin, 48; Gassiodorus, 47; Dante, 257, 370f;
works: *De schematis et tropibus*, 47&n; *Vita Cuthberti*, 148, 237n
*beer 啤酒 , 237, 245
Belacqua 贝拉夸 (friend of Dante), 132, 365
Bellarmine, Robert 拜拉明 (1542—1621), 259
Belloc, Hilaire 贝洛克 (1870—1953), 35

Bembo, Pietro 班博 (1470—1547), 225, 264

Benavente y Martinez, Jacinto 贝纳文特 (1866—1954), 13

Benedict of Nursia, Saint 本 笃 (480?—ca. 547), 124, 381n; founder of Western monasticism, 23, 95f, 312;

in relation to: Dante, 330f, 367; Gregory the Great, 100, 381; Rule of St. Benedict, 137n, 315

Bergson, Henri 柏格森 (1859—1941), 8&n, 9, 11, 14&n, 382f, 391&n

Bernard Silvestris 伯纳德 · 西尔维斯特里斯 (fl. ca. 1150), 53n, 106, 116n, 117, 122, 220, 320, 377n, 381; artes, 41n; curriculum author, 51; "etymology," 498; "Goddess Natura," 108-113&nn;

in relation to: Alan of Lille, 119, 121, 360; (Pseudo-) Apuleius, 112n; Bernard of Clairvaux, 123; Dante, 354n; Martianus Capella, 360; Matthew of Venddme, 111n;

works: commentary on Virgil, 103n, 207n, 354n; *Mathematicus* (contested authorship), 155n; *De universitate mundi*, 51, 109, 118n, 320

Bernard of Chartres 沙特尔的伯纳德 (d. between 1126 and 1130), 109n, 119

Bernard of Chartres, surnamed Silvestris, see BERNARD SILVESTRIS

Bernard of Clairvaux, Saint 明谷的伯纳德 (1091—1153), 18, 42, 108, 122ff, 259, 337n, 372

Bernard of Cluny 克吕尼修会的伯纳德 , see Bernard of morlaix

Bernard of Morlaix 莫莱的伯纳德 (12th cent.), 122

Bernini, Giovanni Lorenzo 贝尔尼尼 (1598—1680), 259

Besser, Johann von 贝塞尔 (1654—1729), 269

Beutler, Ernst (cr.) 博特伊勒 , 346

*Bible《圣经》: the Bible and the literature of Antiquity, 41, 46; the Bible as poetry, 40f, 215f;

Bible studies: Augustine, 40;

Biblical epics, 36, 241, 260; Biblical formulae of self-disparagement, 84f, also 410f; Biblical formulations mistaken as Norse, 176; Biblical Latin, 46f;

Biblical metaphorics: Albert the Great, 223; alimentary metaphors, 134; corporal metaphors, 137; personal metaphors, 131; Petrarch, 226; Thomas Aquinas, 217;

Biblical Muse in Sedulius Scottus, 237; Biblical topics of the exordium, 86f;

Biblical poetics: Aldhelm, 236, 457; anticipated by "Longinus," 398; Mussato, 216; Petrarch, 226; parodied by Sedulius Scottus, 237; twelfth-century, 40f, 164;

Biblical waters, 110; "The Book as Symbol," 310f; language of the Bible, 40f; topos of puer senex in the Bible, 99f; see also VULGATE

Bilderdijk, Willem 比尔德约克 (1756—1831), 270

*binding 装订 , see book passim

Bion 彼翁 (fl. 3rd or 2nd cent. B.C.), 92, 292

*bird song 鸟的歌声 , 195, 197; bird song called cither-playing, 281

Bismarck-Schönhausen 俾斯麦 , Prince Otto von (1815-98), 7

Blair, Hugh 布莱尔 (1718—1800), 78

Blake, William 布莱克 (1757—1827), 245f, 399

*"blame," 斥责 82n

*blood: writing in blood 血书 , 312, 344n, 347

Boccaccio, Giovanni 薄伽丘 (1313—1375), 27, 86, 238f, 240&n, 264;
in relation to: Ariosto, 242; Dante, 111n, 373&n, 374&n, 398; Petrarch, 225ft;
works: commentary on Dante, *Vita di Dante*, 111n, 226n, 373&n, 374n; *De genealogiis deorum gentilium*, 229n
Boccalini, Traiano 博卡利尼 (1556—1613), 267, 297n
Bodmer, Johann Jakob 博德默尔 (1698—1783), 269n
Boerhaave, Hermann 布尔哈弗 (1668—1738), 324
Boethius, Anicius Manlius. Severinus 波伊提乌 (480?—524), 22, 95n, 151, 161, 210n, 221&m; artes, 37; curriculum author, 49, 51, 260;
in relation to: Aristotle, 22; Bernard Silvestris, 108f; Cicero, 139; Dante, 257, 352, 370; Jean de Meun, 125; Seneca, 139; Santillana, 267; Juan de Valdes, 268n; Walafnd Strabo, 163; William Webbe, 263,
topoi: nobility of soul, 179; old-young woman, 102-105;
works: *De consolatione philosophiae*, 22, 95n, 109, 161, 209, 317
Boiardo, Matteo Maria 博亚尔多 (1434—1494), 34, 178, 242
Boileau-Desprdaux, Nicolas 布 瓦 洛 (1636—1711), 265, 274, 293, 301, 396; barbarism, 44n; genres, 248;
in relation to: Gottsched, 269; La Bruyère, 62; Perrault, 399; Saintsbuiy, 265n
solecism, 44n
works: *Reflexions sur* Longin, 399
Boisserée, Sulpiz 博伊塞雷 (1783—1854), 11
Bonaventura, Saint 波拿文都拉 (1221—1274), 321, 331, 353n, 370&n, 371
Boniface, Saint 卜尼法斯 (680?—755), 23, 47
*book, books, book crafts, etc. 书 : bindings as objects of aesthetic delight, 335, 340, "The Book as Symbol," 302-347; book versus picture, 15; catalogue as metaphor, 338; cipher as metaphor, 345ff; conjuring books as metaphor, 339; hieroglyphics as metaphor, 346; implements of writing as poetic subject matter, 306f; inventory as metaphor, 338; sacredness of books, 303f; also 308, 310;
the book as a child, 132.fi, also 571; the library as "a dukedom large enough," 339; the stylus as a ploughshare, 313; writing as ploughing, 313;
the annals of the sky, 309; the book of beauty, 335; the book of the creature, 319f; the book of experience, 316, also 319, 320f; the book of fate, 342; the book of the future, 308; the book of God, 311n, also 320f, 323; the book of the heart, 319,326; the book of the heavens, 339; the book of history, 310; the book of life, 311, 325; the book of love, 347; the book of memory, 326, 339; the book of the mind, 326; the book of nature, 308, 319-326, also 337, 344; the book of reason, 320f, 326; the book of the soul, 338; the book of time, 342;
INDIVIDUAL METAPHORS (samples) : the bottle as a book, 340; the cosmos as a binding, 332; the cosmos as a book, 344; Christ as a book, 344; the earth as a book or library, 322; the face as a book, 316&n, also 318, 330, 332, 335f, 337f; the firmament as a book, 322; the Godhead as a book, 332; the human heart as a written scroll, 304n; life as a book, 307, also 311; memory as a written record, 304, also 307; natural poetry as a living book, 325; Nestor as a good old

chronicle to be read by Achilles like a jestbook, 339; the soul as an account book, 333; the stars as writing of the sky, 304, also 307, 325f, 339; the vault of heaven as a bound book, 344; the world as a book, 321f, 345n

Bossuet, Jacques Bénigne 波舒哀 (1627—1704), 38n, 63, 137n

Botticelli, Sandro 波提切利 (1444?—1510), 39&n, 77

*boy and old man 男孩与老翁 (as topos), 98-101

Breitinger, Johann Jakob 布赖丁格 (1701—1776), 209n

Breughel the Elder, Pieter 老勃鲁盖尔 (1520?—1569), 97

Brockes, Barthold Heinrich 布罗克斯 (1680—1747), 270, 286, 287n

Browne, Sir Thomas 布朗 (1605—1682), 142n, 323f

Brueghel, Pieter 勃鲁盖尔 , see BREUCHEL the Elder, Pieter

Brunetière, Ferdinand 布吕内蒂埃 (1849—1906), 270

Bruno 布鲁诺 (poet 10th or 11th cent.), 254n

Bruno of Querfurt, Saint 布鲁诺 (973/4—1009), 212f

Brutus, Marcus Junius 布鲁图斯 (85?—42 B.C.), 85

*bucolic poetry 田园诗 , 91, 183-190, 199f, 214, 231f, 362

Budé, Guillaume 比代 (1468—1540), 73

Bunyan, John 班扬 (1628—1688), 237

Burckhardt, Jacob 布克哈特 (1818—1897), 4, 26, 27n, 63&n

Burdach, Konrad 布尔达赫 (cr.), 61&n, 255, 314

Bumouf, Jean Louis 比尔努夫 (1775—1844), 271

Butler, Samuel 巴特勒 (1612—1680), 245

C

Cacciaguida 卡查圭达 (1091—1147), 331, 360, 371f

Caecilius Statius 斯塔提乌斯 (219?—168 B.C.), 262

Caesar, Gaius Julius 恺撒 (100—44 B.C.), 5, 11, 51&n, 60, 80, 164, 293

in relation to: Chaucer, 109n; Cleopatra, 369; Dante, 363; Gracián, 298; Thomas Aquinas, 364; Juan de Valdés, 268n; Virgil, 190

Calderón de la Barca, Pedro 卡尔德隆 (1600—1681), 270, 308n, 311n, 333, 350; “arms and studies,” 178; “Book as Symbol,” 301, 316, 343&n, 344ff; “calligraphy,” 343n; invocation of nature, 93 f; mannerism, 280ff, 287, 289, 301; metaphors, 144, 316, 344, 415f; “The Muses,” 244f;

in relation to: Goethe, 343; Gracián, 267, 268n; Hofmannsthal, 15, 358n;

works: *Autos sacramentales*, 205, 244; *El divino Orfeo*, 244

*calligraphy, 307, 315ft, 341ft, 347

Callimachus 卡里玛库斯 (ca. 305—ca. 240 B.C.), 225, 251, 337n

Calpurnius Siculus, Titus 提图斯 (fl. 50—60), 51, 91

Camillus 卡米卢斯 (?), 260

Camões, Luiz Vas de 卡蒙伊斯 (1524—1580), 298f

Campanella, Tommaso 康帕内拉 (1568—1639), 142n, 322

Can Grande 坎 · 格兰德 , see SCALA, Can Francesco della
*canon 正典 : canon formation in the Church, 256-260; medieval canon, 260-264; modern canon formation, 264-272
Capella, Martianus 卡佩拉 , see MARTIANUS CAPELLA
Caracalla, Roman Emperor 罗马皇帝卡拉卡拉 (211—217), 31, 283
Carloman 卡洛曼 (d. 754), 47
Carlyle, Thomas 卡莱尔 (1795—1881), 238, 378
*Carolingian "Renaissance," 加洛林时期文艺复兴 25, 47; Carolingian Humanism, 237, 291; Carolingian studies, 45-48, 315, 387f, 393
Carracci, Lodovico 卡拉奇 (1555—1619), Annibale (1560—1609), and Agostino (1557—1602), 265
Casaubon, Isaac 卡索邦 (1559—1614), 73
Cassalianus 卡萨里阿努斯 (?), 267
Cassian 卡西安 (Joannes Cassianus: ca. 360—ca. 435), 100, 129, 312
Cassiodorus, Flavius Magnus Aurelius 卡西奥多鲁斯 (ca. 490—583), 23, 41, 46f, 62, 209n, 258, 298n, 312, 313n; artes, 38n; use of "modernus," 254
in relation to: Santillana, 267;
"rhetoric," 74ft, 300; use of "speculum mentis," 330n;
work: commentary on the Psalms, 47n; Variae, 161
Castiglione, Baldassaie 卡斯蒂利奥内 (1478—1529), 178, 436&n
*catalogues of authors 作家名录 , 48-54, 247-251, 256n, 260, 262f, 267, 268n
*cathedral schools 天主教学校 , 53, 384
Catiline 加提林 (108?—62 B.C.), 44
Cato, known as Catunculus 加图 (3rd cent.), 49f, 51&n, 87, 89, 261n
Cato the Censor 监察官加图 (234—149 B.C.), 60, 67, 95, 98f, 118, 121, 260
Cato Uticensis 加图 (95—46 B.C.), 18, 164
Catullus, Gaius Valerius 卡图卢斯 (84?—54B. C.), 73, 133, 305n, 308
Caumont, Arcisse de 科蒙 (1802—1873), 30
*cedat-formula 让位套语 , 162
**Celestina*《切莱斯蒂娜》, 386
*celibacy 独身 , 124
Cervantes Saavedra, Miguel de 塞万提斯 (1547—1616), 141, 178, 285&n
Chalcidius 卡尔西狄乌斯 (4th cent.), 108
*chaos 混沌 : in Ovid, 106; in the 12th cent., 109; rejected as pagan concept, 121f
Charibert, King of the Franks 查理贝尔 (d. 567), 31
Charlemagne 查理曼大帝 (Charles I, Holy Roman Emperor: 800—814), 11, 19f, 22f, 29, 57, 95, 314; age of Charlemagne, 254; Carolingian Renaissance, 47&n, 48; Einhard's life of Charlemagne, 166; eulogies of Charlemagne, 158&n, 161; realm of Charlemagne, 25; reforms of Charlemagne, 48, 387f; in Alcuin, 69; in Dante, 371; *in Song of Roland*, 33, 169; in Walafrid Strabo, 365n
Charles I the Bald 秃头查理 , King of France (840—877), 29&n, 283, 389
Charles VIII 查理八世 , King of France (1483—1498), 346

Chaucer, Geoffrey 乔叟 (1340?—1400), 34, 126, 195, 268; catalogue of authors, 262f; preordination in *The Man of Law's Tale*, 109n;

IN RELATION TO: Alan of Lille, 121n; Walter Map, 155n; *The Romance of the Rose*, 35, 205; Edmund Spenser, 243

Chesterton, Gilbert Keith 切斯特顿 (1874—1936), 35

Chilperic I, King of the Franks 希尔佩里克 (561—584), 160&n

Choerilus of Samos 克里鲁斯 (ca. 470—400 B.C.), 86

Chrtien de Troyes 克雷蒂安 (late 12th cent.), 88, 97, 181, 182n, 279, 384&n, 385

*Christianity 基督教 : Christian drama, 144; Christianity as "the true philosophy," 212n

*Christology 基督学 : Christ as Apollo, 245; Christ as bestower of the arts, 41n; Christ as a book, 344n; Christ as the great teacher, 213n; Christ as Orpheus, 235, 244, 300n

Christopher, Saint 圣克里斯托弗 (3rd cent.?), 148

Chrysostom, Saint John 金口若望 , see JOHN CHRYSOSTOM, Saint

Chuang Tzu 庄子 (fl. 4th cent. B.C.), 101n

*Church 基督教 : assault on the temples, 22; canon formation in the Church, 256-260; criticism of curia, clergy, and monasticism in the twelfth and thirteenth centuries, 124; personification of the Church, 103f; see also CELIBACY, LITURGY, MARTYRS, MONASTICISM, THEOLOGY

Cicero, Marcus Tullius 西塞罗 (106—43 B. C.), 98, 154, 225, 251, 274, 309; "ancients" and "moderns," 251, 253&n; asteism, 47; curriculum author, 49; "exemplary figures," 60; homoioteleuton, 44; mannerism, 274, 276, 294n, 297n; metaphors, 129, 131, 136n, 139f, 336n; in Middle Ages, 66; "The Muses," 228, 230, 233;

in relation to: Alan of Lille, 118,120f; Atticus, 200n; Augustine, 74; Bernard Silvestris, 109; Dante, 262, 352, 360, 364; Gracián, 297n; Jerome, 40; Macrobius, 72; Petrarch, 226; Sidonius, 276;

"rhetoric," 67, 70n, 72, 74, 77;

TOPOI: affected modesty, 83, 85; We must stop because night is coming on, 90;

use of: acumen, 294n; classici, 249; flumen verborum, 356n; poetria, 153; praecipere, 174n; res and verba, 394n;

works: *De amicitia*, 49; *De inventione*, 70n, 83, 153&n; *Laelius*, 364; *De natura deorum*, 233; *De officiis*, 174n; *Orator*, 74, 85, 131, 136n; *De oratore*, 60, 74, 90, 394n; *De senectute*, 49; *Somnium Scipionis*, 72, 140, 359; cited as Tully, 160n, 208, 260, 267, 333, 361

*Cid, Poema del 熙德之歌 , see poema del cid

*circumlocution 迂回表达 , see periphrase

*cither-playing 演奏七弦琴 =bird song, 281

*classical Antiquity 古典古代 , 19, 49, also 251

*classicism 古典主义 , 67f, 247-272, 350; classicism and mannerism, 273f; classicistic (trends, theories, etc.), 67f, 245, 350; Dante as a classic, 348ff; see also STANDARD CLASSICISM

Claudian 克劳狄安 (fl. ca. 400), 104&n, 105, 147n, 234n, 309, 343n; curriculum author, 50, 51&n, 56; "Goddess Natura," 106&n-108; "ideal landscape," 195, 200n; mannerism, 276, 299n; metaphors, 132; "praise of rulers," 177, 180n;

in relation to: Alan of Lille, 118f, 121; Bernard Silvestris, 112; Chaucer, 202f; Francis Meres, 263;

schema of "outdoing," 165;
TOPOS: puer senilis (puer senex), 99f
Claudianus Mamertus 克劳狄阿努斯 (d. ca. 474), 251
Claudius I, Emperor 克劳狄乌斯 (41—54), 39
Clement of Alexandria 亚历山大的克莱蒙 (ca. 150—ca.215),39,212;Graeco-Judaeo-Christian harmony, 219, 244&n; mannerism, 300; metaphors, 138; "The Muses," 236n
in relation to: Calderón, 244; Cassiodorus, 41
Cleopatra, Queen 克里奥佩特拉 (51-49, 48-30 b.c.), 369
*clerics and vernacular literature 教士与民族文学 , 384
Climacus 克里马库斯 , Saint John, see John climacus, Saint
Clotaire I 克洛岱尔一世 , King of the Franks (d. 561), 162
*Cluniacs 克吕尼修会 : Bernard of Clairvaux censuring the gluttony of the Cluniacs, 124; Santa Maria de Ripoll, 385
*codex scriptus 文书 , 322
*codex vivus 活书 , 322
*Codrus 考德鲁斯 , the poor starveling, 109
Coleridge, Samuel Taylor 柯尔律治 (1772—1834), 266n
Collins, Anthony 柯林斯 (1676—1729), 206&n
Columban, Saint 科伦班 (543—615), 23
*comedia 喜剧 , 357n
*comedy 喜剧 , 386n, 387n
*comparative literature 比较文学 , 11n, 270
*comparison of the kinds of love 爱情种类之比较 , 116n, 117n
*conceit 妙喻 , 294, 298
*conceptism 格言派 , 132, 282, 294f, 299f
*conceptismo 格言派 , 295n
*concepto 警句 , 294, 290n, 298f, 343n, 345
*conceptus, 297
*conceto, 294
*concetto, 294
*concrete 具体 : approach to the historical concrete, 228, 282; see also 292
Confucius 孔子 (ca. 551—479 B.C.), 271
Conrad of Hirsau 希尔绍的康拉德 (ca. 1070—ca. 1150), 43, 49, 221n, 260f
*consolatio 劝慰 , 80, 82
*consolatory oratory 劝慰演说 , 69, 80ff
Constantine I the Great 君士坦丁大帝 , Roman Emperor (306—337), 21, 28, 31, 176, 284, 291, 315; Jacob Burckhardt, 63n; Dante, 372; religious policy, 22
*constants 常量 : observation of constants by historian of literature, 228, 251, 282, 391f; see formal constants of the literary tradition s.v. FORM
*constructio (in Dante) 结构 , 355

*contemptus mundi《论世界之鄙》, 122
*continuity, continuities 连续性 , 235, 381, 391-397; E- Troeltsch cited on, 19f
*contrast between pagan and Christian poetry 异教诗歌与基督教诗歌之差别 , 235
*controversiae 虚构辩题 , 154f
*conventionalism of medieval descriptions of nature 中世纪作家描绘自然之传统 , 184
Corbière, Tristan 柯比埃尔 (1845—1875), 15
Corneille, Pierre 高乃依 (1606—1684), 21, 344n, 396
Cornelius Nepos 柯尔内利乌斯 (ca. 99—24 B.C.), 308
Cornificius 柯尼斐希乌斯 (possible author of the Rhetorica ad Herennium, composed ca. 86-82 B. C.), 66
Cornificius 柯尼斐希乌斯 (contemporary of John of Salisbury), 77
*corporal metaphors 身体隐喻 , 136-138, 316, 319, 330, 337
*corporatism of the Middle Ages 中世纪的社团主义 , 367
**Corpus iuris canonici*《教会法典大全》, 256
*cosmogony 宇宙进化论 , 18, 106, 112, 121, 366
*cosmos 宇宙 : cosmos as stage, 138, 141f; see also ETERNITY OF THE COSMOS
*courage and wisdom 勇气与知识 , 172,175; see also FORTITUDO ET SAPIENTIA
Crashaw, Richard 克拉肖 (1613?—1649), 323
Crassus, Marcus Licinius 克拉苏 (115?—53 B.C.), 110, 363
*creation 创造 : imitation and creation, 397—401
*criticism 批评 : literary criticism, 16, 35, 302, 396, 400
Croce, Benedetto 克罗齐 (1866—1952), 15, 268n; 295n
Csokonai Vitöz, Mihäly 维泰兹 (1773—1805), 270
*Cultism 典雅体 , 282, 294&n
*culture heroes 文化英雄 , 109, 120
Cumont, Franz 屈蒙 (cr.), 20511, 234&n, 235, 308n
*curriculum authors 课程作家 , 48-54, 111; cited as school authors, 381
*cursus 顿挫变换 , 151
*cursus leoninus 莱奥的顿挫变换 , 151
Cuthbert, Saint 卡斯伯特 (635?—687), 148, 237n
Cyprian, Saint 西普里安 (d. 258), 164, 316

D

Damasus I, Pope, Saint 达玛苏斯 (304?—384), 72
Daniel, Samuel 丹尼尔 (1563—1619), 333
Dante Alighieri 但丁 (1265—1321), 9, 14, 34, 120n, 302, 337n, 348-379&nn, 387&n, 388, 390; allegory, 52; annominatio, 279f, 300; “The Book as symbol,” 326-332&nn, 335, 340; “Canon Formation,” 257, 262, 264, 267; “Dante as a Classic,” 348ff; “Dante and Latinity,” 350-357; “Dante and the Middle Ages,” 378f;
Divina Commedia: “The Commedia and the Literary Genres,” 357-362; “Exemplary Figures in the Commedia,” 362-364; “The Personnel of the Commedia," 365-372;

etymology, 52; exemplary figures, 381; expectation of last days, 28; "The Ideal Landscape," 192, 201; languages, 26, 30, 264; Latin, Latinisms, 26, 33; mannerism, 276-280, 297n, 300; metaphors, 129f, 132, 136&n, 137; "The Muses," 238f, 240&n, 241, 244; "Myth and Prophecy," 372-378; natural science, 207; "Nobility of Soul," 180; "parbla omata," 71; periphrase, 276ff; "Poetry and Rhetoric," 145, 154, 164f; position in Italian literature, 225;

in relation to: Accursius. 370; Agathon, 262; Alan of Lille, 353, 360, 361&n; Albertus Magnus, 257, 370; Alfieri, 350; Aldobrandi, 370; Ambrose, 370; Amyclas, 60, 364; Anaxagoras, 262; Andrea de'Mozzi, 370; Anselm, 370; Antiphon, 262; antique poets, 17-19; Aristotle, 262, 277n; Attila, 370; Augustine, 370; Averroes, 262; Avicenna, 262; Bede, 257, 370f; Saint Bernard, 42, 372; Bertran de Born, 277n; Boccaccio, 111n, 220n, 373f, 398; Boethius, 257, 352, 370; Bonaventura, 370f; Brunetto Latini, 370; Cacciaguida, 360, 371f; Caecilius, 262; Caesar, 363; Can Grande, 352, 357, 372; Carlyle, 378; Celestine V, 277n; Charlemagne, 371; Chrysostom, 370; Cicero, 262, 352; Constantine, 372; Arnaut Daniel, 97, 352; Democritus, 262; De Sanctis, 350; Dionysius the Areopagite, 257, 370f; Dioscorides, 262; Dominic, 257; Donatus, 370f; T. S. Eliot, 348; Empedocles, 262; Euclid, 262; Euripides, 262; Ezze lino da Romano, 370; Saint Francis, 370; Frontinus, 355; Galen, 262; Stefan George, 379; Giovanni del Virgilio, 214&n, 215; Giraut de Bornelh, 277n; Godfrey of Bouillon, 372; Goethe, 348f, 378; Gratian, 257, 370f; Gregory the Great, 370; Guido Guerra, 177, 370; Guy of Montfort, 370; Henry VI, 277n; Prince Henry, 277n; Heraclitus, 262; Hippocrates, 262; Homer, 277n; Horace, 50, 354; Hugh of Saint Victor, 370; Illuminatus, 370; Isidore, 257, 370f; Joachim of Flores, 370f; John of Salisbury, 364; Juvenal, 262; Linus, 262; Lucan, 164f, 355; St. Lucia, 376f; Obizzo of Este, 370; Orosius, 257, 355, 365, 369ff; Ovid, 164f, 355, 365; Persius, 262; Peter Comestor, 370f; Peter Lombard, 54, 370; Petrus Hispanus, 370; Philip the Fair, 277n; Pier della Vigna, 280; Plato, 262; Plautus, 262; Pliny, 355; Priscian, 370; Ptolemy; 262; Pyrrhus, 370; Raban Maur, 370f; Fra Remigio de' Girolami, 57n; Richard of Saint Victor, 257, 370; Rinier of Corneto, 370; Rinier Pazzo, 370; Rinoardo, 371; Ripheus, 61, 365f, 372; Rivarol, 349; Jacopo Rusticucci, 370; Robert Guiscard, 372; Sainte-Beuve, 349f; Santillana, 267; Seneca the Younger, 262; Sextus Pompeius, 370; Shakespeare, 335, 340, 348, 350; Siger of Brabant, 56, 257, 370f; Simonides, 262; Sinon of Troy, 118n; Socrates, 262; Statius, 262, 355; Stendhal, 350; Terence, 262, 364; Thales, 262; Thomas Aquinas, 257, 364, 370f; Titus Livius, 355; Trajan, 277n, 363, 372; troubadours, 76; Uguccione of Pisa, 357n, 358n; Varro, 262; Virgil, 15, 61, 164, 262, 277n, 354n, 355, 356, 359, 361, 364n, 369, 372, 378; William of Orange, 371; William II of Sicily, 372; Zeno, 262;

Romania, 30, 32; sacerdotium and imperium, 29f; self-exegesis, 221-225&nn;

topoi: "I bring things never said before," 86; offering to God, 87n; "The possession of knowledge makes it a duty to impart it," 88;

use of: fastidium, 85; poetari, 154; sommo Giove, 120, 233

*Dea Roma 罗马女神 , 104, 252n

*declamatio 学校演说 , 66, 155

*decline of cultural substance 文化实质的破坏 , 20

*dedication 献词 (topos), 86f
*deliberative 商议演说 , 69, 155
Delille, Jacques 德利尔 (1738—1813), 270
Democritus 德谟克利特 (ca. 460—ca. 370 B.C.), 249, 262
Demosthenes 狄摩西尼 (385?—322 B.C.), 67, 160n, 276&n
De Sanctis, Francesco 德 · 桑蒂斯 (1817—1883), 350
Descartes, René 笛卡尔 (1596—1650), 322
*descriptio 描绘 , 69, 194
• descriptions of nature 描绘自然 , 183ff
Dexippus, Publius Herennius 德克西普斯 (fl. ca. 253—276), 305
*dialectics 辩证法 , 37, 43, 53, 119, 198, 261, 393; the Book of Job contains all the laws of dialectics (Jerome), 73
*dictare 口授 , 76
*dictator 口授者 , 76, 314, 355
Diderot, Denis 狄德罗 (1713—1784), 142n, 160&n, 270, 294n, 324
Didot, Ambroise Firmin 迪多 (1790—1876), 393
Diez, Fricdrich Christian 迪兹 (1794—1876), 30, 97n
Diez, Heinrich Friedrich von 迪亚茨 (1751—1817), 346
*digression 偏题 (as a rhetorical device), 71, 222
Dilthey, Wilhelm 狄尔泰 (1833—1911), 11
Diocletian, Roman Emperor 戴克里先 (284—305), 209, 256
Diogenes 第欧根尼 (412?—323 B.C.), 208
Diogenes Laertius 第欧根尼 (3rd cent.), 204n
Diomedes 狄奥墨得斯 (late 4th cent.), 47
Dion of Prusa 狄翁 (ca. 40—after 113), 176
Dionysius I, tyrant of Syracuse 叙拉古僭主狄奥尼修斯一世 (405—367), 370
Dionysius the Areopagite 大法官狄奥尼修斯 (unknown author of ca. 500, confused with the convert mentioned in Acts 17:34), 257, 370f
Dioscorides Pedanius 狄奥斯科里德斯 (1st cent.), 58, 262
*dispositio 布局 , 68, 71
*disputatores 探索者 , 258
*dissuasio 劝阻演说 , 155
*Divina Commedia 神曲 : exemplary figures, 362ff; personnel, 365-372
*divinus poeta 神一样的诗人 , 398
**doctrina sacra*《神圣教义》, 54
Dominic, Saint 多明我 (1170—1221), 257
Dominicus Gundissalinus 多米尼库斯 (12th cent.), 147
Domitian, Roman Emperor 图密善 (81—96), 162, 176, 253n
Donatus, Aelius 多纳图斯 (middle 4th cent.), 51, 221, 284, 330n; curriculum author, 49, 51; grammatical authority in Middle Ages, 43;

in relation to: Conrad of Hirsau, 49; Dante, 43n, 370f; Jerome, 40; John of Garland, 56; Virgil, 160n, 201n, 221n
Donne, John 多恩 (1573—1631), 133, 281, 292, 323
Dove, Alfred 多弗 (cr.), 20
Dracontius, Blossius Aemilius 德拉孔提乌斯 (fl. Late 5th cent.), 71n, 107n, 154n, 156, 159n, 160n, 200n, 286&n, 291
*dreams 梦 , 102, 104f
Drusus, Nero Claudius 德鲁苏斯 (38—39 B.C.), 81
Dryden, John 德莱顿 (1631—1700), 365n, 399
Dudo of St. Quentin 都多 (early 11th cent.), 84n, 159n, 161
Dürer, Albrecht 丢勒 (1471—1528), 346
Dungal 邓加 (fl. late 8th cent.), 158
Duns Scotus, John 斯科图斯 (1265?—1308?), 226
Du Périer, Francois 杜 · 佩里耶 (17th cent.), 82
*DXV, 330, 375

E
*East and West 东方与西方，see west and east
Eberhard the German 德国人艾伯哈特 (fl. Before 1280), 50f, 111
Eberhard of Béthune 贝都因的艾伯哈特 (d. 1212), 43, 51
* “Ecclesia vivit lege romana,” 教会与罗马法共生息 257
Eckermann, Johann Peter 艾克曼 (1792—1854), 26n, 378
Eckhart, Johannes 艾克哈特 (1260?—1327?), 140
*eclogue 牧歌 , 158&n, 190&n
*ecphrasis 描绘 , 69, 181, 182&n, 192, 194f
*ecstasis 如痴如狂 (in Longinus), 398
*education 教育 : literature and education, 36-61
Edward II, King of England 英王爱德华一世 (1307—1327), 114n
Edward III, King of England 英王爱德华三世 (1327—1377), 180
*egkrinomenos 正典 , 260, 271, 350
*egressus 偏题 , 71
Eike von Repgow 艾克 (fl. ca. 1200), 88
Einhard (770?—840) 艾因哈德 , 166
Ekkehard IV of St. Gall 圣加尔的艾克哈特 (d. ca. 1036), 75, 183f, 195, 197n
*elements 元素 , 92
Eliot, Thomas Steams 艾略特 (1888—1965), 15, 35, 333n, 391; *What is a Classic?*, 251, 348&n, 350
Elizabeth I, Queen of England 英国女王伊丽莎白一世 (1558—1603), 133, 243, 266, 345
*elocutio 遣词 , 68, 71, 194
*emanations in medieval literature 中世纪文学中的散发物 , 109, 111, 377
*emblems 徽章 , 345f

Empedocles 恩培多克勒 (ca. 493—ca. 433 B.C.), 218f, 230&n, 262
*emperors, literature singing their praises 称颂帝王的文学 , 176
*empirical method 实证方法 , 228
Emporius 安珀利乌斯 (5th cent.), 157
*Empyrean 最高天 (Alan of Lille), 121
*England 英 格 兰 : break with European literary tradition about 1750, 24, 241; eighth-century Anglo-Saxon influence on the Continent, 25, 388; England and the poetry of the Old Testament, 237; England's relation to Romania, 34f; English Pre-Romanticism, 245f; "gentleman," 180
Ennius, Quintus 恩尼乌斯 (239—169 B.C.), 36, 118&n, 152, 163, 283, 285&n
Ennodius, Magnus Felix 恩诺迪乌斯 (473?—521), 76, 129, 149&n, 159n, 194n
*enthymema 演绎推理 , 193
Epaminondas 埃帕米农达斯 (418?—362 B.C.), 131
*epic 史诗 : anger as an epic motif, 170, antique and medieval epics, 168f, 174f; epic landscape, 200ff; epics and the school, 36, 247; identification of epic scenes, 186, 201f; Old French epic, i68f, 184, 383f; philosophical epic, 38, 120, 198, 300f; prose romance as end-form of epic, 174
*epideixis 炫技 , 69n, 157, 180, 182n, 388
*epigram 讽刺诗 , 292f, 306ff
Epimenides 埃庇米尼得斯 (7th or 6th cent. B.C.), 40
Erasmus, Desiderius 伊拉斯谟 (1466?—1536), 39-73, 205, 213, 251, 268n, 346
Eric, Margrave of Friuli 埃里克 (fl. late 8th century), 93
Ermenrich of Ellwangen 埃尔曼里希 (middle 9th cent.), 153n, 156
Ernald of Bonneval 厄纳尔德 (d. after 1156), 121f
*Eros and morality 厄洛斯与道德 , 122-124
*eroticism 性欲 , 116n, 113-124, 132ff, 386n
Erwin of Steinbach 埃尔温 (1244?—1318), 397
*eternity of the cosmos 宇宙的永恒 : Bernard Silvestris, 110; Ernald of Bonneval, 121f
*etymology 词源学 , 43f; etymologizing of proper names, 353n
Euclid 欧几里得 (fl. ca. 300 B.C.), 26
Eugene of Palermo 尤金 (12th cent.), 177
Eugenius III, Pope 教宗尤金尼乌斯三世 (1145—1153), 109
Eugenius Vulgarius 尤金尼乌斯 (fl. ca. 900), 154
*eulogy 颂词 : eulogy of contemporaries, 165f
Eunapius 尤纳彼乌斯 (fl. ca. 400), 99
Eupolemius 尤珀雷米乌斯 (fl. late 11th or early 12th cent.), 135, 211, 220
Euripides 欧力彼得斯 (485?—406? B.C.), 15, 179, 225, 249, 262&n, 304n
*Europe 欧洲: European literature, 3-16; the concept of European literature shattering the French literary system, 270f; discussion of the Muses as an example of the tasks for a science of European literature, 247; European literature as one continuity from Homer to Goethe, 12, 14, 392; European literature as an "intelligible field of study," 383; Europeanization of the historical picture to be applied to literature, 9; Spain's : "golden age" dominating European literature in the sixteenth

century, 34; a new perception of the inner connection of European literature, 381; unhealthy influence of splitting up European literature into national domains, 282
Eusebius, Bishop of Caesarea 优西比乌 (ca. 314—339), 212&n, 260
Eustathius, Archbishop of Thessalonica 优斯塔修斯 (1175—ca. 1193), 252
Euting, Julius 奥伊廷 (1839—1913), 341
Eutropius 欧特罗比乌斯 (late 4th cent.), 51, 263
*evidence 证据 (in the historical sciences), 381
*excessus 偏题 , 71
*exegesis of poets as part of grammar 把诗人的阐释作为语法的一部分 , 42, 148
*exempla 典型 , 57-61
*exemplary figures 典型人物 , 59ff, 81, 95, 98f, 110, 114n, 118, 120, 179; in the *Divina Commedia*, 357-362
*exemplum 典型 , 114n, 362; sententiae and exempla, 57-61
*exordium 开场 , 70, 79, 239; topics of the exordium, 85-89
*exordium 开场 (topoi), 85-89
*exotic fauna and flora 异域动植物 , 183-185
*expositores 阐释者 , 258
* "eye of the soul," 灵魂的眼睛 136
Ezzelino III da Romano 阿佐利诺 (1194—1259), 370

F

*fabricata latinitas 拉丁制造 , 149
Fabricius Luscinus, Gaius 法布里修斯 (d. after 275 B.C.), 363
*factibilia 生产 , 146
Faro of Meaux, Saint 法罗 (d. 672), 162
*fastidium 解闷 , 85
*fauna: exotic fauna and flora 异域动植物 , 183ff
Favorinus of Arles (ca. 80—150) 法沃利努斯 , 292
*feeling for nature 对自然的感觉 , 184
Fénélon, François de la Mothe- 费奈隆 (1651—1715), 265
*fertility cult 生殖崇拜 , 113, 123, 181
Ficino, Marsilio 费奇诺 (1433—1499), 364
*fictitious legal cases 虚拟的法律案件 , 65, 67, 69, 154, 293
Fielding, Henry 菲尔丁 (1707—1754), 59n, 245
*figure poems 形象诗 , 284, 291, 315
*figures 人物 , see exemplary figures
"figures of sound," 声音的修辞 300
"figures of speech, rhetorical figures 修辞格 , 41, 44, 48,71,75, 298, 340
Filelfo, Francesco 菲莱尔福 (1398—1481), 73
Fischart, Johann 菲沙尔特 (1546?—1590?), 346
*flora: exotic fauna and flora 异域动植物 , 183ff

Florus, Lucius Annaeus 弗洛鲁斯 (1st half of 2nd cent.), 51, 263, 298f
Florus of Lyons 弗洛鲁斯 (d. ca. 860), 93n, 237
*flower flora of ideal landscape 理想风景的花草 , 186, 202
*"flowering period," 繁盛期 265f, 273
*flowing light 流光 : in Alan of Lille, 121, 361; in Dante, 332; in Franciscan mysticism, 361n
*flumen orationis 口若悬河 , 356
Folengo, Teofilo 福伦戈 (1496?—1544), 242
*fonction fabulatrice 虚构幻象的功能 , 8
Fontenelle, Bernard de 丰特内勒 (1657—1757), 166, 190n
*forgery, historical 伪造历史 , 162
*forma tractandi 论述形式 , 221f
*forms 形式 (of literature), 15; formal constants of the literary tradition, 228; literary forms as configurations, 390; transitional and mingled forms, 152
*formulae 套语 (model letters), 75
*fortituda et sapientia 勇猛与智慧 , 173f, 178
Fortunatus, Venantius 福尔图纳图斯 (530?—610?), 23, 153n; metaphors, 129; panegyrical oratory, 31, 155, 160f, 164;
in relation to: Dudo Of St. Quentin, 161; Frankish kings (Charibert, Chilperic, Sigebert), 31, 160&n; Gregory of Tours, 150;
topoi: of consolatory oratory, 80; of outdoing, 162&n;
works: hymns, 389; *Vita s. Martini*, 90n, 148, 160, 236
* "founders" of the Middle Ages 中世纪的 " 奠基者 " , 22ff
*France 法 兰 西 : France as European educational center in the Middle Ages, 56; the French literary system, 271
Francis I, King of France 法王弗朗索瓦一世 (1515—1547), 26
Francis of Assisi, Saint 阿西西的方济各 (1182—1226), 33, 60, 319, 364, 367, 370
Francis of Sales, Saint 方济各 (1567—1622), 136, 259
Frazer, Sir James George 弗雷泽 (1854—1941), 192
Frederick I, Holy Roman Emperor 神圣罗马帝国皇帝腓特烈一世 (1152—1190), 29, 54, 87n
Frederick II, Holy Roman Emperor 神圣罗马帝国皇帝腓特烈二世 (1215—1250), 29, 177, 180&n
Frederick I, King of Prussia 普鲁士国王腓特烈一世 (1701—1713), 269
Frederick II the Great, King of Prussia 普鲁士国王腓特烈二世 (1740—1786), 119, 264
Frontinus, Sextus Julius 弗朗提乌斯 (ca. 30—104), 51, 355
Fronto, Marcus Cornelius 弗龙托 (ca. 100—ca. 166), 40, 51
Fruytiers, Philip 弗吕吉耶 (fl. 1627—1666), 97
Fulgentius, Fabius Planciades 福尔根提乌斯 (ca. 480—550), 104n, 175, 239, 267, 283&n

G

Galen 盖伦 (129—199), 57, 262, 356n
Galilei, Galileo 伽利略 (1564—1642), 324&n

Gall, Saint 圣加尔 (550?—645?), 135
Garcilaso de la Vega 加西拉索 (1501?—1536), 32, 91, 93, 178, 267, 275
*gardens 花园 , descriptions of, 200&n
*Geistesgeschichte 精神史 , 11, 292, 381, 390
Gellius, Aulus 格里乌斯 (ca. 123—ca. 165), 51f, 83f, 249ff, 292
*genera dicendi 言说种类 , 210n, 354f, 357-362
*genera orationis 演说种类 , 68f, 354f, 357ff
Genghis Khan 成吉思汗 (1167—1227), 24
*Genius 天赋 , 118n, 121; Genius as a scribe, 111, 118n; the priest Genius, 118&n, 125; Genius in *the Romance of the Rose*, 132
*genres 体裁 , 15, 247-251, 391; the *Divina Commedia* and the literary genres, 357-362
Gensimund 根希蒙德 (late 4th or early 5th cent.), 161f
* "gentleman," 君子 180
Geoffrey of Monmouth 蒙茅斯的杰弗里 (1100?—1154), 262
Geoffrey of Vinsauf 韦恩索夫的杰弗里 (fl. ca. 1210), 51, 100n, 153 198, 279; in relation to: Innocent III, 100n; Santillana, 267
George, Stefan 格奥尔格 (1868—1933), 10, 12, 348, 379, 392
Gerhard, Johann 格哈德 (1582—1637), 258&n
*Germanic tribes 日耳曼部落 , 24f
Germanicus, Julius Caesar 盖尔玛尼库斯 (15 B.C.—A.D. 19), 293
*Germanistics 德国文学专家 , 12, 168, 176
Germanus, Saint 日耳曼努斯 (496?—567), 158
Gervase of Melkley 杰维斯 (ca. 1185—after 1213), 111n, 198n, 207n, 276, 316n
**Gesta Romanorum*《罗马言行录》, 155
Geta, Publius Septimius 盖塔 (189—212), 182n, 283
Gibbon, Edward 吉本 (1737—1794), 35, 119, 232n, 266, 267n
Gide, André 纪德 (1869—1951), 15, 266
Gillet, Louis 吉莱 (1876—1943), 350&n
Gilson, Étienne 吉尔松 (cr.), 113n, 372; *Dante et la philosophie*, 370n, 371&n; *Héloïse et Abélard*, 251n; *Les Idées et les lettres*, 29n, 385&n; *La Philosophie au moyen âge*, 53n, 55n, 108&n, 226n
Giotto 乔托 (1276?—1337?), 349
Giovanni del Virgilio 乔瓦尼 (fl. early 14th cent.), 214&n, 215f, 225
Giovannino of Mantua 乔瓦尼诺 (fl. 1315), 216ff, 220f
Giovio, Paolo 焦维奥 (1483—1552), 346
*girl 女孩 : old woman and girl topics, 101-105
*Gnosticism 灵知主义 , 244, 371n, 377
*Goddess Natura 自然女神 , 106-127
Godfrey of Bouillon 布伊雍公爵戈弗利 (1061?—1100), 372
Godfrey of Viterbo 戈弗雷 (fl. 1169—1186), 29, 41n, 177n
Goethe, Johann Wolfgang von 歌德 (1749—1832), 15f, 142, 190, 237n, 250, 269ff, 273, 348, 350,

390, 392f, 401; Age of Goethe, 34; "aurea catena Homerf," 110n; "The Book of Nature," 324f; circumlocutions, 275; extent of European culture from Homer to Goethe, 12, 16;

Goethe on: civic epoch of social structure, 323n; Classicism and Romanticism, 266&n; Latin as a universal language, 26; metamorphosis, 349&n; the poet's significance in the world, 203; reine Formen, 120, rhyme, 390; textbooks, 79; tropes, 302-304; Mater dolorosa, 327, 332; predilection for things Roman, 11;

in relation to: Sulpiz Boisserée, 11; Dante, 349, 378; English Pre-Romantics, 324; Heinrich von Kleist, 138; Lenz, 397; Propertius, 130; Shakespeare, 15; Erwin von Steinbach, 397;

rhetoric, 62f;

works: *Dichtung und Wahrheit*, 110n, 237n; *Faust*, 12, 36, 143, 189, 395f; "Fragment on Nature," 107; *Hermann und Dorothea* (in Latin), 20n; "Marienbader Elegie," 372; *West-östlicher Divan*, 340, 341n, 343, 345ff; *Wilhelm Meister*, 203; Xenien, 309n

*gold Latinity 黄金拉丁语 , 49

*Golden Age 黄金时代 , 82, 121

*golden chain 黄金巨链 , 110&n, 119

Goldsmith, Oliver 哥德史密斯 (1728—1774), 266

*Goliard, Goliardic poetry 游吟学子诗 , 200n, 317

Góngora y Argote, Luis de 贡戈拉 (1561—1627), 32, 267, 341, 352; mannerism, 275, 281, 284&n, 295n, 296n, 298f, 301, 343&n, 345; metaphors, 132, 281n, 343n; topos: puer senex, 100, 381

*Gongorism 贡戈拉派 , 343

Gorgias of Leontini 高尔吉亚 (ca. 483—376 b.c.) 65, 147, 388

Gottsched 戈特舍德 , Johann Christoph (1700—1766), 269

Gourmont, Remy de 古尔蒙 (1858—1915), 392

Gracían, Baltasar 葛 拉 西 安 (1601—1658), 141, 250n, 273, 353n, 381; "The Book as Symbol," 344, 340n, mannerism, 280, 281&n, 284n, 293-301&nn

*Grail legend 圣杯传奇 , 112

*grammar 语法 , 42-45, 313, 395

grammatical metaphors 语法隐喻 , 119

personification of grammar 语法的拟人化 , 39, 45

*grammatica 语法 (Latin), 26

Granada, Luis de 格拉纳达 (1504—1588), 320

*grands rhetoriqueurs 大修辞学家 , 284

Gratian, Roman Emperor 罗马皇帝格拉提安 (375—383), 176

Gratian 格拉提安 (early 12th cent.), 256, 370f

Gray, Thomas 格雷 (1716—1771), 245

*Greece 希腊 : the book as symbol in Greek literature, 304-308; correspondences between Greek myths and Holy Scripture, 215, 219f, 243f; the ideal landscape in Greek poetry, 185-190; Isidore's judgment upon the Greeks, 155; medieval study of Greek, 389n

Gregory I the Great, Pope 额我略一世 (590—604), Saint, 23, 95f, 257, 371; Doctor of the Church, 259; metaphors, 135, 137n

in relation to: Fortunatus, 150; Winrich of Treves, 260;
topos: puer senex, 381&n;
works: Life of St. Benedict, 100; *Regula pastoralis*
Gregory VII, Pope, Saint 额我略七世 (1073—1085), 123
Gregory IX, Pope 额我略九世 (1227—1241), 55
Gregory of Nazianzus, Saint 纳西昂的额我略 (329?—389?), 68, 100, 259, 300
Gregory of Tours, Saint 图尔的额我略 (538?—593), 23, 28n, 149f, 211
Grimm, Jacob 大格林 (1785—1863), 32n, 325f
Grimm, Wilhelm 小格林 (1786—1859), 32n
*griphos 谜语 , 278
Gröber, Gustav 格勒贝尔 (cr.), 11n, 155n, 261n, 283n, 382
Grosseteste, Robert 格罗斯泰特 (ca. 1175—1253), 56
Grotius, Hugo 格劳休斯 (1583—1645), 38, 100n
*grove as topos in descriptions of nature 描绘自然时采用的树林主题 , 193ff, 198
Gryphius, Andreas 格吕菲乌斯 (1616—1664), 286
Guarini, Giovanni Battista 瓜里尼 (1538—1612), 187
Guibert of Nogent 吉伯特 (1053—1121), 166, 318
Guido delle Colonne 圭多 (late 13th cent.), 20n, 262
Guido Guerra 圭多 (d. 1272), 177, 370
Guillaume de Lorris 纪尧姆 (d. ca. 1235), 103n, 124, 202n
Guinizelli, Guido 圭尼采利 (1240?—1276), 180, 372
Guiot of Provins 吉奥 (fl. ca. 1200), 208
Guiscard, Robert 圭斯卡 (1015?—1085), 372
Gunzo of Novara 甘佐 (fl. 965), 33

H

Hadrian, Roman Emperor 罗马皇帝哈德良 (117—138), 11, 176n, 267
*hagiography 圣徒传 , 160, 235, 260
Hamann, Johann Georg 哈曼 (1730—1788), 345
Hannibal 汉尼拔 (247—183 B.C.), 69, 140
*"harmonies of opposites," 对立的和谐 202
Haskins, Charles Homer 哈斯金斯 (cr.), 49
Hathumod, Abbess 哈图穆德 (d. 874), 80
Hatto I, Archbishop of Mainz 哈托一世 (891—913; Abbot of Fulda: 889—891), 315
Hegel, Georg Wilhelm Friedrich 黑格尔 (1770—1831), 4
Heidegger, Martin 海德格尔 (1889—1976), 50n
Heiric of Auxerre 埃里克 (841—after 876), 29n, 84n, 158, 389n
Heliodorus 西里奥多鲁斯 (3rd cent.), 58, 267, 301, 363
*Hellenism 希腊精神 , 146f, 187, 305
Henri d'Andeli 亨利 (ca. 1250), 41n, 56, 262n

Henry VI, Holy Roman Emperor 神圣罗马皇帝亨利六世 (1190—1197), 29, 277n

Henry of Settimello 塞提梅洛的亨利 (fl. ca. 1194), 103n, 316

Heraclitus 赫拉克利特 (fl. ca. 500 B.C.), 204, 225, 262

Heraclius, Byzantine Emperor 拜占庭皇帝赫拉克利乌斯 (610—641), 21, 210n

Herbert, George 赫伯特 (1593—1633), 323

Herder, Johann Gottfried 赫尔德 (1744—1803), 237n, 324

*hermaphrodites 双性人 , 113

Hermogenes 赫谟根尼 (b. ca. 161), 69, 107n, 159, 194n

*hero 英 雄 : heroes and rulers, 167-182; "heroification" as immortality, 170; heroism, 167-170, 185; Homeric heroes, 170-173

Herodotus 希罗多德 (ca. 485—after425 B.C.), 8, 131, 145, 204n, 310

Herrera, Fernando de 赫雷拉 (1534?—1597), 91

Herrick, Robert 赫里克 (1591—1674), 292

Hesiod 赫西俄德 (possibly 8th cent, B.C.), 8, 64n, 203f, 256n, 304; circumlocution, 275; heroism, 169f, 175; mixed forest, 195; "The Muses," 229f;

in relation to: Aristotle, 218; Homer, 169f, 203, 225, 230; Isidore, 175; Plato, 133; Rabelais, 58

*heuresis 谋篇 , 68

Heywood, John 海伍德 (1497?—1580), 332

*hieroglyphics 象形文字 : hieroglyphics of the Renaissance, 346; see also s.v. book

Hilary the Englishman 英国人希拉里 (fl. ca. 1125), 116

Hilary of Poitiers, Saint 圣希拉里 (ca. 300—ca. 367), 160&n

Hildebert of Lavardin 希尔德贝特 (ca. 1056—1133), 155. 281; locus amoenus, 198; metaphors, 120n, 318f; praise of rulers, 181

Hildegar of Meaux 希尔德加 (d. 875), 162

Hippias of Elis 希庇阿斯 (5th cent, b.c.), 36

Hippocrates 希波克拉底 (460?—377? b.c.), 80, 262

*history 历史 : historical metaphorics, 128; historical topics, 82f; the Romans' bent for history, 252&n; advance of historical knowledge, 3; teaching of history, 4-7

Hölderlin, Friedrich 荷尔德林 (1770—1843), 269f

Hofmannsthal, Hugo von 霍夫曼斯塔尔 (1874—1929), 15f, 27, 143f, 280, 350&n, 358n, 367n, 393, 394&n

Homer 荷马 , 19, 46, jon, 218n, 225f, 253n, 304, 306, 308, 384, 397f; allegory, 103, 203-207&nn; aurea catena Homeri, 110n; "founding hero" of European literature, 12, 16; "Heroism," 167-173; "The Ideal Landscape," 185f, 190, 193, 195; llias latina, 49, 56, 129, 260; metaphors, 131; in the Middle Ages, 58, 260; "The Muses," 229f, 236, 241, 243, 245; myth-maker, 8; Nekyia, 96; playing on proper names, 300;

in relation to: Aristarchus, 251; Augustine, 74; Benzo of Alba, 160&n; Bernard Silvestris, 110; Chaucer, 262f; Claudian, 276; Dion of Prusa, 176; Dante, 17, 277n; Eustathius, 252; Henry Fielding, 245; Stefan George, 392; Gracian, 267, 301; Herodotus, 8; John of Garland, 56; John of Hanville, 98; Livius Andronicus, 36; Plato, 37, 133; Quintilian, 67; R. A. Schroder,

14; Edmund Spenser, 243; Virgil, 15, 18, 36, 168; Heinrich Voss, 14; Walther of Speyer, 49; Robert Wood, 325;

"Rhetoric," 64, 148; sapientia et fortitudo, 175f; topos of inexpiessibility, 159&n, 160&n; in translation, 14, 36, 49

*homoioteleuton 尾词套用 , 44, 74

Honorius, Flavius, Western Roman Emperor 西罗马帝国皇帝奥诺里乌斯 (395—423), 162n, 177, 180n

Horace 贺 拉 斯 (Quintus Horatius Flaccus: 65—8 B.C.), 29n, 98, 145, 195, 200, 203, 253, 255, 309, 349; *Ars poetica*, 147, 153, 255, 296, 354, 358n; curriculum author, 49f, 260; exemplary figures, 118n; formulas of submission, 84; locus amoenus, 192; mannerism, 285; metaphors, 128, 131, 138; "The Muses," 232;

in relation to: Benzo of Alba, 160n; Conrad of Hirsau, 49; Dante, 17f, 50, 354, 358&n; Gracián, 299; Guiot of Provino, 208; Homer, 398n; Jerome, 40, 46, 73; Francis Meres, 263; Shakespeare, 333; Swift, 399; Walafrid Strabo, 163;

sententiae and exempla, 59;

topoi: "all must die," 80f; "I bring things never heard before," 86; "idleness is to be shunned," 88;

Huet, Pierre Daniel 于埃 (1630—1721), 38n, 93, 263, 264n

Hugh Capet, King of France 修 · 卡佩 (987—996), 364

Hugh Sotovagina 索托瓦其那 (late 12th cent.), 132

Hugh of Folieto 弗列托的于格 (1100?—1174?), 320

Hugh of St. Victor 圣维克多的修 (1097—1141), 222n, 224n, 370; "The Book as Symbol," 320, 344n; disparagement of poetry, 224n

Hugh of Trimberg 特林贝格的于格 (1230?—after 1313), 50n, 254n, 264; auctorista, 261; catalogue of authors, 51;

in relation to: Alan of Lille, 43n; Ovid, 58n;

topics of conclusion, 90n

Huizinga, Johan 赫伊津哈 (cr.), 11, 118n, 340n, 353n

Humanism 人文主义 , 228, 250; Bernard Silvestris, 111, 113; Jerome, 39f; John of Salisbury, 77, 111; Renaissance Humanism, 40, 72; twelfth-century Humanism, 53n, 77, 108, 111f, 126, 315, 385

*humanitas 教养 , 228

*humility 谦逊 : humility as a pre-Christian term, 83

Huysmans, Joris Karl 于斯曼 (1848—1907),392

*hydrops 水肿 , 280

Hyginus, Gaius Julius 希吉努斯 (1st cent, b.c.), 51

*hymnography 圣歌创作 , 93n, 260, 389, 392

*hyperbaton 倒装 , 274

*hyperbole 夸张 , 164, 416, 444

*hypocrisis 演讲 , 68

I

*ideal landscape 理想风景 , 82, 183-202, 382

*idleness topos 闲散主题 , 88f
Illuminatus 伊鲁米纳托 (joined Franciscans 1210), 370
*imitatio 模仿 , 115, 354
*imitation and creation 模仿与创造 , 397-401; see also mimesis
*implements of writings 书写工具 , see s.v. book
*impossibilia 不可能的事 , 95
*impresa 题铭 , 346
*India topos 印度主题 , 160f
*inexpressibility 难以言表 (topoi), 159-162; see also "all sing his praises," omnis SEXUS ET AETAS, "WHOLE EARTH," the
*infima scientia 最低等的知识 , 221, 224, 392
*ingenio, ingenium 天赋 , 294-298, 300
Innocent III, Pope 教宗英诺森三世 (1198—1216), 55
*introductores 引证者 , 258
*inventio 谋篇 , 68, 71, 77, 194, 296
*invocation 祈求 : of Christ, 239&n; of God, 239; invoctio, 232n, 234, 239, 243f; topics of invocation of nature, 92ff
*Ireland 爱尔兰 , 23, 45f, 389
Irnerius of Bologna 伊里奈乌 (1050?—1130), 256
Isidore of Seville, Saint 伊西多尔 (560?—636), 30, 45f, 62, 157, 158&n, 202n, 219&n, 226n, 284n, 369; "TheBook as Symbol," 313f, 343n; Doctor of the Church, 260; encyclopedist, 19, 23; etymology as a category of thought, 43f:
etymologies: ars, 38n; chelidonium, 159n; genius, 118n; laser, 135; peretrum, 135; tragedia, 357n; literary history, 175; "The Muses," 229n;
in relation to: Dante, 257, 356n, 370f; Ekkehart, 183; Euripides, 262n; Hermogcnes, 107n; Petrarch, 226; Phoroneus, 109; Santillana, 267; Simonides, 202n; rhetoric, 74f, 149, 274; transmitter of antique heritage, 19, 23;
use of: locus amoenus, 192; nauclerus, c arcesia, carabus, pronesia, 129n; saeculum, 253n
Isocrates 伊索克拉底 (436—338? B.C.), 67n, 77, 146f, 162n, 165n
*isokolon 等长分句对偶 , 74
*Italianism 意大利风潮 , 34, 267f, 295
*iudicium 判断力 , 296, 297&n
*iuniores and seniores 青年与老者 , 172
*iuventus mundi 世界的青年时代 , 113

J

James, William 詹姆斯 (1842—1910), 390
*Jansenism 詹森主义 , 245
Jean de Meun 默恩 (fl. ca. 1270), 52, 125f, 208, 250n, 353n
Jean Paul 让 · 保罗 , see RICHTER, Jean Paul Friedrich

Jerome, Saint 圣哲罗姆 (340?—420), 22, 62, 71n, 95f, 155n; affected modesty, 83ff; "artes," 39f, 46; commentary on Daniel, 28n; Doctor of the Church, 259; metaphors, 129; "penitent Rome," 30;
in relation to: Cicero, 40; Donatus, 40; Erasmus, 39; Fronto, 40; Horace, 40; Lucan, 40; Lucretius, 40; Magnus, 40; Paulinus of Nola, 40; Persius, 40; Peter the Venerable, 164; Petrarch, 226; Plautus, 40; Pliny, 40; Quintilian, 40; J. K. Rand, 73; Sallust, 40; Statius Ursulus, 52; Terence, 40; Virgil, 40, 445; Winrich of Treves, 260; system of correspondences, 362; topos of dedication, 86&n, 87; use of: neotericus, 251; pagina sancta, 306n; Vulgate, 72f, 256

*Jerome in his study 书房里的哲罗姆 , 395

Joachim of Floris 先知约克姆 (1145?—1202?), 370f

John Chrysostom, Saint 金口若望 (345?—407), 68, 259, 370

John of Garland 加兰的约翰 (1st half of 13th cent.), 60n, 205n, 261, 356n; metaphors, 120n, 281; *Poetria*, 151; topos of puer senex, 100n

John of Hanville 汉维尔的约翰 (late 12th cent.), 50, 96, 98, 102n, 133, 198, 316n, 360

John of Salisbury 索尔兹伯里的约翰 (1115?—1180), 56, 62, 177n, 213&n, 320; "artes," 41; "allegoresis," 206&n; auctores, 51ff; Christian Humanist, 111f; "The Goddess Natura," 108n, 111, 117n; grammar, 43, 591; Metalogicon (1159), 41n, 43, 53&n; metaphors, 139&n, 140, 142n, 320;
In relation to; Apuleius, 51; Ausonius, 51; Thomas Becket, 163; Cornificius, 77; Dante, 364; Eutropius, 51; Floras, 51; Frontinus, 51; Fronto, 51; Gellius, 51; Hyginus, 51; Justin, 51; Macrobius, 52; Orosius, 52; Pliny the Elder, 51; Seneca the Elder, 51; Valerius Maximus, 51; Vegetius, 51; Virius Nicomachus Flavianus, 52; rhetoric, 76; use of *comicus*, *comedus*, *comedia*, 358n

John of the Cross, Saint 十字架约翰 (1542—1591), 259, 361n

Johnson, Samuel 约翰逊 (1709—1784), 266, 267n

Joseph of Exeter 约瑟夫 (fl. 1190—1210), 98, 120, 195

Josephus, Flavius 约瑟夫斯 (37—100?), 212, 219, 364

Jotsald of Cluny 克吕尼修士约萨德 (middle 11th cent.), 93

*journey beyond 彼岸之旅 , 38, 110, 113, 120, 174, 192, 359f

Joyce, James 乔伊斯 (1882—1941), 15, 243, 301

*judicial oratory 法律演说 (in medieval poetry), 154-159

Julian the Apostate 背教者朱利安 , Roman Emperor (361—363), 43n, 99, 159n

Julian 朱利安 (Prefect of Egypt: fl. ca. 550), 99

Julius II, Pope 教宗尤立乌二世 (1503—1513), 265

Jung, Carl Gustav 荣格 (1875—1961), 82, 101, 122f

*jurisprudence 法学 : Roman jurisprudence, 69n, 154f, 256

Justinian I, Byzantine Emperor 拜占庭皇帝查士丁尼 (527—565), 19, 21, 99, 252n, 256

Juvenal 尤文纳尔 (Decimus Junius Juvenalis: ca. 60—ca. 140), 260, 264; curriculum author, 49ff;
in relation to: Conrad of Hirsau, 49; Dante, 262; Eberhard the German, 50; Santillana, 267;
use of: nobilitas, 179; reponere, 153

Juvencus 尤文库斯 (fl. ca. 330), 148, 236n, 267; curriculum author, 49;
in relation to: Conrad of Hirsau, 49; Notker Balbulus, 260; use of aures mentis, 137n

K

Kant, Immanuel 康德 (1724—1804), 70
Keats, John 济慈 (1795—1821), 132, 195, 202n, 305n
Keller, Gottfried 凯勒 (1819—1890), 347
Kleist, Heinrich von 克莱斯特 (1777—1811), 138, 269
Klopstock, Friedrich Gottlieb 克洛卜施托克 (1724—1803), 241
Knebel, Karl Ludwig von 克内贝尔 (1744—1834), 107
*knees of the heart 心的膝盖 , 138
Kroll, Wilhelm 克罗尔 (1869—1939), 64n 66, 69, 208n, 309n

L

La Bruyère, Jean de 拉 · 布吕耶尔 (1645—1696), 62, 142n, 178, 324
Lactantius 拉克坦提乌斯 (ca. 250—after 317), 85, 107&n, 212n, 219
La Fontaine, Jean de 拉 · 封丹 (1621—1695), 93, 248
Laharpe, Jean François de 拉 · 阿尔普 (1739—1803), 270
*laity 世俗人 : contempt for laity in medieval literature, 214&n, 362
Lana, Iacopo della 拉纳 (fl. 1328—after 1358), 373
*landscape 风景 : epic landscape, 200ff; ideal landscape, 183-202
Lao-tse 老子 (Lao-tzu: ca. 604—531 B.C.), l01&n
Larbaud, Valery 拉尔博 (1881—1957), 131n, 268, 271, 272&n
La Rochefoucauld, François de 拉 · 罗拉什富科 (1613-80),324
*last days 末日 , expectation of, 28
Lasus 拉苏斯 (b. ca. 548 B.C.), 282f, 291
*Latin 拉丁语 , 25f, 31, 351-356; Latinisms in the Romance languages, 33, 351, 355f; Latinization of culture during the Renaissance, 26; Latin Middle Ages, 17-35; medieval arts-of-poetry in Latin, see s.v. ART-OF-POETRY; medieval Latin philology, 13; survival of medieval Latin literature, 27, 140, 386
Latini, Brunetto 拉蒂尼 (ca. 1220—1294/5?), 32, 103n, 327, 370
*latinity 拉丁文学 : Dante and latinity, 350-357
*laurel tree 月桂树 , 201&n
Lawrence, Saint 圣劳伦斯 (3rd cent.), 121
*lead-tablet metaphor 铅版喻 , 311n
Leibniz, Gottfried Wilhelm von 莱布尼茨 (1646—1716), 38&n, 263
Leo I, Pope, Saint 莱奥一世 (440—461), 22,151
Leo III, Pope, Saint 莱奥三世 (795—816), 158&n
Leo X, Pope 莱奥十世 (1513—1521), 265, 269n
León, Luis de 莱昂 (1527?—1591), 72, 220n, 268
Leopardi, Giacomo 莱奥帕尔迪 (1798—1837), 213, 269
Lescot, Pierre 莱斯科 (1510?—1578), 133
Lessing, Gotthold Ephraim 莱辛 (1729—1781), 14n, 70, 134, 269, 302

Letald of Micy 莱塔德 (10th cent.), 158
*letter-writing 书信写作 , 76, 148
*lexical poetry 词汇诗 , 135
lex naturalis 自然法 , 320
*lex scripta 成文法 , 320
"lexis 词汇 , 68, 71, 193
Libanius 利巴尼乌斯 (314—ca. 393), 22n, 197
*liberal arts 七艺 , 36-39
*licentia poetarum 诗人的专利 , 44
*lifetime 一辈子 , 253&n
Liguori, Alphonsus Maria de', Saint 利果里 (1696—1787), 259
*lingua barbara 异族的语言 , 31
*lingua latina 拉丁语 , 31
*lingua rustica 粗俗的语言 , 31
*lions in the North 北方的狮子 , 184
*lipogrammatic game 阙字游戏 , 283, 291
Lippa, Monna 利帕 (d. 1340), 373
*literature 文学 : beginnings of vernacular literatures, 383-388; critique of history (science) of literature, 9-16,19, 79, 145, 229, 270, 282f, 291f, 381, 390f; *Divina Commedia* and literary genres, 357-362; European literature, 3-16; literary tradition, 36, 190, 248, 256ff, 392-395; literaturey and education, 36-61; Literaturwissenschaft (term cited), nf, 15, 145, 381; sociology of literature, 250f; see also forms of literature s.v. FORM, literary genres s.v. GENRES, structure of literary material, Spanish literature
*litotes 间接肯定 , 44
*litteratura 文学 (original meaning), 42
*liturgy 礼拜仪式 , 68n, 75, 137n, 138, 257
Liutprand, King of the Lombards 利特普兰 (712—744), 157
Livia Drusilla 利维亚 (56 B.C.?—A.D. 29), 81
Livius Andronicus 李维乌斯 (ca. 284—204 B.C.), 36
Livy 李维 (Titus Livius: 59 B.C.—A.D. 17), 50, 220, 267, 268n, 355
*locus amoenus 乐土 , 192f, 195ff, 201
*logodaedalia 丽辞 , 284, 291
Lollius 洛里乌斯 (an unsolved crux), 262
Longinus, Cassius 朗吉努斯 (ca. 213—273), 398ff
Louis I, the Pious, Holy Roman Emperor 神圣罗马帝国皇帝虔诚者路易 (814—840), 315, 387n
Louis XII, King of France 法王路易十二 (1498—1515), 346
Louis XIV, King of France 法王路易十四 (1643—1715), 143, 265f, 269
Lucan 卢卡努斯 (Marcus Annaeus Lucanus: 39—65), 51n, 60&n, 200n, 207&n, 264, 267, 296; curriculum author, 49f, 260; "The Muses," 234; "outdoing," 164; "pathetic" style, 66;
in relation to: Benzo of Alba, 160n; Conrad of Hirsau, 49; Dante, 17f, 164f; Eberhard the. German,

50; Frederick the Great, 264; Gervase of Melkley, 207&n; Guiot of Provins, 208; Jerome, 40; Francis Meres, 263; Statius, 86, 163; Walafrid Strabo, 163; William Webbe, 263; Winrich of Treves, 260
Lucia (Lucy) 露姹 , Saint (d. 305), 376
Lucian 卢西安 (ca. 120—180),96, 130n, 138n, 267, 297n, 310; Pseudo-Lucian, 117n
Lucilius, Gaius 卢基里乌斯 (ca. 180—ca. 102 B.C.), 152
Lucretius Carus, Titus 卢克莱修 (96?—55), 40, 107n, 119, 163, 263, 285, 355
Luther, Martin 路德 (1483—1546), 59, 124n, 139n, 140, 242, 256

M
Macarius the Elder, Saint 圣玛喀里 (ca. 300—391), 100
*macaronic Latin 混合拉丁语 , 242
Macer, Aemilius 阿埃米里乌斯 (d. 16? B.C.), 58
Machiavelli, Niccold 马基雅维利 (1469—1527), 4, 119
Macrobius, Ambrosius Theodosius 马克罗比乌斯 (fl. ca. 400), 85, 108, 175, 254; curriculum author, 51f;
in relation to: Boccaccio, 239; Cicero, 72, 74, 359; John of Salisbury, 52; Santillana, 267; Virgil, 22, 53n, 72, 74, 148, 205f, 357, 358n, 400&n;
topos of inexpressibility, 159;
use of: aplanes, 111
*Macrocosm and Microcosm 大宇宙与小宇宙 , 111, 118
Maecenas, Gaius 麦西纳斯 (70?—8 B.C.), 81, 268
Magnus 马格努斯 (4th cent.), 40
Malherbe, Francois de 马莱伯 (1555—1628), 82, 265, 295
Mallarmé, Stéphane (1842—1898), 156n, 301, 392
Mallius Theodoras, Flavius 狄奥多鲁斯 (fl. 399), 100
*man 人 : topics of boy and old man, 98-101
Manfred, King of Naples and Sicily 那不勒斯与西西里国王曼弗雷德 (1258—1266), 327
Manilius, Marcus 马尼里乌斯 (early 1st cent.), 86, 128n, 233, 263
*Mannerism 风格主义 , 12, 66, 273-301, 316
Manrique, Jorge 曼里克 (1440?—1479), 26, 240f, 268n
Mantegna, Andrea 曼特尼亚 (1431—1506), 89, 346
Mantuanus, academic name of Baptista Spagnuoli 曼图阿努斯 (1448—1516), 263
Manzoni, Alessandro 曼佐尼 (1785—1873), 134, 160&n, 264, 270
Map, Walter 梅普 (1140?—1209?), 155&n, 281, 362n; exemplary figures, 363n; "The Ideal Landscape," 197n; "outdoing," 163n; referred to as "A Welshman," 207, 208n;
use of: modernitas, 255n; poetari, 154
Marbod of Rennes 马博德 (ca. 1035—1123), 50, 75, 115, 235n, 279, 287n
Marcus Aurelius, Roman Emperor 罗马皇帝奥勒留 (161—180), 80
Mardoli, Margherita 玛尔多丽 (14th cent.), 373
Marinus 马利努斯 (2nd cent.), 58

Marlowe, Christopher 马洛 (1564—1593), 114n, 292

Marmontel, Jean François 马蒙泰尔 (1723—1799), 30, 71, 78

Martial 马提雅尔 (Marcus Valerius Martialis: ca. 40—104), 89, 165, 264, 267, 294n, 296, 309, 358n,; curriculum author, 50;
in relation to: Baudri of Bourgueil, 317; Geoffrey of Vinsauf, 198n; Gracián, 298-301

Martianus Capella 卡佩拉 (fl. 410—429), 38&n, 39, 49, 75, 151, 209, 260f, 296; artes, 22, 38f, 104n, 387; curriculum author, 49, 51; "The Goddess Natura," 107n, 108f, 110n, 118; *De nuptiis Philologiae et Mercurii*, 38f, 77, 109, 261; poetria, 153;

in relation to : Alan of Lille, 360; Aristotle, 110n; Bernard Silvestris, 360; Dante, 360; Eberhard the German, 51; Pierre Daniel Huet, 263f; John of Salisbury, 53n; Leibniz, 38&n, 263; Alfonso de la Torre, 387

Martin of Tours, Saint 图尔的圣马丁 (315?—399?), 84, 90n, 148, 160&n, 235

*martyrs 殉教者 , 260

Mary I, Queen of England 英国女王玛丽一世 (1553—1558), 332

*Mary and Martha 马利亚与马大 , 96

*mater generationis 生育力旺盛的母亲 , 112, 123

**Mathematicus* 《占星师》, 155

Matthew of Vendôme 旺多姆的马修 (late 12th cent.), 111, 182n, 200n, 299; annominatio, 279; curriculum author, 51; "The Ideal Landscape," 197, 200n, 202n; metaphors, 100n, 132;
in relation to: Bernard Silvestris, 111n; Guillaume de Loins, 202n;
topoi: animus facit nobilem, 179; puer senex, 100n;
use of: Amyclas, 60n; argumentum a loco, 194n; materiatus, 350n; poetari, 154

Maurras, Charles 莫拉斯 (1868—1952), 227

Maynard, Frangois 梅纳德 (1582—1646), 93

*mediocritas mea 平庸的我 , 84

Melanchthon 梅兰希顿 (Philipp Schwarzert: 1497—1560), 59&n, 206&n

Meleager 墨勒阿革洛斯 (ca. 140—ca. 70 B.C.), 194n, 292, 302

*memoria 记忆 , 68

Menander 米南德 (ca. 342—ca. 290), 40, 179, 306, 386n

Meres, Francis 梅雷斯 (1565—1647), 263

Merobaudes 梅洛鲍德斯 (5th cent.), 160n, 180n, 267

*metaphorics 隐喻 , 48, 128-144, 216f, 223; metaphors shared by pagan and Christian literature, 132, 136, 139; see also passim s.v. BOOK

*metaphysics 形而上学 : metaphysics of beauty, 224n; metaphysics of light, 56

*metaplasm 词形变异 , 43f, 119, 414

*meteorology 气象学 , 92

*metonyms, metonymy 借代 , 44, 62

*metrics 韵律学 , 45, 149-153

Metternich, Klemens Wenzel Prince von 梅特涅 (1773—1859),6

Michaelis, Johann David 米凯利斯 (1717—1791), 345

Michelangelo Buonarroti 米开朗琪罗 (1475—1564), 379
Mico of St. Riquier 米科 (early 9th cent.), 237
*Middle Ages 中世纪 , 20-24; the book as symbol in the early Middle Ages, 311-315; the book as symbol in the high Middle Ages, 315-319; concept of the artes in the Middle Ages, 39-42; Dante and the Middle Ages, 378ff; heroes and rulers in the Middle Ages, 174ff; judicial, political, and panegyrical oratory in medieval poetry, 154-159; Latin Middle Ages, 17-35; medieval Antiquity, 18f, 378; medieval canon, 260-264; system of medieval styles, 148-154
Migne, Jacques Paul 米涅 (1800—1875), 259
*milk 牛奶 , 134f, 239, 308
Milo of St. Amand 米洛 (middle 9th cent.), 158
Milton, John 弥尔顿 (1608—1674), 173n, 202n, 232, 249, 287n; metaphors, 323; poetic theory and Old Testament, 237, 243f;
topoi: "things unattempted yet," 86, 243; "we must stop because night is coming on," 91;
Virgil, 358
*mimesis 模仿 , 223, 398; see also imitation
*mind and form 心灵与形式 , 388-391
*mirror as metaphor 镜喻 , 336&n
*misogynistic literature 厌女文学 , 125, 155n, 240n
*mixed forest 混合林 , 193ff, 202n
*mixed prose 混合散文 , 151
*mneme 记忆 , 68
*mnemonic verses 记忆诗 , 58
*Mnemosyne 记忆 , 395
*model authors 典范作家 (writers), 248f, 264, 397
*modern 现代 : ancients and moderns, 251-255; antique and modern worlds, 19f; modern canon formation, 264-272
*modern philology 现代语文学 , 381
*moderni 今人 , 98, 119, 362n, 385
*modernus 今人 , 254
*modesty-formulae 谦虚模式 , 79,
*modesty 谦虚 : topics of affected modesty, 83-85
*modi (in Dante) 方法 , 222f
Modoin of Autun 莫多万 (d. 840—843), 158n, 237
Mohammed 穆罕默德 (570—632), 21, 24
Molière 莫里哀 (1622—1673), 89, 178, 350, 396
Mommsen, Theodor 蒙森 (1817—1903), 66, 74f, 161, 312
*monasticism 隐修制度 , 212, 312; rivalry of monastic orders in the 12th century, 124; see also cluniacs
Montaigne, Michel Eyquem de 蒙田 (1533—1592), 274n, 322, 324
Montesquieu, Charles de Secondat, Baron de la Brède et de 孟德斯鸠 (1689—1755), 294n
Montfort, Guy de 基 (fl. 1271), 370

*moon spots 月斑 , 207, 331
*morality 道德 : eros and morality, 122-124
*moralizing allegorism 宣扬道德的寓言 , 205
Moschus 摩斯库斯 (fl. ca. 130 B.C.), 186
*mottos 箴言 , 345f
Mozart, Wolfgang Amadeus 莫扎特 (1756—1791), 250
Mozzi, Andrea de' 摩兹 (d. 1296), 370
Müller, Adam 穆勒 (1779—1829), 63, 78&n, 302, 325
Müller, Friedrich von 穆勒 (1779—1849), 107
*musa iocosa 诙谐缪斯 , 232
*Museion 缪斯苑 , 248
*Muses 缪斯女神 , 228-246, 306, 391
*music 音乐 , 37, 236, 547; rhetoric, painting, and music, 77f
Mussato, Albertino 穆萨托 (1261—1329), 215-221&nn, 224ff
Myron 米隆 (fl. 480—445 B.C.), 44, 109
*mythical theology 神话神学 (in Varro), 219
*mythology 神话学 , 234
*myths 神话 , 7ff; myth and prophecy in Dante, 372-378

N

Naevius, Gnaeus 奈维乌斯 (ca. 270—ca. 201 B.C.), 36
Napoleon I, Emperor of the French 法兰西皇帝拿破仑一世 (1804—1814, 1815), 270
*narratio 叙述 , 70f
*national literatures 民族文学 , 12, 14; national literatures and national psychologies, 295&n
*natural theology 自然神学 (in Varro), 219
*nature 自 然 : the book of nature, 319-326; (Goddess) Natura, 38, 102n, 106-127, 198, 400; rhetorical occasions for the description of nature, 193f; topics of invocation of nature, 92ff
*nautical metaphors 航海隐喻 , 128-130
Nebridius 尼布里丢斯 (4th cent.), 80
Neckham, Alexander 尼克姆 (1157—1217), 39n, 41n, 49, 51, 60n, 207, 208n
Nemesianus 奈墨西亚努斯 (fl. late 3rd cent.), 51, 92n
*Neo-Latin poetry 新拉丁诗歌 , 26f, 263
*Neo-Sophism 新智术运动 , 69, 194, 300
*neoterici 新诗人 , 251
Nero, Roman Emperor 罗马皇帝尼禄 (54—68), 66, 109&n, 155
Nestor of Laranda 涅斯托耳 (fl. 193—211), 283
*neuf preux 九勇士 , 372
Neukirch, Benjamin 诺伊基希 (1665—1729), 269
Nicander 尼坎德 (2nd cent B.C.), 58
Nicholas of Cusa 尼古拉 (1401—1464), 321

Nicomachus Flavianus, Virius 尼可玛库斯 (ca. 334—after 394), 52
Niemcewicz, Julian Ursyn 涅姆采维奇 (1758—1841),270
Nietzsche, Friedrich Wilhelm 尼采 (1844—1900), 4, 68&n
Nigel Wireker 维雷克 (ca. 1130—ca. 1200), 96, 98, 123, 336n
* nightfall as concluding topos 结束主题——“夜幕降临”, 90f
Nilus of Ancyra 尼鲁斯 (d. ca. 430), 212
Nisard, Ddsire 尼扎尔 (1806—1888), 270
Nischani 尼沙尼 (early 16th cent.), 346f
Nizami 尼扎米 (1141—1202), 341n, 342, 347
*nobility of soul 灵魂的高尚 , 179-180
*nomina Christi 基督之名 , 226
Nonnus 诺努斯 (fl. ca. 450), 107n, 148, 194n, 195, 249, 307f, 320, 392
Notker Labeo 拉贝奥 (952?—1022), 38
Novalis 诺瓦利斯 (Friedrich von Hardenberg: 1772—1801), 247, 325f, 345, 380
*Noys 努斯 , 109ff, 121f, 377n
*numbers 数字 , 225, 367, 375; numerical composition, 197, 369
Numenius 纽曼尼乌斯 (ca. 150—200), 400

O

*o admirabile Veneris idolum“ 啊！你是可人的维纳斯的精灵”, 114f
Obizzo II of Este, Marquis of Ferrara 奥皮佐 (1264—1293), 370
Ockham, William of 奥康姆 (1300?—1349), 226
Odilo, Abbot of Cluny, Saint 奥迪洛 (994—1048,) 93
*old age 暮年 : Maximian as a specialist in the description of old age, 50&n; see also puer senex, youth and old age s.v. YOUTH
*Old-French epic 古法语史诗 , 168f, 184, 383f
*olive trees 橄榄树 , 117n, 184
Olybrius 奥利布里乌斯 (ca. 400), 99
*“omnis sexus et aetas,” 不管男女老少 160
Onulf of Speyer 奥努尔夫 (fl. ca. 1050), 148, 353n
Opitz, Martin 奥皮茨 (1597—1639), 153, 269
Oppian 奥比安 (late 2nd cent.), 58
Optatianus Porfyrius, Publius 普菲里乌斯 (fl. early 4th cent.), 284, 315
*oratio 演说 : ratio and oratio, 77
*oratory 演说：judicial, political, and panegyrical oratory in medieval poetry, 154-159; topics of consolatory oratory, 80ff
*Oriental poetry 东方诗歌 , 340-347
Origen 奥利金 (185?—254?), allegoresis, 74; apologetics, 212; Platonism, 212; psychology, 136n, 137n;
*ornatus 藻饰 , 71, 75, 97, 274, 294n
Orosius, Paulus 奥罗西乌斯 (5th cent.), 22, 52, 57, 257, 267, 355, 365, 369ff, 378

*Orphic Hymns 俄派赞美诗 , 106f
Othryades 欧特律阿戴斯 (6th cent, B.C.), 310
Otto I, Holy Roman Emperor 神圣罗马帝国皇帝奥托一世 (936—973), 33
Otto III, Holy Roman Emperor 神圣罗马帝国皇帝奥托三世 (983—1002), 104n, 213, 254n
*Ought a man to marry? 男人是不是该娶妻 , 155
*outdoing 超越 , 162-165
Ovid 奥维德 (Publius Ovidius Naso: 43 B.C.—A. D. 17?), 28, 58, 96, 106ff, 115, 163, 194n, 205, 383, 386n, 387; curriculum author, 49; "The Goddess Natura," 106; "The Ideal Landscape," 194f, 200n; Mannerism, 296; metaphors, 128n, 133, 135; "The Muses," 232, 233&n;
in relation to: Alan of Lille, 121; Chaucer, 262f; Conrad of Hirsau, 260; Dante, 17f, 164f, 355; Guiot of Provins, 208; John of Garland, 120n, 205n; Mantegna, 89; Albertino Mussato, 220; Peter of Pisa, 184; Quintilian, 296; Juan Ruiz, 386; Shakespeare, 333f;
rhetoric and poetry, 66, 148, 194, 334;
topoi: "all must die," 80; good old times, 98; puer senex, 99; summation, 290n;
use of: peretrum, 135; poetria, 153
works: *Ex Ponto*, 50; *Fasti*, 50; *Metamorphoses*, 50, 365; cited as Naso, 163
Owen, John 欧文 (1563?—1622), 322

P

Pacuvius, Marcus 帕库维乌斯 (220—ca. 130 B.C.), 118&m
*pagina 书页 , 306n, 312
*painting 绘画 : painting and rhetoric, 77f; see passim s.v. ART
*palaioi 古人 , 252
Palmer, George Herbert 帕尔默 (1842—1933), 185n, 186n, 170
*_Pamphilus_《潘皮鲁斯》 (author unknown; 12th cent.), 50, 386, 387n
*panegyric 颂 赞 , 155-166, 309, 385; termed "eulogy," 193; panegyrical oratory in medieval poetry, 154-159
*pangrammatic virtuosities 复字 , 283f, 291
Papias 帕皮亚斯 (fl. ca. 1050), 197, 219, 258
Paracelsus, Philippus Aureolus 帕拉塞尔苏斯 (Theophrastus Bombastus von Hohenheim: 1493?—1541), 321, 322n
*Paradise 天堂 , 82, 200&n, 245
*paraphrase 释义 , 147f
*parody 戏仿 , 275; cited as travesty, 94; see also 141, 242f
Pasquier, Etienne 帕基耶 (1529—1615), 30
*pastoral poetry 田园诗 , see BUCOLIC POETRY
Pater, Walter 佩特 (1839—1894), 396f, 400
*"pathetic" style" 悲怆" 体 , 66
*patristics 教父学 , 209, 212
*patrology 教父作家研究 , 259

*pattern 模式 , 390f
Paul, Saint 圣保罗 (d. ca. 67), 40, 47n, 52, 74,92, 121, 277n
Paulina 鲍琳娜 (late 4th cent.), 210
Paulinus of Aquileia, Saint 阿奎莱亚的保利努斯 (ca. 750—802), 47
Paulinus of Nola, Saint 诺拉的保利努斯 (ca. 354—431), 40, 46, 137, 235f, 319
Paulinus of Périgueux 佩里格的保利努斯 (late 5th cent.), 84, 148, 235, 312
Paulus Diaconus 助祭保罗 (720?—799?), 47, 293
Pazzo, Rinier 帕佐 (late 13th cent.), 370
Pelloutier, Simon 佩卢捷 (1694—1757), 394&n
*pen and sword 笔杆与枪杆 , 178
Pepin II, Frankish ruler 丕平二世 (687—714), 20
Pepin III the Short, King of the Franks 丕平三世 (751—768), 47
Peregrini, Matteo 佩雷格里尼 (early 17th cent.), 294
Pericles 伯利克里 (ca. 495—429 B.C.), 11, 64, 143, 265
*periods, periodization 分期 : of general history, 20-24; in Tacitus, 253;
of literary history, 270f
*periphrase 迂回表达 , 275-278, 351
*peroratio 收尾 , 70, 159
*perpetual spring 永恒的春天 , 120, 185f
Perrault, Charles 佩罗 (1628-1703), 399
Persius Fla.ccus, Aulus 珀修斯 (34—62), 254n, 264; curriculum author, 49f, 56, 260; "The Muses," 233;
in relation to:Conrad of Hirsau, 49; Dante, 262; Jerome, 40; John of Garland, 56;
use of *poetria*, 153
*personal metaphors 人物隐喻 , 131-134
*personification 拟人 , 38f, 101, 205, 261
Peter Chrysologus, Saint 金言彼得 (ca. 406—ca. 450), 280, 300
Peter Comestor 科梅斯托 (d. 1179 or 1189), 217, 370f
Peter Damian, Saint 达米安 (1007—1072), 226
Peter Lombard 隆巴尔德 (ca. 1100—ca. 1160), 54, 217, 370
Peter Riga 里加 (d. ca. 1209), 50f, 198, 200n, 281, 283&n, 316
Peter the Venerable, Abbot of Cluny 彼得神父 (ca. 1122—1156), 137&n, 164, 166, 316
Peter of Pisa 比萨的彼得 (late 8th cent.), 47, 184
Peter of Poitiers 修士彼得 (ca. 1080—1161), 164
Petrarch 彼 得 拉 克 (Francesco Petrarca: 1304—1374), 27, 34, 77, 238, 264; Amyclas, 60f; eroticism, 396; "Poetry and Theology," 225ff;
in relation to: Ariosto, 242; Pietro Bembo, 225; Boccaccio, 225ff, 238; Konrad Burdach, 61; Arnaut Daniel, 97n; Santillana, 267
Petronius, Gaius 佩特罗尼乌斯 (79?—132?), 15, 139&n, 140f, 296; curriculum author, 50; ecphrasis, 195; prosimetrum, 151; "the soul in the kiss," 292;
use of: flumen orationis, 350n; partus, 133

Petrus Hispanus 西班牙彼得 (d. 1277), 370
Phidias 菲狄亚斯 (ca. 490—ca. 417 B.C.), 273
Philip II Augustus, King of France 法王菲利普二世 (1180—1223), 55
Philip II, King of Spain 西班牙王菲利普二世 (1556—1598), 72
Philo Judaeus 菲洛 (ca. 30 B.C.—A.D. 45), 39, 205, 212&n, 219n, 397
*philology 语文学 : Alexandrian philology, 248f; philological techniques of literary history, 14, 228
*Philosophical-theological epic 哲学神学史诗 (12th century), 38, 120, 198, 300f
*philosophy 哲 学 : philosophy in late pagan antiquity, 209ff; poetry and philosophy, 203-213; quarrel between poetry and philosophy, 204, 207; terminological history, 207, 213
Philostratus 菲洛斯特拉图斯 (ca. 170—ca. 245), 99, 101, 251 f, 400
*Phronesis 普罗尼西斯 (= understanding), 38, 121, 261, 361
*Physis 自然 , 106f
Pier della Vigna 德尔维拉 (1190?—1249), 280, 326f, 337n
Pietro di Dante 丹特 (d. 1364), 373
Pietsch, Johann Valentin 皮奇 (1690—1733),269
Pindar 品达 (518—438 B.C.), 15, 46, 225, 304&n; metaphorics, 134&n, 275; "The Muses," 229, 233n, 234;
in relation to: Benzo of Alba, 160n; Jerome, 73; Lasus, 282f; William Webbe, 263
Piranesi, Giambattista 皮拉内西 (1720—1778), 400
Pirckheimer, Willibald 皮克海默 (1470—1530), 346
Pisistratus, tyrant of Athens 皮希特拉图斯 (560—527 B.C.), 363f
Pius IX, Pope 碧岳九世 (1846—1878), 259
Pius XI, Pope 碧岳十一世 (1922—1939), 260
Planck, Max 普朗克 (1858—1947), 7, 9
*plane 悬铃木 (tree), 187
Plato 柏拉图 (ca. 429—347 B.C.), 14, 16n, 37, 42, 65, 169n, 204, 206, 209, 292, 394, 397; "The Book as Symbol," 132, 304ff, 313f, 336n, 337n; medieval Platonism, 108; metaphors, 132, 136, 138, 142; "The Muses," 230; "Poetry and Rhetoric," 145 f, 163;
in relation to: Alan of Lille, 118, 120; Alcidamas, 330n; Bernard Silvestris, 109f; Clement of Alexandria, 219; Dante, 262; Guiot of Provins, 208; Henri d'Andeli, 56; Homer, 225; John of Salisbury, 108n, 163; "Longinus," 398; Raphael, 367n; Sidonius, 210; story of Plato and the seaman, 52; Plato as witness of Christian revelation, 212n; use of logodaedalia, 284
*Platonism 柏拉图主义 , 18, 53n, 56, 108, 112, 121, 377n
Plautus, Titus Maccius 普劳图斯 (254?—184 B. C.), 40, 262, 316n
*play on words 文字游戏 , 300, 332, 344; termed "pun," 301
*pleasance 愉悦 , 111, 195-200, 201f
Pliny the Elder 老普林尼 (Gaius Plinius Secundus: 23—79), 51, 135, 199&n
Pliny the Younger 小普林尼 (Gaius Plinius Caecilius Secundus: 62—113), 72, 76, 101f, 149, 274, 297n; affected modesty, 84f; eulogy of contemporaries, 165f; metaphors, 129; praise of rulers, 84, 176, 299n;

in relation to: Dante, 355; Gracián, 298, 299&n; Jerome, 40; John of Hanville, 198; Rabelais, 58;
topoi: aged youth, 99, 102, 381; conclusion, 90n;
use of tua pietas, 84
Plotinus 普罗提诺 (205?—269/270), 209, 224n, 307f, 400
Plutarch 普鲁塔克 (46?—120?), 15, 60, 117n, 162n, 206, 267, 398
*poema 诗歌 , 153
**Poema del Cid*《熙德之歌》, 33n, 202, 385f
*poetry (poetics) 诗　歌 : antique poetics, 145ff; Arabic poetics, 340ff; cognitional function of poetry (Dante), 225, also 372; disparagement of poetry, 224n; human fiction and divine wisdom (Thomas Aquinas), 223; the ideal landscape in Greek poetry, 185-190; imitation and creation, 397-401; judicial, political, and panegyrical oratory in medieval poetry, 154—159; "old" and "new" poetics, 153f;
poetic composition in a grove, 207; poetic exegesis (interpretation) as part of grammar, 42, 148;
poetry containing secret wisdom, 206; poetry as falsehood, 206n, also 217f, 235, 397; poetry and philosophy, 203-213; poetry and prose, 147ff, also 151, 174; poetry and rhetoric, 145-166; poetry and theology, 214-227; poets and philosophers on Olympus, 38f, also 140; "polymathia," 206
Poggio Bracciolini, Giovanni Francesco 波焦 (1380—1459), 73, 263, 431n
*pointe 讥诮话 , 294; epigram and the style of pointes, 292f
Polemius 波雷米乌斯 (fl. late 5th cent.), 210
Polignac, Melchior de 波利尼亚克 (1661—1742), 119
*political oratory in medieval poetry 中世纪诗歌中的政治演说 , 154-159
*political theology 政治神学 (in Varro), 219
Pollux, Julius 普鲁克斯 (fl. 178), 58, 249
Polybius 波利比乌斯 (205?—125? B.C.), 58, 252n
Pompeius, Sextus 塞克都斯 (ca. 75—35 b.c.), 370
Pompey the Great 庞培 (Gnaeus Pompeius Magnus: 106—48 B.C.), 60, 80, 110, 164
Pomponius 庞贝尼乌斯 (4th cent.), 261, 459
Pomponius Mela 庞贝尼乌斯 (fl. 37—41), 267
Pontano, Giovanni 蓬塔诺 (1426—1503), 292
Pope, Alexander 蒲柏 (1688—1744), 35, 250n, 267n, 274
Porphyry 波菲里 (232?—304), 58, 221n
Portinari, Beatrice 波尔蒂纳里 (1266—1289), 374, 376
Portinari, Folco 波尔蒂纳里 (13th cent.), 373f
Posidonius 波西多尼乌斯 (ca. 135—50 B.C.), 77, 231,
*possession of knowledge makes it a duty to impart it 拥有知识便有责任将其传承下去 (topos), 87f
Poussin, Nicolas 普桑 (1594—1665), 265
*praise 赞美：praise of cities and countries, 157; praise of persons, 100f, 157, 159; praise of rulers, 176-178; see also PANEGYRIC; cf. BLAME
• preciosity 造作，132

*Pre-Romanticism 前浪漫主义 , 237, 270f, 324f, 393f, 397; English Pre-Romanticism, 237, 324f, 397; French Pre-Romanticism, 270f; Le Preromantisme (Paul Van Tieghem), 270, 394n, 397n

*preumanesimo 前人文主义 , 270

Priscian 普里西安 (fl. ca. 500), 43n; grammar, 43&n, 51;

in relation to: Dante, 370; Guiot of Provins, 208; Hermogenes, 69, 159; John of Garland, 56; Priscianelus (= Priscian)

*probatio 论据 , 70, 159

Probinus 普罗比努斯 (ca. 400), 99

Probus 普罗布斯 (praised by Walafrid Strabo), 163

Proclus 普罗克鲁斯 (410?—485), 117n, 194n, 234n, 308

**prologus galeatus* 《全副武装的序言》 , 86

*prooemium 开场 , 70, 179, 353n

Propertius, Sextus 普罗佩提乌斯 (50?—15?), 128n, 130, 232, 317n, 337

*prophecy 预言 : myth and prophecy in Dante, 372-378

*prose 散文 : artistic prose, 65, 74ff, 147f, 151, 193, 214n, 388; poetry and prose, 147f; prose romance as end-form of epic, 174; rhymed prose, 149, 151; turning poetry into prose, 147f

*prosimetrum 散文与诗歌相混合 , 109, 118, 151

Prosper of Aquitaine, Saint 普罗斯佩尔 (ca. 400—460), 49, 51, 226, 260

Prudentius, Aurelius Clemens 普鲁登提乌斯 (348—410?), 22, 30, 200n, 205, 234, 244, 267; affected modesty, 85; allegoresis, 39; "The Book as Symbol," 311f, 314f; curriculum author, 49, 51; "The Goddess Natura," 107&n, 121; metaphors, 129, 135, 137&n; "The Muses," 234f, 244;

in relation to: Alan of Lille, 121; Conrad of Hirsau, 49; Eberhard the German, 51; Notker Balbulus, 260; Petrarch, 226; Walafrid Strabo, 163; Winrich of Treves, 260;

topoi: inexpressibility, 160n; puer senex, 100,104n

Ptolemy 托勒密 (Claudius Ptolemaeus: fl. 1st half 2nd cent.), 120, 262, 361

*puer senex 年迈的孩子 , 98-101, 103f, 202, 381

Pythagoras 毕达哥拉斯 (6th cent. B.C.), 159, 208, 225, 230, 317, 362n

Q

*quadrivium 四道 , 37n,42, 57n

*quadruvium 四道 , 37&n

Quarles, Francis 夸尔斯 (1592—1644), 323

*quarrel between philosophy and poetry 哲学与诗歌之争 , 204, 207

*querelle des anciens et des modernes 古今之争 , 251

Quintilian 昆体良 (Marcus Fabius Quintilianus: ca. 35/40—ca. 100), 154, 194, 248f, 264, 267, 274f, 278n, 285n, 353n; affected modesty, 83, 85; curriculum author, 50; metaphors, 128f, 131, 134; "TheMuses," 232n;

in relation to: Benzo of Alba, 160n; Cicero, 253; Diomedes, 47; Domitian, 176; Frederick the Great, 264; Goethe, 63; Gracidn, 298; Hildebert, 155; Homer, 172, 206; Jerome, 40; John of Salisbury, 163; Ovid, 296; Seneca, 298n; Virgil, 285n;

rhetoric, 64n, 69ff,, 77, 147; sententiae and exempla, 58, 60;
use of: amplificatio, 162n; argumentum, 193; cultus, 294n; flumen verborum, 356n; genera lectionum, 249; ornatus, 71; sententia, 58

R

Raban Maur 莫 尔 (ca. 780—856), 314f; as encyclopedist, 19, 219, 370f; "figure poems," 284; "The Muses," 237; poem on the Cross, 85, 148;
in relation to: Dante, 370f
Rabelais, François 拉伯雷 (1494?—1553), 96, 123, 155, 178, 261n, 346; criticism of late medieval education, 27n, 58
Racan, Honoré de Bueil, Marquis de 拉康 (1589—1670), 93
Racine, Jean Baptiste 拉辛 (1639—1699), 15, 21, 142, 245, 249&n, 250, 266, 273
Radbod, Bishop of Utrecht, Saint 拉德伯德 (900—918),159
Radulf of La Tourte 拉杜尔夫 (1066—after 1108), 60
Raimbaut of Vaqueiras 兰博 (fl. ca. 1200), 32
Rand, Edward Kennaid 兰德 (1871—1945), 22&n, 56n, 73&n, 205n
Ranke, Leopold von 兰克 (1795—1886), 4, 134- 345. 383
Raphael 拉斐尔 (Raffaello Sanzio: 1483—1520), 250, 265, 273, 341, 367n
*ratio and oratio 理性与演说 , 77
Raymond of Sabunde 雷蒙德 (d. ca. 1436), 320
Raynouart, François 雷努阿尔 (1761—1836), 30
*realism in Spanish literature 西班牙文学中的现实主义 , 386&n
Regino of Prüm 雷吉诺 (d. 915), 160n, 166
Reiske, Johann Jakob 赖斯克 (1716—1774), 345
*rejection of the Muses 摒弃缪斯 : Christian poets, 236, 240; Aldhelm, 236; Jorge Manrique, 240; Milton, 244; Persius, 233; Tasso, 243
*rejuvenation motif 返老还童主题 , 103ff
*Renaissance of the twelfth century12 世纪文艺复兴 , 35, 53, 57, 72, 113, 154, 255, 387
Renan, Ernest 勒南 (1823—1890), 271
*res and verba 事实与雄辩 , 394
Reuchlin, Johann 罗伊希林 (1455—1522), 346
Rey, Marc Michel 雷 , 324
*rhetoric 修 辞 , 62-78, 296f, 331f, 388; poetry and rhetoric, 145-166; rhetoric in Antiquity, 64-68; rhetoric, painting, and music, 77f; rhetoric and mannerism, 274-282; rhetorical occasions for the description of nature, 193f; system of antique rhetoric, 68-71
**Rhetorica ad Herennium* 《海伦尼乌修辞学》 (ca. 86—82 B.C.), 66, 75, 153, 278
*rhyme 韵脚 , 389f; rhymed prose, 149, 151
*rhythm 韵律 , 149, 151
Richard II, King of England 英王理查二世 (1377—1399), 180
Richard of St. Victor 圣维克托的理查德 (d. 1173), 257, 370

Richard of Venosa 韦诺萨的理查德 (early 13th cent.), 180
Richter, Jean Paul Friedrich 里希特 (1763—1825), 59, 269, 274n; cited as Jean Paul
*rigorism 严格注意 , 46, 49f, 226, 235-238, 244
Rinier of Corneto 里尼埃 (late 13th cent.), 370
Rivarol, Antoine de 里瓦罗尔 (1753—1801), 349
Roger II, King of Sicily 西西里王罗杰二世 (1130—1154), 177
Rollin, Charles 罗兰 (1661—1741), 78
*romance, roman 传奇 , 31 f
**Romance of the Rose*《玫瑰传奇》, 34, 124-127, 180, 384
*Romania 罗马尼阿 , 30-35, 351, 355
*romantic 浪漫的 , 31f
*Romanticism 浪漫主义 , 266, 269f; see also PRE-ROMANTICISM
*Rome 罗马 : the book as symbol in Rome, 308ff; late Roman Antiquity, 71f
*Rome 罗马 : the Roman idea of state, 27-30, 252n
Romuald of Camaldoli 罗慕亚尔德 (ca. 952—1027), 213
Ronsard, Pierre de 龙萨 (1524—1585), 93&n, 133, 140, 250n, 264f, 269
Rostovtzeff, Michael Ivanovich 罗斯托夫采夫 (1870—1952), 21
*rota Virgilii 维吉尔环 , 201n, 232
Rousseau, Jean Jacques 卢梭 (1712—1778), 32n, 270, 274n, 324
*rubrica 红字 , 315f
Rufinus, Flavius 鲁费努斯 (d. 395), 119, 121, 162
Ruiz, Juan 鲁伊斯 (d. ca. 1353), 386f
*rulers 君主 : heroes and rulers, 167-182; praise of rulers, 69, 159, 170ff, 180; rulers favorable to culture, 170f
*rusticitas 咄咄逼人 , 83
Rusticucci, Jacopo 鲁斯提库奇 (fl. 1254), 370
Rutebeuf 吕特伯夫 (ca. 1250—1285), 279
Rutilius Gallicus, Gaius 鲁提里乌斯 (1st cent), 86
Rutilius Namatianus, Claudius 纳玛提安努斯 (early 5th cent.), 104

S

Saint-Evremond, Charles de 圣埃夫雷蒙 (1610?—1703), 178
Saint-Gellais, Mellin de 梅兰 (1481—1558), 284
Sainte-Beuve, Charles Augustin 圣伯夫 (1804—1869), 249, 264, 271, 274, 302, 349, 396
Sallust 萨鲁斯特 (Gaius Sallustianus Crispus: 86—34 B.C.), 40, 49, 260, 267
Salutati, Coluccio 萨卢塔蒂 (1330—1406), 226, 251n
Salvian 萨尔维安 (ca. 400—after 470), 251
Santa Ritta Durão, José de 杜劳 (1737—1784), 270
Santillana, Iñigo López de Mendoza, Marquds de 桑蒂利亚纳 (1398—1458), 32, 267
Sasso, Panfilo 萨索 (d. 1527), 289ff

Savonarola, Girolamo 萨伏罗那拉 (1452—1498), 226
Scala, Can Francesco della 斯卡拉 , called Can Grande (1291—1329), 222, 239, 277, 352, 357, 372, 387n
Scaliger, Joseph Justus 斯卡利杰 (1540—1609), 100&n
Scaliger, Julius Caesar 斯卡利杰 (1484—1558), 195
Scheler, Max 舍勒 (1874—1928), 3n, 9, 167&n
Schiller, Johann Christoph Friedrich Von 席勒 (1759—1805), 44, 62, 270, 309n, 350
Schlegel, August Wilhelm von 大施莱格尔 (1767—1845), 302, 325
Schlegel, Friedrich von 小施莱格尔 (1772—1829), 16, 134, 268f, 302, 325
Schleiermacher, Friedrich 施莱尔马赫 (1768—1834), 325
Scipio Aemilianus Africanus Numantinus, Publius Cornelius 西庇阿 (185—129 B.C.), 176, 359f
Scotus Eriugena, Johannes 斯科图斯 (815?—877?), 389n
Scudéry, Magdeleine de 斯库德里 (1607—1701), 155
Sedulius 塞 杜 里 乌 斯 (fl. ca. 435), 200n, 235f; curriculum author, 49; "The Goddess Natura," loyn; "metrical Messiade," 49, 216;
in relation to: Conrad of Hirsau, 49; Eberhard the German, 51; Notker Balbulus, 260; Petrarch, 226; Winrich of Treves, 260; rhetoric, 148f
use of: Christus musicus, 244
Sedulius Scottus 塞杜里乌斯 (fl. 848—858), 148, 163, 177n, 184n, 237
Seneca the Elder 大塞内加 (Lucius Annaeus Seneca: 54? B.C.—A.D. 39), 51, 155, 200n, 267
Seneca the Younger 小塞内加 (Lucius Annaeus Seneca: 4? B.C.—A.D. 65), 89, 147, 149, 195, 249, 262, 267, 275&n, 296; artes, 37; curriculum author, 50; metaphors, 138f; "The Muses," 233; "nobility of soul," 179; "pathetic" style, 66; poetry and philosophy, 205, 207;
in relation to: Alan of Lille, 120; Boethius, 131; Dante, 357; Gracián, 298f; Guiot of Provins, 208; Saint Paul (forgery), 52; Quintilian, 67; Shakespeare, 15;
topos, "the possession of knowledge makes it a duty to impart it," 87, 89;
use of: praecipere, 174n; Romana ingenia, 297n; witness of Christian revelation, 212n
*sententiae 名言警句 , 57-61; cited as "sentences," 381
*Septuaginta《圣经》七十子译本 , 73
*sequentia 模进 , 150; cited as "sequence," 238
Servius 塞尔维乌斯 (late 4th cent.), 22, 38n, 102, 164n, 192, 199, 206, 221, 253n, 358n
*Seven Sages 七贤哲 , 210f
Severus, Lucius Septimius, Roman Emperor 罗马皇帝塞维鲁 (193—211), 102
Severus, Sulpicius 塞维鲁斯 (360?—410?), 148, 235, 251, 312
*sexuality 性欲 : universal sexuality of the highest god, 113
Shaftesbury 沙夫茨伯里 , Anthony Ashley Cooper, Earl of (1671—1713), 107, 345n
Shakespeare, William 莎士比亚 (1564—1616), 11n, 12, 15, 36, 141, 185, 226, 287n, 348, 350, 372n; 379, 396 "The Book as Symbol," 302f, 305n, 325, 332-340&nn, 344;
in relation to: Apollonius of Tyre, 181; Goethe, 15, 303, 344; Francis Meres, 263; Priscian, 43n; Sainte-Beuve, 271, 274; Seneca, 15; Stendhal, 266; Sonnet XI, 125n, 126; W. H,, 133
Sidney, Sir Philip 西德尼 (1554—1586), 333

Sigebert of GemWoux 西热贝尔 (ca. 1030—1112), 91, 135
Siger of Brabant 西格 (ca. 1235—ca. 1282), 56, 257, 370f
*siglo de oro 黄金时代 , 267f, 299, 316, 343&n
* “significant facts” 重要事实 (Bergson), 382f
Silius Italicus 伊塔里库斯 (25?—101), 99, 147, 263, 381
*silva 森林 (matter), 109
*silver Latinity 白银拉丁语 , 49, 264, 299
Simonides of Ceos 西蒙尼德斯 (ca. 556—468 B.C.), 73, 217, 202&n
Smaragdus of St. Mihiel 斯玛拉格杜斯 (early 9th cent.), 129, 156, 239
Socrates 苏格拉底 (470?—399 B.C.), 3n, 36, 109n, 169n, 187, 208, 212n, 262, 304
*sodomy 断袖之恋 , 113-118, 125
*solecism 句法错误 , 43f
Solinus, Gaius Julius 索利努斯 (probably early 3rd cent.), 50
Solomon, King of Israel 以色列王所罗门 (ca. 973—ca. 933 B. C.) 257
Solon 梭伦 (ca. 640—ca. 560 B.C.), 219
**Song of Roland*《罗兰之歌》, 33,90, 169, 176, 201, 383
*Song of St. Alexis《圣亚力克西之歌》, 383
*Sophism, Sophists 智术师 , 64&n, 65, 69, 209,
*sophista 智术师 , 207, 210
Sophocles 索福克勒斯 (496—406 B.C.), 92, 249, 273, 304n, 305n
*sophus 智术师 , 207, 209f
*soteriological enigma 救世学谜团 , 330, 375
Spartianus, Aelius 阿埃里乌斯 (end of 3rd cent.), 102, 283
* “speaking silence,” 言说的沉默 308
*specialization 细化 , 12
Spengler, Oswald 施宾格勒 (1880—1936), 4, 6
Spenser, Edmund 斯宾塞 (1552?—1599), 195, 205, 268, 391; “arms and studies,” 178; metaphor, 130; “The Muses,” 232, 243; “the priest Genius,” 118n; in relation to Alan of Lille, 121n
Staël, Mme. De 斯塔尔夫人 (Anne Louise Germaine, Baronne de Staël-Holstein: 1766-1817), 271
*Standard Classicism 标准古典主义 , 274, 295, 392, 397
Statius, Publius Papinius 斯塔提乌斯 (ca. 40—96), 51n, 66, 81, 147, 176, 180n, 234n, 260n, 264, 383, 398; curriculum author, 49f; “Heroes and Rulers,” ’174, 176; “The Ideal Landscape,” 195, 200; Laudes Neapolis, 167n; mannerism, 92, 276, 286&n, 296; metaphors, 128n, 129, 132; “The Muses,” 233f; “outdoing,” 162f;
in relation to: Chaucer, 262; Conrad of Hirsau, 49; Dante, 18, 52, 262, 355; Eberhard the German, 50; Gallicus, 86; Guiot of Provins, 208; Lactantius Placidus, 210n; Lucan, 86, 163; Santillana, 267; Virgil, 132, 163, 249; Walter of Speyer, 49; William Webbe, 263; Winrich of Treves, 260; speaking names, 81n;
topoi: of dedication, 86; of inexpressibility, 160n; of invocation of nature, 92; puer senex, 99
Statius Ursulus 斯塔提乌斯 · 乌尔苏鲁斯 (fl. ca. 57), 52

Stefaneschi, Iacopo Gaetani 斯特凡尼奇 (1270—1343), 225, 356n
Stein, Charlotte Albertine, Baroness von 施泰因夫人 (1742—1827), 107
Stendhal 司汤达 (Marie Henri Beyle: 1783—1842), 266, 350
Stephen of Tournai 司提反 (1150?—1203), 39, 45
Stesichorus 斯泰西克拉斯 (640?—550? B.C.), 187
Stigliani, Tommaso 斯蒂利亚尼 (1573—1651), 134
Stilicho, Flavius 斯提里克 (359?—408), 162&n, 309
*straying in a wood 林中迷路 , 362&n
*structure of literary material 文学素材的结构 , 228, 382
*studies 研究 : arms and studies, 178-179
*studium generale 通识学堂 , 54
*style 风格 : crossing of stylistic devices, 151, 260, 268; system of medieval styles, 148-154; see also "pathetic" style, turning poetry into prose s.v. prose
*suasoria 商议演说 , 69, 155
*submission (formulae) 恭谦 , 84
Suetonius Tranquillus, Gaius 苏埃托尼乌斯 (ca. 69—ca. 140), 50, 226, 297n
Suleiman I the Magnificent, Turkish Sultan 土耳其苏丹苏莱曼一世 (1520—1566), 346
Sulla, Lucius Cornelius 苏拉 (138—178), 69
*summation-schema 总括式 , 289f
Swammerdam, Jan 斯瓦默丹 (1637—1680), 324
Swift, Jonathan 斯威夫特 (1667—1745), 399
*syllogism 三段论 , 41, 193, 297, 298&n
*symbolism 象征主义 : "The Book as Symbol," 302-347; symbolic numbers, 222n, 367
Symmachus, Quintus Aurelius 西马库斯 (ca. 340—ca. 402), 50, 72, 76, 104n, 107&11, 252n
*syncretism 调和主义 , 112f, 238
*synechdoche 提喻 , 44, 47
Synesius 辛涅西乌斯 (fl. ca. 400), 133f, 307, 389n
*system of correspondences 对应体系 : Greek myths and Holy Scripture, 215, 219f, 243f; "old" and "new," 153f; corresponding metaphors in pagan and Christian literature, 132, 136, 139; corresponding topoi in antique literature and Bible, 99; SYSTEM OF PAGAN-CHRISTIAN correspondences in: Calderón, 245

T

*tabula rasa 白板 , 305, 394, 396
Tacitus, Cornelius 塔西佗 (ca. 55—after 117), 66, 102n, 165, 253&n, 296, 298f; affected modesty, 83; place and ideology as historian, 147, 252&n; use of saeculum, 255n
*taedium 解闷 , 85
Taine, Hippolyte Adolphe 丹纳 (1828—1893), 4
Tamerlane 帖木儿 (ca. 1336—1405), 24
Tasso, Torquato 塔索 (1544—1595), 187, 227n, 243ff, 264, 298f, 346, 348, 358

*taxis 布局 , 68
Taylor, Bayard 泰勒 (1825—1878), 63
**technopaignia* 《技法游戏》, 284
*Tempe 坦佩谷 , 198f, 202
Tempier, Etienne 唐皮耶 (late 13th cent.), 56, 126
Terence 泰伦斯 (Publius Terentius Afer: ca. 195—159 B.C.) 260; curriculum author, 49, 260;
in relation to: Benzo of Alba, 160n; Dante, 262, 358, 364; Jerome, 40; Santillana, 267; Walter of Speyer, 49; Winrich of Treves, 260
*terminology 术语 , 209, 382; history of literary terminology, 145f, 250, also 209; terminology of poetry, 152f; mannerism, 273
Tertullian 德尔图良 (Quintus Septimus Florens Tertullianus: ca. 160—ca. 225), 107n, 142n, 212n, 219
Thales 泰勒斯 (640?—546), 109, 218, 262
*theatrical metaphors 剧场隐喻 , 138-144
*theatrum mundi 世界剧场 , 142; see also the world as a stage s.v. WORLD
*Thebais 忒拜 , 18, 81
Theocritus 狄奥克里图斯 (ca. 310—ca. 250 B.C.), 91, 187, 189ff, 193, 195, 198f, 230, 232, 233n
Theodore II, Archbishop 大主教狄奥多鲁斯 (d. 735), 157
Theodoric the Great, King of the Ostrogoths 东哥特王狄奥多里克 (474—526), 74
Theodosius I, Roman Emperor 罗马皇帝狄奥多西一世 (379—395), 22, 104, 119, 176, 210n, 267
Theodosius II, Eastern Roman Emperor 东罗马帝国皇帝狄奥多西二世 (408—450), 307
Theodulf, Bishop of Orleans 狄奥杜夫 (ca. 798—821), 47n, 95f, 132, 180n, 194n, 206n; "The Muses," 237; Virgil, 96
Theodulus 提奥杜鲁斯 (10th cent.), 49f, 51&n, 220, 201&n
Theognis 狄奥格尼斯 (fl. 544—541 B.C.), 87
*theologia 神学 , 218-221
*theology 神 学 : Alexandrian theology, 39,41, 219; modus artificialis and scientialis, 222; poetry and theology, 214-227
Theon, Aelius 西昂 (2nd cent.), 199
Theophrastus 狄奥弗拉斯图斯 (ca. 372—ca. 288 B.C.), 58, 147, 253
Theopompus 狄奥庞普斯 (ca. 378—after 323 B.C.), 199
Thierry of Chartres 梯利 (d. between 1148 and 1153), 42, 57
Thomas Aquinas, Saint 阿奎那 (1225?—1274), 117n, 126, 217, 218&n, 223f, 226, 257, 356n; Amyclas cult, 60; artes, 57, 213; Doctor of the Church, 259;
in relation to: Alan of Lille, 353n; Albert the Great, 56; Aristotle, 217f, 305; Boccaccio, 227; Dante, 224, 370&n, 371; Erasmus, 251; Saint Francis, 60, 364; Jean de Meun, 126; Maritain, 227; Maurras, 227; Peter Lombard, 217; Remigio de' Girolami, 57n; theory of knowledge, 220;
use of: theologia and prima philosophia, 218n; tabula rasa, 304
Thomas of Cantimpré 坎蒂姆普雷的托马斯 (fl. 1228—1244), 321
Thomas of Celano 切拉诺的托马斯 (ca. 1200—ca. 1255), 318f, 390n
*Thomism 阿奎那主义 , 221, 227

**Thousand and One Nights, The*,《一千零一夜》 316n, 341

Thucydides 修昔底德 (ca. 460-ca. 400 B.C.), 3, 388, 398

Tiberianus 提伯利阿努斯 (middle 4th cent.), 113, 196f, 199n, 290&n, 291

Tiberius Roman Emperor 罗马皇帝提比略 (14—37), 60, 81, 84

Tibullus, Albius 提布鲁斯 (54?—18? B.C.), 51, 80, 294n

*time 时 间 : double indications of time, 275; periphrastic indications of time, 275; sense of time with early and late Romans, 252n

Tintoretto 丁托列托 (Iacopo Robusti: 1518—1594), 273

Titian 提香 (Tiziano Vecellio: 1477—1576), 14

Titus, Roman Emperor 罗马皇帝提图斯 (79—81), 109, 364

Tobler, Georg Christoph 托布勒 (1757—1812), 107

*topics 主题 , 70, 79-105, 171ff; historical topics, 821, 128, 381; definition of topos, 70; genesis of new topoi, 82; topos and archetype, 101;

reconsecration of topoi, 104, see also 107, 142, 180f;

for specific topoi, see AFFECTED MODESTY, “ALL MUST DIE, ANGER AS AN EPIC MOTIF, APE AS METAPHOR, ARMAS Y LETRAS, BREVITAS-FORMULA, COMPARISON OF THE KINDS OF LOVE, DEDICATION, DISCOVERER TOPOS, DULCEDO, EXORDIUM, FASTIDIUM, FORTITUDO ET SAPIENTIA, I BRING THINCS NEVER SAID BEFORE, INDIA TOPOS, INEXPRESSIBILITY, LOCUS AMOENUS, OUCHT A MAN TO MARRY?, OUTDOING, PANEGYRIC, PERPETUAL SPRING, POETRY, PUER SENEX, QUINQUE LINEAE SUNT AMORIS, REJUVENATION, SELF-BE-LITTLEMENT, STRAYING IN A WOOD, SUBMISSION, the world upsidedown s.v. world;

TOPOI MISCONSTRUED: “all sing his praises” as evidence of lost epics, 161 f; conventional olive trees as real, 117n; epic-landscape topos as realistic description, 195, 202n; in Gregory of Tours, 149f; in Luther, 140; mannerism of late Antiquity as baroque, 283, also 286; Old-Testament topos as Norse, 175 f; rejuvenation-topos as allegory, 104; senectus-topos as self-expression, 28; “versified lexicography” as valid sources for the historian of culture, 183f; writers’ image as relic of popular pastoral poetry, 313f

*topographia 述位 , 200

*tractare 以哲学的方式来表述 , 222

*tragic, the, rejected by Homer 荷马所反对的悲剧 , 185

Trajan, Roman Emperor 罗马皇帝图拉真 (98—117), 19, 267, 277n, 299n, 310, 363f, 372

*transcripta oratio 转录 , 148

*transgressio 倒装 , 274

*transitions 过渡 , 62

*translatio 转移 (= metaphor), 128

*translatio imperii 帝国转移 , 29, 384

*translatio studii 学习重心转移 , 29

*trepidatio 恐惧 , 84

Trissino, Giovanni Giorgio 特里西诺 (1478—1550), 243

*trivium 三道 , 37, 42, 45, 57n
Trogus, Pompeius 特劳古斯 (1st cent. B. C.—1st cent, A. D.), 52
*tropes 转义 : Goethe on tropes, 302-304
*tropos 转义 , 40, 45, 47, 298n, 302
Tryphiodorus 特吕菲奥多鲁斯 (5th cent.), 283
Tsongkapa 宗喀巴 (b. 1357), 101
*twelfth century12 世纪 : conception of its place in history, 255&n
*"Twelve" Sages 十二贤哲 , 210f

U
Uhland, Johann Ludwig 乌兰 (1787—1862), 326
*umanesimo volgare 民族人文主义者 , 225
*universities 大学 , 54-57
*upsidedown 颠倒 : topics of the world upsidedown, 94-98

V
Valdés, Juan de 巴尔德斯 (1500?—1541), 32, 208n, 297&n
Valerius Flaccus, Gaius 弗拉库斯 (fl. late 1st cent.), 51, 147, 263, 267
Valerius Maximus 马克西姆斯 (fl. early 1st cent.), 51, 60, 84, 99, 268n, 299
Valéry, Paul 瓦雷里 (1871—1945), 12, 16, 266, 391
Valmiki 蚁垤 (fl. 3rd cent. D. C.), 271
Varro, Marcus Terentius 瓦罗 (116—27 B.C.), 26, 44n, 219, 226, 236n, 253n, 262
*vates 预言家 , 145
Vaugelas, Claude Favre, Seigneur de 沃热拉 (1595—1650), 295
Vaughan, Henry 沃恩 (1622—1695), 323
Vega Carpio, Lope de 维加 (1562—1635), 32,178, 268n, 285n, 287n, 290, 343, 345, 386
*vegetation cults 植物崇拜 , 112, 118n
Vegetius Renatus, Flavius 维吉提乌斯 (late 4th cent.), 52&n
Velleius Paterculus, Gaius 维雷乌斯 (ca. 19. B. C.—A. D. 30), 84, 299
*verbal logic 文字逻辑 , 56
*verger 果园 , 202
Verlaine, Paul 魏尔伦 (1844—1896), 392
*vernacular literatures 俗语文学 , 311; beginnings, 383-388
Vernani, Guido 维尔纳尼 (fl, 1310—1320, d. after 1344), 221
*vers lettrisés 复字诗 , 284
*verse-filling asyndeton 诗歌填充式连词省略 , 285f, 291
*versification of prose 诗化散文 , 148
**versificatio secundum alphabetum*《顺次制诗贴》, 59
*versified lexicography 诗化字典 , 135
*versos de cabo roto 断词诗 , 285

*versus leoninus 莱奥式诗歌 , 151

*versus rapportati 关联诗 , 286, 287n, 291

Viau, Théophile de 维奥 (1590—1626), 97

Victoria, Queen of the United Kingdom of Great Britain and Ireland 英国女王维多利亚 (1837—1901), 266

Vigny, Alfred de 维尼 (1797—1863), 179

Villani, Giovanni 维拉尼 (1280?—1348), 207

Villard de Honnecourt 奥内古 (early 13th cent.), 19

Villena, Enrique de Arag6n, erroneously known as Marquis de 比列纳 (1384—1433), 267

Villon, François 维庸 (1431—after 1461), 52f

Vincent, Saint 圣文森特 (d. 304), 312

Vincent of Beauvais 樊尚 (d. before 1264), 219, 336n, 353n

Vincent of Lérins, Saint 圣文森提乌斯 (d. ca. 450), 121

Virgil 维吉尔 (Publius Vergilius Maro: 70—19 B. C.), 15, 18, 27, 30, 47, 53n, 61, 72, 86, 95f, 103, 109, 148, 161, 167f, 183, 193ff, 200&n, 206, 225, 249, 262, 264, 273, 278, 285&n, 309, 361, 369; cited as Maro, 109, 160n;

allegoresis, 74, 205; curriculum author, 49f, 52; "Epitaph on Virgil," 286; "The Goddess Natura," 109, 120, 125; heroes and rulers, 173f&nn; ideal landscape, 190-193&nn, 194f; mannerism, 275;

in the middle ages: medieval saga of Virgil, 52; Virgil as back-bone of medieval Latin studies, 36; see also subentry, "Virgil in relation to Dante," infra;

metaphors, 128; "The Muses," 86, 230&n, 231f, 233&n, 234, 236, 239, 241, 243; poetry and philosophy, 207;

in relation to: Alan of Lille, 120, 361; Anselm of Besate, 207n; Baudri of Bourgueil, 197n; Benzo of Alba, 160n; Bernard Silvestris, 103n; Chaucer, 262f; Claudian, 276; Dante, 15, 17f, 30, 61, 71, 226, 238f, 277n, 326f, 330, 351, 354n, 355, 356f, 358f, 364n, 372, 376, 378; Donatus, 160n, 201n, 221n; Eberhard the German, 50; Louis Gillet, 350; Giovanni del Virgilio, 214; Gracián, 301; Guiot of Provins, 208; Homer, 15, 36; Jean de Meun, 125; Jerome, 40; Lucan, 164; Macrobius, 22, 74, 148, 206; Maecenas, 85; Rabelais, 58; Santillana, 267; Servius, 22, 206; author of Song of St. Alexis, 383; Edmund Spenser, 243; Statius, 163; Cardinal Stefaneschi, 350n; Theocritus, 191; Theodulf, 96; Walafrid Strabo, 96, 163; Walter of Châtillon, 201n; Walter of Speyer, 49; Winrich of Treves, 260;

topoi: puer senex, 98, 101; "we must end because night is coming on," 91;

use of divinus poeta, 398n; Virgil's wheel, see main entry, "rota Virgilii," supra; as witness of Christian revelation, 212n

*vis inertiae 惰性力 , 3, 6

*visions 幻象 , 102f, 105

Vitalis of Blois 维塔里斯 (fl. ca. 1150), 50, 182n

Voltaire 伏尔泰 (Francois Marie Arouet: 1694—1778), 30, 78, 241, 265&n, 271, 324

Voss, Johann Heinrich 弗斯 (1751—1826), 14

Vossler, Karl 福斯勒 (1872—1949), 141, 216n, 351n
*Vulgate 武加大译本 , 73
Vyasa 毗耶娑 (semilegendary, 2nd millennium B.C.), 271

W

Wace 瓦丝 (ca. 1100—1174), 90
Wagner, Richard 瓦格纳 (1813—1883), 242
Walafrid Strabo 瓦拉弗里德 (ca. 809—849), 291, 382; affected modesty, 83; "outdoing," 163;
in relation to: Charlemagne (in hell), 365n; Virgil, 96, 290;
topos of inexpressibility, 160n; use of saeculum modernum, 254n;
works: *life of St. Gall*, 135
Walter of Chatillon 沙蒂永的瓦尔特 (ca. 1135—after 1189), 42n, 120, 152, 207, 254n; affected modesty, 85n; allegorical car, 120n; annominatio, 279; artes, 39n; curriculum author, 50; ideal landscape, 184n, 201; mannered metaphors, 281; poetry as part of grammar, 45;
topoi: of conclusion, gon; "we must end because night is coming on," 91&n;
use of: animae brutae, 214n; cetta spiritalis, 135; diva Pegasea, 239; moderni, 207n
Walter of Speyer 施佩尔的瓦尔特 (fl. 982), 49, 87, 148, 229n
**Waltharius*《英雄瓦尔塔里乌斯传》, 153, 158, 200
Walzel, Oskar 瓦尔策尔 (1864—1944), 345&n
Wamba, King of the Visigoths 西哥特王万巴 (672—680), 267
Warburg, Aby 瓦尔堡 (1866—1929), 13, 35, 38n, 77&n, 382
"We must stop because night is coming on," 我们必须到此为止，因为夜幕已经来临 90, 91&n
Webbe, William 韦伯 (fl. 1568—1591), 263
*West and East 西方与东方 (the book as symbol), 340-347
W. H. (in Shakespeare's Sonnets), 133
Whitman, Walt 惠特曼 (1819—1892), 391
*"whole earth, the," 整个世界 161
Wibald of Corvey 科维的维巴尔 (d. 1158), 62, 76f, 213&n
Wido of Amiens 维多 (d. 1076), 164, 176n
Wieland, Christoph Martin 维兰德 (1733—1813), 274
Willemer, Marianne von 玛丽安娜 (1784—1860), 347
William II, King of Sicily 西西里王威廉二世 (1166—1189), 177- 372
William of St. Thierry 圣蒂埃里的威廉 (d. 1148?), 124
William of Toulouse 图卢兹的威廉 (d. 812), 162
William of Wykeham, Bishop of Winchester 威克姆的威廉 (1367—1404), 180
Willibrord, Saint 圣威利布罗德 (657?—738?), 148
Winckelmann, Johann Joachim 温克尔曼 (1717—1768), 205&n, 206, 345
Winrich of Treves 温里奇 (fl. ca. 1070), 260
Wölfflin, Heinrich 韦尔夫林 (1864—1945), 11f
*woman, women 女性 : topics of old woman and girl, 101-105

Wood, Robert 伍德 (ca. 1717—1771), 325
Wordsworth, William 华兹华斯 (1770—1850), 44n, 396
*world 世界 : the world as a stage, 138-144, 379, 390; the world upside-down, 94-98
*"worn-out materials," 了无新意的材料 85f, 233
*writing 书写 : writing in blood, 312, 344n, 347; writing upon request (topos of modesty), 85

X
Xenophanes 色诺芬尼 (ca. 570—ca. 478 B.C.), 204
Xenophon 色诺芬 (ca. 430—ca. 355 B.C.), 274

Y
Young, Edward 杨 (1683—1765), 324
*youth 青年 : revolt of youth, 53, 98; youth and old age, 170ff

Z
Zeno 芝诺 (5th cent. B.C.), 262

图书在版编目（CIP）数据

欧洲文学与拉丁中世纪 /（德）恩斯特 · R. 库尔提乌斯著；林振华译. —杭州：浙江大学出版社，2017. 2（2025.9 重印）
ISBN 978-7-308-16426-9

Ⅰ.①欧… Ⅱ.①恩… ②林… Ⅲ. ①欧洲文学—文学研究 Ⅳ.①I500.6

中国版本图书馆CIP数据核字（2016）第279617号

欧洲文学与拉丁中世纪
[德] 恩斯特 · R. 库尔提乌斯 著　林振华 译

责任编辑 王志毅
文字编辑 张兴文
装帧设计 周伟伟
出版发行 浙江大学出版社
（杭州市天目山路148号 邮政编码310007）
（网址：http:// www.zjupress.com）
排　　版 北京大观世纪文化传媒有限公司
印　　刷 北京中科印刷有限公司
开　　本 710mm×1000mm　1/16
印　　张 49
字　　数 818千
版 印 次 2017年2月第1版　2025年9月第5次印刷
书　　号 ISBN 978-7-308-16426-9
定　　价 108.00元